Von Taylor Caldwell
sind als Heyne-Taschenbücher erschienen

Der Engel · Band 01/844
Die Ehe der Maggie Hobart · Band 01/966
In einem großen Haus · Band 01/5043
Der Herr der Erde · Band 01/5087
Einst wird kommen der Tag · Band 01/5121
Eine Säule aus Erz · Band 01/5161
Alle Tage meines Lebens · Band 01/5205
Ewigkeit will meine Liebe · Band 01/5234
Doctor Ferrier · Band 01/5252
Um deines Namen willen · Band 01/5345
Melissa · Band 01/5368
Die Turnbulls · Band 01/5401
Ein ruhmreicher Sieg · Band 01/5437
Prolog zur Liebe · Band 01/5518
Die Armaghs · Band 01/5632
Aspasia · Band 01/5692
In einem großen Land · Band 01/5753
Wolf unter Schafen · Band 01/5799
Nie siegreich, nie geschlagen · Band 01/5873
Wo Licht und Finsternis sich scheiden · Band 01/5910
Alle Macht dieser Welt · Band 01/5972
Und vergib uns unsere Sünden · Band 01/6045
Der Anwalt des Teufels · Band 01/6079
Einer gibt Antwort · Band 01/6171
Das Ende aller Unschuld · Band 01/6217
Durch die Nacht leuchtet der Strom · Band 01/6252
Antworte wie ein Mann · Band 01/6350
Die andere Seite von Eden · Band 01/6422

TAYLOR CALDWELL

MIT DEM HERZ EINES LÖWEN

Roman

WILHELM HEYNE VERLAG
MÜNCHEN

HEYNE ALLGEMEINE REIHE
Nr. 01/5294

Titel der amerikanischen Originalausgabe
GREAT LION OF GOD
Deutsche Übersetzung von Hans Erik Hausner

7. Auflage

Genehmigte, ungekürzte Taschenbuchausgabe
des Paul Neff Verlages, Wien

Printed in Germany 1987
Umschlaggestaltung: Atelier Heinrichs, München
Gesamtherstellung: Presse-Druck Augsburg

ISBN 3-453-00664-X

Jede Ähnlichkeit zwischen der Welt,
in der der heilige Paulus lebte,
und der Welt von heute
ist ausschließlich historisch zu verstehen.

*Judge Edward L. and Janet L. Robinson
in Zuneigung gewidmet.*

VORWORT

Dieser Roman über den feurigsten, intelligentesten und weltgewandtesten unter den Aposteln des frühen Christentums, Saul von Tarschisch oder, wie ihn die Römer nannten, Paulus von Tarsus, ist das Ergebnis jahrelangen angestrengten Studiums. Der intellektuelle Pharisäer, Rechtsgelehrte, Theologe und spätere Apostel hat einen Einfluß auf die westliche Welt und das Christentum ausgeübt, der noch weit größer ist, als man heute schon zu glauben geneigt ist. Das Judenchristentum, das er so unermüdlich predigte, ist das geistige und sittliche Fundament unserer Welt, es hat durch die Kraft seiner Erkenntnisse und durch seine überzeugende Rechtmäßigkeit in den vergangenen 2000 Jahren eine wahrhaft neue Gesellschaft geschaffen und der Sache der Freiheit unschätzbare Dienste geleistet. „Freiheit soll herrschen im ganzen Land und unter seinen Bewohnern", hatte einst Moses verlangt. Das war das erste Mal, daß solche Gedanken ausgesprochen wurden, und Paul wiederholte diese Forderung mit allem Nachdruck, denn die Freiheit war das höchste Ideal des Judenchristentums, die Freiheit des Geistes, der Seele wie auch des Leibes. Für die Menschen war das ein neuer Begriff, und es darf daher nicht verwundern, daß die Feinde der Freiheit ihre ersten Angriffe gegen die Religion richteten, welche der Menschheit die Freiheit geschenkt hat.

Die Tatsache, daß sich der Mensch nicht ändert, mag den einen ermutigen, den anderen betrüben. Jedenfalls sehen wir uns heute mit den gleichen Problemen konfrontiert, die auch zu Paulus Zeiten die Welt bewegten. Es ist ermutigend zu sehen, daß im Menschen eine unbezwingbare Kraft steckt, die ihn Despoten und tyrannische Regierungen überleben und überwinden läßt, betrüblich aber ist es, daß der Mensch aus seinen Erfahrungen nichts lernt. Doch lange vor Christus hat ja schon Aristoteles festgestellt, daß ein Volk, das aus seiner Geschichte nichts lernt, dazu verurteilt ist, sie ein zweites Mal zu erleben. Jedenfalls eine Situation, in der wir uns auch heute befinden.

„Es gibt nichts Neues unter der Sonne":

In den Tagen des Paulus von Tarsus befand sich das römische Reich in einem Zustand, der in mancher Hinsicht an die Vereinigten Staaten von heute denken läßt: eine Gesellschaft, die keine Tabus kennt, Sittenlosigkeit, zynische Nichtachtung der hergebrachten menschlichen Tugenden, Prinzipien und ethischen Grundsätze, materialistisches Streben nach Besitz, Preisgabe der Religion, endlose Kriege, ruinöse Steuern, Vernichtung des Mittelstandes, das Auftreten käuflicher Politiker, die den Massen um ihrer Stimmen willen schmeicheln, fortgesetzte Schwächung des Währungssystems und drohende Inflation, Tumulte und Demonstrationen, Verbrecher auf den Straßen, die Angst und Schrecken verbreiten und in der Folge dieser Zustände „Notstandsmaßnahmen", der Ruf nach der Diktatur. All das vor dem Hintergrund einer korrupten Bürokratie, die Staatsgelder unterschlägt, Unrecht und Ausbeutung duldet und nach dem Prinzip „alles ist erlaubt" und „Gott ist tot" regiert.

Mit Übelständen dieser Art sah sich auch Paulus konfrontiert, denn es ist ein weitverbreiteter Irrtum zu glauben, daß die frühe Kirche eine in Liebe und Begeisterung verbundene Gemeinde gewesen wäre, in der es keinen Meinungsstreit und keine Kontroversen gab. Ganz im Gegenteil! Es waren seit Christi Auferstehung noch keine zwei Jahre vergangen, als schon Zank und Uneinigkeit die junge Kirche beinahe zerstörten. „Keinen staubigen, kleinen Marktflecken gibt es", sagte Paulus, „wo nicht ein obskurer Bischof oder Diakon seine eigene Auffassung predigt".

Alle diese Männer hatten Anhänger, die in der Auslegung des „Wortes" mit anderen Christen nicht übereinstimmten und sich sogar fanatisch bekämpften. Viele Jahre hindurch herrschte große Bitterkeit zwischen Petrus und Paulus, und es fehlte nicht viel, daß die Kirche diesem Streit zum Opfer gefallen wäre. Wie es schließlich doch zur Versöhnung kam, das ist eine andere und vergnügliche Geschichte — geliebt aber haben sie sich nie. Es war in ihnen viel Menschliches und Allzumenschliches, und wer die menschliche Natur kennt, wird auch in der hitzigen und entschlossenen Gegnerschaft der beiden Apostel viel Liebenswertes entdecken.

Auf einen weiteren Irrglauben ist noch hinzuweisen, nämlich auf die Vorstellung, daß alle Christen „heilige Märtyrer" in einer bösen Welt und rein und gut wie Lämmer waren. Richtig ist leider das Gegenteil. Sie waren oft unverträglich und unduldsam gegen ihre Umwelt, provozierten die „Heiden" und machten sich damit weit und breit unbeliebt. Sie wurden nicht, wie lange Zeit als erwiesen galt, ihres Glaubens wegen verfolgt — daran hatten die Römer in ihrer zynischen Toleranz gegenüber allen Religionen kein unmittelbares Interesse —, sondern weil sie in aller Öffentlichkeit lautstark gegen alles, was ihnen nicht zu Gesicht stand, Opposition machten, die Religion und die Tempel Andersgläubiger nicht achteten und so die Aufmerksamkeit der Behörden in Rom und in den von Rom beherrschten Ländern erregten. Sie drangen in die heidnischen Tempel ein, während dort den Göttern geopfert wurde, warfen Standbilder um und hielten Reden gegen die Obrigkeit und das Establishment. Von ähnlichen Vorgängen haben wir auch in letzter Zeit gehört, und die jungen Aktivisten glaubten eben damals häufig, daß ihr neuer Gott schon in den nächsten Tagen und Monaten zurückkommen und sie sogleich in aller Herrlichkeit als Herrscher der Welt einsetzen würde. Nicht diese waren es, die dem Glauben neue Jünger zuführten, sondern viele friedliche, intelligente und opferfreudige Männer, die ihre Arbeit oft in Einsamkeit verrichteten.

Die jungen militanten Christen, deren Hader und Streitsucht die junge Kirche beinahe zum Opfer gefallen wäre, hatten bereits vergessen, daß Christus gesagt hatte, „nicht trennen will Ich den einen vom anderen, Mein Reich ist nicht von dieser Welt“ und „gebet dem Kaiser was des Kaisers und Gott was Gottes ist“. Gleich vielen Millionen unserer Zeitgenossen glaubten auch sie, daß das Kommen des Reiches Gottes gleichbedeutend mit Macht und Wohlstand für sie selber wäre.

Wie wir heute sehen, hat die Kirche ihre äußeren Feinde ebenso überlebt wie die oft gefährlicheren unseligen inneren Feinde. So wie die Kirche heute von „Neuerern“ und „Modernismen“ zerfleischt wird, die den wahrhaft Gläubigen oft Anlaß zu Sorge und Verzweiflung sind, so wurde sie auch damals mehr von inneren als von äußeren Feinden bedrängt. Die Kirche hat in der Vergangenheit überlebt und sie wird auch heute überleben, sobald sie von jenen Anhängern gesäubert ist, die sich ihres Glaubens nie so recht bewußt waren und die ihn nie wirklich in ihrem Herzen getragen haben.

Doch es bleibt ja die entmutigende Erkenntnis, daß wir aus der Vergangenheit nichts lernen. In unseren Tagen steht das Christentum in der größten Bewährungsprobe seiner Geschichte. Es ist in erschreckendem und bedrohlichem Ausmaß verweltlicht, predigt es doch statt der christlichen Lehre vorwiegend das soziale Evangelium. Die Sorge Christi galt nicht *dieser* Welt, mit der sich jetzt alle jene, die Seine Jünger zu sein vorgeben, so intensiv beschäftigen. ER versprach „eine neue Welt“ zu schaffen. Wohlgemerkt, es heißt ER und nicht WIR. Nicht soziale Probleme und Unrecht beschäftigten Seine Gedanken, sondern Er wollte immer darauf hinaus, daß Gerechtigkeit und Gnade nur liebevollen Herzen entsprießen können und nicht Verordnungen und Gesetzen.

Der Mensch kann nur durch die Macht Gottes und der Religion besser werden. Mit Erziehung und weltlichen Ermahnungsreden wird das niemals gelingen.

Ich habe in diesem Roman die Pronomina zur Bezeichnung des göttlichen Wesens mit großen Anfangsbuchstaben geschrieben, wenn die Worte des Sprechers Glauben verraten, mit Kleinbuchstaben, wenn der Sprecher oder Schreiber ein Skeptiker ist, dem Glaube oder Überzeugung fehlen. Viele Romane und Bücher über den heiligen Paulus haben mit großer Genauigkeit berichtet, was er in seinem Leben und auf seinen Missionsreisen getan und geleistet hat. Ich dagegen will erzählen, wer Paulus war: ein Mensch wie wir alle mit seinen Hoffnungen, Zweifeln und Nöten, voll Zorn, Unduldsamkeit und mit der „Schwäche des Fleisches“

behaftet. Mir ging es ebenso um den Mann wie um den unerschrockenen Heiligen. Ich schreibe also ebenso über die Einflüsse, denen Paulus in seiner Kindheit ausgesetzt war, wie auch über sein Leben als römischer Bürger und römischer Rechtsgelehrter, als pharisäischer Jude von großem Wissen, überragendem Intellekt und unerschütterlichem Glauben. Das ist der Grund, warum ich mit seinem Abschied von seiner geliebten Heimat die Feder weglege. Wir alle kennen seine späteren Fahrten und seinen Märtyrertod in Rom. Bei mir nimmt der letzte Blick auf die Erde seiner Väter das bittere Ende vorweg, denn die Gewißheit, sein Geburtsland und sein Volk für immer verlassen zu müssen, ist nicht weniger hart als die Erwartung des Todes.

Wenn ich mit diesem Buch nur zehn Menschen dazu bringen konnte, sich mit dem Studium der Heiligen Schrift zu beschäftigen, so habe ich das Ziel, das ich mir gesetzt habe, erreicht. In diesem Sinne widme ich das Buch „urbi et orbi".

Taylor Caldwell

ERSTER TEIL

Denn wahrhaft, er war ein Löwe, ein wütender Löwe, der große Löwe Gottes.

Augustinus

I

„Er ist sehr häßlich", meinte seine Mutter. „Alle meine Brüder sind schöne Männer, man feierte meine Mutter wegen ihrer Schönheit, und ich bin auch nicht gerade reizlos. Wie ist es nur möglich, daß ich ein so abscheuliches Kind zur Welt gebracht habe?"

„Sei dankbar, daß wir einen Sohn bekommen haben", erwiderte ihr Gatte. „Hast du nicht bisher nur tote Mädchen geboren? Jetzt haben wir einen Sohn."

„Du sprichst als Jude", sagte die Mutter mit einer schnellen Bewegung ihrer weißen, zarten Hand. „Aber wir sind auch römische Bürger."

Sie betrachtete das Kind in der Wiege mit zunehmender Schwermut und ein wenig Abneigung, denn sie hatte hellenistische Prätensionen und auch schon einige Gedichte in griechischen Pentametern geschrieben. Die Freunde ihres Vaters hatten ihren guten Geschmack gelobt und von Sappho gesprochen. Ihr Vater, selbst ein Gelehrter, war erfreut gewesen.

„Wir sind immer noch Juden", gab Hillel ben Borusch zu bedenken. Er strich sich seinen blonden Bart und sah auf das Kind hinab. Ein Sohn war ein Sohn, wenn auch nicht gerade schön anzusehen. Und was zählte schon Schönheit, körperliche Schönheit in den Augen Gottes, gesegnet sei Sein Name? Es wurde viel diskutiert, besonders in diesen Tagen, ob der Mensch eine Seele besaß oder nicht, aber hatte diese Frage nicht schon immer die Gemüter der Gläubigen bewegt? Des Menschen Aufgabe war es, Gott zu lobpreisen, und ob er nun eine Seele besaß oder nicht, war völlig unerheblich. Hillel überraschte sich bei dem Gedanken, daß es schön wäre, wenn seinem neugeborenen Sohn eine schöne Seele innewohnte, denn sein Anblick ließ die Kinderfrauen ganz gewiß nicht in Begeisterung geraten. Aber was war denn schon an einem Menschenleib dran? Schmutz, Kot, Urin, Krätze. Wichtig war das Licht, das in ihm erstrahlte, und ob es nun über den Tod hinaus leuchtete, oder ob die Seele in der endlosen Nacht schmachtenden Fleisches ewig geblendet dahinsiechte, entbehrte jeder Bedeutung. Sollten doch die Alten solch unbehaglichen Gedanken nachhängen und ihre Hoffnungen daran knüpfen.

Deborah seufzte. Nur zum Teil verhüllte der Schleier aus zarter, durchsichtiger Seide ihr feines, kastanienbraunes Haar. Mit einem Ausdruck, der gleichermaßen unschuldig und unzufrieden, suchend und ratlos war, lugten, leuchtend wie der Himmel Griechenlands, große blaue Augen unter dichten, rötlichen Wimpern hervor. Alle Welt — mit Ausnahme ihres Gatten — sah sie als feingebildete, würdige Dame an. Hillel ben Borusch war ein Glückspilz, sagten seine Freunde, denn Deborah bas Schebua hatte ihm eine prächtige Aussteuer mitgebracht — ihm, einem armen Gelehrten. Sie war der Augapfel ihres Vaters und in Jerusalem von Privatlehrern unterrichtet worden. Sie war für ihre Anmut, ihr gewinnendes Lächeln, ihre Bildung und ihre Eleganz weithin bekannt. Großgewachsen und liebreizend, besaß sie einen wohlgeformten Busen und die Hände und Füße einer griechischen Statue. Ihre Gewänder schmiegten sich an ihren Körper, als wollten sie sich für die köstliche Gelegenheit, die ihnen geboten wurde, dankbar erweisen.

Ihr Gesicht war sehr blaß und oval, und ihr Teint gleich Marmor. Ihr Mund erinnerte an eine Rosenknospe, Grübchen zierten ihr energisches Kinn und ihr Näschen war zartgeformt. Sie war neunzehn Jahre alt. Sie trug eine blaue, mit Goldborten besetzte Stola im Schnitt einer römischen Tunika, und ihre Füße steckten in vergoldeten Ledersandalen. Eine Aura von Schönheit umgab sie wie der Schatten eines strahlenden Lichtes. Ein junger Römer, Sproß eines reichen und angesehenen Hauses, hatte um ihre Hand angehalten. Sie war ihm zugetan gewesen, doch abergläubische Einwände und lästige Vorurteile hatten die Verbindung vereitelt. Sie war Hillel ben Borusch zur Ehe gegeben worden, einem armen jungen Mann, der einer alten und ehrenwerten Familie entstammte, bekannt für seine Frömmigkeit und Gelehrsamkeit.

Bedauerlich, dachte Deborah, daß sich selbst ein Weltbürger wie ihr Vater toten Traditionen gebeugt hatte. Wie bedauerlich für die Jugend! Die Alten wollen einfach nicht einsehen, daß die Welt sich ändert, daß die modrigen Götter sterben, ihre Tempel in Staub und Asche sinken, die Altäre stürzen, die Namen, die darauf eingemeißelt sind, ausgelöscht werden, und jene, die sie angebetet haben, nicht mehr sind. Sie selbst war das Opfer der Tradition und nun schon verworfener, geheimer Erkenntnisse. Sie war vor ihrer Zeit geboren worden. Jetzt aber würde ihr Sohn in einer neuen Welt der Erleuchtung und befreienden Lachens leben können, in einer Umgebung, in der, wie die zivilisierten Griechen jetzt geltend machten, die überragende Stellung des Menschen in der Schöpfung unzweifelhaft feststand. In dieser Zeit weltoffenen Denkens war allein schon der Glaube an die Existenz eines Gottes verwirrend und peinlich, da er sich mit natürlichen Erscheinungen nicht vereinbaren ließ. Sie, Deborah, war fest entschlossen, den Geist ihres Sohnes davor zu bewahren, von Aberglauben überzogen zu werden wie ein Spiegel, dessen Glanz unter dem Staub der Jahre und dem Geschmier ungewaschener Hände verblaßt.

„Saul“, sagte Hillel ben Borusch.

„Eheu!“ rief Deborah. „Saul! Das ist kein vornehmer Name, wie unsere Freunde ihn schätzen.“

„Saul“, wiederholte Hillel, „ein Löwe Gottes.“

Deborah überlegte und zog ihre rötlichen Augenbrauen zusammen. Aber gleich wieder entspannte sie sie, denn dadurch entstanden Runzeln, die sich selbst mit Honig und Mandelmehl nicht glätten ließen. Sie war eine Dame, und Damen lassen sich nicht auf heftige Dispute mit ihren Männern ein, wie töricht diese auch sein mögen. „Paulus", sagte sie. „Dagegen ist doch gewiß nichts einzuwenden, mein Gatte. Paulus ist ja nur die römische Übersetzung."

„Saul ben Hillel", beharrte der Vater.

„Paulus", flüsterte Deborah und lächelte sinnend. Es klang so aristokratisch, für Griechen wie auch für Römer.

„Saul von Tarschisch", sagte Hillel.

„Paulus von Tarsus", erwiderte Deborah. „Nur Barbaren nennen Tarsus Tarschisch."

Hillel lächelte, und selbst seinem jungen Weib schien sein Lächeln gütig und anziehend, denn es lag Zärtlichkeit darin und Belustigung. Er legte ihr die Hand auf die Schulter. Man mußte den Frauen ihren Willen lassen. „Es ist gleich", sagte er. Er fand Deborah entzückend. Aber auch dumm. Daran trugen zweifelsohne ihre sadduzäischen Eltern die Schuld, äußerst oberflächliche Menschen und unerfahren in allem, was gottgefällig war. Nur dazu aber wurde der Mensch geboren, lebte und fand seine Existenzberechtigung: um Gott zu gefallen! Nur dazu und zu nichts anderem. Oft bedauerte er die Sadduzäer, deren Leben in einer sekulären Welt verankert war, die nichts gelten ließen, was sie nicht mit ihren fünf Sinnen wahrnehmen konnten, und die bloße Bildung fälschlich für Intellekt hielten und weltkluges Geschwätz für Wissen. Es muß ihnen ergehen, dachte er, wie einem Mann, dem von Geburt an die Fähigkeit abgeht, die unendliche Zahl vor Farben und Tönen und Nuancen dieser Welt voneinander zu unterscheiden, und der sich daher beraubt sieht der Majestät des Wunders und des Mysteriums und des Entzückens und der grenzenlosen Freude an Deutung und frommer Betrachtung. Er wunderte sich häufig, wie diese Menschen eine Welt ohne Gott ertragen konnten. Eine solche Welt war nur von Tieren bevölkert, deren Leben jeder Bedeutung ermangelte.

„Woran denkst du?" fragte Deborah argwöhnisch, denn der Gesichtsausdruck ihres Gatten, wenn er mit sich selbst zu Rate ging, war ihr zuwider. Ein Gefühl des Unbehagens überkam sie in solchen Momenten und brachte ihr quälend den Unterschied zwischen ihrer Jugend und seinen dreißig Jahren zu Bewußtsein.

„Ich bin Pharisäer", antwortete er, „und wir glauben an die Wiedergeburt. So sann ich also über die frühere fleischliche Gestalt unseres Sohnes, über seine Herkunft und über die Frage nach, warum er jetzt hier bei uns ist."

Deborah zog verächtlich ihre hübschen Augenbrauen hoch. „Das ist Unsinn", sagte sie. „Er ist Fleisch von unserem Fleisch und Geist von unserem

Geist. Keinen wie ihn hat es zuvor gegeben und keinen wie ihn wird es nach ihm geben."

„Das ist wahr", gab Hillel ben Borusch zu. „Gott wiederholt Sich niemals, nein, nicht einmal in einem Blatt oder Grashalm. Von Anfang an sind alle Seelen verschieden, doch wenn sie unsterblich sind — und das ist unsere Überzeugung —, müssen sie nach Gottes Willen von Fleisch zu Fleisch wandeln. Die Aufnahme von Wissen setzt nie aus. Die sittliche Pflicht erschöpft sich nicht im Grab."

Deborah gähnte. Morgen mußte sie zur Reinigung ihres Kindes in den Tempel gehen; der Gedanke daran störte sie. Wohl folgten die Sadduzäer dem alten Gesetz und hielten es als Tradition in Ehren, doch heimlich lachten sie darüber. Wie sollte sie ihren griechischen und römischen Freunden diese Zeremonie erklären? Sie würden ihren Spaß daran haben. Mißmutig glättete sie eine Falte in ihrer Stola und betrachtete ein wenig grollend ihren Sohn.

Hillel wußte, warum man sie ihm zur Ehe gegeben hatte. Die Sadduzäer mochten nicht an das ewige Leben, ja nicht einmal an Gott glauben und durchaus weltlich gesinnt sein, waren aber des öfteren bestrebt, ihre Töchter mit einem frommen Mann zu verheiraten. Sie handelten wie Leute, die umsichtig in etwas investierten, was ihnen in ihrer Einfalt als möglicherweise gute Anlage erschien. Oder aber sie gaben ihre Töchter als Unterpfänder an einen Gott, an den sie nicht glaubten, der jedoch vielleicht wirklich existierte und dem Vernehmen nach rachsüchtig war.

Hillel hatte große, schimmernde Augen, ein blasses, asketisches Gesicht, eine vorspringende Hettiternase, einen goldblonden Bart und goldblonde Augenbrauen, und eine gewölbte Stirne, aus der der goldene Schopf seines Haares sproß, das zum Teil von dem Käppchen bedeckt war, das Deborah so besonders störte. Er besaß breite Schultern, kräftige weiße Hände und starke Beine, aber er war nicht so groß wie seine Frau. Auch das trug zu ihrer Unzufriedenheit bei. Hatte sich nicht einmal ein griechischer Edelmann vor ihr verbeugt und Homer zitiert: „Tochter der Götter, göttlich groß und von noch göttlicherer Schönheit?" Auch trug Hillel diese lächerlichen Locken an seinen Schläfen und — unweigerlich, wie es der jungen Deborah schien — den Tallith, den Gebetmantel, weil er ja andauernd betete. Die Bräuche des judaistischen Lebens verwirrten sie; auch waren sie ihr zum größten Teil unbekannt. Die Zeiten änderten sich, die Welt blieb nicht stehen, und was gestern noch Wahrheit gewesen war, reizte heute nur mehr zum Lachen. Gott war eine kuriose Hypothese, gegenseitig auswechselbar mit den Göttern Griechenlands und Roms, mit einem leisen Hauch von Babylon und Ägpten behaftet. Es war ein friedliches und heiteres Haus in Jerusalem, in dem Deborah das Licht der Welt erblickt hatte, ein weltbürgerliches Haus. Sie bedauerte, es gegen dieses eingetauscht zu haben, in dem Pharisäer sich aufhielten, immerfort ernsthaft debattierten und ihr Blicke zuwarfen, die heimliche Mißbilligung verrieten, fast so, als ob sie eine ionische Hetäre sei.

„Betrachtest du mich als eine Art Aspasia?" hatte sie ihren Mann einmal gefragt. Sie konnte es sich heute noch nicht erklären, warum er in unbändiges Gelächter ausgebrochen war, sie dann zärtlich umarmt und geantwortet hatte: „Nein, mein Liebling, du wirst für mich niemals Aspasia sein."

Draußen kreischte wütend ein Pfau. Er war sehr eifersüchtig auf die schwarzen Schwäne in dem von einer Quelle gespeisten Teich im Garten, denn er wußte, daß man sie sehr bewunderte. Hillel zuckte zusammen; er hatte ein empfindliches Gehör. „Dieses Vieh krächzt wie ein böses Weib", sagte er ein wenig unvorsichtig. „Er hat das Kind geweckt."

Ein Gefühl der Abneigung gegen ihren Mann durchzuckte Deborah, als sie diese Bemerkung hörte, die ihr Geschlecht verunglimpfte. „Wenn dir die Frauen so unsympathisch sind", erklärte sie und hob hochmütig den Kopf, „will ich dich auch von meiner Gegenwart befreien."

„Deborah", sagte Hillel, aber sein junges Weib war flink wie ein Kind und schon im nächsten Augenblick im Schatten der Säulen verschwunden, die draußen den Portikus umrahmten. Hillel seufzte und lächelte. Immer wieder beleidigte er Deborah, dieses anbetungswürdige kleine Mädchen — nie sah er sie als erwachsene Frau. Er hatte in seinem Buchladen erfahren, daß ein noch wenig bekanntes Manuskript von einem der Frühwerke Philo von Larissas vor einem Jahr entdeckt worden war, und daß einige Exemplare in Tarsus erwartet wurden. Morgen würde er eines kommen lassen; Deborah würde sich freuen. Leider würde sie kein Wort davon verstehen, die liebe Kleine. Andererseits hatte sie bei ihrem Schmuckhändler ein Halsband aus feurigen Opalen bewundert, dabei aber auch klugerweise den hohen Preis bekrittelt. Was sollte es nun sein? Philo von Larissa oder die Opale? Hillel entschloß sich für das Schmuckstück. Zwei schwer beladene Schiffe waren von Kilikien nach Rom gelangt, ohne auf die stets unternehmungslustigen und allgegenwärtigen kilikischen Piraten zu stoßen, die sich bisher immer noch ihrer Vernichtung durch Cäsar und seine Nachfolger hatten entziehen können. Hillel hatte eine große Summe Geldes in diesen Schiffen und ihrer Ladung angelegt und somit einen beträchtlichen Gewinn erzielt. Darum sollte Deborah ihre schönen Opale haben.

Wieder kreischte der Pfau, und das Kind wimmerte in seiner Wiege aus Elfenbein und Ebenholz. Der frische Duft nachtblütigen Jasmins erfüllte die Kinderstube, obgleich die Sonne noch nicht untergegangen war und ihre rötlichen Strahlen auf die weiße Marmorwand und den weißschwarzen Boden fielen. Der Schatten eines Palmenbaumes schwankte auf der Wand, die dem Kind am nächsten war; das kleine Wesen drehte schnell den Kopf und starrte hinüber. Hillel war überrascht. So klein war das

Kind, eben erst geboren, und konnte schon sehen! Ein Säugling, so hieß es zwar, sei erst mit zwei Monaten imstande, mehr zu erkennen als Licht und Schatten, aber dieses Kind, daran war nicht zu zweifeln, sah nicht nur, es verstand auch, was es sah. Hillel kam sich keineswegs töricht oder närrisch vor, als er sich nun über die Wiege beugte und seinen Sohn mit einem schnalzenden Ton begrüßte. „Saul“, flüsterte er zärtlich, „Saul?“

Noch hatte der Säugling nicht im Tempel seinen Namen erhalten, doch ein Vater trug den Namen seines Kindes schon vorher im Herzen. Hillel und sein Sohn waren allein in der großen, schimmernden Kinderstube. Hillels Antlitz und sein goldener Bart glänzten, als läge darauf das Licht seines eigenen Geistes. Er empfand heiße Liebe und murmelte schnell ein Gebet, denn vor allem mußte man den Willen Gottes aus ganzem Herzen, mit Leib und Seele lieben, und diese Liebe mußte jede menschliche Liebe zu einem andern menschlichen Wesen übersteigen. Hillel hoffte, seinen allgegenwärtigen Gott nicht beleidigt oder gar Seinen Zorn erregt zu haben, der dann auf das unschuldige Wesen in der Wiege zurückfallen könnte.

Rasch drehte der Säugling den Kopf zurück und sah zu seinem Vater auf, der über ihm lehnte. Wie Deborah schon gesagt hatte, er war nicht schön; fast war er häßlich zu nennen. Selbst in diesem zarten Alter war er kleiner als Babies es zu sein pflegen, doch sein Körper, nackt bis auf ein Tuch um die Lenden, war breit und kräftig. Die Haut war nicht so weiß wie die seiner Eltern, sondern leicht elfenbeinfarben, als ob der Kleine der Sonne ausgesetzt gewesen wäre. Die Kinderfrauen sprachen von einem jungen Herkules, der Deborahs Wohlgefallen erregt hatte, doch Hillel dachte an David, den Kriegerkönig. Die Muskeln in der kleinen Brust waren stark und bewegten sich unter der feuchten Haut wie winzige Panzerplättchen. Die Arme waren die eines Soldaten. Die Beine waren ebenso kräftig, jedoch gekrümmt wie die eines Menschen, der von Kindheit an geritten ist. Die Zehen, wie auch die breiten Finger, spannten sich lebhaft und in einer Art Rhythmus. Sie bewegten sich zielbewußt und nicht ziellos, wollte es Hillel bedünken.

Das Kind hatte einen runden Kopf, männlich und fest, doch ein wenig zu mächtig für seinen Körper, und große rote Ohren. Noch röter war leider sein dichtes, strähniges Haar. Es war keine reizvolle Tönung, wie Deborahs Haar sie aufwies. Es war jenes giftige, freche Rot, das üblicherweise Mißtrauen bei abergläubischen Juden hervorrief. Noch dazu wuchs es bis tief über die breite Klippe der kindlichen Stirne hinab, was dem Kleinen ein kampflustiges Aussehen, das Aussehen eines reizbaren Römers verlieh.

Die höchst eigenartigen Augen verstärkten noch den Eindruck der Reizbarkeit. Sie waren rund und groß und gebieterisch unter den roten Brauen, die fast über der Nase zusammenstießen, die noch mehr der eines Hettiters glich als die Hillels. (Wenigstens ist es nicht die Knollennase eines Bauern, dachte Hillel.) Doch das Erstaunlichste an den Augen war ihre Farbe: ein seltsam metallisches Blau, wie das Glitzern eines geschliffenen Dolches. Es war ein heftiges, leuchtendes Blau, und die langen, schimmernden, kastanienbraunen Wimpern nahmen ihm nichts von seiner Tiefe. Tatkraft und Stärke verrieten diese Augen, die nicht kindlich waren, nicht ganz unschuldig, sondern ernst und wachsam. Zwar war Hillel Pharisäer, doch glaubte er nicht so ganz an die Seelenwanderung. Jetzt aber fühlte er sich unsicher, wie schon oft in den letzten Tagen. Sauls Augen waren nicht die eines Kindes. Er war gewiß, Mutmaßungen und Wiedererkennen in ihrem Blick zu lesen. „Wer bist du, mein Sohn?" flüsterte er mit leichtem Unbehagen. „Woher kommst du? Was wird dein Schicksal sein?"

Das Kind starrte ihn an, doch nicht ausdruckslos. Der Mund, der breite Mund mit den schmalen Lippen eines erzürnten Mannes, zuckte, aber kein Ton wurde hörbar. Dann schloß er sich, und das Kind wandte den Blick von seinem Vater ab und betrachtete den Tanz der Lichter und Schatten zwischen den Marmorsäulen. Es schien nachzudenken. Hillel war ein wenig von Scheu erfüllt. Was bewegte dieses kindliche Hirn, welche Gedanken, welche Träume, welche Entschlüsse, welche Erinnerungen?

Gaia, das kleine griechische Kindermädchen und Deborahs Dienerin, kam flink durch die Bronzetür am anderen Ende des Kinderzimmers; ihre Sandalen klapperten auf dem Steinboden. Mit ihrem flatternden lichtbraunen Haar, den hellen Augen, dem fröhlichen Gesicht und dem federnden Gang war sie selbst noch kaum mehr als ein Kind, aber sie war sehr tüchtig. Sie trug eine lange, dünne Tunika aus rosenfarbigem Stoff, die mit blauen Bändern um ihre schlanke Taille zusammengehalten war. Sie verneigte sich vor Hillel, der sie freundlich begrüßte und automatisch die Hand hob, um sie zu segnen, obwohl sie eine Heidin war.

„Die Amme erwartet das Kind, Herr", sagte sie. Hillel hatte sich vorgestellt, wie seine Frau ihren Sohn stillen würde, doch Deborah war nicht dafür zu haben gewesen. Die griechischen und römischen Damen säugten ihre Kinder nicht mehr, und auch aufgeklärte jüdische Frauen nicht, die Verpflichtungen hatten, die über rein körperliche Ansprüche hinausgingen. Hillel war sehr enttäuscht gewesen. Das Bild einer stillenden Mutter war für ihn das schönste auf der Welt. Seine eigene Mutter, ja, *die* hatte ihre Kinder gesäugt, und er entsann sich noch der Wärme und der Zärtlichkeit der Kinderstube, ihres leisen Summens, der abendlichen Sonne, die sich im Haar seiner Mutter verfing, und der morgendlichen duftigen Frische ihres Körpers. Er hatte keine Einwendungen bei Deborah erhoben, die sich um diese Stunde in der Bibliothek aufhielt, um ihr Wissen zu vermehren; er war ein zu gütiger, zu zartfühlender Mann. Er wußte das und bedauerte es. Vor den alten Patriarchen waren früher die Frauen und Töchter in Ehrfurcht erstorben — aber Hillel war leider kein Patriarch.

So schaute er, ohne ein Wort zu sprechen, der kleinen Gaia zu, wie sie das Kind in die Arme nahm, und lauschte ihren Äußerungen über den Zustand der Windel, den das andere Mädchen anscheinend nicht beachtet hatte. Geschickt wickelte sie den Säugling in sein Tuch und trug ihn fort. Als sie die Tür erreichte, stieß der Knabe plötzlich einen lauten, seltsamen Schrei aus, kein kindliches Wimmern oder Weinen, sondern einen Schrei der Erniedrigung und des Widerwillens. Fast schien er sagen zu wollen: „Ich hasse meinen gegenwärtigen Zustand und meine Schwäche und werde mich nicht mehr lange damit abfinden!"

Schrullig bin ich, dachte Hillel, wie alle jungen und stolzen Väter. Er ging zum Portikus hinaus und stieg in den Garten hinab. Es war Zeit für die Abendgebete in der warmen, duftigen Stille. Als frommer Jude wußte er, daß diese Gebete in einer Synagoge gesprochen werden sollten, aber er und Deborah lebten in dem Haus, das der Vater seiner Frau ihnen in einer entlegenen Vorstadt von Tarsus gekauft hatte. („Meine Tochter ist von zarter Gesundheit.") Es gab keine Synagoge, die weniger als eine gute Stunde kräftigen Fußmarsches entfernt gewesen wäre, und Hillel erholte sich gerade von einer Malaria. Seine Beine hatten ihre Kraft noch nicht wiedergefunden, und wenn er sich zu sehr anstrengte, bekam er Herzklopfen. Er war kein Reiter und verabscheute weibische Sänften; zwar besaß er zwei Wagen, einen großen und einen kleineren, doch verabscheute er sie nicht viel weniger als die Sänften. Der Mensch war zum Gehen geschaffen. Einen geduldigen Esel hätte er sich gefallen lassen, aber das wollte wiederum Deborah nicht dulden, und Hillel war ein Mann des Friedens.

Hillel genoß die leuchtende Stille des frühen Abends. Stille und Ruhe strahlte dieses Haus in einer Vorstadt von Tarsus aus, ungestörten Frieden, selbst wenn die Sklaven und andere Bedienstete geschäftig ihrer Arbeit nachgingen oder lachten und sangen — denn es war ein glückliches Haus. Selbst die mißtönenden Schreie der Pfaue und Raubvögel klangen hier harmonisch und vermählten sich dem Rauschen der Palmen und Zitronenbäume, der Johannisbrotbäume, Platanen und duftenden Sträucher. Wohltuende Milde schien selbst den heißen Frühjahrsstürmen und den donnernden Sommergewittern zu trotzen. Das Haus und seine sich weithin erstreckenden Anlagen schienen abgeschirmt, und das fiel den griechischen und römischen Freunden des jungen Paares auf, die lachend behaupteten, Hillel stünde unter dem liebevollen Schutz von Waldgöttern, Faunen und Nymphen. Das Haus stand in einer Mulde inmitten grünenden Landes, das selbst in der trockensten Zeit von Quellen und kleinen Bächlein gespeist wurde. All dies befand sich im fruchtbaren und üppigen Tal von Issos, in jenem ausgedehnten Gebiet im kilikischen Taurus, das von Julius Cäsar mit Syrien und Phönikien vereint worden war.

In weichen grünen Wellen wogte das Land um das Haus, gekrönt von dichten, smaragdgrünen Wäldchen, die auch an den heißesten Tagen kühlende Zuflucht boten. Ihr Schatten fiel auf saftiges Gras, symmetrisch angelegte Blumenbeete, schmale rote Pfade, mit Kies bedeckte Fußwege. In der Farbe gelben Bernsteins zischten und gurgelten Springbrunnen im Sonnenlicht; das funkelnde Wasser ergoß sich aus freigebigen Marmorhänden oder Füllhörnern, ja selbst aus den Mündern exotischer kleiner Geschöpfe. (In einem der Springbrunnen war die Statue eines kleinen Jungen gestanden, doch sehr zu Deborahs Mißvergnügen hatte Hillel die nach pharisäischer, also seiner Auffassung unzüchtige Figur entfernen lassen.) Um nicht gegen die Zehn Gebote zu verstoßen, würde Hillel alle ‚Götzenbilder' aus den Brunnen und dem gesamten Besitz verbannt haben — Bildwerke, die der frühere Eigentümer, ein Römer, hatte aufstellen lassen — aber Deborah protestierte heftig und unter Tränen und geriet in so maßlose Erregung, daß Hillel, der ewige Kompromißler, schließlich nachgab. Und ein weiteres Kompromiß schloß, indem er die anmutigen Statuen in Grotten, Laubengängen und Brunnen keines Blikkes würdigte und so einer unmittelbaren Begegnung mit ihren klassischen, schönen Gesichtern auswich. Nur selten begab sich sein von Natur aus scharfsichtiges und verständnisvolles Auge auf unfreiwillige Wanderschaft. Machte ihm einer seiner noch strenggläubigeren Freunde ernsthafte Vorwürfe, wechselte er lachend das Thema. Ganz im Gegensatz zu seiner weichen Natur verstand er es, einen Ton ruhiger Würde und Autorität in seine Stimme zu legen, der selbst den jähzornigsten und rebellischesten Widersacher zum Schweigen brachte. Der Händelsüchtige, dem so die Stirne geboten worden war, versuchte nie wieder, seine Meinung zu verfechten oder seinen Gastgeber oder Meister zu tadeln oder zu kritisieren; stattdessen begegnete er Hillel fortan mit Achtung und ein klein wenig Angst.

Inmitten des Besitzes lag ein großer, auf natürliche Weise entstandener Teich. Blau und purpurfarben glitzerte er unter der Sonne, silbern schimmerte er im Mondlicht. Hier glitten die stolzen schwarzen und weißen Schwäne dahin und die wunderlichen, bunten Enten aus China. Sie sahen aus, als wären sie aus kantigem, angemaltem Holz gefertigt und machten den Schwänen hin und wieder die Herrschaft über das Wasser streitig. In ihren Wanderzeiten, wenn die rotbeinigen weißen Störche nach Afrika zogen oder wieder zurückkehrten, unterbrachen sie hier oft ihren Flug, um sich an den Fischen zu ergötzen, mit denen der Teich reich besetzt war, aber auch an den quakenden Fröschen und den dichten Wolken von Insekten. Die prächtigen Pfaue labten sich hier und machten sich über die Schwäne lustig, und die kleinen Landtiere taten es ihnen gleich. Von klaren Quellen gespeist und von kleinen Rinnsalen und Bächlein entwässert, war der Teich stets rein und ungetrübt. An den felsigen, niederen Uferwänden wuchsen blaue, goldgelbe und karminrote Blumen, ja sogar Farnkraut, in buntem Überfluß. Zur einhelligen Empörung der sonst ständig in Streit liegenden Bewohner des Gewässers, wateten die Sklaven an heißen Abenden manchmal durch den Teich, fingen schillernde Fische mit ihren jungen Händen und gaben sie lachend wieder frei. Nach einer Orientreise hatte der frühere Besitzer eine sehr kunstvolle und reich verzierte kleine Bogenbrücke über den schmalsten Teil des birnenförmigen Teiches erbauen lassen und damit einer sonst vielleicht zu konventionellen Anlage einen exotischen Anstrich gegeben. Drachengestalten, Schlangen und Reben verflochten sich im Teakholz der Brücke. Die Augen der Tiere waren aus Silber oder Lapislazuli, und die winzigen Früchte der Reben kunstvoll aus Jade oder gelben Saphiren geschnitten. Die jüngeren Sklaven lagen oft auf dem Brückenbogen, betrachteten voll Bewunderung und Entzücken das Werk des Künstlers, entdeckten immer wieder neue Feinheiten und staunten über die Intarsien aus geschnitztem Elfenbein.

Von blau oder rot oder grün gestreiften Markisen überdachte, kleine Ruheplätze unter den Bäumen luden zur Erfrischung ein, und oft kam Hillel hierher, um zu meditieren, nachdem er der Schönheit Tribut gezollt hatte und sein Gewissen ihn quälte. Auch Deborah pflegte diese Plätze mit ihren Freundinnen aus der Stadt oder von nahe gelegenen Gütern aufzusuchen, um duftenden Kräuterwein zu schlürfen und süßen Kuchen und Obst zu verzehren. Sooft Hillel ihre hellen, munteren Stimmen hörte, stahl er sich fort, wenngleich Deborah ihm später seine Unhöflichkeit vorwarf und ihn an die Pflichten eines Hausherrn erinnerte. Hillel hatte eine weise Art, Frauen auszuweichen.

Der Besitz hatte Deborahs Vater ein beachtliches Vermögen gekostet, und er stand nicht an, Hillel diese Tatsache gelegentlich in Erinnerung zu rufen. Er hatte das Haus mit Sklaven und sonstigem Personal ausgestattet und einen seiner besten Köche geschickt, um Deborah zu dienen. „Man darf nicht vergessen, daß mein Kind, meine einzige leibliche Tochter, an Komfort und Luxus gewöhnt ist und es nicht ertragen könnte, unter Entbehrungen zu leiden." Das gütige Lächeln war von einem bedeutsamen, scharfen Blick begleitet, und der Schwiegervater wiegte sich in dem Glauben, willfährige Demut in Hillels Augen zu lesen. Hillel aber, der nachsichtige Kompromißler, lächelte im stillen.

So stand Hillel auch an diesem frühen Abend in seinem blühenden, gepflegten Garten, faltete die Hände und murmelte: „Höre, o Israel! Der Herr, unser Gott, der Herr ist Einer! O König des Universums, Herr der Herren, wir preisen Dich, wir verneigen uns vor Dir, wir verehren Dich, denn es gibt keinen anderen außer Dir."

Von ehrfurchtsvoller Scheu ergriffen, sann er über seine Worte nach. „Es gibt keinen anderen außer Dir." Das grenzenlose Universum war von Gottes Größe erfüllt. Sein Ruhm erfaßte auch den fernsten Stern. Die Welten des Alls — zahllos wie der Sand des Meeres — sangen Ihm Lob.

Die kleinste wilde Blume, die sich stumm an das felsige Ufer des Teiches klammerte, verkündete mit ihrer Farbe, ihrer Existenz und Lebensfähigkeit Seine Macht über das Geringste und Niedrigste, wie auch über das Erhabenste, und bewies Sein ewiges Leben, Seine Allgegenwart und Seinen alles einschließenden Geist. Jeder Grashalm gab Zeugnis, daß Er in ihm wohnte. Seine Altäre fanden sich nicht nur in den Synagogen, sondern auch in jedem kleinen Brocken Erde, in der silbernen Rinde der Bäume, in den rauschenden Blättern der Palmen und in den in allen Regenbogenfarben schillernden Flügeln der Vögel und Insekten. Seine Stimme sprach aus dem Donner, der Blitz trug den Funken Seines zornentbrannten Auges, und das Rascheln Seiner Gewänder übertönte das Brausen des Sturmes. Sein Atem rüttelte an den Bäumen und strich milde über das Gras. Seine Schritte ließen Steine und Berge sichtbar werden. Sein war das kühle Dunkel, Sein die wachsenden Schatten, der Schrei unschuldiger Wesen, der aufsteigende Abendnebel und der frische Duft von Erde und Wasser. „Es gibt keinen anderen." Nur Gott allein bestand.

Hillels Herz brannte in leidenschaftlicher Verzückung. Alles jauchzte Gott entgegen und bekannte sich zu Ihm — nur der Mensch nicht. Alles folgte blind Seinem leisesten Wink — nur der Mensch nicht. Alles lebte in Schönheit — nur der Mensch nicht. Alles unterwarf sich Ihm, existierte nur in Ihm — nur der Mensch nicht. Der Mensch war der Geächtete, der Rebell, die irregeleitete Gestalt, die die Erde schändete, die Stimme, die die Wohllaute des Paradieses verstummen ließ, die Hand, die Unzucht und Laster förderte. Der Mensch war der Pariahund, der moralisch Aussätzige in diesem durchscheinenden Spiegel des Himmels. Er war es, der die Gewässer verschmutzte, Wälder zerstörte, Unschuldige mordete und Gott herausforderte. Er war der Meuchler der Gottgeweihten und der Propheten, denn sie sprachen von dem, was er in der Finsternis seines Geistes nicht hören wollte.

Hillel hatte sonst eine gute Meinung von seinen Mitmenschen, denn er war ein mitfühlender Mann und stellte oft Betrachtungen über die Leiden der Menschheit und ihre mißliche Lage an, konnte sich aber nicht immer der Illusion hingeben, der Mensch sei es wert, am Leben zu bleiben. Wenn er sich, wie an diesem Abend, in seelischer Not befand — in einer Not, deren Ursprung er nicht zu erkennen vermochte —, entsann er sich der Prophezeiungen, die den Messias betrafen und, in diesem Zusammenhang, der Worte Jesaias': „Er wird Israel erlösen von allen seinen Sünden."

Die wenigen Sadduzäer, die Hillel kannte und in seinem Haus willkommen hieß, lächelten überlegen, wenn er ihnen — nach einem Becher Wein — gestand, er ‚fühle', daß etwas Göttliches sich ‚dem Strom der Welt einverleibt', daß ein bedeutendes Ereignis bereits stattgefunden habe, das das Antlitz der Geschichte verändern und den Menschen durch die Stimme Gottes zu neuem Leben erwecken würde. „Das ist nur deine selbstgewollte Abgeschiedenheit", sagten sie dann mit warmer Herzlichkeit. „Diese Welt besteht aus Fels und Materie und der Macht Roms. Sie ist Wirklichkeit, festgehalten im Raum, und nur Narren leugnen die Wirklichkeit. Vergiß die Sterne, Freund, und die Kabbala und die Weissagungen der alten Propheten, die nach Dung und Schweiß und Gewändern aus Ziegenhaar riechen. Sie lebten in einfacheren Zeiten. Die Welt von heute ist komplex und zivilisiert. In großen Städten wird Handel getrieben, und Kunst und Wissenschaft blühen. Der Mensch ist mündig geworden. Er ist ein geistig differenziertes Wesen und ein Bürger der römischen Welt — wenn nicht durch göttlichen Machtspruch, so jedenfalls durch seine Existenz. Er weiß alles, was zu wissen nottut. Er ist nicht mehr das Opfer unfruchtbarer Phantasien, Hoffnungen und Illusionen. Er weiß, was die Sterne sind. Er weiß, was Materie ist. Er kennt seinen Platz im Universum. Er ist nicht mehr abergläubisch, außer vielleicht, wie die Römer, in harmlosem Ausmaß. Naturerscheinungen versetzen ihn nicht mehr in Schrecken — er versteht sie. Er hat seine Universitäten, seine Schulen, seine weisen Lehrer. Nur wenige jüdische Mädchen träumen heute noch davon, den Messias zu gebären, denn sie wissen, daß es keinen Messias geben wird, und daß diese Illusion nur der Sehnsucht naiver alter Männer entsproß. Wir ehren auch weiterhin die kindliche Weisheit jener Männer, die schon darum so bemerkenswert ist, weil sie nicht über die heutigen Bibliotheken und Schulen verfügten. Aber es war die Weisheit schlichter und argloser Männer, die nichts von den Städten und der brausenden Welt unserer Tage wußten."

„Eine Jungfrau wird empfangen —." Aber davon sprach niemand in jenen Tagen, mit Ausnahme von ein paar alten Pharisäern unter Hillels Freunden, und selbst für sie war es ein Ereignis, das noch in grauer Ferne lag oder gar nur eine mystische Hoffnung darstellte. Hillel fühlte sich einsam. Die sonderbare Gewißheit, daß tatsächlich eine neue Kraft auf die Erde einwirkte und daß die ganze Welt den Atem anhielt, ließ ihn auch um Mitternacht noch nicht zur Ruhe kommen.

In Tarsus sprach Hillel einmal zu einem alten Mann, den er hoch in Ehren hielt, einem alten Juden, von der Bürde seiner Jahre geplagt, aber mit dem Kopf eines feurigen Jünglings gesegnet. „Ich habe Nachricht von meiner Base in Jerusalem, die — ich stehe nicht an, es dir zu sagen — mit einem wackeren römischen Zenturio verheiratet ist. Ein braver Mann, ich habe in seinem Hause gesessen. Er betet sie an und gibt ihr in allem nach, was ihn in den Augen vieler unmännlich erscheinen läßt. Aber ich war nie der Meinung, daß es ein Beweis der Männlichkeit ist, wenn man die Frauen geringschätzt. Er besitzt einen gesunden Menschenverstand und ein gutes Maß an Schlauheit. Im Gegensatz zu der weit verbreiteten Meinung, alle Römer seien Ungeheuer, ist er sehr liebenswürdig und hat viel

Sinn für Humor.“ Hillel sprach ein wenig befangen, während sein Gegenüber angesichts dieser zweifellos übertriebenen Wertschätzung eines der römischen Eroberer von Gottes heiligem Land die Stirne runzelte.

„Er ist aber auch abergläubisch“, fuhr Hillel fort. „Er war schon sechs Jahre mit Hannah verheiratet, doch Gott hatte es nicht gefallen, ihren Bund mit einem Sohn zu segnen. Allerdings hatten sie vier reizende Töchter, wie ich sie selbst gern haben möchte. Nun, jedenfalls war das ein großer Schmerz für Hannah, obwohl Aulus selbst sich anscheinend damit abgefunden hatte. Vor vier Jahren jedoch gebar Hannah einen Sohn. Das war nach der Wintersonnenwende, und die Römer feierten ihre lärmenden Saturnalien sogar in Jerusalem — auf Befehl Cäsar Augustus’, der ja ein kluger Mann ist, halten sie sich jetzt ein wenig zurück. Aulus tröstete seine Männer auf einem Wachtturm hoch über Jerusalem, denn sie mußten in jener Nacht, der letzten — und, wie er mir versicherte, der vergnüglichsten — dieser Festlichkeiten Dienst machen. Es war eine klare, kalte Nacht, und Aulus hielt seinen Blick auf Bethlehem, den Geburtsort König Davids gerichtet. Die Sterne waren deutlich sichtbar.“

Hillel warf einen verlegenen Blick auf seinen alten Besucher, der einen frischen Becher Wein von einem Sklaven entgegennahm und Zeichen von Langeweile erkennen ließ.

„Ein Bote kam zu Aulus, um ihn von der Geburt seines ersten Sohnes zu verständigen. Sofort ließ Aulus Wein für seine frierenden Männer kommen und begann auf seine Weise mit ihnen zu feiern. Er hielt gerade seinen dritten Becher an die Lippen, als er seinen Blick zufällig wieder nach Bethlehem wandte und eine höchst erstaunliche Wahrnehmung machte.“

„Er war betrunken“, meinte der Gast. „Ich kenne diese Römer. Sie sind immer betrunken.“

Hillel wurde ein wenig ärgerlich. „War es nicht David, der gesagt hat: ‚Nehmt Öl, um eure Miene zu glätten, und Wein, um euer Herz zu erfreuen!‘ Er hielt diese Dinge für vortreffliche Geschenke Gottes, die man nicht zurückweisen solle. Aulus ist ein vernünftiger Mann. Ich habe ihn nur fünfmal betrunken gesehen.“

Der Alte schnaubte verächtlich. „In den heiligen Büchern wird Trunkenheit verurteilt. Denk nur an Noah. Was weiß dein Freund schon von Noah?“

„Ich habe nicht von Noah gesprochen“, erwiderte Hillel. „Aulus blickte zum klaren, kalten Himmel über Bethlehem jenseits der Berge empor und wurde einer außergewöhnlichen Erscheinung gewahr. Unter den Sternen war einer, wie ihn kein Mensch je gesehen hat, leuchtend und groß wie der Mond. Er kreiste ruhelos, als ob er einem Ziel zustrebte, und brannte wie heißes Feuer.“

„Dein Aulus muß wirklich betrunken gewesen sein, sonst wüßte er, daß er das beobachtet hatte, was die Astrologen eine Nova, einen neuen Stern nennen. Das ist keine ungewöhnliche Naturerscheinung."

„Sterne verbrennen nicht im Handumdrehen in einem einzigen Flammenstoß", entgegnete Hillel und errötete ein wenig, als seine aufregende Geschichte so phantasielos abgetan wurde. „Und wenn eine Nova erscheint, bleibt sie zumindest eine Zeitlang Nacht für Nacht sichtbar. Es stimmt, daß dieser Stern ein paar Tage am Himmel blieb und erst dann verschwand, aber es war kein Verblassen oder Untergehen. Er war plötzlich nicht mehr da, als ob er seine Aufgabe erfüllt hätte. Denn siehst du, lieber alter Freund, in jener ersten Nacht hörte er auf, zu kreisen und blieb wie ein gewaltiges Bündel von Sternen über einer bestimmten Stelle schweben. Dann verschwand er ebenso schnell, wie er gekommen war. Ich hörte, das Licht, das er ausstrahlte, sei so hell und stark gewesen, daß die Schatten, die es auf der Erde warf, so scharf umrissen waren wie die des Mondlichtes. Er hat Angst und Schrecken in den umliegenden Dörfern hervorgerufen."

„Auch ich habe Verwandte in Jerusalem", sagte der Gast und zuckte die Achseln, „aber die haben diesen ungewöhnlichen Stern nicht gesehen."

„Es war um Mitternacht oder noch später", entgegnete Hillel, „und wie viele von euch gibt es jetzt, die den Blick von der Erde abwenden und die Sterne betrachten?"

„Das ist wahr."

„Aulus war davon überzeugt, daß der Stern die Geburt eines großen Helden anzeigte", fuhr Hillel fort, „eines großen Kriegers; allerdings bezweifelte er, daß sich das in Bethlehem, diesem unbedeutenden Marktflecken zugetragen haben könnte. Als Hannah davon erfuhr, meinte sie, die Erscheinung habe die Geburt ihres Sohnes angekündigt."

Der Alte legte den Kopf zurück und verdrehte die Augen. „Was die Frauen so zusammenphantasieren! Jetzt wird sich deine verehrte Base noch einbilden, sie habe den Messias zur Welt gebracht!"

„Nein, nein", beruhigte ihn Hillel, immer noch ein wenig verärgert, aber doch schon lächelnd, „so eingebildet ist Hannah nicht. Sie glaubt eher, daß ein zukünftiger Prophet geboren wurde, aber nicht ein Held, wie Aulus sich das vorstellt."

„In jener Nacht müssen einige Kinder in Jerusalem und Bethlehem das Licht der Welt erblickt haben", meinte der Gast. „Welches wird nun zum Propheten oder zum Helden?"

Hillel starrte auf seine Hände, die auf dem weißen Leinen des Tischtuches ruhten. „Ich weiß es nicht", murmelte er. „Doch als ich Hannahs Brief erhielt, geriet ich in eine unerklärliche Erregung, ja in Verzückung — und das verstehe ich nicht. Es war mir, als ob ein Engel mich berührt hätte."

Der Gast ließ ein gurgelndes Kichern hören und schüttelte den Kopf.

„Von deinem Vater und von deinem Großvater weiß ich, Hillel ben Borusch, daß du schon als Knabe ein Mystiker warst und sie angefleht hast, dich im geheimen Wissen der Kaballa unterweisen zu lassen. Ich hoffe, du nimmst's mir nicht übel, aber das war meiner Meinung nach ein Fehler. Nur ein besonnener und unvoreingenommener Kopf sollte in die Kaballa eingeführt werden, ein kühler, wenn auch gedankenreicher, meinetwegen sogar ein skeptischer; aber ganz gewiß nicht einer, der Gefühlen und äußeren Eindrücken zugänglich ist."

Es hatte Hillel verdrossen, daß seine Erzählung mit belustigtem Sarkasmus abgetan worden war. Er war sich albern und erniedrigt vorgekommen und hatte rasch das Thema gewechselt. Er sprach mit niemandem mehr darüber, aber er dachte oft an den Stern. Scheu, aber auch Angst, sich lächerlich zu machen, hatten ihn davon abgehalten, anderen Leuten, insbesondere seinen Verwandten, nach Jerusalem zu schreiben, um sich über den Stern zu erkundigen, denn er wollte keine Enttäuschung erleben. Auch das überraschte ihn, denn er bedauerte Menschen, die sich Illusionen hingaben, und empfand eine milde Verachtung für sie.

Doch vor langer Zeit schon war geweissagt worden, der Messias, dem Hause Davids entspringend, würde in Bethlehem geboren werden. Wenn dies nun aber geschehen war, wie kam es, daß das Erscheinen des Sternes nicht den Jubel der Engel zur Folge gehabt, die Posaunenstöße des Himmels nicht das Universum erschüttert hatten? Wie erklärte es sich, daß die Welt nicht zu frohlockender Pracht und Herrlichkeit aufgerufen worden war? Der Messias sollte doch wohl nicht in Niedrigkeit und Verborgenheit geboren werden, denn Sein Thron, so kündigten es die Weissagungen, stand auf Zion, und Er, der König der Könige, würde nicht als der Geringste unter Geringen das Licht der Welt erblicken. Nun waren schon einige Jahre vergangen, und es hatte kein zweites Zeichen gegeben.

Dennoch konnte Hillel den Stern nicht vergessen und dachte oft an die zuckende Erregung zurück, die sein Herz zusammenkrampfte, nachdem er Hannahs Brief gelesen hatte. Auch noch an diesem Abend im Garten war die Erinnerung an jenen unerklärlichen Sinnestaumel frisch und eindringlich wie eh und je. Es mochte alles Einbildung gewesen sein, die Phantasterei betrunkener Soldaten auf einem römischen Wachtturm oder der glühende Wunsch eines Weibes, die Geburt ihres ersten Sohnes vom Himmel bestätigt zu sehen. Doch sein treues und standhaftes Herz wollte das alles nicht wahrhaben, und er wußte nicht, warum. Vielleicht, dachte er, ist eine Illusion, die Freude bringt, einer Wirklichkeit vorzuziehen, die sie vergällt. Vielleicht auch bezeugt das Vorhandensein der Freude die Tatsache ihres Ursprungs.

Plötzlich hörte Hillel einen lauten Schrei, der ihn hochschrecken ließ. Der Schrei unterbrach die heitere Stille wie ein schroffes Kommando, scharf und gebieterisch. Es dauerte einige Sekunden, bis er erkannte, daß es die Stimme seines kleinen Sohnes war, der von einem Kindermädchen durch den Säulengang getragen wurde. Dennoch rüttelte der Schrei ihn auf. Die Stimme des Kindes erinnerte ihn an seinen eigenen Vater, einen herrischen, harten, geradezu schulmeisternden Mann, jedem Kompromiß abhold, gegen jeden Zweifel gefeit, Feind jeglichen Zauderns. Es war absurd, dachte er, als wieder Stille eintrat. Ein Säugling — und der streitbare alte Mann, der seine Familie mit der bloßen Kraft seiner erschrekkenden Stimme regiert hatte! Einen Augenblick lang spielte Hillel mit dem Gedanken, seinem Vater wäre in Saul wieder fleischliche Gestalt gegeben worden; dann mußte er lachen. Es wäre doch köstlich, einer Seele das Hinterteil zu versohlen, die in ihrem früheren Leben Frau und Kinder terrorisiert hatte! Bis zu einem gewissen Maße wäre es vielleicht sogar gerecht. Er nahm abermals seine Gebete auf, und jetzt verstummten selbst die zwitschernden Vögel. Mit tiefem Gefühl und ehrfürchtiger Freude wiederholte er die Worte Davids:

„O Gott, Du bist mein Gott! Schon früh am Tag will ich Dich aufsuchen, meine Seele durstet nach Dir, mein Fleisch hungert nach Dir in diesem trockenen und durstigen Land, in dem kein Wasser fließt. Nach Deiner Macht und nach Deinem Ruhm will ich Ausschau halten, so wie ich Dich gesehen habe an der heiligen Stätte. Weil Deine Barmherzigkeit größer ist als das Leben, werden Dich meine Lippen preisen, und ich werde Dich rühmen bis an das Ende meiner Tage. Ich will meine Hände aufheben in Deinem Namen!"

Er sah hinüber zu den Hauern und Krallen der Bergketten, die sich jenseits des Tales in weite Fernen erstreckten, phantastische Naturdenkmäler, die eine reiche Vorstellungskraft in wilde Ungeheuer und lauernde Drachen verwandeln konnte, in Basteien, Türme und Tempel, in Säulen mit Ziergiebeln, in gewundene Bögen und ausgemeißelte Mauern — alles aus scharlachrotem Stein gehauen, der unter einem Himmel von leuchtendem Blau in grauenhaftem Feuer zu brennen schien. Die untergehende Sonne ließ die Umrisse dieses Gebirges erschreckend plastisch hervortreten, so daß sie drohend und furchteinflößend auf das fruchtbare Tal zuzukommen schienen und den Cydnus-Fluß in eine breite Flammenstraße verwandelten. Hillel hatte dieses Schauspiel schon tausend Male und mehr genossen, doch immer wieder beschlich ihn eine Vorahnung, eine undefinierbare Angst, und seine Seele verfiel in Schwermut.

Er hörte Deborah mit ihren griechischen und römischen Freundinnen plaudern. Ihre Stimme klang lebhaft und trillernd, die Stimme eines glücklichen und zufriedenen Kindes. Er schüttelte ein wenig den Kopf, als ob er sie tadeln wollte, doch irgendwie tröstete ihn der sorglose und wohlgemute Tonfall. Er wandte den Blick von den Bergen ab und sah Tarsus am lodernden Fluß liegen, eine Stadt von goldenen Giebeln, die jetzt im Abendrot leuchteten. Er hatte nicht hier das Licht der Welt erblickt, sondern war mit seinen Eltern in diese Stadt gekommen. Dennoch liebte er sie — so wie er Jerusalem gar nicht liebte, die geschändete, entfremdete, verlorene Stadt, besetzt von Eroberern und, was noch schlimmer war, von Söhnen, die der Willkür, dem Unglauben, der Hemmungslosigkeit und dem Zynismus verfallen waren und das Herz des heiligen Landes zerstört hatten. Solange eine Stadt arm war, herrschten Glaube, Fleiß und Hoffnung in ihren Mauern. Wurde sie reich, nahm das Böse von ihr Besitz, und die Stadt war verloren.

„Wie habe ich dich betrauert, o Jerusalem!" murmelte Hillel und ging mit gesenktem Kopf ins Haus. Wieder nagte der Gram an seinem Herzen.

„Ich habe es dir ja immer gesagt, Deborah", zwitscherte eine junge Römerin in der Stille des leuchtenden Abends, „mit dem Medaillon aus Delphi würdest du einen Sohn empfangen."

„Ich habe es an meinem Herzen getragen", sagte Deborah bas Schebua und fügte zögernd hinzu: „Obwohl das Gesicht etwas hübscher hätte ausfallen können."

II

Hillel ben Borusch hatte Gäste zum Abendessen. Sein alter Freund Rabbi Ezekiel ben Isaac, ein sarkastischer Pharisäer, war gekommen und sein Schwager, Deborahs Bruder, der genußsüchtige und schwelgerische Edelmann aus Jerusalem, David ben Schebua. Am Fußende der Tafel saßen Deborah, die moderne Frau, die ungeachtet Rabbi Ezekiels offenkundiger Mißbilligung nicht daran dachte, sich in die Frauengemächer zurückzuziehen — sie hielt ihn für einen langweiligen und nicht sehr sauberen alten Mann —, der Erzieher des kleinen Saul, der Grieche Aristo, und Saul selbst, der jetzt schon fünf Jahre zählte. Sie wußte, daß der alte Rabbi ihre Anwesenheit, die Anwesenheit des heidnischen Griechen, ja selbst die des Kindes übelnahm und bedauerte. Das belustigte sie und erweckte in ihr ein Gefühl kindlicher Bosheit. Aristo, wenngleich nur ein Freigelassener, war ein Grieche von großem Scharfblick und schätzte ihr waches Bewußtsein für die griechische Poesie und ihr Interesse an Kunst und Wissenschaft.

Die Sonne war im Untergehen. Jenseits der offenen Türen und Fenster des Speisesaals ragten die schreckenerregenden, verformten Berge grellrot auf, die Pfaue kreischten, und schwer lag der Duft von Blumen und Staub und erhitztem Stein in der heißen Luft. Deborah lauschte dem lauten Plätschern der Springbrunnen und dem sanften Rauschen der

Bäume. Sie blickte auf das saftige Grün des Rasens vor dem Portikus, auf die dunklen Spitztürme der Zypressen und die purpurnen Blüten der Myrten. Sie war zufrieden und stolz. Ihr Haus mochte weder das größte in dieser Vorstadt sein noch das prunkvollste, aber es vereinte Kunst und Geschmack. Der rechteckige Speisesaal war geräumig und in nobler Symmetrie angelegt, wie Gold und Ebenholz schimmerten die gelben und schwarzen Marmorfliesen, die Malereien an den weißen Wänden waren vortrefflich, wenn auch nach Hillels konservativer Ansicht ein wenig zu ‚gewagt', und goldene und tiefblaue Rosenornamente zierten die verputzte Decke. Um mit ihrer Umgebung in Einklang zu stehen, war die Einrichtung, Truhen, Wandschirme, Tische und Stühle, nach östlicher Manier gearbeitet und aus kunstvoll geschnitztem und eingelegtem Zitronen- und dunklem Ebenholz gefertigt. Hier und dort im Raum verstreut lagen leuchtende persische Teppiche in raffinierter Musterung und zarten Farben. Ein frisches Lüftchen kam von draußen und brachte den würzigen Duft der Erde mit sich. Deborah seufzte zufrieden. Ihr strahlendes Gesicht trug den Ausdruck reiner Unschuld, aber auch selbstgefälligen Stolzes — und weiblicher Dummheit —, und Hillel warf ihr über den langen Tisch hin einen Blick zu und entbrannte in neuer Liebe zu ihr und fragte sich, wie er sich des öfteren fragte, wie es kam, daß sie ihn nicht zu Tode langweilte.

Deborahs Bruder David war in Hillels Augen kraftlos, lächerlich, anspruchsvoll und die Parodie eines eleganten Mannes. Er war vier Jahre älter als Deborah und mit einer Römerin aus reichem Hause verheiratet. Er lebte mehr in Rom als in Jerusalem und nannte sich einen ‚emanzipierten' Juden, einen ‚neuen' Juden. Er war ein guter Freund des Herodes, ging bei Hofe aus und ein und galt als sehr wohlhabend. Er besaß Anstand und gute Manieren und sah gut aus. Er hatte Deborahs kastanienbraunes Haar und blaue Augen und trug natürlich keinen Bart. Er war übertrieben stolz auf seine zarte Haut, seine griechische Nase und sein geteiltes Kinn. Er bildete sich viel auf seine Gestalt ein, denn er war groß und schlank. Hillel bemängelte auch, daß er sich salbte wie eine Frau und seine langen, dünnen Finger mit zu vielen Ringen schmückte. Eine mit Fransen und Edelsteinen besetzte, verschlungene ägyptische Halskette fiel bis auf seine Brust herab. Kostbare Bänder umschlossen seine Oberarme, und ein mit Juwelen verziertes Gehänge funkelte an einem Ohr. Seine goldgesäumte Toga war aus weißer und schimmernder feinster Seide, und seine Sandalen glitzerten.

Es drängte Hillel immer wieder, ihn als elenden Verräter an seiner Rasse zu verachten, aber David war so charmant, so amüsant, so heiter und auch so belesen, daß Hillel bei seinen dünn gesäten Besuchen der Liebenswürdigkeit des jungen Mannes unweigerlich und hilflos erlag. Gewiß, David war Sadduzäer und somit noch niedriger einzuschätzen als ein unwissender Heide. Aber er war auch hochgebildet und philosophierte mit der gleichen Mühelosigkeit über die Thora, über Philon, Euripides, Sophokles, Virgil und Homer, wie er über die letzten Skandale in Rom, Jerusalem, Alexandrien oder Athen berichtete und über die verschiedenartigsten Themen zu plaudern wußte: über Politik, Dichtkunst, wissenschaftliche Errungenschaften, Bankwesen, die Wechselkurse der Drachme und der Sesterze, die neueste Favoritin des Cäsar Augustus und Roms Augustalen, über Kurzweiliges vom Palatinischen Hügel, Architektur, Archäologie, Handel und Wandel, Religion in allen ihren Aspekten, über Speisen und Vergnügungen und, nicht zuletzt, über die neueste Mode.

Höchst verstimmt über so viel Sanftmut, Erleuchtung, Gemütsruhe und Höflichkeit hatte Hillel, der Nachsichtigsten einer, ein- oder zweimal versucht, David aus seiner Ruhe zu bringen, ihn zu einer bissigen Antwort oder einer geringschätzigen Geste zu provozieren, doch niemals gab der Schwager die Pose des restlos zivilisierten Mannes auf — wenn es eine Pose war. Nie würde sich David, dachte Hillel mit einigem Unbehagen, seinem Weibe aufdrängen, wenn sie nicht willens war. Nie würde er mit einem Handelsmann in unziemlicher Weise streiten oder sich mit einem Börsenmakler in eine Auseinandersetzung einlassen, nie in der Nase bohren oder sich den After reiben, wenngleich er sich nicht abgeneigt zeigte, ein pikantes Histörchen zum besten zu geben oder zuweilen auf das höchst anstößige Benehmen von Freunden und Bekannten anzuspielen.

Reb Isaac, der alte Pharisäer, saß an diesem Abend grämlich schmatzend zu Hillels Rechten und warf abwechselnd finstere Blicke auf Deborah, die mit keiner Wimper zuckte und ihn vollkommen ignorierte, und noch finsterere auf den wohlriechenden David. Wenn David in seinem melodischen und kultivierten Tonfall sprach — griechisch, natürlich —, gestikulierte er, als wollte er einen lästigen Schwarm Insekten vertreiben, machte unmanierliche Geräusche beim Kauen und gurgelte beim Trinken. (Ein richtiges Schwein, dachte die unnachsichtige Deborah.) Nur wenn Hillel das Wort nahm, erwies der Rabbi den Anwesenden einige Höflichkeit und hörte auf, sich große Stücke Brot in den Mund zu stopfen oder jede einzelne Speise mit tiefem Mißtrauen zu mustern, als ob sie vergiftet oder den koscheren Eingeweiden eines frommen Juden unzumutbar wäre. Er war krumm und knorrig, aber dennoch seltsam dick und wie eine Rübe geformt und besaß einen langen schwarzen Bart, der trotz seines Alters keine weiße Stelle aufwies. Seine Miene war finster und wild, wie auch seine Augen, und seine entsetzlich große, raubvogelhafte Nase glich der eines Phöniken. Seine Kleidung war aus gröbstem Leinen, in mattem Dunkelbraun gefärbt, und Deborah hätte wetten können, daß er stank — was nicht stimmte. Er war reich und gelehrt und im Tempel gefürchtet. Er kam oft nach Jerusalem und bezeichnete sich als den ärmsten und geringsten aller Menschen. Dabei war er hochfahrend, starrsinnig und unduldsam, aber auch überaus redegewandt und weise, wenn es ihm gerade paßte. David nannte ihn einen ‚Ketzerjäger', weil er Gesetz und Bibel so grimmig verfocht und einen Anachronismus in diesen aufgeklärten Tagen darstellte. Deborah konnte ihn nicht ausstehen.

Sie war wütend, als ihr Gatte ihr mitteilte, daß Reb Isaac den kleinen Saul nicht nur in den frommen Studienfächern eines pharisäischen Juden unterweisen würde — schon jetzt gab er dem Jungen Unterricht —, sondern auch noch als sein Mentor das zu erlernende Handwerk bestimmen würde. Nicht einmal aus der Septuaginta lasse sich ersehen, wandte Deborah unter Tränen ein, daß alle Juden nicht nur gelehrt sein, sondern auch noch ein niedriges Handwerk erlernen müßten, wie reich und angesehen ihre Familien auch sein mochten. Das war doch lächerlich! Übte Hillel vielleicht jetzt seinen Beruf als Kunsttischler aus? Schon wahr, daß es ihm Spaß machte, gelegentlich ein Schränkchen zu schnitzen oder ein Stühlchen für die Kinderstube oder einen kleinen Tisch, aber betrieb er sein Handwerk fleißig und unverdrossen, wie das Gesetz es vorschrieb? Keine Spur. „Man kann nie wissen", erwiderte Hillel dann geheimnisvoll, erklärte aber nie, was man nicht wissen könne. Es war zum Aus-der-Haut-Fahren.

An diesem Abend war Deborah glücklich. David war ihr Lieblingsbruder. Es ärgerte sie, daß Hillel, sooft David zu Besuch kam, unweigerlich auch diesen abscheulichen alten Pharisäer an seinen Tisch lud. Sie wußte nicht, daß beide, Reb Isaac und David, Hillel an den Nerven zerrten, daß er sich von ihnen auf unerträgliche Weise gereizt fühlte, und daß es ihm schwerfiel, seine Friedfertigkeit nicht von Zorn überwuchern zu lassen. (Manchmal fragte er sich, wie er wohl als ein Römer empfinden würde, der, frei von Zweifeln, fest auf dem Boden der Tatsachen stand, ohne immer wieder auf Widersprüche zu stoßen.) Zwischen den beiden Mahlsteinen Reb Isaac und David ben Schebua glaubte er bisweilen zu verspüren, daß die schleifenden Flächen eine nicht näher zu bestimmende Antwort hervorbrachten, die aber, überlegte er — er überlegte immerzu —, vielleicht gar keine Antwort war, sondern nur der Ausdruck seiner geschundenen und nun schon mürben und dünnhäutigen und reizempfindlichen Gefühle.

Er richtete seine Blicke auf den fünfjährigen Saul, der still neben seiner Mutter saß. Er lächelte dem Kind zärtlich zu, doch Saul lauschte David mit jener seltsam gespannten Aufmerksamkeit, die ihm eigen war und die doch so gar nicht zu einem kleinen Jungen paßte. Er war gewiß kein hübsches Kind, wirkte aber trotz seiner kleinen Statur, der Breite seiner Brust und Schultern, seiner muskulösen Arme und der kräftigen, gekrümmten Beine unleugbar dominierend. Seine Augen waren noch lebhafter und durchdringender geworden, sein unverschämt rotes Haar war nach Art der römischen Soldaten kurzgeschnitten, und seine großen, rosigen Ohren schienen aus dem runden und männlichen Schädel herauszuwachsen. Deborah mochte seine phönikische Nase bejammern und sich in dunklen Andeutungen über die Ausschweifungen der Vorfahren von Hillels untadeliger Familie ergehen — durchaus wahrscheinlich, gab Hillel zu — aber er fand diese Nase beruhigend männlich, positiv und überzeugend und wußte nicht, warum ihn das eigentlich beruhigte. Ihm gefielen auch die festen, braunen Hände des Knaben, die kurzen, geraden Nägel, der kräftige Hals, die gesunde Röte auf den breiten Backenknochen und die Sommersprossen auf der niederen, kämpferischen Stirne. Über Sauls breiten und ausdrucksvollen Mund mit den dünnen Lippen war Hillel sich nicht im klaren. Er deutete auf Starrsinn und Rechthaberei. Alles in allem gesehen, verbreitete der Junge eine Aura zusammengeballter Leidenschaft um sich: die Art, wie er rasch und heftig den Kopf wandte, ein von Erbitterung geprägtes Temperament, das ihm wohl, wie Hillel befürchtete, in der Zukunft mehr Feinde als Freunde einbringen würde.

Hillel dachte an seine Tochter Sapphira — Deborah hatte sie Flavia oder Daphne oder Iris nennen und ihr nicht irgendeinen widerlichen jüdischen Namen anhängen wollen. (Hillel hatte ihr mit Leah oder Sarah oder Rebekka oder Miriam gedroht und sie damit zum Schweigen gebracht. Sapphira klang zumindest nicht unmelodisch.) Hillel dachte mit inniger Liebe an seine kleine, nun schon fast vier Jahre alte Tochter: ein wunderschönes, goldenes Kind mit goldenen Augen, von zärtlichem Wesen und mit lustigen Grübchen in den Wangen. Sie lachte über Saul und neckte ihn. Saul, der nur selten die Anwesenheit anderer Menschen ertrug — seine Eltern nicht ausgeschlossen —, ertrug Sapphira und spielte mit ihr in seiner wenigen Freizeit und schalt sie aus. Aber er brachte sie niemals zum Weinen. Sie machte sich über ihn lustig. Sapphira saß nicht an dieser Tafel, sie war in der Kinderstube. Deborah ergötzte sich an ihrer Schönheit und wunderte sich über die großen, goldenen Augen. Sie lockte das gelbe Haar des Kindes und salbte seine zarte Haut mit kosmetischen Mitteln, um sie vor der Sonne zu schützen. Sie besprach ernsthaft mit dem kleinen Mädchen, welche Art Kleidung zu gewissen Tagesstunden anzulegen sei, und sie lehrte es singen. Den jungen Stimmen zu lauschen, wenn sie am Abend sangen, war eines der wenigen Dinge, die Hillel Freude machten: zuerst ein ernstes Lied Davids und dann irgendeine leichte Melodie, von der Hillel vermutete, daß sie ihren Ursprung in der lärmenden Gosse von Tarsus hatte, aber mit sorgfältig gesäubertem Text wiedergegeben wurde. Hillel konnte nicht sagen, wer kindlicher und naiver war: seine Frau oder seine Tochter. Mit kaum vier Jahren warf Sapphira ihrer Mutter bisweilen einen unerwartet ernsten Blick zu; ihre goldenen Wimpern flatterten, und Hillel hätte schwören können, daß die Kleine Deborah bedauerte.

Deborah bestand darauf, daß Saul die mit Purpurstreifen eingefaßte weiße römische Tunika trug. „Wir sind Bürger der römischen Welt!" sagte sie. „Wir sind Bürger des Königreichs Gottes!" sagte Hillel. Deborah fand das absurd. Es gab nur eine Welt: von den Alten erträumt, von Friede und Ordnung beherrscht und daher sicher. „Vom römischen Kurzschwert beherrscht", pflegte Hillel mit seltener Bitterkeit einzuwenden. Für Deborah aber war es eine sichere Welt für ihre Familie, und nur das schien ihr wichtig. Es schadete nichts, wenngleich sie das aus Angst vor Hillel nur im Geheimen tat, im Tempel der Juno, der Mutter der Götter und Menschen, ein stilles Opfer darzubringen. Juno war eine vorbildliche Mutter.

Wenn er Freunde besuchte, betonte Reb Isaac stets von neuem, begehre er nur die ‚einfachsten' Speisen und fände nur an diesen Geschmack, doch jedermann wußte, daß Leah, seine Frau, eine wunderbare Köchin war, die größte Rücksicht auf den anspruchsvollen Gaumen ihres Gatten nahm. Niemand wußte, wie Leah über ihren Gatten dachte, aber sie besaß viel Humor, und ihr Tisch war bei Griechen und Römern und Juden gleich beliebt. Darum verzieh man Reb Isaac seine Heuchelei. Deborah aber glaubte wirklich, daß er ein anspruchsloser und genügsamer Esser war und setzte ihm daher, wenn Hillel ihn zu Gast lud, die frugalsten Speisen vor. Das belustigte Hillel, der sich einer leisen Schadenfreude nicht erwehren konnte. So gab es an diesem Abend nur einen gebratenen Seefisch, von keinerlei Kräutern garniert, einen kalten gekochten Lammrücken, ein paar gedünstete Artischocken, denen Öl, Knoblauch oder Essig versagt geblieben war, einen mageren Kohlkopf, altbackenes Brot, angelegenes Obst, billigen Käse und ganz gewöhnlichen Wein.

Was nun David anging — die kleine Falte zwischen den Augenbrauen bezeugte sein Mißvergnügen, und auch darüber empfand Hillel eine leise Genugtuung. Er konnte nicht sagen, was ihn mehr verdroß: die weibische Eleganz David ben Schebuas oder die unbeirrbare Scheinheiligkeit Reb Isaacs, aber es erfüllte ihn mit Befriedigung, daß beide bestraft wurden — wenngleich er seine eigene menschliche Bosheit beklagte.

Reb Isaac huldigte der Überzeugung, daß Hillel ben Borusch zwar ein schätzenswerter Jude von beachtlicher Frömmigkeit und starkem Glauben und ein Pharisäer war, sich aber dennoch nicht jener Hingabe an die Bibel befleißigte, wie sie bei einem Manne seiner Herkunft wünschenswert gewesen wäre, weshalb man ihn von Weltlichkeit und Oberflächlichkeit nicht ganz freisprechen konnte. Er verdächtigte Hillel einer gewissen Unentschlossenheit in dieser modernen Gesellschaft des Materialismus, der rohen Gewalt, des Atheismus, des verwerflichen Zweckdienlichkeitsprinzips und der Nichtachtung des Individuums, einer Gesellschaft im Zeichen dieser abscheulichen und verkommenen römischen Welteroberer, die ebenso mächtig wie barbarisch waren, und der verworfenen Griechen mit ihren hedonistischen Philosophien, die das Herz des Volkes Israel mit ihren Sitten und Gebräuchen verseucht und damit den Zorn des Schöpfers auf sich geladen hatten, gesegnet sei Sein Name. Er hielt Hillel für einen jener Weichlinge, die lieber Frieden halten als polemisieren, lieber entgegenkommen als kämpfen.

David ben Schebua jedoch zweifelte nicht daran, daß Hillel trotz seiner Liebenswürdigkeit, seiner Güte und seiner Intelligenz im Grunde seines Herzens ein eiskalter Pharisäer war, jederzeit bereit, einen Ketzer als erster zu brandmarken und zu steinigen — und noch dazu keinen Augenblick bezweifeln würde, daß Gott seine Handlungen guthieß.

David hatte mit seinen Ansichten über Hillel ebensowenig recht wie Reb Isaac.

„Wie kommt es", hatte er nach einer dieser unerfreulichen Mahlzeiten seine Schwester gefragt, „daß mein verehrter Schwager, immer wenn ich mein erstes Abendbrot bei euch einnehme, diesen Miasmen verbreitenden alten Rabbi einlädt?"

Deborah, die sich häufiger über ihren Gatten ärgerte, als sie mit ihm zufrieden war, antwortete — nicht auf Grund irgendeiner spezifischen Wahrnehmung, sondern rein aus Verdrießlichkeit und weiblicher Intuition heraus: „Es geschieht, um euch beide in Harnisch zu bringen."

Als David an diesem Abend auf nette Art mit Reb Isaac zu plaudern versuchte, war es, als schleuderte einer hübsche Federn gegen einen Sturmbock. Reb Isaac verachtete ihn. David setzte sein Geplauder fort und beobachtete Hillel von der Seite. Hillel amüsierte sich, während er in den ungenießbaren Speisen herumstocherte.

An Aristo, der mit seinem Schüler Saul am andern Ende des Tisches saß, richtete niemand das Wort, nicht einmal die verachteten Sklaven. Dennoch glaubte er sich jedem der Anwesenden überlegen, denn er war Athener und verfügte über eine umfassende Bildung. Seine klugen schwarzen Augen huschten ruhelos von einem zum andern. Er lauschte und lächelte in sich hinein. Nur er glaubte, Hillel ben Borusch sei der einzige Intellektuelle im Raum. Er empfand große Achtung vor seinem Herrn und war ihm in heiterer Zuneigung verbunden. In zwei Jahren, so hatte Hillel ihn damals unterrichtet, würde er frei sein, denn das jüdische Gesetz bestimmte, daß ein Sklave nach sieben Jahren Unfreiheit freigelassen werden mußte. Aristo hatte dies mit einiger Besorgnis zur Kenntnis genommen und dann Hillel um Rat gebeten. „In zwei Jahren werde ich also frei sein, Patron", hatte er gesagt. „Wo soll ich dann hingehen?"

Hillel, der Aristo Wohlwollen entgegenbrachte, hatte überlegt. Ein freigelassener Sklave war, wie alle Freien, den Wechselfällen des Lebens ausgesetzt. Es war schon schlimm genug, als freier Mann geboren und somit für seine Handlungen gegenüber Gott und den Menschen, ja sogar für seine Gedanken verantwortlich zu sein, und noch dazu das ungewisse Schicksal meistern zu müssen. (Aber war es nicht gerade das, was die

Menschen fast den Engeln gleich machte?) Wieviel schwerer war es dann, nachdem man ein Leben lang beschirmt und genährt worden war und einzig und allein seinem Herrn Rechenschaft geschuldet hatte, sich plötzlich in jenen eisigen Regionen zu finden, wo man der ganzen Welt Rechenschaft ablegen mußte? Und darum hatte Hillel ihm erwidert: „Man hat dich für meinen Sohn gekauft, und das Gesetz befiehlt, daß du in zwei Jahren freigelassen werden mußt. Aber willst du uns denn dann verlassen? Hältst du es nicht für nötig, meinen Sohn in dieser Welt, die von so vielen Völkern bewohnt und von so vielen Philosophen bewegt wird, auch weiterhin zu unterrichten? Darum werden wir, noch bevor die Zeit um ist, gemeinsam zum Prätor gehen. Du wirst deine Freiheit erlangen, eine monatliche Zahlung erhalten — über deren Höhe wir uns einigen werden — und ein von allen respektiertes Familienmitglied sein."

So war nun Aristo ein Freigelassener mit einem guten Gehalt und kaufte damit fruchtbare Olivenhaine, um für sein Alter vorzusorgen. Doch niemals vergaß er den Augenblick, da der römische Prätor ihn zum freien Mann erklärt hatte. Hillel hatte ihn mit der zärtlichen Betrübnis eines Bruders angeblickt und kaum merklich den Kopf geschüttelt. „Es ist etwas Furchtbares", hatte er dann gemeint, „frei zu sein vor dem Angesicht Gottes, denn der Herr, gesegnet sei Sein Name, fordert unbarmherzig und alles von den Freien. Gegenüber den Versklavten jedoch ist Er voller Barmherzigkeit und fordert nichts. Gottes Wege sind zuweilen recht absonderlich. Aber seid ihr Griechen nicht auch dieser Meinung?"

Manchmal beobachtete Aristo Hillel ben Borusch bei seinen Gebeten im Garten und verwunderte sich. Wie streng und furchtbar war doch der Gott Israels! Oft sprach er mit seinem Herrn über die Götter Griechenlands und unterhielt sich mit ihm über ihren Charme, ihren Frohsinn und ihre Heiterkeit, ihre Schwächen, ihre Belustigungen und Festlichkeiten, ihre wilden Ehen und die kapriziöse Unverfrorenheit, mit der sie sich in die Angelegenheiten der Menschen einmischten. „Gott zeigt Sich jedem Volk in einer ganz bestimmten Form", äußerte Hillel einmal, „wenngleich ich nicht glaube, daß die Mehrheit der Gläubigen diesen Gedanken freundlich aufnehmen würden. Er ist vielgestaltig, aber auch, wie die Propheten sich vergeblich bemüht haben, uns verständlich zu machen, ein Geist — gestaltlos, körperlos, allwissend, allumfassend und allgegenwärtig in allen lebenden Dingen. Dem einen zeigt Er ein Gesicht, dem andern ein anderes. Alle zusammen können wir sagen, daß der Herr, unser Gott, der einzige Gott ist, obwohl Seine Offenbarungen mannigfach und zahllos sind. Wie können wir es wagen, mit gerechtem Zorn und Überzeugung zu erklären, unsere bläßliche Vorstellung sei die einzig wahre?"

„Der Unbekannte Gott", erwiderte Aristo. „So nennen wir Griechen Ihn."

„Für alle Zeit unbekannt", antwortete Hillel in seltsam traurigem Ton. „Dennoch —." Er zögerte und verstummte. Doch plötzlich wurde ihm weit ums Herz, als würde ein schwerer Druck von ihm genommen, und er empfand jenen ekstatischen Taumel, der ihn schon seit seinen Kindertagen bisweilen überkam. War es das erste Mal gewesen, als man ihm vom Messias erzählt hatte?

„Nein, nein", sagte David ben Schebua geduldig zu Reb Isaac, „ich halte mich nicht für einen Stoiker, aber wie Zeno gebe auch ich der kynischen Schule den Vorzug, obwohl er ja die stoische Philosophenschule begründet hat. Ich nenne mich lieber einen Akademiker."

„Ha!" machte Reb Isaac und warf ihm aus zusammengekniffenen Augen einen Blick zu. Er riß ein Stück altes Brot ab, stopfte es sich in den Mund und kaute geräuschvoll daran. (Was hatten sie hier im Haus nur für einen unfähigen Bäcker! Das Brot schmeckte fade und schal. Der Alte zog eine Grimasse.) Er verstand sehr wohl, daß David ihm jetzt einen Köder auswarf, so wie er es zuvor mit David getan hatte, und rüstete sich nun mit heimlicher Freude zum Kampf. Dieses unwichtige Würstchen, diese personifizierte, parfümierte Banalität hielt ihn also für einen Ignoranten, wie? „Nicht einmal ein Akademiker bist du! Du bist ein Nichts, denn du hast keine eigenen Meinungen, sondern nur die, die du wie Blumen aus den Gärten deiner Meister gestohlen hast. Deine Gelehrsamkeit entbehrt jeder Gründlichkeit und Tiefe, denn du hast die Wurzeln, denen du entsprungen bist, verleugnet und preisgegeben. Du bist wie ein Vogel mit gespaltener Zunge, der alles, was er hört, wahllos wiederholt und verständnislos wiedergibt. Du bist kein Grieche mit schlangenklugen Philosophien, kein Römer mit frecher Selbstüberhebung, und du bist kein Jude, der von Gott und den Menschen Kenntnis hat. Was bist du also wirklich?"

Er drohte David mit dem Finger und beugte sich weit über den Tisch, seine schwarzen Augen funkelten. David errötete unter dieser Demütigung.

„Du bist ein Verräter an Israel", fuhr Reb Isaac fort. „Aber bist du ein Grieche, du, der du kein Jude bist? Oder ein Römer, ein Ägypter, ein Britannier, ein Gallier, ein Skythe, ein Vandale, ein Syrier oder sonst irgendein Heide? Du wirst mir darauf erwidern, daß du römischer Bürger bist. Aber das gibt nicht Aufschluß über das, was ein Mensch, in seinem Herzen und in seiner Seele, wirklich *ist*. Er ist mehr als sein Haus, mehr selbst als sein Name. Ganz gewiß ist er mehr als sein Besitz oder als seine Gelehrsamkeit. Aber kannst du mir sagen, David ben Schebua, was *du* bist?"

David war sehr blaß geworden. Ein dünner Strahl grellen Sonnenscheins erhellte sein Gesicht, und in der kurzen, aufgeworfenen Oberlippe, dem runden, vollen Kinn und der marmornen Umrißlinie der

Wange erkannte Hillel zum ersten Male, daß sein Profil ein klassisch griechisches war, und daß seine Gesichtsfarbe diesen Eindruck noch verstärkte. Plötzlich — und auch zum ersten Male — schämte er sich, daß sein Schwager in seinem Haus so beleidigt wurde.

David blickte auf den alten Mann, und tief in seinen blauen Augen begann so etwas wie ein Funke zu glimmen. Aber bevor er noch den Mund auftun konnte, fuhr Reb Isaac mit seiner rauhen, krächzenden Stimme fort: „Du jammerst mich, David ben Schebua, denn verantwortlich für diese Sünde ist dein Vater und nicht du. Wenn ein Vater den Sohn seines Erbgutes beraubt — aus einer Zwangslage heraus, aus Anmaßung oder Eigendünkel oder dem Wunsch, den andern gleich zu sein — tut er etwas Entsetzliches. Er nimmt seinem Sohn die innere Gewißheit, seine Individualität in der namenlosen Masse, die Unverfälschtheit seiner Seele und die Freude an dem, was er ist und sein wird. Er nimmt ihm seinen Stolz, und ohne Stolz ist ein Mann kein Mann mehr. Akzeptieren dich die Griechen als Griechen, die Römer als Römer? Du kannst nicht jubeln über Israel, denn du hast dieses Volk verächtlich zurückgewiesen und bist den Weg gegangen, den dein Vater dir vorgezeichnet hat, um irgendein nebelhaftes Bürgerrecht in dem zu erwerben, was du Welt nennst. Die römische Welt! Sie gehört nur den Römern und nicht dir, nicht den Griechen oder irgendeiner anderen der zahlreichen Rassen, die die Erde bevölkern. Und das wissen sie und besitzen ihre eigene Identität, die dir fehlt."

Das ist wahr, dachte Aristo. Ich war ein Sklave. Jetzt bin ich nur ein Freigelassener. Aber ich bin auch Grieche und Erbe einer ruhmreichen Vergangenheit und daher ein Mann, der über allen anderen Dingen steht.

Davids Blässe veranlaßte Hillel, das Wort zu ergreifen. „Was ein Mensch sich erwählt, ist sein, und weil es sein ist, müssen wir es respektieren, wie sehr wir es auch ablehnen mögen. Vielleicht hat David sich eine höhere Verpflichtung auferlegt als die zu Volk oder Erbgut."

„Du redest Unsinn in deinen Bart, und du weißt, daß es Unsinn ist", rief Reb Isaac aus und funkelte seinen Gastgeber aus schwarzen Augen an. Er schwang seine breiten Schultern unter dem groben Leinen seines Gewandes zu David hinüber. „Sage mir", forderte er ihn laut und gebieterisch auf, „und ich will dir lauschen und deine Worte abwägen und sie nicht geringschätzen. Sage mir, wonach strebst du?"

„Nach Frieden", antwortete David und verstummte wieder, erstaunt über seine eigenen Worte. Dann belebte sich sein Gesicht, als ob er auf eine Wahrheit gestoßen wäre, von der er selbst nichts wußte, an die er geglaubt und nicht gewußt hatte, daß er an sie glaubte. „Ich spreche nicht von unwürdiger Unterwerfung, nicht einmal vor den Römern, wenngleich wir zugeben müssen, daß sie die Welt beherrschen und jeder Widerstand den Tod bedeutet oder noch Schlimmeres. Erinnern wir uns an Pompejus, in unserer jüngsten Geschichte, und an Herodes. Steht nicht in der heiligen Schrift geschrieben, daß der Sturm, wenn er losbricht, den aufrechten Baum aus der Erde reißt, während der Grashalm sich beugt und den Sturm überlebt? Laßt mich überlegen! Ich bin ein Mann des Friedens, und man soll den Frieden nicht geringachten. Ich spreche nicht vom Frieden des Sklaven, sondern von dem, den ein Mensch genießt, wenn er sich mit dem Unvermeidlichen, das er nicht ändern kann, abfindet. Er muß mit der Wirklichkeit Frieden schließen. Damit geht er nicht seines Stolzes verlustig. Besitzt er einmal diese Ruhe, kann der Mensch wieder in Würde leben und noch viele Verdienste erwerben. Er kann die Welt der Gedanken neu entdecken. Das ist Zivilisation in ihrer höchsten Vollendung, und ich hoffe doch, ein zivilisierter Mensch zu sein."

Reb Isaac hatte mit der ganzen Kraft seines Geistes und seines Verstandes zugehört. Ein seltsamer Ausdruck erschien auf seinem schwarzbärtigen Gesicht, und nun war Verständnis darauf zu lesen und Mitleid, aber auch Ingrimm. „Das ist ein Kompromiß", sagte er. „Es gibt Menschen, die aus Prinzip unter keinen Umständen bereit sind, Kompromisse zu schließen und ihre Standhaftigkeit oft mit dem Tode bezahlen. Und dann gibt es einen andern Schlag von Menschen, die Kompromisse eingehen müssen. Die tun mir leid."

Davids Worte hatten Hillel tief beeindruckt. „Gegen ein Kompromiß ist nichts einzuwenden", ließ er sich vernehmen, „wenn man vor die Wahl gestellt ist zwischen dem Übel der Wirklichkeit und dem Übel der bloßen Einbildung, denn Wirklichkeit, wie abstoßend sie auch sein mag, ist Wahrheit. Es ist viel gefährlicher, auf etwas zu beharren, das nicht wirklich oder unerreichbar ist, als sich mit dem Vorhandenen abzufinden."

Dann ließ er jenen durchdringenden und unerschrockenen Blick auf Reb Isaac ruhen, dessen er sich bisweilen bediente, und der alte Mann blieb stumm. „Sprechen wir von anderen Dingen", sagte er, und in seiner sanften Stimme lag etwas, das wie ein Befehl klang.

„Gestatte mir noch ein Wort", entgegnete David. „Ich fürchte, ich habe das Wesentliche vergessen. Woran ich vor allem glaube, ist, daß alle Menschen gleich sind. Warum also sollten wir zwischen Völkern, Stämmen und Kulturen eine Trennung machen?"

„Aus dem einfachen Grunde", antwortete ihm Hillel ben Borusch, „daß die Menschen *nicht* gleich sind. Da sei Gott vor! Sollte dieser ungute Tag einmal kommen, die Erde würde den Glanz der Mannigfaltigkeit verlieren. Menschen gleichen Sinnes tun sich zusammen und schaffen eine Kultur, die Farbe und Freude in unser Leben bringt, und die, die anderen Kulturen angehören, mit Staunen und Entzücken erfüllt. Gott hat Israel aufgerufen, für sich zu stehen, auf daß Er nicht vergessen werde, gesegnet sei Sein Name, und auf daß Seinen Gesetzen eine unverfälschte Quelle bleibe, um den Durst aller Menschen zu löschen."

„Wir brauchen das Verschwinden Israels nicht zu fürchten", sagte Reb Isaac in bedauerndem Tonfall. „Gott wird darüber wachen, daß Israel für alle Zeiten arm und von allen möglichen Leiden geplagt bleibt, damit es nicht in Verfall gerät und an Überfluß zugrundegeht, wie andere Völker."

Es stand für Aristo außer Frage, daß jetzt der stille und höfliche Hillel das Gespräch beherrschte, denn selbst Deborah, die anfangs ihre Blicke nur teilnahmslos von einem Streitenden zum andern hatte wandern lassen, war beeindruckt. Der kleine Saul jedoch beobachtete seinen Vater nicht gerade wohlwollend. Er war nur ein Kind, besaß aber, wie Aristo wußte, einen für sein Alter ungewöhnlichen Intellekt, und seine Gedankengänge waren nicht die eines Kindes. Nun blieben seine Augen, die so metallisch waren in Tönung und Ausdruck, auf Reb Isaac haften. Aristo schüttelte leise den Kopf.

Dank seines intuitiven Wissens hatte Saul die Atmosphäre des Gesprächs und seine tiefere Bedeutung weitgehend erfaßt. Er ehrte seinen Vater, denn so war es befohlen, doch schon als Kind gestand er ihm keinen Intellekt zu, denn Hillel verstand es zumeist nicht, seine Ansichten nachdrücklich darzulegen oder zu verteidigen. Darin sah Saul einen Mangel an Mut oder Überzeugung.

Hillel seufzte. „Gott, gesegnet sei Sein Name, spricht in Jahrhunderten, der Mensch aber leider nur in Stunden. Wie soll da ein Einklang hergestellt werden? Man sollte den Menschen bedauern, nicht immer nur rügen. Ich kann Hiob verstehen."

Diese Juden! dachte Aristo. Keinen Augenblick gönnen sie ihrem Gott Ruhe, führen Ihn immerzu im Munde! Kein Wunder, daß Ihn das zur Verzweiflung bringt und Er sie immer wieder züchtigt. Ununterbrochen beklagen sie sich. Aber auch die Götter verdienen, alleingelassen und von den Bedürfnissen der Menschen verschont zu werden. Sie haben ein Recht darauf, in den seligen Gefilden des Himmels der geistigen Ruhe zu pflegen, ohne mit Gebeten oder auch nur Lobpreisungen ständig belästigt zu werden.

„Wir teilen unsere Unsterblichkeit mit Gott, gesegnet sei Sein Name", gab Reb Isaac zu bedenken, „und darum sprechen auch wir, in unserer Seele, in Jahrhunderten."

Aristo hätte lächeln mögen. Er warf einen Blick auf David, der ruhelos mit seinem Löffel hantierte, denn er ärgerte sich genauso wie Reb Isaac über das Essen. David interessierte sich nicht für die Unsterblichkeit. Als Sadduzäer glaubte er nicht daran. Für ihn war es nicht einmal ein akademischer Begriff.

Sein höfliches Lächeln lächelnd, sagte er: „Die körperliche Auferstehung, wenn ich dazu etwas bemerken darf, ist eine nicht nur den Juden geläufige Doktrin. Schon lange bevor es Israel gab, haben die Ägypter daran geglaubt, und so auch die Babylonier. Sie ist ein integrierender Bestandteil aller Religionen. Ausgenommen sind vielleicht die Griechen und Römer, die an Geister glauben." Er lachte leise.

„Keiner glaubt so daran wie wir", erwiderte Reb Isaac in zänkischem Ton.

David zuckte die Achseln. „Kein Mensch glaubt wie der andere, auch wenn das die Pharisäer und die Propheten nicht wahrhaben wollen." Er mühte sich kaum, ein Gähnen zu verbergen. „Wahrscheinlich hat Hillel recht: es wäre entsetzlich, wenn alle Menschen das gleiche glaubten."

In seinem ernsthaften Bemühen, Hillel aus seiner Lauheit hervorzulocken (oder was ihm so schien), aber auch, der Vergiftung einer jungen Seele — Sauls — entgegenzuwirken, nahm Reb Isaac einen neuen Anlauf: „Es sind eure eigenen Verirrungen und Verwirrungen, die euch blasierte Weltmänner veranlassen, die einfachsten Dinge zu komplizieren. Gott ist von unendlicher Klarheit. Wenn Er, gesegnet sei Sein Name, sagt: ‚Ich bin der Herr, euer Gott', hat Er alles gesagt, was zu sagen ist, und alles Wissen verkündet, das Menschen oder Engel sich erträumen können. Ihr aber erfindet Philosophien."

„Eure langweiligen und ermüdenden Erläuterer haben wir nicht erfunden, Rabbi", entgegnete David. „Immer wieder legen sie Gott von neuem aus oder überprüfen, was Er gesagt hat, um sich der Lage anzupassen oder eine unklare Schriftstelle hervorzuheben."

Sehr wahr, dachte Hillel. Wieder einmal glaubte er, zwischen den zwei Mahlsteinen Reb Isaac und David die leuchtende Flamme der Wahrheit aufblitzen zu sehen, die keiner von beiden in ihrer Gänze erkannte. Auch er selbst nicht. „Gott ist einfach", sagte er. „Es ist nur der Mensch, der in tiefem Dunkel verweilt."

Reb Isaac warf ihm einen anerkennenden Blick zu. Aber David gab sich nicht geschlagen. „Mein Gefühl sagt mir, daß nichts einfach und nichts dunkel ist. Unsere Gedanken gaukeln uns etwas Falsches vor. Ich bin oft des Denkens müde."

„Und da gibst du dich griechischen und römischen Ausschweifungen hin", rügte ihn Reb Isaac. „Ihr Sadduzäer seid euch einig mit dem Römer, diesem habgierigen Steuereinnehmer und Tyrannen. Ihr vernichtet mein Volk, stürzt es ins Verderben, in Armut und Verzweiflung. Ihr schändet die Bundeslade, reißt den Tempelvorhang herab und verunziert die Wände mit euren Kratzmalereien!"

Seine schwarzen Augen füllten sich mit Tränen, als er an die Erniedrigung, an die Versklavung und Hoffnungslosigkeit seines Volkes, seines Landes und seiner Religion innerhalb der geheiligten Mauern Jerusalems dachte. Seine Erregung zog die Aufmerksamkeit aller, selbst Deborahs, auf sich. Blaues Feuer sprühte aus den Augen des kleinen Saul. „Du lachst", wandte sich Reb Isaac an David, der völlig ernst geblieben war, „aber Gott läßt sich nicht narren. Er wird uns Seinen Messias senden, gesegnet sei Sein Name, und alles Böse auf dieser Welt wird fortgefegt werden wie schwarzer Nebel von einem Sumpf, und ein neuer Morgen wird anbrechen." Er sprach in drohendem Ton.

„Amen", murmelte Hillel. Dann durchzuckte ihn die Erinnerung an den großen und bedeutungsvollen Stern über Bethlehem, von dem er gehört hatte. Er zauderte, aber eine mächtige Regung veranlaßte ihn zu sprechen. Er beugte sich zu David hinüber, der Reb Isaac gedankenlos zulächelte.

„David", begann er, „ich habe dir schon lange eine Frage stellen wollen, denn du lebst in Jerusalem, unfern der heiligen Stadt, in der König David geboren wurde. Ich habe eine Verwandte in Jerusalem, die mit einem Römer, einem jungen Zenturio namens Aulus, verheiratet ist. Er schrieb mir vor einigen Jahren — oder war es seine Frau, die mir schrieb? —, er habe in einer Winternacht einen herrlichen, aber auch furchterregenden Stern über Bethlehem beobachtet." Er hielt inne, denn Reb Isaac warf ihm einen verdrießlichen Blick zu. Er war es gewesen, der Aulus' Geschichte damals verächtlich abgetan hatte.

„Und der Römer dachte, es wäre ein Zeichen der heidnischen Götter, ein Omen für seinen Sohn, der in jener Nacht geboren wurde", führte Reb Isaac den Satz zu Ende.

Hillel heftete seinen Blick auf David. Er erwartete, daß sein Schwager lächeln, eine anmutige Handbewegung ausführen würde. Aber David machte eine nachdenkliche Miene.

„Ich habe ihn selbst gesehen", erwiderte er. „Und auch viele andere haben ihn gesehen." Er ließ seinen edlen Kopf sinken und schien zu überlegen. Dann zuckte er die Achseln. „Aber es war ein Feuermeteor, sagten die Astrologen, oder eine Nova. Es war ein prächtiger Anblick. Er erleuchtete die fernen winterlichen Berge Bethlehems wie ein dahinschwindender Mond. Er leuchtete beständig ein paar Nächte lang. Dann war er verschwunden. Wie alle Novä, war sein Erscheinen nur von kurzer Dauer. Aber in der kurzen Zeit, da er am Himmel verweilte, kreiste er, unbeschreiblich rein und weißglühend, wie um eine große Achse. Wir versammelten uns auf den Dächern, um ihn zu bewundern. Manche Abergläubische hielten die strahlende Erscheinung für einen riesigen Kometen, der uns alle vernichten würde. Manche Leute sagten, im Tempel brannten die Kerzen und Fackeln mit hellerem Schein, solange der Stern über Bethlehem schwebte. Andere versicherten, himmlische Stimmen gehört zu haben." Wieder zuckte er die Achseln. „Es war wunderschön. Aber es hatte nichts zu bedeuten."

„Ging denn niemand von Jerusalem nach Bethlehem — um Nachschau zu halten?“ fragte Hillel. Reb Isaac saß zurückgelehnt in seinem Sessel, lächelte spöttisch in seinen Bart und fächelte sich mit der Hand Kühlung zu. „Kam es denn keinem in den Sinn, Untersuchungen anzustellen, Auskünfte einzuholen?“

Abermals überlegte David. „Doch, einem“, erwiderte er und hob wieder leicht die Schultern.

Hillel wußte nicht, warum sein Herz klopfte, als wollte es ihm die Brust sprengen. „Wer war das?“ rief er aus.

Seine ungewöhnlich kraftvolle und bewegte Stimme veranlaßte selbst den kleinen Saul, erstaunt die Augen aufzureißen. Leidenschaftliche Erregung zeichnete sein Gesicht, und Hoffnung, unergründbar und unverständlich. Vor diesem noch nie dagewesenen Gefühlsausbruch seines Schwagers, der immer so gelassen war, hoben sich Davids kastanienbraune Augenbrauen.

„Ein junger Mann, Joseph von Arimathäa. Du kennst ihn nicht“, antwortete David in beschwichtigendem Ton, als fürchte er, diese unerklärliche Erregung könnte Hillel schaden. „Er steht in meinem Alter. Er ist mein Freund, ein angesehener Ratsherr, der zugegebenermaßen“ — David hüstelte — „auf das Reich Gottes wartet. Trotz seiner Jugend sitzt er auch im Synedrion, denn man schätzt ihn ob seiner Gelehrsamkeit und ob der Gelehrsamkeit seines Vaters. Er ist sehr fromm, aber auch weltklug und gelehrt. In den Augen vieler besitzt er eine noch größere Tugend: er ist außerordentlich wohlhabend.“ David schwieg und sah Hillel neugierig an.

„Und ist er dem Stern gefolgt?“

„Es war gar nicht nötig, ihm zu folgen. Der Stern stand über Bethlehem. Joseph reiste mit einem Gefolge hin. Aber einmal, nachdem sie in einer Herberge abgestiegen waren — ich muß vorausschicken, daß die Herberge zum Bersten voll war, ja selbst die Ställe platzten aus allen Nähten, denn Cäsar Augustus hatte einen Zensus anbefohlen, und das Volk von Galiläa war gekommen, um sich zählen zu lassen —, einmal ließ Joseph seine Begleiter zurück und ging ein Stück Weges zu Fuß weiter. Einer von seinen Dienern erzählte einem von meinen, Joseph habe eine kleine goldene Schatulle in Händen gehalten, ein kostbares Stück, doch als er nach Mitternacht wiederkehrte, war das Kästchen verschwunden und kam nie wieder zum Vorschein.“

„Ist das alles?“ fragte Hillel, als David schwieg.

„Das ist alles. Was soll es denn noch zu berichten geben? Ich erinnere mich, daß ich ihn fragte, was er denn nun in Bethlehem gefunden habe, aber er lächelte nur. Er ist ein sehr verschlossener Mensch.“

„Das ist eine närrische Geschichte“, meinte Reb Isaac. „Dein Freund ist ein sehr mysteriöser Geselle. Wäre der Bote Gottes in jener Nacht geboren worden, Posaunen hätten geschmettert und die Himmel würden aufgeflammt sein von Zenith zu Zenith, um alle zu rufen, Ihn zu verehren und anzubeten. Der heilige Berg Zion hätte gelodert wie die Sonne und noch im gleichen Augenblick alle Römer verzehrt. In krönender Herrlichkeit wäre Israel aufgestiegen zum Firmament, seine Mauern golden schimmernd, Engel auf seinen Zinnen. Das messianische Zeitalter des Friedens, der Freude, des schäumenden Lebens und der Herrschaft Gottes wäre angebrochen, und alle, alle hätten es gewußt, hätten gewußt, daß eine Prinzessin Israels des Heiligen entbunden wurde. Kein Volk gibt es, das die Botschaft nicht vernommen hätte, kein Ozean, der nicht in jubelndem Tosen über alle Ufer getreten wäre. Die Völker der Welt hätten Seine Ankunft verkündet und Seinen Namen gepriesen."

„Das ist wahr", bestätigte David ben Schebua, „denn so wurde es prophezeit."

Hillel ließ den Kopf sinken und preßte nachdenklich die Hände zusammen. Dann begann er langsam und in ruhigem Ton zu sprechen: „Ihr habt die Prophezeiungen des Jesaias über das Kommen des Messias vergessen: ‚Wer glaubt, was wir verkündigen? Und wem ist des Herrn Arm geoffenbart? Er wächst auf vor ihm wie ein Reis, wie ein Wurzelzweig aus dürrer Erde, unansehnlich und schmucklos, man sieht Ihn, und Sein Ansehen ist nicht so, daß man Ihn betrachten möchte. Verächtlich ist Er und zurückgesetzt unter den Menschen, ein Schmerzensmann und bekannt durch Leiden; Er ist Einer, vor dem man sein Angesicht verhüllt, und verächtlich, daß wir auf Ihn keine Rücksicht nehmen.'"

Hillel erhob seinen Blick und sah sie an. „Klingen diese Worte des Jesaias so, als werde der Messias in Pracht und Herrlichkeit erscheinen und als würden die Völker der Erde Ihn erkennen? Nein! Es will mir scheinen, daß Er unauffällig kommen wird, wie ein Dieb in der Nacht, jeder schützenden Rüstung ledig. Kein Chor von Seraphen wird mit Ihm sein. Nur wenige werden Ihn erkennen, und man wird Ihn abweisen. Und wer hat gesagt, daß Er von einer Prinzessin Israels geboren werden wird?"

„Verkündet werden wird das Kommen des Heiligen Mannes Israels!" rief Reb Isaac aus. „Wie anders sollte die Welt es erfahren, wie anders seinen Gebeten folgen? Er würde im Verborgenen leben wie Er im Verborgenen geboren wurde? Und ich versichere dir, Hillel ben Borusch, Er wurde nicht geboren! Denn hat nicht der Herr, gesegnet sei Sein Name, gesagt, auf den Schultern Seines Erlösers würde Herrscherwürde ruhen und Seines Ruhmes würde kein Ende sein? So geboren zu werden, wie Du es Jesaias' Worten entnimmst, hieße sinnlos leben und sinnlos sterben und den Menschen für alle Zeiten unbekannt bleiben."

„Von wem denn hat Jesaias gesprochen?" fragte Hillel.

„Nicht alles Wissen ist mir gegeben", erwiderte Reb Isaac in einem Tonfall, der seine Worte Lügen strafte. „Vielleicht bezog er sich auf die

Geburt irgendeines unbedeutenden Propheten. Laß mich dir in Erinnerung rufen, was er über die Geburt des Messias sagt: ‚Denn ein Kind ist uns geboren, ein Sohn ist uns geschenkt, auf dessen Schulter die Herrscherwürde ruht, und den man nennt Wundervoller, Ratgeber, Gott, Mächtiger, Vater der Ewigkeit, Friedensfürst. Der Ausbreitung der Herrschaft und des Friedens wird kein Ende sein auf Davids Thron, und in seinem Reiche; um es zu befestigen und zu gründen auf Recht und Gerechtigkeit von jetzt an bis auf ewige Zeit.' Spricht nicht diese Prophezeiung von der Herrlichkeit Seines Kommens und daß alle Menschen Ihn kennen werden?"

„Es ist möglich, daß sie Ihn nicht kennen werden, wenn Er sich das erstemal vor ihnen zeigt", antwortete Hillel, und Zweifel und Schwermut erfüllten jetzt sein Herz. „Ich sehe keinen Widerspruch in den beiden Prophezeiungen."

Reb Isaac verdrehte die Augen zur Decke, als ob er den Allmächtigen um Beistand anrufen wollte. „Die Sonne geht unter", sagte er dann. „Es ist Zeit für unsere Gebete."

Der kleine Saul hatte aufmerksam zugehört, und nun lag eine Glut in seinen ungewöhnlichen Augen, die Aristo in seinem Herzen bedauerte, denn er argwöhnte, daß das Kind nur die Worte Reb Isaacs mit Begeisterung aufgenommen hatte, und nicht die seines Vaters. Er selbst hatte den Kontroversen dieser Hebräer gelangweilt gelauscht. Konnten sich die Juden nicht leichter tun und die Geburt von Göttern zur Kenntnis nehmen, wie die Griechen sie zur Kenntnis nahmen: indem sie sie mit Liebreiz, mit Lust und fröhlichem Lachen assoziierten, und nicht mit Weltbeherrschungsproklamationen und kastrierten Engeln und Recht und Gerechtigkeit und all diesen trübseligen Phantastereien schwermütiger Menschen?

Was die Juden brauchten, war ein wenig von der Arete der Griechen und nicht so viel von der fürchterlichen Düsternis ihrer bärtigen Propheten und weisen Männer. Heiterkeit und Zuversicht, das brauchten sie.

Deborah hatte sich still zurückgezogen. Die dunkle und schwere Gestalt Reb Isaacs ging in den Garten voran; laut hallten seine Schritte zwischen den weißglänzenden Säulen. Hillel folgte ihm, und hinter ihm kam Saul. Wie von Geisterhänden gereicht, waren plötzlich Gebetmäntel vorhanden. Aristo blieb allein mit David ben Schebua zurück. Als Freigelassener wartete Aristo, daß sein Gegenüber ein Gespräch beginnen würde, doch David musterte ihn nur schweigend. Dann lächelte er, machte eine entschuldigende Geste, ging zu einer Tür, öffnete sie und verschwand hinter ihr. Im letzten Augenblick war ein Strahl der untergehenden Sonne auf seinen juwelenbesetzten Ohrring gefallen, was Aristo auf unerklärliche Weise rührte.

Aristo ging zum Portikus hinaus und blieb hinter einer Säule stehen, um zu beobachten. Sanft strahlte der Garten im goldenen und scharlachroten Licht, leichter Nebel hatte sich in den Zweigen der Bäume verfangen, und die Palmen raschelten leise im Abendwind. Dahinter erhoben sich die unwahrscheinlichen roten Berge, aber der Himmel über ihnen schimmerte jetzt in kaltem Grün und war von einem einzigen Stern erhellt. Blaß wie ein mit Perlmutter bestrichener Frauennagel schimmerte der Halbmond im Osten. Die Vögel führten ihre Gespräche, doch Aristo bezweifelte sehr, daß sie ihre Abendgebete zwitscherten, wie der kleine Saul einmal behauptet hatte. Aber es war ein hübscher Gedanke, und die poetische Ader eines Kindes verdiente gepflegt zu werden.

Saul folgte den Gebeten seines Vaters und Reb Isaacs mit heller Knabenstimme. Es schien ihm, als ob sich eine ungeheure, kristallene Posaune zum lauschenden Himmel emporgeschwungen hätte. Sie funkelte in der Unendlichkeit, ein blendendes Licht umgab sie, und ein volltönender Klang schwebte zur Erde nieder, wo die Menschen in einem einzigen Hosianna von sich auftürmender Musik, von Lobpreisungen und Danksagungen zusammengeströmt waren.

III

„Das mit den Almosen und mit der Mildtätigkeit verstehe ich nicht", sagte Aristo der Grieche zu Saul. „Gewiß, Sokrates hat sich dafür eingesetzt, aber es war selbst für seine Landsleute ein erstaunlicher Gedanke und wurde nicht sehr ernst genommen. Wir Griechen haben Verständnis für Gerechtigkeit. Aristoteles lobte sich das Quadrat, weil es ihm mit seinen gleich ausgewogenen Seiten die vollkommene Gerechtigkeit symbolisierte." Aristo lachte in sich hinein. „Die Römer lieben die Würfel, aber aus einem ganz andern Grund. Sie sind ja auch keine Philosophen. Aber sehen wir uns das Almosen einmal näher an. Ihr Juden glaubt es zwar nicht, aber ihr habt die Barmherzigkeit nicht erfunden. Wir erkennen sie als gut an. Ich könnte dir ein Dutzend griechischer Philosophen nennen, die sie hochschätzen. Aber für das leichtfertig, ja selbst für das überlegt gegebene Almosen, so es als Verpflichtung aufgefaßt wird, haben wir kein Verständnis. Gestern hast du einem Bettler, der neben dem Tempeleingang stand, deine letzte Drachme gegeben, obwohl er Auge und Nase beleidigte. Ich beobachtete, daß du ihm das Geld gabst, ohne Trauer oder Mitgefühl zu empfinden."

„Ich habe es dir schon einmal gesagt", versetzte Saul mit all der erbitterten Ungeduld eines vierzehnjährigen Knaben. „Es ist uns geboten,

Almosen und Zehnte zu geben. Es ist ein heiliges Gebot, ja sogar eine Pflicht. Was macht es, wenn der Nutznießer unserer Barmherzigkeit, der Empfänger des Almosens, ein abstoßender oder gar ein verabscheuungswerter Mensch ist? Das darf uns nicht beeinflussen."

„Du gibst also, weil es ein Gebot deines Gottes ist, und nicht, weil du Mitleid mit dem Empfänger deiner Gabe empfindest?"

Saul runzelte ärgerlich die Stirn. Aristo besaß die lästige Fähigkeit, einen Gedanken bis zu seinem logischen Ende fortzuspinnen. Der Knabe zögerte mit seiner Antwort. „Ich weiß, mein Vater gibt mitfühlend, Reb Isaac segnend. Wenn ich für den Bettler nichts empfinde, so liegt die Schuld bei meinem harten Herzen oder bei meiner Jugend; die Zeit wird meine Schwächen heilen. Bis dahin gehorche ich. Aber das wirst du nicht verstehen, mein Lehrer."

Aristo überlegte und schüttelte leicht den Kopf. „Du hast noch nie daran gedacht, daß Wohltaten den, der sie annimmt, vernichten können? Wenn ein Mensch wüßte, daß er nicht um Brot und Geld für Wein betteln kann, würde er arbeiten müssen, nicht wahr?"

„Auch das ist nicht wichtig."

„Bist du mildtätig, weil es dir das Gefühl gibt, eine gute Tat zu vollbringen?"

Sauls Antwort war ein zorniger Aufschrei: „Du willst mich nicht verstehen!"

„Ich bin nur neugierig", grinste Aristo; seine lebensvollen Lippen spannten sich fast von Ohr zu Ohr. „Du weißt gewiß, daß es in Rom, mitten in seinem scheußlichen Tiber, eine Insel gibt. Darauf steht ein Krankenhaus für Sklaven und die ganz Armen, die sich keinen Arzt leisten können. Und du weißt natürlich auch, daß wir Griechen Heime für Obdachlose und Kranke haben, und daß unser großes medizinisches Institut in Alexandrien sich alljährlich tausender Bedürftiger annimmt. Aber es ist kein Gefühl der Schuld, das uns veranlaßt, den Schwachen und Verzweifelten zu helfen." Er lachte leise.

„Schuld?"

„Hast du nicht selbst wiederholt davon gesprochen, Saul ben Hillel?"

„Du verstehst mich wieder nicht." Sauls blaue Augen blitzten vor Zorn. „Du besitzt die Gabe, mich wütend zu machen, Aristo, und du nützt sie mit berechnender Vorsätzlichkeit. Und ich habe es dir doch schon so oft erklärt. Die Schuld bezieht sich auf unsere gefallene Rasse, auf Adam und Eva —"

Aristo nickte. „Auch wir haben so eine Geschichte. Aber sie betrifft die Sintflut, ein historisches Ereignis. Nur *ein* vollkommenes Paar überlebte die Katastrophe, aber es waren nicht ihre Leiber, die eine neue Rasse zeugten. Die Götter erbarmten sich ihrer Einsamkeit und erhörten ihre Gebete und befahlen ihnen, vom letzten kleinen Tempel herabzusteigen und Steine hinter sich zu werfen. Aus diesen Steinen wurden die Titanen geboren, und auch die Menschen. Wir, ihre Nachkommen, fühlen keine Schuld, daß wir aus Stein geboren sind und nicht jener Rasse angehören, die, mit Ausnahme jenes vollkommenen Paares, unterging."

Saul tat die Geschichte mit einer ungeduldigen Handbewegung ab. „Das ist bloß ein Märchen. Ich meine die Tatsache, daß die Menschheit eine verfluchte Rasse ohne inneren Wert ist und es durch unsere Sünden und unseren Ungehorsam geworden ist. Das ist unsere Schuld, und nur Gott, gesegnet sei Sein Name, kann den Fluch auslöschen und die Schuld von uns nehmen."

„Eine traurige Geschichte", meinte Aristo. „Und wenn sie wahr ist, was ich bezweifle, warum sollte ein Mensch für die Sünden seiner Vorfahren Schuld empfinden? Wenn er verflucht ist, wer hat ihn zu neuem Leben erweckt, und wenn er schuldig ist, ist nicht auch der Erwecker schuldig? Verlangt ein Mensch danach, in diese Welt hineingeboren zu werden? Dein Gott scheint mir ein unlogischer Gott zu sein, der Böses schafft — wenn der Mensch böse ist —, was ich, mit einigen Vorbehalten, leugne. Es will mir scheinen, als ob euer Gott die ganze Menschheit wegen einer Sünde verfluchte, die andere begangen haben. Ihm wäre weniger Barmherzigkeit zu eigen als dem niedrigsten Seiner Geschöpfe. Ein rachsüchtiger Gott, dessen Haltung ich nicht gutheißen kann."

Saul erwiderte: „‚Was ist der Mensch, daß Du sein gedenkest; und der Sohn des Menschen, daß Du Dich seiner annimmst?' Wir sind nichts. Gott hat uns geschaffen, damit wir uns Seiner Liebe und der Errettung durch Ihn würdig erweisen; diese aber wird erfolgen durch die Verdienste Seines Messias und nicht durch die unseren. So hat Er es versprochen. Die Worte haben für uns beide verschiedene Bedeutung, Aristo, denn unsere Gesichtspunkte sind verschieden."

„Das ist richtig", stimmte ihm der Grieche zu. „Keine zwei Menschen haben dieselben Meinungen und Gesichtspunkte, denn die Geschichte jedes einzelnen ist verschieden von der des andern, und er entlehnt Worte aus den Erfahrungen seines eigenen Lebens, die nicht gleich sein können den Erfahrungen des anderen. Dennoch hat Sokrates uns aufgefordert, ‚unsere Termini genau zu definieren', und so sehr ich Sokrates auch verehre, ich fürchte doch, er hat sich da einen Spaß gemacht oder aber Stumpfsinn verzapft. Meine Termini sind nicht die deinen und werden es nie sein."

„Du leugnest das Absolute."

„Das tut jeder vernünftige Mensch. Ja, ich weiß, Aristoteles hat vom Seienden gesprochen, aber damit meinte er nur das einzig Absolute, nämlich Gott. Ich habe dir von unseren Altären für den Unbekannten Gott erzählt, der über allen anderen Göttern steht. Aber laß uns zu unserem ursprünglichen Thema, Mildtätigkeit und Almosen, zurückkehren." Und er fuhr fort:

„Ich habe einmal eine Geschichte gehört. Ein gutmütiger, weiser Mann von einigem Vermögen ritt einmal auf seinem Esel zu Markte, wo er sein Studium der Menschen fortsetzen wollte. Auf der Straße trat ein Bettler an ihn heran. Er bat um eine kleine Münze, um ein Stück Brot kaufen zu können. Das Elend des Mannes bewegte den Weisen, und er leerte seine ganze Geldtasche in die Hand des Bettlers. Worauf sich der Bettler, nachdem er sich von seiner Überraschung erholt hatte, bewundernd über den warmen Mantel des Weisen äußerte. Der weise Mann nahm den Mantel ab und legte ihn dem Bettler über die Schultern. Der Fechtbruder beschloß, die Gelegenheit auszunützen, denn er erkannte, daß er an einen weltfremden Menschen oder einen Narren geraten war. Er lobte den Gürtel des Weisen und seinen prächtigen Alexandrinerdolch, und erhielt beides. Dann kamen die mit Wolle gefütterten Stiefel des Weisen an die Reihe, und bald saß der Bettler im Staub und streifte sie eilig über seine nackten Füße.

Kaum stand er wieder auf den Beinen, beklagte er sich bei dem Weisen, daß es noch weit zur Stadt wäre, und daß er eine Herberge zu erreichen wünschte, wo er mit der erhaltenen Gabe Nahrung und belebenden Wein kaufen könne. Der weise Mann zauderte ein wenig, aber dann fiel ihm ein, daß er ein schönes Haus in einem Olivenhain besaß und nicht hungrig war, und daß ihn in der Stadt Freunde erwarteten, die ihn speisen würden. So saß er denn ab und lud den Bettler mit einer edlen Geste ein, den Esel zu besteigen. Behende folgte dieser der Aufforderung, setzte sich hoch auf den Sattel und nahm stolz die Peitsche zur Hand. Als er dann den Weisen ohne Mantel und ohne eine Drachme in seiner Börse mit nackten Füßen im Staub der Landstraße stehen sah, betrachtete er ihn mit verächtlichen Blicken. ‚Scher dich weg, Landstreicher', rief er ihm zu, schlug ihm mit der Peitsche ins Gesicht und ritt fröhlich davon. — Nun, mein Freund, kannst du raten, was der Weise sich dachte?"

Saul blinzelte unter seinen roten Wimpern hervor. Dann warf er Aristo einen argwöhnischen Blick zu, denn er ahnte, daß der Grieche ihm eine Falle gestellt hatte. „Wenn er ein weiser Mann war", antwortete er schließlich, „wird er sich wohl mit dem Gedanken getröstet haben, daß der Bettler jetzt Geld und ein paar schöne Sachen besaß, und er wird zufrieden gewesen sein."

„Wenn er so idiotisch dachte, war er kein weiser Mann", entgegnete Aristo, „ja nicht einmal ein Mensch. Wenn du der Mann gewesen wärst, Saul, was hättest du dir gedacht?"

Saul starrte ihn an. Dann verzog er sein sommersprossiges, sonngebräuntes Gesicht und brach in lautes, ausgelassenes Gelächter aus. „Ich selbst, ich wäre dem Bettler nachgelaufen, hätte ihn vom Esel gezerrt und ihm eine gute Tracht Prügel verabreicht!"

„Ich mache mir noch Hoffnungen auf dich, Saul", sagte Aristo und gab ihm einen freundschaftlichen Klaps. „Aber was hätte Reb Isaac getan?"

Wieder mußte Saul lachen. „Er hätte genau ein Zehnt aus seiner Börse abgezählt und es dem Bettler gegeben, und das gleiche hätte mein Vater getan."

„Da weiß ich nun keine Antwort darauf", sagte der Grieche. „Aber es ist eine interessante Geschichte und zeigt, was geschieht, wenn man die Tugendhaftigkeit übertreibt. Ein Mensch, der alles gibt, ist ebenso dumm wie einer, der nichts gibt. Was mich betrifft, ich würde fürchten, dem Bettler etwas Böses anzutun, wenn ich seine Bettlerei unterstützte." Er machte eine Pause. „Da gibt es noch etwas, was mich verwirrt. Ich habe gehört, wie dein Vater, mein Herr, mit Reb Isaac über die Frage diskutiert hat, ob euer Moses tatsächlich zehn von Davids Psalmen, von Nummer neunzig bis hundert, geschrieben hat. Ist denn der Autor so wichtig? Dein Vater hat mir die Psalmen vorgesagt, und die meisten sind wunderschön, wenn auch teilweise unverständlich, und diese Schönheit ist doch das einzig Wichtige. Es gibt viele, die behaupten, Homer hätte, da er doch blind war, den Brand Ilions nicht so herrlich schildern, die Mienen der Männer und Frauen nicht so ausführlich beschreiben können und sei daher nur zum Teil der Verfasser der Iliade und der Odyssee. Aber wir wollen nicht so hitzig über das Thema debattieren wie dein Vater und Reb Isaac, nur — was ist daran so wichtig?"

„Dein Homer oder wer der wirkliche Verfasser war, hat nur Geschichten erzählt, uns aber stellt sich die Frage der Wahrheit, Aristo."

„Ist Wahrheit wichtiger als Schönheit? Ich bestreite das. Oder, mehr metaphysisch ausgedrückt, möchte ich behaupten, daß es dasselbe ist. Ruft nun euer Moses aus eurem nicht gerade einladenden Himmel alle Juden auf, seine Urheberschaft zu verteidigen und tut David das gleiche?"

Saul schürzte seine breiten, feinen Lippen. „Du verstehst immer noch nicht", sagte er dann nachdenklich. „Über diese Frage nur so beiläufig hinwegzugehen, hieße die Psalmen selbst herabzusetzen."

„Ihr Juden nehmt nichts leicht und beiläufig", entgegnete Aristo, „und damit reizt ihr die anderen Menschen. Sag mal, sind Juden jemals wirklich lustig, oder ist das Wehklagen über Jerusalem euer heimliches Vergnügen? Müssen die Juden Trübsal blasen, um fröhlich sein zu können?"

„Unser Haus ist ein fröhliches Haus", wandte Saul ein und legte wieder die Stirn in Falten.

„Ist es das wirklich? Ich habe hier noch nie viel Lachen gehört, außer bei den Sklaven, und selbst sie dämpfen ihren Frohsinn mit Rücksicht auf den Patron. Ich habe kein festliches Gelage gesehen, kein richtiges Feiern, obwohl es viele Tage gibt, an denen ihr angeblich feiert und guter Dinge seid." Aristo verdrehte kummervoll die Augen. „Dein Vater hat Gäste, und wenn das Mahl vorbei ist, breiten sie Schriftrollen auf dem Tisch aus und diskutieren bis Mitternacht oder noch länger über irgendeinen unklaren Satz eines unbedeutenden Erläuterers. Ist das Lustigkeit, Frohsinn, Lachen? Ich habe hier weder Musiker noch Sänger gehört noch tanzen gesehen. Und hast du mir nicht einmal gesagt, David habe Musik, Gesang und Frohsinn in Gott empfohlen?"

„Auf vergeistigte Art."

Aristo seufzte tief. „Ich fürchte, ihr tut sogar eurem schrecklichen Gott Unrecht. Sieh dich doch in der Welt um. Ist sie nicht schön, kunstvoll zusammengefügt, majestätisch, harmonisch? Ist die Luft nicht wohlriechend und gesund? Bietet der Himmel nicht nachts einen überwältigenden Anblick? Ist der Garten der Welt nicht grün und mit Blumen gesegnet? Singen die Vögel nicht im Frühling und tanzen die Tiere des Feldes nicht vor Freude? Lieben sich nicht Männer und Frauen, und ist nicht ihre Liebe das Schönste, was Gott geschaffen hat? Versetzt nicht die Musik unsere Ohren in Entzücken, ob sie nun der Mensch hervorbringt oder die vereinten Stimmen der Natur? Ist das nicht alles herrlich?"

„Die Welt ist nur eine Falle, die uns gestellt wird", erwiderte Saul, aber er sah sich im Garten um und ein heimlicher Schatten wilder Erregung glitt über seine Züge. „Wir haben nur mit Gott zu tun, nicht mit der Welt, die vom Bösen beherrscht wird."

„Und ich sage dir, daß du Gott beleidigst. Ich habe deinen Vater beobachtet, wenn er sich nach Sonnenuntergang, sobald er seine Gebete beendet hat, mit einer Lust umsieht, die in ihrer Unschuld und Glückseligkeit erhebend ist. Er richtet sein Denken nicht nur auf die Übel dieser Welt. Er sieht auch das Köstliche in ihr. Die Welt ist angefüllt mit der Herrlichkeit Gottes."

Ein Gefühl der Unruhe überkam Saul. Hillel hatte in der Vergangenheit oft in der gleichen Weise gesprochen. „Mein Vater", erwiderte der Junge, „ist kein Mann tiefer geistiger Hingabe. Ich begehe keine Unehrerbietigkeit, wenn ich das sage, denn ich weiß, er würde es selber zugeben."

„Ich glaube, dein Vater ist religiöser als du, lieber Saul, wenngleich mir das Wort, offen gestanden, nicht sehr gefällt." Er legte den Kopf zur Seite wie ein frecher großer Vogel. „Ich habe beobachtet, daß Juden und Römer sich auf beunruhigende Weise gleichen, indem sie sich beide höchst humorlos auf das reine Gesetz konzentrieren, wenngleich die Römer allerdings in den letzten zwei-, dreihundert Jahren nicht allzu penibel damit umgegangen sind. Wir Griechen nennen sie ein Volk von Krämern. Ich halte sie eher für ein Volk von Juristen, das den Juden so große Wertschätzung entgegenbringt, weil diese, ihrer Denkweise nach, zum gleichen Schlag gehören."

„Ich habe es dir noch nicht erzählt", sagte Saul. „Ich gehe an die Universität von Tarsus und werde unter anderem römisches Recht studieren. Ich möchte meinem Volk als Anwalt dienen."

„Du wirst einen ausgezeichneten Anwalt abgeben. Du bist immer überzeugt, daß du recht hast."

Es war ein Herbstnachmittag im Garten und sehr heiß. Selbst die ruhelosen Palmen regten sich nicht. Das zu Ende gehende Jahr hatte die Platanen, die Zypressen und die Johannisbrotbäume in leuchtendes Dunkel getaucht, und der Himmel strahlte türkisfarben über den fernen Bergen, deren rot und grün gesprenkelte, groteske Formen ineinander verschwammen. Das Grün der Wiesen war satter geworden, golden schimmerte die Ernte auf den Feldern, und an den Ufern des Stromes — der jetzt purpurn aufblitzte — breitete sich die Stadt Tarsus aus und offenbarte ihre vielfarbigen Mauern und roten Dächer. Wie gefederte Rädchen kreisten die Vögel darüber und bereiteten sich auf ihren langen Flug vor. Die Feigen in Hillels Garten waren reif, und der Duft von Trauben, von Wasser und golden glitzerndem Staub erfüllte die Luft. Das Jahr lag im Sterben, dachte Aristo, aber anscheinend gab es noch im Tode eine letzte Bejahung des Lebens. Er betrachtete die im Garten verstreuten, fröhlich gestreiften Markisen, die kühlen Grotten, die glänzende Weiße der anmutigen Statuen, den schimmernden Teich, auf dem die schwarzen und weißen Schwäne, sich putzend, dahinglitten, und die possierlichen chinesischen Enten, die sich so ernst nahmen und deswegen so streitlustig waren. Die kleine Brücke spiegelte sich im stillen Wasser, und auf dem Bogen stand ein junges Mädchen und blickte hinab. Sie trug eine sehr kurze Tunika, die grün war wie der Teich, und ihr goldenes Haar loderte in der Sonne.

Die Springbrunnen sprühten in dem blendenden Licht, und es schien, als würfen sie lange, flatternde Bänder auf oder sich ausstreckende Hände und Arme. Aristo und Saul saßen unter einer der Markisen und schwitzten aus allen Poren. Eine Schale mit frischem Obst stand auf einem derben, ländlichen Tisch, und Aristo nahm eine Pflaume und verzehrte sie nachdenklich. Sein struppiges schwarzes Haar war noch struppiger geworden und wies einige graue Stellen auf, doch sein griechischer Körper war immer noch schlank und geschmeidig, sein schmales Gesicht war von der Sonne gebräunt, seine Nase scharf und forschend und sein Blick suchend.

Er sah Saul an und dachte daran, daß Deborah ihren Sohn für häßlich hielt. Aristo schüttelte den Kopf in stummer Verneinung. Der Junge war vielleicht nicht von imponierender Statur, doch sein Körper war kräftig und breit und wohlgeformt, und die krummen Beine erhöhten sogar den Eindruck lebensvoller Stärke. Mit seiner stolzen Mähne feuerroten Haares, mit den roten Augenbrauen, die sich über der Nasenwurzel fast vereinten, mit der männlich niederen Stirne und den spitz zulaufenden Ohren erschien er Aristo wie irgendein primitiver Feuergott. Ein junger Vulcanus vielleicht oder Herakles, aber gewiß kein Hermes, denn nicht Behendigkeit, zierliche Anmut oder Eleganz zeichneten Saul ben Hillel aus, sondern die Macht, die er ausstrahlte. Macht war etwas, dem es zu huldigen galt, überlegte der Grieche, denn ihr war eine furchtbare Schönheit eigen, eine entsetzliche magnetische Kraft, der man nicht widerstehen konnte, auch wenn sie einem Angst einjagte. Und Sauls Züge, die breiten, dünnen Lippen, die große Nase, das harte, feste Kinn, sie drückten Macht aus, selbst in diesem Augenblick, da der Junge sich büschelweise Trauben in den Mund stopfte und sich den Saft von den Fingern leckte.

Man lauschte, wenn Saul etwas erzählte oder erklärte, auch wenn man nicht lauschen wollte, denn er besaß eine tiefe und lebhafte Stimme mit einer eigenartigen Schwere der Betonung einzelner Silben, einer akzentuierten Aussprache und einem sonoren Timbre. Man konnte seine Stimme nicht als musikalisch bezeichnen, doch niemals, selbst wenn er erregt war, glich sie der eines Mädchens. Sie war auch keine Mädchenstimme gewesen, bevor sie den tieferen Klang eines Mannes angenommen hatte.

Obwohl Saul, der eine ganz einfache Tunika aus grauem Leinen ohne jede Verzierung trug, anscheinend behaglich auf seinem Stuhl saß und damit beschäftigt war, mit Gusto sein Obst zu verzehren, erweckte er nicht den Eindruck von Ruhe und Gelassenheit. Seine unruhige und ungestüme Natur wurde in den sich unaufhörlich verändernden Konturen seines Gesichtes offenbar, im Zucken seiner Augenbrauen, in der nervösen Beweglichkeit seiner Hände, in der Spannung seiner Schultermuskeln. Seine Hände waren fest, und die Nägel blaß an den kurzen, breiten Fingern — den Fingern eines Soldaten — und die Arme lang und muskulös und von der Sonne gebräunt. Er trug den Ring, den sein Vater ihm geschenkt hatte, als er nach jüdischer Tradition ‚zum Mann geworden war'. Es war ein einfacher, schmuckloser Ring mit einem Rubin, der so feurig schillerte wie sein Haar. Hillel kannte seinen Sohn, dachte Aristo, und hatte ausgewählt, was Sauls Art entsprach. Nach Ansicht des Griechen besaß der Junge eine eindringliche und überzeugende Schönheit eigener Prägung, die sich in voller Reife möglicherweise zu abschreckender Härte wandeln würde. Er gebrauchte seine stämmigen, krummen Beine mit Bestimmtheit und Zielstrebigkeit. Seine Bewegungen waren schnell und beschwingt.

Hätte er eine größere Statur, grübelte Aristo — der mehr Zuneigung für seinen Schüler empfand, als, außer Hillel, kaum jemand ahnte —, er wäre ein wahrhafter Titan. Dieser Gedanke gab Anlaß zu einer absurden Überlegung: zwar erst vierzehn, *war* Saul von Tarsus bereits ein Titan, und der abergläubische Grieche — der allen Aberglauben als eines aufgeklärten Mannes unwürdig verurteilte — glaubte, einen Blick in die Zukunft erhaschen zu können, da Saul unter den Menschen wandeln und der Menge seine Stimme entgegenschleudern würde. In welchem Abgrund, in welcher Höhle, in welchem Vulkan hatte dieses Wunderkind sein Erbgut aufgenommen und in sich eingesogen? Der sanfte und stattliche Hillel und die liebliche Deborah waren die höchst unwahrscheinlichen Eltern dieses Mann-Kindes, und Deborah wurde recht verdrießlich, wenn das Thema zur Sprache kam.

Wenn er in Erregung geriet, so war er doch niemals ausfallend oder gemein oder rachsüchtig. Er war debattierfreudig, aber nie beleidigend, er verspottete seinen Gegner nicht. Er nahm einen Gedanken auf und spann ihn weiter fort — oder er zerfetzte ihn und riß ihn in Stücke, doch immer objektiv, ohne Gehässigkeit, ohne Hohn. Die Denkweise eines anderen mochte ihn erzürnen, aber nie so sehr, daß er die Intelligenz seines Gesprächspartners in Zweifel ziehen würde. Man verstünde ihn immer falsch, beklagte er sich. Es war doch nicht zu viel verlangt, wenn man erwartete, daß der Gegner seine Ansichten begriff, auch wenn er sie nicht teilte. Saul, Saul, dachte Aristo, der Grieche, die Welt wird dich nicht entzücken, und sie wird dich nicht freundlich aufnehmen.

Menschen wie Saul konnten Katastrophen heraufbeschwören, doch gingen sie gewöhnlich in ihnen unter. Aristo hoffte, daß dies nicht auch Sauls Schicksal sein möge, wurde aber gewisse Befürchtungen nicht los. Er versuchte daher, diesen Hang zu lautstarken Debatten zu bremsen, den Wortschwall, wenn er allzu stark hervorsprudelte, einzudämmen, und Saul mit jenem goldenen Mittelweg vertraut zu machen, der das Kennzeichen des zivilisierten Mannes ist. Die Welt war voll von furchtsamen Menschen, denen Unerschrockenheit bei anderen mißfiel, weil sie ihnen bedrohlich schien. Ganz besonders aber haßten und fürchteten sie solche, die darauf bestanden, ein Argument logisch zu Ende zu denken, und Vernunftgründe anführten.

In dieser Welt nun, dachte Aristo mit ungewohntem Bedauern, stand dieser jüdische Hektor: ganz Leidenschaft, ohne jede Falschheit; ganz Ehre, ohne jede Mißgunst; ganz Pflicht, ohne jede Leichtfertigkeit — leider. Die Welt würde ihn nicht lieben, und daher mußten es die Götter tun — und das war um vieles gefährlicher.

„Die Feigen sind ganz reif und süß, Aristo“, sagte Saul, dessen Scharfblick die düstere Miene seines Erziehers nicht entgangen war. „Nimm diese! Es ist die größte, und von ihrem eigenen Saft überzogen.“ Er steckte Aristo die Frucht zwischen die Finger, und zerstreut verzehrte sie der Grieche.

„Ferkel“, spottete eine lachende Stimme in ihrer Nähe. Sie blickten unter der gestreiften Markise hervor und sahen das junge Mädchen, das auf der Brücke gestanden hatte. Sie lächelte sie neckisch an und warf die Masse ihres goldenen Haares zurück, in dem das Sonnenlicht tanzte. Ihre Augen, die fast ebenso golden leuchteten, machten sich über die Art lustig, wie die beiden Männer das Obst verschlangen. Ihr überaus hübsches Gesicht, zart und durchscheinend wie eine Lilie, war von der Hitze des Tages gerötet, und ihr keckes Näschen von der Sonne gebräunt. Ihr Mund lächelte immerzu. Nur wenn ihr ein ernster Gedanke durch den Kopf huschte, mochten sich ihre Lippen sekundenlang nachdenklich kräuseln. Sie war dreizehn, ein Jahr jünger als ihr Bruder, aber von größerer Statur, und der dünne Stoff ihrer kurzen, grünen Tunika ließ einen zarten, aber vollen Busen erahnen. Saul war ruhelos wie ein junger Stier, Sapphira hingegen ruhelos wie eine Blume im leichten Wind des Sommers.

Sie war bereits ihrem Vetter Ezekiel in Jerusalem versprochen und sollte ihn an ihrem vierzehnten Geburtstag heiraten, denn vor sechs Monaten hatte sie ihr Pubertätsalter erreicht.

„Diese Tunika", sagte Saul, „ist unzüchtig und schamlos und eines Mädchens deines Alters, einer versprochenen, sittsamen jüdischen Jungfrau unwürdig."

Sapphira warf einen Blick auf ihre langen, hübschen Beine. „Bah", entgegnete sie. „Wer bekümmert sich in diesem Garten um Sittsamkeit? Es ist heute heiß, zu heiß für einen Chiton." Ihre Beine schimmerten wie von der Sonne beschienener Marmor. Sie kam unter die Markise gehüpft, griff nach einer Zitrone, zog die Schale ab und versenkte ihre weißen Zähne in die Frucht. Ihre munteren Augen musterten die beiden. Der Saft lief ihr übers Kinn, und sie versuchte, ihn mit ihrer roten Zunge aufzulecken.

„Ich spiele mit dem Gedanken, Ezekiel nicht zu heiraten", sagte sie und nahm eine Pflaume. Sie tat, als studiere sie sie. Ihr griechischer Akzent war rein und melodisch, denn Aristo selbst hatte sie unterrichtet. Ihr Vater hatte ihr Aramäisch beigebracht und gerade so viel Hebräisch, als es einem Mädchen beizubringen ratsam war.

Nur wenn er seinen Blick auf Sapphira richtete, verloren Sauls Augen ihren metallischen Glanz und wurden fast sanft. Aber er erwiderte tadelnd: „Es paßt sich nicht für ein Mädchen deines Alters, in der Tunika eines Jungen herumzulaufen. Wo ist unsere Mutter? Hat sie dir das erlaubt?"

„Es ist nicht die Tunika eines Jungen. Es ist meine, ich habe sie vor einem Jahr bekommen. Meine Beine sind länger geworden." Sie spuckte den Pflaumenkern aus. Ihre Füße bewegten sich nach unhörbarer Musik. „Ich glaube, ich bin in Wirklichkeit eine Nymphe."

Zwar hatte Saul von Aristo viel über die griechischen Götter gelernt, doch fand er es nicht richtig, daß seine Schwester von ihrer lasziven Schönheit und ihrem eheschänderischen Betragen wissen sollte. Er maß Aristo mit einem ärgerlichen Blick. Doch der Grieche betrachtete das hübsche Mädchenkind mit Wohlgefallen.

„Das glaube ich auch", stimmte er ihr zu.

„Schamlos", ereiferte sich Saul. „Du hast Moskitobisse auf den Knien, was für ein Mädchen sehr unschicklich ist. Außerdem sind sie schmutzig. Bist du im Schlamm herumgekrochen, Schwester?"

„Frage ich dich, wo du dich des Morgens hinschleichst, wenn es kaum gedämmert hat?“ fragte Sapphira und griff nach den Trauben.

Zu Aristos Überraschung überzog feuriges Rot die Wangen des Jungen. Seine Schwester lachte ihn an. „Es muß wohl ein Mädchen sein, das du besuchst, eine Schäferin vielleicht, eine Gänse- oder Ziegenhirtin.“ Sie drohte ihm mit einem schlanken Finger, an dem der Saft herablief. „Schamlos bin ich? Du stiehlst dich aus dem Haus, bevor es noch hell ist, und nur ich sehe dich und vergrabe mein Gesicht im Polster, um mir das Lachen zu verbeißen. Wer ist denn das Fräulein, liebster Bruder?“

Aristo beobachtete belustigt seinen Schüler, der immer röter wurde und dessen Gesicht anzuschwellen schien. Der Grieche bekam Mitleid mit ihm. Saul war nicht imstande zu lügen, und da er stets zur Wahrheit stand, fürchtete er solche Fragen. Darum antwortete Aristo an seiner Stelle: „Es ist nicht ungewöhnlich für einen jungen Mann von Sauls Alter, der von Träumen und Phantasien und unbekanntem Verlangen bewegt ist, bei Tagesanbruch in die freie Natur hinauszugehen und nachzusinnen.“

Zwar nahm Sapphira an, daß dies wohl auf ihren Bruder zutreffen könnte, neckte ihn aber weiter. „Eines Tages werde ich dir nachschleichen“, meinte sie, „und mir die Dryade ansehen, die sich zwischen den Binsen versteckt hält.“

„Du denkst an Moses“, sagte Saul, und seine Stimme klang ein wenig heiser. „Aber nun laß dieses Gerede von Nymphen und Dryaden, wasche dich und kleide dich sittsamer.“

„Alter Griesgram“, spottete Sapphira und lief singend davon. Ihre weißen Beine schimmerten in der Sonne.

„Ein himmlisches Mädchen“, sagte Aristo. „Eine wahre Atalante.“

Saul zuckte die Achseln. „Ein dummes Ding. Aber mit der Zunge einer Viper.“

Sie saßen schweigend da, der Worte wohl bewußt, die nicht ausgesprochen worden waren, und als sich ihre Blicke wieder trafen, war es, als hätten sie einen Pakt geschlossen, dem sie sich auf Ehre verpflichtet fühlten. Saul lächelte. „Ich liebe sie sehr“, sagte er, „obwohl sie keinen Kopf hat und nur ein Mädchen ist.“

Sie hörten Sapphiras unbekümmertes Singen nahe dem Teich, ein fröhliches Liedchen und gewiß keine Anrufung der Musen, wohl aber ein Ausdruck ihrer Lebensfreude und ihres kindlichen Herzens. Aristo geriet in eine schwermütige Stimmung. Ihm war, als ob ein schönes Zwischenspiel zu Ende ginge und in dieser Gestalt nie wieder zum Leben erwachen würde. Es schien ihm, als habe sich eine herrliche Statue zur Seite gewendet und zeige ihm nun ein anderes, ein viel düstereres Gesicht.

Schon lag der erste Schnee auf den Bergen in der Ferne, und als nun die Sonne sank und der Wind auffrischte und die Markisen sich aufblähten wie Segel, begann Saul, wie für sich, jenes klagende, trauervolle Lied zu singen, das, wie Aristo wußte, die kommenden hohen Feiertage der Juden ankündigte, den feierlichen Versöhnungstag, an dem die Hebräer ihre Sünden bereuen, um Vergebung bitten und versprechen, Buße zu tun. „Dieser Gott“, dachte Aristo, „ist *ihr* Gott, und dem Himmel sei Dank, daß sie ihn für sich behalten!“

Sauls leises Singen erschien dem Griechen plötzlich von übler Vorbedeutung. Er blieb stumm, als Saul sich erhob und mit gesenktem Kopf dem Haus zuschritt. Aristo sah ihm nach, und etwas Düsteres und Warnendes, aber Undefinierbares berührte, der dunklen Schwinge eines Vogels gleich, seine Seele.

Wenige Monate vor diesem Herbsttag im Garten, acht Wochen vor seinem vierzehnten Geburtstag, war Saul sich auf bestürzende Weise der Tatsache bewußt geworden, daß er nun in Wahrheit sein Mannesalter erreicht hatte.

Da die Juden eine wirklichkeitsnahe und erdgebundene Einstellung zum Leben hatten — zwar machten sie in bedeutendem Maße von Symbolen Gebrauch, nie jedoch von Euphemismen, so wie die Menschen angeblich Feigenblätter verwendeten —, wurden Saul die mit dem Geschlechtsleben zusammenhängenden Gewohnheiten, Bedeutsamkeiten und Verpflichtungen von Kindheit an nahegebracht. Sein Vater ging dabei taktvoller vor als der alte Reb Isaac, der Hillels ‚Zimperlichkeit‘ bei der Behandlung dieses Themas nicht nur lächerlich, sondern auch unglaublich fand. „Gott hat uns geschaffen, wie wir sind“, hatte Reb Isaac erklärt und Hillel dabei angestarrt, als verdächtige er ihn der Ketzerei, wenn nicht noch ärgerer Dinge. „Wir sind von Natur aus mit gewissen Begierden behaftet, die bezähmt werden müssen, wenn wir uns einer zivilisierten Männlichkeit rühmen und mit erhobenem Haupt als Juden leben wollen. Sind wir Römer oder Griechen? Sind wir Epikureer? Nein, Gott sei Dank, gesegnet sei Sein Name! Den Menschen, heißt es, sei die Sinnlichkeit geschenkt worden, damit sie ihrer Herr werden und sich auf diese Weise von den Tieren unterscheiden, die alle ihre sinnlichen Begierden befriedigen. Wie aber sollen wir das alles wissen, wenn wir diese Begierden nicht zunächst offen und ehrlich analysieren, sie dann näher bestimmen und schließlich im Dienste Gottes und der Menschen gebrauchen?“

„Wir Pharisäer“, entgegnete Hillel, „kennen die Heiligen Gebote, die alles umfassen, Unkeuschheit nicht ausgeschlossen. Weder verzeihen wir Übertretungen noch dulden wir sie. Und darum sollten wir zu Sittsamkeit und Selbstbeherrschung anleiten.“

Reb Isaacs schwarze Augen funkelten ironisch. „Ihr jüngeren Pharisäer, will mir scheinen, habt den Kern des Gesetzes nicht erfaßt! Sag einmal, Hillel ben Borusch, würdest du deinem Sohn nichts weiter lehren als ‚Es ist nicht weise, eine Frau zu liebkosen oder zu küssen‘? Damit würdest du den Jungen verwirren und unsicher machen. Aber wenn du ihm sagst, ‚Du sollst nicht zu einer Frau gehen und bei ihr liegen', dann weiß er bestimmt, was du meinst, denn Kinder sind nicht so rein und unschuldig, wie du anzunehmen scheinst. Sie haben Instinkte — und davon sind manche stärker als die eines ausgewachsenen Mannes." Der Alte lächelte — ein teuflisches Lächeln, wie es Hillel bedünkte; in Wahrheit aber nur ein belustigtes. „Wir empfehlen den Beischlaf zwar nicht, mein Sohn, aber wir verdammen ihn auch nicht. Ehebruch, das ist die Sünde! Laß uns doch Männer sein und nicht gezierte Weiber!"

Wie Reb Isaac vermutete, hatte Hillel eine gewähltere Sprache geführt, als er Saul über die ‚Pflichten frommer Männer' belehrte. Saul war damals erst sechs Jahre alt gewesen. Er hatte seinem Vater in gehorsamem und respektvollem Schweigen zugehört. Er war nur ein wenig errötet. Er hatte Schwäne und Ziegen und Vögel und anderes schnatterndes Getier bei der Paarung beobachtet, ohne etwas Unkeusches dabei zu denken. Doch Hillels zögernder Vortrag, seine offensichtliche Verlegenheit und sein gequältes Lächeln hatten den Knaben nicht nur erstaunt, sondern auch seinerseits verlegen gemacht und seine Neugierde erweckt. Er wußte schon, daß die Menschen sich paaren wie die Tiere, nur weniger öffentlich. Er hatte nie angenommen, daß ihm seine Schwester durch irgendeinen Zauber oder durch die Heimsuchung durch einen Engel beschert worden war. Er studierte die heiligen Schriften mit vollem Verständnis.

Der schlaue Reb Isaac behandelte das Thema ohne jede Ziererei. „Die heiligen Schriften mahnten uns zur Vorsicht vor dem fremden Weib", sagte er, „denn es heißt, sie wäre das Tor zur Hölle. Die Kirschen aus Nachbars Garten schmecken süß, und Brot, das im geheimen verzehrt wird, scheint köstlicher zu munden als das ehrlich erworbene. Wenn eine fremde Frau einen Mann von seiner Pflicht als Mann abbringt, hat sie ihn vernichtet. Höre auf meine Worte, mein Sohn: Eine Frau ist in jeder Beziehung um vieles mächtiger als ein Mann, auch wenn sie nicht über besonders kraftvolle Muskeln verfügt." Dann ging er auf Einzelheiten ein und bemühte sich redlich, dem Knaben die Verschämtheit zu nehmen, die, wie er richtig erkannte, in Hillels Gestammel und umständlicher Ausdrucksweise begründet lag. Als Folge dieser bewußt radikalen Behandlung des Themas und Hillels linkischer Umständlichkeit — und der kaum unterdrückten Verachtung, die Saul selbst für das angeberische Wesen seiner Mutter empfand, für ihre Allüren und ihr affektiertes Getue — begegnete der Junge bald den Frauen mit außerordentlichem Mißtrauen und zeigte ihnen gegenüber eine starrere Haltung, als selbst Reb Isaac wünschenswert erschien. Er kam nie wieder von seiner Überzeugung ab, daß der Beziehung zwischen Mann und Frau etwas seiner Natur nach Schmutziges anhaftete, und daß selbst die Fortpflanzung der Rasse — zur höheren Ehre Gottes — diesen Makel nicht ganz rechtfertigte. Noch keine vierzehn, zweifelte er schon kaum noch daran, daß Gott bei der Erfindung dieser Prozedur ein Fehler unterlaufen war und daß sich der König des Universums etwas der Würde des Menschen besser Entsprechendes hätte einfallen lassen sollen. Reb Isaac, kein Lehrer, der jemals der Wahrheit auswich, gab zu, daß der Beischlaf das größte der menschlichen Vergnügungen darstelle, und einen Augenblick lang hielt Saul den alten Mann für gemein und unanständig. Reb Isaac merkte dies sogleich am gequälten Gesichtsausdruck seines Schülers. „Unsere weisen Männer sagen", setzte er seine Erklärungen fort, „daß es gottgefällig ist, sich bisweilen selbst jene Vergnügungen zu versagen, die erlaubt sind. Mein Sohn, es war nicht der Herr, der Unflätigkeit und sittliche Verderbnis geschaffen hat. Sie entspringen dem Geist und der Seele des Menschen. Hat nicht schon Salomon ausgesprochen, daß der Mensch schlecht ist von seiner Geburt an, sündhaft von Jugend an, und das Herz des Menschen ränkevoll von seiner Kindheit an? Gott, gesegnet sei Sein Name, heiligte die Verbindung zwischen Männern und Frauen. Hätte er das tun können, wenn diese Union anstößig wäre und unseren natürlichen Gefühlen entgegenstünde? Es ist der Mensch allein, der das Heilige profaniert, das Reine beschmutzt, das Wertvolle entwertet, und die Liebe zur Geilheit gemacht hat. Was Gott uns geschenkt hat, sollen wir ehren und achten und uns daran erfreuen, aber maßvoll und vertrauensvoll, niemals übermäßig und ausschweifend. Wenn ein Mann bei seiner Frau liegt, befriedigt er eines seiner Verlangen, so wie Hunger und Durst Verlangen sind. Das im Übermaß Genossene wird nicht leicht Verzeihung finden."

„Ja, Rabbi", murmelte Saul und fügte hinzu: „Ich werde mein Leben Gott weihen."

Reb Isaac verstand sofort und war beunruhigt. „Du bist der einzige Sohn deines Vaters und wirst das Totengebet für ihn sprechen. Ein Mann, der ohne einen Sohn stirbt, der diese heilige Pflicht erfüllen kann, wird von allen bedauert."

„Ja, Rabbi", wiederholte der Knabe. Doch sein unergründlicher und starrsinniger Pharisäergeist hatte bereits seine Entschlüsse gefaßt.

Er war es gewohnt, sich noch vor Sonnenaufgang zu erheben und im ersten blassen, unsteten Licht des Tages zu der kleinen Schule Reb Isaacs zu gehen, die etwas näher zur Stadt lag. Stets war er der erste, der den kahlen, schmucklosen Raum betrat und seinen Lehrer begrüßte, worauf sie gemeinsam ein kurzes, stilles Gebet sprachen. Es gab für Reb Isaac keinen Zweifel mehr, daß Saul über ungewöhnlich bedeutende Geisteskräfte verfügte, und so brachte er dem Jüngling zwar viel Wohlwollen entgegen, behandelte ihn jedoch sehr streng und bedachte ihn mit weit mehr Ermahnungen, Rügen, Warnungen und Ratschlägen als die anderen Schüler, die die heiligen Schriften und das Leben der frommen Pharisäer studierten. Saul war kein alltäglicher Junge. Er konnte zum Werkzeug göttlicher Gnade werden — so ein tüchtiger Lehrer und weiser Führer ihn diesem Ziel näherbrachte. Wenn Reb Isaac überhaupt Befürchtungen hegte, so die, er könnte nicht genug weise, nicht genug fromm und geistig beweglich sein, um diese junge Seele zu lenken, wie sie gelenkt werden mußte, und darum war Saul oft Gegenstand seiner inbrünstigen Gebete.

Im Gegensatz zu den anderen Schülern hatte Saul für Lausbubenstreiche nichts übrig. Er lachte nicht, aß ohne Genuß, und niemals guckte ihm der Schalk aus den Augen. Er studierte, selbst wenn er nicht studieren sollte. Damit gab er seinen Mitschülern Anlaß zur Heiterkeit und diente ihrem Spott als Zielscheibe. Sein Humor war trocken und beißend, zuweilen sogar grausam, auch wenn er es nicht so meinte, und seine brüske Art trug nicht gerade dazu bei, ihn bei seinen Kameraden beliebt zu machen. Es waren überwiegend Söhne nicht ganz weltlicher und hellenistischer Sadduzäer. Einige wenige kamen aus pharisäischen Familien. Von diesen letzteren hatten sich mehrere bereits entschieden, vom Pfad ihrer langweiligen Väter abzuweichen, sobald sie genügend Entfernung zwischen sich und die Zuchtrute, die Zornausbrüche und den Geldbeutel der Eltern gelegt haben würden.

Trotz seiner Muskelkraft und robusten Natur balgte Saul sich nicht herum, wie es die anderen Jungen taten, sobald sie der Studierstube mit deren endlosen Reihen von Schriften entronnen waren. Aber seine Erscheinung war furchterregend, und so wagte es keiner, Hand an ihn zu legen, obwohl er provozierender wirkte als jeder andere. Nichtsdestoweniger nannte man ihn verächtlich ‚Rotschädel‘, und seine krummen Beine gaben auch in seiner Gegenwart ein amüsantes Gesprächsthema ab. Er hegte weder Haß noch Feindseligkeit gegen seine Kameraden. Er begegnete ihnen mit stumpfer Gleichgültigkeit, und weil sie das reizte, höhnten sie ihn. Ihm schienen sie hohl und unfähig und oberflächlich, und nicht selten bedauerte er Reb Isaac, daß er seine Zeit an sie verschwenden mußte. Sie waren weder von wahrhafter Ehrfurcht vor dem Wort Gottes noch von tiefer Frömmigkeit erfüllt. Sie waren liederlich. Und darum empfahl es sich, ihnen auszuweichen, wollte er von ihnen nicht in den Abgrund gerissen werden.

Oft fragte sich Reb Isaac, ob diese Haltung sein Mitgefühl verdiente, (Es ist schon wahr, sagte er sich, Mitgefühl kann eine abgeschmackte, sentimentale Sache sein, mit der man Gott und den Menschen einen schlechten Dienst erweist.) Er hatte beobachtet, daß Saul seinen, Reb Isaacs Enkelkindern, die noch sehr klein waren, mit Güte, ja sogar mit Zärtlichkeit begegnete. Das verwirrte den Lehrer stets aufs neue. Es war ihm nicht möglich, diese Güte mit der Gleichgültigkeit des Knaben gegenüber seinen Altersgenossen auf einen Nenner zu bringen. Manchmal argwöhnte er, Saul wäre noch tiefgründiger, als selbst er annahm, und sprach demütig die Hoffnung aus, der Allmächtige wisse, was Er da anrichte.

Und oft wunderte sich Reb Isaac, wie es kam, daß der Sohn Hillel ben Boruschs und Deborah bas Schebas — beides reizende Leute und rührend in ihrer Art — jedem Frohsinn und auch den unschuldigsten Vergnügungen abhold war, und wie sich sein mystischer Charakter und seine hingebungsvolle Frömmigkeit erklären ließ. Reb Isaac hatte schon immer die Meinung vertreten, daß die Umgebung den Charakter des Menschen präge, wie dies auch die Griechen behaupteten, aber in letzter Zeit waren ihm Zweifel aufgestiegen. Welches Ahnherrn Samen hatte dieses Leben sprießen lassen?

Saul gehörte dem Stamm Benjamin an. Reb Isaac vertiefte sich in die Geschichte dieses Stammes, um einen Fall von — über das Verlangen nach Gott hinausgehender — Standhaftigkeit des Gewissens aufzuspüren, oder vielleicht einen Propheten, dessen Verkündigungen seine Zeitgenossen so sehr aufgebracht hatten, daß sie ihn dem Henker übergaben. Doch dem Rabbi war kein Erfolg beschieden, und darum blieb Saul ein Rätsel für ihn. Reb Isaac respektierte solche Rätsel, denn er hielt sie für Fingerzeige Gottes. Dennoch sagte er eines Tages zu Saul: „Es ist löblich, daß du dein Leben Gott, dem Herrn der Heerscharen, weihen willst, mein Sohn, wenn das dein Wunsch ist und du darin die Erfüllung deines Schicksals siehst. Aber du bist jung. Gott hat es den jungen Menschen nicht verboten, harmlose Vergnügungen oder unschuldige Freuden zu genießen oder die Gesellschaft von Freunden zu suchen."

Aber das schien Saul völlig kalt zu lassen. „Ich lache oft, Rabbi", entgegnete er. „Es gibt viele Dinge, die mich belustigen. Und dann gibt es solche, bei denen ich nichts empfinde, und die mich nicht zum Lachen bringen. Muß ich trotzdem lachen, nur um mich beliebt zu machen? Ist der Beifall unbedeutenden Menschen erstrebenswert?" Tiefe Verachtung zeichnete sich auf seinen scharfgeschnittenen Zügen.

Aristo der Grieche wäre sehr überrascht gewesen, hätte er Reb Isaacs Antwort vernommen, die von tiefer Niedergeschlagenheit zeugte: „Du wirst ein weiser Sohn Israels sein, Saul." Die Worte hätten dem Griechen nichts Neues bedeutet, doch die Schwermut, von der sie getragen waren, würde ihn in Erstaunen versetzt haben, denn er hielt den Rabbi für einen streitsüchtigen Fanatiker.

Als Saul an dem Morgen erwachte, da er sich seiner Männlichkeit voll bewußt werden sollte, war der warme Frühlingshimmel noch dunkel. Er fühlte sich ruheloser, als es seiner gewohnten Ruhelosigkeit entsprach. Er erhob sich von seinem Lager und blieb unbeweglich stehen; er hätte gern wissen mögen, was ihn so unvermittelt aus dem Schlaf gerissen hatte. Er wurde seines jungen, kräftigen Körpers gewahr, und der Muskeln an seinem Bauch, an seinen Armen und Beinen und Schultern. Sie spannten sich, als gelte es, zum Sprung anzusetzen. Er schlüpfte in die Sandalen, legte die Tunika an und warf seinen leichten Mantel über die Schultern.

Er ging in den dunklen, stillen Garten hinaus. Der Tau benetzte seine Füße. Alles war still, aber nun roch er den ungestümen und aufdringlichen Duft von Gras, Baum und Blume. Er badete Hände und Gesicht im Brunnen. Er tat es bedächtig und empfand dabei eine bisher nicht gekannte Sinnenlust. Er blickte nach Osten. Eine undeutlich sichtbare Krone hochroten Feuers hellte sich auf, doch die Sonne war noch weit davon entfernt, aufzugehen. Ein grauer Schatten umriß die Krone und dehnte sich langsam nach oben aus. Zerstreut, aber mit einer Art verhaltener Wut fuhr sich Saul mit den Fingern durch das Haar, die Strähnen knisterten elektrisch. Er lächelte. Ein Taumel des Entzückens durchrieselte seine Glieder, und die Glückseligkeit ließ ihn erschauern. Er begann gemächlich auf Tarsus zuzuschreiten und war es zufrieden, nun einmal auch nur zu empfinden und nicht zu denken.

Niemand hatte ihn je einer Freude beraubt, ihn je hart angefaßt, ihm harmlose Vergnügungen versagt oder seine Tage getrübt. Und dennoch war er seit seiner Kindheit ungestüm und schwermütig, hitzig und unnachgiebig, streitsüchtig und aufbegehrend — außer in Reb Isaacs Gesellschaft. Hin und wieder wagte er es allerdings, eine widersprüchliche Meinung abzugeben. Hielt man ihm dann die heiligen Schriften und Gesetze oder die Bibel entgegen, rückte er wieder davon ab — nicht in Verwirrung, sondern in würdevoller Demut. Wenn sein Vater, der immer so leise sprach, ihn schalt, so nicht, weil er Unfug getrieben oder etwas angestellt hatte, sondern weil seine überspannte Lernbegier ihn daran hinderte, die Welt in ihrer Größe und Schönheit und beängstigenden Herrlichkeit kennenzulernen. Deborah hielt ihm vor, daß er nie ein Kind gewesen sei und jetzt auch kein Junge war. „Du warst schon in der Wiege ein Graubart", sagte sie in ihrer kleinmädchenhaften Art. „Du wirst es noch einmal bedauern, daß du diese Jahre der Unbekümmertheit vertan hast."

Aber Saul genoß seine heimliche und verzehrende Glückseligkeit. Er wartete auf den Messias und betete jeden Tag: „Wenn Er auch säumet und nicht kommt, so wollen wir Ihn doch erwarten in Glaube und Hoffnung und Fröhlichkeit." Und oft auch: „Gott, Herr der Heerscharen, wenn es Dein Wille ist, lasse diese unwürdigen Augen, bevor der Tod sie schließt, Deine Erlösung sehen, die uns über die Jahrhunderte hinweg versprochen wurde." Manchmal, wenn er dieses Gebet mit besonderer Inbrunst sprach, schien es ihm, als ob sich sein Herz in Verzückung zusammenkrampfte und als ob eine tiefe Stille ihn umfänge, in der nichts lebte als der Messias und er selbst. Und er vermeinte, die überwältigende Herrlichkeit des Heiligen in seinem Innersten zu verspüren. Jahr um Jahr verging, und die Überzeugung wuchs in ihm, daß er nicht sterben würde, ohne jenes Antlitzes ansichtig geworden zu sein und dem Heiligen Israels in tiefer Verehrung zu Füßen gelegen zu haben. Welche Zerstreuungen, welche Vergnügen, wie sie ihm sein gütiger Vater und bisweilen sogar der verstörte Reb Isaac aufzwingen wollten, ließen sich mit dieser Vision vergleichen? Die Welt galt nichts, sie war nur eine bunte Schale, die darauf wartete, bis zum Rand von göttlicher Substanz erfüllt zu werden. Er konnte über diese Dinge nicht sprechen, nein, nicht einmal zu Reb Isaac. Er versuchte es ein- oder zweimal, aber es würgte ihn in der Kehle, Tränen verschleierten seine Augen, und er mußte sich abwenden. Er glaubte, sein Herz müsse zerspringen.

In Tarsus würde der Messias nicht das Licht der Welt erblicken. Es stand geschrieben bei dem Propheten, daß Er, gleich David, in Bethlehem geboren werden und daß auch Er dem Hause David und dem Stamme Jesse angehören würde. Darum lebte Saul ben Hillel nur für den Tag, da er Judäa erblicken und sich in die kleine Stadt Bethlehem begeben würde, um dort den Messias zu erwarten. In Wolken von Feuer würde Er erscheinen, begleitet vom donnernden Flügelschlag der Seraphen, und kristallene Posaunen würden erschallen in aller Welt.

Er war heute früh daran. Zusammen mit Reb Isaac würde er bei Tagesanbruch ein wenig Käse und Brot und Ziegenmilch zu sich nehmen. (Saul wußte nicht, daß der alte Lehrer dieses magere Frühstück mit Leckerbissen von der Tafel seiner Frau ergänzte, und Reb Isaac gab darüber nie irgendwelche Erklärungen ab. Der Rabbi wußte um die seelische Härte dieses jungen Pharisäers und erforschte oft sein Gewissen, ob er mit seiner allzustarren Auslegung des Gesetzes gefehlt habe. Er konnte keine Schuld an sich finden. Saul war Saul ben Hillel, und Gott, gesegnet sei Sein Name, wußte zweifellos, was Er tat, und warum er ein Wesen geschaffen hatte, das das Gesetz nicht nur einhielt, sondern auch noch darauf bestand, es mit größter Strenge zu praktizieren.)

An diesem Morgen jedoch betete Saul nicht, während er an stillen Häusern und zugezogenen Gardinen vorbei die staubige Straße entlangschritt. Noch sah er den breiten Fluß nicht, der durch das weite, reiche Tal floß, und noch nicht einmal die Berge, aber ein- oder zweimal hörte er das fragende Piepsen eines Vogels und erspähte einen verschwommenen Farbfleck, der von Baum zu Baum schwirrte. Binnen kurzem würde es bunt und geräuschvoll und lärmend-zänkisch auf der Straße zugehen, sobald die Bauern Milch, Eier, Käse, Obst, Wein und Gemüse nach Tarsus auf den Markt brachten. Knarrend würden die zweirädrigen Wagen dahinholpern, die Peitschen knallen, die geduldigen Esel sich mühsam fortschleppen. Halbnackte kleine Jungen würden zwischen den Tieren herumhüpfen, von ihren bärtigen Vätern gescholten werden und sie dennoch um ein oder zwei Münzen anbetteln, um an anderen Wagen eine honigsüße Leckerei oder in ein Blatt gewickeltes, würziges Hackfleisch zu erstehen. Es würde sehr warm sein, gelb würde der Staub in der Sonne tanzen, reger Verkehr den Fluß beleben. Die Tamarisken würden ihre breiten grünen Wolken dem Himmel darbieten, die Segelschiffe sich im fernen Hafen drängen. Sengend würde die Sonne auf Dächern und Mauern liegen, und die Glut der Straßensteine durch die dicksten Sohlen brennen. Blökend würden Schafe und Vieh, meckernd die Ziegenherden die Straße füllen, gefolgt von immer neuen Wagen und Karren mit in Todesangst gackernden, an den Füßen zusammengebundenen Hühnern und schnatternden Gänsen. Hin und wieder würde sich ein Detachement berittener römischer Soldaten rücksichtslos einen Weg durch die Menschen bahnen, die fluchend zur Seite sprangen, um sich vor den Hufen in Sicherheit zu bringen, die Feuer aus den Steinen schlugen. Manchmal würden mehrere römische Streitwagen, aus den kühleren Vorstädten kommend, am Straßenrand vorbeibrausen und Zenturios, Steuereinnehmer und Beamte auf ihre Posten und an ihre Arbeitsplätze bringen. Gar manche bronzefarbene, muskulöse Faust würde sich ihnen in stummer Erbitterung entgegenstrecken. Ungerührt würden die Römer dahinsausen und keinen Blick verlieren an die staubbedeckten Bauern in ihren groben Gewändern, braun, schwarz, rot und blau, und an ihre dunkelhäutigen Gesichter, die teilweise von Kopftüchern verhüllt waren, um Zähne und Lippen vor der trockenen Hitze und dem aufgewirbelten Schmutz zu schützen. Kein Römer ließ sich herab, in diese wilden schwarzen Augen zu sehen, aus denen ihm abgrundtiefer Haß entgegengesprungen wäre. Aber ein hübsches Sklavenmädchen, das schüchtern am Tor einer Villa stand, würde ihre Aufmerksamkeit auf sich ziehen, und ein lässiger Gruß oder gar nur ein Pfeifen würde genügen, um es seine Hand in freudiger Erwiderung heben zu lassen. Zwischen den Zypressen, die in steifen, unwandelbaren Reihen die Straße säumten, würde der Blick auf grünende Matten und blühende Palmen und, da und dort, auf einen einsamen römischen Wachtturm fallen. Betäubender Lärm und der beißende Geruch von Schweiß und Abfall, von Tier und Mensch, würde die brodelnde Straße einhüllen.

Saul kannte das alles, denn er begegnete diesen drängenden Scharen, wenn er abends aus Tarsus zurückkehrte. Er bemühte sich, dann die Straße zu meiden, ging auf dem steifen Gras, stach sich an den Nesseln, achtete sorgsam auf Schlangen und Eidechsen und versuchte, den nahen Lärm zu überhören, versuchte, Gebete zu sprechen, versuchte, nicht auf Tauben und Gänse zu treten. Er tat alles, um den Massen nicht schon am Morgen zu begegnen. Er war ein Bürger Roms, aber er liebte die Römer nicht, die sein Land versklavt hatten. Er liebte auch das Volk von Kilikien nicht, obwohl er in der kilikischen Stadt Tarsus das Licht der Welt erblickt hatte. Er war weit von allem entfernt. „Ich habe diese Welt nie als meine Heimat, als Stätte der Freude oder des Trostes empfunden“, sagte er einmal in späteren Jahren. „Ich war ein Fremder im Land.“ Wahrhaftig, dachte er, mit meinem ganzen Herzen, meiner ganzen Seele und meinem ganzen Verstand habe ich immer nur Gott allein geliebt, mehr als alles und alle anderen, mehr als meine Eltern und meine Lehrer. Ich habe jede Stunde mit Gott verbracht und all die Jahre nur Ihm vertraut.

Vor einiger Zeit hatte er einen einsamen Karrenweg entdeckt, der von der römischen Hauptstraße abzweigte, und war ihn, einer augenblicklichen Regung folgend, weitergegangen. Er wußte nicht, in wessen Besitz er eindrang, der saftige Triften, kleine Quellen, Palmen, Felder und Weinstöcke umfaßte, und es war ihm auch herzlich gleichgültig. Plötzlich aber erhoben sich vor ihm steil vorspringende Felsen, hoch aufstrebend und lohfarben im frühen Dämmerlicht, die sich ihm wie eine Mauer oder die gewaltigen Ruinen eines Tempels in den Weg stellten. Einer Spalte im oberen Teil, die wie ein Mund geformt war, entsprang ein schmaler Lauf reinen grünen Wassers, das sanft rauschend herabfiel und am Fuße der Felsen einen ausgedehnten Weiher speiste, der im Licht der aufgehenden Sonne golden glitzerte. Verschiedenartige Bäume umgaben ihn und wilde Blumen in allen erdenklichen Farben, Klatschmohn und Maßliebchen, Farnkraut und gelbe Büsche, smaragdene Gräser und rosige Geißblattreben. Als der morgendliche Himmel dann erwachte, überzog leuchtende Bläue, von scharlachroten Streifen unterbrochen, die abfallende Felswand, und Vögel ließen sich auf Steinen im Weiher nieder, um zu trinken und sich zu baden.

Vom Geräusch des fallenden Wassers und dem Singen der Vögel abgesehen, herrschte völlige Stille. Es war ein verzauberter Platz, und nur Saul allein kannte ihn. Der Jüngling vergaß seine ersten Morgengebete, als er das herrliche Bild mit Staunen und Entzücken betrachtete. Er entledigte sich seiner Sandalen und stieg in den Weiher. Das zitronengelbe Wasser war eiskalt, aber erfrischend für seine staubigen Füße. Er nahm es in seine Hände auf, um zu trinken und sein Gesicht zu benetzen. Erst jetzt sah er kleine glänzende Fische umherschwimmen und bemerkte, daß der Weiher durch eine Vielzahl von Bächlein entleert wurde, die die heiße Erde erquickten und aufblühen ließen.

Oftmals in jenem Sommer und das ganze Jahr hindurch kam er an diesen Ort, der niemals der gleiche war und sich wandelte wie ein Prisma, ihm aber dennoch immer wieder Freude und Frieden schenkte. Der Platz war sein, wer immer auch der Besitzer sein mochte. Auch wenn er am frühen Abend aus der Schule kam, machte er hier halt und las in seinen Schriftrollen, während das Wasser rauschte, die Vögel sangen und die Bäume murmelten. Er legte Tunika und Sandalen ab und schwamm im Weiher oder stellte sich unter den silbern sprühenden Wasserfall.

Mit der Zeit wurde es ein geheiligter Platz für ihn, wo er nicht nur studieren, sondern auch mit umfassenderem Verstehen und tieferer Inbrunst beten konnte. Die Monate vergingen, und kein menschliches Wesen ließ sich je blicken, wenngleich er bisweilen des Abends aus der Ferne die Kühe brüllen und die Sklaven singen hörte, die jenseits in den Feldern arbeiteten. Hin und wieder näherte sich ein kleines Tier des Waldes, ein scheues Rehkalb oder ein unschuldiges Lämmchen dem Weiher, um zu trinken, starrte ihn aus klaren Augen an und verschwand ebenso still, wie es gekommen war.

Und so erreichte er an diesem Morgen sein ihm so teures Heiligtum früher als sonst. Nachtgrau schimmerten noch die Felsen, und das Wasser rauschte stürmischer in der vollkommenen Stille. Es war sehr kühl hier, fast kalt, und der Wasserfall schien zu sich selbst und zu dem Weiher zu sprechen, den er speiste. Noch fehlte der Landschaft Farbe. Kalt, aber pulsierend atmete die Erde und kündigte den Frühling an, rein und fordernd und irdisch. Saul setzte sich auf einen trockenen Stein nahe dem Weiher und wartete darauf, daß flammendes Gold seine Felswand überziehe. Ganz langsam begann der Himmel zu opalisieren, und Bäume und Vögel erwachten. Wie Regenbogen, die sich über die Landschaft wölbten, färbten sich nun die Blumen in unzähligen Tönungen und Nuancen, und ein Duft nach fruchtbaren Farnkräutern und Mandelblüten erfüllte die Luft.

Saul, der seine Sinne immer wieder von dieser Herrlichkeit entzücken ließ, saß sehr still da, ganz Auge und Ohr. Dann vernahm er ein leises Rascheln und das Geräusch von leichten Schritten. Er blickte auf das Wasser hinaus und schreckte auf. Ein junges Mädchen war am jenseitigen Ufer des Weihers erschienen, sie hatte ihn nicht bemerkt. Sie war vielleicht ein oder zwei Jahre älter als er, sehr schön und schlank, und ungeachtet seines Judentums dachte Saul plötzlich an eine Najade oder an eine aus einem Baum hervortretende Dryade. Ihr Chiton war aus weißem Leinen, derb und dürftig und mit einem Band unter den jungen Brüsten festgebunden. Ihre Füße waren bloß und weiß, und so auch Hals und Arme, blaß wie Mondlicht, das auf den Schnee der Berge fällt. Ihr langes, gelocktes Haar, dunkel wie die Nacht, umrahmte ein Kindergesicht, das wie Rosen und gelber Bernstein schimmerte, und in der klaren Helligkeit des Frühmorgens sah er, daß ihre Augen groß und schwarz waren und ihr Mund einer Mohnblüte glich.

Ihre Kleidung, ihre bloßen Füße und ihre scheuen Bewegungen sagten ihm sogleich, daß sie ein Sklavenmädchen aus einem nahe gelegenen Haus sein mußte, denn sie warf verstohlene Blicke über die Schulter, als sie nun ihren Chiton aufhob und in das stille Wasser stieg. Saul erhaschte einen flüchtigen Blick auf rundliche, feste Schenkel, die bläßlich schimmerten wie ihre Arme.

Dieser Platz, hatte er immer gedacht, würde ihm für immer vergällt sein, träfe er hier je einen anderen Sterblichen an, und er würde nie wiederkommen. Doch er empfand keinerlei Empörung angesichts dieser bezaubernden Vision, und er sah, daß das Mädchen sich völlig allein und unbeobachtet wähnte. Sie beugte sich nieder, wie auch er es oft tat, um das silberne Wasser in ihren Händen aufzunehmen, trank davon und benetzte mit dem Rest ihr Gesicht. Sie lachte und schüttelte den Kopf, und ihr langes, schweres Haar umflatterte sie wie ein Umhang im kristallklaren Licht. Sie begann zu singen, während sie langsam umherwatete, und ihre melodische Stimme war nicht aufdringlicher als der Ruf eines Vogels.

Dann kehrte sie ans Ufer zurück, ließ ihr Gewand fallen und verschwand ebenso plötzlich zwischen den Bäumen, wie sie gekommen war. Jetzt erst merkte Saul, daß er den Atem angehalten hatte, daß der Schlag seines Herzens das Rauschen des Wasserfalls übertönte, und daß sein Gesicht und seine Brust glühten, als hätte die Sonne auf sie niedergebrannt. Es kam ihm zu Bewußtsein, daß ein leises Zittern seinen Körper durchlief. Er fuhr sich mit der Zunge über die Lippen. Ohne das Mädchen schien ihm der Ort nun einsam und weniger schön.

Er war kein Kind. Er würde fünfzehn sein, bevor noch der tiefe Schnee auf den Bergen von Tarsus lag. Er war kein Einfaltspinsel, kein dummer Junge. Er wußte, daß das Mädchen sein Blut erhitzt hatte, und daß er das erste Lustgefühl seines Lebens empfand, aber auch eine seltsame, nie gekannte Zärtlichkeit und einen geheimnisvollen Drang. Mehr als irgend etwas wünschte er, dieses Sklavenmädchen oder diese Bauernmagd zu berühren, ihr fliegendes Haar mit liebevollen Händen zu glätten, diese roten Lippen und weiße Kehle zu küssen und diese kleinen Hände in die seinen zu nehmen. Er sehnte sich danach, ihr Herz an seinem schlagen zu fühlen, ihren Arm um seinen Hals und ihren Atem an seiner Wange. Seine Lenden erbebten, und der Schweiß lief ihm von der Stirne. Er hatte schon genug hübsche Mädchen in den Straßen von Tarsus, auf den Feldern, ja sogar im Garten seines Elternhauses gesehen, doch waren sie ihm stets gleichgültig gewesen. Dieses Mädchen aber war auf absonderliche Art anders als alle anderen, und er folgerte, daß sie ihm gehörte, wie Felswand und Wasserfall und Weiher ihm gehörten, und daß außer ihm keiner von ihr wußte.

Er dachte nicht an das ‚fremde Weib', von dem Reb Isaac ihm gesprochen hatte und dessen Mund schändlich war und der Eingang zur Hölle. Das Verlangen und die leidenschaftliche Zärtlichkeit, die er fühlte, schienen ihm so natürlich und gut und selbstverständlich zu sein wie dieser Morgen und keineswegs anstößig oder gar verwerflich. Er war lebendig wie nie zuvor, stürmisch wie ein junger Adam, der den ersten Blick auf seine Eva geworfen hat, und ganz verrückt vor Freude. Und seine Begierde war nicht verdammenswerter als die Begierde Adams nach seinem neugeschaffenen Weib, und ebenso unschuldig.

„Wovon träumst du, Saul ben Hillel?" fragte ihn Reb Isaac an jenem

Morgen. „Du bist unaufmerksam, und deine Gedanken sind ganz woanders."

Tag für Tag ging Saul zum Weiher, aber er mußte fast einen Monat warten, bevor er das Mädchen wieder sah. Sie war schon da, als er kam, und sang in kindlicher Unschuld vor sich hin, während sie im Wasser watete, es sich ins Gesicht spritzte und ihre Arme damit abrieb. Er hatte sich eingeredet, er habe ihren Anblick nur geträumt, oder daß, wenn er sie wiederfände, ihre Gestalt weniger liebreizend und die Vision dahingeschwunden sein würde. Doch als er sie nun, hinter einem Baumstamm verborgen, beobachtete, erschien sie ihm schöner und begehrenswerter als zuvor, und noch wilder überkam ihn das Verlangen, sie an sich zu pressen und ihre Mohnblütenlippen zu küssen. Wasser war auf ihren Chiton gespritzt, der Stoff haftete an ihren jungen Brüsten, und er sah ihre schwellenden, jungfräulichen Formen. Wie verzaubert beobachtete er sie und wagte kaum zu atmen, bis sie aus dem Wasser stieg und ebenso plötzlich verschwand wie an jenem ersten Morgen.

So sah er sie den ganzen Sommer hindurch im frühen Licht des Morgens, und wenn die Sonne aufging, erglühte ihr Haar kupferrot, ihr rundes Gesicht leuchtete und ihr Fleisch schimmerte wie nasser Marmor. Leichtfüßig wie ein Reh verließ sie dann den Ort. Trotz seiner Sehnsucht nach ihrem Körper, zeigte er sich ihr nicht. Lange Zeit genügte es ihm, sie zu sehen, sein Entzücken für sich zu behalten, zu träumen und sie zu begehren. Seine Gedanken gingen über keusche Umarmungen und scheue Liebkosungen nicht hinaus, er zügelte sie, wie man ungezähmte Füllen zügelt. Und in dieser Zurückhaltung fand er heimliche Seligkeit und rasende Lust. Er wagte nicht, etwas zu unternehmen, und wollte es auch nicht.

Der Sommer war voll und reif, als er eines Morgens früh an seinen verzauberten Weiher kam, ohne das Mädchen vorzufinden. Er setzte sich auf seinen Lieblingsstein; tiefe Niedergeschlagenheit bemächtigte sich seiner, obwohl es häufig genug geschah, daß das Mädchen nicht erschien. Als er schon gehen wollte, vernahm er ein leises Geräusch und wandte sich um. Stumm und mit scheuer Freude lächelnd, stand sie neben ihm. Sie sahen sich an, ohne zu sprechen, und Saul roch ihren Duft, der frisch war wie das Gras und süß wie Klee und Honig. Er heftete seinen Blick auf die Adern ihres kindlichen Halses, die rosigen Nägel ihrer Hände und Füße, den halb geöffneten roten Mund, die schimmernden weißen Zähne und die großen, leuchtenden Augen.

Dann sprach sie mit der trillernden Stimme eines kleinen Mädchens: „Warum belauschst du mich des Morgens?"

Teils war es Verlegenheit, teils Glückseligkeit, die sein Gesicht anschwellen und erröten ließen. Er antwortete ihr in der Sprache Kilikiens, in der sie das Wort an ihn gerichtet hatte. „Ist es dir unangenehm?"

Sie schüttelte vergnügt den Kopf, ihr Haar flatterte. „Nein. Ich bin froh darüber. Wer bist du, Herr?"

Er stand auf. Er war ihr ganz nahe. Sie war nicht größer als er, und ihr liebreizendes Gesicht auf gleicher Höhe wie seines. „Ich heiße Saul", antwortete er, und seine Stimme bebte.

„Saul, Saul", wiederholte sie, und er sah, wie ihre kleine Zunge den Namen schmeckte, und empfand ein neues Wonnegefühl. „Es ist ein merkwürdiger Name. Wohnst du weit von hier?" Sie blickte ihn neugierig an, und er sah die Schatten der Bäume in ihren Augen, die blanke Weiße um die dunkle Iris und die dichten seidenen Lider. Er sah die sanften Flügel ihrer Augenbrauen und hätte sie berühren wollen, wie man die Federn eines Vogels berührt.

„Ja, ich wohne weit von hier", erwiderte er. „Ich gehe von meinem Vaterhaus in die Stadt, um mich von meinem Lehrer unterrichten zu lassen."

Im Umgang mit Fremden war er immer unbeholfen gewesen, es widerstrebte ihm, mit ihnen zu sprechen, bevor er sie gut kannte. Aber es war ganz einfach und natürlich, mit diesem Mädchen zu plaudern, während sich die hohe Felsenwand vor ihnen golden färbte und das grüne Wasser in den zitronengelben Weiher herabtanzte. „Wie heißt du und wo wohnst du?" fragte er mit so sanfter Stimme, daß seine Familie höchst erstaunt gewesen wäre, sie zu vernehmen. Er fürchtete, ein lauterer Ton könnte sie veranlassen, fortzulaufen und niemals wiederzukommen — so ätherisch, so zart, so nymphenhaft erschien sie ihm.

„Ich heiße Dacyl", antwortete sie, „und bin eine Sklavin im Hause des römischen Hauptmanns Centorius, des Prätors von Tarsus. Ich bin die Dienerin seiner edlen Gattin Fabiola." Sie deutete auf die Felswand. „Ihre Villa steht dahinter und jenseits der Niederung in einem Wäldchen von Johannisbrotbäumen. Dies ist ihr Besitz, und die edle Fabiola betrachtet mich als ihre Tochter."

Sie blickte Saul aus strahlenden, unschuldigen Augen an und wartete auf das, was er dazu zu sagen hatte. Aber er war von ihrem Duft, ihrer Gestalt und Erscheinung fasziniert. Nun, da sie vor ihm stand, war sie noch viel schöner als früher, da er sie nur aus der Entfernung gesehen hatte.

Er fand es entsetzlich, daß sie eine Sklavin war und sich nicht über ihre Stellung grämte oder traurig davon sprach. Die Römer gaben ihre Sklaven nicht sieben Jahre, nachdem sie sie erworben hatten, frei, wie das jüdische Gesetz es vorsah. Sie ließen sie manchmal frei, aber nur selten, und für Römer und Griechen waren Sklaven keine menschlichen Wesen, sondern ‚Dinge'. Sie hatten also ebensowenig Rechte, wie Dinge oder niedere Tiere Rechte haben.

„Bist du Griechin, Dacyl?" fragte er.

Ihre Augen weiteten sich. „Das weiß ich nicht, Herr. Ich weiß nicht, was ich bin oder wer meine Eltern waren." Sie lachte mit einer Unbekümmertheit, die ihn bestürzte, doch dann erkannte er, daß sie wie das Kind sprach, das sie noch war.

„Ich bin Jude", sagte Saul. „Mein Vater heißt Hillel ben Borusch, und wir leben auf seinem Besitz, der von der Stadt weit entfernt unten an der Straße liegt."

Die Juden verachteten ihre Sklaven nicht, wie das die anderen taten. Sie achteten ihre Rechte als Menschen und unsterbliche Seelen, begegneten ihnen mit Güte und Nachsicht, ernährten sie ausreichend und füllten ihre Hände mit goldenen Münzen, wenn sie sie freiließen. Sie lehrten sie, Gott zu lieben und ihren Herren treu zu dienen. Aber Saul wußte, daß es nur die Juden so hielten. „Dacyl", fragte er, „prügelt dich deine Herrin?" Er hatte gräßliche Geschichten über die Grausamkeit der nichtjüdischen Bevölkerung gehört.

Sie behielt vor Staunen den Mund offen. „Nein, meine edle Herrin ist sanft wie eine Taube, und ihre Sklavinnen beten sie an!"

Saul war verwirrt. Er kannte nur zwei oder drei Römer, und auch die nur sehr flüchtig. Er verabscheute ihre gewalttätigen und arroganten Gesichter und ihre vorstehenden Nasen und wollte, anders wie sein Vater, nicht zugeben, daß sie den Juden nicht nur im Aussehen, sondern auch in ihrer Gemütsart sehr ähnlich waren. „Ist der Prätor grob mit dir?" fragte er.

Sie lachte fröhlich. „Nein, mein edler Herr ist sehr gütig, wenn auch manchmal streng. Solange man ihm gehorcht und anständig seinen Dienst versieht, ist er gerecht und großherzig. Er läßt es nicht zu, daß der Haushofmeister uns beschimpft oder mißhandelt. Wir lieben ihn."

„Aber du bist doch eine Sklavin und wirst es vielleicht immer bleiben", entgegnete er mit zunehmender Verwirrung.

Das Mädchen zuckte die Achseln und musterte ihn mit frisch erwachter Neugierde. „So haben es die Götter bestimmt", sagte sie. „Es ist mein Schicksal — und gar kein so trauriges. Was könnte ich mir noch wünschen?"

Dann richtete sie einen erschrockenen Blick zum nun schon leuchtenden Himmel und stieß einen leisen Schrei aus. „Es ist spät!" rief sie. „Meine Herrin wird sich über mein langes Ausbleiben Sorgen machen!" Sie lief ein kurzes Stück um den Weiher, wandte sich um, winkte Saul lachend zu und verschwand.

Intelligent ist sie nicht, dachte Saul ben Hillel, der pharisäische Jude. Sie beklagt ihre schreckliche Lage nicht. Das Furchtbare kommt ihr gar nicht zu Bewußtsein. Sie kennt keinen Kummer. Sie denkt nicht über das Heute hinaus. Er fand das erschütternd, nicht über seine Zukunft nachzusinnen. Eine Sklavin ohne Hoffnung auf Freiheit war für ihn eine tragische Figur, und sein Herz ward von Gram erfüllt. Gewiß, die Menschen beugten sich dem Willen Gottes und zogen ihn nicht in Zweifel. Aber das waren freie Menschen. Eine Sklavin wie Dacyl war auch ihrem Geist nach Sklavin. Sie hatte keinen eigenen Willen und mußte dem ihres Herrn folgen und war daher niemals frei.

Sieben Tage lang kehrte Saul nicht an den Weiher zurück und gelobte sich jeden Morgen von neuem, nie wieder dahin zurückzukehren. Es war zu schmerzlich, Dacyl zu sehen und über ihr trauriges Los nachzugrübeln. Häufig genug, hatte Aristo ihm erzählt, warfen ruchlose und grausame römische Senatoren widerspenstige Sklaven den Neunaugen in ihren Teichen zum Fraße vor oder sie folterten sie — ungeachtet der neuen und offenbar nicht sehr wirksamen Gesetze, die vor kurzem in Rom verkündet worden waren. Wenn Saul daran dachte, daß Dacyl ein solches Schicksal drohen könnte, übermannte ihn drückende Sorge. Schon erwog er, ihr Geld zu geben und sie zur Flucht zu überreden, als ihm einfiel, wie jung und schutzlos sie noch war; er war der Verzweiflung nahe. Erst dann erkannte er, daß er Dacyl nicht nur um ihrer Schönheit willen liebte, sondern auch ihrer Unschuld und ihrem Liebreiz verfallen war.

„Quält dich ein Leiden des Körpers oder der Seele?" fragte ihn stirnrunzelnd Reb Isaac. „Dein Geist wandert, und deine Gedanken sind weit fort. Das ist gotteslästerlich, wenn wir uns mit den heiligen Schriften — dem Pentateuch, den Propheten und der Thora — beschäftigen. Deine Miene ist düster, Saul ben Hillel, du sitzt teilnahmslos da, und dein Blick ist getrübt."

Aristo, der Grieche, war scharfsinniger. Er sah sich die jungen Sklavinnen im Haus an und rätselte, welche es wohl sein mochte, auf die Sauls Blick gefallen war und nach der er schmachtete. Aber er konnte keine Anzeichen von Sehnsucht oder Begehren entdecken. Er wußte, daß es in Reb Isaacs Schule keine Mädchen gab und daß Saul nachmittags immer pünktlich ins Elternhaus zurückkehrte. Er kannte aber auch die Symptome junger Liebe und sann hin und her.

Am achten Tag konnte Saul der verzehrenden Sehnsucht, Dacyl wiederzusehen, nicht länger widerstehen. Er hatte sich immer wieder gesagt, daß sie ein ungebildetes Sklavenmädchen ohne Familie, unbekannter Abstammung und völlig unwichtig war — sie wußte es nicht einmal, wie unwichtig sie war. Es half nichts. Im Wachen und Schlafen träumte er von ihr. Ihre Stimme war die Stimme des Weihers, wo er kleine Wellen schlug. Es war das Singen der Vögel im Frühling. Es war den Juden nicht verboten, eine Dienerin zu lieben. Verboten war es, sie zu entehren und grausam gegen sie zu sein. Er haderte unaufhörlich mit sich.

Und so kehrte er an den Weiher zurück, nicht zögernd und widerstrebend einherschreitend, sondern dahinjagend wie ein Hase, atemlos und keuchend im grauen Licht des Morgens und in der ersten Hitze des

Sommertages. Das rote Haar kribbelte auf seiner Kopfhaut. Seine Sandalen klatschten auf den stummen Steinen der römischen Straße. Vögel, die noch geschlafen hatten, erwachten in rätselnder Verwunderung, als er vorbeisauste. Tausend Fragen hatten ihn in den letzten Tagen gepeinigt und zur Verzweiflung gebracht. Jetzt aber dachte er nur daran, daß er das Mädchen wiedersehen würde. Es war ihm, als hielten lodernde Flammenhände sein Herz umfaßt. Die dunklen, schweigsamen Häuser an der Straße schimmerten geisterhaft im trüben, schattengleichen Licht. Er allein nur lebte in jauchzendem Frohlocken.

Dacyl stand im Weiher. Wie Alabaster spiegelte sich ihre weiße Gestalt im grünlichen Blaßgelb des Wassers, Kupferflecken tanzten glitzernd auf ihrem schwarzen Haar, und ihr Mund leuchtete rot. Sie erblickte ihn und schenkte ihm ein glückseliges Lächeln. Dann lüftete sie ihren Chiton und watete durch das Wasser auf ihn zu. Die Wassertropfen auf ihrem Gesicht funkelten, und ihre Augen strahlten vor Freude, ihn zu sehen. Er streckte die Hand nach ihr aus, und sie ergriff sie. Es war ihre erste fleischliche Berührung, und wie ein Blitz durchzuckte es seinen Arm und schlug in sein Herz ein. Dann stieg sie lachend ans Ufer, schüttelte ihr Gewand aus und stand vor ihm. Es war ganz natürlich, daß er sich plötzlich zu ihr beugte und seinen ersten Liebeskuß auf ihre feuchten Mohnblütenlippen drückte.

Sie waren süßer, weicher und duftiger, als er sie in diesen letzten qualvollen Tagen erträumt hatte. Er fürchtete, sie erschreckt zu haben, doch dann drückte sie ihre Lippen auf die seinen, und nun war er der Erschrokkene, denn er hatte nicht gewußt, daß die Frauen den Männern auf diese Weise antworteten. Ihr Atem umspielte seinen Mund, und ihre Augen strahlten vor Freude. Er taumelte vor Entzücken, sein ganzes Sein schien in Flammen aufzugehen, und Gefühle übermannten seine Sinne, die er nie zuvor empfunden hatte.

Dann wich sie lachend vor ihm zurück. „Ich dachte schon, du wolltest nichts mehr von mir wissen“, sagte sie. „Böser Mensch, der du mich zum Weinen gebracht hast!“

Er war tief bestürzt. „Ich habe dich zum Weinen gebracht, Dacyl?“ Der Gedanke, ihr Schmerz zugefügt zu haben, war ihm unerträglich.

Sie lachte wieder. „Orion!“ rief sie aus. „Du bist ein gewaltiger Jäger, und ich bin Artemis und werde dich zu den Sternen erheben!“ Sie berührte seinen nackten Arm und machte sein Fleisch erzittern. „Wie stark du bist! Du erfreust mein Herz. Dein Haar und dein Antlitz erinnern an Apollo, aber deine Schultern sind die des Herkules. Hat ein Zyklop dich aufgehalten oder hast du deine Dienerin vergessen?“

Sie neckte ihn, wie seine Schwester ihn neckte, wenn er zu ernst war. Sie verstand es ebensogut wie Sapphira, ihn lachen und lächeln zu machen, nur daß sie dabei ein um vieles wärmeres und erregenderes Gefühl in ihm weckte. „Ich bin nicht gekommen, weil ich nicht kommen konnte", sagte er mit bebender Stimme.

Sie sah ihn mitfühlend an. In ihrem Sklavenverstand akzeptierte sie die Tatsache, daß Männer ernsthaften und höchst langweiligen Geschäften nachgingen, und Saul erkannte sogleich, daß sie die Erklärung, die er sich zurechtgelegt hatte, nicht verstehen würde, ja daß sie gar keine Erklärung wünschte. Seine kurze Antwort genügte ihr. Was er ihr hätte sagen wollen, war: „Aus Furcht vor dem, was du bist, habe ich mich bezähmt, und aus dem gleichen Grund bin ich wiedergekommen." Aber das würde Dacyl nicht begreifen, und zum ersten Male erkannte Saul, daß es viele, unendlich viele Menschen gab, die nicht imstande sein würden, ihn und all das, was er symbolisierte, zu begreifen. Er war schon in seiner Familie und bei Schulkameraden auf Verständnislosigkeit gestoßen, hatte es aber für Einfalt oder böse Absicht gehalten oder aber dem Umstand zugeschrieben, daß er sich nicht klar auszudrücken vermochte oder daß man ihn nicht verstehen wollte. Jetzt empfand er plötzlich die ungeheure Einsamkeit, die jeder für sich durchstehen muß, und erkannte, daß auch die überzeugendsten Redner und die geistreichsten Schriftsteller nicht imstande waren, ihre innersten Beweggründe, die Verschlungenheit ihrer Gedanken zum Ausdruck zu bringen. Ein heftiges und fremdartiges Mitleid mit sich selber und all den andern, mit denen er diese Welt teilte, benahm ihm, dem Erbarmen nicht fremd war, den Atem. Es war eine Welt, in der in Wahrheit keiner mit dem andern in Verbindung stand, und das war der größte Jammer. Nicht einmal die Liebe schuf eine gemeinsame Sprache.

„Warum blickst du so düster?" fragte Dacyl, doch Saul wußte keine Antwort. „Laß uns fröhlich sein, der Tag ist so schön", sagte das Mädchen und nahm ihn an der Hand. Zusammen stiegen sie ins Wasser, spritzten sich an und lachten, wie Kinder lachen.

„Es ist gut, fröhlich zu sein", hatte Reb Isaac gesagt, „denn es war der Wunsch unseres Vaters, gesegnet sei Sein Name, die Menschen in diesem Geisteszustand zu sehen." Aber Saul hatte nicht geglaubt, daß Menschen fröhlich sein konnten in einer von Laster, Zuchtlosigkeit, Verworfenheit und Schrecken beherrschten Welt, wie er sie auf den brennenden Straßen von Tarsus erlebt hatte; in einer von Gott und allen Tugenden verlassenen Welt, in der das Kurzschwert der Römer, die Steuereinnehmer und andere Wüstlinge und Bedrücker regierten. In diesem Augenblick aber erkannte Saul, daß sie mit ihren Worten etwas Kluges und Wahres ausgesprochen hatte: „Laß uns fröhlich sein, der Tag ist so schön!"

Die Menschen, hatte er gedacht, so sie überhaupt Intelligenz besaßen und nicht wie Tiere auf dem Felde dahinlebten, könnten nur in der schwärmerischen Betrachtung Gottes ihre Glückseligkeit finden. Doch als er nun Dacyl entzückt bewunderte, wurde ihm klar, daß es in Wahrheit ein schöner Tag war und sie alle Glückseligkeit für ihn darstellte.

Und so ging es viele Sommertage lang, und Sauls Herz und Seele wurden jung wie nie zuvor. Er behielt sein Geheimnis für sich. Nicht weil er sich schämte oder peinliche Fragen fürchtete, sondern aus Angst, der Zauber könnte entschwinden, wenn er spräche. So wie Artemis, Dacyls Lieblingsgöttin, auf den silbernen Auen des Mondes dahinflog.

Das Mädchen schärfte alle seine Sinne. Sie gab dem Hohelied Salomons leuchtende Bedeutung und versah die freudigen Psalmen Davids mit kostbaren Feinheiten. Da Dacyl nie über die Zukunft, ja nicht einmal über das Morgen nachdachte, ging auch ihm das Gefühl der Zeit verloren. Er staunte nur mehr, wie frisch ihm jetzt die Farben der Erde und des Himmels erschienen, wie köstlich jede Blume, wie aufregend jeder Baum, wie reizvoll jeder Schatten, wie fein jede Empfindung, wie lecker alle Speisen und wie wonnig seine Träume. Ein Becher Wein war für ihn nicht mehr nur einfach Wein. Er hatte die Farbe und den Duft von Dacyls Lippen, und ihre Augen tanzten darin. Die Dinge dieser Welt offenbarten ihm schärfere Konturen, tiefere Bedeutung und ein nahezu unerträgliches Hochgefühl. Es waren weniger Ekklesiastes und die Sprüche Salomons, die ihn anzogen, als vielmehr die optimistischen Lobgesänge der Propheten aus jenen kurzen Zeitspannen, da sie nicht die mißliche Lage der Menschen und ihren Hang zum Bösen beklagten.

Der unschuldige Jüngling war überzeugt, daß keinem Menschen vor ihm so unaussprechliche Glückseligkeit zuteil geworden war, und dankte Gott dafür. Und das, obwohl Dacyl auch nicht ein einziges Mal ein geistreiches Wort hören ließ, oder eines, das dem unvergorenen Wissen der Unbelesenen und Ungebildeten entsprochen hätte. Seinen Verstand fesselte sie nicht, aber sie berührte ihn an geheimen Stellen, die weiser waren und urzeitlicher und frisch wie der Morgen des ersten Schöpfungstages. Sie betrachtete das Dasein, wie es ein Lamm betrachtet, oder ein Vogel oder eben irgendein einfaches, natürliches und ruhig-heiteres Wesen. Sie war eine Rose, die ihre wohlriechenden Blätter der Sonne entgegenstreckte und die göttliche Essenz ihres Duftes darbot. Sie spielte mit Saul, wie ein Kind spielt, und mit der ganzen Hingabe eines Kindes, obwohl sie älter war als er. Sie küßte ihn so freiherzig wie ein Kind und liebkoste seine Hände und seinen Hals. Er wurde dabei fast wahnsinnig.

Vor allem aber schenkte sie ihm das Verständnis für alle menschlichen Geschöpfe, ein Verständnis, das er nie mehr verlieren sollte.

IV

Tarsus, das seine Bewohner ‚Juwel des Cydnus-Flusses' nannten, war seinem Wesen nach eine phönikische Handelsstadt mit regem Straßen- und Schiffsverkehr. Es besaß ausgezeichnete Akademien und Schulen, kaufmännische Unternehmungen, Faktoreien, Anlagen zur Herstellung aromatischer Pflanzenöle, Webereien, Schmieden, eine Unzahl von Läden, reich ausgestattete Museen und Musikhallen, die Freiheit römischer Bürgerrechte — und eine größenwahnsinnige Bürokratie. Ihrer Geisteshaltung nach hellenistisch, doch gefühlsmäßig orientalisch, war die Stadt berühmt für ihre kunstfertigen Handwerker, und durch ihre Piraten, die zu Reichtum gekommen waren und nun in ihren schönen Häusern ein achtbares und geachtetes Leben führten. Es gab Weinstuben in Tarsus, Bäder, Bäckereien, Teppichknüpfer, Banken, Märkte, Gasthöfe, in denen ägyptische Köche erlesene Speisen zubereiteten, Bordelle, Theater, in denen allzu freie Stücke aufgeführt wurden, und Arenen für sportliche und Gladiatorenkämpfe. Die Einheimischen sprachen gern von einem ‚zweiten Rom', denn in Tarsus lebten viele Rassen zusammen, und in den engen Gassen widerhallten die verschiedensten Sprachen. Hier lebten Syrier und Sidonier, Studenten aus Kleinasien, Nubier und Skythen, Griechen, Römer, Ägypter, Assyrer, blaßäugige Barbaren aus den Wäldern Europas, Sklaven, Gallier, Britannier, Künstler, Goldschmiede und die Händler mit Handschriften, Schriftgelehrte, die eines Dutzend Zungen mächtig waren, Ärzte und Massen von zügellosem Gesindel, das müßig herumlungerte und nur arbeitete, wenn es der Hunger plagte, nachts Parolen an die Mauern schmierte, lärmend irgendeinen Lokalpolitiker umjubelte, um ihn dann ebenso lärmend zu verhöhnen, Sport- und Kampfplätze unsicher machte, Sklaven jagte, manchen Strauß mit der Polizei ausfocht, jedem Herrn diente, dem Glücksspiel frönte, kuppelte, sich abrackerte und schwitzte, stahl, betrog und sich aufführte, wie Gesindel sich immer aufgeführt hat und sich unweigerlich immer wieder aufführen wird. Diese Kreaturen schwärmten für ihre Schauspieler, Akrobaten und Gladiatoren, hoben sie heute in den Himmel und trachteten ihnen morgen nach dem Leben, und sie belästigten schutzlose Mädchen, die von ihren reichen Herrinnen ausgeschickt wurden, um Botschaften zu überbringen. Es war ein leicht erregbares, leidenschaftliches, gefährliches, quecksilbriges, arglistiges, aufrührerisches, unterhaltsames und lebendiges, stinkendes und großmütiges Pack, das im allgemeinen das Leben aus vollen Zügen genoß, das keine Stunde vergehen ließ, ohne über die Götter zu lästern, und Steuern nur zahlte, wenn ihnen ein entschlossener Zöllner auf den Leib rückte, der von mit Knütteln bewaffneten Sklaven oder mit Faszes ausgerüsteten Legionären begleitet war. Sie waren der Schrecken und die Lebensfreude der Nacht und das Ungestüm des Tages, und wie alle, die sich mehr oder minder ehrlich durchs Leben schlagen und der Arbeit nach Möglichkeit aus dem Wege gehen, waren sie außerordentlich intelligent und geistreich.

„Eine Stadt ohne Pöbel ist nicht lebensfähig", versicherte Aristo seinem Schüler Saul. „Sie würde an Langeweile zugrunde gehen, denn der Respektabilität wohnt eine gewisse Erstarrung, eine Art kalter Leere inne. Es ist der Pöbel, der hier und dort geschickt eine Drachme oder einen Sesterz oder auch nur eine Kupfermünze einsäckelt, der den Handel ankurbelt und ins Leben ruft, zur Habgier, der Mutter des Ehrgeizes und der großen Vermögen anstiftet und den Göttern wechselvolle Gesichter gibt, die Mode anregt, und Verhältnisse schafft, gegen die dann Priester und Lehrer und Gesetzgeber zu Felde ziehen können — was sollten sie auch anderes tun? Es mag ein greller, geschmackloser, billiger Glanz sein, der diesen Geschöpfen anhaftet, aber ein Glanz ist es, und man sollte ihn nicht geringschätzen. Ihre Scharlatanerie, ihre frechen Räubereien, ihre Unbesonnenheit und Unzüchtigkeit, ihre Grausamkeit und ihr oft aufrichtiges Mitgefühl kommen näher an die wahre Natur des Menschen heran, mein lieber Saul, als die selbstsicheren und besonnenen Philosophen und Schriftkeit, der Sittsamkeit und des stoischen Imperativs. Das wird natürlich steller. Der Mob ist es, der Thesen und Literatur und die besten Theaterstücke anregt, denn alles Derbe und Bösartige, ja selbst Sündhafte ist wirklicher als alle diese alten Tugenden der Enthaltsamkeit und Mäßigvon allen jenen entrüstet geleugnet, die da glauben, selbst der Normalbürger könne über sich selbst hinauswachsen und jeder Mensch den Göttern gleich werden, aber diese jämmerlichen Verteidiger des Gemeinwohls, diese Phantasten, haben keine Beziehung mehr zu Wissen, Wahrheit und Wirklichkeit. Wären sie nicht so gefährlich, sie hätten unser Mitleid verdient."

Saul dachte, Aristo hielte bloß eine Übung in Verdrehungen und Widersprüchen ab, doch seitdem er Dacyl kannte, war er seiner Sache nicht mehr so sicher. Sie war zwar Sklavin und genoß den Schutz ihres Herrn, aber auch sie zählte zur Masse. Dennoch konnte er sie nicht verachten, denn sie brachte ihn ja dazu, die Menschheit zu sehen, wie sie wirklich war, und nicht so, wie er sie sich erhofft hatte, und statt Abscheu erfüllte ihn nun Liebe. Aber er wollte dem lächelnden Aristo nicht glauben, daß das Böse ebenso notwendig war wie das Gute, und daß das Gute ohne das Böse einer veritablen Hölle von dumpfer Teilnahmslosigkeit gleichkommen würde. Immer wieder erinnerte er ihn an die Herrlichkeit und Lieblichkeit des verlorenen Paradieses, und immer wieder erwiderte Aristo: „Man sollte deinem Adam und deiner Eva dankbar sein. Nicht nur befreiten sie den Menschen von der vollkommenen Tugend, sie machten ihn erst wahrhaft menschlich. Sie trugen die Schönheit und den Wahnsinn der großen Städte in ihren Lenden, die weißen Segel des Handels, das Entzücken der Theater und der Tanzmädchen und jene unendliche Mannigfaltigkeit des Lebens, wie wir es kennen, und ohne das wir, wie Säuglinge in der Wiege, in einer Welt ohne Farben vegetieren müßten. Und sie waren sehr weise: sie aßen nicht vom Baum des Lebens, bevor sie sich am Baum der Weisheit gütlich getan hatten — denn welcher Mensch wollte unsterblich sein?"

Darüber diskutierten sie oftmals, denn Aristo, so glaubte Saul zu wissen, liebte solche Debatten, spitz, zynisch und voller Skepsis, die gleichwohl Anlaß zum Lachen gaben. Doch seit der Jüngling Dacyl kannte, lauschte er dem Griechen mit größerer Aufmerksamkeit, verstand Aristo es doch, seinen Ausführungen etwas Beißendes zu geben und den Geist seines Zuhörers zu entflammen, auch wenn dieser seine Meinung nicht teilte.

„Du wirst es in Tarsus feststellen, wie später auch in Rom, Alexandrien und Athen, daß wir Griechen jedes Laster in einer Art verfeinert haben, wie dies schwerfälligere Rassen nicht zustandebringen konnten. Alle Menschen sind schlecht — das hat euer Salomon gesagt, und wird er nicht als euer weisester König angesehen? Aber es sollte unter Menschen keine schmutzige, animalische Schlechtigkeit geben — ich verunglimpfe da die Tiere zu unrecht —, sondern die Schlechtigkeit eleganter und vornehmer Götter. Was ihr Juden Sünde nennt, hat die Poesie weit kräftiger inspiriert als die Tugend und ganz gewiß mehr zur Errichtung von Tempeln beigetragen! Was wäre der Mensch ohne Gefahr, Krieg und Schrecken, ohne Harpyien und Furien, oder gar ohne Tod? Ein jämmerliches, langweiliges, unwichtiges Geschöpf, das unter ein und demselben Baum an einer Frucht knabberte — und das in einem Paradies, das kein Orkan je verwüsten, keine Sintflut je zerstören und kein Donnerschlag je entsetzen würde. Ohne Kontroverse kann es keine überzeugende Beweisführung geben, ohne Uneinigkeit keine Einigung, und ohne Katastrophe keinen Frieden. In einem tieferen Sinne, als du dir vorstellen kannst, Saul, bringt Sündhaftigkeit Tugend und Lebenskraft hervor und befruchtet die Künste. Die Gegensätze allein sind es, die das Leben interessant machen. Den Wein und die Liebe natürlich nicht zu vergessen."

Saul dachte darüber nach. Zwar konnte er Aristo in keinem Punkt beipflichten, doch ließ der Grieche, gleich Dacyl, das facettenreiche Kristall des Daseins mit seiner unendlichen Farbenpracht vor ihm erstehen. Schon Hillel hatte das versucht, aber Schiffbruch erlitten, weil Saul seinen Geist geringschätzte.

Die Laster von Tarsus, deren er oft gewahr wurde, hatten keinen Reiz für ihn. Aber der Anblick angemalter Strichjungen auf den Straßen und billiger, liederlicher Weiber in derben Gewändern oder in kostbaren Sänften bedrückte ihn jetzt mehr, als er ihn anwiderte. Er wandte nicht mehr den Blick von den Räucherwerk verbrennenden ‚Heiden' ab, die vor den

Tempeln einer Unzahl fremder Religionen saßen. Gewiß, die ganze Menschheit schien fest, und auch freudig, entschlossen, den menschlichen Geist in Verderbnis zu stürzen, ganz besonders in den heißen Straßen von Tarsus, aber Saul war von dieser Schaustellung von Sittenlosigkeit nun schon weniger abgestoßen, und sie erzürnte ihn schon weniger. Er bedauerte sie und bemitleidete alle, die ihr frönten.

Nicht ihnen waren die Thora, die Propheten, Moses und Salomon, und das Wissen über das Kommen des Messias gegeben worden. Und wenn sie eine Vision gehabt hatten — er dachte an den ‚Unbekannten Gott', den die Griechen verehrten —, so war sie verschwommen und ungewiß gewesen. Einmal betrat Saul sogar einen griechischen Tempel und bewunderte seine wunderbare und schlichte Schönheit, die anmutigen und erhabenen Statuen und die prächtigen Blumen. Er fand den leeren Altar, schmucklos und unbefleckt, mit der Inschrift: ‚Dem Unbekannten Gott'. Der Altar wartete auf das, was ihm Sinn und Ausdruck geben würde. Bittere Tränen brannten in Sauls Augen, als er jener gedachte, die nicht wußten, was den Juden so eindeutig versprochen worden war.

„Ein Nichtjude", hatte Hillel ihm oft gepredigt, „ist in den Augen Gottes nicht weniger als ein frommer, ehrfürchtiger Jude. Auch er ist ein Kind Gottes, unseres Vaters, gesegnet sei Sein Name. Auch er wird, so steht es geschrieben, an der Erlösung durch den Messias teilhaben. Man darf keinen Menschen verachten und keinen geringer schätzen als den anderen. Man muß sein Menschentum ehren und seine Bruderschaft vor Gott, man muß gerecht mit ihm verfahren, ihm Mitgefühl zeigen und die Hand reichen — auch wenn er sie zurückstößt. So verschieden wir auch sein mögen — denn unser Vater liebt die Vielgestaltigkeit, wie Er sie auch schuf —, so ist die ganze Menschheit doch auf geheimnisvolle, unerklärliche Weise eins. Ägyptische Wissenschaftler haben erklärt, das Licht, das uns tausende Tönungen und Nuancen zu haben und aus unendlich vielen Farben zusammengesetzt zu sein scheint, sei in Wirklichkeit nur *ein* Licht. Und dieses Licht ist der Geist Gottes und des Menschen."

Saul hatte aufmerksam zugehört. Er empfand tiefe Liebe für seinen Vater, betrachtete Hillel aber als einen Mann, der die Dinge allzusehr verallgemeinerte und der des Stolzes eines Juden ermangelte, dessen Väter einen Bund mit Gott geschlossen hatten, und aus deren Fleisch der Messias hervorgehen würde. Wenn er aber jetzt, im brennenden Licht der Herbstsonne, täglich die Straßen von Tarsus durchwanderte, empfand er weniger Stolz als Mitleid und fragte sich, wie es sein konnte, daß die Sinne der anderen Menschen nicht erleuchtet worden waren. Die Griechen hatten ihren Moralkodex, und ebenso auch die Römer und die Ägypter, aber es war ein Kodex, der auf einem ethischen Prinzip beruhte und nicht auf Gott, dem Hochbetagten. Ethische Prinzipien, die einer Quelle ermangelten, konnten unwirksam oder dem Wandel unterworfen werden. Solche, die auf dem Ewigen beruhten, waren unerschütterlich.

Wenn er es auch nicht wußte: die Liebe hatte nicht nur das Gefühl in ihm erweckt, der ganzen Menschheit zuzugehören, sondern ihm auch die Gabe geschenkt, zartes und echtes Mitleid mit ihr zu empfinden. Am Ende aber brachte ihm die Liebe — weil er noch sehr jung und unschuldig war und keinen Vertrauten hatte —, Schrecken und Zorn und eine Enttäuschung, von der er nie wieder genas, die ihn sein ganzes Leben lang verfolgte, ihn tief verwundete, und alle, die an seiner Seite standen, verwirrte und bestürzte.

In seinem ganzen kurzen Leben hatte Saul noch nie einen so goldenen, so köstlichen, so von Lebenslust überschäumenden Morgen erlebt, obwohl es Herbst war und das Jahr zu Ende ging. Das Dunkel der Zypressen unterstrich das glühende Gelb der anderen Bäume; noch grünten die Tamarisken, aber die ersten Sonnenstrahlen färbten ihre Zweige golden. Wie Bernstein fiel das Wasser mit sanftem Rauschen über die rostbraunen Felsen in den stillen, safrangelben Weiher. Karminrote und zitronengelbe Blumen standen im hohen Gras, das die Ufer säumte. Die kleinen Bächlein, die den Weiher entleerten, zogen kupferfarbene Spuren über das Land. Von bronzenen Speeren im Osten durchbrochen, wölbte sich der noch purpurne Himmel über die steil aufragenden, vom ersten Schnee bekränzten Berge.

Saul trug einen Korb mit scharlachroten Granatäpfeln für Dacyl in der Hand, und ihr Aroma, das sich mit dem schweren, fruchtigen Duft der Erde vermengte, erregte ihn auf seltsame Weise. Sein Herz weitete sich in Hoffnung und Verheißung. Mit langen Schritten strebte er die leere, gewundene Straße entlang dem Weiher und dem Wasserfall zu. Als er angekommen war, genoß er mit Entzücken das Bild, das sich ihm darbot. Noch klopfte ihm das Herz; er lächelte versonnen. Eine ungeheure Freude am Leben überkam ihn. Die Anbetungspsalmen schienen ihm zu verhalten, um der Verzückung und dem unbeschreiblichen Vorgefühl, die er empfand, gerecht zu werden. Er sah sich nach Dacyl um, aber sie war noch nicht gekommen.

Plötzlich erbebte er vor Schrecken, als er am gegenüberliegenden Ufer einen Schakal erblickte. Das gelbe Tier war ihm nicht gleich aufgefallen, weil es so völlig mit den natürlichen Farben seiner Umgebung verschmolz. Es war allgmein bekannt, daß Schakale die Tollwut übertrugen und die, wie Hippokrates sie bezeichnete, ‚unheilbare Wunde' zufügten. Saul selbst hatte vor einigen Jahren eine junge Dienerin nach dem Biß eines Schakals unter entsetzlichen Qualen sterben sehen.

Schakale waren schlaue, aber feige Geschöpfte. Wenn sie nicht toll waren, griffen sie Menschen nicht an. Waren sie es aber, standen sie einem Wolf nicht nach. Sauls erster Gedanke war, Dacyl entgegenzulaufen, um sie zu warnen, als ihn ein neuer Schrecken durchfuhr. Der Schakal hatte ihn gesehen. Statt sich davonzuschleichen, wie es in der Natur der Schakale lag, versteiften sich die Beine des Tieres, sein Fell sträubte sich und der häßliche Kopf schien anzuschwellen. Seine bösen Augen funkelten im Dämmerlicht, und aus seiner Kehle kam ein wütendes Knurren. Also war das Tier von der entsetzlichen Krankheit befallen. Jetzt sah Saul auch den blutigen Schaum an seinen Lefzen.

Von Entsetzen überkommen, stand Saul da und konnte den Blick nicht von der Bestie abwenden. Er wagte nicht zu fliehen, weil er fürchten mußte, verfolgt zu werden. Das Tier im Auge behaltend, beugte er sich langsam nieder und hob einen schweren, ausgezackten Stein auf. Dann stieß er einen drohenden Schrei aus. Der Schakal wich ein paar Schritte zurück, aber sein Knurren klang wie das Knirschen von Felsstücken, die sich hart aufeinander rieben. Das Tier heulte wütend auf und schüttelte sich, aber es riß nicht aus.

In diesem Augenblick erschien Dacyl auf der Bildfläche. Sie rief Saul lachend etwas zu, weil sie seinen Schrei gehört und angenommen hatte, er habe sie ungeduldig herbeigewünscht. Nur wenige Schritte vom Schakal und vom moosbewachsenen Ufer des Weihers entfernt, blieb sie stehen, sah über das Wasser zu Saul hinüber, lächelte fröhlich und winkte ihm zu.

Der Schweiß brach Saul aus allen Poren, und die Stimme versagte ihm den Dienst. Als aber Dacyl immer weiter winkte und nun schon ein wenig verwirrt schien, fand Saul seine Fassung wieder. „Spring ins Wasser, Dacyl!“ rief er ihr zu. „Schwimm zu mir her! Zögere nicht! Dort steht ein Schakal, und er ist tollwütig!“

Das Mädchen wandte den Kopf zur Seite und erblickte das Tier. Es duckte sich schon, um sie anzuspringen. Dacyl stieß einen leisen Schrei aus und wich zurück. „Schwimm!“ schrie Saul in höchster Erregung. „Zu mir her! Jetzt!“

Ohne sich des Mantels zu entledigen, der sie vor dem kühlen Morgenwind schützen sollte, warf sich das Mädchen ins Wasser. Ihre Kleidung behinderte sie beim Schwimmen, sie kam zu langsam voran. Saul ließ den Korb mit Granatäpfeln fallen und stieg selbst ins Wasser. Er hatte eine unklare Vorstellung, daß tollwütige Tiere das Wasser fürchteten und der Schakal sich daher davonmachen würde. Doch Saul war erst wenige Fuß vom Ufer entfernt, als die Bestie sich in den Weiher stürzte, um Dacyl zu verfolgen. Das wilde Heulen des Tieres zerriß die morgendliche Stille.

Saul umklammerte den Stein in seiner Faust und begann auf Dacyl zuzuschwimmen, um an eine Stelle zwischen ihr und der tollwütigen Bestie zu gelangen, deren gelber Kopf wie eine Wollmatte auf den Wellen wogte. Er strampelte sich von seinen Sandalen frei, riß sich den Mantel vom Leib und nahm all seine Kraft zusammen, um dem Schakal den Weg abzuschneiden und Dacyl vor einem tödlichen Biß zu bewahren. Das Wasser war lähmend kalt, denn der Winter stand vor der Tür. Saul sah Dacyls verzweifeltes, weißes Gesichtchen, das lange, schwarze Haar, das hinter ihr her glitt, den Mantel, in den sie sich verfangen hatte, und ihre Arme, die sie fieberhaft hin- und herwarf. Sie wimmerte und kämpfte sich angestrengt vorwärts, und ihre Augen flehten ihn an, sie zu retten.

Nun befand er sich zwischen dem Schakal und dem Mädchen. „Schwimm schneller!" rief er ihr zu und wandte sich entschlossen gegen die Bestie. Er hatte einmal gehört, daß Tiere die Kraft des menschlichen Auges fürchteten. Darum heftete er jetzt seinen Blick auf den Schakal und sah nicht mehr auf Dacyl zurück, die er hinter sich keuchen hörte.

Der Schakal aber wußte anscheinend nicht, daß er das menschliche Auge zu fürchten hatte, vielleicht war er auch schon zu tollwütig. Knurrend und das Wasser aufwirbelnd, blieb er kurz stehen. Seine Aufmerksamkeit galt jetzt allein Saul. Der Weiher schäumte um seine Beine. Saul sah das wilde Funkeln in den Augen des Tieres, und einen Augenblick lang überflutete ihn erneut bebendes Entsetzen, denn nun stand sein eigenes Leben auf dem Spiel. Seine Beine schienen einen eigenen Willen zu entwickeln, sie drängten ihn, zu fliehen und sich zu retten. Aber er konnte Dacyl nicht im Stich lassen. Dieser Gedanke kam ihm gar nicht. Sein Herz war ein Klumpen lodernden Feuers in seiner Brust.

Der Schakal zauderte. Saul schwamm nun zwischen ihm und dem Mädchen und kam ihm näher. Das Tier hob sich halb aus dem Wasser und stürzte sich heulend auf den Jüngling. In diesem Augenblick aber streiften Sauls kräftige Beine den Boden und fanden einen Felsen im Wasser, auf dem er stehen konnte. Sein stämmiger Körper spannte sich zum Angriff, und alle Furcht verließ ihn. Sein Verstand reagierte überraschend schnell und zielbewußt.

Er wartete, bis der Schakal, das geifernde Maul weit aufgerissen, die blutbefleckten Zähne schnappend, schon fast auf ihm war. Dann packte er das Tier mit einer Hand blitzschnell an der Gurgel und schlug ihm mit der andern den ausgezackten Stein mitten auf den Kopf. Die scharfe Spitze drang tief zwischen die funkelnden Augen ein, und der Schakal stieß ein gräßliches Schmerzensgebrüll aus. Mit aller Kraft versuchte er sich loszureißen, während das Blut rund um die scharfe Spitze des Steines hervorsprudelte. Saul erschauerte vor Ekel.

Aber er hielt an der verfilzten Gurgel fest, zog den Stein heraus und bohrte ihn diesmal genau in das rechte Auge der Bestie, bis er fühlte, daß er das weiche und fiebernde Hirn erreicht hatte. Er biß die Zähne zusammen, riß den Stein abermals heraus und stieß ihn dem Tier mit aller Gewalt just oberhalb seiner Hand in die Kehle. Im nächsten Augenblick färbte sich das Wasser ringsum zu tödlichem Scharlachrot, während der Katarakt und der Weiher in der aufgehenden Sonne glitzerten. Saul war über und über mit Blut bedeckt.

Er fühlte, wie das sterbende Tier erschlaffte, aber noch einmal nahm er seine ganze Kraft zusammen und bohrte den Stein in das linke Auge. Beine und Körper schlaff, sank der Schakal, langsam dahintreibend, unter die Wasseroberfläche.

Das Schauspiel ließ Saul von neuem erschauern. Er hatte noch nie etwas getötet. Er hörte seinen eigenen Atem, der mit heiserem Rasseln die morgendliche Stille durchbrach. Er zog sich von der Stelle zurück, wo das Tier verendet war, und begann, Arme und Hände in klarem Wasser zu waschen, um sich aller Blutflecken, des tödlichen Speichels und des giftigen Schaums zu entledigen.

Dann dachte er an Dacyl. Er drehte sich um und schwamm ans Ufer. Das Sklavenmädchen war in einem wirren Haufen von nassen Kleidern auf der wärmenden Erde zusammengesunken. Ihr Gesicht war steif und starr, als sie Saul herankommen sah. Sie konnte sich nicht bewegen. Selbst als er schon neben ihr stand, konnte sie nur zu ihm hinaufstarren. Sie war leichenblaß, und ihre großen, schwarzen Augen brannten.

„Die Bestie ist tot", sagte Saul. „Der Weiher ist verseucht. Arme Dacyl. Es ist alles vorbei. Du brauchst keine Angst mehr zu haben."

Dacyl langte benommen nach seiner Hand. Er nahm sie und versuchte, sie in seinen eigenen kalten, tropfenden Händen zu wärmen. Sie öffnete den Mund, um etwas zu erwidern. Er beugte sich zärtlich zu ihr hinab, um sie besser zu verstehen.

„Herkules", flüsterte sie und lächelte matt. „Perseus. Odysseus."

Saul zog ihren bebenden Körper auf die Beine und bemühte sich zu lachen. „Das war doch nichts", meinte er. „Hätte ich dich denn im Stich lassen können?" Er schloß sie in seine Arme, die Arme eines Kriegers, und in einer plötzlichen Aufwallung von Glückseligkeit und Liebe preßte er sie fest an sich. „Habe ich dir nicht mein Herz geschenkt, Liebste?"

Das Wasser strömte von ihnen herab, aber ihre Liebe und das Gefühl, einer großen Gefahr entronnen zu sein, wärmten sie. Die heißen Sonnenstrahlen taten ein Übriges. Dacyl ergriff Sauls Hand und küßte sie demütig. Ihr feuchtes, schwarzes Haar, das sanft war wie Seide, fiel über seinen entblößten Arm. Als ihre Lippen ihn berührten, durchzuckte ihn das Verlangen wie ein glühendes Messer. Das Mädchen hob den Kopf, und er suchte ihre Lippen — nicht zart und empfindsam, wie in den vergangenen Monaten, sondern mit Inbrunst und Lust und Leidenschaft. Sie schmeckten süß und feucht und kühl und öffneten sich in zärtlicher Hingabe. Sie schlang ihre Arme um seinen Hals, drückte ihren Körper gegen den seinen und murmelte unverständliche Worte. Er fühlte ihren jungen Busen, straff und drängend an seinem Herzen. Instinktiv griff er nach ihrer Brust und hielt sie in der Schale seiner nun heißen und forschenden Hand, und wieder murmelte sie etwas, während sie sich matt an ihn klammerte.

Nie zuvor hatte er die Brust einer Frau berührt, und da er sie nun anfühlte, schwanden ihm fast die Sinne. Zusammen, immer noch eng umschlungen, sanken sie in das hohe, sandfarbene Gras, und die Welt wurde zu einem einzigen Taumel von Leidenschaft und zusammenhanglosen Lauten und Fieber und köstlichem Kampf. Über ihnen sang der Wasserfall, die Sonne leuchtete, goldener Staub trieb durch die Luft, und ein süßes, wildes Brausen schlug an die Ohren des Jünglings.

Saul fühlte sich verloren. Er gehorchte dem Trieb seines Fleisches. Unerklärliche und überwältigende Gefühle bemächtigten sich seiner, schmerzhaft wonnig und doch markverzehrend in ihrer drängenden Heftigkeit. Er lag auf Dacyl und nahm sie wie ein Tier, während sie ihn festhielt, ihn zart in die Kehle biß und leise stöhnte, von Lust und Entzücken überkommen. Wie Feuer brannten ihre Körper, wie Flammen vereinigten sie sich, eingehüllt vom Duft der Blumen und des wogenden Grases und vom Rauschen des Wassers. Die Welt versank, und nichts blieb zurück als der Taumel ihrer Sinne. Saul spürte die Regungen von Dacyls Fleisch unter sich, und jede ihrer Bewegungen steigerte seine Empfindungen. Er konnte nicht unterscheiden, ob es Qual oder Wonne war. Er fühlte ihre zarte Zunge an seinem Ohr, er hörte ihr klagendes Stöhnen und merkte, wie ihre Bewegungen schneller wurden. Als er den Höhepunkt erreichte, glaubte er, in Verzückung zu vergehen, und daß er diesen Tod, der das Leben an Schönheit übertraf und über ihn hereinbrach wie eine berstende Sonne oder ein Sternenregen, willkommen heißen mußte.

Er hielt seine Augen geschlossen. Schwitzend und keuchend lag er auf dem Mädchen, und es vergingen einige Augenblicke, bis er sich von ihrem Körper herabfallen ließ und, noch ganz benommen von dem Erlebten, neben ihr liegenblieb. Er konnte nichts denken. Er hatte nur die Erinnerung an ein Geschehen von ungeheurer und unfaßbarer Wonne und Glückseligkeit, das mit nichts zu vergleichen war.

Dacyl stützte sich auf und sah lächelnd auf ihn hinab. Ihre schwellenden Lippen schimmerten in hellem Rot, und ihr trocknendes Haar lag ihr warm um Schultern und Brust. Er öffnete träge die Augen und sah ihr Gesicht über sich; es dünkte ihm schöner als je zuvor. Langsam hob er eine Hand und berührte ihre Wange, sie aber drehte den Kopf und küßte den Teller seiner Hand. Ein stillvergnügtes, leises Lachen von Zufriedenheit und Zuneigung drang aus ihrer weißen Kehle. Eines ihrer Beine lag quer über den seinen.

Und dann, als ob eine eiskalte Hand nach seinem Herzen griffe, durchzuckte ihn ein furchtbarer Gedanke: ‚Ich habe dieses unschuldige Kind vergewaltigt, entehrt und geschändet — ich bin für ewig verdammt!'

„Was hast du, Liebster?“ fragte Dacyl, beunruhigt über die Blässe und Starrheit seines Gesichts.

Er drehte den Kopf zur Seite. Er hätte weinen mögen vor Reue und Verzweiflung und Scham, daß er dieses reine Wesen genommen und besudelt, und daß sie sich, aus Dankbarkeit und weil sie nur eine Sklavin war und sich daher dem Drängen eines Mannes nicht verweigern konnte, seiner Lust gefügt hatte. Wahrlich, der Vertilgung geweiht war er in den Augen Gottes und der Menschen. Wie sollte er seine Sünde und sein Verbrechen sühnen? Wer konnte ihm verzeihen? Er verdiente einen schimpflichen Tod.

Dacyl begann über sein dichtes rotes Haar und seine Kehle zu streichen. „Du bist ein richtiger Held, Geliebter“, sagte sie mit ihrer kindlichen Stimme. „Ich bin für immer dein. Ich bin deine Sklavin, mein Angebeteter. Nicht einmal Venus nannte einen so mächtigen Beschützer und Liebhaber, den Stärksten unter den Starken, ihr eigen. Wie sie mich beneiden muß, sie, die Perle Zyperns!“ Sie küßte zärtlich seine Wange.

Der Himmel über ihrem Kopf hatte sich zu flammendem Blau gewandelt, wohltönend rauschte der Wasserfall hernieder, und wieder schimmerte der Weiher in der Farbe junger Zitronen. In süßer Mattigkeit ruhten sie auf dem weichen Moos. Aber Sauls Seele brannte in tiefem Schmerz.

„Vergib mir, Liebste“, sagte er. „Vergib mir, wenn du kannst.“

Staunend weiteten sich Dacyls leuchtende schwarze Augen. Als könne sie nicht glauben, daß er diese Worte ausgesprochen habe, beugte sie sich tiefer zu ihm nieder. Mit Verwunderung sah sie, daß Tränen in seinen seltsamen, metallisch blauen Augen standen.

„Dir vergeben?“ rief sie aus. „Du bist es, der mir verzeihen sollte, daß ich dich durch meine Sorglosigkeit in so große Gefahr gebracht habe! Dir vergeben! Ich bete dich an, du mein Held, du mein Apollo, dessen Haar golden glänzt wie die Sonne, dessen Muskeln stärker sind als die schärfste Waffe! Auch wenn das Leben mir nichts mehr bieten sollte als diesen Morgen, ich würde dennoch den Göttern danken, daß sie mir erlaubt haben, bei dir zu liegen, dich zu belohnen und zu erquicken.“

Saul bemühte sich, über diese kindlich unschuldigen Worte zu lächeln. Mit zarter Hand streichelte er ihre weiche Wange. „Aber ich habe dich entehrt, Liebste. Ich habe aus deiner Verwirrung schändlichen Nutzen gezogen. Ich habe dich entjungfert, und wer kann dir nun deine Unberührtheit wiedergeben?“

Mit einem Ruck setzte sich Dacyl auf und starrte Saul staunend an. Nach einer langen Weile begann sie zu lächeln. Es war das verschmitzte Lächeln einer Frau, nicht das eines Mädchens.

„Ist es das, was dir Kummer macht, du Närrchen?“ fragte sie liebevoll. „Hör mal! Ich bin siebzehn Jahre alt und keine Jungfrau. Hast du wirklich geglaubt, daß ich es noch bin?“ Sie lachte in belustigter Rührung. „Ich war es schon mit zwölf Jahren nicht mehr. Damals wurde ich dem Aufseher auf den Gütern meines Herrn zur Ehe gegeben, und wir sollen einmal heiraten. Meine Herrin, die edle Fabiola, hat mich ihm versprochen, und wenn es soweit ist, werden wir unsere Freiheit und ein Olivenwäldchen erhalten und zufrieden mitsammen leben. Aber dich werde ich immer lieben, auch wenn ich dich nie wieder sehen sollte!"

Wie betäubt lauschte Saul dem munteren Geplapper. Dann verstand er. Er hatte als Jude gedacht, dieses Mädchen aber, geboren und aufgewachsen in einer Umgebung, die ihm fremd und unbegreiflich war, als Heidin. Sie sah sich in keine Sünde verstrickt. Sie hatte, um eine Stunde angenehm zu verbringen, ein Vergnügen genossen, wie andere sich an einem Stück billigen Tands erfreuen, um es dann fortzuwerfen und zu vergessen. Sie lebte und hatte ihren Platz in einer hedonistischen Gesellschaft, in der alles erlaubt, Ehre ein leerer Begriff, Entweihung lächerlich, Hurerei gang und gäbe und Wollust ein Vergnügen war, das es zu pflegen und zu betreiben galt. Sie gehörte einer Welt an, die von frommen Juden verabscheut und gefürchtet, gemieden und verdammt wurde, und nun war sie nicht mehr Dacyl, das unschuldige Sklavenmädchen, über das er heimliche Tränen vergossen hatte, sondern die ‚fremde Frau', deren Lippen zur Hölle führten. Und nun war er, Saul ben Hillel, in jähem Ungestüm in den Abgrund ihres Leibes gestürzt und für immer verloren.

Er war rettungslos verderbt und beschmutzt, zu hoffnungsloser Einsamkeit verdammt, es wäre denn, er wollte sein ganzes Leben der Reue und Buße weihen. Gott hatte sein Antlitz von ihm abgekehrt. Wie aber sollte er in einer kurzen Lebensspanne sühnen? Er war bei einer Dirne gelegen.

„Was hast du?" fragte Dacyl bestürzt. Es war ihre Absicht gewesen, ihn zu beruhigen und zu erquicken. Sie hatte sich ihm in Dankbarkeit und Liebe und Lust gegeben und ihm wonnevolle Glückseligkeit geschenkt, wie auch er ihr. Und nun lag er neben ihr im Gras, und auf seinem Gesicht malten sich Bitterkeit und Verzweiflung.

Saul setzte sich auf. Dacyl wußte nicht, was sie von seinem Schweigen und seiner furchterregenden Unnahbarkeit halten sollte. Sie sah ihm zu, wie er seine nasse und zerknitterte Tunika ausschüttelte. Warum sprach, warum lächelte er nicht? Warum wich er ihren Augen aus? Auf welche Weise hatte sie ihn verletzt? Welcher Ungeheuerlichkeit hatte sie sich schuldig gemacht? In einer flehenden Geste berührte sie mit der Hand sein Knie. Er aber rückte zur Seite, als fürchte er die Berührung mit etwas Schändlichem und Abscheulichem. Er sprang auf die Füße und warf wilde Blicke um sich. Tränen stürzten ihm aus den Augen.

Dann floh er vor ihr, ohne ein Wort zu sprechen, und war bald zwischen den Bäumen verschwunden. Verwundert und erschrocken blieb das Mädchen zurück, grübelte angestrengt nach und versuchte vergeblich eine

Erklärung für das eigenartige Verhalten eines Menschen zu finden, den sie liebte und auf irgendeine Weise tödlich gekränkt hatte.

Ihr Blick fiel auf den Korb mit Granatäpfeln, den er ihr mitgebracht hatte. Sie biß in einen hinein, und der rote Saft lief ihr über das Kinn. Dann lachte sie leise, zuckte die Achseln und schüttelte den Kopf. Es war wirklich nicht leicht, einen Mann zu verstehen. Eines Tages würde er wiederkommen.

Saul kam nie wieder an diesen reizenden Platz zurück, und die Erinnerung daran ließ Ekel, Haß und Scham in ihm aufsteigen. Der Weiher verfolgte ihn durch sein ganzes Leben. Schlimmer noch: Saul entwickelte einen Widerwillen gegen Frauen, der ihn bis an das Ende seiner Tage nicht mehr verließ. Dacyls Duft im warmen Herbstgras haftete fortan allem Weiberfleisch an, und Frauenarme waren die Arme bläßlicher Schlangen, so es sich nicht um Jungfrauen oder ehrenwerte Ehegattinnen handelte. Und selbst diese hielt er für suspekt und mißtraute ihnen.

Hillel ben Borusch suchte Aristo in den bescheidenen, aber behaglichen Räumen des Griechen auf.

„Was hat mein Sohn?“ fragte ihn der besorgte Vater. „Er sieht schlecht aus, spricht nichts und brütet immerfort vor sich hin. Er schätzt dich doch sehr. Hat er sich dir nicht anvertraut? Können wir ihm nicht in seinem Kummer helfen?“

Aristo kannte seinen Schüler weit besser, als die Eltern des Jungen oder Reb Isaac ihn kannten. Er vermutete, daß der steife Pharisäersohn irgendwo, irgendwann einer Frau begegnet war, die ihn bis ins Herz getroffen hatte. Aristo würde sich selber Sorgen gemacht haben, hätte ihn die Sache nicht so belustigt. Da er aber wußte, daß Saul sich nun nicht mehr in aller Stille und viel zu früh für die Schule aus dem Hause schlich, stand es für ihn fest: es war eine Frau! Aristo seufzte. Diese Juden! Sie betrachteten jedes menschliche Vergnügen mit Argwohn und mieden es. Wie grausam war doch diese Gottheit, die sie anbeteten! Aristo dankte seinen Göttern, an die er nicht glaubte, daß der Gott Israels Seine geistigen und seelischen Probleme Sich selbst und einem begrenzten Kreis ergebener Verehrer vorbehalten hatte.

„Was vermutest du, Aristo?“ fragte der beunruhigte Vater, der ein sehr scharfes Auge hatte.

„Ich spreche keine Vermutungen aus“, antwortete der Grieche respektvoll, „denn ich habe keine. Aber vielleicht kommt unser Saul jetzt ins Mannesalter und wird von gewissen Träumen und Sehnsüchten geplagt.“

Hillel errötete, und auch das belustigte Aristo. „Saul ist noch nicht reif für die Ehe“, meinte der Vater.

„Dann schaffe ihm doch ein williges Sklavenmädchen herbei“, entfuhr es dem Griechen.

Hillel warf ihm einen tadelnden Blick zu. „Es ist uns verboten, Frauen zu mißbrauchen, selbst wenn es Sklavinnen oder Dienerinnen sind."

Aristo lächelte, aber mit schuldigem Respekt. „Nach dem, was Saul mir berichtet hat, steht das nicht in Einklang mit euren Lehren. Hat es euren König David nicht nach Bathseba gelüstet, und hat er nicht, um sie besitzen zu können, ihren Gatten ermorden lassen? Ich habe auch das Lied der Lieder gelesen, und ganz gewiß hat Salomon diese Lieder nicht seinen Frauen zugedacht, die möglicherweise höchst untadelige und uninteressante Damen waren!" Er lachte. „Ich habe schon immer die Meinung vertreten, daß euer Held Joseph entweder ein Narr oder ein Eunuch gewesen sein muß — sonst hätte er Potiphars Weib nicht verschmäht. Ihr Juden, guter Herr, seid sehr steife Leute, die es nicht verstehen, das Leben zu genießen. Gewiß ist euer Gott kein Pharisäer!"

Hillel mußte lächeln. „Das ist Reb Isaacs Meinung, die ich allerdings nicht teile."

„Erinnere dich deiner eigenen Jugend, Herr", sagte Aristo, „denn du bist ein hübscher Mann, und gewiß haben die Mädchen auch dir feurige Blicke zugeworfen. Du bist mit dir selbst zu Rate gegangen. Laß Saul das gleiche tun."

Hillel seufzte. „Das Leben ist eine Krankheit, von der wir uns nie erholen und die stets tödlich verläuft. Ich will deinem Ratschlag folgen, Aristo. Ich werde Saul keine Fragen stellen. Fragen, wenn sie von Vätern kommen, sind immer beleidigend." Er machte eine Pause. „Es ist doch seltsam, daß die, die wir zeugen und lieben, uns fremd sind und nur bei anderen Menschen Verständnis finden. Sollen wir das als Mahnung Gottes verstehen, daß unsere Kinder nicht unser Eigentum sind, daß wir ihnen nur von unserem Fleisch gegeben haben, daß wir keine Rechte auf sie haben und sie ihrer Wege gehen lassen müssen? Ihre Seelen gehören Gott, nicht uns. Es ist traurig, ein Vater zu sein."

Eines Tages richtete Aristo das Wort an seinen frostigen und schweigsamen Schüler: „Ich weiß nicht, was dich quält, Saul, aber es gibt auf dieser Welt kein Unglück, das ewig fortdauert. Die Zeit bleibt nicht stehen, und wenn wir eines lernen müssen, so, uns selbst zu vergeben."

„Es gibt Dinge", antwortete Saul in überraschend heftigem Ton, „die ein Mensch sich niemals verzeihen kann!"

Ein schwaches Lächeln huschte über Aristos Gesicht. „Sicherlich. Verrat an einem vertrauensvollen Freund. Ehrlosigkeit, die nicht verdient war. Bosheit. Wenn man Liebe mit Haß vergilt. Verbrechen an den Unschuldigen und Hilflosen. Dummheit. Mangel an Toleranz. Das Zurückweisen erlaubter Vergnügungen. In Trübsinn zu verfallen, wenn die Sonne scheint. Abstinenz zu üben, wenn einem Wein angeboten wird. Hochmut, wenn man keinen Anlaß hat, hochmütig zu sein. Heuchelei. Tücke. Ungerechtfertigte Grausamkeit. Lügen. Fahnenflucht. Mißgunst.

Betrug. Fasten, wenn es zu feiern gilt. Ableugnung des Lebens und der Freude. Sich beim Anblick tanzender Menschen das Gesicht zu bedecken. Eine rauhe Stimme inmitten melodischer Klänge. Jemandem Böses antun, von dem man nur Gutes erfahren hat. Welches dieser Vergehen hast du dich schuldig gemacht, Saul von Tarsus?"

„Keines", erwiderte Saul, dessen gute Gesichtsfarbe in letzter Zeit verblaßt war.

„Dann hast du keine schwere Sünde begangen", sagte Aristo, aber in seinem Innersten dachte er: ‚Einiger dieser Vergehen hast du dich wohl schuldig gemacht, mein armer Junge, aber du kennst deine Schuld nicht, und mag sein, daß sie dir nie vergeben werden wird. Vielleicht wird dir deine düstere Gottheit einmal verzeihen, aber ich bezweifle sehr, daß es die anderen Götter tun werden.' Er lachte stillvergnügt in sich hinein. ‚Sehr wahrscheinlich verstehst du deinen Gott überhaupt nicht und verlästerst Ihn bloß!'

V

Hillel ben Borusch und seine Familie hatten beabsichtigt, sich nach Chanukka, dem Tempelweihefest, das in diesem Jahr mit den römischen Saturnalien und den Feiern zu Ehren verschiedener anderer Götter zusammenfiel, nach Jerusalem zu begeben, um dort Sapphiras Vermählung beizuwohnen. In diesen Tagen war Tarsus sehr festlich gestimmt und schien überhaupt nicht zu schlafen. Fackeln brannten die ganze Nacht hindurch in ihren Wandstützen, und die Straßen widerhallten von Musik und Becken, Trommeln und Flöten und Lachen, eiligen Füßen, Weibergeschrei und Warnrufen der Wachen, die auch schon etwas über den Durst getrunken hatten.

Ein griechischer Frachter lief in den Hafen von Tarsus ein, ein kleines Handelsschiff mit einer Ladung harzigen Weines, den die Griechen der Stadt allen anderen Weinen vorzogen. Aber es löschte nicht, obwohl es einige Tage vor Anker lag. Am vierten Tag hißte es unauffällig die gelbe Flagge und stach in See. Im blassen Licht des anbrechenden Tages standen die römischen Legionäre am Kai, sahen dem Frachter nach, ballten drohend die Fäuste und sprachen ein stilles Gebet. Ihr Hauptmann ermahnte sie, zu niemandem davon zu sprechen, und die Soldaten berührten die heiligen Medaillen, die sie an Ketten um den Hals trugen, grüßten militärisch, traten ins Glied und rückten ab; die eisernen Absätze ihrer Stiefel klirrten auf den glatten, schwarzen Steinen der Straße.

Zwar war das Schiff wohl bewacht, alle Türen verriegelt und die Kombüsen gesperrt worden, nachdem die Ärzte einige Angehörige der Mannschaft untersucht hatten, doch der Schaden ließ sich nicht mehr vermeiden. Mehrere Ratten waren in den Nachtstunden an Land geschwommen und hatten ihre Krankheit und deren Erreger, die Flöhe, mitgebracht. Noch bevor der Morgen heraufdämmerte, lagen sie verendet in den Rinnsteinen. Die Flöhe fanden andere Wirtstiere unter den gesunden Ratten der Stadt.

Es gab zwei Heilanstalten in Tarsus. Drei Wochen später kannten die griechischen und ägyptischen Ärzte die entsetzliche Wahrheit: in der Stadt ging die Pest um. Sie berieten sich. Sollte die Bevölkerung vor der Gefahr gewarnt und aufgefordert werden, die Stadt zu verlassen, auch wenn sie so möglicherweise die tödliche Ansteckung mitschleppte? Sollten die Tore geschlossen und bewacht werden, damit keiner Tarsus verlassen und keiner die Stadt betreten könne? Eine Panik war auf jeden Fall wahrscheinlich. Die Menschen würden sich wie Rinder im Kreis bewegen, Fluchtversuche unternehmen, die Wachen angreifen, die sie zurückzuhalten versuchten, und früher oder später den Verstand verlieren, plündern, brandstiften, morden und viele andere Verbrechen begehen. Die Ärzte entschlossen sich, die Situation so gut und so lange es ging zu meistern und weiter Stillschweigen zu bewahren.

Der Winter war ins Land gezogen, die Luft war klar, scharf und kalt, Felder und Gärten hatten sich braun gefärbt, und die Sonne stand fahl und groß am Himmel. Der Schnee glitzerte auf den purpurnen Bergen, und wie ein mattsilbernes Band lief der Fluß durch das fruchtbare Tal. Auf den Märkten, in den Gasthöfen und Schenken von Tarsus duftete es nach frischem Brot, gebratenem Fleisch und nach Wein. Erst nach einiger Zeit fiel es auf, daß keine Schiffe in den sonst so geschäftigen Hafen einliefen, sondern auf der Reede ankerten und ihre Fracht auf Boote abluden: Fässer mit Oliven, Wollmatten, Teppiche, Seide und Baumwolle, Wein, Bier, Öl, Gewürze und viele andere Waren. Auch wurden keine Erklärungen gegeben, als man bemerkte, daß kein Schiff den Hafen verließ. Man stellte Fragen, als erwartete Besucher nicht eintrafen. Eines nach dem andern wurden die öffentlichen Gebäude in aller Stille geschlossen. Doch als es dann der Fragen und Gerüchte zu viele wurden, zog man die gelbe Flagge am hohen römischen Wachtturm am Hafen auf. Entsetzen packte die Menschen, und die ganze Nacht patrouillierten die Wachen mit gezogenen Schwertern durch die Straßen.

Tarsus war eine von Natur aus zügellose und aufrührerische Stadt, und einige Tage lang mußten sich die Römer bis zum äußersten anstrengen und das letzte hergeben, um der Zerstörungswut des geistlosen Pöbels Einhalt zu gebieten. Dann aber bemächtigte sich das Entsetzen der Einwohner von Tarsus. Türen und Fenster wurden verriegelt. Bis auf

Diebe und jene, die die Leichen abholten und sie auf klappernden Karren davonfuhren, lagen die Straßen einsam und verlassen da. Ein fauliger Gestank stieg aus den Kanälen auf. Die Bewohner zu zwingen, sie zu reinigen und die Straßen zu waschen, gelang nicht einmal den Römern, obwohl sie mit Haft und Todesstrafe drohten. Die römischen Soldaten selber mußten sich dieser Arbeit unterziehen. Niemand machte sich über sie lustig, die Angst war zu groß. Die Marktwagen kamen des Morgens nicht mehr in die Stadt, sondern ließen ihre Waren vor den Toren und suchten das Weite. Nur der Hunger zwang die Menschen, sie einzuholen und zu verteilen. Und alle tranken sich toll und voll und opferten den Göttern Weihrauch — doch die Tempel blieben leer. Es wurde kälter.

Hillels Haus wurde mit großen, flachen Kohlenpfannen geheizt, die ständig gespeist wurden. Um es vor den eisigen Winden zu schützen, wurden Vorhänge aus schwerer Wolle über die Fenster gezogen. Die Türen waren verriegelt. Mit all ihrer Hohlheit und Leichtfertigkeit war Deborah doch, was ihren Haushalt betraf, eine gute Verwalterin und hatte die Speicher bis zur Decke gefüllt. Die Familie war ausgerüstet, um einer Belagerung standzuhalten, und jetzt wußten schon alle, daß das, was sie bedrohte, an Schrecken alles übertraf, was von einem menschlichen Feind zu erwarten gewesen wäre.

Es fiel auf, daß nur wenige jüdische Leichenzüge auf den leeren Straßen zu sehen waren. Hinter geschlossenen Vorhängen hervor spähten zaghafte und schreckerfüllte Augen auf die Leichengefolge der Armen wie auch der Mächtigen, doch nur selten eines Juden. Und so kamen üble Gerüchte auf. Schon lange herrschte der Glaube vor, die Juden besäßen magisches Wissen, das sie mit keinem teilen wollten, und Zaubertränke gegen die Krankheit, die sie ihren Nachbarn vorenthielten, weil sie allein zu überleben gedachten. Doch die Ärzte in den überfüllten Heilanstalten wußten, daß es die Hartnäckigkeit war, mit der die Juden auf äußerste Reinlichkeit sahen und das Ungeziefer bekämpften, die ihnen ein gewisses Maß von Schutz gegen Krankheiten, ja sogar gegen die Pest gewährte. Sie wurden von den Gerüchten, die man ihnen zutrug, beunruhigt und warnten die römischen Zenturionen. Die Römer, diese nachsichtigsten und pflichttreuesten aller Eroberer und überzeugtesten Verächter von Klatsch und Geschwätz und Ruhestörungen, trafen alle Vorbereitungen, um die Juden, wo nötig, zu schützen und sprachen ihrerseits Warnungen aus. Wer fremdes Eigentum an sich nahm, würde dem uralten Gesetz Folge leisten müssen: Plünderer würden unverzüglich hingerichtet werden. Brandstifter, ob Graubart, Kind, Mann oder Frau würden in das Feuer geworfen werden, das sie selbst gelegt hatten. Auch bei hellem Tageslicht gab es keine Straße, die nicht von Soldaten im Kampfanzug patrouilliert wurde. Die Sonne glitzerte auf ihren

Schwertern, Helmen und Brustharnischen. Klirrend hallten die entschlossenen Schritte der Soldaten auf den Steinen, und laut die Stimmen ihrer Offiziere in der schweigenden Stadt. Die Feldzeichen Roms, goldene und silberne Adler, funkelten unter dem klaren, blauen Himmel, und überall demonstrierten die Träger der Faszes der Bevölkerung, daß Gesetz Gesetz blieb, und daß keine Gesetzlosigkeit in Tarsus geduldet werden würde, solange noch ein Römer am Leben war.

Hillel erfuhr von diesen Vorkehrungen, setzte jedoch die Bewohner seines Hauses nicht davon in Kenntnis. Er empfing keine Besucher und dankte Gott, daß er in der Vorstadt wohnte. Bei Tagesanbruch wurden die Wände und Fußböden seines Hauses von Dienern gewaschen und Ratten und Mäuse zu jeder Stunde gnadenlos gejagt. Von unbedingt nötigen Gängen abgesehen — zum Speicher oder in den Garten, um das letzte Obst, Datteln oder Zitronen, einzuholen — verblieben alle im Haus. Die Angst wohnte hier wie in allen anderen Häusern in den Vororten und in der Stadt.

Hier aber verschmolz sie mit Gebeten.

Doch die Seuche breitete sich aus. Just als die ersten blaßrosa Blüten die Zweige der Mandelbäume im Garten schmückten und die Myrten knospten, erkrankten Deborah und ihr Sohn Saul. Der Haushalt war klein und nicht eben anspruchsvoll und verfügte daher über keinen eigenen Familienarzt. Üblicherweise konnten Ärzte in den Heilstätten oder in ihrer privaten Praxis erreicht werden. Hillel stieg zum ersten Male in seinem Leben auf ein Pferd und ritt nach Tarsus. Er ließ es nicht zu, daß der Familienwagen angespannt wurde, würde er doch damit den Sklaven oder Diener, der ihn gefahren hätte, in Gefahr gebracht haben. Dem Pferd galt die geringste seiner Sorgen, wenngleich er, wenn überhaupt, stets einen Esel ritt, einen frommen und geduldigen Esel, ganz anders als dieses Pferd, das zwar verschnitten, seinem Herrn aber dennoch zu schnell war. Die römischen Soldaten lachten, als sie ihn in unsicherer Haltung vorbeiziehen sahen.

Hillel ritt zur größeren der beiden Heilanstalten und fragte dort nach seinem Freund, dem berühmten ägyptischen Arzt Aramis. Während er in der kalten Marmorhalle wartete, hörte er das Stöhnen und die Schreie der Sterbenden. Er hüllte sich fester in seinen Mantel, schloß die Augen und sprach das Gebet für die hinscheidenden Seelen. Dann trat Aramis an ihn heran und berührte ihn am Arm. Hillel schlug seine Kapuze zurück, und der Arzt sah Tränen in seinen Augen.

Der Ägypter war ein großgewachsener, dunkelhäutiger, schlanker Mann mit einem hageren und auffallenden hebräischen Gesicht. „Lieber Freund", sagte er, „es ist doch wohl kein Mitglied deiner Familie betroffen?"

Hillel nickte. Einen Augenblick lang oder zwei versagte ihm die

Stimme. Dann aber antwortete er: „Meine Frau, Deborah bas Schebua, und mein einziger Sohn Saul. Du kennst sie beide."

„Ich komme mit dir", sagte Aramis und ging seine Tasche holen, während Hillel sich bemühte, seiner Verzweiflung Herr zu werden und geduldig zu warten. Mit Mantel und Kapuze aus grauer Wolle bekleidet, die Tasche in der Hand, kehrte Aramis zurück. Sein Pferd, ein edler Araberhengst, wartete am Tor. „Ich kann dir nicht genug danken", stammelte Hillel, während er sich auf sein eigenes Pferd hinaufarbeitete. Er war ungeschickt und hielt sich an der Mähne des Tieres fest, um nicht auf der anderen Seite wieder herunterzufallen. Aramis' Diener schob ihn mit ernstem Gesicht auf dem Sattel zurecht. Hillel merkte es kaum, tiefe Niedergeschlagenheit malte sich in seinem hageren Gesicht. Er heftete einen starren Blick auf den Arzt, der hoch und stolz auf seinem Pferd saß. „Rette sie", flehte Hillel ihn an, „rette sie, und alles, was ich besitze, soll dein sein."

Sie ritten durch die leeren Straßen. Hillel wurde von seinem Pferd hin- und hergeschüttelt und vermochte es kaum zu bändigen. Schließlich nahm ihm Aramis die Zügel aus den Händen und führte das Tier. „Verzweifle nicht", sagte er. „Die Seuche ist im Abklingen, und die Fälle, die wir jetzt sehen, sind leichterer Natur. Viele überstehen die Krankheit, und noch vor dem Sommer wird die Stadt seuchenfrei sein."

Doch als er Deborah in ihrem Bett aus geschnitztem Ebenholz und Elfenbein liegen sah, wußte er, daß sie dem Tode geweiht war. Sie hatte die Seuche in ihrer schwersten Form: Lungenpest. Sie war bewußtlos, und Blut tropfte von ihren Lippen. Aramis betrachtete sie mit Trauer und Mitleid im Herzen: so schön war diese junge Frau und doch verurteilt und verdammt. Er konnte nichts für sie tun, als ihr die letzten Qualen zu ersparen. Er bereitete ihr einen aus Opium gebrauten Trank und wies die Dienerinnen an, ihr einige Löffel davon einzuflößen, sooft sie schlucken konnte. Dann zog er die dunklen Wollvorhänge zur Seite und ließ Wind und Sonne ins Zimmer, so daß Deborah noch am Ende Trost im Anblick des Himmels finden und nicht in Finsternis und Einsamkeit sterben würde. Er beugte sich über sie und berührte noch einmal die fiebernde Wange, und sie öffnete glanzlose, blaue, vom Tod schon umschattete Augen. Aramis begab sich in die Vorhalle zurück, wo Hillel ihn erwartete. Der Gatte und Vater schritt in höchster Erregung auf und ab. Als er den Arzt erblickte, sprang er auf ihn zu und packte ihn am Arm.

Er las auf seinem Gesicht, was es zu lesen gab. Er ließ Hände und Kopf sinken und blieb stumm.

Nun begab sich Aramis zu Saul. Der Jüngling redete irr und mußte von zwei Dienern festgehalten werden, weil er sich wild auf seinem Lager herumwarf. Er litt an der Beulenpest, die zwar ebenfalls äußerst gefährlich war, aber dennoch mehr Raum für Hoffnung ließ als das

Leiden seiner Mutter. Aus den Bubonen drang Eiter und Blut, und die weißen Laken waren fleckig. Aramis überlegte: der Junge war kräftig und robust und von gesunder Konstitution und nie zuvor krank gewesen. Er hatte eine Chance, durchzukommen. Der Arzt gab den Dienern seine Anweisungen. Er verordnete mit Verbena parfümierte, kühlende Bäder und ließ zwei Fläschchen mit Arzneien zurück. Er kehrte zu Hillel zurück und versuchte zu lächeln.

„Bete", sagte er. „Was Saul betrifft, mache ich mir Hoffnung auf Gesundung, denn Jugend und Lebenskraft stehen ihm zur Seite."

„Meine Frau, meine Einzige, Süße, mein Kind!" jammerte Hillel und begann zu weinen. Er zog sich das Umschlagtuch über den Kopf und begann mit erstarrten Lippen Gott um Gnade anzuflehen.

Bis Sonnenuntergang blieb Aramis im Haus seines Freundes. Dann hauchte Deborah bas Schebua, das Kind im Geiste, die Unmündige reiner Erkenntnis, mit einem leisen, letzten Schrei ihr Leben aus. Tröstend legte der Arzt seinen Arm um die Schultern Hillel ben Borusch', der zusah, wie eine Dienerin seiner Frau zart die Augen schloß, ihr die Hände über der Brust faltete und schließlich die Decke über ihr Gesicht zog. Hillel begann heftig zu zittern. Abermals bedeckte er sein Haupt und rief:

„‚Der Herr hat es gegeben, und der Herr hat es genommen; des Herrn Name sei gepriesen!'"

Seine Stimme brach und seine Schultern bebten, aber leise und unverwandten Blickes sprach er den Psalm Davids:

Aus der Tiefe rufe ich zu Dir, Herr!
Herr! Höre auf meine Stimme.
Deine Ohren seien aufmerksam auf die Stimme meines Flehens.
Wenn Du Missetaten nachträgst, Herr! Herr! Wer wird bestehen?
Doch bei Dir ist Vergebung,
Auf daß Du gefürchtet werdest.
Ich hoffe auf den Herrn, es hoffet meine Seele,
Und auf sein Wort harre ich,
Meine Seele auf den Herrn mehr,
Als auf den Morgen die Wächter,
Die auf den Morgen warten.
Harre, Israel, auf den Herrn.
Denn bei dem Herrn ist Gnade.
Und reichlich bei Ihm Erlösung.
Ja, Er wird Israel erlösen von allen seinen Missetaten!

Er unterbrach sich, faltete seine weißen Hände und schloß mit lauter Stimme:

„Höre, Israel! Der Herr, unser Gott, der Herr ist Einer!"

Dann konnte er sich nicht länger aufrechthalten und stürzte neben dem Bett seiner Frau vornüber zu Boden.

In mitleidsvoller Verwunderung schüttelte Aramis den Kopf. Er konnte es nicht begreifen, wie ein Mensch, vom Verlust eines geliebten Wesens so tief getroffen, seine Gedanken auf seinen Gott richten und Ihn anbeten und sein Volk aufrufen konnte, sich auf Seinen Namen zu besinnen. Nun ja, dachte er, die Juden waren ein unglaubliches Volk. Sein eigenes Volk hatte allen Anlaß, das nicht zu vergessen. Keiner konnte sie begreifen. Ihr Vertrauen in ihre Gottheit, die Demut, mit der sie die Schläge dieser Gottheit hinnahmen, beleidigte des Ägypters Stolz und Männlichkeit und Kultur.

Seine Mutter lag bereits seit einigen Tagen im Grab, als Saul, von Schwäche und Schmerzen geplagt und in kalten Schweiß gebadet, das Bewußtsein wiedererlangte. Bei seinem Erwachen sah er Aramis' Gesicht im morgendlichen Licht über ihn gebeugt und fühlte seine Hand auf der Stirne.

„Saul?" fragte sanft der Arzt. „Kennst du mich, Saul?"

Die ersten roten Sonnenstrahlen fielen auf die weiß schimmernden Wände des kleinen Schlafgemachs, und ein erster warmer Frühlingswind blies die Vorhänge über den Fenstern auf. Ein schwaches Wispern kam über die ausgetrockneten und aufgesprungenen Lippen Sauls, und Aramis lächelte zufrieden. Der Junge würde am Leben bleiben. Er ließ einen kühlen Trank bereiten, halb Wasser, halb Wein, mit rohen Eiern vermengt, hielt Saul den Becher hin und hieß ihn trinken. Der Jüngling gehorchte, wobei er dem Ägypter starr ins Gesicht blickte. Sein eigenes war eingefallen. Graue Haut spannte sich über die breiten, schweren Knochen, die in Stein, nicht in Fleisch gebettet zu sein schienen. Nur das rote Haar hatte seine Lebenskraft bewahrt. Die sonst so lebhaften blauen Augen blickten unbewegt in die Weite, als suchten sie nach einem fernen Ort und erinnerten sich einer längst vergangenen Zeit.

„Ich dachte, ich wäre gestorben", flüsterte der Kranke.

„Noch nicht", scherzte Aramis. Er war froh, daß sein Patient den ganzen Becher ausgetrunken hatte. „Du hast den Tod besiegt, wie du ihn noch oft besiegen wirst."

Der Ausschnitt seiner Tunika war nach vorne gefallen, und als Saul sah, was an einer goldenen Halskette baumelte, war er trotz seines erschöpften Zustandes, trotz seines Darniederliegens, überaus erstaunt. Der Gegenstand war aus Gold und so lang wie sein Mittelfinger: ein Kreuz, dessen oberer Teil sich zu einem Ring formte, durch den die Kette lief. Saul verspürte ein schwaches Befremden beim Anblick dieses schändlichen Dings, dieses römischen Symbols schmachvollen Todes, verbrecherischer Vollstreckung. Er konnte die Augen nicht davon abwenden, und Aramis, der das merkte, berührte das Kreuz mit dem Zeigefinger.

„Es ist das Zeichen der Erlösung des Menschen, das meinem Volk aus grauer Vorzeit überkommen ist", erklärte er. „Das Zeichen der Wiederauferstehung der Toten. Von Ewigkeit zu Ewigkeit."

Ein seltsames Beben durchlief Sauls geschwächten Körper, aber er erkannte die Ursache nicht. Dennoch glaubte er, ein Aufblitzen wahrgenommen zu haben, als ob ein Stück Tuch entzweigerissen wäre, das eine lodernde Flamme verdeckt hatte. Körperliche Schmerzen und geistige Verwirrung vermengten sich mit einer düsteren Vorahnung, und während er noch über dieses sonderbare Bild nachgrübelte, schlief er ein. Es war ein gesunder Schlaf, und er blieb unberührt von den Ungeheuern, die ihn verfolgt und seine kraftlose Seele in die dunklen Höhlen des Schrekkens getrieben hatten.

Als sein Vater bei Sonnenuntergang zu ihm kam, glaubte er sich zu entsinnen, während seiner fast tödlichen Krankheit Hillels Gesicht oftmals sorgenvoll über sich gebeugt gesehen zu haben. Jetzt aber konnte er seines Vaters Antlitz deutlich erkennen. Hillel war gealtert, sein Gesicht hager und von Leiden gezeichnet, der Glanz seines Haares und Bartes verblaßt, und Tränen hatten ihre Spuren auf den Wangen hinterlassen.

Und dann erinnerte sich Saul, daß seine Mutter einen Tag vor ihm erkrankt war. Er sah seinen Vater an und wußte alles. Schmerz überwältigte ihn, seelischer Schmerz. Nicht um Deborah trauerte er, sondern um Hillel, den er innig liebte. Er griff nach seines Vaters Hand, und Hillels Finger schlossen sich über den seinen. Hillel senkte den Kopf und wiederholte:

„Der Herr hat es gegeben, und der Herr hat es genommen; des Herrn Name sei gepriesen!"

Saul begann still zu weinen, doch immer noch galt sein Kummer dem Vater. Hillel wischte ihm die Tränen fort. „Ich habe meine Kinder", sagte er. „Gott ist gütig, gesegnet sei Sein Name."

Ein Diener entzündete eine Lampe auf dem Tisch, ihre gelben Zungen flatterten im Abendwind. Saul wandte den Kopf und sah in die Dämmerung hinaus, und es schien ihm, daß er kein Junge mehr war, sondern ein Mann. Quälend weitete sich sein Herz vor Liebe für diesen zärtlichsten aller Väter, aber es war ihm, als halte die Hand eines Kindes die seine umklammert. Er wußte nicht, warum er so empfand und warum ihm vor allen anderen Dingen daran lag, Hillel zu beschützen.

Viele Wochen mußten vergehen, bevor Saul auch nur einen Teil seiner Kraft wiedererlangte. Die Körperstärke und Ausdauer der Jahre vor seiner Krankheit waren für immer dahin. Es waren nun weniger seine Jugend und seine stark erschöpfte Arbeitsfähigkeit, die ihn vorantrieben, als die Kraft seines Geistes. Müdigkeit und Schwäche sollten ihm bis zum Tag seines Todes Begleiter sein, und nie wieder hüpfte ihm die Seele im Leibe wie ein neugeborenes Lämmchen am Morgen des Lebens. Er war von einem fernen Ort zurückgekehrt und hatte viel hinter sich gelassen, das er in seinem Leben nicht wiedergewinnen würde.

In den Wochen seiner Rekonvaleszenz dachte er zuweilen an seine Mutter, doch die Tage vergingen, und es fiel ihm immer schwerer, sich der Lieblichkeit ihres Antlitzes und des Klanges ihrer Stimme zu entsinnen. Das bedrückte ihn. In seinen Augen war er ein Unmensch, weil er es nicht zuwege brachte, seine Mutter so zu betrauern, wie es einem Sohn geziemte. Er machte sich Vorwürfe, weil er so wenig Kummer empfand, und vergaß dabei, daß seine Mutter ihn nicht geliebt hatte. Wenn er mit seinem Vater zusammen das Totengebet sprach, sah er sich als hassenswerter, schändlicher Heuchler. Er hätte Hillel flehentlich bitten mögen, ihm seine Gefühlslosigkeit und Hartherzigkeit zu verzeihen, aber er wollte seinem Vater nicht noch größere Leiden verursachen. Er verachtete sich, weil er nicht wirklich glauben konnte, daß die Seele seiner Mutter ihr seichtes, bedeutungsloses irdisches Dasein überdauerte. Sie war gestorben, wie eine Blume stirbt: die Blüte vermodernd, zerknittert in den Schmutz getreten. Frauen, dachte er, waren die Trauer, den Kummer eines Mannes nicht wert. Er hing solchen Gedanken nach, selbst wenn er vor ihrem Grab stand und zusah, wie sein Vater einen Bund frischer Sommerblumen darauf legte.

Wenn er an Dacyl dachte, überlief es ihn kalt, als wollte das Böse sich seiner bemächtigen, und er flehte zu Gott, Er möge sie aus seinem Gedächtnis löschen. Er fand seine Schwester Sapphira nicht mehr so reizend, übte weniger Nachsicht mit ihren munteren Späßen und Spötteleien und fühlte sich von ihrem Lachen oft abgestoßen. Es machte ihn nervös, wenn sie um ihre Mutter weinte.

Er sehnte etwas mit großem Verlangen und gewaltigem Hunger herbei. Doch *was* er ersehnte, um es an die Stelle dessen zu setzen, was er verloren hatte, wußte er nicht.

VI

Zwar war es üblich, daß ein Bräutigam seine Braut vom Haus ihres Vaters abholte, doch hatte Hillel schon vor langem entschieden, daß seine Tochter unter dem Himmel Jerusalems, der Stadt ihrer Väter und ihres Volkes, der Stadt Zions, der heiligen Stätte Gottes und des Tempels heiraten würde.

Es war wieder Herbst geworden, als Hillel ben Borusch mit Sapphira und Saul nach Jerusalem reiste und neue Tränen vergoß, weil sein geliebtes Weib sich nicht an ihrer Tochter erfreuen und in ihrem Grab zurückbleiben mußte. Deborah war ihm im Hause ihres Vaters gegeben worden, und sie hatte es nie wieder gesehen. Nun machte er sich Vorwürfe, daß er sich zu sehr Zeit gelassen hatte. Er konnte es nicht fassen, daß Deborah weder das Hochzeitskleid ihrer Tochter noch ihren Schmuck noch die Geschenke sehen würde, die der Bräutigam, Deborahs Neffe Ezekiel, Sapphira gesandt hatte. Immer wieder streichelte er das glänzende Haar des Mädchens, das dem seinen so sehr glich, schaute ihr zärtlich in die goldenen Augen und seufzte. Noch gestern war sie ein Säugling gewesen. Jetzt war sie fünfzehn und eine Frau. Morgen würde sie schon selber Mutter sein. Schwer trug Hillel an der Last seiner Jahre und seines Kummers, er fühlte sich alt und erschöpft.

Das Schiff verließ Tarsus an einem so warmen und herrlichen Herbsttag, daß Gefühle auf Saul einstürmten, deren er kaum Herr wurde. Zwei unbegreifliche Kräfte, wild, hemmungslos und verneinend, kämpften in seiner Brust, und er wagte nicht, sie zu ergründen zu versuchen. Er stand an Deck der Triere und sah hinüber auf den geschäftigen Hafen und die vielfarbige Stadt, die wie immer fieberte und lärmte, auf die Flußschiffe mit ihren roten, blauen und grünen Segeln und, dahinter, auf die zerklüftete, scharlachrote Barriere der Berge, die das Tal und die Ebene beschirmten. Das Wasser schimmerte matt wie gelbes Öl. Nun wurde die Stadt zu einem Gemisch aller erdenklichen Farben, und die schon fernen Ziegeldächer schienen im Feuer der Sonne zu glühen. Bedachtsam suchte sich die Triere einen Weg durch den überfüllten Hafen. Heißer Wind füllte ihre weißen Segel, die sich wie die Schwingen eines großen Vogels vom azurblauen Himmel abhoben. Es roch nach warmem Harz, Teer, Hanf, Salz und heißem Holz, und das Deck senkte und hob sich unter Sauls Füßen. Es war ein merkwürdiges Gefühl. Er war nie zuvor aus Tarsus herausgekommen und versuchte nun, sich auf dieses neue Erlebnis einzustellen und es zu begreifen. Doch die zwei Kräfte, die wie reißende Wölfe in ihm kämpften, ließen ihm keine Ruhe.

Vater Hillel und Sapphira ruhten unter einem Sonnensegel auf Deck und verzehrten lustlos einige Früchte. Sie waren voller Trauer, weil Deborah nicht mit ihnen sein konnte. Nicht weit von ihnen saßen die beiden Dienerinnen Sapphiras, die mit ihr im Hause ihres Gatten leben würden. Hillel aber, der einfache Mann, hatte keinen Diener mitgenommen. Sein Haar und sein Bart wiesen schon einige graue Stellen auf, denn er war fast siebenundvierzig, und das Leid hatte seinen Augen den Glanz genommen und seine Hautfarbe verblassen lassen. Aber er lächelte seiner Tochter freundlich zu und seufzte. An diesem Wendepunkt ihres Lebens bedurfte ein junges Mädchen der Ratschläge und Ermahnungen ihrer Mutter. Aber Sapphira hatte keine Mutter.

Hillel ben Borusch und seine Familie sollten Gäste im Hause David ben Schebuas sein. Davids Frau war eine würdige Römerin — eine Römerin alter Art, wie man sie Hillel beschrieben hatte — und keine weltlich gesinnte oder gar zügellose Frau der modernen Gesellschaft. Sie war so tugendhaft und entstammte einem so vornehmen und alten römischen Geschlecht, daß sie auch als äußerst fromm galt und nicht nur ihren Söhnen und Töchtern die Prinzipien und Gebote der alten strengen Götter eingeprägt, sondern auch darauf bestanden hatte, sie einer harten Schulung in der Religion ihres Vaters zu unterwerfen. Ihre Töchter waren ebenso verständig und bescheiden wie sie selbst in ihrer Mädchenzeit und dazu erzogen, ihren Pflichten als Jüdinnen nachzukommen. Als ‚alte' Römerin und obgleich sie der Gens Cornelius entsprossen war, begegnete sie ihrem Mann und seiner Familie mit ausgesuchter Höflichkeit. Ihre Söhne waren beschnitten. Dem ausdrücklichen Wunsch ihrer Mutter folgend, hielten sie die jüdischen Festtage peinlich genau ein, wenn sie auch hinter ihrem breiten, kräftigen Rücken darüber lächelten. Nichtsdestoweniger wurde Claudia geachtet und gar nicht wenig gefürchtet. Hillel hatte davon gehört und zweifelte nicht daran, daß Claudia Sapphira die für eine Braut nötigen Geheimnisse und Hinweise enthüllen würde. Man hatte ihm berichtet, daß Claudia eher den Eindruck einer rüstigen Bauersfrau von den Feldern Kampaniens als den einer vornehmen Römerin machte, deren Verwandte den neuen Cäsar Tiberius Claudius Nero in der fernen Riesenstadt Rom nicht so sehr ehrten, als vielmehr sie von ihm geehrt wurden. Ihr Vater und ihre Brüder hatten an seinen Feldzügen teilgenommen und tapfer gekämpft. Das Wappen der Familie und die Schilder ihrer Krieger hingen an den Wänden von David ben Schebuas Haus in Jerusalem.

‚Meine Frau', hatte David ben Schebua ein wenig bedauernd geschrieben, ‚wird bisweilen als hübsch bezeichnet, jedoch niemals als schön. Sie ist genügsam und streng, aber liebenswürdig und gerecht, und hätte einem der alten Patriarchen eine ausgezeichnete Gattin abgegeben. Sie hält die Hand auf meiner Tasche, was ich ein wenig lästig finde, aber ich weiß von ihren ausgezeichneten Anlagen und ihren großen Besitztümern. Zwar ist meine Claudia still und zurückhaltend und macht in Gegenwart von Männern nur selten den Mund auf, ist aber, wie ich hörte, der Schrecken der römischen Bankiers. Ihre Buchführung ist so korrekt, daß sie selbst einem Wucherer Hochachtung abringen würde. Sie besucht die Gerichtssitzungen der Ungläubigen ebenso unverdrossen, wie sie ihrer Lieblingsgottheit opfert — der argwilligen Juno mit den ewig wachsamen Augen. Zweifellos sieht sie in mir einen zweiten Jupiter! Sie ist mit herrlichen häuslichen Gaben ausgestattet. Selbst Herodes, der Tetrarch, schätzt meine Tafel, gar nicht zu reden von meinen griechischen Freunden — allesamt große Feinschmecker! — und den Römern, die sie um ihre exotischen

Köche beneiden. Claudia ist gewiß keine Provinzlerin. Beachte, daß ich von Claudias, nicht meinen, Köchen spreche, denn sie betrachtet die Küche als ihre Domäne, in der Ehemänner nichts zu suchen haben. Wir haben einen talentierten griechischen Koch, einen ägyptischen, der sich auf Speisen versteht, bei denen selbst einem Syrier die Augen übergehen, und selbstverständlich einen jüdischen. Meine Claudia befolgt die jüdischen Speisegesetze, was viele Leute belustigt.'

Hillel hatte das nie so recht geglaubt. Er konnte es sich nur schwer vorstellen, daß eine edle Römerin ihre Küche in einem fremden Land und unter Fremden regierte, die weder ihrer Rasse angehörten noch ihres Glaubens waren, respektvoll auf sich nahm, was sie als ihres Gatten Pflicht erachtete, und ihren Haushalt nicht als römische, sondern als Dame Israels führte. Nun ja, dachte er, die Römer ähneln uns Juden auf geheimnisvolle Weise. Auch war ihm bekannt, daß Claudia Griechen und Sadduzäer mit einiger Mißbilligung betrachtete, was dem weltgewandten David, wie Hillel lächelnd in seinem Inneren vermerkte, wohl bisweilen Unannehmlichkeit und peinliche Situationen wie auch den Spott seiner Familie und Freunde eintragen mußte.

Aber Hillel entsann sich der Worte Ruths: ‚Dein Volk ist mein Volk, und deine Götter sind meine Götter!' Claudia hatte vermutlich nie von Ruth gehört. Dennoch diente Ruth ihr als Beispiel. So war Claudia also eine gestrenge Dame, und während die Familie Schebua ben Abrahams so tat, als fände sie sie amüsant, und sich vor David über sie lustig machte — in Wahrheit respektierte und fürchtete sie sie. Selbst ihr Schwiegervater, der schon ältliche und liebenswürdige Schebua, beugte sich ihr, und die Frauen von Davids Brüdern zeigten sich vor dieser rechtschaffenen und resoluten Dame schüchtern und befangen. Deborah, die noch ein Kind gewesen war, als sie Claudia zum ersten Male sah, hatte oft erklärt, die Römerin sei vulgär und plump, passe besser auf den Acker als in ein kultiviertes Haus und sähe einer Dienerin gleich. Hillel fühlte sich erleichtert. Claudia dürfte seiner geliebten, toten Großmutter Sarah sehr ähnlich sein. Nur fragte er sich mit einigem Unbehagen, ob Sapphira, die von ihrer Mutter so frei und sorglos erzogen worden war, sich würde gewöhnen können, nur selten vor Männern zu erscheinen, niemals mit ihnen zu speisen und sich in die Frauengemächer zurückzuziehen, über die Claudia mit harter Hand herrschte. Er hatte versucht, dem Mädchen von ihrer Tante zu erzählen, und Sapphira, der schon einiges zu Ohren gekommen war, damit neuen Schrecken eingejagt.

„Eine wahre Gorgo", hatte sie gemeint und gequält gelächelt.

„Sagen wir, eine Mutter Israels", hatte Hillels Antwort gelautet. Vater und Tochter hatten sich angesehen und waren in ein kurzes Lachen ausgebrochen. Saul war es gewesen, der Claudias Art und Denkweise guthieß und damit, so empfand es Hillel, eine Verurteilung Deborahs aussprach. Dennoch fühlte sich der Vater erleichtert. Saul war in vieler Hinsicht eher der Sohn einer Claudia als einer Deborah und, ja vielleicht selbst eines Hillel ben Borusch. Im letzten Jahr hatte sich das noch deutlicher gezeigt.

Hillel beobachtete Saul, der sich über die Reling beugte und auf Tarsus zurückblickte, das im grellen Licht der Mittagssonne zu einem verschwommenen Mischmasch von Farbe wurde. Schon ließ ein werdender Bart das Kinn des Jünglings rötlich schimmern, immer noch leuchtete sein roter Haarschopf männlich und stolz über den zu großen Ohren. Seine Miene war entschlossen und gab keinen seiner Gedanken preis. Die Nase wölbte sich über die schwermütige Zeichnung seines Mundes und das energische, harte Kinn. Seine gesunde Gesichtsfarbe von ehedem war verblaßt, er schien weniger stämmig, dafür größer und schlanker geworden zu sein. Doch mit der Abnahme seiner körperlichen Verfassung trat sein unbezähmbarer Wille auf seltsame Weise noch deutlicher zutage. An seinem mageren Körper wirkten die Schultern breiter und männlicher. Immer noch boten seine Beine einen kläglichen Anblick, doch trug er seit einiger Zeit nicht mehr die kurze Tunika, sondern ein Gewand, das bis zu den Knöcheln reichte, ein Gewand aus braunem Leinen mit einem Gürtel aus handgearbeitetem, mattem Silber, und darüber einen Umhang in derselben häßlichen Farbe. Wäre ihm nicht ein so ungewöhnliches Aussehen gegeben gewesen, man hätte ihn für den Sohn eines nicht eben sehr wohlhabenden Kaufmanns halten können, für einen einfachen, schlichten Burschen, der es darauf angelegt hatte, möglichst viel Geld aus den Waren herauszuschlagen, die im Laderaum des Schiffes lagerten. Claudia würde ihn zweifellos bewundern, er selbst aber kaum einen großen Eindruck auf seine aristokratischen Verwandten in Jerusalem machen.

Die Beziehung zwischen Hillel und seinem Sohn war nie sehr innig gewesen, wie sehr sich der Vater auch — vergeblich — abgemüht hatte, Saul schon in frühester Kindheit näherzukommen. Er wußte, daß der Junge ihn liebte, aber er wußte auch, daß er seinen Ansichten nicht viel Wert beimaß und daß er den spaßigen Geschichten über allzu fanatische Pharisäer, die Hillel selten, aber amüsant und wirkungsvoll vortrug, keinen Geschmack abgewinnen konnte. Saul, vermutete Hillel, wollte seinem Vater nur gefällig sein, wenn er mit ehrerbietigem Schweigen seinen Gemeinplätzen, moralistischen Anekdoten und Erklärungen irgendeines obskuren Passus in der Heiligen Schrift lauschte. Hillel mußte sich mit Bedauern eingestehen, daß Saul bereits subtilere und tiefschürfendere Auslegungen gefunden hatte, die möglicherweise richtig waren und nicht, wie Hillel sie gerne vortrug, langatmig und weitschweifend. Kurz gesagt, Saul war der Prototyp des unnachgiebigen Pharisäers. Zu Unrecht gab Hillel Reb Isaac daran die Schuld und warf sich selbst vor, bei der Erziehung seines Sohnes nicht genug tolerant und nicht genug beharrlich gewesen zu sein. Von gelegentlichen ironischen Kommentaren oder sarkastischen Bemerkungen abgesehen, war Saul ein völlig humorloser Mensch. Solche Äußerungen waren allerdings im letzten Jahr schärfer und häufiger geworden. Die bösen Ahnungen, zu denen Saul in seiner Kindheit Anlaß gegeben hatte, bestätigten sich in aller Deutlichkeit.

Vor einem Jahr schon hatte Saul die bisweilen gezeigte Zärtlichkeit, das jugendhaft impulsive Wesen, das ungekünstelte laute Lachen seiner Knabenzeit abgeworfen: nicht allmählich, nicht infolge seiner Krankheit, sondern von heute auf morgen. Noch konnte er lauthals dogmatische Reden führen, aber es fehlte das halb entschuldigende Lächeln, mit dem er sich über sich selbst lustig machte. Wenn Saul jetzt sprach, erwartete er weder Ablehnung noch Zustimmung — nicht einmal von seinem Vater. Nur Aristo gelang es noch, ihn zu erhitzen, wenn er mit ihm diskutierte, aber es war Zorn, der seine ungewöhnlichen, durchdringenden Augen aufleuchten ließ. Hielt Saul sich für unfehlbar? Nein, dachte Hillel, den Blick immer noch auf seinen Sohn gerichtet, nicht für unfehlbar, aber seinen Mitmenschen überlegen an Urteilskraft und Verständnis in bezug auf das Wort Gottes und die Gebote der Propheten und Patriarchen: fürwahr ein Pharisäer, ein unnachgiebiger, unbeugsamer, ja skrupelloser Verteidiger des Volkes Israels, ein Hüter der Bibel. Er nützte jede Gelegenheit, um vom Messias zu reden und lehnte jedes andere Gespräch als belanglos und als Zeitverschwendung und somit als sündhaft und entwürdigend ab. Hillel war es manchmal schon recht satt.

Mit einer Erleichterung, die ihm noch vor einem Jahr undenkbar erschienen wäre, sah Hillel daher seinem Eintreffen in Jerusalem entgegen, in Jerusalem mit seinen Römern und Griechen und vielen andern Völkern, seiner weltbürgerlichen Kultur, seinen vielen Gesichtern, Verschiedenheiten, Sitten und Gebräuchen. Saul würde in dieser lebhaften und farbenfreudigen Gesellschaft einen Anachronismus darstellen. Hillel war darüber nicht ungehalten. Er fühlte sich sogar ein wenig schuldbewußt, wenn er hoffte, sein Sohn würde nicht allzu vielen andern Pharisäern begegnen — und außerdem schien es ja immerhin möglich, daß die Pharisäer in Jerusalem ein wenig abgeklärter waren. Saul war jung, und junge Menschen ließen sich leicht beeindrucken. Hillel hegte die Erwartung, der jüngere Saul würde eines Tages wiederkehren: lebenslustig, einen Scherz auf der Zunge, in lärmendem Ungestüm, neugierig, rastlos.

Saul wandte sich von der Reling ab, drehte sich langsam um und richtete seinen Blick auf Hillel und Sapphira. „Komm, ergötze dich mit uns an Wein und Obst", sagte der Vater und rückte ein wenig zur Seite, um Saul Platz zu machen. Das Schiff knarrte und krängte, andere Fahrgäste führten laute Gespräche, Matrosen liefen hin und her und trampelten die Stiegen auf und ab, und die mächtigen Segel schienen das Schiff zum Himmel emportragen zu wollen. In einiger Entfernung stand eine

Gruppe von jungen römischen Legionären. Sie tranken, erzählten sich unanständige Witze, stolzierten umher und beäugten verstohlen die schöne Sapphira.

Saul sah dies und warf den Soldaten plötzlich einen wütenden und verächtlichen Blick zu. Die Legionäre waren überrascht. Die munteren Burschen hatten nichts getan als eine entzückende junge Dame bewundert, die in keiner Weise ihr Mißfallen darüber ausgedrückt hatte. Sie standen mit offenen Mündern da. Dieser unbedeutende, unansehnliche Jüngling mit dem flammenden roten Haar hatte sie beleidigt. Ihre Stiefel knallten auf dem hölzernen Deck. Der eine oder andere griff an sein Schwert und runzelte drohend die Stirn. Sie waren Römer, die Herren der Welt. Wie konnte es so ein elender Wicht aus Tarsus wagen, an ihren Gesprächen und Späßen Anstoß zu nehmen und sie mit einem Blick zu messen, der sie zu Marktschreiern oder Sklaven degradierte?

Saul wandte sich von ihnen ab und ging auf seinen Vater und seine Schwester zu. Sapphira saß halb zurückgelehnt auf dem weichen Diwan und war sich der Blicke, die ihr die jungen Römer zugeworfen hatten, wohl bewußt. Sie trug einen Chiton aus blauer Seide, kunstvoll mit Gold und Silber bestickt, ihre Kehle und ihre glatten Arme waren entblößt, und ihr Schleier schwebte wie Nebel über ihrem goldenen Haar. Juwelen schmückten Hals und Hände, und ihre Füße steckten in scharlachroten Pantoffeln. Ihre Augen leuchteten, ihre feuchten Lippen schimmerten wie Rubine, und ihre zierliche Nase glich warmem Elfenbein. Ein Ausdruck weltlichen Schmachtens malte sich auf ihren Zügen, und der Duft, den sie verbreitete, erinnerte Saul plötzlich an den Geruch zertretener Blumen und des Grases, auf dem er mit Dacyl gelegen hatte. Quälend überfiel ihn die Erinnerung.

„Du gleichst einer Dirne, Schwester", stieß er zwischen zusammengebissenen Zähnen hervor. „Antimonpulver schwärzt deine Augen, und dein Mund ist ein Farbkasten. Deine Arme sind nackt und schamlos, und deine Knöchel sind entblößt. Wo ist dein Anstand, wo deine Sittsamkeit?"

Noch nie hatte er in einem solchen Ton und mit solchen Worten zu seiner Schwester gesprochen, die ihm einst teuer gewesen war. Das Mädchen erblaßte und schreckte zurück. Die römischen Soldaten, die alles mitangehört hatten, staunten.

Hillel setzte sich aufrecht, und zum ersten Male sah Saul seinen Vater voll Ingrimm und Empörung gegen ihn. Die braunen Augen schossen Blitze. „Saul", sagte Hillel, „entferne dich von uns und bleibe fort, bis du dich zu einer Entschuldigung bereit gefunden hast." Sein strenger Blick haftete auf seinem Sohn. „Es steht geschrieben, daß der, der einen anderen öffentlich und ohne Grund beleidigt, den Zorn Gottes auf sich lädt. Denke darüber nach, während du allein dein Mahl zu dir nimmst."

Und zum ersten Male auch neigte Saul nicht den Kopf vor der Zurechtweisung durch seinen Vater. Statt dessen betrachtete er seinen Vater mit so unversöhnlicher Miene und aus so kalten, erbitterten Augen, daß Hillel schwer betroffen und entsetzt war. Es war ein Fremder, der vor ihm stand, und nicht sein Sohn — und der Fremde war nicht seines Geistes.

Dann verneigte sich Saul, machte kehrt und ging davon, die Stiege hinunter und in den Raum, den er mit Hillel teilte. Der Vater sah ihm nach. Tiefes Leid zeichnete sich auf seinen Zügen.

„Vater“, sagte Sapphira, der dies nicht entging, „Saul hat sich keines Verstoßes schuldig gemacht. Es ist der Kummer in seiner Seele, der ihn so sprechen läßt. Ich habe das schon vor über einem Jahr erkannt. Seine Krankheit hat ihn in diesen Zustand versetzt.“

Hillel tätschelte ihr zartes Händchen. „Nein“, erwiderte er. „Die Veränderung zeigte sich schon vor seiner Krankheit und vor dem Tod deiner Mutter, Gott sei ihrer Seele gnädig. Er ist besessen, aber ich weiß nicht wovon. Ich kenne den Weg nicht, der zu seiner Seele führt, und er verwehrt mir den Zugang.“

Er zögerte. Er blickte zu den römischen Soldaten hinüber und erwog, sie in einer versöhnlichen Geste einzuladen, sich an dem Obst und dem guten Wein gütlich zu tun. Aber auch damit wäre Sauls unqualifizierbares Benehmen nicht aus der Welt geschafft. Letztlich würde er als Mann vor ihnen stehen, den sein eigener Sohn beschämt hatte. Er blieb noch eine Weile unter dem gestreiften Sonnensegel sitzen, während ihm Sapphira mitfühlend die Hand streichelte. Das grelle Licht des Wassers und des Himmels blendete ihre Augen. Schließlich erhob er sich schweigend und folgte Saul. Er fand ihn in dem kleinen, kahlen Raum, den er mit ihm teilte, und in dem sich auch ihr Gepäck befand. Die Sonne funkelte durch das kleine Fenster. Sie konnten das Singen der Rudersklaven hören, ein trauervoller, wortloser Klang. Stumm ließ sich Hillel unweit von seinem Sohn nieder, der mit gebeugtem Kopf und wirrem Haar, die Hände zwischen den Knien herabhängend, am Rand seines schmalen Lagers saß. Hillel sah nichts von seinem Gesicht außer einer eingefallenen, ungewöhnlich bleichen Wange und einer kämpferisch vorspringenden Schläfe.

Schließlich mußte Hillel sprechen. „Die Art, wie du deine Schwester, die du einst liebtest, beleidigt hast, ist unverzeihlich.“

„Ich folgte nur der Stimme meines Gewissens“, stieß Saul hervor, als müsse er die Worte durch seine Zähne pressen.

Darauf erwiderte Hillel: „Es steht geschrieben im Deuteronomium, daß verflucht ist jeder, der sein Gewissen über die Gebote Gottes stellt. Er ist ein Heide und wird in der Welt des Jenseits keinen Platz erhalten. Wie viele Verbrechen sind doch im Namen des persönlichen Gewissens verübt, wie viele Irrtümer begangen worden, wieviel Unglück wurde angerichtet, und wieviel Unrecht ist geschehen! Der Mensch darf seinem

Gewissen nicht vertrauen, wenn es nicht in jeder Beziehung mit Gottes Gebot, gesegnet sei Sein Name, übereinstimmt, denn was ist der Mensch? Ein Geschöpf von Staub und Stolz, in eigenwilligen und leichtfertigen Vorstellungen befangen, eitel und dann am einfältigsten, wenn er sich, Hirngespinsten und Trugbildern nachjagend, am klügsten wähnt. Erinnere dich: Moses war von dem Vorhaben beseelt, einen Menschen zu töten, und lud damit den Zorn Gottes auf sich. Dabei war es zweifellos sein ‚Gewissen', das ihn zu dieser Tat hinriß."

Saul blieb einen Augenblick still. „So waren es denn die Lehren meiner Jugend", murmelte er dann, das Haupt immer noch gesenkt, „die mich den Mund auftun ließen. Frauen dürfen sich nicht wie Dirnen und Huren, wie fremde Weiber, betragen und kleiden. Sie müssen sich stets eines gesitteten Gehabens befleißigen, die Augen niedergeschlagen und die Zunge im Zaume halten."

Hillel sah ihn prüfend an und erwiderte dann in sanfterem Ton: „Es war nicht Sapphiras Kleidung und nicht ihr Verhalten, die dir deine beleidigenden Worte abgenötigt haben, mein Sohn. Sie war schon immer so, und ich gestehe, daß ich das völlig harmlos, ja sogar schön finde. Wäre es in Gottes Absicht gelegen, Häßlichkeit zum Kennzeichen einer guten Frau zu machen, Er hätte keine lieblichen Mädchen geschaffen, die die Augen der Männer entzücken und uns alle mit dem Zauber ihrer Schönheit beglücken. Und sprich mir nicht von Versuchung! Gott versucht keinen Menschen, Böses zu tun. Nein, nein, es war nicht Sapphira, deine treue Schwester, die du einst liebtest. Es ist etwas anderes, das dich seit über einem Jahr quält. Ich bin dein Vater. Bin ich des Vertrauens meines Sohnes nicht wert?"

Saul rang die Hände zwischen seinen Knien, und Hillel litt mit ihm. Das gebeugte Haupt sank noch tiefer. „Ich kann es dir nicht sagen, Vater", entgegnete der Jüngling mit so erstickter Stimme, daß Hillel ihn kaum verstehen konnte. „Es übersteigt das Maß des Verzeihens."

Einen Augenblick lang empfand Hillel große Bestürzung, und sein Herz klopfte in schmerzlicher Erregung. „Ich habe allen Regeln und Lehren meiner Jugend zuwidergehandelt", fuhr Saul fort, „habe schwer gesündigt und meinen Platz in Israel zerstört."

Hillel hatte sich wieder gefaßt. „Welches Gebot hast du verletzt, Saul?" fragte er.

Es schien ihm absurd, so absurd, daß er jetzt beinahe lächeln konnte: sein Sohn, kaum sechzehn Jahre alt, ein Fanatiker der Gottesfurcht, ein gehorsamer Junge, der sein Vaterhaus liebte und sich in der Studierstube vergrub, sollte ein Gebot übertreten oder eine schwere Sünde auf sich geladen haben? Er sah, wie Sauls Stirne sich in gedanklicher Konzentration zusammenzog, er sah die krampfhaften Schluckbewegungen seiner Kehle. Auf welch entsetzliche Gedanken verfällt doch die Jugend, dachte er, wie schrecklich und absurd sind ihre Übertreibungen! Auf allen Seiten hört sie das Krachen des Donners, ahnt sie Verhängnisse und Katastrophen!

„Ich kann es dir nicht sagen, Vater", antwortete Saul. „Wenn ich es täte, ich müßte vor Scham sterben, und du würdest mir niemals vergeben."

„Du bist mein Sohn, und ich habe dich gezeugt. Was du getan hast, und was du tun wirst, es wird immer Teil meiner selbst sein. Wenn du es mir nicht sagen willst, wenn du es mir nicht erlaubst, dich zu trösten, dann denke daran, daß Gott einem reuigen Sünder immer vergibt. Die einzige unverzeihliche Sünde begeht jener, der da annimmt, daß es für Gott nichts Unverzeihliches gibt. Ich bezweifle, daß du ein großer Sünder bist. Ich bezweifle, daß du die Gebote verletzt hast. Gehe mit dir zu Rate, aber denke immer daran, daß Gott ein reumütiges Herz nicht zurückstoßen wird."

Als Saul unbeweglich verharrte und nichts erwiderte, fuhr Hillel fort: „Es ist die Art junger Menschen, alles aufzubauschen, sich in die tiefsten Tiefen zu stürzen, die höchsten Gipfel zu erklimmen, zu jubeln wie ein Verrückter, zu jammern, als ob das Ende der Welt unmittelbar bevorstünde. Ganz gewiß können auch junge Menschen in Sünde geraten, ja sogar in sehr schwere. Dennoch bedarf es einer bestimmten Menge von Wissen und Erfahrung, um vorsätzlich und im Einklang mit der eigenen Seele zu sündigen, sich der Sünde zu erfreuen und zu erkennen, daß es vom ersten Augenblick, da die Versuchung an einen herangetreten ist, Sünde war. Die Jugend hat diese — Vorteile — nicht." Und Hillel lächelte.

„Vater", sagte Saul, und seine Stimme war die eines Fremden, „du warst stets ein toleranter Mensch und hast dich nicht immer an die Lehren der Pharisäer gehalten — wenn nicht gar über die eine oder andere Vorschrift, die dir zu streng schien, Witze gerissen."

Zwecklos, dachte Hillel. Er erhob sich, ohne zu wissen, wohin er seine Schritte wenden sollte. Er fühlte sich jetzt zu bedrückt. Er begriff nur, daß er seinen Sohn allein lassen mußte. Ich habe ihn verloren, dachte er. Und dann: aber ich habe ihn ja nie besessen, und es ist höchste Zeit, daß ich mir darüber klar werde.

„Du begehst eine Todsünde", erwiderte er. „Du forderst Gott heraus, dir zu vergeben."

In seiner Seelennot faßte Saul derb an seine roten Schläfenhaare und zog den Kopf bis auf die Knie hinunter. Auch Hillel litt Qualen, als er dies sah, und während er im Geiste seinem Sohn die Hand entgegenstreckte, sann er nach. Es war also nicht nur Gott, der seinen Sohn so peinigte, ja nicht einmal ein Mißverstehen Gottes. Es war menschliche Schuld, die ihn folterte, menschliche Not. Saul bediente sich seines Gottes als Sündenbock, als Auffanggefäß seiner Pein. Wer da ausrief, „Gott wird mir nicht verzeihen!", meinte damit in Wirklichkeit oft, „Ich kann mir selbst nicht verzeihen!"

„Jeder Kummer, jeder Verlust geht vorbei, mein Sohn", versuchte Hillel Saul zu trösten. Aus seiner Stimme sprach zärtliches Mitgefühl. „Ich glaubte, sterben zu müssen, als deine Mutter verschied, aber es war nicht Gottes Wille, gesegnet sei Sein Name. Ich wollte nicht mehr weiterleben. Ich sehnte mich nach dem Anblick ihres Gesichtes, nach dem Wohlklang ihrer Stimme, nach dem Rascheln ihrer Gewänder. Als ich begriff, daß ich sie nie mehr sehen, nie mehr liebkosen würde und daß sie für immer für mich verloren war, verlor ich fast den Verstand. Mein Schmerz ist immer noch mehr, als ich ertragen kann. Doch wir wurden geboren, um als Männer zu bestehen und nicht als kraftlose Tiere, die sich im Staub vergraben und demütig ihr Leben aufgeben, wenn es ihnen unerträglich wird. Was dir das Herz zerreißt, hat schon Millionen vor dir das Herz zerrissen und wird auch die kommenden Generationen nicht verschonen. Aber bedenke: du bist jung. Du wirst es überstehen. Deine Wunde wird eine Narbe hinterlassen, aber sie wird heilen."

Es war ihm, als ob Saul ihn nicht gehört hätte, und darum verließ Hillel langsam die Kajüte und begab sich zu seiner Tochter zurück. Saul hob den Kopf. „Die Wunde wird nicht heilen", sagte er laut. „Nein, sie wird niemals heilen." In leidenschaftlicher Erregung begann er zu weinen, verzehrt von Zorn und Haß, Liebe und Sehnsucht und Ekel vor sich selbst.

Hillel sprach zu seiner Tochter, die über seine düstere Miene und seine traurigen Augen sehr beunruhigt war. „Ich fürchte, Aristo hat recht — und ich Narr lachte ihn aus, als er davon sprach! Zwei Riesenkräfte kämpfen in der Seele meines Sohnes: das normale Verlangen eines jungen Menschen nach Leben und Lebensfreude, und die eherne Gewißheit, daß dieses Verlangen von Übel ist und daher erstickt und unterdrückt werden muß, um so alle Gedanken auf Gott vereinigen zu können. So beraubt sich Saul seiner Jugend und seiner natürlichen Fröhlichkeit, des Zaubers, der Schönheit und der Größe der Schöpfung, und aller Gaben, die die Zukunft für ihn bereithält — wertlose Gaben, wie er meint, und Schlingen, die seiner Seele gelegt sind. Er möchte Gott in finstere Wolken und zerstörende Blitze hüllen und aus Ihm nicht einen liebenden, von Gnade und Barmherzigkeit erfüllten Vater, sondern einen Richter des Schreckens und der Vergeltung machen, der auch die kleinsten Sünden, die geringsten Vergehen auf grausamste Weise bestraft. Einen Gott, der sich nicht an Seinen Kindern erfreut, sondern Sich ihnen darbietet, wie ein tyrannischer König sich seinem Volk darbietet, sie des Verbrechens und des Aufruhrs verdächtigt und sie zu den gräßlichsten Geißelungen und zum Tode verurteilt. Und das", meinte Hillel, dem jetzt die ganze Ungeheuerlichkeit seiner Überlegungen zu Bewußtsein kam, „das ist fürwahr eine Sünde, die zu vergeben Gott, gesegnet sei Sein Name, wohl nicht leichtfallen wird!"

Dann fügte er hinzu: „David sagt in einem der Psalme: ‚Und als es hieß, lasset uns eingehen in die Wohnung des Herrn, frohlockte ich.' Saul aber nähert sich dem Hause Gottes wie ein Kettensträfling, begierig, jawohl, begierig nicht nur, ihm zu huldigen, sondern auch, gezüchtigt zu werden. Welche verborgene Sünde mein armer Sohn auch begangen haben mag, er verdient kein so entsetzliches Schicksal."

Saul lehnte an der Reling des Schiffes und sah den bedeutenden Hafen von Joppe aus der blutroten See tauchen. Fahl und drohend leuchtete der Himmel. Das also war das Land seiner Väter, das heilige Land, die geweihte Erde der Propheten, der Feuerberg, auf dem Gott mit Donnerstimme gesprochen hatte, die Wohnstätte der Patriarchen, die Wiege des kommenden Messias, der Nährboden des messianischen Zeitalters. Das kleine Land, aus dem die Stimme sprechen würde, die die Völker versöhnen und der Welt ewigen Frieden bescheren wird. Hier erhob sich der heilige Berg Zion und der goldene Tempel, von hier würde die Weisheit kommen, die Sinne der Menschheit erleuchten und die Finsternis von ihr nehmen, in der sie noch, wie ein niedriges Tier, auf dem Bauche kroch.

Die dünne Silbersichel des neuen Mondes hob sich aus dem Meer und zum unheilkündenden Himmel empor. Ein einziger, golden lodernder Stern stand im Zenith. Jetzt, da das Schiff sich dem Hafen näherte, roch Saul das Land, würzig, scharf und wollüstig. Das war der Augenblick, von dem er sein ganzes Leben geträumt, den er mit freudiger Erregung zu genießen gedacht hatte. Aber er empfand keine Freude, nur angstvolles Grauen. Er, ein Verworfener, hatte kein Recht, diesen Boden zu betreten, außer um zu sühnen und zu beten, auf daß ihm eines Tages vergeben werden möge.

Er wußte, daß sich auch sein Vater und seine Schwester unter den vielen Fahrgästen befanden, die auf Joppe hinüberblickten. Er wußte, daß sein Vater um ihn litt; er hatte Hillel Kummer bereitet, und das schmerzte ihn tief. Um wie viel größer aber wäre der Kummer, wenn sein Vater die Wahrheit ahnte! Manchmal aber schlängelte sich ihm der Gedanke durch den Kopf, Hillel könnte vielleicht gar nicht solchen Kummer empfinden, könnte seine Sünde für läßlich, gering und leicht verzeihbar erachten und entschuldigend seine Jugend und die natürlichen Versuchungen ins Treffen führen, der die Jugend nun einmal ausgesetzt sei. Und aus eben diesem Grund, der jeder Logik entbehrte, konnte Saul Hillel nicht sein Vertrauen schenken, denn schlimmer als der Gedanke an den möglichen Kummer seines Vaters war der, er könnte sich von der Sünde eines Sohnes überhaupt nicht betroffen zeigen! Er zog es vor, in dem Glauben zu leben, Hillel würde ihn streng verurteilen."

Was nun Sapphira anging, brannte die Liebe, die er für seine Schwester empfand, wie Feuer in seinem Herzen. Dennoch konnte er es nicht über sich bringen, zuzugeben, daß er sie zu hart angefaßt hatte. Wollte man ihrem unkeuschen Betragen nicht jetzt Einhalt gebieten, sie nicht in den Geboten der Mütter Israels unterweisen, Verdammnis an Leib und Seele würde ihr Schicksal sein. Sie sollte lieber sterben, als zu Schlechtem verführt zu werden, so wie er selbst verführt worden war. Besser ein jungfräulicher Tod als das Leben einer Dirne. Ein vages Unbehagen zehrte jedoch an seinen Gedanken, während er Sapphira beobachtete, und er wagte es nicht, den Grund dafür zu erforschen. Sie würde Ezekiel ben David heiraten und dessen Mutter, Claudia, unterstellt sein, von der es hieß, sie sei eine strenge, rechtschaffene und tugendhafte Frau. Sie würde Sapphira vor der Sinnenlust dieser so schlechten Welt abschirmen, vor allen ihren Lockrufen und Lastern, ihren Befleckungen und Verwüstungen. Saul suchte Trost in dieser Überlegung und war bestürzt, als er ihn nicht fand.

Hillel und Sapphira mieden Saul nicht. Er war es, der sie mied. Da hatten sie nun tatsächlich angefangen, sich mit anderen Fahrgästen und dem Zenturio, der die römischen Legionäre befehligte, liebenswürdig zu unterhalten. Wie konnten sie nur den Unterjochern ihres Landes und ihres Volkes, diesen Räubern und Gotteslästerern, eine freundliche Miene zeigen? Saul hatte die Römer nie geliebt. Jetzt haßte und verachtete er sie.

In düsterer Stimmung blickte er über das Deck. Immer noch leuchteten der weite Himmel und die weite See hinter und neben dem Schiff, als ob sie in Flammen stünden, aber das Deck lag im Dunkel, und so auch die Gestalten, die sich darauf bewegten. Scharlachrote Streifen peitschten die weißen Segel. Joppe schob sich näher heran, und jetzt erst sah Saul, daß der berühmte Hafen voll von Schiffen war, von großen und kleinen — ein Wald von entblößten Masten wie die nackten Zweige winterlicher Bäume. Vom Land her kam der heiße Atem überfüllter Straßen und jammernder Menschheit, harzig, parfümiert, ein wenig faulig, pfefferig und staubig. Vielfarbige Klänge wurden hörbar: Stimmen, Rufe, Schreie, lautes Gelächter und das plötzliche Wirbeln von Trommeln. Die flimmernden Lichter von Laternen und das Feuer brennender Fackeln erschienen jetzt auf dem Anlegeplatz. Saul erblickte eine römische Triere, Legionäre auf dem Deck und die Feldzeichen Roms. Er wußte, was darauf geschrieben stand: S. P. Q. R. — Senatus Populusque Romanus — Der Senat und das Volk von Rom.

Gotteslästerlich, ungehörig, schändlich, entsetzlich! dachte Saul ben Hillel und ließ seine Fäuste zornig auf die Reling niedersausen. Er hätte weinen mögen vor Haß, Wut und Empörung. Jemand berührte ihn am Arm. „Wir laufen in den Hafen ein“, sagte Hillel. „Beruhige dich, mein Sohn.“ Hillels Antlitz war fahl und schattenhaft im Schein des brennenden Himmels. „Es ist unerträglich!" stieß Saul zwischen den Zähnen hervor. „Auch das Unerträgliche muß ertragen werden!" erwiderte Hillel und kehrte zu Sapphira und ihren Dienerinnen zurück.

Doch der Messias, gesegnet sei Sein Name, würde die Römer ins Meer stürzen, wie die Ägypter ins Meer gestürzt worden waren, und Rom, dieses ruhmredige Ungeheuer von Stadt, dieser Drachen von Stadt, faul bis ans Herz, triefend vom Blut der Besiegten, würde unter Seinem rächenden Blitz untergehen.

Die Triere schwankte zwischen den Reihen der anderen Schiffe in den Hafen, die Mannschaft machte sich mit Seilen und Ankern bereit, und mit lauten Stimmen und erwartungsvollem Gelächter liefen die Passagiere auf dem Deck hin und her. Die Matrosen zwängten sich zwischen den Kisten, Truhen und Taschen der Fahrgäste durch, und ihre heiseren und ungeduldigen Rufe klangen wie das Bellen von Füchsen. Schwarz und stumm wie der Tod kreisten Geier unter dem roten Himmel. Die Triere legte an. Hinter den Lagerhäusern funkelten die Lichter und Fackeln der Stadt Joppe. Ganz unvermittelt senkte sich die Dunkelheit über das Land, und bis auf einen langen Glutstreifen am westlichen Horizont, in dem der letzte Ring der Sonne noch brannte wie ein sterbendes Auge, war die Abendröte dahin.

Behelmt, das berühmte Kurzschwert an ihren Gürteln, die Beine gespreizt, die Gesichter scheinbar teilnahmslos, die Leiber mit dickem Leder gepanzert, standen die allgegenwärtigen römischen Soldaten zwischen den flackernden Laternen und Fackeln am Kai. Hinter ihnen liefen die Verwandten der Fahrgäste aufgeregt hin und her, um ihre Angehörigen willkommen zu heißen. Da gab es Karren, Wagen und Kutschen, Pferde, Esel und angejochte Ochsen und Arbeiter, die darauf warteten, das Schiff zu entladen. Der zuckende Schein der Fackeln setzte ihnen rötliche Lichter auf, erhellte hier ein Gesicht, um es sogleich wieder in die Dunkelheit abgleiten zu lassen, und fing dort eine winkende Hand, die sich bald im Schatten verlor. Der Lärm schien Saul betäubend und die Hitze unerwartet, denn es war doch schon Herbst.

„Bis Jerusalem ist es noch eine weite Reise", mahnte Hillel, der wieder an seinen Sohn herangetreten war. „Wir werden die Nacht in einer Herberge verbringen. Mag sein, daß einige unserer Angehörigen gekommen sind, um uns zu begrüßen. Ich hatte gehofft, in Cäsarea landen zu können, aber das nächste Schiff hätte Tarsus erst in drei Wochen verlassen, und ich wollte die hohen Feiertage mit meinen Leuten verbringen." Er gedachte in Schwermut Deborahs.

Die Soldaten gestatteten es den Freunden und Verwandten nicht, das Schiff zu betreten. Der Ansturm so vieler Menschen, fürchteten sie, könnte es zum Sinken bringen. Ihr Hauptmann aber bahnte einer Gruppe den Weg, und Hillel rief mit freudiger Überraschung: „David ben Schebua und sein Bruder Simon — und das ist gewiß der junge Ezekiel, der Bräutigam unserer Sapphira, und Joseph ben Schebua auch und — nein! Doch! Aulus, der Zenturio, der Mann meiner teuren Base Hannah!" Plötzlich standen Tränen in Hillels Augen. Seine Base Hannah und ihre Familie waren seine einzigen Verwandten, denn in seiner Familie hatte es nur wenige Kinder gegeben. Er selbst war das einzige Kind seiner nun schon toten Eltern gewesen.

Es war Aulus selbst, der die Verwandten mit aller Ruhe und römischen Würde auf das Schiff führte, und die Fahrgäste renkten sich fast den Hals aus, um zu sehen, wem solche Ehre widerfuhr. Der Kapitän eilte herbei, um den römischen Offizier zu begrüßen. Im Licht der Laternen, die man inzwischen auf dem Schiff angezündet hatte, betrachtete ihn Saul voll Verachtung. Aulus war ein Mann von etwa fünfundvierzig Jahren, klein aber kräftig, mit einem heiteren, bärtigen Gesicht unter seinem Helm, schönen weißen Zähnen, einer großen Nase und freundlichen, klaren, braunen Augen. Er schloß Hillel als erster in seine entblößten Arme und küßte ihn auf die Wange. Er roch nach Schweiß und gutem Essen, nach Knoblauch und Leder. „Mein lieber Aulus", begrüßte ihn Hillel tief bewegt. „Schalom!"

„Schalom!" erwiderte Aulus und versetzte Hillel einen freundschaftlichen Schlag auf die Schulter. „Ich bin gekommen, um euch nach Jerusalem zu bringen."

Und schon umringte sie Deborahs Familie: der elegante David, wohlriechend und weltmännisch, in einem feinen Gewand aus purpurner Wolle und goldener Seide. Der ältere Bruder Simon, weniger elegant, den Genüssen der Tafel offensichtlich nicht abhold, von blühendem Aussehen, übermäßig rundlich, in Blau und Silber gekleidet, einen alexandrinischen Dolch im Gürtel, und Joseph ben Schebua, sein Zwillinsbruder und fast sein Ebenbild, aber nicht so feist. Sie waren natürlich alle bartlos und besaßen die marmorne Gesichtsfarbe ihrer Schwester Deborah, ihre vollen Lippen und ihre blauen Augen mit den kastanienbraunen Wimpern. Ihr lohfarbenes Haar war sorgfältig frisiert und nach der griechischen Mode gelockt und parfümiert. Doch trotz ihrer Juwelen, trotz ihrer goldenen Ringe und eleganten Gewänder strahlten sie eine Art selbstgefälliger Derbheit aus, eine ölige Glätte, die Saul mißfiel, der stumm danebenstand, während sein Vater freundlich begrüßt wurde. Der junge Ezekiel, nicht viel älter als Saul, hielt sich höflich und respektvoll abseits. Er war mager und etwas klein und unbedeutend, dunkelhäutig und von sehr lateinischem Aussehen. Er hatte die römische Nase seiner Mutter und ihr auffallendes, fest umrissenes Profil, aber die Augen waren die seines Vaters David, leuchtend und blau wie das Meer. Er trug eine lange, goldbestickte Tunika aus weißem Leinen und einen braunen Umhang mit Kapuze. Ein einziger Ring nur schmückte einen Finger, und keine mit

Edelsteinen besetzten Spangen umschlossen seine Arme, wie sie die Arme seines Vaters und seiner Onkel umschlossen.

Die Familie rief ihren Verwandten kein ‚Schalom!' zu, wie es Aulus, der Römer, getan hatte. Sie umarmten Hillel gelassen, begrüßten ihn und hießen ihn willkommen. Sie betrachteten Saul mit einiger Neugier und waren höflich. David kam zu dem Schluß, daß sich das Aussehen des Jünglings nicht verbessert, ja daß er sogar die gute Gesichtsfarbe verloren hatte, die ein Zeichen lebensbejahender Begeisterung gewesen war. Hillel dankte ihnen ebenso gelassen und förmlich für den Empfang. Es störte ihn ein wenig, daß der junge Ezekiel mit seinem Vater gekommen war. Das war ungehörig. Ein Bräutigam bekam seine Braut erst am Tag ihrer Vermählung zu Gesicht. Offenbar hielt die Familie Schebua diese Vorschrift für anachronistisch und altmodisch und kultivierter, weltaufgeschlossener Sadduzäer nicht würdig. Ezekiel war Davids jüngster Sohn und nicht gerade hübsch, aber er besaß ein hohes Maß von Intelligenz und die Tugenden seiner Mutter, und darum hatte ihm David seine mangelnde Schönheit verziehen. Es war bedauerlich, aber auch ein klein wenig ergötzlich, daß seine römische Mutter den Knaben zu einem passablen Pharisäer erzogen und ihn streng angehalten hatte, seinen jüdischen Glauben zu bewahren und seinen Pflichten als Jude nachzukommen.

Das sind keine Juden, dachte Saul geringschätzig und voll Bitterkeit. Das sind hellenistische Heiden. Er sah, wie Aulus ihm freundlich zulächelte, und drehte den Kopf zur Seite. Er blickte zu seiner Schwester hinüber. Zu seiner Überraschung — und Freude — hatte sie ihren Schleier über das Gesicht sinken lassen, so daß ihre Züge nur unklar zu erkennen waren. Ihre Dienerinnen hielten sich diskret im Hintergrund. Aber ihr Onkel David lüftete den Schleier, und im gemischten Licht der Laternen und Fackeln sahen nun alle ihre jungfräuliche Schönheit. Ezekiel, ihr Bräutigam, errötete vor Scheu und Bewunderung. Die Onkel küßten der Braut die Wange, hörten ihren gemurmelten Gruß und waren stolz auf sie. „Sie ist liebreizend wie unsere arme Deborah", sagte David und dachte an die reiche Mitgift des Mädchens. Aber nach einem Blick auf Hillel entschloß er sich, ihr seinen Sohn noch nicht vorzustellen.

Diener des Hauses Schebua trugen die Kisten und Truhen der Reisenden zu den überladenen und verschwenderisch geschmückten Kutschen, neben welchen Aulus' Streitwagen und die Pferde seiner Legionäre warteten. Es waren Araber, schwarz wie die Nacht und glänzend wie Seide. Ihr Geschirr war mit Silber beschlagen, und ihre Hufe schimmerten, als wären sie gleichfalls aus Silber.

Saul fand sich im Wagen seines Onkels Simon ben Schebua und Ezekiels und ließ sich mit düsterer Miene auf den gelben Seidenkissen nieder. Die zwei Diener, die das Kutschieren besorgen sollten, waren in feines Leinen gekleidet und trugen Umhänge und Helme wie Soldaten, was Saul lächerlich fand. Unter den neugierigen Blicken der Menge verließen sie jetzt den Anlegeplatz. Die römischen Legionäre ritten an ihrer Seite. Unter den Umstehenden wurden spöttische Rufe laut, darunter auch einige zotige. Aulus fuhr in seinem Streitwagen der Wagenkolonne voran, an seiner Seite ritten Legionäre, und Saul geriet in Wut, als er das sah. Als Ezekiel ihm schüchtern eine Frage, seine Reise betreffend, stellte, tat er, als ob er nichts gehört hätte, wickelte sich in seinen stumpfbraunen Umhang und zog die Kapuze über den Kopf. Simon sah dies und folgerte daraus, daß der Sohn Hillel ben Boruschs, seinen Manieren nach zu schließen, ein Bauer sei.

Es war heiß in Joppe. Menschenmassen wälzten sich durch die engen Straßen, die mit runden schwarzen Steinen gepflastert waren. Sie glitzerten im fahlen Mondlicht und im Schein der flackernden Fackeln. Die Bazare waren noch geöffnet. Saul hörte die Kaufleute, wie sie einmal zornig die Stimme erhoben, dann wieder schmeichlerisch ihre Kunden beschwatzten, und er sah Frauen mit dunklen Gesichtern, die Körbe mit Obst auf den Köpfen trugen, und Ochsen und Esel, und die starken Gerüche der Stadt stiegen ihm in die Nase. Er sah römische Wachttürme und römische Soldaten und die Feldzeichen Roms, und er sah griechische, syrische und arabische Gesichter und die Gesichter vieler anderer Rassen, die durch die Straßen eilten oder sich durch die Basare drängten. Die Stimmen der Menschen klangen heiser, und ihre Sprache war unverständlich. Mauern erhoben sich und verschwanden wieder, und der Duft verborgener Gärten, von Pinien und Brunnen, Dung und bratendem Fleisch hüllte ihn ein. Aus dunklen Winkeln kamen Kamele hervor, und ihre Reiter warfen finstere Blicke auf den prächtigen Wagenzug, der auf sie zubrauste. Hin und wieder wehte ihnen Musik entgegen und Frauenlachen und Kinderweinen und fröhliche Gesänge. Joppe ähnle Tarsus, hatte Hillel erzählt, doch Saul fand nichts in dieser scharfen, süßlich ätzenden, würzigen, heißen Luft, das ihn an seine Geburtsstadt erinnert hätte.

Aber es war sein Land, seine Heimat, sagte er sich. Er war ein römischer Bürger, aber vor allem Jude. Diese Erde war Fleisch von seinem Fleisch, Blut von seinem Blut, so fremd Joppe ihm auch scheinen mochte. Die Häuser, auf deren flachen Dächern er vereinzelt Familien sitzen sah, waren hellbraun gestrichen und hatten schmale Fenster und steile Treppen. Die Gossen waren ekelhaft, fauliges Wasser lief durch die Rinnsteine, die einen ranzigen Gestank nach Urin und Abfall verbreiteten. Der laue Wind hatte sich gelegt, und je tiefer sie in die Stadt eindrangen, um die römische Straße zu erreichen, desto mehr verlor sich der würzige Salzgeruch des Meeres.

Die Familie Schebua hatte vorgesorgt. Sie verbrachten die Nacht in einer stillen, bequemen Herberge. Saul aber blieb wach und in geistiger Spannung bis zum Morgengrauen. Er wußte selbst nicht, was ihn bewegte. Einsamkeit und tiefe Trauer nahmen seine Sinne gefangen.

VII

Bei Sonnenaufgang brachen sie nach Jerusalem auf und warfen letzte Blicke auf das Meer, das purpurn unter einem purpurnen Himmel lag, während sich die Berge im Osten rot und golden färbten. Hillel ben Borusch fuhr ein Stück im brausenden Streitwagen seines Freundes und Vetters Aulus Platonius. Er hatte die Kapuze über den Kopf und in die Stirne gezogen, sein Umhang flatterte im kühlen Morgenwind. Es war kaum ein Vergnügen, das zu genießen ihn gelüstete. Er stand neben Aulus und umklammerte die Querstange, was den Rosselenker, der auf dem einen hölzernen Sitz des rüttelnden Fahrzeugs thronte, nicht wenig belustigte. Es war klar zu sehen, daß Hillel um sein Leben fürchtete und den vier schwarzen, arabischen Wallachen nicht traute, die, ihre Köpfe zurückwerfend, dahinstürmten, als wären sie noch Hengste. Der Schaum flog ihnen ums Maul, und Hillel hielt sich fest, so gut er nur konnte. Aber er wollte mit dem geliebten Gatten der einzigen Verwandten sprechen, die ihm noch geblieben war. Der Streitwagen führte die Kolonne an, begleitet von einer Eskorte berittener römischer Legionäre. Die kurzen, stämmigen Beine gespreizt, stand Aulus da mit flatterndem Bart, schützende Lederbänder an den Handgelenken, der rote Umhang vom Winde gebauscht, der Helm auf dem runden Kopf festgeschnallt. Aulus liebte Bewegung, Aufregung und Gefahr, und er schwankte kaum, wenn die mit eisernen Reifen versehenen Räder des Wagens auf Steine auffuhren. Der arme Hillel hingegen fürchtete jeden Augenblick, auf die Straße geworfen zu werden.

Deborahs Brüder hatten Hillel immer schon angeödet, und so reichte es ihm auch jetzt, nachdem er gestern abend einige Stunden mit ihnen zusammen gewesen war. Nun würde er sich ja gezwungen sehen, ihre Gesellschaft über eine beträchtliche Zeitspanne hinweg zu ertragen. Er zog daher diesen, wie ihm schien, tollkühnen Aufbruch in den Morgen — für eine Kurze Strecke zumindest — der bequemeren Fahrt mit seinen Schwägern vor.

„Wie geht es dir, teuerster aller Freunde?“ fragte Aulus. Er mußte schreien, um sich trotz des Lärms seines und der anderen Wagen, trotz des Geklappers von Hufen und des Rasselns von Rädern, verständlich zu machen.

„Nicht allzu gut“, schrie Hillel zurück. Aulus seufzte: er dachte an die schöne, tote Deborah. Er hatte sie nur dreimal in seinem Leben gesehen und sie ebenso bezaubernd wie dumm gefunden, zweifellos wünschenswerte Eigenschaften bei einer Gemahlin. Seine Hannah war die edelste der Frauen. Sie hatte ein süßes Gesicht, rund wie ein Teller, eine weiche Stimme, die sich keine Widerrede anmaßte, und ein Temperament, das auch keinen Widerspruch gestattet haben würde.

Es wurde heller, als das Dunkel von den Bergen wich, die nun in blasser kupferroter und safrangelber Farbe zu leuchten begannen. Aulus warf einen Blick auf das Antlitz seines Freundes, das von Trauer gezeichnet war. Freudlosigkeit und Schwermut prägten Hillels Züge, als er versuchte, Marksteine wiederzuerkennen, die er in den langen Jahren in Tarsus fast vergessen hatte. „Was hältst du von meinem Sohn Saul, meinem einzigen Sohn, den du ja noch nie zuvor gesehen hast?“ fragte Hillel.

„Ich konnte ihm nur einen flüchtigen Blick schenken“, erwiderte der Römer. Es war nicht die Art dieses offenherzigen Soldaten, Ausflüchte zu gebrauchen, und Hillel wandte ihm sein Gesicht zu.

„Aber, aber!“ sagte er. „Wir standen eine Zeitlang auf Deck herum, als wir auf unsere Kisten, Truhen und Taschen warteten. Es gab ja genügend Laternen und Fackeln, und ich sah, wie du meinen Sohn beobachtetest, während du deinen Männern und den Matrosen Anweisungen erteiltest und mit dem Kapitän plaudertest. Fürchte nicht, mich zu verletzen, denn Arglist und Grausamkeit sind dir fremd, Aulus, der du nur Wahrheit und Ehre kennst.“

Mit dem Handrücken wischte sich der Römer den Staub von den Lippen und starrte über die Köpfe seiner jagenden Pferde hinweg. „Es bedarf nicht vieler Worte, um einen Menschen zu beschreiben. Wenn du sagst, ein Mann ist schwach, weibisch, unaufrichtig, feige oder ausschweifend, hast du auch schon sein Bild gezeichnet. Dein Sohn, Hillel, hat Macht.“

„Macht?“ rief Hillel erstaunt aus. „Ich halte ihn für stark und ungeduldig, für ruhelos und entschlossen und zuweilen streitsüchtig, aber ich habe nie an Macht gedacht.“

„Macht“, wiederholte Aulus und nickte weise. „Die Macht eines ‚alten‘ Römers oder vielleicht auch eines ‚alten‘ Juden. Ich erkenne sie in seinen Augen, in seinem Blick, in seinen Bewegungen. Auch verkörpert er Autorität, letztlich ein wesentliches Merkmal der Macht. Ich sehe ihn als Soldaten. Es ist nicht immer schmeichelhaft, wenn man einem Menschen Gewalt zumißt, mag er doch diese Wesenheit seiner Seele auf die Vernichtung anderer hinlenken. Aber das wird Saul niemals tun, das sage ich dir ganz aufrichtig. Er ist ein junger Mann von Ehre, wie sein Vater.“

Hillel murmelte seinen Dank und wagte es, eine seiner klammen Hände von der Querstange zu nehmen, um die seines Freundes zu berühren. Aulus lächelte ihm zu, und jetzt, im erstarkenden Licht, konnte Hillel den Schimmer der großen, weißen Zähne durch seine bärtigen Lippen sehen. Aulus war froh, daß sein Freund ihm keine weiteren Fragen stellte. Saul hatte ihm nicht gefallen. Der Jüngling schien zu abweisend, zu gleichgültig seiner Umgebung gegenüber, doch war es Aulus nicht entgangen, daß er alles sah und daß nichts ihn tiefer berührte. Er war wie einer, der in einer eisernen Rüstung lebte — oder große seelische Not litt.

„Und wie geht es unserem Milo?" fragte Hillel. Milo war Aulus' einziger Sohn und fünf Jahre älter als Saul.

Aulus' breite Brust weitete sich vor Stolz. Er schob seinen Helm ein wenig aus der braunen Stirne und lächelte vergnügt. „Er ist jetzt in Rom bei der prätorianischen Garde. Es ist eine große Ehre, zum persönlichen Schutz Cäsars abkommandiert zu werden. Er ist ein prächtiger Soldat, mein Milo! Aber schließlich entstammt er ja zwei Rassen von Kriegern, nicht wahr?"

Hillel hatte schon fast vergessen, daß sein Volk ja wirklich von streitbarer und kampflustiger Art war, stolz und hartnäckig, kühn und tapfer. Die Sadduzäer fielen ihm in mancher Hinsicht lästig, die Pharisäer wieder beschäftigten sich allzusehr mit der Bibel und erhoben ein mächtiges Geschrei bei der geringsten Uneinigkeit in bezug auf irgendeine unwichtige Stelle in der Heiligen Schrift. Und wenn sie nicht gerade stritten oder protestierten, schrieben sie Kommentare, die die Schriftgelehrten zermürbten. Zwischen den beiden Faktionen blieb nur wenig Raum, um an die Heldentaten anderer Juden und die heroische Geschichte Israels zu denken. „Wie geht es unseren Zeloten und Essenern?" fragte Hillel zerstreut.

Aulus zog ein schiefes Gesicht. „Sie machen uns zu schaffen", antwortete er. „Wenigstens werden meine Männer nicht fett, denn du mußt zugeben, daß das Klima hier weder so mild noch so gesund wie das römische ist. Dazu gibt es steinige Berge ohne Ende und eine Unzahl von Höhlen. Eure Zeloten und Essener glauben immer noch, sie könnten Rom besiegen und uns ins Meer werfen. Man kann ihnen zwar weder Vernunft noch übermäßige Intelligenz nachsagen, aber ihr Patriotismus und ihre Opferfreudigkeit sind bewundernswert."

Aber Hillel konnte über diese Worte nicht lächeln. Diese unglückseligen und fanatischen jungen Männer, die ihren Gott und ihr Land über alles liebten und nicht abließen, den mächtigen Römern das Leben schwer zu machen! Es war zwecklos — wenn auch edel. Es gab Menschen, die die Römer nicht einfach ignorierten, wie die Pharisäer, und sich nicht mit ihnen verbrüderten und sie bewunderten, wie es die Sadduzäer taten. Wenn Widerstand zu leisten töricht war, so doch jedenfalls heldenhafter, als die Hände in den Schoß zu legen. Und hatte Gott nicht die Israeliten von Pharao und den Mauern Babylons befreit, als die Lage hoffnungslos schien? Wer kannte die Zukunft? Der Traum von Freiheit lebte ewig in den Herzen der Menschen.

Nun erklomm die Sonne, einem siegreichen Krieger in goldener Rüstung gleich, auch den fernsten dunklen Hügel, und blendender Schein überflutete die herbstliche Landschaft. Die Ernten waren eingebracht, und zu beiden Seiten der Straße lagen die Felder gelb und glatt wie guter Käse.

Mit Kopftüchern bedeckte dunkelhäutige Schäfer in derben Gewändern zogen mit ihren Schafen zwischen den letzten Hocken und Stiegen durch. Kleine Dörfer flogen an dem Wagenzug vorbei, das helle Safrangelb von Ziegeln und Putz — schmale kleine Häuser mit schlitzartigen Fenstern in Gäßchen, die selbst nicht viel mehr waren als steinige Schlitze. Hier und dort erhoben sich Mauern aus sorgfältig und sauber ohne Mörtel aufeinandergefügten Steinen, die über und über bedeckt waren von Kletterpflanzen mit blutroten Blättern. Die Sonne war heiß, aber die Luft strömte ihnen kühl entgegen. Längst war die See zu ihrer Linken versunken. Über eine kurze Strecke hin säumten Zypressen die Straße, dunkel, würdevoll und starr, dann harzige, starkästige Pinien, dann mit grüner oder schwarzer Frucht beladene, silbern glänzende Olivenhaine, und schließlich Reihen um Reihen gelber Zitronen- oder roter Granatäpfelbäume, die sich unter den runden Kugeln ihres Reichtums beugten. Graue Felsbrocken, mit hohen Disteln bewachsen, ergaben sich plötzlich grünen Wiesen, die im Morgenlicht schimmerten, und Weingärten, deren Reben schillernde Trauben in reicher Menge trugen. Die Berge, die jetzt näher kamen, und auch die, die noch ferne lagen, waren grau oder kupferfarben und schienen ausgelaugt und erschöpft wie uraltes Riesengestein. Die Römer hatten die Zypressen geschlagen, um ihre Schiffe zu bauen. Die Berge sahen hungrig, verdorrt und trostlos aus, auch wenn die Herren des Landes gewaltige Terrassen in ihre Flanken geschnitten und darauf blühende Gemüsekulturen und Weingärten angelegt hatten. Es waren nicht so sehr Berge als Barrieren zwischen den übervölkerten Dörfern und Städten aus gelben und braunen Ziegeln. Ziegen und Hirten kletterten auf den Terrassen auf und ab. Staub gleißte auf den rauschenden Palmen, als die Kolonne vorbeizog.

Kleine Bäche und Flüsse funkelten und tanzten im herbstlichen Licht, und das ganze Land atmete lebensbejahend im Duft von Steinen und Feldern, Trauben und Granatäpfeln, Gerste und Weizen, Harz und grünem Gras. Bauern und ihre Kinder sammelten süße Datteln und Feigen, Oliven und Zitronen in ihre Körbe, Viehherden weideten auf den Wiesen, und mit wehenden Kopftüchern trieben Gänsemädchen das ihnen anvertraute Getier über die Straße. Im Frühjahr würde es eine zweite Weizenernte geben, und so schritten andere Bauern in schwarzen Umhängen und weißen Kappen hinter dem Pflug einher, der von geduldig trottenden Eseln gezogen wurde, die die dunkle, dampfende Erde aufrissen. Ein- oder zweimal kamen sie an kleinen Hügeln vorbei, über die sich blaues oder grünes Wasser ergoß. Kinder spritzten in den Teichen herum, die sich darunter gebildet hatten, und Ziegen und Federvieh kamen hierher, um sich zu laben. Heu-, Gersten- und Weizenschober waren über die gelbe Landschaft verstreut, und kleine Bauernhäuser mit flachen Dächern und weißen Mauern lugten schüchtern zwischen Palmenhainen, Platanengehölzen oder Johannisbrotbäumen hervor. Karmin- und purpurrote Blumen lagen in losen Haufen im trockenen Gras.

Die Luft flimmerte in der Sonnenhitze, und ein strahlender Glanz blendete die Augen. Der Horizont schwamm in Licht. Hillel streifte seine Kapuze zurück. Er konnte sich an seiner Heimat nicht sattsehen. Von allen Seiten stürmten Erinnerungen auf ihn ein. Im Schatten der hohen, runden Wachttürme standen römische Soldaten. Es waren muskelbepackte junge Männer mit munteren Gesichtern und wachsamen Augen unter glitzernden Helmen. Einige lehnten an den Türmen und kauten verstohlen an Früchten, andere begaben sich in das kühle Innere, um einen Becher erfrischenden Weines zu genießen, während ihre Hauptleute, die nicht viel älter waren, so taten, als merkten sie es nicht.

Die Wagen durchbrausten heiße Dörfer und Städte, die allerlei Gerüche verbreiteten. Schon zu dieser frühen Stunde standen die Kaufleute vor ihren Ständen, tummelte sich das Marktvolk, spazierten Frauen mit Körben, wimmelte es von schreienden Kindern und brüllenden Eseln, Wagen und Pferden und fluchenden Fuhrleuten. Die Reisenden hatten es eilig: sie mußten Obdach finden, bevor noch die sengende Hitze des Herbsttages ihren Höhepunkt erreichte. Der kühle Wind hatte sich gelegt. Man erstickte fast am Staub, befeuchtete sich die Lippen, wischte sich den Schweiß von der Stirne und zog die Kapuzen über.

„In Rom", meinte Aulus, „weht frische Meeresluft, die Albanerberge verbreiten einen würzigen Duft, und es kommt kühl von der Campagna herüber."

„Ja", sagte Hillel, aber seine Heimat lag ihm mehr am Herzen als Rom mit seinen Vorstädten, auch wenn sie nur ein kleines Land und von Fremden besetzt war. Seltsam, dachte er: Menschen und Völker kamen und gingen, und immer wieder gab es Waffengeklirr und Schrecken und Versklavung, aber das Land und jene, die es bebauten und pflegten — sie veränderten sich nicht. Eine Art heiterer Ruhe lag zeitlos über der Erde, und keiner konnte sie zerstören. Sie lag, ohne Anteil zu nehmen, über Toten und Lebenden. Ein ungeheures Grab war die Erde, denn sie barg zahllose Nationen, deren Fleisch und Knochen sie nährten, aber sie war auch triumphierendes Leben.

Schon als Hillel noch ein Knabe war, hatten die Römer das Land seiner Väter besetzt gehalten. Jetzt aber sah er weit mehr elegante Villen an der Straße, als ihm in Erinnerung geblieben waren. Sie waren von hohen Steinmauern umgeben, und durch ihre eisernen Tore konnte man Blicke auf Springbrunnen und Gärten erhaschen, die in allen Regenbogenfarben schillerten. Das stimmte ihn traurig. Er fragte sich, was wohl seine Kinder von diesem Land dächten, das sie nie zuvor gesehen hatten. Er beneidete sie. Wie herrlich mußte es sein, Judäa zum ersten Male zu erleben, dieses alte, heilige Land, in dem Milch und Honig floß, dem die unsterblichen Sittengesetze Gottes entsprungen waren, in dem immer noch die Stimme Sinais widerhallte, aus dessen Eingeweiden der Messias hervorgehen und das Licht Seiner Augen über die Menschheit ausgießen würde!

Die Griechen hatten die Herrlichkeit des Verstandes vervollkommnet und gehegt, Philosophien entwickelt und Schönheit geschaffen, die über alle Vorstellungskraft hinausging. Sie hatten der Welt Vernunft und Lieder, Demos und die anmutigen Götter gegeben und ihr Kultur geschenkt. Sie hatten Poesie und Dialoge und perfekte Kunst erfunden und prächtige Städte gebaut. Die Römer hatten Größe auf der Erde erstehen lassen und die Herrschaft des Gesetzes über die Barbaren und ihre chaotischen Zivilisationen errichtet. Sie waren bedeutendere Architekten, Ingenieure und Wissenschaftler, als die Welt je gekannt hatte. Sie hatten auch das letzte Dorf mit reinem Wasser und sanitären Einrichtungen vertraut gemacht. Sie waren tolerant und gerecht, mächtig und klug. Männer wie Cicero, Cato und Virgil waren aus ihren Reihen gekommen, aber auch solche wie Catilina und Cäsar. Sie hatten Ordnung gemacht, parlamentarische Regierungen eingesetzt und Handel und Wandel zur Blüte gebracht.

Aber weder Griechenland noch Rom — nicht einmal Indien oder das mystische Ägpten — hatten die große Verheißung ergehen lassen. Sie hatten es versäumt, den Seelen der Menschen das Antlitz und das Gebot Gottes zu erschließen. Was auch die Pharisäer sagen mochten, die Juden waren weder ein Volk noch eine Rasse in der vollen Bedeutung dieser Begriffe. Sie waren bestenfalls Abkömmlinge grundverschiedener Nomadenstämme aus unbekannten Gegenden. Über ihr Schicksal, das dunkel vor ihnen lag, konnten nur jene Vermutungen anstellen, die in die jüdische Mystik eingedrungen waren. Sie waren immer schon von semitischen Völkern umgeben gewesen, von Phöniziern, Hettitern, Arabern, Moabiten, Philistern, Ägyptern, Syriern, Babyloniern, Persern und Dutzenden anderer Rassen. Und waren ihnen stets fremd geblieben: waren bekämpft, verflucht, geschmäht, versklavt, vertrieben, geprügelt, gequält, getötet und zerstreut worden. Und waren immer wieder, blutig aber unbesiegt, in ihr kleines Land zurückgekehrt, um abermals den Tempel ihres Gottes zu errichten und auszurufen, wie Moses triumphierend ausgerufen hatte: „Laßt Freiheit werden diesem Land und allen, die es bewohnen!“

Dann schien es Hillel, als ob eine orphische Stimme zu ihm spräche:

„Das Drama hat eben seinen Anfang genommen!“ Seine Seele schwang sich frohlockend empor, und seine Augen weiteten sich. Er wußte nicht, wie es geschah, aber im gleichen Augenblick erfüllten ihn tiefer Schmerz und unermeßliche Freude. Es drängte ihn, diese Dinge auszusprechen, doch seine Zunge war unbeweglich, und er fand keine Worte. Ach, dachte er, die innerste Stimme meiner Seele vermag sich nicht verständlich zu machen — außer Gott gegenüber.

Ein nicht sehr einnehmender junger Mann, dachte der elegante, rundliche Simon ben Schebua, während er seinen Neffen unter dem Schatten der seidenen Kapuze musterte. Auch ist er zu schweigsam, die Miene zu finster und seine Art zu schroff, wo doch seine Mutter, meine Schwester, ein so süßes, anmutiges, höfliches Plaudertäschchen war! Hillel ben Borusch hat ein umgängliches Wesen und ein ansprechendes Äußeres. Wie war es möglich, daß diesen beiden Menschen ein solcher Sohn geboren wurde? Die Tochter ist reizend. Aber dieser Saul ist nicht viel anders als gewisse lästige Römer. Sein Vater schrieb uns von seinem Intellekt und vom Adel seines Geistes. Aber er benimmt sich wie ein Bauer. Mit ihm verglichen ist meines Bruders David Sohn Ezekiel ein Muster an Schönheit, Anmut und Betragen, obwohl ich ihn bis jetzt für den unattraktivsten unter den Söhnen seines Vaters gehalten habe. Ach ja! Diese Pharisäer! (Simon war einer der Brüder gewesen, die sich gegen die Vermählung seiner Schwester mit Hillel ben Borusch ausgesprochen hatten.) Mit seinen eigenen Söhnen war er recht zufrieden. Seine Töchter allerdings waren nicht so schön wie Sapphira bas Hillel. Trotzdem war eine von ihnen bereits mit einem sehr reichen griechischen Kaufmann von feiner Lebensart und regem Geist verheiratet. Bevor sie nun gestern zusammengetroffen waren, hatte Simon Saul als möglichen Kandidaten für die Hand seines Lieblings Yochabel gesehen, seiner mit erst dreizehn Jahren jüngsten und hübschesten Tochter. Wäre nicht zu bedenken gewesen, welch großes Vermögen Saul einmal als Erbe zufallen würde, Simon hätte über sich selber lachen mögen.

Wo Hillel das ewige Land gesehen hatte — das nie mit Wasser, Obst und Korn und heiterer Ruhe und anderen reichen Gaben kargte —, sah Saul ein verlassenes, verlorenes und trostloses Land. Wo Hillel braungebrannte Bauern beobachtet hatte, die trotz der römischen Besetzung unverdrossen pflügten und säten (weil sie weiser waren als die Städter), sah Saul Sklaven, weinte in seinem Herzen bittere Zähren um sie und sprach sie im stillen, von seinen Gefühlen überwältigt, als Brüder an. Wo Hillel Vögel gehört hatte und das Lachen von Frauen und Kindern und das Singen fleißiger Menschen, vernahm Saul nur Jammern, Wehklagen und Gebete um Erlösung. Dort also, wo Hillel eine gewisse Ruhe, schlichte Weisheit und berückende Schönheit in sich aufnahm, erblickte Saul ein ausgepreßtes, verbittertes, lichtloses Land, das dem säumigen Messias seine Knochenhände entgegenstreckte und um Errettung flehte, Flüche über die gotteslästerlichen Römer ausstieß und nicht nur seine Befreiung, sondern auch seine Reinigung herbeisehnte.

Er sah die römischen Soldaten. Und als sie an der weißen, sittenlosen

Stadt Cäsarea vorbeigesegelt waren, hatte man ihm das Amphitheater an der Peripherie gezeigt, das als Freistätte der Brutalität und unsagbaren Grausamkeit der Römer in diesem geschändeten Lande galt. Hier wurden gefangene Zeloten und Essener für ihre Unversöhnlichkeit, ihren Patriotismus und ihre Liebe zu ihrem Gott ans Kreuz geschlagen. Hillel hatte seinen Blick von diesem Ort des Grauens abgewandt und leise Gebete für die Toten und die Ruhe ihrer Seelen in Abrahams Busen gemurmelt. Die Menschen, hatte er gedacht, waren hart, ungerecht und böse, denn diese Wesenszüge entsprachen ihrer animalischen Natur. Wenn sie keine Opfer hatten, dann erfanden sie sie eben. Diese Überlegung stimmte Hillel traurig, obgleich er an das Gute, das angeblich, einer Perle gleich, in der schleimigen Muskulatur des tierischen Organismus verborgen lag, nie echte Hoffnungen geknüpft und auch in Wahrheit nicht daran geglaubt hatte. Menschen waren Menschen, nicht sehr verschieden voneinander, was immer ihre Religion oder Rasse war. Möge der Herr, gesegnet sei Sein Name, Sich ihrer erbarmen!

Doch Saul dachte anders. Das Volk Israel übertraf alle anderen Völker und Nationen an Tugend! Das war die Ursache seines Martyriums. Er vergaß, daß es ein kriegerisches Volk war und daß die Bibel die nicht eben rühmliche Art und Weise pries, in der es sich seiner Gefangenen, wie hilflos sie auch gewesen sein mochten, entledigt hatte. Oder wenn es ihm in den Sinn kam, so mit dem tröstlichen Gedanken, Gott habe eben seine Fahnen und Schwerter gesegnet und an seiner Seite gekämpft. (Er hatte darüber mit Aristo gesprochen, der zunächst einmal die Meinung äußerte, die Israeliten stünden anderen Eroberern nicht um vieles nach, und ihm dann vorwarf, Gott mit der Behauptung zu verleumden, Er habe nur eine Armee gesegnet — die ebenso angriffslustig war wie die andere — und für den besiegten ‚Feind' kein Erbarmen gekannt.)

Es war noch gar nicht lange her, daß Hillel Saul an eine Begebenheit erinnert hatte. Nachdem die Soldaten und Reiter des Pharao im Roten Meer den Tod gefunden hatten, drängte es die Israeliten, ihrer Freude Ausdruck zu verleihen. Gott aber wies sie mit den Worten zurecht: „Meine Kinder ruhen unter den Wassern und Ihr wollt singen?" Mit einem seltsamen Lächeln hatte Hillel zugegeben, daß die Geschichte möglicherweise nur ein Gleichnis darstellte, doch Saul war darauf nicht eingegangen. Gott hatte nur *ein* Volk, nur *eine* Nation von Söhnen, und alle anderen waren Heiden. Als Hillel ihn daran erinnert hatte, daß geschrieben stand, das ‚Licht des Messias' würde auch ‚über den Heiden leuchten', war Saul stumm geblieben.

Auch Saul konnte sich am Land seiner Väter nicht satt sehen, doch seine Augen fanden nicht, was Hillel gefunden hatte. Damit erklärten sich seine Seelenqualen. Die blaue Leidenschaft des Himmels, die grünen Wiesen und goldenen Felder, die Haine und Obstgärten, die Flüsse und Bäume, das muntere Treiben auf den Märkten der alten Städte — nichts machte Eindruck auf ihn, alles ließ ihn kalt. Fasziniert war er nur von den Namen dieser Siedlungen, den Geburtsorten jüdischer Helden, Propheten und Patriarchen. Das Grab Davids verlangte es ihn zu sehen und die Gruft Rachels und andere heilige Stätten. Sein Herz zog ihn nicht nur nach Jerusalem, sondern vor allem nach Bethlehem, wo der Messias geboren werden würde.

Seine Schwester Sapphira, die ihre Verwandten in Davids Wagen in Begeisterung versetzte, betrachtete mit lebhaftem Interesse die Landschaft Judäas und dachte über ihren schüchternen Bräutigam nach, der im Wagen vor ihr fuhr. Manchmal trafen sich ihre Augen, und sie warf ihm einen schalkhaften Blick zu. Sie glaubte erkannt zu haben, daß er liebenswürdig und zurückhaltend war und keinen schwierigen Ehemann abgeben würde. Also würde sie keine großen Ungelegenheiten mit ihm haben. Sie war ein sehr intelligentes Mädchen, genoß das Leben und besaß Scharfsinn, Geist und ein natürliches Wesen, das keine großen Ansprüche an ihre Umwelt stellte. Sie kam den Leuten freundlich entgegen und war mit ihrem Schicksal zufrieden. Sie war kein Mensch von starken Gefühlsbewegungen, dafür aber auch unfähig zu hassen oder in Schwermut zu verfallen. Sie empfand Zuneigung zu ihrem Vater und hatte ihre Mutter sehr geliebt. Vor allem aber liebte sie Saul. Er litt, meinte sie, an einer seelischen Krankheit, von der ihn die Zeit und freundliche Zusprache heilen würden. Nun aber rückte ihre Vermählung immer näher, es würde gewiß ein freudiges Ereignis werden. Auch Saul würde sich im klingenden Netz der Festlichkeiten verfangen und vielleicht wieder lernen, zu lächeln und zu lachen, wie er früher gelacht hatte, ausgelassen und aus vollem Halse.

Als die Wagenkolonne einige Stunden später polternd dem Sonnenuntergang entgegenbrauste, erklomm die römische Straße manchen steilen Hang und stürzte wieder in Täler hinab, in denen kleine braune Häuser ausgestreut waren und wo man Gärten, schmale Triften, Bäche und Flüsse erblickte. Dann zeigte Aulus in die Ferne, die sich purpurn färbte, und sagte: „Jerusalem!" Hillel, der im ratternden Streitwagen tapfer an seiner Seite ausgeharrt hatte, murmelte: „Vergäße ich dich, Jerusalem! so vergesse mich die Rechte. Es klebe meine Zunge an meinem Gaumen, wenn ich dein nicht denke; wenn ich Jerusalem nicht setze über die höchsten meiner Freuden." Aulus, der seine Bewegung ahnte, tat, als wende er seine ganze Aufmerksamkeit den Pferden zu. Der Römer war ein frommer Mann, der vorbehaltlos an seine alten Götter glaubte und Religiösität auch bei seinen Mitmenschen schätzte. Dennoch mußte er daran denken, daß es vierundzwanzig verschiedene jüdische Sekten gab, von denen jede behauptete, als einzige der wahren Lehre anzuhängen, und alle anderen als Ketzer verdammte. Nun ja, sponn er seine Gedanken müßig fort, wir Römer haben die ägyptischen Götter akzeptiert, haben Isis und Osiris und

Sarapis und noch einigen anderen in Rom Tempel errichtet, ihnen Ehren erwiesen und sie aus Steuergeldern unterstützt. Wir sind tolerante Leute, und darum ist uns die Hartnäckigkeit der Juden unverständlich; sie verwirrt und erschreckt uns. Wir vertreten Recht und Ordnung und wollen den Frieden. Er dankte dem Himmel für seine, unbeschadet ihres eisernen Willens anspruchslose und gütige Hannah, die zwar, wie nicht anders zu erwarten, als altgläubige Jüdin lebte, aber dem Glauben ihres Mannes mit allem Verständnis begegnete. Eine beachtenswerte Frau, dachte Aulus, und sehnte sich nach ihren liebevollen Armen. Er gestattete es ihr sogar, ihn mit ihren wiederholten und geduldigen Erklärungen zu langweilen, wonach es in Wirklichkeit zwei jüdische Hauptreligionen gab: eine, die sich auf Gebet und Synagoge beschränkte, und eine zweite, die des Tempels, die Opfer, Zeremoniell und Wissen in sich schloß, einfach die erste und ohne jedes Gepränge, die zweite aber mit großem Ritual, Weihrauch und Priesteramt verbunden. Für Aulus war ein Mann Mann, und Gott Gott, und das schien ihm ausreichend. Aber die Juden waren Streithähne, und die Römer mußten stets auf dem Posten sein, um Gewalttaten, Rebellion oder Unruhe schon im Keim zu ersticken, denn es war ein halsstarriges Volk, das sich nie ganz unterwarf — und im geheimen bewunderte er es dafür. Es verging kein Tag, ohne daß zumindest *ein* Aufruhr in den umliegenden Provinzen aufflammte, der dann leider mit einem unbarmherzigen Gemetzel endete, wobei die Opfer ans Kreuz geschlagen oder zu Tode geschunden wurden.

Dort auf dem höchsten Hügel stand Jerusalem: graue, geschlitzte, sich windende Mauern und mit Zinnen versehene Wachttürme. Nicht Menschenhand schien sie errichtet zu haben; gewachsenes Gestein sah so aus, das sich auf hohen Bollwerken auftürmte, die der Herbst goldgelb gefärbt hatte. Dicht an den Mauern standen vereinzelt Gruppen von starren, schwarzgrünen, spitz zulaufenden Zypressen auf den zerbröckelnden, erdfahlen Bollwerken, und hier und dort hohe und staubige Palmen. Schon loderten Fackeln von Zinnen und Mauern. Ihr Schein vermengte sich mit dem Purpur des abendlichen Himmels, und scharlachrote Schatten flatterten über die steinernen Wände und streckten ihre schlanken Finger sogar nach den Bollwerken aus. Im Frühjahr und im Sommer sieht es nicht so häßlich aus, dachte Hillel, denn dann sind die Bollwerke voll wilder Blumen und leuchtendem Grün. Aber nun nahm eine tiefere Schwermut von ihm Besitz.

Da die Feiertage herannahten, wurden schon die ersten Ziegenhaarzelte einiger Pilger auf den Stadtwällen aufgeschlagen. Hier und dort konnte man kleine Feuer brennen und Laternen hin- und herschwanken sehen. In wenigen Tagen würde die Stadt — wie alle Jahre um diese Zeit — von Menschen wimmeln und die Herbergen überfüllt sein. Da die Menschen aus der Provinz oft auch gar nicht das Geld hatten, um eine

Herberge aufzusuchen, waren sie gezwungen, ihre Zelte und Ziegen, ja sogar ihre Gänse und Hühner und manchmal auch eine Milchkuh mitzubringen. So ging es dann später ziemlich hoch und laut her, wenn die Pilger an Zahl zunahmen. Jetzt aber belebten die einzelnen Gruppen auf den Bollwerken das öde und trostlose Bild. Hillel dachte an die langen Wanderungen, die diese Menschen mit ihren Haustieren, Frauen und Kindern in Hitze und Staub unternommen hatten, und Tränen verschleierten seine Augen. In Jerusalem, Joppe und Cäsarea mochte die Liebe zu Gott erkaltet sein, aber im Inneren des Landes brannte sie noch mit heller Flamme.

Der Wagenzug rollte durch das Joppe-Tor. Die römischen Posten verlangten keine Losung, denn sie erkannten Aulus Platonius und erwiesen dem Feldzeichen Roms an seiner Seite die Ehrenbezeigung. „Seid gegrüßt, Leute!" rief Aulus ihnen zu und brachte seinen Wagen zum Stehen. Man hätte meinen können, er wäre monatelang und nicht bloß ein paar Tage verreist gewesen. Der diensthabende Offizier, ein junger Mann mit sonngebräuntem Gesicht und wachsamen Augen, begrüßte ihn und trat an den Streitwagen heran. „Sei gegrüßt, edler Aulus Platonius", sagte er. „Es ist alles ruhig."

„Das ist beachtlich", sagte Aulus, und der Offizier grinste und musterte seine Begleitung mit neugierigen Blicken. „Meine Verwandten. Ich habe sie aus Joppe abgeholt."

Wenn der Offizier davon überrascht war, daß ein Römer so viele jüdische Verwandte hatte, die obendrein noch sehr reich zu sein schienen, so ließ er es sich jedenfalls nicht anmerken. Er bewunderte die kostbaren Gefährte und die edlen Pferde. Dann hob er seinen Arm zum Gruß und die Wagen brausten davon. Das eiserne Tor fiel klirrend zu.

In den kleineren Städten und Dörfern herrschte eine gewisse Heiterkeit und zwanglose Unbekümmertheit — selbst unter den wachsamen Augen der Römer. Die Menschen gingen ihren Geschäften nach, bestellten ihr Land, stellten Waren her, handelten damit und verkauften sie. Die Zeit bleibt nicht stehen, schienen sie mit gleichmütigem Achselzucken sagen zu wollen. Der Mensch muß leben, auch wenn ihn das Schicksal heimsucht. Jerusalem aber, die große, reiche Stadt und Heimat vieler Rassen, Mittelpunkt nahöstlicher Kultur und Drehscheibe des Handels, war von einer nur undeutlich wahrnehmbaren Schwermut, einer gewissen Finsternis und Benommenheit des Geistes gezeichnet. Dennoch leuchtete hier die hellenistische Arete unter den kosmopolitischen Sadduzäern besonders hell. Es gab viele blühende und dynamische Kolonien griechischer Kaufleute, Händler, Akademiker und wohlhabender Bürger. Viele römische Soldaten lebten hier mit ihren Frauen und Familien, nicht zu reden von römischen Bankiers, Geschäftsleuten und hohen Verwaltungsbeamten, von denen so mancher eine jüdische Schönheit mit ansehnlicher Aussteuer geheiratet hatte. Hier lebten Syrier, Perser, Araber, Phönizier und andere Angehörige semitischer Rassen, einschließlich der Ägypter, die an der medizinischen Akademie lehrten und als Köche in den vornehmsten Häusern hochgeschätzt waren. Wenn es eine Stadt gab, die an Heterogenität an Rom heranreichte, so war es Jerusalem.

Um so unverständlicher war jene vage Schwermut und Benommenheit, die auf der Stadt lastete und von der sie weder die belebende Üppigkeit des Frühlings noch die strahlende Blüte des Sommers befreien konnte — noch ihre mannigfaltigen Gärten, ihre prächtigen Gebäude, ihre eleganten Villen und sauberen Straßen, die Märkte und die großen Handelshäuser. Zahllose verschiedene Zungen und Dialekte vermochten nicht, diese düstere, drückende Stimmung von ihr zu nehmen — auch nicht ihr Reichtum. Das wäre so, sagten die einen, weil Jerusalem schon so alt war und unter der Last der Jahrhunderte ächzte. Die frommen Juden meinten, Jerusalem leide unter der römischen Besetzung und könne es nicht verwinden, eine römische Provinz und nichts weiter zu sein. Hillel liebte Jerusalem, aber jetzt erinnerte er sich, daß er schon als Junge die gedrückte Atmosphäre einer unterjochten Stadt empfunden hatte — und damals waren die Römer zurückhaltender gewesen.

Wegen der Römer und weil so viele Seiner Kinder sich von Ihm losgesagt hätten, habe Gott, so behaupteten die strenggläubigeren Pharisäer, in Seinem Tempel Sein Haupt verhüllt. (Vermutlich darum, spöttelten die Aufgeklärteren unter den Römern und zogen ein schiefes Gesicht, weil Er sonst nichts zu bestellen hatte.) Gott, sagten die Pharisäer, habe Sein Antlitz den Schatten zugekehrt und werde bis zu dem Tag in Abgeschiedenheit verharren, da Sein Messias die Juden für immer und ewig von Sklaverei und Bedrückung befreien würde. Mittlerweile werde Er abgeschnitten sein von allen außer von Seinen Auserwählten — den Pharisäern, versteht sich.

Gewiß war Jerusalem von griechischen und römischen Theatern und Tempeln entweiht, doch Hillel bezweifelte, daß Gott darüber erzürnt war. Er war allerdings so klug gewesen, diese ketzerische Ansicht vor seinen pharisäischen Brüdern zu verbergen, sann aber oft über die düstere Stimmung nach, die in Jerusalem herrschte. Als Bindeglied zwischen Ost und West hätten dieser Stadt eine Art ungezogener Intellektualismus, eine gewisse verfeinerte Sorglosigkeit zu Gesichte gestanden. Aber dem war nicht so. Selbst Griechen und Römer fanden Jerusalem bedrückend und warfen oft ängstliche Blicke auf den gewaltigen goldenen Tempel mit seiner goldenen Kuppel, seinen goldenen Toren, seinen ausgedehnten Gärten und Höfen. Beseelt vom Geist der Versöhnung, aber auch Furcht, begaben sich manche von ihnen häufig zum Spruchort innerhalb des Tempels, zahlten für Opferungen und kauften Amulette. Es schadete nicht, orientalischen Göttern zu Gefallen zu sein und sie günstig zu stimmen.

Ihre Launenhaftigkeit war wohlbekannt. Man hatte gehört, daß der Gott der Juden keinen Spaß verstand und selbst ein wilder und tapferer Krieger war, der dazu neigte, schnell und hart zu bestrafen, und so hofften die abergläubischen Griechen und Römer, Ihn mit versöhnlicher Toleranz zu entwaffnen. Im stillen sprachen sie Ihm alle Attribute zivilisierten Wesens ab — er besaß weder Schönheit noch Anmut noch Heiterkeit. Auch die Musik, die dort von weither ihr Ohr traf, war nicht dazu angetan, sie fröhlicher zu stimmen. Es klang wie eine schwermütige Warnung von übler Vorbedeutung. Davon, daß David sein Volk aufgerufen hatte, ‚frohe Klänge vor dem Herrn‘ erschallen zu lassen, hatten sie nie etwas gehört, denn im Tempel zu Jerusalem war genau das Gegenteil von ‚frohen Klängen‘ zu hören. Auch konnten die Römer wirklich nicht glauben — wenn sie überhaupt je daran gedacht hatten —, daß Gott es ihnen übelnahm, wenn sie sich in einem bestimmten Land aufhielten. Waren sie nicht Männer des Rechts? War nicht im ganzen Universum der Ruf nach Ordnung oberstes Gebot? Das Chaos war die einzige Alternative zu Recht und Ordnung. Das sollte selbst dem jüdischen Gott klar sein.

Saul gingen die Augen über, während er durch die heilige Stadt seiner Väter fuhr. Er vergaß die lästige Anwesenheit seiner widerlichen Verwandten und überhörte ihr aufgeräumtes Geplauder. Er vergaß sogar auf Aulus, den Römer, auf die Feldzeichen und die Faszes Roms. Eine Schale sehenden Erlebens, saß er steif in Simon ben Schebuas Wagen und beobachtete alles mit entflammtem und pochendem Herzen. Er konnte kaum atmen. Die Luft war dick, heiß und staubig, von tausenderlei Gerüchen erfüllt. Latrinengestank vermischte sich mit dem Duft von Laub, Stein und trockener Erde und dem würzigen Aroma von Pfeffer und anderen Gewürzen. Die Straßen widerhallten vom Rattern und Klappern von Karren, Wagen und Pferden.

Jerusalem lag auf einem terrassenförmig angelegten Kalkplateau. Es war eine Stadt aus Marmor und gelbem Stein, eine Stadt von Kuppeln, Türmen und Säulengängen, von sauberen, engen, mit Kopfsteinen gepflasterten Straßen, von breiten Alleen mit Zypressen, Palmen, Platanen und Johannisbrotbäumen, von Märkten und römischen Aquädukten, von Springbrunnen und Gärten und Villen und überfüllten Wohnhäusern. Die Erde war von bräunlicher Farbe, die wenigen Fußwege waren mit Kies bestreut. Auf allen Seiten sah man Mauern aus safrangelbem Stein, außer vor den Häusern jener Römer und Griechen, die an der ‚offenen‘ Bauweise Gefallen fanden, wie sie jetzt von den römischen Baumeistern befürwortet wurde.

Trotz seiner Kuppeln und Türme aber war Jerusalem vornehmlich eine Stadt sanft ansteigender flacher Dächer, und so zusammengedrängt, daß man scherzend behauptete, es könne einer meilenweit auf diesen Dächern spazierengehen, ohne die Erde zu berühren. Hier oben versammelten sich abends zahlreiche Familien nach der Hitze des Tages. Einige Dächer waren mit Erde bedeckt, die man mühsam, Korb für Korb, hinaufgeschafft hatte, um kleine Palmen und Blumen und manchmal auch Gemüse zu pflanzen. Viele hatten zum Schutz vor der Sonne Planen gespannt.

Das alles sah Saul im flackernden Schein der Fackeln, die in den Mauerstützen steckten, und der großen Laternen, die jede Straßenecke erleuchteten. Er sah auch die römischen Patrouillen. Und er sah die Menschenmassen, die die Kühle der Nacht herbeisehnten. Er hörte Zymbalklänge und Lachen und Singen und das dumpfe Brausen einer lebensvollen Stadt. Aber wie Hillel auch, empfand er das bedrückende Dunkel und die düstere Schwermut, doch fragte er sich nicht, warum das so war. Er war davon überzeugt, daß er es bereits wußte. Er zweifelte auch nicht daran, daß dies das Herz der Schöpfung, die Mitte göttlicher Existenz war. Alles andere war bedeutungslos. Ganze Völker würden in den kommenden Jahrhunderten untergehen und der Vergessenheit anheimfallen, Jerusalem aber würde ewig bestehen bleiben. Der Gedanke erfüllte ihn mit leidenschaftlicher Gewißheit und rächendem Frohlocken.

VIII

Zwar hatte Schebua ben Abraham sein prächtiges Haus im griechisch-römischen Stil in einer der abgelegeneren und ruhigeren Straßen Jerusalems errichtet, zwar hatten seine Kinder hier das Licht der Welt erblickt und seine Gemahlin als Herrin gewaltet, doch folgte er dem römischen Brauch und sprach stets nur vom ‚Haus meiner Schwiegertochter Claudia'. Denn Schebua war jetzt Witwer; seine sanftmütige Frau war kurz vor dem Tod ihrer Tochter Deborah gestorben. Er hatte ein Vermögen bezahlt für dieses Gebäude aus weißem Marmor mit seinen schimmernden Säulen, Kolonnaden und Statuen und seinen ausgedehnten Gärten. Wunderschöne Wandgemälde und Friese schmückten die Hallen, das Atrium war ein Hof für sich, und jeder einzelne Raum von Wohlgeruch erfüllt. Von einer weißen Steinmauer mit eisernen Toren umgeben, stand der Palast inmitten von Feigen- und Johannisbrotbäumen, Platanen, Palmen und Pinien. Große Vasen mit exotischen Blumen waren über das ganze Haus verstreut, und gepflegte Wege säumten rechteckige, quadratische oder runde Beete mit vielfarbigen Pflanzen und Blüten. Von der Terrasse aus bot sich ein herrlicher Ausblick auf die umliegende Landschaft, auf die lavendelfarbenen Hügel und ausgedehnten Wiesen und, in der Ferne, auf das kleine, von Menschen wimmelnde Bethlehem. Das Haus beherrschte die Gegend und wurde selbst von den sonst eher gleichgültigen und spöttischen Griechen neidlos bewundert. Hohe römische Offiziere waren gern gesehene Besucher, Herodes selbst ein hochgeschätzter, häufiger Gast, denn Schebuas Weltgewandtheit, seine Bildung und die Eleganz seines Geistes, seiner Tafel und seines Geschmacks machten sein Haus zu einem Mittelpunkt des gesellschaftlichen Lebens.

Die Pharisäer verabscheuten ihn. Er besaß eine Menge Sklaven, ließ sie aber nie frei, wie das Gesetz es befahl. Er hielt sich zwei Konkubinen, und nicht einmal Claudias Mißbilligung und Tadel vermochten ihn dazu zu bringen, sie zu verabschieden. Die eine war eine arabische Schönheit von schlangenhaftem Zauber, die andere eine liebreizende Nubierin. „Schließlich und endlich“, pflegte er zu sagen, „war nicht auch die Königin von Saba schwarz wie die Nacht und hold wie der Mond?“ Nicht nur leugneten die Pharisäer, daß die Königin von Saba ‚schwarz wie die Nacht‘ gewesen wäre, sie verachteten Schebua auch als Juden, der seiner Religion und seiner Rasse abtrünnig geworden war, und haßten ihn als Sadduzäer und somit Bedrücker seines Volkes. Er zählte sämtliche Mitglieder des Hohen Rates, des Synedrions, zu seinen Freunden. Um den äußeren Schein zu wahren, hielt er zwei oder drei Feiertage ein, aber er glaubte an nichts, und ganz besonders nicht an den strengen Gott seiner Väter oder gar an das Kommen des Messias.

Er war ein Edelmann, ein Ästhet, ein Stutzer und in seiner Seele — so glaubte er — ein wahrer Grieche. Er hatte unzählige Male Athen besucht, und seine Liebe galt, wie er des öfteren betonte, dem Parthenon, wo Schönheit in Stein verewigt war, Phidias zu mitternächtlicher Stunde erschien und Sokrates zwischen den Säulen wandelte. Er war ein eifriger Theaterbesucher in Athen wie auch in Jerusalem, wo er die Produktionen besserer griechischer Stücke finanziell unterstützte. Er galt als Freund und Gönner der Schauspieler, Gladiatoren und Athleten. Sein Scharfblick war außerordentlich, wie er selbst oft mit leiser Bewunderung feststellte. Er hatte die Römer sehr gern, obzwar er — wenn in Gesellschaft griechischer Freunde — dazu neigte, sie sanft zu belächeln und seinen Gästen zu bestätigen, daß sie den Griechen in allem, was Kunst und Geschmack und Feinheiten der Denkweise betraf, unterlegen waren. Dann aber mochte er wohl einen warnenden Finger erheben: „Doch sind sie ganz gewiß kein Volk von Krämern, meine Freunde! Sie sind weit mehr als das! Denkt nur an ihre wissenschaftlichen Errungenschaften und daß sie unter der Pax Romana der Welt Recht und Ordnung geschenkt haben. Das sind Leistungen, die sich sehen lassen können.“ Er genoß den Ruf eines wahrhaft weltaufgeschlossenen Mannes. Gleich Plato, den er häufig zitierte, ‚fand er keine Botschaften in Feldern und Bäumen‘.

Er tätigte viele Investitionen und besaß viele Güter, große Guthaben bei Banken und Wechslern, und bedeutende Interessen an Handelsunternehmungen und Schiffen. Claudia hatte ihn einmal mit saurem Lächeln gefragt, warum er nicht in Griechenland lebte, das er doch so liebte. „Meine liebe Tochter", hatte er ihr geantwortet, als ob er zu einem Kind spräche (wenngleich er ihren römischen Geist fürchtete), „ich bin es meinem Volk schuldig, ihm bei seiner Erleuchtung beizustehen, es von der Anbetung seines Gottes abzubringen und zu einem Teil der Menschheit zu machen. Sind wir nicht alle ein einziges Wesen?"

„Nein", hatte Claudia mit fester Stimme entgegnet. „Wir sind alle Menschen, aber nicht ein einziges Wesen, wie du es meinst, Schebua."

Schebua beharrte liebenswürdig auf seiner Meinung, obwohl ihm Claudias kalter Blick und ihre zusammengekniffenen Lippen mißfielen. „In dieser Welt ist kein Platz mehr für engstirnige und provinzielle Einstellungen oder für nationalistische Bestrebungen. Die Menschheit ist ein Teil von mir, so wie ich ein Teil aller Menschen bin."

„So scheint es leider wirklich zu sein", sagte Claudia. Er konnte sie auf den Tod nicht leiden.

„Wir werden nie Ruhe und Frieden haben", fuhr er unbeirrt fort, „solange wir uns nicht einer weltumfassenden Regierung beugen, meine Tochter, einer Weltregierung unter einer Fahne und unter einem Herrscher. Das ist der Traum von Jahrtausenden. Es war Platos Traum."

Und dann überraschte ihn Claudia. Er hatte sie nicht für so belesen gehalten. „Ich entsinne mich der Worte des Aristoteles", sagte sie. „‚Ich liebe Plato, aber ich liebe die Wahrheit noch mehr.' Plato war ein Narr. Er hat die Menschheit nie begriffen. Seine ‚Republik' war kein edler Traum. Es war der Traum von einer grausamen Elite und einer versklavten Menschheit. Darum werden ihn die Lebenden stets ablehnen, denn in ihrem Innersten lieben die Menschen die Freiheit."

Trotz seines süßlichen Lächelns, das milden Spott ausdrücken sollte, erinnerte sich Schebua plötzlich an des Moses Ruf: „Laßt Freiheit werden diesem Land und allen, die es bewohnen!" Und gleich darauf dachte er: „Wenn Plato ein Narr war, wie dieses arme Weib hier sagt, muß Moses verrückt gewesen sein. Freiheit für alle Menschen! Lächerlich!"

Unter Freunden allerdings bekannte er sich zum Ideal der Freiheit für die gesamte Menschheit, wenngleich ‚Menschheit' für ihn nur eine Theorie, ein Abstraktum, ein poetischer Gedanke war, der nichts mit den Massen zu tun hatte, die er in den verschiedenen Städten sah, die er besuchte. Sie stanken, und Schebua ben Abraham haßte Gestank. Er parfümierte sich, so meinte Claudia, wie eine männliche Hure. Seine Betrachtungen waren ebenso wirklichkeitsfremd wie seine Geschäfte realistisch. Er sah sich als Poet, ruhig-heiter, gelassen, weise, diskret und weltgewandt.

David ausgenommen, ließen seine Söhne sich von ihm nicht beeinflussen. Seine Tochter hatte ihn angebetet. Der rundliche, aalglatte Simon hielt ihn für einen Narren, Joseph, der harte Kaufmann, für nicht sehr intelligent. Nur David bewunderte ihn und eiferte ihm nach. Natürlich waren alle seine Söhne Sadduzäer wie er selbst auch. Seine Ergüsse allerdings schienen ihnen, mit Ausnahme Davids, seicht und bedeutungslos. Sein Geld aber hielten sie hoch in Ehren und gaben freimütig zu, daß er es trotz seiner Albernheit wie kein zweiter verstand, zehn Schekel dort wachsen zu lassen, wo einer gepflanzt worden war. Und manchmal bekamen sie Angst vor ihm, wenn er sie so nachdenklich betrachtete, und wußten nicht, warum. Ungeachtet seines Lächelns, seines ungezwungenen Benehmens und toleranten Gehabens argwöhnten sie, daß er ein Mann von unerbittlicher Rücksichtslosigkeit sei. Sie hatten recht, ihr Verdacht täuschte sie nicht.

Simon und Joseph wären höchst erstaunt gewesen, hätten sie erfahren, daß ihr Vater sie um vieles höher schätzte als seinen Sohn David, der ihm so ähnlich war. Simon war mit einer sehr gebildeten und charmanten griechischen Dame verheiratet, während sich Joseph — stets aufs Praktische bedacht — mit einem bestens ausgestatteten und klugen jüdischen Mädchen aus illustrem und reichem Haus vermählt hatte. In Schebuas Augen besaß David eine große Tugend: er hatte sich die Tochter einer mächtigen römischen Familie zur Frau genommen. Es war gegen jede Logik, aber weder befriedigte ihn Davids Gewandtheit, so sehr gleich der seinen, noch weckte sie seinen Stolz — obwohl er oft das Gegenteil behauptete. Schebua war ein sehr komplizierter, launischer und schwer zu fassender Mensch, der seine eigenen Impulse und Bestrebungen nicht immer verstand.

Das war der Mann, der die Reisegesellschaft aus Joppe zuvorkommend und mit zurückhaltender Liebenswürdigkeit willkommen hieß. Er begrüßte sie im Atrium, das von alexandrinischen und ägyptischen Lampen erleuchtet war, alle mit aromatischen Ölen gefüllt, die den Duft von Rosen und Jasmin verbreiteten. Er trug eine weiße Toga nach der römischen Mode und darunter eine Tunika mit einem goldenen Gürtel. Juwelenbesetzte Bänder an den Armen, viele glitzernde Ringe an den Fingern und mit Edelsteinen gesäumte Sandalen rundeten das Bild ab. Er sprach vollendetes Griechisch im honigsüßen Tonfall eines Gelehrten. In den Wandnischen standen Statuen von ebenso stattlicher Gestalt wie er selbst.

Er umarmte Hillel als ersten und zerdrückte dabei eine Träne. „Mein lieber Hillel“, sagte er, „dies ist eine freudige und auch eine traurige Gelegenheit. Doch laß uns nicht über das Schicksal murren. Nach all deinem Drangsal siehst du recht gut aus.“

Hillel, der liebenswürdige und gütige Mann, hatte seinen Schwiegervater schon immer verabscheut. „Mein Drangsal“, antwortete er jetzt, „kommt von Gott, und ich widersetze mich ihm nicht, denn in aller Demut weiß ich, daß Gott, gesegnet sei Sein Name, Seine Gründe hat, die Seiner liebenden Sorge entspringen."

Das war es, was er in seinem Herzen empfand. Dennoch wußte er, daß er Schebua mit solchen Worten ärgern würde. „Ach ja", sagte der Alte denn auch und sah ihn schärfer an. „Es bleibt uns ja nichts anderes übrig, als alles hinzunehmen. Es wäre kindisch, sich aufzulehnen." Er seufzte. „Deborah war meine einzige Tochter. Was Rachel ihrem Vater war, war sie mir." Damit hoffte er Hillel zu erfreuen oder zumindest abzulenken. Man mußte diesen frommen Juden Zugeständnisse machen, besonders Pharisäern. Sie konnten einem auf beunruhigende Weise gefährlich werden. Bei Hillel war er seiner Sache nie sicher. Die Borusch waren eine angesehene, ehrenwerte Familie und hatten viele Angehörige ins Synedrion entsandt, und darum konnte er Hillels ungekünstelte Schlichtheit nicht verstehen. Er hätte annehmen wollen, daß es die Maske eines von seinem Wert überzeugten Mannes war, aber so ein Mann war Hillel ben Borusch nicht.

Saul hatte seinen Großvater, den er zum ersten Male sah, sehr genau beobachtet. Schebua, sehr schlank und geschmeidig, überragte Hillel um einen Kopf. Hände, Gesicht und Hals waren lang, dünn und weiß. Er hatte eine feine, zarte Nase mit bebenden Flügeln; auch sein Mund war fein geschwungen und stets zu einem süßlichen Lächeln verzogen. Seine Freunde versicherten ihm oft, er ähnle einem patrizischen griechischen Gelehrten der Antike — und das war nicht nur geschmeichelt. Sein Gesichtsausdruck war freundlich, geduldig, mitfühlend und honigsüß. Schebua wünschte als vornehmer, kultivierter, äußerst liebenswerter Herr zu gelten — gefühlvoll, wenn nicht gar zartfühlend. Wer ihn sah, dachte nicht an die großen strengen Patriarchen, er dachte an Gelehrsamkeit, Intelligenz und Weltaufgeschlossenheit. Seine Schläfen schimmerten wie Marmor, und dünnes, seidiges Haar bedeckte seinen langen Schädel.

Nur wer in die ungewöhnlichen großen und nahezu farblosen Augen blickte, erkannte Schebua ben Abrahams wahre Natur, sein eisiges Abwägen und Abmessen aller, die ihm begegneten, seine kalte Gleichgültigkeit gegenüber den Sorgen, Leiden und Qualen anderer, seine gigantische Selbsterhöhung und Selbstsucht. Doch nur wenige fanden das heraus. Er besaß den unverdienten Ruf, für jedermann Güte und Mitgefühl zu empfinden.

Er macht mich kribbelig, dachte Saul und preßte die Zähne zusammen. Er konnte nicht wissen, daß Claudia, Davids Frau, oft diese Bemerkung zu ihrem Mann machte.

Nun fielen Schebuas helle, aber blasse Augen auf seinen Enkel, Saul ben Hillel. Während er noch den Vater begrüßte, hatte er den Sohn schon verstohlen beobachtet. Welch häßlicher Bursche, dachte er, welch barbarisches Aussehen, ein wahrer Vandale! Er hatte von David gehört, daß

Saul keiner Statue an Schönheit glich und selbst in den Augen seiner toten Mutter kein Adonis gewesen war. Deborah hatte in ihren Briefen oft geklagt, daß ihr Sohn seinen Eltern nicht ähnlich sah, ja sogar häßlich war. Nicht übermäßig intelligent, hatte sie dennoch eine gewandte Feder zu führen gewußt und über ihren Sohn regelmäßig und eingehend berichtet, so daß Schebua nicht allzu überrascht war. Nichtsdestoweniger verspürte er sofort eine heftige Abneigung gegen das flammende rote Haar, diese gewaltige Löwenmähne, die breiten Schultern, die metallisch funkelnden blauen Augen und die krummen Beine, die selbst unter der langen braunen Tunika nicht zu übersehen waren. Die Füße, die in plumpen Ledersandalen steckten, standen fest und stämmig auf dem schimmernden weißen Boden des Atriums. Für Schebua waren es die Füße eines Ringers oder Faustkämpfers.

Da Schebua keinen Bart trug, den er hätte küssen können, duldete Saul seines Großvaters parfümierte Umarmung in stummer Ergebenheit. (Er roch nach Sandelholz). Sein jugendlicher Körper versteifte sich, und nur seine anerzogene Höflichkeit hinderte ihn daran, seine Wangen Schebuas kühlen Küssen zu entziehen.

Die Hände auf Sauls Schultern, hielt Schebua dann seinen Enkel vor sich hin. Aus seinen Zügen sprach Zuneigung und Stolz. „Der einzige Sohn meiner geliebten Deborah!" rief er aus, und abermals stahl sich eine Träne in seine Augen. „Willkommen in diesem Haus, Saul ben Hillel, und mögest du Freude erleben im Land deiner Väter!"

Heuchler, dachte Saul. Sein Gesicht blieb starr. Der intuitive Schebua spürte die Abneigung des jungen Mannes und ahnte die Gedanken, die ihn bewegten. Seine blassen Augen verengten sich zu Schlitzen, aber er fuhr fort, liebevoll und bewundernd zu lächeln. Er klopfte Saul freundlich auf die Schulter und wandte sich dann huldvoll seiner Enkelin Sapphira zu. Diesmal war sein Lächeln ebenso süß wie echt. Er fand sie anmutig und bezaubernd und glaubte in ihr seine eigene griechische Erscheinung wiederzuentdecken. Er umarmte sie und seufzte. Er hatte seine Tochter Deborah geliebt. Sapphira war schöner, als Deborah es gewesen war, und da Schebua Schönheit hoch einschätzte — er gab es selbst zu —, war er sofort bereit, dem Mädchen seine Zuneigung und Liebe zu schenken. Sein Enkel Ezekiel hatte wirklich Glück! Und dazu noch die schöne Aussteuer!

Er murmelte die Worte Homers, wie er sie angesichts der toten Deborah gemurmelt hatte: „‚Tochter der Götter, göttlich gewachsen und himmlisch schön!'" Sapphira unterdrückte ein Kichern. Ganz gewiß war ihr Großvater ein alter Gauner, aber der Gedanke belustigte sie, statt sie abzustoßen. Sie fand es sehr unhöflich von Saul, daß er dastand und Schebua anstarrte, als wollte er ihn herausfordern.

Herzlich und liebenswürdig begann Schebua nun, freundliche Grüße mit Aulus Platonius auszutauschen, denn dieser war nicht nur römischer Offizier, sondern entstammte auch einer angesehenen und wohlhabenden Familie. Als ‚alter' Römer fand Aulus Schebua schlapp und lendenlahm und vermied es nach Kräften, mit ihm zusammenzutreffen. Es erstaunte ihn auch nicht, daß der Alte ein Vertrauter des Herodes Antipas und des römischen Prokurators Pontius Pilatus war. Beide waren lasterhafte Männer, Pilatus wohl der intelligentere und grausamere. Er war erst vor kurzem ins Land gekommen, und Aulus bedauerte ihn. Er besaß weder den Charakter noch die moralische Kraft von Aulus' patriotischen, vernünftigen und fleißigen Eltern. Pilatus haßte die Juden, weil Cäsar Tiberius ihn als Disziplinarmaßnahme hierher geschickt hatte, und weil sich die Juden den Römern nicht unterwarfen, sich unbotmäßig verhielten und Widerstand leisteten. Aus reiner Bosheit fing er jetzt an, seinen Offizieren und Untergebenen Schwierigkeiten zu machen, wenn sie jüdische Mädchen heiraten wollten. Er verspottete Aulus häufig wegen seiner Hannah. „Na, Freund Aulus", hatte er den Zenturio einmal mit hämischem Grinsen am Bart gezupft, „trittst du zum Judentum über? Hast du dich schon beschneiden lassen?" Nur seine militärische Schulung hatte Aulus daran gehindert, seiner Empörung Ausdruck zu geben, denn für ihn, wie für die meisten seiner Kameraden stellten die dekadenten Männer des modernen Rom eine Beleidigung der Götter und eine Schmach für die Geschichte des Staates dar.

Der Haushofmeister betrat das Atrium, verneigte sich vor Schebua und zu widersetzen. So mußt du dich also zurückziehen, meine Sapphira, in den Frauengemächern erwartete. Mit gespieltem Mißfallen lächelte Schebua seiner liebreizenden Enkeltochter zu und breitete entschuldigend und resignierend die Arme aus. „Meines Sohnes Weib", sagte er, „die edle Claudia, ist die Herrin dieses Hauses, und niemand wagt es, sich ihr zu widersetzen. So mußt du dich also zurückziehen, meine Sapphira. meine Schöne, um dich nach deiner langen Reise zu erfrischen und auszuruhen."

Sapphira verbeugte sich vor ihm und ihrem Vater und, nachdem sie ihren duftigen Schleier über das Gesicht gezogen hatte, auch vor ihren Onkeln und Aulus, nahm aber, wie es sich gehörte, keine Notiz von ihrem Bräutigam, der, von einer Säule halb verborgen, im Hintergrund verweilte. Ein Opfer seiner Schüchternheit, vermochte er das Wunder eines Schicksals nicht zu fassen, das ihm ein so herrliches Mädchen zur Frau bescheren sollte. Sapphira warf ihrem Bruder einen unschuldsvollen Blick zu, küßte ihrem Vater in köstlicher Nachahmung einer gehorsamen Tochter die Wange und machte sich mit ihren Dienerinnen nach den Frauengemächern auf.

„Wir leben nach einer kuriosen Regel", meinte Schebua.

Dann führte er seine Gäste in den prunkvollen Speisesaal an eine geschmackvoll und reich gedeckte Tafel, besaß er doch einen außerordentlich talentierten ägyptischen Koch.

Die Frauengemächer waren weder luxuriös noch sehr ansehnlich. Sie waren von der Schmucklosigkeit des alten Roms geprägt und beinhalteten wenige Verzierungen und nur die Statuen von Claudias Laren und Penaten. Hier gab es keine Wandgemälde, die Lampen waren einfach und duftlos und die Vorhänge vor den farblosen Fenstern aus alexandrinischem Glas aus rot, schwarz und weiß gestreifter derber Wolle. Es waren die Farben des Stammes Levi, dem Schebua ben Abraham angehörte. Es deuchte Sapphira ergötzlich, aber keineswegs fehl am Platz oder störend, hier eine Mischung aus römischen und jüdischen Bräuchen und Einrichtungen vorzufinden, bestand doch eine merkwürdige Ähnlichkeit und Harmonie zwischen ihnen. Sie erkannte sogleich, daß sie in diese moderne Zeit hellenistischer Juden, dekadenter Griechen und verschwenderischer Römer nicht hineinpaßten.

Claudia saß auf ihrer eigenen Veranda auf einem eichernen Stuhl ohne Besatz und ohne Kissen. In ihrer ruhigen Würde glich sie Demeter. Die Frauen um sie waren nicht müßig. Sie nähten oder sponnen oder stickten, obwohl es Abend war und der Lampen nicht eben allzu viele. Claudia selbst hielt einen Haufen Wäsche auf ihren breiten Knien und war anscheinend mit Flickarbeiten beschäftigt. Sie hob ihre ruhigen braunen Augen zu Sapphiras Gesicht empor, musterte sie kurz und eingehend, sah alles, lächelte zurückhaltend und streckte dem Mädchen ihre Hand entgegen. Sapphira küßte sie mit nicht ganz aufrichtiger Unterwürfigkeit, und Claudia zwinkerte verschmitzt. Sie erhob sich und umarmte das Mädchen. Sie roch nach Wärme, frischem Brot und reinem, festem Fleisch.

„Sei gegrüßt, mein Kind", sagte sie auf lateinisch. „Du bringst meinem Sohn Ezekiel Ehre und Segen."

Ihr strähniges, braunes Haar war zum Teil von dem gleichen einfachen dunkelroten Tuch bedeckt, aus dem auch ihre Stola geschnitten war. Ihre gebräunten, kurzen Hände waren die einer Frau, die sich nicht schämt, alle nötigen Arbeiten zu verrichten. Sie war nicht so groß wie Sapphira. Dennoch war sie der Schrecken des Hauses, das sie nach Art einer ‚alten' Römerin regierte. Ihre Söhne und Töchter hatten guten Grund, sie zu respektieren. Obwohl ihre Töchter verheiratet waren — wie auch alle ihre Söhne mit Ausnahme Ezekiels, des jüngsten —, befleißigten sie sich doch in Gegenwart ihrer Mutter eines peinlich korrekten Betragens. Ihre Züge waren derb und fest, doch wenn sie lächelte, strahlten Güte und Zärtlichkeit aus ihren Augen. Sapphira gewann sie sogleich lieb, denn alles an dieser Frau war Aufrichtigkeit und Wahrheit.

In Claudias schmucklosem Speisezimmer, einem kleinen, matt erleuchteten Raum, nahmen Claudia und Sapphira das Abendessen ein. Die

Vorhänge waren zurückgeschoben, um den warmen Nachtwind einzulassen, und Sapphira sah die roten und weißen Lichter Jerusalems. Sie hörte das dumpfe Tosen der stets wachen Stadt, aber auch das sanfte Rauschen der Brunnen und, aus der Ferne, Lachen und Musik und das Gepolter der Wagen. Der Duft von Obst und üppigen Gärten lag in der Luft. Die Sichel des zunehmenden Mondes stand auf Zehenspitzen auf einem dunklen Berg. Zwar war Sapphira müde, aber auch von Hoffnung und erregender Vorfreude erfüllt, denn fortan würde dies ihr Heim sein.

Es war ein schlichtes Mahl: gebratener Fisch, heiße Brote und gedünstete Bohnen mit Knoblauch und Käse und ein sehr gewöhnlicher Wein, den Claudia gerne trank. Den Herren wurde, wie Sapphira richtig vermutete, ein ganz anderes Mahl vorgesetzt, doch Claudia bevorzugte einfache Speisen für sich und ihre Frauen. Ein Korb Obst stand auf dem Tisch, der von einem gelblichen Tuch bedeckt war, und sein Duft vermengte sich mit dem der Blumen im Garten und den aromatischen, scharfen Gerüchen der Stadt.

Sie ist gut angezogen und trägt dezenten Schmuck, stellte Claudia fest. Sie ist zart gebaut und von stolzer Haltung und ein Mensch meiner Art; ich bin froh. Claudia erkundigte sich höflich nach Sapphiras Reise, bekundete ihr Beileid über Deborahs Tod, und teilte dem jungen Mädchen ihre durch nichts zu erschütternde heitere Ruhe mit. Sapphira fühlte sich in keiner Weise eingeschüchtert, ihre Müdigkeit schwand, und sie begann, sich Claudia anzuvertrauen, als ob es ihre eigene Mutter wäre. Einige ihrer Bemerkungen waren so spaßig, daß Claudia ein paarmal laut auflachen mußte. Sapphiras Gelassenheit und zwangslose Art, ihr reizendes Gesicht und ihr Lächeln bezauberten die Römerin. Das Mädchen war nicht frech wie die Mehrzahl ihrer Altersgenossinnen in diesen bejammernswerten Zeiten, weder kaltschnäuzig noch geschraubt.

In behaglicher Wärme tranken sie ihren Wein und aßen von dem saftigen Obst. Sapphira begann von ihrem Bruder zu sprechen, und ihre Liebe zu ihm spiegelte sich in ihren goldenen Augen. Sie erzählte Claudia von der seltsamen Wandlung, die im vergangenen Jahr über ihn gekommen war, und von der Tiefe seiner Schwermut, die nicht von ihm weichen wollte. „Ach ja", sagte Claudia, „ich sah ihn von meiner Veranda aus, im Licht der Lampen am Eingang zum Atrium. Er hielt sich abseits. Das ist sehr ungewöhnlich, denn im allgemeinen plappern junge Leute doch gerne. Liebt er denn niemanden?"

„Außer Gott und meinen Vater niemanden", antwortete Sapphira betrübt. „Auch mich liebte er einmal. Aber das ist vorbei. Er weist mich zurück und hält mich für oberflächlich. Ich habe keinen Kontakt mehr mit ihm."

Claudia überlegte. Sie hielt ein paar süße reife Datteln in der Hand und knabberte nachdenklich an ihnen. „Ich habe junge Menschen wie deinen Bruder gekannt", sagte sie dann, „aber nur sehr wenige. Er erinnert mich an meine Brüder. Auch wir verehrten unsere Götter leidenschaftlich und liebten unser Land über alle Maßen. Es gab Zeiten" — sie sah Sapphira an, und ihre sonst so strengen Augen sprühten plötzlich überraschend munter —, „da fand ich es schon richtig ermüdend. Ich habe diesbezüglich natürlich nie irgendwelche Andeutungen gemacht — weder meinem Vater noch meinen Brüdern noch meinem Mann gegenüber, aber Frauen haben nun einmal mehr Humor als Männer."

Sapphira war von der Römerin ehrlich entzückt. Die zwei Frauen rückten einander vertrauensvoll näher. „Die Tugend", fuhr Claudia fort, „ist ein notwendiges Übel, und Zucht läßt sich gar nicht genug rühmen. Das müssen wir lernen, mein Kind, wenn wir in einer Welt der Männer bestehen wollen. Wir müssen uns ständig in der Gewalt haben und ihnen, ohne uns beirren zu lassen, den rechten Weg weisen, wenn die Welt nicht im Chaos versinken soll. Wir müssen wahre Penelopen auf dieser vulgären, maskulinen Erde sein, wahre Junos — oder unsere Männer werden zu Barbaren. Es liegt in ihrer Natur, auch wenn sie heutzutage überaus verwöhnt tun und sich höchst vornehmen Wesens rühmen. Leider beschleunigt die moderne Frau mit ihrem Drang, ebenso korrupt, ebenso unmoralisch und ebenso frei zu sein wie die Männer, unser aller Verderben. In diesen traurigen Zeiten gibt es nur mehr wenige tugendhafte Frauen, und nur sie können die unausbleibliche Stunde hinausschieben, da Mord und Tod über uns hereinbrechen werden."

Sie seufzte, besah sich einen Granatapfel und nahm ihn dann aus dem Korb. Dann blickte sie Sapphira prüfend an. Bestürzung malte sich auf den Zügen des jungen Mädchens. „Sei nicht traurig, meine Tochter", sagte Claudia. „Zivilisationen kommen und gehen. Schon bei ihrer Geburt tragen sie den Samen des Todes in sich. Die Götter haben ihnen dieses unerbittliche Schicksal bestimmt. Und trotzdem sehne ich mich oft nach dem, was mir nicht beschieden war." Sie verzog den Mund zu einem resignierten Lächeln. Sapphira blickte sie erwartungsvoll an.

„Schebua ben Abraham hat mir einmal erzählt, daß die pharisäischen Juden an die Wiedergeburt glauben", fuhr Claudia fort, während sie den Granatapfel ungeniert auf dem Knie blankrieb. „Sollte etwas Wahres daran sein, und ich die Wahl haben, ich würde gern eine Kurtisane werden."

„Eine Kurtisane?" rief Sapphira aus, und ihre Augen leuchteten belustigt auf.

„Dann bräuchte ich nicht tugendhaft zu sein", sagte Claudia. „Ich komme mir vor wie ein müder Krieger, der auf Wache steht."

Sapphira lachte, doch aus irgendeinem Grund, den sie selbst nicht begreifen konnte, fühlte sie Tränen in ihren Augen stehen. Sie erhob sich rasch und fiel Claudia um den Hals und küßte sie. Claudia hielt sie in ihren starken Armen, tröstete sie, wie sie nicht einmal ihre eigenen Töchter getröstet hatte, murmelte ihr zärtliche Worte ins Ohr und streichelte ihre Wangen. Wie ein Kind saß Sapphira dann auf ihrem Schoß und umschlang sie. Die Dienerinnen sahen zu und staunten.

Es war Mitternacht, und Saul lag erschöpft und schweißgebadet in seinem eleganten Schlafraum im Hause Schebua ben Abrahams. Finstere Qual umnebelte seine Sinne. In dieser zweiten Nacht im Land seiner Väter hatte er seine Gebete mit Inbrunst gesprochen, ohne Trost finden zu können. So erhob er sich nun, bedeckte sein Haupt mit einem Tuch und murmelte, wie von Schmerz gebeugt, die Worte Davids:

„Herr! Strafe mich nicht in Deinem Zorne, und züchtige mich nicht in Deinem Grimme! Denn Deine Pfeile haben mich getroffen; ja getroffen hat mich Deine Hand. Nichts Heiles ist an meinem Fleische vor Deinem Grimm, kein Friede in meinem Gebein vor meiner Sünde. Denn meine Missetaten gehen mir über das Haupt; wie eine schwere Last sind sie zu schwer für mich. Es stinken, es eitern meine Beulen vor meiner Torheit. Ich bin gekrümmt und niedergebeugt gar sehr; den ganzen Tag gehe ich trübe umher. Denn meine Nieren sind voll Brand; und nichts Heiles ist an meinem Fleische. Ich bin kraftlos und geschlagen gar sehr; ich heule vor Gestöhn meines Herzens. Herr! Vor Dir komme all mein Begehren; und mein Seufzen sei vor Dir nicht verborgen. Mein Herz pocht heftig, meine Kraft verläßt mich; und das Licht meiner Augen, auch dieses ist nicht bei mir. Verlaß mich nicht, Herr, mein Gott! Eile zu meiner Hilfe, Herr, mein Heil!“

In vielen nicht enden wollenden Nächten hatte er so, leidenschaftlich, verzweifelt und tiefgläubig, gebetet, aber niemals Trost, niemals Vergebung gefunden. Nie war er Gott nahe gekommen. Etwas Kaltes und Finsteres hatte sich zwischen Gott und ihm aufgerichtet. Es war wohl seine Sünde, die er sich selbst nicht verzeihen konnte.

In der Zeit seines Zwischenspiels mit Dacyl hatte er die ganze Menschheit geliebt und die Menschheit ihn: das Mädchen war eins gewesen mit ihr, und die Menschheit mit Dacyl. Nun, da er Dacyl zu verabscheuen und zu hassen glaubte, übertrug er seine Enttäuschung und seine Schande auf die Welt der Menschen. Wie er Dacyl von sich gewiesen hatte, wies er alle von sich, die ihn umgaben, denn waren sie nicht alle ebenso lasterhaft und verworfen wie Dacyl — und er selbst? Er konnte sich nicht verzeihen. Darum konnte er auch der Menschheit nicht verzeihen noch sie ertragen. Konnte Gott denn nicht, gesegnet sei Sein Name, in seinem Herzen lesen, wußte er nicht von seiner Qual, seiner Reue und seiner Zerknirschung? Warum dann wurden ihm nur Schweigen, Einsamkeit und Leere zur Antwort? Der Herr, hieß es, stoße die reuigen Sünder nicht zurück, ja Er beeile sich sogar, sie in Barmherzigkeit aufzunehmen. Aber obwohl Saul bereut hatte, war ihm das Tor der Gemeinschaft mit Gott verschlossen geblieben. Er war zurückgelassen in Dürre und Dürftigkeit, und Hoffnungslosigkeit und Verzweiflung nisteten in seiner Seele.

Erschöpft und gebrochen sank er auf sein Lager zurück und schlief sogleich ein. Er träumte nicht. Doch plötzlich, während er schlief, und als der zunehmende Mond hinter den Bergen verschwand und ein Luftzug die Palmenblätter bewegte, vernahm er eine bedeutende und gewaltige Stimme:

„Saul! Saul von Tarsus!"

Schweißüberströmt sprang er auf und starrte mit irren Augen ins Dunkel. „Ja, ja!" rief er. „Wer ist es? Wer ruft mich?"

Die Wände bebten vom Klang dieser unirdischen, dieser befehlenden, dieser herrischen und entsetzlichen Stimme. Ein heftiger Schmerz durchzuckte den Kopf des Jünglings. Er keuchte. Er lauschte mit aller Kraft. Aber nun hörte er nur mehr das leise Rauschen des Windes, den Schrei eines einsamen Vogels, das Heulen eines Schakals und den Trompetenstoß einer Wache.

Er redete sich schließlich ein, daß er geträumt hatte. Doch er fand keinen Schlaf mehr. Dann legte er ein Gelöbnis ab: Er mag mich zurückweisen und mir Seine Gnade vorenthalten, Sein Zorn mag über mich hinwegfluten wie die Wogen des Ozeans, ich will Ihn dennoch aus ganzer Seele lieben und Ihm dienen, auf daß Er mich wieder empfange.

Er weinte und sprach die Worte Hiobs: „O, daß ich doch wüßte, wo Ihn zu finden!"

IX

Mit seinem Vater und seinen Verwandten begab sich Saul an den hohen Feiertagen in den Tempel, während Sapphira den Hof der Frauen aufsuchte, um ihren religiösen Pflichten zu genügen.

Saul besaß eine überaus rege Phantasie und hatte stets aufmerksam zugehört, wenn sein Vater vom Tempel erzählte, von seiner goldenen Kuppel, seinen Türmen und Höfen, Gärten und Wandelgängen, von seinen weiten Hallen, in denen gelehrte Männer sich ergingen und grübelten und über heilige Dinge sprachen, von seinen Zypressen und Palmen, Springbrunnen und Kolonnaden. Er wußte, daß über siebzigtausend Menschen am Bau des ersten Tempels Salomons beteiligt gewesen waren, und daß Nebukadnezar, König von Babylon, ihn zerstört hatte. Siebzig Jahre später hatte Serubbabel ihn wiederaufgebaut, und schließlich war er von

König Herodes glanzvoll erneuert worden. Er hatte von den wunderbaren gelben und weißen Steinen seiner Mauern gehört, von den mächtigen bronzenen Toren, von den großen Säulen, die wie blasser Marmor schimmerten, von den riesigen Kapitellen, die mit getriebenen Granatäpfeln, Blüten, Lilien und Kränzen reich geschmückt waren, von seinen stillen Säulenhallen, deren Bögen herrliche Durchblicke gestatteten, seinen breiten, niederen Stufen, und von der Weihrauchwolke, die, von Sonne oder Mond erhellt, über den Köpfen der Besucher schwebte. Er hatte vom Altar gehört und vom Allerheiligsten, dem Tabernakel, von der verhüllten Thora, den um Silberstäbe gewundenen Schriftrollen, von den strahlenden Böden, von der andächtigen Stille und dem dumpf brausenden Echo. Hillel hatte ihm von den geweihten Dienerinnen erzählt, von den Witwen und Männern, die ihr Leben im Tempel verbrachten, ohne ihn je zu verlassen, und die sich nur von ferne sehen ließen. Einer Überlieferung zufolge würde die Mutter des Messias ihre Jugendjahre an dieser heiligen Stätte, in Gegenwart Gottes, verbringen.

Saul war auf Pracht und Herrlichkeit und geheiligte Bereiche vorbereitet gewesen. Doch jetzt erkannte er, daß das, was er sich vorgestellt hatte, mit der ehrfurchtgebietenden Größe der Wirklichkeit nicht zu vergleichen war. Dies war das Herz seines Volkes, das Tabernakel seines Gottes, die Seele seiner Existenz, seine Stärke, sein Glaube, seine unbeugsame Hingabe, sein Stolz, seine Ehre und seine Würde. Wer konnte sich gegen ein Volk behaupten, das seinem Herrn und Gott dieses Haus errichtet, es in strahlender Reinheit bewahrt hatte und jeden Morgen und Abend seinen Blick darauf ruhen ließ? Hillel hatte es so ausgedrückt: „Im Geist des Volkes Gottes soll der Tempel fortleben, mögen auch Stein von Stein geschlagen, die Mauern zerschmettert, die Kuppel zersplittert und die Säulen zertrümmert werden, wie geweissagt ist. Laßt die Wut der Gottlosen über sein irdisches Vorhandensein obsiegen, hat David gesagt. Dennoch wird er ewig bestehen und für alle Zeiten werden die Juden ihn lieben und verehren und sich mit heftigem Verlangen nach ihm sehnen, auch wenn sie ihren Glauben verlieren und sich in alle Welt zerstreuen sollten. Denn er ist unser Herz, hier thront Gott und wird diesen heiligen Ort nie verlassen, Er, der Unsichtbare, in Unsichtbarkeit angebetet — bis zum Kommen des Messias, des Triumphierenden und Unbesiegbaren, gesegnet sei Sein Name. In Ehrfurcht erschauern werden die Völker, sobald Er den Tempel im Handumdrehen in neuem Glanz errichtet, um allen Menschen dieser Erde als Zufluchtstätte zu dienen."

Aber Saul glaubte nicht, daß dieses Bauwerk, diese in Stein gehauene Verehrung Gottes, dem menschlichen Blick je entzogen werden würde. Auch konnte er nicht glauben — obwohl es geweissagt worden war —, daß der Tempel jemals die Zufluchtsstätte der gesamten Menschheit, von Juden und Nichtjuden, Heiden und Barbaren, sein würde. Der bloße

Gedanke schien ihm gotteslästerlich. Und noch verwerflicher schien es ihm, daß er, der unreine und ruchlose Sünder, hier einzutreten wagte. Aus Furcht, Gott könnte ihn zerschmettern, zog er die Kapuze über das Gesicht. Wie betäubt stand er in der Menge der Männer vor dem Altar im größten der Höfe, umgeben von den blauen Schatten des Weihrauchs. Sie murmelten ihre Gebete, und er hörte das Summen der leisen Stimmen, bis der ganze weite Platz von einem überirdischen Sturmwind erfaßt schien, der nicht menschlichen Kehlen entsprungen war. Es waren die himmlischen Heerscharen, eingehüllt in weißes Feuer und dennoch unsichtbar. Saul blickte auf die Priester, sah ihre erhobenen Hände und Augen, ihre langen Bärte und sakramentalen Gewänder und hörte ihre Intonationen und das Echo ihrer Intonationen. Entsetzen und Verzückung bemächtigten sich seiner, und als sich die Masse der Gläubigen zu Boden warf und er mit ihnen, war er nicht mehr imstande, sich wieder zu erheben. Mit sorgenvoller Miene half Hillel ihm auf die Beine.

Selbst in so geheiligten Augenblicken erschrak Hillel vor dem Gesicht seines Sohnes, so furchtbar leuchteten seine Augen, so starr waren seine Züge. Schaum stand um seinen weißen Mund. Er schien verwirrt, müde und verloren, aber gleichzeitig leidenschaftlich erregt. Hillel bekam es mit der Angst zu tun. Er hatte von Menschen gehört, die vom Finger Gottes berührt und in Verzückung geraten waren. Solcher Sinnestaumel, hieß es, könne einen Menschen zum Wahnsinn treiben. Es war Hillels Wunsch, daß sein Sohn Gott lieben, aber auch, daß Gott diese Liebe nicht allzu heftig erwidern möge. Schreckliches haftete an der Liebe Gottes, und weise Männer, wie sehr es sie auch verlangte, vom Allmächtigen geliebt zu werden, beteten nur selten um Gnaden und Gebote, die sich zerstörend und vernichtend auswirken konnten. Verzückung war ein erhabenes Gefühl, sofern es den Verzückten nicht der geistigen Atmosphäre seiner Mitmenschen entriß und sein geschundenes Fleisch nicht in Flammen vergehen ließ. Das menschliche Gefäß war zu zerbrechlich, um das feurige Wesen Gottes einzuschließen. Saul war Hillels einziger Sohn und sollte nicht von Gottes Liebe verzehrt werden.

Saul zitterte. Mit fliegendem Atem starrte er auf das Tabernakel. Hillel preßte Sauls Arm an seinen Körper, als wollte er seinen Sohn vor Gott selbst beschützen.

In seinem Innersten klagte Saul: „Ich weine bei Tage, mein Gott, und Du bleibst stumm! Ich weine bei Nacht, und Du lassest mich gewähren!“ Flehend, sehnend schallten Davids Worte durch seine Seele: „Wohin kann ich gehen vor Deinem Geiste? Und wohin fliehen vor Deinem Antlitze? Stiege ich zum Himmel, dort bist Du; und bettete ich mich in die Unterwelt; siehe! Da bist Du! Erhöbe ich mich mit den Flügeln der Morgenröte, ließe mich nieder am äußersten Ende des Meeres; auch dort leitete mich Deine Hand, und faßte mich Deine Rechte. Und spräche ich: ‚Aber

Finsternis wird mich einhüllen'; so ist doch die Nacht lichthell um mich her. Auch Finsternis verfinstert nicht vor Dir; und die Nacht leuchtet wie der Tag, Finsternis ist wie Licht, o Du mein Gott und Erlöser!"

Die furchtbare Entfremdung, die so lange auf ihm gelastet hatte, die Entfremdung von Gott, wurde für einen kurzen Augenblick von ihm genommen, und es schien ihm, als stünde er an der Schwelle einer außerordentlichen Entdeckung und ungeheuren Wissens, einer für ihn überaus wichtigen Entdeckung, ohne die er gewiß sterben würde. Seine ganze Seele drängte nach dieser Offenbarung, wie eine Hand streckte sie sich danach aus, hungrig, verzweifelt, flehend. Er wußte nicht, wo er sich befand, und wer ihn aufrecht hielt.

Und dann war nichts mehr. Ich bin der Offenbarung nicht würdig, dachte er. Ich bin schuldig. Einen Augenblick lang sah ich die Schleppe der Herrlichkeit, und nun ist sie verschwunden. Tränen liefen ihm über die Wangen, und ein Ächzen drang aus seiner Kehle, das glücklicherweise nur sein Vater hörte. Dann standen auch in Hillels Augen Tränen, und er betete: „Laß ab von meinem Sohn, sonst muß er sterben."

Durch die aromatische, bläuliche Düsternis hindurch, vom sanften Gemurmel der Betenden umgeben, merkte Hillel jetzt, daß seine Verwandten ihn und Saul beobachteten. Er sah das gelangweilte, unaufmerksame Gesicht Schebua ben Abrahams im Schatten seiner Kapuze, das geringschätzige, wissende Lächeln, das die feistbackigen Brüder Simon und Joseph tauschten, und das kaum wahrnehmbare Ergötzen, das sich in der Miene des eleganten David ben Schebua spiegelte. Und Hillel schämte sich seiner Besorgnis, bereute in seinem Herzen, daß er zu Gott gefleht hatte, Er möge von seinem Sohn ablassen, und zürnte in dieser geheiligten Stunde der Familie Schebua, daß sie, die Gott nicht kannten, gesegnet sei Sein Name, und Ihn nie zu kennen verlangt hatten, sich über die tiefe Inbrunst seines Sohnes lustig machten. Er hätte sich an die Brust schlagen mögen und weinen vor Empörung und Saul mit seinem eigenen Mantel vor den Augen dieser gottlosen Männer schützen, die durch ihre bloße Gegenwart das Allerheiligste schändeten und einen Anlaß für schmunzelnde Heiterkeit darin fanden, daß ein junger Mensch so leidenschaftlich empfand und in seiner Verzückung bis an die Schwelle der Ohnmacht oder des Todes gelangte.

Die langen Kerzen in ihren Silberleuchtern wurden angezündet, Lampen erhellten das Geschehen. Große goldene Trompeten erschollen, die Säulen schimmerten in zuckender Glut. Der Hohepriester zog den Vorhang zur Seite, der die Thora, die heiligen Schriftrollen, verbarg. Die Gläubigen fielen auf die Knie und verharrten in betäubender Stille. Wandernde Schatten und Wolken von Weihrauch verhüllten die goldene Kuppel über ihnen. Hillel aber, der immer noch seinen Arm um Sauls Schultern liegen hatte, fühlte, daß ihm dieser heiligste aller Tage vergällt war.

Spötter waren um ihn, ungläubige, gottlose Männer, die das Gesetz dem Buchstaben nach erfüllten, ohne von seinem Geist beseelt zu sein. Diese abscheulichen Sadduzäer! Ihnen würde gewiß nicht vergeben werden! Selbst hier, in diesen heiligen Hallen, ging es ihnen nur um den Beifall ihrer Bewunderer, aber in ihren Herzen lästerten sie Gott.

Ein kalter Schauer lief Hillel über den Rücken, als er daran dachte, daß er und Saul das abendliche Festmahl mit ihnen würden einnehmen müssen. Ihr Brot und ihr Wein, ihre üppigen Speisen und würzigen Tunken, ihr Obst und ihr Käse, ihr Lachen und ihre Scherze — das alles war mehr, als Hillel ertragen zu können glaubte. Ihm wurde heiß ums Herz, und quälender Kummer zehrte an ihm — nicht nur über Saul, sondern auch über seinen verratenen Gott, der Sich nun nicht länger zum Gespött machen lassen würde.

Jetzt standen sie wieder. Abermals war die Bundeslade den Blicken der Gläubigen entzogen, und die Gebete setzten von neuem ein. Hillel sah, daß Saul gefaßter war und daß seine Lippen sich bewegten. Er gab sich nun seinen eigenen Betrachtungen und Gebeten hin. Kerzen und Lampen flackerten. Als wollten sie die Andacht umrahmen, fielen zarte, aber akzentuierte Klänge von Zither und Flöte in die Stille ein. Gedämpfte Zymbalschläge und das Gemurmel der Harfen betonten die schwermütigen Gesänge.

Saul hatte jedes Denkvermögen verloren. Leer und erschöpft lag seine Seele darnieder.

Ganz plötzlich aber überkam ihn ein scharfes, ja erschreckendes Gefühl, als ob eine feurige Hand ihn berührt und versengt hätte. Er riß den Kopf herum, konnte aber nichts erkennen, außer die verschwommenen Gestalten der Männer, die um ihn standen. Er hörte sie atmen, hörte sie beten, hörte selbst die leisen Schreie, die sie ausstießen. Sie alle hatten die Gebetsmäntel über die Köpfe geschlagen. Er sah nichts von ihren Gesichtern als hier und dort ein Kinn, eine Nasenspitze oder eine Bartsträhne. Viele waren prächtig gekleidet, doch in Sauls nächster Nähe stand, wie er erst jetzt entdeckte, eine kleine Gruppe von Männern in den derben Gewändern und Umhängen von Bauern. Ihre Ledersandalen waren einfach und schmucklos, und ihre Hände derb und schwielig von der Landarbeit. Sie trugen keine Edelsteine, die im Licht aufblitzten, wie seine Verwandten. Ihre Bärte waren ebensowenig gesalbt wie ihre Körper. Sie rochen nach Wiesen und Äckern, nach Haustieren und Ziegenhaar, nach Käse, dunklem Landbrot und saurer Milch und nach abgestandenem Öl. Keine noch so gewissenhafte Waschung hätte diese Gerüche von ihnen nehmen können.

Saul aber, von neuem in Verwirrung gestürzt und erbebend, fühlte, daß ein feuriger Speer von einem dieser Männer ausgegangen war und ihn berührt hatte. Er starrte sie an. Sie beteten in stiller Andacht. Nichts unterschied sie darin von den anderen, und doch sah es ganz so aus, als ob die vornehmeren und reicheren Männer Jerusalems versucht hätten, zwischen sich und ihren Brüdern vom Lande einen gewissen Abstand zu wahren. Vor Gott, sagten sie oft, waren alle Menschen gleich. Aber sie glaubten nicht daran. Hieß es denn nicht, daß der Herr, gesegnet sei Sein Name, die Gerechten mit weltlicher Habe belohnte, daß Er sich nie von ihnen abwandte und daß ihre Kinder niemals zu betteln brauchten? Ein mittelloser, ein armer und geringer Mann, ein erbärmliches Arbeitstier, war demnach unzweifelhaft ein Sünder und verdiente kein besseres Schicksal. Die Wahrscheinlichkeit, daß sie selbst von Gott verlassen waren und daß ihre Kinder vergeblich um das Brot des Lebens betteln müßten, kam ihnen gar nicht in den Sinn. Hätte ihnen einer davon gesprochen, er würde nicht nur ihre Empörung und ihren Grimm herausgefordert, sondern auch ihre Rachsucht geweckt haben.

Was war das? Wer war das? fragte sich Saul wie im Fieber. Er hatte oft von den bettelarmen, aber frommen, umherziehenden Rabbis Israels gehört, die häufig Wunder wirkten, im Staub der Straßen zu unwissenden Massen predigten, und ihr Leben der Erleuchtung ihrer Mitmenschen und der größeren Herrlichkeit Gottes weihten. „Sie machen sich nichts aus Geld für Brot und saftiges Fleisch, ja nicht einmal aus Obdach und Wärme oder Schutz gegen Regen und Sonne", hatte Hillel seinem Sohn erklärt. „Sie schlafen in Scheunen, unter Brückenbögen und auf Türschwellen und begehren nichts als dienen und beten, nichts als anderen Menschen Mitgefühl und Hoffnung schenken zu dürfen. Sie sind die wahrhaft Seligen."

Befand sich einer von diesen in der Gruppe der Landleute? fragte sich Saul. Es schien ihm, als müßte er das unbedingt erfahren, als müßte er auf sie zugehen und eine Kapuze hochheben, um nach einem Gesicht, nach einem Geist zu suchen, der ihn unsichtbar und doch machtvoll berührt hatte. Unendliche Hoffnung und drängendes Sehnen erfüllten ihn. Sein altes impulsives Wesen erwachte in ihm, die alte Unbekümmertheit, wenn es darum ging, etwas zu bekommen, das er zu haben wünschte. Er tat einen Schritt.

In diesem Augenblick aber war er gewiß, daß eine starke und vertraute Stimme im heißen Innersten seines Schädels zu ihm sprach: „Bleibe ruhig. Die Zeit ist noch nicht gekommen."

Mein Geist verwirrt sich, dachte er. Ich habe keine Stimme gehört und dennoch schwöre ich, sie gehört zu haben! Ich bin am Ende. Meine Gefühle sind ein einziges Wirrsal. Wilde Stürme peitschen meine Seele. Die Qualen, die ich ausgestanden habe, verzerren die Bilder meines Geistes. Mein Gott, mein Gott, warum hast Du mich verlassen?

Doch während er noch diesen Gedanken nachhing, senkte sich ein süßer Friede, eine beseeligende Ruhe auf ihn herab, als ob eine sanfte und gütige Hand seinen klagenden, schreienden Mund bedeckte. Er versank in stummes Gebet, in eine Stille, die ihn wie Schlaf umfing.

Zwar hatte Claudia ihre jüdischen Köche angewiesen, das den Feiertagen entsprechende Festessen zu bereiten, zwar fehlten weder die üppigen, rituellen Speisen noch die vorgeschriebenen Weine, doch wurden die Gebete und Zeremonien an der Tafel im prächtigen Speisesaal nur schleppend und mechanisch verrichtet. Die Becher waren aus Gold, Schüsseln und Teller aus feinst gearbeitetem Silber, Löffel und Messer Meisterstücke ägyptischer Kunst, die Lampen und gedrehten Leuchter exquisit und wohlriechend, Tischtuch und Servietten aus golddurchwirkten Leinen, und die Vasen aus Kristall und alexandrinischem Glas mit weißen, roten und purpurnen Blumen gefüllt. Doch merkte man nichts von der gelassenen Heiterkeit, die dem Tag der Versöhnung folgt, da die Menschen vom festen Glauben durchdrungen sind, daß der Engel Gottes das Buch ihrer Sünden im abgelaufenen Jahr geschlossen hat und ein neues Jahr voller Hoffnung und Glaube vor ihnen liegt.

Weder Schebua ben Abraham noch seine Söhne und Enkel trugen die bestickten und mit Edelsteinen besetzten Käppchen, wie sie ihrer gesellschaftlichen Stellung entsprochen hätten. Sie trugen überhaupt keine. Nur Hillel ben Borusch und sein Sohn Saul hatten Käppchen aufgesetzt. Sie hatten Schebuas unzusammenhängenden, gekürzten Gebeten gelauscht und aus seiner honigsüßen Stimme Langeweile und nachsichtige Belustigung herausgehört. Es war eine höfliche Geste, mit der er sich vor dem Glauben verneigte, von dem er abgefallen war — so wie atheistische Römer und Griechen den Göttern Trankopfer darbrachten. Und selbst diese hübsche Geste war, vermutete Hillel, nur dank seiner und Sauls Anwesenheit nicht unterblieben. Schebua war ein Mann der Gesten, und Hillel legte sich die schmerzliche Frage vor, ob mehr als das in seinem Schwiegervater steckte, denn so aufmerksam er auch lauschte, nie hörte er einen neuen Gedanken aus Schebuas Mund. Dabei schöpfte der Alte aus einem reichen Vorrat von Zitaten der großen griechischen Philosophen, Virgils und Homers, und heimste Bewunderung ein, wenn er sie mit anmutigen Handbewegungen und sanftem Lächeln vortrug. Doch selbst diese, im Kontext oft männlich und leidenschaftlich klingenden Aussprüche wirkten sprunghaft und geziert. Ich könnte wetten, dachte Hillel, der, ein Kenner menschlicher Schwächen, sich kaum je so tiefgründigen Überlegungen hingab, ich könnte wetten, daß selbst seine Exkremente und sein Urin parfümiert sind. Ich kann es mir einfach nicht vorstellen, wie er sich zu der beschwerlichen Plackerei der Sinnenlust aufgerafft und wo er die Energie hergenommen hat, um diese Söhne zu zeugen. Er hat zwei Konkubinen. Gewiß sind sie noch Jungfrauen. Zweifellos erfreut er sie mit einer Leier oder Gedichten oder hübschen kleinen Liedchen!

Oder, dachte Hillel, der sich in immer heftigeren Zorn hineinsteigerte, er praktiziert die platonische Liebe, wie es die Griechen tun. Er warf einen verachtungsvollen Blick über den festlichen Tisch hinweg auf seinen Schwiegervater. Schebua thronte würdevoll auf seinem mit eingelegten Perlen verzierten Ebenholzstuhl. Er spielte mit seinem Becher und aß mit übermäßig gezierten Bewegungen, scheinbar zerstreut, was vor ihm stand. Seine blaue Tunika war reich bestickt. Ein verschlungenes Netz aus Gold und Edelsteinen diente ihm als Gürtel. Wie Sterne funkelten die Reifen, die seine Arme umschlossen, und an seinem rechten Zeigefinger steckte ein kostbarer Ring, den er von Herodes Antipas als Zeichen der Freundschaft — oder als Entgelt für Gefälligkeiten — erhalten hatte. Der letzten Scheußlichkeit allerdings hatte er sich enthalten: mit Gold und Juwelen gesäumter, ägyptischer Halsketten und Ohrringe. Die hatte er David ben Schebua überlassen. Wieder sah Hillel in David eine Parodie seines Vaters, kam aber nach einigem Überlegen zu dem Schluß, daß er ungerecht urteilte. David war intelligenter als sein Erhalter, ein wenig origineller und phantasievoller. Vielleicht war das auch der Grund, warum Schebua ihn noch weniger leiden konnte als seine geschäftigeren und habsüchtigeren Brüder Simon und Joseph, die niemandem Gelehrsamkeit vorheuchelten und sich ihres weltlichen Sinnes nicht schämten.

Der Speisesaal übertraf an Pracht den des Herodes Antipas und den des Pontius Pilatus, wie beide zugegeben hatten. Es war, in Wirklichkeit, eine Bankethalle aus reinstem weißen Marmor. Die leidenschaftlichen Farben der Bilder an den weißen Wänden, Werke der größten Künstler jener Zeit, harmonisierten mit den seidenen Perserteppichen und der hohen Decke aus patiniertem Kupfer, die sich in einem Labyrinth ineinander verschlungener Formen und Gestalten über dem Saal wölbte. Die schneebleichen Säulen im korinthischen Stil — für ionische Schlichtheit hatte Schebua nichts übrig — endeten in zart getönten Kapitellen. In den Nischen standen auf Postamenten nackte unartige Statuetten aus weißem griechischen Marmor.

Es war ein warmer Abend. Die bronzenen Türen standen offen, die blassen Seidenvorhänge waren zur Seite gezogen, und unter ihnen lag, hell beleuchtet, Terrasse auf Terrasse geschichtet, Jerusalem auf seinen Hügeln. Draußen rauschten die Springbrunnen, lachten hell zu den Sternen empor, und der Duft der noch warmen Blüten drang unter dem Tau hervor in den Saal. Wohin das Auge auch fiel, das Bild beglückte den Beschauer. Was Hillel nicht beglückte, waren sein Gastgeber und Deborahs Brüder.

Für eine kleine Weile vergaß er das gepflegte Tischgespräch und betrachtete den jungen Mann, der Sapphira heiraten würde. Er war gewiß nicht so hübsch wie sein Vater David, aber, dem Himmel sei Dank, er ähnelte auch seinem Großvater Schebua ben Abraham nicht. Der Junge war schüchtern und schweigsam, aber er sah mit klaren, blauen Augen lebhaft, wenn auch zurückhaltend in die Welt. Er saß neben Saul, der an diesem Abend sehr blaß war und dessen Gesicht einen verkrampften, starren Ausdruck angenommen hatte, als wäre er mit seinen Gedanken weit fort von diesem Saal und von seinen Verwandten und auf der Suche nach irgend etwas; gleichzeitig schien er vor dieser Suche zurückzuschrecken. Weder seine Tunika aus derbem weißen Leinen noch das lebensprühende, flammende rote Haar noch das metallische Glitzern seiner tiefblauen Augen trugen dazu bei, sein Aussehen attraktiver erscheinen zu lassen.

Die Propheten hatten oft von dem Feuer gesprochen, das ihre Herzen in Liebe zu Gott entbrennen ließ, denn das Feuer war Liebe, die geschenkt und empfangen wurde, war Entrückung und Ekstase. (O Liebe meines Sehnens! dachte Hillel und spürte heiße Tränen in seinen Augen. Aber so inbrünstig sein Sohn auch im Tempel gebetet hatte, diese Liebe war ihm fremd.) Hillel seufzte, wandte kummervoll den Blick von Saul und lauschte wieder dem langweiligen Geschwätz seines Schwiegervaters.

Schließlich fiel er ihm ins Wort. „Schebua", begann er, „du hast von den wunderbaren abstrakten Begriffen gesprochen, aus denen die Griechen ihre ethischen Grundsätze entwickelt haben — die sie längst nicht mehr einhalten. Was auf Abstraktionen beruht, ist menschlichem Leib und Leben fremd; Abstraktionen sind die Spielereien ausgelaugter Geister, die das Leiden oder den Anblick oder den Widerhall des Leidens ebensowenig ertragen können wie das Fieber, die Wunden und Qualen des Fleisches — insbesondere ihrer Mitmenschen. Ich finde das nicht nur banal und eine Beleidigung der Männlichkeit, die der Menschheit zu eigen ist, sondern geradezu widerwärtig. Worte sind kein Ersatz für Tatsachen, und fein gedeichselte Phrasen kein Breiumschlag für die Wirklichkeit. Die Menschen werden geboren, sie scheiden aus, sie huren und entleeren sich, sie erleiden die Tortur des Fleisches. Sie riechen. Oft stinken sie auch. Sie müssen arbeiten — und Steuern zahlen. Sie schlafen. Sie essen. Sie zeugen. Sie sterben. Das sind die irdischen und unwandelbaren Grundwahrheiten unseres Daseins. Wir können sie nicht für alle Zeiten in die bestickte Seide dessen hüllen, was du griechische Kultur zu nennen beliebst — aber auch in keine andere, nicht in Gesänge oder Pentameter, wie hübsch oder erhaben sie auch sein mögen. Es liegt mir fern, die Poesie oder die Musik oder sonst eine der dekorativen Schöpfungen des Menschen zu verunglimpfen, denn das Leben an sich ist nun einmal nicht so köstlich und allerliebst — weder für den Menschen noch für das Tier. Ich bewundere — und bedaure — diese verzweifelten Bemühungen, das grauenhafte Antlitz der Wirklichkeit zu verbergen, denn keiner kann diesen Anblick lange mit Fassung oder ohne die Hilfe Gottes ertragen. Oder ohne ihren harten Zügen mit dem Schleier der Kunst die Schärfe zu nehmen. Aber wir müssen uns eingestehen, daß es nur ein Schleier ist. Wenn wir das nicht tun, sind wir dem Wahnsinn verfallen.“

Schebua kniff die Augen zusammen und setzte zu einer Erwiderung an, aber Hillel erhob seine Hand. „Ich bitte, deine Geduld noch einen Augenblick länger in Anspruch nehmen zu dürfen“, sagte er. Er wußte, daß er Simon und Joseph langweilte. Bevor ihr Vater von Hillel unterbrochen worden war, hatten sie Blicke übertriebenen kindlichen Respekts auf ihn gerichtet — und sich noch mehr gelangweilt. Sie hielten es nicht für nötig, ihre Langeweile vor Hillel zu verhehlen, und lehnten sich resigniert in ihre Stühle zurück.

„Die Kunst und die Kühnheit des menschlichen Geistes, sagst du, unterscheiden uns von den Tieren“, fuhr Hillel fort. „Aber auch wir sind Tiere! Ich meine das nicht abschätzig. Ich bleibe nur auf dem Boden der Tatsachen. Das ist die stabile Basis, von der wir ausgehen müssen. Das dürfen wir nie vergessen, denn sonst — ich wiederhole — werden wir dem Wahnsinn verfallen. Tiere, heißt es, hätten keine Seelen. Ich ziehe das in Zweifel. Es ist auch nicht wichtig. Du hast uns zu verstehen gegeben, daß Tiere keine moralischen Grundsätze haben. Woher willst du das wissen? Ich habe Tiere gesehen, die ihre Artgenossen inniger umsorgten und ihnen tieferes Erbarmen zeigten, als Menschen das tun. Tiere betrügen nicht. Sie beuten keinen aus, sie unterjochen keinen, sie tyrannisieren keinen, sie sündigen nicht. Sie haben ihren Charakter, einen offenen, ehrlichen Charakter — und wer könnte das vom Menschen behaupten? Der Mensch mußte sich seine Moral erst erfinden, denn, bei Gott, gesegnet sei Sein Name, er wird ohne Moral geboren und kann doch ohne sie nicht existieren. Mit Ingrimm verschlingt er seinen Bruder, ein Kannibale ist er, was sich von keinem andern Tier behaupten läßt — mit Ausnahme der Ratte, die dem Menschen auf beunruhigende Weise ähnelt.

„Als geistige Übung in flinker Verdrehung und geschickter Manipulation bewundere ich den intellektuellen Moralkodex der Griechen. Ich bewundere die römische Hybris, den Stolz des römischen Volkes. Ich bewundere das römische Recht, denn es basiert auf der menschlichen Wirklichkeit, was bei der griechischen Ethik nicht der Fall ist. Doch da sich weder diese noch das römische Recht auf Gott und die Wirklichkeit Gottes stützen, sind sie, außer im engsten Sinne, nicht Ausdruck der Grundwahrheiten. Nur die alten Gesetze der Juden, deren Nährboden die Wirklichkeit Gottes war, können in dieser Welt bestehen, denn sie sind in Barmherzigkeit, Mitgefühl, Liebe und Gerechtigkeit ergangen — und das sind göttliche Attribute.

„Uns ist das Leben heilig. Dieser Grundsatz findet sich bei keiner anderen Religion und in keinem irdischen Moralkodex, wie erhaben auch die Sprache, wie tiefgründig auch die Darlegungen sein mögen. Nie wurde den Griechen geboten, ihren Nächsten zu lieben. Den Römern scheint der bloße Gedanke absurd. So auch den Babyloniern und Ägyptern, von einer sehr kurzen Periode in der ägyptischen Geschichte abgesehen — und das ist schon lange her. Nur den Juden ist das menschliche Leben heilig. Nur uns wurde geboten: Du sollst nicht töten! Ich gebe zu, daß wir dieses Gebot, obwohl wir davon wußten, in der Vergangenheit nicht strenger befolgt haben als andere Völker, die nichts davon wußten. Aber das Gebot ist da. Du sollst nicht töten!

„Seit ungezählten Generationen betreiben die Griechen den Kindermord. Sie finden nichts Unmoralisches dabei. Sie sagen, sie regulieren so die Bevölkerungszahl. Die Römer haben angefangen, es ihnen gleichzutun, ohne Ekel zu empfinden, ohne sich schuldig zu fühlen. Ohne jeden Abscheu haben auch andere Völker dieses entsetzliche Verbrechen verübt. Die Juden nicht. Sie töten nicht leichthin. Kriege sind uns kein Anlaß zu jauchzendem Frohlocken, obwohl wir ein Kriegervolk sind. Denn Gott hat uns geboten, nicht zu töten. Er hat uns ermahnt, Ihn zu lieben, zu verehren und zu fürchten, und auch unsere Nächsten zu lieben.

„Du wirst doch zugeben, Schebua ben Abraham, daß unsere Ethik, die auf Gott gegründet ist, der der Griechen und Römer überlegen ist! Und daß unsere Kultur, wie sehr sie dich auch belustigen mag, weit mehr auf Gott und die Natur des Menschen abgestimmt ist als jede andere!“

Saul hatte stumm und bedrückt zugehört. Mit Staunen sah er auf seinen Vater und kannte ihn nicht, denn eine lodernde Flamme tanzte in den Augen des sonst so sanften und versöhnlichen Hillel, und seine Wangen glühten.

„Du bist sehr beredt, Hillel ben Borusch“, erwiderte Schebua, auf dessen Gesicht jetzt ein Schatten von Feindseligkeit lag. „Ich kann das von einem so starren Pharisäer kaum glauben, denn Pharisäern ermangelt es bekanntlich an Beredsamkeit und Scharfsinn. Natürlich akzeptiere ich nichts von dem, was du gesprochen hast, und halte es auch nicht für wahr. Du redest wie ein Jude —“

„Bist du denn keiner?“ rief Hillel aus, und die Hand, die am Tisch lag, bebte vor Zorn.

Schebua warf seinen Söhnen einen kurzen Blick zu und lächelte. „Wir sind Weltbürger“, sagte er. „Wo wir nicht an Gott glauben, glauben wir an die Menschheit. Wir glauben, daß der Mensch unendliche Kräfte und Möglichkeiten besitzt und daß er sie nützen wird, sobald er sich vom Aberglauben freigemacht hat und nur auf sich selbst vertraut. Wir sind Männer, keine Kinder. Wir bedürfen nicht der Stütze einer Opfer darbringenden Vergötterung und feigen Angst vor dem Unsichtbaren, um uns aufrecht zu erhalten. Wir brauchen keine Gebote außer jenen, die unser höherer Verstand uns gibt. Wir hören Gott nicht mehr im Donnergrollen, denn wir wissen, was Donner ist. Das ist kein Feuer, was auf Sinai brennt, es ist ein gewöhnlicher, unbeseelter Blitz. Wir wohnen nicht mehr in Zelten und wir sind keine Barbaren. Kinderglauben ist für Kinder, wie auch ihre kleinen Ängste und Schrecken, denn sie wissen von nichts und können von nichts wissen. Wir aber sind Männer und wissen, was den Menschen in Gang hält, und welche Kräfte in ihm schlummern. Diese Kräfte werden wir wecken."

„Vermessener!" rief Hillel ungewöhnlich heftig aus. „In die Sünde der Hoffart bist du verstrickt! Wie darf der Mensch es wagen, stolz zu sein? Worauf kann er stolz sein? Auf seine Geschichte? Möge Gott uns diese Lästerung verzeihen! Du hast oft von der Zukunft gesprochen. Im Schoß der Gegenwart wird die Zukunft geboren, und ich sehe nichts in der Gegenwart und nichts in der Vergangenheit, das dem Menschen Ruhm verheißt, den er selber erwirbt. Denn er kann sich von seiner Niedrigkeit nicht aus eigener Kraft befreien. Es steht geschrieben, daß sich ein Mensch nicht selbst den Vorzug geben kann, denn er ist eines Vorzugs unwert. Die Geschichte ist mein Zeuge. Der Mensch wird nicht zu seiner Verherrlichung geboren. Er wird nur geboren, lehrt uns die Bibel, um Gott zu erkennen, zu lieben und zu dienen — und zu keinem andern Zweck. Und indem er Ihn erkennt und liebt und Ihm dient — und nur so —, kann er die Grenzen seiner Natur überschreiten und mehr sein als Mensch."

Schebua lächelte ihm zu, als ob er einen Schwachsinnigen vor sich hätte, und drohte ihm mit seinem mageren Finger, als könne er nun keine Nachsicht mehr üben. „Die von dir aufgestellten Prämissen bestreite ich. Deine Folgerungen, Hillel ben Borusch, sind Trugschlüsse und Spitzfindigkeiten. Deine Prämisse heißt Gott, und darum verwerfe ich sie. Man muß seine Begriffe festlegen, wie Sokrates gesagt hat, aber du und ich, wir werden uns niemals über Begriffe einigen können. Somit ist unsere Diskussion sinnlos. Aber ich möchte doch betonen, daß sich der Mensch sehr wohl von seiner, wie du es nennst, Niedrigkeit befreien kann — ich bezeichne es lieber als jämmerliche Einfalt —, indem er seine latente Geistes- und Willenskraft fortbildet. Das haben die Griechen gesagt, und ich wüßte nicht, was ich dagegen einwenden sollte. Wir kommen voran, wir machen Fortschritte. Gestern waren wir Wilde. Heute haben wir das Parthenon. Wir haben das römische Recht. Wir haben Poesie. Und wir haben einen Horror vor der Barbarei — die du ja wohl auch als Niedrigkeit des Menschen bezeichnen wirst. Wir haben eine Verfeinerung des Geistes, wir lieben das Schöne. Wir sind erfindungsreich. Eines Tages, sagen die Ägypter, werden wir die Sterne besuchen. Nichts wird uns verschlossen bleiben. Mag sein, daß ein Teil unseres Wesens tierisch ist, und daß wir Gefangene unseres Fleisches sind — wie alle Tiere. Sie aber machen keine Fortschritte. Sie sind heute, was sie gestern waren. Wir aber sehen einer herrlichen Zukunft entgegen."

„Ihr seht dem Tod entgegen", erwiderte Hillel. „Und daran wird sich bis zum Kommen des Messias, gesegnet sei Sein Name, nichts ändern. Er wird, was in uns verborgen ist, offenbaren. Er wird uns unsere Sünden nachlassen. Nicht irdisches Recht, irdisches Streben und irdischer Sieg, nein, *Er* wird die Menschheit zu *einem* Fleisch und Blut und zu *einem* Geist zusammenschweißen und Krieg und Haß für immer von der Erde verbannen."

Machtvoll und feurig scholl seine Stimme durch den Saal, sein Antlitz leuchtete in leidenschaftlicher Erregung. Selbst der immer noch lächelnde Schebua und seine Söhne verspürten ein verwirrendes Unbehagen. Sie haßten ihn und wußten nicht, warum sie ihn haßten. Saul aber schien es, als höre er Worte, die er längst vergessen hatte. Er war seltsam und schmerzlich bewegt, als er dachte: Das alles wußte ich einmal, doch nun gestattet Er mir nicht mehr, es zu wissen.

Hillel fühlte sich erleuchtet. Er konnte sich nicht mehr beherrschen, denn er sah den Hohn und Spott seiner Verwandten und sah, daß sie Gott schmähten. Er drohte ihnen mit der geballten Faust.

„Ihr Sadduzäer!" rief er. „Ihr habt den Menschen das Brot genommen und ihnen Schoten gegeben! Ihr habt ihnen den Morgen genommen und ihnen die Finsternis der Hölle gegeben, in der Gott für sie verloren ist. Ihr habt eure Hoffnungen auf eine Welt gebaut, die versunken und unbekannt sein wird unter den Sonnen und vergessen von Orion und den Plejaden. Auf diesem vergänglichen Gestirn wollt ihr die goldene Stadt menschlicher Vernunft und menschlichen Strebens errichten, die alle Zeiten überdauern soll. Menschliches Vorhaben und menschlicher Wille allein werden genügen, glaubt ihr, um das Böse zu vernichten — wo das Böse doch unwandelbar in der Natur des Menschen liegt. Der Mensch ist ein Schatten. Auf Schatten also wollt ihr zeitlose Paläste und Vergnügungsstätten aufbauen, mit Schatten wollt ihr weltmännische Gespräche führen, den Frieden festigen und eure sogenannte Moralphilosophie entwickeln? Ihr wißt, daß ihr sterblich seid, aber in euren flattersinnigen Herzen wollt ihr es nicht wahrhaben und sprecht von der fernen Zukunft, als ob ihr sie kraftvoll und triumphierend erleben könntet! Ihr kennt die Zukunft nicht, aber ihr redet euch ein, daß ihr sie erleben werdet! Oder ist die vielgepriesene ‚Herrlichkeit des Zukunftsmenschen' genug für euch, die ihr morgen zu Staub zerfallen werdet?"

Er atmete laut. Mit prüfendem Blick musterte er die kalten spöttischen Gesichter, und was er in ihnen sah, war Furcht und Angst vor dem Tod. Er lächelte mitleidig.

„Wie armselig ihr doch seid", sagte er. „Ihr habt nicht an euren Tod in kurzer Frist geglaubt. Ihr habt wirklich gehofft, ein Teil jener Zukunft zu werden, die mir schrecklich, nicht herrlich, erscheint. Ihr denkt an euer Vergnügen, an die ruhige Gelassenheit eurer Tage, an philosophische Gespräche und Zusammentreffen mit euren Freunden. Ihr habt die Macht über den Tempel und mißbraucht sie. Ihr leugnet die Auferstehung der

Toten, wie sie uns verheißen ist, weil tote Menschen euch nicht mehr bedeuten als tote Tiere. Schlimm genug, daß ihr Gott verraten habt. Ihr habt aber auch euer Volk an die Römer und ihre harten Steuereinnehmer, ihr habt seinen Stolz und seine Kraft verraten. Ihr habt uns in Verzweiflung gestürzt. Ihr habt mit den Römern paktiert, um die Hilflosen zu versklaven, habt ihnen noch geholfen, diese Steuern einzunehmen, die ein faules, korruptes Rom ernähren, wo die Menschen von der Arbeit anderer leben, die selber zu leisten sie nicht gewillt sind. Euch geht es um Frieden in eurer Zeit, um trügerische Eintracht, um Artigkeiten und Geplauder, um Stolz und delikate Verdrehungen, um korybantische Musik und Tanzmädchen, Geld, hübsche Häuser, Villen und Dienerschaft, um Lachen und fremde Weiber, um Theater, Bäder und Arenen, um Pferde und Spiel, um Genüsse und um die Erfüllung häßlicher kleiner Begierden. Dafür habt ihr euer Volk aufgerufen, keinen Widerstand zu leisten, nicht an die Verheißung ewigen Lebens zu glauben — habt es aufgefordert zu gehorchen, klein beizugeben und sich dem Joch zu beugen. Ihr habt ihm Gott genommen, und das wird euch nicht verziehen werden!"

Schebuas Gesicht war dünn und aschgrau geworden und glich nun dem Blatt einer Axt. In seinen blassen Augen glühte Haß, den er nicht mehr zu verbergen versuchte.

„Was meinst du denn, was wir tun sollten, Hillel ben Borusch", fragte er, „wir, die Führer unseres Volkes? Ihnen raten, sich zu erheben, wie die Zeloten und Essener — diese Wahnsinnigen! —, gegen die römische Übermacht losschlagen, um sich mit Feuer und Schwert ausrotten zu lassen? Sie beschwören, den Römern keine Steuern mehr zu zahlen? Ist das Leben nicht dem Tod vorzuziehen? Sind Steuern, so drückend sie auch sein mögen, nicht besser als das Grab? Und selbst Sklaverei besser als ein Blutbad? Einem vernünftigen Menschen erscheint Gehorsam gegen den siegreichen Eroberer immer noch weniger schrecklich als Hinrichtung oder Hungertod. Wie Salomon sagte: ‚Besser ein lebender Hund als ein toter Löwe.' Der Löwe vom Stamme Juda ist tot —"

„Und wir leben — wie Hunde", unterbrach ihn Hillel mit bitterer Ironie.

Schebua zuckte die Achseln. „Wir leben. Was sollten wir anderes tun?"

Hillel heftete seine leuchtenden Augen auf ihn. „Wir sind ein besiegtes kleines Land. Die Römer sind übermächtig. Das gebe ich zu. Ich wünsche nicht den Tod meines Volkes, denn in ihm lebt der Geist Gottes, und aus seiner Mitte wird der Messias kommen. Es soll nicht an Tausenden von Kreuzen sterben. Ich möchte nicht sehen, wie Frauen und Kinder hingeschlachtet werden. Nein. Aber es wäre eure Pflicht gewesen, ihr Söhne Zakits — und wie süß und herrlich ist die Erinnerung an ihn! —, euer Volk mit der Hoffnung auf den Messias aufrechtzuerhalten, mit eurem

Vermögen seinen Hunger zu stillen, euch für eure Brüder zu verwenden, ihren Glauben an ihren Gott zu nähren, gesegnet sei Sein Name, ihnen in ihren Leiden geduldig beizustehen, ihren Blick auf Sonne und Sterne zu lenken, sie an die Verheißung zu erinnern, die uns gegeben wurde, und ihren Willen zu stärken. Wer würde nicht standhaft alle Unbill ertragen, wenn er weiß, daß sein Erlöser nahe ist und daß Gott ihn nicht verlassen hat?

„Ihr aber nehmt eurem Volk allen Beistand! Ihr habt seine Seele verdüstert! Ihr habt den Römern diese Menschen wie angekettete Sklaven ausgeliefert und euren Brüdern gesagt: ‚So steht die Sache, da ist nichts zu machen, also findet euch ab.' Und warum habt ihr diesen Verzicht verlangt? Aus der Güte eures Herzens? Nein! Nur damit euch nichts abgeht und ihr in Frieden leben könnt! Und ihr wagt es, von der herrlichen Zukunft zu plappern, ihr, die ihr das Edelste verraten habt, was der Mensch besitzt, die ihr die Brunnen vergiftet habt, die das Wasser des Lebens spenden!"

Es war unverzeihlich, sich zu erheben, bevor es der Gastgeber tat, aber Hillel konnte sich nicht länger zurückhalten — so tief war das Erbarmen mit seinem Volk, so groß sein Schmerz, wenn er an seine geknechteten Brüder dachte, an ihre Not, ihr Elend und ihre endlose Qual, so unbändig seine Wut über den an ihnen begangenen Verrat. Er rang nach Fassung.

Seine Stimme war heiser geworden. Er hob seine Hände wie ein Prophet und schämte sich nicht der Tränen, die ihm über die Wangen liefen. Der Haß und die Verachtung seiner Verwandten schwebten jetzt wie ein tödlicher Nebel im Raum.

Er sprach die Worte Davids:

Gott ist unsere Zuflucht und Stärke,
Als Hilfe in Nöten mächtig erfunden.
Darum fürchten wir nichts, selbst wenn die Erde wechselte,
Und die Berge wankten im Herzen des Meeres.
Mögen toben, brausen seine Gewässer,
Die Erde beben bei Seinem Ungestüm.
Ein Strom, seine Bäche erfreuen die Stadt Gottes,
Das Heiligtum der Wohnungen des Höchsten.

Die Stille im Saal war mit den Händen zu greifen. Es war, als hätte ein Prophet mit Donnerstimme gesprochen, und kein denkendes Wesen wagte es, die Stimme zu erheben.

Dann wandte Hillel sich um und schritt aus der Halle. Saul folgte ihm einen Augenblick später. Sie warfen keinen Blick zurück.

Hillel war tief bewegt. Als sie das Atrium erreicht hatten, konnte er vor Weinen kein Wort herausbringen. Er legte seine Hände auf die Schultern seines Sohnes und senkte den Kopf. Auch Saul legte die Hände auf die Schultern des Vaters und verachtete sich selbst, weil er ihn solcher Leidenschaft, solch heiligen Zornes und solcher Aufrichtigkeit nicht für fähig gehalten hatte. So kam ein neues Leid zu dem hinzu, das er schon in seinem Herzen trug.

Sie hörten Schritte und erhoben den Blick. Aus tränenumflorten Augen sahen sie Claudia und drei ihrer Frauen, die offenbar unterwegs waren, um darauf zu sehen, daß dem Hausherrn und seinen Gästen von den Dienern geziemend aufgewartet wurde.Claudia blieb stehen und warf einen durchringenden Blick auf Hillels Gesicht.

„Schalom", sagte die Römerin mit ruhiger Stimme, aus der Verstehen und Trost sprach.

Hillel war es, der ihr ins Gesicht sah und mit gebrochener Stimme antwortete:

„Schalom, Claudia."

Saul konnte das nicht verstehen. Er war verwirrt. Wollte man sie beleidigen? Er ließ seinen Vater stehen und ging in seinen Schlafraum.

X

Hillel machte sich auf, seine Base Hannah bas Judah und ihren Mann Aulus Platonius zu besuchen. Trotz Hillels Bitten weigerte sich Saul, ihn zu begleiten. „Ich habe kein Verlangen, mit Römern zu sprechen, Vater", rechtfertigte er sich. „Für mich sind Römer die Bedrücker und Unterjocher meines Volkes. Vor zwei Tagen bist du mit meinem Großvater ins Gericht gegangen, weil er einen schandbaren Frieden mit ihnen geschlossen hat und mit ihnen zusammenarbeitet. Noch gestern hast du mir beteuert, daß weder er noch seine Söhne noch seine Sekte straflos ausgehen würden. Und heute gehst du, Aulus Platonius, einem römischen Unterdrücker, einen Besuch abzustatten. Ich wundere mich."

Hillel seufzte. „Aulus liebt den römischen Imperialismus ebensowenig wie ich. Er ist ein ‚alter' Römer und hat eine harte Schule durchgemacht. Wer darf den römischen Soldaten, den römischen Prokonsul, ja selbst, Gott verzeihe mir, den römischen Beamten und Steuereinnehmer verurteilen? Ein vernünftiger Mensch verurteilt die Regierung, aber nicht ihre Diener und auch nicht jene, die in irgend einer Beziehung zu ihr stehen. War es nicht der Prophet Samuel, der das Volk warnte, nur ja keinen König über sich zu dulden, wenn es nicht versklavt werden, in Ketten leben und in Ketten sterben wollte? Eine Regierung, sagt man, ist ein notwendiges Übel und sollte, nach Möglichkeit, in einem Zustand der

Schwäche belassen werden. Wird sie stark, ist dies einerseits die Schuld ehrgeiziger Männer, die ihr Volk hassen, und liegt andererseits an der Torheit des Volkes, das diesen Frevel mit lächelnder Selbstgefälligkeit zugelassen hat. Aulus gehört nicht zu dieser Sorte Menschen. Wie ich, bedauert auch er den Verfall von Patriotismus, Tugend, Fleiß und Ehre in der Welt. Wie ich, beklagt auch er die bewußte Entwürdigung des menschlichen Charakters. Er ist mein Freund. Wir sind einander zugetan. Ich hasse ihn nicht, denn er muß den Machinationen seiner Regierung als Römer ebenso hilflos zusehen wie ich als Jude. Wir sind Brüder, die beide Gott verehren, gesegnet sei Sein Name."

„Nichtsdestoweniger hat sein Volk Tausende und Abertausende von Juden ermordet, mit dem Schwert ausgerottet, ans Kreuz geschlagen, verbannt, ins Gefängnis geworfen und verhungern lassen, in Form von Steuern bestohlen, in der Arena niedergemetzelt, sie ihrer Frauen und Kinder und Häuser beraubt und sie zu Tode geschunden. Sollte ich den Sohn eines solchen Volkes lieben?"

Noch einmal versuchte Hillel, ihm seinen Standpunkt verständlich zu machen. „Auch er ist ein Opfer seiner Regierung. Aulus ist kein Mörder. Der einzelne ist nur selten ein Teufel. Aulus ist kein Teufel."

Er sah in das finstere, verstockte Gesicht seines Sohnes und fragte sich, wo sein altes, fröhliches, sprudelndes, lebensbejahendes Lachen geblieben war, und was es aus seinem Herzen vertrieben hatte. Und dann fiel es ihm wie Schuppen von den Augen: die Menschen ändern sich nicht. Dieser Saul, den er jetzt vor sich sah, war derselbe, der einst im Fleisch einer leidenschaftlichen Jugend eingebettet gewesen war. Die Jugend war dahin. Aus der abgeworfenen Schmetterlingspuppe war der Mann geschlüpft. Dies war der wahre Saul, und seine Knaben- und Jünglingsjahre waren nichts weiter als bunter und vergänglicher Behang. So war er geboren worden: noch erinnerte sich Saul an den lauten Schrei des Kindes in den Armen des Kindermädchens. Es war ein rauher und gebieterischer Schrei gewesen, stolz und zornig, nicht der eines Säuglings. Zwischen dem Säugling von damals und dem Mann von heute bestanden keine Schranken. Sie waren zu einem Wesen verschmolzen.

„Was bist du, wer bist du, Saul, mein Sohn?" fragte Hillel und strich sich wie benommen mit der Hand über die Stirne.

Saul lächelte grimmig, als ob er alles verstünde. „Ich bin Saul ben Hillel, der Sohn meines Volkes, das in seiner Geschichte, im Krieg und in seiner Liebe zu Gott über allen anderen steht."

„Aber du weißt doch nichts von Ihm", erwiderte Hillel und fragte sich bestürzt, wie ihm diese Worte entfahren konnten und was ihn dazu veranlaßt hatte.

Saul machte kehrt und ging davon. In letzter Zeit sitzen mir die Tränen locker, dachte Hillel. Aber weinen nicht alle Väter um ihre Kinder?

Wenn wir solchen Kummer um jene empfinden, die wir selber gezeugt haben, wie groß muß erst der Schmerz des Herrn der Heerscharen, gesegnet sei Sein Name, um Seine Kinder sein? Gott zu bemitleiden, schien Hillel ein einmaliger Gedanke. Er sann darüber nach, während er sich in einer von Schebuas goldenen Sänften zu Aulus' Haus bringen ließ. Welche Anmaßung war es doch, Mitgefühl für Gott zu empfinden! War es nicht David, der geschrieben hatte: ‚Der Mensch, wie Gras sind seine Tage, wie die Blume des Feldes, so verblüht er; fährt ein Wind über sie, so ist sie nicht mehr; und man kennt nicht mehr ihre Stelle'? Es war, als ob ein Wurm die Sonne bedauern würde! Dennoch aber ließ sich der Gedanke an Gottes Betrübnis nicht vertreiben, und auf geheimnisvolle Weise verspürte Hillel neuerlich jenes mächtige Feuer in seinem Herzen, das der Liebe Gottes entspringt, und seine innige Gemeinschaft mit dem Herrn der Heerscharen. Er fühlte sich erquickt und beglückt. Der Messias mochte säumen, aber Er würde gewiß kommen und die Menschen trösten.

Sein Lebensgeist erschlafft, trübe gestimmt, in dunkler Verwirrung und weltentfremdeter Einsamkeit, bemüht, allen, die er kannte, auszuweichen, wanderte Saul durch Jerusalem, die Stadt seiner Väter.

Das Wetter war kühl und windig geworden, und er zog sich die Kapuze tief in die Stirne. Seine Niedergeschlagenheit nahm noch zu, als er eilig über die dunkel schimmernden, runden Kopfsteine der ärmeren Viertel dahinschritt. Graue Wolken türmten sich drohend am Horizont. Unter dem düsteren Himmel schienen die kahlen Berge in der Ferne noch öder und trostloser als sonst. Er kam zu einem der Märkte, und tausend Düfte umwehten ihn. Es war dies ein von Mauern gesäumter, mit steinernen Bogen überwölbter Hohlweg, der sich über breite, unglaublich steile Stufen hinabsenkte. Zu beiden Seiten waren Läden in die Mauern eingelassen, so winzig und so mit Waren vollgestopft, daß nur ein einziger Mann — oder manchmal eine alte Frau — darin Platz fand. Es ging laut zu, schreiend und gestikulierend versuchten die Händler, ihre Waren an den Mann zu bringen. Auf Kohlenbecken brutzelndes Fleisch gab es hier zu kaufen, Decken aus billigem Ziegenhaar und schlecht gefärbte Imitationen teurer persischer Teppiche, Gewürze, Nüsse, runde, zum Teil faulende Früchte, Tonwaren, Töpfe und Pfannen, Wein, Seide minderer Qualität, überbunte Leinen- und Wollbänder, billige Tuniken und Kopftücher, Waffen, heiße Brote, unschöne Vasen, Amulette, stinkende Käse, schauerliche Nachbildungen griechischer und römischer Statuen, aus Gips und Mörtel hergestellte Repliken des Tempels, bronzene Lampen, Leuchter, Sandalen, entsetzlich geschmacklose Elfenbeinfigürchen, Knoblauch, Zwiebel, verschiedene welke Gemüse, in Salz eingelegte Oliven, Öl, minderwertige Parfüms, Weihrauch, mit kümmerlichen Steinen besetzte unedle Metalle, rote, weiße, schwarze, graue, blaue und gelbe Umhänge aus edlem Tuch, Datteln, Granatäpfel und Zitronen. Hier und dort gab es besonders geschäftige Läden, die von der römischen Zollwache geprüften und versiegelten, garantiert echten syrischen — in Wirklichkeit aber von verwegenen Gebirgsbewohnern ins Land geschmuggelten und stark verwässerten — Branntwein verkauften. Jemand war so tüchtig gewesen, das römische Bleisiegel zu fälschen. Die Römer wußten Bescheid, griffen aber nicht ein. Ihre Soldaten waren schlecht besoldet und konnten sich daher keinen guten Branntwein leisten. Auch sie mußten versorgt werden. Sollten doch die Juden dieses elende Gebräu ins Land schmuggeln und sich damit die Taschen füllen. Die Legionäre, arme Bauerntölpel, beklagten sich nicht. Sie kannten nichts Besseres.

Einige Läden verkauften geschmacklose Möbelstücke von übler Qualität, die aber so bemalt und aufgeputzt waren, daß sie das Auge blendeten.

Und überall und ringsherum das Gesindel: kreischende Weiber und schreiende Männer, Kinder, Diebe, Bettler, Blinde und Lahme, Halsabschneider, Hungrige und Verlassene. Römische Soldaten schlenderten hin und her, aßen gebratenes Fleisch aus Rebenblättern, feilschten laut um Amulette, Branntwein und Schmuckstücke, beflegelten die wütend zeternden Kaufleute, krümmten sich vor Lachen, beäugelten die Mädchen, traten die zahllosen Esel, Hunde und Katzen, trieben Scherze, lutschten Olivenkerne, kauten Datteln, preßten prustend Granatapfelbutzen durch ihre schönen, weißen Zähne, stolzierten großspurig daher und suchten ausgelassen Streit mit einander. Kurz, sie betrugen sich so, wie es die Art junger Soldaten in einem fremden Land immer schon war und immer sein wird: sie unterhielten sich lärmend, gaben sich hier liebenswürdig und dort stolz, waren hungrig und manchmal betrunken und selbst gegenüber den räuberischen Kaufleuten um Freundlichkeit bemüht. Gelegentlich langte auch ein besonders Ausgelassener über einen Haufen Ware hinweg, um einen Händler am Bart zu zupfen, der dann mit gespielter Empörung ein großes Geschrei erhob und drohend die Faust schüttelte, ihn auf aramäisch beschimpfte und im nächsten Augenblick beschwindelte. Heute war Löhnungstag für die Soldaten. Schon abends würden sie ohne eine Drachme dastehen, dennoch aber glücklich und zufrieden sein, nachdem sie unter einer Brücke, in einem Wäldchen oder hinter einer Mauer mit einer Dirne geschlafen hatten.

Mit frischer Ware beladen, tauchte hin und wieder ein schwerfälliges und störrisches Kamel auf. Für gewöhnlich scheute es vor den Stufen zurück und wurde deshalb von seinem Treiber wütend am Zügel gerissen, der dann noch das Seine zum allgemeinen Trubel beitrug, indem er sich lauthals darüber beklagte, irgendein Kerl habe ihn ausgeraubt.

Die farbigen Markisen flatterten klatschend im Wind. Die Männer zogen ihre Umhänge fester, und die Frauen hielten ihre Kopftücher vor den Mund, um sich gegen den wirbelnden Staub zu schützen. Tierische Exkremente bedeckten die Stufen. Die Soldaten waren die einzigen, die gemächlich dahinschlenderten. Die gierigen Gesichter der Händler und des herumschwirrenden Gesindels waren auf Gewinn gerichtet, Gewinn noch vor Sonnenuntergang, und je später es wurde, desto lauter erklang das Stimmengewirr und desto hektischer gestaltete sich das Getümmel. Nur das Feuer der Kohlenbecken erhellte das Halbdunkel unter den steinernen Bogen, aber der graue Schein ließ die Farben der Gewänder klarer hervortreten und die vorbeieilenden Füße rötlich schimmern.

Saul stand wie betäubt vor dem Gestank, dem Lärm und dem wilden Gedränge der Menge. Nicht einmal in Tarsus hatte es das gegeben, dieses Leben, dieses Ungestüm, diese zu allem entschlossene Raubgier, diese Wut des Kaufens und Feilschens, diesen Geruch nach moderndenPflanzen und Staub, saurem Wein, Harz, Knoblauch und gebratenem Fleisch und sich drängenden Tieren. Er vergaß, daß die in der Nähe seines Hauses in einem Vorort gelegenen Märkte ordentlicher und gepflegter waren und sich mit diesem Rummel nicht vergleichen ließen. Da er in Tarsus nie etwas in einem Basar gekauft hatte, fand er die hier angebotenen Waren abscheulich und wunderte sich, daß es Menschen gab, die so etwas haben wollten und kauften. Die Händler streckten die Hände aus, um ihn am Ärmel oder Arm zu fassen, und flehten ihn an, etwas zu kaufen. Er riß sich angewidert los und beobachtete die römischen Soldaten mit Argwohn und Erbitterung. Und wenn der eine oder andere, der noch nicht ganz betrunken war, den Krug mit Wein oder Branntwein für eine Weile absetzte und seinem Blick begegnete, starrte er überrascht in das kalte, blaue Feuer, das darin loderte, blinzelte unsicher und stieß wohl auch einen Kameraden an. Sie sahen seinen Haß und wußten nicht, was sie davon halten sollten. Manche ärgerten sich. Sie schoben ihre Helme mit den Büscheln aus Pferdehaar zurück und zeigten Lust, mit diesem schweigsamen, zornigen jungen Menschen anzubinden, aber ihre Gefährten hielten sie zurück und wisperten ihnen etwas ins Ohr. Dann lachten die aufgebrachten Legionäre und vergaßen die ganze Sache. Ihre Hauptleute und Zenturionen hatten sie wiederholt ermahnt, sich nicht mit Juden einzulassen, die mitunter sehr schwierig und unangenehm werden konnten.

Saul wollte fort. Tiere, Männer, Frauen, Kinder, Bettler und Soldaten zur Seite stoßend, lief er die letzten Stufen hinab und gelangte auf einen großen freien Platz, der mit gelbem Schotter gepflastert und auf zwei Seiten von den in Jerusalem so häufigen gelben Mauern umschlossen war. Auch hier wimmelte es von Menschen und Tieren, aber der Platz war breit und offen, und das Gedränge nicht so stark. Hier und dort standen Steinbänke, die den Müden Rast boten. Saul ließ sich nieder, und im nächsten Augenblick teilten sich die Wolken, und die goldene Herbstsonne kam leuchtend hervor und tauchte Gewänder, Schotter und Mauern in Glanz und Helligkeit, ließ den Himmel in der grellen Bläue geschliffenen Steines erstrahlen und Farben aufblitzen auf jedem einzelnen Ding, das sie berührte. Sie warf ihren glitzernden Schein auf die staubigen Palmen und Zypressen und ließ die Konturen der Stadt in flimmerndem Kontrast hervortreten.

Nach einer kleinen Weile wurde Saul einer Frau gewahr, die nicht weit von ihm ermattet auf einer Steinbank saß. Es war eine magere Bäuerin in einem Gewand von stumpfbrauner Farbe. Sie trug ein blaues Kopftuch, und ihre staubigen bloßen Füße steckten in Riemensandalen. Sie hielt den Kopf gebeugt und schien zu sinnen. Ihre Hände lagen schlaff auf den Knien, die Handteller nach oben gekehrt. Sie drückten Erschöpfung und Resignation aus, als hätten sie hart und lange gearbeitet und könnten nun nicht mehr weiter und wären hierhergekommen, um auszuruhen. Die Herbstsonne wärmte ihre müden, dünnen Schultern, glitzerte auf ihren schweren Lidern, erhellte eine blasse Wange und erweckte den Anschein gesunder Gesichtsfarbe. Der untere Teil ihres Gesichtes aber und ihr Haar waren vom Kopftuch verhüllt, das sie zum Schutz vor dem böigen Wind über Mund, Nase und Schläfen gezogen hatte.

Sie war nur ein armes Weib und kam wahrscheinlich aus den Bergen Samarias oder Galiläas oder einer anderen ländlichen Gegend, erregte aber gegen seinen Willen Sauls Aufmerksamkeit. Er wußte nicht, warum er auf ihr gebeugtes Haupt starrte und warum sie solche Anziehungskraft auf ihn ausübte. Gewiß hatte sie einen weiten Weg zurücklegen müssen, um die Feiertage hier zu verbringen. Neben ihr stand ein Korb mit zwei Opfertauben. Mehr konnte eine Frau wie diese nicht darbringen. Sie schien zu den Amaratzim zu gehören, zu jenen Unglücklichen, die in kärglichen Weinbergen oder auf steinigen Feldern schwer arbeiteten, Ziegen molken, Gänse hüteten oder Obst pflückten. Saul hielt sie für eine Frau in mittleren Jahren, fünfunddreißig oder etwas jünger, denn das unförmige braune Gewand verbarg eine keineswegs unförmige Gestalt, und ihre Knöchel waren zart und schlank. Sie schien im warmen, braun-goldenen Sonnenlicht zu dösen. Kaum hoben ihre Atemzüge das Tuch, das ihre Brust bedeckte.

Sie war von unscheinbarem Äußeren, und Saul war über die Tatsache verärgert, daß es etwas in ihrer Haltung gab, das ihn anzog. Tausende solcher Frauen bevölkerten Jerusalem, die Straßen waren voll von ihnen. Sie trugen Körbe auf ihren Köpfen oder Schultern und kamen von weither, um zu den hohen Feiertagen den Tempel zu besuchen. Es war nichts Außergewöhnliches an ihnen. Und dennoch konnte Saul nicht den Blick von ihr wenden. Wo waren ihre Kinder, wo ihr Mann, daß sie so stumm und verlassen und halb eingeschlafen dasaß? War sie eine kinderlose Witwe? Sie döste vor sich hin. Oder grübelte sie über etwas nach?

Es drängte ihn, ihr Gesicht zu sehen, um abschätzen zu können, ob sie

Witwe oder Mädchen war, jung oder alt. Der Wind lüftete ihr Kopftuch, und sie hob schnell die Hand, um es zu fassen und abermals über Nase und Mund zu ziehen. Und so sah er ihr Gesicht voll ihm zugekehrt und staunte über ihre Schönheit. Sie erinnerte ihn an eine Wasserlilie, wächsern, blaß, glatt und frisch, die dem strahlenden Licht des Tages entgegenstrebte. Ihr voller, rosiger Mund war traurig, die Unterlippe ein wenig eingedrückt wie die eines sehr jungen Mädchens. Es war etwas Griechisches an der edlen langen Nase, den feinen Nüstern und der glatten, breiten Stirne. Ein Grübchen zierte ihr rundes Kinn, und ihre Wangen waren ungeschminkt und hell getönt. Er sah große blaue Augen unter goldenen Wimpern, und golden war auch ihr weiches, leuchtendes Haar unter dem flatternden Kopftuch. Es war ein majestätisches Antlitz: ruhig, gelassen und doch von Kummer berührt, gedankenvoll und doch lebendig, zurückhaltend und sanft und doch nicht teilnahmslos — ein Gesicht aus Galiläa.

Ein junges Ding, dachte er. Doch dann schien es ihm, als ob das Licht sich plötzlich ein wenig verdunkelte, und nun war sie alt, so alt wie seine Mutter gewesen wäre, lebte sie noch, und das waren fünfunddreißig Jahre. Sie betrachtete ihn mit mäßigem, ruhigem Interesse, als hätte er zu ihr gesprochen und als versuchte sie nun, sich seiner zu erinnern. Dann öffneten sich ihre Lippen, sie lächelte freundlich, und in ihren blauen Augen zeichnete sich ein schwermütiges, aber mitfühlendes Erkennen. Er verspürte einen geradezu unwiderstehlichen Drang, aufzuspringen, auf sie zuzugehen, ihr seinen Namen zu nennen, und sie nach dem ihren zu fragen. Und schon ärgerte er sich wieder. Sie war doch nur eine Bauernfrau, die ihn zu kennen glaubte, wo er sie doch nicht kannte! Er rückte unruhig herum und dachte an Flucht, bevor sie ihn ansprach und ihn mit irgendeiner Keckheit oder Zudringlichkeit in Verlegenheit brachte.

Doch ihre Schönheit, die Schönheit einer Statue, hielt ihn fest. Er empfand eine dumpfe, uneingestandene Scheu, denn jene kahlen Berge brachten eine solche Frau nicht hervor, so ärmlich sie auch gekleidet sein mochte. Sie sah aus wie eine Königin, die zum Spaß die Lumpen einer Bäuerin angelegt hatte. Erst jetzt sah er, daß ihre Hände zwar von der Arbeit zerschunden, doch ebenso zart waren wie ihr Gesicht, schlank und fein geformt. Und ihre strahlenden Augen musterten ihn mit mütterlicher Zuneigung und Anteilnahme, nicht mit plumper Dreistigkeit. Abermals wechselte das Licht, und nun war sie jung wie seine Schwester Sapphira, ja noch jünger, und unberührt und frisch.

Ein junger Mann trat auf sie zu. Er trug ein ebenso schlichtes, sandfarbenes Gewand und das gleiche Schuhwerk wie sie. Er schien um einige Jahre älter als Saul zu sein und war ihr so ähnlich, daß Saul ihn für ihren Bruder hielt. Sein Haar wie auch sein jugendlicher Bart waren von der gleichen Farbe, und auch er wirkte von der Arbeit verbraucht und müde.

Seine Füße und Kleider waren staubig, der Staub in den Falten seines Gewandes hatte sich im Sonnenlicht golden gefärbt. Die Ledertasche, die an seinem Strickbund hing, war recht mager. Er bewegte sich langsam, als ob auch er von weither gekommen wäre, und die eingefallenen Wangen zeugten von seiner Erschöpfung. Aber er lächelte auf die Frau hinab, und sie erhob ihren Blick zu ihm, und mit einem Male strahlte ihr Gesicht vor Liebe und Glück. Er trug ein großes Rebenblatt in seinen hohlen Händen und darin rauchendes, gewürztes Fleisch, aromatisch und appetitlich. Er ließ es in die Hände der Frau gleiten.

„Ich danke dir, Josua, mein Sohn", sagte sie. Sie sprach aramäisch, und ihre Stimme war zart und unbeschreiblich süß.

Saul war überrascht. Unglaublich, daß dieses Mädchen, diese ganz junge Frau, die Mutter dieses Mannes von zumindest einundzwanzig oder noch mehr Jahren war. Der Sohn hockte sich auf die Fersen, griff in den Korb mit den Tauben, holte einen kleinen Lederbeutel hervor und zog einen kleinen Löffel für seine Mutter heraus. Dann setzte er sich neben sie und betrachtete seine Mutter mit freundlicher Würde und zärtlicher Liebe. „Du bist sehr müde, Mutter", sagte er. „Iß und erfrische dich."

„Tinoki", murmelte sie das kosende Wort einer Mutter für ihr geliebtes Kind. Er streichelte ihre Hand und erwiderte „Emi". Er nahm den Löffel von ihr, tauchte ihn in das Rebenblatt und führte wie ein sorgsamer Vater ein Fleischstückchen an die Lippen seiner Mutter. Sie aß gehorsam und lächelte. Ihre Augen ruhten auf seinem gütigen Gesicht, als könne sie sich nicht satt sehen.

„Ich dachte schon, du hättest — mich verlassen", sagte sie. Es zuckte um ihren Mund, und sie lächelte nicht mehr.

„Noch nicht, Emi", erwiderte er. Saul, der die beiden mit einer Aufmerksamkeit beobachtete, die ihm selbst unerklärlich und irgendwie peinlich war, fühlte sich von der Stimme des jungen Mannes seltsam beeindruckt. Sie klang tief und stark wie die eines ehrwürdigen Rabbis und war von sonderbar ergreifenden Untertönen geprägt, die an halbvergessene Musik erinnerten.

„Du wirst es erfahren, wenn ich gehen muß. Du wirst dich darauf vorbereiten können."

Tränen verschleierten ihre Augen. Als schämte sie sich, senkte sie den Kopf, um sie zu verbergen. „Verzeih mir", flüsterte sie, „aber ich bin schwach heute. Verzeih mir, Tinoki."

Liebevoll und mitfühlend berührte er ihre Wange mit den Fingern, den kraftvollen Fingern eines Arbeiters. Mit demütiger Gebärde nahm sie ihm den Löffel aus der Hand und aß von dem Fleisch, das er ihr gebracht hatte. Er sah ihr mit sinnender Verehrung zu, als grüble er über einen Kummer nach, den er ihr zugefügt hatte oder in Kürze zufügen würde. Es war offensichtlich, daß ein tiefer Schmerz an seiner eigenen

Lebenskraft nagte. Dennoch lächelte er seiner Mutter zu und drängte sie, weiterzuessen, sobald sie zögerte.

Ich war meiner Mutter kein so zärtlicher Sohn, dachte Saul, und es schien ihm, als habe das Leid dieser Fremden mit feurigem Finger nach seinem Herzen gegriffen. Von der Frau, die ihm gegenüber saß, übertrug sich ein strahlender Glanz auf Deborah, die ihm nun als Mutter aller Mütter erschien, die ihr Licht auf die Frauen der Erde ergossen hatte. Ein närrischer Gedanke, mußte Saul sich eingestehen, aber er ließ ihn nicht locker. Deborah war nie mehr als ein Kind gewesen, ein schönes, launenhaftes Kind, das nie frauliche Reife erreicht und sich mit ihrer hübschen Stimme unaufhörlich beklagt hatte, sie wäre vom Schicksal um ihr wohlverdientes Glück geprellt worden. Sie war weder mit ihrem Mann noch mit ihrem Sohn zufrieden gewesen. Dennoch bewirkte die Anwesenheit dieser Frau, daß ihn die Erinnerung an seine Mutter schmerzlich bewegte. Zum ersten Male trauerte er um Deborah — und wußte nicht, warum.

Er ist ihr Sohn, dachte Saul, und sie nur eine einfache Frau, und doch erweist er ihr die Achtung, die die Griechen einst ihren Göttern zollten. Er geht sanft und unendlich zart mit ihr um, als wäre sie von allen Frauen die geliebteste und kostbarste und die ihm heiligste.

Die Achtung vor der Mutter war ein in der Religion der Juden mitverstandener Begriff — zu weit getrieben und oft unverdient, hatte es Saul oft geschienen. Wie es sich ziemte, sprach er für Deborah das Totengebet und fragte sich oft, wo ihre kindliche Seele wohl ruhen, auf welch blumiger Flur sie ihre Spiele treiben mochte — oder ob sie im Staub lag, wie eine Blüte, von eiserner Ferse zertreten. Und seine Mutter war keine einfache Frau gewesen wie diese, sondern eine Patrizierin aus vornehmem und ruhmreichem Hause, und der Name ihrer Väter hatte einen edlen Klang in dieser Stadt. Sie hatte eine gewisse Bildung besessen. Das künstlerische Schaffen der hellenistischen Kultur war ihr nicht fremd, wenngleich sie für die Religion ihrer Väter nur geringes Verständnis aufbrachte. Warum hatte er sie nicht so in Ehren gehalten, wie dieser offensichtlich ungebildete Bursche aus irgendeinem ausgedörrten Dorf seine Mutter ehrte? Deborah war fast ebenso schön und ganz gewiß reizend gewesen. Ich, dachte Saul und ließ die beiden nicht aus den Augen, bin ihr ein kalter und hartherziger Sohn gewesen. Verzeih mir, Mutter. Du hast mich nicht geliebt, und ich dich nicht sehr, aber ich hätte dich in Ehren halten sollen. Bin ich nun weniger wert als dieser unbedeutende Mann, der in seiner Mutter das heiligste und reinste und lieblichste aller Geschöpfe sieht und ihr mit jeder Geste und jedem Blick zeigt, wie hoch er sie schätzt? Ach ja, ich bin weniger wert. Viel weniger.

Der Jüngling langte nach dem Korb mit den Tauben und holte eine Lederflasche mit Wein und einen Bronzebecher hervor. Er öffnete die Flasche, und der Geruch des Weines stieg Saul in die Nase: es war ein billiger, saurer, elender Tropfen. Der Bursche füllte den Becher und hielt ihn seiner Mutter höflich an die Lippen. Wieder ruhten ihre blauen, strahlenden Augen auf ihm, während sie trank. Es war ergreifend anzusehen, wie die beiden in würdevoller Pose, in stolzer Schlichtheit, aber einsam und verlassen im grellen Sonnenlicht saßen. Viele Menschen eilten über den großen Platz, auf dem scharfe, purpurne Schatten lagen. Lärmende Kinder liefen hin und her, und die Händler mit ihren Karren schrien und fluchten. Doch die zwei Menschen saßen in geheimnisvoller Abgeschiedenheit, unbemerkt von der Menge, und hatten nur füreinander Augen: der Sohn aus vollem Herzen spendend, die Mutter in Demut annehmend. Der Ärmel des Gewandes war zurückgefallen, und Saul hatte den Arm des Jünglings gesehen: er war sonngebräunt, muskulös und männlich, schwere Arbeit gewöhnt und fähig, Lasten zu heben und zu tragen. Auch seine Füße und Knöchel waren braun. Sie kannten die Erde saftiger Wiesen und steiniger Felder, sengender Mittagshitze und eisiger Winde.

„Wir alle sind eins, sind Söhne unseres Vaters, gesegnet sei Sein Name", sagte Hillel ben Borusch oft und oft. Saul hatte an diese jüdische Doktrin geglaubt, aber, von einem kurzen Zwischenspiel abgesehen, nur dem Intellekt nach. Doch plötzlich fühlte er sich diesen zwei Menschen in Wahrheit verbunden, und es drängte ihn, seinen Stolz zu besiegen und mit ihnen zu sprechen.

Und als ob Saul schon gesprochen hätte, geschah es jetzt, daß der Jüngling sein majestätisches Haupt zur Seite drehte und ihm voll ins Gesicht sah. Ihre Blicke begegneten sich, und es wollte Saul bedünken, daß sein Herz sich emporhob und erbebte und daß alle seine Glieder aufschreckten. Die azurblauen Augen des Bauernburschen schienen auf ihn zuzukommen, als ob er wirklich aufgestanden wäre, um sich ihm zu nähern. Die Geräusche des weitläufigen Platzes schwanden aus Sauls Bewußtsein. Nun war er mit diesen zwei Menschen eingesaugt in den Kreis zeitloser Stille und Abgeschiedenheit. Sie waren zusammen und allein.

Eine unerklärliche, übernatürliche Furcht ergriff Saul, als er eine gewaltige Kraft zu verspüren vermeinte, die ihn an die Seite des jungen Mannes zog. Etwas Geheimnisvolles, Zwingendes und Entsetzliches nahm von seinem ganzen Wesen Besitz. Eine Stimme in seinem Inneren sagte zu ihm: „Das ist absurd, denn du bist Saul ben Hillel vom Stamme Benjamin, der gelehrsame Sproß eines edlen Hauses, dessen Name selbst von den Stolzesten und Erlauchtesten nicht geringgeschätzt wird. Dieser da ist nichts als ein Bauer und kann wahrscheinlich kaum seinen Namen schreiben! Warum also sollte er dich anziehen und warum ist dein Herz entflammt und verwirrt und hüpft wie ein Lämmchen?"

Aber eine andere Stimme sagte ihm: „Erhebe dich und gehe zu ihm."

Ruhig, ernst, traurig und sonderbar wachsam sah ihn der Jüngling an. Aber ein Lächeln umspielte seine Lippen, als habe er Saul wiedererkannt und wüßte, welcher Art er sei. Der Wind zerzauste sein goldenes Haar und zupfte an seinem Bart. So hell war das Licht, so unverwandt hing des Fremden Blick an Saul, daß Saul selbst schärfer sah, als er es sonst tat. Er sah die matten blauen Schatten unter den Backenknochen, die Venen an den Schläfen und den Pulsschlag an der sonnengebräunten Kehle.

Auch die Frau ließ ihren Blick auf Saul ruhen, doch die Hand, die den Becher hielt, zitterte ein wenig.

Zauberer sind es! dachte Saul, und ein eisiger Schrecken durchfuhr ihn, wie sehr sich auch ein Teil seiner Vernunft über solch abergläubische Vorstellung erheiterte. So sprang er denn unvermittelt auf und suchte sein Heil in der Flucht, ohne auch nur einen Blick zurückzuwerfen. Nicht eher verlangsamte er seine eiligen Schritte, als bis er abermals den Markt erreicht hatte. Erst als Lärm und Geschrei wieder über ihm zusammenschlugen und die Menschenmassen ihn umdrängten, fühlte er sich frei von der Verzauberung. Noch nie war ihm der schrille Klang einer pulsierenden Welt so süß und teuer und sicher erschienen.

Ich konnte entkommen! dachte er. Wem er entkommen war, wußte er nicht, aber er schwitzte am ganzen Körper. Er war einer furchtbaren Gefahr ausgesetzt gewesen — aber welcher? Er kaufte eine Handvoll reifer Feigen und begann sie gierig zu verschlingen. Dann fing er langsam an, über sich selber zu lachen und über die Gefühle nachzusinnen, die ihn so aufgewühlt hatten. Er spazierte weiter und guckte amüsiert und mit freundlicher Herablassung in die kleinen Läden hinein. Er besah sich die hübschen, dunkelhäutigen Sklavenmädchen, die ihm zuerst Widerwillen und dann Mitleid mit ihrer traurigen Lage einflößten. Als er wieder in den Sonnenschein hinaustrat, sagte er zu sich selbst: „Ich bin allein und verloren und weiß nicht, warum."

In diesem Augenblick war es, daß er eine gewaltige und vertraute Stimme hörte oder zu hören glaubte, die ihn anrief: „Saul, Saul von Tarsus!"

Er blickte wild um sich, sah aber nur Marktvolk und Händler in seiner Umgebung, Esel und Kamele und schreiende Kinder, die die breiten Steinstufen hinauf -und herunterrasten. Ich werde wahnsinnig, zuckte es ihm durch den Kopf, sie haben mich in einen Zauberbann gezwungen. Und er lief weiter und murmelte dabei die Gebete gegen den bösen Blick vor sich hin. Dann blieb er zitternd stehen, die Feigen noch in seiner Hand. Er hatte diese Stimme schon in seinem Schlafraum und im heiligen Tempel gehört. Grauenhafte Verwirrung bemächtigte sich seiner Sinne.

Das Haus des Aulus Platonius und Hannah bas Judahs stand in einem bürgerlichen Viertel und, bedauerlicherweise, nicht weit von der Straße der Käsemacher entfernt. Deshalb roch es dort zu allen Jahreszeiten, bei

Tag und bei Nacht, nach saurem, reifem oder frischem Käse. Für Hillel war es ein zugleich beruhigender und ermutigender Duft: gesund und erdgebunden, stark und beständig, ganz anders als die gepflegten, wohlriechenden Gärten Schebua ben Abrahams und seiner Söhne, denen — so schien es Hillel — ein Beigeschmack von Moder, Vergänglichkeit und Gräbern — von Dekadenz gar nicht zu reden — anhaftete.

Aulus, ein reicher Mann, und Hannah, eine wohlhabende Frau, hätten es sich wohl leisten können, auf einem der Hügel in einer schönen Villa mit vielen Sklaven und Dienern zu leben, aber sie waren genügsame Menschen. Sie glichen einander in ihrem Wesen. Ihre Ansprüche waren bescheiden — nicht weil sie ihre Bedürfnislosigkeit zur Schau stellen wollten, nicht weil Geiz sie dazu anhielt. Es entsprach ihrer Natur, ein schlichtes Leben zu führen. Sie besaßen eine schöne Bibliothek, die Hannah von ihrem Vater geerbt hatte, und einen herrlichen Blumen- und Gemüsegarten, Obstbäume und Palmen, wenngleich der Garten in dieser stark besiedelten Gegend notgedrungen klein war. Wo sich die mit gelbem Kies bestreuten Wege kreuzten, stand der einzige Springbrunnen. Oft saß Hannah mit ihren wenigen Dienerinnen im Schatten einer Platane oder eine Johannisbrotbaumes und arbeitete.

In manchen Dingen ähnelte Hannah Claudia. Andererseits aber war ihre Stimme weich, ihr Betragen respektvoll und ihre Wesensart sanftmütig. Sie entschloß sich nur schwer, eine Meinung zu äußern, und war emsig bestrebt, ihren Mitmenschen zu Gefallen zu sein. Sie war von einem Willen beseelt, dem gegenüber der Claudias wie schwankendes Gras anmutete. Die großen braunen Augen, die von dichten schwarzen Wimpern beschirmt waren, schienen die einer Rehgeiß, doch zuweilen ließ ein gewisses Funkeln des stämmigen Aulus' Mut sinken und ihre Töchter erzittern. Als ‚alte' Jüdin trug sie ihr Haar stets verhüllt, doch hin und wieder fiel eine braune Strähne, fein wie Seide, über ihre freie Stirne. Ihr Antlitz war rund wie eine Münze und von Fraulichkeit und Herzenseinfalt gezeichnet, ihre Lippen zärtlich und ihr Teint blaßgolden schimmernd. Sie war von der dunklen Hautfarbe Judäas, obwohl ihre Vorfahren, wie die Hillels, aus Galiläa stammten. Hillel war ihr sehr zugetan, schon als Kind war sie ihm eine ältere Schwester gewesen. Er entsann sich aber auch ihrer strafenden Hand in weniger liebevollen Augenblicken. Fürwahr, wenn ‚alles Freundlichkeit an ihr ist und sie des Friedens Pfade beschreitet', war Hannah bas Judah Königin ihres Haushalts — und König obendrein, wie Hillel des öfteren lächelnd vermerkte.

Aulus begrüßte ihn freudig, umarmte ihn und küßte ihn auf die Wange. „Schalom", sagte er. „Es ist eine Ehre für dieses Haus, dich zu empfangen, Vetter." Hillels Hände zauderten noch einen Augenblick auf Aulus' Schultern, und der Römer, der zu allen Zeiten verzweifelt bemüht war, eine gewisse Empfindlichkeit seiner Gefühle zu verbergen — das paßte nicht zu einem Soldaten! —, spürte dieses Zögern und den unbewußten Druck von Hillels Fingern. Ach, dachte er mitleidsvoll, Schebua ben Abraham und seine Familie waren wohl zuviel für meinen armen Freund. Er klopfte Hillel herzlich auf den Rücken und erkundigte sich nach Saul und warum er nicht mitgekommen war.

„Saul", gab Hillel zur Antwort, „ist ruhelos und konfus und versucht, sein Fieber mit einem Rundgang durch die Stadt zu kühlen. Die Jugend ist kein sehr angenehmer Zustand."

Aus gütigen Augen sah Aulus Hillel forschend ins Gesicht. „Das ist wahr", sagte er und führte seinen Gast durch das Atrium in einen freundlichen, sonnendurchfluteten, aber bescheiden eingerichteten Raum. Ein paar Wollteppiche von nicht sehr hohem Wert bedeckten den Steinboden. Hier gab es weder Wandgemälde noch Statuen noch kostbare Vasen noch Tische aus Zitronenholz noch Kristallglas oder alexandrinische Lampen. Dennoch wirkte der Raum sauber und bequem. Aulus klatschte in die Hände, ein Diener erschien, und Aulus trug ihm auf, einen Imbiß zu bringen. „Wie geht es unserer lieben Hannah?" fragte Hillel.

Als Soldat hatte Aulus nur wenige Illusionen. Mit einer aber setzte er sich Hillels heimlicher Belustigung aus. Trotz ihrer absoluten Herrschaft über den Haushalt nämlich hielt Aulus Hannah für die fügsamste aller Frauen und vergaß unweigerlich alle jene Gelegenheiten, da sie einen Entschluß gefaßt hatte, dem keiner sich zu widersetzen wagte. Hätte er daran gedacht, er würde sich selbst eingeredet haben, daß er nur aus Rücksicht auf ihre weibliche Schwäche vor ihr kapitulierte und weil er sie liebte und ihr ihren Willen lassen wollte. Er lehnte sich bequem in seinen Sessel zurück. „Meine liebe Hannah", antwortete er mit Wärme, „ist, wie immer, die edelste und süßeste aller Frauen". Er strahlte vor Stolz und Glückseligkeit. Er trug eine Tunika aus blauer Wolle — denn der Tag war kühl — und, wie immer, seine eisenbeschlagenen Sandalen, die er nun übermütig auf den Boden aufknallen ließ. Er befand sich in einem Zustand unterdrückter Erregung.

Hannah selbst war es, die jetzt dem Diener, der den Imbiß brachte, voranschritt. Den Kopf wie immer bedeckt, weiße Leinentücher in der Hand, betrat sie in einem Gewand von roter und grauer Farbe den Raum. Sie war klein und rundlich wie eine Taube und hatte auch die volle Brust einer Taube. Hillel erhob sich, ging ihr entgegen und umarmte sie. Sie küßte ihn auf die Wange und hielt ihn dann in einigem Abstand vor sich fest, um ihn mit scharfen Augen prüfend zu mustern. Es waren die Augen einer besorgten Mutter. Sie hatte ihn seit siebzehn Jahren oder noch länger nicht mehr gesehen. „Hillel", sagte sie, und in ihrer sanften Stimme lag eine Frage.

„Es geht mir gut, liebe Hannah", antwortete er und merkte mit Entsetzen, daß er jeden Moment in Tränen ausbrechen konnte.

Hannah lächelte und seufzte. „Und Sapphira und Saul, die ich noch nie gesehen habe und die doch auch meine Verwandten sind?"

„Meine Kinder sind Gott sei Dank gesund", erwiderte Hillel. „Du wirst sie bei Sapphiras Hochzeit sehen, die in acht Tagen stattfindet."

Immer noch lächelten die mütterlichen Augen und immer noch forschten sie. „Ich habe von Aulus gehört, daß Sapphira sehr schön ist. Meine eigenen Töchter sind nicht so schön, aber sie sind verheiratet, und wir freuen uns. Wir sind von unseren Enkelkindern entzückt. Diesen Segen wünsche ich auch dir, lieber Vetter."

Sie deckte einen Tisch mit dem weißen Leinentuch und gab dem Diener einen Wink, der daraufhin Schüsseln mit Käse, Brot, Obst und Oliven und in Öl und Knoblauch gekochten Artischocken und eine Flasche edlen Weines auf die Tafel stellte. Hannah überwachte die Arbeit mit milder Aufmerksamkeit und schob dann selbst die Tonteller und das einfache, silberne Besteck zurecht. „Die Jahre vergehen", fuhr sie fort, ohne Hillel dabei anzusehen. „und wir sehen die, die wir nicht lieben und die uns fremd sind, und unsere Herzen verzehren sich nach unseren Verwandten, die fern von uns leben."

„Kein Jahr ist vergangen, wo ich nicht hoffte, zurückkehren zu können", erwiderte Hillel.

„Ich mache dir ja keine Vorwürfe, Vetter. Es war nur so eine Bemerkung. Die Jahre vergehen, und wir erfüllen unsere Pflichten, deren es nicht wenige gibt. Dennoch kann uns die Nähe jener, die wir lieben, überaus teuer sein."

„Über's Jahr komme ich wieder", sagte Hillel und nahm einen Becher Wein, den der Diener ihm reichte. „Und eines Tages werde ich wiederkommen und nie mehr fortgehen." Er selbst hörte die einsame Trauer nicht, die in seiner Stimme schwang, Hannah aber dachte: Zwei Kinder hat mein armer Vetter und ist dennoch untröstlich.

Plötzlich stand Aulus auf und begab sich ins Atrium. Es war eine so unerwartete Geste, daß Hillel erstaunt aufsah. Aber Hannah lächelte: „Heute ist ein Freudentag für uns, Hillel. Ich darf meinem Mann nicht den Spaß verderben, dich selbst darüber zu unterrichten." Sie warf einen Blick durch die Tür. „Wir hatten gehofft — die Überraschung — würde schon vor deiner Ankunft hier sein. Es scheint eine Verzögerung gegeben zu haben. Aulus wird ungeduldig."

Dieses Haus war so von Ruhe und Frieden erfüllt, daß der Schmerz in Hillels Brust nachzulassen begann. Er beobachtete Hannahs geschickte kleine Hände. Sie war einige Jahre älter als er, aber heitere Gelassenheit, Liebe und innere Zufriedenheit hatten sie jünger erhalten, als dies die ausgesuchtesten Kosmetika einer Römerin vermocht hätten. Von ihren wissenden Augen abgesehen, glich sie immer noch der Braut, auf deren Hochzeit er als Jüngling getanzt hatte.

Sie hörten den Straßenlärm von jenseits der hohen gelben Mauern, und Hillel bemerkte, daß Hannah aufmerksam lauschte, als erwarte sie ein ganz besonderes Geräusch zu vernehmen. Die Luft war frisch, wenn auch ein leiser Käsegeruch diese Frische ein wenig beeinträchtigte. Hillel nippte an seinem Wein und stellte fest, daß sich der Geschmack seiner Verwandten gebessert hatte. Plötzlich erglühte Hannahs Gesicht vor Freude, und ein tiefes Grübchen zeigte sich auf ihrer dunkelhäutigen Wange. Sie eilte ins Atrium, und der herzhafte Klang von Männerstimmen drang an Hillels Ohr. Einen Augenblick später kam Aulus hereinstolziert. Seine Hand umklammerte den Arm eines hochgewachsenen, jungen Offiziers in der glitzernden Uniform eines Hauptmanns der prätorianischen Garde. Hannah kam hinterher, und obwohl sie lächelte, standen Tränen in ihren Augen.

„Schau doch, wen wir hier haben, Hillel ben Borusch!" rief Aulus, die Brust von Glück und Stolz geschwellt. „Unser Sohn Titus Milo ist aus Rom gekommen, um uns zu besuchen! Wir erfuhren es erst vor einem Monat, und heute ist er in Cäsarea gelandet!"

Hillel hatte Hannahs Sohn nie gesehen, teilte nun aber seine Freude mit den Eltern. „Schalom aleichem!" begrüßte ihn der römische Offizier, umarmte ihn und küßte ihm respektvoll die Wange. „Sei mir gegrüßt, Hillel ben Borusch. Ich habe schon viel von dir gehört." Er sprach aramäisch.

„Schalom, Milo", erwiderte Hillel. „Dies ist wirklich ein Freudentag für uns alle, und was ich sage, kommt vom Herzen." Er fühlte sich einsam, als er sah, wie Aulus' Hand auf dem Rücken seines Sohnes ruhte und wie sein Soldatengesicht vor Glück leuchtete. Dann aber dachte er daran, daß es noch keine zwei Tage her war, daß Saul ihn weinend im Atrium von Schebuas Haus umarmt hatte. Seine Traurigkeit verflog. Auch ich, dachte er, habe einen Sohn, der Herz ist von meinem Herzen.

Titus Milo Platonius überragte seinen Vater, der auch nicht gerade klein war, um einen Kopf. Er war von schlanker, kräftiger Gestalt und besaß eine gewisse männliche und militärische Grazie, breite Schultern und schmale Hüften und, unter seiner Tunika, gutgeformte, muskulöse Beine. Er trug hohe Stiefel aus weichem, goldbesticktem Leder, einen scharlachroten, goldumsäumten Umhang und einen aus goldenen Kettengliedern geschmiedeten Gürtel, dazu goldene Epauletten und einen Lederpanzer. Seine kräftigen Arme waren sonngebräunt. Sein eiserner, mit Silber überzogener Helm war kunstvoll ziseliert und hier und da mit funkelnden Edelsteinen besetzt. Der Helmkamm war hoch und edel gezeichnet. Als Bewaffnung dienten ihm ein Dolch und das gefürchtete römische Kurzschwert. Kostbare Ringe schmückten seine Finger, und seine ledernen Armbänder waren mit Gold eingelegt. Er war prächtig anzusehen.

Hillel aber erkannte Hannahs rundes, festes Gesicht in ihrem Sohn und ihr Kinn mit dem Grübchen im Antlitz eines Mannes. Der Sohn besaß die wilde, mächtige, lateinische Nase und die ehrlichen Augen seines Vaters. Doch wo die Augen Aulus' oft Güte verrieten, war Milos Blick von ernster Strenge. Seine Stirne zeugte von unbeugsamer Entschlossenheit, seine Backenknochen glichen von der Sonne verdunkeltem Stein. Dennoch wirkte seine Erscheinung edel, stolz und beherrschend, und Hillel dachte an die römischen Heldenstatuen, die er gesehen hatte, und konnte gut verstehen, warum sich Aulus' Brust weitete, wenn er seinen Sohn vor sich sah. Der Abkömmling zweier Kriegervölker ließ kein Anzeichen von Falsch oder Unschlüssigkeit erkennen, und seine Stimme klang voll durch den Raum — zärtlich, wenn er zu seiner Mutter sprach, herzlich, wenn er das Wort an den Vater richtete. Er stellte seinen Helm auf den Tisch und Hillel sah seinen runden Kopf, das gestutzte braune Haar und die großen Ohren. Hannah flatterte um ihn herum; unter Tränen lächelnd berührte sie ihn sanft und ließ ihre mütterlichen Blicke auf ihm ruhen.

„Du hast dich verspätet", sagte Aulus und füllte selbst einen Silberbecher mit Wein für seinen Sohn. Hillel wußte, daß das die ehrenhafte und ehrende Geste eines Vaters war, denn die ‚alten' römischen Väter bedienten ihre Söhne nicht, außer bei zeremoniellen Anlässen.

Eben noch hatte Milo seiner Mutter zugelächelt, nun aber verschwand das Lächeln aus seinen Zügen. „Ja", gab er zu. Er warf Hillel einen schnellen Blick zu, und sein dunkles Gesicht wurde noch ein wenig dunkler. Er schien sehr beunruhigt zu sein. Dann sah er seinen Vater an: „Warst du heute nicht im Dienst, Vater?"

„Nein. Ich erwartete Hillel."

„Es ist heute am Damaskus-Tor zu Unruhen gekommen", sagte Milo. „Wir sprechen später noch darüber."

„Ich habe von nichts gehört", sagte Aulus und runzelte die Stirne.

„Ich habe zehn meiner Leute bei mir", wandte sich Milo an Hannah. „Es sind meine Leutnants. Kannst du ihnen etwas zu essen geben, bevor sie die Quartiere aufsuchen, die man ihnen in der Stadt zugewiesen hat?"

Nachdem sie ihrem Sohn einen ängstlichen Blick zugeworfen hatte, verließ Hannah eilig den Raum, um Milos Leute mit Speise und Trank zu versorgen. Sie nahm den Käse vom Tisch, weil sie nun Fleisch für ein richtiges Mahl auftragen lassen wollte.

„Nun, da du deine Mutter spediert hast, erzähle", sagte Aulus. „Welche schlimmen Nachrichten bringst du just an dem Tage, den ich in Freude zu verbringen gedachte?"

„Davon abgesehen, daß ich römischer Offizier bin, geht mich das Ganze nichts an. Ich gehöre zur prätorianischen Garde, und diese Zwischenfälle sind Sache der regulären Truppen. Ich versuchte trotzdem zu intervenieren oder zumindest zur Beruhigung der Lage beizutragen.“ Abermals warf er einen kurzen Blick auf Hillel, und seine Miene verdüsterte sich. „Du mußt mir glauben, daß ich tat, was ich konnte, aber die Herausforderung überstieg alle Grenzen des Erlaubten.“

„Erzähle“, wiederholte Aulus und ließ sich, wie zu Tode ermattet, auf einen Stuhl fallen. Hillel krampfte sich das Herz zusammen.

„Die Essener und die Zeloten“, sagte Milo und ließ einen römischen Fluch folgen. „Warum können sie sich mit dem Unabänderlichen nicht abfinden? Innerhalb des Damaskus-Tors zettelten sie einen Aufruhr an. Sie waren bewaffnet und kämpften wild wie Barbaren. Sie haben einen Kameraden von dir, einen Zenturio, und zwanzig seiner Männer erschlagen. Dann erst konnten sie überwältigt werden.“ Er starrte in seinen Becher. „Hundert Männer waren es. Man hat sie ins Gefängnis geworfen. Die andern wurden im Kampf niedergemacht.“

„Bei Kastor und Pollux!“ rief Aulus aus. Er ächzte und griff entsetzt nach seinen Ohren.

Milo preßte die Lippen zusammen. „Zumindest zweihundert Juden aus dieser Stadt unterstützten die Aufständischen. Auch sie sind im Gefängnis, sofern sie ihr Leben retten konnten.“ Er stand auf, stemmte die Hände in die Hüften und begann, langsam auf und ab zu gehen. Er vermied es, in Hillels gequältes Gesicht zu sehen.

„Nach der Rechtslage“, fuhr Milo fort, „ist es schon verwerflich genug, wenn Juden Juden töten. Aber daß Juden römische Soldaten und einen römischen Offizier ermorden, kann nicht hingenommen werden.“

Er machte eine Pause und starrte auf den Boden zwischen seinen Füßen. „Seit Jahren hat es so einen Aufruhr in der Stadt nicht gegeben. Da der Tumult sich über mehrere Straßen erstreckte, wurde eine große Anzahl unschuldiger Frauen und Kinder verletzt. Mehrere Läden wurden angezündet. Ein sadduzäischer Priester wurde aus seiner Sänfte gezerrt, zusammengeschlagen und über eine Mauer geworfen. Seine Leibwache wurde angegriffen. Tiere wurden geschlachtet. Die Erde war blutig, und Blut lief durch die Rinnsteine. Ich tat, was ich konnte“, wiederholte er. „Ich versuchte, die erhitzten Gemüter zu beruhigen — sie beschimpften mich, nannten mich römisches Schwein und Mörder. Ich sprach aramäisch zu ihnen und bat sie, zu fliehen. Wenn einige nicht auf mich gehört hätten, säßen jetzt doppelt so viele in den Gefängnissen.“

Er sah seinen Vater fest an, und seine Schultern schienen breiter zu werden. „Ich bin römischer Offizier und gehöre der prätorianischen Garde an. Ich muß Pontius Pilatus die Grüße und eine Botschaft meines Generals überbringen. Ich fühle mich als römischer Untertan. Du mußt mir glauben, Vater: es war mir, als zöge man mir das Fleisch von den Knochen und zerrte meine Eingeweide ans Licht.“

„Ja“, sagte Aulus und wandte sein Gesicht ab.

„Ich habe nicht nur ein Schreiben meines Herrn, des Cäsars Tiberius, in der Tasche, sondern auch einen Ring, der mir gewisse Vollmachten überträgt. Der Brief betrifft Herodes Antipas, der mit Agrippa ein Komplott geschmiedet hat."

Vater und Sohn tauschten einen langen, trüben Blick. „Mein Volk", wisperte Hillel. „Mein unglückseliges Volk." Sein Gesicht zuckte.

„Es ist — auch — mein Volk", sagte Milo. Wie betäubt, ließ er sich wieder auf einen Stuhl nieder. „Es wurde angeordnet, alle bekannten Unruhestifter zu verhaften. Auch wenn sie nichts mit diesem Vorfall zu tun hatten. Die Disziplin muß um jeden Preis aufrecht erhalten und potentielle Rebellen müssen als warnendes Beispiel bestraft werden." Er zögerte. „Es sieht sehr schlimm aus. Der Zenturio ist der Sohn des Senators Antonius Gallio, eines guten Freundes des Cäsars."

„Octavius Gallio!" rief Aulus entsetzt aus. „Wir haben zusammen gedient! Bei allen Göttern! Der alte Senator wird Blut und Tod dafür fordern!"

„Er ist ein wahrer Caligula", bestätigte Milo, „und ebenso verrückt wie er. Wollte er nicht vor zwei Jahren alle Juden im Stadtviertel Trans Tiber ermorden lassen?"

„Mein Gott, mein Gott", stieß Hillel angstvoll hervor. „Was haben sie nur angerichtet, diese leichtfertigen, wilden jungen Menschen, die vor Patriotismus und Liebe zu ihrem Gott und ihrem Land brennen? Sie haben sich selbst — und andere — zugrunde gerichtet. Als menschliche Sturmböcke laufen sie gegen steinerne Mauern an und wollen nicht aufgeben, auch wenn es sie das Leben kostet. Was haben sie erreicht außer Qualen und Tod für sich selber und ihre Brüder? Und dennoch bringe ich es nicht über mich, sie zu tadeln, denn wenn ein Mensch kein eigenes Land hat, was bleibt ihm dann noch? Er ist geringer als ein Tier, denn das Tier weiß nicht, daß es nichts besitzt."

Aulus und Milo lauschten ihm stumm und voller Mitgefühl. Hillel fuhr fort: „Hätte eine fremde Macht Rom erobert, unterworfen und versklavt, würdet ihr euch nicht erheben, um es zu befreien, auch wenn ihr von der Hoffnungslosigkeit eures Unternehmens überzeugt wäret?"

„Sicherlich", erwiderte Aulus. „Ich würde mein Leben für mein Land geben, selbst wenn es vergeblich wäre."

„Und ich", sagte Milo, „würde mein Leben für Rom und für Israel, mein Volk, geben. Ich habe fürwahr ein bitteres Los zu ertragen."

Einen Vorhang zur Seite schiebend, kehrte Hannah zu den drei Männern zurück. An ihrer Blässe und an ihren bebenden Lippen erkannten sie, daß sie bereits alles wußte. Sie stellte eine silberne Servierplatte mit Aufschnitt auf den Tisch. Dann ließ sie ihren Blick von Hillel zu ihrem Mann und von ihm zu ihrem Sohn wandern.

„Können wir nichts tun?" fragte sie.

„Ich tat, was ich konnte", wiederholte Milo. „Ich erweckte den Anschein, als wollte ich die Rebellen aufreiben. Dabei zerstreute ich sie und beschwor sie, sich aufzulösen und zu fliehen. Einige sahen mir ins Gesicht, dann gehorchten sie und ergriffen die Flucht."

„Und jetzt?" fragte Aulus.

Milo hob die Hände und ließ sie wieder auf die Knie fallen. Es war eine typisch jüdische und zugleich beredte Geste.

Aulus richtete unvermittelt das Wort an Hillel: „Schebua ben Abraham ist der Vater deiner seligen Frau Deborah, und sein Enkel soll deine Tochter heiraten. Er besitzt maßgeblichen Einfluß auf Pontius Pilatus."

„Schebua ben Abraham", sagte Hillel. Aus seiner Stimme sprach Abscheu, und es klang wie ein Fluch. „Hat er denn schon jemals Fürsprache für sein Volk eingelegt? Würde er seine Sicherheit, sein luxuriöses Leben und die Gunst der Römer auf's Spiel setzen? Verzeih mir, Aulus, aber meinem Herzen entströmt bittere Galle. Schebua ben Abraham!"

„Dennoch", entgegnete Aulus Platonius. „Du mußt ihn dennoch um Hilfe bitten. Außerordentliche Situationen erfordern außerordentliche Männer. Ah! Jetzt erinnere ich mich! Es gibt hier einen einflußreichen Juden, den Schebua hoch in Ehren hält. Er bemüht sich sehr um ihn. Er ist eine geheimnisumwitterte Persönlichkeit, dieser Joseph von Arimathäa, und, was mir besonders wichtig erscheint, sehr reich. Pontius Pilatus, der Prokurator, zeichnet ihn mit seiner Freundschaft aus. Pilatus ist abergläubisch, und Joseph hat ihm angeblich prophezeit, er werde an einem Ereignis teilhaben, das den Lauf der Welt für alle Zeiten verändern würde. Nun glaubt Pilatus, man werde ihn eines Tages zum Cäsar Roms machen. Daher bemüht auch er sich um Joseph. Joseph entstammt einer vornehmen und frommen jüdischen Familie. Er ist Pharisäer und Mitglied des Synedrions."

In seiner Verwirrung und Seelenangst begann Hillel zu überlegen. Er hatte den Namen schon einmal gehört, konnte sich aber nicht gleich erinnern. Aber er hatte von den Verwandten seiner Frau genug erfahren, um daran zu zweifeln, daß ein so mächtiger Jude — der sich seines Vermögens und der Gunst der Römer erfreute — seinen beklagenswerten jüdischen Brüdern beistehen würde. Er würde sie als ‚Gesindel' oder Rebellen oder Unruhestifter oder Aufrührer brandmarken, die nur um des Krawalls willen auf die Straße gingen. Dazu kam noch, daß die Essener und Zeloten unter den einflußreichen Juden und besonders den Priestern im Ruf der Gewalttätigkeit und des übermäßigen Fanatismus standen. Er schüttelte traurig den Kopf, hielt aber dann ein. Es konnte nichts schaden.

„Ich verstehe", sagte er, „daß ihr beiden, Aulus Platonius und Milo, in dieser Sache keinen Mann von Ansehen und vor allem keinen Römer um Hilfe angehen könnt. Ich jedoch werde mich sowohl an Schebua ben

Abraham als auch an Joseph wenden. Ich fürchte, ich werde nichts für mein unglückliches Volk erreichen. Trotzdem will ich es versuchen."

Er erhob sich. Hannah aber sagte: „Du hast nicht gegessen, Hillel, und der Mensch braucht Nahrung. Also beruhige dich. Befindet sich hier nicht mein teurer Sohn, der deines Blutes ist? Wolltest du jetzt gehen, es wäre unhöflich ihm gegenüber und dir selbst von Schaden. Gutes Essen gibt Mut." So sprach Hannah bas Judah, eine Frau, die Kinder geboren hatte, und Hillel setzte sich mit den andern zu Tisch.

XI

Aulus Platonius sandte eine Botschaft an Joseph von Arimathäa. Er gab den Bericht weiter, den er von seinem Sohn Titus Milo erhalten hatte, und ersuchte um Gehör für Hillel ben Borusch. Dieser machte sich mittlerweilen auf den Weg nach dem Haus seines Schwiegervaters, um dessen Hilfe zu erbitten. Allerdings fürchtete er sehr, daß sie ihm nicht gewährt werden würde.

Die Luft war frischer geworden, und die Sonne, die im Westen stand, färbte sie weingolden und scharlachrot. Ein bernsteinfarbenes Licht ergoß sich über die von Menschen wimmelnden, emporsteigenden Höhen Jerusalems und vergoldete die Wipfel von Pinien, Palmen und Zypressen. Vom Tempel her erscholl eine Posaune, die das Volk darauf hinweisen sollte, daß Sonnenuntergang und Abendgebete nahe bevorstanden. Dem bekümmerten Hillel schien es ein zugleich triumphierender und verlorener Klang. Die von sechs prächtig gekleideten nubischen Sklaven getragene goldene Sänfte Schebua ben Abrahams schwankte durch volle Straßen und an hohen Mauern vorbei. Hillel hatte die Vorhänge zur Seite geschoben, um die drängenden Massen seines Volkes schauen und für seine Brüder und Schwestern beten zu können.

Im Atrium von Schebuas Haus fand Hillel seinen Sohn Saul, der sich in seinen schäbigen Umhang gewickelt hatte, als ob ihn fröstelte. Hillel legte seine Hand auf Sauls Arm und sah in sein von Verwirrung gezeichnetes Gesicht. „Mein Sohn", sagte er, „es ist mein Wunsch, daß du mich zu deinem Großvater begleitest, denn ich habe Entsetzliches zu berichten und bedarf dazu deiner tröstenden Stütze."

Als ob er nichts verstanden hätte, antwortete Saul: „Ich fürchte, wahnsinnig zu werden. Ich befand mich in diesem Hause, in meinem Schlafgemach, als ich eine gewaltige Stimme vernahm, die mich rief. Heute, auf dem Marktplatz, hörte ich dieselbe Stimme."

Hillel sah ihn scharf an. „Hat sie dich in Furcht versetzt?"

Saul zögerte mit der Antwort. Er zog seinen Umhang fester um sich. „Ich weiß es nicht", erwiderte er nachdenklich. „Es ist Furcht und doch auch eine Art Begeisterung. Aber es war ja nur eine Einbildung."

Hillel schüttelte den Kopf. „Wer kann das sagen?" murmelte er und verstärkte seinen Griff auf Sauls Arm. „Komm mit mir." Der Haushofmeister betrat das Atrium und Hillel ersuchte ihn, Schebua zu benachrichtigen, daß sein Schwiegersohn und sein Enkel ihn zu sehen wünschten. Sie warteten still. Es wurde dunkler im Atrium.

Der Haushofmeister kehrte zurück und gab ihnen bekannt, daß Schebua ben Abraham, sein Herr, soeben aus dem Bad gekommen war und sich jetzt in seinem Gemach auf das Abendessen mit dem edlen Prokurator Pontius Pilatus und mit Herodes Antipas vorbereitete. Er könne Hillel nur wenige Augenblicke schenken. Hillels bleiche Lippen zuckten in einer neuerlichen Aufwallung von Zorn. Die Hand auf Sauls Arm, folgte er dem Haushofmeister in Schebuas luxuriöse, warm duftende Gemächer. Schebua saß auf einem Stuhl aus Ebenholz neben einem Tischchen aus Zitronenholz. Seine Konkubine Asa, die schöne, junge und schlangengleiche Nubierin, polierte seine Fingernägel und parfümierte seine Hände. Mit gewohnt nachlässig elegantem Gebaren lehnte er wie erschöpft in seinem Sessel. Er war in eine Tunika von feinstem Silberstoff gekleidet. Über einen Stuhl gebreitet, schimmerte seine Toga, als wäre sie in Mondlicht getaucht. Seine mit Edelsteinen besetzten Sandalen erwarteten ihn. Sein vieldeutiger Blick warnte Hillel, daß er ihm seine Worte noch nicht verziehen hatte und ihn nur ungern empfing.

„Ach, Hillel, und du, Saul, mein Enkel", begrüßte er sie mit seiner honigsüßen Stimme. „Leider muß ich euch bald verlassen und kann euch nicht lange anhören." Seine blassen Augen ruhten mit eisiger Gleichgültigkeit auf ihnen. Hillel begegnete seinem Blick mit Widerwillen. Schebua forderte sie nicht zum Sitzen auf, und so blieben sie stehen, wenngleich Saul auf seinen Großvater zutrat und ihm pflichtgemäß einen Kuß auf die Wange drückte, den Schebua mit gnädigem Lächeln quittierte. Da die Dämmerung nun rasch hereinbrach, zog Asa die seidenen Vorhänge vor und zündete zwei getönte Lampen an, die auf Sockeln aus rosigem Alabaster standen. Hillel unterdrückte seinen Zorn über die Demütigung, dastehen zu müssen wie ein Diener vor seinem Herrn.

Hillel begann zu sprechen und beobachtete dabei sowohl Schebua als auch Saul. Er sprach zur Sache und war bemüht, seine schmerzlichen Gefühle zu verbergen. Langsam veränderte sich Schebuas Ausdruck und wurde starr, abweisend und hochmütig. In Sauls Miene hingegen spiegelten sich Schmerz und Qual. Schließlich kam Hillel zu Ende, und er und Saul hefteten ihre Blicke auf Schebua.

Schebua hielt Asa seine schlanken Arme entgegen, und ehrerbietig legte sie ihm die reichgeschmückten Bänder an und steckte ihm Ringe an die Finger. In ihrer schwarzen Hand das elfenbeinerne Gerät zur Herstellung des passenden Faltenwurfes, blieb sie neben dem Stuhl stehen, auf dem die Toga ausgebreitet lag. Ihre Augen waren durchsichtig und klar und zeigten keinerlei Gefühle. Wie sie da geduldig wartete, glich sie einer Statue.

Schebua betrachtete einen seiner Ringe. „Eine schlimme Sache", meinte er. Er schüttelte den Kopf. „Werden sie's nie lernen? Oder macht es ihnen Vergnügen, Gewalttaten zu verüben und Aufstände anzuzetteln?"

Er drehte den Kopf herum und betrachtete Hillel mit bösartiger Schadenfreude. „Ich nehme an, ihr seid mit dieser traurigen Geschichte zu mir gekommen, um mich zu bitten, ich möge mich bei Pilatus und Herodes ins Mittel legen?"

„Richtig", bestätigte Hillel. „Um deines Volkes willen."

„Die Menschen alle sind mein Volk, Hillel ben Borusch. Wie ich dir zu bedeuten schon Gelegenheit hatte: ich bin kein Provinzler. Ich kenne keine Unterteilungen. Wenn Verbrecher ungesetzliche Gewaltmaßnahmen ergreifen und Morde verüben, bin ich gegen sie, denn ich trete für Recht und Ordnung und gebührenden Gehorsam ein und dafür, daß man sich mit den Gegebenheiten abfindet."

„Mit unerträglicher Unterdrückung, Ausbeutung, hartherziger Besteuerung und grausamer Tyrannei abfindet?"

„Ach, nun gebrauchst du selbst die Worte der Gewalt, Hillel. Das tut mir leid. Ich hätte dich für maßvoller gehalten. Was sollte ich denn deiner Meinung nach tun? Mich wie ein schäbiger, kleiner Provinzrabbi vor Pilatus und Herodes demütigen und sie um Gnade anflehen? Diese Männer sind meine Freunde. Sie kennen meine Einstellung und wissen, daß ich offenen Widerstand so wie sie bedauere und verurteile. Sie wissen, daß ich ein Mann von Kultur bin. Sie wissen, daß mir diese elenden Kerle nichts bedeuten, auch wenn sie sich Juden nennen."

Hillel meinte, an seiner Qual, seinem Zorn und seinem Haß ersticken zu müssen. Er führte eine zitternde Hand an seine Kehle. „Schebua ben Abraham", erwiderte er, „du magst dich selbst täuschen, aber bedenke: es ist dein Volk, es sind deine Brüder. Du hast keine anderen. Würde ein Römer gegenüber den Leiden eines anderen Römers, ja selbst eines Griechen, gleichgültig bleiben? Niemals! Aulus Platonius hat mir versichert, er würde für Rom und sein Volk sterben, selbst wenn der Kampf noch so sinnlos wäre. Er ist ein stolzer Mann, ein Mann von Ehre, und er liebt sein Land."

„Und ich etwa nicht?" entrüstete sich Schebua. „Bin ich also kein Mann von Ehre? Das mag deine Meinung sein. Wir haben sehr unterschiedliche Auffassungen von Begriffen und Werten, Hillel ben Borusch. Wir haben darüber schon diskutiert, ohne zu einem Schluß zu kommen und ohne eine Einigung zu erzielen. Ich wiederhole: diese Verbrecher bedeuten mir nichts. Sie bringen ihr ganzes Volk in Gefahr, treiben es an den Rand des Abgrunds und bedrohen es mit dem römischen Kurzschwert und völliger Vernichtung. Ist es nicht besser, daß einige wenige für ihr Land sterben, als daß alles zerstört wird? Ein Jude, der sein Land liebt, wird auf diese Frage nur eine Antwort wissen."

Hillels Seele war müde. „Glaubst du denn", entgegnete er, „Pilatus wird dich als zivilisierten Menschen achten, wenn du nicht um Gnade für dein eigenes Volk bittest? Herodes ist halb Jude, halb Grieche. Wird er dich für dein Schweigen achten, für dein vorgebliches Desinteresse an deinem Volk? Sie werden im geheimen über dich und deinen Kleinmut lachen!"

Schebuas blasse, hagere Wangen röteten sich. „Wir werden das Thema heute abend nicht berühren", sagte er. „Sie wissen, wie ich darüber denke."

„Du hast meine Fragen nicht beantwortet", stellte Hillel fest. „Nun gut. Du bist ein Meister in Spitzfindigkeiten und Ausflüchten, Schebua ben Abraham, und mir in dieser Beziehung weit überlegen. Aulus' Sohn, Titus Milo Platonius, leidet um Israel. Er ist Hauptmann der prätorianischen Garde. Der Kummer um ein Volk, das nicht das seine ist, bricht Aulus Platonius, einem Römer, fast das Herz. Ist nun ein Römer geringer, oder ist er mehr als du, Schebua?"

Schebua erhob sich und gab der Nubierin mit einem Wink zu verstehen, daß er seine Toga anzulegen wünschte. Sie warf sie ihm über die Schultern. Groß und schimmernd stand er im Lampenschein. Das Mädchen kniete vor ihm nieder und begann, die Toga kunstfertig zu drapieren. Schebua verfolgte den Wurf jeder einzelnen Falte mit größter Aufmerksamkeit. Er richtete einige mürrische Worte an das Mädchen, ganz so, als ob es nichts Wichtigeres für ihn gäbe. Es dauerte eine Weile, bevor er sich vom Fall des linken Ärmels seines Gewandes befriedigt zeigte.

Als ob Sauls junges Gesicht zu Stein geworden wäre, erschien darauf ein sonderbar starrer Ausdruck, und seine blauen Augen funkelten vor Verachtung und Erbitterung. Seine Fäuste ballten und öffneten sich. Mehr noch als sein Schmerz quälte ihn die Erniedrigung, die seinem Vater und ihm zuteil wurde. Wie lästige Bettler mußten sie dastehen, die es nur der Güte eines großen Herrn zu verdanken hatten, daß sie nicht weggeschickt und mit Peitschenhieben verjagt wurden.

Schließlich heftete Schebua seine gelblich blassen, kalten Augen auf seine Verwandten. „Ich kann nichts tun. Ich bin Realist und weiß, wann mir die Hände gebunden sind. Als zivilisierter Mensch kann ich nicht Leuten Gnade erweisen, die keine Gnade verdienen, und nicht Nachsicht üben gegenüber jenen, die selbst keine Nachsicht kennen. Haben sich diese Mörder nicht unnachsichtig und gnadenlos gezeigt? Haben die römischen

Soldaten nicht ihre Pflicht getan, als sie sich selber, das Recht, ja das ganze Volk Israel schützten? Haben die Gewalttäter an ihr Volk gedacht und an die Folgen, die ihr schändliches Tun für ihr Volk haben würde? Sie haben Unschuldige ins Unglück gestürzt und den Tod Unschuldiger auf dem Gewissen. Und für diese Leute soll ich eintreten?"

„Ich habe es dir doch erklärt", entgegnete Hillel in wachsender Verzweiflung. „Viele der Verhafteten, denen jetzt ein qualvoller Tod droht, haben sich keiner Gewalttaten — wie du es nennst — schuldig gemacht. Man hat sie aus ihren Häusern geholt."

„Es sind stadtbekannte Unruhestifter und potentielle Mörder, auch wenn manche aus vornehmen Familien kommen. Sie haben nichts dazugetan, um Recht und Ordnung aufrechtzuerhalten und die Gewalttäter im Zaum zu halten. Mit ihrem Stillschweigen haben sie das verbrecherische Tun gebilligt."

„Es sind Kinder, Mädchen und junge Burschen darunter", wendete Hillel ein. „Es sind Ehefrauen dabei."

Schebua zuckte die Achseln. „Diesen politischen Brandstiftern muß auf das nachdrücklichste klargemacht werden, daß es niemandem gestattet ist, gegen die Gesetze zu verstoßen." Er errötete abermals. „Glaubst du, ich hätte ein Herz aus Stein und einen so schlechten Charakter, daß ich mich an Blutvergießen und Tod ergötze? Nein! Stimmt mich der Gedanke an Leid, Not und Elend froh? O nein! Aber ich weiß, was getan werden muß, wenn das Volk Israel überleben soll."

„Dir liegt nichts an Israel", erwiderte Hillel. „Was du redest, sind Spitzfindigkeiten. Dir liegt einzig und allein an deinem Haus, an deinem Vermögen und deiner gesellschaftlichen Stellung. Ich wußte das schon, bevor ich zu dir kam. Mein Herz sagte mir, daß ich dich nicht würde rühren können. Wenn ich nicht mein Wort gegeben, wenn meine selige Frau nicht zugestimmt hätte, die Verehelichung meiner Tochter mit deinem Enkel würde nicht stattfinden. Ich würde nicht wünschen, sie dem Hause Schebua ben Abrahams verbunden zu sehen, und der Gedanke, sie könnte einem Kind deines Blutes das Leben schenken, wäre mir unerträglich. Ich habe meine Zeit vergeudet, und die Zeit drängt. Ich will mich an mutigere und achtbarere Männer wenden, an Männer von Ehre und Gerechtigkeit."

Er drehte sich um und verließ, von Saul begleitet, das Gemach. Wie falsch er doch, bei aller Liebe, seinen Vater eingeschätzt hatte, ging es dem Jüngling nun wieder durch den Kopf, und neues Leid bedrückte sein Herz.

„Komm mit mir", sagte Hillel. „Wir gehen zu Joseph von Arimathäa."

„Zu dem Mann, der damals behauptete, er habe den Stern über Bethlehem gesehen?" fragte Saul mit leisem Spott.

Hillel blieb wie angewurzelt stehen. Sein Gesicht veränderte sich. Er war tief bewegt, und ein Licht funkelte hinter den Tränen in seinen Augen.

Vater und Sohn lehnten sich in der goldenen Sänfte zurück. Schwankend schlängelte sie sich im grellen Schein von Fackeln und Lampen durch die engen Straßen, vorbei an dahineilenden Menschen, Soldaten und Reitern, Kamelen und Eseln.

„Der heiligen Schrift zufolge ist es sündhaft, Leute zu tadeln, die unseres Blutes sind", sagte Saul, „aber Schebua ben Abraham ist wirklich ein schlechter Mensch."

„Nein, das ist er nicht", entgegnete Hillel. „Man kann manchmal auch von bösen Menschen etwas erreichen. Schebua hat Angst. Und wenn ein Mensch Angst hat, kann man mit ihm nicht rechnen. Er ist verwirrt. Er redet ohne Sinn und Verstand. Ich sah die Angst in seinen Augen. Ich war grob mit ihm, aber dabei tat er mir leid. Gott kann den Bösen verzeihen, wenn sie bereuen, aber nicht einmal ein Engel wird bei einem Menschen Gehör finden, der in panischer Angst lebt."

Aber Saul wiederholte: „Er ist ein schlechter Mensch."

Hillel seufzte. „Ich wollte, er wäre nur das. Ich habe Verständnis für alles, nur nicht für Feigheit."

„Und Selbstsucht."

„Kommt das nicht letztlich auf das gleiche heraus?"

Das Haus des Joseph von Arimathäa stand an einer breiten, ebenen Straße unterhalb des Ölbergs. Hinter den schmiedeeisernen Toren leuchteten die Lampen im Säulengang, und dunkle Zypressen, Palmen und Pinien erfüllten die Gärten mit aromatischem Duft. Der Türhüter öffnete das Tor, von dem ein mit rotem Kies bestreuter Weg zur bronzenen Eingangstür führte. Die Tür öffnete sich, und Joseph von Arimathäa stand auf der Schwelle. Dann trat er in den Säulengang hinaus, um seine Gäste willkommenzuheißen.

Er war ein großer, stattlicher Mann. Seine Arme waren bloß, und ein goldener Gürtel umschloß seine lange, blaue Tunika. Sein ovales Haupt war groß und schwer, größer als der Kopf von Männern gleicher Statur. Der erste Eindruck, den ein Fremder von ihm bekam, war der eines häßlichen Mannes, der nichts Anziehendes an sich hatte. Seine Züge waren zu derb, sein Mund zu massig, das Kinn zu stark, und die fetten Ohren standen zu weit vom Schädel ab, der wie polierter Stein schimmerte. Doch unter den schwarzen Brauen, die über seiner Adlernase zusammentrafen, saßen dunkle und strahlende Augen, geheimnisvoll und freundlich zugleich.

„Gruß dir, Hillel ben Borusch, und deinem Sohn Saul", sagte er mit volltönender Stimme, die ihren Widerhall in den Gärten fand. „Willkommen in diesem Hause, dem euer ruhmreicher Name nicht unbekannt ist.“ Er streckte Hillel ein paar muskulöse Pranken entgegen, umarmte ihn und küßte ihn auf die Wange. Er lächelte Saul zu, und das Lächeln verklärte seine Züge. „Schalom“, sagte er.

Angesichts einer so freundlichen und warmherzigen Begrüßung fiel es Hillel schwer, die Fassung zu bewahren. Er erwiderte die Umarmung des Hausherrn. Joseph führte sie in ein geräumiges, helles Atrium, wo der Haushofmeister auf Befehle wartete, und dann in einen anderen, geschmackvoll eingerichteten Raum, der vom Duft frischen Farnkrauts durchdrungen war. Joseph klatschte in die Hände, und schon eilten Diener mit Tischwäsche, Tellern und Eßbestecken herbei.

„Ich habe schon zu Abend gegessen“, wehrte Hillel ab, „allerdings ohne meinen Sohn.“

„Komm“, sagte Joseph, und wieder spielte ein leuchtendes Lächeln um seine Lippen. „Gutes Essen macht immer Freude.“ Er heftete seinen Blick auf Saul, und ein sonderbarer Schimmer überzog seine Augen. Dieser offene und doch geheimnisvolle Blick verwirrte Saul auf unerklärliche Weise. Für Luxus hatte Saul nichts übrig, und dieses Haus war zumindest ebenso luxuriös wie das seines Großvaters. Aber es schien ihm, als ob der Luxus hier nicht so vorsätzlich und gekünstelt wäre. Er saß schweigend neben seinem Vater, während die Diener den Tisch anrichteten.

„Du weißt, was mich zu dir geführt hat, Joseph von Arimathäa?“ forschte Hillel.

„Ja“, erwiderte der Angesprochene. „Ich empfing ein Schreiben von deinem Verwandten, meinem guten Freund Aulus Platonius. Aber du bist ermattet. Wir wollen erst eine Stärkung zu uns nehmen.“

„So wie ich mich fühle, wie könnte ich das?“

„Man kann alles mit Hilfe Gottes, der Gnade und Herrlichkeit verleiht, gesegnet sei Sein Name.“

Hillels Augen füllten sich mit Tränen. „Verzeih mir“, sagte er mit gebrochener Stimme, „aber mein Herz ist wund. Ich betrage mich für gewöhnlich nicht so weibisch.“

„Seit wann sind die Tränen eines Gerechten weibisch?“ entgegnete Joseph mit sanfter Stimme. „Wenn wir nicht hin und wieder weinten, wären unsere Herzen wie toter Stein. Und haben wir nicht Anlaß zu trauern? Mehr als genug. Laß uns in Frieden speisen und unser Vertrauen in die Hoffnung setzen.“

In welche Hoffnung? fragte sich Saul, und abermals kam Bitterkeit über ihn. Welche Hoffnung bleibt dem Menschen?

Allmählich nur wurde er sich der Ruhe bewußt, die in diesem Haus herrschte. Selbst Hillel nahm, trotz seines quälenden Kummers, etwas Wein zu sich, ebenso Aufschnitt und Gemüse in Essig und Öl und Obst und Backwerk. Und auch Saul, so bedrückt sein Sinn und so zerrissen sein

Herz sein mochte, konnte sich dem süßen Frieden der entspannten Harmonie, der sanften Gelassenheit nicht entziehen. Josephs Geschmack, dachte er, spiegelte sich in seinem Hause wider, es war ein Ausdruck seines ureigenen Wesens. Ganz anders stand es um Schebua ben Abrahams Haus: der Eigentümer besaß keine Substanz, die sich hätte widerspiegeln können. Der Geschmack und die Wertbegriffe anderer hatten sein Haus geschaffen, ihm selbst war nichts Schöpferisches gegeben. Joseph von Arimathäa hingegen — schon allein das weiche Licht auf den weißen Wänden schien Saul eine Ausstrahlung seines Geistes zu sein. Die innere Gewißheit, die Saul jetzt erlangte, beruhte nicht auf dem Glauben an die Menschen, sondern sie beruhte auf einem Glauben, der weit über alles Menschliche hinausging. Seine junge, eingeengte Seele begann sich zu regen und entfaltete zögernd ihre Flügel. Aber noch blieb er argwöhnisch auf der Hut vor Banalitäten und Gemeinplätzen.

Josephs Stimme brach die Stille nicht, sie glitt darüber hinweg. Schließlich begann er: „Ich war heute bei Pontius Pilatus, der mir viel schuldet, und bei Herodes, der mir noch mehr schuldet. Ich erfuhr von der Tragödie am Damaskus-Tor noch während sie im Gange war. Sollte einer meiner Brüder Leid erfahren, ohne daß ich davon wüßte und mich um ihn sorgte? Ach, es war ein schreckliches Unglück, und ich gräme mich um beide, um Römer und Juden und alle, die mit Waffen aufeinanderschlagen, um einen unlösbaren Konflikt auszutragen. Denn solange Menschen auf dieser Erde wohnen, wird es Krieg und Haß, Bedrückung und Rebellion geben, solange bis —“ Er machte eine Pause und blickte ins Leere, als sähe er eine noch unerfüllte heroische Vision vor sich.

„Ist es nun besser“, fuhr er fort, „im Kampf für eine gerechte Sache, der niemals Erfolg beschieden sein mag, den Tod zu finden, oder am Leben zu bleiben und in der Hoffnung auf Fortschritt und Sieg dafür zu arbeiten? Das ist eine Frage, mit der sich jeder Mensch, besonders in seiner Jugend, konfrontiert sieht. Die Griechen drücken es gröber aus: ‚Es ist besser, als Mann aufrecht zu sterben, als, einem Sklaven gleich, auf den Knien zu leben.‘ Aber der Tod, wie glorreich er auch sein mag, beraubt uns eines Kriegers. Wir können keine Krieger entbehren.“ Wieder schenkte er Hillel sein sanftes Lächeln, das ihn diesmal ein wenig dunkel anmutete.

Hillel folgte seinen Worten mit fast schmerzlicher Aufmerksamkeit.

„Laßt mich euch einen geringen Trost spenden“, sagte Joseph in mitfühlendem Ton. „Es hat heute Tote gegeben, und die Römer ertragen die Tötung ihrer Soldaten nicht mit Gleichmut. Auch für uns ist die Tötung von Juden nicht ohne Bedeutung. Die Römer betrachten sich als Vertreter der Vernunft und der Gesetzlichkeit. Sie können den Zorn der Juden verstehen, denn sie würden ebenso empfinden wie wir, wäre Rom von einer fremden Macht besetzt, die ihnen ihre Gesetze aufzwängte.

Außerdem sind die Römer Pragmatiker — soweit es den Geist und die Vaterlandsliebe anderer Menschen betrifft. Wer aber ist stärker? Rom. Wer also hat mehr Recht zu herrschen, Handel zu treiben, den Markt zu lenken, aufzubauen und Änderungen vorzunehmen? Rom. Das ist keine neue Art, den Besiegten gegenüberzutreten. Nur hat Rom daraus eine Tugend gemacht. Und sie heucheln nicht einmal. Sie sind ehrlich davon überzeugt, daß sie die zivilisierende und verbindende Kraft in der Welt darstellen. Immer schon haben sie von einer Weltregierung geträumt und glauben nun auch, sie unter der Pax Romana hervorgebracht zu haben. Nationen, die ihnen da ins Gehege kommen, rivalisierende Reiche, erscheinen den Römern ordnungswidrig, unerheblich, unbotmäßig, extravagant, kostspielig, untauglich und gefährlich. Könnte man den Geist der Römer in einem Wort zusammenfassen, das Wort wäre Wirtschaftlichkeit: Wirtschaftlichkeit in der Weltanschauung, im Denken und im Handeln.

„Verzeiht mir, wenn ich säume und abzuschweifen scheine. Ich wollte euch nur klarmachen, daß ich die Römer verstehe, denn mit Verständnis hat man schon halb gewonnen, wenn man sich auf einen Meinungsstreit einläßt. Denn wer kann einen Menschen hassen, den er versteht? Er kann seinem Widersacher oder seinem Freund — seltsam, wie oft es sich da um ein- und dieselbe Person handelt! — nur mit Güte und Vernunft, ja selbst mit Zuneigung, begegnen. Da ist keine spitzfindige Verschlagenheit im Spiel. Es kommt vom Herzen, es ist echt. Und so, obwohl ich Pilatus gut kenne, ihn als grausamen, abergläubischen und ehrgeizigen Mann kenne, so kenne ich ihn auch als Geschöpf meines menschlichen Fleisches und meines menschlichen Geistes und weiß, daß er nicht glücklicher und nicht zufriedener ist als ich, und meinem Wesen nicht fremd. Er teilt der Menschheit Leiden, Hoffnungen und Begehren mit mir und weiß, daß ich das von ihm weiß. Und was Herodes angeht ... Der Mann ist zu bedauern, weil er seine jüdische Wesensart nicht mit seinen griechischen Instinkten in Einklang zu bringen vermag.

„Diesen beiden habe ich heute mein Verständnis dargelegt und meine Bitten vorgetragen."

Er schälte Hillel eine große, reife Pflaume und legte sie ihm auf einen kleinen goldenen Teller. Er wartete nicht darauf, daß der Diener Hillel frischen Wein nachgoß. Er schenkte ihn selbst ein. Saul beobachtete ihn. Auch wieder so einer, der mit Worten spielt, dachte er angewidert, ein geschickter Fürsprecher Roms, ein Kompromißler, ein Akrobat, der sich aus jeder Falle herausreden kann. Männer wie er verkaufen ihre Seelen für Geld, für sorgenfreies Leben und persönliche Sicherheit, und wissen gar nicht, was sie für ein trauriges Geschäft betreiben.

Als hätte der junge Mann seine Gedanken laut ausgesprochen, ließ Joseph seine dunklen, leuchtenden Augen einen Augenblick lang auf ihm ruhen, und ein Schatten von Trauer glitt über sie hinweg. Hillel hatte aufmerksam zugehört, ohne sich verletzt oder abgestoßen zu fühlen. Es war ihm, als läge eine feste, kühlende Hand auf seiner fiebernden Stirne; von leiser Hoffnung beseelt, wartete er.

„Ich konnte Pilatus dazu bewegen", fuhr Joseph fort, „die Freilassung jener Häftlinge zu verfügen, die als potentielle Unruhestifter angesehen werden, die sich der römischen Herrschaft zwar widersetzen, ohne jedoch zur Gewalt zu greifen. Sie wurden nach eindringlicher Warnung wieder in ihre Häuser entlassen und befinden sich bereits wieder im Kreis ihrer Familien. ‚Soll denn das Lamm zugleich mit dem Löwen geopfert werden?' fragte ich Pilatus." Joseph lächelte. „Überdies schuldet er mir eine beträchtliche Summe, denn er ist ein leichtsinniger Spieler, und Tiberius Cäsar, dieser harte und unbeugsame Mann, mag Spieler nicht. Dazu kommt noch, daß er und Herodes sich mit Agrippa in Rom kompromittiert haben. Glücklicherweise habe ich Freunde, die Tiberius' Vertrauen genießen. Nur so konnte seine Abberufung vermieden werden." Joseph machte eine Pause und betrachtete den Wein in seinem Becher. „Er muß seine Rolle spielen, wie ich sie in meinen Visionen gesehen habe. Ich besitze die Gabe des zweiten Gesichts."

Hoffnung leuchtete aus Hillels Antlitz. Joseph hob seine Hand.

„Ich habe weder mein Geld noch meinen Einfluß in Rom geltend gemacht, um Pilatus zu überzeugen. Damit hätte ich mich mehr erniedrigt als ihn. Ich habe römische Vernunft walten lassen. Empfindsamkeit, Gefühlsduselei liegen den Römern nicht. Mir auch nicht. Ein empfindsamer Mensch ist einer, der die Kontrolle über sich selbst verloren hat. Wie kann er also andere lenken oder auch nur eine vernünftige Meinung äußern? Das sagte ich zu Pilatus, und er wußte, daß ich recht hatte. Die Gerechtigkeit darf nicht von Gefühlen beherrscht werden, gab ich ihm zu bedenken. Er nickte zustimmend."

Wieder lächelte Joseph. „In ihrem Innersten glauben sich die Römer den Griechen unterlegen und ziehen jeden an ihre Brust, der sich ihrer Überlegenheit versichert."

Was für ein gerissener Heuchler! dachte Saul mit steigender Wut.

Aber Hillel schien anderer Meinung zu sein. „Gott sei bedankt, Joseph von Arimathäa", sagte er, „daß du die Unschuldigen gerettet hast. Was aber geschieht nun mit diesen hundert oder noch mehr Zeloten und Essenern, die in den Gefängnissen der Römer einem grauenhaften Tod entgegensehen?"

„Sie kann ich nicht retten", antwortete Joseph mit trauriger Stimme. „Und ich glaube auch nicht, daß sie gerettet werden wollen. Es sind tollkühne und opferfreudige junge Männer, und es ist ja die Jugend, die an Heldentaten glaubt und um den Tod buhlt, wie alte Männer um die Gunst einer Geliebten buhlen. Sie glauben, daß sie ein Beispiel aufgestellt haben, dem alle folgen sollten, und daß sie ein Banner tragen, das die Herzen der Menschen entzünden wird. Wunderschöne Gedanken. Aber nicht sehr vernünftig."

„Sie werden also sterben", sagte Hillel.

„Nicht ohne Ruhm in ihren Seelen, nicht ohne Frohlocken", gab Joseph zu bedenken. Er goß frischen Wein in die Becher. „Danach haben sie sich schon immer gesehnt. Ich will ihre Liebe, ihren Patriotismus, ihre Hingabe an Gott nicht schmälern, aber auf dem Altar dieser Gefühle sind sie mehr als bereit, sich opfern zu lassen."

Saul konnte sich nicht länger beherrschen. „Auch ich bin bereit!" rief er aus.

In seiner Seelenpein wollte Hillel seinen Sohn schon zurechtweisen, als Joseph abermals seine Hand hob. „Du wirst bereit sein, mein Sohn", sagte er, „und es wird so geschehen."

Angst beschlich den Vater. Er hatte vernommen, daß Joseph die geheimnisvolle Gabe der Weissagung besaß und die Nebel der Zukunft durchdringen konnte.

„Ich wollte, mein Sohn sollte für sein Volk leben", murmelte er.

„Und das wird er", erwiderte Joseph mit seinem gütigen Lächeln. Das war Hillel unverständlich. In Sauls metallisch funkelnden Augen spiegelten sich sein Zorn und seine leidenschaftliche Erregung. „Wenn ich auch nur die geringste Chance sehe, etwas zu erreichen", fuhr Joseph fort, „nütze ich sie. Aber ich weiß genau, wann ich nichts erreichen kann, wann jeder Versuch vergeblich ist. Ja, die Söhne der Wüste müssen sterben. ‚Habt ihr Juden nicht ein Gesetz', fragte mich Pilatus, ‚das da heißt „Wenn aber Verletzung geschehen ist, so sollst du geben Leben um Leben"?' Ich wußte, daß er angesichts seiner toten Soldaten und Offiziere unerbittlich bleiben würde. Wer kann es ihm verübeln? Ich war schon sehr zufrieden, als ich hörte, daß er die Unschuldigen schonen würde. Wir wissen ja, daß sie genau solche Rebellen sind wie die andern, nur vorsichtiger. Sie sind auch frömmer. Sie erwarten den Messias, den Erretter der Menschen aus Leid und Not, gesegnet sei Sein Name."

Wieder zuckte es um Hillels Lippen, doch bevor er noch sprechen konnte, fragte Saul: „Und du hast dich auch bei Herodes verwendet, Joseph von Arimathäa?"

„Das habe ich. Ich konnte ihn dazu bewegen, Auftrag zu geben, jenen jungen Helden, die auch nur das leiseste Anzeichen von Angst vor Leiden und Tod erkennen lassen, schnellwirkendes Gift zu verabreichen. Der Mensch sollte mit Stolz und Frohlocken, ja mit Dankbarkeit, in einen Tod gehen, den er selbst heraufbeschworen hat. Jenen aber, die schwächeren oder sanfteren Wesens sind, sollte die Pein eines unerbittlichen, grausamen Endes erspart werden."

Hillel ließ den Kopf sinken und faltete die Hände auf den Knien. Joseph betrachtete ihn voller Mitgefühl. „Hillel ben Borusch", tröstete er ihn, „der Tod ist nicht der größte Schrecken und nicht das schwerste Unglück. Der weise Mann findet das Leben nicht allzu erstrebenswert. Als Juden wissen wir das. Es war Aristoteles, der sagte: ‚Unter Umständen und bei gewissen Gelegenheiten zieht der vernünftige Mann es vor, zu sterben, statt zu leben.‘ Du grämst dich um unsere jungen Brüder, weil du Jude bist, und ich gräme mich mit dir. Aber auch im besten Fall ist das Leben eines Menschen kurz und voll von Enttäuschungen, Sorgen und Verzweiflung, und keiner, der heute lebt, wird nicht in weniger als hundert Jahren tot sein. Laß ein Jahrhundert vergehen, und man wird sich nur an sehr wenige von uns erinnern, ganz gleich, ob sie gut oder böse, Heilige oder Teufel, Verräter oder Patrioten waren.“ Er machte eine Pause. „Man wird nur eines Einzigen gedenken, gesegnet sei Sein Name.“

Seine jugendliche Erregung ließ Saul den ihm anerzogenen Respekt vor älteren Personen vergessen: „Es gibt also, meinst du, keine Sache, die es wert wäre, daß man für sie kämpft, kein Banner, das es wert wäre, daß man ihm folgt? Du meinst, wir sollten uns dem Bösen gegenüber nachgiebig zeigen?“

„Das habe ich nicht gesagt“, erwiderte Joseph. „Ich wollte zum Ausdruck bringen, daß ein Riese nicht von einem Floh überwältigt werden kann, wie tollkühn und entschlossen der Floh auch sein mag.“

„Ein Stein aus Davids Schleuder tötete Goliath“, warf Saul ein. Er keuchte fast vor Trotz und Hohn.

Joseph dachte einen Augenblick nach. „Gott hat Seine Gründe“, sagte er dann, „und wir kennen sie nicht. Gewisse Ereignisse werden uns erst verständlich, nachdem sie Geschichte geworden sind. Es ist meine persönliche Ansicht, daß Gott jetzt ein anderes Ziel für das Volk Israel vor Augen hat: die geistige Eroberung der Menschen, die sich auf Liebe und Glückseligkeit und Freude stützt, und nicht Blut und Tod im Gefolge hat. Es wäre denn —“ Er unterbrach sich, und Hillel, in Schmerz versunken, hob den Kopf.

„Was wolltest du sagen, teurer Freund?“

Joseph zögerte. „Ich hatte Gesichte“, erwiderte er. „Ich kann darüber nicht sprechen, denn die Zeit ist noch nicht reif.“

„Du glaubst, daß die Ankunft des Messias unmittelbar bevorsteht?“ rief Hillel aus.

Joseph griff nach einem roten Granatapfel und rollte ihn in seiner Hand. „Und wenn Er schon gekommen wäre?“ fragte er ganz beiläufig, als stellte er eine Theorie zur Diskussion.

„Er ist nicht gekommen!“ entgegnete Saul noch spöttischer als zuvor. „Wäre Er gekommen, die ganze Welt würde frohlocken und Seinen Namen preisen, und der Ozean hätte die Römer verschlungen, wie er einst die Ägypter verschlang!“

„Glaubst du, Saul ben Hillel, Gott haßt die Römer, die auch seine Kinder sind, und daß Er den Messias nur zu den Juden entsenden wird? ‚Ein Licht zur Erleuchtung der Heiden' — so steht es geschrieben." Josephs Gesicht zeigte Strenge, einen ernsten Verweis.

Hillels traurige Augen glitzerten, als er sie nun starr auf Joseph richtete. „Glaubst du, daß er gekommen ist?" flüsterte er.

Joseph aber blieb stumm. Hillels Herz hämmerte zum Zerspringen. „Ich habe von dem Stern über Bethlehem gehört und auch, daß du dich selbst in die Stadt Davids begeben hast —"

Doch Joseph schwieg beharrlich. Saul lachte in sich hinein. Diese alten Männer liebten solche Heimlichtuereien. Sie wichen aus und gaben sich weise. Er sah das Leuchten auf den eingefallenen Wangen seines Vaters und schämte sich für ihn, daß er diesen Wahnsinn ernst nahm und sich zu dieser Gotteslästerung hergab. Gott würde Seinen Messias mit Legionen von Engeln zur Erde senden, goldene Posaunen würden die höchsten Festungsmauern in Schutt und Asche legen, und Seine Herrlichkeit die Welt blenden und bezaubern. Nicht heimlich würde der Messias kommen, nicht des Nachts, um sich nur einigen wenigen Wortverdrehern zu erkennen zu geben.

„Ich habe darum gebetet, Ihn sehen zu dürfen", sagte Hillel demütig.

Joseph blickte ihn lange und unverwandt an. „Du und alle Gerechten", erwiderte er. Er seufzte. „Frag mich nicht nach dem Stern oder nach dem, was ich in Bethlehem gesehen habe, denn die Zeit ist noch nicht gekommen." Dann richtete er seinen Blick auf Saul und zugleich in die Ferne, als sähe er etwas, was andere nicht sehen konnten. Plötzlich wurde sich Saul auf schreckliche Weise bewußt, daß er den gleichen Blick von jenem armen Bauernburschen hinter dem Marktplatz empfangen hatte. Ein kalter Schauder faßte ihn an.

Den Arm zärtlich über Hillels Schultern geschlungen, führte Joseph seine Gäste durch das Atrium und den Säulengang. „Trauere nicht", sagte er, als er Hillel an der Tür auf die Wange küßte. „Es steht alles in Gottes Hand, gesegnet sei Sein Name."

„Ich weiß nicht, wieso, aber ich fühle mich getröstet", bemerkte Hillel und lächelte unter Tränen. Sauls geringschätzige Äußerungen über Joseph hörte er kaum, während sie in der Sänfte Platz nahmen.

Als er später in seinem Schlafgemach betete, hörte er Schebua ben Abraham zurückkehren. Ungebührlicher Lärm und lautes Stimmengewirr drangen an sein Ohr. Er erhob sich, warf sich den Schlafrock über, öffnete die Tür und spähte durch die Halle ins Atrium. Es war hell erleuchtet. Er sah Schebua, der sich in den Armen seiner Diener wand, die offenbar bemüht waren, ihn zu bändigen. Er tobte und stieß die gräßlichsten Flüche und Lästerungen aus. In seiner ersten Regung wollte Hillel auf ihn zueilen. Schebuas Toga war von Wein, Speiseresten und Obst befleckt, sein Haar zerzaust und sein fahles Gesicht verschwitzt und verzerrt. Er ist betrunken, dachte Hillel und entsann sich, daß es ungehörig war, einen Menschen zu beschämen, indem man ihn in seiner Trunkenheit beobachtete. Er schickte sich an, die Tür wieder zu schließen.

Doch etwas in der Art wie Schebua schrie und lärmte, deutete nicht nur auf Trunkenheit, wenngleich er in jener Nacht ganz gegen die Zurückhaltung, der er sich zu befleißigen pflegte, über das Maß getrunken hatte. Hillel spähte weiter durch die halboffene Tür und sah, wie Schebua sich wehrte und seine Diener auf das gröblichste beschimpfte.

Und dann brach Schebua vor Hillels bestürzten und mitfühlenden Augen in Tränen aus und fiel in die Arme seiner Diener zurück, die ihn forttrugen. Nur einer blieb zurück, um die Lampen auszublasen. Hillel schloß seine Tür. Dumpfe Traurigkeit befiel ihn, als er über das Erlebte nachdachte. Er konnte nicht ahnen, was der Anlaß für Schebuas ungewöhnliche Sauforgie und wilde Verwirrung gewesen sein mochte, aber er entsann sich der Worte Josephs von Arimathäa, der von der Gleichheit der Menschen trotz scheinbarer Unterschiede gesprochen hatte. Gott erbarme sich unser, betete Hillel ben Borusch und ging zu Bett. Gott erbarme sich aller, denn wir sind alle bedrückt.

Räche uns, Gott, betete Saul und weinte vor Wut, Schmerz und Haß. Und wurde sich mit Entsetzen bewußt, daß er nicht weiterbeten konnte. Eine tiefe Betäubung umnebelte seine Sinne, als versänke er in gähnender Leere.

XII

„Ich beschwöre dich, geh nicht zur Hinrichtungsstätte", sagte Hillel zu seinem Sohn. „Du bist jung, und es wird dir das Herz brechen. Begleite mich in den Tempel und bete dort mit mir für die Seelen dieser tapferen jungen Männer."

„Nein", entgegnete Saul. Es schien seinem Vater, als magere er jeden Tag mehr ab. Eine rauhe Strenge zeichnete sich jetzt auf seiner sommersprossigen Stirne, und ein verzehrendes Feuer loderte in seinem Blick. „Ich käme mir geringer vor als sie, würde ich nicht in meinem Herzen mit ihnen leiden."

„Du quälst dich. Du reißt an deinen Flanken wie ein Tier an seinen Wunden. Hast du vergessen, wie es war, als Nebukadnezar, der König von Babylon, uns in die Verbannung schickte? Die, die zurückblieben, schlossen sich zusammen, um sich gegen die Unterdrücker zu erheben. Der Prophet Jeremias erkannte, daß unserem Volk damit noch größeres

Leid entstehen würde, und bürdete sich ein hölzernes Joch auf, um damit unsere überschäumenden und verwegenen Hoffnungen gegenüber der Wirklichkeit einer Katastrophe sinnbildlich darzustellen. Der falsche Prophet Hananias hingegen nahm das Joch vom Halse des Propheten Jeremias und zerbrach es und sprach: ‚Auf gleiche Weise will ich das Joch Nebukadnezars binnen zwei Jahren zerbrechen!'"

Die Lippen zusammengepreßt, starrte Saul seinen Vater in stummer Erbitterung an.

Hillel seufzte. „Jeremias ließ den falschen Propheten stehen, aber Gott, gesegnet sei Sein Name, befahl ihm, zu Hananias zu gehen und ihm zu sagen: ‚Du hast zerbrochen das hölzerne Joch; stattdessen werde ich ein eisernes machen.' Und Hananias starb binnen zwei Jahren. Denn die Stunde seiner Erlösung war noch nicht gekommen, und es war nicht an der Zeit. Sei gewiß, daß Gott uns erretten wird — hat Er es uns denn nicht versprochen? Die jungen Männer, die heute sterben, sind ungeduldig."

„Du sprichst mit der Zunge Schebua ben Abrahams", entgegnete Saul, „den ich verachte, obgleich er mein Großvater ist. Ich verstehe dich nicht. Es ist kaum zwei Tage her, da suchtest du Hilfe für die Helden, die heute sterben, und nun sprichst du ebenso vieldeutig wie Joseph von Arimathäa, den ich ebenfalls verachte."

„Ich möchte dich nicht leiden sehen", antwortete der Vater, der sich nicht zu helfen wußte. Aber Saul stieß einen erstickten Schrei aus, warf sich seinen Umhang über die Schulter und ging fort.

Es war ein kühler Tag. Ein sonderbar bronzener Himmel ergoß sein weinfarbenes Licht über die kahlen Berge. Saul begab sich zu Fuß zum Damaskus-Tor, denn dort, in der Einsamkeit und Öde vor den Mauern, sollten die feurigen jungen Männer von den Römern gekreuzigt werden. Jerusalem war seltsam still, als ob es tief Atem geschöpft hätte und ihn nun anhielte. Die Läden waren geschlossen und die steinigen Straßen leer von ausgelassen tollenden Kindern. Doch so still es auch war, kaum hörbare Trauer lag in der Luft. Man sah nur Soldaten, die wachsam in ihrer klirrenden Kampfausrüstung durch die Stadt patrouillierten, die stumm und verlassen dalag, als ob alles Licht aus ihr geschwunden wäre. Die römischen Wachen standen ruhig vor den Toren, die bronzenen Adler blieben reglos, als brüteten sie vor sich hin. Die Soldaten hinderten keinen daran, die Stadt zu verlassen, und als Saul nun dem Damaskus-Tor zuschritt, sah er sich von schweigsamen, schwarz gekleideten, mit Kapuzen versehenen Männern umgeben, die Tücher vor das Gesicht geschlagen hatten. Am Tor war es schon eine große Menge, und ihre Schritte erzeugten ein unheilschwangeres Geräusch, das die Stille des Tages zerriß.

Die Tore knirschten in ihren Angeln, als die Soldaten sie mit grimmigen Gesichtern aufstießen. Ohne zu sprechen, ohne zu weinen, drängte sich die Menge hindurch. Man sah nur die Augen der Menschen, dunkel, glitzernd und leidenschaftlich erregt. Saul ging unter ihnen und dachte: ich bin der einzige von meiner Familie, der zu dieser Stätte des Grauens zieht! Nicht einmal mein Vater hat sich herabgelassen, hier zu sein und seine Gebete zu verrichten! Seine Erbitterung nahm zu, sein Kopf schmerzte ihn heftig, und seine Augen waren entzündet und trocken wie Staub.

Das Land jenseits der Mauern war bloß und leblos, die gelbe Erde zerbröckelnd und voll von Schutt und Steinen. Hier war es plötzlich heiß, als hätten sich die Türen eines Schmelzofens geöffnet. Dahinter, im gelblichen Schein eines zu niedrigen Himmels, erstreckten sich die Wildnis Syriens und die purpurnen, düsteren, kahlen Berge. Und dort, auf einem ebenen, freien Stück Land lagen fast hundert Kreuze, und neben jedem stand wartend ein abgerissener Jüngling, bärtig und wild, aber stumm, den Blick zu einem teilnahmslosen, unempfindlichen Himmel emporgerichtet.

Saul und die, die mit ihm gekommen waren, gesellten sich zu jenen, die bereits, Schulter an Schulter gepreßt, in regungslosen und düsteren Reihen dastanden. Kalt und zornig blickten die Augen der vielen jungen römischen Soldaten. Sie verhielten sich ungewöhnlich schweigsam, denn die Männer, die sie nun hinrichten sollten, hatten ihre Kameraden und Offiziere getötet, Recht und Ordnung verletzt und ihre verbrecherische Hand gegen jene erhoben, die von den Göttern ausersehen waren, in Gerechtigkeit und Frieden über sie zu herrschen.

Saul ließ seine Blicke über die betenden Lippen und die entrückten Gesichter der Verurteilten gleiten. Einige waren jünger als er selbst, nur wenige schon reiferen Alters. Er hätte weinen mögen und konnte nicht, fluchen, doch sein Mund öffnete sich nicht. Er hätte sich an die Brust schlagen wollen. Langsam gewöhnte sich sein Ohr an ein singendes Gemurmel, so leise, daß es kaum zu vernehmen war: die Menge hatte die Totengebete angestimmt. Doch Saul konnte nicht beten. Es war ihm unmöglich, den Blick von den Verdammten abzuwenden, die so regungslos, so gleichgültig, so fern von allem dastanden, als wären sie schon aus dem Leben geschieden und hätten nur ihre sterbliche Hülle zurückgelassen.

Und dann brach die Stimme eines Mannes, rein und klar und stark, in die grauenhafte Stille ein:

„Hilfe kommt mir von dem Herrn, dem Schöpfer des Himmels und der Erde. Er läßt deinen Fuß nicht wanken; noch schlummert dein Hüter. Siehe! Er schlummert nicht und schläft nicht, der Hüter Israels!

„Der Herr ist dein Hüter, der Herr ist dein Schirm dir zu deiner rechten Hand. Des Tages wird dich die Sonne nicht treffen noch der Mond des Nachts. Der Herr bewahrt dich vor allem Bösen, Er bewahrt deine

Seele. Der Herr bewahrt deinen Ausgang und deinen Eingang, von nun an bis in Ewigkeit!'"

Wie ein Mann fuhren die Verurteilten auf, und nur die Fetzen ihrer Gewänder flatterten an diesem Ort, an dem nichts sich regte. Suchend drehten sie ihre jungen, sonngebräunten Gesichter, die Gesichter von Kindern, die die Stimme ihres Vaters hörten.

Ich kenne diese Stimme! dachte Saul. Das Herz klopfte ihm bis zum Hals, und wie alle anderen drehte auch er suchend den Kopf nach dem Sprecher. Doch eine Verwirrung senkte sich auf die Menge herab, und die Augen leugneten, daß ihre Zunge das heilige Versprechen des Herrn gesprochen haben könnten. Ein leises Gemurmel erhob sich und erstarb.

Die Soldaten waren zu Statuen erstarrt, und auch sie suchten wie ein Mann nach dem, der so gläubig und tröstlich, ja verzückt, gerufen hatte. Aber sie fanden ihn nicht. Ein trüber Schatten glitt über die Erde, und ein heißer Wind wirbelte trockenen, gelblichen Staub auf. Der erzene Himmel verdunkelte sich ein wenig, und ein römischer Offizier erhob nervös seinen Blick, denn die Römer waren abergläubische Leute und hatten so manche Geschichte von der Rachsucht des jüdischen Gottes gehört. Was sein muß, muß sein, dachte er, gab seinen Männern ein Zeichen mit der gepanzerten Faust, und die Soldaten ergriffen den ersten Jüngling, um ihn ans Kreuz zu schlagen. Sogleich erhob sich von keinem Laut sonst, von keinem Schrei begleitet, das schmerzliche und entsetzliche Geräusch des Hämmerns, das die Nägel in die Hände und Füße junger Menschen trieb.

Die Tapferen sterben tapfer, dachte Saul, während er den eisernen Hammerschlägen lauschte, die zu nahe, zu unmittelbar, zu grauenhaft in der Stille erschallten. Als die Soldaten das Kreuz mit dem Opfer aufrichteten und es in ein Loch in der spröden, gelben Erde zwangen, wirkte der dumpfe Fall in die Grube wie ein Schock auf Saul: so fürchterlich, so qualvoll, so endgültig, so hoffnungslos war dieser Ton. Das eigene Gewicht des Jünglings zog ihn herab, doch kein Laut entfuhr seinen Lippen.

Einer nach dem andern wurden die jungen Menschen ans Kreuz geschlagen, die einen stolz und hochmütig, andere starren Auges und mit verschlossener Miene. Wieder andere wirkten verträumt und hielten ihre Blicke zum Himmel emporgerichtet. Aber keiner winselte.

Es waren die Zuschauer, die zu weinen begannen und sich an die Brust und an die Stirne schlugen, doch weder die Soldaten noch die Sterbenden schienen etwas davon zu merken, etwas zu hören. Die Soldaten schwitzten. Sie arbeiteten stumm und sehr schnell und sahen ihren Opfern nicht ins Gesicht. Sie schienen in großer Eile zu sein, denn die meisten von ihnen nahmen zum ersten Male an einer Kreuzigung teil. Sie waren sehr jung, und ihre Herzen nicht versteinert. Sie hatten diese Rebellen gehaßt, von denen so viele ihres Alters waren, doch jetzt haßten sie nicht mehr. Keiner spottete, keiner höhnte. Dies war ein schmutziges Geschäft, aber es mußte besorgt werden. Sie wünschten es hinter sich zu haben und es vergessen zu können.

„Rache, Rache!" flüsterte Saul mit kaum verhaltener Wut und vermeinte, seiner eigenen Qual erliegen zu müssen. „Wo ist der Gott Israels, daß Er dies zuläßt?"

Und wieder unterbrach die verborgene Stimme die eherne Stille. Leidenschaftlich, stark und volltönend erscholl sie weithin:

„Seid stark und lasset eure Herzen Mut fassen, ihr alle, die ihr auf den Herrn wartet!"

Und zum ersten Male erwiderten die Männer, die in schwarzen Gewändern dastanden:

„Ich habe auf den Herrn gewartet; gesegnet sei Sein Name, und Er wird kommen auf den Flügeln des Morgens, meine Zuflucht und meine Hoffnung, mein Herr und mein Gott!"

Die Stimmen wurden durch Schluchzen unterbrochen, aber sie versagten nicht. Die jungen Männer an den Kreuzen, die eng beieinander standen, lauschten, und ein verzücktes Lächeln ergreifender Freude glitt über viele ihrer Gesichter. Nun konnte man sehen, wie ausgemergelt sie waren, wie elend und hungrig, denn die braune Haut spannte sich über die Rippen, die Arme bestanden aus Haut und Knochen, und die Beine glichen den Beinen von Kindern. Im fahlen Licht begann das rote Blut von Händen und Füßen zu fließen. Wie Quecksilber rollte der Schweiß über die eingefallenen Wangen und sammelte sich in den Ecken bleicher Münder. Durch die quälende Folter ausgelöst, tropfte hier und dort Urin und Kot an den Kreuzen herab und verbreitete einen üblen Gestank.

Der Schatten zog über den Himmel. Er zog über die Erde. Die Soldaten wichen ein Stück zurück. Schweigend standen sie neben ihren roten Standarten und wagten nicht, sich anzusehen. Die Klagelieder der Trauernden dauerten an. Die Sonne war fort, aber die Brustplatten der Soldaten glitzerten, und auch ihre Schwerter. Allzu scharf umrissen schwebten die Gesichter im Schein eines fahlen, gespenstischen Lichts.

In Schmerz und Verzweiflung versunken, wurde Saul durch ein sonderbares Geräusch aufgeschreckt und nahm rund um sich eine drängende Bewegung wahr. Er hob den Kopf und erblickte den jungen Bauern, der ihm hinter dem Marktplatz aufgefallen war, und der sich nun aus den Reihen der Trauernden löste. Er trug ein derbes braunes Gewand, und seine Füße, die in Sandalen steckten, waren staubig. Er schritt lautlos und mit majestätischer Gelassenheit auf die Kreuze zu. Sein unbedecktes Haar und sein goldener Bart schimmerten verschwommen in der zunehmenden Düsternis. Er hielt den Kopf leicht erhoben, und sein Antlitz war ruhig und klar. Er war groß, schlank und muskulös, und er hinterließ tiefe

Spuren im Staub, der um seine Knöchel wirbelte. Von seinen Schultern und seinem Hals schien ein nebelhaft schwankender, strahlender Glanz auszugehen.

Saul sah zu ihm hin. Die Trauernden vergaßen ihre Tränen. Die Soldaten beobachteten ihn aufmerksam, doch versuchte keiner, sich ihm in den Weg zu stellen. Er begann durch die Reihen der Gemarterten und Sterbenden zu schreiten. Er blieb vor jedem Kreuz stehen. Er hob seine blauen Augen zu den Gesichtern der Geopferten. Er lächelte gütig. Dann ging er langsam weiter, verhielt seine Schritte, lächelte. Er sprach kein Wort.

Dennoch folgten ihm die Sterbenden mit den Blicken, ihre von Schmerz verzerrten Gesichter glätteten sich, und ihre Lippen öffneten sich, als wollten sie auf etwas erwidern, was nur sie hörten und was ihnen Trost gebracht hatte. Es war, als hätte er jedem einen Trank verabreicht, der Schmerz, Angst und Verzweiflung von ihnen genommen und ihnen Frieden geschenkt hatte.

Er vergaß keinen und ging an keinem vorüber. Sein Gebaren war liebevoll und mutig, bekümmert und doch tröstlich. Alle schauten ihm zu, die Soldaten nicht ausgeschlossen, und verhielten sich still, so still wie die Männer am Kreuz. Nur die Augen bewegten sich.

Er näherte sich der letzten Reihe und damit auch den römischen Soldaten, die seine Bewegungen mit einigem Unbehagen verfolgten und dabei doch versuchten, unerschrocken dreinzusehen. Er blieb einen Augenblick vor ihnen stehen. Saul war überrascht: kein Unwille zeichnete sich auf seiner friedlichen Stirne, seine Lippen kräuselten sich nicht, um Verwünschungen auszustoßen, und sein Antlitz erblaßte nicht vor Zorn. Im Gegenteil: sein Ausdruck wurde noch mitfühlender und noch gütiger als zuvor, und Saul entsann sich plötzlich der Worte des Propheten Amos:

„Seid ihr Söhne Israels nicht mein, gleich wie die Söhne der Äthiopier, spricht der Herr? Habe ich Israel nicht aus Ägyptenland geführt und die Philister aus Kaphtor und Aramäer aus Kir?“

Das waren die liebenden Worte des Vaters aller Menschen, gütig und barmherzig. Sie griffen Saul ans Herz, und er erzitterte. Der unbekannte Bauernbursche, der nun seine Blicke auf den römischen Soldaten ruhen ließ, schien diese Worte für sich zu wiederholen und dabei an die fremden Soldaten zu denken.

Nein, nein! schrie es in Saul auf, denn er fürchtete, seine Wut und sein Mitleid könnten ihn verlassen und dadurch würde er seiner Kraft verlustig gehen und des Hasses, der ihm diese Kraft verlieh. Wer da glaubte, selbst der schlechteste Mensch wäre noch ein Kind Gottes, der konnte nicht gegen das Böse ankämpfen, Unrecht wiedergutmachen, Bedrückte erlösen — er konnte nicht einmal den Namen Gottes verteidigen. Dreist war dieser Bauer und vermessen, und abermals kam ihm der Gedanke, daß da ein Zauberer vor ihm wandelte, der die unschuldigen Opfer betäubte und ihren heldenhaften Geist verriet.

Immer noch blickte der Fremde auf die Soldaten, und sie erwiderten seinen Blick. Sie fühlten sich unbehaglicher als zuvor und auf sonderbare Weise besiegt. Sie zuckten die Achseln und traten von einem Fuß auf den andern. Einige griffen sogar nach dem Schwert — die Geste erschreckter Männer. Aber sie sagten nichts. Und dann gab es solche, deren Gesichter Bewegung zeigten, wenn sie den Fremden ansahen. Als er weiterging, beobachteten sie ihn und tauschten beunruhigte Blick untereinander.

Er hatte seinen Rundgang beendet, stand nun vor der ersten Reihe der Kreuze und sah zu den Sterbenden hinauf. Er hob seine Hand und sprach, mit einer Stimme, die den gedämpften Klang fernen Donners in sich barg, die Worte des Schemas:

„Höre, o Israel! der Herr, dein Gott, ist Einer!"

Zum ersten Male erhoben jetzt die Sterbenden zusammen ihre Stimme, triumphierend und frohlockend und andächtig, und riefen nach ihm:

„Höre, o Israel! der Herr, dein Gott, ist Einer!"

Verzückung leuchtete auf den verzerrten Gesichtern. Sie sahen nur den Fremden, der ihnen zulächelte wie ein Vater. Unendliche Liebe und Güte lag in diesem Lächeln, und sie tranken von dieser Liebe und Güte, dieser zugleich kummervollen und ermutigenden Milde, wie Verdurstende vom Wasser des Lebens trinken.

Der Fremde senkte den Kopf, zog die Kapuze über sein goldenes Haar und begann zu beten. Einer nach dem andern versanken jetzt die Sterbenden in die Ohnmacht, die dem Tode vorangeht, und ihre Köpfe fielen nach vorne. In dunklen Rinnsalen lief das Blut von ihren Händen und Füßen, ihre Körper entspannten sich. Und wieder herrschte Stille ringsum, tiefe Stille.

Der Fremde wandte sich um, und Saul blickte in sein Gesicht, das weiß und regungslos war wie das einer Statue; die Augen blickten ins Leere. Er ging auf die wartende Menge zu und verschwand in ihrer Mitte. Es drängte Saul, seine Nähe zu suchen, doch als er hingelangte, wo die Menschen am dichtesten zusammenstanden, hörte er nur erstaunte und ratlose Stimmen:

„Wo ist er? Eben war er noch hier, jetzt ist er fort. Er stand neben uns, wo ist er hin?" Sie reckten die Hälse und suchten und stießen Freunde beiseite, spähten und fragten, schüttelten die Köpfe und zuckten die Achseln. „Er war da und jetzt ist er auf einmal nicht mehr da!"

Ein gewaltiger Donnerschlag erschütterte den ehernen Himmel und die purpurnen Berge und ließ die Erde erbeben. Ein starker Wind erhob sich, der Himmel verdunkelte sich, krallende schwarze Wolken zogen darüber hin, und ein schwerer Regenguß stürzte auf die Erde nieder.

Saul spürte, daß ihn jemand am Arm packte, und schreckte zusammen.

Erst dann sah er, daß es Joseph von Arimathäa war, der sich ihm, die Kapuze über den Kopf gezogen, genähert hatte.

„Komm mit mir", sagte Joseph und zog Saul fort. Saul hätte sich sträuben wollen, aber er konnte es nicht. Sie passierten das Damaskus-Tor, und dort wartete schon Josephs Sänfte. Er schob Saul durch die Vorhänge und auf die Kissen und setzte sich neben ihn. Die Träger hoben die Sänfte auf und eilten davon, ohne des plötzlich grellroten Lichtscheins, der entfesselten Gewalt des Gewittersturms oder der kreischenden Windsbraut zu achten, die die Vorhänge hin- und herflattern ließ.

Saul fühlte sich schwach und elend, an Leib und Seele gebrochen. Was er gesehen, was er erlebt hatte, brach wie eine Flutwelle über ihn herein. Das Entsetzen zerriß ihm das Herz, und er begann zu weinen. Das schwankende Licht des Unwetters erhellte und verdunkelte abwechselnd das Innere der Sänfte. Joseph betrachtete ihn voller Mitgefühl.

Saul fand sein Taschentuch, trocknete sich die Augen und schneuzte sich. Es war ihm nicht danach, sich mit Joseph von Arimathäa zu unterhalten, aber schließlich fragte er doch: „Wer war dieser Mann mit dem Gehaben eines Propheten, der die Verurteilten zu trösten versuchte?"

„Er ist kein Prophet", erwiderte Joseph mit sonderbarer Betonung, „und er hat sie wirklich getröstet."

Saul wollte Joseph ins Gesicht sehen, aber es war schon zu dunkel. „Wer ist er?"

Joseph schwieg eine Weile. „Eines Tages", antwortete er dann mit überaus gütiger Stimme, „wirst du es erfahren, Saul ben Hillel. O ja, du wirst es erfahren!"

Hillel entschloß sich, seine Tochter Sapphira kommen zu lassen, wenngleich er damit gegen Claudias überaus strikte Anordnung verstoßen würde, wonach Frauen und ganz besonders Jungfrauen, so keine zwingende Notwendigkeit vorlag, nichts in den Gemächern der Männer und nichts im Haupthaus zu suchen hatten. Aber Hillels Kummer war zu groß, und er fühlte sich entsetzlich einsam und verlassen.

Doch bevor er noch einen Diener herbeirufen konnte, erschien sein Schwager David ben Schebua im Atrium. Er sah Hillel an und zauderte einen Augenblick, bevor er dessen Gruß erwiderte. Er tat dies ernst und ein wenig unfreundlich, wie es zu dem sonst stets taktvollen und höflichen David gar nicht recht passen wollte. Er hatte einen harten Zug um den Mund und schien ungehalten. Er deutete auf einen geschnitzten Stuhl und lud Hillel ein, Platz zu nehmen. Seine blauen Augen glitzerten, als er Hillel musterte, der sich etwas beunruhigt fühlte.

„Hattest du den Wunsch, meinen Vater zu besuchen?" fragte David.

„Nein. Meine Tochter."

David fuhr fort, ihn zu mustern, wie man einen unliebsamen Fremden mustert. „Du hast meinen Vater sehr aufgeregt, Hillel ben Borusch", sagte er.

„Er hat mich sehr aufgeregt", entgegnete Hillel und errötete angesichts solcher Demütigung. War er denn nicht Gast in diesem Hause, wenn auch ein unfreiwilliger? „Vermutlich sprichst du von dem Abend, da ich ihn beschwor, er möge bei Pilatus, dem römischen Prokurator, und bei Herodes für sein Volk eine Lanze brechen?"

Ungeduldig hob David seine schmale Hand. „Das ist es nicht allein. Seit deiner Ankunft versetzt du ihn immer wieder in Unruhe."

„Das tut mir aufrichtig leid", sagte Hillel. „Unsere Charaktere stehen zueinander in Gegensatz. Jeder von uns ist mit anderen Meinungen und Überzeugungen gewappnet. Ich fürchte, dein Vater hält mich für ungehobelt, spießbürgerlich und ungesittet. Ich halte deinen Vater für oberflächlich und schwach. Seine Art ist mir fremd." Trotz seines Kummers versuchte er zu lächeln. Davids Gesichtsausdruck veränderte sich auf sonderbare Weise. Nachdenklich betrachtete er die Ringe an seinen Fingern.

„Es gehört, glaube ich", sagte er, „zu den Lehren der ‚alten' Juden, älteren Leuten, insbesondere solchen von patriarchalischem Rang, unter keinen Umständen den Respekt zu verweigern." Die leiseste Spur eines Lächelns zeichnete sich auf den edlen Lippen. „Natürlich müßte ich meinen Vater um Verzeihung bitten, wollte ich auch nur andeuten, daß er ein Patriarch ist. Der Gedanke allein würde ihn empören."

So unglücklich er war, jetzt konnte sich auch Hillel eines Lächelns nicht erwehren. „Schon richtig", gab er zu, „mag sein, daß ich mich da neulich im Ton vergriffen habe, aber du weißt, daß ich die Wahrheit gesprochen habe, David ben Schebua, und deine Brüder wissen es ebenfalls. Sie hassen mich, und das ist Beweis genug. War es verdammenswert, daß ich meine Stimme für die Verurteilten erhob? Das hat deinen Vater mehr aufgeregt als unsere vorherigen Gespräche."

David seufzte. Er starrte auf die Wand und überlegte. „Mein Vater", sagte er schließlich, „ist nicht der Mann, für den du ihn hältst. Die Lebensart und die geistige Einstellung anderer Leute haben in ihm ihren Niederschlag gefunden. Er ist ein Spiegel dessen, was er für bewundernswürdig ansieht. Du hast diesen Spiegel zerbrochen. Er ist jetzt ans Bett gefesselt, und man mußte ihm Beruhigungsmittel geben."

Hillel staunte. „Ist es möglich, daß ich einen solchen Eindruck auf ihn gemacht habe? Daß ich ihn so aus seiner Bahn geworfen habe? Ich hielt ihn für einen gewappneten Mann, gewappnet in seiner Verachtung für Leute meines Schlages."

„Du verstehst nicht", entgegnete David. „Ohne die Wertschätzung seiner Umgebung kann mein Vater nicht leben. Er kann es nicht ertragen, daß ihn auch nur ein einziger Mensch geringschätzen oder kritisieren könnte. Er ist kein Mann. Er ist ein Bild: leicht anzukratzen, leicht zu beschmutzen: farbiger Verputz."

Hillel staunte noch mehr, aber er war auch skeptisch. „Ich habe gehört", sagte er, „daß er von allen Händlern und Kaufleuten Israels, von allen Bankiers und Kapitalanlegern der schlaueste ist. Ich habe gehört, daß er ein ausgezeichneter und durch nichts zu erschütternder Geschäftsmann ist."

„Auch das ist richtig. Aber die Leute, mit denen er da zu tun hat, sind Menschen wie er selbst: energiegeladen, rücksichtslos, hart wie Eisen. Aber nur im Bereich des Marktplatzes. Es ist ein ganz anderer Schebua ben Abraham, der in dieses Haus, in seine Bäder, zu seinen Konkubinen und Parfums und Togas zurückkehrt. Hier denkt er nicht mehr an diese schmierigen Gegner und Verbündeten, an die gerissenen Geschäftemacher. Er ist der elegante, weltmännische, kultivierte Kavalier: hier und in allen jenen Häusern, in denen er zu Gast ist — und das sind nicht die Häuser von Leuten, mit denen er tagsüber zu tun hat. Der harte und rauhe Schebua ben Abraham, wie man ihn auf dem Marktplatz kennt, ist nicht der Schebua ben Abraham, der Pilatus und seinen Herodes besucht und mit Philosophen und vornehmen Griechen zu Abend ißt. Dieser Schebua ist Kosmopolit, und das heißt: eine andere geistige Einstellung, eine andere Erscheinung, ein anderer Gesichtsausdruck, andere Bestrebungen, andere Wünsche, andere Ziele. Und dieser empfindsame Mann ist leicht aus der Fassung gebracht, leicht verletzt, wenn man ihn — und wäre es nur für einen Augenblick — für einen Mann vom Marktplatz hält."

„Oder für einen Mann aus Fleisch und Blut", fügte Hillel bitter hinzu. „Wolltest du mir zu verstehen geben, ich hätte diesen empfindsamen Menschen hinter seiner Gipsfassade schlottern gemacht, so daß seine Ringe und Armbänder klapperten? Stellst du ihn da nicht als allzu gebrechlich hin? Schebua ist doch kein Mann, dem etwas an der Meinung eines anspruchslosen Menschen liegt, wie ich einer bin."

„Er fürchtet sogar die schlechte Meinung eines Sklaven", entgegnete David. „Verzeih, ich wollte dich nicht kränken. Dies ist das Haus meines Vaters. Hier herrscht er in Schönheit und Luxus und souveräner Würde. Es ist alles seine — von anderen entliehene — Schöpfung. Rücksichtslos bist du in diese Welt von Seiden und Parfums hineingeplatzt, so wie ein wilder Mann aus der Wüste brüllend ins Schlafgemach einer Dame eindringt."

„Die Analogie ist vielleicht sehr treffend", meinte Hillel. „Dein Vater ist also verärgert?"

„Er ist außer sich", antwortete David. Ein gewinnenderes Lächeln flog nun über sein Gesicht. „Ich weiß, du hast mich stets für seinen Nachahmer gehalten. Darf ich dich darauf hinweisen, daß *er* es ist, der *mich* nachahmt?"

„Daran habe ich nie gedacht!“ rief Hillel aus. „Aber es könnte so sein.“

„Es ist durchaus so, und darum mag er mich nicht“, bekräftigte David. „Mein Vater hat sich sein Vermögen und seine Position erkämpft. Er spricht gerne von seiner ‚edlen‘ Herkunft. Seine Herkunft war nicht edel. Meine Mutter war von edler Geburt — und edel war auch ihr Vermögen. Die Jugendjahre meines Vaters waren hart und freudlos. Er möchte nicht mehr daran denken. Dennoch frage ich mich manchmal“, dachte er laut vor sich hin, „ob er sich nicht hin und wieder nach dieser Zeit zurücksehnt. Nun, das ist ja nicht so wichtig. Noch bevor ich geboren wurde, hatte er diesem Haus ein neues Gepräge gegeben. Ich genoß eine Erziehung, wie er sie nie gekannt hatte. Auch ich bin Kaufmann wie mein Vater, aber ich muß mich nicht mit Krethi und Plethi herumschlagen und habe es nicht nötig, unproduktive Geschäfte zu betreiben. Ist dir aufgefallen, daß sein Griechisch, so fehlerlos er es spricht, gerade wegen dieser Fehlerlosigkeit unecht klingt? Er gebraucht weder idiomatische Redewendungen noch umgangssprachliche Ausdrücke.“

Hillel fühlte ein leises Bedauern. „Sein erfolgreiches Bemühen, sich dem Dunst des Marktplatzes zu entziehen, ist bewundernswert.“

„Ich hoffe, du vergißt das nicht“, sagte David und machte wieder ein ernstes Gesicht. „Aber es gibt da noch etwas. Vater hat meine reizende Schwester Deborah sehr geliebt und kann es dir nicht verzeihen, daß du sie so unglücklich gemacht hast.“

Hillels müde braune Augen weiteten sich in äußerster Verblüffung. „Deborah? Aber ich liebte sie doch von ganzem Herzen! Ich dachte nur an ihr Glück! Ich habe sie in Ehren gehalten, beschirmt und umhegt! Sie war wie eine Tochter, eine mir überaus teure Tochter für mich! Ich hätte mein Leben für sie gegeben!“

David sah ihn prüfend an. „Das ist nicht, was sie meinem Vater schrieb. Sie schrieb von deinem mangelnden Interesse an ihr, ihrer Einsamkeit, daß du sie miedest und vernachlässigtest, dich mit geistigeren Dingen beschäftigtest und sie zu einer Konkubine und zur braven Herrin über Küche und Keller machtest.“

„Bei Gott, das ist nicht wahr“, protestierte Hillel und litt den Schmerz eines Treubruchs, die beißende, unerträgliche Schärfe des Verrats. Er konnte es nicht glauben, daß seine angebetete Deborah, das liebreizende Kind, um das er sich so grämte, ihn auf diese Weise hintergangen, listig und ohne sein Wissen Briefe voll grausamer Falschheit geschrieben haben sollte, in denen sie ihm Fehler zur Last legte, deren er sich nicht schuldig gemacht hatte. Das Bild, das er von Deborah in seinem Herzen trug, begann sich plötzlich zu wandeln. Er sah das Gesicht einer häßlichen, boshaften Fremden vor seinem geistigen Auge, einer Fremden, die ihn haßte und mit hämischem Blick nach ihm schielte.

‚Dachtest du, ich hätte einen, wie du es bist, lieben können?‘ schien sie zu sagen.

Es traf ihn härter als ihr Tod, dieses Wissen, daß sie seine Liebe verschmäht und ihn getäuscht und verabscheut hatte, während sie in seinen Armen lag. Sie hatte sich über seine Gefühle lustig gemacht und böse Briefe an ihren Vater ausgesonnen. Selbst ein Geschöpf, dem jeder wahre Verstand abging — selbst ein Hund — wußte, wann ihm Liebe geschenkt wurde. Aber ein Hund erwiderte diese Liebe. Wenn er bedachte, wie treulos an ihm gehandelt worden war, Hillel hätte weinen mögen vor Schmerz und Erniedrigung. Er trauerte um eine Deborah, die nur in seiner Vorstellung und in seinem Herzen existiert hatte. Sie mochte leichtsinnig gewesen sein, aber er hätte ihr sein ganzes Leben anvertraut.

David, der ihn aufmerksam beobachtete, verspürte Gewissensbisse. „Frauen sind nun einmal seichte Wesen, denen man nicht vertrauen darf“, sagte er. „Und Deborah war noch seichter als der Durchschnitt. Nicht jeder hat eine Frau wie meine Claudia. Sie macht einem zuweilen das Leben schwer, aber in diesem Hause ist sie mir Schild und Schwert. Deborah war ein verzogenes Kind und beklagte sich immerzu wie ein Kind. Das habe ich Vater oft gesagt, aber er glaubte ihr mehr und nahm sie furchtbar ernst.“

Aber Hillel hörte ihn kaum. Deborahs Tod hatte ihn tief erschüttert. Jetzt war er noch tiefer erschüttert. Er war einsam gewesen. Aber diese Einsamkeit und der schmerzliche Verlust, den er erlitten hatte, zählten nichts im Vergleich zu der Einsamkeit und Leere, die er jetzt empfand.

„Vater schenkte Deborah mehr Glauben, weil er dich nie mochte“, sagte David in einem Anflug aufrichtigen Mitgefühls.

„Aber er war es doch, der unsere Verbindung gewünscht hat“, erwiderte Hillel mit dumpfer Stimme. „Er war es, der mich für seine Tochter ausgesucht hat.“

David lachte. „Das tat er, weil *du* einem wirklich edlen Hause entstammst und ein frommer pharisäischer Jude bist. Mein armer Vater weiß es zwar nicht, aber er besitzt eine jüdische Seele und die heimliche Angst, der Gott Israels könnte ein sehr eifernder Gott sein — obwohl er natürlich nicht an Ihn glaubt. Beurteilen wir also die Sache mit Nachsicht und geben wir zu, daß er nicht auf Reichtümer für Deborah aus war — und es gab viele hier in Jerusalem und auch vornehme Römer, die sie heiraten wollten und über beachtliches Vermögen verfügten. Aber wer vermag einem Menschen in das Innerste seines Herzens zu schauen?“

„Ich gewiß nicht“, erwiderte Hillel. „Ich muß gestehen, daß ich mich selbst nicht verstehe.“

„Ich habe dir nicht von Deborah gesprochen, um dich zu betrüben“, sagte David. „Ich wollte dir nur eine der vielen Ursachen für den Antagonismus aufzeigen, den mein Vater dir gegenüber empfindet. Ich wünschte, du würdest besser von ihm denken. Er verdient dein Mitgefühl."

„Das weiß ich", entgegnete Hillel. Er erhob sich. „Jetzt möchte ich meine Tochter Sapphira sehen."

„Ach ja", sagte David. „Sie pflegt Vater. Er ist jetzt ganz vernarrt in sie. Solltest du sie jetzt meinem Sohn versagen und sie wieder fortnehmen wollen, er würde sie dir rauben, wie es die Römer einst mit den Sabinerinnen taten."

„Er will mir mein Kind abspenstig machen!" rief Hillel erschrocken aus.

„Aber nein. Deine Sapphira ist ein kluges Kind, und du, mein armer Freund, bist Herz von ihrem Herzen."

Aber ich habe jetzt gar nichts mehr, dachte Hillel, weder Frau noch Kind. Meine Tochter wird einen Fremden heiraten und mich vergessen, und mein Sohn ist von Gott besessen und gehört niemandem mehr an, nicht sich selbst und vielleicht nicht einmal Gott, gesegnet sei Sein Name. Ist er denn je mein Sohn gewesen? Meinen Lenden ist er entsprungen, aber seine Seele ist weit fort von mir. Ich bin verlassen, und es gibt keinen, der mich liebt. Das ist, wenn man es recht besieht, der unerträglichste Gedanke von allen — daß ein Mensch sterben könnte, ohne daß die, die er geliebt hat, ihn betrauern oder sich seiner auch nur entsinnen.

Auch der Gedanke an Gottes immerwährende Liebe konnte Hillel jetzt nicht trösten. Er sehnte sich nach der Liebe eines menschlichen Wesens. In diesem Augenblick dachte er zum erstenmal an Selbstmord: ‚Im Grab gibt es keine Erinnerungen.'

Der Haushofmeister trat ein und meldete, daß ein gewisser Rabban Gamaliel den Herrn, Hillel ben Borusch, zu sprechen wünsche. Er hatte die bronzenen Türen des Atriums geöffnet, und der plötzliche Sturm, schwarz und grell und flammend, zerriß die weiße Stille der Halle.

„Rabban Gamaliel!" rief Hillel aus, und einen Augenblick lang übermannte die Freude seinen Schmerz. Mit leuchtenden Augen wandte er sich David zu. „Ich wurde nach seinem Großvater Hillel benannt, möge er in Frieden ruhen! Der Rabban ist der Nasi, der Vorsitzende des Synedrions. Welche Ehre, ihn empfangen zu dürfen, obwohl wir als Kinder zusammen gespielt haben! Ich ging in Jerusalem mit ihm zur Schule! Ich suchte ihn nicht auf, weil ich fürchtete, vermessen zu erscheinen."

„Ich kenne den Rabban gut", sagte David in trockenem Ton. „Aber laß uns ihn ins Haus bitten, sonst ertrinkt er noch im Regen oder er erstickt im Wind. Das wäre ein klägliches Ende für den illustren Rechtsgelehrten."

Doch Davids herablassender Ton konnte Hillels Freude nicht schmälern. Er eilte zur Tür und blieb im Säulengang stehen. Draußen wartete eine derbe, mit Vorhängen versehene Sänfte, getragen von vier klatschnassen Jünglingen, die bei jedem Donnerschlag ängstlich zusammenzuckten. Der Himmel hatte sich verdunkelt, und obwohl der Nachmittag noch nicht weit fortgeschritten war, schien die Nacht anbrechen zu wollen. Mit ungeduldig ausgebreiteten Armen erwartete Hillel seinen Gast, der die Vorhänge zur Seite schob, hinaussprang, und wie ein Junger auf den Portikus zulief. Hillel fiel ihm um den Hals, umarmte ihn, küßte ihn auf die Wange und gab unzusammenhängende Laute der Freude und Zuneigung von sich.

„Sei gegrüßt, Rabban, und willkommen in diesem Hause", sagte David, der an der Bronzetür wartete.

„Schalom", erwiderte Gamaliel, „Friede diesem Hause und allen, die in ihm wohnen." Da er sich aus Hillels ungestümer Umarmung nicht befreien konnte, streckte er David seine Hand entgegen. Es schien, als hätte seine Ankunft dem gequälten und aufgewühlten Hillel, der fast außer sich war, Hilfe gebracht. Gamaliel klopfte ihm freundlich auf die Schulter, denn er besaß die Gabe, Gefühle anderer in seiner eigenen Brust zu empfinden.

Der große Gamaliel, einer der edelsten Juden, war ein sehr kleiner Mann von schmächtiger Gestalt mit zierlichen Händen und Füßen. Diese steckten bis fast zu den Knien in feinen Lederstiefeln mit goldenen Schnüren. Sein kostbares Gewand war in matten Farben gehalten, grau und dunkelrot, und mit der tiefblauen Franse des frommen pharisäischen Juden besetzt. Sein Umhang war schwarz, aber mit goldenen Tupfen übersät, und seine Kapuze mit goldfarbenem Tuch gefüttert. Trotz seiner kleinen Statur strahlte er Autorität und Würde und Macht und eine gewisse geistige Zucht aus. Schließlich gab Hillel ihn frei, hielt aber, obwohl sie fast gleichen Alters waren, seine Hand fest, wie ein Kind die Hand des Vaters, und sah ihm mit ergreifendem Entzücken ins Gesicht.

Es war dies auf den ersten Blick kein bemerkenswertes Gesicht, auch kein patrizisches und kein ansprechendes. Es war klein und knochig, von dunkler Farbe und derber Struktur, wie das eines Landmanns. Es gab unfreundliche Leute, die von einem Affengesicht sprachen, ganz besonders unter den Richtern des Synedrions, denen seine weisen und verständnisvollen Urteilssprüche gegen den Strich gingen und die ihm seine Autorität, seinen Vorrang und seinen Reichtum übelnahmen. Gewiß, die Fläche zwischen der kleinen, aufgeworfenen Nase und dem breiten, feinen Mund war übermäßig lang, das Kinn fliehend, die Lippen etwas vorstehend, und der Schädel von rauhem, schwarzem Haar bedeckt, das sich von keiner Bürste und von keinem Kamm zähmen ließ. Es war ihm nicht gelungen, sich einen richtigen Bart wachsen zu lassen; das Haar an seinem Kinn war dünn und büschelig wie sein Haupthaar. Er hatte abstehende Ohren, und seine Stirne war durchaus nicht hoch, sondern nieder und schmal.

Es waren die Augen, die seine Größe ausmachten, offene graue Augen, feurig und leuchtend wie Diamanten, bald scharf wie ein Messer, bald sanft wie die eines Mädchens, lachend bei passender Gelegenheit, hart wie Marmor, wenn Torheit oder Heimtücke ihn herausforderten, und strahlend, wenn er an Gott und Göttliches dachte. Er sah alles, auch wenn er vorgab, es nicht zu sehen. Seine Augen verliehen ihm die Schönheit des Geistes, nicht des Fleisches. Noch nie zuvor, meinten die, die ihn gut kannten, wäre einem Mann eine so prächtige Erscheinung gegeben worden, die zu besitzen sich auch die liebreizendste Frau nicht rühmen konnte.

Er machte den Eindruck ungeheurer Vitalität und ständiger und rastloser Bewegung. Er war ein Mann der kraftvollen Geste und der schlagfertigen Antwort, ein Mann von unerschöpflicher Ausdauer. Er wirkte in jeder Beziehung überzeugend, und seine Stimme erschallte wie eine Posaune, deutlich und klar und eindringlich. Wer sie zum erstenmal hörte, erschrak und fand sie mißtönend. Später dann empfand er sie ausdrucksvoll und überzeugend.

Ein Diener nahm ihm den Umhang ab. Eine silberne Schnur faßte sein graues und rotes Gewand an der zierlichen Hüfte zusammen. Sein einziger Schmuck war ein prachtvoller Opal am Zeigefinger seiner rechten Hand. Der elegante David mit seinem blonden Haar, den griechischen Zügen, den geschwungenen Lippen und den blauen Augen wirkte neben ihm wie ein wahrer Hermes, doch nur im ersten Augenblick. Denn gleich darauf schrumpfte David zusammen und verschwand gleichsam vor Rabban Gamaliel, der, über das ganze Gesicht strahlend, Hillel immer noch sanft auf den Rücken klopfte und weiche Töne wortlosen Trostes von sich gab.

„Ich weiß nicht weiter. Gott hat dich mir gesandt." Das war alles, was Hillel, der sonst so peinlich darauf bedacht war, den Gästen die ihnen gebührenden Artigkeiten zu erweisen, über die Lippen brachte.

Davids wohlgeformte Nasenflügel zuckten: nachsichtig zog er eine blonde Braue hoch.

„Aber du warst doch schon vor Rosch Ha-Schanah und Jom Kippur hier, alter Freund", sagte Gamaliel in zärtlich vorwurfsvollem Ton. „Weder bist du zu mir gekommen, noch hast du mich eingeladen, Hillel ben Borusch."

„Ich weiß nicht weiter", wiederholte Hillel.

„Es schmerzt ihn, daß er seine Tochter an meinen Sohn verliert", sagte David, immer der Diplomat, und lächelte charmant. „Er ist ein bescheidener und anspruchsloser Mann."

„Ich habe von dieser Vermählung gehört. Soll ich nicht Hochzeitsgast sein bei der Heirat der Tochter des Mannes, der nach meinem Großvater genannt wurde, möge er in Frieden ruhen?"

Schebua ben Abraham hatte die höchststehenden und prominentesten

Gäste zur Hochzeit geladen, nicht aber den Nasi des Synedrions. Er hatte gefürchtet, sich eine Abfuhr zu holen, denn Gamaliel hatte sich noch nie herabgelassen, sein Haus zu betreten, und begrüßte Schebua, wenn er ihm sonstwo begegnete, nicht gerade mit überschäumender Herzlichkeit. Er war der Herr eines großen Hauses, und obwohl Schebua ihn im Gespräch häufig als Intimus hinstellte, waren sie nichts weniger als gute Freunde. Tieferstehende Mitglieder des Synedrions hatten Einladungen erhalten. Davids hübsches Gesicht errötete vor Freude, als er daran dachte, wie entzückt sein Vater sein würde, Rabban Gamaliel zu empfangen, einen Mann, den Pilatus außerordentlich schätzte und oft um Rat fragte, und den umarmen zu dürfen sich Herodes als Ehre anrechnete.

„Da wir wissen, wie unendlich viel auf deinen Schultern lastet, fürchteten wir, anmaßend zu erscheinen", antwortete David.

„Dann darf ich mich also als eingeladen betrachten", sagte Gamaliel mit dem Ausdruck größter Dankbarkeit, als habe David ben Schebua ihm einen lange gehegten Wunsch erfüllt. Aber die grauen Augen zwinkerten vergnügt. Vor seinem Gott war Gamaliel mehr als demütig: in Ekstase und Verzückung und mit Feuer im Herzen warf er sich vor Ihm auf die Knie, aber er zeigte keine Demut vor seinen Mitmenschen, die er unglücklicherweise nur allzu gut kannte. Dies schmälerte jedoch nicht das Mitgefühl, das er für sie empfand, und auch nicht sein leidenschaftliches Verlangen, ihnen Gerechtigkeit widerfahren zu lassen.

Man begab sich in einen Raum im Inneren des Hauses, wo die leicht getönten Fenster vor dem heftigen Sturm geschlossen worden waren und nur wenig Lärm hereindrang. Gamaliel bewegte sich mit der Anmut eines Kindes, lebhaft und flink. Er setzte sich auf den äußersten Rand eines Stuhles aus Ebenholz mit einem Kissen aus goldenem Samt und blickte Hillel lächelnd und erwartungsvoll an. Er hatte schon mehr gesehen, als Hillel ahnen konnte. Die andauernden Blitze warfen scharf umrissene, schwarze Schatten auf die weißen Wände. Bei besonders lauten Donnerschlägen zuckte David merkbar zusammen. Gamaliel nahm keine Notiz von dem Unwetter. Was ihn betraf, hätte es ein heiterer Sommermorgen sein können. Er beugte sich vor und umfaßte mit den Händen seine Knie.

Diesem gütigen Mann mit den freundlichen und forschenden Augen erzählte Hillel jetzt, wie es ihm in all den Jahren ergangen war, seitdem er seinen Freund zum letzten Male gesehen hatte. Gamaliel unterbrach ihn nicht und beschränkte sich auf kleine Gesten, um seine Anteilnahme zu unterstreichen. Hin und wieder machte er „Ah!" und „So?", um dann wieder aufmerksam zuzuhören. Als Hillel zu Ende war, meinte er verlegen: „Ich habe nur von mir und meinen Kindern gesprochen und gar nicht nach deiner Familie und ihrer — und deiner — Gesundheit gefragt. Verzeih mir."

„Ich bin einer jener Glücklichen", antwortete Gamaliel, „die Gott, gesegnet sei Sein Name, vergessen zu haben scheint!" Er lachte, und es war ein gewinnendes Lachen. „Anscheinend genügt es, daß *ich* an *Ihn* denke. Es ist gar nicht mein Wunsch, ein zweiter Hiob zu sein oder eines der Kinder, die Gott im brennenden Feuerofen prüft und härtet. Vielleicht denkt Er, es wäre zwecklos."

„Meine griechischen Freunde meinen, es wäre gut, wenn sich die Götter unserer Existenz nicht erinnern", sagte David. „Dann steht dem Glück nichts im Wege, während alles Unheil verhütet wird. Sobald sie aber glauben, die Götter wären auf sie aufmerksam geworden, bringen sie ihnen eiligst Opfer dar."

Gamaliel lachte in sich hinein. „Die Griechen sind sehr raffiniert, und ihre Götter vortreffliche philosophische Symbole und Erscheinungen, aber man darf sie nicht wörtlich nehmen, wie das die Unbelesenen beharrlich tun. Der Gott der Juden hingegen muß sehr wörtlich genommen werden. Schließlich hat Er ja selbst gesagt, daß Er ein eifernder Gott ist." Er richtete seinen Blick wieder auf Hillel, der abermals in düstere Gedanken versunken war.

„Erzähl mir ausführlicher von deinem Sohn", forderte er Hillel auf, aber dieser blieb stumm. Gamaliel wartete gelassen, und der feinfühlige David begriff, daß die beiden Männer allein sein wollten. Er klatschte in die Hände, um einen Diener herbeizurufen, dem er auftrug, Erfrischungen für seinen Gast und Hillel zu bringen. Dann verabschiedete er sich geziemend und ging.

„Ich finde, David ben Schebua besitzt viel Zartgefühl und wahren Adel des Herzens", sagte Gamaliel in seiner freimütigen Art. „Er ist weitaus schätzenswerter als sein Vater."

„Ich kenne meinen Sohn nicht!" rief Hillel in einer plötzlichen Steigerung seiner Verzweiflung aus. „Ich habe ihn nie gekannt!"

„Das sagen alle Väter, und ich schließe mich da nicht aus", entgegnete Gamaliel. Er lächelte, aber in seinen Augen konnte Hillel volles Verständnis lesen. „Das hängt nicht mit dem Unterschied zwischen den Generationen zusammen, mit den wenigen Jahren, die Vater und Sohn voneinander trennen, und hat auch nichts mit Erfahrung, Weisheit, Halsstarrigkeit, jugendlichem Eigensinn, Verblendung und Auflehnung zu tun. Es ist ein menschliches Problem. Kein Mensch kann einen andern wirklich verstehen. Bedauerlicherweise glaubten viele, zwischen Vater und Sohn sollte eine engere Vertrautheit, ein tieferes Verständnis bestehen, nur weil jener diesen gezeugt hat. Als ob sie ein- und dasselbe Wesen wären! Der Freund eines Menschen aber, ob nun jünger oder älter, hat oft mehr Einblick in sein Herz und Einfühlungsvermögen für seine Gedanken als ein Sohn. Seelenverwandtschaft ist eine Verbindung des Geistes, nicht des Blutes. Glücklich — und selten — der Mann, der in seinem Sohn einen Freund entdeckt! Von ihm wird immer wieder gesprochen. Und erinnern wir uns doch, daß König Davids Sohn ihm nach dem Leben trachtete; doch als er tot war, weinte David und sprach: „Mein Sohn Absalom! Mein Sohn, mein Sohn Absalom! Wäre ich doch gestorben statt deiner, Absalom!“ Das war die Selbsttäuschung eines Vaters, der glaubte, sein Sohn wäre ein Stück von ihm. In Wahrheit war Jonathan Davids Sohn, Bruder, Vater und Verwandter, denn sie waren eines Geistes.“

„Dann sind also unsere Kinder Fremde für uns?“ fragte Hillel mit erschöpfter, kummervoller Stimme.

„Fast immer“, erwiderte Gamaliel. „Weise ist der Vater, der sich diesbezüglich keinen Illusionen hingibt. Er hat seinen Sohn in sein Fleisch gekleidet, aber er ist nicht der jungen Seele Vater. Er sollte die Freundschaft seines Sohnes pflegen wie die eines Fremden. Weist der Sohn die Freundschaft zurück, darf sie der Vater nicht fordern, denn wie kann man mit einem Menschen Freund sein, wenn keine gegenseitige Zuneigung besteht? Erzwingen läßt sie sich nicht. Nichts gegen die Liebe eines Vaters! Doch die Liebe eines Sohnes ist ein unstetes Gefühl und kann ohne einen bestimmten Anlaß gegeben oder verweigert werden. Sie ist kein Schmuckstück, das man auf dem Markt mit Gold — oder Aufopferung — kaufen kann. Ein Vater darf seinen Sohn nicht dazu drängen, ihn zu lieben, denn es mag diesem aus tausenderlei unlogischen Gründen unmöglich sein. Respekt und Ehrerbietung, das darf er von ihm fordern und mag damit wohl das Wertvollere erwählt haben.“

„Deine Worte, lieber Freund, lassen mich meinen Verlust und meinen Schmerz nur noch stärker empfinden. Wie könnte auch ein Vater, der seinen Sohn liebt, sie mit Gleichmut anhören?“

„Du hast etwas vergessen“, erwiderte Gamaliel mit hintergründigem Lächeln. „Es ist uns geboten, Vater und Mutter zu ehren — nicht aber, sie zu lieben.“

Trotz seiner Verzweiflung mußte Hillel in das Lachen seines Freundes einstimmen. „Das ist ein treffender Kommentar“, sagte er. Er fühlte sich plötzlich erleichtert, als ob Gamaliel seine inneren Wunden mit süß duftender Salbe bestrichen hätte, und begann nun, ruhiger, wenn auch nicht weniger eindringlich, von Saul zu erzählen. Mittlerweilen waren Diener gekommen und boten Erfrischungen an, und der Wein ließ Hillels Augen heller scheinen. Trotz der grauen Stellen in Bart und Haar sah er nun nicht mehr älter aus, als er tatsächlich war, denn die Anwesenheit Gamaliels, der mit großer Aufmerksamkeit und Besorgnis zuhörte, war für Hillel die Anwesenheit eines Freundes, der alles wußte und alles verstand. Der spröde Schmerz in seinem Herzen begann zu zerbröckeln und zu schmelzen wie Eis unter der Sonne.

„Ich bin mit anderen jungen Männern vom Wesen deines Sohnes Saul zusammengetroffen — wenn auch nicht mit vielen“, sagte Gamaliel. „Sie füllen die Reihen der Essener und Zeloten. Sie kennen keine Zweifel. Sie sind sich ihrer Sache so sicher, daß ich manchmal fürchte, sie könnten Gott Anstoß geben, gesegnet sei Sein Name. Denn wie kann ein Mensch sicher sein, was Gottes Wille oder Gottes Begehr ist? Diese Erkenntnis ist nur durch demütiges Suchen zu erlangen, aber nicht durch ein Übermaß egoistischer Inbrunst, nicht durch Selbstsicherheit, unbegründete Vermutungen und unbewiesene Überzeugungen. Es wäre sinnlos, wolltest du Saul erklären, daß die jungen Männer, die heute elend, blutig und grausam ans Kreuz geschlagen wurden, im Dienste Gottes und in leidenschaftlicher Begeisterung den Tod gesucht haben. — Obwohl ich mich oft frage, ob Gott diese Leidenschaft von uns begehrt, und ob es nicht besser wäre, wenn diese Leute zuerst bei Ihm anfragten. Ihre Hingabe, ihr Feuer, ihre Selbstaufopferung sind als edle Züge zu werten, und ich hoffe, daß die Engel, die sie von den Kreuzen genommen haben, gütig und geduldig waren. Gott verlangt nicht von uns, daß wir für Ihn sterben sollen. Er verlangt, daß wir für Ihn leben sollen. Wenn wir, ohne daß es in unserer Absicht gelegen wäre, unseren Glauben mit dem Leben bezahlen müssen, wenn wir den Tod nicht gesucht haben, er uns vielmehr auferlegt wird, dann ist dies überaus tugendhaft. Aber dein Sohn Saul würde das nicht verstehen. Das hat nichts mit seiner Jugend zu tun. Ich kenne Graubärte, die nicht anders denken als er."

Er sprach ruhig und tröstlich, aber ein Schatten von Trauer lag über seinen Augen.

Mit einem Male überflutete die Bitternis seines Schmerzes Hillel von neuem. „Lebte ich noch in jungen Jahren", rief er aus, „ich würde Onans Sünde begehen und meinen Samen auf dem Felde vergießen und keine Kinder in die Welt setzen! Was nützt es einem Mann, einem andern Wesen Leben einzuhauchen, das ihn später verachten und als Narren ansehen, seine Worte als Geplapper abtun und schließlich sein Feind werden wird? Man hat Feinde genug. Man muß sie nicht auch noch zeugen!"

Als er in diesem Augenblick den Blick hob, sah er Saul in der Tür stehen. Er hätte ihn begrüßen wollen, aber Sauls Aussehen erschreckte ihn. Es war, als ob sich der Jüngling im Traum oder im Fieber bewegte, als ob sein Geist wanderte und er sich der Anwesenden in diesem von zuckenden Blitzen erhellten Raum gar nicht bewußt wäre. Sein eingefallenes Gesicht wirkte gespenstisch, seine Augen lagen wie blaue Kohlen in ihren Höhlen, sein Umhang war durchnäßt. Er zitterte am ganzen Körper. Da vergaß Hillel seine Worte. „Saul, Saul, mein Sohn, was ist dir?" rief er, sprang auf, ging zu ihm und nahm seinen Arm.

„Ich sah sie sterben", sagte Saul mit lauter, heiserer Stimme. „Ich sah ihr Blut. Ich hörte, wie man ihnen die Nägel ins Fleisch schlug. Und einer war da, ein einfacher Bauer, der sie tröstete, und keiner sonst, der ihnen solchen Trost gespendet hätte, nur eine Menge von feigen Gaffern, zu der auch ich gehörte. Fluch mir und Fluch ihnen!"

Es war der Kummer um seinen Sohn und sein eigener Schmerz, der Hillel erbeben ließ. Er wußte nicht, was er sagen sollte. Dann bemerkte er, daß Saul Rabban Gamaliel unverwandt anstarrte.

„Saul, mein Sohn", sagte Hillel und konnte kaum reden, „wir haben einen illustren Gast. Er genießt großen Ruhm in unserem Land, und ich habe dir früher oft von ihm erzählt. Es ist Rabban Gamaliel, mein lieber alter Freund, mein hochgeschätzter und ehrwürdiger Freund, Nasi des Synedrions, Priester des Tempels und Lehrer des Rechts, der einstmals in Abrahams Schoß ruhen wird."

Saul löste sich von seines Vaters Arm und tat einen Schritt auf den Rabban zu, der ihn von seinem Stuhl aus aufmerksam betrachtete. Saul beschrieb eine wirre Geste. „Aber du warst nicht dabei, Rabban Gamaliel!"

Hillel war entsetzt von so unfaßbarer Frechheit, die einer Lästerung so nahe kam, wie dies vor einem Menschen überhaupt möglich war.

Aber ein ganz eigenes Licht strahlte aus Rabban Gamaliels Augen, als er den Jüngling jetzt vor sich stehen sah. „Ich befand mich im Tempel" erwiderte er mit seiner sanftesten Stimme, „und sah ihre Seelen, als ich für sie betete. Was ist Leben? Hat es denn Bedeutung, wie wir sterben oder wann wir sterben? Ist es nicht das Schicksal des Menschen, hinzuschwinden? Ich will dir etwas sagen, Saul ben Hillel: nie werden diese begeisterten jungen Männer das Elend und die Einsamkeit des Alters kennen, die unstillbare Sehnsucht nach entschwundenen Gesichtern, die tote Liebe, die Stille, die Leere, die verlassenen Räume, die schweigenden Hallen, die Spiegel, die das Bild des geliebten Menschen nicht mehr zurückwerfen, und nie die Böden, auf denen der Schritt des geliebten Menschen nicht mehr widerhallt. Sie werden nichts von Treubruch und Verrat erfahren, nichts von Enttäuschung und Verzweiflung, nichts von Eitelkeit, Ernüchterung und Gram. Wir alle erleiden Schmerzen, bevor wir sterben, manche mehr und manche weniger, doch der Schmerz des Lebens ist weit quälender als der des Todes — und Schmerzen sind nun einmal unvermeidlich."

Saul blickte ihn mit den starren, unbeweglichen Augen einer Statue an, und Hillel glaubte schon, er habe nichts verstanden, als sein Sohn mit der gleichen heiseren, stammelnden Stimme erwiderte: „Das Furchtbare ist, daß sie für nichts gestorben sind, und daß es niemanden interessierte, daß sie gestorben sind und wofür sie gestorben sind!"

Rabban Gamaliels Augen wurden hart wie Stein.

„Und woher hast du diese Weisheit, Saul ben Hillel? Wer hat dir diese Erleuchtung ins Ohr geflüstert? Hat Gott dir im geheimen anvertraut, warum ein Säugling in den Armen seiner Mutter stirbt, warum ein Kind von wilden Tieren zerrissen, eine Frau ihres Mannes oder ein Mann seiner Gattin beraubt wird? Hat Gott dir enthüllt, daß auch sie für nichts gestorben sind, und daß es niemanden interessiert hat, daß sie gestorben sind? Ist die Seele des Menschen Gott so wenig wert, daß Er ihres Hinscheidens nicht achtet? Ihm, der sie geschaffen hat? Aus Gott machst du ein Wesen, das wertloser ist als der Niederste unter uns, ein Wesen, unbeseelt und geistlos wie ein Tier!"

Hillel holte tief Atem, denn es waren schreckliche Worte, die Rabban Gamaliel da aussprach, das Echo Sinais, wollte es dem Vater scheinen, und ein Verweis. Hillel mußte an sich halten, um nicht reuig und tief beschämt vor seinem Freund auf die Knie zu fallen.

„Für eine gerechte Sache", fuhr Gamaliel fort, „stirbt kein Mensch vergebens, so gering und so verachtet er auch sein mag. Sein Name mag der Vergessenheit anheimfallen, aber Gott führt sehr genau Buch über die Vorsätze, die ihn beseelt haben."

Er lächelte bedauernd. „Selbst wenn es nicht Gottes Vorsätze waren. Ihm genügt es, daß sie in Seinem heiligen Namen und aus Liebe zu Ihm gefaßt wurden, und darum sage ich dir, daß diese jungen Menschen glücklicher sind als wir."

Vor Hillels entgeisterten Augen brach Saul jetzt in heftige Tränen aus, bedeckte sein Gesicht mit den Händen und zitterte am ganzen Leib. Klagend rief er dann, wie schon einmal, die Worte Hiobs: „O, daß ich wüßte, Ihn zu finden!"

Er wandte sich um und lief aus dem Raum. Hillel versuchte vergeblich, ihn zurückzuhalten. Gamaliel erhob sich, trat auf seinen Freund zu und umarmte ihn.

„Weine nicht, Hillel ben Borusch. Saul weint für sich, und es ist ein heiliges Weinen, denn ich habe seine Worte vernommen. Er ist der erste Jüngling, dem ich begegnet bin, bei dem sie aus so großer Seelenqual heraus geboren wurden. Ein geheimnisvolles Frohlocken läßt mein Herz höher schlagen. Ich habe Tausende von jungen Menschen gelehrt. Gott hat sich meiner Seele offenbart. Ich will auch deinen Sohn lehren. Schicke ihn mir in zwei Jahren nach Jerusalem. Auf seiner Stirn leuchtet das Zeichen Gottes, das zu sehen nur wenigen vergönnt ist. Ich aber habe es gesehen, und wenn auch sein Schicksal noch im Dunkel liegt, so weiß ich doch, daß es zur himmlischen Herrlichkeit beitragen wird. Sein Name ist auf den heiligen Schriftrollen des Volkes Israel verzeichnet!" Wie eine Posaune erscholl die Stimme des Rabbans, und fand ihr Echo.

Hillel fühlte sich erquickt. Er ließ den Kopf auf seines Freundes Schultern fallen und schämte sich seiner Tränen nicht. Er war verwaist gewesen, aber nun hatte ihm ein Mensch die Hände mit Geschenken gefüllt.

XIII

Eine Zufluchtsstätte, ein Grab, war sein Schlafraum für Saul. Der Regen, der in krausen Linien auf das Fenster prasselte, spiegelte sich auf den blaß schimmernden Wänden. Der langhin rollende Donner ließ die Luft nicht zur Ruhe kommen. Es war kalt und zugig, und Saul fröstelte. Er ging ans Fenster und starrte hinaus. Er sah die gelben Steine des Innenhofes, über die das Wasser hinwegflutete, und die Tauben, die geschäftig hin- und herliefen, er hörte das quälende Tropfen und Peitschen des Regens. Jenseits des Hofes stand eine Gruppe dunkler Zypressen, die sich dem Winde beugten, und weiter hinten eine Mauer aus dem gleichen gelben Stein des Hofes, auf der die letzten Fetzen purpurner Sommerblumen flatterten. Der matte graue Himmel kochte und stürzte dahin wie verfolgt, oder wie in einem Strudel gefangen.

Trostlosigkeit überkam ihn. Sein Kopf war leer von Gedanken, denn seine Gefühle waren zu schmerzlich und peinigend. Er fröstelte immer mehr. Er setzte sich auf das Bett und zog eine Pelzdecke um die Schultern. Seine rote Mähne fiel nach vor, bis das Kinn die Brust berührte. Ein machtvolles Sehnen nach dem Tod schüttelte ihn. Es war ihm, als hätten die Organe seines Körpers das Fleisch seines Leibes verlassen. Sein ganzes Sein war ein einziges, gefoltertes Etwas, jenseits von Tränen und tröstenden Worten — und doch blieb ihm die ganze Wahrheit, was den Ursprung seiner Leiden betraf, verschlossen.

Dann schlief er und es wurde Abend. Das Fenster färbte sich schwarz und der Raum versank in tiefe Schatten, und es war Nacht.

Er begann zu träumen. Wieder stand er auf dem gelben Trümmergestein im Sand und Staub jener entsetzlichen Stätte jenseits des Damaskus-Tors, um dort zu trauern und zu klagen. Aber er sah nur ein einziges Kreuz, und es ragte höher und breiter in den düsteren Himmel. Es war rot wie Blut und von züngelnden Flammen umgeben. Römische Soldaten umringten das Kreuz, man hörte weinen und klagen, doch Sauls ganze Aufmerksamkeit galt dem Mann, der am Kreuz hing und dessen Blut von seinen Händen und Füßen tropfte. Der rötliche Schein war nicht stark genug, um alle Einzelheiten erkennen zu lassen, doch wollte es Saul bedünken, als blutete auch die Stirne des Mannes aus vielen kleinen Wunden. Was daran schuld war, konnte Saul nicht feststellen.

Und dann erkannte Saul, daß der Mann auf dem riesigen Kreuz der unbekannte Arbeiter oder Bauernbursche aus dem Landesinnern war, der ihn auf dem Platz hinter dem Markt so durchdringend angesehen und später, an eben dieser Stätte, den sterbenden Opfern Trost gespendet hatte.

Beklemmende Stille lag über diesem öden Ort, dem gleichen, und doch nicht dem gleichen, an dem die Hinrichtungen stattgefunden hatten. Kein

Singen war zu hören, kein Tröster zu sehen. Keine Stimme erhob sich in Hoffnung und Verheißung. Die römischen Soldaten, ein in dunklen Stein gehauener Haufen, rührten sich nicht. Ihre formlosen Gestalten schienen sich unter dem blutigen, verhängnisvollen Himmel zu verflüchtigen und dahinzuschwinden. Das Kreuz aber und der Gekreuzigte ragten bis in die höchsten Höhen auf, weit über den Horizont hinaus, menschlich und doch gigantenhaft, ungeheuer und majestätisch, aber auch schreckensvoll. Es dünkte Saul, daß das, was sich hier ereignet hatte, von schlimmer Vorbedeutung, aber auch etwas unendlich Heiliges war, und daß die Erde einen neuen Platz unter den Gestirnen eingenommen hatte.

Saul konnte weder Arme noch Beine bewegen noch den Blick von dem Gekreuzigten abwenden. Ihm war, als wäre er zu Eisen geworden. Gesicht und Gehör waren ihm verblieben, sein Fleisch aber dahingeschwunden.

Die roten Schatten des Himmels zuckten und tanzten auf den Gliedern des Gekreuzigten, die weiß wie Mondlicht schimmerten. Getrocknetes Blut haftete an seinem goldenen Bart. Er schien Blut zu schwitzen. Er hatte eine Wunde an der Seite, und auch diese blutete langsam und stetig. Sein Antlitz aber war ruhig, nachdenklich und wunderschön, als ob er ganz allein wäre und einen Frieden gefunden hätte, der über alles menschliche Verstehen hinausging. Seine blasse Haut spannte sich über den Rippen, er hing schwer am Kreuz, aber er gab keinen Laut von sich.

Saul vermeinte, sein Herz, eingeschlossen jetzt in Metall, das seine Muskeln ersetzte, müsse vor Angst und Entsetzen zerspringen. Aber er wußte nicht, warum, denn dieser Mann war ein Fremder, weder wichtiger noch wertvoller noch bemitleidenswerter als jene, die vor ihm hier den Tod gefunden hatten. Warum hat man *Ihn* ans Kreuz geschlagen? fragte sich Saul. Und fand keine Antwort.

Es geschah nun, daß der Mann sein vornübergesunkenes Haupt hob und Saul voll ins Gesicht sah, der jetzt nicht mehr auf der Erde stand, sondern etwas darüber, so daß er sich mit dem Antlitz des Gekreuzigten auf einer Ebene befand, wenn auch weit von ihm entfernt. Das Gesicht des Mannes war erleuchtet, doch schien das Licht nicht vom düsteren Himmel zu kommen, sondern einem inneren Quell zu entspringen. Der strahlende Glanz nahm zu, und die blauen Augen wurden größer, so daß Saul schließlich nur mehr diese Augen sah, die so unermeßlich tief waren, als hätten sie über endlose Zeiträume hinweggeblickt und würden noch über endlose Zeiträume hinwegblicken. Sie waren so tief, als hätten sie das ewige Leben vor sich.

Ein gewaltiges Geräusch erfolgte, als ob der Himmel entzweibräche, und eine Schale, die Schale eines riesenhaften Samenkorns, umhüllte das Kreuz und den Mann darauf. Die Erde öffnete sich, und Kreuz und Gekreuzigter versanken in der schwarzen Gruft. Bis zum letzten Augenblick, bis sich die Erde über ihm schloß, blieben seine Augen in Liebe und Erkennen auf Saul haften. Dann blieb nur mehr die öde Stätte zurück. Auch die Soldaten waren verschwunden.

Das blutige Licht des Himmels war verblaßt. Sanfte graue Dämmerung lag über der Landschaft. Plötzlich hörte er Vögel singen, und der östliche Himmel färbte sich golden und griff mit scharlachroten Fingern nach dem Zenith. Brausend erhob sich ein mächtiger Wind. Saul konnte es nicht glauben, aber mit dem Beginn eines neuen Tages brach ringsum, soweit das Auge reichte, grünes Korn aus der Erde und eilte sich zu reifen und Frucht zu tragen. Üppig sprang es aus dem Boden und reifte flüsternd und murmelnd, bis Saul eine unendliche See von Getreide vor sich sah, die über den Horizont hinauswuchs. Im Sonnenlicht glitzerte es wie flüssiges Gold, und sein Duft war voll und berauschend.

Mit einemmal verlor Saul all seinen Kummer und all seine Verzweiflung und blickte mit jauchzender Freude auf das wogende Meer von Getreide, so als wäre aus Tod und Elend neues Leben erstanden, um die Menschen zu nähren — aus jenem riesenhaften Samenkorn erstanden, das in die Erde versunken und darin begraben worden war.

Stimmengewirr drang an sein Ohr, und junge Männer erschienen, barfüßig und niederen Standes. Ihre sonngebräunten Beine waren bloß, denn sie hatten die Säume ihrer Gewänder hochgezogen und in die Gürtelschnüre gesteckt. Ihre Köpfe waren von derben Tüchern bedeckt, die den Nacken schützten, aber ihre Bärte flatterten im warmen Wind. Sie waren mit Sensen ausgerüstet.

Sie standen da und blickten auf das Meer von Getreide hinaus. Saul sah, daß es nur wenige waren. Ihre Körper und Arme und Sensen wirkten winzig klein vor der Unermeßlichkeit, die sich weithin ausbreitete.

Ungeduld riß ihn fort wie eine Leidenschaft. „Gebt auch mir eine Sense", rief er den Männern zu, „damit ich mit euch das Korn schneiden kann, bevor es Abend wird und der Winter ins Land zieht!"

Aber die Männer sahen sich nicht nach ihm um und schienen ihn nicht zu hören. Sie sahen auf das Feld hinaus, das von Leben und Verheißung geschwellt war, und beratschlagten. Wie sollten sie eine Arbeit meistern, die Riesenkraft erforderte?

Dann hörte Saul jene gewaltige Stimme wieder, die ihm schon vertraut war: „Die Ernte ist reich, doch der Arbeiter sind wenig!"

In fiebernder Ungeduld und drängendem Verlangen rief Saul abermals aus: „Gebt auch mir eine Sense!"

Die Männer hörten ihn, wandten sich um und sahen aus dunklen und gequälten Augen sorgenvoll zu ihm hinauf. Dann kam einer zu ihm, hob den Arm und legte eine Sense in seine Hand. Plötzlich lächelten alle und sagten: „Komm!"

Aber er konnte sich nicht bewegen. Er kämpfte, um sich aus der eisernen Umschließung seines Fleisches zu befreien, und konnte keinen Finger rühren. Ein um das andere Mal schrie er laut auf, das Eisen brannte, je höher die Sonne am Himmel stieg und es erhitzte, Schweiß versengte sein Inneres, und in seinen gelähmten Adern siedete und kochte das Blut.

Eine Finsternis wie der Tod selbst senkte sich plötzlich über ihn, und er sackte in einen lichtlosen Abgrund, in dem es kälter war als Eis. Je tiefer er fiel, desto höher ragten gespenstische Schneeberge auf, und ein unirdischer Mond ergoß sein Licht auf die gefrorenen Gipfel, die an ihm vorbei nach oben stürzten. Die Stürme der Ewigkeit bliesen ihm um die Ohren, und der bittere Frost ätzte seine Lippen.

„Du verlangst etwas Unmögliches, Hillel ben Boruch", sagte Schebua zu seinem Eidam, und es klang ganz vernünftig. „Wir können die Hochzeit nicht verschieben. Die Ärzte haben mir versichert, daß mein Enkel Saul überleben und bald wieder zu Bewußtsein kommen wird, obwohl seine fiebrige Ohnmacht nun schon drei Tage und drei Nächte andauert. Er liegt an keiner Krankheit darnieder. Mit dem Kopf ist etwas nicht in Ordnung. Das ist zwar ein mysteriöses, aber kein ansteckendes Leiden. Er hat ausgezeichnete Krankenschwestern, die ihn keinen Augenblick allein lassen. Zwar öffnet er die Augen nicht, aber er trinkt mit Wasser verdünnten Wein und gewürzte Getränke und Arzneien. Er wird am Leben bleiben! Eine Hochzeit zu verschieben, bringt Unglück, sagen die Abergläubischen." Er lächelte. „Ich bin zwar nicht abergläubisch, aber ich habe viele Gäste eingeladen — darunter auch den berühmten Rabban Gamaliel, der täglich kommt, um dich und Saul zu besuchen — und es wäre unverzeihlich, wollte ich jetzt Boten ausschicken, um sie zu benachrichtigen, daß die Hochzeit nicht stattfindet."

„Sapphira ist seine Schwester, und er liebt sie", erwiderte Hillel.

Wieder ließ Schebua ein eindrucksvolles Lächeln sehen. „Er würde es gar nicht wollen, daß man seinetwegen die Hochzeit verschiebt. Es wäre ihm außerordentlich peinlich, Verwirrung angestiftet und Ungelegenheiten bereitet zu haben."

Hillel, der den Charakter seines Sohnes kannte, mußte seinem Schwiegervater recht geben. Er verließ Schebua und begab sich in Sauls Stube zurück, wo ein Kohlenbecken brannte, um dem herbstlichen Frost zu wehren. Die wollenen Vorhänge waren zugezogen, und Saul lag unter dicken Pelzdecken in seiner rätselhaften Ohnmacht, aus der er nicht erwachen wollte. Seit jenem Abend, da man Saul bewußtlos auf seinem Lager gefunden hatte, war Hillel drei Nächte lang nicht von seiner Seite gewichen. Ärzte waren gekommen und wieder gegangen. Sie hatten die Stirne in Falten gelegt, an den Symptomen herumgerätselt und stundenlang über das hohe Fieber, die starken Schweißausbrüche, das Beben, Zittern und Schütteln und die seltsam mißtönenden Schreie des Patienten debattiert. Aus Angst vor der Pest, die jenseits der Grenzen Judäas und Syriens unter den verfluchten Parthern grassierte, mußte jede plötzliche Erkrankung gemeldet werden, und so erschien auch der Chef der römischen Gesundheitsbehörde mit seinen Ärzten im Hause Schebuas. Die Parther waren zahlreich und aufrührerisch und ein Dorn im Auge der Römer, die wohl wußten, daß die Parther geschworen hatten, sie niederzuwerfen und zu verjagen. Ein — für die Römer — absurder Gedanke, aber die Drohung hing in der Luft — so wie die unter den Parthern wütenden Krankheiten. (Die gelegentlich recht harten disziplinarischen Maßnahmen, die die gereizten Römer gegen die Juden ergriffen, waren zumindest teilweise eine Folge der drohenden Präsenz der Parther jenseits der Grenze, die sich nicht entscheiden konnten, wen sie mit größerem Haß verfolgen sollten: die Römer oder die Juden. Sie töteten beide mit gleicher Begeisterung.)

Der römische Beamte und seine Ärzte untersuchten Saul pflichtgemäß, befragten ihre von Schebua bezahlten Kollegen sowie die übrigen Mitglieder des Haushalts und kamen schließlich zu dem richtigen Ergebnis, daß Saul weder an der Pest noch an irgendeiner anderen Krankheit dieser tückischen Parther litt. Daher wurde auch über das Haus Schebua ben Abrahams keine Quarantäne verhängt, und der Beamte und seine Untergebenen nahmen gütigst Schebuas Einladung an, mit ihm zu Abend zu essen — und später auch großzügige Geschenke: der Gastgeber war überaus erleichtert, zu wissen, daß seinem Haus nichts Böses drohte.

Claudia half den Krankenschwestern und beteiligte sich ebenfalls an Sauls Pflege. „Ein Fieber brennt in seiner Seele“, sagte sie zu Hillel, „und das ist schlimmer als ein körperliches Fieber, aber nicht tödlich. Er wird wieder gesund werden, Hillel ben Borusch, obgleich er das in seinem innersten Wesen vielleicht gar nicht will.“ Dabei sah sie ihn freundlich an, als ob sie zu einem Kind spräche.

Sie war die unbeugsame Kraft im Krankenzimmer. Sie gestattete Sapphira, ihren Bruder zu besuchen, und Sapphira saß an seiner Seite und weinte, legte ihm kühle Kompressen auf die brennenden Wangen und Schläfen und sprach zu ihm mit ihrer zarten, leisen Stimme. Aber Saul schrie nur immer wieder und unvermittelt wild auf und warf sich verzweifelt auf seinem Lager herum, als versuchte er, sich aus den Fesseln seines eigenen Körpers zu befreien. Er antwortete auf keine Fragen und hielt die Augen geschlossen. Jeden Tag wurde sein Gesicht kleiner, grauer und hagerer.

Aulus Platonius und sein Sohn, der Hauptmann der Prätorianer, besuchten den sorgenvollen Vater, trösteten ihn und heiterten ihn auf. Auch Joseph von Arimathäa kam, stand lange Zeit schweigend neben dem Bett, blickte auf den bewußtlosen Jüngling hinab und lauschte seinem unzusammenhängenden Stöhnen und Rufen.

Am Tag vor der Hochzeit erlangte Saul das Bewußtsein wieder. Das Fieber hatte nachgelassen. Man hatte ihm den Schweiß abgewaschen und frische weiße Wäsche angelegt. Er öffnete die Augen und sah das Antlitz seines Vaters über sich gebeugt. Doch eines der Augen öffnete sich nicht ganz, aber, in seiner Freude, daß Saul wieder bei Sinnen war, merkte Hillel es nicht.

„Nun ist alles gut, mein Sohn", sagte Hillel zärtlich, drückte einen Kuß auf seine Wange und war froh, daß sie sich wieder kühl anfühlte. „Du warst krank, aber Gott, gesegnet sei Sein Name, hat dich mir erhalten. Bald wirst du wieder bei Kräften sein."

„Ich wollte, ich wäre gestorben", flüsterte Saul. Tränen standen in seinen Augen.

Rabban Gamaliel war gerade anwesend. Er trat ans Bett und sagte in ernstem Ton: „Es ist Gottes Wille, daß du leben sollst, und es steht dir nicht zu, diesen Willen zu bezweifeln. Du mußt ruhen und dich kräftigen, denn dir ist bestimmt, viele Wundertaten für Ihn zu vollbringen." Eine heilige Begeisterung zeichnete sich in seinen Zügen. Hillel blickte ihn schweigend an und konnte sich einer leisen Furcht nicht erwehren.

„Ich stürzte ins Dunkel und dachte, das wäre der Tod", fuhr Saul im gleichen Flüsterton fort, als ob er den Rabban nicht gehört und seine Anwesenheit nicht bemerkt hätte. „Ich hatte keine Angst, obwohl es ein gähnender Abgrund war."

Ganz unvermittelt schlief er ein, aber das linke Auge blieb halb offen, so daß man das Weiße und den unteren Rand der blauen Iris sehen konnte.

Erst einige Tage später setzten die Ärzte Hillel bedauernd davon in Kenntnis, daß das Fieber das Auge teilweise gelähmt hatte. Es war nicht erblindet, würde aber nie wieder so kräftig wie das andere sein. Und noch später erkannten sie, daß das Fieber auch einen Teil des Gehirns geschädigt hatte: das hieß, daß Saul in Zukunft gelegentlich unter Anfällen leiden würde. „Es handelt sich nicht um schwere Epilepsie", erklärten sie dem bekümmerten Vater. „Es könnten auch schon vor der Krankheit Anlagen vorhanden gewesen sein, die sich nur jetzt stärker entwickelt haben. Neigt dein Sohn zu heftigen Gemütsbewegungen und leidenschaftlichen Gefühlswallungen?"

„Ja", gab Hillel traurig zu. „Aber er hatte nie Anfälle."

Er hob die Arme. „Warum hat Gott mein Kind so schwer geprüft?" fragte er. „Warum nicht mich an seiner Stelle? Hätte Er Hiobs Kinder heimgesucht, Gott und Hiob würden nicht über Satan triumphiert haben! Gibt es einen Vater, der das Leiden seiner Kinder mitansehen kann, ohne sich von Gott abzuwenden?"

„Es steht geschrieben", erwiderte Rabban Gamaliel, „daß wir Gott nicht anzweifeln dürfen, denn Seine Wege sind nicht unsere Wege, und wir vertrauen darauf, daß Er in Seiner Allwissenheit für alles, was Er tut, Seine guten Gründe hat."

Doch Hillel ließ sich nicht trösten. Stundenlang saß er an Sauls Bett und sah mit blutendem Herzen auf ihn hinab. Es gab Zeiten, da er genau wußte, daß Saul nicht schlief und seiner Anwesenheit gewahr war. Aber Saul schwieg.

XIV

Der Frühling war ins Land gezogen, und die Mandelblüten saßen wie rosige Schmetterlinge auf den Bäumen. Die Platanen leuchteten in hellem, glänzendem Grün, und selbst die Zypressen schienen sich verjüngt zu haben. Hauptmann Titus Milo Platonius mußte nach Rom zurückkehren, denn sein Urlaub war abgelaufen. Im strahlenden Glanz des frühen Morgens machte er sich mit seinen Männern auf den Weg zum Joppe-Tor. Dort wollte sein Vater Aulus von ihm Abschied nehmen.

Ich bin Soldat, dachte Aulus, aber auch Vater. Langsam spüre ich die Bürde meiner Jahre, und es mag noch eine Zeit dauern, bis ich in meine geliebte Heimat zurückkehren darf: so lange werde ich meinen Sohn nicht mehr sehen. Ich muß stets daran denken, daß ich Soldat bin, zum Soldaten geboren, und mir nichts anderes für meinen Sohn gewünscht hätte — aber auch ich habe ein menschliches Herz, und mein Herz ist schwer.

Auf den Märkten ging es schon munter zu. Man lud die Karren ab, die vom Land gekommen waren, und Bauern und Händler haderten und feilschten, fluchten und lästerten mit zornsprühenden Augen und drohten einander mit geballten Fäusten. Ein Marktplatz war wie der andere: die Planen waren rot oder blau oder grün, und in den engen Straßen wimmelte es von eiligen und lärmenden Männern, Frauen und Kindern. Viele Häuser schliefen auch noch hinter ihren gelben Mauern, während Sklaven die Tore säuberten, die Höfe aufwuschen und die blühenden Gärten besorgten. Die Sonne war schon warm, und vom fernen Ozean her wehte eine frische Brise.

Milo unterhielt sich mit seinem Vater über die herrschenden Verhältnisse in Rom. Während sie auf das Joppe-Tor zuritten, wurden ihre Gesichter immer ernster. „Wir haben ja schon darüber gesprochen, Vater", meinte Milo, „und sind immer zum gleichen Schluß gekommen. Wie es heute steht, kann Rom nur dann weiter existieren, wenn die anständigen Bürger mehr und mehr unterdrückt und zum Nutzen der minderwertigen

Massen geschröpft und versklavt werden. Es ist allgemein bekannt, daß Eltern, die der Mittelklasse angehören — einst nannte man sie die ‚neuen Menschen' — ihre Neugeborenen nicht mehr ernähren können. Die Säuglinge werden ausgesetzt und müssen sterben. Die Steuern, die man fleißigen, arbeitsamen und produktiven Bürgern auferlegt, werden jeden Tag drückender. Und was geschieht mit dem Geld? Man erhält einen verschwendungssüchtigen Hof, besticht Politiker und subventioniert die Landwirtschaft, baut Häuser, die man dem faulen, dummen und gemeinen Pöbel kostenfrei überläßt und tut alles, um eben diesen Mob auch noch großzügig zu belustigen. Man errichtet riesige Regierungsgebäude, um das wachsende, lüsterne Heer von Bürokraten und kleinen Beamten darin unterzubringen, und Kornkammern, um die träge, arbeitsscheue Masse unentgeltlich zu speisen. Nicht zu vergessen die ehrgeizigen Träume der Söhne von Freigelassenen, die Straßen und Plätze, Häuser und Villen Roms und Umgebung neu zu gestalten, um eine grandiose ‚Stadt von Alabaster' erstehen zu lassen. Und dann natürlich die Kriege, um jenen Leuten zu Gefallen zu sein, die Kriegsmaterialien und Decken für die Söldner herstellen. Kein Wunder, daß das Staatssäckel so gut wie leer ist. Tiberius Cäsar begann mit guten Vorsätzen: er wollte die Finanzkammer in Ordnung bringen, die Staatsschuld abtragen, die Sparsamen belohnen und die Faulen strafen. Aber auch er erlag dem Druck der Straße, wie vor ihm Julius Cäsar, der den Pöbel bezahlte, damit er ihn unterstütze."

„Noch jedes Volk ist zugrunde gegangen, das diesen Weg eingeschlagen hat", sagte Aulus, der aus der Geschichte gelernt hatte. „Also wird auch Rom zugrunde gehen." Er verzog schmerzlich das Gesicht.

„Unsere Generation", meinte Milo, „kann noch anständig und tugendhaft leben, die Verworfenen und die Sittenlosen mit Verachtung von sich weisen, die Verschwender verabscheuen, unsere Götter ehren und unsere Schulden bezahlen." Er lächelte. „Und die Steuern — wenn die mörderischen Steuereinnehmer uns erwischen."

„Und wenn die guten Bürger Roms sich weigerten, Steuern zu zahlen, was könnte eine tyrannische Regierung dagegen unternehmen?" fragte Aulus halb spaßend, halb ernst, und warf seinem Sohn einen forschenden Blick zu.

Milo lachte und zügelte seinen Rappen, um ein vorbeihuschendes Kind nicht zu gefährden. „Glaubst du denn", erwiderte er dann und lachte nicht mehr, „dieses lüsterne Gesindel, dieses genußsüchtige, dekadente, liederliche, nichtswürdige, faule Pack würde nicht darum kämpfen, auch weiterhin von den anständigen Bürgern ausgehalten zu werden? Ich versichere dir, Cäsar würde keinen Augenblick zögern, die Massen gegen die Rechtschaffenen aufzuhetzen und sie nach Herzenslust plündern, verbrennen, zerstören und töten zu lassen — so lange, bis ganz Rom ein einziger Strom von Blut ist und die ehrenhaften Römer zu Bettlern und Sklaven geworden sind. Du wirst dich erinnern, daß schon Catalina diesen Versuch gemacht hat. Aber damals gab es einen Cicero, der sich ihm entgegenstellte und ihn schließlich vernichtete. Doch jetzt haben wir keinen Cicero, keinen, der seine patriotische Stimme erschallen läßt, und es gibt leider nur mehr wenige Römer, die willens sind, für ihr Land, für die Ehre ihrer Götter und für die Asche ihrer Väter zu kämpfen."

„Die Verzweiflung", entgegnete Aulus, „ist kein Übel. Sie ist eine Tugend und kann Menschen anspornen, ihrem Volk die verlorene Größe, Rechtschaffenheit, Fleiß und Stolz wiederzugeben. Aber diese Schweine haben den Männern sogar die Verzweiflung aus den Herzen gerissen und dafür Würmer eingepflanzt. Es ist ja alles umsonst, sagen die Verführer, seht zu, daß ihr den heutigen Tag überlebt, na, und morgen wird's auch irgendwie gehen. So schauen denn die Männer, die die Bastionen besetzen und die Tore sichern sollten, ihre Frauen und Kinder an, zucken hilflos die Achseln und verzweifeln nicht. Man hat ihnen die Verzweiflung genommen, als die Lügner ihnen erzählten, es wäre sinnlos, sich einer tyrannischen Regierung zu widersetzen, die vorgibt, den Pöbel zu lieben, Neid, Gier und Lust in ihm weckt, und jene, die sich ihren Lebensunterhalt durch Arbeit verdienen, als ‚natürliche Feinde' hinstellt, die es mittels Steuern auszuplündern gilt. Wenn ich den Mut dazu hätte, ich würde der Göttin der Verzweiflung einen Tempel errichten, sie mit einer schimmernden Rüstung versehen und ihr ein flammendes Schwert in die Hand legen. Dann würde ich sie beschwören, die schwärenden Geschöpfe zu vernichten, die mein Land bei lebendigem Leib auffressen, seine Gedärme verschlingen und sein Blut trinken!"

„Mutter würde ‚Amen' sagen", meinte Titus Milo Platonius. „Heißt es nicht bei den Juden ‚Wer nicht arbeitet, soll auch nicht essen?' Amen. Amen. Früher einmal gab es auch in Rom solche Mahnworte, aber das ist jetzt vorbei. War es nicht Cicero, der gesagt hat, daß jedes Volk die Regierung hat, die es verdient, und das Schicksal erleidet, das es verdient? Genau so ist es."

Sie waren an einer Straßenkreuzung angelangt. Milo und sein Vater zügelten jäh ihre Pferde, und auch ihr Gefolge hielt an. Eine tobende Menge hatte sich zusammengerottet und schlug wütend und wilde Flüche ausstoßend mit Stöcken auf ein halbes Dutzend Männer ein. Die Männer waren auf die Knie gefallen, versuchten, ihre Köpfe mit den Armen zu schützen, und jammerten um Gnade. Ringsum lagen Schriftrollen, Papiere und Schreibgriffel verstreut. Die Randalierer spuckten alles an und trampelten darauf herum.

Milo hob seine gepanzerte Faust, und ein Soldat kam an seine Seite getrabt. „Erkundige dich nach dem Anlaß für dieses unziemliche Schauspiel", wies er ihn an.

Aulus runzelte die Stirne. „Als Zenturio ist es meine Pflicht, Ruhe und Ordnung aufrechtzuerhalten."

„Das ist richtig", sagte Milo, und wieder umspielte ein leises Lächeln seine Lippen, „aber ich könnte mir vorstellen, daß du in diesem besonderen Fall beide Augen zudrückst."

Der Soldat kam zurück und grüßte. „Herr", meldete er, „die Leute verprügeln die Steuereinnehmer. Ich fürchte, sie wollen sie umbringen."

Aulus schickte sich an, vorzupreschen, aber Milo hielt ihn zurück, indem er seine Hand auf den Hals des Pferdes seines Vaters legte. Dann blickte er mit heiterer Gelassenheit zum leuchtenden blauen Himmel empor.

„Heute ist ein schöner Tag", sagte er, „und ich genieße den ersten Teil meiner Reise. Laß uns diese Straße wählen. Hier ist es friedlich." Und er lenkte sein Pferd zur Seite.

Aulus sah ihn erstaunt an, und die Runzeln auf seiner Stirne vertieften sich. „Wir beschäftigen die Steuereinnehmer", wandte er ein. „Sie tun nur ihre Pflicht."

„Und haben ihre Freude daran", entgegnete Milo. „Sie unterdrücken ihr eigenes Volk, weil sie bösartige, gemeine Schufte sind, die sich an der Pein und der Not anderer ergötzen. Laß sie ruhig von ihrer eigenen Medizin schmecken. In gewisser Weise ist es auch unsere eigene Rache an den Steuereinnehmern Roms. Ich wollte, die Römer zeigten auch so viel Schneid wie diese armen und erbitterten Juden! Wenigstens einmal soll Göttin Justitia zu ihrem Recht kommen."

Aulus lächelte in seinen Bart. Der Reitertrupp bog in die stille Seitengasse ein und ließ das Getümmel hinter sich.

Ich habe meine Pflichten vernachlässigt, warf Aulus sich im stillen vor. Aber sind es nicht tyrannische Pflichten, die einen dazu anhalten, Schandbuben zu Hilfe zu eilen und jene zu bestrafen, deren Zorn und Verzweiflung gerechtfertigt sind? Darf einen, der auszieht, um Recht und Ordnung aufrechtzuerhalten, sein Weg in die Senkgrube der Unterdrückung führen?

Er hörte Milos Leute hinter sich kichern und lachen und hoffte, die gleichen Gedanken, denen er jetzt nachhing, würden auch ihnen durch den Kopf gehen.

Fünfundzwanzig jüdische Steuereinnehmer wurden an jenem Tag in den Straßen Jerusalems von einer aufgebrachten Menge angegriffen, und zehn erlagen ihren Verletzungen. Eine Zeitlang hielten sich die Steuereinnehmer hernach zurück. Zwar versprachen ihnen die Römer Schutz. Dennoch unterließen sie es in der Folge, ihre Opfer zu bestehlen, zu erpressen und zu berauben, zu pfänden und Verhaftungen anzuordnen. Sie wußten, mit welchem Haß ihr eigenes Volk sie verfolgte, wie sehr es nach Rache dürstete, und enthielten sich daher jeglicher Provokation. Nicht immer waren die Römer zur Hand, um ihnen beizustehen.

Zu dieser Haltung trug in nicht geringem Maße eine Bekanntmachung des Aulus Platonius bei, des Inhalts, daß jeder bei einer strafbaren Handlung ertappte Steuereinnehmer hingerichtet werden würde. Die Beamten wurden angewiesen, die Abgaben gerecht und gewissenhaft einzuheben, keine Drohungen auszustoßen oder Bestrafungen in Aussicht zu stellen. Es war ihnen verboten, Kindern das Brot vom Munde und Familien das Dach über ihren Köpfen zu nehmen. Wer gegen diese Vorschriften verstieß, würde sterben müssen — noch dazu in aller Öffentlichkeit, um anderen Verbrechern als abschreckendes Beispiel zu dienen.

Jene verzweifelten Männer, die die Steuereinnehmer angegriffen und getötet hatten, wurden von Aulus Platonius zur Verhaftung ausgeschrieben, seltsamerweise aber nie gefaßt. „Nun ja", meinte Aulus mit unbewegtem Gesicht im Kreis seiner Kameraden, „schließlich geht uns die Sache wirklich nichts an. Wir stellen die Steuereinnehmer an. Das ist richtig. Aber wo es sich um Verbrecher handelt, soll doch ihr eigenes Volk das Recht handhaben. Haben wir nicht alle Völker so unterwiesen, die wir unter der Pax Romana vereinigt haben? Wir müssen vor allem darauf bedacht sein, den Frieden zu erhalten."

Weniger ironisch, aber um so selbstgefälliger drückte sich der Sadduzäer Schebua ben Abraham aus: „Es ist ein Skandal, daß Regierungsbeamte ihren Pflichten nicht nachkommen können, ohne von aufrührerischen Elementen bedroht zu werden, die keinen Sinn für Recht und Ordnung haben." Dank seiner Freundschaft mit Herodes und Pontius Pilatus zahlte Schebua allerdings recht wenig Steuern und deponierte einen Großteil seiner Gewinne bei diskreten Banken in Rom und Athen, die es sich zur Gewohnheit gemacht hatten, die Namen ihrer Kunden nicht preiszugeben. Des Cäsars Freunde hatten keine schweren Lasten zu tragen und litten keine Not: niemand bedrohte ihre Häuser, niemand vergriff sich an ihrem Eigentum, niemand schmälerte ihr Vermögen, und so war es nicht verwunderlich, daß sie sich viel auf ihre Sicherheit und Gesetzestreue zugutehielten. Auch empfanden sie weder Zorn noch Haß auf die Bedrücker ihres Volkes, denn sie besaßen keinen Stolz, und die Liebe zu Gott und ihrem Land war tot in ihren Herzen — oder es hatte sie nie gegeben.

Des Winters und seines Kummers müde, stand Hillel ben Borusch in den taufrischen, im Frühlingsschmuck prangenden Gärten von Schebua ben Abrahams Haus und sprach leise die Worte Salomons vor sich hin:

„Denn siehe! dahin ist der Winter, vorüber die Regenzeit, gänzlich vorüber. Schon sind auf Gefilden die Blumen zu sehen, die Zeit des Gesanges ist da; schon hört man das Girren der Turteltaube auf unserer Flur! Der Feigenbaum würzt seine Früchte; und der blühende Weinstock duftet voll Wohlgeruch."

Er ging die roten Kieswege hinab, um Springbrunnen herum, die glitzernd aufleuchteten, als freuten auch sie sich des Frühlings, und bewunderte die Knospen der weißen Lilien, die zwischen den Blättern hervorkamen, die Samenkapseln der roten Rosen innerhalb ihrer Dornen, die purpurnen und gelben Blüten, die sich an den Mauern emporrankten, und die mit hellem Grün überzogenen Palmen und Feigenbäume. Er roch den würzigen Duft der Zypressen und Johannisbrotbäume. Die ganze Welt erschien ihm wie neugeschaffen, vom ersten Tau benetzt, vom ersten pfauenblauen Himmel überwölbt, und als er die Vögel zwitschern hörte, hätte er vor Entzücken weinen mögen.

Er fand seinen Sohn allein unter einer schattigen Platane auf einer Marmorbank sitzend und erkannte sogleich, daß Saul nichts von den blauen Flügeln des Morgens gesehen hatte, weder die schwarzen Schwäne im Teich noch die Wasserlilien noch die Springbrunnen oder die schönen Marmorstatuen, weder die weichen Schatten auf den Wegen noch Rosen und Lilien. Und Hillel erinnerte sich an die Worte eines anderen alten Vaters: ‚Mein Sohn, mein Sohn, wäre ich doch gestorben statt deiner!‘

Es war warm, und trotzdem saß Saul in einen dicken Pelzmantel gehüllt da, denn sein Herz zitterte vor Frost und seine Seele war nicht mehr jung. Er sah krank, erschöpft und abgezehrt aus, denn er war nur langsam genesen. Er hörte seinen Vater kommen und hob den Kopf. Sein Blick war stumpf und ausdruckslos. Das halb gelähmte blaue Auge verlieh ihm einen geheimnisvollen Zug. Ingwerfarben saßen die Sommersprossen auf seinem fahlen Gesicht. „Du kannst schon reisen, mein Sohn“, sagte Hillel und setzte sich neben ihn. „Wir fahren in drei Tagen.“ Er unterbrach sich, seufzte und lächelte. „Deine Schwester ist guter Hoffnung, und das ist ein Anlaß zum Feiern.“

Saul antwortete nicht, und Hillel, von jähem Schmerz durchzuckt, rief aus: „Siehst du nicht die wohltuende Sonne über dir, und die Erde, die dich umgibt, und ihre unverdorbene Herrlichkeit, gleich der des ersten Schöpfungstages? Riechst du nicht die Süße des Lebens, den zarten Duft der Hoffnung? Bist du blind? Bist du gefühllos? Wer blind ist, ist zu bedauern. Gefühllosigkeit aber ist Blindheit des Geistes, dem Menschen Sünde und Gott Kränkung.“

Er begriff, daß es zwecklos war. Saul sah nichts. Hillel nahm an, daß er immer nur an den Tag dieser grauenhaften Hinrichtungen dachte, aber er irrte. Mit unnatürlicher Anspannung grübelte Saul über den Fiebertraum nach, der ihn vor seiner Erkrankung gequält hatte. Er konnte ihn nicht abschütteln, konnte nicht vergessen, wie groß und schrecklich sein Verlangen gewesen war, gemeinsam mit den anderen Bauern das Korn zu mähen. Er mußte stets daran denken, wie ihm das Herz schier zersprungen war und seine Glieder ihm trotz äußersten Bemühens den Dienst versagt hatten. Immer noch marterte ihn das Bild des unbekannten Gekreuzigten, der in die Erde gesunken war. Wohin er auch den

Blick wendete, er sah die liebevollen, zwingenden, gebietenden Augen vor sich. Aber er wußte nicht, *was* sie ihm geboten hatten, *was* sie erzwingen wollten, und dieses Nichtwissen belastete seinen Geist in unerträglichem Maß.

„Ich weiß, daß du viel gelitten hast", sagte Hillel und legte seine Hand auf Sauls Knie, „aber du solltest deinen Kummer vergessen und nicht mehr an deine Krankheit denken. Du bist jung. Mag sein, dein Auge ist ein wenig mißgestaltet, aber du bist nicht blind! Saul! Das Leben liegt noch vor dir und du kannst soviel damit tun — für unser Volk Israel und für Gott!"

Saul, der in diesen Tagen nicht sehr gesprächig war, antwortete seinem Vater mit den elegischen Worten Hiobs:

„O daß ich wüßte, Ihn zu finden; kommen könnte zu Seinem Thron! Darlegen wollte ich vor Seinem Angesicht das Recht; und meinen Mund anfüllen mit Beweisen. Wissen möchte ich die Worte, die Er mir antwortete; und vernehmen, was Er zu mir spräche. Siehe! gehe ich gen Osten, Er ist nicht da; und nach Westen, ich bemerke Ihn nicht; gen Norden, ob Er Sich da befinde; ich sehe Ihn nicht. Verhüllt Er Sich im Süden, und ich erblicke Ihn nicht."

So tief ergriffen war Hillel, daß er der Tränen nicht gewahr wurde, die ihm über die Wangen liefen. Er drückte die kalten, unempfänglichen Finger seines Sohnes und sagte: „Du hast Hiobs Worte nicht zu Ende gesprochen:

‚Doch Er kennt meinen Weg; Er prüfe mich, wie Gold gehe ich hervor. Darum wird Er vollenden das über mich Beschlossene.'"

Zum erstenmal heftete Saul jetzt einen vollen und leidenschaftlichen Blick auf seinen Vater. Er versuchte, zu sprechen, doch nur ein klägliches Wimmern kam über seine Lippen. Er faßte Hillel an den Schultern und schob sein erregtes Gesicht ganz nahe an das des Vaters heran. Hillel bekam Angst, denn Sauls heftige Gemütsbewegung schien ihm einen neuen Anfall oder Rückfall anzukündigen.

„Glaubst du wirklich, was du eben gesagt hast?" fragte der Jüngling.

„Ich glaube es. Bei Gott, ich glaube es."

Saul starrte ihn an, während er langsam die Hände von Hillels Schultern gleiten ließ. Er suchte lange nach einer gutgemeinten Unehrlichkeit, nach geheucheltem Mitgefühl im Gesicht seines Vaters. Als er dann erkannte, daß Hillel wahrhaft glaubte und aufrichtig gesprochen hatte, brach der Jüngling in Tränen aus und ließ den Kopf sinken, und er schüttelte und schüttelte ihn und flüsterte schließlich: „Er verhüllt Sein Antlitz vor mir, denn ich bin nicht würdig."

Bevor Hillel noch etwas entgegnen konnte, fuhr sein Sohn fort: „Ich weiß nicht, wer der Mann ist, obwohl ich ihn dreimal gesehen habe: zweimal in Person, einmal im Traum. Ich habe sein Bild ständig vor Augen.

Ich kenne seinen Namen nicht. In meinen Gedanken kann ich ihm nicht entrinnen. Er verfolgt mich wie der Jäger den Hirsch. Im Schlaf höre ich seine Stimme. Er will, daß ich — etwas für ihn tun soll, aber ich weiß nicht, was!"

„Wer ist er?" fragte Hillel betroffen und dachte daran, den Arzt zu rufen, denn Saul schien ihm über die Maßen verwirrt.

„Ich weiß es nicht. Aber ich muß fort von hier, denn nur im Traum sah ich ihn sterben. Er wandelt auf dieser Erde, und ich fürchte, ihm wieder zu begegnen. Er ist ein Rätsel für mich. Es gibt Augenblicke, da glaube ich gar nicht, daß er existiert. Vielleicht ist er nur eine von den Griechen erdachte Chimäre, ein Hirngespinst, ein Alptraum, ein Schreckbild."

Hillel nahm seinen Sohn in die Arme, zog sein zermartertes Gesicht an die Brust und dachte an Engel — oder Dämonen. O daß wir armen Sterblichen doch von beiden verschont blieben! dachte der unglückliche Vater.

„Sei jetzt still, mein Sohn", sagte Hillel zärtlich. „Wir fahren heim. In der Sicherheit unseres Hauses, im Frieden unserer Gärten werden wir alle Rätsel und Hirngespinste und Chimären vergessen. Du wirst wieder ganz gesund werden und zum Mann heranreifen, und dann wird Gott dir Seinen Willen offenbaren, gesegnet sei Sein Name."

„Ich muß Gottes Unendlichkeit erkennen und kann mich nicht mit weniger zufriedengeben. Sie ist mir bis heute verschlossen geblieben."

„Höre mir zu!" entgegnete Hillel. „Als Knabe habe ich eine Geschichte gehört, und man hat mir versichert, sie sei wahr:

„Drei heilige Männer gingen einmal in den Tempel, um nachzusinnen, zu beten und zu meditieren. Es waren gute und fromme Männer von großer Weisheit und Gelehrsamkeit. Schweigend setzten sie sich in den Schatten der großen Säulen nahe dem Hochaltar, betrachteten den Vorhang, der das Allerheiligste verbarg, und dachten an die Unendlichkeit.

„Sie ließen ihre Gedanken über Gottes grenzenloses Universum treiben, von dem die Griechen sprechen, über Himmelskörper und Galaxien, die eine jenseits der andern kreisen, und jenseits wieder eine andere, bis in alle Ewigkeit, eine Ewigkeit ohne Ende.

„Mit ihrem menschlichen Verstand verfolgten diese Männer das Universum, die Himmelskörper und Galaxien bis an die Grenzen von Raum und Zeit und immer weiter, wo es kein Ende gibt und kein Beginnen. Es schwindelte ihnen bei diesem Gedanken, den sie nicht verstehen, nicht begreifen, nicht erfassen konnten, denn, so sagte ihnen ihr menschlicher Intellekt und ihre Kenntnis der Wirklichkeit, alles muß einen Anfang haben und es muß eine Grenze geben, über die hinaus nichts existiert. Ihre Sinne verwirrten sich bei dem Gedanken an das große Nichts, an die Grenzenlosigkeit und darüber hinaus die Abgründe weiterer Grenzenlosigkeiten, weiterer Gestirne und Himmelskörper ohne Ende, und ein entsetzlicher Schauder überkam sie angesichts dieser unendlichen Unendlichkeiten — denn welches menschliche Wesen könnte sie je erfassen?

„Nun erhob sich einer der Männer und stieß sich einen Dolch ins Herz, denn die Unendlichkeit war ihm zu kaltem Entsetzen geworden, und er konnte sie nicht mehr ertragen. Der zweite Mann wurde wahnsinnig und lief brüllend und tobend auf die Straße. Und der dritte —" Hillel zögerte. „Nun, der dritte Mann verlor seinen Glauben, kehrte zu seinen Gefährten zurück und verkündete ihnen: ‚Es gibt keinen Gott!'"

Saul hob den Kopf und starrte seinem Vater abermals ins Gesicht. Hillel lächelte traurig.

„Du weißt es von mir", fuhr Hillel fort, „und aus der heiligen Schrift, daß der Mensch unfähig ist, Gott oder Seine Schöpfung zu begreifen, denn was Er in Seiner unmittelbaren Nähe auf strahlendem Gipfel sieht, darüber kann der Mensch nur Mutmaßungen anstellen, die auf unserer armseligen irdischen Wirklichkeit von Zeit und Raum basieren — und selbst die ist nur Illusion."

Wieder nahm er Sauls Hand in die seine. „Wer Gott sucht, wird Ihn gewiß finden — und muß sich sehr in acht nehmen, denn es ist ein Geschenk, das den Empfänger retten und erlösen, aber auch in den Wahnsinn treiben und töten kann. Es ist sicherlich das Beste, Ihn nur zu lieben und zu warten, bis Er Sich nach Seinem Gutdünken offenbart. Man sollte nicht alles fordern. Moses allein sah Gottes Antlitz und, wie es heißt, ist er daran gestorben."

„Aber hat man uns nicht den Messias verheißen, und daß wir Ihn mit unseren sterblichen Augen schauen dürfen, ohne daran zu sterben?"

„Du hast eines vergessen", erwiderte Hillel und freute sich, denn eine Röte überzog Sauls hohle Wangen, und selbst das eingefallene Auge hatte zu leuchten begonnen. „Der Messias wird in unser Fleisch gehüllt sein. ‚Ein Kind ist uns geboren, ein Sohn ist uns gegeben.'"

ZWEITER TEIL

MENSCH UND GOTT

Denn ich bin Gott und nicht ein Mensch, der Heilige in deiner Mitte. Ich komme nicht mit Zorn.

XV

In Tarsus sprach Hillel ben Borusch zu Reb Isaac: „Mein Sohn ist im heiratsfähigen Alter, ja schon darüber hinaus, denn er zählt zwanzig Jahre. Er hat seine Studien bei dir beendet. Er hat den Beruf eines Zeltmachers erlernt und wird verdienen, was er benötigt, wie es sich für einen Lehrer gebührt, der keine Bezahlung annehmen darf. Er hat sich an der Hohen Schule von Tarsus ausgezeichnet, wo er römisches Recht und andere Fächer studiert hat. Er hat fleißig von seinem griechischen Lehrer Aristo gelernt."

Reb Isaac nickte nachdenklich mit seinem weißen Kopf. „Dann ist er also ein Mann von Welt."

„Ein Mann der Bibel", besserte Hillel ihn aus.

„Heutzutage muß ein Mann in vielen Sätteln gerecht sein", entgegnete Reb Isaac. „Es genügt nicht mehr, daß er die heilige Schrift und die geheiligten Lehren unseres Volkes kennt. Er muß Römer und Grieche und Ägypter sein. Er muß sich frei in der Welt bewegen, muß neue Zusammenhänge der menschlichen Gesellschaft entdecken, neue Spuren, neue Ideen, neue Gedanken und, vermutlich, neue Verworfenheiten. So sieht die moderne Welt aus. Bah! In diesen schlechten Zeiten ist es besser, man wird Essener oder Zelot, zieht sich von der Welt zurück, wandert barfuß in der Wildnis, nährt sich von Heuschrecken, Honig, Früchten und unbebautem Korn, lebt in Höhlen oder in den Bergen, stutzt sich nicht den Bart, trägt fremdartige Gewänder und schreit Zeter und Mord und stößt fluchwürdige Verwünschungen aus, wenn er sich in die stinkenden Straßen einer Stadt wagt."

„Um von römischen Soldaten oder Wachen verhaftet und zusammengeschlagen zu werden", fügte Hillel hinzu. „Was redest du da, Reb Isaac! Möchtest du vielleicht, daß Saul Essener oder Zelot wird?"

„Wer weiß denn, was ein junger Mann heutzutage sein sollte?" erwiderte der Alte in bitterem Ton. „Sollte er sich ganz von der Welt zurückziehen und mit Verachtung auf sie hinabsehen — und der Verachtung ist sie wohl wert! — oder aber ein Teil von ihr werden, Gemeinplätze ins Maul nehmen und ausdruckslos lächeln, weil man das von ihm nicht nur erwartet, sondern sogar verlangt? Soll er das tun, was seine Eltern, seine Lehrer, seine Verwandten, seine Nachbarn für wünschenswert halten, oder soll er sagen: ‚Ich bin ein Mann und mein eigener Herr und werde tun, was ich will, und nur mir und sonst keinem zu Gefallen sein?'"

„Das meinst du doch nicht ernst?“ erwiderte Hillel lächelnd. „Verteidigst du das Chaos?“

Warnend hob Reb Isaac einen knorrigen Finger. „Es ist schlecht bestellt um ein Volk, das fett und selbstgefällig geworden ist, und dessen Menschen sich weder durch ihr Aussehen noch durch ihre Worte von ihren Nachbarn unterscheiden. Sind wir denn Ameisen, Käfer, Fliegen oder Würmer, die man voneinander nicht unterscheiden kann? Nein. Wir sind Männer. Ich persönlich lehne das Chaos nicht ab, ist es doch des Menschen letzter verzweifelter Ausweg aus einer Welt der Konformität in Geistesverfassung und Lebensweise, ein letztes verzweifeltes Streben, er selbst zu sein, ein Individuum wie kein anderes — auch wenn er dabei einen Narren abgibt. Mir ist so ein Narr lieber als einer, der seinen Mitmenschen gleicht wie eine Münze der anderen.“

Hillel war von den ungewöhnlich ausfälligen Worten des Alten überrascht. „Ich dachte“, sagte er, „wir wollten uns über die Möglichkeit unterhalten, meinen Sohn zu verheiraten, einen jungen Mann, der seinen Mitmenschen keineswegs gleicht wie eine Münze der anderen und eine Individualität entwickelt, daß es mir manchmal angst und bange wird.“

„Ich sprach von anderen jungen Leuten und im besonderen von einigen meiner Schüler“, entgegnete Reb Isaac. „Sind sie von Gottesfurcht beseelt? Lockt sie das Mysterium der heiligen Schrift? Drängt es sie, die geheimnisvollen Worte, die tieferen Bedeutungen, die labyrinthischen Gedankengänge zu enträtseln und zu erahnen? Nein. Keine Spur. Sie möchten Männer von Welt — von *dieser* Welt — sein! Wehe Israel, wenn es — abermals — fremden Götzen dient, wie es die Sadduzäer tun.“

„Du weißt, daß mein Sohn immer den Wunsch hatte, das zu sein, was du aus ihm machen wolltest: ein gelehrsamer Jude. Aber nicht um dir, Reb Isaac, sondern um Gott gefällig zu sein.“

„Das ist schon richtig“, gab der Alte mürrisch zu. „Aber ich bin mir gar nicht so sicher, daß er Gott auch wirklich gefällig ist, gesegnet sei Sein Name. Seine Gebete verrichtet er ja mit genügend Eifer und Inbrunst, aber ich habe oft den Eindruck, als kämpfte er wie Jakob mit den Engeln, nur daß sie bei ihm als Sieger hervorgehen und ihm keine Geheimnisse offenbaren, wie sie sie Isaac anvertrauten; statt dessen verlassen sie ihn. Kommt es dir nicht auch so vor, Hillel?“

„Ich weiß gar nichts“, gab Hillel traurig zur Antwort. „Ich habe ja schon des öfteren mit dir darüber gesprochen. Ich habe einen Fremden zum Sohn.“

„Das geht uns allen so“, sagte der Alte und zuckte die Achseln.

Es wollte Hillel scheinen, als habe sich sein alter Freund in den letzten Jahren völlig verändert, als habe er seine Sicherheit, seine innere Gewißheit verloren und sei darum so reizbar.

„Ich bin ein alter Mann“, sagte Reb Isaac, als ob er Hillels Gedanken erraten hätte, „und muß zugeben, daß mich die Jahre, statt zu erleuchten, verwirrt haben. Kommt da ein Mann zu mir, bekümmert, aber nicht reumütig, und erzählt mir folgende Geschichte: ‚Ich bin einer guten Frau beigelegen, die ich zärtlich liebe, denn das Eheweib, das gegen meinen Willen für mich gewählt wurde, ist von Natur aus schlecht, und schlecht sind ihre Taten. Sie hat eine böse Zunge, ist ein Unglück für mein Haus und der Schrecken meiner Kinder, die ihren Anblick meiden. Ich würde mich von ihr scheiden lassen, aber ich kann ihre Mitgift — die sie selbst verpraßt hat — nicht zurückgeben. Auch will ich mein Haus nicht teilen und die Kinder ihrer üblen Laune überlassen. So habe ich also das Gebot verletzt, das da sagt, du sollst nicht ehebrechen, und ich bereue es nicht, denn die Frau, die ich liebe, ist mir wie warme Milch und Granatäpfel und die süßen Datteln des Lebens. Sie erquickt mich und gewährt mir Trost. Nun verurteile mich, wenn du magst.‘

„Was soll ich einem solchen Mann antworten? Vor dreißig Jahren hätte ich ihn angedonnert, ihm den Zorn Gottes verheißen und die Tür gewiesen. Meine Handlungsweise wäre mir redlich und gerechtfertigt erschienen. Aber soll man einen Menschen zu einem Leben der Einsamkeit und Verzweiflung verurteilen? Es steht geschrieben, der Mensch müsse sich in Demut mit dem Leben, das ihm bestimmt ist, abfinden, und den Sinn, den es für ihn allein hat, zu erforschen versuchen.“ Reb Isaac schüttelte den Kopf. „Ich sage es dir ganz offen: ich kenne mich nicht mehr aus. Es steht geschrieben, wir sollen nicht töten. Aber wenn nun ein Dieb in unser Haus eindringt und unser Leben und das Leben unserer Familie und unserer Dienerschaft bedroht, hat der Hausherr nicht das Recht, ihn zu töten? Zwar hat Gott die Kriege, die wir geführt haben, nicht verurteilt, oft genug aber ausgesprochen, daß auch die Ägypter, die Äthiopier, die Syrier, die Philister und alle anderen Seine geliebten Kinder sind, deren Wohl Ihm am Herzen liegt. Wer sind wir, daß wir es wagen dürften, die Worte des Allmächtigen zu deuten? Sollen wir sagen: ‚Dies ist Seine Rede und darum dies ihr Sinn?‘ Wir wissen nur, daß er voll ist der Barmherzigkeit, und daß Er oft mehr Freude an einem Sünder hat als an einem, der Tag für Tag zum Tempel geht und Ihm Opfer darbringt.“

„Gott schickte Bären, um die Kinder zu verschlingen, die Jeremias verspottet hatten“, sagte Hillel und lächelte.

„So steht es geschrieben“, knurrte Reb Isaac. „Solange Er uns nicht Seinen Messias sendet, gesegnet sei Sein Name, werden wir Gottes Willen nicht erkennen. Er wird uns erleuchten. So ist es geweissagt.“

„Wir sprachen von Saul und seiner Verehelichung.“

Es war heiß im Garten von Reb Isaacs Haus. Sie saßen im Schatten einer gestreiften Markise, tranken kühlen gewürzten Wein und aßen Honigscheiben, frisches Weizenbrot, saftige Früchte und kalten Bratfisch.

Reifende Trauben rankten sich an den Mauern empor, die den Garten umgaben, und tränkten die Luft mit ihrem köstlichen Duft.

„Ach ja, Saul", erwiderte Reb Isaac. „Nun wird er sich ja bald nach Jerusalem begeben, um bei Rabban Gamaliel zu studieren. Ein bedeutender Lehrer, Nasi des Tempels. Ich kenne ihn. Saul wird auch das Gewerbe eines Zeltmachers ausüben." Der Alte lachte in sich hinein. „Wenn seine Hände einmal richtig zerstochen sind, wird er demütiger werden. Na ja. Denkst du an ein bestimmtes Mädchen?"

„Ja."

Reb Isaac wartete. Er faßte Hillel scharf ins Auge. Der um vieles jüngere war über seine Jahre hinaus gealtert. Sein einst goldener Bart und sein Haar waren fast weiß, seine Gestalt gebeugt, und aus seinen braunen Augen sprachen Kummer und Leid. Trauert er etwa noch um seine Deborah, diese Frau mit dem Verstand eines Kindes, und war das der Grund, daß er sich kein anderes Weib genommen hatte? „Ich möchte ihn sobald wie möglich sicher wissen."

„Sicher? Wie meinst du das?"

Aber Hillel blieb stumm. Er blickte nur auf seine Hände hinab, die seine Knie umschlungen hielten. Reb Isaac runzelte die Stirne. Er besaß großes Einfühlungsvermögen. Es schien ihm, als wandelte er im einsamen Dunkel von Hillels Seele, in der kein Licht leuchtete und keine Blüten trieben.

„Kein Mensch ist je sicher", sagte Reb Isaac. „Wir leben in einer schrecklichen und gefährlichen Welt. Das war immer so und wird immer so sein. Viele Eltern geben sich dem Wahn hin, sie könnten ihre Kinder beschützen und ihr zukünftiges Glück gewährleisten. Sie raffen Schätze und Besitztümer für sie zusammen — vergeblich. Sie glauben — und wissen doch ganz genau, daß es nicht so ist — der Wohlstand eines reichen Mannes sei seine Festung und sein Glück. Ich versichere dir, kein Mann, der einer Frau geboren wurde, ist glücklich. Und wenn er das Gegenteil behauptet, ist er entweder ein Lügner oder ein Narr. Und echte Sicherheit kann es nie geben, denn die Welt verändert sich jeden Tag, neue Regierungen kommen an die Macht und fordern neue Steuern, und das Vermögen eines Mannes fließt dahin wie Wasser."

Darauf erwiderte Hillel mit sehr leiser Stimme: „Mein Sohn soll sicher sein. In seiner Liebe. Umsorgt und umhegt von einer guten Frau, die ihm zugetan ist, ihn tröstet und ihm die Tränen abwischt, und ihm Kinder schenkt, die ihm ein wenig Freude in dieser bösen Welt bescheren, sein Alter versüßen und Frieden bringen werden."

Reb Isaac war nahe daran, ihm mit einer sarkastischen Frage zu antworten: „So eine Frau wie du sie hattest?" Aber die Grausamkeit dieser Worte erschreckte ihn. Er hätte nicht gedacht, so herzlosen Hohns fähig zu sein. In seinem Inneren betete er um Vergebung und wunderte sich, wie schon so oft, über die geheimnisvollen Kammern des menschlichen Gehirns und deren furchterregende Bewohner, von denen der Mensch selbst nichts ahnt, bis er ihrer, bei einer Gelegenheit wie dieser, gewahr wird. Jetzt verstehe ich, dachte er, wie es sein kann, daß ein Mensch, ohne Bedauern zu empfinden, tötet oder andere Verbrechen verübt, denn die Dämonen lauern und warten in den finstern Kammern, bis der Mensch ihnen versehentlich die Türen öffnet. Aus solch fürchterlichem Stoff sind wir geschaffen! Todbringend sind die Larven in unserer Seele. Sie verzehren unsere Tugenden und machen uns zu leeren, vergifteten Schalen.

Er wiederholte seine Frage: „Denkst du an ein bestimmtes Mädchen?"

Hillel sah ihm fest ins Auge. „Ja. An deine Enkelin Elischeba."

Vor Erstaunen riß Reb Isaac den Mund auf. Er starrte Hillel an und seine alten Augen weiteten sich. „Elischeba? Sie ist doch noch ein Kind!"

„Sie ist vierzehn, nicht wahr? Nach dem Gesetz ein heiratsfähiges Alter — und sogar schon darüber."

Reb Isaac schluckte sichtbar, und Hillel mußte an einen alten Schäfer mit seinem Lieblingsschaflamm denken, denn Elischeba war ihrem Großvater dieses Lamm. Sie war ein sehr anmutiges und schönes Mädchen von zarter Gestalt mit großen dunklen Augen und dichten Wimpern, einem blassen, aber leuchtenden kleinen Gesicht, einer schmalen zierlichen Nase und einem reizenden Mund gleich einer Mandelblüte. Wie schwarze Seide fiel ihr glattes Haar über ihren schlanken Rücken. Sie war jung, aber reif, und ihre Stimme, wenn sie ihrem Großvater um den Bart ging, die einer zärtlichen Frau. Auf jeder ihrer Wangen besaß sie ein tiefes, längliches Grübchen.

Reb Isaac war über den Gedanken, daß seine Elischeba ein heiratsfähiges Alter erreicht hatte und sich jetzt verloben sollte, offensichtlich entsetzt.

„Das ist doch lächerlich!" rief er aus und machte dabei eine Geste, als weise er einen völlig absurden Vorschlag entrüstet zurück. Er vergaß ganz auf Hillels Gegenwart und versank in dumpfes Brüten. Er liebte alle seine Enkelkinder und dankte Gott, daß er nicht ihr Vater war, Elischeba aber — in Elischeba sah er das Kind seiner eigenen Lenden, ein junges Mädchen, das niemals alt werden und bis zu seinem Tode an seiner Seite bleiben würde. Er konnte sich einen Tag ohne Elischeba nicht vorstellen. Er hatte seine Töchter und die zwei älteren Enkelinnen schnell verheiratet und war froh und dankbar, daß sie nun alle nicht mehr in seinem, sondern in den Häusern ihrer Gatten weilten. Das hatte aber nichts mit Elischeba zu tun, denn sie gehörte ganz und gar ihm. Er geriet immer mehr in Zorn. Er erschauerte bei dem Gedanken an seine Elischeba in den Armen eines schwitzenden Mannes. Weinend würde sie nach ihrem Großvater rufen und ihn anflehen, sie zu retten und zu verteidigen.

„Du bist wahnsinnig", fuhr er Hillel an.

„Wieso?"

Reb Isaac kochte vor Wut. Er starrte Hillel feindselig an.

„Es ist wahr", sagte Hillel, „Saul wird kein großes Vermögen besitzen, denn mit Sapphira gab ich auch die Mitgift ihrer Mutter zurück — und wer würde daran zweifeln, daß Schebua ben Abraham jeden einzelnen Schekel nachgezählt hat! Aber ich hatte das Geld gut angelegt und habe nichts verloren. Die Zinsen habe ich behalten, und auch sie vermehren sich. Es wird Saul an nichts fehlen und seiner Frau auch nicht."

„Ha!" rief der Alte, und sein welkes Gesicht färbte sich rot. „Du weißt, daß ich nicht unvermögend bin, und Elischebas Vater auch nicht, und daß sie eine reiche Aussteuer mitbekommen wird. Das ist es, was dich lockt, Hillel ben Borusch!"

Hillel seufzte. „Du solltest wissen, Rabbi, daß Geld bei mir nie eine Rolle gespielt hat. Wie mir meine Bankiers und Makler versichern, bin ich weder reich noch arm. Was ich besitze, wird Saul gehören. Ich habe sogar Deborahs Schmuck zurückgegeben. Er gehört jetzt Sapphira." Eine dunkle Blässe bedeckte sein Gesicht, und für eine kurze Weile vergaß Reb Isaac seine Empörung und empfand Mitgefühl für die schmerzliche Erinnerung, die diesen Schatten ausgelöst hatte. „Meine Familie ist nicht ohne Ansehen", fuhr Hillel fort, „und ihr Name hat einen guten Klang im Lande. Deborahs Mutter kam aus einem edlen Haus. Laß uns nun von meinem Sohn sprechen. Du hast selbst gesagt, daß er über enorme Verstandes- und Geisteskräfte verfügt, und bemerktest einmal, der Finger Gottes habe ihn berührt —"

„Ja, ja!" unterbrach ihn der Alte, hocherfreut, daß er einen Vorwand gefunden hatte, um Saul abzulehnen, „aber ich brauche keine verbissenen Propheten in meiner Familie und schon gar nicht für meinen Augapfel Elischeba! Der Finger Gottes! Weise ist der Mann, der die Gesellschaft eines so Ausgezeichneten meidet — und noch weiser die Frau, die es ihm gleichtut! Es empfiehlt sich nicht, in der Nähe eines solchen Menschen zu weilen. Zu groß ist die Gefahr, von Blitzen getroffen zu werden!"

Hillel mußte lächeln. „Spricht so der fromme Jude Reb Isaac? Hast du nicht selbst die Tatsache beweint, daß es in dieser Zeit der Verworfenheit keine Männer vom Schlag eines Jeremias, eines Aaron oder eines Hoseas gibt, denen wir unsere Töchter vermählen könnten! Mein Sohn hingegen —"

„Ich weiß Bescheid über deinen Sohn!" schrie Reb Isaac. „Besessen ist er! Verzaubert! Angst ergreift mich zuweilen, wenn ich ihn ansehe — trotz der Zuneigung, die ich für ihn empfinde. Er soll meine Elischeba nicht haben!"

„Nun ja, wenn sie so hübsch ist und ihr Großvater von einem Mann Gottes nichts wissen will, wird sie zweifellos einen Römer oder einen Griechen heiraten oder, noch schlimmer, einen Sadduzäer. Schade."

Reb Isaac hätte ihn züchtigen mögen. Die rheumatischen Beine lang ausgestreckt, saß er in seinem Sessel und bebte vor Wut. Sein weißer Bart schwankte wie im Wind, und seine schwarzen Augen glitzerten und funkelten. Er wollte sprechen und konnte nicht und schlug sich daher ohnmächtig mit den geballten Fäusten auf die Schenkel.

„Oder vielleicht einen fetten, reichen Kaufmann aus Tarsus, oder gar einen Ägypter", sagte Hillel.

Die Augen des Alten sprühten Funken.

„Leider gibt es nur mehr wenige gelehrsame und fromme Juden in der Welt", spann Hillel seinen Monolog fort. „Denk doch nur an deine Schüler, ihren weltlichen Sinn und wie sie deine Ermahnungen mißachten. Hast du nicht oft genug beteuert, du würdest es keinem Mädchen wünschen, an so einen zu geraten? Ich sage dir, in Jerusalem wimmelt es von solchen Burschen. Ich könnte dir Scheußlichkeiten berichten —"

Reb Isaac hob seine Hand und schüttelte sie wild. „Halt! Du hast schon genug geredet!"

Er raffte sein Gewand zusammen, nagte an seiner Lippe und dem Bartansatz und starrte zu Boden. Hin und wieder warf er einen haßerfüllten Blick auf Hillel, der diesen jedoch weder erstaunte noch aus der Fassung brachte.

„Dein Sohn", sagte der Alte schließlich, „besitzt kein einladendes Äußeres. Sein blühendes Aussehen von einst ist dahin. Dazu kommt noch, daß sein rechtes Augenlid kraftlos herabhängt. Wie es scheint, ist er auch nicht von bester Gesundheit. Früher neigte er zu einer heiteren, freundlichen und liebenswürdigen Gemütsverfassung, jetzt aber ist sein Benehmen kalt und abweisend, und es gibt Zeiten, da sich unirdische Leidenschaft in seiner Miene spiegelt. Ist das ein Mann für meine Elischeba, sie, die einer Nachtigall gleicht oder einem Lämmchen im Frühling?"

„Es ist wahr", gab Hillel traurig zu, „Saul scheint sich verändert zu haben, aber in Wirklichkeit ist er der alte geblieben. Ich hatte schon ein ganz bestimmtes Vorgefühl, als er noch in den Windeln lag. Und ich sage dir, Reb Isaac, es hat mir nächtens eine innere Stimme prophezeit, daß er zu Großem bestimmt ist. Lächle du nur in deinen Bart, aber es ist wahr — und hast du mir nicht selber gleiches angedeutet? Was sein Aussehen betrifft, er ist nicht schön, aber auch nicht abstoßend, und er besitzt einen eigenartigen Zauber. Erst kürzlich hat mich sein Erzieher Aristo darauf hingewiesen. Er spricht außerordentlich überzeugend und ausdrucksvoll. Seine Stimme wird im Tempel erklingen und die Herzen der Menschen bewegen. Er ist willens, Gott zu dienen. Er ist tugendhaft. Dies sind nur einige seiner guten Eigenschaften. Vor meiner Abreise aus Jerusalem bot mir Schebua ben Abraham seine Lieblingsenkelin als Frau für Saul an — und Schebua ist nicht dumm." Er machte eine Pause. „Deine Elischeba könnte eine schlechtere Partie machen."

„Sag mir eines!“ schrie ihn der Alte an. „Wenn du ihr Vater wärst und Saul mein Sohn, würdest du dann mit einer Verbindung einverstanden sein?“

Hillel wußte nicht gleich zu antworten. Er überlegte. Er zupfte an seinem Bart. Und weil er ein ehrlicher Mann war, erwiderte er: „Ich weiß es nicht. Aber meine Tochter Sapphira hat einen weit weniger bemerkenswerten Jüngling geheiratet, einen, der weit weniger von jenen Eigenschaften besitzt, die wir schätzen — und sie war das Licht meines Lebens. Ich weiß nicht, ob Saul Elischeba glücklich machen würde, aber wir zählen Glückseligkeit in dieser Welt nicht zu den höchsten Gütern. Aber er würde sie gewiß nie betrügen, nie seine Pflichten verletzen und nie ihr Herz mit falschen Beschuldigungen, mit Launenhaftigkeit und gereiztem Wesen beschweren. Saul ist weder oberflächlich noch mutwillig. Sie wird stolz auf ihn sein können. Es wäre mein Wunsch, daß Elischeba seine Frau wird, denn sie würde ihn mit Anmut erfreuen und mit Zärtlichkeit umgeben. Ich habe offen gesprochen. Mehr kann ich nicht tun.“

„Elischeba hat ihn gesehen“, sagte Reb Isaac in säuerlichem Ton.

Hillel staunte. „Paßt sich denn das?“

Reb Isaac grinste und zuckte die Achseln. „Er ist einige Male über sie gestolpert, als sie noch klein war und zu meinen Füßen spielte. Ich habe Elischeba nie eingesperrt. Sie hat deinen Sohn sehr oft gesehen. In den letzten zwei Jahren allerdings nur aus der Ferne. Sie behauptet, er ähnle dem jungen Moses.“

Hillel machte große Augen. Dann begann er zu lachen, und während ihm Tränen aus den Augen stürzten, streckte er Reb Isaac seine Hand entgegen. Der Alte beachtete sie zuerst nicht — dann schlug er ein.

Aristo überlegte und sah dabei zu Hillel hinauf, denn er kauerte gerade am Boden und zeigte einer Dienerin, wie man einen Korb flocht, der reife Oliven aufnehmen sollte. „Herr“, sagte er dann, „ich fürchte, du machst dir falsche Hoffnungen. Saul wird niemals heiraten.“

Sie befanden sich in Hillels Garten. Der Teich war grün wie Gras, und die merkwürdige Brücke hob sich schwarz vom blauen Herbsthimmel ab.

„Das ist doch Unsinn“, widersprach Hillel. „Ich dachte, du könntest ihn ein wenig vorbereiten. Auf meinen Vorschlag“, fügte er zögernd hinzu.

Aristo erhob sich und schüttelte Schnitzel von Riedgras aus seinem Gewand.

„Es — stimmt doch alles mit meinem Sohn?“ fragte Hillel, denn er erinnerte sich, daß Aristo Grieche war, und die Griechen oft auf schmutzige Gedanken verfielen.

„Doch, schon“, erwiderte Aristo, „aber scheinbar gibt es Einen, der die Macht hat, die Potenz eines Mannes niederzuhalten.“ Er lächelte sein zynisches Lächeln. „Ich bin nur froh, daß unsere Götter nicht über eine so — entmannende — Macht verfügen."

„Ich verstehe dich nicht."

„Laß uns ein Stück weitergehen, Herr." Sie schritten den Weg hinab, und als Aristo wieder zu sprechen begann, machte er, ganz gegen seine Gewohnheit, ein ernstes Gesicht, und die sonst so ruhelosen Augen blieben still. „Ich kenne Saul", sagte er. „Was er mir nicht anvertraut, errate ich. Bei allen Völkern, selbst bei uns Griechen, hat es Menschen wie ihn gegeben, die sich in Wälder und Höhlen zurückzogen, um dort Betrachtungen über göttliche Wesen anzustellen— wirklich göttliche Wesen meine ich, nicht ‚menschliche' Göttinnen. Wir hielten sie für verrückt. Zeus jedoch verewigte sie häufig in Sternbildern, die, so hieß es, den menschlichen Charakter läutern sollten."

Hillel wußte nichts darauf zu sagen, und Aristo fuhr fort: „Es ist schon einige Jahre her, daß ich die Vermutung hegte, Saul sei einer jungen Weibsperson begegnet, die ihn in der Folge und sozusagen gegen seine Überzeugung die Künste der Liebe lehrte. Nein, er hat es mir nicht gestanden. Mir genügte seine Mitteilung, er habe eine ‚schwere Sünde' begangen und damit sämtliche Gebote verletzt. Nun ist ja Saul gewiß kein Dieb —" hier mußte Aristo lächeln — „er begehrt nicht das Haus seines Nächsten, er hält den Sabbathtag heilig und er neidet nicht, er nennt den Namen des Herrn nicht eitel, er betet keine Götzenbilder an, er ehrt Vater und Mutter und er liebt seinen Gott aus vollem Herzen und aus voller Seele. Du siehst, ich bin jetzt in eurer Religion wohl bewandert. Es hätte nicht viel gefehlt, und Saul hätte mich in seinem Eifer zum Glaubenswechsel veranlaßt. Nun, was gibt es noch in euren Geboten, das man als Sünde ansehen könnte?"

„Ehebruch", lautete Hillels Antwort, und auch er mußte nun lächeln. „Ich bezweifle aber, daß die — Dame — verheiratet war. Oder?"

„Auch ich bezweifle das. Nehmen wir also an, es handle sich um ein junges weibliches Wesen von einem der nahe gelegenen Höfe."

„Aber das wäre ja nur Unzucht", meinte Hillel. „Wir Juden mögen dir sehr sauertöpfisch erscheinen, aber Unzucht ist für uns keine unverzeihliche Sünde — wir kennen die menschliche Natur. Es wäre denn", schränkte er ein, „das Mädchen war eine Dirne aus der Stadt. Der Umgang mit Dirnen ist uns aus vielen Gründen verboten."

„Saul besuchte Tarsus nur selten", erwiderte Aristo, „aber ich glaube zu wissen, daß er das Mädchen des Morgens auf dem Weg zu Reb Isaac zu treffen pflegte. Ich habe lange gelebt, länger noch als du, Herr, und ich kenne die Zeichen junger Liebe. In jenen Tagen sah ich diese Zeichen an Saul. Er war ein anderer Mensch: schwärmerisch, verklärt, verzückt, strahlend wie Phöbus — selbst seine Stimme tremolierte. Und eines Tages war alles vorbei, und er wurde zu dem, was er heute ist."

Hillel erinnerte sich auch Sauls häufiger und leidenschaftlicher Behauptungen, er sei es ‚nicht wert', Gott zu verehren. Er hatte darin die Gefühlsaufwallungen eines tief religiösen Jünglings gesehen. „So hat Saul nun schon seit einigen Jahren nicht mehr gesprochen", sagte er. „Er hat das Wort ‚Sünde' seither nicht gebraucht. Gott zu dienen, meint er, sei sein einziges Ziel." Wieder flog ein Lächeln über sein Gesicht. „Es wird erzählt, König David habe die Psalmen geschrieben, als er in die Jahre gekommen war, und König Salomon seine Sprüche, als er ein hohes Alter erreicht hatte. Zuvor sollen beide nicht eben keusche Männer gewesen sein."

„Mit anderen Worten", sagte Aristo, „der Geist des Mannes beginnt zu blühen, sobald seine Testikel verdorren. Das ist eine alte Geschichte. Zum Leidwesen der weisen Alten ist sie der Jugend bekannt, und das ist wieder ein Unglück für die Jugend, denn es wäre besser, sie akzeptierte unsere Weisheit, ohne uns dabei für impotent zu halten."

„Aber Saul ist jung und im Vollbesitz seiner Kräfte", wandte Hillel ein.

„Er unterdrückt sie. Damit glaubt er seinem Gott gefällig zu sein, oder Ihn für irgend etwas zu entschädigen, oder aber er betet Ihn so sehr an, daß im Tempel seines Herzens kein Raum für einen anderen Bewohner — oder eine andere Bewohnerin — bleibt."

„Mein Sohn ist kein Zelot, kein Essener!"

Aristo zuckte beredt die Achseln. „Ich habe dir meine Vermutungen mitgeteilt, Herr. Saul hat sich mir nicht anvertraut. Ich bin auch nicht sein Vater und gerade darum in der Lage, die Dinge objektiv zu sehen. Ich kann nur sagen, daß er jeden Gedanken an eine Heirat zurückweisen wird."

„Er soll eine gute Frau bekommen. Ich kenne ein solches Mädchen. Es ist schön und tugendhaft und süß wie Honig. Ich will ihn in Sicherheit wissen."

In Aristos Blick lag die gleiche Ungläubigkeit, die schon Reb Isaac hatte erkennen lassen. „Es gibt keine Sicherheit in der Welt, Herr, und auch keine Geborgenheit. Männer, die das suchen, sind keine richtigen Männer. In ihrem innersten Herzen sind sie Weiber. Oder Eunuchen. Der Mensch ist ein sehr gefährliches Tier und wird es immer bleiben. Aber soweit kenne ich Saul: es liegt in seiner Natur, mit der Gefahr zu spielen und Sicherheit geringzuschätzen, denn er ist ein Mann und nicht ein Mädchen in Männerkleidung. Ich beschwöre dich, laß ihn gewähren. Jeder von uns hat sein Schicksal, das er erfüllen muß. Laß Saul das seine suchen und finden."

Hillel schwieg. Aristo betrachtete ihn voll Mitgefühl. Ein beständiger Kummer bedrückte seinen Herrn und verfolgte ihn Tag und Nacht. Hillel wandte sich ab, ohne etwas zu erwidern. Doch noch am selben Abend zog er Saul in ein Gespräch.

„Saul“, begann er, „ich wünschte mir, du würdest einen Sohn zeugen, der das Totengebet für dich sprechen kann. Es ist schrecklich für einen Juden, wenn er keinen Sohn hat, der das für ihn tut.“

Saul hörte seinem Vater stumm zu, aber seine düstere Miene verriet keine Gemütsbewegung, nicht einmal Entrüstung. Nur bei den letzten Worten ließ die Düsternis ein wenig nach.

„Manchen Menschen ist es bestimmt, ihr Leben auf den Feldern und in den Wäldern zu verbringen, anderen, in den Weinbergen zu arbeiten oder Herden zu hüten. Wieder andere finden ihr Glück in der Ehe und am häuslichen Herd. Jeder muß seinen Weg gehen, mein Vater, und sein Schicksal erfüllen. Und dann gibt es welche, die auserlesen sind, Gott zu dienen.“

Sein Schmerz und seine Verzweiflung ließen Hillel in Zorn geraten: „Wieso weißt du das?“ rief er. „Hat Gott es dir im Dunkel der Nacht anvertraut? Hat Er es dir ins Ohr geflüstert? Machst du dich nicht der Dünkelhaftigkeit, ja der Gotteslästerung schuldig?“

Saul wandte sich zur Seite und erwiderte mit leiser Stimme: „Ich weiß nur, daß es so ist. Mir ist nicht bekannt, wohin Er mich führen wird, aber ich werde Seinem Fingerzeig folgen. Ich kann nur aus der inneren Gewißheit meines Herzens sprechen. Mir sind tausend Zweifel aufgestiegen, und ich habe mir tausend Fragen gestellt, aber die Antwort war immer die gleiche, nur deutlicher und eindringlicher. Wußten die Propheten etwas, bevor sie die Stimme Gottes vernahmen? Wußte Moses etwas, bevor er den brennenden Dornbusch erblickte? Ich warte auf das Zeichen. Mehr kann ich nicht tun, aber ich bin gewiß, daß es mir gegeben werden wird.“

„Ich habe meinen Sohn verloren, meinen einzigen Sohn“, rief Hillel und kämpfte mit den Tränen. „Womit habe ich mir das verdient? Bin ich ein schlechter Vater gewesen, war ich grausam oder ungerecht oder zu streng? Habe ich meine Kinder mit schroffen Worten und abweisenden Gebärden von mir gestoßen? Es war immer mein Bestreben, dem Herrn in aller Demut zu dienen — und nun habe ich meinen Sohn verloren!“

„Vater“, sagte Saul, und jetzt standen auch in seinen Augen Tränen. Aber Hillel brachte ihn mit einer zornigen Handbewegung zum Schweigen.

„Reb Isaac ist ein alter Mann, ein weiser Mann und ein Lehrer, *dein* Lehrer, und hat sich bereit erklärt, dir ein Mädchen zur Frau zu geben, die schön ist wie Bathscheba und von zärtlichstem Gemüt! Ist er nicht weiser als du, älter als du, und besitzt er nicht weit mehr Wissen als du? Du aber blickst geringschätzig auf seine Weisheit hinab und weist seinen kostbarsten Schatz ab! Muß ich ihm sagen, mein Sohn glaubt sich dir an Wissen und Weisheit überlegen, Reb Isaac, und lehnt deine Elischeba daher dankend ab?“

„Vater“, erwiderte Saul, und zum erstenmal wurde Hillel von dem

Schmerz und der Sorge um ihn bewegt, die in seines Sohnes Stimme schwang, „ich werde es ihm selber sagen."

„Tu das! Dann mag er mich als den kraftlosen Vater verachten, der ich bin, dessen Sohn ihm nicht gehorcht und ihn für einen Narren ansieht, auf Visionen wartet, statt sich dem Leben zuzuwenden! Soll er doch das Schlimmste von mir denken! Ich verdiene nichts Besseres. Soll er doch mit dem Fuß nach mir treten und mich einen undankbaren, gemeinen Menschen heißen, denn ich habe ihn dazu überredet, dieser Verbindung zuzustimmen! Meine ganze Schande als Mann und Vater wird ihm jetzt offenbar werden."

Er eilte ins Haus. Saul wollte ihm folgen, hielt aber dann den Schritt an. Er ließ seine Blicke über den herbstlichen Garten schweifen und fröstelte. Er legte die Hand an die Stirne. Sie fühlte sich kalt und feucht an. Sorge und Kummer um seinen Vater lasteten schwer auf ihm. Er hätte weinen mögen und konnte nicht. Er fand keine Worte, um seinem Vater zu sagen, wie groß die Liebe war, die er für ihn empfand, und wie sehr es ihn bedrückte, ihm wehtun zu müssen. Er wußte nur, daß er einmal, vor langer Zeit, einen Ruf vernommen hatte und nicht wagte, ihm zu trotzen. Trotzte er ihm, sein Leben würde ihm nichts mehr bedeuten. Gehorchte er ihm, würde er die einzige Freude erfahren, die ihm bestimmt war. O hehre und schreckliche Freude, o Feuer, das sich verzehrte und damit ausbreitete, o Wonne, die die Seele marterte und erfüllte und heilte! Tod dem Leben, das nichts war als nur Leben! O Liebe menschlichen Hoffens und Verlangens, menschlichen Friedens und menschlicher Verzükkung! Die Größe und die Herrlichkeit jener Landschaft, von der er zuweilen einen Blick erhaschte, schienen ihm zu unaussprechlich und zu verheißungsvoll, als daß er sie länger als einen Augenblick hätte ertragen können.

Der Jüngling erhob seine Augen zum Himmel, und es war ihm, als sähe er ein großes und gewaltiges Aufleuchten, strahlender als die Sonne, schrecklicher als ein Blitz. Und wollte es mich verzehren, dachte er mit bebendem Herzen, und mich zu Asche verwandeln — noch meine Asche soll Ihn preisen und rühmen!

Er nahm seinen Umhang auf und machte sich auf den Weg zu Reb Isaac.

Zwei Tage lang wechselten Vater und Sohn kein Wort miteinander. Dann kam Reb Isaac zu Besuch und zog sich mit Hillel in dessen Gemach zurück. Der alte Rabbi legte die Hände auf die Schultern seines Freundes und sah ihm tief in die Augen. Seine eigenen funkelten nun nicht mehr reizbar und böse. Sie leuchteten sanft und mitfühlend wie die Augen einer Frau.

„Saul war bei mir", sagte er. „Gräme dich nicht, teurer Freund. Ich habe nicht seinen Worten gelauscht, sondern der Stimme seines Herzens."

Hillel ächzte und wandte sich ab. „Ich weiß nur“, sagte er, „daß Gott sprach: ‚Es ist nicht gut, daß der Mensch allein sei und ohne Hilfe.‘ Für Adam schuf er Eva. Moses hatte eine Frau. Die Propheten hatten Frauen. Wie kann es da mein Sohn wagen, zu erklären, er würde nicht heiraten, er würde sein Leben nur dem Allmächtigen weihen? Vergeht er sich mit seiner Anmaßung nicht an Gottes Wort? Auch ein Diener Gottes ist nur ein Mensch. Der Herr hat nicht nur für seine Nöte Vorsorge getroffen, er hat sie ihm auch als Pflichten auferlegt.“

„Nun gibt es aber solche“, wandte Reb Isaac ein, „die nur Gott dienen und sich nicht von einem liebenden Weib und Kindern ablenken lassen können. Es sind ihrer nicht viele, aber wir kennen und verehren sie und tadeln sie nicht. Sind sie schwächer als wir? Oder stärker? Wir wissen es nicht. Wir Rabbis heiraten und dienen Gott nicht schlechter, weil wir Weib und Kind haben. Oft erquicken uns unsere Frauen, denn es ist eine einsame, öde und bittere Straße, die ein Mann ohne eine Gattin zieht. Oft bringt uns eine gute Gefährtin Gott näher. „Aber es gibt eben Männer, deren Seelen so vom Allmächtigen erfüllt sind, daß für menschliche Liebe kein Platz bleibt. Es sind ihrer wenige. Aber man weiß von ihnen. Wer würde es wagen, ihnen Vorhalte zu machen?“

„Und du meinst, Saul sei einer von ihnen?“ fragte der verwirrte und ungläubige Vater, der jetzt in Reb Isaac einen Feind sah.

„Ja, das glaube ich. Schicke ihn zu Rabban Gamaliel, dem Weisesten der Weisen. Die Zeit ist gekommen. Freue dich, Hillel ben Borusch, denn mit diesem Sohn mag dir großes Heil widerfahren sein.“

Doch es gelang Reb Isaac nicht, ihn zu trösten. Hillel begann wieder mit seinem Sohn zu sprechen und tat alles, um Saul seine tiefe Enttäuschung und seinen Schmerz nicht merken zu lassen. Saul merkte es und stand dem Leid seines Vaters hilflos gegenüber.

Am Tag seiner Abreise nach Judäa schrieb er an Reb Isaac:

„Ich muß fort. Aber schon jetzt fürchte ich um meinen Vater. Ich höre ihn nachts ruhelos auf und ab gehen, und ich glaube nicht, daß nur ich es bin, der ihn so unglücklich gemacht hat. Er hat einen Kummer, von dem er nie spricht, und der ihn schon seit langer Zeit quält. Spende du ihm Trost, teurer Lehrer, denn ich vermag es nicht. Ich gehe, aber ich weiß nicht, wohin. Ich weiß nur, daß ich gehen muß.“

„Schalom. Grüße an meinen Vater Hillel ben Borusch von seinem Sohn Saul ben Hillel:

„Ich hoffe, daß Dein Schweigen, lieber Vater, nicht auf Krankheit zurückzuführen ist, sondern nur auf die Vorbereitungen für die hohen Feiertage. Ich habe seit dem Beginn des Frühjahrs nichts von Dir gehört, aber Aristo schreibt mir, daß er seine Oliven-, Granatäpfel- und Dattelhaine oft verläßt, um Dich zu besuchen, und Dich, Gott sei gelobt, bei guter Gesundheit antrifft. Sein letztes Schreiben allerdings hat mich beunruhigt, denn er deutete an, Du erschienest ihm schwermütig, und daß er von klatschsüchtigen Dienern erfahren habe, Du brächtest mehr und mehr Zeit am Grabe meiner Mutter zu, obwohl sie doch nun schon zehn Jahre tot ist! (Ich schließe sie stets in meine Gebete ein.)

„Ich habe mir Deine Ermahnungen, mich in Worten und Taten duldsamer zu geben und meine Heftigkeit zu zügeln, wohl zu Herzen genommen. Aber mein Temperament ist wie ein Dorn in meinem Fleisch, und ich fürchte sehr, daß es immer so bleiben wird. Seitdem Du Jerusalem vor zwei Jahren verließest, haben wir uns nicht mehr gesehen, und wie ich Dir schon schrieb, verschlechtert sich hier die Lage, statt sich zu bessern. Ich habe vor kurzem die Provinzen bereist, hauptsächlich Galiläa, und das Los der Bauern und Handwerker gestaltet sich immer drückender. Es ist schon schlimm genug in den Städten, wo die Steuereinnehmer — diese abscheulichen, fluchwürdigen Kreaturen! — den Leuten ein gutes Drittel ihres kärglichen Verdienstes abnehmen, aber in den Provinzen geht es noch viel ärger zu. Wenn dort ein Mann, so hat man mir berichtet, den Gegenwert von zwei Laib Brot im Tag verdient, darf er den Gegenwert von einem halben Laib behalten! So leben also die Menschen in den Provinzen in abgrundtiefer Armut und verzweifeltem Elend, und dennoch vergreifen sich die Steuereinnehmer, geschützt von den römischen Wachen, an ihrer geringen Habe und machen auch vor einer kupfernen Menora oder einem kleinen Vorrat an heiligem Öl nicht halt. Sie nehmen ihnen sogar die Kinder und verkaufen sie als Sklaven, wenn ihnen die gezahlten Steuern nicht ausreichend erscheinen. Es ist durchaus üblich, einen halb verhungerten, verzweifelten Menschen in ein elendes Gefängnis zu werfen, weil er es unterlassen hat, die gesetzlich vorgeschriebenen Steuern zu entrichten. So bestimmen es die Steuereinnehmer, und wer kann es wagen, das Wort dieser Ungeheuer in Menschengestalt anzuzweifeln? Es ist schon wahr, wenn die Leute sagen, Gott betrachte den Steuereinnehmer als ruchloser und Seiner Verzeihung weniger würdig als einen Mörder oder eine Dirne, einen Dieb oder Knabenschänder, einen Lügner oder Ehebrecher. Vereint er nicht die verabscheuungswürdigen Eigenschaften und Charakterzüge aller dieser Schädlinge in seiner Person? Es ist mir unverständlich, daß ein Jude, wie tief er auch gesunken sein mag, sich dazu hergibt, das Amt eines Zöllners zu versehen.

„Aulus Platonius, der Gatte deiner Base, hat mir erzählt, der große Marcus Tullius Cicero habe die führenden Männer der römischen Republik wiederholt darauf hingewiesen, daß ein Staat am Rande des Abgrunds stehe, sobald mehr als ein Drittel des Volkseinkommens von Steuern aufgefressen werde. Wie Aulus sagt, muß heute selbst der eingesessene Römer mehr als die Hälfte seines Verdienstes an die Steuerbehörde abführen, und das Reich ist dem Bankrott und der Verzweiflung nahe. Es stöhnt unter einer Welle von Verbrechen und der Käuflichkeit luxusliebender Politiker und ihrer Kriegsvorbereitungen. Die Lage der römischen Mittelklasse ist hoffnungslos. Sündhafte und gefährliche Männer dehnen ihre Macht auf Kosten der arbeitenden Bevölkerung aus, die Zügellosigkeit der Augustalen und des Hofes stinkt zum Himmel. Wenn Rom sich in dieser traurigen Lage befindet, obwohl es den besiegten Nationen ihr Vermögen gestohlen hat, denke an die Leiden Judäas, wo das Volk von den Römern um mehr als zwei Drittel seines Verdienstes geprellt wird! Die Juden erhalten auch keine Unterkünfte aus öffentlichen Mitteln, keine Armenhilfe, wie Brot oder Bohnen, Fleisch oder Kleidung, wie die Regierung sie dem römischen Pöbel gewährt. Aber würden wir denn nicht solche Almosen als stolzer Männer unwürdig verachtungsvoll zurückweisen? In der Tat, das würden wir! Wir lassen uns nicht kaufen!

„Es herrscht leidenschaftliche Erregung in den Wüsten, im Ödland und in den verlassenen Gegenden außerhalb der Städte, und Joseph von Arimathäa hat mir versprochen, mich in eines der Lager der Essener in den vergessenen Höhlen vor der Stadt zu führen. In meinem Inneren habe ich ihm oftmals dafür Abbitte geleistet, daß ich ihn für einen Schwätzer und Opportunisten gehalten habe, der vor den Römern Angst hat und zu faulen Kompromissen neigt. Wie auch Du sie erkannt hast, entdecke ich in diesem großen und gütigen Mann geheimnisvolle Kräfte. Er sagt nicht alles, was er weiß. Die Liebenswürdigkeit, mit der er mir begegnet, verwirrt mich, denn ich habe nichts getan, um mich ihrer würdig zu erweisen. Was aber nun tatsächlich an diesen heißen und einsamen Orten vor sich geht, die sonst nur von Ziegen und ihren Hirten bevölkert werden, ist nur Joseph bekannt. Noch sind mir die Schmähungen in Erinnerung, mit denen die Stadtbewohner Zeloten und Essener überschütten. Man wirft ihnen vor, sie beschwörten die Vernichtung des Volkes Israel herauf, indem sie die Römer gegen uns aufstacheln, aber wenn ich die gegenwärtige Lage unseres Volkes bedenke, möchte ich meinen, daß es nicht schlimmer und nicht vernichtender kommen kann.

„Wenn der Messias, gesegnet sei Sein Name, noch lange säumt, wird es kein Volk Israel mehr geben, das Er erretten kann, keinen Stein mehr auf dem heiligen Berg Zion, keine Stimme, um Seinen Namen zu preisen, kein Auge, um bei Seinem Anblick zu frohlocken, und keinen Tempel. Nur totes Gestein, verlassene Gewölbe, leere Marktplätze und zusammengestürzte Häuser und Gebäude werden übrig sein, denn mein Volk kann diese Pein nicht länger ertragen. Er wird nur mehr eine Wüste vorfinden, die in der Sonne brennt und durch leblose Haine und unfruchtbare Pflanzungen gekennzeichnet ist. Wenn ein Volk vor Verzweiflung nicht mehr ein und aus weiß, versagen sein Herz und seine Seele und es muß sterben. Sollen die Römer und ihre verhaßten Steuereinnehmer in dieser Wüste frohlocken!

„Die Sadduzäer aber, Gott sei's geklagt, werden immer fetter und gehen ruhig und gelassen ihren verschiedenen Geschäften nach. Sie sprechen griechisch miteinander, reisen nach Rom, Athen und Alexandrien, kleiden sich elegant in orientalischer Seide und leben in schamloser Weise mit ihren Konkubinen. Sie lassen sich in den Arenen unterhalten, die die Römer vor den Stadttoren errichtet haben. Sie sind leidenschaftlich dem Spiel ergeben und besuchen, gemeinsam mit den Römern, die Modebäder in Pompeji, Herkulaneum und Capri, wo sie ein Leben nach römischer Art führen — luxuriös und lasterhaft. Wer — wie ich es im Hause meines Großvaters tue — über die Steuern und die entsetzliche Lage des Volkes Klage führt, erntet strafende Blicke und wird als Barbar angesehen, der, wie sie sich ausdrücken, ‚die Verpflichtung einer modernen Regierung, Steuern zum Nutzen des Gemeinwohls einzuheben', nicht begreift. Es ist völlig zwecklos, sie daran zu erinnern, daß große Reiche und mächtige Staaten in der Vergangenheit infolge übermäßiger Besteuerung und Verschwendungssucht von Regierungen, die das Volk mit seinem eigenen Geld zu kaufen trachteten, in Schutt und Asche versunken sind. Darauf antworten sie mit überlegenem Lächeln, daß die Vergangenheit tot ist und daß wir jetzt in einem anderen Zeitalter leben. Und sie erinnern mich daran, daß ein gewisser Teil des Steueraufkommens zur Erhaltung des Tempels bestimmt ist, und das sei doch wohl ein schätzenswertes Vorhaben. Dann denke ich an den Hohepriester und seine von Sklaven umgebenen Ohrenbläser in ihren purpurnen und goldenen Sänften und weiß, daß der Tempel durch ihre Anwesenheit entweiht ist, und daß Gott über ihr Tun und Treiben empört ist. Auch sie, diese käuflichen Priester, unterdrücken unser Volk. Sie lächeln, wenn man vom Messias spricht, und murmeln etwas, was nach ‚Mythos' und ‚alten Geschichten' klingt. Schließlich weisen sie darauf hin, daß der moderne Mensch sich auf den Boden der Wirklichkeit stellen müsse und keinen Phantasien nachjagen dürfe. Sind diese Priester die Schäfer unseres Volkes, die Bewahrer verwundbarer Gemeinden, die umsichtigen Beschützer von Schafen und Lämmern, die unsere Herzen aufrichten und unsere Seelen stärken? Nein! Sie haben Gott und die Menschen verraten. Sie haben die heiligen Stätten entvölkert, die Bundeslade entheiligt, die flammenden Worte der Thora besudelt, die natürlichen Gesetze Gottes umgestoßen, die Satzungen, Entscheidungen und Verfügungen mit erhobenen Augenbrauen aus ihren Gedanken verbannt und mit leiser Belustigung die Bedeutung der Gebote verfälscht, indem sie behaupteten, sie hätten früher einmal ihre Bedeutung gehabt, aber jetzt nicht mehr.

„Wegen dieser Priester, die Gott und die Menschen verraten haben, ist der Tempel kein Heiligtum mehr und kein Aufenthalt für den Allerhöchsten. Er ist nur mehr ein Marktplatz, in dessen schattigen Kolonnaden, dämmerigen Galerien und stillen Gärten seltsame Philosophien diskutiert werden, und wo Männer unter Sonnenschirmen sitzen, die von Sklaven gehalten werden, intellektuelle Gespräche führen und Neuigkeiten über Handel und Wandel, Bank- und Börsenwesen austauschen. Die Priester sind weder tugendhafter noch frömmer als jene. Sie sind es zufrieden, daß die Römer ihnen ihre Gehälter zahlen und schöne Häuser bauen. Es macht ihnen nichts aus, daß das Volk sie verachtet und ihnen mißtraut, daß die Leute das Gesicht vor ihnen abwenden, daß sie sie als Feinde und nicht als ihre Beschützer ansehen. Ihren Herden geben sie Steine zu essen und Staub zu trinken und lassen sie auf dem Lager der Verzweiflung ruhen.

„Ich erinnere mich oft, wie Gott von ihnen gesprochen hat: ‚Mein Volk wird zerstört, weil es unwissend ist; verworfen habt ihr Meine Lehren und so will Ich euch verwerfen. Vergessen habt ihr das Gesetz eures Gottes und so will Ich vergessen eure Kinder.‘ Die Priester führen uns jetzt, wie Gott sagte, ‚auf Wege, die recht sind in den Augen des Menschen; und sind doch zuletzt Wege des Todes.‘ Mögen sich die schlechten Priester, die ihren Gott und ihre Gemeinde verraten haben, in acht nehmen vor der Strafe des Herrn, denn Er schlummert nicht und Er schläft nicht!

„Die Priester bringen ihre Opfer dar, die mit dem Schweiß des unterdrückten Volkes erkauft sind, und wieder entsinne ich mich der Worte des Allmächtigen über die falschen Schäfer, die ihre Herden ins Verderben geführt haben: ‚Ich hasse, Ich verwerfe eure Feste und habe kein Gefallen an euren Festversammlungen. Wenn ihr Mir auch Brandopfer bringet; Ich mag nicht eure Gaben, und blicke nicht auf das Opfer eures Mastviehes. Laß weg von Mir deiner Lieder Lärm, und das Getön deiner Harfen mag Ich nicht hören! Vielmehr wälze sich das Recht daher wie Wasser, und die Gerechtigkeit gleich einem Bach, der nie versiegt.‘

„Doch sie folgen weder den Geboten Gottes noch den Ermahnungen von Männern wie Rabban Gamaliel, zu dessen Füßen ich täglich sitze. Mit wachsender Inbrunst betet er jeden Morgen, der Messias möge sein Antlitz zeigen und Sein Volk, Israel, erlösen. Manchmal weint er, und es sind blutige Tränen, denn, wie Du weißt, ist er von Natur aus ein lebhafter, gelehrter, sehr geduldiger Mann, der nicht vergessen hat, daß Gott in Jahrhunderten und nicht in Tagen rechnet.

„Ich weiß nicht, was er damit meint, wenn er den Messias beschwört, ‚Sein Antlitz zu zeigen', denn der Messias ist ja noch nicht gekommen, ist noch nicht geboren worden, wie es die Propheten geweissagt haben.

„Obzwar Du mich ermahnt hast, meinen Großvater Schebua ben Abraham häufig zu besuchen, weil er leidend und wunden Geistes ist — ich habe davon nichts gemerkt! —, kann ich mich nur hin und wieder dazu entschließen. Ich meide ihn. Und ich errege Anstoß bei ihm. Als ich das letzte Mal in seinem Hause zu Abend aß, war auch eine Anzahl von Schreibern zu Gaste, jene Verstandesmenschen, die nichts tun, was man Arbeit oder Leistung nennen könnte. Sie schreiben, beraten Politiker, verkaufen sich und sprechen sehnsüchtig davon, ‚Königen' und einer ‚höheren Ordnung' dienen zu können. Sie halten sich für unendlich klug. Manchmal frage ich mich, ob sie überhaupt Gefühle haben. Ich erinnere mich, solche Schreiberlinge auf Wandgemälden in Mesopotamien gesehen zu haben. Sie sind stets mit einer Rolle und einem Stift in der Hand dargestellt. Neben sich den Aufseher mit der Peitsche, trotten sie hinter einem Mann zu Pferde, dem Despoten, daher. Wie sie sich doch danach sehnen, selber zu herrschen, diese kleinen Schwächlinge, die sich Philosophen und Intellektuelle nennen! Mit jedem verbindlichen Wort, das aus ihrem Munde kommt, beweisen sie, wie sehr sie das Volk hassen, die natürlichen Tugenden und den unverfälschten Glauben geringschätzen. Sie haben nichts als Worte, überzeugende Worte, die jedoch keine Wahrheit in sich schließen. Sie sind leerer Schall ohne jede Tiefe. Viele von ihnen sind Knabenschänder, wie Großvater einmal in meiner Gegenwart erwähnte, aber statt seinem Ekel Ausdruck zu geben, lachte er, als wäre es eine liebenswerte Verschrobenheit und nicht eine widerliche Perversität. Manche schreiben Gedichte, die dann von Schreiberlingen minderen Ranges kopiert und von Händlern verkauft werden. Die Gedichte hören sich an wie wenn man Winde abgehen ließe. Man könnte darüber streiten, wer verachtenswerter und verabscheuungswürdiger ist: die Sadduzäer, die Priester oder die Schreiber.

„Großvater und meine zwei Onkel, Simon und Joseph, sind zwar Sadduzäer, aber sie arbeiten wenigstens nach ihrer Art und produzieren etwas. Sie beschränken sich nicht darauf, von der Arbeit anderer zu leben, wie das die Schreiber tun. Ich wollte Großvater dazu beglückwünschen, wobei ich mich über die Schreiber lustig machte, die ich in seinem Haus getroffen hatte. Zu meiner Überraschung mußte ich feststellen, daß er beleidigt war. Die Schreiber wären es, meinte er, die die Kultur eines Volkes tragen und gestalten. Nun, wenn das, was ich von ihnen gesehen und gehört habe, ‚Kultur' ist, dann lehne ich sie angewidert ab und will nichts mit ihr zu tun haben. Die Gesellschaft eines einfachen Bauern, der nach Dung, Schwarzbrot, Käse und Essig riecht, ist mir um vieles lieber, denn sein Mund spricht wahr und von den Dingen, die unsere heilige Erde betreffen, und seine Hände verrichten wertvolle Arbeit und bringen Nahrung auf den Markt. Was aber bringen die Schreiber an unseren Tisch? Elegante Worte ohne jede Bedeutung. Es sind unbedeutende Poseure.

„Früher einmal verdienten die Schreiber Achtung: sie führten die Schriften für ihre Herren und Meister, kontrollierten die Warenein- und -ausgänge auf Schiffen und in Kornspeichern und verfaßten Berichte. Sie halfen mit, Ordnung zu halten. Die Schreiber von heute aber halten sich für Edelleute und meinen, man müßte sie schon allein wegen ihrer Zungenfertigkeit und des geschriebenen Wortes wegen in Ehren halten — von ihrem großschnäuzigen und leeren Geplapper ganz zu schweigen! Auch in Rom gibt es ihrer die Menge. Aulus Platonius nennt sie ein ‚tödliches Gezücht', betont allerdings, daß Tiberius Cäsar sie nicht mag und sich über sie lustig macht — wenigstens *eine* Charaktereigenschaft des Römers, die ich gutheißen kann! Aulus nennt sie auch ‚Maden in anderer Leute Speck', und ich muß gestehen, ich lachte wie schon lange nicht, als ich das hörte. Ich fragte einen Schreiber in Großvaters Beisein: ‚Wessen Haushaltsbücher führst du, und wer ist dein Herr?' — schließlich bezog ich mich ja nur auf die ursprüngliche Beschäftigung der Schreiber —, und Großvater war sehr aufgebracht und hielt mir vor, ich hätte seinen Gast beleidigt, ein zierliches Geschöpfchen mit hyazinthenfarbenen Locken, geschminkten Wangen und angestrichenen Lippen, parfümiert wie eine Hure. Ich erfuhr, daß der betreffende Schreiber ein Stück verfaßt hatte, das den Werken des Aristophanes ebenbürtig war und in Kürze in einem griechischen Theater aufgeführt werden sollte. Ich fürchte, Du hättest das Geräusch, das ich machte, nicht gebilligt, aber ich sehe Dich lächeln.

„Und nun zu erfreulicheren Dingen: das letzte Kind meiner Schwester Sapphira ist wirklich reizend. Es ist ein Mädchen, und Sapphira und ihr Mann freuen sich sehr, denn drei Söhne haben sie schon und Ezekiel hatte sich eine Tochter gewünscht. Sapphira wird immer schöner, und Claudia behauptet, sie wäre eine junge Juno — was Dich vermutlich nicht gerade entzücken wird. Aber dann fügte Claudia noch hinzu: ‚Und möglicherweise auch eine junge Rachel.' Leider ist Sapphiras Betragen immer noch ein wenig flatterhaft; sie hat eine schalkhafte Art und einen übermäßigen Hang zu Scherzen und Neckereien — das ist nicht schicklich für eine Ehefrau von vierundzwanzig Jahren. Aber dank dieser verehrungswürdigen Dame, Claudia, geht sie zumindest mit bedecktem Kopf und gibt sich zuweilen gesetzt und umsichtig — aber dann glänzen ihre Augen wieder wie Gold und sie lacht, ohne daß ich einen Grund erkennen könnte, und neckt mich und meint, ich wäre früher nicht so ernst und feierlich gewesen. Unmittelbar darauf füllen sich dieselben spöttischen Augen mit Tränen, und sie umarmt mich. Ich werde aus den Frauen nicht klug.

„Den Beutel mit Goldsesterzen, den Du mir sandtest, habe ich in Rührung und Dankbarkeit erhalten. Aber ich versichere Dir, daß mein Verdienst als Zeltmacher für meine bescheidenen Bedürfnisse voll ausreicht. Ich schlafe in der Hinterstube meines Ladens. Ich begnüge mich mit einfacher Nahrung, dem billigsten Wein und einer Handvoll Obst. Ich kleide mich schlicht. ‚Hättest du deine Kindheit und deine Jugend in Armut verbracht', sagte mir Rabban Gamaliel einmal, ‚du würdest jetzt nicht so genügsam sein.' Ich kann mir diese Bemerkung nur schwer deuten. Wollte er damit andeuten, daß einer, der wohlbehütet oder gar von Luxus umgeben aufwächst, die Armut später weniger drückend und beschwerlich empfindet? Und daß jene, die eine feine Küche gewohnt sind, die Armut am leichtesten ertragen — als Abenteuer sozusagen und nicht als Härte? Dann mag es wohl stimmen, daß der Rabban nicht nur wahr, sondern auch weise gesprochen hat. Ich esse manchmal in seinem Hause und muß zugeben, daß mir seine Tafel mundet, obgleich sie nicht so reich besetzt ist wie die des Joseph von Arimathäa — und Joseph ist nicht halb so reich.

„Schelte mich nicht: ich habe die Sesterzen für die Unterstützung der Armen gegeben. Kurz vor dem Sabbath verteilt Joseph von Arimathäa Korn, Fleisch und Wein und Kleider an die Mittellosen — und trotz des Reichtums der Stadt und Tausender ihrer Einwohner ist ihre Zahl Legion in Jerusalem. Was diese Unglücklichen jetzt im Tempel bekommen, ist ein Hohn auf das Wort ‚Mildtätigkeit', das heutzutage sehr klein geschrieben wird. Nur wenige kümmern sich noch um die Armen und Elenden, und das, obwohl Mildtätigkeit eine der Tugenden ist, die Gott von uns Juden fordert.

„Ich bitte Dich sehr, liebster Vater, mir oft zu schreiben. Es gibt Dinge in meinem Herzen, über die ich nicht sprechen kann, denn schon immer war meiner Zunge am beschwerlichsten, was mich am tiefsten bewegte. Die Seele läßt sich nicht in Worte fassen. Ich bin glücklich. Ich habe eine Glückseligkeit, wie ich sie heute empfinde, nie gekannt. Ich bin noch nicht zufrieden, weil meine Hoffnung sich noch nicht erfüllt hat. Diese Erfüllung liegt jenseits der fernen Berge, und ihr nahezukommen gilt mein tägliches Streben. Manchmal bin ich der Arbeit und des Studiums müde, meine Hände erstarren und mein Hirn ist wie betäubt, und ich sehne mich nach meinem Heim in Tarsus und nach dem Anblick vertrauter Gesichter und Gärten. Aber das sind Schwächen, die vorbeigehen. Ich möchte mit niemandem tauschen! Ich habe junge Schüler, die mir aufmerksam zuhören.

„Ich habe das Gefühl, daß ich einer Offenbarung nahe bin, die im Dunkel und in der Stille meiner Nächte blüht, aber ich weiß nicht, was es ist. Ich weiß nur, daß sie mich erwartet, und meine Seele glüht in freudigem Verlangen. Was zählt da schon mein lädiertes Auge oder der Umstand, daß ich die Kraft meiner Knabenzeit verloren habe und mich antreiben muß wie der Bauer seine Ochsen! Gott hat mir die Muskeln und die Rüstigkeit des Geistes gegeben, und das ist mehr als genug. Darum gräme

Dich nicht um mich und mache Dir keine Sorgen, was meine Person betrifft. Ich tue nur, was ich tun muß, und darum freue Dich mit mir und wisse, daß ich ohne einen Vater wie Dich nie den Mut und die Geduld aufgebracht hätte, es zu tun.

Grüße Aristo, meinen alten Lehrer. Ich hoffe, er betrügt Dich nicht, wenn er Dir die Früchte seiner Weinberge und Olivenhaine verkauft. Bewahre mich im Schatzhaus Deiner Gebete und wisse, daß ich Dich in meine einschließe. Wenn Du das nächste Mal Mutters Grab besuchst, nimm eine Rose für mich mit.

Dein Sohn,
Saul"

Der schnittige, von vier edlen schwarzen Hengsten gezogene Wagen verließ Jerusalem im Morgengrauen. Saul ben Hillel und Joseph von Arimathäa saßen auf roten Samtkissen, die mit goldenen Fransen besetzt und mit goldenen Troddeln behängt waren. Der Lenker war ein riesiger Nubier mit scharf geschnittenen Zügen, herausgeputzt wie ein barbarischer König, denn Joseph verwöhnte seine Diener und zeigte Verständnis für ihre kleinen Schwächen. Ein zweiter Diener hielt einen großen, seidenen Sonnenschirm über die Köpfe der Fahrgäste, obwohl es noch nicht einmal Tag war. Auf den Rasen und Gärten der Stadt lag der Tau, und der Himmel war schwarz wie das Gesicht des Nubiers und mit flimmernden Sternen besetzt. Die römischen Soldaten am Damaskus-Tor kannten Joseph gut. Sie behandelten ihn ehrerbietig und waren für die kleinen Beutel mit Sesterzen dankbar, die er ihnen mitzubringen pflegte.

„Es sind brave, einfache Burschen, diese jungen Soldaten — fast noch Kinder", sagte er zu Saul. „Sie sind stolz auf Rom. Als Republik war Rom wert, geachtet und in Ehren gehalten zu werden, denn nie zuvor wurde ein so großer Staat auf so erhabenen und edlen Prinzipien errichtet — und, zugegebenermaßen, auf einem Brudermord. Seinem Staatsgrundgesetz, wie es von seinen Schöpfern, insbesondere Cincinnatus, eingebracht wurde, ist nichts Gleichwertiges an die Seite zu stellen, nein, nicht einmal der Codex Hammurabi, und auch nicht unser Moses. Aber es war unausbleiblich, daß seine Verfassung von ehrsüchtigen, bösen und lüsternen Männern ausgehöhlt wurde, von vaterlandslosen Gesellen, die ihr Land nicht als Bollwerk der Freiheit und als leuchtendes Vorbild für die Völker der Erde sahen, sondern als Arena, in der sie Preise und Auszeichnungen und vielleicht auch noch die Kaiserkrone erringen konnten. Es ist leider wahr, was Aristoteles gesagt hat: ‚Republiken sinken zu Demokratien herab, und Demokratien entarten zu Gewaltherrschaften.' Dennoch besitzen die Republiken theoretisch die innere Kraft, die Unsterblichkeit zu erringen, wenn sie ihre Männlichkeit bewahren und nicht zu weibischen Demokratien werden. Vergib mir. Ich liebe dieses Idealbild einer römischen Republik, die von gerechten und ehrenwerten Männern regiert wird, und ich beklage, daß sie zu einem weibischen Reich geworden ist, geil, grausam, blutrünstig, das die Macht des Bösen anbetet und die Völker der Erde unterdrückt und versklavt. Aber so geht es Völkern, die zuerst Gott und dann Ehre und Tugend vergessen."

Er seufzte. „Diese Burschen an den Toren können nichts dafür. Sie glauben die Lügen, die ihnen die Regierung erzählt. Wann werden die Menschen aufhören, ihren Regierungen zu glauben? Wenn der Tag kommt, ist das Messianische Zeitalter nicht mehr fern, und die Herrschaft Gottes bricht an!"

Noch vor wenigen Jahren hätte Saul seinem Abscheu vor Rom mit Verwünschungen Ausdruck verliehen, jetzt aber hörte er still zu, auch wenn er noch einige Zweifel hegte. Er kannte seinen Verwandten gut, den edlen Aulus Platonius und seinen Sohn Titus Milo Platonius, er schätzte und achtete sie, war Gast in ihrem Haus und aß mit Aulus und Hannah bas Judah. Die Wut, die er gegenüber Rom empfand, blieb bestehen, erstreckte sich aber nicht auf den einzelnen Römer, der, wie er selbst, hilflos in der stählernen Faust des Reiches zappelte. Aber noch glühender als Rom haßte er die Verräter und Kollaborateure in seinem eigenen Volk, die ihren gedemütigten Brüdern den Fuß auf den Nacken setzten. Die großen Reiche plünderten und eroberten zur größeren Ehre ihrer Herrscher; die Verräter Israels lebten nur zu ihrem Vergnügen. Gewiß, das kleine Volk Israel hätte Rom nie widerstehen können, aber es war nicht nötig, daß die aalglatten Sadduzäer, die Schreiber und die Händler vor dem Eroberer katzbuckelten und ihm noch halfen, ein hilfloses, kleines Volk zu erniedrigen, es seiner Habe zu berauben und in Verzweiflung zu stürzen.

Auch Joseph stellte Überlegungen an: ‚In diesen zehn Jahren, seit er das erste Mal nach Jerusalem kam, ist unser junger Saul zum Mann geworden. Er begreift jetzt schon, daß das Böse im Menschen allgegenwärtig ist, und daß es keine ausschließlich guten und keine ausschließlich schlechten Völker gibt und — wenn überhaupt, nur wenig gute Menschen. Ach, was wäre das für eine wunderbare Welt, wenn nur ein einziges rechtschaffenes Volk in ihr lebte, auch wenn es nur aus zehntausend Menschen bestünde! Aber im Menschen herrscht das Böse vor und nagt wie eine Seuche an seiner Seele; einer steckt den anderen an. Weder ist ein kleines Königtum rechtschaffener als ein großes Reich, noch sind seine Herrscher tugendhaftere Leute. Wir waren ein auserwähltes Volk, von Gott belehrt und durch die Jahrhunderte geleitet. Wir haben aus Seiner Hand gegessen, wie Lämmer aus der Hand des Schäfers essen. Uns wurden Führer und Propheten gegeben. Uns wurde Moses gegeben. Uns wurde der Messias gegeben. So wie ein Familienoberhaupt seine Kinder hütet, belehrt, liebt, umhegt, beschützt und verteidigt, so hat Gott Israel geliebt und beschützt. Und dennoch sind wir jetzt nicht ehrenwerter als Rom und der Gnade nicht würdiger. Sein Urteil über uns ist gesprochen, so wie es über Rom gesprochen werden wird, denn Gott sieht die Person nicht an und Sein sind alle Menschen dieser Erde; keiner ist Ihm teurer als der andere, keiner verdient strengere Strafe als der andere. Herr, erbarme Dich unser aller Seelen!‘

Die Erde war dunkel und still und nur vom unsteten Licht der Sterne erhellt. Es war kühl, und Saul wickelte sich in seinen schlichten, warmen Umhang aus Ziegenhaar, den er selbst gewebt hatte. Die mit Eisen beschlagenen Wagenräder polterten über Schotter und Kies, Sand und Staub, die Pferdehufe schlugen Funken aus Stein, und ein starker, scharfer Wind peitschte das Gesicht. Er roch nach Fels und Verheerung und herben Wüstenpflanzen und auch nach längst vergangenen Zeiten, denn dies war ein altes Land, und die tote Erde Grab dahingeschwundener Völkerschaften.

Die Dämmerung kam hier schnell und plötzlich mit einer Art stürmischem und unhörbarem Getöse. Eben noch war die Erde dunkel und leer gewesen, und nun schien der ganze östliche Himmel aufzuflammen. Die Berge stürzten ihm entgegen, und ein glitzerndes, kupferfarbenes Licht ergoß sich über sie wie Wasser, das in Flammen gesetzt worden war. Das Licht jagte über Hänge und Schluchten hinab und begrub sie unter strahlendem Glanz, Zypressen und Platanen und Gehölze erschienen, wo zuvor nichts gewesen war, und kleine weiße Häuser leuchteten rot auf, als ob sie in Flammen aufgingen. Dann stand die Sonne jauchzend auf den Gipfeln, und die Erde erwachte mit murmelndem Echo.

Saul, der Erde und ihrer Schönheit stets aufgeschlossen — auch wenn er häufig und in ernstem Ton bemerkte, daß ihn derartige Anblicke von religiösen Betrachtungen ablenkten —, war wie immer tief bewegt. Er warf einen Blick auf Josef von Arimathäa, doch dessen großer, kahler Schädel und ein Teil seines langen, ovalen Gesichtes waren von der Kapuze verborgen. Jetzt lehnte er sich vor und gab dem nubischen Lenker eine gemurmelte Anweisung. Der Schwarze hob seine Peitschenhand gehorsam an die Stirne. Der Wagen machte eine Wendung auf der trokkenen gelben Erde. Schaum glänzte auf den Fellen der Hengste. Sie erreichten eine Quelle, und die Pferde tranken. „Erfrische dich“, sagte Joseph zu Saul, „denn es ist noch weit bis zu den verlassenen Stätten.“ So stiegen Joseph und Saul aus dem Wagen, wuschen sich das Gesicht und die staubigen Hände und tranken. Joseph holte frisches Obst, Wein und Brot und ausgezeichneten Käse hervor und teilte alles liebenswürdig mit seinen Dienern. Während er noch mit Saul aß und trank, wurde es schon so heiß, daß Saul seinen Umhang abwarf und nur seine Tunika aus grauem Leinen anbehielt. Sein rotes Haar leuchtete in der Sonne, und Joseph meinte, nach einem Blick in sein zartes, sommersproßiges Gesicht:

„Es bekommt nicht gut, sich allzusehr zu entblößen. Zieh die Kapuze über, Saul, und beschirme deine Haut und deine Augen."

Seine eigenen Augen, groß, dunkel und klar, strahlten Saul liebevoll an, und wieder einmal wunderte sich Saul über die Güte, mit der ihm dieser große und berühmte Mann begegnete. Saul konnte sich selbst nicht so sehen, wie Joseph ihn sah — ein junger Mann von innigem, wenn auch trübsinnigem Gemüt mit dem knochigen Gesicht eines Asketen und dem Blick eines Visionärs.

Es gab viele, die Saul für gefährlich und rücksichtslos hielten, schwer von Begriff, aber eingebildet auf sein Wissen, ungeduldig und unduldsam, aber Joseph kannte ihn als einen jungen Mann, dessen bedeutende Zukunft aus seinen blauen Augen leuchtete, sogar aus dem Auge, das schlaff in seiner Höhle lag und sich rötete, wenn zuviel Luft darauf fiel. Saul hatte viele Fehler. Es war ihm unmöglich, Toren liebenswürdig zu begegnen, wie Salomon es empfohlen hatte, und er hatte kein Verständnis für schwache und unaufrichtige Charaktere, für Willfährigkeit und jene weibische Vornehmheit, wie sie viele Sadduzäer und die Schreiber als wesentliche Voraussetzung für ein zivilisiertes Leben rühmten. — „Wir sind gütig", schienen sie bei jeder möglichen und unmöglichen Gelegenheit betonen zu wollen, um sich von anderen, denen sie Grobheit vorwarfen, zu distanzieren. Joseph aber entsann sich der Worte eines weisen Mannes: „Es ist doch seltsam, daß gerade jene für Güte unempfindlich sind, die von allen Menschen Güte erwarten."

Nach Josephs Ansicht — und er war ein Mann, der die Menschen kannte — überzogen Sauls augenscheinliche Tugenden, davon viele stark ausgeprägt, seine Mängel, so wie eine feine, leuchtende Glasur die unedle Rauheit von Tongeschirr überdeckt. Es waren keine Tugenden, die ihn bei anderen Menschen beliebt machten. Eher erweckten sie deren Verachtung, deren Verdruß, Haß und Feindseligkeit. Er war nicht der leisesten Heuchelei, nicht der geringsten Unaufrichtigkeit fähig. Er sprach offen und ungeziert und verletzte die Gefühle vieler — oft zu seiner eigenen Überraschung, denn noch hielt er an jenem Kinderglauben fest, die Menschen zögen der Lüge Wahrheit und der Arglist Aufrichtigkeit vor.

Sie fuhren weiter in den Kessel gelben Lichts hinein, und die Hitze des Morgens drang durch ihre Gewänder wie glühende Stäbe.

Wüsten und Ödland waren Saul nicht fremd, doch als die Räder sie nun immer weiter in der Richtung nach Damaskus trugen, fühlte er sich wie betäubt — nicht nur von der Hitze, sondern auch von der Trostlosigkeit, die ihn von allen Seiten umgab, bis auf Disteln jedes Lebens bar, eingeschlossen vom ehernen Gestein der fernen Berge. Sie rasten über safrangelbes Land dahin, das flach war wie eines Mannes Handteller und bedeckt mit Felsbrocken, Schotter und Staub. Das Blau des wolkenlosen

Himmels war zu intensiv, als daß es mehr als einen flüchtigen Blick erlaubt hätte, und die Sonne ein ungeheurer Feuerball, der sich dem Zenith näherte. Hier und dort zogen sich bernsteinfarbene Spuren längst versickerter Rinnsale, Streifen über die verdurstete Erde. Schwarz und stumm, feingestochen wie Tuschezeichnungen, zogen die Geier ihre Kreise. Hin und wieder tauchten die gähnenden Mäuler vereinzelter Höhlen auf. Aber kein Wasserloch war zu sehen, keine grüne Oase in diesem Tal Gehenna. Einmal dünkte es Saul, als erblickte er den lauernden Schatten eines Schakals auf der vertrockneten und verbrannten Erde, doch da Schakale und Landschaft von der gleichen Farbe waren, konnte er keine Sicherheit erlangen.

Saul hatte oft mit dem Gedanken gespielt, sich für eine Zeit in die Wüste, in diese immense, leblose Stille, dieses weißglühende Licht zurückzuziehen, doch als er jetzt in die Runde blickte, mußte er zugeben, daß es ihm unverständlich war, wie selbst der begeistertste und aufopferungsfähigste Essener oder Zelot einen Ort wählen konnte, der so sehr der Hölle glich. Diese Männer, hieß es, wüßten, wenn nötig, Heuschrecken und wilden Honig und Wasser zu finden, doch Saul sah keine Stelle, wo dies hätte herkommen sollen. Nun waren sie schon weit von der Stadt und drangen tiefer und tiefer in die Wildnis ein, doch an der Art, wie der Nubier die schwarzen Hengste lenkte, erkannte Saul, daß er mit der Gegend wohlvertraut war. Seine schweren Ohrringe warfen Schatten auf seine glatten, ebenholzfarbenen Wangen, und er blickte mit unbekümmertem Stolz um sich. Saul war in zunehmendem Maß dankbar für den Sonnenschirm über seinem und Josephs Kopf, den der zwischen ihnen sitzende Diener aufrechthielt.

Joseph hob die Hand und deutete auf die Berge, und Saul konnte in der flimmernden Hitze eine Gruppe niedriger Höhlen ausmachen, die den Hang eines Hügels emporklommen. „Das ist unser Ziel“, sagte Joseph von Arimathäa.

Die Höhlen schienen näher zu sein, als sie wirklich waren, und lange bevor das gelbe Gestein widerstrebend über das baumlose Land heranrückte, begann Saul schon, unter Durst und Hitze zu leiden. Plötzlich tauchte die winzige Gestalt eines Mannes vor der untersten Höhle auf und hob sich schwarz und scharf wie ein Geier von dem fahlen Hintergrund ab. Er winkte mit einer kaum sichtbaren Hand zur Begrüßung. Nach einer kleinen Weile kamen andere hinzu, wild und bärtig wie er und von zotteligem Aussehen, was vermuten ließ, daß sie pelzartige Kleidungsstücke um ihre Lenden geschlungen hatten. Sie trugen weder Umhänge noch Kapuzen, um sich gegen Sonne und Hitze zu schützen, und als der Wagen näher an die Höhlen heranbrauste, sah Saul ihre Gesichter, die fast so schwarz waren wie das des Nubiers und von dichten Bärten umrahmt. Ihre Hände, Arme und Beine waren mager, aber muskulös, und nun sprangen sie leichtfüßig vom Hügel herab, und ihre Stimmen ertönten munter und doch zart wie Flöten: „Schalom! Schalom!"

Joseph lächelte im Schatten seiner Kapuze. Er formte seine Hände zu einem Trichter und rief ihnen, die ihn erwarteten, Grußworte zu. Es wurden ihrer immer mehr, vierzig, fünfzig, sechzig — und schließlich waren es mehr als hundert. Sie schienen nicht nur aus den Höhlen zu kommen, sondern aus der Erde selbst, und die Sonne funkelte in ihren Augen und auf ihren Zähnen. Ihren Gesten und Bewegungen nach waren sie jung, einige kaum dem Knabenalter entwachsen, denn sie trugen kurze oder gar keine Bärte. Saul griff sich an sein eigenes, verschwitztes Kinn. Er selbst hatte keinen Bart, denn seine Haut war so zart, daß ein Bart sie unerträglich reizte und Entzündungen hervorrief. „Gott", hatte Rabban Gamaliel gesagt, „verlangt von uns, daß wir Ihn lieben und Ihm dienen, aber nicht, daß wir unnötige Schmerzen ertragen. Und sagt man nicht, wenn Bärte ein Zeichen von Weisheit wären, müßte jede Ziege ein zweiter Plato sein?"

Unter den jüngeren dieser Wüstenbewohner gab es einige, die ihre Freude und Begeisterung nicht zu zügeln vermochten, als sie ihren Freund, Joseph von Arimathäa, erkannten und auf den Wagen zugelaufen kamen, wobei sie mit den Füßen Wolken gelben Staubes aufwirbelten. Saul warf einen Blick auf die Vorräte, die Joseph mitgebracht hatte: Lederflaschen mit Wein, Käseräder, Weizen- und Haferbrot, Früchte, Gefäße mit Artischocken in Essig und Knoblauch, Fässer mit Bier und Flaschen tadellosen syrischen Branntweins. Es gab Körbe mit Zwiebeln und duftenden Zitronen, Mengen von Datteln und Feigen, Backwerk und Pasteten, Krüge mit ausgelassenem Fett und getrocknetes Fleisch und dazwischen kleine Lederbeutel, von denen Saul nicht zu Unrecht annahm, daß sie beachtliche Beträge in römischen Goldsesterzen und Drachmen enthielten. Schließlich gab es auch noch viele mit Schnüren zusammengebundene Schriftrollen und Tücher, Geschirr und Bestecke. Der große Wagen war tatsächlich so vollgestopft, daß kaum Platz für den Lenker und die drei Fahrgäste blieb.

Die jungen Leute hatten mittlerweilen das Gefährt erreicht und schrien und lachten wie Kinder, begrüßten Joseph mit freudigen Gesichtern und warfen neugierige Blicke auf Saul. Sie sprangen und tanzten herum und klatschten in die Hände, und Saul, der finster blickende Einsiedler erwartet hatte, mußte sich eingestehen, daß er noch nie eine so fröhliche und ausgelassene Schar beisammen gesehen hatte. Sie stellten Joseph Fragen über Fragen nach seiner Familie, nach seinen und ihren Freunden, und stießen lachend Verwünschungen über die Priester im Tempel aus. In ihrer sprudelnden Laune begannen sich einige zu balgen und Ringkämpfe aufzuführen. Ihre bloßen Füße waren sehnig und nahezu schwarz. Nur wenige trugen Sandalen mit schnurartigen Verzierungen. Sie mochten spindeldürr sein und nichts auf den Rippen haben, aber in ihren Augen leuchteten glühende Begeisterung und ungebrochene Lebensfreude.

Der Nubier sah dem Treiben mit der Nachsicht eines Mannes zu, der um viele Jahre älter war als diese dunkelhäutigen, staubbedeckten jungen Menschen, und ließ sich gelegentlich sogar herab, zu lächeln. Mit gewählter Geste zupfte er dann seinen vielfarbigen seidenen Turban zurecht und ließ seine goldene Halskette um seinen langen, glatten Hals schwingen. Ein barbarischer Kaiser war er unter seinen wilden und fast nackten Untertanen, denen er ein gütiges Lächeln schenkte. Er warnte sie vor den Pferdehufen, was zur Folge hatte, daß sie nur noch munterer in deren gefährliche Nähe tanzten. Die Luft war vom Klang ihrer jungen Stimmen erfüllt. Sie sangen. Sie führten den Nubier an einen Ort hinter den nächsten Hügeln, wo es zu Sauls Überraschung angenehm kühl war und eine Quelle aus dem Boden sprudelte. ‚Der Schatten eines großen Felsens in einem müden Land', dachte er und erfaßte zum ersten Male die volle Bedeutung dieses Bibelwortes.

Nun kam ein Mann hinter dem schattenspendenden Hügel hervor, ein älterer Mann von etwa dreißig Jahren, groß und breitschulterig und unglaublich abgezehrt, der aber dennoch den Eindruck eines immens vitalen Menschen von unbezwingbarer Kraft machte. Sein Bart war schwarz, dicht und lockig, seine Nase erinnerte an den scharfen Schnabel eines Raubvogels, ein leises Lächeln spielte um seinen Mund, und dunkle Augen leuchteten unter struppigen Brauen hervor. Als die Jungen seiner gewahr wurden, traten sie respektvoll zurück. Der Mann streckte Joseph seine Arme entgegen und hob ihn fast aus dem Wagen. Dann umarmten und küßten sich die beiden. Joseph war, wie immer, elegant gekleidet, doch der Mann, den er so liebevoll umschlungen hielt, trug nur ein Ziegenfell um seine Lenden, und seine schweißnasse Haut leuchtete in der Sonne. Sie trennten sich, sahen einander in die Augen, lächelten, umarmten sich von neuem begrüßten sich auf das innigste und schlossen mit einem inbrünstigen: „Höre, Israel, der Herr, unser Gott, der Herr ist Einer."

Die Hand seines Freundes festhaltend, wandte sich Joseph dann Saul zu, der steif aus dem Wagen stieg und mitllerweilen seine Kapuze zurückgeschlagen hatte, um die frische Kühle des Ortes zu genießen.

„Jochanan, mein Bruder, mein Freund, dies ist Saul von Tarschisch, von dem ich dir geschrieben habe, und der es, wie wir, vorzieht, Gott zu gehorchen und zu dienen, und nicht den Menschen."

Saul sah in das Antlitz Jochanans, der von Joseph von Arimathäa als Bruder und Freund begrüßt worden war, und wurde, mit einer Art zurückschaudernder Ehrfurcht, der reinen und schrecklichen Gottesfurcht gewahr, die aus diesen großen, schwarzen Augen strahlte, die sich in sein Herz zu bohren schienen, um es bis auf den Grund zu erforschen und ein unerbittliches Urteil zu sprechen. Es war, als stünde er dem lodernden

Feuer der Sonne gegenüber, vor der sich nichts verbergen läßt. Saul fühlte sich stumm, klein und elend, häßlich und unbedeutend, ein Eindringling.

Dann legte Jochanan seine schmalgliederigen Hände auf Sauls Schultern und lächelte mit fürchterlich prüfendem Blick auf ihn hinab. Seine Augenbrauen zogen sich zusammen. Dann glättete sich seine Stirne, und er sagte mit sanfter, fast mitfühlender Stimme: „Schalom. Ich begrüße den Freund meines Freundes Joseph von Arimathäa. Möge unser Vater, gesegnet sei Sein Name, dir alles gewähren, was Er zu gewähren wünscht. Willkommen, Saul von Tarschisch!“

Als wäre ein entscheidender und äußerst wichtiger Augenblick gekommen und in friedlicher Gewißheit vorbeigegangen, brachen die Jungen in Jubelschreie aus, und Joseph lächelte wie erleichtert. Und auch Saul, benebelt und verwirrt, empfand eine Entspannung und das Schwinden aller Furcht, die ihn eben noch ergriffen hatte und die er sich nicht erklären konnte.

Schnatternd und Luftsprünge machend, holten einige Jungen den Proviant vom Wagen und trugen ihn in eine Höhle, wo sie ihre wenigen Vorräte und ihre geringe Habe aufbewahrten. Jochanan legte einen Arm um Sauls, den anderen um Josephs Schultern, und führte sie in eine andere Höhle, deren Dunkelheit sie nach dem stürmischen Empfang angenehm empfanden. Es war kühl, als ob die Erde dort durch eine Spalte im Boden atmete. Saul glaubte, den leicht fröstelnden Atem zu spüren und seufzte vor Wonne. Die Höhle war groß und beinhaltete ein Strohlager, einen niedrigen Tisch und zwei Bänke. Der Boden war von schwarzen und weißen Ziegenfellen bedeckt, und in einer Ecke lag ein Haufen Schriftrollen. Das war alles. Die beiden Gäste setzten sich, und Saul vernahm mit Vergnügen den tiefen, melodischen Klang von Jochanans männlicher Stimme, als er sagte: „Nochmals meinen Dank, Joseph. Nun können wir ein Fest feiern!“

„Du brauchst es nur zu sagen, Jochanan, und ich beschere dir pünktlich alle sieben Tage so ein ‚Fest‘.“

Jochanan schüttelte sein mächtiges Haupt. Aber er lächelte. „Meine jungen Freunde würden fett werden und sich nach den heimatlichen Fleischtöpfen sehnen. Nur wenige würden zurückbleiben, um Ihn zu preisen und Seine Gebote zu erfüllen und vom Messias zu sprechen.“ Seine Knie schimmerten dunkel im geisterhaften Licht der Höhle, und seine schwarzbehaarte Brust war wie ein lederner Brustpanzer. „Du kennst mich zwar nicht“, sagte er und sah Saul freundlich an, „aber ich kenne dich, Saul von Tarschisch.“ Er machte eine Pause. „Joseph hat mir oft von dir geschrieben.“ Aber Saul hatte das Gefühl, als spräche er unter einer Art Zwang und sagte nicht alles, was er hätte sagen können.

Zwei Jungen mit lebhaften Gesichtern brachten einfaches Tongeschirr und eine große Platte mit dem Käse, dem Brot, dem Obst und dem Fleisch, das Joseph mitgebracht hatte, und irdene Becher mit schäumendem Bier und eine Flasche Wein. Erst jetzt merkte Saul, daß er hungrig war, aber Jochanan und Joseph aßen spärlich, und die zwei Freunde unterhielten sich in leisem Ton über Dinge, die Saul geheimnisvoll anmuteten.

„Ich gehe noch vor dem Vollmond", sagte Jochanan. „Wir werden uns also einige Zeit nicht sehen, Joseph."

„Du folgst dem Ruf?"

„So ist es."

Selbst im Dunkel konnte Saul die Trauer erkennen, die sich nun plötzlich in Josephs Zügen zeichnete. Er hörte ihn seufzen.

„So nimmt also das Drama seinen Anfang", sagte Joseph, faltete die Hände auf dem Tisch und betrachtete sie.

„Und nimmt nie ein Ende", beendete Jochanan den Satz. „Komm, lieber Freund. Würdest du es anders haben wollen?"

Joseph antwortete nicht gleich. Schließlich aber, immer noch in die Betrachtung seiner Hände versunken, erwiderte er: „Was uns von der Ewigkeit bestimmt ist, können wir selbst mit Gebeten nicht ändern. Gewiß, wir sollten uns freuen, daß es uns erlaubt ist, diese Stunde zu erleben. Aber als Sterblicher, der ich bin, erfüllen Schmerz und Sorge meine Seele. Ich wollte tausend Male, und noch zehntausend Male sterben, um ihm ein einziges Weh zu ersparen. Ich würde mich von ihm mit Füßen treten lassen und mich selig preisen. Ich würde mir für ihn die Haut abziehen lassen und frohlocken. Aber das ist nicht meine Bestimmung."

Jochanan berührte Josephs gefaltete Hände. „Nein, das ist nicht deine Bestimmung. Dich erwartet ein anderes Schicksal. Aber freue dich mit mir, daß ich gerufen wurde und gehen muß."

Zu Sauls Überraschung füllten sich Josephs Augen mit Tränen, und er senkte sein Haupt. Von wem sprachen sie? Von welchem ihm unbekannten Propheten, von welchem Heiligen? Und wenn sie von einem solchen wußten, warum durfte er, Saul ben Hillel, nicht zu seinen Füßen sitzen?

Als ob Joseph diese Fragen vernommen hätte, hob er den Kopf und bemühte sich, Saul anzulächeln. „Verzeih uns, Saul, wenn es so scheint, als sprächen wir in Rätseln. Wir dürfen dir noch nichts sagen, aber zur gegebenen Zeit wird Gott dich erleuchten. Das weiß ich von Jochanan."

Saul konnte sich nicht enthalten, zu sagen: „Aber wir sind uns doch erst heute begegnet! Er kennt mich doch gar nicht!"

„Ach", erwiderte Jochanan, „Gott, gesegnet sei Sein Name, hat mir vieles anvertraut. Sei nicht ungeduldig, mein Sohn." Sein strahlendes Antlitz verdunkelte sich einen Augenblick lang. „Ich weiß nicht, wie, aber ich weiß, *daß* Er dich rufen wird. Wende dich nicht ab, wenn du Seine Stimme hörst."

Wieder legte Saul die Stirne in Falten. Er fühlte sich abgekanzelt und wie ein Schuljunge behandelt, er, mit seinen fünfundzwanzig Jahren, von diesem Wilden mit dem plumpen Tonfall eines Galiläers, der gewiß nicht mehr als fünf Jahre älter war.

„Ich habe einflußreiche Freunde", sagte er. „Die Base meines Vaters hat einen römischen Offizier, Aulus Platonius, zum Mann. Sein Sohn Titus Milo ist Hauptmann der prätorianischen Garde in Rom. Ich selbst bin römischer Bürger und im römischen Recht wohl bewandert. Mein Großvater ist ein Freund von Herodes Antipas und Pontius Pilatus. Wenn nun also die Rede von einem Juden ist, der sich in Gefahr befindet oder Verfolgungen erleidet oder von der Todesstrafe bedroht wird, will ich mich gerne für ihn verwenden."

Kaum hatte er diese Worte ausgesprochen, als er schon vor Scham errötete, auch wenn es nur unschuldige Großtuerei gewesen war, zu der ihn seine verletzten Gefühle verleitet hatten.

Die zwei älteren Männer betrachteten ihn mit nachsichtigem Lächeln. Dann sagte Jochanan: „Es gibt keinen, der ihn retten kann, denn er selbst hat dieses Los für sich erwählt."

Saul dachte an die Zeit vor zehn Jahren zurück, als Joseph von Arimathäa viele Menschen vor einem entsetzlichen Kreuzestod und andere vor furchtbaren Leiden bewahrt hatte. So verrauchte sein Zorn — auf sich selbst und die andern. An seine Stelle trat ein verwirrendes Unbehagen. Er trank mehr Wein. Plötzlich entsann er sich des Traumes von dem unbekannten Bauern, der allein am Kreuz gestorben und dessen Leichnam, wie von einem Samenkorn umschlossen, in den Boden versunken war, der in der Folge eine über alle Maßen reiche Ernte hervorgebracht hatte. Sauls Gesicht veränderte sich.

„Ja?" fragte Jochanan in drängendem Ton.

Überrascht starrte Saul ihn an. „Es war nur ein Traum, der mir durch den Kopf ging", antwortete er. „Ich träumte ihn kurz bevor ich von einer fast tödlichen Krankheit befallen wurde, von der ich dieses halb geschlossene Auge zurückbehielt."

„Erzähl uns den Traum", lud ihn Jochanan ein.

Saul fand die Aufforderung absurd. Warum sollten Jochanan, und jetzt auch Joseph, so erpicht darauf sein, einen Traum zu hören, den er vor so langer Zeit gehabt hatte und der nur Vorbote eines schweren Fiebers gewesen war? Oder Folge? Er lächelte verlegen, aber die zwei Männer hielten ihre Blicke gebietend auf ihn gerichtet.

So begann er seine Erzählung und erwartete ein belustigtes Lächeln, ein Achselzucken, verlegene Antworten, vielleicht sogar Gelächter. Aber ihre Gesichter wurden immer ernster und feierlicher, sie begannen Blicke miteinander zu tauschen, rückten näher an ihn heran und wagten kaum zu atmen.

„Ich war von Mutlosigkeit erfüllt", versuchte Saul ihnen zu erklären. „Ich hatte der Hinrichtung von zahlreichen jungen Juden durch die Römer beigewohnt. Tod und Verderben lasteten auf meinem Herzen. Ich war vom Regen durchnäßt und fror erbärmlich. Ich konnte die Erinnerung an diesen jungen Ackersmann nicht loswerden — ein ganz unbedeutender Bursche —, der zwischen den Kreuzen durchgewandert war und, wie es schien, den Sterbenden ihr Los erleichtert hatte. Joseph hat ihn ja auch gesehen." Er warf einen Blick auf Joseph, der zustimmend nickte.

„Ich hatte ihn schon früher einmal gesehen", fuhr Saul fort, „zusammen mit einer Frau, die er als Mutter ansprach. Es war während der hohen Feiertage. Sie nannte ihn Josua. Sein Gesicht verfolgte mich. Ich weiß nicht warum. Er war arm und von niedriger Geburt. Warum ich dann träumen sollte, daß man auch ihn ans Kreuz geschlagen hatte, daß er in die Erde versunken —" Saul verstummte.

Stille umgab ihn. Er hob den Blick und sah die Bewegung in den Mienen seiner Zuhörer. Selbst Jochanans Augen waren von Tränen feucht. Joseph machte eine impulsive Geste, doch Jochanan legte die Hand auf seinen Arm, als wollte er ihn warnen.

„Es war nur ein Traum", sagte Saul mit lahmer Stimme und schämte sich, daß er soviel geredet hatte.

„Das ganze Leben ist nur ein Traum, und ein schrecklicher noch dazu", entgegnete Jochanan. „Aber eines Tages wirst du die Bedeutung dieses Traumes verstehen. Komm jetzt. Die Sonne sinkt, und ihr müßt uns bald verlassen. Ich möchte noch mit meinen Jungen sprechen, denn auch ich muß bald gehen."

Sie traten vor die Höhle. Die Sonne stand im Westen, und obgleich Erde und Berge noch glühten wie im Feuerofen, war die Luft schon etwas kühler. Die Jungen hatten sich versammelt, hockten, kauerten und saßen auf dem Boden und warteten auf ihren Führer. Mit königlicher Würde kletterte Jochanan von einem Hügel auf den andern, bis er wie eine dunkle Statue, wild und gebieterisch, hoch über ihnen stand. Alle Gesichter waren ihm zugewandt.

Wie eine eherne Posaune erscholl seine Stimme:

„Die Stunde ist gekommen, der Ruf ist an mich ergangen und ich muß fort. Ich gehe, um den Weg zu bereiten! Dies wißt ihr, dies wurde euch gesagt, meine Kinder. Ich gehe frohlockend und triumphierend.

„Ihr sollt nicht klagen, daß ich euch verlasse, denn ihr werdet mich wiedersehen. Nur eines fordere ich von euch: eure Gebete. Nur eines bitte ich euch: wartet, denn die letzte Stunde ist nahe."

Er blickte auf die stummen Gesichter hinab, und sein Antlitz wurde weich wie das eines Vaters, und er sprach die Worte Jesaias':

„‚Es wird das Volk, das noch im Dunkel wandelt, ein großes Licht erblicken, und denen, die im Lande der Todesnacht wohnen, wird eine

Sonne leuchten. Denn seiner Bürde Joch, den Stab, den seine Schulter fühlt, den Szepter seiner Dränger zerbrichst Du, wie am Schlachttag Midians. Jeder Schuh des Kriegers im Getümmel, und das Kriegsgewand, gewälzt in Blut, wird verbrannt, und des Feuers Speise werden.'"

Eine ehrfürchtige Scheu schien sich weithin über das trostlose Land auszubreiten und zum Himmel emporzusteigen. Jochanans Antlitz strahlte in Verzückung wie ein gewaltiges Licht.

„'In der Zukunft der Tage wird des Herrn Tempelberg aufrecht stehen auf der Gebirge Gipfel, und hoch über die Hügel ragen; strömen werden dann zu ihm alle Völker; viele Völker werden kommen, und sprechen: Wohlan! laßt uns hinziehen zu des Herrn Berg, zum Hause des Gottes Jakobs; daß Er uns lehre Seine Wege, und wir wandeln auf Seinen Fußsteigen; denn von Zion wird ausgehen das Gesetz, und von Jerusalem das Wort des Herrn. Er wird richten unter den Völkern, und zurechtweisen viele Völker, daß sie ihre Schwerter umschmieden zu Pflügen, und ihre Spieße zu Traubenmessern; nicht mehr wird Volk gegen Volk zükken das Schwert, und nicht mehr lernen den Kriegsdienst.'"

Es war, als hätten Feuer und Flamme seine Wangen berührt, und die Sonne seine Augen, und Jochanan trat vor auf dem Dach der Höhle, hob triumphierend seine Hand und rief:

„'Denn ein Kind ward uns geboren, ein Sohn ward uns geschenkt!'"

Alle weinten, selbst Josef von Arimathäa, doch Saul starrte, in tiefste Verwirrung gestürzt, zu der hell erleuchteten Gestalt Jochanans empor, denn die Veränderung der Zeitform in seinen letzten Worten war ihm unverständlich und rätselhaft. Vielleicht, sagte er sich, ist es nur die eigenartige Form des galiläischen Dialekts, mit dessen Feinheiten ich nicht vertraut bin.

Ein hehres Bild aus gebräunter Bronze, stand Jochanan unter dem sich plötzlich purpurn färbenden Himmel. Er hob sein Antlitz und versank in inbrünstiges Gebet und sprach nicht mehr.

Joseph berührte Saul am Arm. „Es ist Zeit, daß wir gehen", sagte er, „denn es wird bald dunkel sein, und Räuber lauern des Nachts in der Wüste."

Während sie alle Vorbereitungen zur Abreise trafen, stand Jochanan immer noch, eingeschlossen in zeitlose Ekstase, mit verklärtem Antlitz, und auch seine Jünger standen reglos und blickten zu ihm empor, ohne ihrer Gäste zu achten. Zuletzt hörte Saul sie noch in einen gewaltigen Ruf ausbrechen:

„Höre, Israel! Der Herr, unser Gott, der Herr ist Einer!"

Der Wagen rollte in schneller Fahrt nach Jerusalem zurück. Lange Zeit saß Saul schweigend da. „Ich begreife diesen sonderbaren Mann nicht", sagte er schließlich. „Ich weiß nicht, wovon er redet. Er sprach die Worte Jesaias'. Trotzdem —"

Joseph antwortete ihm, und Saul konnte kaum glauben, daß er ihn richtig verstand:

„Schon im Mutterleib wußte er, daß diese Stunde kommen würde. Wie Sarah war Elisabeth über die Zeit der Fruchtbarkeit hinaus und stand in hohem Alter, als sie ihn gebar. Sein Vater, Zacharias, war ein alter Priester, der im Tempel von einem Engel die Botschaft erhielt, daß seine Frau ihm einen Sohn schenken würde. Er glaubte ihm nicht, denn Elisabeth war hochbetagt und runzelig, und ihr Haar weiß wie eine Taube. Weil er nicht glaubte, wurde er mit Stummheit geschlagen. Aber es geschah, daß Elisabeth niederkam, und das lebhafte Kind wurde Jochanan genannt. Als die Männer kamen, um Zacharias' Bart zu küssen, wurde ihm die Sprache wiedergeschenkt, und er pries den Namen des Herrn. Ich kenne die Worte, mit denen er seiner großen Freude Ausdruck gab, aber ich kann sie nicht wiederholen. Ich beschwöre dich, Saul, frage nicht weiter. Die Zeit dafür ist noch nicht gekommen."

Er zog die Kapuze über das Gesicht, und der erstaunte Saul merkte, daß er weinte. Aber er wußte nicht, warum er weinte. Mit wachsenden Zweifeln sann Saul über alles nach, was er an diesem Tag gesehen und gehört hatte, und am Ende schien ihm alles ein Traum, in einer verbrannten Wüste geboren, Jochanan ein Wahnsinniger, und der kultivierte Joseph von Arimathäa das irregeführte Opfer eines wilden Geschöpfes der Wüste, das Zauber trieb und höchstwahrscheinlich den Teufel im Leib hatte.

XVII

„Ich weiß eine Geschichte", sagte Hillel ben Borusch zu seinem alten und schon recht hinfälligen Freund Reb Isaac.

„Gibt es denn einen Juden, der keine Geschichte weiß?" fragte der alte Rabbi und zuckte die Achseln. Doch sein Blick war gütiger als seine Worte. Er war von Hillels Aussehen sehr beunruhigt. Hillel war über seine siebenundfünfzig Jahre hinaus gealtert. Er war hager und ging gebückt, und sein weißer Bart schimmerte silbern, so daß er einem Propheten glich. Sie saßen in Reb Isaacs Bibliothek, ein kalter Wind brauste von den roten Bergen herab, der Garten welkte, und der Winter hielt Einzug im Land. Hier war es warm, denn des Rabbis alte Knochen verlangten nach Wärme. Zwei Kohlenbecken standen auf dem Steinboden, und eine Pelzdecke lag auf seinen Knien. Die wollenen Vorhänge vor den Fenstern schützten vor Zug.

„Ich weiß eine Geschichte", wiederholte Hillel, als habe er den Rabbi nicht gehört. „Vier Männer besuchten ein großes Fest, zu dem man sie eingeladen hatte. Einer kam ungern, doch da der König ihn gerufen hatte, konnte er nicht ablehnen. Er verspürte wenig Appetit für die schweren und gewürzten Speisen und den Wein, und wäre mit Brot, Käse und Milch zufrieden gewesen, war er doch ein Mann, dessen Lebenssäfte schon langsamer flossen. Der zweite Mann aß herzhaft, doch er war gröbere geistige Kost gewohnt. Er war nicht sehr intelligent und fand daher wenig Gefallen an den gelehrten Tischgesprächen. Er fühlte sich gelangweilt und dachte mit Sehnsucht an seine Tanzmädchen. Er gähnte, weil er ringsum nichts sah, was ihn interessiert hätte. Der dritte Mann ließ es sich schmekken, denn die Speisen waren köstlich und der Wein berauschend, und er bedauerte, daß das Fest einmal zu Ende gehen würde. Der Gedanke, daß alles Schöne vergänglich war, stimmte ihn traurig.

„Der vierte Mann war seinem königlichen Gastgeber dankbar und sehr froh, daß man ihn zu dem Fest geladen hatte, denn alles um ihn her war Musik und Herrlichkeit, und prächtige Bilder bewegten seine Seele. Fleisch und Früchte, Brote und Wein gingen lieblich und sanft über seine Zunge. Die Gespräche befeuerten seine Phantasie und er nahm mit großem Vergnügen daran teil. Er fühlte sich dem Gastgeber in immer innigerer Dankbarkeit verbunden. Die aufmerksamsten Freunde waren eifrig auf sein leibliches und geistiges Wohl bedacht, und das Herz ging ihm auf.

„Nun“, fuhr Hillel fort, während er dem alten Rabbi einen verstohlenen Blick zuwarf, „der erste Mann, der keinen großen Appetit auf das gute Essen verspürt und es auch nicht als solches eingeschätzt hatte, entschloß sich, den Hausherrn zu bitten, sich zurückziehen zu dürfen. Der König war traurig, aber er gestattete es ihm. Der zweite Mann hatte bis zum Überdruß gegessen und getrunken. Er gähnte aus Langeweile. Musik bedeutete ihm nichts, er hatte sie gar nicht gehört und empfand jetzt nur einen einzigen Wunsch: zu schlafen. Auch er bat, gehen zu dürfen, und der König willigte bekümmert ein. Der dritte Mann wollte noch verweilen. Immer noch hoffte, er, daß das Fest nicht zu Ende gehen würde, immer noch erblickte er neue Köstlichkeiten auf den Schüsseln, die die Diener ihm reichten, aber auf seinen Zügen malte sich Erschöpfung, und seine Hände begannen vor Müdigkeit zu zittern. Er ließ seine Blicke umherschweifen, als fürchte er, den Morgen heraufziehen zu sehen. Der König bemerkte das, seufzte und sagte zu ihm: ‚Mein Freund, es ist spät geworden. Du mußt gehen.‘ Der Gast versuchte, zu widersprechen, doch der König beharrte mit sanftem Drängen auf seiner Entscheidung, er müsse sich erheben und heimgehen. Weinend und kraftlos tat er, wie ihm geheißen.

„Den vierten Mann aber hatte ganz plötzlich ein Gefühl der Reue und der Leere ergriffen. Ihm lag nichts mehr an der Musik, am Lächeln seiner Freunde, und er wünschte nur mehr, sich an einem dunklen, stillen Ort niederlassen und alles vergessen zu können. Ihm ekelte vor den Speisen und vor dem Wein. Der Appetit darauf war ihm vergangen, und er wußte nicht warum. Er fühlte sich unbeschreiblich einsam, hilflos und verwaist, so als ob alle ihn verlassen hätten, und es gab nichts, rein gar nichts auf dieser Welt, wonach er Verlangen getragen hätte. Ein brennender Schmerz drückte ihm schier das Herz ab. Es ging über seine Kräfte, noch länger auf dem Diwan sitzen zu bleiben — es verschlug ihm die Rede. ‚Ich bin übersättigt', sagte er sich. ‚Ich habe genug. Ich kann es nicht länger ertragen.' Der Wein ätzte seine Zunge wie Lauge. Die Stimmen seiner Freunde gellten ihm in den Ohren. ‚Ich begehre nichts mehr', dachte er und fragte sich, ob ihn der König wohl für unhöflich halten würde, wenn er ihn bäte, sich zurückziehen zu dürfen. Die Welt um ihn hatte alle Farbe, Herrlichkeit und Bedeutung verloren.

„Da ließ der König seinen Blick auf ihn fallen und sagte: ‚Deine drei Freunde sind gegangen. Wünschest auch du, dich zu verabschieden?'"

Hillel verstummte. Sein abgehärmtes Gesicht war aschfahl und die Backenknochen traten spitz durch den Bart hervor.

Der Rabbi betrachtete ihn sinnend. „Ich glaube, ich verstehe die Geschichte", sagte er. „Der König hatte seine Untertanen zu einem Fest geladen und erfreute sich ihrer Gesellschaft. Der eine aber hatte nichts in seiner Seele, um diese Freude zu erwidern. Vielleicht hatte ihn ein dumpfes Leben abgestumpft und ihn der Fähigkeit beraubt, die Herrlichkeit dieser Welt zu sehen und zu genießen. Darum verließ er das Fest schon früh. Der zweite hatte sich zu bald übersättigt, zu viele Speisen zu schnell verschlungen, und als er nicht weiteressen konnte, blieb er nicht ruhig sitzen, um die Schönheiten des Abends auf sich einwirken zu lassen, denn er war nie ein Mensch gewesen, der nach Höherem strebte. Wenn man einmal angefressen ist, kann man gehen, dachte er. Da er nur die Genüsse des Körpers und nicht die des Verstandes kannte, war er für eine von Geist sprühende Unterhaltung taub. Wozu hätte er also verweilen sollen?

„Der dritte Mann fürchtete das Ende seines Vergnügens, denn er hatte unbesonnen gelebt und schwelgte jetzt an der königlichen Tafel. Er konnte nicht genug bekommen vom Leben und klammerte sich verzweifelt an sein Dasein, obwohl er lahmte und dringend der Ruhe bedurfte. Er fürchtete den Morgen, denn der Morgen würde das Ende des Festes bringen, und er glaubte, von einem neuen Tag nichts mehr erwarten zu können. Darum weinte er, als ihm der König mitfühlend nahelegte, sich zu verabschieden, denn wohin sollte er sich jetzt wenden, in welches Bett und in welche Stille zurückkehren, er, ein Mann, der Ruhe und Stille verabscheute?"

„Ja", bestätigte Hillel mit sehr leiser Stimme.

Der Rabbi heftete seine alten, aber noch scharfen Augen auf ihn. „Und der vierte war dem König dankbar für die Einladung und genoß das Fest in vollen Zügen. Er war von all den Köstlichkeiten, die sich seinen Sinnen darboten, bezaubert. Er fand alles herrlich, und seine Dankbarkeit nahm zu. In seinem Inneren pries er die Güte des Königs über alle Maßen. Doch dann kam ein Schatten über ihn und quälende Sorge, und alles verblaßte vor seinen Augen. Zwar war ihm nun alles Schatten und Bürde und bittere Galle, aber er wollte nicht undankbar erscheinen, und darum widerstrebte es ihm, den König zu bitten, ihn ziehen zu lassen. Aber der König fragte ihn bloß: ‚Wünschest auch du, dich zu verabschieden?'"

„Ja", sagte Hillel und ließ den Kopf sinken, als ob er seine Tränen verbergen wollte.

Der Rabbi überlegte angestrengt. „Wie sollte deiner Meinung nach die Antwort des Gastes lauten?"

„Ich weiß es nicht", flüsterte Hillel. „Aber der Gast glaubte fest, daß er nicht länger bleiben könne, und hoffte in seinem Herzen, daß der König zu ihm sagen würde ‚Geh in Frieden'."

„Nehmen wir einmal an", sagte Reb Isaac, von tiefem Mitgefühl erfüllt, „der König würde zu seinem Gast so sprechen: ‚Deine Gesellschaft ist mir angenehm, und ich möchte, daß du noch länger an dieser Festlichkeit teilnimmst. Darum tu mir den Gefallen und bitte mich nicht, dich gehen zu lassen. Ich weiß, daß du todmüde bist. Ich kenne die Schmerzen, die an deiner Seele nagen, und ich bin der einzige, der sie kennt. Doch ich habe dich hierher gebeten, und ich weiß, warum ich dich hierher gebeten habe; also bleibe.'"

Hillel blieb stumm. Der Rabbi strich sich den Bart.

„Der große König", fuhr er fort, „weiß, warum Er Seine Kinder zum Fest geladen hat. Er war traurig, als das erste — aus eigenem Verschulden — keinen Geschmack daran fand, und grämte sich, daß das zweite nur hinunterzuschlingen wußte und dann krassen Undank zeigte, indem es nichts weiter begehrte, nicht einmal Seine Gesellschaft. Das dritte kannte kein Maß und verweilte zu lange, denn es hatte Angst, weil es immer nachgiebig gegen sich selbst gewesen war. Es hatte nur dem Vergnügen gelebt, aber sein Vergnügen war das eines Tieres, nicht das eines Menschen gewesen. Darum schickte es der König aus Mitleid mit seinem Schicksal fort.

„Was nun den vierten Gast angeht", sagte der Rabbi in feierlichem Ton, „ist es der Wunsch des Königs, er möge bleiben und ihm noch eine Weile Gesellschaft leisten. Der König nötigt ihn nicht. Er fragt nur. Verlangt Er zuviel von seinem Gast, wenn Er ihn ersucht, zu warten, bis Er die Gnade hat, ihn gehen zu lassen?"

Hillel fuhr auf. „Es ist nur eine Geschichte", murmelte er, und seine Augen waren Abgründe grenzenlosen Leidens. „Es war ein Gleichnis."

Reb Isaac schüttelte den Kopf. „Ich kenne alle Geschichten und alle Gleichnisse aus Menschenmund. Dieses kenne ich nicht."

„Warum läßt der König diesen letzten Mann nicht in Barmherzigkeit gehen?" fragte Hillel.

„Vielleicht gerade weil Er barmherzig ist. Er ist der König. Er hat zum Fest geladen. Er hat seine Gründe."

„Die ich nicht begreife."

Der Rabbi seufzte. „Du lebst schon so lange und hast noch nicht entdeckt, daß es für den Menschen unmöglich ist, Gott zu verstehen?"

„In meinem Hause ist keiner", sagte Hillel, als ob er Reb Isaacs Frage nicht gehört hätte, „keiner, der mich erwartet. Und sprich mir nicht von Menschen", fuhr er in plötzlicher Erregung fort, „die noch weniger haben und noch mehr leiden, von Obdachlosen, Todkranken und Verlorenen und all den anderen Unglücklichen, deren Zahl Legion ist! Sie haben ihre eigenen Qualen, und wenn sie noch länger auf dem Fest verweilen wollen, ist das ihre Sache! Ich weiß nur, daß ich es verlassen will und nicht länger darauf warten kann, entlassen zu werden!" Er preßte die Hände zusammen. „Ich kann nicht länger warten!"

„Weil keiner dich braucht, keiner dich liebt, keiner dich ins Herz geschlossen hat?"

Hillel wandte sich ab. „Ich weiß nicht, ob es das ist. Stelle mir bitte keine Fragen mehr, mein Freund. Aber das Eine will ich dir sagen: ich habe mein Herz nie leichtfertig verschenkt, und wenn ich es gab, wurde es verschmäht. Es war ein Verrat an meiner Seele." Er stand auf. „Gott hat mich verlassen. Du magst von Festen sprechen und vom Ersuchen des Königs, ich solle bleiben, aber ich bin ganz sicher, daß es so ist. Er hat mich nicht aufgefordert. Er hat sich bereits zurückgezogen, und auf dem Tisch sehe ich nur mehr kalte Tunken, abgestandenen Wein und von Mäusen angenagtes Brot. Ich kann nicht länger verweilen."

Der Rabbi verstand das, denn es war eine alte Geschichte, und er ein alter Mann, doch die Verschlingungen menschlichen Leidens bewegten ihn immer wieder aufs neue. Zumeist genügte es, wenn er ein ernstes Gesicht aufsetzte und sich als kritischer Mahner gebärdete. „Ein Mann", sagte er, „der — das Fest — verläßt, bevor der König es ihm gestattet, stürzt jene in Schande und Verzweiflung, die ihn lieben, denn sie machen sich nachher Vorwürfe, fragen sich, was sie getan oder nicht getan, welche Sünde sie begangen, welche zärtlichen Gefühle sie nicht in genügendem Maß erwidert, welcher scheinbaren Gleichgültigkeit oder Verabsäumung sie sich schuldig gemacht haben, die den Betroffenen bewogen, sich stumm von ihnen abzuwenden und in die ewige Finsternis einzugehen. Welche mitfühlende Seele könnte das Leid derer, die sie zurückläßt, ertragen? Und es wäre fürwahr ein ungeheures Leid."

„Du verstehst mich immer noch nicht, Reb Isaac", entgegnete Hillel, der halb abgekehrt etwas abseits stand. Seine Haltung war die eines Mannes, der zu geschwächt ist, um eine Last noch weiter zu tragen. „Ich bin nicht imstande, mich dazu aufzuraffen, irgendein Gefühl zu empfinden. Ich weiß nur, daß mich schon der bloße Gedanke an den kommenden Morgen, den kommenden Mittag, den kommenden Abend quält und peinigt. Es ist mir zu viel geworden, mich zu waschen, zu atmen, zu essen, zu trinken, Kleider und Schuhe anzulegen, zu sprechen, Weisungen zu erteilen, die einfachsten Dinge zu entscheiden, zu lächeln, wenn ein Lächeln von mir erwartet wird — oder auch nur in dem Bewußtsein einzuschlafen, daß ich wieder erwachen werde. Selbst das Gewohnte tue ich nicht mehr ohne nachzudenken, und auch die alltäglichsten Handlungen erfordern eine Anstrengung von mir, der ich nicht mehr gewachsen bin."

Er wandte sich seinem Freund zu, und der Anblick seines hageren, von tiefen Furchen durchzogenen Antlitzes ließ den alten Rabbi erschauern.

„Sprich mir nicht davon, daß ich den König beleidige, daß ich meiner Zuflucht im Jenseits verlustig gehe und mit ewiger Verdammnis büßen werde. Ich habe meinen Glauben verloren. Ich habe verloren, was mein Leben erhellte. Ich habe es schon vor vielen Jahren verloren. Daß ich der Liebe vertraute, habe ich nur meiner eigenen Schwäche vorzuwerfen. Aber vielleicht ist es gar nicht das. Ich hatte einmal eine Hoffnung."

„Und?"

Hillel breitete stumm die Arme aus. Nach einer kleinen Weile fuhr er fort. „Ich habe keine Hoffnung mehr. Es war von Anfang an nur ein Traum. Ich habe dir von dem Stern erzählt, den mein angeheirateter Vetter, Hannah bas Judahs Mann, in einer Winternacht, wenige Jahre vor der Geburt meines Sohnes, über Bethlehem erblickte. Ich hatte Träume. Ich träumte, der Stern hätte die Geburt des Messias angekündigt, doch es war nicht so. Nun wäre Er schon an die dreißig, und in dem kleinen Land müßte es Menschen geben, die Ihn kennen, und ganz gewiß würde Er mittlerweile Seine Stadt, Jerusalem, besucht haben. Doch Saul schreibt nichts davon und scheint sich über meine Fragen zu wundern. Meine Freunde, Rabban Gamaliel und Joseph von Arimathäa, würden es bestimmt wissen, wenn Er unter ihnen weilte. Aber sie sagten nichts und lächelten nur so seltsam, als ich in Jerusalem mit ihnen darüber sprach. Ich fürchte, sie halten mich für einen Narren, und da mögen sie wohl recht haben. Der Gedanke an den Messias hat mir über viel Leid und Einsamkeit hinweggeholfen, doch die Stütze, die er mir bot, war trügerisch, und das Brot, das ich aß, voll Luft; das Wasser, das ich trank, war salzig und konnte meinen Durst nicht stillen."

„Du bist nicht der einzige, dessen Seele nach dem säumigen Messias verlangt, gesegnet sei Sein Name", erwiderte der Rabbi stirnrunzelnd. „Als ich jünger war, zweifelte ich nicht daran, daß Er noch zu meinen Lebzeiten kommen würde. Ich gebe zu, ich bin enttäuscht. Aber ich weiß, daß Er kommen wird — wenn nicht morgen, so an einem andern Tag. Er wird ganz gewiß kommen!"

„Steht nicht geschrieben, daß ausgesetzte Hoffnungen das Herz abdrücken?“ fragte Hillel mit der erlöschenden Stimme eines Sterbenden. „Aber nun will ich gar nicht mehr hoffen. Es macht mir nichts mehr aus.“

Er verließ seinen alten Freund ohne Gruß. In ein Netz quälender Gedanken verstrickt, saß der alte Rabbi lange Zeit in seinem Sessel. Alle Menschen verzweifeln, sagte er sich. Es gibt keinen intelligenten Menschen, der nicht irgendeinmal, wie Hiob, den Tag verflucht, an dem er geboren wurde, und den Tod herbeisehnt. Aber er hält trotzdem stand. Es wäre möglich, daß Hillel an einem körperlichen Leiden siecht, das ihm, ohne daß er es selbst empfindet, alle Hoffnung nimmt. Ich muß seine Freunde zu Rate ziehen.

Und nun erinnerte sich der Rabbi plötzlich, daß Hillels Freunde sich des öfteren bei ihm beklagten, sie bekämen Hillel immer seltener zu Gesicht, und wenn sie ihm begegneten, zeigten sie sich von seinem teilnahmslosen, abweisenden Wesen beunruhigt. Man hatte ihn schon lange nicht mehr in der Synagoge gesehen. Er nahm keine Einladungen an. Die Vorsteher der jüdischen Gemeinde gaben an, daß die Zehnten pünktlich und großzügig wie immer einliefen. Aber sie sahen nie den Spender, immer nur seine Boten. „Allmächtiger!“ sagte er laut. „Da stirbt nun ein Mann vor unseren Augen an Sehnsucht und Verzweiflung, und wir merken es nicht! Wie blind wir doch sind! Es hätte mir doch auffallen müssen, daß nie jemand im Hause war, wenn ich ihn besuchte — wo sich früher seine Freunde drängten! Nur dieser Gauner von einem Griechen leistete ihm Gesellschaft, sein früherer Sklave, wie hieß er doch — Aristo? Aristo. Er ist ein reicher Mann geworden, wie ich hörte, und liefert seine Bodenprodukte weithin — dank Hillel, der ihn freigelassen und, wie das Gesetz es vorsieht, entschädigt hat. Ich muß ihm schreiben und seinen Beistand erbitten.“

Es verdroß den stolzen alten Mann, daß er einem früheren Sklaven, noch dazu einem Heiden, schreiben und ihn um Hilfe angehen sollte, um den Angehörigen einer vornehmen jüdischen Familie zu retten. Aber er schrieb den Brief sofort und ließ ihn durch einen Diener überbringen. Dann saß er da, grübelte, betete, füllte Wein in einen Becher und verzog das Gesicht beim Trinken — dabei war es ein ausgezeichneter Wein. Er zerstreute seine Zweifel mit dem Gedanken, daß Hillel viel zu fromm war, um Hand an sich zu legen . . . Ein körperliches Leiden war an seinem Zustand schuld. Oder waren es die Wechseljahre? Als die Sonne sank, fand er seine Ruhe wieder, denn er gelangte zu der Überzeugung, daß auch der verzweifeltste Mensch im Grunde seines Herzens empfindsam war und vor dem Tod zurückschreckte. Er ließ sich das Abendessen gut schmecken.

Aristo wandelte in seinen blühenden und ausgedehnten Olivenhainen, als ihm ein Sklave — er besaß jetzt vierzehn — Reb Isaacs Schreiben überbrachte. Er las es mit Verwunderung, während er in der Kühle des frühen Herbstabends stand. Es war ein merkwürdiger Brief. Der Rabbi hatte steif und förmlich und ziemlich unklar geschrieben. Hillel ben Borusch befand sich in trauriger Verfassung, Schwermut verdunkelte seine Sinne, ein Schatten war auf seine Seele gefallen.

Als ob ich das nicht wüßte! dachte Aristo.

Der Rabbi schrieb weiter, es würde ihn freuen — „Ha!" machte der Grieche laut und verzog den Mund zu einer Grimasse —, wenn Aristo sich noch an diesem Abend ins Haus des edlen Hillel ben Borusch begeben könnte, um mit ihm zu plaudern und ihn aufzuheitern.

Der Brief war der erste Hinweis, daß Reb Isaac Aristo zur Kenntnis nahm, denn nie vordem hatte er ihn eines Wortes oder auch nur eines Grußes gewürdigt. Wie muß er sich gewunden haben, bevor er sich dazu aufraffte, diesen Brief zu schreiben! dachte Aristo und schmunzelte belustigt. Er sah den alten Mann vor sich, wie er ächzend an einen früheren Sklaven schrieb — und so bestätigen mußte, daß er ihm hin und wieder aufgefallen war — und schmunzelte noch breiter. Dann aber erstarb sein Lächeln. Er setzte sich ins trockene Gras, starrte gedankenverloren auf die Schafe, die in ihrer ewigen Symbiose mit den Olivenbäumen durch die Haine wanderten, und überlegte.

Bei den Griechen galt der Tod auf Verlangen oder nach eigenem Willen weder als schändlich noch als verbrecherisch. Ebensowenig bei den Römern, bei den Ägyptern oder irgendeinem anderen vernünftigen Volk. Wenn ein Mensch vom Leben genug hatte, wenn er es unerträglich fand oder gemein, hatten seine Familie und seine Freunde volles Verständnis für seine Tat. Gewiß, sie betrauerten ihn, aber gleichzeitig betrachteten sie sein Hinscheiden als eine Erlösung von all dem, was ihn über das erträgliche Maß hinaus gequält hatte. Nur seelenlose Tiere erduldeten das Leben, klammerten sich daran, auch wenn es ihnen noch so übel mitspielte. Und natürlich die Juden. Aristo schüttelte den Kopf. Wer konnte die Juden verstehen? Das Leben war ihnen heilig, sogar ihr eigenes, auch wenn sie noch so sehr darunter litten. Aber das Leben *war* nicht heilig, außer es entsprang einem freien Entschluß und ließ sich so friedlich und angenehm wie nur irgend möglich zubringen. Aristoteles selbst hatte die Grenzen dessen gezogen, was einem intelligenten Menschen an Leiden zugemutet werden konnte.

Hillel ben Borusch hatte seine Grenzen gezogen. Sollte einem andern, selbst einem Freund, der ihn um seiner Tugenden willen schätzte, gestattet sein, ihn eines Besseren zu belehren? Der Gedanke allein war eine Unverschämtheit, eine Beleidigung, eine Aufdringlichkeit, ein Verbrechen. Jeder Mensch kannte sein eigenes Herz, kannte das Ausmaß der Leiden, die er zu ertragen fähig war, und war Herr seiner Entschlüsse, und nur ein ungebildeter Barbar würde versuchen, ihn von diesen Entschlüssen abzubringen.

Dann dachte Aristo an Saul, seinen Schüler. Er schürzte die Lippen und runzelte die Stirne. Saul war Jude, und die Gedankengänge der Juden waren sonderbar und unverständlich. Saul würde weder mit Aristoteles noch mit seinem alten Erzieher einer Meinung sein. Er hegte die aufrichtigste Zuneigung für seinen Vater — den er nie verstanden hatte. Warum können sie ihn nicht in Frieden gehen lassen und ihm wünschen, daß er einen sicheren Hafen erreichen möge? fragte sich Aristo und strich sich mit den schlanken Händen über sein borstiges Haar, das jetzt grau war wie Asche. Dann rieb er sich seine knochigen Knie, schüttelte das Gras aus seinem Gewand und erhob sich. Der große, gelenkige Mann hatte seine jugendliche Geschmeidigkeit nicht verloren, obwohl er älter als Hillel war. Seine ruhelosen schwarzen Augen waren immer noch klar und glänzend. Gedankenvoll kniff er sie jetzt zusammen, warf sich den Umhang über die Schultern und machte sich zu Fuß auf den Weg zum Hause des Hillel ben Borusch.

Die Sonne versank in goldenem Schein, drohend wie immer überragten die roten Berge das breite, fruchtbare Tal, und glitzernd wälzte der Strom seine Fluten dahin. Aristo schritt zügig aus. Er wußte seit einigen Jahren, daß Hillel ein körperliches oder seelisches Leiden erduldete, doch seine Feinfühligkeit verwehrte es dem Griechen, taktlose Fragen zu stellen. Dessen ungeachtet hatte er ihn oft besucht und ihm frisches Obst aus dem eigenen Garten, Zuckerwerk, in Öl getauchte, mit Knoblauch und Pfeffer gewürzte Oliven und andere griechische Delikatessen mitgebracht, die Hillel allem Anschein nach trefflich mundeten. Worüber hatten sie an diesen langen Abenden geplaudert? Über Hillels Kinder, das Wetter, ein neu entdecktes Werk Philons. Manchmal hatten sie auch obskure philosophische Gedanken gewälzt. In letzter Zeit allerdings verfiel Hillel häufig in tiefes Schweigen. Dann empfahl sich Aristo, ohne daß Hillel dessen gewahr wurde.

Aristo erreichte das Haus Hillels und erfuhr vom Haushofmeister, daß der Herr sich noch im Garten befand. Aristo entschloß sich, ihn dort zu suchen. Ein rosiges Licht durchflutete die Anlagen, und von den Bäumen her kam ein würziger, herbstlicher Duft. Die roten Kieswege waren sauber wie immer, die Springbrunnen sangen ihre monotonen kleinen Liedchen, die weißen Statuen posierten anmutig zwischen spät blühenden Büschen, und schwarz hob sich die Brücke über den Teich mit ihrem reichen Schmuck von Drachen und Schlangen gegen den von goldenem Licht übergossenen Abendhimmel ab.

Aristo kniff die Augen zusammen und ließ seine Blicke umherschweifen: über die leeren Marmorbänke, die Brücke, die sich in der grünen Regungslosigkeit des Teiches spiegelte, über die schwarzen Schwäne, die lächerlichen chinesischen Enten, die weißen Schwäne und die Pfaue, die ihre argusäugigen Räder schlugen. Es war niemand zu sehen, und Aristo hatte den Eindruck, als ob Hillel gar nicht da wäre, denn die Stille wurde von keinem Geräusch, keiner Bewegung, keinem Grußwort unterbrochen. Der Grieche wartete. „Herr!" rief er. „Herr?" Seine Stimme blieb ohne Echo.

Aristo zögerte. Dann ging er tiefer in den Garten hinein. Von Hillel war nichts zu sehen. Er kam an die Brücke, stieg hinauf, blieb stehen. Er lehnte sich über die niedrige Brüstung. Er blickte in das stille, grüne Wasser hinab. Nicht einmal die Schwäne störten die Ruhe.

Aristo zuckte ein wenig zusammen. Aber er ließ seinen Blick weiter auf dem Wasser verweilen, das hier mehr als mannstief war und im letzten Licht des Tages glitzerte. Aristo blieb lange stehen, sah hinab und bewegte sich nicht.

„Gehe in Frieden, guter Herr", sagte er dann mit sanfter Stimme. „Möge dein Gott dich wohlwollender empfangen, als ich es zu hoffen wage, und möge Er eingedenk sein, daß kein Mann tugendhafter, treuer, gütiger und gerechter war als du. Mögest du auf den Inseln der Seligkeit, deren du würdig bist, all das finden, was du auf Erden nicht gefunden hast. Leb wohl."

XVIII

„Nein, Herr, diesen Brief kannst du nicht abschicken", sagte Aristo zu Reb Isaac, der ihn zu sich gebeten hatte. „Saul ben Hillel ist ein Mann von sehr empfindsamem Gemüt. Dein Brief könnte ihn seelisch vernichten, und das darf nicht geschehen."

Denn Reb Isaac hatte in seinem Schmerz, geplagt von Gewissensbissen und der quälenden Sorge um Hillel ben Boruschs Schicksal in der Ewigkeit, sobald er von einem strengen Gott für seine sündhafte Tat zur Rechenschaft gezogen worden war, einen Brief geschrieben, den er, hätte ihn ein anderer verfaßt, sicherlich gerügt haben würde. Er warf Saul darin Gefühllosigkeit und Mißachtung des besten und gütigsten aller Väter vor, der sich nun das Leben genommen habe — eine Anklage gegen seine gedankenlosen und selbstsüchtigen Kinder. Kindern, die ihre Eltern liebten und ihnen diese Liebe offenbarten, blieb solches Leid erspart. Doch Eltern, die einsam und verlassen in einem leeren Haus verweilen mußten, waren seelischen und geistigen Qualen ausgesetzt, die sie zu dieser unverzeihlichen Tat trieben. Das Unverzeihliche daran aber lastete für ewige Zeiten auf den pflichtvergessenen Kindern. Wer, so fragte Reb Isaac mit leidenschaftlicher Erbitterung in seinem Schreiben, hatte einen würdigeren Vater besessen als Saul ben Hillel? Nie hatte sich dieser Vater über die Gleichgültigkeit, mit der seine Kinder ihm begegneten, beklagt. Nein, dazu war er zu edel. Er hatte stumm gelitten. Reb Isaac häufte nicht gerade Flüche auf Sauls Haupt, aber die Absicht war unverkennbar. Das Pergament war feucht von den Tränen des alten Mannes.

„Der Brief ist ungerecht", sagte Aristo zu Reb Isaac, dessen Augen gerötet und geschwollen waren. „Saul liebte seinen Vater, und das gleiche gilt für Sapphira. Ich kannte sie beide gut. Und ich kannte auch Hillel ben Borusch gut, besser als viele seiner — Freunde. Ich ahnte seit langem, was er vorhatte."

Reb Isaacs schwarze Augen funkelten erregt. „Und du hast nicht versucht, ihn zu überzeugen, daß er am Leben bleiben muß, du, der du mehr Grund hast, ihn zu verehren, und ihm mehr Dankbarkeit schuldest als jeder andere?"

„Aus eben diesen Gründen habe ich es nicht versucht", erwiderte Aristo. „In diesem Punkt werden wir nie einer Meinung sein, Herr. Dazu sind unsere Lebensauffassungen zu verschieden. Was ich verstehe, kannst du nicht verstehen. Was für dich ein Frevel an deinem Gott ist, ist für mich kein Frevel. Und auch nicht für Millionen anderer Menschen. Wir haben nicht darum gebeten, geboren zu werden. Aber den Zeitpunkt unseres Todes können wir bestimmen, denn jeder von uns hat seine Würde. Du glaubst an ein Leben nach dem Tode. Ich nicht, auch wenn ich meinem früheren Herrn ewige Seligkeit wünsche. Man soll den Tod nicht fürchten, hat Sokrates gesagt, denn wenn er nur ein endloser Schlaf ist, nun, ist der Schlaf nicht süß? Und wenn es ein Leben nach dem Tod gibt, es kann nicht schlimmer sein als dieses Leben. Habe Erbarmen! Schicke diesen Brief nicht an Saul und Sapphira. Ich will selbst zu Saul fahren und ihm sagen —"

„Was?" rief der Rabbi aus, während er sich frische Tränen aus den Augen wischte.

„Daß sein Vater schon seit geraumer Zeit krank war. Du wirst zugeben, daß das wahr ist. Er wollte seinen Kindern keinen Kummer und keine Sorgen bereiten und beschloß daher, sie nicht davon zu unterrichten. Auch das ist wahr, obwohl du jetzt den Kopf schüttelst. Und als er so eines Abends ruhig auf der Brücke stand, überkam ihn ein letztes Frösteln, ein letzter Schwindel, eine letzte Ohnmacht, und er stürzte ins Wasser. Als man ihn dann aus dem Teich hob, war sein Antlitz still und friedlich — und das war es wirklich. Also wußte er nicht, daß er starb, und mußte nicht kämpfen. Wir können annehmen, werde ich Saul sagen, daß er möglicherweise schon tot war, als er ins Wasser stürzte.

Ich beschwöre dich, schüttle nicht immerfort den Kopf. Denn auch *das* ist wahr: daß Hillel schon lange tot war, lange vor diesem letzten Abend in der Stille seines Gartens."

„Sophistereien", bekrittelte der Rabbi. „Ihr Griechen seid voll von Sophistereien."

„Ich ziehe eine Sophisterei einer grausamen Wahrheit vor", entgegnete Aristo mit leisem Lächeln. „Und kennen wir denn überhaupt die Wahrheit? Nein. Sie lag in Hillel ben Boruschs Herzen und war den Augen anderer verschlossen."

„Warum sagst du dann Saul nicht — du, der du Spitzfindigkeiten so schätzt —, daß Hillel friedlich im Bett, und nicht im Teich, gestorben ist?"

„Weil die Zungen auf dieser Welt nicht stillstehen, und wir sicher sein können, daß irgend jemand, der Hillel kannte, irgendeinmal Jerusalem besucht und Saul erzählt, man habe seinen Vater im Wasser gefunden. Wir — sind vorsichtig gewesen. Wir haben zu niemandem über das Vorgefallene gesprochen, und so ruht er jetzt neben seiner Gemahlin, ohne daß man ihm seine Tat hätte vorwerfen können. Aber Saul ist ein Mann von großer Vorstellungskraft. Wenn ich ihn anlüge und ihm erzähle, sein Vater wäre im Bett gestorben, und er dann später erfährt, daß ich ihn belogen habe, wird er sofort kombinieren, daß sein Vater sich das Leben genommen hat, und ich ihn nur schonen wollte. Er wird mir dafür keinen Dank wissen, und sein ganzes Leben würde ihm zu einer einzigen Qual werden. Willst du das, du, sein treuer Mentor?"

Der Rabbi schwieg. Tränen stürzten ihm aus den Augen und tropften in seinen weißen Bart. „Jetzt verstehe ich erst so richtig", sagte er dann mit heiserer Stimme, „wie ihr Griechen mit euren Sophistereien und geschickten Beweisführungen unser Volk Israel um den Finger gewickelt habt."

Aristo lachte leise. „Soll ich das bedauern? Nein. Ich habe an dieser Entwicklung nichts auszusetzen. Wie man mir sagte, sind eure Propheten grimmige Männer ohne jede Lebensfreude, die nur von Tod und Verderben, drohenden Strafen und ähnlich unerfreulichen Dingen reden. Und angeblich treffen alle diese Weissagungen auch ein. Aber warum muß man die Menschen schon vorher in Angst und Schrecken versetzen? Irren wir nicht alle, gelüstet es uns nicht alle nach zweifelhaften Vergnügungen? Das ist die menschliche Natur. Nein, Herr, ich bitte dich — ich sehe, du setzt schon dazu an —, erzähle mir nichts über die guten Absichten der Propheten und das finstere Stirnrunzeln deines Gottes. In seinem nimmermüden Bemühen, mich zu bekehren, hat Saul mich bis zur Bewußtlosigkeit damit geplagt. In diesen Punkten sind unsere Auffassungen, deine und meine, völlig voneinander verschieden und werden sich nie auf einen gemeinsamen Nenner bringen lassen. Über eines aber sind wir uns einig: die Götter lieben einen Menschen, der Barmherzigkeit übt."

„Er ist voller Gnade", erwiderte Reb Isaac mit brechender Stimme.

„Dann will ich Ihn preisen", sagte Aristo. „Schreibe einen anderen Brief an Saul, und ich werde ihn mitnehmen. Ich war noch nie in Judäa, obwohl ein Teil meiner Ernte mit den Karawanen ins Land kommt. Und ich möchte Saul wiedersehen."

„Es bedrückt mich so sehr", sagte Reb Isaac, „daß Hillel mir am Abend seines Todes gestand, er habe den Glauben an Gott verloren."

„Vielleicht fand er am Ende zu seinem Glauben zurück", meinte Aristo und lächelte. „Und wird glücklich sein."

„In der Gehenna?"

Aristo verdrehte die Augen. „Ziehst du der Barmherzigkeit deines Gottes Grenzen? Sollte Er weniger Mitgefühl zeigen als ein Mensch? Machst du dich nicht der Hoffart schuldig?"

Der Rabbi langte über den Tisch und zog Pergament und Tinte zu sich heran. „Ich werde einen Brief an Saul schreiben, der dir besser zusagt." Er warf dem Griechen einen bitteren und verdrießlichen Blick zu, aber Aristo war mit dem Ausgang des Gespräches zufrieden.

Aristo nahm das nächste Schiff nach Judäa. Er hatte ein trostreiches Schreiben Reb Isaacs bei sich und Briefe von Hillels Anwälten, denn der Tote hinterließ ein beträchtliches Vermögen, über das verfügt werden mußte.

Auf dem Schiff lernte er einen Landsmann, einen mitteilsamen, klugen und zynischen Griechen namens Telis kennen, der ein Haus in Jerusalem und Güter in Kilikien besaß. Er war ein unterhaltsamer Reisegefährte und ließ Aristo wissen, daß er über ein Jahr in Tarsus und Rom zugebracht hatte. Die Narrenstreiche der Politiker, meinte er, waren eine nie versiegende Quelle der Heiterkeit. Gestenreich schilderte er die mißliche Lage Roms, das vom Bankrott bedroht war und nicht wußte, wie es mit einer gigantischen Staatsschuld, Kriegen, Tumulten und Aufruhr in den Straßen fertig werden sollte. Dazu kamen die immer rücksichtsloseren Forderungen des römischen Pöbels nach Spielen, kostenlosen Unterkünften, Verpflegung und Geschenken. „Griechenland erlag ähnlichen Krankheiten", meinte er, „und die römische Republik äußerte sich dazu ebenso kritisch wie selbstgefällig — insbesondere der Geschichtsschreiber Sallust und natürlich Cicero, den ich sehr verehre. Niemals, donnerte Cicero, dürfe Rom zu dieser — unserer — Sittenlosigkeit und Lasterhaftigkeit herabsinken, nie dürfe die Regierung Sklavin des zuchtlosen und vertierten Pöbels sein. Und er hoffte, Rom würde nie so korrupt, verderbt und genußsüchtig werden." Telis lachte aus vollem Halse. „Aber Rom hat sich in der gleichen Richtung entwickelt und in weit stärkerem Ausmaß! Was mich betrifft, ich freue mich, daß dieses Volk von Krämern in diese Lage geraten ist."

„Wenn Rom fällt, wird es im Sturz die Welt mit sich in den Abgrund reißen", entgegnete Aristo und erinnerte sich dankbar, daß er nicht nur Geld, sondern auch Land besaß.

„In welcher Welt wir doch leben!" sagte Telis nachdenklich. Sein verschmitztes Gesicht fältelte sich zu tausend Runzeln. „Jetzt bin ich über sechzig, und ich finde diese Welt unendlich unterhaltsam, weil sie so feige ist, so kraftlos, so kläglich, so gierig, so brutal — und so sentimental. Sie zieht keinerlei Lehren aus der Geschichte und beschmutzt sich mit einer Unmenge von Verbrechen an Leib und Seele."

„So war es immer", sagte Aristo, „und so wird es immer bleiben."

„Ich bin ganz deiner Meinung, mein Freund." Telis war ebenso groß und ebenso dunkelhäutig wie Aristo, doch unter der dunklen Haut lag eine seltsame Blässe. „Ich bin ein Skeptiker", sagte er. Sie standen an der Reling und betrachteten Meer und Himmel. „Ich bin auch nicht so abergläubisch wie die Römer. Ist es nicht spaßig, wie sie ihre Hälse mit Amuletten aus Delphi und anderen Heiligtümern behängen, griechischen, römischen und sogar ägyptischen? Wenn ein Orakel ihnen morgen verkündete, sie müßten ein Hufeisen auf dem Kopf tragen, kein Pferd wäre vor ihnen sicher, und Hufeisen würden mit Gold aufgewogen werden. Die Römer haben bereits abgewertet, um ihre Schulden zu zahlen — ein weiteres Zeichen für einen drohenden Zusammenbruch — und verwenden jetzt Kupfer. Man sollte wirklich ein Gerücht ausstreuen, daß ein Hufeisen seinem Träger Glück auf Lebenszeit, die schönsten Frauen, die glänzendsten Feste und Erfolg am Spieltisch garantiert. Dann könnten die Römer die Eisenwährung einführen — Eisen ist ja noch billiger als Kupfer — und, hurra! die Probleme des Reichs wären gelöst!"

„Warum organisieren wir nicht so ein Heiligtum und stellen die tüchtigsten Priester als Orakel an?" fragte Aristo lächelnd.

Aber Telis war in Gedanken versunken. „Ich sagte schon, daß ich nicht abergläubisch bin", meinte er. „Es ist jetzt über ein Jahr her, daß ich einen sonderbaren Schmerz an meiner rechten Seite zu spüren begann, und hin und wieder spuckte ich Blut. Ich maß dem Schmerz keine Bedeutung bei, und obwohl er mit der Zeit stärker wurde, trat ich meine Reise an. In Rom suchte ich einen Arzt auf, der mir mitteilte, daß ich lungenkrank bin, und daß meine Tage gezählt sind."

Aristo machte eine Gebärde, die Bedauern und Mitgefühl ausdrücken sollte, doch Telis hob abwehrend die Hand. „Ich kehre in mein Haus nach Jerusalem zurück", fuhr er fort, „weil es in Judäa von Wunderrabbis wimmelt, die, wie ich hörte, Kranke im Handumdrehen zu heilen vermögen — obgleich ich selbst ein solches Mirakel noch nie gesehen habe. Nochmals: ich bin nicht abergläubisch, und die meisten Wunder sind nichts als Aberglaube. Aber ein Freund, der im Land gereist ist, hat mir von einem sonderbaren Gerücht berichtet. Aus Galiläa, heißt es, wäre auch so ein Wunderrabbi nach Jerusalem gekommen und habe dort an einem ihrer hohen Festtage einen Blinden sehend gemacht, einen Sterbenden gerettet, eine schwerkranke Frau und ein verkrüppeltes Kind geheilt und einen jungen Menschen vom Tode erweckt, dessen ‚Leiche' schon zum Friedhof geschafft wurde. Viele verehren ihn, viele hassen ihn. Wie ich hörte, ist er nun wieder in seine Heimat zurückgekehrt. Ich habe die Absicht, ihn aufzusuchen. Ich will seine Hände mit gutem Gold füllen, nicht mit wertlosem römischen Geld. Könnte nicht so ein Mann in Judäa — für uns — ein Heiligtum errichten und — für uns — ein Vermögen verdienen?"

„Ein ausgezeichneter Gedanke", lobte Aristo.

Sie gingen im schönen Hafen von Cäsarea an Land, und Aristo merkte, daß Telis trotz seines Humors und seiner natürlichen Lebhaftigkeit schwächer und blässer wurde. „Ich habe Freunde in Cäsarea", vertraute er Aristo an, „und versprochen, sie zu besuchen. Herodes Antipas hat Pontius Pilatus hier ein prächtiges Haus erbaut. Meine Freunde kennen ihn gut. Angeblich ist er ein Mann von gebildetem Wesen, trotz seiner Exzesse und Brutalitäten — bevor ich Jerusalem verließ, hatte er die Kreuzigung von Hunderten von Jugendlichen in Galiläa anbefohlen. Sie hatten den Zöllnern Widerstand entgegengesetzt, zum Sturm auf die römische Garnison aufgerufen und sie auch angegriffen, die Standarten heruntergerissen und sie bespuckt. Das hat mir wirklich Kummer bereitet." Er lächelte finster. „Die Römer haben überall Sorgen — trotz ihrer Pax Romana und ihrem Anspruch auf die Weltherrschaft. Ich wünsche ihnen was!" Er machte eine zotige Gebärde, und Aristo lachte.

„Sie sollten einem leid tun, daß es ihnen nun so geht, wie es uns Griechen und anderen großen Reichen in der Geschichte gegangen ist", sagte Aristo. „Sie werden das gleiche Ende nehmen."

Sie trennten sich in Cäsarea, aber nicht bevor Telis auf großzügige Weise für eine schnelle und angenehme Beförderung Aristos nach Jerusalem gesorgt hatte. „Wozu hat man Geld?" fragte Telis und zwinkerte.

Während er in einer feinen Kutsche mit vier weißen Pferden nach der Hauptstadt gefahren wurde, überblickte Aristo die Landschaft. Sie schien ihm nicht sehr bezaubernd, denn es war Winter, die Luft kühl, und die Felder lagen brach. Er fand die Städte trostlos und die Täler unfruchtbar, denn er war das üppige Gedeihen in der Ebene von Tarsus gewohnt, das auch der Winter nicht zu unterbrechen vermochte. Als Grieche fühlte er sich der übrigen Menschheit überlegen, und diese armen Juden auf den Feldern und in den engen Straßen der Städte schienen ihm in Not und Hoffnungslosigkeit zu leben. Ihre Gesichter waren unfreundlich, zurückhaltend und teilnahmslos. Er sah die runden Ziegelbauten römischer Festungen, die allgegenwärtigen Soldaten und die Feldzeichen Roms. So war es auch in Griechenland, aber dort akzeptierte es das Volk mit hintergründigem Lächeln und witzigem Spott, haute die Besatzer übers Ohr und narrte sie mit so viel Witz, daß die Römer gegen ihren Willen lachen mußten und sich friedfertig zeigten. Auch empfanden sie Ehrfurcht vor dem sagenhaften Ruhm und der Majestät des alten Griechenlands und strebten danach, als ebenso kultiviert zu gelten. Das erheiterte die Griechen, die ihnen aus Gewinnsucht um den Bart gingen.

Die Juden aber waren ein halsstarriges Volk und fest davon überzeugt, daß ihr Stolz und ihr Glaube sie aufrechterhalten und früher oder später von den Römern befreien würden. Mittlerweilen trugen sie ihre Verachtung offen zur Schau und bekämpften die Besatzer vergeblich — eine Maus, die einen Tiger herausforderte. Und dann gab es natürlich auch noch die Sadduzäer, von denen Hillel ihm erzählt hatte. Nach Aristos Ansicht waren sie klüger als ihre jüdischen Brüder — und zivilisierter, weil sie realistisch dachten. Große Geschäfte mit dem Eroberer zu machen und ihm — bei einem Becher Wein — das Weiße aus den Augen zu stehlen, war vernünftig und süße Rache zugleich. Die große Mehrheit der Juden verstand das nicht oder wollte es nicht verstehen. Daher waren sie weder klug noch geschickt und hatten keinen Sinn für Humor.

Jerusalem machte keinen großen Eindruck auf Aristo, obwohl es der geschäftige Mittelpunkt des Ost-West-Handels und immer voll Karawanen war. Aber er bewunderte die grazile Nüchternheit einiger griechischer Tempel und lächelte über die großen, überladenen Gotteshäuser der Römer. Jerusalem war ihm zu voll, die Stimmung zu trübselig und öde. Gegen Abend erreichte er die ihm von Telis empfohlene, gut ausgestattete Herberge und war sowohl mit seinem Gemach als auch mit den Speisen, die man ihm vorsetzte, zufrieden. Das Essen war ein seltsames Gemisch jüdischer, griechischer, römischer und ägyptischer Küche, der Wein ausgezeichnet, und Aristo kam zu dem Schluß, daß man es in dieser Stadt ein oder zwei Wochen aushalten konnte. Er zog sich in ein weiches Bett zurück und lauschte eine Weile dem Heulen der Schakale vor den Toren. Morgen würde er Saul aufsuchen. Als weiser Mann weigerte er sich, schon jetzt über das Zusammentreffen und die traurige Botschaft, die er zu überbringen hatte, nachzudenken. Heute würde er schlafen.

Am nächsten Morgen mietete er einen Wagen von seinem Wirt und ließ sich in die Straße der Zeltmacher fahren. Es war ein sehr ärmliches Viertel, nahe der Stadtmauer und neben der Straße der Käsemacher, und da sowohl Ziegenhaar wie Käse einen stechenden Geruch verbreiten, fand Aristo die Luft alles andere als erfrischend. Wieder einmal staunte er über die eigenartigen Bräuche und Grundsätze der Juden. Die Söhne reicher Väter, die Rabbis oder Lehrer werden wollten, mußten ein niedriges Gewerbe erlernen, da sie Geld weder von ihren Eltern noch von ihren Schülern annehmen durften. Es war geradezu widerlich, wie blind sie an die Heiligkeit ihrer Hände Arbeit glaubten und Müßiggänger und Drückeberger verachteten, die Armen jedoch großzügig unterstützten.

Das kurze, enge Gäßchen der Zeltmacher war steil und uneben gepflastert, aber sauber und trocken, und zu beiden Seiten von winzigen Läden gesäumt, in denen die groben, rauhen Waren feilgeboten wurden. Kleine Lampen verbreiteten rötlichen Schein, denn nur spärlich drang das winterliche Licht bis hierher. Bärtige Männer, junge und alte, standen in ihren Läden oder machten sich im Hintergrund zu schaffen. Sie sahen aus wie Menschen, die angestrengt arbeiten. Ihr Anblick bedrückte Aristo. Was für ein Volk, das an Arbeit um der Arbeit willen glaubte und sie hoch achtete, statt sie geringzuschätzen!

Einige traten vor den Eingang ihrer elenden kleinen Läden und betrachteten verwundert den kostbaren Wagen, der über das Pflaster gepoltert kam. Offenbar sah man solche Gefährte hier nur selten. Sie starrten auf Aristo mit seinem prächtigen Umhang, seiner Kapuze und seinen mit Stickerei verzierten Stiefeln und hoben die Augenbrauen. Als er vor einem Laden halten ließ und nach Saul von Tarsus fragte, staunte der bärtige, alte Inhaber. „Saul, Saul, Saul von Tarschisch?" murmelte er zweifelnd. „Du suchst Saul von Tarschisch?" Der Alte zeigte auf das untere Ende des steilen Gäßchens. „Sein Laden ist der kleinste und armseligste. Wenn du bessere Ware zu kaufen wünschst, Herr, ich kann dir dienen."

Na ja, dachte Aristo und zog eine Grimasse, natürlich hat unser Saul diesen armen Geschöpfen nicht erzählt, daß er einer der vornehmsten Familien Jerusalems entstammt. Das sieht ihm — leider — ähnlich.

„Er hat ein schlechtes Auge, und seine Arbeit hat Mängel", schwatzte schmeichelnd der Alte. „Wenn du mir die Ehre schenken willst, Herr, ich zeige dir ausgezeichnete Ware."

„Ich kaufe nichts", erwiderte Aristo höflich. „Ich bin gekommen, um Saul von Tarsus Nachrichten von seiner Familie zu überbringen." Er gab dem Lenker einen Wink, und sie rollten die Straße hinab. Der Alte sah dem Wagen nach und kam aus dem Staunen nicht heraus. Welcher Familie konnte dieser ungeduldige, unfreundliche, schwer heimgesuchte, einsame Mann angehören, daß da einer, angetan wie ein König, in einer goldenen Kutsche vorfuhr, um ihm Nachrichten von dieser Familie zu überbringen? Der Alte lief zu seinen Enkelsöhnen hinein, um ihnen zu berichten und den Kopf zu schütteln. „Ich habe gehört", sagte ein Enkel, „daß er bei dem großen Rabban Gamaliel studiert." Doch der Großvater wollte es nicht glauben.

Der letzte Laden war wirklich der jämmerlichste, kleinste und dunkelste von allen, und Aristo blickte hinein und sah den großen Webstuhl und davor eine Gestalt, die emsig arbeitete. Beobachtend blieb der Grieche einen Augenblick stehen. Als Saul vor fünf Jahren nach Tarsus gekommen war, hatte Aristo ihn das letzte Mal gesehen. Jetzt war er von der Veränderung, die mit dem nun Siebenundzwanzigjährigen vorgegangen war, erschüttert. Vornüber gebeugt, bis zum Skelett abgemagert, das rote Haar zottig und bis zum Nacken herabfallend, saß er da. Seine Wangen waren hohl, der Mund noch starrer und härter als zuvor. Er war sehr blaß, wahrscheinlich kam er nie in die Sonne und arbeitete und studierte zuviel. Ballen von Ziegenhaartuch lagen um ihn herum, der Gestank war entsetzlich. Seine Hände bewegten sich rastlos, doch mit seinen Gedanken schien er weit fort zu sein. Er war gekleidet wie der Ärmste unter den Armen, und sicher hielten ihm seine Schnürsandalen in dieser Kälte die Füße nicht warm. Offenbar verschmähte er Stiefel, wie Aristo sie trug. Eine winzige Lampe erhellte flackernd und rauchend den Raum, und Aristo, der von Sauls schlechtem Auge wußte, war bestürzt.

Saul, der sich beobachtet fühlte, hob ungeduldig den Blick, und nun starrten sich die beiden Männer über die hölzerne Theke hinweg an, die zwischen ihnen stand. Saul blinzelte. Er erkannte seinen alten Erzieher nicht sogleich, aber er stand auf und trat an die Theke heran, auf der sich ebenfalls Stoffballen häuften. „Darf ich dir dienen?“ fragte er höflich, aber im gleichen gebieterischen und arroganten Ton, den Aristo von früher kannte.

Der Grieche war so bestürzt und bewegt, daß er kein Wort hervorbringen konnte. Nun fiel der schwache Schein des Lichts auf die metallisch funkelnden blauen Augen, die roten Wimpern und die männlichen Nüstern Sauls. Ein Ausdruck fassungslosen, ungläubigen Staunens erschien auf seinem Gesicht. „Aristo?“ rief er. „Aristo!“

„Ja, ich bin es, Saul“, sagte Aristo und zwängte sich zwischen Mauer und Theke in den elenden kleinen Laden. Saul ließ ihn herankommen, warf sich dann in Aristos ausgebreitete Arme, klammerte sich an ihn und versuchte zu lachen, aber das Lachen klang mehr wie trockenes Schluchzen. Er legte den Kopf auf Aristos Schulter, und der Grieche hielt ihn fest an sich gedrückt und haßte sich selbst, weil er so furchtbare Botschaft überbringen mußte.

„Aristo, Aristo!“ flüsterte Saul mit erstickter Stimme. „Wie bin ich froh, dich zu sehen!“

„Und ich erst, mein lieber Junge“, erwiderte der Grieche. Er war kein empfindsamer Mann, aber er mußte sich sehr zusammennehmen, um nicht in Tränen auszubrechen.

Langsam hob Saul den Kopf von Aristos Schulter und sah ihm stumm und forschend ins Gesicht. Dann sagte er sehr ruhig: „Du bringst mir schlechte Nachrichten.“ Er hatte immer schon viel Intuition besessen, und nun war sie noch feiner und schärfer geworden. „Du bist doch nicht auf einer Vergnügungsreise hierher gekommen oder um mich zu besuchen. Es handelt sich um meinen Vater."

Aristo hielt ihn an den Armen fest. „Das ist richtig", sagte er.

Saul machte sich los und ging langsam nach rückwärts. „Komm mit nach hinten", sagte er, „wo ich schlafe und wohne. Wir wollen uns setzen."

Er nahm ein scharfes Messer zur Hand, und Aristo war von neuem beunruhigt. Aber er folgte Saul in den hinteren Teil des Ladens, der durch einen Vorhang aus Ziegenhaartuch separiert war. Es war ein winziger Raum und enthielt nur ein niedriges Lager, zwei Stühle, einen Tisch mit vielen Schriftrollen, eine Truhe, auf der eine Lampe stand, und ein kleines, mit kalter Asche gefülltes Kohlenbecken.

Saul setzte sich auf den Boden. Schweigend schlitzte er sein armseliges Gewand. Er griff in das Kohlenbecken, nahm eine Handvoll Asche und streute sie sich auf den Kopf. Stumm die Lippen bewegend, wiegte er sich vor und zurück in der uralten Gebärde der Trauer. In der bedrückenden Düsternis saß Aristo, und nun konnte auch er seine Tränen nicht mehr zurückhalten und weinte — nicht um Hillel, sondern um dessen Sohn. Er zog sein parfümiertes Taschentuch aus dem Ärmel und sogleich füllte sich der Raum mit dem Duft von Rosen, während er sich die Tränen aus dem Gesicht wischte. Aber er konnte nicht aufhören zu weinen.

„Er war der edelste aller Menschen", sagte er, „der liebenswerteste, der gütigste, der zartfühlendste. Sei stolz darauf, daß er dein Vater war."

Doch Saul wiegte sich weiter auf seinen Sohlen, vor und zurück. Die Asche lief ihm über die Wangen und vermischte sich mit seinen Tränen. Durch die Schlitze in seiner langen grauen Tunika sah Aristo die mageren Arme und Beine und seine eingefallene Brust. Und nun kam ein wimmerndes Klagen über seine Lippen. Es war hebräisch, und obwohl Aristo diese Sprache nicht verstand, erkannte er doch die Stimme der Verzweiflung und des Gebetes.

Es wurde dunkler und dunkler im Raum, und Saul war nur mehr eine schattenhafte Gestalt, aber Aristo saß da, wartete und fröstelte in der winterlichen Kälte trotz seiner Lederstiefel, seiner bestickten wollenen Tunika und seines Umhangs. Er sah sich nach einem Glas Wein um, aber es gab keinen. Die klagende Stimme hob und senkte sich in rhythmischen Kadenzen, schwermütig, fast majestätisch — für die Ohren des Griechen ein entsetzlicher Klang.

Aristo konnte es schließlich nicht länger ertragen. Er wußte, daß Saul auf ihn vergessen hate, daß er von hier fortgehen konnte, ohne daß er es merken würde. Aber Aristo brachte es nicht über sich, seinen früheren Schützling allein zurückzulassen. Außerdem hatte er Briefe für ihn.

„Saul", sagte er traurig. „Saul, ich bin es, dein Freund und dein Erzieher. Du weißt, wieviel Zuneigung ich für dich empfinde, und ich weiß, wieviel Zuneigung du mir entgegenbringst. Wir sind Männer. Es sind Briefe für dich da, und es gibt Dinge, die du erledigen mußt, trotz deines Schmerzes. Du hast eine Schwester und Verwandte. Man muß es ihnen sagen."

Inzwischen war es ganz dunkel geworden. Saul stand auf, gebückt und langsam wie ein alter Mann, ging nach vorn und holte eine Wachskerze. Aristo verstand sogleich, daß er sie an der Lampe im Laden entzünden und dann damit die Lampe auf der Truhe zum Brennen bringen sollte. Mit einem leisen Seufzer entsprach er dem Wunsche Sauls, der sich unterdessen wieder auf dem Boden niedergelassen und seine wiegende Bewegung von neuem aufgenommen hatte.

Die armselige kleine Lampe vermochte den Raum kaum zu erhellen. Doch nun erhob Saul seinen Blick zu Aristo und sagte mit heiserer Stimme: „Erzähle."

Aber Aristo konnte nicht sprechen. Deshalb gab er ihm den Brief, den er Reb Isaac diktiert hatte. Saul beugte sich vor und las. Sein Vater war lange Zeit krank gewesen, hatte aber seine Kinder nicht beunruhigen wollen. Er war nach einem Schwindelanfall in den Teich gestürzt und dort friedlich gestorben. Er lag neben seiner Gemahlin Deborah in der Gruft. Er war schwach gewesen, hatte aber nicht gelitten. Es bestand die Möglichkeit, daß er ins Wasser gestürzt war, nachdem er schon auf der Brücke sein Leben ausgehaucht hatte. Sein Sohn würde natürlich ein Jahr lang an jedem Sabbath das Totengebet sprechen. Reb Isaac schrieb sehr überzeugend über Hillels edle Seele und starken Charakter. Der alte Mann gab seiner Sorge Ausdruck: nicht um Hillel, der nun in Abrahams Schoß lag, sondern um seine Kinder. Ganz gewiß würde Hillel wünschen, daß seine Kinder nicht um ihn trauerten, sondern sich freuten, daß er die mühevolle, schwere Arbeit des Lebens hinter sich gebracht habe und nun in Glückseligkeit vor Gottes Antlitz trete, gesegnet sei Sein Name.

„Fürwahr, mein Sohn", schrieb der alte Rabbi, „Dein geliebter Vater konnte zeitlebens mit David sagen: ‚Wie lieblich sind Deine Wohnungen, Herr Zebaoth! Es sehnt sich, und es schmachtet meine Seele nach den Vorhöfen des Herrn; mein Herz und mein Fleisch jauchzen hin nach dem lebendigen Gott. Sogar der Sperling findet eine Wohnstätte und die Schwalbe ein Nest für sich. Selig die, welche wohnen in Deinem Hause, sie können immerfort Dich preisen!'

„So hat Dein Vater sein Leben lang empfunden, aber nun braucht er sich nicht mehr sorgen und sehnen, und kann in Frieden ruhen. ‚Der Herr hat es gegeben, und der Herr hat es genommen; des Herrn Name sei gepriesen!' "

Und Saul murmelte: „Der Herr hat es gegeben und der Herr hat es genommen; des Herrn Name sei gepriesen! Höre, Israel! Der Herr, unser Gott, der Herr ist Einer!"

Aristo preßte die Lippen zusammen. Er würde diese Juden niemals verstehen. Die Götter plagten die Menschen: sollte man sie dafür auch noch preisen? Da war Prometheus ein anderer Kerl! Er trotzte den Göttern — und wer sollte das nicht? War nicht des Menschen Los bitter und schwer? War er nicht zu Leiden geboren und erlosch seine Seele nicht am Ende wie ein winziges Lämpchen in der ewigen Nacht? Und dieses Schicksal, das Poeten zu Tränen rührte, sollte für den Menschen Anlaß zu Jubel sein? Jubeln kann er nur im Augenblick seines Todes, da er endlich vom Leben erlöst wird, da die Schicksalsgöttin seinen Lebensfaden durchschneidet und ihn in das Nichts zurückstößt, aus dem er gekommen ist.

„Saul", sagte er, „du hast Verpflichtungen. Ich habe hier Briefe von den Anwälten deines Vaters. Du besitzt jetzt ein großes Vermögen und mußt dir überlegen, was du tun willst."

Saul stand auf. „Ich gehe in den Tempel", erwiderte er, „um dort für die Seele meines Vaters zu beten." Er blieb stehen und sah Aristo ins Gesicht. Er bewahrte nur mit Mühe die Fassung. „Warum hat er mir nicht geschrieben, mich nicht gerufen? Warum hast *du* mich nicht unterrichtet? Ich wäre sofort zu ihm geeilt! O, ich bin fürwahr gestraft, daß ich das Antlitz meines sterbenden Vaters nicht erblicken und seinen Segen erflehen durfte!"

Aristo seufzte. „Mein Wagen steht draußen", sagte er.

Saul senkte den Kopf und weinte. „Nein, ich muß zu Fuß gehen", erwiderte er und verließ den Laden in seinem aufgeschlitzten Gewand, Asche auf dem Kopf, und das wimmernde Klagen begann von neuem.

XIX

Aristo sah Saul zwei Wochen lang nicht, denn diese Tage waren der Familientrauer vorbehalten. Der Grieche blieb also in seiner Herberge. Er fand keinen Geschmack an römischen Arenen, Gladiatoren und Faustkämpfern und trug nur mehr selten Verlangen nach Frauen. So war er allein in Jerusalem, das er wegen seiner drückenden und schicksalsschweren Atmosphäre und des in stummem Aufruhr erstarrten Geistes aufs tiefste verabscheute. Selbst die römischen Soldaten waren hier mißlaunig und gingen mit düsteren Mienen herum. Er knüpfte Gespräche mit einigen Offizieren an, wurde ein paarmal zum Essen gebeten und erwiderte die Einladungen in seiner Herberge. „Diese Juden", sagte ein Offizier kopfschüttelnd. „Das halte ich auf die Dauer nicht aus. Wer kann sie verstehen? In einer großmütigen und freundschaftlichen Geste erklärte sich

Pontius Pilatus einmal bereit, eine Statue des jüdischen Gottes im Tempel Jupiters aufstellen zu lassen, damit man ihn dort verehren könne. Er mußte sein Angebot schleunigst zurückziehen. Das ganze Volk Israel gelobte, sich zu erheben, auch wenn der letzte Mann sein Leben lassen müßte! Wie kann ein vernünftiger Mensch so ein Volk verstehen? Und was für einen Gott sie sich da ausgesucht haben! Ein wahrer Pluto! Natürlich ohne eine liebreizende Proserpina. Tatsächlich, an ihrem Gott ist ebensowenig dran wie an ihrem Himmel — und wer wollte da schon hinkommen?" Er schüttelte sich.

„Sie lieben Ihn eben. Man fragt sich allerdings warum", meinte Aristo. „Du mußt aber zugeben, daß sie einen herrlichen Tempel haben. Vielleicht hat ihr Gott doch etwas für Schönheit übrig."

Aristo besuchte ein paar griechische Theater und genoß ihre Darbietungen, aber es war ihm schon recht langweilig, als er einen Brief seines Freundes Telis erhielt, der, von einer geheimnisvollen Reise nach einer kleinen und möglicherweise primitiven jüdischen Stadt zurückgekehrt, ihn in sein Haus einlud. Telis erwähnte noch, daß die Stadt Kapernaum hieß und eigentlich nur ein unbedeutender Marktflecken war. Aber er, Telis, wüßte allerhand zu erzählen! Aristo müsse noch an diesem Abend mit ihm speisen.

Aristo war hocherfreut. Er legte prächtige Kleidung an, wie es einem Mann geziemte, der viel Land und viele Pflanzungen und ein beachtliches Vermögen besaß. Er erinnerte sich, daß Telis ihm versprochen hatte, ihn mit seinem Börsenmakler bekannt zu machen, der ein außerordentlich tüchtiger Mann und in Jerusalem ansässig war. So mietete er also eine elegante Sänfte mit seidenen Vorhängen und weichen Kissen, und wurde in höchst vornehmer Manier zu Telis' Haus getragen. Er wußte, daß die meisten Menschen es zwar rügten, wenn einer mit seinem Reichtum protzte — besonders jene, die selber reich waren und ihre Glücksgüter gern zur Schau stellten —, andererseits aber nur wenig von Leuten hielten, die sich einfach kleideten und einfach lebten. So trug Aristo am rechten Zeigefinger seinen größten, feurigsten, von Diamanten umgebenen Opal, eine Smaragdkette um den Hals, mit Edelsteinen geschmückte Armbänder, einen goldenen Gürtel und mit Juwelen besetzte Sandalen. Sein Umhang war aus golddurchwirktem Tuch. „Fürwahr, ich bin ein strahlender Zeus!" sagte er sich zufrieden. Er gedachte Telis darauf hinzuweisen, daß es auch in Tarsus, das ein Mittelpunkt der Kultur war, ausgezeichnete Börsenmakler gab. Er kannte auch römische Makler und war an einem Schiff beteiligt. Natürlich hatte er Telis gegenüber nicht erwähnt, daß er Sklave gewesen war, noch dazu, da er auf Grund gewisser Gesten und Intonationen, von Telis unabsichtlich gebraucht, annehmen zu können glaubte, daß auch er einmal diesem Stand angehört hatte. Männer von Rang bringen einander keine unerfreulichen Dinge in Erinnerung.

Aristo hatte nur andeutungsweise von einer Erbschaft gesprochen — ein guter alter Freund, der edle Hillel ben Borusch — und dabei nicht gelogen. Der Erblasser habe seine Dankbarkeit bezeigen wollen, hatte er hinzugefügt, und im stillen gehofft, daß auch das der Wahrheit entsprach.

Telis' Haus lehnte sich an die untere Flanke eines Hügels, der ungewöhnlich stark mit grünen Zypressen und anderen Bäumen bewachsen war. Es war ein großer, imposanter Bau aus weißem Stein, von Gärten und Toren umgeben, und Aristo war durchaus beeindruckt. Das Haus schimmerte im rosigen Abendlicht. Telis erwartete Aristo im Portikus und umarmte ihn. Seine Stimme klang hell und kraftvoll, als begrüßte er einen Freund, den er sein Leben lang gekannt, aber lange Zeit nicht gesehen hatte. Sein Schritt war fest, seine Gesten lebhaft, und er befand sich in bester Stimmung. Er geleitete Aristo ins Atrium, das mit farbenreichen persischen Teppichen ausgelegt war. Leuchtende Malereien schmückten die Wände des großen, prächtig und geschmackvoll eingerichteten Raumes. Die Tische waren aus Zitronen- und Ebenholz, und die geschnitzten Sessel mit Elfenbein und Perlmutter eingelegt und mit samtenen Kissen bedeckt. In der Mitte befand sich ein alabasterner Springbrunnen, etwas protzig vielleicht, aber schön gemeißelt, und das hochschießende Wasser erfüllte die Luft mit dem Duft von Lilien. Aristo war bemüht, sich nicht übermäßig entzückt zu zeigen, um nicht als kleiner Mann eingeschätzt zu werden, dem Luxus fremd war.

Gleichzeitig aber war ihm klar, daß Telis irgendeine Stellungnahme erwartete, den taktvollen Kommentar eines Kunstkenners, der den Wert seiner Schätze zu würdigen wußte. So bemerkte Aristo also freundlich, daß diese oder jene bronzene oder alabasterne Statuette auf einem Sockel aus Gold oder schwarzem Onyx eines Zeno, ja sogar eines Phidias würdig war, und die alexandrinischen Lampen aus purpurfarbenem oder karminrotem Glas zu den feinsten und erlesensten zählten, die er je gesehen hatte. Selbst sein Freund, jener edle Hillel ben Borusch aus Tarsus, hatte nichts Schöneres besessen, und alle Welt wußte, daß Hillel ein sehr wählerischer Kunstsammler gewesen war. Er hatte seine Einkäufer nicht nur in Griechenland, sondern, da er so etwas wie Ägyptologe war, auch in Alexandrien sitzen gehabt. (Mögen mir die Götter diese Lüge verzeihen, dachte Aristo, denn mein Herr hatte fürwahr einen besseren Geschmack.)

Nachdem man mit diesen Artigkeiten zu Ende gekommen war, klatschte Telis in die Hände. Der Haushofmeister trat ein und wurde von Telis beauftragt, seine Herrin, Frau Ianthe, zu benachrichtigen, daß sein Herr und dessen edler Gast nun bereit waren, zu speisen. Und während sie darauf warteten, von der Dame des Hauses zur Tafel gebeten zu werden, wollten sie sich an einem Becher Wein erfreuen.

„Ist Frau Ianthe deine Gemahlin?“ fragte Aristo etwas überrascht, da Telis bisher nie von einer Gattin gesprochen hatte.

„Nein. Meine Tochter. Sie ist Witwe, leider kinderlos, und wohnt jetzt bei mir. Sie verwöhnt mich, wie es hingebungsvolle Ehefrauen tun, und ich weise ihre Gefühle nicht zurück, denn sie ist mein einziges Kind."

Aristo zog die Gesellschaft junger Frauen und Mädchen vor, und der Gedanke an eine Wittfrau in mittleren Jahren stimmte ihn ein wenig trübe, denn trotz seines neuen kräftigen Aussehens, trotz der Farbe in Wangen und Lippen, wie sie auf dem Schiff nicht zu sehen gewesen war, zählte Telis mindestens sechzig Lenze. Aristo hoffte, Telis würde die ‚alten' griechischen Bräuche einhalten, und Ianthe beim Essen nicht anwesend sein. Dann aber fiel ihm ein, daß der Hausherr sich über die ‚alten' jüdischen Frauen lustig gemacht hatte, die von ihren Männern versteckt gehalten wurden. „Was ist reizvoller als ein hübsches Gesicht bei der Tafel?" hatte er gefragt. „Frauen sind nicht sehr intelligent, aber sie bieten einen bezaubernden Anblick."

Ein Diener brachte gekühlten Wein von prächtiger Farbe und köstlichem Geschmack und kredenzte ihn in silbernen Bechern. Da er sich von seinem Gastgeber beobachtet wußte, setzte Aristo ein verständnisvolles Gesicht auf und nickte weise — das uneingeschränkte Lob des Kenners. Nicht ohne innere Belustigung fragte sich Aristo, ob Telis wohl wußte, daß er ihn zu täuschen versuchte. Er warf einen Blick auf ihn und wunderte sich erneut über die ungewohnte Lebhaftigkeit seines Gastgebers, seine blühende Farbe, die Vitalität seines Haares und sein gesundes Aussehen. War dieser Mann wirklich der blasse, kraftlose Schatten, den er auf dem Schiff kennengelernt hatte? Der Schatten, der an einer Lungenkrankheit litt und nur mehr kurze Zeit zu leben hatte?

„Deine Gesundheit scheint sich sehr gebessert zu haben", sagte er.

Ein Leuchten überzog Telis' Gesicht, und seine dunklen Augen funkelten. „Ah!" sagte er. „Das ist eine wundersame Geschichte, die ich dir heute abend erzählen werde!"

„Bist du einem dieser Wunderrabbis begegnet, die im Handumdrehen zu heilen vermögen?" fragte Aristo zweifelnd.

Der Haushofmeister kehrte zurück und gab bekannt, daß die Tafel angerichtet war. Telis erhob sich. „Laß uns essen, mein Freund", sagte er. „Dann wollen wir sprechen."

Sie betraten den Speisesaal, und Aristo mußte die Pracht des Raumes bewundern, die die des Speisesaals in Hillels Haus weit übertraf. Er war mit Schätzen gefüllt, und in den Ecken standen große Vasen mit goldenen Weizengarben und exotischen Blumen und riesigen grünen Blättern. Es duftete angenehm, und der weiße Marmorboden schimmerte, wo er nicht von herrlichen persischen Teppichen bedeckt war. Das Tischtuch war aus gewirktem Silber, und fünf Sklaven, reich gekleidete, schöne junge Burschen, warteten, um ihrem Herrn und seinem Gast zu dienen.

Mit ihnen wartete eine wunderschöne Frau, dem Anschein nach kaum dreißig, und in ihren besten und reifsten Jahren. Sie war groß, aber schmächtig, und trug einen blauseidenen Chiton mit einem juwelenbesetzten Gürtel um ihre schlanke Taille und mit Edelsteinen geschmückte Sandalen. Ihre weißen Arme waren bloß und glatt und, wie auch der Hals, anmutig geformt. Sie besaß ein wahrhaft griechisches Antlitz: ein rundes, volles Kinn, zart geschwungene rote Lippen, und eine lange Nase, die sich nach der ruhigen, ebenen Stirne hin verjüngte. Ihre Augen, hell und glitzernd, glichen silbernen Münzen, Wimpern und Brauen waren herbstlich gefärbt, und ihr kastanienbraunes Haar nach griechischer Art frisiert und durch silberne Bänder zusammengerafft. Diamantene Ringe hingen an ihren rosigen Ohren und spiegelten sich auf Wangen von zartem Alabaster. Seit der liebreizenden Deborah hatte Aristo keine so bezaubernde Frau gesehen, und schweigend, doch mit seinen Blicken, zollte er ihr als Grieche die Verehrung, die einem göttlichen Weibe zustand. Sie sah dies, lächelte unschuldsvoll und schlug die Augen nieder.

Zärtlich nahm ihr Vater sie bei der Hand, und wieder lächelte sie, diesmal von tiefer Zuneigung erfüllt. „Ist meine Ianthe nicht eine wahre Najade?“ fragte Telis.

Ianthe errötete, und Aristo war entzückt, denn er konnte sich nicht erinnern, je eine Frau erröten gesehen zu haben, und dies war eine Witwe, keine Jungfrau. Sie setzte sich neben ihren Vater, und es bestand kein Zweifel, daß sie beabsichtigte, alles zu seinem Wohlbefinden Nötige zu tun und ihm die besten Bissen vorzusetzen. Aristo staunte über solche Hingabe und beneidete Telis. Gewiß war Ianthe ein Närrchen, aber ein anbetungswürdiges Närrchen, und Aristo schätzte schöne Frauen, wenn sie Närrchen waren.

Doch ach, daß er nun auf den Gedanken verfiel, all dieser Luxus könne nicht das Produkt ehrlicher Arbeit und redlichen Handels sein! Aristo vermutete, daß sein Gastgeber sich mit dunklen Geschäften befaßte, mit Schmuggel etwa, wenn nicht mit Ärgerem. Aristo beneidete ihn und fragte sich, ob sein Freund ihm wohl den einen oder anderen nützlichen Wink geben würde, sobald sie allein waren.

Er sah seinen Verdacht bestätigt, als sein Auge auf die silbernen Schüsseln und Teller und auf die goldenen Messer, Löffel und Becher fiel. Die Mundtücher waren aus seidigstem ägyptischem Leinen und mit Rosenöl getränkt. Das Mahl kam aus keiner römischen Küche, mit der Aristo in den letzten Tagen bei seinen römischen Freunden traurige Erfahrungen gesammelt hatte. Es waren griechische Speisen, obwohl der Wein, den Göttern sei Dank, nicht harzig schmeckte. Es gab kleine gebratene Fische, geräucherte Austern, Butter süß wie Honig, Brot weiß wie Schnee und heiß wie der Hades, geschmortes Lamm in einer herrlichen Tunke mit Pilzen und einer Spur Rosmarin und Lorbeer und Ingwer, Artischocken in gesäuertem Wein mit Knoblauch — aber nur ganz wenig Knoblauch, nicht wie bei den Römern —, und ein gebratenes Spanferkel, das so klein war, daß es kaum Zeit gehabt hatte, zu trinken. Mit Kräutern garniert, einen Granatapfel in der Schnauze, lag es rostbraun und lecker und krachend auf einer glasierten Schüssel. Darauf folgten mit würzigem, heißem Fleisch gefüllte, eingerollte Kohlblätter, in Wein und Honig getauchte Trauben, Körbe mit einer Vielfalt von Früchten und Nüssen, ein geschnitztes Brett mit auserlesenen Käsesorten, Backwerk so zart wie aus Wolken gefertigt, und schließlich Konfitüren mit dicker roter Marmelade. Und Wein, dessen staubige Flaschen beredtes Zeugnis über seine Reife und sein Alter ablegten.

Ianthe ließ ein sanftes, zärtliches Murmeln ertönen, während sie ihrem Vater die besten Bissen vorlegte, aber das Gemurmel störte Aristo nicht. Es erhöhte nur noch seinen Genuß. Er beobachtete Ianthes weiße Hände, die sich flink bewegten, um ihrem Vater zu dienen. Sie kam selbst kaum zum Essen, obwohl die Sklaven wie lebende Statuen um den Tisch glitten, um ihr und Aristo behilflich zu sein. Von irgendwoher kam der melodische Klang von Zithern und das Klagelied einer Harfe. Die Lampen leuchteten, es war alles harmonisch, und der Wein unübertrefflich.

Es fiel Aristo auf, daß der von seiner Tochter so verhätschelte Hausherr es sich prächtig schmecken ließ und dem Wein zusprach wie ein römischer Zenturio. Nie blieb sein Teller leer. Dieser Mann war froh und konnte des Frohseins nicht genug bekommen. Manchmal zuckte Ianthes reizende Unterlippe, auch wenn sie lächelte. Hier ging etwas sehr Seltsames vor, wollte es Aristo bedünken. Telis schien von Minute zu Minute jünger zu werden, kraftvoller und lebenssprühender, ja er verwandelte sich geradezu in einen Jüngling. Aristo begann die Qualen des Tantalus zu verspü-

Das bacchische Fest ging zu Ende, und Ianthe zog sich zurück, nachdem

ren, und seine Ungeduld wuchs.

sie Aristo ein so süßes Lächeln geschenkt hatte, daß er einige Augenblicke lang wie gelähmt war. Als Telis zu sprechen begann, mußte Aristo sich zusammennehmen, um ihn überhaupt zu hören und zu verstehen. Dann aber wuchs sein Erstaunen und seine Zweifel mehrten sich.

„Als ich mich in Cäsarea von dir trennte, lieber Freund, um alte Bekannte dort zu besuchen“, begann Telis, „erkrankte ich schwer. Nach quälenden Träumen erwachte ich eines Morgens und fand mein Bett getränkt mit Blut, das mir aus dem Munde geflossen war. Meine Freunde riefen die besten Ärzte herbei, darunter auch jenen, bei dem Pontius Pilatus in Behandlung steht. Nach vielem Kopfschütteln taten sie kund, daß ich infolge meines Lungenleidens im Sterben läge. Weder konnte ich meinen Kopf vom Kissen heben, noch mehr als ein wenig Wein zu mir nehmen. Ich bereitete mich auf den Tod vor.

„Nun, das war ziemlich betrüblich, denn ich habe immer ein interessantes, wenn nicht gar ein freudeerfülltes Leben geführt. Es war für mich immer, wie wir Griechen sagen, das große Spiel. Ich besitze Güter und ausgedehnte Ländereien in allen Teilen der Welt, und meine Bankiers und Makler sind relativ ehrliche Leute — soweit man das von Bankiers und Maklern behaupten kann —, und ich wollte weitermachen beim großen Spiel. Und ich habe eine Tochter, die ich wie meinen Augapfel hüte." Telis seufzte. „Du wirst schon beobachtet haben, daß intelligente Frauen weder besonders aufopfernd noch übermäßig zärtlich sind, denn sie haben ein scharfes Auge für die charakterlichen Schwächen der Männer und finden nichts dabei, sich bei allen möglichen Gelegenheiten, selbst in Anwesenheit von Gästen, darüber zu unterhalten. Fühlt sich ein Mann nicht wohl, messen sie ihn für gewöhnlich mit kalten Blicken und empfehlen ihm, aufzustehen, sich in sein Kontor zu begeben und seinen Geschäften nachzugehen, denn der Haushalt braucht Geld und die Lieferanten drängen, oder die Tochter braucht eine Aussteuer, oder der Sohn erreicht das Mannesalter und es gilt, Festlichkeiten vorzubereiten. Die Götter fordern Opfergaben, und wehe dem Haushalt, der sie vernachlässigt. Solchermaßen gedrängt und gestoßen, erheben wir uns tatsächlich von unseren Krankenbetten und, ich gebe es zu, bevor noch die Sonne sinkt, ist unser Leiden auf geheimnisvolle Weise verschwunden. Nichtsdestoweniger tun ein wenig Fürsorge und Mitgefühl unserer Seele wohl und sind wie Balsam für unser Fleisch — auch wenn sie unsere Genesung hinauszögern. Das Leiden eines Mannes hat oft keine körperlichen, sondern geistige Ursachen — und davon wollen intelligente Frauen einfach nichts wissen. Solche Frauen sind, fürchte ich, der Meinung, Männer besitzen überhaupt keinen Geist.

„Ganz anders die dumme Frau: liebevoll dient sie ihrem Mann oder Vater, verzärtelt ihn und drängt ihn nicht, sich zu erheben, sein Gewand anzulegen, das Haus zu verlassen und seinen Geschäften nachzugehen. Im Gegenteil: sie wird ihm zureden, das Bett zu hüten, wird ihm die leckersten Bissen bringen und ihn mit eigener Hand füttern, wird den besten Wein kommen lassen und singen, wenn sie eine angenehme Stimme besitzt, wird ihn streicheln und seine fiebernde Stirne kühlen. Sie wird für Ruhe im Haus sorgen, während er über seine Krankheit nachsinnt, aufmerksam den knurrenden Geräuschen seines Leibes lauscht und sich trüben Meditationen über Leben und Tod und den Sinn des Daseins hingibt. Wie ich schon sagte, führt dies zwar nicht zu einer raschen Gesundung — Krankheit kann unter solchen Umständen äußerst reizvoll werden und zu längerem Verweilen im Bett anregen —, aber ist denn Geld und gute Gesundheit der einzige Lebenszweck des Menschen?" Telis zwinkerte und Aristo lachte.

„Nun, so machte ich mir also Sorgen über meine Tochter Ianthe, die mein ganzes Vermögen erben wird. Nur allzu leicht würde sie, die ebenso schön wie reich ist, einem gewissenlosen und habgierigen Mann zum Opfer fallen. Da fährt mir nun ein Gedanke durch den Kopf: ist Ianthe überhaupt dumm oder ist sie eine dieser ganz seltenen mit Intelligenz begabten Frauen, die sich nur dumm stellen, um den Männern zu gefallen? Hin und wieder ertappe ich sie dabei, wie sie eifrig Rechnungen überprüft, schreibt und zusammenzählt, Bankauszüge und Berichte über meine Anlagen durchsieht, so daß ich zu der Annahme neige, daß sie eine geniale Frau ist. Sie täuscht Dummheit vor, hat aber in Wahrheit einen scharfen Verstand. Nun, solange sie sich nicht für eine Aspasia hält und darauf drängt, daß man sie als solche anerkennt, will ich mich nicht beklagen. Ich fürchtete also um meine Ianthe, denn selbst eine intelligente Frau kann es nicht mit Steuereinnehmern, skrupellosen Anwälten, Bankleuten und Maklern aufnehmen, die in einer Frau ohne männlichen Schutz ein natürliches Opfer sehen, das nur darauf wartet, verschlungen zu werden.

„Auch wollte ich nicht sterben, weil mir der Gedanke an das ewige Schweigen absolut nicht behagte. Ich glaube nicht an die Götter und noch weniger an das Elysium — eine öde Gegend, wenn man den Priestern glauben soll. Überdies besitze ich eine reizende Geliebte, ich schätze gutes Essen und würzigen Wein, und obwohl ich bis zu meinem dreißigsten Jahr große Entbehrungen auf mich nehmen mußte, lebe ich jetzt recht angenehm. Ich sah meinem Tod daher nicht gleichmütig entgegen.

„Während ich so um jeden Atemzug kämpfte — das Blut stieg mir andauernd in der Kehle hoch — erinnerte ich mich an diese Geschichte, die ich da aus Jerusalem gehört hatte, von dem geheimnisvollen jungen Rabbi, der so vielen Menschen half — ohne ein Wort, ohne eine Geste. Er hatte eine Handvoll Anhänger in seiner Heimat Galiläa, einer ziemlich armen Provinz. Nichtsdestoweniger wurde er mir, was solche augenblickliche Heilungen betrifft, als weitaus tüchtiger gerühmt als andere jüdische Rabbis, von denen ich gehört hatte. Noch dazu erfuhr ich, daß seine Anhänger, aber auch er selbst, eine geheimnisvolle, unmittelbare Verbindung zu ihrem göttlichen Wesen zu besitzen angaben — ziemlich ungewöhnlich bei diesen jüdischen Wunderrabbis. Ja, ich entsinne mich sogar, daß etwa ein Jahr oder noch mehr, bevor ich auf Reisen ging, so ein halbnackter Wilder aus der Wüste plötzlich in Jerusalem auftauchte und diesen Rabbi ankündigte. Er käme, sagte er, um ‚den Weg vorzubereiten'. Man lachte ihn aus. Und jetzt kommt etwas Sonderbares. Herodes, hieß es damals, lachte ihn keineswegs aus und fragte ihn, ob er die neue Verkörperung eines ihrer Propheten wäre — ein eigenartiger Name. Ich glaube, es war Elias. Wer kennt sich schon mit diesen jüdischen Göttern aus? Wie dem auch sei, Herodes Antipas schien von diesem stürmischen Wüstenbewohner außerordentlich beeindruckt — es war einer von diesen ulkigen Essenern oder Zeloten oder wie sie sich nennen. Sie sind den Römern ein Dorn im Auge, und dafür können sie meiner Dankbarkeit gewiß sein."

Telis winkte einem Sklaven, und die Becher wurden nachgefüllt. Drei der Burschen lauschten aufmerksam und mit großen Augen, doch Hausherr und Gast bemerkten es gar nicht.

„Herodes", fuhr Telis fort, „ist halb Jude und halb Grieche, wie es die meisten gebildeten Leute im Lande sind. Es war daher erstaunlich, daß dieser Mann, Galiläas und Peräas mächtiger Tetrarch, Freund von Pontius Pilatus, Schwager des Agrippa in Rom, ein Mann von nicht geringem Verstand und großer Gelehrsamkeit, der den römischen Göttern Opfer bringt, aber auch die jüdischen Gesetze befolgt, daß dieser Mann, sage ich, sich herabließ, dem irren Gerede eines bärtigen, ungewaschenen, verschwitzten Wüstenbewohners sein Ohr zu leihen. Er war drauf und dran, diesem Wilden sogar Ehrungen zu erweisen! Ist das nicht erstaunlich? Aber auch die gebildetsten Menschen sind manchmal abergläubisch. Und wie vergalt dieser Kerl dem Tetrarchen seine geradezu unwahrscheinliche Leutseligkeit und Güte? Er schmähte ihn, beschuldigte ihn der ungeheuerlichsten Verbrechen, schimpfte ihn Ehebrecher und Mörder und vielleicht noch Schlimmeres!"

„Nein!" rief Aristo aus. „Das ist unglaublich! Ein Bettler — und ein Fürst! Aber, um die Wahrheit zu sagen, was diese Juden betrifft, überrascht mich schon gar nichts mehr. Ich habe in Tarsus beobachtet, wie die Vornehmsten an den hohen Feiertagen die Ärmsten und Einsamsten von der Straße auflesen, sie zu Festlichkeiten einladen und ihre Hände mit Drachmen füllen. Manchmal glaube ich, sie sind verrückt. Aber erzähle weiter."

„Danke. Schließlich war Herodes' Geduld erschöpft. Er ließ den Wahnsinnigen wegen seiner Schmähungen und anmaßenden Weissagungen köpfen. Und dann begann Herodes zu brüten. Kein Mensch weiß, warum und worüber. Selbst die Frau seines Halbbruders, die er ihm entführte und dann heiratete, eine bezaubernde Frau namens Herodias, konnte ihn nicht trösten. Dabei ist sie eine wahre Aphrodite, wie man mir berichtet hat. Ich erzähle dir das alles, weil dieser Wilde aus der Wüste von eben jenem unbekannten Rabbi sprach, dem später die erstaunlichsten Wundertaten zugeschrieben wurden. Diese Rabbis verehren und lieben ihren Gott, dieser aber —" Telis schüttelte sinnend den Kopf.

„Weiter!" ermunterte ihn Aristo nach einer kleinen Weile.

„Ja. Du weißt, wir Griechen haben einen Altar für den Unbekannten Gott. Eines Tages, heißt es, wird Er sich auf diesem Thron niederlassen, um Gegenstand unserer höchsten Verehrung zu werden, denn es wird ja behauptet, Er sei noch gewaltiger als Zeus. Auch die Ägypter, die Babylonier und die Perser kennen dieses Märchen — und erwarten Ihn. Es ist eine alte Geschichte. Wenn Er kommt, wird Er die Geschicke der Menschen für immer und ewig lenken. Die Juden nennen Ihn ihren Messias, aber Er soll uns alle erlösen."

„Das hat mir auch mein verehrter Freund Hillel ben Borusch bestätigt."

„Nun ja. Um es genau zu sagen, geht jetzt das Gerücht um, jener Wunderrabbi sei der Unbekannte Gott."

Aristo brach in Lachen aus und lachte, bis ihm die Tränen kamen. Einer der Sklaven, der sein rotes Gesicht sah und ihn ächzen hörte, füllte ihm eilig den Becher nach. Aristo trank den Wein hinunter und es schien, als würde er daran ersticken. Nebel vor den Augen, warf er einen Blick auf seinen Gastgeber und wartete, daß dieser seine Heiterkeit teile. Zu seiner Überraschung aber blieb Telis ernst und sehr still, betrachtete seine Hände und tat, als habe er Aristos Belustigung nicht wahrgenommen. Die nun so rosige Wange schwoll an und zog sich zusammen, und eine Träne fiel darauf.

„Ich sah den unbekannten Gott", sagte Telis.

Ist er auch verrückt geworden? fragte sich Aristo bestürzt.

„Bitte, höre mich an", sagte Telis und sah Aristo mit solcher Eindringlichkeit, mit so leidenschaftlicher Bewegung in die Augen, daß dieser noch mehr staunte, denn er hatte Telis für einen Realisten und Pragmatiker gehalten, der ausschließlich seiner Vernunft gehorchte und für Menschen mit unbeherrschtem und ungestümem Charakter nichts als Widerwillen empfand.

„Ich habe lange im Lande gelebt und ich weiß, daß hier sehr häufig Rabbis auftauchen, deren Anhänger behaupten, sie seien der Messias der Juden, denn sie vollbringen Wundertaten und sind an sich anständige Leute. Das Synedrion hat ein Gesetz erlassen, wonach solche Rabbis oder Lehrer, wie sie sich auch nennen, zwecks Befragung und Prüfung vor der Ratsbehörde erscheinen müssen, denn selbst die weisen und gelehrten Herren des Synedrions erwarten ihren Messias mit Ungeduld. Doch bisher hat noch jeder Rabbi in Abrede gestellt, daß er der Gesalbte wäre. Sie haben ganz im Gegenteil bedauert, daß ihre Anhänger solche Behauptungen aufgestellt hätten. Ihr einziger Wunsch, erklärten sie, wäre es, Gott zu dienen — worauf sie das Synedrion entließ. Sie lästerten nicht, diese freundlichen, sanftmütigen Männer. Wie du weißt, verdient ein Lästerer bei den Juden den Tod und muß auch für gewöhnlich sein Leben lassen.

„Dieser Rabbi jedoch, so hörte ich in Cäsarea sagen, leugnete nicht, daß er der Messias sei und tadelte auch seine Anhänger nicht, wenn sie das den armen Leuten in seiner Provinz erzählten. Es war ja auch nicht wichtig. Es genügte, daß er ein Wundertäter war. Ich lag in meinem Bett im Haus meiner Freunde und grübelte. Ich ließ Nachforschungen anstellen. Der Wundertäter hielt sich in seiner Provinz Galiläa, in der elenden kleinen Stadt Kapernaum, an den Ufern des Galiläischen Meeres auf. Meine Freunde, abergläubische Leute, machten sich erbötig, ein Gefolge auszusenden, das den jüdischen Rabbi nach Cäsarea in ihr Haus geleiten sollte. Es sind wirklich sehr liebe Menschen. Der Weg nach Kapernaum ist weit.

„Doch in jener Nacht hatte ich einen sehr sonderbaren Traum. Ich träumte, eine große Hand, die weiß war wie Marmor, streckte sich mir entgegen, und eine Stimme, eine wunderschöne Stimme, sagte zu mir: ‚Komm. Ich erwarte dich in Kapernaum.' Und obwohl ich noch so schwach war, daß ich kaum den Kopf vom Kissen heben konnte, teilte ich am Morgen meinen Gastgebern mit, daß ich mich selbst nach diesem armseligen Flecken in den verdorrten Bergen aufmachen wollte. Es sind Griechen, und sie waren entsetzt. Sie ließen ein Mitglied des jüdischen Ältestenrats, einen in Cäsarea sehr angesehenen Mann, zu mir kommen. Er erzählte mir, daß die Mehrheit der Juden wohl glaube, der Messias würde in himmlischer Herrlichkeit erscheinen und alle Völker Ihn sogleich erkennen, daß aber auch geweissagt worden war, es würden Ihn nur wenige oder gar keiner erkennen.

„Er wiederholte mir die Worte eines ihrer Propheten aus den Heiligen Büchern:

„‚Verächtlich ist Er, und zurückgesetzt unter den Menschen, ein Schmerzensmann, und bekannt durch Leiden; Er ist wie einer, vor dem man sein Angesicht verhüllt, und verächtlich, daß wir auf Ihn keine Rücksicht nehmen. Er aber trägt in Wahrheit unsere Leiden, und unsere Schmerzen hat Er auf Sich genommen; wir halten Ihn für von Gott gestraft, geschlagen und erniedrigt. Er ist durchbohrt um unserer Sünden willen, geschlagen wegen unserer Missetat. Die Züchtigung zu unserem Heil liegt auf Ihm, durch Seine Wunden wird uns Heilung.'

„Ich gebe zu, daß ich diese Worte nicht verstand; sie bedeuteten mir nichts. Aber der Mann versuchte nicht, mich von meiner Absicht, nach Kapernaum zu gehen, abzubringen. Ich hatte ihm meinen Traum erzählt. Er verhüllte sein Haupt, wie es die Juden tun, und schien zu beten. Dann streckte er seine Arme über mich aus und segnete mich und flehte den Himmel um Stärke für mich an. Nachdem er mich verlassen hatte, fühlte ich mich wirklich kräftiger und bereitete mich auf meine Reise vor."

Aristo wußte nichts zu sagen. Wie verzaubert starrte er in das volle, blühende Gesicht und in die jugendlich funkelnden Augen des Erzählers und schwieg.

„Meine Freunde waren sehr gütig. In Pelzdecken eingemummt, von ihren zuvorkommendsten Dienern begleitet, verließ ich in ihrem bequemsten Wagen am nächsten Tag die Stadt. Es war eine lange Fahrt in jene Landschaft, die durch Hügel aus schwarzem Basalt, kahle Berge und hungrige kleine Täler gekennzeichnet ist, aber sie verging mir wie ein Traum. Ich schlief und ruhte mich aus. Ich war wie besessen von dem Verlangen, das Antlitz jenes heiligen Rabbi zu schauen. Immer noch spuckte ich Blut. Manchmal fieberte und phantasierte ich auch, und wir mußten oft in Herbergen haltmachen. Dann gab es Zeiten, da ich glaubte, ich wäre schon gestorben, denn ich sah nur einen Nebel vor mir, der von glitzernden Lichtstreifen durchzogen war. Ich war oft bewußtlos. Der Tod setzte mir das Messer an die Kehle. Eine entsetzliche Mattigkeit lähmte meine Glieder, und ich wies alle Nahrung zurück.

„Du kennst diese jüdischen Kleinstädte nicht. Sie sind fürchterlich arm, schäbig, traurig, verzweifelt, stets von den Steuereinnehmern bedrängt, ein wahres Elend. Not und Hoffnungslosigkeit prägen ihre Züge. Die Menschen sind stolz, aber sie leben in Angst. Kapernaum ist ein typisches Beispiel. Ich konnte schon nicht mehr sprechen, die Tage waren heiß und die Nächte kalt, und ich sah dem Tod ins Auge. Wir fanden eine kümmerliche kleine Herberge und verbrachten dort die Nacht.

„Am nächsten Morgen fragten meine guten Diener nach dem Wunderrabbi und erfuhren, daß er auf den Straßen zu finden sei, wo er mit den beklagenswerten Menschen redete und den Mutlosen Hoffnung einflößte. Sie liebten ihn, sie umdrängten ihn, um sein Gewand zu berühren, und verfolgten ihn mit flehenden Blicken. Er lächelte ihnen gütig zu und sprach von der Barmherzigkeit ihres Gottes. Es waren aber nicht so sehr seine Worte, die die Menschen ergriffen, sondern vielmehr sein Antlitz und seine Haltung, denn er schien Liebe und Kraft, Seelenstärke und Trost auszustrahlen.

„So wies ich denn die Diener an, mich in einer Sänfte durch die häßlichen Gassen von Kapernaum zu tragen und nach dem heiligen Rabbi zu suchen. Ich dachte, ich würde einen ehrwürdigen alten Mann mit weißem Bart und schwankendem Schritt vorfinden, denn unter den heiligen Männern gibt es nur wenig junge! Und plötzlich stießen wir auf ihn. Er stand neben einem Brunnen, und ringsum drängten sich Frauen und Kinder und alte Männer und Jünglinge und Mädchen, elend gekleidet und mit rauhen Händen. Sie weinten, versuchten, ihn zu berühren, und ließen ihre Blicke unverwandt auf ihm ruhen. Die Frauen trugen Körbe mit ein paar welken Gemüsen auf den Köpfen; manche hatten Wasserkrüge auf den Schultern. Die Kinder waren fast nackend in ihrer Armut, und die alten Männer, von der Last ihrer Jahre und vom Hunger geschwächt, saßen auf den Steinen zu seinen Füßen. Für sie war es genug, daß er bei ihnen ausharrte.

„Mit großer Anstrengung hob ich mich aus den Kissen und sah Ihn."

Telis machte eine Pause. Er konnte seine Tränen nicht länger zurückhalten. Auch die Sklavenjungen waren zu Tränen gerührt. Aristo legte die Stirn in Falten. All dies schien ihm seines Freundes nicht würdig.

„Ich sage dir", fuhr Telis mit heiserer und brechender Stimme fort, „so einen Mann hatte ich noch nie gesehen! Ja, Er war arm und trug ein dürftiges Gewand und Sandalen mit hölzernen Absätzen mit Schnüren um die Knöchel und einen verschlissenen, geflickten Umhang. Aber Er sah aus wie ein König! Er war hellhäutig wie alle Galiläer, die sich ja mit uns nicht vermischt haben, hellhäutig wie die Mazedonier und die Bewohner der Insel Kos. Golden schimmerten Sein Haar und Sein Bart, und Seine

Augen waren blau wie der Himmel über Athen. Er war jung, aber groß und kräftig. Die Sonne hatte Seine Wangen und Hände gebräunt, und Seine edlen Züge verrieten Macht und Majestät. Er war ein König in Lumpen.

„Ich erkannte Ihn sofort. Lache nicht, lieber Freund. Ich erkannte in Ihm den Unbekannten Gott, und frage mich nicht, wie ich Ihn erkannte. Ich weiß es selbst nicht! Eine Gewißheit, die jeden Zweifel ausschaltete, kam über mich, und unvorstellbare Freude.

„Über Seinen breiten Schultern lag der unvermeidliche Gebetmantel der Juden. Er spielte mit den Quasten, während Er in den sanftesten Tönen zu den Leuten sprach. Ich weiß nicht, was Er sagte. Ich hätte jauchzen mögen und konnte den Blick nicht von Ihm wenden. Ich beobachtete Ihn, wie Er Krüppeln seine Hand auflegte und kleine Kinder streichelte, die in den Armen ihrer Mütter lagen, und es war, als ob ein Gott zu diesen Unglücklichen herabgestiegen wäre; ihre Gesichter leuchteten glückselig.

„Wer war ich denn, fragte ich mich, daß der Unbekannte Gott mich eines Blickes würdigen, Sich meiner annehmen sollte? Es war schon genug, daß ich Ihn gesehen, Ihn erkannt hatte. Ich war bereit, mich wieder forttragen zu lassen, denn nun zog ein süßer Friede in meine Brust ein. Meine Angst und meine Schmerzen waren wie weggeblasen, und der Tod verlor seine Schrecken für mich. Indem ich Seiner ansichtig geworden war, fühlte ich mich gesegnet. Ich hätte singen mögen, lachen und lieben und die ganze Welt umarmen, denn mir war, als hätte Er einen Blinden sehend, als hätte Er einen neuen Menschen aus mir gemacht. Was bedeutete mir noch meine Krankheit?

„Und nun geschah es, daß er Sein edles Antlitz meiner Sänfte zukehrte, und wir sahen uns eine lange Weile schweigend an. Dann lächelte Er und hob grüßend Seine Hand, als erkenne Er einen Freund wieder, der von weither gekommen war, um Ihm zu begegnen. Sogleich versank ich in tiefen Schlummer, und als ich erwachte, lag Kapernaum bereits weit hinter uns.

„Aber jetzt strömten Kraft und Gesundheit durch meine Adern! Kein Blut stieg mehr in meiner Kehle hoch. Ich verspürte schrecklichen Hunger. Ich verlangte zu essen. Als wir eine Herberge erreichten, sprang ich mit einem Satz aus der Kutsche. Die Diener standen mit offenem Mund da und starrten mir nach. Ich aß wie ein Verhungernder."

Unmöglich, dachte Aristo. Oder ein Zauberer hatte ihn in seinen Bann geschlagen.

„Sieh mich an!" rief Telis. „Ich erfreue mich der besten Gesundheit! Die Ärzte wissen nicht, was sie sagen sollen. Sie finden keine Krankheit mehr bei mir, sie finden überhaupt nichts! Und das ist nicht allmählich geschehen. Es war Sache eines Augenblicks. Der Unbekannte Gott heilte mich mit einem Blick aus Seinen begnadeten Augen!"

Aristo räusperte sich. „Wirst du also jetzt aus Dankbarkeit den jüdischen Glauben annehmen?“ fragte er.

Telis sah ihn von der Seite an. „Wir wissen, daß die Juden Anhänger zu gewinnen bestrebt sind und ihrem Gott die gesamte Menschheit zuführen wollen. Aber Er, von dem ich spreche, sagte kein Wort zu mir. Wie ein Bruder ließ er mir Seine heilige Gnade angedeihen. Nun warte ich auf Seinen Ruf.“

„Seinen Ruf!“ Aristo traute seinen Ohren nicht.

„Gewiß werde ich ihn vernehmen“, sagte Telis. „Bis dahin will ich versuchen, ein rechtschaffenerer Mann zu sein, als ich es war.“

Aristo überlegte. Die Juden, hieß es, verstanden sich darauf, Menschen zu verzaubern. Gar keine Frage, daß Telis von einem armen, unbekannten Rabbi behext worden war. Aristo war froh, daß sein Freund wieder gesund war. Wenn er aber jetzt ein ehrlicher Mann werden wollte, war es schlecht um Aristos Hoffnungen bestellt, von ihm zu erfahren, wie man es rasch zu Reichtum brachte.

„Du wirst es erleben!“ rief Telis mit einer Stimme, die von Überzeugung durchdrungen war. „Auch du wirst es erleben!“

Aristo fand die Aussicht deprimierend. Er wünschte sein Leben zu genießen, und daß die Juden ihr Leben nicht genossen, war allgemein bekannt. Der unbekannte Rabbi war arm und in Lumpen gewesen. In Griechenland und in Rom, wo die Menschen abergläubisch waren, hätte er ein Vermögen verdienen können.

Telis strahlte vor Glück und Lebensfreude, das konnte Aristo nicht leugnen: einem Sterbenden war Kraft und Jugend wiedergegeben worden. Er schüttelte in zweifelnder Verneinung den Kopf.

„Du hast meine Tochter Ianthe gesehen“, sagte Telis, „und ihr Blick hat mit Interesse und Wohlgefallen auf dir geruht. Betrachte sie als dein Weib, Aristo. Ich will dir etwas gestehen. Ich war einmal Sklave, aber ich hatte einen guten Herrn, einen Römer. Er hat mich erzogen, hat mir eine Erbschaft hinterlassen und mich in seinem letzten Willen zum freien Mann gemacht. Das ist der Grund, warum ich nicht alle Römer hasse. Aber — ich bin ein Sklave gewesen.“

Aristo war tief bewegt. „Auch ich war Sklave“, erwiderte er. „Aber überlege doch, was du mir angetragen hast! Deine Tochter, die schön ist wie der silberne Mond! Sie wäre eines besseren Mannes würdig.“

Telis streckte ihm seine Hand entgegen und Aristo ergriff sie. Es war ihm, als strömte eine gewaltige Kraft von Telis auf ihn über, und das Herz wurde ihm leicht. Herrliche Phantasien zogen vor seinem geistigen Auge vorbei. Er genoß die erste große Freude seit seiner Jugend und empfand die erste Liebe für eine Frau. In dieser Stimmung konnte er sogar über die Wahnideen seines guten Freundes hinwegsehen.

XX

„Ich staune", sagte Saul ben Hillel und verzog geringschätzig den Mund, „daß du der Geschichte deines griechischen Freundes Telis, der im Lande einen sehr zweifelhaften Ruf genießt, auch nur ein Mindestmaß an Glauben schenkst. Ich will ihn nicht zu sehr tadeln" — der Schatten eines Lächelns glitt über Sauls Züge — „denn schließlich beschwindelt er die Römer und schmuggelt, was Platz hat. Man weiß, daß er römischen Damen kostbare Schmuckstücke verkauft hat, die, wie sich später herausstellte, aus wertlosen Kieseln und geschliffenem Glas bestanden. Er hat Freunde unter den römischen und jüdischen Beamten, die er freigebig bezahlt, damit sie diese Schurkenstreiche übersehen oder gar decken. Soviel ich weiß, hatte er einmal drei Jahre Aufenthaltsverbot in Rom. Angeblich verkaufte er einer edlen Römerin eine prachtvolle ägyptische Halskette, von der er behauptete, sie sei aus reinstem Gold, kunstvoll emailliert und mit den feinsten Edelsteinen besetzt. Unglücklicherweise hatte die Dame einen Senator als Bruder, und dieser einen Goldschmied zum Freund. So entdeckte man, nachdem Telis die Stadt mit unbekanntem Ziel verlassen hatte, daß die Kette wesentlich weniger als fünfundzwanzigtausend Goldsesterzen wert war — der von der Dame entrichtete Betrag. Sie war aus vergoldetem Messing, das ‚antike' Email billiger Lack, und die Steine entweder fehlerhaft oder falsch. Wenn ich mich recht entsinne, war das Ding keine fünf Drachmen wert. Und das ist der Mann, der dir die seltsame Geschichte von einem angeblichen Messias erzählt hat, der aus den brennenden Hügeln und den öden Tälern Galiläas kommen soll!"

„Er sagt, daß er jetzt ein ehrlicher Mann geworden ist. Oder, um ihn wörtlich zu zitieren, ‚ein rechtschaffenerer Mann'."

Selbst der trauernde Saul mußte lachen. „Er hat sich nicht ganz festgelegt, und das ist typisch griechisch. Ich will gern zugeben, daß sein hochverehrter Rabbi irgendwelche Heilkräfte besitzt. Sie sind vielen unserer umherziehenden Rabbis zu eigen, denn es sind selbstlose und wahrhaft heilige Männer, indem sie nicht so sehr den Menschen als vor allem Gott dienen und alle Gesetze und Gebote beachten. Er hat dir also gesagt, daß er lungenkrank war. Hast du seine Ärzte gefragt? Haben sie beschworen, daß er an dieser Krankheit litt und daß er jetzt auf geheimnisvolle Weise geheilt ist? Nein. Vielleicht hat er gar kein Leiden gehabt oder die Ärzte haben sich getäuscht. Es wäre auch möglich, daß er Angst hatte, verhaftet zu werden, weil man einigen seiner Gaunereien auf die Spur gekommen war. Das würde ausreichen, daß so ein abgefeimter Betrüger von Schmerzen und Schüttelfrost befallen wird, oder von einem Blutsturz. Sobald die Gefahr vorbei war, genas er wieder. Da hast du eine ganze Reihe von Erklärungen, mein lieber Aristo. Such dir die aus, die dir am besten zusagt."

„Ich weiß nur, daß er aussah wie einer, der am Rande des Grabes steht“, erwiderte der Grieche. „Ich habe in meinem Leben viele Menschen sterben gesehen, ich täusche mich selten. Die Symptome waren deutlich erkennbar. Telis ist kein Narr. Er ist ein Zyniker und alles andere als abergläubisch. Und trotzdem ist er davon überzeugt, daß an ihm ein Wunder vollbracht worden ist.“

„Ein Wunder, gewirkt an einem sorglosen, ungläubigen, unbußfertigen Heiden?“ entgegnete Saul achselzuckend. „An einem Dieb? An einem berüchtigten Gauner? Gott verrichtet keine Wunder für Sünder, so lange sie nicht bereuen und sagen ‚Gott, vergib mir, einem Sünder!‘ Und wie war das mit deinem Freund? Er hat ein Gerücht gehört und einen Traum gehabt, das war alles. Worauf er zu diesem armseligen Rabbi aus Nazareth eilte und augenblicklich von seiner Krankheit geheilt wurde. Dabei ist er nicht einmal Jude!“

Aristo senkte den Kopf in gespielter Unterwürfigkeit. „Jawohl, ich begreife. Dein Gott straft alle Nichtjuden mit Verachtung, und es ist anmaßend von uns, zu hoffen oder zu glauben, daß er auch uns einmal mit einem freundlichen Blick beglücken könnte.“

Saul lachte wieder und diesmal nicht so widerstrebend wie vorher. „Ich rede immer so grob und heftig, obwohl es gar nicht in meiner Absicht liegt. Ich bin leider kein Diplomat. Du weißt, daß ich dich nicht verletzen wollte. Es lag mir nur daran, deine Geschichte dem Licht des Tages auszusetzen, mein lieber Freund und Erzieher Aristo.“

Der Grieche war gerührt und erinnerte sich an den jungen Saul, der mit etwas herausplatzen und sich dann reumütig entschuldigen konnte, wie es der ältere Saul jetzt getan hatte. „Der Mann war jedenfalls dem Tode nahe“, sagte er. „Auf dem Schiff hörte ich oft sein quälendes Husten und sah, wie er sich verstohlen Blut vom Munde wischte. Der Mann war ganz zweifellos dem Tode nahe. Und jetzt lebt er und ist gesund und voller Lebensfreude. Wie und warum er geheilt wurde, weiß ich nicht, aber sagtest du nicht immer, Gottes Wege seien den Menschen unverständlich?“

Saul lächelte. „Damit habe ich dir meine eigene Waffe in die Hand gegeben, nicht wahr? Dein diebischer Freund sprach auch von dem wilden Mann aus der Wüste, der von Herodes hingerichtet wurde. Ich bin ihm einmal in der Wildnis begegnet. Es war ein gewisser Jochanan, der Sohn zweier alter Galiläer, eines einfachen Priesters namens Zacharias und seiner Frau Elisabeth. Ich hielt ihn schon damals für einen Wahnsinnigen, aber er besaß die Stimme und die Beredsamkeit eines Hexenmeisters und vermochte sogar meinen Freund Joseph von Arimathäa zu täuschen, den ich einmal begleitete, als er ihn besuchte. Ich gebe zu, er sah aus wie ein junger Prophet und war ein überwältigender Redner. Er war zwar Galiläer, aber nicht ungebildet. Er besaß gelehrtes Wissen, war mit dem Pentateuch und all den anderen Schriften wohl vertraut und wußte daraus zu zitieren.

„Er blendete mich, wie er auch andere blendete. Dann aber gab er mir Anstoß. Vielleicht war es auch nur ein Mißverständnis, denn mein Ohr hatte sich noch nicht an seinen bäuerlichen Dialekt gewöhnt. Er deutete an, der Messias wäre schon gekommen! ‚Denn ein Kind ist uns geboren worden, ein Sohn ist uns geschenkt worden!' Nun, das ist schlicht und einfach Gotteslästerung. Wäre der Messias geboren worden, der Himmel würde sich aufgetan und ein strahlender Ring von Licht und Herrlichkeit Jerusalem umschlossen haben. Frömmigkeit wäre eingezogen auf Erden. Jählings hätten Wahrheit, Gerechtigkeit, Liebe, Frieden und ewiges Leben ihre Herrschaft errichtet. Die Tore Jerusalems wären plötzlich mit glitzernden Edelsteinen besetzt gewesen. Es würde keine Arbeit mehr geben. Wind und Regen würden säen und ernten, und der Ruf einer Stimme würde genügen, um ganze Städte in Sekundenschnelle emporwachsen zu lassen. In der Zeit von einem Atemzug zum nächsten würde der Messias Seinen neuen Tempel erbaut haben. Auflodern würde das himmlische Feuer auf den Altären, und Wache halten würden die Seraphim über der Bundeslade und dem goldenen Kerzenleuchter. Die Völker der Erde würden von diesen Wundern wissen — und von der Auferstehung der Toten, wie sie geweissagt wurde — und, von Engelsstimmen angekündigt, aus allen Weltteilen kommend, in Jerusalem zusammenströmen. So würde mein Volk Israel die Menschen der Erde in einer einzigen unendlichen Umarmung von Seligkeit und Liebe aufgenommen haben, und es würde keine anderen Völker mehr geben ... Ist dieses geschehen?"

„Nein", erwiderte Aristo, „und, offen gesprochen, es wäre mir auch gar nicht lieb gewesen. Ich gehöre zu jenen, die mit der Welt einverstanden sind, so wie sie ist: mit all ihrem Unrecht, ihren Ungewißheiten und ihren zuweilen extravaganten Vorstellungen. Schon allein wegen ihrer Launenhaftigkeit und Unberechenbarkeit ist sie interessant, während die Welt, von der du sprichst, mich zu Tode langweilen würde — und, wie du sagst, wäre selbst der Tod unerreichbar."

„So ziehst du also das yetser hara, den Drang zum Bösen, vor. Ach, Aristo. Du wirst dich niemals ändern. Doch laß uns zu Jochanan zurückkehren, zu diesem Essener der Wüste, dem Barbaren und Wahnsinnigen. Ich verurteile die Essener und Zeloten nicht. Lieben sie nicht Gott und ihr Land, beachten sie nicht das Gesetz, verachten sie nicht den Unterdrücker und leisten ihm Widerstand? Mein Herz gehört ihnen. Aber dieser Jochanan war ein Verführer, der seine Wahngebilde ernst nahm. Er glaubte, der Messias befände sich schon unter uns — das ist schon nicht mehr Unsinn: das ist Gotteslästerung. Wir bestrafen Gotteslästerung, Ehebruch und Mord mit dem Tod. Um sich zu retten, floh er.

„Voriges Jahr tauchte er in Jerusalem auf, um, wie er sich ausdrückte, das Kommen des Messias zu verkünden und ‚den Weg zu bereiten'. Er beschwatzte viele einfache, ungebildete Leute, darunter auch eine ganze

Menge Griechen. Er taufte sie und erzählte ihnen, er habe auch schon den Messias getauft. Der doch frei von Sünde ist, gesegnet sei Sein Name, und keiner Reinigung bedarf! Siehst du nicht, wie absurd das alles ist? Du weißt, daß es bei uns Juden die rituelle Handlung des Waschens gibt, um uns von Sünden zu befreien. Ist denn nun der Messias sündhaft? Schon allein diese törichte Frage zu stellen, ist gotteslästerlich. Und dieser Jochanan, den die Griechen jetzt Johannes den Täufer nennen, besaß die unverzeihliche Frechheit zu behaupten, er habe dieses Ritual am Messias vollzogen! Dafür allein verdiente er den Tod, der ihm dann auch beschieden war."

Aristo gähnte. „Ihr Juden", sagte er und lächelte seinem früheren Zögling freundlich zu. „Ihr sprecht von eurem Messias als einem, vermutlich von eurem Gott, Gesalbten — die Römer würden Ihn Christus nennen. Das ist für euch das Wunder aller Wunder. Wie du weißt, haben sich unsere Götter und Göttinnen regelmäßig mit den Sterblichen gepaart und eine Unzahl von Söhnen und Töchtern hervorgebracht, aber wir wundern uns nicht darüber und fallen bei dem Gedanken auch nicht in Verzückung. Götter sind Götter und besitzen alle die guten und auch alle schlechten Eigenschaften der Menschen. Ich finde diesen Gedanken schön und bezaubernd. Wie dem auch sei: mein Freund, ein Mann von beachtlicher Gelehrtheit, schwor mir, daß der Rabbi, der ihn heilte, der Unbekannte Gott war. Den wir alle erwarten."

„Gotteslästerung", sagte Saul. „Das ist nicht zum Lachen. Wurde eurem Sokrates nicht wegen seiner Gottlosigkeit der Schierlingsbecher gereicht?"

„Ich glaube, der wirkliche Grund war ein anderer. Er hielt die Jugend dazu an, für sich selbst zu denken, statt die Meinungen und Überzeugungen ihrer Väter und der Regierung demütig als unantastbar hinzunehmen. Hätte man ihn weiter leben lassen, wer weiß, wieviel Unheil er noch angerichtet haben würde? Gute und weise Menschen verdienen den Tod, weil sie nicht in diese Welt passen."

„Du meinst das natürlich nicht ernst", sagte Saul, und seine Miene ließ erkennen, daß er an Späßen immer noch keinen Geschmack fand. „Ach, ich wünschte nur, dieser Marktschreier, von dem dein Freund gesprochen hat, dieser Scharlatan, der die Unwissenden glauben läßt, er sei der Messias, käme einmal nach Jerusalem! Ich wollte ihm seine Verfehlungen ins Gesicht schleudern und ihn seiner verdienten Strafe zuführen!"

„Aber wie ich höre, ist er schon einige Male hier gewesen. Gibt es nicht ein Gebot bei euch Juden, wonach alle, die zu gehen oder zu reiten imstande sind, an den hohen Feiertagen nach Jerusalem kommen müssen? Doch, ja. Du hast es mir selbst gesagt. Also muß der arme Nazarener schon sehr oft in seinem Leben aus der öden Landschaft Galiläas hierher gekommen sein. Er soll hier auch schon Wunder vollbracht haben."

„Von solchen Wundern habe ich nie etwas gehört!" rief Saul aus und verstummte sogleich. Er starrte Aristo an. Seine Augen glitzerten wie die blaue Klinge eines Schwertes. „Hat dein Freund dir sein Aussehen beschrieben?“ Er war ein wenig blaß geworden, und die Sommersprossen traten deutlich auf seinem hageren Gesicht hervor.

Aristo dachte kurz nach und schilderte dann den Rabbi, wie Telis ihn beschrieben hatte. Sauls rote Augenbrauen knoteten sich zusammen, und das Blut wich aus seinen Lippen.

„Was hast du?“ fragte Aristo, als er das bemerkte.

„Nichts. Ich glaube, ich habe den Nazarener gesehen: zweimal in Wirklichkeit und einmal in einem Fiebertraum. Ich wußte sofort, wen ich da vor mir hatte: einen Zauberpriester. Und damit ist auch schon sein Urteil gesprochen, denn solche Menschen haben den Teufel im Leib.“ Er erschauerte und empfand plötzlich, zu seiner eigenen Überraschung, einen jäh aufschießenden tiefen Schmerz, dessen Ursprung er sich nicht erklären konnte, der ihn jedoch irgendwie an einen Verrat erinnerte.

Aristo verspürte zunehmende Langeweile. Sie saßen in Sauls schauerlichem kleinen Schlafgemach mit seinem Tonfußboden und den beißenden Gerüchen. Aristo hatte Wein und süßes Gebäck mitgebracht, um es mit Saul zu teilen, der nur zerstreut zulangte. Das schwache Lämpchen flakkerte, der Tag neigte sich seinem Ende zu.

„Mein Freund“, sagte der Grieche, „berichtete mir später auch, daß der Rabbi, heilig oder nicht, von Jüngern oder Anhängern begleitet war. Einer davon war der Sohn eures großen und mächtigen Hannas, den selbst Herodes Antipas fürchtet und dem Pilatus große Ehren erweist. Ist es nicht Hannas, der im Tempel die Obergewalt führt, der einen Menschen erhöhen, aber auch vernichten kann und der die Schätze des Tempels verwaltet? War er nicht Hoherpriester und ist er nicht der Schwiegervater des jetzigen Hohenpriesters in Jerusalem, eines gewissen Kaiphas? Ja, ja. Weißt du, ich bin diesen Dingen nachgegangen, denn damals interessierten sie mich. Heute schon nicht mehr, das muß ich zugeben. Hannas also hat einen Sohn, einen gewissen Judas Iskariot. Es ist ein sehr wohlhabender junger Mann und ein Anhänger deines zerlumpten Wunderrabbi.“

„Unsinn“, entgegnete Saul. „Ich habe von diesem Sohn gehört. Er ist Essener, und sein Vater hat ihn enterbt. Seine Mutter allerdings ist ganz vernarrt in ihn und versieht ihn großzügig mit Geldmitteln. Unsinn.“

Jetzt gähnte Aristo schon tief und laut. Wegen Frau Ianthe, mit der er verlobt war und die er anbetete, hielt er sich nun schon übermäßig lange im Lande auf. Die Frage der Mitgift war noch zu bereinigen, und wenn Telis jetzt auch beteuerte, ein ehrenwerter Mann zu sein, blieb er dennoch ein gerissener Verhandlungspartner. Auch Menschen mit einer Vision sind nur Menschen, dachte Aristo und lächelte. Er würde in sechs Monaten zurückkehren, um seine Braut zu holen, denn ihre Trauerzeit um den verstorbenen Gatten war noch nicht abgelaufen. Aristo hegte keinen Zweifel, daß Telis, dieser vorsorgliche Kaufmann und Spitzbube, im geheimen Erkundigungen über seinen zukünftigen Schwiegersohn einzog. Aristo fühlte sich nicht verletzt. Er würde das gleiche getan haben — und hatte es auch schon getan.

„Du wirst in Tarsus Fragen der Verlassenschaft ordnen müssen", wandte er sich jetzt an Saul. „Willst du nicht mit mir fahren?"

„Ich habe dort Anwälte und Agenten", erwiderte Saul. „Was bedeutet mir Besitz? Ich werde verfügen, daß alles an den Tempel in Tarsus geht, und ein gewisser Teil an den Tempel in Jerusalem."

Aristo starrte ihn an, als ob er es mit einem Irren zu tun hätte. „Du besitzt doch ein Vermögen!" rief er aus. „Du bist ein reicher, ein mächtiger Mann! Und du willst alles herschenken? Saul, ich bitte dich! Du bist doch nicht wahnsinnig! Du meinst das doch nicht ernst?"

„Ich bin nicht wahnsinnig und ich meine es ernst."

„Ihr Götter!" stöhnte Aristo und verdrehte die Augen. Ein Gedanke schoß ihm durch den Kopf. „Und was ist mit deiner schönen Schwester Sapphira und ihren Kindern? Möchtest du ihnen nicht einen guten Teil der Erbschaft überlassen?"

„Sapphira erhielt ihre eigene Aussteuer und gehört jetzt einer sehr reichen Familie an", antwortete Saul. Er versank in Gedanken. „Ich würde gern das Grab meines teuren Vaters sehen", sagte er dann mit tiefer, trauriger Stimme. „Ich würde gern das Totengebet für ihn in seinem Tempel in Tarsus sprechen. Ja. Ich weiß, mein Schmerz wird in Tarsus noch größer sein, aber das läßt sich nicht vermeiden."

„Behalte doch wenigstens das Haus, das deinem Vater so wert war. Es wird eine Stätte der Zuflucht für dich sein, wenn die Welt dir einmal zuviel ist."

„Vielleicht", erwiderte Saul mit einer gleichgültigen Geste. Aber in seinem Inneren war er nicht gleichgültig. Er dachte an das Haus, in dem er geboren worden war und das voll war von schönen Erinnerungen. Er würde das Haus behalten, denn es war auch Sapphiras Heim, und sie sprach oft wehmütig davon.

„Etwas gibt es", sagte er, „was ich mir nicht verzeihen kann: ich habe meinen Vater nie verstanden."

Aristo seufzte. „Saul, Saul. Verstehst du denn mich oder deine Schwester oder deine Freunde? Nein. Also mache dir keine Vorwürfe, daß du deinen Vater nicht verstanden hast. Sehr wahrscheinlich hat er dich auch nicht verstanden."

„Ich weiß nicht wieso", sagte Saul und lächelte sein blasses und reserviertes Lächeln, „aber du hast eine Art, mich zu trösten, wie das kein anderer fertigbringt, nicht einmal Rabban Gamaliel oder Joseph."

„Das kommt wahrscheinlich daher", meinte Aristo, „weil ich vernünftig mit dir rede und nicht in Gleichnissen und Bibelworten."

Er verabschiedete sich zärtlich. Saul blieb allein zurück, nippte, ohne ihn zu genießen, an dem guten Wein, und grübelte. Nicht nur Kummer bedrückte sein Herz. Wie die Schwingen eines großen Vogels lasteten Furcht und ein unerklärliches, schattenhaftes Unbehagen auf seiner Seele

XXI

Rabban Gamaliel führte philosophische Gespräche mit seinen Schülern, zu denen auch Saul von Tarsus zählte.

„Die Griechen", sagte er, „sprechen von einer großen Ähnlichkeit zwischen ihren Asketen und unserem ehrwürdigen Glauben. Sie weisen darauf hin, daß Gott, gesegnet sei Sein Name, uns geboten hat, den Anfechtungen der diesseitigen Welt zu widerstehen — um nicht unserer ewigen Seele und der Welt des Jenseits verlustig zu gehen — während die Asketen erklären, die Welt der Menschen sei dem Geiste fremd, der von geheimnisvollen und dämonischen Gottheiten und göttlichen Eingebungen gelenkt wird.

„Doch in Wirklichkeit ist der Unterschied zwischen uns und den Asketen riesengroß. Die Welt ist für uns keineswegs unerheblich. Sie ist Teil unseres Wesens, so wie unsere Körper Teil sind der Erde und ihres Staubes. Unsere physischen Lebensäußerungen sind ebenso tierhaft wie die des Ochsen oder des Pferdes oder des Vogels. Wir müssen uns also mit dem körperlichen Teil der Welt befassen, und wenn wir dabei unsere Pflichten versäumen, bedeutet das ein Versagen vor dem Allmächtigen. Wieso? Hat Er uns nicht verkündet, daß Sein Messias unseres Fleisches sein wird, und würde Er unseres Fleisches sein, wenn es verachtenswert und Seiner nicht würdig wäre? Dieses Fleisch, das Er selbst geschaffen hat? Wer also die Welt geringschätzt und die Geschöpfe, die sie bevölkern, schätzt gewissermaßen Gott selbst gering. Du runzelst die Stirn, Saul von Tarschisch?"

„Verzeih", erwiderte Saul, „ich fürchte, ich war mit meinen Gedanken einen Augenblick lang woanders."

Der berühmte Rabban spitzte ein wenig die Lippen. Er wußte, daß Saul nicht ganz aufrichtig geantwortet hatte, denn der junge Mann errötete. Der Rabban fuhr fort:

„Wir Juden räumen ein, daß es einen Geist des Bösen in dieser Welt gibt, Luzifer, den gefallenen Erzengel, denn im Buch Hiob wird berichtet, wie Gott und Luzifer um die Seele dieses gläubigen Mannes rangen. Ob dies nun symbolisch aufzufassen ist oder nicht, wir alle wissen, daß das

Gute und das Böse in unseren eigenen Herzen stets im Kampf miteinander liegen — das ist Tatsache und nicht sinnbildlich zu verstehen. Gott hat Seine Legionen der Seligen, die Ihm zur Seite stehen; darum muß Luzifer seine Legionen der Verdammten haben, die *ihm* beistehen. Somit anerkennen wir das Vorhandensein von Dämonen, obwohl die Sadduzäer diesen Gedanken mit einem überlegenen Lächeln abtun und nur vom ‚Gewissen' eines Menschen reden, das, so behaupten sie, nichts weiter ist als das Produkt abergläubischer Vorstellungen der Eltern dieses Menschen, oder seine eigene Einstellung zum Leben oder seine Religion oder das Fehlen einer solchen. Aber die Sadduzäer erklären uns nicht, warum der Mensch überhaupt ein Gewissen hat, ob nun in Wirklichkeit oder nur in seiner Phantasie! Es ist nur dem Menschen gegeben. Warum eigentlich? Unwichtig. Das gehört nicht zu dieser Beweisführung, auch wenn die Sadduzäer uns versichern, der Mensch sei gut, neige zum Guten und spräche daher mit der inneren Stimme des Guten.

„Doch glauben wir nicht, daß die Geister des Bösen, wie übelwollend sie auch sein mögen, mächtiger sind oder auch nur ebenso mächtig wie der Geist Gottes, also Gott selbst. Die Griechen hingegen glauben, daß sie in ihrem Bereich ebenso mächtig sind, und das ist der Grund, warum sie ihnen häufig Opfer darbringen, um sie günstig zu stimmen. Die Frömmeren unter uns treiben sie aus, sofern sie durch die äußeren Sinne wahrnehmbar sind, aber wir alle wissen, daß die innere Manifestation die weitaus gefährlichere ist. Darum sollten wir vielleicht" — hier spielte ein joviales Lächeln um die Lippen des Rabban — „uns selber austreiben!"

Die Schüler belohnten ihn mit anerkennendem Schmunzeln. Dann wurde er wieder ernst. „Wir wissen, daß es unglückliche Menschen gibt, die von Dämonen besessen sind. Aber es sind nur wenige. Das wahre Übel wohnt im Herzen der Menschen. Doch darum geht es nicht. Da die Welt den Menschen fremd ist, sagen die Asketen, da sie von dämonischen Gottheiten beherrscht wird und dem menschlichen Geist daher gastliche Aufnahme versagt, ist es unerläßlich, die Welt und alle ihre Lebensäußerungen zu vernichten, einschließlich unserer Gelehrsamkeit, unserer Kunst und unserer Gesetze. Mit anderen Worten, Anarchie. Die Asketen mögen dies für wünschenswert halten — aber kann der Mensch im Chaos existieren? Nein, er würde zugrundegehen. Und genau das ist es, glaube ich, worauf die heimtückischen Asketen abzielen. Sie scheinen zu glauben, daß die Zerstörung der Welt und, dadurch, die Zerstörung der sinnlich wahrnehmbaren Äußerungen des menschlichen Lebens den *Geist* des Menschen freigeben würde. Zu welchem Behufe? Das sagen sie nicht. Kann denn der Geist existieren, ohne sich in irgendeiner Form zu offenbaren? Selbst Gott offenbart Sich nur in Seiner Schöpfung.

„So sind also die Auffassungen der Asketen und der Juden, was die Welt und das Böse betrifft, sehr unterschiedlich. Aber wir akzeptieren die goldene Mitte der Griechen. Der Mensch sollte nicht ausschließlich der Welt angehören. Er liefe sonst Gefahr, seine Seele zu verlieren. Er darf aber auch nicht ausschließlich dem Geist leben, weil er sonst Gefahr liefe, seiner natürlichen Menschlichkeit verlustig zu gehen — die ja eine Manifestation des Herrn ist, gesegnet sei Sein Name. Dies ist uns seit langem bekannt und auch der Grund, warum wir den reinen Verstandesmenschen, der nicht weiß, wie er sich mit den Dingen dieser Erde beschäftigen und mit ihnen umgehen soll, fürchten und ihm mißtrauen. Die absolute Vernunft kann schlecht, und sie kann auch gut sein. Überdies ist ihr eine Neigung zu Unmäßigkeiten und Überschreitungen inhärent. Mit einem Fuß steht der Mensch auf materialistischer Grundlage, mit dem anderen im Bereich des Geistigen. Und weil wir das wissen, sagen wir, daß die Welt in der Tat unsere Heimat ist, und daß der Messias sie und unser Fleisch verwandeln und eine Wohnung daraus machen wird, die des Geistes würdig ist. Wir können diesen Gedanken noch nicht in seiner ganzen Größe ermessen, denn die Welt besteht für uns aus Beschränkungen und Begrenzungen, aber der Geist kennt weder diese noch jene. Es ist dies ein großes Geheimnis. Es ist die Wahrheit, aber für unseren begrenzten Verstand ein Geheimnis.

„Zusammenfassend sollten wir also festhalten: Wenn Gott diese unsere Welt nicht liebte, wenn Er sie verschmähte, Er würde uns nicht Seinen Messias schicken. Er würde stattdessen die Seelen der Menschen über die Welt hinwegheben und die Erde unter ihnen zerstören — diesen lieblichen grünen Garten Gottes. Laßt uns daher die Welt der Menschen lieben: nicht mit rührseliger Gefühlsduselei und nicht mit falschen Tränen heuchlerischen Erbarmens, sondern einfach darum, weil sie eine Manifestation Gottes ist. Der Mensch soll gerecht, aber niemals nachsichtig beurteilt werden. Seine Sünden dürfen nie durch Erklären beseitigt werden; damit würden wir Gott verhöhnen. So wie der Mensch für die Fehler seines Geistes im Jenseits bezahlt, muß er in dieser Welt für die Irrtümer seines Fleisches bezahlen. Er ist für seine Handlungen voll verantwortlich — was diese wirren Asketen leugnen. Ob schwach oder stark, töricht oder weise, träge oder emsig, armselig oder stolz, der Mensch muß Rechenschaft ablegen vor seinen Brüdern, die ein weises und gerechtes Urteil über ihn fällen werden. Er ist nicht das Produkt seiner Umgebung, wie die Asketen uns weismachen wollen. Er allein ist Herr über seine Gedanken und Taten. Andere Menschen mögen ihn unterdrücken, aber in seiner Seele ist er frei. Wie er diese Freiheit nutzt, muß er vor Gott verantworten.

„Wir Juden behaupten also, daß der Mensch frei geboren wird und, wie immer seine Umwelt gestaltet sein mag, frei bleibt. Die Griechen hingegen, insbesondere die Asketen, sprechen vom Schicksal, denn sie ziehen es vor, das Schicksal für ihre Sünden und Missetaten verantwortlich zu machen und nicht sich selber. Die Welt ihrer Mitmenschen, jammern sie, trage Schuld an ihrer mißlichen Lage — und nicht ihre eigene Schwäche und Gleichgültigkeit und Stumpfheit und Willenlosigkeit. Ich habe meine eigene Theorie, was die Asketen betrifft: Sie hassen und verabscheuen sich selbst, denn sie wissen, wie es in ihren Herzen aussieht. Wie sehr sie auch beteuern, die Menschen zu lieben und ihr Schicksal zu beklagen, in Wahrheit hassen sie sie, weil sie sich selbst in ihnen erkennen."

Er seufzte. „Das ist eine bekannte Maxime: wir verabscheuen und verurteilen bei anderen, was in Wirklichkeit an uns selbst hassenswert ist. Doch statt uns selbst zu verdammen — der Mensch ist von Natur aus, wenn auch grundlos, eingebildet und selbstgefällig — tadeln und brandmarken wir unseren Nächsten und werfen ihm die Gemeinheiten vor, derer wir selbst fähig sind. Und um unsere eigene Schlechtigkeit zu verhehlen, opfern wir bedenkenlos den Ruf, das Glück und sogar das Leben unseres Nachbarn."

„Dann ist der Mensch also wirklich verachtenswert?" fragte Saul.

Der Rabban sah ihn einige Augenblicke lang forschend an. „Das habe ich nicht gesagt, Saul von Tarschisch. Hast du mir nicht zugehört?"

Er wies seine Schüler nur selten zurecht, und dies war das erste Mal, daß er Saul rügte. Der junge Mann errötete über die Demütigung, und seine scharfen Augen blitzten. Seine Mitschüler, die ihm nicht sehr zugetan waren, senkten unschuldsvoll die Köpfe und lächelten in ihre jungen Bärte. Das kränkte ihn noch mehr, und er preßte die Lippen zusammen.

„Ich reise morgen nach Tarsus", sagte er später zum Rabban, „denn ich muß die Verlassenschaft nach meinem Vater ordnen. Ich habe die Absicht, alles zu verkaufen und es den Tempeln in Tarsus und in Jerusalem zu schenken."

Rabban Gamaliel musterte ihn und dachte sich im stillen seinen Teil. „Das ist ein vorbildlicher Entschluß", antwortete er dann, „aber Gott, gesegnet sei Sein Name, hat uns auch ermahnt, für uns selbst Vorsorge zu treffen, damit wir unseren Nachbarn und unseren Gemeinden nie zur Last fallen. Unsere Religion ist sehr vernünftig und läßt praktische Erwägungen nicht außer acht."

Das war nicht die Antwort, die Saul erwartet hatte. Dann erinnerte er sich, daß der Rabban zwar für seine Mildtätigkeit bekannt war, darum aber sein und seiner Familie Wohlergehen nicht vernachlässigte. Das gleiche galt für Joseph von Arimathäa. „Wie ich heute ausführte", sagte der Rabban, „leben wir in zwei Welten. Wir sollten keine von beiden geringschätzen. Darum rate ich dir, einen Teil deines Vermögens zu behalten. Es ist doch immerhin möglich, daß du eines Tages ins Unglück gerätst und nicht mehr arbeiten kannst. Dann bist du eine Bürde für dein Volk, und das wäre fraglos ungerecht."

„Aber Gott hat uns geboten, mildtätig zu sein und Ihm Tempel zu errichten."

„Er hat auch geboten, den gesunden Menschenverstand zu gebrauchen, den Er uns gegeben hat", entgegnete der Rabban.

Kopfschüttelnd sah er dem jungen Mann nach, der sich jetzt entfernte. Hillels Sohn, dachte er, glaubt scheinbar, er könne Gott nur dienen, indem er die Welt verachte und sich von ihr zurückziehe, und daß man die Menschen abweisen müsse, um vom Allmächtigen in Gnaden angenommen zu werden! Wie bedauerlich, daß er als Jude zur Welt gekommen war! Er hätte Asket sein sollen. Dann vertiefte sich der Rabban in düstere Gedanken, die alle Saul von Tarsus betrafen. Schwerwiegende Fragen beschäftigten und beunruhigten seinen Geist.

Der frühe Sommertag schimmerte im Licht, und ganz Jerusalem schien zu glitzern und zu funkeln, sogar die Straße der Ziegenhaarweber und die Straße der Käsemacher und die mit Menschen vollgestopften Basare und die engen Gäßchen. Strahlende Aureolen krönten Zypressen und Myrten, Johannisbrotbäume und Palmen, Platanen und Pinien. Golden tanzte der Staub unter den Schritten und unter den Hufen eines Kamels, eines Esels oder eines Pferdes, und kupferfarben leuchteten die fernen Berge. Rote und purpurne Blumen und Reben ergossen sich von den Mauern, und die Menschen waren gut gelaunt an diesem strahlenden und doch nicht zu heißen Tag. Jenseits der Stadt stand das sprossende Korn in saftigem Grün auf den fruchtbaren Feldern, und die jungen Weinstöcke zeigten insgeheim die reifenden Beeren an den Reben. Die Olivenwäldchen schimmerten weißglühend in der Sonne und glichen zuweilen glitzernden Hainen lebendigen Quecksilbers.

Nicht einmal dem trübsinnigen Saul gelang es, so sehr er sich auch mühte, sich dem Liebreiz des Tages und dem Frohsinn des Lebens zu entziehen. Er saß in einem großen, mit vier schwarzen Pferden bespannten Wagen, den Joseph von Arimathäa ihm geliehen hatte, der ihn jetzt auch bis Cäsarea begleitete. Dort würde Joseph zurückbleiben, und Saul ein Schiff besteigen, das ihn nach Tarsus bringen sollte.

Joseph war in diesen Tagen von einem Geist der Unruhe und gespannter Erwartung erfüllt, der Saul beunruhigte. Joseph gab keine Erklärungen ab. Doch schien er von einer ungeheuren Freude bewegt, und seine Augen funkelten so lebhaft, als habe er wundersame Neuigkeiten vernommen. Er zog Saul nicht ins Vertrauen. Er sah ihn jetzt nur selten, denn der junge Mann lebte in zunehmender Zurückgezogenheit und machte selbst bei seinen wenigen Freunden keine Ausnahme.

Als sie sich nun den Mauern des Tempels näherten — in der Sonne aufflammende Kuppeln und Türme, eine gleißende Fata Morgana — stießen sie auf eine große Menschenmenge. Breitbeinig, die Daumen in ihre Ledergürtel gehakt, standen römische Soldaten lässig am Straßenrand und ließen sich von der Sonne bescheinen. Die Menge verhielt sich ungewöhnlich ruhig: die Leute lachten und lärmten nicht wie sonst, wenn sich etwas ereignete, was ihre Aufmerksamkeit erregte. Joseph hob seine Hand, und der Lenker des Wagens brachte die Pferde zum Stehen. „Komm und höre zu", sagte Joseph zu Saul in ruhigem, aber energischem Ton.

Verwundert stieg Saul mit ihm aus und zog sich seinen schlichten wollenen Umhang über die Schultern. Seine Füße steckten in derben Sandalen. Joseph berührte zart eine Schulter, und der, dem sie gehörte, drehte sich um — um den reichen, vornehm gekleideten Edelmann anzustarren, und dann seinen rothaarigen Sklaven, einen Jüngling mit hartem Mund und hervortretenden Backenknochen. Dann trat der Mann ehrerbietig zur Seite, und nach ihm noch einer und noch einer und noch einer, bis Joseph und Saul den inneren Ring der Menge erreicht hatten.

Genau in der Mitte der breiten römischen Straße stand der Fremde, den Saul nicht vergessen hatte, der ungeschlachte Nazarener mit seinen blonden Locken und blondem Bart, den breiten, kräftigen Schultern und den großen blauen Augen. Er trug keinen Umhang. Sein Gewand war aus derbem grauem Tuch und sein Schuhwerk ebenso schlicht wie Sauls. Seine Arme waren entblößt. Saul zuckte zusammen, als er den Gotteslästerer vor sich sah, den Mann, der Aristos Freund Telis vor Jahresfrist mit irgendeiner schändlichen Hexerei geheilt hatte — *wenn* er ihn geheilt hatte. Das war der Mann, dessen Kommen, wie es hieß, der wilde Jochanan angekündigt hatte, dieser ‚Johannes der Täufer'. Der war jetzt tot. Er hatte die Welt der Vernunft von seiner lästigen Anwesenheit befreit. (Saul konnte selbst nicht begreifen, warum die Erinnerung an jenen Tag in der Wüste, da Jochanan die Prophezeiungen so falsch ausgelegt und zitiert hatte, solchen Abscheu in ihm erweckte und ihn so in Wut brachte. Noch weniger verstand er, daß diese seine Empfindungen immer stärker wurden, je öfter er an dieses Erlebnis zurückdachte.)

Erkennbar am blauen Besatz ihrer Gewänder standen auch einige Pharisäer im inneren Ring, und neben ihnen ein paar Sänften, aus denen jene eleganten Schreiber hervorlugten, die ‚Männer der reinen Vernunft', über die Rabban Gamaliel so leidenschaftlich herzog. Sie hörten dem Nazarener aufmerksam zu, die Pharisäer mit ärgerlichen Gesichtern, die Schreiber mit belustigtem Lächeln. Sie hielten Tücher an ihre Nasen und atmeten den Duft ein, als ob der Redner einen widerlichen Geruch verbreitete. Was Saul zunächst stutzig machte, war nicht der Nazarener, sondern die Duldsamkeit der Pharisäer, dieser frommen und gelehrten Männer, und der Schreiber, die sich für gelehrt hielten. Was veranlaßte sie, diesem ungebildeten Bauern aus den Bergen auch nur einen Augenblick zuzuhören?

Dann wurde Saul vom Ausdruck des Nazareners gepackt. Der Ausdruck war jetzt nicht sanft, mitfühlend und geheimnisvoll wie an jenem entsetzlichen Tag, da die Essener und Zeloten ans Kreuz geschlagen worden waren und Saul ihn zum ersten Male gesehen hatte. Saul war von der Tatsache beeindruckt, daß dieser Mann, der sein viertes Lebensjahrzehnt erreicht haben mußte, ebenso jugendlich wirkte wie damals, vor über zwölf Jahren.

Er hatte die Hände zu Fäusten geballt, und in seinem kräftigen, männlichen Gesicht malten sich jetzt Zorn, Verachtung und Abscheu. Seine blauen Augen funkelten. Er hielt seinen Blick auf die Pharisäer und die puppenhaften Schreiber gerichtet, und die Menge lauschte ihm mit zustimmendem Vergnügen. Ganz offenbar hatte der Nazarener die Pharisäer und Schreiber mit ungeschminkten Worten angegriffen.

Nun begann der Nazarener wieder zu sprechen, und seine blassen Wangen überzogen sich plötzlich mit flammender Röte, und seine Stimme erscholl laut und leidenschaftlich in der sonnigen Stille, in der Klarheit des morgendlichen Lichtes. Sie klang — wie damals, erinnerte sich Saul — wie fernes Donnergrollen, und keiner wagte sich zu bewegen, nicht einmal die beschimpften Pharisäer und die hohnlächelnden Schreiber.

„Wehe euch Pharisäern, die ihr gerne in den Synagogen obenan sitzet, und auf dem Markte gegrüßt sein wollt! Ihr verzehntet zwar Krauseminze, Raute und allerlei Gemüse, aber die Gerechtigkeit und die Liebe zu Gott übergeht ihr!"

„Das ist ja unerträglich!" entrüstete sich Saul, doch Joseph, der von dem Nazarener bestrickt schien, antwortete ihm nicht und legte nur eine beschwichtigende Hand auf seinen Arm. Saul kochte, aber er hörte weiter zu. Die Menge begann beifällig zu kichern und warf verstohlene Blicke auf die Pharisäer und Schreiber.

Es war Saul unbegreiflich, daß die Pharisäer sich nicht verachtungsvoll abwandten, und daß die Schreiber nicht die Träger ihrer Sänften anwiesen, diesen Mann, der ihnen solche Beleidigungen ins Gesicht schleuderte, zum Schweigen zu bringen.

Der Nazarener fesselte und verurteilte sie mit seinen funkelnden Augen, sie, die Pharisäer, die sich nur an die Bibel und an die Gesetze hielten, und sie, die Schreiber, die nur vor denkenden Menschen Achtung hatten und es unter ihrer Würde als kultivierte Männer hielten, Umgang mit Arbeitern zu pflegen. Saul fand es sonderbar, daß die Pharisäer, die den Schreibern üblicherweise die kalte Schulter zeigten, friedlich neben ihnen standen, die ihrerseits die Pharisäer zu verunglimpfen pflegten. Wie Freunde, wie Verbündete, verweilten sie auf ihren Plätzen, während dieser Mann Beschimpfungen auf sie herabprasseln ließ.

Der Nazarener sprach aramäisch, und Saul mußte widerstrebend zugeben, daß er Kraft und Beredtsamkeit in die ‚Sprache des Volkes' zu legen verstand. Aus seinen Augen sprach moralische Stärke, und ein sonderbarer Schimmer umgab seine Stirn.

„Wehe euch Pharisäern und Schreibern, euch Heuchlern, ihr seid den Grabhöhlen gleich, die man nicht bemerkt, und worüber die Leute hin- und hergehen, ohne sie zu kennen! Auch euch, ihr Gesetzesgelehrten! wehe! denn ihr legt andern unerträgliche Lasten auf; ihr selbst aber rühret die Bürde nicht mit einem Finger an!" Nun fiel sein Blick auf eine Gruppe von Steuereinnehmern. Seine Brust schwoll an, und seine Kehle wurde dicker, und zum ersten Male empfand Saul so etwas wie Billigung. Denn die Gesetzesgelehrten waren die Freunde und Gönner der Steuereinnehmer und oft auch selber Zöllner, und machten vor Gericht unweigerlich gemeinsame Sache mit ihnen gegen die verzweifelten Bittsteller.

„Wehe euch! die ihr den Propheten, die eure Väter getötet haben, Grabmale bauet! Wehe euch Gesetzesgelehrten! Die ihr den Schlüssel der Erkenntnis an euch gerissen; ihr selbst kommet nicht dazu, und die dazu gelangen wollen, die haltet ihr ab!"

An das Volk gewandt, rief er: „Aber euch, meinen Freunden, sage ich: Fürchtet euch nicht vor denen, die den Leib töten, und euch darnach weiter nichts tun können! Fürchtet euch vor dem, der, wenn er getötet hat, Macht hat, in die Hölle zu werfen. Ja, ich sage euch, diesen fürchtet!"

Ein Schleier wie von leuchtendem Nebel senkte sich über Sauls Augen, das Herz klopfte ihm bis zum Hals, und er hatte Angst, er könnte einen seiner Anfälle erleiden. Aber die Zeichen blieben aus: er zitterte nicht, kein Schweiß stand ihm auf der Stirn, und auch seine Zunge klebte nicht am Gaumen. Was er empfand, empfand er wie im Traum, entrückt und doch unmittelbar, absonderlich und doch vertraut. In diesem seltsamen Zustand hörte er den Nazarener sprechen, vernahm aber keine Worte, bis sie am Ende donnernd auf ihn eindrangen:

„Wenn sie euch nun in Synagogen oder vor Obrigkeiten und machthabende Personen hinführen, so seid unbekümmert, wie ihr euch verantworten oder was ihr sagen sollt, denn der heilige Geist wird euch alsdann schon lehren, was ihr reden sollt."

Der Nazarener hatte aramäisch gesprochen, und es gab kaum eine Sprache, in der man sich deutlicher ausdrücken konnte. Doch plötzlich begriff Saul, daß er in Rätseln gesprochen hatte, die eines Schlüssels bedurften und die nicht im Augenblick, ja nicht einmal nach langem Nachdenken zu verstehen waren. Saul wußte, daß die Juden so eine Art zu reden hatten, besonders diese armen Wanderrabbis mit ihren wunden Füßen, und darum überraschte ihn das nicht. Was der Nazarener hatte ausdrücken wollen, war ganz offensichtlich, daß nur der Geist Gottes Rätsel lösen und Geheimnisse enthüllen konnte und kein noch so berühmter Gelehrter — nicht einmal Rabban Gamaliel, einer jener Pharisäer, von denen dieser Bauer so höhnisch sprach.

Die schweigsamen Pharisäer und die Schreiber hatten sich nicht gerührt. Nun trat ein junger Mann in bescheidener Kleidung mit einem verbitterten Gesicht an den Nazarener heran, der sich ihm sogleich zuwendete und ihn höflich erwartete. Der Nazarener atmete noch, wie einer atmet, nachdem ihn der Zorn verzehrt hat, aber er war sichtlich bemüht, sich zu beherrschen, und neigte den Kopf, um zu lauschen.

Die Pharisäer tauschten Blicke untereinander und schoben sich näher heran, um das Gespräch mitanzuhören. Der junge Mann warf ihnen einen mörderischen, aber zugleich unterwürfigen Blick zu, wandte sich aber dann ausschließlich dem Nazarener zu. Er begann zu zittern, setzte einige Male an, schluckte und begann:

„Herr, ich weiß, wovon du sprichst, denn ich wurde vor einem Gerichtshof abgewiesen, in dem ein Pharisäer den Vorsitz führte. Mein älterer Bruder und ich waren die einzigen Erben unseres Vaters, möge er in Frieden in Abrahams Schoß ruhen. Mein Bruder stahl mir meinen Teil. Aber dieser diebische Schuft hat einen Freund, der Pharisäer ist und auch Richter, und er hatte über meine Klage zu entscheiden. Herr, ich wurde abgewiesen, der Pharisäer erteilte mir einen scharfen Verweis, und mein Bruder lachte mir ins Gesicht und spuckte mich an. Mir ist großes Unrecht geschehen. Ich beschwöre dich, Rabbi, sprich mit meinem Bruder und bewege ihn dazu, mir Gerechtigkeit widerfahren zu lassen, und sage ihm, daß er die Erbschaft mit mir teile."

Der Nazarener betrachtete ihn, und ein geheimnisvoller Schatten, der Ungeduld und Kummer verriet, glitt über sein Antlitz. Es war, als ob er lange, ausführlich und deutlich gesprochen hätte, aber nicht verstanden worden wäre. Dennoch gab er seine Antwort mit Sanftmut:

„Mensch! Wer hat mich zum Richter oder Erbteiler über euch angestellt? Ich habe es oft gesagt und ich sage es wieder: Mein Reich ist nicht von dieser Welt. Sieh zu und hüte dich vor jeder Habsucht, denn das Leben besteht nicht im Überfluß dessen, was jemand besitzt."

Als der Mann ihn verständnislos anstarrte, setzte er hinzu: „Ich bin kein Entzweier von Menschen."

Der Mann drückt sich doppeldeutig aus, er ist ausweichend und schwer zu fassen, dachte Saul. Eben noch schilt er die Gesetzesgelehrten und ihre Zöllner und beschimpft sie auf das gröbste wegen ihrer Ungerechtigkeit und weil sie das Volk unterdrücken. Und gleich darauf weist er einen armen Kerl ab, dem vor Gericht Unrecht widerfahren ist und der um sein Erbteil geprellt wurde. Wie reimt sich das zusammen?

Der Nazarener berührte den jungen Mann liebevoll an der Schulter und sagte ganz leise: „Wo euer Schatz ist, da ist auch euer Herz."

Saul warf Joseph einen Blick zu und erwartete, ein amüsiertes Schmunzeln um seine Lippen zu sehen, doch die Augen Josephs hafteten auf dem Nazarener, wie die Augen der Gläubigen auf dem Vorhang im Tempel haften, der das Allerheiligste verbirgt, und sein Mund zuckte. Saul wußte sich vor Staunen nicht zu fassen. Einem Joseph von Arimathäa konnte doch die trügerische Irreführung nicht entgangen sein, die die Worte des Nazareners kennzeichneten, und auch nicht sein geschicktes Ausweichen, wo es um Recht und Unrecht gegangen war.

Doch Joseph stand da wie einer, der soeben einen Propheten und Engel Gottes vernommen hat, und Saul fragte sich, ob er wohl den Verstand verloren hatte.

Nun meldete sich ein Pharisäer zu Wort und tat sehr ehrerbietig. „Rabbi", sagte er, „ich bin nicht sehr intelligent, und du hast mich im dunkeln gelassen. Du hast den Gesetzesgelehrten vorgeworfen, sie seien ungerecht und legten den Unterdrückten Lasten auf — und hier kommt jetzt ein armer Mann, dem von seinem Bruder und einem Richter Unrecht geschehen ist, und du antwortest ihm ‚Ich bin kein Entzweier von Menschen!' Wenn es da einen Widerspruch gibt, bitte ich dich sehr, mich aufzuklären."

Der Nazarener begriff sofort, daß man ihn höhnte, und die Menge wartete gespannt auf seine Antwort. Er sah dem Pharisäer tief in die Augen. „Du hast nicht verstanden", sagte er dann, „denn dein Sinn ist voll Verwirrung, und du wirst nicht begreifen. Wahrlich, ich sage dir: das Leben gibt mehr als Fleisch, und der Leib mehr als Kleidung."

Eine Erleuchtung kam über Saul, als er dies hörte, und einen Augenblick lang war ihm völlig klar, was der Nazarener auf so feinsinnige Weise hatte ausdrücken wollen — und doch gar nicht so feinsinnig, ja sogar einfach und unkompliziert. Es lag gar kein Doppelsinn in seinen Worten! Dann aber, gleich einem Nebel, der über eine sonnenbeschienene Landschaft zieht, verschwand die Erleuchtung, und Saul blieb in seiner gewohnten Düsterkeit zurück, verachtungsvoll und von Abscheu erfüllt.

Mehrere ärmlich gekleidete Männer versammelten sich jetzt um den Nazarener, und Saul nahm an, daß es seine Jünger waren. Alle diese armen fahrenden Rabbis hatten solche Jünger, unstete, mutlose, aber auch hoffnungsvolle Gesellen, fromm, ungebildet und demütig, die Gerechtigkeit und den Messias herbeisehnten. Der Nazarener schickte sich an zu gehen, drehte dann aber plötzlich sein erhabenes Haupt und richtete seinen Blick auf Saul. Etwas Tiefblaues und Strahlendes glänzte in seinen Augen, und er lächelte. Bald darauf waren er und seine Freunde verschwunden.

„Er kennt dich", sagte Joseph.

„Keineswegs!" entrüstete sich Saul. „Ich habe ihn nur selten gesehen: einmal, als ich noch ein Junge war, mit einer, die er Mutter nannte, hinter einem Marktplatz, ein zweites Mal bei der Kreuzigung der Essener, der auch du beiwohntest, und dann in einem Traum. Das sagte ich dir doch schon." Er war wieder zornig wie zuvor, und empfand doch Verlust und Trauer. „Ich habe nie ein Wort mit ihm gewechselt. Und wozu sollte ich auch? Wer ist er?"

„Du wirst es erfahren", antwortete Joseph von Arimathäa, wie er vor vielen Jahren geantwortet hatte und kein drittes Mal antworten würde. Nun wandten sich die Pharisäer ihren Freunden zu, und die Schreiber den ihren, und beachteten einander nicht mehr.

Saul sah sich nach dem jungen Mann um, der mit leeren Worten abgespeist worden war, und wollte seinen Augen nicht trauen, denn der geprellte Bruder blickte dem Nazarener nach, und ein Lächeln umspielte seine zuckenden Lippen. Er schien gestärkt und getröstet, als hätte er ein Traumbild gesehen und himmlische Worte vernommen. Auch er ist wahnsinnig, dachte Saul.

Der unbesonnene, ungestüme Saul hatte eines gelernt: wenn ein Mensch mit dir debattiert und dabei objektiv und mit Mäßigung und Gelassenheit spricht, leidenschaftslos und vernünftig, könnt ihr euch auf Begriffe und Gesichtspunkte einigen, die für beide Teile annehmbar sind. Das Streitgespräch kann in völliger Ordnung, friedlich und ohne Erbitterung, zu beiderseitiger Zufriedenheit, zu seinem und deinem Vergnügen geführt werden. Doch wenn sich dieser Mensch bei seiner Argumentation ausschließlich von seinen innersten Gefühlen leiten läßt, und, einem Laokoon gleich, in seine Leidenschaften verstrickt ist und sich nicht von ihnen befreien kann, debattierst du mit ihm auf deine eigene Gefahr, denn selbst wenn du mit deiner Beweisführung in einem Kessel hitziger Widersprüche untergehst, wird dein Gegner dich für alle Zeiten hassen. Es war nicht so sehr die Vergewaltigung und Entführung seiner Tochter, die den biblischen Vater erzürnte, als vielmehr der Diebstahl seiner Hausgötter, denn sagte er nicht: ‚Ihr habt mir meine Götter genommen?' Nimm einem Menschen alles, und er wird dir vergeben. Nimm ihm seine Gefühlsseligkeiten und seine vernunftlosen Überzeugungen, und du schaffst dir einen Feind fürs Leben.

Den Menschen als vernunftbegabtes Wesen bezeichnen heißt das ironische Gelächter des Himmels herausfordern, dachte Saul. Da er große Verehrung und Zuneigung für Joseph von Arimathäa empfand, zügelte er seine sonst so scharfe Zunge und machte keinerlei kritische Bemerkungen über den Nazarener, auch wenn es ihn nervös machte, wenn er nur an ihn dachte. (Joseph von Arimathäa war Pharisäer. Wie konnte er dann nur so einfältig gelächelt haben, als der Nazarener die Pharisäer so scharf angegriffen hatte? Was war das doch für eine einzigartige Vernunftwidrigkeit!)

Die Fahrt nach Cäsarea verlief angenehm und ohne Zwischenfälle, und Saul war bemüht, nur von belanglosen Dingen zu reden. Er merkte Josephs verstohlenes Lächeln nicht und wußte nicht, daß Joseph ihn verstand. „Bedauerlich", sagte Joseph dann, „daß dein Schiff dich nicht geradewegs nach Tarsus bringt, weil es eine der östlichen griechischen Inseln anlaufen muß. Aber in dieser Jahreszeit ist das Wetter angenehm und das Meer still und glatt, und du wirst ruhen können."

Ich ruhe niemals, dachte Saul. Auch wenn ich schlafe, ruhe ich nicht. Aber er zwang sich zu einem Lächeln, um seinen Freund nicht zu verletzen. Auch Rabban Gamaliel hatte ihm Ruhe und Entspannung empfohlen. Saul war überrascht gewesen, denn der Rabban sprach immer wieder von der Pflicht des Menschen, jeden Tag im Angesicht Gottes zu verbringen und keine Stunde, keinen Augenblick in leichtfertiger Muße und Gedankenlosigkeit — mußte er nicht Rechenschaft ablegen für diese Stunde, diesen Augenblick?

Sie befanden sich jetzt in Samaria, der Provinz jener Juden, die über die Judäer lachten und sie an den Feiertagen hänselten, indem sie auf ihren Bergen Feuer anzündeten, um die judäischen Priester glauben zu machen, die Sonne ginge schon auf. Die Samaritaner waren leichtherzige Juden, die der harten Arbeit in ihren steinigen Bergen und engen Tälern mit Freude nachgingen, sorglos und mit Gusto sündigten und unbekümmert die Ehe brachen. Sie waren nicht viel besser als Heiden und Ungläubige. Saul war daher nicht überrascht — wohl aber verdrossen —, Musik zu hören und das Stampfen tanzender Füße, als sie abends vor einer großen Herberge anhielten. „Es ist kein Verbrechen im Angesicht Gottes, zu lachen, zu tanzen und zu singen", sagte Joseph, dessen wenige Haare jetzt schon weiß waren. „Es ist ein Vergnügen, in die Gesichter der Jungen zu sehen, wenn sie wie junge Lämmchen umherspringen."

Saul wollte nicht mit Joseph in der großen Speisehalle sitzen, wo solch unziemliche Fröhlichkeit herrschte. Er bat darum, Ziegenmilch, Käse, Brot und etwas Obst in seiner eigenen Stube verzehren zu dürfen. Joseph warf ihm einen betrübten Blick zu und nickte zustimmend. Aber er ersetzte die Ziegenmilch durch eine Flasche guten Weines, und Saul lächelte ein wenig grimmig. Um jedoch seinen Freund nicht zu beleidigen, trank er den Wein, der ihm wohltat und ihn erfrischte. Da auch die verschiedenen Käsesorten wohlgereift und äußerst schmackhaft waren, das Brot weiß und weich, das Obst frisch und aromatisch, und ihm auch noch Bratfisch vorgesetzt wurde, genoß Saul sein Abendessen mit gutem Appetit. Er liebte die Abgeschiedenheit. Er konnte dabei seinen Gedanken nachhängen. „Es gibt Menschen", hatte Rabban Gamaliel einmal gesagt und ihn dabei über die Köpfe der anderen Studenten hinweg angesehen, „die nur glücklich sein können, wenn sie sich ihres Unglücks erfreuen." Saul war vor Zorn errötet. Der berühmte Rabban verstand ihn eben nicht, dachte er jetzt. Saul fiel die Gesellschaft anderer Menschen lästig, ganz besonders dann, wenn diese anderen sich nicht auf gelehrte Diskussionen einließen und von unwichtigen Dingen redeten, die ihn nicht interessierten. Was war an seiner Einstellung tadelnswert?

Er schlief schon, als Joseph von Arimathäa, ein wenig unsicher auf den Beinen, in ihre Kammer trat. Die Erinnerung an einen vergnüglich verbrachten Abend ließ ihn lächeln. Eine kleine Lampe warf ihren flakkernden Schein auf den gelben Verputz der Decke und der Wände. In ihrem Licht betrachtete Joseph das schlafende Gesicht seines jungen Reisegefährten auf dem flachen Kissen. Schade, dachte Joseph, es war das Gesicht eines jener griechischen Asketen, die in dem Glauben lebten, die Welt wäre schlecht und dem Menschen fremd. (Joseph wußte nicht, daß Rabban Gamaliel dieses Thema vor kurzem behandelt hatte.) Sauls Profil war ernst, wenn nicht gar hart, die große Nase gleich dem Schnabel eines Raubvogels, das Kinn fest und eckig. Der Mund sprach von Selbstdisziplin und Selbstunterdrückung, kämpferisch standen die großen Ohren ab, und rastlos und unruhig zuckten die Augenlider selbst noch im Schlaf. Die Masse des dichten roten Haares umrahmte das hagere Antlitz. Etwas unendlich Tragisches lag im Ausdruck des Schlafenden, und Joseph nahm sich vor, inbrünstig zu Gott zu beten, Er möge dem Frohsinn Einlaß gewähren in diesen düsteren, leidenschaftlichen, aufopfernden Geist, für den der Weg zum Allmächtigen schmerzensreich war und voll von Gefahren, Schrecken und Kampf — niemals friedlich, oftmals ekstatisch. Er blies die Lampe aus und schlief ein, im Mund noch den köstlichen Geschmack von Wein, gebratenem Hähnchen und Backwerk.

Am nächsten Tag erreichten sie den windgepeitschten, glitzernden Hafen von Cäsarea. Das römische Schiff tanzte wie eine riesige Möwe auf den glucksenden Wellen. Sauls Habe, seine Truhen und seine einzige Tasche, wurde in seine kleine Kabine unter Deck gebracht. Liebevoll — und ein wenig steif — nahm er Abschied von Joseph. „In zwei Monaten bin ich wieder zurück", sagte er.

„Ruhe dich aus", erwiderte Joseph. „Überlege. Meditiere. Seit deinem letzten Besuch in der Heimat sind viele Jahre vergangen."

Tiefer Schmerz zeichnete sich auf Sauls Antlitz. „Weiß ich denn das nicht? Tadle ich mich nicht selber? Wäre ich früher zurückgekehrt, ich hätte meines Vaters Antlitz gesehen und seinen Segen erhalten, bevor er starb."

Joseph küßte Saul auf die Wange. Sein langes, ovales Gesicht war zärtlich und schwermütig, sein Blick klar und gütig. Er stand noch lange auf der Mole und sah dem Schiff nach, bis das letzte weiße Segel am blauen Horizont verschwand.

Saul hatte sich Bibelkommentare zum Studium mitgenommen, doch schon bald überkam ihn eine Art Mattigkeit, die wohl vom Meer, von Luft und Sonne herrührte. Er schalt sich selber aus. Er kämpfte gegen das Verlangen, zu schlafen, zu gähnen und Himmel und Ozean zu betrachten. Nicht zu denken, war Sünde. Man verging sich an Gott, wenn man nicht ständig fromme Betrachtungen über Ihn anstellte. Der Mensch hatte nur einen Daseinszweck: Studien über Gott zu betreiben, Ihn anzubeten und alles daranzusetzen, Seinen Willen zu erforschen. Die Welt der Menschen war nur ein böser Traum, der einmal vorbeigehen würde, und sie besaß weder Inhalt noch Wirklichkeit. Saul war sich dessen nicht bewußt, aber er hatte sich in den letzten Jahren von den Lehren seiner eigenen pharisäischen Sekte weit entfernt. Er hatte ihre Beengungen in sich aufgenommen, doch nie ihre heitere Zuversicht. Und auch jetzt, an Bord des Schiffes, kam es ihm nicht in den Sinn, daß es gerade das war, worauf sich der Nazarener Josua bezogen hatte. Frömmigkeit ohne Freude, Glaube ohne Frohsinn, Pflicht ohne unschuldige Vergnügungen, Anbetung ohne Wonne — das alles war nicht gottgefällig, hatte der Redner auf der heißen Straße in Jerusalem zu verstehen geben wollen.

Trotz größter, ja gewaltiger Anstrengungen wurde Saul von Tag zu Tag matter und kraftloser. Sein Verstand war nicht mehr das scharfe Messer, das durch bedeutungslose Phrasen durchschnitt, um an den eindeutigen Kern der Dinge zu gelangen. Er scheute vor Schriftrollen und schwer deutbaren Spitzfindigkeiten zurück. Manchmal ertappte er sich dabei, wie er, über die Reling gebeugt, auf die faszinierenden Farben der See hinabstarrte, die sich purpurn, türkis und hellblau, bei Sonnenuntergang zu einer grenzenlosen Ebene aus purem Gold wandelten. Dann erfüllte ihn der brennende Himmel, in dem sich die stumme, entsetzliche Allmacht Gottes offenbarte, mit Ehrfurcht, und er erbebte. „Wenn ich den Blick emporrichte zu Deiner Herrlichkeit", murmelte er dann für sich, „was ist der Mensch?" Oder auch: „Die Himmel verkünden Seinen Ruhm, und das Firmament preist Seinen Schöpfer!"

Selbst Saul konnte sich der Majestät dieses Anblicks nicht entziehen, obwohl er sich noch vor gar nicht langer Zeit mit Vorwürfen überschüttet hätte, Gott vergessen zu haben, indem er Seine Welt bewunderte. Ich frage mich, überlegte er einmal, ob wir in den Psalmen Davids nicht viele Dinge übersehen haben, wenn unsere Aufmerksamkeit nur jenen seiner Rufe galt, die Verzweiflung und Frömmigkeit bekundeten? Aber es schien ihm ein lästerlicher Gedanke, und er versuchte, ihn nicht weiter zu verfolgen.

Saul achtete nicht auf den Namen der kleinen griechischen Insel, in deren primitiven, lärmenden Hafen das Schiff einlief, denn er schien ihm nicht wichtig. Außer grob geschnitzten Statuetten für die Häuser der Ungläubigen in Tarsus wurde nur wenig Ladung an Bord genommen. Ein einziger Fahrgast hatte das Schiff erwartet und stand jetzt auf dem Kai, von Männern und Frauen umgeben, die in ungestümem Drängen bemüht waren, seine Hände, seinen Mantel, den Saum seines Gewandes, ja sogar seine Füße zu küssen, und die ihn mit ‚Göttlicher!' anredeten. Kinder liefen hin und her und blieben nur stehen, um ihn zu berühren und liebevoll anzulächeln. Körbe mit frischem Obst wurden als Spenden zu seinen Füßen niedergesetzt. Der Mann war großgewachsen, offensichtlich ein Grieche, schlank, aber von kräftiger Statur. Sein helles Haar war zum Teil schon ergraut, und er mußte wohl vierzig Jahre zählen. Er war ärmlich gekleidet, sein Umhang geflickt, seine Füße steckten in derben Sandalen, und eine große Tasche lag neben ihm. Er trug nur ein einziges Schmuckstück, einen großen Ring von auserlesenem Geschmack an seinem rechten Zeigefinger. Dieser Ring von blitzendem Feuer und enormem Wert erweckte Sauls Interesse.

Saul musterte das Gesicht des Griechen und sah die blassen, plastischen Konturen seiner Züge und die klaren blauen Augen. Der Mann hatte ein strenges und doch gütiges Aussehen. Man konnte deutlich erkennen, daß ihm die aufdringliche Verehrung, die ihm diese armen Leute entgegenbrachten, unangenehm war — hielten sie ihn für einen Gott? —, doch in seiner Güte tadelte er sie nicht und wies sie nicht zurück. Er war ein stattlicher Mann, doch irgendwie auch ein gefährlicher, wie der düstere Zug um seine Augenbrauen anzudeuten schien.

„Apollo!" riefen ihm die Leute zu. „Äskulap! Chilon!" Die Kinder drängten sich schreiend um seine Knie, und ihre Eltern sahen ihn an wie einen König.

Saul bemerkte, daß er einen Stab trug, an dem sich die zwei Schlangen des Merkur emporwanden, und sah, daß es die Tasche eines Arztes war, die neben ihm stand. Saul fühlte sich ein wenig abgestoßen. Der Mann war also als Sklave geboren, zum Arzt ausgebildet und dann von irgendeinem gutherzigen Herrn freigelassen worden — sonst würde er nicht in so jämmerlicher Kleidung und so ungebunden die Inseln befahren. Wie die meisten Griechen, war er vermutlich ein Scharlatan. Dann aber kam Saul der Gedanke, daß Scharlatane nicht in so ärmlichen Verhältnissen reisten, andererseits aber auch keine so wertvollen Ringe besaßen. Das Geschenk eines abergläubischen reichen Mannes? Oder vielleicht gestohlen? Einem als Sklaven geborenen griechischen Arzt war Dieberei wohl zuzutrauen.

Saul hatte mit den anderen Passagieren keinen Umgang gepflogen und sich auch nicht herabgelassen, mit Gallo, dem Kapitän, mehr als ein kurzes Wort zu wechseln. Nun stand Gallo, ein großer Mann von rauher Gutmütigkeit, plötzlich neben ihm an der Reling und starrte mit leuchtenden Augen auf den jämmerlichen griechischen Arztsklaven. „Das ist der berühmte Arzt Lucanus", gab er ungebeten Auskunft, „der Adoptivsohn des edlen Diodorus Cyranus, dessen Namen alle Römer in Ehren halten. Er war ein Mann von wahrem römischem Geist, Patriot, Tribun, Prokurator von Syrien und des Augustus Cäsar Lieblingssoldat. Leider gibt es nun nicht mehr viele, die ihm gleichen. Lucanus setzt seinem Adoptivvater ein schönes Denkmal. Man preist ihn an den Küsten des Großen Meeres, er besitzt ein schönes Vermögen und wird selbst von Tiberius Cäsar sehr geschätzt. Er nimmt weder Honorare noch Geschenke an. Es genügt ihm, den Armen und Bedürftigen beizustehen. Er behandelt keine reichen Patienten, außer jene, die von ihren eigenen Ärzten als hoffnungslose Fälle aufgegeben worden sind. Von ihnen verlangt er dann, daß sie die Notleidenden unterstützen." Gallo lächelte und schüttelte seinen kahlen Schädel.

Allmählich, wenn auch widerwillig, gewann Saul an diesem Mann Interesse. Ein Grieche, der Geld zurückwies? „Er trägt einen prachtvollen Ring", sagte er.

„Das ist der Ring, den sein Adoptivvater Diodorus Cyranus ihm vermachte. Es ist ein Familienstück." Gallo unterbrach sich, sah Saul von der Seite an und hüstelte. „Er fuhr einmal auf diesem Schiff, dessen Kapitän ich bin. Wir fürchteten, daß die Pest unter den Rudersklaven ausgebrochen war. Wir mußten viele Leichen über Bord werfen — um Mitternacht, wenn die Passagiere schliefen." Der Kapitän hüstelte abermals. „Wir hatten die gelbe Flagge gehißt und durften in keinem Hafen anlegen. Und dann — heilte dieser Lucanus die Kranken und die Sterbenden in einer einzigen Nacht!"

„Wie denn?" fragte Saul, und seine Stimme klang ein wenig spöttisch. (Diese verschlagenen Griechen!)

„Wie? Das weiß ich nicht. Bei dem Gedanken mußte ich selber lachen und warf Lucanus spaßend vor, er hätte nicht behaupten dürfen, daß es Pest war. Schließlich kann man die Pest doch nicht in ein paar Stunden heilen und den Kranken in so kurzer Frist ihre Gesundheit wiedergeben! Aber mein eigener Arzt, den ich später bestrafte, beteuerte ebenfalls, es wäre die Pest gewesen."

„Interessant. Es war also nicht die Pest", bemerkte Saul achselzuckend.

Der Kapitän kratzte sich an seiner buschigen Augenbraue. „So dachte ich damals", sagte er, und seine dröhnende Stimme klang plötzlich sehr ruhig. „Aber später überzeugte ich mich, daß es die Pest gewesen war."

Saul wirbelte zu ihm herum, sein Gesicht zweifelnd und fast zu einem Grinsen verzerrt. „Unmöglich!"

„Ja", erwiderte Gallo in sehr ernstem Ton, „das sagten sie damals alle: unmöglich! Aber es war so. Ich bin nicht abergläubisch. Ich mache mir nichts aus den Göttern. Aber — und darüber gibt es keinen Zweifel — Lucanus heilte die Sterbenden und gab ihnen im Handumdrehen ihre Gesundheit wieder. Das Sonderbare daran ist, daß auch er später leugnete, daß es die Pest gewesen sei, obwohl er zuvor das Gegenteil behauptet hatte."

„Ich verstehe", sagte Saul. „Leugnet der Arzt, daß es die Pest war, dann war es eben nicht die Pest."

„Aber es war die Pest. Ich habe nämlich später einige Fälle gesehen und die Symptome deutlich wiedererkannt. Diese Leute sind alle gestorben."

Lucanus, dem Griechen, war es endlich gelungen, sich von seinen Bewunderern zu befreien, und er kam nun mit seinem Stab und seiner Tasche an Bord. Gallo ging ihm sogleich entgegen und umarmte ihn zärtlich und respektvoll. Er geleitete ihn nach unten, um ihm in seiner eigenen Kajüte bei gutem Essen und Wein Ehre zu erweisen. Als sie bei Saul vorbeikamen, grüßte ihn Lucanus mit einem zerstreuten Lächeln und einem leichten Kopfnicken. Er sah ihn gar nicht an, und es war zweifelhaft, ob er ihn überhaupt bemerkt hatte.

Bevor er noch unter Deck ging, war die Menge am Kai niedergekniet, um seinen Segen zu empfangen und, wie Saul beobachten konnte, gab er diesen Segen mit leichtem Stirnrunzeln, aber doch mit Liebe. Während er mit dem Kapitän die Leiter hinabstieg, warfen ihm die begeisterten Menschen Küsse und Blumen zu und brachten Körbe mit Obst an Bord, das einzige Geschenk, das sie in ihrer Armut geben konnten.

Saul ließ sich, was er gesehen und gehört hatte, durch den Kopf gehen. Ein reicher Mann, der Reichtum verschmähte und nur jenen beistand, die ihm nichts bezahlen konnten — das sah keinem Griechen ähnlich und auch sonst keinem Menschen! Die meisten Menschen streben nicht danach, in Barmherzigkeit zu leben und nichts als Barmherzigkeit zu erlangen. Sie streben zumindest nach Ruhm. Aber welchen Ruhm genoß dieser Lucanus? Nur die Elenden und die Hungernden, arme Bauern und Bedürftige, jauchzten ihm zu. Keine Ehrengarde hatte ihn zum Hafen geleitet, keine Sänfte ihn getragen, kein vornehm gekleideter Bürger ihn umarmt.

Der Gedanke erbitterte Saul, aber irgendwie erinnerte ihn Lucanus plötzlich an Josua, den Nazarener, obwohl sie doch überhaupt nichts gemein hatten, der reiche Grieche, Adoptivsohn einer edlen römischen Familie, und der sonngebräunte, niedrige Sohn Galiläas.

XXII

Das ist ein Mann, dachte Lucanus, der griechische Arzt, drei Tage nachdem sie den kleinen Hafen verlassen hatten, der mit der Menschheit auf Kriegsfuß steht — so wie ich mit Gott.

Lucanus war ein zurückhaltender Mensch, aber seine Zurückhaltung unterschied sich sehr wesentlich von der des jungen Mannes, von dem er erfahren hatte, daß er sich Saul von Tarsus nannte und einer edlen und angesehenen jüdischen Familie entstammte. Die Zurückhaltung des Lucanus gründete sich auf seine Abscheu vor jeder Art von Katzbuckelei und Speichelleckerei, die Sauls jedoch — das war offenbar — auf seine fast krankhafte Abneigung gegen die Menschheit. Auf Saul deutend, der in einer gewissen Entfernung an der Reling stand, hatte Gallo zu Lucanus gesagt: „Er kehrt in die Heimat zurück, um über sein Vermögen zu verfügen, denn er lebt jetzt in Jerusalem. Ein sehr bekannter und sehr reicher Jude namens Joseph von Arimathäa hat mir aufgetragen, ihm jede Gefälligkeit und Aufmerksamkeit zu erweisen. Ich erhielt dafür ein ansehnliches Geschenk." Der Kapitän grinste. „Diese Juden können sehr großzügig sein. Ich versuchte mit Saul, der immer so trübsinnig in die Welt schaut, Freundschaft zu schließen — und holte mir eine Abfuhr. Wir haben Passagiere von hohem Ansehen an Bord, aber er will mit keinem etwas zu tun haben. Sobald sich jemand ihm nähert, zieht er sich in seine Kabine zurück. Ich habe ihn mit Leuten von Kultur und erlesenem Geschmack bekanntgemacht, und er hat sich höflich, aber auch geringschätzig von ihnen empfohlen. Joseph ließ ein paar Flaschen außergewöhnlichen Weines für ihn aufs Schiff bringen; er gab sie mir — verachtungsvoll, ohne ein freundliches Wort. Es heißt, er verachte die Menschen. Tatsächlich: sein Blick ist kalt, kritisch und reserviert, und er ist unempfänglich für jede Art Aufmerksamkeit."

Lucanus näherte sich anderen Menschen nur, wenn er sich dazu ermutigt fühlte — außer sie waren krank. Er war ebenso reserviert wie Saul, aber er entdeckte in sich eine gewisse Neugier für diesen jungen Juden mit dem flammenden roten Haar, dem verbissenen Gesichtsausdruck, dem eingefallenen Auge, dem harten Mund und den krummen Beinen, die er unter einer langen Tunika zu verbergen trachtete. Saul war blaß, hatte Sommersprossen, und die Sonne verbrannte seine helle Haut. Beim Gehen beschrieb er eine rollende Bewegung. Er war oft zerstreut oder geistesabwesend. Er legte die Stirn in Falten. Lucanus sah ihn nie lächeln. Er trug keinerlei Schmuck. Er hatte kräftige Hände, die Hände eines Mannes, der Arbeit gewohnt war. Saul erweckte seine Neugier in zunehmendem Maß, und das verwirrte den sonst so zurückhaltenden Griechen. Was fesselte ihn so an dem Juden: Der stolze Schmerz, der aus seinen Zügen sprach? Die eisige Arroganz? Der entschlossene Schritt? Die Geringschätzung und Verachtung, die er seinen Mitmenschen entgegenbrachte?

So wie ich mich von Gott abgewendet, ihn verworfen und verdammt habe, dachte Lucanus, der Arzt, so hat sich dieser unglückliche junge Jude von den Menschen abgewendet, sie verworfen und verdammt.

Der Grieche war bekümmert. Es war richtig, Gott zu verwerfen, denn Er kannte kein Erbarmen für Seine Schöpfung und hatte die gequälte Kreatur, die sich Mensch nannte und ohne Hoffnung auf Belohnung dulden und sterben mußte, von Sich gewiesen. Nicht richtig jedoch war es, die Menschen zu verwerfen. Sie traf keine Schuld an ihrer verzweifelten Lage. Wenn der Mensch schlecht war — und das war er ja und auf ewig gleichbleibende Weise — dann war er so geschaffen worden. Durfte er also von Jenem verdammt werden, der ihm diese Schlechtigkeit gegeben hatte? Nein, man sollte ihm mit Mitleid und Güte begegnen und, wo immer möglich, seine Schmerzen lindern, die er weder begreifen noch überwinden konnte. Prometheus, der unsterbliche Titan und selbst nie Mensch, war vom Elend der Menschheit so erschüttert gewesen, daß er die Götter herausgefordert und, von grenzenlosem Mitgefühl ergriffen, Licht und Wärme auf die Erde gebracht hatte. Lucanus konnte Prometheus verstehen — aber nicht Saul von Tarsus, der ihm nicht den Eindruck eines Toren machte.

Eines Tages, als Saul, über die Reling gebeugt, dumpf vor sich hinbrütend, ins Wasser starrte, trat Lucanus nach kurzem Zögern an ihn heran. Er zwang sich zu einem Lächeln und stellte belustigt fest, daß es ihm ebenso schwerfiel wie Saul, einem Fremden freundlich zu begegnen. Eben diese Belustigung gab seinem Gesicht den Ausdruck heiterer Vertraulichkeit, der Saul, als er sich umwandte, entwaffnete. „Verzeih", sagte Lucanus, „aber ich interessiere mich für dein Auge. Ist es blind?"

Saul fühlte sich sogleich beleidigt. „Nein", antwortete er.

Dieses eine Wort war entmutigend, doch Lucanus, kein Jüngling mehr, ließ sich nicht so leicht entmutigen. „Ich bin Arzt", sagte er. „Du mußt meine berufliche Neugier entschuldigen."

„Warum?" versetzte Saul.

Die Frage kam so schnell und so durchschlagend, daß Lucanus' innere Belustigung in leises Lachen umschlug. Auch Saul begann sein widerstrebendes Lächeln zu lächeln. „Willst du einen Becher Wein mit mir trinken?" sagte Lucanus. „Ich gestehe, daß ich nichts von Weinen verstehe, aber vielleicht bist du ein Kenner, Saul von Tarsus."

Saul zog seine roten Brauen hoch. „Du kennst meinen Namen? Ich kenne auch den deinen. Ich verstehe von Weinen ebensowenig wie du."

„Ich dachte, alle Juden wären Epikureer", entgegnete Lucanus listig. Er bemerkte sogleich, daß diese Bemerkung Saul belustigt hatte. „Nein", erwiderte dieser. „Viele von uns ziehen syrischen Branntwein vor."

„Davon besitze ich eine Flasche", sagte Lucanus. „Auch mir ist er lieber. Wein, mag er auch noch so würzig sein, fließt mir wie Essig über die Zunge. Überdies kann man nicht genug davon trinken — um zu vergessen. Man schläft nur schwer — und es ist ein bedrückender Schlaf — und erwacht träge, geschwächt und mit Übelkeit. Branntwein hingegen ist sehr schnell und hat keine Nachwirkungen, sofern man ihn nicht wie Wein trinkt. Machst du mir das Vergnügen?"

Bevor Saul noch etwas erwidern konnte, hatte Lucanus bereits einen Diener, der auf dem Deck herumtrödelte, herangerufen und zu ihm gesprochen. Sehr bald kehrte der Diener mit zwei kleinen Silberbechern und einer Flasche wieder. Um sich vor der brennenden Sonne zu schützen, ließen sich Lucanus und Saul unter einem gestreiften Sonnensegel nieder, und der Arzt füllte das goldene Naß in die Becher. Saul kostete, verzog das Gesicht und trank ein wenig. „Ist es denn möglich", fragte er dann, „daß auch du, Lucanus, zu vergessen wünschst?"

„Ich wollte, ich könnte aus den Wassern der Lethe trinken", antwortete der Grieche, und sein Gesicht wurde zu einer Maske des Leidens. „Es gibt Zeiten, da ich die Qualen, die die Menschheit erdulden muß, nicht ertragen kann."

Saul sah ihn lange schweigend an. „Die Qualen der Menschheit sind verdient. Haben wir sie uns nicht selbst zuzuschreiben?"

Lucanus war mit den religiösen Anschauungen der Juden wohl vertraut und zeigte sich daher nicht überrascht. Er blickte in die Tiefe seines Bechers. „Vielleicht", fügte Saul hinzu, „sind es nicht die Qualen der Menschheit, die dich bedrücken, sondern die zweier oder dreier Personen, die du liebtest."

„Da ist etwas Wahres dran", erwiderte Lucanus und richtete seine blauen Augen auf Saul. „Aber heißt es bei uns Griechen nicht, man müsse eine Debatte, um sie sinnvoll zu gestalten, vom Allgemeinen auf das Besondere hinführen? Ja. Eine breit angelegte Debatte berührt alle Punkte — und setzt sich mit keinem restlos auseinander. Du hast recht. Ich habe geliebt und die, die ich liebte, verloren. Jetzt liebe ich nicht mehr — außer im üblichen Sinn, der ja, wie ich schon sagte, keinem vertretbaren Argument entspricht."

Saul enthielt sich eines Kommentars.

„Wie ich hörte", fuhr Lucanus fort, „gibt es da jetzt in Palästina einen Mann, der Wunder vollbringt. Ist das wahr?"

Saul war sichtbar betroffen, und sein Gesicht veränderte und verzerrte sich. Doch seine Stimme klang gemäßigt und beherrscht, als er antwortete: „Es gibt dort viele umherziehende Rabbis — unter ihnen auch solche, die Wunder vollbringen, denn es sind einfache, gottesfürchtige und gottgefällige Männer. Sie glauben, heilen zu können. Es ist nicht ungewöhnlich, daß sie es auch tun. Glaube ist nicht unglaublich." Er kräuselte verächtlich die Lippen.

Lucanus erkannte, daß er mit seiner Frage einen wunden Punkt berührt hatte. „Aber ich meine einen ganz bestimmten Mann", sagte er, „einen, der in der letzten Zeit in deinem Land große Aufregung verursacht hat. Du wirst sicher wissen, daß wir Griechen in unseren Tempeln dem Unbekannten Gott einen Altar errichten und Sein Kommen erwarten. Der Mann, von dem ich spreche, soll dieser Unbekannte Gott sein." Er beobachtete Saul aufmerksam.

Wut und Abscheu und Grausen spiegelten sich auf Sauls Gesicht, aber keine Überraschung. „Du darfst nicht vergessen", entgegnete er, „daß es in diesen unseligen Tagen in Judäa viele abergläubische Griechen, Römer und

Ägypter gibt, die nach unnatürlichen Dingen und Geschehnissen Ausschau halten und Wunder herbeisehnen, denn sie sind draufgekommen, daß die materialistische Welt von heute die Seele des Menschen nicht befriedigt, so bequem und angenehm der Materialisums auch sein mag. Der Mensch lebt nicht von Brot allein. Es ist mehr als bedauerlich, daß der moderne Mensch den Glauben an das Übernatürliche abgelegt hat, an ein Wesen, das allen Manifestationen übergeordnet ist — als ob es eine Manifestation ohne ihre Quelle geben könnte —!"

Lucanus nickte. „Ja. Ich erinnere mich der Worte des Aristoteles: ‚Das Leben gehört Gott, denn die Bewegung der Sinne ist Leben, und Gott ist dieser Bewegende!' Gott ist Sich selbst denkendes Denken. Wir sagen, Gott sei das höchste Vorbild vollkommenen Seins, ewig und immerdar, denn Gott ist das ewige Leben."

Wieder veränderte sich Sauls Gesicht. Aus seinen Zügen sprachen Bewegung und Ergriffenheit. Er nickte.

„Aber wir sprachen von diesem Wundertäter, diesem Rabbi in Palästina", sagte Lucanus. „Hast du von ihm gehört?"

„Ja. Er ist ein Gotteslästerer, ein Schwindler und ein Verleumder."

Lucanus schürzte nachdenklich die Lippen. „Das glaube ich auch. Was die Gotteslästerungen betrifft, kann ich nichts mit Gewißheit behaupten, aber auch ich halte ihn für einen Schwindler. Ich habe meinen Diener — und guten Freund — an ihn verloren, einen Schwarzen aus Afrika. Nachdem er eine unwahrscheinliche Geschichte von eurem Wundertäter gehört hatte, verließ er mich heimlich des nachts, um ihn zu suchen. Ramus war stumm. Ich vermutete von Anfang an, daß es sich um eine hysterische Erkrankung handelte, obwohl Ramus ein gebildeter und, von seiner Stummheit abgesehen, körperlich und seelisch gesunder Mann war. Er war davon überzeugt", und hier schaute Lucanus Saul fest in die Augen, „Euer Unbekannter Gott würde ihm nicht nur die Sprache wiedergeben, sondern auch den Fluch, der über Ham gekommen war, von seinem Volke nehmen. So ging er also auf die Suche nach deinem Landsmann und wanderte lange Zeit."

Saul starrte ihn an. „Und Ramus starb oder wurde verloren gegeben."

Lucanus holte tief Atem. „Ich bekam einen Brief von ihm. Er versichert mir, daß er deinen Landsmann gesehen und in seinem Herzen zu ihm gebetet hat. Die Sprache wurde ihm wiedergegeben, und er kehrte beglückt in das Land seiner Väter zurück." Lucanus zögerte. „Ramus ist kein Bauer und kein Narr. Er beherrscht mehrere Sprachen. Er schreibt, er wäre Zeuge gewesen, als dein Landsmann in der kleien Stadt Kapernaum einen Jüngling vom Tode erweckte."

„Das ist eine Lüge!" entgegnete Saul so schnell, daß Lucanus überrascht aufblickte. „Der Mann ist ein Scharlatan! Ich habe ihn mehrmals gesehen, und ich sage dir, er ist nichts — nichts als ein armer, ungebildeter

Tagelöhner aus den steinigen Tälern Galiläas! Was mich betrifft, ich bin überzeugt, er ist ein verschlagener Zauberer und hat den Teufel im Leib."

„Dann hat also", sagte Lucanus ganz ernst, „euer Teufel angefangen, gute und barmherzige Taten zu vollbringen?"

Saul kniff den Mund zusammen, und seine Augen sprühten Funken. „Du spottest meiner, Lucanus. Das Böse kann nichts Gutes vollbringen. Dieser Mann führt das Volk in die Irre, und die Römer betrachten sein Tun nicht mit Wohlwollen, denn er ist ein Aufrührer und hat nur ein Ziel: der in Judäa an sich schon gefährdeten Herrschaft von Recht und Ordnung ein Ende zu setzen." Saul wandte das Gesicht zur Seite. „Mißverstehe mich nicht. Ich bin kein Versöhner und kein Verräter wie die Sadduzäer, die die Römer nachsichtig gewähren lassen. Ich fühle mit den Essenern und den Zeloten. Aber ich fürchte jetzt um die Sicherheit meines Volkes, obwohl ich schon daran gedacht habe, selbst Essener oder Zelot zu werden. Vor allem aber fürchte ich um den reinen Glauben meines Volkes — den dieser Mann mit verwirrenden Disputen zu zerstören trachtet."

Er strich sich mit der Hand über das Gesicht. „Ich vermag mich nicht so auszudrücken, wie ich möchte, obgleich meine Lehrer mir bescheinigen, ich besäße die Gabe der Beredsamkeit. Das ist ja auch nicht so wichtig. Es geht doch darum: es ist der Glaube des auserwählten Volkes, der es aus dem Elend und aus der Verbannung heimgeführt und es in die Lage versetzt hat, einen Staat und einen Tempel zu errichten. Der Glaube ist es, dem es die Verheißung Gottes, ihm einen Messias zu schicken, verdankt. Wird dieser Glaube zerstört, wird Gott uns in Seinem Zorn abermals strafen. Wir können Gotteslästerung nicht dulden! Wir können es nicht zulassen, daß Gott verhöhnt wird! Täten wir es, wir würden alles verlieren, was unzählige Generationen vor uns so mühsam aufgebaut haben, und für Tausende und Abertausende von Jahren in die Wüste zurückgestoßen werden. Haben wir noch nicht genug erduldet? Gewiß. Aber der Nazarener ist in das Herz unseres Landes eingedrungen und wehrt jenen nicht, die da verkünden, er sei der Messias! Können wir diese Gotteslästerung hinnehmen? Nein!"

„Der Unbekannte Gott", sagte Lucanus.

Saul zuckte zusammen. „Ich bitte dich, Lucanus, verzeih mir, aber du weißt nicht, was du redest!"

„Zweifellos liebst du deinen Gott", entgegnete Lucanus. „Du wirst daher kein Verständnis dafür haben, wenn ich dir sage, daß ich Ihn ablehne, vielleicht sogar hasse. Zuviel hat Er der Menschheit angetan, zuviel Schmerzen und Leiden zugefügt. Daß sich eine so ungeheure Macht an einer so unbedeutenden Kreatur verausgabt!"

Diese Beweisführung war Saul neu, und er sah Lucanus verblüfft an. Er stotterte fast, als er erregt ausrief: „Du verstehst das alles falsch! Der

Mensch ist es, der sich an Gott vergeht und an Ihm frevelt, *er* ist das nichtswürdige Geschöpf, das sich auf die Hinterbeine stellt und es wagt, den Blick auf den Unnennbaren zu richten und Seine Herrschaft in Frage zu stellen!"

Lucanus erkannte, daß er Saul, dessen Züge jetzt von Entrüstung und Zorn verzerrt waren, richtig beurteilt hatte. Darum sagte er jetzt besänftigend: „Ich sehe schon, daß wir nie eine Verständigung erzielen, nie zu einheitlichen Auffassungen gelangen werden. Mich erzürnt Gott, dich die Menschen. Ein ganzes Leben würde nicht ausreichen, um unsere Auffassungen in Einklang zu bringen und zu einer Einigung zu kommen. Ich fürchte, soviel Zeit haben wir nicht." Er lächelte. „Schließlich können wir bei unseren Streitgesprächen nur von unseren eigenen, ganz persönlichen Erfahrungen ausgehen, und nicht von den Erfahrungen anderer, denn wer weiß, was jeder Einzelne in seinem Herzen verschlossen hält?"

Als Saul darauf keine Antwort gab und nur zornig brütend dasaß, fügte Lucanus hinzu: „Ich verlasse das Schiff morgen, um mich auf eine andere kleine Insel zu begeben, wo ich versuchen werde, das Leiden der Opfer deines Gottes zu lindern. Wir werden uns nicht wieder begegnen, Saul von Tarsus, und darum laß uns als Freunde scheiden."

Widerwillig ergriff Saul die ihm dargebotene Hand und blickte sekundenlang in die ernsten und mitfühlenden Augen des Griechen. Diesen Mann, dachte er, hätte ich gerne zum Freund, obwohl er ein Grieche ist und ein Lästerer gegen Gott, gesegnet sei Sein Name. Aber ich werde ihn nie wieder sehen.

Als Lucanus sich von seinem Stuhl unter dem Sonnensegel erhob, klaffte seine lange Tunika oben auseinander, und Saul sah, daß er eine dünne goldene Kette um den Hals trug, an der ein schmales goldenes Kreuz hing. Lucanus bemerkte, daß Sauls Blick darauf gerichtet war, und sagte: „Das war das letzte Geschenk eines Mädchens, das ich liebte. Sie hatte es vom Arzt ihres Vaters erhalten. Es ist das Zeichen des Unbekannten Gottes, der den Völkern der Erde teuer sein wird, und auch das Zeichen der Wiedererweckung menschlicher Körper zu ewigem Leben." Lucanus lächelte leise, aber Saul tat nichts dergleichen.

„Als Rubria starb, fiel es aus ihrer Hand in die meine", fügte Lucanus hinzu. „Darum ist es mir heilig." Doch Saul blieb stumm. Verwirrung überkam ihn, als er plötzlich an seinen Traum von dem großen Samenkorn denken mußte, das in die Erde gesunken war und eine große Ernte hervorgebracht hatte.

XXIII

„Dein Freund und Schüler Saul erinnert mich an die Geschichte von Ixion, der, von Zeus verdammt, in der Unterwelt an ein glühendes Rad gefesselt, tonlose Schreie ausstoßend, sich selbst verfolgend und vor sich selbst fliehend, durch die Luft gewirbelt wird", sagte Ianthe zu ihrem Gatten Aristo.

Aristo sah seine Frau bewundernd an. Er liebte sie jeden Tag mehr. Für ihn war sie Artemis und Aphrodite zugleich, entschlüpfend wie eine Nymphe, standhaft wie Hera. Er war von ihr entzückt. Er erfuhr nicht, ob sie dumm war oder sehr klug, und hoffte aus ganzem Herzen, daß er es nie erfahren würde. Ihre Bemerkung, was Saul betraf, war scharfsinnig und leicht ironisch. Sie hatte mit der Sanftheit eines Kindes und der köstlichen Frische einer einfältigen Frau gesprochen. Sie war wirklich reizend, und er dankte den Göttern — an die er nicht glaubte —, daß er einen solchen Schatz — mit einer so reichen Aussteuer — entdeckt hatte.

„Ixion", sagte er. „Ja, ja. Er weiß nicht, daß er im Hades weilt, mein unglücklicher Saul, daß er über die Affodillenfelder schreitet, im Dämmerlicht wohnt und mit der Verzweiflung zu Bett geht. Wie so viele Juden, ist auch er ein Verfolgter seines Gottes. Und dabei war sein Vater einst ein fröhlicher, wohlgemuter Mann, mit dem man geistreiche Gespräche führen konnte. Seine Schwester ist eine wahre kleine Göttin an Schönheit und Anmut. Seine Mutter war nicht übermäßig gescheit, ein wenig leichtsinnig und seicht, aber sie lachte gerne, glich einer Statue, hatte viele anziehende Eigenschaften und konnte singen. Wie die beiden zu einem so stürmischen Sohn gekommen sind, war mir immer ein Rätsel. Als Kind und als Junge konnte er herzlich lachen, er besaß einen trokkenen Humor, kam allen Menschen freundlich entgegen, er sprühte vor Leben und seine Augen leuchteten wie edler Wein in der Sonne. Wenn er jetzt im Hades weilt, so hat er sich aus freiem Willen dahin begeben, nicht als Opfer irgendwelcher widriger Umstände, und wenn er sich der Verzweiflung vermählt hat, war er es, der sie begehrt hat und ihr Stöhnen einer liebenden Umarmung vorzieht."

„Er ist nicht hübsch", meinte Ianthe. „Vielleicht meiden ihn die Mädchen. Warum heiratet er nicht?"

„Er hat sich seinem Gott geweiht, wie der König von Nemi", erwiderte Aristo. Ianthe warf ihm einen belustigten Blick zu und zog sich dann in die Küche zurück, um die Zubereitung des Nachmittagmahles ihres Gemahls zu beaufsichtigen. Sie besaß noch eine weitere Eigenschaft, die ihm große Freude bereitete: sie war eine ausgezeichnete Hausfrau. Es war ihre Hand, die die Speisen im letzten Moment würzte, so daß sie die Zunge in Ekstase versetzten. Er trat ins Freie, um den Blick voller Zufriedenheit über sein Land schweifen zu lassen, über seine Waldungen und Obstgärten, seine Pferde und Esel, seine Rinder und Schafe, über die Nebengebäude, die sein stattliches Haus umgaben, und über den breiten, golden dahinströmenden Fluß unter den roten Bergen von Tarsus. Er konnte sich einer gewissen Schwermut nicht erwehren, als er an Saul dachte. Sein früherer Zögling hatte seine Rückkehr nach Jerusalem verschoben und lebte jetzt allein in seinem Vaterhaus, zusammen mit den Dienern, die, wie das Gesetz es vorschrieb, bei Hillels Tod freigelassen worden waren. Doch obwohl Aristo ihn häufig zu Gast gebeten hatte — aber nur zweimal mit Erfolg — und er auch von anderen eingeladen worden war, lebte Saul einsamer denn je. Er hatte Aristo gesagt, daß er die Absicht habe, noch vor den hohen Feiertagen im Herbst nach Jerusalem zurückzukehren, aber nun war es schon bald Winter, ohne daß er sich zur Abreise hätte entschließen können. Er schien von einer Art Lethargie befallen und von einer Wand des Schweigens umgeben, die auch Freundlichkeit und Zuneigung nicht durchdringen konnten.

Fürwahr, der einsame junge Mann befand sich in einem Zustand völliger Apathie. Er sagte sich jeden Morgen von neuem, daß er am nächsten Tag nach Jerusalem zurückkehren müsse, aber die Tage vergingen und er blieb. Er kam sich vor wie einer, den man aus dem Theater gewiesen hatte, in dem ein Drama aufgeführt wurde und große Chöre die Handlung begleiteten: die Tore waren ihm verschlossen, und er wußte nicht, warum. Wenn er daran dachte, mußte er lachen. Was waren das doch für Einfälle! Er verbrachte viele Stunden in der Bibliothek seines Vaters und viele Stunden auch im Garten, wo er auf der schwarzen Brücke und genau auf der Stelle stand, auf der, wie ihm gesagt worden war, Hillel gestanden und, von Schwindel befallen, das Gleichgewicht verloren hatte. Saul starrte oft lange Zeit ins Wasser und gab sich einige Male der Täuschung hin, seinen Vater da liegen zu sehen. Ernst und friedlich schimmerte das bleiche Antlitz, und sanft wogte sein Gewand in den Wellen.

Saul besuchte die Gruft seiner Eltern, wurde aber das Gefühl nicht los, Hillel ruhe gar nicht da, sondern im Wasser des Teiches. Er versuchte, sich seinen Vater im Jenseits vorzustellen, wie er, strahlend in einem Meer von Licht, umringt von Seraphen und Cheruben, Gott lobpries. Aber er sah seinen Vater nur schlafend, als ob er etwas erwartete.

Sapphira schrieb ihm in ihrer munteren Art, doch aus der Fülle ihrer Worte verstand er nicht, ihre Liebe und ihre Sorge um ihn herauszulesen. Sie schrieb über ihre Familie, über ihren Gatten, Ezekiel ben David, ihre teure Schwiegermutter Claudia, über ihre Onkel — und deren beachtliche geschäftliche Erfolge — und über ihren Großvater Schebua ben Abraham, dessen Gesundheit nachließ und der seine Weltgewandtheit und seine gelassene Liebenswürdigkeit verloren hatte. ‚Er ist zum Greis geworden', schrieb Sapphira. ‚Etwas scheint ihn mit Sorge zu erfüllen, und er redet oft irre. Manchmal spricht er auch von unserem Vater, mürrisch, als lebte er noch. Er ärgert sich, wenn er an ihn denkt. Dann wieder fragt er, wann er ihn denn endlich wieder besuchen würde. Es ist sehr sonderbar.'

Solche Nachrichten langweilten Saul, der nur selten einen Gedanken an die Verwandten seiner Mutter verschenkte. Auch in ihrem letzten Brief hatte Sapphira ausführlich über die Familie berichtet und dann geschrieben: ‚Seit einiger Zeit herrscht große Unruhe in Jerusalem, man diskutiert hin und her und weiß nicht, ob man weinen oder lachen soll. Ein junger Rabbi aus Galiläa bringt alle Leute durcheinander, und das Synedrion und die Priester sind sehr besorgt, denn die Römer haben eine Untersuchung eingeleitet. Wir fürchten, sie könnten uns ein für alle Male vernichten, sollte dieser Galiläer zu Aufruhr und offenem Widerstand aufrufen — man munkelt, er wäre Essener, und wir wissen ja, wie hitzig diese Leute sind. Bis jetzt sind die Römer uns gegenüber so nachsichtig gewesen wie gegenüber keinem andern Volk. Sie haben unsere jungen Männer vom Wehrdienst freigestellt, sie achten unsern Sabbath, sehen davon ab, das Bild des Cäsars bei uns aufzustellen und geben sogar eigene Münzen für uns aus, die nicht die Köpfe ihrer Tyrannen zeigen. Sie bringen keinen Juden am Sabbath vor Gericht, und sie entweihen den Tempel nicht, sondern gehen nur vor den Heidenrat, wo sie respektvoll unseren heiligen Männern lauschen. Gewiß, sie besteuern uns auf unerträgliche Weise, aber nicht stärker, als sie andere Völker besteuern, und ihr Reich ist ja ungeheuer groß. Gegenüber unseren wilden jungen Männern in der Wüste haben sie sich, trotz mancher Provokation, sehr tolerant gezeigt. Sollte aber dieser Galiläer, von dem es heißt, er vollbringe Wundertaten, das Volk aufwiegeln, dann steht zu befürchten, daß den Römern die Geduld reißt und sie uns mit Feuer und Schwert ausrotten und den Tempel an allen vier Ecken anzünden. — Seit einigen Wochen können wir wieder aufatmen. Der Rabbi hat sich von hier fortbegeben und ist in seine Berge zurückgekehrt. Wir können nur hoffen, daß er auch dort bleibt. Wir, die wir Kinder haben, ängstigen uns ganz besonders und sehen Gefahren, wo es möglicherweise gar keine gibt.'

Nicht einmal Saul, der sein Gewissen, seine Beweggründe, seine Gedanken und ihren Ursprung eingehend zu erforschen pflegte, nicht einmal er konnte es sich erklären, wieso er unverzüglich in Wut geriet, wenn er den Namen des Nazareners auch nur hörte oder ihn geschrieben sah. Mit Sapphiras Brief in der Tasche begab er sich zu Reb Isaac. Der alte Rabbi war vom Alter gebeugt, und sein Bart und sein Haar schütter und weiß geworden.

„Früher einmal", begann Saul, „verachtete meine Schwester die Römer, so wie ich sie heute noch verachte, und sie bewunderte die Essener und die Zeloten, wie ich sie immer noch bewundere — obgleich mich ihre Ausschreitungen zuweilen erschrecken. Sie ist Mutter, und man muß verstehen, daß sie um das Wohlergehen ihrer Kinder bangt. Dafür verdient sie Achtung und gewiß nicht Spott. Wenn nun Sapphira, die von unserem Vater gut erzogen wurde und ihr Volk Israel so liebt, wie er es liebte, durch diesen — Nazarener — in Unruhe versetzt wird und um die Zukunft fürchtet, dann haben wir ja allen Grund, uns zu fürchten."

Der Greis überlegte, wobei er seine umflorten, aber immer noch streitlustigen Augen auf Sauls gerötetes Gesicht gerichtet hielt. „Du hast lange Zeit in Jerusalem gelebt", erwiderte er dann. „Nun sage mir: hast du von diesem Galiläer schon früher einmal gehört? Hast du ihn gesehen? Du hast mir noch nie von ihm gesprochen."

Die häßliche Röte auf Sauls Wangen verdunkelte sich. „Ich habe ihn gesehen", sagte er mit dumpfer Stimme, „und ich habe ihn gehört."

Der Rabbi wartete, aber Saul blieb stumm. „Und was hieltest du von ihm?" fragte Reb Isaac.

„Er ist ein ungebildeter Mann, ein unwissender Galiläer. An Beredsamkeit fehlt es ihm nicht, das muß ich zugeben. Er spricht in Rätseln —"

„Eine unter den Juden weit verbreitete Gewohnheit", warf der Rabbi ein.

Saul machte eine ungeduldige Gebärde. „Aber diese Rätsel hetzen das Volk auf. Was sein Aussehen betrifft — er ist blond wie die meisten Galiläer. Er ist nicht — häßlich, aber auch nicht schön. Er sieht manchmal sehr gewöhnlich aus und dann wieder — so hörte ich sagen — geradezu verklärt."

„Du schätzt ihn nicht sehr", meinte der Rabbi.

„Nein. Er ist ein Gotteslästerer und ein Scharlatan. Gewiß haben dir doch schon deine eigenen Freunde in Jerusalem über ihn berichtet! Er läßt es zu, daß man von ihm als dem Messias spricht!" Sauls Atem ging stoßweise, und seine Augen funkelten vor Zorn. „Es heißt, er pflege mit Dirnen und lasterhaften Weibern und sogar mit Zöllnern Umgang! Wenn das stimmt, ist er fürwahr der Erbärmlichste unter den Menschen!"

Ein sonderbarer Ausdruck erschien auf Reb Isaacs Gesicht. „Vielleicht hofft er, diese armen Teufel auf den Weg der Reue zu bringen?"

Saul starrte ihn an. „Dann hast du also von ihm gehört?"

Der Greise drehte sein ehrwürdiges Haupt zur Seite und blickte durch das Fenster auf die goldfarbenen Felder hinaus. „Ja, ich habe von ihm gehört. Im Lande wimmelt es ja von diesen umherziehenden Rabbis, die manchmal auch Wunder wirken. Offenbar ist auch er einer von diesen. Aber von den anderen hört man nichts. Daher ist etwas Außergewöhnliches an ihm, an seiner Person. Von Ruhm oder davon, daß die Welt auf ihn aufmerksam geworden ist, spreche ich nicht. Er ist von niedriger Herkunft, anscheinend ungebildet, spricht nur aramäisch, hat weder Haus noch Haushalt noch Geld noch Besitz — darin gleicht er den anderen —, und dennoch beflügelt er die Phantasie aller, die ihm begegnen. Wie das? Ist er ein Prophet?"

Saul fühlte etwas Unverständliches und Geheimnisvolles in den Worten des alten Mannes, in der Art, wie er sich ausdrückte. Er war wie rasend vor Ungeduld. „Ein Prophet! So einen lumpigen Propheten hat es noch nie gegeben! Und keinen, dem weniger Ehre gebührt! Propheten lästern Gott nicht!"

Der alte Rabbi lächelte ironisch. „Propheten wurden sehr häufig der Gotteslästerung geziehen, und ihre Ehre oft angegriffen, wenn ich die heiligen Schriften noch richtig im Kopf habe. Wenn also der Nazarener von vielen geschmäht wird — und das wird er, wie ich gehört habe —, mag er sehr wohl ein Prophet sein. Die Menschen haben sich nicht geändert. Sollte man von mir verlangen, ich möge einen authentischen Propheten beschreiben, ich würde es so formulieren: ‚Er wird gehaßt und verachtet, man gibt ihn der Lächerlichkeit preis, er schafft sich eine Unzahl von Feinden, man unterstellt ihm die niedrigsten Beweggründe, übergießt ihn mit Spott und Hohn und behauptet, er habe den Teufel im Leib.'"

Saul wurde totenbleich und seine Augen sprühten vor Wut. „Er ist kein Prophet", entgegnete er mit heiserer Stimme. „Er ist eine Null."

„Nullen", wandte der Rabbi ein und sah ihm starr ins Gesicht, „sind niemals imstande, Gefühle zu erwecken. Ich stelle fest, daß dieses Gespräch über den Nazarener dich tief aufgewühlt hat. Ich frage dich nicht, warum. Du hast mir einen Grund genannt: Gotteslästerung. Aber ich glaube nicht, daß es das ist. Ich glaube, daß du es selbst nicht weißt."

„Ich weiß es wohl!" rief Saul und preßte seine kräftigen Hände zusammen, die auf dem derben Tuch ruhten, das seine Knie bedeckte. „Er läßt es zu, daß man von ihm als dem Messias spricht! Wir wissen, daß das Gotteslästerung ist. Ich habe mein Leben Gott und Seiner Offenbarung geweiht, und es empört mich, daß dieser Nazarener sich erdreistet —"

„Was erdreistet er sich?" fragte der Rabbi, als Saul unvermittelt verstummte. Saul antwortete nicht. Schweiß stand ihm auf der Stirne, was bei ihm ein Zeichen tiefster seelischer Erregung war. „Wenn du von ihm sprichst", fuhr Reb Isaac fort, „bist du fast außer dir. Du bist jung und großer Leidenschaften fähig, die du zu zügeln verstehst. Wie kommt es, daß du, wenn es um den Nazarener geht, dich benimmst und daherredest, daß man glauben könnte, du seist deiner Sinne nicht mächtig?"

„Ich hasse ihn!" stieß Saul hervor.

Der Rabbi sagte nichts und sah ihn nur an.

„Er wird Israel zerstören!" rief Saul mit erhobener Stimme.

„Was? Ein armseliger kleiner Wicht aus Galiläa soll das Volk Israel zerstören? Gibt es denn keine Soldaten, Richter und Gerichtshöfe, um ihn zu bändigen, wenn er wirklich gefährlich werden sollte? Mißt du diesem Mann nicht viel zuviel Wichtigkeit bei?"

„Er ist überhaupt nicht wichtig."

Der Rabbi zuckte die Achseln. „Wozu reden wir dann über ihn? Eben noch zeigst du mir einen Brief deiner Schwester, bist offensichtlich ebenso beunruhigt wie sie, und erklärst im nächsten Augenblick ‚Er ist überhaupt nicht wichtig'. Mein Sohn, du bist nicht offen mit mir. Du sagst, du haßt den Mann, und das glaube ich dir, aber dein Blut gerät in Wallung, wenn du nur an ihn denkst."

„Er ist ein Zauberer", erwiderte Saul und begann, ganz gegen seinen Willen, vom Nazarener zu sprechen, von seinen persönlichen Begegnungen mit ihm und sogar von seinem Traum. Er befand sich in einem Zustand höchster Erregung: seine Stimme hob und senkte sich, er ballte die Hände zu Fäusten und öffnete sie wieder. Der Rabbi hörte zu und rührte sich nicht.

„Ja, er ist ein Zauberer", sagte Saul schließlich, „und es ist uns geboten, Zauberer vom Leben zum Tode zu bringen. Er sah mich nur an, und ich wurde schwach und konnte ihm keinen Widerstand entgegensetzen. Ich wäre ihm gefolgt — wäre zu ihm gegangen, hätte er mir ein Zeichen gegeben — würde ihm alles gegeben haben —" In seinem Blick mischten sich Angst und Schrecken mit bestürzendem Begreifen. „Er hat meine Seele verführt, und darum halte ich ihn für einen Zauberer."

Reb Isaac heftete einen Blick von sonderbarer Starre auf das blasse, kantige, unversöhnliche Antlitz seines Gegenübers. Dann erhob er sich, schleppte sich langsam und mühselig ans Fenster und sah auf das weite Land hinaus. „Es war immer schon deines Vaters sehnlichster Wunsch", sagte er, „das Kommen des Messias erleben zu dürfen. Ich glaube, daß die — Krankheit, die seinen Tod herbeiführte, in dem Umstand begründet war, daß er seine Enttäuschung nicht verwinden konnte."

Saul runzelte die Stirne. Der alte Mann redet irre, dachte er für sich. Er hat vergessen, wovon wir sprachen. „Ein paar Jahre vor deiner Geburt", fuhr Reb Isaac fort, als spräche er seine innersten Gedanken aus, „erfuhr dein Vater von einer seltsamen Begebenheit. Es geschah während der römischen Saturnalien, daß der Mann seiner Base von seinem Wachtturm in Jerusalem aus einen großen Stern über Bethlehem erblickte, der einige Nächte am Himmel blieb und dann ebenso unvermittelt verschwand, wie er gekommen war."

„Ich erinnere mich, diese Geschichte als Kind gehört zu haben. Es war ein Komet oder ein Wandelstern."

Reb Isaac schlurfte zu seinem Sessel zurück. Er hielt den Blick zu Boden gesenkt und strich sich langsam den Bart. „Ich lachte damals darüber. Ich äußerte die Ansicht, es könnte sich nur um die Sinnestäuschung eines betrunkenen römischen Soldaten handeln. Damit betrübte ich ihn sehr, und ich wollte, ich könnte meine Worte zurücknehmen. Er glaubte oder hoffte, der Stern zeige die Geburt des Messias an."

„Ich weiß", entgegnete Saul mit neuerlich zunehmender Ungeduld. „Aber es war kein Zeichen. Auch andere Leute haben den Stern gesehen, Leute wie Joseph von Arimathäa und mein Onkel David ben Schebua. Aber sie gaben sich keinen Illusionen hin."

Der Rabbi saß gedankenverloren da, spitzte den Mund und kräuselte die Lippen. „Ich bin ein alter Mann. Du kennst das Sprichwort: ‚Die Alten träumen, die Jungen haben Gesichte.' Ich habe Träume, rätselhafte, geheimnisvolle Träume." Er sah Saul mit unverwandten Augen an. „Es gibt nichts mehr, dessen ich völlig sicher wäre, außer Gott, gesegnet sei Sein Name." Er machte eine Pause. „Als du jünger warst und zum erstenmal nach Jerusalem kamst, bedrückte es dich tief, daß niemand den Essenern und Zeloten zu Hilfe kam, die von den Römern vor den Stadtmauern Jerusalems gekreuzigt wurden. Da warfst deinem Großvater Kleinmut vor. Es brach dir das Herz. Und jetzt plötzlich hast du Angst, der Nazarener, dieser angebliche Essener, könnte das Volk aufwiegeln, den Zorn der Römer erwecken und sie womöglich veranlassen, über unser Volk herzufallen. Du sprichst wie dein Großvater und alle gemäßigten Männer sprachen, die du als Jüngling verachtetest."

Verbittert preßte Saul die Lippen zusammen. „Nein, ich spreche absolut nicht so wie sie. Mein Herz gehört immer noch den Essenern und Zeloten. Ich wollte, unser Volk könnte die Römer vom heiligen Boden unseres Landes verjagen. Wenn es sein müßte, sollten die Juden ihr Leben einsetzen, aber für eine große, gerechte Sache, für die Befreiung des Landes oder zumindest den Versuch, es zu befreien. Aber nicht für einen erbärmlichen Zimmermann aus Galiläa, der zudem ein Gotteslästerer ist!"

Der Rabbi seufzte. „Du hältst ihn für einen Zauberer und hast keinen Zweifel daran gelassen, daß du ihn haßt. Aber du hast auch gesagt, daß du dich zu ihm hingezogen fühltest, daß du ein Zeichen von ihm erwartetest."

„Zauberei", tat Saul den Einwand ab. „Das Kennzeichen des Bösen."

„Hältst du ihn für böse?"

Saul fühlte sich in einer nebelhaften Verwirrung befangen. Er ließ die Begegnungen mit dem Nazarener vor seinem geistigen Auge vorbeiziehen. Er war dreimal mit ihm zusammengetroffen. Er rief sich das Antlitz des Galiläers ins Gedächtnis zurück, den rollenden Donner seiner Stimme und seine feurigen Gesten, und abermals empfand er jenen unbekannten, unerklärlichen Schmerz. „Wir wissen doch", sagte er, „daß das Böse auch in der Maske eines Engels auftreten kann."

„Aber das Böse bringt nichts Gutes hervor. Damit würde es sich selbst negieren."

Saul sah ihn erstaunt an. „Reb Isaac! Du hast dich doch nicht auch durch die Geschichten täuschen lassen, die von diesem Mann erzählt werden?"

Der Rabbi hob seine gebeugten Schultern, ließ sie fallen und breitete die Arme aus. „Ich sagte es dir schon. Es gibt nichts mehr, dessen ich absolut sicher bin. Ich bin ein alter Mann. Unerschrockenheit und Ungestüm sind Vorrechte der Jungen, die Phantasiebildern nachjagen, lautstark gegen alles ins Feld ziehen, was ihnen nicht paßt, und schmähen, was sie nicht begreifen können. Ich habe zuviel im Leben gesehen, um die Wahrheit einer Sache zu leugnen, mag sie mir auch noch so lächerlich oder widersinnig erscheinen. Wäre ich jünger, ich würde nach Jerusalem reisen und diesen Mann ausfindig machen."

Saul stand auf. „Ich werde bald nach Jerusalem zurückkehren", stieß er zwischen zusammengebissenen Zähnen hervor. „Ich werde diesen Mann wiedersehen und ihn in aller Öffentlichkeit bloßstellen!"

Nachdem Saul gegangen war, erhob sich Reb Isaac mühsam, schob sich die mit Gold eingefaßte Kappe aus rotem Samt zurecht, faltete die Hände und sprach ein Gebet. „Herr, laß uns die Wahrheit erkennen, denn mein Herz ist aufgeschreckt und meine Träume sind seltsam. Nicht die Ruhe des Alters liegt auf mir, sondern die stürmische Unruhe der Jugend." Er dachte an die Worte, die das Volk an Moses gerichtet hatte: „Lasse nicht zu, daß Gott zu uns spricht, sonst müssen wir sterben." Der alte Rabbi schüttelte den Kopf und begann zu grübeln. Er wußte, daß es sehr schrecklich war, die Stimme des Herrn zu vernehmen.

Doch Saul kehrte immer noch nicht nach Jerusalem zurück. Er tadelte sich und machte sich Vorwürfe, daß er Zeit verschwende und Gott über ihn erzürnt sei. Die Erkenntnis der Unmittelbarkeit von Gottes Gegenwart, von der Rabban Gamaliel gesprochen hatte, war ihm verschlossen geblieben. Das göttliche Schweigen war nicht gebrochen und kein Weg war ihm gezeigt worden. Er konnte nur weiterdienen, zäh und verbissen, in Liebe und Anhänglichkeit, wie ein treuer, aber von seinem Herrn gering eingeschätzter Diener dient. Er durchlebte Perioden jähen Sinnestaumels, plötzlicher Eingebungen, die alles zu erklären schienen, und sein Geist erglühte in brennender Verzückung. Doch schon im nächsten Augenblick entglitt ihm die Erinnerung an das eben Erlebte. Er wußte nicht mehr, was er verstanden hatte. Er hatte nichts gehört. Er hatte nichts gesehen. Doch schon allein die Gewißtheit, daß es etwas gab, dessen er sich nicht entsinnen konnte, wirkte wie Glut in seiner Seele, und er lebte nur mehr in Erwartung dieser seltenen Episoden. Er rief nicht mehr ‚O wüßte ich doch, wo Ihn zu finden!' Er betete nur um Erleuchtung, und während er das tat, wartete er oft mit klopfendem Herzen, doch er erhielt keine Antwort. Er empfand weder Bitterkeit noch zornige Ungeduld. Er hielt sich immer noch für unwürdig und glaubte, sein Geist bedürfe weiterer Läuterung. Zuweilen kam ihm der Gedanke, es sei Gottes Wunsch, daß er den Galiläer vernichte, diesen Gotteslästerer, der es zuließ, daß seine elenden, zerlumpten Anhänger ihn Messias nannten, diesen Mann ärmlichster Herkunft, bar himmlischer Herrlichkeit, sein Haupt von keiner Krone geschmückt.

Er gab sich dem Studium hin. Er schrieb Briefe. Der Bitte eines Freundes seines Vaters entsprechend, übernahm er einmal den Fall eines zu Unrecht des Mordes angeklagten Mannes und ging als sein Verteidiger vor das Gericht in Tarsus, nachdem er die Überzeugung gewonnen hatte, daß der Mann schuldlos war. Das hob seine Lebensgeister, und er fühlte sich ermutigt, nachdem der Angeklagte freigesprochen worden war, und der Richter Saul zu seiner eindrucksvollen Beredsamkeit und zu der dramatischen Verteidigung seines Mandanten beglückwünscht hatte. Ist es Gottes Wille, fragte er sich, daß ich praktizierender Advokat werde, die Unschuldigen verteidige und der Gerechtigkeit zum Siege verhelfe?

Er war unzufrieden, während er wartete, ungeduldig wie ein Rennpferd vor dem Start. Aber er kehrte immer noch nicht nach Jerusalem zurück. Es war, als hätte man ihm verboten, vor einer gewissen Stunde die Stadt zu betreten. Der Gedanke beleidigte seinen Verstand. Er klagte sich der Faulheit an und warf sich vor, die Ruhe, den Frieden und den bescheidenen Luxus seines Vaterhauses zu sehr zu genießen, sich zu sehr am Garten zu erfreuen, und zu viel Zeit auf der schwarzen Brücke zu verbringen, die sich über den Teich spannte. Er befand sich in einem Zustand der Unentschlossenheit, war jedoch nicht imstande, den Grund dafür zu erkennen, wenngleich ihn sein Verstand drängte, die Rückreise nach Jerusalem anzutreten.

Er gewöhnte sich an, über die Straßen zu wandern, die zur Stadt führten — wenn es still war, die Sonne hoch am Himmel stand und er nicht fürchten mußte, Massen von Menschen zu begegnen. Er konnte nicht viel grübeln; für die heitere Gelassenheit der herbstlichen Landschaft waren seine Gedanken zu schwerfällig. Sie ermüdeten ihn.

Eines Tages sah er einen Knaben von dreizehn oder vierzehn Jahren, der im hohen und staubigen Gras an der Straße mit einem schrill kläffenden Hündchen spielte. Noch bevor Saul den Jungen erblickte, hörte er sein Lachen, und es war ihm, als läge etwas Vertrautes in diesem Lachen, als hätte er es schon einmal gehört. Dann tauchte plötzlich ein Kopf aus dem trockenen, goldenfarbenen Gras, gefolgt von jugendlichen Schultern und herumfuchtelnden Armen. Das Haar war flammend rot, das Gesicht eckig und kräftig, die Augen tief und leuchtend blau, und die Nase groß, aber wohlgeformt. Ingwerfarbene Sommersprossen belebten die rosige Frische der Haut.

Entgeistert fand sich Saul dem Ebenbild seiner eigenen Knabenzeit gegenüber. Wie in Trance, blieb er mit weit aufgerissenen Augen stehen. Der kleine Hund kam herangesprungen und schnappte nach seinen Knöcheln, aber er merkte es nicht. Der Junge stürzte aus dem staubigen Gras auf die Straße, und Saul sah seine eigenen krummen Beine, stämmig wie junge Bäume. Schwärmerei und lebensbejahender Frohsinn zeichneten sich auf den Zügen des Kindes, und die Lippen teilten sich in unbekümmerter Heiterkeit und gaben den Blick auf Zähne frei, die breit, fest und weiß waren wie seine eigenen.

Der Knabe hielt jäh an, als er dieses Mannes gewahr wurde, der allem Anschein nach vom Himmel gefallen war. Sein Lächeln verblaßte. Er stand schweigend da und betrachtete Saul. Seine Tunika war scharlachrot, fast von der gleichen Farbe wie sein Haar, und sein Gürtel aus Silber. Seine Sandalen waren einfach, aber kunstvoll aus gutem Leder gefertigt. Er trug eine Kette um den Hals, die im fahlen Licht der herbstlichen Sonne glitzerte.

Sauls Mund und Kehle waren wie versteinert. Er konnte nicht schlukken und nicht sprechen. Der Knabe starrte ihn offen an, wie es kein Bauer oder Sklave gewagt hätte. Sein Blick war kühn, aber auch freundlich und forschend. Hals und Beine waren sonngebräunt, denn die Haut des Jungen war hell wie seine eigene. Und nun wußte er alles, und das Herz klopfte ihm zum Zerspringen, und er fühlte sich gleichzeitig verängstigt und über alle Maßen froh, aber auch tiefer beschämt als je zuvor in seinem Leben.

Der Junge wartete höflich. Das Hündchen kehrte zu seinem Herrn zurück, der es aufnahm und das Köpfchen unter sein festes Kinn schmiegte. Er sah Saul fragend an.

Endlich fand Saul die Sprache wieder. „Wer bist du, Kind?“ fragte er. Seine Stimme klang gezwungen und unnatürlich.

„Man nennt mich Boreas“, antwortete der Knabe und lächelte. „Weil ich so geschwätzig und wetterwendisch bin und stürmisch dahinsause.“

Er vibrierte förmlich vor Energie, und man hätte meinen können, er befände sich ununterbrochen in Bewegung, obwohl er jetzt, den Hund im Arm, still dastand.

„Und wer ist dein Vater, Boreas?“

Mit einer schnellen Geste zeigte der Knabe in die Richtung des Weihers, den Saul nie hatte vergessen können. „Mein Vater ist Aufseher auf den Ländereien des edlen Römers Centorius. Er ist Schreiber und führt die Verrechnungen. Er ist ein Freigelassener“, fügte er hinzu und hob stolz den Kopf, „aber ich bin frei geboren.“

Saul fühlte ein Zucken im Gesicht. „Und deine Mutter, Boreas?“

Der Junge zuckte die Achseln. „Ich weiß nichts von ihr. Sie starb bei meiner Geburt.“

Dacyl, dachte Saul. Und seine gemarterte Seele, zu jeder Zeit bereit, ihn aller Sünden, der Lässigkeit und der Gleichgültigkeit anzuklagen, regte sich mächtig. Schlimm genug, dachte er, daß ich mit Dacyl gelegen bin, die ich liebte und haßte, obwohl sie frei von aller Schuld war. Aber ich habe auch dieses Kind gezeugt, das in mir nicht seinen Vater erkennt und nie erkennen darf.

„Ist dein Vater ein gütiger Mann?" fragte er.

Der Junge war von dieser sonderbaren Frage überrascht. Er hatte ein ungekünsteltes, furchtloses Wesen, und Saul war froh. „Mein Vater Peleus", antwortete Boreas, „ist ein guter und achtbarer Mann, Herr. Nach dem Tod meiner Mutter heiratete er eine andere Frau. Ich habe drei Schwestern."

Nenne mich nicht ‚Herr', dachte Saul in seinem Herzen. Es war ihm aufgefallen, daß die Stimme des Knaben der seiner eigenen Kindheit glich: ein wenig laut, beherrschend und kraftvoll. „Ich habe einen Erzieher aus dem Hause des Flavius, des Tribunen", setzte Boreas seine Erklärungen fort und lächelte den Fremden fröhlich an, als ob er etwas Unterhaltsames zu berichten hätte. „Mein Vater wünscht, ich soll Schreiber werden wie er, die Verrechnungen führen und von allen geachtet sein."

Saul hätte Boreas in seine Arme schließen und an die Brust drücken wollen, und erst in diesem Augenblick wurde er sich bewußt, wie einsam er war, einsamer, als er sich je hätte vorstellen können. Liebe ergriff ihn und Schmerz zugleich.

„Es ist schön, daß man deinen Vater so schätzt", sagte er mit weicher Stimme.

„Und reich ist er auch", entgegnete Boreas mit jener übertriebenen Offenherzigkeit, die Saul selbst in seiner Jugend ausgezeichnet hatte. „Ein sehr wohlhabender Mann schenkte ihm ein Vermögen in römischen Sesterzen. Ich war damals erst vier Jahre alt."

Sauls Puls stockte. „Und wer war dieser gütige Herr?" fragte er.

Der Knabe zog die roten Augenbrauen hoch und zuckte die Achseln. „Das weiß ich nicht, Herr. Niemand weiß es. Vater erhielt es durch Vermittlung einer Bank und eines Gesetzeskundigen. Es heißt, er habe mich einmal gesehen und an mir Gefallen gefunden. Darum gab er Vater diese große Summe. Ich sollte eine gute Erziehung erhalten."

Mein Vater, dachte Saul, mein Vater, der keinen Enkelsohn hatte, der meinen Lenden entsprungen wäre, außer diesem. Mein Vater, der mir nie davon sprach. Und dies ist mein Sohn, der nie das Totengebet für mich sprechen, nie in der Synagoge neben mir stehen, nie mir ins Gesicht sehen und ‚Vater' zu mir sagen, und sich nie von seinem Stuhl erheben wird, wenn ich das Haus betrete. Auch seine Kinder werden mich nicht kennen und sich nicht um meine Knie scharen, wenn ich einmal alt bin. Einen anderen nennt er seinen Erzeuger, und dieser Mann hat, was mein ist, und mir bleibt nichts.

„Bist du Grieche, Boreas?"

Wieder zuckte der Junge mit den Achseln. Diesmal kam sein Lächeln nicht so schnell. Er runzelte ein wenig die Stirn und faßte Saul schärfer ins Auge. Der Mann, der vor ihm stand, trug eine ganz gewöhnliche, von einem Ledergürtel zusammengehaltene, lange Tunika, einen Umhang aus rauhem Tuch und derbe Sandalen. Er war nicht so fein gekleidet wie er selbst. Und darum antwortete er ein klein wenig hochmütig: „Mein Vater ist Grieche — Herr. Er ist gebürtiger Athener und sehr gebildet."

Zum ersten Male bemerkte er jetzt, daß er Saul ähnlich sah, und seine Augen weiteten sich. „Wer bist du — Herr?"

„Mein Name — mein Name —" Saul zögerte. Wußte Peleus, daß dieses Kind nicht seinen Lenden entsprungen war? Sicher hatte Dacyl von ihm gesprochen. Um des Knaben willen durfte er von niemandem erkannt werden, der dem Haus des Tribunen Flavius angehörte — und auch um seinetwillen nicht. Und mit einer Stimme, die von Abschied sprach, sagte er: „Mein Name ist nicht wichtig, Boreas. Ich bin ein Fremder in diesem Land und auf dem Weg in die Stadt. Ich werde hier nicht mehr vorbeikommen."

Boreas nickte herablassend. Der Hund zappelte in seinen Armen, und Boreas schalt ihn mit lachender Ungeduld. Der Hund fiel zu Boden und lief davon. Als Boreas ihn wieder erwischt hatte, war der Fremde verschwunden. Auf der schmalen und gewundenen Straße war nichts mehr von ihm zu sehen. Boreas überlegte. Er hatte sich von Saul angezogen gefühlt. Die Stimme des Fremden hatte sanft und gütig geklungen, aber er war arm und fußmarode gewesen und besaß keinen Wagen, kein Pferd, nicht einmal einen Esel. Leicht möglich, daß er ein entlaufener Sklave aus einem der großen Häuser an der Straße war. Die Stimme allerdings war nicht die eines Sklaven gewesen. Boreas schüttelte verwirrt den Kopf. Dann hörte er seinen Vater rufen. Er lief los und vergaß Saul sogleich.

Saul war in einem Dickicht untergetaucht, als der Knabe ihm den Rücken zugekehrt hatte. Erst eine Weile später kehrte er auf die Straße zurück und lenkte seine Schritte heimwärts. Er dachte wieder an seinen Vater, der, ohne etwas zu sagen, seinen Enkel erkannt und aus der Größe seiner Seele und seines Herzens Boreas' Zukunft gesichert hatte. Wie qualvoll mochten seine Nächte gewesen sein, wie sehr mußte er sich gesehnt haben, den Knaben in seine Arme zu schließen und ihn für sich zu beanspruchen! Das Kind war nicht einmal beschnitten! Boreas war Jude, aber das wußte nur Saul, und der Junge würde es nie erfahren. Nie würde er den Gott seiner Väter kennenlernen, nie etwas von Sinai und Moses und den Propheten hören. Er betete zu heidnischen Göttern und würde eine Frau heidnischen Blutes zum Weib nehmen. Sauls Samen würde sich in Leibern verlieren, die ohne eben diesen namenlosen Samen nie zum Leben erwacht wären.

Zu Hause angelangt, begab er sich sogleich in seine Kammer, warf sich aufs Bett und überließ sich seinem Kummer, seinen Gewissensbissen und seiner Sehnsucht nach dem Sohn, den er niemals anerkennen, der nie an seinem Grabe stehen, um ihn trauern und für ihn beten würde.

Ich will sogleich nach Jerusalem zurückkehren, beschloß er. Aber er blieb. Er blieb neben Boreas, neben seinem Fleisch und Blut. Es widerstrebte ihm, sein Haus zu verlassen.

XXIV

Manchmal gestattete sich Saul das quälende Vergnügen, Boreas aus der Ferne zu beobachten, wenn sich der Knabe zum Weiher begab, den er, Saul, seit jenem letzten Tag mit Dacyl nicht mehr besucht hatte. An solchen Tagen fastete er, um sich für seine Schwäche zu bestrafen, und für die Gefahr, in die er den Jungen brachte. Das Fasten fiel ihm nicht sehr schwer, lebte er doch bescheiden und mäßig, und darum suchte er nach einem Weg, um seine Strafe zu verschärfen. Er arbeitete mit seinen Dienern im Garten, ohne der kalten Winde zu achten, die von den wilden Bergen herabstürzten, nahm Trauben, Datteln und Granatäpfel ab, scharrte die Blätter zusammen und mähte das Gras. Als er entdeckte, daß ihm die Arbeit Vergnügen bereitete, ließ er sie wieder, stellte aber dann fest, daß sein Gesundheitszustand sich gebessert hatte. Da aber Gott die Menschen streng ermahnt hatte, auf ihre Gesundheit zu achten, um Ihm besser dienen zu können, und ihrer Familie und ihren Nachbarn nicht zur Last zu fallen, nahm er die Arbeit wieder auf. Von Natur aus ein Mann nicht nur des Geistes, sondern auch der Tat, härtete sich sein Fleisch bei der anstrengenden körperlichen Tätigkeit, und er schlief nachts friedlicher als bisher.

Er hackte sogar Holz für die Bäder und Herde. Die Diener schüttelten die Köpfe, aber sie bewunderten die Geschicklichkeit und die Ausdauer ihres Herrn. Er arbeitete wie einer, raunten sie sich zu, der sich auf die Großen Spiele vorbereitete. Er lernte reiten und galoppierte häufig jauchzend über eine einsame römische Straße. Für kurze Zeit kehrte seine Jugend, seine frühe Jugend zu ihm zurück. Er entdeckte, was es hieß, Appetit zu haben, und wie köstlich kalte Ziegenmilch munden konnte und Käse, quellfrisches Wasser, gutes warmes Brot, Obst, Fisch und gebratenes Lamm. Er begann sogar an Wein Geschmack zu finden und ihn zu genießen. Aber obwohl er wiederholt eingeladen wurde, besuchte er die Freunde seiner Familie nur selten und empfing niemanden. Nur Aristo begrüßte er auf das herzlichste und empfand eine quälende Leere, sooft der prosperierende Grieche, der sich inzwischen zwei schöne Rennpferde und einen eigenen Wagenlenker beigelegt und sich an Schiffen beteiligt hatte, nach Hause zurückkehrte.

„Saul ben Hillel setzt seinem Gott nach wie Kadmos seiner Schwester Europa", sagte Aristo zu seiner Frau. „Und mit ebenso geringem Erfolg", fügte sie mit ihrem milden und lieblich-dummen Lächeln hinzu und entzückte damit ihren Gatten von neuem. „Ein zweites Theben wird er wohl niemals gründen", meinte Ianthe.

Die hohen Feiertage kamen und gingen, und der Versöhnungstag war bedeutungsvoll für Saul, noch bedeutungsvoller als sonst. Zitternd vor Bewegung, schlug er mit der Stirn auf den Steinboden der Synagoge und betete: „Höre meine gequälte Seele, Herr, und lasse mich erkennen Deinen Willen und ihm gehorchen freudig und dankbar und ohne zu murren." Als er sich mit Tränen auf den Wangen erhob, fühlte er zum erstenmal in seinem Leben, daß Gott ihn nicht nur gehört, sondern auch Seine Lippen geöffnet hatte und bald zu ihm sprechen würde. Er hatte ihm Sein gütiges Antlitz zugewendet. Die Stunde würde bald kommen.

Doch dann wand der Schnee seine weißen Kränze um die scharlachroten Berge, der Wind war eisig, und der Regen fiel in langen grauen Lanzen peitschenden Wassers ins Tal. Es heulte in den Säulengängen, wie mit Fäusten trommelte es gegen die Fenster, und die bronzenen Tore erbebten. Der Fluß wandelte sich zu siedendem Blei und jagte die Gischt zum düsteren Himmel empor, große Schiffe warfen sich im Hafen hin und her und zogen ihre Segel nicht auf. Des Morgens lag manchmal Reif auf den Wiesen und überzog die Halme des toten Grases und die Zweige der Bäume und glitzerte und blendete das Auge, wenn die orangefarbene Sonne aufging. Dann stieg der Reif zu dunstigem Nebel auf und füllte die Luft mit klarer Resonanz, so daß man die Rufe ferner Schäfer weithin über Felder und Matten hören konnte und die Atmosphäre von winzigen Pünktchen wirbelnden Lichtes durchdrungen schien.

Rotbeinige Störche flogen über Tarsus, und lärmende Schwärme anderer Zugvögel. Der Winter war ins Land gezogen.

Ein geheimnisvoller, traumartiger Friede überkam Saul. Er wußte, daß er warten mußte, daß die Stunde unmittelbar bevorstand. Er war nicht vergessen. Er hatte noch nie römischen Spielen beigewohnt und kannte sie nur aus Aristos Berichten. Der Grieche hatte ihm einmal erzählt, daß bei jedem Wagenrennen ein zweiter Rosselenker mitfuhr, um, sollte der erste aus dem Gefährt geschleudert werden, dessen Platz einnehmen zu können. Saul fühlte sich jetzt wie so ein Wagenlenker, der, ungeduldig wartend, Sieg und Preis zu erringen ersehnte. Irgendwo war der erste Rosselenker gefallen oder würde in Kürze fallen. Bald nun würde der Ruf an Saul ergehen.

Und dann sprossen die ersten rosigen Mandelblüten hervor, und Saul konnte es gar nicht fassen, daß der Frühling seinen Einzug hielt und ,die

Stimme der Taube im Land ertönte. Die Wochen waren vorbeigezogen, und er hatte es nicht bemerkt. Er erhielt einen Brief von Sapphira, in dem sie ihn inständig bat, nach Jerusalem zurückzukehren, rechtzeitig für das Passah-Fest. Wenn er sich eilte, schrieb sie, könnte er es noch schaffen. Wozu verweilte er noch in Tarsus? Er hatte seine Geschäfte besorgt. Seine Familie in Jerusalem sehnte sich danach, ihn in die Arme zu schließen.

Er ging durch den Garten und betrachtete den azurenen Himmel, den blauen Teich, das auflebende Gras und die grünenden, blühenden Bäume. Er genoß den würzigen Duft der gesegneten, fruchtbaren Erde. Sein Herz weitete sich wie das eines Kriegers, der eine Trompete erschallen hört, und voll freudiger Ungeduld rief er laut: „Ja, ja, Herr, sprich zu mir!" Zuweilen erbebte er. Das Leben pulsierte durch seine Adern, und in leidenschaftlicher Erregung schwang sich sein Geist in höchste Regionen empor. „Bald werde ich den Ruf empfangen", sagte er zu Reb Isaac, und der alte Rabbi antwortete mit seinem müden, faltigen Lächeln: „Vergiß nicht, wie das Volk zu Moses redete: ‚Lasse nicht zu, daß Gott zu uns spricht, sonst müssen wir sterben!'"

„Aber du, Rabbi, hast Ihn doch oft in deiner Seele sprechen gehört!"

Reb Isaac blickte ihn schweigend an. „Aber nicht so", murmelte er dann, „wie Er zu dir sprechen wird, du Unglückseliger — oder Glückseliger!"

Saul nahm Reb Isaacs Einladung an, den ersten Sederabend in seinem Hause zu verbringen. Und eines Morgens erwachte Saul in dem Bewußtsein, daß bei Sonnenuntergang das Passah-Fest beginnen würde, jener heilige Tag, der an das ‚schonende Vorübergehen' der Engel des Zornes erinnert, die die Kinder Israels unter der ägyptischen Knechtschaft vor Schaden bewahrten.

Vor dem Fest würden sie zur Synagoge gehen. Dann würden sich die jüdischen Familien von Tarsus um die Tische ihrer Häuser versammeln, und die Großväter würden mit freudig glänzenden Augen ihre Enkelkinder betrachten und höchst feierlich erzählen, wie es beim ersten Passah zugegangen war. Eitel Freude würde herrschen, und Wein und edle Früchte würden auf den Tisch kommen. Beim Schein brennender Kerzen würden die Familienväter danksagen, daß sie so prächtige Söhne, hübsche Töchter und anmutige Gattinnen besaßen.

Es war warm im Garten, und Saul wanderte umher und genoß wie nie zuvor die Herrlichkeit dieser Erde, auf der die Menschen sich jubelnd zusammengefunden zu haben schienen. Vögel trillerten im grünen Laub der Bäume, die Myrten blühten, ein lauer Wind trieb unter frischen Blumen seine Possen, und kleine weiße Wölkchen standen am blauen Himmel. Die Knospen der Lilien glichen langen alabasternen Knollen, und ihre Blätter erinnerten an feine grüne Lanzen. Die Mittagsstunde schlug, und nun war es schon heiß, ungewöhnlich heiß, und Saul ließ sich auf einer Marmorbank nieder, erfreute sich des wispernden, singenden Lebens, das ihn umgab, und lachte über eine kleine Eidechse, die herangehuscht kam, um sogleich wieder das Weite zu suchen. Die schwarzen und weißen Schwäne und die närrischen chinesischen Enten schwammen in ihren Spiegelbildern, und das blau schimmernde Wasser des Teiches glitzerte wie flüssiger Saphir.

Die Hitze nahm zu. Saul hatte ein benommenes Gefühl, ging ins Haus und legte sich eine Weile schlafen. Als er wieder erwachte, begehrte er Milch, Brot und Käse, und sein Herz war ein einziges Becken, das darauf wartete, geschlagen zu werden. Der Haushofmeister trat ein und sagte: „Herr, es wird Sturm geben."

Die Türen standen offen. Von seinem Sitz im Speisesaal konnte Saul durch das Atrium in den Garten sehen. Das Licht draußen war so strahlend hell, daß es die Augen schmerzte. Es herrschte völlige Stille, kein Vogel sang, kein Lüftchen regte sich. Die Bäume standen in flimmerndem Glanz, und die Säulen des Portikus schimmerten, als umschlössen sie feurige Kerne. Doch Saul sah, daß das Blau des völlig wolkenlosen Himmels strahlender und intensiver geworden war.

Nachdem er seine bescheidene Mahlzeit beendet hatte, ging er abermals in den Garten hinaus und mußte sich eingestehen, daß er in seinem ganzen Leben nicht, nein, nicht einmal in der Wüste, solch furchteinflößende Helligkeit oder so gewaltige Hitze ertragen hatte. Er keuchte, und Schweißperlen standen auf seinem hellen, sommersprossigen Gesicht. Ein lähmender Glanz stach ihm in die Augen, die zu tränen begannen. Seine blaue Tunika klebte ihm am Körper. Jeder einzelne Gegenstand, jeder Baum, jede Blume, jede Mauer — über die sich jetzt Wellen von scharlachroten und purpurnen Blüten herabgossen — die weißen Wände des Hauses, der Teich — alles loderte in strahlendem Licht, als werde es von der Sonne verzehrt, als bereite sich ein ungeheures Brandopfer vor. Und die Hitze nahm weiter zu.

Doch keine Wolke war zu sehen, kein Windstoß zu verspüren, kein Anzeichen eines Sturmes zu erkennen. Saul blickte zu den roten Bergen hinüber. Sie schienen zu rasen, als verschlängen Schmelzöfen ihr Inneres. Saul konnte nicht lange hinsehen. Er ging zur Straße hinüber, von der aus er das Tal und den Fluß überblicken konnte. Das dahineilende Wasser flimmerte so stark, daß er die Augen schließen mußte, und als er das tat, war ihm, als sähe er den Fluß, der sich jetzt blutigrot dahinwälzte, auch im Dunkel seiner Lider. Eine seltsame Niedergeschlagenheit bemächtigte sich seiner, eine düstere Vorahnung, ein bleicher Schrecken, ein matter Schmerz. Er ließ sich auf einer Marmorbank nieder. Er keuchte in der Hitze, doch der Schweiß stand kalt auf seinem Rücken.

Er hielt die Augen geschlossen und suchte nach einer Erklärung für die Empfindungen, die ihn fast niederwarfen. Ein Nebel umgab seine Sinne.

Und dann, ganz plötzlich, umfing ihn eine große Kälte, ein Sturm heulte auf und schlug mit wilden Stößen auf ihn ein. Er öffnete die Augen.

Er konnte es nicht glauben. Schwarze Nacht lag über der Erde, und er befand sich in tiefster Finsternis.

Ich bin blind, dachte er mit frischem Entsetzen. Die fürchterliche Helligkeit hat mich meines Augenlichtes beraubt! Seine Hände wurden feucht. Er preßte sie zusammen und verspürte von neuem lähmende Kälte. Ich kann nicht weiterleben, wenn ich blind bin, dachte er. Was kann Gott mit einem Blinden anfangen? Er stöhnte laut auf. Und dann Entsetzen über Entsetzen! — widerhallte sein Stöhnen in einem gewaltigen Donnerrollen, das aus der Tiefe der Erde zu dringen schien, der Boden unter seinen Füßen schwankte und bebte, der Wind heulte noch wütender, und die Kälte ließ ihn erschauern.

Wieder und wieder schwankte die Erde und ächzte gepeinigt, und der Wind brüllte zum leeren, schwarzen Himmel empor. Aus dem Haus erschollen nun menschliche Stimmen, Rufe und Schreie aus verwirrender Angst und lähmendem Schrecken. Die Erde grollte, schwankte und krängte wie ein Schiff, und ihr Herz raste und donnerte, als sei ihr Ende gekommen.*)

Saul war wie gelähmt. Er verstand jetzt, daß er nicht erblindet war, denn aus dem Haus hörte er Rufe von „Licht! Licht! Zündet die Lampen an!" Langsam ließ er den angehaltenen Atem aus der Lunge strömen. Er hielt sich an der Bank fest, um nicht von der schwankenden Erde heruntergeworfen zu werden.

Dies ist nun der große und schreckliche Tag des Herrn, den Joel geweissagt hat, dachte er, frohlockte und erschrak wieder, denn er erinnerte sich der Worte, mit denen der Prophet Amos das Volk zurechtgewiesen

*) Zu dieser Stunde ereignete sich in Nicäa ein Erdbeben von gewaltigem Ausmaß. Im vierten Jahr der zweihundertzweiten Olympiade schrieb Phlegon, daß sich ‚eine große Finsternis über ganz Europa und Asien' gesenkt habe, ‚für die die Astronomen keine Erklärung fanden'. Römische Aufzeichnungen, so Tertullian, sprechen von einer tiefen Finsternis, die den zusammengetretenen Senat in Schrecken versetzte und große Unruhe in der Stadt hervorrief, denn der Himmel war wolkenlos und es gab keinen Sturm. Die Berichte griechischer und ägyptischer Astronomen lassen erkennen, daß das Dunkel so tief war, daß selbst sie, skeptische Männer der Wissenschaft, Furcht hegten. In panischer Angst strömte das Volk durch die Straßen der Städte, die Vögel verstummten, und die Tiere kehrten in ihre Koppeln zurück. Von einer Sonnenfinsternis jedoch ist nirgends die Rede; auch war eine solche nicht erwartet. Es war, als hätte sich die Sonne im All verloren. Es ereigneten sich viele Erdbeben, darunter auch sehr zerstörerische, in verschiedenen Teilen der Welt. Diese Naturerscheinungen finden auch in den Aufzeichnungen der Mayas und Inkas Erwähnung, wobei allerdings der Unterschied in der Sonnenzeit zu beachten ist.

hatte: „Wehe euch, die ihr den Tag des Herrn heranwünschet! Was soll er euch, der Tag des Herrn? Er ist ein Tag der Finsternis und nicht des Lichts. Er ist, wie wenn jemand vor einem Löwen flieht und ihm ein Bär begegnet; oder wie wenn jemand in das Haus kommt und sich mit seiner Hand an die Wand lehnt und ihn eine Schlange beißt. Ist nicht der Tag des Herrn ein Tag der Finsternis und nicht des Lichts und ein dunkler Tag, an dem kein Lichtglanz ist?"

Trotz seines Schauerns glaubte Saul fest daran, daß dies tatsächlich der schreckliche Tage des Herrn war, da Gott wie Wirbelwind und Donner über die Erde fahren würde, über kleine Dörfer und große Städte. Die Menschen würden zu Boden stürzen und die Beben die Erdkugel auseinanderreißen und alles Werk von Menschenhand für immer verschlingen.

Saul atmete kurz und mühsam. Die Erde beruhigte sich, doch das tiefe Grollen dauerte noch eine Weile an, während Felsen über Felsen in unermeßlich tiefe Abgründe stürzten, Chaos herrschte, und Klüfte und Schluchten in der endlosen Nacht verschwanden. Wie ein feuchtes Tuch schlug die kalte Luft gegen Sauls Wangen, Arme und Füße. Er konnte nicht erkennen, ob die Erde noch bebte oder sein eigenes Fleisch erzitterte.

Der Rufe und Schreie im Haus kaum achtend, starrte er ins Dunkel und harrte der Dinge, die nun kommen würden. Die Wut des Sturmes nahm ab, die Kälte ließ nach. Ein warmer Hauch berührte Sauls Körper, und nun wich die Nacht zurück und ein blasser Schimmer begann den Zenith zu erhellen. Mit einem Male stand die Sonne wieder am Himmel, strahlend wie zuvor, das dumpfe Grollen legte sich, und alles war ruhig und friedlich. Die Vögel begannen zu trillern und ein süßer Duft erhob sich von der blühenden Erde.

„Gott sei Dank!" sagte Saul und erhob sich. Einen Augenblick lang schwankte er wie ein zitternder alter Mann. Er begriff, daß er soeben die größte Angst seines Lebens ausgestanden hatte, größer als die Angst vor dem Tode.

Er ging ins Haus. Die Arme über den Kopf geschlagen, lagen seine Diener bäuchlings auf dem Boden. Sie weinten, aber Saul konnte nicht erkennen, ob aus Angst oder aus Glückseligkeit. Sie hoben die Köpfe und ließen ihn ihre Tränen sehen.

„Es war eine Sonnenfinsternis", beruhigte er sie freundlich. „Jetzt ist wieder alles gut."

Es war eine Notlüge, und das wußte er, aber er hatte keine Erklärung für das unerhörte Geschehen. Er hatte sowohl in Tarsus wie auch in Jerusalem Astronomie und Astrologie studiert, aber für den Vorabend des Passah-Festes war keine Sonnenfinsternis angekündigt gewesen. War alles nur ein seltsamer Sturm über Tarsus gewesen? Er hatte noch nie von einem solchen Unwetter gehört, aber er lebte ja noch nicht so lange. Auch sein Vater hatte nie von einer solchen Naturkatastrophe gesprochen, und er war nie auf Berichte über Geschehen dieser Art gestoßen. An sich waren Erdbeben in diesem Teil der Welt nicht ungewöhnlich, ja sogar häufig. Seltsam nur, daß die Sonne verschwunden und die Nacht herabgestiegen war — die finsterste Nacht seines Lebens —, und daß das Beben diese Erscheinungen begleitet hatte.

Er ging in seine Kammer, setzte sich und grübelte. War diese Naturerscheinung in der ganzen Welt beobachtet worden? Er würde sogleich nach Jerusalem schreiben.

Doch dann überkam es ihn, daß vielleicht etwas Furchtbares, etwas Grauenhaftes, etwas Unerklärliches in der Welt geschehen war, und daß Gott ein Wort gesprochen hatte, das das Firmament erschütterte, die Grundlagen der Ewigkeit ins Wanken brachte und die Welt in gigantische Zuckungen versetzte. Saul preßte seine Handflächen aneinander und erschauerte.

Er beschloß, nicht zu säumen und sich sogleich zu Reb Isaac zu begeben, und von dort in die Synagoge, obgleich es noch lange nicht Abend war. Er legte eine weiße, am Hals mit Goldstickerei besetzte Tunika an, die feinste, die er besaß, ein Geschenk seiner Schwester, die an seiner üblichen Kleidung Anstoß nahm. Darüber warf er eine braune Toga aus weniger feinem Tuch und zog seine neuen Sandalen an. Er hieß einen zitternden Diener den kleinen Wagen anspannen und fuhr zu Reb Isaac. Die Felder und die Bäche des Tales lagen im sanften Sonnenlicht, doch auf den Wiesen und in den Säulengängen der Häuser, an denen er vorbeikam, sah er Gruppen von Menschen, die in offensichtlicher Erregung miteinander debattierten. Nahe der Stadt stand ein Tempel der Isis. Hier herrschte ein großes Gedränge, und Saul spürte den Geruch von Weihrauch und hörte die beschwörenden Gebete der Priester im Inneren des Gebäudes, das Klagen der Flöten und die weinenden Töne von Harfen und Zithern.

Es war still im Hause Reb Isaacs, und der Greis war sehr blaß und seine Hände zitterten. „Ich war sicher, der große und schreckliche Tag des Herrn sei gekommen“, waren seine ersten Worte an Saul.

„Ich auch“, erwiderte Saul. Als er dann sah, in welch tiefer Erregung sich der alte Rabbi befand, umarmte er ihn impulsiv. „Es wird eine Erklärung geben“, sagte er gütig, als ob er zu einem Kind spräche.

„Meinst du? Meinst du?“ murmelte Reb Isaac. „Ich hoffe es aus ganzem Herzen.“

Als Saul zwei Tage später wieder in seinem Garten lustwandelte, sah er, daß die Lilien weit offen waren. Ihre Staubgefäße leuchteten golden in der Sonne, und andächtig atmete Saul den starken Duft ein, der ihnen entströmte.

XXV

Saul schrieb nach Jerusalem: an seine Schwester Sapphira, an Joseph von Arimathäa und an Rabban Gamaliel. Er fragte an, ob sie eine ‚auffallende und ungewöhnliche Naturerscheinung' am Vorabend des Passah-Festes beobachtet hätten. Es hätte hier in Tarsus so etwas gegeben, doch er, Saul, betrachte es als örtliches Vorkommnis, nicht sehr bedeutsam, aber doch ‚interessant'. Er kam sich ein bißchen läppisch vor, als er die Briefe versiegelte und absandte. Mittlerweile suchte er immer wieder nach logischen Erklärungen für das Ereignis — bei sich und insbesondere bei Aristo, der ihn nur vielsagend aus seinen schwarzen, ruhelosen Augen ansah und lächelte. „Mein lieber Saul", bemerkte er schließlich, „nach meinem Dafürhalten handelt es sich hier um eine sehr schicksalsschwere Begebenheit. Wenn ich an die Götter glaubte — was ich ja, dem Himmel sei Dank, nicht tue — ich würde sagen, daß der Olymp in seinen Grundfesten erzitterte und daß sich Zeus in einem Anfall göttlichen Zorns entschloß, die Welt zu zerstören. Im letzten Augenblick aber überlegte er es sich anders — weil ihm vermutlich zu Bewußtsein kam, daß er damit auch tausende liebreizende Mädchen vernichten würde. Das ist ein Gedanke, der nicht leichthin ignoriert werden darf."

Saul fand keinen Geschmack an derart respektloser Auslegung, und er sprach auch nicht von der Angst, die ihn an jenem Tag ergriffen hatte. Eine schwarze Gewitterwolke, so schilderte er die Naturerscheinung, war eine Zeitlang über Tarsus geschwebt und dann wieder verschwunden. „Die Wolke war so schwarz", hänselte ihn Aristo, „daß sich nur die Sonne verkroch. Aber die Sterne guckten hervor — ich habe sie selbst gesehen. Nein, nein, Saul, ich könnte wetten, es war eine übernatürliche Erscheinung." Und als er merkte, daß Saul verschnupft war, lachte er.

Der goldenflaumige Frühling schmolz dahin und überließ dem grünen, üppigen Sommer seinen Platz. Ein leuchtender Dunstschleier nahm den Umrissen der Berge ihre Schärfe. Saul wurde immer ungeduldiger, denn seine Überzeugung wuchs, daß ein Ruf an ihn ergehen würde. Doch der Ruf kam nicht. Und er entschloß sich jeden Tag von neuem, schon morgen nach Jerusalem zurückzukehren.

Und dann kam sein Haushofmeister eines Morgens sehr aufgeregt gelaufen, um Saul, der im Garten arbeitete, von der Ankunft eines vornehmen Gastes, eines Römers, eines Hauptmanns der prätorianischen Garde, zu unterrichten. „Titus Milo Platonius!" rief Saul aus und eilte, die Hände noch braun und feucht von der Erde, ins Haus. Er war überrascht und hochbeglückt, den stattlichen Offizier zu sehen, der ihn im Atrium erwartete. Die Männer umarmten sich herzlich. Milo nahm den Helm ab, öffnete seinen Gürtel und sah sich wohlgefällig um. „Und das alles für einen Mann ohne Frau und ohne Kinder!" sagte er. „Nicht einmal ich habe in Rom eine so schöne Villa.“ Sein kräftiges, dunkles Gesicht war vom Wetter gefurcht, aber seine schlanke Gestalt und militärische Haltung hatten sich nicht verändert.

Saul geleitete ihn in eines der Gastgemächer und rief nach Dienern, die für den edlen Gast sorgen und ihn erquicken sollten. Sauls Freude war groß, so groß wie schon lange nicht. Erst jetzt kam ihm zu Bewußtsein, wie einsam er nun schon bald ein Jahr in seinem Vaterhaus gelebt hatte, das nun erfüllt war von Zuneigung und Freundschaft. Ungeduldig erwartete er Milo in der Säulenhalle, wo bunte Blumen in großen Vasen und Töpfen blühten, und ein Springbrunnen die heiße, klare Luft kühlte. Er ließ Wein und leichte Erfrischungen bringen und stürzte seine Küche damit in wilde Verwirrung, denn ‚leichte Erfrischungen‘ waren in diesem Haus nicht an der Tagesordnung. Doch als Milo in der Säulenhalle erschien, hatte der Koch bereits einige Delikatessen angerichtet — ein Tablett mit frischen jungen Zwiebeln und ein paar heiße Artischocken in Öl, mit Rosmarin versetzt — und im Keller guten Wein aufgestöbert. In einem geheimnisvollen Versteck — nicht gar so geheimnisvoll für Saul, der leicht die Stirn runzelte — hatte er wundervollen Käse ‚entdeckt‘. (Sie lassen sich nichts abgehen, meine Diener, dachte er und freute sich — wenn auch ein wenig widerwillig.)

Milo hatte seinen Lederpanzer abgelegt und trug jetzt eine kurze, gelbe, rot gemusterte Tunika. Seine sonngebräunten Beine waren immer noch die eines jungen Mannes, und seine Füße steckten in feinen Sandalen. An seinem Arm schimmerte ein breites goldenes Band.

„Sicher wunderst du dich, lieber Saul“, sagte er, „daß ich so plötzlich hier in Tarsus auftauche.“

Saul war überrascht. Er überlegte kurz. „Nein“, erwiderte er, „es ist vielleicht sonderbar, aber die Frage habe ich mir gar nicht gestellt. Ich war einfach froh, dich zu sehen.“

Milo lächelte, zeigte dabei fast alle seine weißen Zähne, und musterte Saul abschätzend. Er kostete von den Erfrischungen, nippte vom Wein und gab seiner Befriedigung Ausdruck. Auch seine Hände und seine großen abstehenden Ohren waren braungebrannt. Er betrachtete Saul aus seines Vaters gütigen Augen und schien damit beschäftigt, nachzusinnen und seine Gedanken zu ordnen.

„Ich bin von Jerusalem nach Rom unterwegs“, begann er und sprach, als ob er jedes Wort überlegte. „Meine Eltern sind alte Leute. Mein Vater wünscht nach Rom zurückzukehren, wo er hofft, zum Tribun gewählt zu werden. Ja, er ist alt geworden. Meine Mutter auch. Ich hatte sie vier Jahre lang nicht gesehen, ebensowenig wie meine Schwestern und deren Kinder. Ich benützte also meinen Urlaub, um sie zu besuchen. Übrigens: mach dir keine Sorgen um meine Männer. Sie sind in einer Herberge in Tarsus untergebracht. Es sind junge Burschen, die noch nie in dieser Stadt waren und zweifellos bereits damit beschäftigt sind, die hier vorhandene Weiblichkeit in Augenschein zu nehmen."

Sein lächelndes Gesicht wurde plötzlich sehr ernst. In Gedanken verloren aß er etwas Brot und Käse. Sein Betragen löste in Saul ein leichtes Unbehagen aus. „Mein Schiff", fügte Milo hinzu, „ging hier vor Anker, und so entschloß ich mich, dich zu besuchen."

„Sonst wärst du nicht gekommen", versetzte Saul und war von seiner eigenen Enttäuschung überrascht, denn er hatte geglaubt, freundschaftliche Gefühle hätten den Römer zu ihm gebracht.

„Du irrst", entgegnete Milo und ein etwas schwermütiges Lächeln flog über sein Gesicht. „Ich habe dieses Schiff gewählt, weil ich dich besuchen wollte."

„Ach", sagte Saul und streckte ihm impulsiv die Hand entgegen. „Du hast mir etwas Ernstes mitzuteilen. Ich fühle es. In Gottes Namen, gesegnet sei Sein Name, sprich, wenn es schlechte Nachrichten sind."

„Es sind keine schlechten Nachrichten. Es sind Nachrichten von großer Tragweite."

„Betreffen sie meine Familie?"

„Ja und nein. Sie betreffen —" Milo legte eine Pause ein, wandte den Blick von Saul ab und sah auf den schimmernden Garten hinaus. Es war, als fürchtete er, wie sonst auch, große Worte zu machen. Schließlich war er Römer. Doch mit welchen anderen, wenn nicht großen Worten sollte er mitteilen, was mitzuteilen war? „Sie betreffen —" und er errötete, als ob es ihm peinlich wäre, darüber zu reden — „die ganze Welt."

Er hatte den Satz noch nicht beendet, als die Erinnerung an das Geschehen am Vorabend des Passah-Festes bereits vor Sauls geistigem Auge stand. Aber er blieb stumm, starrte Milo aus seinen metallisch glitzernden blauen Augen an und wartete.

„Ich bin Jude und gleichzeitig Römer", sagte Milo, angelte sich geschickt eine Artischocke mit den Fingern, schmeckte sie, kaute und schluckte sie. Er übersah das warme Wasser in einer Silberschale, in der Rosenblätter schwammen, leckte sich gedankenvoll die Finger ab und trocknete sich die Hände in einem Mundtuch. Diese Gewohnheit des genüßlichen Abschmeckens einer Speise war Saul, dem Juden, vertraut, aber die Unmanierlichkeit römischen Benehmens würde ihn, unter anderen Umständen, verdrossen haben. Als ob er nun Sauls durchdringenden Blicken auszuweichen wünschte, beugte sich Milo über die Käseplatte und traf nach mehr als reiflicher Überlegung vorsichtig seine Wahl. Nachdem er die ausgesuchten Stücke auf seinen silbernen Teller befördert und einige Brotstücke mit Butter beschmiert hatte, hob er seine Augen kurz zu Saul empor, der abermals von ihrem ernsten und gedankenschweren Ausdruck überrascht war, der ihm nie zuvor aufgefallen war.

„Ich bringe dem Mars, meinem Protektor, in seinem Tempel Opfer dar", fuhr Milo fort. „Ich sehe in tiefster Verehrung zu Jupiter auf, auch wenn ich, ich gebe es zu, weder Julius Cäsar noch Gaius Octavius Cäsar göttlichen Charakter zuerkennen kann. Aber ich ehre auch sie in ihren Tempeln, obwohl ich in meinem Herzen über sie lache. Ob ich an die Götter Griechenlands und Roms glaube — von einigen ägyptischen ganz zu schweigen? Ich weiß es nicht. Glanz und Schönheit zeichnen sie aus, und sie sind den Menschen verständlich. Sie sind ein Teil unserer Natur. Manche sind feinsinnig, andere grob. Ich bin aber auch meiner Mutter Sohn. Ich wurde beschnitten, im Tempel gereinigt — wenn ich mich recht entsinne, gelangte ein kleiner Betrag aus der Hand meines Vaters in die des Priesters — und ich war Bar-Mizwa, obzwar mich die anderen Jungen einen ‚blutdürstigen Römer' schimpften. Als Kind lernte ich die fünf Bücher Moses, die ganzen Propheten, die jüdischen Bräuche und Verbote, die Thora, die Psalmen — alles, was auch du studiert hast, Saul. Damals nannte man mich Titus Milo ben Aulus." Er lächelte wieder, und es schien Saul ein schiefes Lächeln zu sein.

„Wenn ich heute in die Synagoge gehe, bleibe ich im Heidenhof stehen, doch was von drinnen an mein Ohr dringt, die alten Rufe und Gesänge, entzündet mein Blut. Aber ich empfinde das gleiche vor dem Altar des Mars und ich glaube aus vollem Herzen an meinen Protektor — so wie ich an den Gott Abrahams und Jakobs glaube."

„Die Griechen", warf Saul ein, „vertreten die Ansicht, daß allen Religionen ein Maß von Wahrheit innewohnt, aber nicht die ganze Wahrheit."

Milo spürte die Zurückhaltung in Sauls vor Erregung zitternder Stimme und entgegnete schnell: „Ist das auch deine Meinung?"

Saul zögerte. „Ich müßte lügen, wollte ich sagen, daß ich den Griechen beistimme. Ich glaube, daß es nur eine Wahrheit gibt, gesegnet sei Sein Name, und ich erwarte Seinen Messias." Wieder zögerte er. „Verzeih mir, wenn ich dich verletzt habe, aber ich kann nicht lügen."

„Ich befinde mich zuweilen in einer sehr widersprüchlichen Lage", sagte Milo. „Oft erscheint mir der Zustand unhaltbar. Aber es gibt auch Zeiten, da ist mir, als sähe ich eine weite, nicht nur auf einen schmalen Ausblick eingeengte Landschaft, die die ganze Erde umfaßt. Nun ja. Es ist meine Art, offen zu sprechen, doch in diesem Augenblick fällt es mir schwer, denn ich war Zeuge höchst erstaunlicher Geschehnisse."

Wieder kreisten Sauls Gedanken um den Vorabend des Passah-Festes, aber er schwieg.

„Ich hatte Glück, daß ich noch rechtzeitig in Jerusalem ankam, um das Passah-Fest mit meinen Eltern zu feiern. Du weißt, daß zwei meiner Schwestern mit Juden verheiratet sind. Zu den Feiertagen kommen sie alle in meines Vaters Haus zusammen. Es mag dich überraschen zu hören, daß mein alter römischer Vater zu solchen Gelegenheiten ein Käppchen trägt und seinen Enkelkindern von Geschichte und Ruhm Israels erzählt, und vom Bund, den Gott mit den Juden geschlossen hat.“

„Ich habe schon davon gehört“, erwiderte Saul und mußte lächeln. „Hannah bezeigt ihre Liebe und Dankbarkeit, indem sie den römischen Laren und Penaten in ihrem Haus Obdach gewährt.“

„Vater, wie auch ich selbst, ehrt alle Götter, den jüdischen mehr als alle anderen. Wie Rom sich dazu stellen wird, wenn er einmal dorthin zurückkehrt, weiß ich nicht. Aber die Römer verhalten sich ja gegenüber allen Religionen tolerant, solange diese Religionen nicht zum Aufstand gegen Rom aufrufen. Du weißt, daß sie sogar fremden Göttern Tempel errichten und sie ehren. Ich gehöre zwei Völkern an und bin auf beide sehr stolz.“

„Du hast mir etwas zu sagen“, unterbrach ihn Saul.

„Ja.“ Milo füllte seinen Becher nach, schwenkte den Wein, betrachtete ihn und schnupperte das Bouquet. Saul bemerkte, daß er Zeit gewinnen wollte, und sein Unbehagen nahm zu.

„Hast du von einem Galiläer namens Josua von Nazareth gehört, oder Jesus, wie wir Römer den Namen verdolmetschen?“

Saul setzte sich aufrecht. Ein kalter Schauer lief ihm über den Rücken. Er nickte stumm, aber sein Gesicht spannte sich.

„Deine Schwester Sapphira hat dir über Ihn, über diesen Jesus geschrieben. Ich bringe dir ihren Brief und auch Briefe von Joseph von Arimathäa und von meinen Eltern.“ Milo war es, der jetzt zögerte, dann seinen Blick hob und Saul fest ansah. „Verdunkelte sich am Vorabend des Passah-Festes auch über Tarsus der Himmel?“

Eine ungeheure Erregung bemächtigte sich Sauls. „Ja, ja!“ rief er. „Ich habe meinen Freunden und auch Sapphira davon geschrieben! Herrschte die Finsternis auch über Jerusalem? Unglaublich! Es war doch nur eine Gewitterwolke über Tarsus!“

„Eine Wolke besonderer Art“, meinte Milo nachdenklich. „Ich erhielt Briefe von meinen Kameraden in Rom. Die ‚Wolke‘ stand eine gute Weile über Rom, und zur gleichen Stunde, da sie Kilikien und Judäa bedeckte — und, wie ich hörte, auch Ägypten und Kleinasien und die griechischen Inseln. Eine sehr sonderbare Wolke!“

Sauls Nasenflügel bebten. „Es — gibt eine Erklärung. Gewiß haben die Astronomen eine Erklärung gefunden.“

„Aber ihre Erklärungen befriedigen keinen, am wenigsten sie selber. Sie plappern da von einem Kometen, der sich plötzlich aufgespalten hat und dessen Bestandteile die Sonne verdeckten. Diese Theorie hält einer wissenschaftlichen Überprüfung nicht stand, und das wissen die Wissenschaftler selbst ganz genau. Dazu dauerte die Finsternis nicht lange genug an, und das Dunkel hob sich ganz plötzlich, und nachher war alles wie zuvor. Alles außer —“

„Was?" rief Saul und beugte sich vor.

„Du hast seit geraumer Zeit nichts von Sapphira gehört, nicht wahr? Ich will dir sagen, warum. Ihr Sohn Amos sollte Bar-Mizwa werden, und da er der Liebling der Familie ist, ein hübscher, braver, liebenswürdiger und gelehrsamer Junge, plante man, den Tag feierlich zu begehen. Das war wenige Wochen vor dem Passah-Fest. Drei Tage vorher jedoch erkrankte der Knabe an einem geheimnisvollen Leiden. Die Ärzte waren machtlos und gaben ihn auf."

„Aber er genas wieder?" rief Saul, von Angst und Sorge ergriffen.

„Nein", antwortete Milo und sah in den Garten hinaus. „Er starb."

„O Gott!" schrie Saul gequält auf. „Das ist doch nicht möglich! Ich kannte den Jungen. Er besaß das Antlitz eines Engels. Er sah meinem Vater ähnlich!"

Er schlug die Hände vors Gesicht. „Du hast mir versichert, du brächtest mir keine schlechten Nachrichten", stöhnte er. „Jetzt hast du mir das Herz gebrochen."

„Es soll wieder heilen", erwiderte Milo mit sanfter Stimme. Sprachlos vor Staunen ließ Saul die Hände fallen. Tränen liefen ihm über die Wangen.

„Der Junge verschied bei Tagesanbruch", setzte Milo seine Erzählung fort. „Drei Ärzte waren zugegen, darunter auch ein berühmter Ägypter, den die Griechen Horus nennen, obwohl das nicht sein richtiger Name ist. Zwei Stunden später war das Kind eiskalt. Man hatte ihm die Augen und seine bleichen Lippen geschlossen. Das Haus war schon für die Bar-Mizwa festlich geschmückt gewesen. Man nahm die Dekorationen von den Wänden und Amos' Brüder und Vater, seine Onkel und Vettern und sein Großvater häuften Asche auf ihr Haupt und zerrissen ihre Kleider. Sapphira war ihrer Sinne nicht mächtig und mußte zu Bett gebracht werden. Trauer zog in das Haus ein. Man legte das Totengewand, Öle und Salben zurecht. Ein Grab wurde ausgewählt. Das tote Kind lag auf dem Boden und wurde mit jeder Stunde blasser und grauer. Es drückte einem das Herz ab, wenn man es betrachtete. Die Abendstunde, da er begraben werden mußte, rückte näher."

Saul schloß die Augen, als ob er schaute, was Milo gesehen hatte, und sein Herz pochte dumpf und quälend.

Wie aus weiter Ferne drang Milos Stimme an sein Ohr. „Nun gab es da einen Diener im Hause, der Josua von Nazareth von Angesicht erblickt hatte und Ihm zu Füßen gefallen war. Es war ein alter und treuer Diener, der den Knaben Amos liebte. Da er wußte, daß Josua wieder nach Jerusalem gekommen war — vermutlich, um dort das Passah-Fest zu feiern, wie das Gesetz es vorschreibt — ging er, Ihn zu suchen. Und er fand Ihn."

Sauls Gesicht hatte sich so verändert, daß Milo es kaum erkannte.

Wilde Blicke schossen aus Sauls Augen. Milo war verwirrt, aber er sprach weiter.

„Während die Frauen das tote Kind wuschen, kam der Nazarener, von einigen Seiner armseligen Jünger begleitet, zur Tür des Hauses. Der alte Diener hatte Ihm den Weg gewiesen. Und der Nazarener betrat das prächtige Haus deines Großvaters und blickte traurig auf die verzweifelte Familie. Er sprach nicht zu ihnen. Er näherte sich dem toten Knaben, den man in diesem Augenblick in das Leichentuch hüllte. Er blickte auf ihn hinab. Es schien, als ob Josua, oder Jesus, wie wir Römer ihn nennen, weinen wollte — nicht, weil der Junge tot war, sondern —"

„Er hat das Haus meines Großvaters entweiht", zischte Saul wütend durch die Zähne.

„Hör mir zu!" rief Milo, der zum ersten Male seine soldatische Haltung verlor. „Du hast mir nicht zugehört, Saul ben Hillel! Du hast nur deinen eigenen Gedanken gelauscht, du halsstarriger Kerl! Wirst du dich niemals ändern?

„Hör mir gut zu! Jesus streckte seine Hand aus und sprach: ‚Ich sage zu dir, Amos ben Ezekiel, stehe auf!' Und der Knabe regte sich in seinem Grabgewand, öffnete seine umwölkten Augen, blickte verwirrt um sich und hob den Kopf. Die Trauernden sprangen unter lauten Schreien auf und stürzten zu ihm hin, um sein Fleisch zu berühren, das sich langsam erwärmte, um zu sehen, wie die Farbe in seine bleichen Wangen und Lippen zurückkehrte. Nur der treue Diener sah den Nazarener, diesen Jesus, gehen, und keiner dachte daran, Ihm auch nur einen Becher Wein oder einen Shekel anzubieten!"

Saul sprang auf und eilte auf eine Säule des Portikus zu. Seinem Besucher den Rücken zukehrend, streckte er eine Hand aus, um sich zu stützen.

„Hast du nicht begriffen?" fragte Milo, der sich nun auch erhob, aber bei seinem Stuhl stehenblieb. „Er war tot, als ihm das Leben geschenkt wurde! In einem einzigen Augenblick wurde er dem Tode entrissen und gesund seiner Familie wiedergegeben. Er, der am Rande des Grabes stand, wurde noch vor Passah Bar-Mizwa. Dein Neffe lebt, Saul von Tarsus, dein Neffe lebt!"

„Du irrst", entgegnete Saul mit erstickter Stimme. „Er war niemals tot."

„Ich war dabei", sagte Milo. „Ich schwöre dir beim Gott Abrahams und Jakobs, daß ich dabei war und alles selber gesehen habe, und mit mir viele andere. Ich bin Soldat. Der Tod hat mir oft ins Gesicht gestarrt. Ich kenne den Anblick und den Geruch des Todes. Dein Neffe war tot, so tot wie irgendeiner, der auf dem Schlachtfeld gefallen ist."

„Dann war es eine gottlose Zauberei", entgegnete Saul, ohne sich umzudrehen, „und es wäre besser gewesen, mein Neffe hätte die Augen nicht wieder aufgemacht. Wer kann sagen, welcher Schaden dieser unschuldigen Seele zugefügt worden ist?"

Milo war tief erschüttert. „Das glaubst du doch nicht wirklich. Nein, das kannst du nicht glauben. Du hältst mich also für einen Narren und Lügner, für einen armen Tropf, den man an der Nase herumgeführt hat."

Saul drehte sich um. Blaues Feuer sprühte aus seinen Augen, aber seine Stimme klang ruhig. „Wenn ich dich verletzt habe, Milo, bitte ich dich inständig um Verzeihung. Ich glaube einfach nicht daran, daß mein Neffe tot war. Ich bin fest davon überzeugt, daß er scheintot war, daß selbst die Ärzte sich täuschten, und daß der Junge wieder aufgewacht wäre, auch wenn ... Ein solcher Zustand ist nichts Ungewöhnliches, und es werden immer wieder Befürchtungen laut, ein ‚Toter' könnte im Grab erwachen und dann erst recht sterben."

Ein tiefer Seufzer entrang sich Milos Brust. Er ließ sich in seinen Stuhl zurückfallen, senkte den Kopf und umschlang mit den Händen seine Knie. Immer wieder schüttelte er sein Haupt. Saul kehrte zu seinem Stuhl zurück. Er war verwirrt, und eine Schwäche lähmte seine Glieder. „Das also waren die Nachrichten ‚von großer Tragweite'." Seine Stimme klang spöttisch.

„Saul, Saul", warnte Milo. Er füllte seinen Becher nach. „Du vergißt die Finsternis. Denn du mußt wissen, daß Jesus von Nazareth auf Betreiben des Hohenpriesters, eines intimen Freundes des Pilatus, kurz vor Passah der Gotteslästerung angeklagt und verhaftet wurde. In aller Eile wurde Er des Nachts einigen Mitgliedern des Synedrions vorgeführt, ganz wenigen nur, denn Er war kein Mann von Stand, sondern nur ein armer Arbeitsmann und nicht wert, Seinetwegen den ganzen Rat zu bemühen. Er wurde der Gotteslästerung schuldig gesprochen. Der Gotteslästerung und, was noch schlimmer war, obwohl nicht darüber gesprochen wurde, das Volk Israel gegen die Römer aufgehetzt und damit gegen Recht und Ordnung verstoßen zu haben. Der Hohepriester, der die Römer fürchtet, soll sich geäußert haben: ‚Besser *ein* Mann kommt um, als sein ganzes Volk.'"

Saul empfand so wilde Freude, daß er kaum sprechen konnte. „Man hat Ihn also gekreuzigt!"

„Ja", antwortete Milo und maß ihn mit einem furchtbaren Blick, „er wurde gekreuzigt. Zu Mittag, am Vorabend des Passah-Festes. Er starb drei Stunden später am Kreuz, auf der Schädelstätte, die man auch Golgatha nennt, und im Augenblick seines Todes erhob sich ein gewaltiger Donner, die Erde bebte und die Welt versank in Finsternis. — Und — der Vorhang im Tempel, der das Allerheiligste birgt, riß von oben bis unten entzwei."

Er hielt seinen Blick immer noch auf Saul gerichtet. „Ich war dabei. Auf der Schädelstätte."

Und dann erreichte Sauls Verblüffung einen absoluten Höhepunkt, als er gewahr wurde, daß Milos Schilderung der nun folgenden Geschehnisse in allen Einzelheiten — der düstere Himmel, die Angst der römischen Soldaten — seinem, Sauls, eigenem Traum entsprach, den er kurz vor seiner schweren Krankheit geträumt hatte. Er blickte starr vor sich hin und verzog keinen Muskel. Er schien kaum zu atmen, und Milo fürchtete schon, er könnte einen Anfall erlitten und das Bewußtsein verloren haben. Nur die funkelnden blauen Augen ließen erkennen, daß er alles gehört hatte, und nicht einmal dessen war sich Milo ganz sicher.

„Ich selbst hatte mit der Kreuzigung nichts zu tun", fuhr er fort. „Was ich im Hause deines Großvaters erlebt hatte, bewog mich, hinzugehen. Ich war dort, um den Tod eines guten Menschen mitzuerleben, aus dessen Augen Schönheit, Stärke und Erbarmen sprachen, eines armen Menschen, dem nur wenige zugetan waren — und selbst diese verließen ihn, seine Mutter und einige wenige seiner Jünger ausgenommen. Wehe, wehe! Er hatte nichts Böses getan. Viele liebten ihn, und Tausende standen verängstigt und bekümmert auf den Hügeln. Ringsum aber hatte sich der Pöbel zusammengeschart, der gemeine, niederträchtige, haßerfüllte, ungebildete, stets neidische und schadenfrohe Pöbel, der sich am Leiden und Tod anderer ergötzt und der von diesem Mann nur wußte, daß er der Gotteslästerung schuldig erkannt worden war — und was lag diesem brüllenden und geifernden Gesindel schon an Gotteslästerung? Genug, daß dem Mob ein Schauspiel geboten wurde, genug, daß der Todeskampf eines Menschen ihnen einen Feiertag bescherte. Auch in Rom haben wir dieses diebische Pack und fürchten es. Wir haben versucht, beschwichtigend auf diese fetten Kreaturen mit ihren dicken Hintern einzuwirken, auf dieses ungewaschene, verschwitzte, schmarotzende, unverschämte, gefräßige, indolente, von Mißgunst erfüllte Gesindel, das die schwärzesten Gerüchte ausstreut, Hohlköpfe anbetet und die Gerechten und die Barmherzigen verachtet — ob sie wohl wissen, daß sie kein Erbarmen verdienen? Ja, wir kennen sie auch in Rom und sind seit hundert Jahren bemüht, sie versöhnlich zu stimmen: kostenfreie Unterkünfte mit Ausblick auf den Palatinischen Hügel, freie Verpflegung mit Bohnen, Weizen, Brot, Fleisch und Schweinen, und Spiele. Denn jetzt wissen wir, was sie sind: Bedroher des Reiches, die wahren Vandalen innerhalb unserer Mauern, Zerstörer der Nation. Wehe dem Volk, das ihnen Stimme und Stimmen gibt und auf ihr verbrecherisches Geheul achtet. Aber genau das haben wir getan, und darum wird Rom stürzen."

Die beherrschte Soldatenstimme klang nun leidenschaftlich erregt. Die Hände des Hauptmanns trommelten auf seine entblößten Knie. „Der Fluch der Völker!" rief er fast schreiend. „Es gibt kein Volk, das nicht in Gefahr steht, von seinem eigenen Abschaum vernichtet zu werden, und das wird auch in Zukunft so sein! Ja, sie strömten auf der Schädelstätte zusammen, obwohl sie von diesem Jesus, diesem unbedeutenden kleinen Mann aus Galiläa, der Blut war von ihrem Blut, kaum etwas wußten. Es war für das Pack völlig unwichtig, daß ein Jude von den Römern unter dem fadenscheinigen Vorwand, er habe sein Volk zum Aufstand gegen Rom aufgerufen, gekreuzigt werden sollte. *Es genügte den Kreaturen, daß er derselben Obrigkeit verhaßt war, die auch sie haßten.* Aber wie jeder Pöbel — hysterisch, feige, rührselig und ruhelos — war auch dieser katzbuckelnd und scharwenzelnd bestrebt, sich mit Verdächtigungen und Denunziationen ein Lächeln des Unterdrückers zu erkaufen. Wenn es nach mir ginge, wenn ich Cäsar wäre", sagte Milo und schlug sich mit der geballten Faust an die Brust, „ich würde dieses Gesindel mit Feuer und Schwert ausrotten, denn es verseucht den Körper jedes Volkes und verschlingt es am Ende."

„Sprich weiter", sagte Saul, als Milo, von einem Übermaß an Zorn und Erregung ergriffen, verstummte. „Ich schätze den Pöbel, den Mob auch nicht mehr als du."

Milo wischte sich mit dem Handrücken den Schweiß von der Stirn und schüttelte den Kopf.

„Während das Volk auf den Hügeln stand und weinend den Tod Jesus' beklagte, und die Mütter ihre Kinder hochhoben, um ihnen einen letzten Blick auf den Gekreuzigten zu gestatten und, vielleicht, Seinen Segen zu erhalten, brüllte das Gesindel wie schon am Abend zuvor, als Pontius Pilatus Ihn ihnen dargeboten hatte und sie schrien ‚Ans Kreuz mit ihm! Gib uns Barrabas!' Denn Barrabas war ein Dieb, und was konnte angemessener sein, als daß ihnen ein Dieb übergeben wurde, ihnen, die selber Diebe sind? Genug davon. Mit Ihm wurden noch zwei Räuber gekreuzigt. Einem, der Ihn anbetete, wurde das Paradies verheißen, der andere aber kreischte: ‚Wenn du wirklich Gottes Sohn bist, rette dich und uns alle!' Nun, ich sagte es dir schon. Die römischen Soldaten waren verwirrt vom Anblick Jesu und des wütenden Pöbels, der Seinen Tod forderte. Einer gab Ihm Myrrhenwein zu trinken, um seine Qual zu lindern, aber Er nahm ihn nicht. Als die Finsternis entstand und die Erde bebte und der schreckliche Wind aufkam und die Kälte, da sprachen der Hauptmann und mit ihm die Wache: ‚In der Tat, Gottes Sohn war dieser!' Ich habe es gehört."

Er blickte in Sauls weißes, unergründliches Gesicht. „Am Ende sagte Er: ‚Es ist vollbracht' und gab den Geist auf. Hat David es nicht so prophezeit, Saul?"

Saul wandte sich ab und starrte zu Boden.

Milo seufzte. „Ich kenne Pilatus gut und verachte ihn, denn er hat wiederholt versucht, die Juden zu reizen, indem er ihnen aufs Geratewohl und aus nichtigen Anlässen Strafen auferlegte und grundlos, ‚als Warnung', Massenkreuzigungen veranstaltete. Sein Bestreben war es, das

Volk zu peinigen, daß es wirklich revoltieren und ihm damit die Handhabe liefern würde, die Juden allesamt zu massakrieren. Ist das nicht ein gemeiner Kerl? Joseph von Arimathäa hat es ganz richtig ausgedrückt: ihm ist langweilig und er lebt sozusagen in der Verbannung — Tiberius mag ihn nicht leiden — und haßt Jerusalem, weil es ihm nicht die Vergnügungen Roms bieten kann. Er vermißt seine zucht- und sittenlosen Kumpane. Ein grausamer Mensch ist weniger zu fürchten als ein gelangweilter. Ich reiste nicht nur nach Jerusalem, um meinen Urlaub dort zu verbringen. Es waren Pilatus' Missetaten, die den Cäsar bewogen, mich zu entsenden, um ihn zu warnen, daß er die Juden nicht länger herausfordern dürfe. Selbst sein Freund, Herodes Antipas, dieser blutbefleckte Fuchs, dieser unvergleichliche Wanderer zwischen zwei Welten, war über ihn entsetzt und schrieb seinem Schwager Agrippa, der die Angelegenheit vor den Cäsar brachte.

„Bevor ich bei meinen Eltern Quartier bezog, verbrachte ich einige Tage als Gast im Haus des Pilatus. Er stürbe in diesem Land noch am ewigen Einerlei, beklagte er sich, und bat mich, meinen Einfluß bei dem Cäsar geltend zu machen, um diesen zu bewegen, ihn von seinem Posten abzuberufen. Dann sprach er von diesem Jesus. Zenturionen und Priester hätten ihm gleichermaßen berichtet, daß Er Zelot oder Essener sei und Aufstand gegen Rom predige. Ich saß an seiner Seite, als Jesus ihm vorgeführt wurde, um von ihm verhört zu werden. Es machte Pilatus Spaß, die furchtsamen Priester zu hänseln. ‚Ich finde keine Schuld an diesem Mann', sagte er und wusch sich die Hände in Gegenwart des Volkes, wie es üblich ist. Zu mir aber sprach er anders: ‚Der Mann muß sterben, denn er stiftet Verwirrung und Unruhe im ganzen Land, so wie es auch sein Vetter und Freund tat, den sie Johannes den Täufer nannten und den Herodes hinrichten ließ.' Daraufhin übergab er Jesus zur Kreuzigung. Hörst du mir zu, Saul?"

„Ich höre", antwortete Saul. Es war sehr heiß im Raum, aber es fröstelte ihn auf unerklärliche Weise.

„Pilatus erzählte mir auch mit einem sonderbaren Lächeln, seine Frau hätte geträumt, er dürfe unter keinen Umständen die Kreuzigung Jesu anordnen, sonst würde sich Entsetzliches ereignen. Er dürfe dieses Blut nicht an seinen Händen haben. Pilatus ist zwar ein abergläubischer Römer, aber er hörte nicht auf seine Frau. Nachdem er den Befehl zur Kreuzigung gegeben hatte, opferte er Castor und Pollux — als Vorsichtsmaßnahme, um sich vor dem Zorn der Götter zu schützen, obgleich er, wie er mir anvertraute, nicht annahm, daß unsere römischen Götter am Tod dieses Juden irgendwelchen Anteil nehmen würden. Und weil er gegen die Anhänger dieses Jesus Argwohn hegte, ersuchte er mich, ihm zu Gefallen zu sein und das Kommando über die Tempelwachen und die römischen Legionäre zu übernehmen, die er am Grabe Jesu postiert hatte, um zu verhindern, daß Seine Jünger Seinen Leib stehlen und anschließend verkünden könnten, Er sei getreu Seiner Voraussagung, ‚am dritten Tag' von den Toten auferstanden."

„Das also", sagte Saul, und es war ihm, als hätte sich sein Körper von einer eisigen Umklammerung befreit, „das also war das Ende der Geschichte." Er hob den Kopf und hätte beinahe gelächelt.

„Das war der Anfang", entgegnete Milo und goß sich abermals Wein nach, als wäre er völlig erschöpft und bedürfe einer Erfrischung. Saul beobachtete ihn einigermaßen erstaunt, während er sich gleichzeitig ermahnte, seinen Überzeugungen treu zu bleiben. Schließlich war Milo ja doch ein halber Römer, und Aberglaube lag den Römern im Blut, wie auch eine gewisse Bereitschaft, an Wunder zu glauben, aus welcher Quelle sie auch immer kommen mochten. Jetzt war der ägyptische Gott Sarapis in Mode, und die Römer opferten ihm in den ägyptischen Tempeln. Morgen würden sie einen anderen Gott anbeten und behaupten, er wäre ebenso gewaltig wie Zeus. Vielleicht sogar dieser Josua! Saul ließ ein spöttisches Meckern hören.

„Es war der Abend des zweiten Tages Passah", fuhr Milo fort. „Nachdem ich mit meinen Eltern gefeiert hatte, begab ich mich zur Gruft Jesu. Er war sehr arm gewesen, wie auch seine Mutter und seine Jünger. Sie hatten kein Geld für eine Gruft, aber Joseph von Arimathäa gab ihnen eine, eine sehr kostbare, vor den Mauern der Stadt. Wolltest du etwas sagen? Nein? Die Weiber also hatten Ihn mit Ölen und Würzen gesalbt und in Grabgewänder gehüllt und in die Gruft gebettet. Die Soldaten und die Tempelwachen hatten einen gewaltigen Felsblock vor den Eingang gewälzt, der so massig und schwer war, daß eine große Anzahl keuchender Männer alle ihre Kräfte zusammennehmen mußten, um ihn von der Stelle zu bewegen. Jesus lag in Seiner Gruft, und wir bewachten sie. Es war eine warme, stille Nacht, trocken und von würzigem Duft erfüllt. Die Soldaten hatten Feuer angezündet, aßen, scherzten und spielten Würfel, aber ich gestattete ihnen keinen übermäßigen Weingenuß, weil ich fürchtete, sie könnten einschlafen. Das war keine Nacht zum Schlafen. Wenn Jesus, so hatte Pilatus gemeint, in der Gruft blieb und verweste, würde das das Ende Seiner Jünger und Seines Glaubens bedeuten, und Friede würde in das unruhige Land einziehen. Was mich betrifft", sagte Milo und ließ nachdenklich das Haupt sinken, „ich hatte die Kreuzigung mitangesehen und alles, was bei Seinem Tode geschah, und wollte nun selbst die Wahrheit finden. Ich ließ daher keinen Augenblick in meiner Wachsamkeit nach. Ich aß, was die Soldaten mir reichten, und aß stehend. Ich patroullierte mit ihnen rund um die Gruft — die sich an einem verlassenen Ort in der Nähe eines wilden Gartens befindet — und berichtete den heimwehkranken Burschen, was es in Rom Neues gab. Ich hatte das Innere der Grabstätte gesehen, bevor man Ihn dort zur Ruhe bettete. In dem für eine Gruft ungewöhnlich großen Raum befand sich ein Sockel aus hellgelbem Marmor und sonst nichts. Ich überprüfte den Hügel von allen Seiten und suchte nach irgendeiner anderen Öffnung, fand aber keine. Es war alles fester Stein.

Der Mond stand gelb und niedrig am Himmel, als wir unsere Wache begannen. Während er aufstieg, wurde er heller und klarer. Aus der Stadt drangen fröhliche Klänge an unser Ohr, und wir sahen den Schein der Feuer auf den Hügeln, auf denen die Stadt erbaut ist. Wir hörten Becken, Flöten, Harfen, Zithern und lachende Stimmen und zuweilen einen Trompetenstoß aus dem Tempel. Aber dort vor den Mauern, wo wir Wache hielten, war alles still und verlassen, und nur unsere Laternen und Lagerfeuer bewahrten uns vor der Finsternis. Kein Anhänger des Toten, nicht einmal eine Trauernde, näherte sich der Gruft. Man hatte mir ja berichtet, daß Seine Jünger, aus Angst vor Rache, aus der Stadt geflohen waren.

Die Soldaten waren auf dem Posten. Sie hatten den ganzen Tag geruht, um bei dieser Nachtwache nicht vom Schlaf übermannt zu werden, denn morgen, so hieß es, würde sich die angekündigte Auferstehung von den Toten ereignen. Die Soldaten lachten. Einige versuchten, den Felsblock von der Stelle zu rücken — ein unmögliches Unterfangen, weil ihn sein eigenes Gewicht in die Erde gerammt hatte. Einige klopften an die Gruft und riefen: ‚Bist du wach, Jesus von Nazareth? Willst du diesen Stein mit der Hilfe des Sisyphus bewegen? Hast du ihn aus der Unterwelt gerufen, damit er dir hilft?' ‚Nein, er hat den Herkules gerufen!' schrie lachend ein anderer Soldat. Ja, es ging lustig zu, aber es war eine falsche Lustigkeit an diesem stillen, verlassenen Ort, und ich bemerkte, daß sich die Wachen mit all ihrem Gelächter recht unbehaglich fühlten. Das war mir nur recht. Menschen, die sich unbehaglich fühlen, schlafen nicht ein und lassen in ihrer Wachsamkeit nicht nach.

Die Stunden vergingen. Mitternacht war vorüber. Die Wachen begannen zu singen, warfen frisches Fleisch in ihre Töpfe, fachten das Feuer an, begannen neue Spiele und erzählten sich prahlerische Geschichten, wie das Soldaten so gerne tun. Der Mond stand schon hoch am Himmel und es schien, als gösse er sein leuchtendes Silber über den Hügel der Gruft, der nun, weiß und strahlend, einen zweiten Mond darstellte. Düster und fahl wie der Tod, von Schutt und Trümmergestein bedeckt, lag ringsum die Wüste. Mit einer Laterne in der Hand machte ich immer wieder die Runde, um etwaige Eindringlinge zu entdecken. Aber es kam niemand."

„Anders als meine Männer, hatte ich tagsüber nicht geschlafen", fuhr Milo fort und heftete seine braunen Augen auf Sauls blasses Gesicht, das einen skeptischen und abwartenden Ausdruck trug. „Aber ich war mir meiner Pflicht bewußt. Ich trank ein wenig Wein. Ich bin an lange Nachtwachen gewöhnt. Das ist für einen Soldaten kein Problem. Ich befand mich an diesem trostlosen Ort nicht nur, weil es meine Pflicht war, sondern auch — meinetwegen. Immer wieder überprüfte ich den Felsbrocken vor dem Eingang der Gruft. Ich bin ein kräftiger Mann, aber ich konnte ihn auch nicht um den Bruchteil eines Millimeters von der Stelle rücken. Die Soldaten sahen mir zu und machten sich im geheimen über mich lustig. Und einer sagte: ‚Hauptmann, ohne ein Dutzend starker Männer brächten es nur die Götter zuwege, diesen riesigen Stein zu bewegen.'

„Es war eine langweilige Nacht, und ich kam immer mehr zu der Überzeugung, daß Pilatus mit unserer Wache eine absurde Maßnahme getroffen hatte. Welcher Gekreuzigte, ob er nun wirklich tot war oder nicht, hätte aus eigener Kraft diesen Felsen zur Seite rücken und hervortreten können? Überdies hatte ich ja mitangesehen, wie einer der Soldaten, um Seines Todes sicher zu sein, ihn mit der Lanze in die Seite stieß; und sogleich war Blut und Wasser herausgeflossen. Sie hatten Ihm nicht die Beine zerschlagen, wie es üblich ist. Sie nahmen Ihn vom Kreuz und ließen Seinen Leib in die Arme seiner Mutter gleiten, die Sein Haupt an ihre Brust nahm, wie man ein geliebtes Kind an die Brust nimmt. Ich schwöre dir, Saul, ich hätte weinen mögen. Sie selbst weinte nicht, entfernte behutsam die Dornenkrone, die man Ihm auf die Stirn gesetzt hatte, streichelte Sein von Blut getränktes Haar, küßte Seine Wange und hielt Ihn fest. Nur zwei oder drei Seiner Jünger waren, trotz ihrer Angst, zurückgeblieben, und einer von ihnen sagte zu ihr: ‚Er hat uns dich zur Mutter gegeben, doch nun müssen wir Ihn in die Gruft betten, die für Ihn vorbereitet ist, wo du und die anderen Frauen Ihn salben und einhüllen werdet.' Und so trugen sie Ihn fort, und ich schwöre dir, ich konnte den Anblick nicht ertragen, denn Er, der Amos ben Ezekiel von den Toten erweckt hatte, war jetzt selber tot, tot und stumm, taub und blind. Ich sah die halb offenen, verglasten Augen. Er war wirklich tot."

„Hast du denn von diesem Gotteslästerer, Zauberer und Scharlatan etwas anderes erwartet?" rief Saul. Die Blässe war aus seinem Gesicht gewichen und er lächelte triumphierend. Er breitete vielsagend die Arme aus. „Und das war das Ende der Geschichte." Er empfand unendliche Erleichterung, seine Spannung ließ nach. Er konnte sogar lachen.

Aber Milo lachte nicht. Die braunen Augen blickten ernst.

„Es war der Anfang", sagte er wie schon zuvor. Nach einem Augenblick dumpfen Brütens fuhr er fort, aber es war, als erfüllten ihn fassungsloses Staunen und tödliches Grauen, als spräche er zu sich selbst.

„Wir hörten die Schakale heulen. Wir sahen den Mond am schwarzen Himmel an Leuchtkraft zunehmen. Die Nacht neigte sich dem Morgen zu. Wir warteten auf den Tag, wie ein Mensch auf seine Erlösung wartet, denn meine Männer ließen nun bereits wachsendes Unbehagen erkennen. Die Gruft glühte in weißem Licht. Ich hatte den Eindruck, als nähme ihr strahlender Glanz ab und zu. Einmal glaubte ich das Schlagen riesiger Flügel zu vernehmen. Die Soldaten legten frisches Holz auf die Feuer und erhoben ihre Stimmen gegen die Stille, denn jetzt war kein Geräusch mehr zu hören, auch nicht aus der Stadt. Um ihre Furcht zu überwinden, stopften sie sich Brot und Fleisch in die Mäuler und spielten noch fieberhafter als zuvor. Einige verwünschten die Juden wegen dieser überflüssigen Nachtwache und ernteten damit die finsteren Blicke der Tempelwachen. Andere, von der Religion der Ägypter beeinflußt, sprachen von Osiris und seiner Wiederbelebung und wurden von ihren Kameraden ausgelacht. Viele erhoben sich von ihren Feuern und stolperten mit düsteren Blicken in der finsteren Gegend umher. Immer wieder erhoben wir unsere Augen zum Himmel, um den nahenden Tag zu erspähen."

Lange Zeit schien es den ängstlichen und beunruhigten Männern, als wollte es nie wieder dämmern, fuhr Titus Milo in seiner Erzählung fort, aber endlich wurde ein nebelhaftes, rosiges Leuchten über den östlichen Hügeln sichtbar, der Saum von Auroras Gewand, der schwellend am schwarzen Himmel aufzog und die ihm nahen Sterne in die Flucht schlug. Plötzlich umrahmte helles Gold die Gipfel der Hügel und überstrahlte das rosige Leuchten. Soldaten und Wachen betrachteten das Schauspiel mit glücklichen Gesichtern. Noch eine Stunde, und sie würden wieder daheim sein, und ihrer Pflicht ledig. Der Mond, nur mehr eine blasse Scheibe, sank herab und verschwand hinter einem Berg.

Erleichtert, doch auf seltsame Weise niedergeschlagen, warf er, Titus Milo, einen Blick auf die Gruft — und stieß einen leisen Schrei aus, denn es war, als ob die Sonne selbst auf jene Gruft des Todes gefallen wäre, die in atemberaubendem Glanz aufloderte. Von Milos Schrei aufgeschreckt, wandten sich die Soldaten und Wachen um und sahen, gleich ihm, das blendende Licht, das von der Grabstätte ausstrahlte und das wüste Land ringsum erhellte, so daß jeder einzelne Kieselstein zu brennen schien. Die nahe der Gruft gestanden waren, fielen in ohnmächtigen Schlaf und die roten Lichter der Lagerfeuer tanzten auf ihren Gesichtern. Es war nichts zu hören außer dem Knistern des glimmenden Holzes, und nichts bewegte sich außer den dünnen Spiralen des aufsteigenden Rauches. Die zuckenden Flammen spiegelten sich auf den Brustharnischen, den Schwertscheiden und den Helmen.

Die Männer um Milo stießen einen einzigen wilden Angstschrei aus und stürzten, wie vom Blitz gefällt, zu Boden, wo auch sie in einen tiefen, tranceartigen Schlaf sanken.

Milo blieb aufrecht. Aber er konnte sich nicht bewegen und sah mit tränenden, vom gleißenden Licht der Gruft geblendeten Augen, daß männliche Gestalten, die noch stärker leuchteten, den Felsen mit der spielerischen Leichtigkeit von Kindern, die einen Ball rollen, vom Eingang der Gruft wegrollten. Er sah ihre riesenhaften Glieder, ihre titanischen

Gesichter — von göttlicher Schönheit — ihre bloßen Arme und männlichen Schultern und ihr wallendes Haar. Um sie war ein strahlender Glanz, wie Wolken aus weißen Feuerfliegen, die gleich Sternen funkelten und glitzerten.

In seinem ganzen Leben hatte Titus Milo Platonius nicht solche Angst empfunden und solchen Schrecken ausgestanden — nicht einmal in seiner frühen Jugend, im Kampf gegen Germanen und Parther, bevor er zur prätorianischen Garde gekommen war. Während er versuchte, seine Augen zu beschatten, um sie vor dem überirdischen Licht zu schützen, schien es ihm, als schlüge kein Herz mehr in seiner Brust, als hätte ein Gott es ihm aus der Brust gerissen und an seiner Stelle Grauen und Entsetzen zurückgelassen. Seine starken Arm- und Beinmuskeln waren wie gelähmt, und seine Kehle brannte, als würde sie von Flammen verzehrt.

Nun schienen die leuchtenden Gestalten, die den Felsen zur Seite gerollt hatten, seiner gewahr zu werden. Sie wandten ihm ihre majestätischen Gesichter zu, und er sah ihre sanft strahlenden, allem Irdischen entrückten Augen — und erkannte, wer sie waren. Zwar besaßen sie menschliche Körper, Glieder und Gesichter, aber sie waren keine Menschen. Ihre erhabene Größe und ihr gleichgültiges Verhalten ihm gegenüber bekundeten, daß sie mit seinem Fleisch nichts gemein hatten. Sie verschwendeten keinen Blick auf die am Boden liegenden Soldaten und Wachen, und betrachteten auch Milo nur mit der Teilnahmslosigkeit olympischer Gottheiten. Das war es, mehr noch als ihr Erscheinen und das blendende Licht, das von der Gruft ausging, das seine Seele verzagen und seinen Mut sinken ließ, denn ihr geringschätziges Gehaben verletzte seine Menschenwürde und würdigte ihn zum Tier herab.

Er sah, daß der zur Seite geschobene Felsen nun die schwarze Öffnung der Grabstätte freigab, und das Entsetzen, das er zuvor empfunden hatte, war nichts im Vergleich zu dem Grauen, das ihn jetzt packte. Er drehte sich um, ließ sich vornüber zu Boden fallen, bedeckte seinen Kopf, auf dem noch der Helm saß, mit den Armen und wartete auf den Tod oder — er wußte nicht, auf was.

Die Angst schloß ihm die Augen, doch die Schatten des Lichtes flackerten über seinen Lidern, trotzdem er sie mit den Armen bedeckte. Er wußte nicht, wie lange er so zitternd und bebend dagelegen hatte, als er einen gewaltigen Schritt langsam herannahen hörte. Über die staubige, trockene Erde kam der Schritt auf ihn zu und hielt neben ihm an. Milo schloß seine Augen noch fester. Er fürchtete, sie zu öffnen, denn er entsann sich der jüdischen Warnung, daß jene sterben müssen, die Dinge sehen, deren Anblick den Menschen verwehrt ist.

Milo betete inbrünstig, wenn auch zusammenhanglos, doch das, was neben ihm war, setzte seinen Weg nicht fort. Es blieb. So öffnete er also seine Augen um einen Spalt und sah vor sich zwei leuchtende Füße, die in goldenen Sandalen steckten und wie Alabaster glitzerten. Wie sehr es ihn auch drängte, sein Entsetzen hinauszuschreien, aufzuspringen und zu fliehen, er mußte einer Kraft gehorchen, die ihn zwang, seine Augen weiter zu öffnen. Langsam erhob er nun den Blick zu einem Gewand, das heller schimmerte als der Mond, und in dessen Falten wirbelnde Lichtpunkte flackerten, aufloderten und verloschen; dann zu einem goldenen Gürtel, einer Brust von strahlender Transparenz, und zu einer Säule aus blassem Marmor, die ein Hals war.

Und dann zu dem Gesicht, dem mächtigen, gütigen, ernsten und doch milden Antlitz, königlich und voller Gnade, dem Gesicht eines Mannes, wie er es nie zuvor gesehen hatte.

„Er wünschte, ich sollte Seiner ansichtig werden", schloß Titus Milo seine Erzählung. „Und ich sah Ihn. Ich werde diesen Anblick mein Leben lang nicht vergessen."

Sauls Gesicht war eingeschrumpft. Von fahler Blässe überzogen, spannte es sich über den Backenknochen, als wäre es von der Sonne ausgedörrt worden und hätte alle seine Säfte verloren.

„Hast du dieses — Gesicht wiedererkannt?" fragte er und bemühte sich, ein nachsichtiges Lächeln zu zeigen.

Milo maß ihn mit einem gelassenen, ernsten Blick. „Ja. Es war das Gesicht Jesus' von Nazareth. Ich erkannte Ihn sogleich." Er machte eine Pause. „Er war gestorben und Er war auferstanden. Er war in einer Gruft eingeschlossen gewesen, und Engel hatten den Felsen vom Eingang gewälzt. Er war — von den Toten auferstanden."

Saul blieb stumm.

„Ich muß wohl ohnmächtig geworden sein", sagte Milo. „Als ich später erwachte, lagen die Soldaten und Wachen immer noch wie tot da. Und ich — ich erhob mich und ging fort. Ich eilte in den Tempel und betete den ganzen Tag und sprach zu keinem Menschen."

„Und die Gruft?"

„Die Gruft war leer. Der strahlende Glanz war geschwunden, wie die Sonne am Horizont versinkt. Ich sah hinein. Das abgelegte Totengewand lag da, und sein bitterer Duft erfüllte die Luft des Raumes. Einen Augenblick lang glaubte ich die Umrisse zweier jener titanischen Gestalten zu erkennen, doch dann entsann ich mich ihrer himmlischen Gleichgültigkeit gegenüber allem Irdischen und floh. Die Gruft war leer."

XXVI

Es war heiß im Schatten der Säulenhalle. Im Garten summten die Insekten, und die Springbrunnen rauschten und glitzerten müde in der Sonne. Die Zypressen, Platanen und Johannisbrotbäume leuchteten unter der brennenden Sonne, flimmernder Silberglanz lag über dem Teich, aus dem sich die Wasservögel zurückgezogen hatten.

Die zwei Männer in der Säulenhalle waren sich ihres Schweißes und ihres Unbehagens nicht bewußt. Ihre Blicke begegneten sich. Saul erhob sich, entfernte sich einige Schritte und sah in den Garten hinaus. „Es gibt eine Erklärung", sagte er dann, ohne sich umzudrehen. „Dem Wein waren Drogen beigemischt. Oder den Speisen, die du und deine Leute verzehrten."

Milo machte eine zornige Bewegung und stieß eine Verwünschung aus. „Wer würde so etwas tun? Pilatus? Herodes? Zu welchem Zweck? Es war Pilatus' und Herodes' Wille, daß Er gekreuzigt werden sollte, dieser Jesus von Nazareth, gekreuzigt und in eine Gruft eingeschlossen. Faulen sollte Er und so den Glauben Seiner Anhänger zerstören und damit ‚den Frieden im Lande wiederherstellen'. Oder meinst du vielleicht, Seine armen Jünger hätten etwas in unser Essen und in den Wein gemischt, zu dem sie überhaupt keinen Zugang besaßen? Mit ganz wenigen Ausnahmen, darunter Seine Mutter, waren sie, arm und hilflos, in die Wüste geflüchtet und hielten sich in kleinen Dörfern versteckt. Soldaten und Wachen waren ohnmächtig zu Boden gesunken. Ich hatte mit ihnen gegessen und getrunken. Ich verspürte keinerlei Einwirkung —"

„Immerhin", unterbrach ihn Saul und kehrte ihm immer noch den Rücken zu, „hattest du Wahnvorstellungen, Halluzinationen, die sich einzig und allein durch Drogen erklären lassen. Ich weiß nicht, wer sie beigemischt hat und zu welchem Zweck, es wäre denn, jemand hätte die Leiche stehlen wollen, um dann zu behaupten, er sei — auferstanden. Oder man hat dich und deine Leute hypnotisiert."

Seinen Ohren kaum trauend, stieß Milo abermals eine Verwünschung aus. „Es hat keine Drogen gegeben! Ich bin auf meinen Feldzügen wiederholt verwundet worden und bekam Nepenthes und Opium gegen meine Schmerzen, und ich kenne ihre Wirkung. Das war in jener Nacht nicht der Fall. Ich war hellwach wie nie zuvor. Und was das Hypnotisieren angeht — wer sollte mich wohl hypnotisiert haben? Vielleicht gar meine Eltern? Bei Jupiter! Ich sah an jenem Tag keinen Menschen außer meiner Familie. Und wie wäre es denn möglich, daß eine beachtliche Anzahl von Menschen in der Finsternis gleichzeitig von einem Unsichtbaren hypnotisiert werden könnte? Ich habe Hypnotiseuren und Ärzten zugesehen. Sie schauen den Menschen, die sie ihrem Willen unterwerfen wollen, tief in die Augen. Aber außer den Legionären, den Wachen und mir war niemand da in jener Nacht! Wer hätte also wen hypnotisieren sollen?"

„Vielleicht habt ihr alle seine — Auferstehung — oder eben sonst ein übernatürliches Ereignis erwartet. In einer solchen geistigen Verfassung bildet man sich leicht etwas ein — oder man träumt."

„Du verrennst dich da in wilde Vermutungen, Saul. Keiner von uns erwartete, daß Er auferstehen würde. Ich hatte Ihn sterben gesehen. Die Männer waren einfache Soldaten. Sie lachten und trieben ihre Späße, aßen und tranken, machten ein paar Spielchen und warteten auf den Morgen. Sie haben ausgesagt, daß sie nichts sahen und wie vom Blitz getroffen zu Boden stürzten. Aber ich — ich stürzte nicht zu Boden. Ich habe Ihn gesehen. Mit diesen meinen Augen habe ich Ihn gesehen und keinen andern."

„Hexerei", äußerte sich Saul.

Milo stöhnte gequält. „Du tust das Geschehen mit einem einzigen, an sich schon vieldeutigen Wort ab. Man gibt einem geheimnisvollen Vorgang einen Namen und glaubt, das Rätsel damit gelöst zu haben. Ich bin kein Hysteriker. Ich bin kein Waschweib. Ich bin Soldat und kein Träumer und lasse mich nicht so schnell von etwas überzeugen. Ich habe dir von dem strahlenden Glanz gesprochen, der die Gruft überflutete und mich und meine Leute fast blendete. Wie willst du denn das erklären, du, der du mit Worten so trefflich zu streiten verstehst?"

„Der Mond schien außergewöhnlich hell."

„Der Mond war schon vorher untergegangen."

„Die Strahlen der aufsteigenden Sonne fielen auf die Grabstätte."

„Die Sonne stand noch nicht am Himmel. Es war dunkel."

Saul drehte sich plötzlich um. Sein sommersprossiges Gesicht war von Wut verzerrt. „Was glaubst du also? Daß dieser Josua von Nazareth, dieser Jesus, wie ihr ihn nennt, dieser unbekannte Zimmermann aus den Bergen Galiläas, der Messias der Juden ist? Wenn du das glaubst, lästerst du Gott, denn wir wissen, daß Er in Pracht und Herrlichkeit unter uns wandeln wird. Alle Völker dieser Erde werden von Seinem Kommen unterrichtet sein. Er wird nicht wie ein Dieb in der Nacht, von ein paar armseligen Jüngern begleitet, aus dem Dunkel gekrochen kommen! Du bist Römer, Titus Milo, und Realist. Wie kannst du nur glauben, daß er — der Messias ist?"

„Ich glaube, daß Er der Messias ist, weil ich dem Zeugnis meiner Sinne glaube, meinen Augen und meinen Ohren. Ich befand mich im Haus deines Großvaters, als ein totes Kind ins Leben zurückgerufen wurde. Ich erlebte den Tod Jesu von Nazareth und sah Ihn von den Toten auferstehen. Das war nicht das Werk gerissener Schwindler, nein, bei Castor und Pollux! Wenn es solche Schwindler gibt, dann besitzen sie Kenntnisse der Thaumatologie, die anderen Sterblichen verschlossen sind. Männer, die mit solchen Gaben ausgestattet sind, verkriechen sich nicht im Dunkel, wenn sie jederzeit ein Vermögen verdienen können."

„Hör zu", sagte Saul. „Ich habe indische Magier hier in Tarsus gesehen. Ich habe gesehen, wie sie ein langes Seil in die Luft warfen, das sofort steif wurde wie ein Stab, und wie mehrere Männer an diesem Seil hinaufkletterten — hoch, so hoch wie vier Menschen übereinander — und vor meinen Augen verschwanden! Ich suche nicht nach einer Erklärung, aber ich weiß, daß keine überirdischen Kräfte im Spiel waren. Und haben nicht die Zauberer des Pharao vor Moses Wunder gewirkt, und wurde ihm nicht die Kraft gegeben, sie zu übertreffen? Das ist doch allgemein bekannt."

Milo seufzte. „Du willst nicht glauben."

„Ich verlasse mich nicht immer auf das Zeugnis meiner Sinne. Unsere Sinne sind unverläßlich und lassen sich leicht täuschen. Es gibt tausend logische Erklärungen für die Ereignisse, die du mir geschildert hast."

„Und eine unglaubhafter als die andere. Ich habe dir Briefe mitgebracht. Lies sie."

Tiefer Argwohn malte sich auf Sauls Zügen, als er den Brief Sapphiras las, in dem sie ihm, wie schon Milo es getan hatte, über die Vorkommnisse im Hause ihres Großvaters berichtete. „Er ist gewiß der Messias", schrieb sie beglückt. „Wir alle wissen es, denn unsere Herzen und unsere Seelen sagen es uns. Unser Haus ist gesegnet, weil Er es betreten und uns unseren Sohn wiedergegeben hat. Als wir erfuhren, daß man Ihn wegen Gotteslästerung verurteilt hatte und weil er das Volk zum Aufstand gegen Rom aufgewiegelt hätte, weinten wir. Aber wir erinnerten uns der Weissagungen. Wir warteten geduldig — und Er stand auf von den Toten, so wie Er unseren Sohn hatte auferstehen lassen. Gesegnet ist Israel, daß es diesen Tag erlebt hat, und gesegnet sind wir, daß Er in unserer Zeit auf Erden gewandelt ist. Mit größerer Freude und Glückseligkeit können wir jetzt ausrufen: ‚Höre, o Israel! Der Herr, unser Gott, der Herr ist Einer!'"

Ein kalter Schauer überlief ihn. Wie war es nur möglich, daß seine Schwester, von aller Welt verwöhnt und geliebt, mit Güte und wie eine Prinzessin erzogen, Erbin eines edlen Namens, auch nur einen Augenblick glauben konnte, der Galiläer sei der Messias? Der bloße Gedanke entsetzte den jungen Pharisäer und erfüllte ihn mit Scham. Sapphira hatte sich der Gotteslästerung schuldig gemacht, und er fürchtete um ihre Seele. Aber auch sein unbändiger Stolz war verletzt, und die Wunde brannte. Hatte sie sich nicht erst vor wenigen Monaten über diesen Josua beklagt? Und jetzt betete sie ihn an!

Milo hatte auch einen kurzen Brief von Joseph von Arimathäa mitgebracht:

„Dein Verwandter, Titus Milo Platonius, wird dir berichten, was er mit eigenen Augen gesehen und mit eigenen Ohren gehört hat. Aber ich erkannte Ihn im ersten Augenblick. Ich gab Ihm die Gruft, in der sein sterblicher Leib auf kurze Zeit zur Ruhe gebettet wurde, und ich wußte, daß es nur kurze Zeit sein würde. Ich hatte Ihn sterben gesehen, und ich wußte auch, daß alles so geschehen würde, wie es vorausgesagt war. Es war mein Wunsch gewesen, Seiner Auferstehung beizuwohnen, doch mir wurde bedeutet, ich solle dem Ort fernbleiben. Meine Seele weinte, aber heute weiß ich, daß man meine Anwesenheit zum Anlaß genommen hätte, das Gerücht auszustreuen, Seine Leiche wäre von mir gestohlen und im geheimen in mein Haus geschafft worden. So weit geht menschliche Gemeinheit, so weit die Verleugnung der Wahrheit! Aber ich bin glücklich! Gott hat Sein Volk nicht vergessen! Er hat uns den Messias gegeben! Die Welt ist von ihren Sünden losgesprochen worden, denn der Messias hat gesagt — und ich hörte Ihn! — Er komme, um das Gesetz zu erfüllen, nicht, um es zu mißachten."

In düsterem Schweigen schob Saul den Brief zur Seite und starrte auf den Tisch hinunter, auf dem er lag. Welch entsetzliche Torheit! Haß gegen Joseph von Arimathäa stieg in ihm auf. Er fühlte sich verraten. Hatte er Joseph nicht wie einen zweiten Vater geliebt? Er dachte an jenen Tag in der Wüste, an Jochanan, den Essener, den die Griechen Johannes den Täufer nannten. Waren es solche Geschöpfe, auf die Abkömmlinge großer, vornehmer Häuser, Männer von Kultur und Bildung, Intelligenz und Stolz, alle ihre Hoffnungen setzten? Und ihren Glauben? Hatten diese intelligenten Männer den Verstand verloren, daß sie sich herabließen, Vagabunden und Kurpfuscher zu bewillkommnen und ihnen zu huldigen? Hatten sie, ohne sich dessen bewußt zu sein, die griechische Mythologie in sich aufgenommen, und deren Darstellung von Göttern, die als Menschen verkleidet, Wunder vollbrachten und von den Toten auferstanden? Oder die griechischen Mythen? Adonis und Osiris: Phantasiegestalten fiebernder und erwartungsvoller Sinne — wie dieser Josua von Nazareth. Adonis und Osiris: auch sie waren von den Toten auferstanden. Es war eine hübsche Geschichte, aber eben nur das: ein Märchen für Kinder.

Saul wandte sich Titus Milo zu, und der römische Hauptmann mußte mit großer Betrübnis erkennen, daß der Sohn Hillels Abneigung, wenn nicht gar Abscheu vor ihm empfand.

„Ich werde sogleich nach Jerusalem zurückkehren", sagte Saul. „Ich werde tun, was in meinen Kräften steht und allen Einfluß, alles Wissen und alles Geld, das ich besitze, aufbieten, um den Mythos des Josua von Nazareth zu zerstören. Wenn er nicht zerstört wird, muß das Volk Israel in Ketzerei und Gotteslästerung zugrundegehen. Der grimmige Zorn Gottes muß abgewendet werden."

„Sieh lieber zu, daß du ihn nicht herausforderst, Saul von Tarschisch", entgegnete Milo.

XXVII

Als junger Mann war Saul argwöhnisch geworden. Er traute seinen eigenen subjektiven Auffassungen, Empfindungen und Beobachtungen nicht, denn Rabban Gamaliel hatte ihm oft gesagt: „Es ist ein weit verbreiteter und zuweilen gefährlicher Irrtum, zu erwarten, daß andere unsere subjektiven Erfahrungen und Schlußfolgerungen als objektive Tatsachen hinnehmen. Wie es uns die Geschichte vieler braver Männer veranschaulicht, liegt die Gefahr darin, daß diese braven Männer, von der Richtigkeit ihrer Ansichten überzeugt, danach streben, sie anderen aufzudrängen — sehr energisch und unter Gewaltanwendung —, was nur allzu häufig zu Massakern, grausamen und tyrannischen Gesetzen, Zwang und Willkür führt."

Saul, der von Natur aus dazu neigte, positive Behauptungen aufzustellen — oder auch negative, die er jedoch ebenso heftig und ungestüm verteidigte —, mußte widerstrebend zugeben, daß der Rabban völlig recht hatte. Er übte zu allen Zeiten Selbstdisziplin, manchmal mit und manchmal ohne Erfolg. Er mißtraute jetzt seinen subjektiven Eindrücken, denn, so mutmaßte er, es würde bald aller Welt offenbar werden, wenn er die Wirklichkeit nach seiner Auffassung interpretierte und das Produkt dieser Interpretation als Tatsache hinstellte.

Doch als er sich nun wieder in Jerusalem befand, veranlaßten ihn seine Sinne oder seine Intuition oder seine Phantasie, zu glauben, daß die Stadt sich auf schwer deutbare, fast unmerkliche Weise verändert hatte. Während er in einem Wagen, den er in Joppe gemietet hatte, durch die Straßen fuhr, sah oder glaubte er zu sehen, daß die Bewohner, einschließlich des Pöbels, eine gewisse Ruhe ausstrahlten und daß ein anderes Licht auf die Dächer fiel. Das war natürlich absurd. Er hatte eine Veränderung erwartet, und seine Vorstellungskraft war ihm gefällig gewesen. Und doch — trugen die Gesichter jetzt nicht einen Ausdruck der — Nachdenklichkeit? Waren die Märkte und die engen, gewundenen Gäßchen nicht weniger lärmend? War es überhaupt möglich, daß eine Stadt ihr eigenes Leben lebte, unabhängig von ihren Menschen, daß ihre verborgenen Gedankengänge die Luft in den Straßen, den Einfall des Lichts, die Färbung der Schatten umwandelten?

Ein später Sommer lag über dem Land, die nahende Ernte hatte Hügel und Felder golden gefärbt, dunkle, pulsierende Purpurröte überzog die fernen Berge, und die gewundenen Mauern Jerusalems schimmerten in tieferem, leuchtenderem Gelb, als er je zuvor gesehen hatte. Aber er vergaß auch nicht, daß keine Woche, keine Nacht, keine Stunde der vorangegangenen glich, und so schien es nur natürlich, daß Jerusalem in fast einem Jahr gealtert sein mußte. Dem Reisenden fiel es auf, der Bewohner merkte es nicht.

Er begab sich zunächst in seinen Laden in der Zeltmachergasse. War sie schon immer so schmal, so dunkel, so übelriechend — und so gedämpft gewesen? Das Rasseln und Klappern der Webstühle klang jetzt lauter als die Stimmen in den Läden. War es auch vor einem Jahr so gewesen? Er lud seine wenigen Taschen und eine kleine Truhe ab und sah sich in der Düsternis seiner vier Wände um. Er fühlte sich als Verbannter, nicht als Heimgekehrter. Er schüttelte die muffigen Bettlaken aus und öffnete die Fensterladen. Er verwünschte die Mäuse, die offensichtlich nicht müßig gewesen waren. Er ging zum nächsten Markt, trank, auf den schwarzen Pflastersteinen stehend, einen Becher billigen Weines, aß ein Stück Käse und kaufte sich ein Rebenblatt voll dampfend heißem, gewürztem Fleisch. In seiner Nähe disputierte ein Kaufmann mit einem anderen armseligen Kaufmann. Zwar waren sie durch die Wand ihres kleinen Ladens Sauls Blicken entzogen, doch konnte er sie deutlich hören.

„Und ich sage dir, Er *war* der Messias!"

„Sei still. Sonst klagt man dich auch noch, so wie Ihn, der Ketzerei und der Gotteslästerung an. Oder der Auflehnung gegen Rom. Wenn dich die Priester nicht beim Kragen nehmen, die Römer tun's bestimmt!"

„Du lachst mich aus. Aber ich wiederhole es dir: ich habe selbst gesehen, wie Er Licht in die umwölkten Augen eines Blinden senkte, der bettelnd an der Tempelmauer stand!"

„Solche Geschichten habe ich schon früher oft von unseren armen Rabbis gehört. Sind das deine ganzen Beweise?" Der Kaufmann lachte.

„Nein. Es war noch etwas anderes. Ich sah Sein Antlitz und ich erkannte sogleich, daß Er der Messias war. Mein Herz sagte es mir, und meine Seele erzitterte —"

„Wenn du nicht auf das Feuer achtest, wird das Fleisch zu Asche verbrennen!"

Er hörte undeutlich fluchen, eine Rauchwolke wälzte sich auf die Straße, es roch plötzlich nach verkohltem Fleisch. Saul runzelte die Stirn und aß, ohne zu wissen, was er in den Mund steckte. Titus Milo hatte sich ähnlich ausgedrückt: ‚Ich sah Sein Antlitz und erkannte, daß Er der Messias war.' „Lach du nur, Amos", sagte der Händler mit keuchender, halb erstickter Stimme, „aber es ist wahr, und eines Tages wirst du erfahren, daß es wahr ist."

Saul ging langsam an dem Laden vorbei und guckte mit vorgetäuschter Gleichgültigkeit hinein. Er sah zwei beleibte Männer mit weißen und schwarzen Kopftüchern und Gewändern, die auf einem nicht allzu sauberen Holzbrett Fleisch zerhackten, würzten, mit Zwiebeln mischten und es dann in Töpfe rührten. Ihre Hände waren schmutzig und die Fingernägel noch schmutziger. Saul ließ sein Rebenblatt zu Boden flattern. Er ging nicht weiter. Die Ausdünstung der Männer stieg ihm in die Nase, scharf und widerlich, mit einer Spur von Knoblauch, er sah ihre erhitzten, derben Gesichter und ihre großen roten Mäuler. Er lächelte grimmig in sich hinein. So sahen die Geschöpfe aus, aus deren Reihen sich die Anhänger des Nazareners rekrutiert hatten! Die sollten Ihm wahrlich vergönnt sein! Nur ganz wenige Leute von Stand hatten sich täuschen lassen — wie etwa Milo und Joseph von Arimathäa.

Er kehrte in seinen Laden zurück, wusch sich, legte ein besseres Gewand an und machte sich auf den Weg zum Haus seines Großvaters Schebua ben Abraham. In Tarsus hatte er Geschenke für seine Schwester und ihre fünf Kinder gekauft und trotz seiner Sparsamkeit eine schöne Summe ausgegeben. Auch hatte er, wie es üblich war, ein Zehnt für den Tempel in Jerusalem erstanden. Das Geschenk für Sapphira war eine bewegliche Schlange aus Gold mit Rubinen als Augen, am Arm zu tragen. Eine simple ägyptische Spielerei nach seiner Ansicht, aber sie würde Sapphira bestimmt gefallen. Für die Kinder hatte er kleine goldene, von frommen Sprüchen umrahmte und kunstvoll gearbeitete Nachbildungen der Bundeslade gekauft. Während er die Geschenke jetzt in einem Beutel verwahrte, fiel ihm ein, daß er seinem Schwager, jenem schweigsamen jungen Mann mit den meerblauen Augen, nichts mitgebracht hatte. Das ärgerte ihn. Man übersah Ezekiel so leicht — er wußte nie etwas zu sagen.

Für seinen Neffen Amos ben Ezekiel, der seinem Herzen von allen Kindern Sapphiras am nächsten stand, brachte er noch ein besonderes Geschenk: eine reich verzierte Kappe in schwarz, rot und weiß, den Farben des Stammes Benjamin, goldbestickt und mit kostbaren Juwelen besetzt. Ein blauer, gefranster Kreis, das Zeichen der Pharisäer, bildete den Mittelteil. Das kostbare Ding war nicht nach Sauls Geschmack, doch als er das Gesicht seiner Schwester sah, wußte er, daß er das Richtige getroffen hatte. Sie setzte die Kappe auf Amos' blonde Locken und trat ein paar Schritte zurück, um sie zu bewundern. Der Knabe lächelte sie nachsichtig an. Obwohl er jetzt nach jüdischem Brauch ein Mann war, trug er noch die purpurbesetzte Tunika der Jugend.

Auf sein Ersuchen hin, das er in einem Brief an Claudia gerichtet hatte, wurde Saul in die Frauengemächer seines großväterlichen Hauses eingelassen. Er wußte, daß die Römerin ihm ein seltenes Vorrecht eingeräumt hatte. Damen von Rang gewährten Männern kaum jemals Zutritt zu ihren Gemächern, obwohl den Frauen ihrerseits das ganze Haus offenstand. „Die Männer sind ermüdend, eitel und kindisch", hatte Claudia zu Sapphira gesagt, „und eine Frau von Verstand kann sie nur sporadisch ertragen. Darum halten sich die Frauen meiner Generation und alle jene, die auch in diesen sittenlosen Zeiten als Damen bezeichnet werden können, an die alten Bräuche." Die zwei ältesten Söhne Sapphiras, Amos und sein vierzehnjähriger Bruder, durften diese einfachen, aber gemütlichen Räume nur zu gewissen Stunden des Nachmittags aufsuchen.

Bald würde ihnen nur mehr zu gewissen Anlässen Zutritt gewährt werden. Die jüngeren Knaben, die noch Kinder waren, und ihre kleine Schwester wohnten mit ihrer Mutter und Großmutter in den Frauengemächern.

Mit den Jahren war Claudia rundlich und noch ruhiger geworden, obwohl ihre klaren Augen immer noch wachsam und ein wenig streng blickten. Sie saß in einem Ebenholzsessel neben Sapphira, die jetzt ganz allgemein als eine höchst wohlgesittete junge Mutter und Hausfrau galt. Zwar war ihr golden schimmerndes Haar von einem Kopftuch verhüllt, doch während sie jetzt ihren geliebten Bruder betrachtete, guckte ihr immer noch der Schalk aus den hellen, ausdrucksvollen Augen. Sie war schlicht und artig gekleidet. Zum erstenmal in seinem Leben war Saul so richtig mit ihr zufrieden; geliebt hatte er sie immer.

Er war in einer bestimmten Absicht gekommen, und Claudia spürte es nach wenigen Augenblicken. Sie sah ihn offen an und wartete.

Mit sanfter, aber zwingender Hand zog Saul Amos an sich. Der Knabe stand vor ihm und sah ihn aus Hillels warmen braunen Augen an, deren innerer Glanz Wissen und Intelligenz verriet. Amos war groß und schlank und besaß die Gesichtsfarbe einer Rose und einen schönen, kräftigen Mund. So mußte Hillel ausgesehen haben, dachte Saul, und ein vertrauter Schmerz griff ihm ans Herz.

„Ich möchte dir ein paar Fragen stellen, lieber Neffe", begann er und warf einen Blick auf Sapphira. „Mit deiner Großmutter und deiner Mutter Erlaubnis."

Claudia zog ihre buschigen Brauen hoch, und Sapphira neigte gelassen den Kopf.

Der Junge nickte verwundert. Claudia und Sapphira aber tauschten Blicke und beugten sich interessiert vor.

„Hat dir", fragte Saul, während er seine wilden, leidenschaftlichen Augen auf Amos richtete, „euer griechischer Diener, der alte Cephalus, unmittelbar vor deiner Krankheit Kuchen oder anderes Backwerk oder einen Becher Wein gegeben, auch ohne deine Geschwister damit zu bedenken?"

„Nein, Onkel", erwiderte Amos. „Cephalus kommt nicht in diese Gemächer, während ich sie vor meinem Bar-Mizwa nicht verließ. Ich sah Cephalus gelegentlich aus der Ferne. In meinem ganzen Leben habe ich nur dreimal mit ihm gesprochen."

„Wann?" Das Wort klang wie ein Peitschenknall.

„Einmal, als ich sehr klein war", antwortete Amos, immer noch verwirrt, „und im Garten meines Großvaters herumstrolchte. Er brachte mich zurück. Er trug mich auf der Schulter, wie ein Lämmchen. Und dann sah ich ihn vor einem Jahr, als er Großmutter eine Botschaft Großvaters überbrachte."

„Und das dritte Mal?"

Die scharfe Befragung bereitete dem Knaben Unbehagen. Er hatte Angst vor Saul und fühlte sich eingeschüchtert. „Nach meiner Krankheit, Onkel Saul."

Saul umschlang seine Knie mit den Händen und blickte den Jungen grimmig an, als zweifle er an jedem seiner Worte. Amos erwiderte seinen Blick mit zunehmendem Unbehagen. Er sah kurz zu seiner Mutter hinüber, die blaß und still geworden war.

„Hast du", fragte Saul, „irgendeine Näscherei, einen Becher Wein oder Wasser, oder eine Frucht, von einem Bewohner dieses Hauses, einem Diener bekommen, der heimlich zu dir kam und es dir anbot, und hast du ohne deine Geschwister davon gegessen oder getrunken?"

„Nein", antwortete Amos. Er war jetzt sichtbar beunruhigt von diesem Verhör, dem intensiven Verhör eines Gesetzkundigen, der in der Vergangenheit auch schon älteren Leuten das Fürchten gelehrt hatte. Seine Unterlippe zuckte, und er hielt sie schnell mit den Zähnen fest, als er daran dachte, daß er kein Kind mehr war.

Saul lehnte sich zurück, aber seine scharfen Augen blieben auf dem Gesicht des Knaben haften. Er musterte ihn noch eindringlicher. „Vielleicht hast du es vergessen", sagte er. Der Junge schüttelte den Kopf.

„Willst du vielleicht andeuten, daß mein Enkelsohn betäubt oder gar vergiftet wurde?" fragte Claudia. „Wenn du das glaubst, Saul ben Hillel, befindest du dich im Irrtum."

Saul sah sie nicht an. Sein Blick ruhte auf seinem Neffen.

„Amos", sagte er, „wie lange fühltest du dich schon matt oder unwohl, bevor du ernstlich krank wurdest?"

Der Junge lachte verlegen, und Saul beugte sich erwartungsvoll vor. „Zwei Wochen vielleicht", gab der Knabe zu. „Aber ich sagte es niemandem. Ich hatte Angst, man würde die Festlichkeiten zu meinem Bar-Mizwa verschieben. Und dann, drei Tage vor der Feier, befiel mich die Krankheit, und von diesem Augenblick an erinnere ich mich an nichts mehr."

„An nichts?"

Die weißen Lider des Knaben fielen über seine Augen. „Ich weiß nichts von meiner Krankheit — ausgenommen eine Stunde, bevor ich das Bewußtsein verlor. Ich glaubte zu sterben. Das Fieber verzehrte mich wie Feuer. Mein Kopf dröhnte wie eine Trommel. Ich konnte nicht einmal Wasser zu mir nehmen. Dann wurde alles dunkel."

„Denk nach, Amos, denk nach. Hast du in diesen zwei Wochen irgend etwas Ungewohntes gegessen oder getrunken? Eine Beere im Garten vielleicht, die selbst die Vögel verschmähen, oder eine Wurzelknolle oder eine Frucht oder eine leckere Näscherei, die zufällig auf einer Bank im Garten lag?"

Nun war es Sauls eigenes leidenschaftliches Temperament, das die Wangen des Knaben mit feuriger Röte übergoß, und seine Augen funkelten vor Zorn. „Saul ben Hillel", antwortete er mit fester Stimme, „ich bin kein kleines Kind, das Abfälle von Gartenbänken aufliest, und kein Idiot, der alles, was ihm in die Finger kommt, in den Mund steckt!"

Claudia kniff die Lippen zu einem Lächeln zusammen. Sapphira warf ihr einen Blick zu und mußte gleichfalls schmunzeln.

„Du bist frech", wies Saul seinen Neffen zurecht. „Dein Betragen läßt zu wünschen übrig. Ich bin dein Onkel und habe gute Gründe für die Fragen, die ich dir stelle. Du stehst meinem Herzen nahe, und mir liegt daran, dich vor abergläubischen Vorstellungen, Irrglauben und den Verlockungen böser Geister zu bewahren. Darum mäßige dich und sei nicht unverschämt.

Also. Du verfielst in fiebernde Bewußtlosigkeit, die während der drei Tage deiner Krankheit anhielt. Was ist deine erste Erinnerung nach diesen drei Tagen?"

Zu Sauls Überraschung blieb der Knabe stumm, und ein seltsamer Ausdruck unbeschreiblicher Schwermut und Trauer erschien auf seinem Gesicht. Saul griff nach seiner Hand, die sich kalt und feucht anfühlte. „Sprich zu mir, Amos ben Ezekiel", sagte er, „denn du bist mir teuer, und ich werde nicht zulassen, daß dir von jemandem Leid zugefügt wird. Hat man dir diese Frage schon einmal gestellt?"

„Nein", antwortete der Junge mit zuckenden Lippen.

„So frage ich dich also."

„Ich — träumte", erwiderte Amos und versuchte, seine Hand zurückzuziehen, doch Saul hielt ihn fest.

„Und was träumtest du?"

„Ist es recht, nach solchen Dingen zu fragen?" forschte Claudia in ihrer robusten Art.

„Es ist recht", antwortete Saul und sah sie immer noch nicht an. „Um dieser Kinderseele willen. Es ist nicht Neugier, die mich antreibt. Ich weiß, warum ich frage. Wovon hast du geträumt, Amos?"

Der Knabe stieß einen tiefen Seufzer aus, der fast ein Stöhnen war. „Ich erwachte in einer herrlichen Gegend, schöner als jede Landschaft hier." Seine Stimme klang leise. „In der Ferne leuchteten gewaltige Berge von Gold und Elfenbein, obzwar ich die Sonne nicht sehen konnte. Der Himmel war sehr blau. Und zwischen mir und den Bergen lagen ausgedehnte Täler und Gärten mit vielen Bäumen und Blumen; ich vernahm süßen Gesang, aber ich sah keine Sänger. Ich stand am Ufer eines Flusses, der grün war wie Gras und schnell dahinfloß. Er schien sehr breit und tief zu sein. Und am andern Ufer —"

„Ja?" sagte Saul. Es herrschte atemlose Stille im Raum.

„Dort stand mein Großvater Hillel ben Borusch in einem strahlenden weißen Gewand. Ich erkannte ihn sofort, denn ich hatte ihn vor seinem Tode gesehen.“ Der Knabe sah Saul in die Augen: nicht trotzig, sondern mit der Forderung, daß seinen Worten Glauben geschenkt werden müsse. Es war der strenge, befehlende Blick eines Mannes.

Saul war tief bewegt — und das trotz seiner zunehmenden Verstimmung und seiner Überzeugung, daß der Knabe von einem Diener, einem Anhänger des Nazareners, mit Drogen betäubt worden war, um diesem Gelegenheit zu geben, ‚ein Wunder zu vollbringen‘.

„Du hast ja wohl nur geträumt, daß du meinen Vater gesehen hast“, sagte er.

Doch nun klang die Stimme des Jungen klar und entschieden. „Ich habe nicht geträumt, Onkel. Ich sah ihn. Er lächelte mir zu und gab mir ein Zeichen, doch der Fluß trennte uns. Und dann hob er die Hand und der Fluß verschmälerte sich zu einem Bach. Er streckte mir seinen Arm entgegen, ich hielt mich daran fest und trat über den Bach. Wir lachten zusammen und sahen, wie der Bach wieder zum Fluß wurde.“ Er sprach jetzt sehr laut und aufgeregt. „Das Singen wurde immer stärker, und ich hätte weinen mögen vor Glück, und dann sagte Großvater zu mir: ‚Gesegnet ist der, der in seiner Jugend stirbt, ohne gesündigt zu haben, und hier die Rückkunft des Messias erwartet, der zur rechten Hand Seines Vaters thront, gesegnet sei Sein Name.‘“

„Was ist das für eine Gotteslästerung?“ rief Saul entsetzt aus. „Was sollen diese Worte bedeuten, Amos ben Ezekiel?“

„Das weiß ich nicht“, erwiderte der Knabe mit Bestimmtheit. „Ich weiß nur, was mein Großvater zu mir sagte.“

„Aber du redest Unsinn! Der Messias hat den Himmel noch gar nicht verlassen, ist noch gar nicht zu den Menschen gekommen. Verstehst du das nicht, Amos? Bist du dir nicht im klaren, wie absurd dein Traum war?“

„Ich weiß nur, was Großvater sagte“, wiederholte der Knabe.

„Träume sind Schäume — mit Ausnahme solcher, die von heiligen Männern und Propheten geträumt wurden“, sagte Saul. Doch der Junge hielt seinen Blicken stand. Die weichen Umrisse seiner Wangen verhärteten sich, und sein Anblick ließ erahnen, wie er als erwachsener Mann aussehen würde. Seine braunen Augen waren nicht mehr sanft oder verträumt. Sie blickten beherzt und entschlossen.

Saul seufzte und schüttelte langsam den Kopf. Der Knabe wartete.

„Und was ist deine nächste Erinnerung, Amos?“

Der Junge zögerte einen Augenblick. Ein undurchsichtiger Ausdruck erschien auf seinen Zügen. In einem Ton, als erwarte er Spott und sei nicht gewillt, ihn geduldig hinzunehmen, antwortete er: „Ich hörte eine Stimme. Ich hatte diese Stimme nie zuvor gehört. Es war eine Männerstimme. Sie erfüllte die lichtdurchflutete Luft, und es war, als lauschten ihr die Berge, die Täler und der Fluß. Und sie sprach zu mir: ‚Ich sage zu dir, Amos ben Ezekiel, stehe auf!'"

Ein Schauer überlief Saul, gegen den er vergeblich anzukämpfen suchte. „Ich glaube dir", sagte er dann, „daß du nicht lügst, wenn du mir diesen Traum erzählst. Aber ich muß eines wissen: was tat dein Großvater, als er diese Stimme hörte?"

„Er weinte."

„Er weinte?"

„Ja. Er ließ meine Hand los und ging mit mir zum Fluß zurück, der sich wieder verengte. Er gab mir zu verstehen, daß ich wieder hinüber müsse, und nun begann ich auch zu weinen, denn ich wollte diese Stätte des Friedens und des süßen Gesanges und Großvater nicht verlassen. Aber mir war klar, daß ich der Stimme gehorchen mußte, wenn ich auch nicht wußte, warum. Zwar hatte mir die Stimme nicht ausdrücklich geboten, den Fluß abermals zu überschreiten, aber *daß* es mir geboten war, daran hegte ich keinen Zweifel. So sprang ich also über das Bächlein, das sogleich wieder zu einem breiten Strom anschwoll. Großvater winkte mir zum Abschied, kehrte sich um und ging in das Tal hinein. Ich sah ihn nicht wieder. Ich rief ihn, erhielt aber keine Antwort. Das Singen verstummte, und wo ich stand, war es dunkel. Die Finsternis nahm zu, tiefe Nacht war um mich, und Kummer ergoß sich in mein Herz, das nie zuvor Kummer gekannt hatte. Dann wurde es wieder licht, doch anders als zuvor. Es war ein trüberes, matteres Licht, und ich sah, daß ich auf dem Boden meiner Kammer lag —" Er warf einen Blick über die Schulter auf seine Mutter und Großmutter, die, den Tränen nahe, die Hände vor ihre Gesichter geschlagen hatten. „Und neben mir waren meine Eltern und Geschwister und alle Verwandten, herzten, drückten und küßten mich und riefen unter Tränen meinen Namen."

Er senkte den Blick. Tiefe Stille herrschte im Raum.

Neue Bewegung ergriff Saul, aber auch sein Zorn nahm zu. Er legte dem Knaben die Hand auf die Schulter. „War das alles, Amos? Hast du sonst nichts gesehen?"

„Ich sah — Ihn", antwortete Amos. „Ich sah Ihn, bevor ich die Gesichter aller jener sah, die mich lieben. Er lächelte mir zu, aber Er schien mir traurig zu sein — so als ob Er etwas bedaure. Sein Antlitz war wunderschön. Er drehte sich um und verließ den Raum, und zwei oder drei Fremde gingen mit Ihm. Ich sah Ihn nicht wieder, obwohl ich Ihn hätte anflehen mögen, bei mir zu bleiben."

„Warum wolltest du, daß er bleibe?"

Der Schmerz, der den Knaben überkam, war an seinem Gesicht abzulesen. „Ich hatte ein Gefühl, als sei Er mein — Leben und all mein Sehnen. Es war herrlich, Ihn anzusehen, und als Er ging, verblaßte die Sonne, und der Tag verdunkelte sich."

Saul faßte den Jungen an beiden Schultern und zog ihn ganz nah an sich heran. „Du mußt mir zuhören, Amos ben Ezekiel, denn deine Seele ist in Gefahr! Der Mann, den du in deinem Zimmer sahst, dieser elende Nazarener ist mir nicht unbekannt! Ein Zauberer ist er, ein Betrüger, ein Scharlatan, ein Gotteslästerer, den seine gerechte Strafe ereilt hat! Er hatte dich schon behext, bevor er noch dieses Haus betrat! Ich weiß nicht, wie und warum, aber ich bin ganz sicher, daß es so und nicht anders geschah — vielleicht, um dieses Haus, das im Lande Einfluß und Ansehen besitzt, zu täuschen und irrezuführen. Du mußt auf mich hören und tun, was ich dir sage. Du mußt ihn vergessen. Du warst nie tot, Amos. Du wurdest von heimtückischen Feinden, von Werkzeugen des Nazareners betäubt oder in einen kataleptischen Zustand versetzt. Ein ‚Wunder' sollte vollbracht, und die Bewohner des Hauses sollten mit ehrfurchtsvoller Scheu erfüllt und hinters Licht geführt werden. Hätte er das Haus nicht betreten, du würdest genau so genesen sein. Du mußt mir glauben, Amos!"

Amos aber schüttelte, trotz Sauls wachsender Erregung, nur gelassen abweisend den Kopf. Das leise Weinen der Frauen wurde hörbar. „Ich meine", erwiderte der Junge, „daß du nur an deine eigenen Worte glaubst. Du fürchtest um mich. Aber das sollst du nicht. Ich weiß, wer Er ist."

„Wer?" rief Saul, obwohl er, mit Grauen im Herzen, die Antwort seines Neffen schon vorausahnte.

„Ich weiß, daß Er der Messias ist, daß Er von den Toten auferstanden ist, und daß Er, wie Großvater mir sagte, zur rechten Hand des Herrn sitzt. Ich weiß nicht, woher ich das weiß, aber ich weiß es."

Wie eherne Fäuste schlugen Saul die entsetzlichen Worte ins Gesicht. „Du hast geträumt", sagte er.

Der Knabe seufzte. „Dann wollte ich, ich wäre nie aus meinem Traum erwacht."

Die Worte des Jungen, gesprochen wie von einem Mann, brachten auch Saul dem Weinen nah. Er schob Amos von sich fort und stand auf. Mit vor Wut funkelnden Augen sagte er zu seiner Schwester: „Du hast es zugelassen, daß man ihn in ungeheuerliche Lügen verstrickt hat. Möge Gott dir vergeben, Sapphira bas Hillel. Ich kann es nicht."

Er drehte sich um und verließ den Raum.

Die Atmosphäre des Hauses hatte sich auf sonderbare Weise verändert. Saul merkte es sofort, als er seine Schritte zum Atrium lenkte. Es war eine Atmosphäre heiterer Gelassenheit und friedlicher Stille, gleich — der Gedanke schien ihm absurd — der beschaulichen Stimmung eines Tempelgartens.

Seine Verwandten erwarteten ihn: Schebua ben Abraham, David ben Schebua und Sapphiras blauäugiger Gatte Ezekiel, der nur selten den Mund auftat, aber stets freundlich und aufmerksam lauschte. Die zwei jüngeren Männer erhoben sich und umarmten Saul, der ihre Begrüßungen ungeduldig entgegennahm. Über ihre Schultern hinweg musterte er seinen Großvater. Schebua war alt geworden. Er war nicht mehr der überlegene, verbindlich lächelnde Weltmann, sondern ein ruhiger und besonnener Patriarch und trug, das erste Mal, soweit Saul sich erinnern konnte, die rituelle Mütze des Stammes Benjamin, aber keine kostbare. Es war eine schlichte, einfache Kopfbedeckung. Er empfing Sauls kurzen Kuß auf die Wange und drückte die Schulter seines Enkelsohns mit seiner langen weißen Hand.

„Willkommen in diesem Haus", begrüßte er ihn. „Wir haben deine Rückkehr mit Sehnsucht erwartet."

Saul verzog ein wenig spöttisch den Mund. Schebuas Stimme war nicht mehr die gleisnerische, arrogante Stimme, an die er sich erinnerte. Der alte Mann klatschte in die Hände, und als ein Sklave erschien, trug er ihm auf, den griechischen Diener Cephalus sogleich ins Atrium zu schicken. Saul hatte darum ersucht.

„Du bist gekommen", sagte Schebua in mildem Ton, „um zu zweifeln und deinem Zweifel Ausdruck zu verleihen. Ich stelle das nicht bemängelnd fest, Saul ben Hillel, denn hätte ich nicht mit meinen eigenen Augen gesehen, was in diesem Hause vorgegangen ist, auch ich würde zweifeln und vielleicht noch ernsthafter. Denn ich hatte ja niemals, mein ganzes Leben und auch in meiner Jugend nicht, an den Gott unserer Väter, an den Gott Abrahams und Jakobs geglaubt. Aber jetzt glaube ich." Seine blassen Augen ruhten ohne Groll, ohne Arglist, gütig und unverwandt auf seinem Enkel. Dann fügte er, fast flüsternd, hinzu: „Höre, o Israel! Der Herr, unser Gott, der Herr ist Einer!"

Saul war gleichermaßen überrascht, verärgert und belustigt, als David und Ezekiel, die neben Schebua standen, mit geneigten Köpfen und gefalteten Händen die Worte wiederholten.

„Dieser Zauberer, dieser Totenbeschwörer, ist mächtiger, als ich dachte", sagte Saul.

Als ob er nichts gehört hätte, fuhr Schebua fort: „Gesegnet ist dieses Haus, seitdem Er es betreten hat, denn nichts war uns heilig. Es gab keinen Glauben unter uns, keine Demut, keine Gottesfurcht und kein Vertrauen. Wir lästerten Gott und lebten umgeben vom Aufputz einer bedeutungslosen, profanen Welt. Verwirrung war ihr Name und ihre Stimmen glichen den Schreien wilder Tiere in der Wüste. Und dennoch kam Er zu uns, erweckte unser Kind von den Toten und legte es in die Arme seiner Familie zurück. Ich sah Sein Antlitz — und ich wußte sogleich, wer Er war."

„Das weiß ich auch", stieß Saul zwischen zusammengebissenen Zähnen hervor. Der alte Diener trat ein und blieb neben seinem Herrn stehen, der ihn liebevoll wie ein Bruder am Arm berührte.

„Cephalus", sagte Schebua, „das ist ein Sohn unseres Hauses, Saul ben Hillel. Wir haben schon von ihm gesprochen. Er möchte dir einige Fragen stellen."

Saul betrachtete den Diener mit Abscheu. Er war nicht einmal apostatischer Jude, gehörte nicht einmal zu den Amaratzim — dem Marktgesindel, den Ackerknechten. Schebua ben Abraham hatte ihn als Jungen gekauft und später freigelassen. Er wurde mit niedrigen Arbeiten beschäftigt: er heizte die Öfen in den Bädern, schaffte die Abfälle aus der Küche, reinigte die Fußböden, befreite den Garten von Unkraut, wusch die Wände und trug Lasten. Er war Analphabet. Er war hager und von der Arbeit gebeugt und besaß einen langen, aber schütteren weißen Bart, dünnes weißes Haar und eine krumme Nase. Die Kennzeichen von Generationen von Erd- und Landarbeitern prägten sein Äußeres.

Doch seine Augen waren groß, hell und braun, wie die Augen eines Jünglings, und strahlten Glückseligkeit aus.

Saul war auf einen triefäugigen, rotznasigen, verschlagenen, in allen Künsten gehässiger Lumpen erfahrenen Greis gefaßt gewesen, scharwenzelnd und katzbuckelnd und stets bereit, seinem Herrn zu Gefallen zu sein — und ebenso bereit, Unfug zu stiften. Doch als Cephalus ihn nun respektvoll und mit scheuer Neugier betrachtete, konnte Saul kein Falsch im Gesicht des alten Mannes entdecken. Trotz seiner offensichtlich nicht gerade vornehmen Herkunft zeigte er eine Art gemessener Würde. Er faltete die Hände zusammen und wartete ruhig auf Sauls Fragen.

Doch bevor dieser noch den Mund auftun konnte, sagte Schebua: „Zeige meinem Enkelsohn deine rechte Hand, Cephalus."

Sofort streckte Cephalus Saul seine runzelige, abgearbeitete rechte Hand entgegen, zeigte ihm den Handrücken und dann den Handteller. Saul zog die Stirn kraus. „Cephalus", erklärte Schebua, „kam als junger Mensch mit einer verkrüppelten Hand zu uns; sie war verkrümmt wie eine Klaue. Als Kind hatte er einen bösen Herrn gehabt, der ihn wegen eines geringfügigen Vergehens bestrafte, indem er ihm die Hand in ein Feuer hielt. Ich kaufte ihn aus Mitleid, als wir noch beide jünger waren. Seitdem lebt er hier in diesem Haus. Beachte, Saul, daß die Hand zwar alt, geädert und entfärbt ist wie meine, aber gesund und sauber. In einem einzigen Augenblick wurde die verkrüppelte Hand in diesen Zustand versetzt — von Ihm, den die Römer Jesus von Nazareth nennen, und den wir unter dem Namen Josua kennen."

Sauls Züge drückten kalten Zweifel und Abscheu aus. „Gewiß, Großvater, das ist schon ein kleines Wunder, aber es ist doch bekannt, daß es auch unsere umherziehenden, heiligen Rabbis verstehen, zu heilen, wenn man sie darum bittet."

„Sprich, Cephalus", sagte Schebua. Der alte Mann sah ihn ängstlich an und wandte sich dann wieder Saul zu.

„Herr“, begann er, „ich bin kein Jude, sondern Grieche, und ich weiß nichts von diesen Rabbis, von denen du redest. Ich bin nicht jung. Ich hatte Grund, meine Mitmenschen zu fürchten, und es stand schon seit Jahren nicht gut um meine Gesundheit. Nur selten verließ ich dieses Haus, das einzige, in dem ich immer nur Güte erfahren habe. Ich hatte Angst, es zu verlassen.“ Er sprach mit schwacher und zitternder Stimme das gewöhnliche Griechisch eines ungebildeten Sklaven. „Aber eines Tages sprach eines der Mädchen in der Gesindestube, auch eine Griechin, von Jesus dem Nazarener. Es hieß, berichtete sie, Er sei der Unbekannte Gott, den mein Volk verehrt und dessen Kommen es erwartet.

In all diesen Jahren hatte mir die Hand immer weh getan, und je älter ich wurde, desto mehr schmerzte sie mich. Es gab Nächte, da ich stöhnend dalag und nicht schlafen konnte. Sie war mir völlig unnütz geworden. Von Schwäche befallen, von Schmerzen geplagt, torkelte ich dem Grabe zu. Ich sehnte mich nach dem Tod. Und dann, kurz vor dem jüdischen Passah-Fest, hörte ich, daß Jesus der Nazarener, wieder in Jerusalem war, und sagte mir, ich will Ihm folgen und, wenn Er der Unbekannte Gott ist, allen Mut zusammennehmen und Sein Gewand berühren, ohne daß Er es merkt. Ich wollte nicht wagen, Seine Majestät zu beleidigen, indem ich das Wort an Ihn richtete.“

Cephalus unterbrach sich. Ein Zucken glitt über sein Gesicht, wie kleine Wellen sonnenbeschienenen Wassers, und seine Augen leuchteten in seliger Erinnerung.

„Er war von einer großen Menschenmenge umgeben. ‚Gesegnet ist Er, der im Namen des Herrn zu uns kommt!‘ riefen die Leute. ‚Hosianna!‘ Sie warfen Ihm Palmzweige und Blumen auf den Weg, und die Frauen hoben ihre Kinder hoch, auf daß Er sie ansehe und segne. Er ritt langsam auf einem Esel dahin, ein Mann in derbem Gewand, aber Er sah aus wie ein König, ein mit Blitzen bewaffneter Zeus. Und Sein Antlitz war schön — aber nicht schön, wie wir das Wort sonst verstehen, denn ich habe viele gesehen, die von Seiner Hautfarbe waren und, wie Er, aus Galiläa kamen. Ich folgte Ihm in einiger Entfernung und drang dann langsam und unbemerkt durch die Reihen Seiner Anhänger und durch die Menge von lachenden und rufenden Männern, Frauen und Kindern, die Ihn umjubelten und Ihm Blumen auf den Weg streuten. Viele versuchten, Seine Hände, Seine Füße zu küssen und einen Blick von Ihm zu erhaschen. Sein Antlitz war das eines Vaters: liebevoll, ernst und bekümmert.

Und dann war ich unmittelbar hinter Ihm und trat in die Fußstapfen des kleinen Esels, den Er ritt. Ich kam noch näher, streckte meine verkrüppelte Hand aus und berührte damit Seinen Ärmel. Der Ärmel, den ich berührte, war aus derbem, braunem Leinen, wie es Sklaven, Arbeiter und Ackerknechte tragen.“

Der alte Mann seufzte. Tränen standen in seinen Augen, obwohl ein Lächeln der Verzückung um seine Lippen spielte.

„Weder sah Er mich noch beachtete Er mich noch wandte Er sich nach mir um. Trotzdem glaube ich, daß er wußte, daß ich Ihn berührt hatte, obwohl der Esel Ihn weiter durch die Menge trug. Ich blieb stehen und sah Ihm nach. Plötzlich bemerkte ich, daß der schreckliche Schmerz in meiner Hand verschwunden war, als ob es ihn nie gegeben hätte, und als ich den Blick senkte, sah ich, daß meine Finger sich wie Blumenblätter entkräuselten, das Handgelenk sich ausrichtete, die Narben langsam verschwanden, und die Haut glatt und rein wurde. Da hob ich meine Arme zum Himmel und dankte dem Unbekannten Gott, der nun nicht mehr unbekannt war und Sich in Seiner Gnade und Barmherzigkeit unter uns bewegte. Ich begann zu weinen. Die Umstehenden musterten mich mit verwundertem Lächeln und hielten mich zweifellos für verrückt."

„Hysterie", sagte Saul, und sein Ausdruck war kalt und voller Ekel.

„Was meinst du, Herr?" fragte der Alte, doch Saul antwortete nicht. Nach einer kleinen Weile fuhr der Diener fort:

„Ich pries Seinen Namen und betete zu Ihm, obwohl ich Ihn schon aus den Augen verloren hatte. Dann kehrte ich hierher zurück und zeigte den anderen Dienern meine Hand. Sie konnten es nicht fassen. Einer der Köche ist Jude und ein großer Skeptiker; wir kennen uns schon viele Jahre. ‚Fürwahr', sagte er, nachdem er meine Geschichte gehört hatte, ‚dieser ist der Heilige Israels, gesegnet sei Sein Name!' Dann erzählte er mir vom Messias der Juden, und ich erkannte, daß Er es gewesen war.

Und dann erkrankte das Kind Amos und stand am Rande des Grabes, und großes Wehklagen erhob sich im Hause. Bald hieß es, der Knabe läge im Sterben, und schließlich hörte ich in der Gesindestube, daß er tot war, der reizende Junge, mit dem ich nur ein- oder zweimal gesprochen und den ich sonst nur von ferne gesehen hatte. Aber wir wußten, daß er ein braver, liebenswürdiger und tugendhafter Knabe war, und wir beklagten seinen Tod.

Und dann erinnerte ich mich an Jesus von Nazareth. Ich weiß nicht, was mir da in den Sinn kam! Es war wie ein Rausch, eine Leidenschaft, ein Wahnsinn — ich konnte es mir nicht erklären. Aber ich lief aus dem Haus und suchte nach Ihm. Gerade betrat Er mit Seinen Jüngern den Tempel, als ich auf Ihn zustürzte. ‚Herr!' rief ich, ‚Heiliger Israels, im Hause meines Herrn liegt ein totes Kind, und nur Du kannst ihm das Leben wiedergeben!'"

Als könne er die Wunder, die ihm widerfahren waren, immer noch nicht fassen, schüttelte Cephalus den Kopf. „Ich bin kein mutiger Mann, und keiner, der plötzlichen Regungen folgt. Ich bin kein jugendlicher Schwärmer. Hätte man mir noch wenige Tage vorher prophezeit, ich würde aus dem Haus stürzen, wie ein Schuljunge durch die Straßen rennen und einem Fremden zu Füßen fallen — es wäre mir wie purer Wahnsinn erschienen! Aber genau das tat ich.

Er — Er hielt Seinen Schritt an. Seine Jünger wiesen mich zurecht. ‚Wie kannst du es wagen', sagten sie, ‚den Meister zu belästigen und aufzuhalten, Sklave? Scher dich fort, sonst machen wir dir Beine!' Er aber sah auf mein Gesicht und meine zitternden Hände herab und sprach: ‚Keiner soll abgewiesen werden, der Mich sucht.' Dann gab Er mir zu verstehen, daß Er mir folgen würde." Cephalus ließ den Kopf sinken. „Er betrat mit mir das Haus, und ich führte Ihn in die Kammer des Kindes. Er hatte nicht nach seinem Namen gefragt. Er blickte auf den Knaben hinab, der, von seiner trauernden Familie umringt, auf einer Decke am Boden lag, und sprach: ‚Ich sage zu dir, Amos ben Ezekiel, stehe auf!'"

Cephalus hob seinen Kopf und seine Hände in einer Gebärde ehrfurchtsvoller Scheu und tiefer Bewunderung. „Und das Kind öffnete seine Augen, die noch vom Tode umwölkt waren, bewegte die Lippen — und lebte! Aber seine Miene verriet keine Freude darüber, daß er ins Leben zurückgekehrt war. Ich sah Jesus den Nazarener an und las Unmut und Trauer in Seinen Zügen. Und ohne ein weiteres Wort verließ Er den Raum und das Haus.

„Herr", beschloß Cephalus seine Erzählung, „das ist alles."

Wiederholt hatte Saul während des Berichtes prüfende Blicke auf seine Verwandten gerichtet. Ihre bewegten Mienen und die Tränen in ihren Augen erfüllten ihn mit Ekel. Unversöhnlich wandte er sich jetzt an den alten Diener.

„Fürchte keine Strafe, aber ich beschwöre dich jetzt im Namen Gottes, sag die Wahrheit, Sklave. Ich will dir glauben, daß deine Hand geheilt wurde, denn meine Verwandten lügen nicht. Aber geheilt wurdest du nur dadurch, daß du an deine Heilung glaubtest, und nicht durch ein Wunder des Josua von Nazareth. Er merkte es nicht einmal, als du ihn berührtest! Dein Wunderglaube an einen heiligen Mann ließ deinen Verstand zum Opfer von Phantasien und Ekstasen werden. Solche Erscheinungen sind bei religiösen Menschen — insbesondere bei einfachen und ungebildeten Menschen — durchaus nicht ungewöhnlich.

Nun wolltest du deinen Helden gefeiert sehen, wolltest, daß er irgendeine Wundertat vollbringe, um so die Verehrung, die du für ihn empfandest, gerechtfertigt zu sehen. Auch das ist keine ungewöhnliche Reaktion. Begeisterung vermag vieles. Also überlegtest du. Und dann gabst du meinem Neffen, der dir als Diener dieses Hauses volles Vertrauen schenkte, einen Trank, eine Frucht, Zuckerwerk oder ein wenig Wein, der ein Mittel enthielt, das einen entrückten, schlafähnelnden Zustand hervorruft, der vom Tod kaum zu unterscheiden ist. Das Kind erkrankte. Es schien dem Tode nahe. Das Mittel täuschte sogar die Ärzte. Als der Knabe auf den Fußboden gelegt wurde, auf daß man ihn öle und salbe und ihm das Totenhemd anlege, ranntest du aus dem Haus, suchtest ihn, den du Jesus von Nazareth nennst, fandest ihn und brachtest ihn her, wo er anscheinend gerade zu dem Zeitpunkt eintraf, da mein Neffe wieder zu sich kam. Er sah, in welchem Zustand sich der Knabe befand, und nützte die Gelegenheit.“

Saul verzog den Mund zu einem häßlichen und abstoßenden Lächeln. Seine Augen glitzerten. „So war die Geschichte, die wahre Geschichte. Wenn du, Cephalus, noch ein Fünkchen Dankbarkeit für deinen Herrn empfindest, der dich erlöst und freigelassen hat, dir Obdach gewährte und viel Gutes erwies, sprich die Wahrheit. Du brauchst keine Strafe zu fürchten. Wir werden Verständnis dafür haben, daß du diesen Mann so liebtest, auch wenn er nur ein Vagabund war. Treue und Hingabe sind achtenswerte Wesenszüge, aber sie dürfen die Wahrheit nicht verdunkeln. Denn die Lüge bringt selbst einem Diener Unehre ein.“

Die Tirade stürzte den Alten in arge Verwirrung. Er starrte Saul wie einen Basilisken an. „Herr“, stammelte er, „ich habe dem Kind kein Mittel gegeben. Woher hätte ich es nehmen sollen? Ich bin dem Jungen seit seiner Kindheit nicht mehr in die Nähe gekommen und habe auch nicht mit ihm gesprochen, denn ich bin ein einfacher Mann, mein Äußeres ist nicht anziehend, und ich hielt mich von anderen Menschen stets fern. Und ich habe auch keinen anderen gebeten, dem Kind irgendeinen schädlichen Trank zu reichen — welcher Bewohner des Hauses würde so etwas tun? Das schwöre ich dir, Herr, bei allem was mir heilig ist, und bei meiner Liebe zu Jesus von Nazareth.“

„Ich glaube dir nicht!“ schrie Saul in jäh aufwallender Wut. „Du lügst und du willst uns täuschen, denn das ist die Art niedrig geborener, gemeiner, erbärmlicher Sklaven! Wichtig wolltest du dich machen im Haus und verehren lassen als Empfänger einer göttlichen Gnade! Über den anderen wolltest du stehen, denn dein Sklavenherz verlangte darnach, ausgezeichnet und erhöht zu werden! Geh mir aus den Augen, du Schurke, bevor ich dich trete wie einen Hund!“

Flehentlich, aber nicht angstvoll, heftete Cephalus den Blick auf seinen Herrn, und Schebua sagte: ‚Geh nur, Cephalus, mein Freund. Wir danken dir.“

Saul schnappte nach Luft in seiner gewaltigen Wut, denn Schebua hatte zu dem alten Diener wie zu einem Bruder gesprochen. Ungläubig beobachtete er, wie sich der Grieche verneigte und aus dem Atrium zurückzog und ihn mit seinen Verwandten allein ließ.

Er schaute in ihre tief bewegten und seltsam ruhevollen Gesichter und schrie: „Ist es denn möglich, daß ihr diesen blühenden Unsinn glaubt, diese Beleidigung für den gesunden Menschenverstand, diesen Affront gegen den Anstand, diese Lästerung Gottes?“

„Wir glauben“, erwiderte Schebua für seinen Sohn und seinen Enkel.

Und David, der weltgewandte Sadduzäer, stimmte ein: „Wir glauben." Zum erstenmal ließ Ezekiel seine bescheidene Stimme hören: „Ich glaube."

Und wieder vernahm Saul die verhaßten Worte: „Wir wissen nicht, warum wir glauben, aber wir wissen, daß Er der Messias ist, der Heilige Israels, gesegnet sei Sein Name."

„Er ist tot!" brüllte Saul. „Man hat seine Leiche gestohlen, um aus Lüge Wahrheit zu machen!"

„Er war tot, und die Finsternis senkte sich herab, und der Vorhang im Tempel, der das Allerheiligste verbirgt, riß von oben bis unten entzwei, und die Erde donnerte und bebte, und Schrecken überkam die Welt. Und in drei Tagen stand Er auf von den Toten; und viele haben Ihn gesehen."

Saul ächzte vor Wut und Ekel. Er drehte sich um und verließ das Haus seines Großvaters, ohne noch ein Wort zu sprechen. Sie riefen ihm nach, aber er wollte sie nicht hören. Sie flehten ihn an, aber er eilte davon.

Und ein wilder, unversöhnlicher Haß nahm Besitz von ihm.

XXVIII

Saul saß in einem Zustand wilder Leidenschaft und verkrampfter Wut vor Joseph von Arimathäa. Nachdem er sich gefaßt hatte, sagte er mit einer ungewöhnlich tiefen und heiseren Stimme, in der Abscheu und Empörung schwangen:

„Verzeih mir. Du bist mein Freund gewesen, Joseph von Arimathäa, und ich war dir immer dankbar, denn ich weiß, daß es mir an Ungezwungenheit und Natürlichkeit, wie sie anderen Menschen zu eigen sind, ermangelt. Du aber bist mir immer mit Geduld und Güte begegnet. Warum das immer so war, weiß ich nicht. Ich war glücklich und zufrieden, daß du mich so genommen hast, wie ich bin. Nicht alle Menschen handeln so. Von Rabban Gamaliel abgesehen, habe ich dir mehr als allen anderen Menschen vertraut — mehr als meinem Vater, möge er in Frieden ruhen. Ich glaubte dich einen frommen Juden und Pharisäer und über jeden Selbstbetrug erhaben, auch wenn ich eine gewisse — Vertraulichkeit gegenüber jenem Mann vermerken mußte, den die Griechen Johannes den Täufer nennen — wir kennen ihn unter dem Namen Jochanan ben Zacharias. Ich war der Meinung, daß du seine Entscheidung, sich in die Einsamkeit zurückzuziehen und sich gegen die römischen Unterdrücker unseres Landes aufzulehnen, billigtest und daher seine Ausschreitungen nachsichtig beurteiltest. Gewiß, du redetest, als ob das Kommen des Messias unmittelbar bevorstünde, aber das erhoffen wir ja schließlich alle. Du sprachst oft in Rätseln, aber das ist so die Art älterer Juden, und ich fand nichts dabei, obgleich ich mich ja selbst zu den Pragmatikern zähle. Ich wußte, daß du den Herrn, unsern Gott, so innig liebtest wie kein anderer, und Seine Ehre und Seinen Namen bis zum Tode verteidigen würdest.

Und nun sagst du mir heute in diesem Hause ins Gesicht, dieser Josua von Nazareth, dieser Vagabund und Betrüger, dieser zerlumpte, umherziehende Rabbi, dieser eingebildete Wahnsinnige, dieser Schwindler, Lügner und Gotteslästerer, dieser ungebildete Galiläer, von dem bis vor drei Jahren kein Mensch etwas wußte — das sei der Messias, der Heilige Israels! Du sagst mir ferner, du hättest es ‚von Anfang an gewußt!' Du sagst, du hättest ihm eine schöne Grabstätte gegeben; ‚ich wußte, daß er sie nur drei kurze Tage lang bewohnen würde.' Und du erzählst mir, er sei nicht nur von den Toten auferstanden — du hättest ihn auch noch nach seiner Kreuzigung gesehen!

Hätte mir das ein anderer als du, Joseph von Arimathäa, gesagt, ich würde geantwortet haben: ‚Du lügst oder du bist wahnsinnig.'"

Sie saßen in Josephs kleiner Bibliothek. Die bronzene Tür war geschlossen. Joseph betrachtete Saul freundlich und still, und seine großen braunen Augen schienen wie flackernde Monde ab- und zuzunehmen. Er war nicht zornig. Er war sehr ruhig und gelassen.

„So, so", sagte er. „Und was antwortest du *mir*, Saul von Tarschisch?"

Das Lid von Sauls eingesunkenem Auge zuckte, und es zitterte um seine Mundwinkel. „Ich weiß nicht, was ich sagen soll", erwiderte er. „Ich weiß nur, daß du nicht lügst. Wie also muß die Antwort lauten? Daß du, der Sproß eines vornehmen Hauses Israels, ein Edelmann, ein Mann von Bildung, Geschmack und Gelehrsamkeit, von Marktschreiern, Hexenmeistern und Betrügern niedrigster Sorte auf das Übelste düpiert wurdest. Zu welchem Behufe? Um unser Land zu zerstören und den Zorn Gottes über uns auszuschütten. Wer bezahlt sie? Die Römer? Ungläubige, Heiden, Parther? Wir wissen es nicht, aber ich bin ganz sicher, daß jemand dahintersteckt. Sie sind unsere Feinde. Vielleicht sind sie sogar der ganzen Menschheit feind. Aber zweifellos sind sie verrückt."

Joseph griff nach Sauls Becher, um ihn nachzufüllen, doch Saul lehnte mit einer heftigen Geste ab. Er beugte sich vor und maß Joseph mit bitteren Blicken.

„Ich sah Ihn an Seiner ersten Ruhestätte", sagte Joseph. „Er lag in einer Krippe in einer Höhle in Bethlehem, umringt von Schäfern, die aus den Bergen gekommen waren. Ich hatte Ihn erwartet, nachdem der Stern über Bethlehem aufgegangen war. Ich hatte Träume gehabt. Ich sah Ihn mit Seiner jungen Mutter, ein Mädchen, noch keine vierzehn, unschuldig und jungfräulich. Ich sah Ihn mit seinem braven Stiefvater, einem Zimmermann namens Joseph. Die Schäfer wußten von Ihm. Sie hatten die frohe Botschaft von Engeln erhalten und waren sogleich, ohne zu zweifeln, ohne viel nachzudenken, aus den winterlichen Bergen um Bethlehem gekommen, wie eben einfache Menschen sich Gott nähern. Eine göttliche Schlichtheit beseelt sie. Als ich eintraf, knieten und beteten sie rings um die Mutter und ihr Neugeborenes. Ich brachte ein Geschenk mit, obwohl Er, der allen Geschenke macht, keines benötigt. Ich betrachtete das Kind. Eine einzige Laterne leuchtete im Dunkel der Höhle; die Nacht draußen war kalt und finster. Es war nur ein Kind, wie alle Menschensöhne Kinder sind. Dennoch" — Joseph unterbrach sich, denn die Erinnerung bewegte ihn zutiefst — „wußte ich sofort, wer Er war. Ich hatte weder Zweifel noch Bedenken. Ich warf mich vor Ihm nieder, vor dem Heiligen Zions, dem Heiligen Israels."

Joseph richtete seinen Blick in weite Fernen, und seine Augen füllten sich mit Tränen. „Wie Er selbst gesagt hat: ‚Selig sind, die sehen und glauben; seliger aber sind, die nicht sehen und doch glauben.' Ich glaubte schon, bevor ich Ihn gesehen hatte. Im Augenblick, da ich Ihn sah, fühlte ich meinen Glauben bestätigt. Ich wußte, wo Er sich in Seiner Kindheit aufhielt. Ich sah Ihn, bevor Er Bar Mizwa wurde — ein Knabe, der weisen Männern Fragen stellte und Fragen beantwortete. Ich weiß, wo Er die Jahre zubrachte, die in geheimnisvolles Dunkel getaucht sind, aber ich darf darüber nicht sprechen. Ich weiß, wo Er Sich nach Seiner Himmelfahrt hinbegab — ein Ort, der den Menschen noch verschlossen ist, denn Er hat gesagt: ‚Ich habe Schafe, von denen ihr nichts wißt.' Ich wußte es, als Er Sein Handwerk als Zimmermann wieder aufnahm, um Sich selbst und Seine Mutter zu erhalten. Es verging keine Stunde, ohne daß ich mich Seiner nicht erinnert hätte. Das ist alles, Saul von Tarsus, was ich dir zu berichten wage. Aber das Versprechen aus grauer Vorzeit ist nun eingelöst. Das Lamm Gottes hat Sein Volk von seinen Sünden erlöst und, gesegnet sei Sein Name, den Tod zu ewigem Leben gewandelt."

Saul war so empört, so entsetzt über das, was er als ganz abscheuliche Gotteslästerung ansah — so überzeugt, daß Gott Josephs Worte unverzüglich und hart bestrafen würde —, daß er jäh aufsprang, den Stuhl zurückstoßend, der krachend auf den Marmorboden fiel. Er bedeckte die Ohren mit seinen Händen. „Mein Gott, mein Gott", rief er aus, „daß diese meine Ohren eine so ungeheuerliche Geschichte aus deinem Munde hören mußten, Joseph von Arimathäa! Möge Gott mir verzeihen, daß ich dir gelauscht habe! Nicht verzeihen aber möge er jenen, die dich auf so gemeine Weise getäuscht und verwirrt haben! Ich werde euch rächen, dich, meinen Neffen Amos ben Ezekiel, meine Schwester, meine unglücklichen Verwandten, und alle jene unter meinen Landsleuten, denen von einem toten Heuchler, einem Wahnsinnigen, einem Schurken so übel mitgespielt wurde! Ich werde seine Anhänger vernichten, wie sie versucht haben, uns zu vernichten, Gott zu verleumden und Seinen Zorn auf uns herabzubeschwören."

Er hob seine Hand und schwor den feierlichsten und fürchterlichsten Eid, den er je abgelegt hatte. „Von diesem Augenblick an“, sagte er dann, „hat der tote Verbrecher keinen erbitterteren Feind als mich — und das gleiche gilt für seine Jünger!“

Joseph wartete schweigend und sagte dann mit ebenso gütiger wie trauervoller Stimme: „Ich weiß dies, Saul ben Hillel: der Tag wird kommen, da Er keinen besseren Freund besitzen wird als dich.“

Mit einem Aufschrei der Verzweiflung stürzte Saul aus dem Haus. Warmer Spätsommerwind und meergeborener Regen empfing ihn. Er zog die Kapuze über den Kopf und wickelte sich fester in seinen derben Umhang. Er eilte ziellos durch die Straßen. Er hatte schon tausende Male daran gedacht, Rabban Gamaliel zu besuchen, doch aus Gründen, die er selbst nicht begreifen konnte, schreckte er vor dem Gedanken zurück. Der berühmte Nisi des Tempels — gewiß würde er Sauls Abscheu und Ekel vor den Gotteslästerern teilen! Gewiß würde er diesen elenden Josua ben Joseph aus Nazareth verurteilen! Woher dann also sein fast erbärmliches Widerstreben, zum Rabban zu gehen, der ihm Trost und geistigen Zuspruch spenden und seinen Schmerz und seine Wut lindern konnte? Er wußte es nicht.

Statt dessen begab er sich zum Hause Kaiphas', des Hohenpriesters, der Pontius Pilatus nach erschöpfenden Auseinandersetzungen und vielem Bitten und Betteln dazu gebracht hatte, die Hinrichtung des der Aufwiegelung gegen Rom angeklagten Nazareners anzuordnen. Es war ein weiter Weg durch den Wind, den peitschenden Regen und die Menschenmassen, die Zuflucht vor dem Wetter suchten und ihren Häusern zustrebten. Jämmerlich schrien die Kamele, die in den engen Gassen an ihren Stricken gezerrt wurden. In der zunehmenden Dunkelheit bahnte sich Saul mühsam einen Weg durch die Marktplätze. Endlich erreichte er das Haus des Hohenpriesters. Es war ein wahrer Palast, von hohen Mauern und Wachen umgeben. Weiß wie Alabaster schimmerte er im Zwielicht. Der Garten verbreitete köstlichen Duft, und die Bäume schwankten und rauschten im Sturmwind.

Argwöhnisch und geringschätzig betrachteten die Wachen den wilden Mann, dem das nasse rote Haar an Stirn, Wangen und Hals klebte, sein reizloses, wenn auch energisches Gesicht und seine schäbige Kleidung. Aber er sprach zu ihnen in gebieterischem Ton: „Sagt eurem Herrn, daß Saul von Tarschisch, der Enkelsohn seines Freundes Schebua ben Abraham, ihn in einer äußerst wichtigen Angelegenheit zu sprechen wünscht!“

Saul wartete, während einer der Wachsoldaten hämisch grinsend ins Haus ging, um die Botschaft zu überbringen. Das Herz hämmerte ihm zum Zerspringen, er machte tiefe Atemzüge, und die anderen Wachen legten ihre behelmten Köpfe neugierig zur Seite. Saul überlegte. Es gab in der ganzen Welt keinen Menschen, den er tiefer verachtete als Kaiphas, den Schwiegersohn des berüchtigten und skrupellosen Hannas, der mächtiger war als selbst Herodes Antipas. Saul hielt den Hohenpriester für den verachtungswürdigsten Verräter an seinem Volk, einen Ohrenbläser Roms — seine hohepriesterlichen Gewänder lagen, dem Willen der Römer folgend, in der Festung des Antonius, nahe dem Tempel. Er war Hohepriester, solange es ihm die Römer erlaubten. Er war ihr Diener und ihr Unterpfand für den Gehorsam, die Fügsamkeit und Unterwerfung des ganzen Volkes. Die Römer bezahlten ihn. Sich den Unterdrückern entgegenzustellen, hieße aus diesem prunkvollen Palast ausgestoßen, für immer mit Schande bedeckt, seines Vermögens und seiner Macht entkleidet und zum Bettler zu werden. (War aber ein solches Schicksal nicht dem Verrat an seinem eigenen Volk, der Ehrlosigkeit vor Gott vorzuziehen?) Doch trotz alledem brauchte Saul ben Hillel diesen verabscheuungswerten Mann, um sein Land zu schützen und den Namen Gottes vor jeder Lästerung zu bewahren.

Kaiphas, ein düsterer, aber stattlicher Mann von etwa fünfundvierzig Jahren mit einem sorgfältig gestutzten grauen Bart und klaren, dem Anschein nach aufrichtigen, blauen Augen, empfing Saul mit unerwarteter Zuvorkommenheit. Er geleitete seinen Besucher aus dem prächtigen Atrium in einen abgelegenen Raum mit Wandgemälden und persischen Teppichen und mit Samt und Seide bezogenen Möbeln. Ein Diener schloß respektvoll die Tür hinter ihnen. „Ich kenne dein edles Haus, Saul ben Hillel", sagte Kaiphas mit sehr satter und salbungsvoller Stimme. „Dein Großvater hat keinen besseren Freund als ich es bin." Man brachte Wein in juwelenbesetzten Bechern, doch Saul, der sich mühte, seinen Haß und seine Verachtung zu verbergen, lehnte mit einer ungeduldigen Geste ab. Er saß mit seinem regennassen Gewand in einem kostbaren Sessel, ohne sich auch nur zu entschuldigen. Kaiphas war ein sehr schlauer und durchtriebener Mann; darum zog er nur die Brauen hoch und lächelte freundlich. Er sah Saul, wie er wirklich war, und ließ sich weder von der Stimme noch von den ungestümen Gebärden, noch von der derben Kleidung täuschen. Er rückte seinen hohen, ovalen, spitz zulaufenden Pharisäerhut zurecht — er war aus goldbestickter weißer Seide — und wartete mit väterlicher Miene. Er zweifelte nicht einen Augenblick daran, daß Saul ihm etwas ungeheuer Wichtiges mitzuteilen hatte.

Seine Erwartungen wurden nicht enttäuscht. Er lauschte aufmerksam, und nicht nur Sauls Worten, sondern auch ihrer Betonung. Das ist der Mann, dachte er dann, auf den ich gewartet habe!

Als Saul zu Ende war, und das helle Lampenlicht in seinen Augen glitzerte, seufzte Kaiphas, tat, als übermanne ihn die Müdigkeit, ließ den Kopf sinken und rieb sich die Stirn. Ein prächtiger Ring funkelte an seinem rechten Zeigefinger.

„Ach ja", sagte er mit bebender Stimme, „noch sind die Tage der Gefahr für unser unglückliches, heiliges Land nicht gebannt. Ich fürchte sogar, die Gefahr ist noch im Zunehmen. Pilatus verdächtigte mich, ich hätte gewußt, daß die Anhänger des Josua von Nazareth seine Leiche aus der Gruft holen würden. Er war sehr zornig. Später entschuldigte er sich allerdings. Er war natürlich bestürzt. Er wußte ja, daß seine Verdächtigungen unbeherrscht und ungerechtfertigt waren, denn schließlich hatte ja ich ihm den Übeltäter überantwortet. Welches Interesse sollte ich daran haben, den Anschein erwecken zu helfen, als ob er, seiner ‚Prophezeiung' gemäß, von den Toten auferstanden wäre? Ach, das waren bittere Stunden für mich! Josuas armselige Jünger flohen aus der Stadt, aber nun berichten mir meine Kundschafter, daß sie wieder zurückkehren und daß man sie wieder im Tempel sieht, wo sie zusammen mit ihren jüdischen Brüdern, denen sie doch so viel Unglück gebracht haben, gemeinsam ihre Gebete verrichten. Mit sanften Gesprächen versuchen sie die Rechtgläubigen zu überzeugen, daß Josua ben Joseph tatsächlich der Heilige von Zion sei. Ihn zu verwerfen, behaupten sie, hieße Gott verwerfen, gesegnet sei Sein Name. Unglücklicherweise und zu meinem großen Bedauern gelingt es ihnen, Hunderte und Aberhunderte zu überzeugen! Dabei hatten sie ihn ja in den Straßen und im Tempel gesehen und seine aufrührerischen Reden mitangehört! Wußtest du, daß er die Unverfrorenheit, die unglaubliche Frechheit besaß, die Wechsler und die Taubenverkäufer zum Tempel hinauszutreiben? Sie machten eine ‚Räuberhöhle' aus seines Vaters Haus, schrie er!"

„Ich habe davon gehört", erwiderte Saul.

Kaiphas warf ihm verstohlen einen Blick zu. „Und hast du auch gehört, Saul von Tarschisch, daß sich mein teuerster Freund, dein Großvater, und die Familie deines Großvaters, daß auch sie sich zu dem Wahnsinnsglauben haben verleiten lassen, Josua von Nazareth sei der Messias?"

Eine tiefe Röte überzog Sauls Wangen. „Ich weiß es", antwortete er, „und darum bin ich hier. Sie müssen davon überzeugt werden, daß sie die Opfer eines gemeinen Schwarzkünstlers geworden sind, der in geheimem Einverständnis mit einem Dieb oder einem Diener in ihrem eigenen Haus gehandelt hat."

Kaiphas seufzte, als werde er von unerträglichen Schmerzen gequält. Er ließ seine Hand fallen und blickte düster zu der Freskomalerei an der Decke empor. „Es gibt auch noch andere, die vornehmen Familien angehören", sagte er. „Wer wird uns von diesem Wahnsinn erlösen?"

„Ich sagte es bereits, Herr. Ich werde es tun."

„Nun ja. Du bist römischer Bürger, Kenner des römischen Rechts und vor römischen Gerichten zugelassen." Er sah Saul an. „Wußtest du, daß sich mein Schwager Judas Ischariot nach Josuas Verhaftung erhängte? Der unbesonnene Jüngling. Er war Essener. Er verließ das Haus seines Vaters Hannas und opferte die Liebe seiner Mutter, um gemeinsam mit anderen primitiven Kreaturen seines Schlages in der Wüste zu leben. Er wurde einer von Josuas Jüngern. Er hielt ihn für den Messias. Judas war ein stolzer und hochmütiger junger Mann. Wie er dieser ungeheuerlichen Gotteslästerung schuldig werden konnte, ich weiß es nicht. Aber er war ja immer schon ein verzogenes Kind, unbesonnen und unbeherrscht. Um Josua zu ‚zwingen', sich als Messias zu erkennen zu geben, spielte er ihn mir in die Hände. Er glaubte, die Engel würden vom Himmel herabsteigen, um ihn zu retten, sobald man ihn ergriff und verhaftete! Ach ja, das glaubte er wirklich.

Und als dann die Römer Josua geißelten und ihm eine Dornenkrone aufs Haupt drückten, da erkannte Judas — tragisch, tragisch! —, daß es keinen Messias gab, keinen Heiligen Zions, sondern nur einen billigen Zauberer, einen närrischen Geschichtenerzähler, einen Betrüger, einen eingebildeten Gaukler. Nach dem Buchstaben des Gesetzes mußte ich Judas die vorgeschriebenen dreißig Silberstücke geben, die jedem zustehen, der einen Gotteslästerer entlarvt — aber Judas brach in Tränen aus, schleuderte mir das Geld ins Gesicht und lief fort — laut heulend vor Verzweiflung und Seelenqual. Mir blutet das Herz, wenn ich daran denke, wie entsetzlich er wegen des Verrates litt, den er selber an seinem Josua begangen hatte."

Zum ersten Male schwang echtes Leid in seiner Stimme. Er schien selbst überrascht darüber. Mit einem leisen Lächeln fuhr er fort:

„Schon morgen werde ich den Brief des Prokurators, des Pontius Pilatus, in Händen haben, dazu den Amtsstab und ein Pergament, aus dem hervorgeht, daß du, Saul von Tarschisch, römischer Ankläger und Verfolger aller Unruhestifter und Rebellen im ganzen Lande bist. Möge Gott, gesegnet sei Sein Name, dir Stärke geben für deine große Aufgabe, unser schwerbetroffenes Land von den Gotteslästerern zu säubern, die nach seiner Vernichtung trachten."

Er umarmte Saul mit heimlicher Freude. Saul von Tarschisch, römischer Bürger und Gesetzkundiger, Saul ben Hillel, Enkelsohn des edlen Schebua ben Abraham — konnte man sich einen besseren Mann wünschen als ihn, der fortan auf der Seite der Engel (und natürlich auch auf der Seite des Hohenpriesters Kaiphas) kämpfen würde?

Doch es war Pontius Pilatus höchstpersönlich, der Saul huldvoll empfing und ihn — eigenhändig — mit den Zeichen seiner Amtswürde bekleidete und ihn den Treueid auf Rom sprechen ließ. (Dabei wurde Saul sehr weiß im Gesicht, aber er dachte daran, daß das der Preis war, den er bezahlen mußte, um seinen Gott zu verteidigen. Am nächsten Versöhnungstag würde er zu Gott beten, ihn von diesem Eid zu entbinden.) Dann setzte Pilatus ihn davon in Kenntnis, daß er nun als Beamter in römischen Diensten über ein Gefolge von Legionären verfügen würde, die beauftragt waren, auf seinen Befehl hin jedermann zu ergreifen und zu verhaften. Überdies würde ihm der Prokurator ein Haus in Jerusalem zur Verfügung stellen, in dem er standesgemäß leben könnte.

„Ich glaube nicht", sagte Saul, „daß die Angelegenheit viel Zeit erfordern wird. Ein paar Wochen vielleicht, ein Monat —"

Pilatus, ein dunkelhäutiger, hagerer, ziemlich großer Mann, kahlköpfig und mit einer großen römischen Nase ausgestattet, lächelte über Sauls Worte. „Ach, Saul von Tarsus", sagte er und schüttelte den Kopf, „ich rechne nicht so zuversichtlich auf Erfolg. Die Nachricht vom Tode des Jesus von Nazareth und seiner angeblichen Auferstehung von den Toten hat sich wie ein Lauffeuer verbreitet. Die Zahl der Konvertiten unter den Juden nimmt täglich zu. Wie ich höre, verlassen viele von ihnen ihr Land, um auch unter ihren Brüdern in anderen Ländern Anhänger zu gewinnen. Es ist, als ob der Wind die Berichte über ihn in alle Welt trüge, und als ob der Wind zum Orkan würde."

Sein Palast war stattlich und prächtig, und die Halle, in der Saul von ihm empfangen worden war, die großartigste, die der junge Mann je gesehen hatte. Pilatus schritt gedankenvoll in dem weiten Raum auf und ab. „Ich bin soeben aus Cäsarea zurückgekehrt", fuhr er fort „und habe dort bemerkenswerte Dinge gesehen und gehört — von einem griechischen Arzt, der als Gast in meinem Hause weilte. Aber das gehört nicht zum Thema. Friede und Ruhe im Lande, das ist unser beider Ziel, Saul ben Hillel. Ich lege die Sache nun vertrauensvoll und für so lange, als es dir nötig erscheint, in deine Hände."

Er wandte sich Saul zu und schien ihn etwas fragen zu wollen, ließ es aber sein. Saul verabschiedete sich. Pilatus sah ihm nach, kniff die Lippen zusammen und verzog das Gesicht. Wie diese Juden ihren Gott verehrten und anbeteten! Wie verhaßt ihnen jede Art von Gotteslästerung war! Es war wirklich absurd — lachhaft! Gewiß, Marcus Tullius Cicero war vor hundert Jahren in Rom der Gotteslästerung angeklagt und wäre beinahe verurteilt worden. Aber seitdem hatte sich Rom von so törichten Vorstellungen freigemacht und durfte jetzt als völlig aufgeklärt gelten. Kein zivilisiertes Volk konnte sich heute noch solch kindische Extravaganzen leisten — ausgenommen diese Juden. Schon lange vor Rom, so behaupteten sie, wären sie ein Volk gewesen und hätten ihren eigenen Gott gehabt — aber was Weltgewandtheit und Duldsamkeit betraf, waren sie nicht viel weiter gekommen. Sonst wäre ‚Gotteslästerung' für sie ein dummer Scherz und nicht das schwerste aller Verbrechen. Ein Mörder, ein wirklicher Bösewicht, der größte Dieb und der erbärmlichste Schandbube, sie alle schienen den Juden nicht so hassenswert wie ein ‚Häretiker', und konnten bisweilen auf Gnade hoffen. Häretiker aber wurden auf offenen Plätzen gesteinigt. Unglaublich!

Wenn ich noch länger hierbleibe, dachte Pilatus, werde ich auch noch verrückt. Dabei fiel ihm der Mann ein, der als Gast in seinem Hause geweilt hatte. Er setzte sich nieder, um zu grübeln. Er legte die Stirn in Falten, nagte an seinen Lippen und geriet abermals in große Furcht.

In dieser Nacht betete Saul mit der tiefsten Inbrunst seines Lebens, mit verzehrender Kraft und triumphierendem Frohlocken. „Gott meiner Väter, Gott Abrahams und Jakobs und Davids, Gott Sinais und Mosis, König der Könige, Schöpfer des Universums, Erlöser Israels, mein Herr und mein Gott: nun erkenne ich Deinen Willen, daß ich Dein heiliges Land von Gotteslästerern und Götzenanbetern, von Deinen ärgsten Feinden und niederträchtigsten Verleumdern befreie. So hast Du es in der Vergangenheit geboten und so gebietest Du es am heutigen Tage. O Freude über Freude, daß ich diese Stunde erlebt habe, da Du mir Deinen Willen kundgetan hast! Zur Strecke bringen werde ich diesen Josua ben Joseph aus Nazareth, der bei lebendigem Leib aus seiner Gruft geschafft und versteckt wurde, um die Einfältigen zu täuschen. Bloßstellen will ich ihn im unnennbaren Licht Deines Tages, auf das alle ihn sehen können. Der Gerechtigkeit will ich ihn überantworten, auf daß Dein Land wieder rein werde und würdig Deines Segens, mein Herr und mein Gott!"

Es war ihm, als umgäbe ihn eine große Güte, eine liebliche Frische, die seinen Leib erschauern und seine Seele vor Entzücken fast vergehen ließ, als sei ihm göttliche Gnade verheißen — und eine Wartezeit. Er ließ sich zu Boden fallen. Tiefer Friede umfing ihn, ein Friede so süß, wie er ihn kaum jemals empfunden hatte. Von irgendwoher war etwas unmittelbar Bevorstehendes auf ihn zugekommen und blickte nun auf ihn herab. Es drängte ihn, die Vision zu schauen, aber er wagte es nicht; und so verbarg er das Gesicht in seinen Armen.

XXIX

Das Volk Israel hatte das alte Wort nicht vergessen: der erbittertste und grimmigste Feind des Menschen ist einer seines eigenen Fleisches, seines eigenen Blutes, seines eigenen Namens, seiner Stadt und seines Landes. Und sie wußten, daß dieser bittere, geschworene Feind auch oft im Namen Gottes angriff, geißelte und tötete, und sich aus eigener und aus der Sicht vieler seiner Anhänger von jeder Schuld frei fühlte und sich eines edlen Herzens rühmte. Es war schrecklich und rätselhaft zugleich. „Gewiß", flüsterte man, „begeht der, der Gottes Liebe im Namen des Herrn mißachtet, die unverzeihlichste aller Sünden. Überlassen wir ihn dem Gericht, wenn nicht der Gnade Gottes."

In jener Zeit war Pontius Pilatus der Schrecken des Volkes Israel, unterstützt von Herodes Antipas und den römischen Legionen, und im Namen des Friedens geduldet von den Sadduzäern, im Namen des Gesetzes von den Eiferern unter den Pharisäern. Nun aber sah es sich einem neuen Schrecken gegenüber, den die Römer Paulus von Tarsus nannten. Ein frommer Jude war er, ein gebildeter Pharisäer, Schüler des großen Rabban Gamaliel, römischer Bürger, Gesetzkundiger und Vollstrecker römischen Rechts, und Sproß eines edlen Hauses. Beunruhigt und betroffen waren selbst jene, deren Frömmigkeit keinen Zweifel zuließ, und die für die Bestrafung von Gotteslästerern und Götzenanbetern eintraten. Sie empfanden Mitleid für ihre jüdischen Brüder, die sich zwar der Illusion hingaben, ein gewisser Josua ben Joseph aus Nazareth sei der Messias und seinen Namen im Tempel öffentlich priesen, davon abgesehen aber lammfromme Leute waren, harmlos wie Tauben, arm und anspruchslos und jeder Gewalttätigkeit abhold. Mehr noch: sie hielten sich mit heiligerem Eifer an die Gesetze der Propheten und an die Gebote als ihre jüdischen Brüder, die den Namen Josuas verlachten. Sie besuchten den Tempel fleißiger, kamen eifriger ihren religiösen Pflichten nach und waren ohne Zweifel duldsamer und mildtätiger.

Und es gab viele unter den Beunruhigten und Betroffenen, die sagten: „Haben wir nicht mancherlei Sekten im Lande, die miteinander in Streit liegen und von denen jede einzelne davon träumt, über die anderen die Oberhand zu gewinnen? Leben wir nicht in Frieden mit diesen halsstarrigen Menschen, die unseres Fleisches und Blutes sind? Warum also sollen wir jenen, die glauben, der Messias wandle bereits unter uns, nicht mit der gleichen Toleranz begegnen, auch wenn wir über sie lachen? Was sollen also diese wilde Wut, die hemmungslose Verfolgung, das verräterische Bündnis Sauls von Tarschisch mit dem römischen Unterdrücker? Zu welch wüsten Ausschreitungen hat er sich hinreißen lassen! In Stadt und Land hat er die Frauen und Kinder jener, die von den Priestern der Ketzerei beschuldigt werden, aus ihren Häusern gezerrt und ins Gefängnis geworfen und so lange als Geiseln festgehalten, bis ihre Gatten und Väter schworen, den Irrglauben nicht weiter zu verbreiten! Noch nie hat es so etwas im Volk Israel gegeben! Unsere jüdischen Brüder werden in den Straßen geschlagen und müssen um ihr Leben laufen, um sich vor dem Pöbel, der ihnen, von diesem Saul von Tarschisch aufgewiegelt, überall nachstellt, in Sicherheit zu bringen. Nicht einmal die wildesten Essener und Zeloten, die auf den Marktplätzen offen zum Aufstand gegen Rom aufgerufen hatten, wurden so erbarmungslos verfolgt und gejagt wie diese armen, harmlosen Juden! Saul von Tarschisch hetzt seine römischen Legionäre auf die wehrlosen Geschöpfe. Sie werden in ihren eigenen Häusern zu Krüppeln geschlagen und dann in dunkle Verliese geworfen."

Die bärtigen, vom Staub der Landstraßen bedeckten Rabbis waren mehr als beunruhigt über diesen Wahnsinn und die unglaublichen Grausamkeiten. Mit einzelnen Bürgern an Straßenecken, auf Marktplätzen, ja sogar in der Umgebung des Tempels zu sprechen und sie vor den Gefahren der Ketzerei zu warnen — dagegen war nichts einzuwenden. Unzumutbar aber erschien ihnen, jüdische Brüder der grausamen Bestrafung durch die Römer zuzuführen. Sache der Priester war es, Ketzerei und Gotteslästerung zu bekämpfen, die Irregeleiteten auf den rechten Weg zurückzuführen oder ihnen gottgefällige Strafen aufzuerlegen. Und für die fanatischen Häretiker, die eine wirkliche Gefahr für das Volk Israel bedeuteten, gab es das Synedrion. Diese ‚Ketzer' jedoch hatten kaum schwerer gefehlt als die Angehörigen anderer abgestorbener Sekten, die auch zu wiederholten Malen der Gotteslästerung beschuldigt worden waren.

Aber auch andere Meinungen wurden hörbar: „Es ist nicht unverzeihlich, eine Doktrin zu bezweifeln oder die Worte Mosis und der Propheten neu zu interpretieren — dabei geht es um Meinungsverschiedenheiten und menschliche Irrtümer. Anders steht die Sache, wenn da — ob nun in gemäßigter oder in aggressiver Form — die Behauptung aufgestellt wird, der Messias, gesegnet sei Sein Name, habe sich in der Person eines armen Wunderrabbis aus Nazareth gezeigt, den seine eigenen Nachbarn verlacht hatten und der schließlich unter den Händen der Römer gestorben war. Wer war er denn schon gewesen? Ein Zimmermann aus einem elenden kleinen Dorf, von Großmannssucht geplagt! Er versetzte das Land in Aufruhr und fachte den Zorn der Römer gegen die Gesamtheit der Juden an. Dafür wurde er hingerichtet und in einer Gruft aufgebahrt. Von den sonderbaren Geschehnissen nach seinem Tod wollen wir gar nicht reden! Unsere Priester und unsere weisen Männer haben uns alles zu unserer vollen Zufriedenheit erklärt: es ist alles nur ganz zufällig zusammengetroffen — die Sonnenfinsternis zum Beispiel, oder das Erdbeben. Josua ben Joseph ist nicht von den Toten auferstanden, wie seine Jünger behaupten. Es ist allgemein bekannt, daß Joseph von Arimathäa zu seinen Anhängern gehörte und daß er die römischen Soldaten und die Tempelwachen bestach, ihm zu erlauben, den noch lebenden Mann aus der Gruft zu holen. Nach seiner Genesung von den erlittenen Verletzungen wurde Josua unter seinen Jüngern gesehen, die dann auch verkündeten, er sei von den Toten auferstanden. Joseph ist zwar ein liebenswürdiger und berühmter Mann, hat aber gewiß seine Gründe, wenn er sein Volk auf diese Weise hinters Licht führt — mag sein sogar sehr persönliche Gründe, über die er uns vielleicht eines Tages Aufschluß geben wird. Aber er handelt unrecht am Volke Israel, denn die Römer machen keinen Unterschied zwischen uns und den Ketzern und schlagen uns wahllos und ohne jede Provokation mit dem größten Vergnügen auf der Straße zusammen, wenn es ihnen gerade in den Sinn kommt. Haben wir das verdient, wir, die wir in Frieden mit ihnen auskommen wollen und auf das Kommen des Messias warten? Bewahren wir also Ruhe und haben wir

Verständnis für Saul von Tarschisch und sein Vorgehen. Verurteilen wir ihn nicht als Feind unseres Volkes! Ihm liegt unsere Sicherheit und unser Leben am Herzen."

Viele teilten diese Ansichten und brachten ihr Entsetzen über diese ungeheuerliche Irrlehre zum Ausdruck. Der göttliche Mesisas sollte fußwund und wie ein Bettler, ohne Dach über dem Kopf in ihrer Mitte gewandelt sein und mit Steuereinnehmern und Dirnen und gemeinem Volk Umgang gepflogen haben? Gott, gesegnet sei Sein Name, sollte zugelassen haben, daß Sein Gesalbter von den Römern auf so schändliche Weise ermordet wurde, ohne daß ein einziger Racheengel mit feurigem Schwert herabgestiegen, ohne daß eine einzige Verkündigung vom Himmel erfolgt wäre? Der Gedanke allein war empörend und stellte eine Verunglimpfung Gottes dar! Doch selbst jene, die sich über die ‚Häretiker' erregten, sich in ihrer Frömmigkeit und in ihrem Glauben verletzt fühlten und die Rache Gottes fürchteten, verurteilten es auf das nachdrücklichste, daß ihre jüdischen Brüder hier in der heiligen Stadt wie aussätzige Ratten verfolgt, aus ihren Häusern gejagt und in die Verbannung getrieben wurden. Dieser Verfolgungswahnsinn hatte auch insofern üble Folgen, als oft kein Unterschied zwischen Schuldigen und Unschuldigen gemacht wurde, bestätigte sich doch die alte Regel, wonach Blutvergießen weiteres Blutvergießen gebiert. Schließlich jagten und töteten die Häscher zu ihrer Belustigung und zur Befriedigung niedriger Gelüste.

Und dann gab es Tausende, die sich, von Unbehagen erfüllt, in ihrem Herzen sagten: „Wenn es nun tatsächlich ein gotteslästerlicher Schwindel wäre, daß Josua ben Joseph nicht am Kreuz starb, sondern als Lebender in die Gruft gebracht, später wiederhergestellt wurde und sich einer Anzahl von Menschen zeigte, die nun beschwören, ihn gesehen und mit ihm gesprochen zu haben — was soll dann dieser Schwindel? ‚Cui bono?' wie die Römer sagen, wem kommt er zugute? Dem Josua von Nazareth? Wie es heißt, ist er verschwunden. Man sieht und hört nichts mehr von ihm. Seinen armen Schluckern von Anhängern? Sie scheinen nicht zu jener Gattung Menschen zu gehören, die danach streben, geehrt und gepriesen zu werden, Ruhm und Reichtum zu erlangen, oder als Propheten angesehen zu werden! Sie verteidigen sich nicht einmal gegen die Römer und bekämpfen sie schon gar nicht, wie es die Essener und Zeloten tun! Sie unterwerfen sich wie Schafe und rühmen den Herrn. Wem also sollte dieser Schwindel zugute gekommen sein? Sind sie verrückt, daß sie Gefängnis und Leiden, Schande, Verachtung und Haß auf sich nehmen? Nicht einmal Verrückte tun das! Sie verhalten sich wie Menschen, die aus tiefster Überzeugung handeln, ihrer Sache völlig sicher sind und sich für ihren Glauben opfern. Was bedeutet das? Für eine Lüge, für einen billigen Spaß läßt sich kein Mensch erniedrigen, ins Gefängnis werfen oder auf öffentlichen Plätzen geißeln. Also glauben sie. Mag sein, daß sie getäuscht wurden. Aber sie halten sich nicht für getäuscht und erklären ganz offen, daß sie den auferstandenen Josua mit eigenen Augen zum Himmel fahren gesehen haben — oder schenken jenen Glauben, die behaupten, diese Wundertaten bezeugen zu können."

Und so lauschten denn Tausende von Juden in Jerusalem und sogar viele Tempelpriester zitternd und bebend und im geheimen den Geschichten jener, die man Apostel und Jünger nannte, und Hunderte über Hunderte wurden im Dunkel der Nacht im schmalen Fluß nahe der Stadt heimlich getauft. Diese wiederum fanden andere, denen sie die ‚frohe Botschaft' verkünden konnten. Es war verständlich, daß sie in tausend Ängsten lebten und sich im Hintergrund hielten, was ihnen aber nicht allzu schwer fiel, weil es zumeist arme und anspruchslose Menschen waren. Dennoch verbreiteten sich die Nachrichten und erreichten unweigerlich Sauls Ohren, dessen Wut und Verzweiflung täglich zunahmen.

Er besprach sich öfters mit Pilatus und dem Hohenpriester. Pilatus begann die Sache Spaß zu machen. Er hatte die Juden schon immer gehaßt, und es gefiel ihm, daß jetzt ein tatkräftiger Jude sein eigenes Volk verfolgte, anklagte, verurteilte und einkerkerte. Es heiterte ihn auf und vertrieb ihm die Langeweile. Er behielt sein Unbehagen für sich und versuchte, den griechischen Arzt Lucanus, und was in Cäsarea vorgefallen war, zu vergessen. Dazu kam noch, daß Herodes Antipas sich aufführte wie ein Besessener und unaufhörlich etwas in seinen roten Bart murmelte, den er regelmäßig Jupiter opferte und dann ebenso regelmäßig für den Versöhnungstag und das Passah-Fest nachwachsen ließ. Pilatus vermochte dem Leben neues Interesse abzugewinnen.

Saul erfuhr, daß sich die neue, gotteslästerliche Sekte wie auf Adlerschwingen über Palästina hinaus bis nach Syrien, ja bis in seine eigene Heimat Kilikien ausgebreitet und dem Vernehmen nach bereits auf Griechenland übergegriffen hatte. Unglaublich! Wieder nahte Passah, das Osterfest der Juden, heran, und diese schreckliche Sekte — die eine so ungeheure Herausforderung Gottes darstellte — gedieh wie die Plagen Ägyptens und tauchte überall dort auf, wo man es am wenigsten erwartet hätte. Gerüchten zufolge hatten auch viele römische Soldaten diesen Glauben angenommen, und Saul dachte an seinen Verwandten Titus Milo Platonius, der nun mit seinen Eltern in Rom lebte. Seine Wut steigerte sich zur Raserei. Er fühlte sich von allen Freunden verlassen. Er wußte, daß er im Haus seiner Verwandten in Jerusalem nicht willkommen war, daß sie ihn als Feind betrachteten, obwohl sie nach außen hin nichts unternahmen, um Andersgläubige zu bekehren, und sehr zurückgezogen lebten. (Aber er ahnte instinktiv, daß sie den Verfolgten Beihilfe leisteten und Trost spendeten.) Er glaubte sie zu hassen. Am meisten aber haßte er seine Schwester Sapphira, die den Glauben ihrer Väter so infam verraten hatte — und den Glauben ihres Vaters Hillel, dem die Gnade widerfahren war, diese Schmach, diese Ehrlosigkeit und Gotteslästerung nicht miterleben zu müssen.

Warum aber trugen seine Bemühungen im Dienste Gottes, gesegnet sei Sein Name, keine Früchte? Kaum hatte er einen Infektionsherd zerstört, als schon, einem Phönix gleich, ein neuer, größerer und gefährlicherer an einer anderen Stelle erstand. Er trat ein kleines Feuer aus, und in der Ferne loderte ein gewaltiger Brand auf. Wollte Gott seine Entschlossenheit, seine Zielstrebigkeit prüfen? Wollte Er ihn erproben, wie Er Propheten und Heilige erprobt hatte, um ihn würdiger zu machen, Sein Schwert der Rache und der Lauterkeit zu führen? Härtete Er Seinen Diener, wie Er Hiob gehärtet hatte? „Groß ist meine Pein!" klagte Saul, wenn er im Schlafgemach des Hauses saß, das Pilatus ihm zugewiesen hatte, und solchen Gedanken nachhing. Er ließ erschöpft und verbittert den Kopf hängen und versuchte zu ergründen, was er falsch gemacht oder verabsäumt hatte, daß die verruchte Sekte immer weiter gedieh und sich noch ausbreitete. Er fürchtete, sein Mißerfolg könnte den Zorn Gottes herausfordern. Er haderte mit dem Allmächtigen.

„Ich bin nur ein Mensch!" rief er inmitten seiner Gebete. „Meine Ausdauer geht über die Grenzen, die den Menschen gesetzt sind, nicht hinaus! Wohl besitze ich Zähigkeit, die Du, Herr, mir gegeben hast, aber ich bin bald am Ende meiner Kräfte. Keiner steht mir bei außer Pilatus und dem Hohenpriester und einigen seiner Kreaturen und den speichelleckenden Denunzianten, denen es nur um ihre dreißig Silberstücke zu tun ist — der Pöbel, den ich immer verachtet habe! Kannst Du mir keine ehrenwerteren Bundesgenossen gewähren? Besser gar keine als diese!"

Es gab Zeiten, da er glaubte, einer echten Prüfung unterzogen zu werden, daß die Aufgabe schwerer war, als er angenommen hatte, und daß er sich daher härter und entschlossener erweisen müsse. Der Höllenfeind war überaus mächtig, dachte er, und um ihn zu bekämpfen, galt es, weit mehr Seelenstärke einzusetzen, als er bisher aufgeboten hatte. Gott bereitete ihn, wie die Griechen sagten, auf das Große Spiel vor, auf das Amphitheater, auf die Arena, da er gezwungen sein würde, allein — und zur unverhüllten Herrlichkeit Gottes — gegen die Kräfte des Bösen zu kämpfen. In solchen Augenblicken empfand er einen ungeheuren und berauschenden Stolz und ein Gefühl überwältigenden Triumphs, daß er für dieses gewaltige Vorhaben auserwählt worden war. Dann schlug er sich mit seinen kräftigen Fäusten auf die Knie, lachte laut auf und pries Gott mit so leidenschaftlich erregter Stimme, daß seine Diener verwundert die Köpfe schüttelten und die Achseln zuckten, denn es waren Griechen. Manch einer aber erschauderte und berührte einen winzigen Gegenstand aus Metall, der auf seiner Brust lag, während andere in der ergreifenden Güte ihrer Herzen für diesen verzweifelten und ungezügelten Mann beteten.

Aber es gab auch Zeiten, da die Hoffnungslosigkeit von ihm Besitz ergriff. Ächzend wälzte er sich dann auf seinem Lager. „Gescheitert bin ich, und Gott wird mir nicht verzeihen, obwohl ich alles getan habe, um Seinen Willen auszuführen, alle meine Kräfte zusammengenommen und mein Hirn mit Plänen und Überlegungen gemartert habe. Was soll aus mir werden, der ich von elenden Kreaturen besiegt worden bin, die kaum noch als Menschen zu bezeichnen sind, und die immer noch leben und mit ihrem Schmutz, ihren Lügen und Irrlehren mein Volk verseuchen? Aber nein, nein! Ich werde mich nicht besiegen lassen! Ich werde diese Demütigung nicht hinnehmen! Ich werde nicht zulassen, daß Würmer mit ihrem Schleim meine Schritte hemmen und mich vom Weg abbringen! Dies ist die große Aufgabe, die mir der König der Könige gestellt hat. In Schimpf und Schande soll ich sterben, von den Menschen auf ewig vergessen, wenn ich mein Ziel nicht erreiche! Moses vollendete eine weit schwierigere Aufgabe. Ich bin kein Moses — aber ich will tun, was in meinen Kräften steht, und selbst Gott kann von einem Menschen nicht mehr verlangen."

Und dann gab es Zeiten, da er an Rabban Gamaliel, den Nasi des Tempels, dachte, der ihn nicht aufsuchte, ihm nicht schrieb und auch keine Botschaft des Trostes und der Ermutigung sandte — er, von dem er, vor allen anderen, belebenden Einfluß erwartete. In solchen Augenblicken sprang Ärger, Zorn, und selbst Wut in Saul auf. Aber dann versuchte er sich zu erinnern und zu glauben, daß gerade das die Absicht des Rabbans war: daß er aus eigener Kraft kämpfen und siegen — oder stürzen sollte. Hatte er nicht immer darauf hingewiesen, daß jeder Mensch auf sich selbst gestellt Gott gegenübertreten und sein eigenes Schicksal bestimmen müsse? Diese furchtbare Konfrontation war unvermeidlich und blieb keinem erspart. Kein Freund durfte es wagen, in der großen Finsternis, im Kampf und im Ringen mit den Engeln Gottes einzugreifen. Der Mensch mußte seinen eigenen und nicht den Sieg anderer erringen, wenn es ein entscheidender und beständiger Sieg sein sollte. Saul bemühte sich, dem Rabban für sein Schweigen dankbar zu sein — gewiß wußte der große Mann, was er tat. Und doch — ein einziger Brief, ein einziges Wort der Ermunterung — ich darf nicht schwach werden, ermahnte sich Saul.

Es fiel ihm auf, daß er nichts von Aristo hörte, obwohl er seinem alten Lehrer wiederholt geschrieben hatte. Schließlich sandte er einen Brief an Reb Isaac und erhielt eine kurze Antwort von dessen Enkelin, der Witwe Elischeba, die ihn einst hatte heiraten wollen. Reb Isaac, berichtete sie, ruhe seit dem letzten Versöhnungstag in Abrahams Schoß. Von Aristo sprach sie nichts, obwohl Saul nach ihm gefragt hatte. Die Nachricht vom Tod seines alten Lehrers bewegte Saul zutiefst, und es schien ihm, als wäre ein weiteres Glied der Kette zersprungen, die ihn an jene band, die er liebte und geliebt hatte.

In seinem Schmerz betete er zu Gott. Ich bin allein, sagte er, und von allen verlassen, außer von Dir, mein Herr und Gott. Deine Liebe muß mir genügen. Von wenigen abgesehen, die ich verachte und deren Gesellschaft mir zuwider ist, hassen mich alle für das, was ich tue, um mein Volk und die Seele meines Volkes zu retten. Selbst jene meiden mich, die die Gotteslästerung ebenso heftig verurteilen wie ich. Ich habe keine Freunde und keine Angehörigen. Aber bist Du, Herr, nicht genug, um das Sehnen des Menschen zu erfüllen und seine innigsten Wünsche, um ihm ein Übermaß an Glückseligkeit zu schenken? Denn keiner ist wie Du, und wenn mich auch die Menschen verlassen haben, Du, König der Könige, hast mich gewiß nicht verlassen, denn ich habe nach keinem andern Verlangen getragen als nach Dir, Brot meines Lebens, Quelle lebenden Wassers.

Es schien Saul, als vernehme er die Worte, die Gott zu Hiob gesprochen hatte: „Auf! gürte dir als Mann die Lenden; Ich will dich fragen, und belehre du Mich! Wohlan! schmücke dich mit Hoheit und Majestät; und Glanz und Pracht ziehe an! Ergieße die Fluten deines Zorns; blicke hin auf alle Stolzen, und beuge sie; blicke hin auf alle Stolzen und demütige sie; und wirf nieder die Bösen auf der Stelle! Birg sie sämtlich in Staub; ihr Antlitz verschließ in Finsternis! Dann will auch Ich dich rühmen, daß dir den Sieg erwarb deine Rechte."

„Herr, Herr!" rief Saul, von Demut und Reue überkommen, daß er so menschlich gewesen war, darüber zu klagen und seiner Klage Stimme zu geben, daß ihm von keiner Seite Hilfe zuteil wurde. War nicht Gott sein Fürsprecher und sein General, und trug er nicht Sein unvergängliches Banner? Jauchzen sollte er, Saul ben Hillel, über die Beweise göttlicher Gnade — denn nichts anderes waren seine Heimsuchungen — und niemals an seinem Sieg zweifeln. Aber ein geheimnisvoller Schrecken ließ ihn nicht zur Ruhe kommen. Er grämte sich, daß Gott über seine Bußfertigkeit hinweggegangen war, und schämte sich seiner Schwäche.

In der Hitze eines Tages im Spätsommer erhielt Saul eine Mitteilung, die ihn betäubte und erstarren ließ und so heftig auf seine Seele einwirkte, daß er um seinen Verstand fürchtete. Er geriet in eine unbeschreibliche Verwirrung der Gefühle.

Er kannte die Gerüchte, wonach die Apostel und Jünger des Josua ben Joseph sowohl in Jerusalem wie auch im Inneren des Landes große Wunder volbrachten. Ein armer Fischer aus Galiläa, ein gewisser Simon Petrus, tat sich dabei ganz besonders hervor. Saul hatte viele Spitzel und Soldaten ausgeschickt, um diesen gefährlichen Mann zu fassen, der so viele Menschen hinters Licht führte und den Glauben Israels verfälschte, aber Petrus, und mit ihm seine Freunde, entwischte immer wieder, als ob er sich in Luft auflöste. Es hieß, daß viele reiche und angesehene Bürger diesen Verbrechern, diesen Gotteslästerern, Hilfe leisteten. Nicht nur gewährten sie den Verfolgten Zuflucht in ihren Häusern, sie brachten sie sogar auf ihre Landgüter in Sicherheit.

Aber es kam noch schlimmer. Wie Pilatus Saul mit heimlichem Ergötzen mitteilte, befragten viele Mitglieder des Synedrions im geheimen jene Anhänger Petrus', die ergriffen worden waren, und zeigten sich von dem Gehörten so beeindruckt, daß sich einige von ihnen, so ging das Gerücht, heimlich im Namen des Nazareners taufen ließen und somit selbst zu Ketzern wurden. Zwar ließ das Gesetz keinen Zweifel daran, daß die Irrgläubigen, die Gotteslästerer, die blutige Krawalle anzettelten und das Volk aufwiegelten, Roms und Israels Feinde, und als solche der römischen Justiz zur Bestrafung und Aburteilung zu übergeben waren, doch raunte man sich zu, daß das Synedrion, von wenigen Mitgliedern abgesehen, diesem Gesetz nicht Folge leistete. Der Hohe Rat beschränkte sich darauf, den Verbrechern zu raten, bei der Gewinnung neuer Anhänger etwas diskreter vorzugehen, und entließ sie dann mit sanften Ermahnungen. Angeblich hatte Petrus, der für seine Unverfrorenheit, sein aufrührerisches Wesen und seine Respektlosigkeit bekannt war, nach einer solchen Vernehmung vor der nachsichtigen Ratsversammlung ausgerufen: „Ob es vor Gott zu verantworten sei, euch mehr als Gott zu gehorchen, das möget ihr selbst beurteilen; wir einmal können unmöglich schweigen von dem, was wir gesehen und gehört haben." Anscheinend hatten die Räte entschieden, daß er das sprach, was er für wahr hielt. Vielleicht auch erregte sein Mut ihre Bewunderung, vielleicht ergriff sie seine Frömmigkeit. Darum hatten sie ihn nicht zur Strafe gezogen.

Saul wollte diese Gerüchte bestätigt wissen, denn er konnte sie nicht glauben, doch wohin er sich auch wandte, er stieß immer nur auf hochgezogene Augenbrauen, Achselzucken und nichtssagendes Lächeln. Damit sollte sein Argwohn zerstreut werden, doch das Gegenteil trat ein: seine Verwirrung und Seelenqual nahmen zu, und seine Verdächtigungen verstärkten sich. Es war ihm, als ob die Hölle ihre Tore geöffnet und Dämonen ausgespien hätte, die selbst die Gelehrtesten und Gottesfürchtigsten in den Wahnsinn trieben und sie zu Ketzern und Verrätern machten. Das Volk Israel schien ihm von inneren Feinden bedrängt, die den Verstand verloren hatten und der Wollust des Todes verfallen waren.

Es kam ihm einmal zu Ohren, daß die Gotteslästerer im Tempel, in der Säulenhalle des Salomon, predigten und Josua priesen. Er machte sich mit seinen Soldaten eilig auf den Weg, um sie zu greifen. Doch als er ankam, erfuhr er, daß sie geflohen waren, als ob sie eine geheimnisvolle Warnung erhalten hätten. Zurück blieben Verwirrung und Geschrei und die aufgeregten Stimmen jener, die zugehört hatten, und die Kranken, von denen es hieß, die Apostel hätten sie in der letzten Stunde geheilt. Er zerstreute die erregte und aufgebrachte Menge, die Römer gingen mit dem Schwert gegen die Widerspenstigen vor. Dann nahm er sich einige

Priester vor und zog sie zur Rechenschaft, daß sie diesen Narren gestattet hatten, sich in der Säulenhalle zu versammeln, statt sie aus dem Tempel zu jagen.

Die Priester lächelten hilflos und respektvoll und erinnerten ihn daran, daß Juden jederzeit Zutritt zum Tempel hatten und daß Auseinandersetzungen zwischen einzelnen Sekten nicht nur in der Säulenhalle, sondern auch in den Gärten, Sälen und Höfen nicht ungewöhnlich und auch nicht verboten waren. Die Gemeindeältesten förderten sie sogar, weil sie die Ansicht vertraten, daß Debatten und Diskussionen der Sache der Wahrheit förderlich waren und eine Schutzwehr gegen Irrtümer und Ketzerei darstellten. Sollten Auseinandersetzungen dieser Art verboten sein, sagten die Priester, müßte man auch die Erläuterer der Thora und der ganzen heiligen Schriften — die frommen Erläuterer — verbieten, die ja des öfteren mit neuen Auslegungen und Kommentaren vor die Gläubigen traten. Diese Beweisführung lehnte Saul als wenig stichhältig ab und erwiderte zornig: „Aber die Erläuterer und die Gemeindeältesten leisten der Gotteslästerung nicht Vorschub. Weder ermuntern sie die Geächteten noch gestatten sie ihnen, Unruhe und Verwirrung und ketzerisches Gedankengut zu verbreiten." Daraufhin erinnerten ihn die Priester daran, daß schon so mancher umherziehende Rabbi, selbst in jüngster Vergangenheit, im Tempelbezirk gepredigt und das Volk für kurze Zeit in Unruhe versetzt habe. Nachdem später die Unrichtigkeit seiner Lehre klar zutage getreten war, habe sich das Volk wieder beruhigt. Man brauchte nur ein wenig Geduld aufzuwenden, und den Anhängern des Josua ben Joseph aus Nazareth würde es genau so ergehen. Waren diese Männer denn nicht auch anständige Juden, noch dazu äußerst mildtätig, befleißigten sie sich nicht einer sanften Sprache, ermahnten sie nicht auch zur Liebe zu Gott und zur Einhaltung der Gesetze und Gebote? Sie erhoben ihre Hand gegen keinen. Sie waren nicht wild und ungestüm wie die Essener und Zeloten und andere Bewohner der Wüste. Sie mißachteten nur ein einziges Gesetz — das ließ sich leider nicht bestreiten —, das die Verbreitung ihres Irrglaubens untersagte. Aber mit der Zeit würden sie sich besinnen, man würde die Streu vom Weizen trennen, und die Geschichte würde ein Ende haben.

Es unterlag für Saul keinem Zweifel, daß die niedrigeren Priester, aber auch viele Gemeindeälteste, ihn als Werkzeug der verhaßten Römer verachteten und ihm mißtrauten, und daß sie ein hämisches Vergnügen daran fanden, ihn zu reizen und ihm Knüppel zwischen die Beine zu werden. Darüber konnten auch ihr vollendet respektvolles Betragen und ihre so plausibel scheinenden Erklärungen nicht hinwegtäuschen. Er hätte sie allesamt mit Genuß umbringen können, wenn sie mit unschuldigem Augenaufschlag zu ihm sagten: „Nichts geschieht ohne den Willen Gottes, gesegnet sei Sein Name. Vertrauen wir auf Seine Weisheit, denn immer noch hat Er Seine Feinde gezüchtigt und die Gläubigen errettet. Wer da glaubt, Er würde es nicht wieder tun, stellt Seine Allmacht und Seine Liebe zu Seinem Volk in Frage."

Saul kochte vor Wut über diesen Hohn im Mäntelchen des Respekts vor ihm und seiner Autorität, aber er, der sonst mit flammenden Worten schnell zur Hand war, fand diesmal, außer Drohungen, keine Antwort. Das Gesetz war unmißverständlich: die Abtrünnigen waren sowohl vom Hohenpriester Kaiphas, als auch von seinem Schwiegervater Hannas und von Pontius Pilatus geächtet. Ihnen zu gestatten, im Tempel zu sprechen, war nicht nur gotteslästerlich, sondern auch gegen das Gesetz und stellte eine Auflehnung gegen Gott dar. Die Priester lächelten demütig, verneigten sich und schwiegen.

„Diese Rebellen vermehren sich wie die Heuschrecken", meinte Pilatus mit offensichtlichem Ergötzen an Sauls Verbitterung und Wut. „Heute sind es zehn und morgen tausend. Was sollen wir nur mit ihnen machen?"

Saul ahnte, was Pontius Pilatus gern mit den Juden — und nicht nur mit den Ketzern — gemacht hätte, und erschauderte in seinem Herzen. Manchmal plagte ihn sein Gewissen, wenn er sich die Frage vorlegte, ob er mit der Verfolgung der Abtrünnigen nicht sein ganzes Volk in Gefahr brachte, schob aber diesen entsetzlichen Gedanken — eine Eingebung Satans! — sogleich wieder beiseite. Es gab kein Zurück — er mußte Gott weiterdienen. Seine Verzweiflung, aber auch seine Entschlossenheit nahmen mit jedem Tag zu. „Indem ihr die Gotteslästerer schützt und verbergt", rief er der Menge im Tempel zu, „indem ihr Stillschweigen über sie breitet, fordert ihr den Zorn Gottes heraus, gesegnet sei Sein Name, denn nicht länger wird Er zusehen dem Abfall so vieler Seines Volkes! Darum übergebt mir die Übeltäter, auf daß ich sie bestrafe und zum Schweigen bringe, auf daß Frieden wieder bei uns einkehre und Gott Gefallen finde an Seinem heiligen Land! Wer anders handelt, beschwört Tod und Verderben für uns alle und die Zerstörung des Landes herauf."

Sie hörten ihm schweigend zu; die einen mit düsteren und zustimmenden Gesichtern, die andern kalt und ausdruckslos. Und Saul verließ den Tempel mit zerrissener Seele.

Ein Gerücht ging um, wonach mehrere Jünger und Priester, die Saul in den Kerker hatte werfen lassen, eines Nachts auf wunderbare Weise befreit worden waren und sich wieder auf freiem Fuße befanden und die das Evangelium, ‚Frohe Botschaft', wie sie es nannten, predigten. Zwar beteuerten die Wachen, die Gefangenen wären verschwunden, obwohl die Türen versperrt gewesen waren. Dennoch ordnete Saul ihre Verhaftung an und beschuldigte sie der Trunkenheit und der Nachlässigkeit. Ihre absurde Verantwortung beantwortete er, ganz gegen seine Gewohnheit, mit einem Zornausbruch und einer Flut von Verwünschungen. Er übergab die Wachen zu ihrer Bestrafung Pilatus. „Meine Leute", äußerte sich der

Prokurator und machte aus seiner Belustigung kein Hehl, „schwören, daß in strahlendes Licht getauchte göttliche Gestalten die Gefängnistore öffneten und die Verbrecher befreiten. Die Soldaten hätten keine Hand rühren können." Er lachte, als er Sauls wütendes Gesicht sah, und schüttelte den Kopf. Fürwahr, das Leben hatte in letzter Zeit viel an Reiz gewonnen, und dafür dankte er den Göttern, an die er nicht glaubte. So hatte er auch seinen Spaß mit Herodes Antipas, diesem launenhaften Trübsalbläser. „Euer Paulus von Tarsus", sagte er einmal zu ihm, „ist ja ein großer Herr. Zu schade, daß er deine Einladungen, mit dir zu Abend zu essen, nicht annimmt." Herodes biß sich auf die Lippen, und seine blassen Augen funkelten, aber er erwiderte nichts. Er hatte in diesen Tagen ganz schreckliche Träume.

Und dann kam ein Abend, da Pilatus Saul rufen ließ, und sein listiges Gesicht einen Ausdruck von Ärger und Mißvergnügen trug. Er bot Saul keinen Wein an. Das war ein böses Zeichen, das von dem jungen Juden nicht unbemerkt blieb.

„Du hast mir öfters von deinem berühmten Lehrer Rabban Gamaliel, dem Nasi des Tempels erzählt", begann der Prokurator. „Ich kenne ihn gut. Ich habe ihn in diesem und wurde von ihm in seinem Hause empfangen. Er ist ein weiser und gebildeter Mann, ein Mann von Witz, dessen Gesellschaft ich stets genossen habe, denn Judäa ist ein langweiliges Land, das weltklugen Menschen nicht viel zu bieten hat. Ein Kosmopolit findet hier so wenig Verständnis. Hast du dich nicht auch schon gewundert, Paulus von Tarsus, daß du in letzter Zeit nichts von ihm gesehen und nichts gehört hast?"

„Ja, Herr", erwiderte Saul, und eine Eiseskälte umfing seinen Geist — eine furchtbare Ahnung stieg in ihm auf.

„Es besteht die Vermutung, daß auch er jetzt der Häresie verfallen ist", sagte der Prokurator.

Zitternd, die Adern geschwollen, krebsrot im Gesicht, sprang Saul auf. „Herr", rief er, „diesem unerhörten Gerücht muß entgegengetreten werden! Du kennst Rabban Gamaliel; du weißt, daß er der Ratsversammlung vorsitzt! Er ist der Nasi des Tempels, hier im Land und in der ganzen Welt berühmt ob seiner Frömmigkeit und Gelehrsamkeit, ob seiner Schriften und Vorlesungen! Sein Einfluß ist ungeheuer!" Ein Schauer erfaßte Saul. Er, der gedacht hatte, schon alles ertragen zu haben, was er überhaupt ertragen konnte, sah sich nun vor diesem neuen Schrecken und Entsetzen, dieser neuen Schändlichkeit, dieser neuen Gotteslästerung. „Herr", stammelte er, während ihm der Schweiß trotz der herbstlich-abendlichen Kühle aus allen Poren drang, „wer so gemeine Gerüchte in die Welt setzt, sollte gnadenlos bestraft — und vernichtet — werden, denn der Rabban ist ein heiliger Mann, über dem Gottes Angesicht leuchtet, und Gott darf nicht so schamlos in der Gestalt Seines Rabbans beleidigt werden! Das Ganze ist ein Komplott, um nichts weniger als die Fundamente unseres Tempels, unserer Religion, unseres heiligen Landes, ja unsere ganze Zukunft zu vernichten! Wenn man Rabban Gamaliel solches vorwirft, ist keiner mehr sicher, sind alle bei uns abtrünnig und der Lüge, der Verleumdung und der Gotteslästerung ausgesetzt!" Die Stimme versagte ihm. Er hatte rote Augen. Er fürchtete, einen Anfall zu erleiden, füchtete, jetzt und hier seiner Qual, seinem Abscheu und seinem Grauen zu erliegen. Es war ihm, als wäre der Vorhang des Tempels vor seinen Augen entzweigerissen, die Thora von elenden Kreaturen entweiht und besudelt worden, als hätten Tiere über dem Allerheiligsten ihren Darm entleert. Er preßte seine Hände krampfhaft an die Schläfen, um das tosende Dröhnen einzudämmen, das in seinem Kopf anschwoll und seine Schädeldecke zu sprengen drohte. Sein Herz schrie vor Schmerz, er rang nach Atem. Die Zunge klebte ihm am Gaumen, er sah Feuer und Funken sprühen und fühlte die Erde unter seinen Füßen schwanken.

Pilatus betrachtete ihn nachdenklich und nicht ohne Neugier. Als er dann sah, in welchen Zustand sich Saul hineingesteigert hatte, ließ er endlich Wein kommen, stand auf und drückte den Becher in Sauls steife und zitternde Hand. „Trink", befahl er, „sonst ist dir der Tod gewiß! Ihr Götter! Welcher Übertreibungen seid ihr Juden doch fähig, welcher Überspanntheiten, die in keinem Verhältnis zur Ursache stehen! Ich sprach von einem Gerücht, von einer Vermutung. Du aber springst auf wie von den Furien, wie von der dreileibigen Hekate gehetzt, oder als ob Charon selbst vor dir erschienen wäre! Bewahren wir doch Ruhe! Trink! Ich befehle es dir."

Von Zuckungen befallen, des Prokurators kaum gewahr, gehorchte Saul. Wie ätzende Säure stiegen ihm die Tränen in die Augen. Er fürchtete, in heftiges Weinen auszubrechen und sich damit vor dem Römer zu demütigen. Pilatus würde ihn auslachen, denn wie konnte er die Tragweite dieses Lügengespinstes übersehen, das gegen den heiligsten, den überragendsten Mann Israels gesponnen wurde? Eine schreckliche Angst packte ihn. Er hatte sich nicht genug angestrengt. Er hatte seine Pflicht gegenüber dem Allmächtigen vernachlässigt. Wie sonst hatte es geschehen können, daß ein solches Gerücht in Jerusalem aufgekommen war? Pilatus stieß ihn in einen Sessel, auf dem er völlig gebrochen sitzenblieb.

„Du begreifst das Ungeheuerliche dieser Beschuldigung nicht", stammelte Saul schließlich mit heiserer Stimme.

Pilatus zuckte die Achseln. „Euch Juden, lieber Paulus, traue ich alles zu. Ihr seid ein unglaubliches Volk. Aber ich bitte dich, bleibe ruhig. Ich hasse Gefühlsüberschwang. Das ist eines zivilisierten Mannes unwürdig. Ich hielt dich immer für maßvoll und beherrscht." Der ironische Unterton war nicht zu überhören.

Saul faßte sich ein wenig. „Was wäre", fragte er mit haßerfüllten

Augen, „wenn ich mich zum Träger eines Gerüchtes machte, dein Kaiser, dein Cäsar Tiberius, sei ein Knabenschänder?“

Zu seinem Erstaunen brach Pilatus in Lachen aus. „Auch den Cäsaren traue ich alles zu“, antwortete er. „Ich habe schon Ärgeres gehört.“ Er schmunzelte spöttisch. „Ich will dir nun sagen, was ich über Gamaliel gehört habe. Aber, um aller Götter willen, beherrsche dich“, fügte er mit einem nachdenklichen Blick auf Saul hinzu.

XXX

„Es ist dir ja wohl bekannt“, begann Pontius Pilatus, „daß Kaiphas, der Hohepriester, und Rabban Gamaliel nicht gerade die besten Freunde sind. Rabban Gamaliel hat keinen großen Respekt vor Kaiphas, Kaiphas verliert in Gegenwart des Nasi leicht die Fassung. Hannas, Kaiphas' Schwiegervater, ist ein schlauer und heimtückischer Patron, der sich am Unbehagen seines Schwiegersohns ergötzt und daher mit dem Rabban, der sie beide nicht schätzt, freundschaftlichen Verkehr sucht.

Wie du wohl weißt, lieber Paulus, hat sich Kaiphas, was eure Ketzer betrifft, unnachsichtig und hart gezeigt — und nicht nur aus Angst vor mir und Rom. Er hat es sich zur Aufgabe gemacht, bei allen Verhandlungen im Tempel und vor der Ratsversammlung persönlich anwesend zu sein — selbst in den unwichtigsten Fällen, wenn nur ein paar alte Weiber auf der Anklagebank sitzen. Er ist der Hohepriester. Ihm stehe es zu, behauptet er, die Untersuchung über die Häresie zu führen, wie es auch an ihm sei, den Glauben seines Volkes rein und unverfälscht zu erhalten. Im übrigen empfindet er einen geradezu idiotischen Haß auf den Nazarener. Wieso und warum, kann er sich selbst nicht ganz erklären. Na, das ist ja auch nicht so wichtig.

Als Nasi des Tempels ist der Rabban mit der Unveränderlichkeit des Rechts befaßt sowie auch mit allen Lehren und Abhandlungen, die das Recht betreffen. Als Oberhaupt des Synedrions wird er sich nur selten verpflichtet fühlen, Verhandlungen gegen jene beizuwohnen, die Gesetze verletzt haben; das ist Sache der niedrigeren Richter. So war er zum Beispiel nicht anwesend, als Jesus von Nazareth vor Gericht gebracht wurde. Wer war denn schließlich dieser Mann? Ein einfacher Wanderlehrer, der nur aramäisch sprach, ein ungehobelter Bursche, ein mittel- und obdachloser Zimmermann, dessen Anhänger ebenso unbedeutend waren wie er selbst. Niemand hätte es einem Rabban Gamaliel zugemutet, über einem so armseligen, unwichtigen Menschen zu Gericht zu sitzen.“

„Das weiß ich doch alles!" unterbrach ihn Saul ungeduldig. Er zitterte immer noch vor Erregung. Wieder richtete der Prokurator einen nachdenklichen Blick auf ihn. Engstirnige, dickfellige Leute mochte er nicht. In seinen Augen waren sie Barbaren.

„Ach ja", sagte er und spielte mit dem Stiel seines Bechers, während er sich in seinen gepolsterten Sessel aus Zitronenholz zurücklehnte, „und *ob* du das alles weißt! Aber meine Spitzel haben mir berichtet, daß Rabban Gamaliel, der doch jede Stunde des Tages vor schwerwiegende Entscheidungen gestellt ist, sich angewöhnt hat, in aller Stille im Synedrion zu erscheinen, sooft Anhänger des Nazareners vor Gericht gestellt werden. Er hört aufmerksam zu, stellt aber weder Fragen noch erteilt er Verweise, obgleich er der Vorsitzende des Gerichts ist. Er bestätigt keine Urteile und annuliert keine, obwohl er dazu durchaus berechtigt wäre. Er hört zu und geht wieder, ohne ein Wort zu verlieren. Das hat mir der Hohepriester berichtet. Er findet die Anwesenheit des Rabban beunruhigend."

„Das ist verständlich", meinte Saul verächtlich. „Mit all seiner Bildung ist Kaiphas ein Narr — und ein Verräter an seinem Volk obendrein."

Pilatus zog kokett die Brauen hoch, aber Saul war jetzt nicht in der Verfassung, so unwichtige Gesten zu registrieren.

Der Prokurator fuhr mit seinem Bericht fort. Erst gestern war der Fischer aus Galiläa, Simon Petrus, der als der bedeutendste Apostel Jesu von Nazareth galt, mit einer Anzahl von Anhängern vor die Schranken des Synedrions gebracht worden. Er gehörte zu jenen, die von betrunkenen oder bestochenen Wachen — die sich jetzt selbst in Haft befanden — aus dem Kerker entlassen worden waren. Während Saul selbst mit einer anderen Untersuchung beschäftigt gewesen war, hatten seine Soldaten Petrus auf dem Marktplatz aufgegriffen, wo er, von seinen Hohlköpfen von Anhängern umringt, zur Menge predigte. In diesen unruhigen Tagen waren immer ein paar Ratsherren anwesend, und so rief man einige zusammen, um diesen Simon Petrus noch einmal zu verurteilen und alle Vorkehrungen zu treffen, ihn nicht wieder entkommen zu lassen.

Man nahm ihn abermals ins Verhör und forderte ihn auf, seine gotteslästerlichen Äußerungen — Jesus von Nazareth sei der Erlöser Israels — zu wiederholen. Das Thema war schon recht abgedroschen, und die Ratsherren, so aufgebracht sie auch sein mochten, hatten Mühe, ihr Gähnen zu unterdrücken. Sie einigten sich schnell über das Los dieses elenden Kerls: er würde die Strafe für Gotteslästerer erleiden. Er würde gesteinigt werden. Die Ratsherren standen auf, und die Wachen nahmen Simon Petrus in ihre Mitte.

Da erhob sich Rabban Gamaliel, klein von Gestalt, aber von edler Haltung und persönlicher Größe. Er befahl, Simon Petrus und die anderen Apostel in einen Nebenraum zu führen und dort festzuhalten, bis er gesprochen hatte. Er war ein alter Mann, aber er strahlte Autorität aus, und seine Augen glitzerten wie Eis.

Dann wandte er sich an die Richter, denen er an Rang weit überlegen war. Er stand vor ihnen, als ob er nur ein Fürsprecher sei und nicht der Vorsitzende des Gerichts.

„Welches Verbrechens sind diese Männer angeklagt?" begann er. „Sie sind der Gotteslästerung angeklagt. Man beschuldigt sie, den vielen Sekten, die Israel plagen, eine weitere hinzugefügt zu haben. Man lastet es ihnen als Verbrechen gegen Gott an, daß sie erklären, der Messias sei bereits unter dem Volk Israel erschienen und von den Römern gekreuzigt worden, weil er das Volk aufgewiegelt und Unruhen angezettelt habe.

Sehen wir uns dieses angebliche Verbrechen gegen Gott einmal näher an. Wir wissen, daß Er, gepriesen sei Sein Name, keine Blasphemie duldet. Aber diese unsere jüdischen Brüder, die wir Ketzer nennen, lästern Gott nicht; sie preisen Ihn. Als Juden erfüllen sie ihre religiösen Pflichten mit größerem Eifer als so mancher der Herren, die ich hier vor mir sehe. Wenn sie glauben, daß der Messias bereits unter uns gewandelt ist, wie es die Weissagungen verheißen haben, ist diese Verirrung so abscheuungswürdig? Wir haben schon viele solcher Rabbis erlebt wie diesen Josua von Nazareth, von denen man glaubte, sie seien der Messias. Eingedenk der Prophezeiungen, daß Er aus dem Dunkel kommen und um unserer Sünden willen durchbohrt werden würde, und daß wir Ihn weder achten noch erkennen würden, ließen wir diese Rabbis vor uns erscheinen — von Hoffnung beseelt, nicht um ihrer zu spotten oder uns über sie zu empören.

Der einzige Unterschied zwischen diesen armen Rabbis und Josua ben Joseph besteht darin, daß er nicht leugnete, der Messias zu sein. Überlegen wir: wir kennen doch diese armen Menschen aus unseren Provinzen und wissen von ihrer Liebe zum Gott ihrer Väter. Manche phantasieren und geben Prophezeiungen von sich. Andere gehen mit ihrem geringen Wissen auf Wanderschaft. Wieder andere sind unselige Wahnsinnige, von Gott oder dem, was sie sich unter Gott vorstellen, besessen und verfolgt. Sie verschwinden in der Wüste und finden ihr Ende unter Steinen, Schakalen und Geiern. Es ist uns wohl bekannt, daß einige von ihnen, aus der Reinheit und Unschuld ihres Herzens heraus, Wunder vollbringen, denn der Allmächtige blickt mit zärtlicher Liebe auf diese Seine Kinder herab, die Ihn anbeten und Ihm ihr Leben weihen."

Rabban Gamaliel ließ ein leises Lächeln um seinen Mund spielen. „Die Legende weiß zu berichten, daß der Messias im Himmel fortlaufend durch unsere Sünden verletzt wird und entsetzliche Schmerzen erleidet, und daß die Engel Seine Wunden verbinden und Ihm Linderung bringen. Anderen Legenden zufolge soll Er von Menschen gesehen worden sein, als er mit Seinen Binden trauernd auf Erden wandelte. Aber nur Säuglinge an der

Mutterbrust erkannten Ihn, und kleine Kinder, die mitleidsvoll zu ihm aufblickten.

Nun es mag so gewesen sein. Die Gefolgsleute des Josua ben Joseph glauben mit ganzem Herzen und mit ganzer Seele, daß der Nazarener der Messias war und ist, daß er um unserer Sünden willen gestraft wurde und gestorben ist, um uns zu erlösen, er, das Lamm Gottes. Aber dieser ihr Glaube ist nichts Außergewöhnliches. Nach den Worten des Jesaias haben die Menschen schon früher so geglaubt — und niemand fand das besonders verdammenswert.

Israeliten!" sagte der Rabban und hob warnend die Hand. „Seht euch wohl vor, was ihr mit diesen Leuten anfangen wollt! Denn es ist noch nicht gar lange, daß Theudas auftrat, der sich ein besonderes Ansehen gab und sich einen Anhang von beinahe vierhundert Mann verschaffte. Er kam um, und sein Anhang wurde zerstreut und vernichtet. Nachher trat zur Zeit der Schätzung Judas, der Galiläer auf und brachte viel Volk auf seine Seite. Allein auch er kam um, und alle seine Anhänger wurden zerstreut. Ich rate euch daher: befasset euch nicht mit diesen Leuten und lasset sie! Denn ist ihre Absicht und ihr Unternehmen bloß Menschenwerk, so wird es von selbst zerfallen. Ist es hingegen Gottes Sache, so werdet ihr sie nicht unterdrücken können. Daß ihr ja nicht als solche befunden werdet, die sich Gott widersetzen!"

Dann machte er kehrt und verließ den Saal. Die Richter blieben überrascht und verwirrt zurück. Sie überlegten und argumentierten, führten Gründe an und erhoben Einwände. Aber der Rabban war ein berühmter Mann. Das Volk liebte und verehrte ihn, und sie nicht minder, und so übten sie auch mit keinem Wort Kritik an ihm — außer vielleicht, indem sie zweifelnd die Stirn runzelten. Schließlich gaben sie Anweisung, Simon Petrus und die anderen Apostel auszupeitschen, aber nicht zu heftig, und geboten ihnen, ihre Predigten im Tempel und auf den Straßen einzustellen und nicht mehr im Namen Jesu zu reden.

Als er mit seinem Bericht zu Ende war, lächelte Pilatus Saul zweifelnd an. „Würdest du nun Rabban Gamaliel als Ketzer ansehen, weil er diese Gotteslästerer geschützt und den Richtern nahegelegt hat, die auf Gotteslästerung stehende Strafe nicht an ihnen zu vollziehen?"

Alles in Saul wehrte sich, zu glauben, was er gehört hatte. Das war doch nicht möglich, das durfte nicht sein! „Herr", fragte er, „welcher Spitzel hat dir das berichtet?"

Der Prokurator seufzte. „Spitzel? Der Hohepriester selber. Du magst ihn für einen Verräter und Lügner halten, aber du tust ihm Unrecht. Im Grunde seines Herzens ist er ein furchtsamer Mann und wünscht sich nur Frieden für sein Land und sein Volk. Aus Angst, ich würde ihm die Geschichte nicht abnehmen, brachte er einige Ratsherren mit, redliche, aufrichtige Männer, die seine Worte bestätigten."

Saul erhob sich und schritt in höchster Erregung auf und ab. „Warum sind sie zu dir und nicht zu mir gekommen?“ fragte er schließlich.

Pilatus zupfte an seinen lächelnden Lippen. „Es bedrückt mich, es aussprechen zu müssen, aber: sie fürchten dich. Selbst der Hohepriester, obwohl er es doch war, der meine Aufmerksamkeit auf dich gelenkt hat. Vielleicht bist du ihnen zu — fanatisch?“ Sein Gesicht veränderte sich, wurde dunkel und böse. Er stand auf und stellte sich Saul in den Weg. „Vielleicht war ihnen bereits zu Ohren gekommen, daß ich vor vier Tagen zweitausend Rebellen im galiläischen Tiberias hinrichten ließ! Könnte das die Antwort auf deine Frage sein, Paulus von Tarsus?“

Von tiefem Ekel und brennendem Haß erfüllt, schauderte Saul zurück. „Was ist der Unterschied zwischen uns, lieber Freund?“ fragte Pilatus, dem das nicht entgangen war. „Wir verfolgen, wir klagen an — du und ich, in gleicher Weise, aus dem gleichen Grund, um das gleiche Ziel zu erreichen.“ Er lachte ihm ins Gesicht. „Was? Du schreckst vor mir zurück? Hast du, Paulus von Tarsus, nicht selbst gequält und gehetzt, die deines Fleisches und Blutes sind? Hast du nicht selbst verurteilt, Auspeitschungen angeordnet und Kerkerstrafen verhängt? Ich hege darum keinen Abscheu vor dir und ich tadle dich nicht. Ich verstehe dich. Auch wenn“, fügte er mit leiserer Stimme hinzu, „du dieses Verständnis bei deinem Freund Gamaliel nicht finden magst.“

Saul machte kehrt und verließ ihn. Das Rauschen von mächtigen Schwingen dröhnte in seinen Ohren. Er war zu keinem Gedanken fähig. Blutige Tränen schienen gegen seine Augenlider zu drücken, aber er konnte nicht weinen. Er kehrte in sein Haus zurück und fiel wie ein Stein auf das Bett. Mitternacht kam, und er lag immer noch da und starrte aus blinden Augen auf die Wand.

Er wagte es nicht, zu überlegen. Er durfte sich von seinem Vorhaben nicht abbringen lassen, selbst wenn er daran zugrunde gehen sollte. Es gab kein Zurück. Als er ein wenig schlief, sah er einen Wald von Kreuzen und Gekreuzigten. Er stöhnte, und sein Kissen war naß von Tränen, die er als Wacher nicht vergießen konnte.

XXXI

Die grauenhafte Nachricht von den zweitausend Männern und Frauen, die Pilatus in Galiläa hatte hinrichten lassen, erreichte Jerusalem, und es gab kaum einen, dessen Seele nicht mit Schmerz und Entsetzen erfüllt war. In den Straßen fragten sich die Leute: „Welches Verbrechens haben sich diese armen Bauern und Ackersleute schuldig gemacht? Daß sie glaubten, der Messias wäre schon gekommen? Man hat es Gotteslästerung genannt, aber nun sind wir verwirrt und trauern um unsere Brüder und Schwestern. Wehe uns, daß wir diesen Tag erleben mußten!"

In seiner Verzweiflung und Seelenqual fiel das Volk über römische Soldaten her, die in Jerusalem ‚Häretiker' verhafteten, brachte ihnen Verletzungen bei, vertrieb sie, entriß ihnen ihre jüdischen Brüder, versteckte sie und schmuggelte sie nachts aus der Stadt. Es machte den Leuten nichts mehr aus, daß diese ihre Brüder der Gotteslästerung angeklagt und geächtet waren. „Es sind Menschen unseres Blutes", sagten sie, „unsere Nachbarn, und wenn sie Irrwege eingeschlagen haben, soll Gott sie richten, aber nicht die Römer, und nicht die käuflichen Priester, die uns seit Jahr und Tag unterdrücken! Sollten wir vielleicht, wie der Pöbel es tut, die Soldaten zu ihren Grausamkeiten ermuntern und schreien wie Hyänen? Nein! Es sind unsere Brüder, und kein Fremder soll fortan Hand an sie legen!"

Kaiphas ließ Saul zu sich kommen. „Wir sind nicht mehr Herren der Lage", sagte er und rang seine langen weißen Hände. „Die Begriffe haben sich verwirrt. Früher war der Sachverhalt klar wie Quellwasser. Jetzt ist das Wasser schmutzig und trüb. Ursprünglich ging es um Gotteslästerung und um Gottes Gebot, Gotteslästerer mit dem Tod zu bestrafen. Jetzt ist es der fromme Jude, der den abtrünnigen Juden beschützt. ‚Eines Blutes, eines Volkes, eines Gottes sind wir!' ruft er. Die Nachrichten aus Galiläa haben das Volk aufgerüttelt. Sie steinigen die Römer in den Straßen, überfallen sie im Dunkel und stoßen Verwünschungen gegen sie aus. Sie strömen zusammen, um den Ketzern zu lauschen, die zu ihnen predigen, obwohl sie harte Strafen zu gewärtigen haben. Nächtens füllen sie den Fluß, um sich taufen zu lassen. Sie benehmen sich wie Wahnsinnige und wissen nicht, was sie tun. Wir befanden uns schon in Gefahr, bevor Josua ben Joseph gekreuzigt wurde. Jetzt ist die Gefahr noch größer geworden, und Pilatus wartet, geifert und leckt sich die Lippen. Eine geringfügige Provokation würde genügen, und er —"

Saul unterbrach ihn. „Nicht nur müssen wir unsere Anstrengungen fortsetzen; wir müssen sie verdoppeln und unseren Kampf mit noch größerer Hingabe führen." Er war sehr hager geworden, und das flammende Rot seines Haares bildete einen scharfen Kontrast zu seinem blassen Gesicht und dem metallischen Blau seiner Augen. „Haben wir denn eine andere Wahl? Entweder die Häretiker bleiben auf dem Platz — oder wir. Besser gesagt, wir werden alle, Juden und Abtrünnige gleichermaßen, auf dem Platz bleiben, wenn wir die Häresie nicht zum Verstummen bringen. Warum hat Gott uns diese schwere Prüfung auferlegt? Ich glaube, es ist Seine Strafe dafür, daß wir gegen die Sadduzäer duldsam waren und zugelassen haben, daß sie uns regieren und den Römer unterstützen, der unsere heilige Erde entweiht hat. Der Zorn des Allmächtigen ist wider uns entbrannt. Wir können nichts anderes tun, als die Geißelung hinzunehmen, für unsere Sünden zu büßen, und die Gotteslästerer ins Meer zu stürzen." Einen Augenblick lang bedeckte er sein gequältes Gesicht mit seinen müden Händen. „Fürwahr, einst sah das Volk alles klar. Das ist nicht mehr so. Die Hölle hat die Sinne unserer Brüder umnebelt. Wir aber müssen ausharren, und der Sieg wird unser sein. Gib mir ein Schreiben, Herr, für die Gemeindeältesten von Damaskus. Man hat mir berichtet, daß die Ketzerei dort mit großer Stärke ausgebrochen ist und wie eine Krankheit wütet. Laß für eine Weile Frieden walten unter dem Volk von Jerusalem, damit es wieder zu Verstand kommen und begreifen kann, daß wir nicht nur um seine Seele, sondern auch um sein nacktes Leben kämpfen."

In seiner Not glaubte Saul, daß Kaiphas nun wahrhaft eines Sinnes mit ihm war und gleichermaßen beunruhigt und verstört. Er ging mit diesem Glauben nicht weit fehl.

Er fühlte sich verraten und hart bedrängt, von aller Welt verlassen, und in einen einsamen Kampf gegen ein Heer von Verdammten verstrickt, das keinen Fußbreit zurückwich. Er wagte nicht, an Rabban Gamaliel zu denken, denn er fürchtete, den Verstand zu verlieren. Er dachte auch nicht an Joseph von Arimathäa. Sie aber dachten oft an ihn und sprachen in aller Ruhe über ihn.

An einem frostigen Winterabend ließ Kaiphas ihn abermals rufen. Er machte einen niedergeschlagenen Eindruck. „Wir haben", sagte er mit ernstem Gesicht, „ein äußerst heikles Problem."

Saul ließ sich schwer auf einen Stuhl fallen, denn seine Mattigkeit nahm von Tag zu Tag zu. „Wieder einmal", bemerkte er spöttisch und schenkte sich Wein in einen Becher.

Kaiphas setzte sich neben ihn und faltete die Hände im Schoß. „Du kennst die Familie Tobias. Es sind vornehme, hellenistische Juden, Förderer der Künste und des Theaters, Sadduzäer. Die Söhne sind Schreiber und Beamte der römischen Regierung und besitzen schöne Häuser in Athen, Rom, Jerusalem und Alexandrien. Sie sind gelehrt und geachtet, bekannt für ihren Geschmack und ihr gesundes Urteil, und von einer Weltklugheit, wie sie sonst nur den Griechen zu eigen ist."

„Ich habe von ihnen gehört", erwiderte Saul. „Sie sind Freunde meines Großvaters. Ich persönlich schätze sie nicht." Seine Miene verhärtete sich.

„Man rühmt sie, weil sie sich im Synedrion hervorgetan haben, aber auch in den Wissenschaften, insbesondere in der Medizin und der Rechtspflege."

„Man ‚rühmt' auch ihren Atheismus", erwiderte Saul verächtlich, „und die unterhaltsamen Gedichte und Bücher, die sie geschrieben haben, in denen sie sich über die Pharisäer und die strengeren Aspekte der mosaischen Gesetze lustig machen. Sie bewegen sich dabei hart an der Grenze der Häresie." Er warf Kaiphas einen ungeduldigen Blick zu. „Was haben diese feinen Herren, diese Sachverständigen in Fragen des guten Geschmacks, mit mir und meiner Mission vor Gott zu tun?"

„Das ist eben der heikle Punkt. Der jüngste Sohn des Hauses, noch unverheiratet, ist, wie man sagt, ein Jüngling von großer Schönheit, von Kraft und Liebreiz. Er heißt Stephanus ben Tobias und hat in Athen, in Rom und in Alexandrien studiert. Er hat die Geistesgaben und die Talente, die Gott ihm geschenkt hat, in keiner Weise in den Dienst Israels gestellt und zieht es vor, als Edelmann nach griechischer und römischer Manier zu leben, die Welt zu bereisen und zu beobachten und sich auf jede erdenkliche Weise zu vergnügen. Er scheint nicht nur eine griechische Seele zu besitzen. Es ist erstaunlich, wie er auch in seinem Äußeren einem Griechen ähnelt. Das ist natürlich nicht wichtig. Von einem minimalen Zehnt abgesehen, hat die Familie den Tempel nie unterstützt und hat auch die Priesterschaft nicht gerade in Ehren gehalten. Kurz und gut, sie haben sich immer wie Heiden betragen, und Stephanus war ein getreuer Sohn seines Vaters."

„Ich interessiere mich nicht für Sadduzäer und ihre Bewunderung für alles Griechische", sagte Saul. „Nicht einmal ihr Atheismus regt mich auf. Wertlose Juden sind für mich ohne Belang. Mag Gott ihr Richter sein, nicht ich."

Kaiphas hüstelte und betrachtete den Priesterring an seinem Finger. „Es ist bekannt, daß er sich dem ketzerischen Glauben der Anhänger Josua ben Josephs angeschlossen hat."

„Das glaube ich nicht!" rief Saul aus. „Ein Abkömmling dieses mißratenen Hauses Tobias, entartet, parfümiert, reich, verwöhnt, ein Poseur, angetan in Samt und Seide — und die armseligen, halb verhungerten, ungebildeten, schmutzigen Ketzer!"

Kaiphas hüstelte abermals und richtete seine hellgrauen Augen vielsagend auf Saul. „Es ist nicht weniger glaubhaft als die Tatsache, daß dein Großvater und seine Söhne das gleiche getan haben."

Saul hörte die leise Drohung hinter den gelassenen Worten des Hohenpriesters, und kalter Schweiß brach aus seinen Poren, ein Schweiß, der Angst und Schrecken entsprang. „Wenn meine Verwandten der Meinung sind", entgegnete er, „daß den gotteslästerlichen Lehren des Josua ben Joseph irgendein Wert innewohnt, ist das ihre Sache. Sie haben sich jedenfalls nicht öffentlich dazu bekannt, haben nicht versucht, Anhänger zu gewinnen, und haben es an Frömmigkeit nicht fehlen lassen. Sie zeigen jetzt in Wahrheit größere Verehrung für die Gebote, für die Propheten und für den Tempel als je zuvor! So hat man mir berichtet. Ich verfolge nicht jene, die des Irrglaubens verdächtig sind, sondern die, die ihn fördern, ihn in Ansprachen und Reden verteidigen und preisen und in aller Öffentlichkeit Gott lästern. Wir dringen nicht in das Haus eines Mannes ein und fordern Beweise für seine Treue zu unserem Glauben, denn es ist sein Haus und daher heilig. Wir verlangen nicht einmal, daß er gläubig ist. Wir bestehen nur darauf, daß er in der Stille seiner Kammer mit sich zu Rate geht, keine Unruhen entfacht, im Tempel die Priester nicht herausfordert, sie nicht coram publico als Männer bezeichnet, die ‚den Wortlaut des Gesetzes wahren, aber seinen Geist morden', und nicht in der Öffentlichkeit erklärt, Josua ben Joseph sei der Messias gewesen. Was ein Mensch glaubt, geht nur Gott und ihn etwas an, denn der Glaube ist ein Geschenk Gottes und kann weder anbefohlen noch aufgezwungen werden. Anders steht es bei Gotteslästerung in der Öffentlichkeit, Aufwiegelung zur Störung des Friedens in Judäa und Verrat an unserem Volk und unserem Gott."

Kaiphas seufzte. „Beruhige dich, lieber Saul. Gegen deine Familie ist keine Anschuldigung erhoben worden. Es ist so, wie du sagtest. Was allerdings Stephanus ben Tobias betrifft, habe ich erfahren, daß er von den Abtrünnigen zu einem der sieben Armenpfleger erwählt wurde, das heißt, zu einem Führer, einem einflußreichen Mann, der nun mit der Vollmacht ausgestattet ist, zu lehren, Reden zu schwingen, unsere Sicherheit zu gefährden und unseren Glauben zu zerstören. Wie er sich an dieser Seuche angesteckt hat, ist ein Rätsel. Im ganzen Land hätte man keinen Menschen finden können, der einem — noch so esoterischen — Glauben weniger verbunden und an religiösen Fragen weniger interessiert gewesen wäre als Stephanus ben Tobias. Nichtsdestoweniger hat er — und das weiß ich aus bester Quelle — diesen Aposteln und Jüngern sein gesamtes Vermögen zur Verfügung gestellt, lebt, dürftig gekleidet, unter ihnen und ist von leidenschaftlicher Inbrunst erfüllt. Es ist, als ob ein Pfau sich in einen Raben verwandelt hätte, in einen kreischenden Raben, der den Abfall vom Glauben predigt. Nun, Freund Saul, was sollen wir mit diesem Menschen machen?"

„Es ist unglaublich", erwiderte Saul. „Stephanus", fuhr Kaiphas fort, „besitzt eine prächtige Villa in Cäsarea, in der er schon Pilatus und Herodes zu Gast gehabt hat. Dieser herrliche Besitz dient den Ketzern nun als Zufluchtsort, als Unterkunft und als Versammlungsstätte. Wenn er sich dort aufhält, arbeitet er mit den Geringsten unter ihnen auf seinen Feldern. Er pflügt, er spricht, er predigt und ißt mit ihnen an einem Tisch. Er ist wie besessen."

„Das ist er ganz ohne Zweifel", stimmte Saul ihm zu. „Ein Mann seines Standes muß wirklich wahnsinnig sein, um so tief zu sinken. Ist denn keiner seiner Verwandten auf den Gedanken gekommen, einen Priester zu beauftragen, die unreinen Geister, die in ihm wohnen, aus ihm auszutreiben? Die Familie ist doch schwer beunruhigt!"

Kaiphas breitete die Hände aus. „Das weiß ich nicht. Es war schon immer ein sehr aristokratisches Haus — hochmütig, über alles erhaben, kaltherzig — und durch und durch verworfen. Man weiß nicht, wie seine Leute über ihn denken, und wehe dem, der die Unverfrorenheit besäße, ihnen Fragen zu stellen, die einen Angehörigen ihres Hauses betreffen! Sie sind anmaßend und reserviert — und sehr reich. Mag sein, daß sie das Ganze nur als vorübergehende Laune eines flotten Jünglings betrachten und nachsichtig darüber lächeln, so wie sie über die Schandtaten anderer Familienmitglieder gelächelt haben, die sich Ausschweifungen nach römischer und griechischer Art zuschulden kommen ließen. Ihr Benehmen war oft geradezu skandalös, und die Priester tadelten sie. Aber wenn es wirklich zu arg herging, verstanden sie es, ihre Kritiker mit Takt und Diskretion zum Schweigen zu bringen."

Der Hohepriester betrachtete den schweigsamen jungen Mann, der mit zusammengepreßten, weißen Lippen dasaß und den Blick auf den marmornen Fußboden gerichtet hielt.

„Hätte Stephanus solche Umsicht walten lassen", sagte Kaiphas, „wir würden uns jetzt nicht in einem Dilemma befinden. Aber leider ist Takt seine Sache nicht. Er hält sich jetzt in Jerusalem auf, und mir liegen Berichte vor, daß er im Tempelbezirk vor einer großen Zuhörerschaft Mahnreden hält, mit großer Inbrunst verkündet, Josua ben Joseph sei der Messias, und massenhaft Anhänger gewinnt. Er ist nicht nur ein bedeutender und kultivierter Mann. Er hat in Athen auch Rhetorik und Dialektik studiert, spricht mit leidenschaftlicher Beredsamkeit und versteht es, selbst die Frömmsten zu Tränen zu rühren und ihren Beifall zu ernten. Er ist ein wahrer Demosthenes der Häresie. Es ist ihm gelungen, so manchen Priester zu überzeugen und ihn zur Gotteslästerung zu verleiten. Interessanterweise verzeichnet er sogar unter den Gebildeten Erfolge."

Saul schwieg, und Kaiphas fuhr fort: „Er ist ein unruhiger Geist, wißbegierig, um nicht zu sagen neugierig. Er ist zweifellos auch in den heidnischen Religionen bewandert, denn, wie ich schon sagte, ist er Hellenist und hat mehr Zeit in Griechenland als in Judäa zugebracht. Sprich, Saul. Was sollen wir tun? Stephanus ben Tobias ist gefährlich — vielleicht sogar gefährlicher als jeder andere Häretiker."

„Rätst du mir vielleicht, ihn zu verhaften und ins Gefängnis zu werfen?" Fast verächtlich richtete Saul seine blitzenden Augen auf den Hohenpriester, denn er wußte, daß Kaiphas seine eigene Kaste in Ehren hielt und vor Verfolgung zu schützen trachtete.

„Seine Verwandten würden mir an die Gurgel springen", erwiderte Kaiphas, und Saul mußte trotz seines Ärgers lächeln.

„Verklage ihn bei Pilatus als Aufrührer gegen Rom", riet Saul. „Soll der Prokurator über sein Schicksal entscheiden."

„Seine Leute sind einflußreich und, wie ich schon erwähnte, mit Pilatus befreundet. Die Situation würde Pilatus nur amüsieren — wir amüsieren ihn ja immerzu. Er würde nur sagen: ‚Das ist deine Sache, mein lieber Kaiphas. Du hast mich ja selbst ersucht, solche Dinge in deine Hand zu legen.‘ Er ist ein sehr launenhafter Mann — und blutdürstig. Es macht ihm Vergnügen, Juden zu bestrafen — aber nicht solche von der Art des Hauses Tobias. Er würde nicht den kleinen Finger rühren. Er würde sich über mich lustig machen, wenn ich ihm damit käme, daß Stephanus unser Volk zum Aufstand gegen Rom aufhetzt. Mehrere Familienangehörige sind römische Bürger, mit Römern verheiratet, leben in Rom und zählen den Cäsar zu ihren Freunden. So oft ich noch von Häresie zu Pilatus gesprochen habe, hat er mir beinahe ins Gesicht gelacht. Er findet unsere Hingebung an Gott lächerlich. Du weißt ja, daß er dafür nichts übrig hat.“

„Dennoch hat er zweitausend arme Schlucker von Ketzern in Galiläa hinrichten lassen“, entgegnete Saul und verzog schmerzlich das Gesicht. „Unsere jüdischen Brüder.“

„Du bist ein sehr problematischer Mensch“, sagte Kaiphas. „Du verfolgst die Ketzer, du sperrst sie ein, oder du läßt sie auspeitschen. Aber wenn Pilatus die Todesstrafe über sie verhängt — und ist nicht der Tod die angemessene Strafe für Gotteslästerer? —, bist du ganz verzagt. Das kannst du dir wahrscheinlich selbst nicht erklären. Machst du vielleicht einen Unterschied zwischen der Androhung eines Massakers und einem tatsächlich durchgeführten? Oder darf ein Nichtjude nicht tun, was einem Juden gestattet ist? Was Recht und Ordnung betrifft, kann es keine Unterschiede geben. Pilatus ordnete diese Hinrichtung an, weil die Abtrünnigen zum offenen Aufstand gegen Rom aufriefen.“

Saul stand auf und machte eine heftige Gebärde. „Womit denn? Besaßen sie Waffen und Rüstungen, Schwerter und Festungen, Legionen und Zenturionen und Generäle und Schlachtschiffe und Söldner und Kampfwagen und für die Schlacht geschulte Pferde?“

Kaiphas schüttelte verwundert den Kopf. „Du sprichst mit dem Herzen und nicht mit dem Verstand. Kommen wir auf Stephanus zurück. Er muß zum Schweigen gebracht werden.“

Sauls blasses Gesicht war von Röte übergossen, denn die Worte des Hohenpriesters hatten ihn hart getroffen. „Hast du denn keine ergebenen, redegewandten Priester“, rief er aus, „Persönlichkeiten von Format, die imstande sind, das Volk gegen diesen Abtrünnigen aufzurütteln? Haben wir keine Eiferer, keine Fanatiker unter uns, die bereit sind, den Tempel, die Bibel und das Gesetz zu verteidigen? Können wir nicht einmal mehr mit den Streitern Gideons rechnen?“

Kaiphas schwieg.

„Ist es nicht die Aufgabe der Priester, unseren heiligen Glauben zu schützen, zu fördern und zu stärken? Aber aus unseren Priestern sind farblose Männer geworden, die obskure Kommentare herunterleiern, Unsinn schwatzen und von den unwichtigen Dingen einer dahinschwindenden Welt faseln. Sie verkünden nicht mehr das Gesetz und die Worte der Propheten, sie sprechen nicht mehr von Sinai, außer an den hohen Feiertagen, und auch da nur träge und teilnahmslos. Sie sind ebenso weltlich geworden, wie es das Volk ist. Sie nehmen die rituellen Handlungen vor — aber sie glauben nicht. Sie verbergen Gott vor Seinem Volk hinter langweiligen Zeremonien und Wolken von Weihrauch und sorgen sich mehr um ihre Zehnte und ihre Privilegien als um die Seelen der Menschen. Sie verlangen immer neue Wasserleitungen und öffentliche Gebäude und Straßen von den Römern und tun so, als ob diese Dinge entsetzlich wichtig wären, aber von der Immanenz und der Herrlichkeit Gottes sind sie weit entfernt. Es gibt für sie nichts Wichtigeres als den Luxus, in dem sie leben, und ihren politischen Einfluß bei den Römern.

Es wäre nie zu dieser Häresie gekommen, hätte die Seele des Volkes nicht nach der Verzückung, der Erneuerung, der Andacht des Glaubens geschmachtet — die ihm die Priester vorenthielten!" Saul entzündete sich an seinem Zorn und seiner Empörung. „Josua ben Joseph hat den Menschen neue Begeisterung, neue Inbrunst und erhabene Verzückung geschenkt. Selbst wenn er es zuließ, daß man ihn als den Messias pries und er dadurch zum Gotteslästerer wurde, so hat er doch zumindest die kleinmütig gewordenen Herzen und Seelen unserer Brüder gerührt! Die Priester aber haben das Volk in die Wüste ungläubiger Verzweiflung geführt, seinen Sinn ausschließlich weltlichem Geschehen zugekehrt, und ihm die Quelle des Lebens vergiftet. Auf dein Haupt, Kaiphas, und auf die Häupter deiner Priester fällt diese Häresie zurück!"

Von panischer Angst geschüttelt, starrte Kaiphas ihn an, denn es deuchte ihm, Saul sei plötzlich, in himmlisches Feuer gehüllt, zu einem Riesen geworden, sei so sehr über seine menschliche Gestalt hinausgewachsen, daß er den Raum auszufüllen, Blitze zu schleudern und Donner rollen zu lassen schien. Blaues Feuer loderte in seinen Augen, sein Antlitz leuchtete wie das eines Propheten, und seine Stimme war schrecklich anzuhören. Er warf sich den Umhang um und, obwohl er kein Schwert trug, war es, als gürte er sich zur Schlacht.

„Was Stephanus ben Tobias betrifft, will ich zu Gott beten und Ihn anflehen, mich zu erleuchten, was ich tun soll. Bis dahin, Kaiphas, suche dir ein paar begeisterungsfähige Priester, die imstande sind, den Gotteslästerungen dieses Abtrünnigen entgegenzutreten. Suche sie und finde sie — wenn du kannst." Saul verließ den Saal, und seine Schritte, die klirrenden, schmetternden Schritte eines Rächers, dröhnten dem Hohenpriester in den Ohren.

XXXII

Er hat das Gesicht eines Engels, dachte Rabban Gamaliel, sooft er den jungen Stephanus ben Tobias ansah, der in Gesellschaft Josephs von Arimathäa mit ihm zu Abend speiste. In diesen grauen, ruhelosen Tagen der Unzufriedenheit und Ungewißheit sah man leider nur selten ein so strahlendes Antlitz wie dieses. Wenn ihn einer fragte: ‚Wer bist du?‘, überlegte er nicht und rückte nicht lange voll Unbehagen auf seinem Stuhl herum, wie es so viele junge Menschen taten, sondern erwiderte mit stolzem Lächeln: ‚Ich bin Stephanus ben Tobias, ein Jude aus edlem Hause und ein Diener Gottes, gesegnet sei Sein Name.‘ Und damit war alles gesagt, was es zu sagen gab.

Stephanus war jung und von heiterem Geist, er besaß Humor und ein ungemein herzliches Wesen. Er hatte immer schon dieses Temperament gehabt, das aber jetzt voller und reicher war und seinem Antlitz einen hellen Glanz verlieh. Er war groß und stattlich, von athletischem Körperbau und die wahrhaftige Verkörperung griechischer männlicher Schönheit, wie man sie nur in Mazedonien, nicht aber unter den dunkelhäutigen Athenern antraf. Sein bernsteinfarbenes, lockiges Haar schimmerte über einem vollen Gesicht mit einem kräftigen, runden Kinn, der klassischen griechischen Nase, den offenen, leuchtenden Augen und über lebhaften, roten Lippen, wie sie von griechischen Poeten gepriesen werden. Schon allein die Anmut seiner Bewegungen war ein Poem. Für diesen Besuch bei Rabban Gamaliel hatte er sich so elegant gekleidet, wie es vordem seine Gewohnheit gewesen war. Er trug eine lange Tunika aus dicker gelber Seide, die Säume mit roten Blumen bestickt, einen goldenen Gürtel und einen alexandrinischen Dolch, mit Juwelen besetzte Sandalen und Armbänder, viele Ringe und sogar ein Gehänge an einem Ohr. Nur seine Hände, einst so zart und gepflegt, wiesen die Zeichen harter Arbeit auf: wie auch sein Antlitz, waren sie braun wie Erdnüsse. Sein Gesichtsausdruck wandelte sich so schnell von tiefem Ernst zu sanfter und herzlicher Heiterkeit, daß den beiden Alten, die neben ihm saßen, das Herz aufging, und sie sich seufzend ihrer eigenen Jugend und Kraft und Zuversicht erinnerten.

„Trotz allem“, sagte Joseph von Arimathäa mit besorgter Stimme, „laß Umsicht walten, Stephanus, ich bitte dich. Wir haben von Saul ben Hillel gesprochen, möge Gott Sich seiner erbarmen. Er ist zu einem harten, skrupellosen Fanatiker, zu einem wahren Löwen Gottes geworden. Wir erwarten den seligen Tag, da er die Herrlichkeit dessen erkennen wird, was er jetzt bekämpft, denn bis zu einem gewissen Grad war uns sein Schicksal schon immer vertraut. Bis zu diesem Tag aber wirst du gut daran tun, ihm mit Vorsicht zu begegnen. Ganz gewiß hat er schon von deinem Bekehrungseifer gehört, denn ihm bleibt nichts lange verborgen, und er ist keiner von denen, die die Person ansehen. Ich hoffe sehr, daß sich eure Wege nicht kreuzen."

„Ich danke dir für deine Sorge, Joseph", erwiderte Stephanus. Er machte ein ernstes Gesicht, und doch erhellte ein vergnügtes Zwinkern seine Züge. „Schade, daß er heute abend nicht auch in dieses Haus gebeten wurde, wir hätten debattieren können. Ich habe ihn einmal von ferne gesehen und muß zugeben: mit seiner roten Mähne, den funkelnden Augen, mit seinem gebieterischen Wesen, seiner nervösen Ungeduld, den geschmeidigen Bewegungen und königlichen Gebärden ähnelt er tatsächlich einem Löwen. Ein Streitgespräch mit ihm wäre zumindest interessant und intelligent — und hemmungslos — und nicht von den Steinen ritueller Doktrin beschwert. Die Menschen, denen ich gemeinhin begegne, sind entweder feindselig und langweilig oder fügsam und langweilig. Ob sie mich nun freundlich aufnehmen oder entrüstet ablehnen, ihre Entscheidungen sind nicht vernunftmäßig begründet. Um die Wahrheit zu sagen: mit den Fügsamen, die zu allem Ja und Amen sagen, weiß ich nicht viel anzufangen, denn sie sind keine Kriegsmänner Gottes."

Er warf die Arme in die Höhe. „Was Er sprach, als Er unter uns wandelte, klang weder weibisch noch resigniert, noch demütig oder kraftlos. Seine Worte waren ein Schlachtruf, wie ihn schon Moses und die Propheten ausgestoßen haben. Unser Glaube ist nichts für Verschrobene und Furchtsame, nichts für Milde und Gedankenlose und Schüchterne. Es ist ein kraftvoller, muskelstarker Glaube: da müssen Trompeten und Trommeln erschallen und Bastionen gestürmt werden. Mit sanften Worten, lammfrommen Predigten und maßvollem Auftreten kommen wir nicht weiter. Er ist ein starker Trank, unser Glaube, keine Milch. Gütig und mitfühlend umfängt er die Schwachen und die schutzlosen Lämmer und Schäflein, die Hoffnungslosen und die von Menschen Geknechteten, doch selbst diese sind aufgerufen, sich zu gürten, nachdem ihre Wunden verheilt sind, und dem Feind, der Lüge und der Gottlosigkeit furchtlos entgegenzutreten. Er erfordert ein jubelndes ‚Ja!' im Angesicht Gottes, selbst wenn Verfolgung oder Tod oder Verbannung drohen. Wir brauchen sie nicht, die Ängstlichen und Bangen, die unsere Gewißheit verwässern, und auch die nicht, die sagen: ‚Das mag schon so sein, aber andererseits mag es doch anders sein.' Als vernunftbegabte Wesen sollten wir uns nicht darauf beschränken, Antworten zu erteilen. Wir sollten auch geduldig Fragen anhören und sie verständnisvoll überlegen und der Möglichkeit eingedenk sein, daß den Fragen eine eigene Wahrheit innewohnt.

Die Wahrheit ist unteilbar", fuhr Stephanus fort, und nun lag jener unirdische Glanz auf seinem Angesicht, der so viele bezauberte und in seinen Bann zog. „Entweder ist der Glaube in jeder Beziehung wahr oder er ist zur Gänze falsch. Er muß dem Menschen alles gebieten oder nichts. Das ist es, was unsere Propheten uns hinterlassen haben. Das ist es, was unser Erlöser und Erretter meinte, als er sagte: *Wer also Freund der Welt sein will, wird Gottes Feind.* Also ist alles Weltliche schwarze Sünde, und man kann doch wohl kaum tagsüber der Sünde und abends Ihm dienen.' Er lächelte seine Freunde an. „‚Wer nicht für Mich ist, ist gegen Mich.'"

Rabban Gamaliel zupfte gedankenvoll an seinen bärtigen Lippen. „Dennoch", sagte er, „werden die kommenden Generationen von Erläuterern heimgesucht sein, die alles neu und anders auslegen werden. Damit werden sie die Gläubigen verwirren und zum Abfall bewegen. Viele Zungen werden sprechen und viele Meinungen äußern. Jeder Mensch ist sein eigener Spiegel und kann sich sogar in seinem Glauben wiedererkennen."

„Die Wahrheit ist so rein und so einfach", erwiderte der junge Stephanus. „Den Engeln fällt es nicht schwer, sie anzunehmen. Nur der Mensch verdunkelt sie mit seinem eigenen Schatten."

„Wenn ich mich recht entsinne", warf Joseph lächelnd ein, „gab es eine ganze Menge Engel, die die Wahrheit nicht so einfach fanden. Wenn du das vom Menschen erwartest, verlangst du fast ein wenig zu viel."

Stephanus lachte. Mit gesundem Appetit machte er sich über die Delikatessen, die in Rabban Gamaliels prächtiger Halle vor ihm standen, und die beiden Alten freuten sich, daß er es sich schmecken ließ. „Wenn ich sage, die Wahrheit sei rein und einfach", fuhr der junge Mann fort, „meine ich nicht, daß sie immer augenfällig ist, denn nichts kann so geheimnisvoll und sublim sein wie die Einfachheit. Der Mensch müßte wirklich noch einmal aus Wasser und aus dem Heiligen Geist geboren werden, um die Wahrheit zu begreifen, denn nur dann wird kein Schleier über seinen Augen liegen, nur dann wird er statt belangloser, polemischer Kommentare eine einzige Stimme vernehmen. Er wird die Dinge klar und deutlich und in ihrer Ganzheit sehen. Allein der Irrglaube ist schwierig und verschlungen und unablässigen Änderungen unterworfen. Der Mann, der die Wahrheit kennt, ist kein Dogmatiker im eigentlichen Sinn des Wortes, er ist nicht, gleich einem von Salomons Gefäßen, mit einem Siegel verschlossen. Er ist sich des Vorhandenseins eines Irrglaubens bewußt, steht ihm jedoch fern. Mit ganzer Seele, mit freundlichem Gebaren, aber um so ehernerer Entschlossenheit, tritt er vorbehaltlos für die Wahrheit ein. Er sieht den in Granit gelagerten, unverrückbaren Berg. Die im Irrglauben Befangenen aber sagen: ‚Du behauptest, es wäre ein Berg. Es kann aber genau so gut eine Täuschung sein, eine Fata Morgana, eine Wand. Das ist Ansichtssache.'"

„Ich fürchte, du hast einen steinigen Weg vor dir", meinte Joseph.

„Der Glanz der Ewigkeit wird ihn erhellen", erwiderte Stephanus. Wieder veränderte sich sein Gesichtsausdruck, und er versank in Gedanken. Schließlich fuhr er fort:

„Es gibt welche unter den Unseren, selbst unter jenen, die mit Ihm gewandelt sind, die meinen, wir brauchten an rituellen Formen nicht festzuhalten. Aber das Ritual ist notwendig und wünschenswert, weil es das sichtbare Symbol jenes heiligen unsichtbaren Dinges darstellt, für das es als Sinnbild dient. Besteht es jedoch als formale, in sich abgeschlossene Einheit, wird das Ding, das es symbolisiert oder erklärt, vergessen oder einfach nicht beachtet, dann ist es ein leeres Gefäß. Soweit bin ich mit unseren Freunden einer Meinung. Ein solches Ritual kann sogar gefährlich sein, denn es verleitet das Volk zu der Annahme, daß die rituellen Formen mit der Verehrung Gottes gleichzusetzen sind. Wertvoll aber ist es nur dann, wenn es, wie die Schale einer Nuß, die Gedanken auf den köstlichen und lebenserhaltenden Kern lenkt. Wird der Kern vergessen oder geht er verloren, wird die Schale, so golden sie auch schimmern mag, wertlos. Sie enthält nichts Lebendes. Das ist es, was der Herr meinte, als Er Sich gegen die ritualistischen Pharisäer wandte, die dachten, die Form allein würde genügen."

Er trank den edlen Wein und schürzte anerkennend die Lippen. Dann betrachtete er bewundernd das schöne, mit Juwelen besetzte Kristall des alexandrinischen Bechers. „Ich glaube, einige hellenistische Lichter an deinen Worten entdecken zu können", meinte der Rabban.

„Das mag wohl sein", gab Stephanus zu, „aber haben Griechenland und die griechische Philosophie nicht immer schon einen starken Einfluß auf unseren Glauben ausgeübt? Das Schöne ist wirklich. Und mannigfaltig. Wer die Grundwahrheit des Schönen zurückweist, lehnt eine tiefe Mystik ab, denn Gott, Sein Name sei gepriesen, ist vollkommene Schönheit, vollkommene Herrlichkeit und vollkommene Glückseligkeit. Wenn ich auf einen Menschen stoße, dem unser Glaube düster und freudlos erscheint, statt wie ein Jubellied an einem Sommermorgen, schöpfe ich sogleich Verdacht und meide fortan seine Gesellschaft."

„Begegnest du solchen Menschen?" fragte Joseph überrascht.

„Allzu vielen", antwortete Stephanus. „Und ich begegne Schwächlingen, die im Erlöser Seines Volkes eine Zufluchtstätte vor den kleinen Widrigkeiten des Lebens sehen, statt einen Tempel, in dessen heiligen Mauern sie die Kraft finden können, in der Welt auszuharren und ohne Murren und Klagen ihre Last aufzunehmen. Schwächlinge haben mehr Tempel zerstört und mehr Völker zugrundegerichtet, als wir ahnen. Ihr selbstsüchtiges Gewinsel hat sogar die Stimme des Allmächtigen übertönt. Das Leben ist kein Beutel, dem man kraft von Gebeten Schätze entnehmen kann. Das Leben ist, wie die Griechen richtig sagen, das Große Spiel, bei dem nur Mut, Kraft und Glaube einen Preis erringen und die Standhaftigkeit den Sieger bekränzt."

„Du hast bereits darauf hingewiesen", bemerkte Rabban Gamaliel. „Der Neue Bund ist nichts für Zaghafte, für Zauderer und Fordernde. Ich denke an die Worte des Propheten: ‚Vertraue dem Herrn von ganzem Herzen; *und verlaß dich nicht auf deine Klugheit!* Auf allen deinen Wegen achte auf Ihn; so wird Er deine Pfade gerade machen.'"

„Aber es wird Auseinandersetzungen geben", gab Joseph von Arimathäa zu bedenken.

Stephanus lachte leise. „Die gibt es schon heute. Es gab sie schon, bevor Er noch gekreuzigt wurde."

Er war so übervoll von Lebensfreude und innerer Gewißheit, daß die beiden Männer seufzten und im stillen für ihn beteten. Aber es entging ihm nicht, und er richtete Blicke liebevoller Achtung auf sie. „Ich werde eurem Saul von Tarschisch schon noch begegnen", sagte er, bevor er sich verabschiedete. „Das wird ein wundervoller Tag sein, und wir werden ein großes Streitgespräch führen!"

Es war gewiß nur der herbstlich-kalte Nachtwind, der Joseph von Arimathäa erschauern ließ, als wäre es ein Zeichen von unheilvoller Vorbedeutung.

Eines Tages ließ sich ein Zenturio bei Saul melden. „Herr", sagte er, „ein Hellenist von hohem Ansehen hat sich da unter das Volk begeben. Wir haben ihn nicht ergriffen, weil er einem edlen und reichen Hause entstammt und seine Familie mit dem Hohenpriester Kaiphas, ja sogar mit dem Prokurator Pontius Pilatus befreundet ist. Bis jetzt haben wir über seine Hetzreden im Tempel und in den anderen Bethäusern hinweggesehen. Nun aber herrscht Aufruhr unter den Juden, und im Tempelbezirk schreien sie und streiten und schlagen auf einander ein."

„Stephanus ben Tobias", sagte Saul, und dunkles Feuer ergoß sich über sein Gesicht. „Ich habe schon von ihm gehört."

Der Zenturio nickte. „Ich habe Nachricht, daß er sich in diesem Augenblick in der Synagoge der Libertiner, Cyrenenser und Alexandriner aufhält. Er predigt dort, und das Volk hört ihm aufmerksam zu. Die einen führen erregte Diskussionen mit ihm, die anderen jubeln ihm zu. Vor der Synagoge befindet sich eine große Menschenmenge, die aber nicht hineinkann, weil der Saal überfüllt ist. Es steht zu befürchten, daß die Schlägereien überhandnehmen und es zu größeren Unruhen kommt. Zwei meiner Legionäre haben versucht, die Ruhe wieder herzustellen — jetzt liegen sie blutend und verwundet in der Kaserne. Was soll geschehen?"

Saul erhob sich von seinem Schreibtisch, nahm seinen wollenen Umhang auf und hängte sich zum erstenmal das Schwert um. Grimmige Entschlossenheit prägte seine Bewegungen. Das dichte rote Haar wallte über seine Schultern, und die Augen funkelten in seinem bleichen, sommersprossigen Gesicht. „Nimm zehn Legionäre", wies er den Zenturio an. „Sie sollen uns zur Synagoge folgen." Er blieb einen Augenblick stehen. Seine dichten roten Brauen zogen sich zusammen wie die Brauen eines Löwen, dem er immer mehr ähnelte. „Sende einen Boten zum Kleinen

Synedrion und ersuche die Herren in meinem Namen, sie mögen sich unverzüglich im Hause des Hohenpriesters Kaiphas versammeln, um dort über einen Häretiker, einen Gotteslästerer, zu Gericht zu sitzen."

„Und nicht im großen Hof der Gehauenen Steine im Tempel?" fragte der Zenturio, der lange in Judäa gelebt hatte und daher wußte, daß mächtige und reiche Übeltäter und Verbrecher, ihrem Stande entsprechend, üblicherweise vor das Gericht der Gehauenen Steine, vor den Hohen Rat, gebracht wurden, denn selbst die Richter mußten auf den Rang der Angeklagten Rücksicht nehmen.

Saul sah den Römer mit hochmütiger Verachtung an. „Ist dieser Stephanus kein Nazarener, kein Anhänger des Josua ben Joseph aus Nazareth, der ebenfalls vor das Kleine Synedrion im Hause des Hohenpriesters gebracht wurde? Soll es dem Diener besser ergehen als seinem Herrn? Was im Falle des Josua ben Joseph für ausreichend erachtet wurde, wird auch für diesen Stephanus ben Tobias ausreichen, der die Achtung angesehener und ehrenwerter Menschen verloren hat und um nichts höher steht als der Zimmermann, dem er dient."

Der Zenturio ging auf die Suche nach einem Boten und ließ zehn Soldaten kommen, die Saul zu fürchten gelernt hatten, obwohl sie hinter seinem Rücken anzügliche Witze über ihn rissen. Es war allgemein bekannt, daß er sich nichts aus Frauen machte, und so lag die Annahme nahe, daß er sich für Männer interessierte, wenngleich es keine Beweise gab, die solche Vermutungen erhärtet hätten.

Der Weg zur Synagoge war nicht weit. Der Zenturio fuhr in seinem Streitwagen, und Saul stand neben ihm, den Blick starr und erbittert nach vorne gerichtet, die weißen Lippen fest zusammengepreßt. Er hatte lang genug ausgehalten! Weil er an seine eigene aristokratische Verwandtschaft dachte — und um sie fürchtete —, war er davon abgestanden, diesem Stephanus entgegenzutreten, denn er wußte, daß ein Präzedenzfall schwerwiegende Auswirkungen haben konnte. Und Stephanus war der einzige Aristokrat unter jenen, die man jetzt Nazarener nannte, der sich offen und aufreizend unter das gemeine Volk mischte, im Tempel Reden schwang und Unruhe stiftete. War aber einmal die stolze Schranke der Patrizier niedergerissen, durfte sich keiner mehr sicher fühlen. Das begriff Saul selbst in seiner gegenwärtigen Stimmung, die von verzweifelter Entschlossenheit und wildem Haß geprägt war. Die Sorge um seine Schwester, ihren Mann und ihre Kinder trieb ihm den Schweiß aus den Poren. Herr, wandte er sich in seiner Qual an Gott, ich bin nur ein Mensch und ich liebe die, die meines Hauses sind, mögen sie auch widerspenstig und Gotteslästerer sein. Schütze sie, Herr, und lasse sie Reue bezeigen, auf daß sie nicht sterben müssen, und ich mit ihnen, denn mein Schmerz wäre groß. Deinem Willen aber will ich mich stets unterwerfen.

Er dachte im besonderen an seinen geliebten Neffen Amos, den jene, die zu seinen Hütern bestimmt waren, auf so schmähliche Weise getäuscht und verraten hatten, aber auch an Amos' Brüder und ihre Schwester, das wunderschöne junge Mädchen, das einer Schnitzerei aus Elfenbein glich. Er dachte an seine Schwester Sapphira, die er innig liebte, und ein stechender Schmerz zwang ihn, seine Augen zu schließen.

Vor allen Dingen aber galt es, Gott zu gehorchen und zu dienen, auch wenn ein Mensch darüber an gebrochenem Herzen und gespaltener Seele sterben mußte. Und bei diesem Gedanken erreichte Sauls angestaute Wut einen Höhepunkt, der ihn im Streitwagen schwanken und taumeln machte: Stephanus ben Tobias war es, der das Haus Schebua ben Abrahams und Sapphiras Kinder bedrohte! Er und er allein hatte sie in diese entsetzliche Gefahr gebracht, hatte diese Schranken zwischen dem Pöbel und den Aristokraten niedergerissen und die Patrizier den Gaunern und Dieben und hirnlosen Geiferern auf Gnade und Ungnade ausgeliefert! Stephanus hieß der Feind jener, die von Sauls Fleisch waren! Er hatte die Rache der Rechtgläubigen auf sie herabgerufen! Und darum mußte er sterben.

Den Männern edlen Blutes, den Mächtigen und Einflußreichen war eine göttliche Pflicht auferlegt: Sitte und Anstand, Recht und Ordnung gegen die zerstörende Wut jener zu verteidigen, die kaum mehr waren als Tiere; sie verständig und maßvoll zu führen, denn woraus bestand dieser Pöbel? Aus wilden, brüllenden Bestien mit blutigen Fangzähnen, wie sie die Römer in Käfige sperrten und dann im Zirkus vorführten.

Als Saul nun sein Auge auf die Menge richtete, die sich durch die Straßen drängte, packte ihn überwältigende Abscheu und ein fast unbezähmbares Verlangen, das Pack niederzufahren und von den Rädern des Streitwagens zermalmen zu lassen. Waren sie nicht die Zerstörer der heiligen Stätten, die Barbaren, die es nach Blut und Macht gelüstete, die lachenden Hyänen, die kreischenden Schakale, die jede Stadt auf Gottes Erde besudelten? Wozu hatte Gott sie erschaffen? Oder war der Mensch selbst für ihre Existenz, für die Hölle ihrer Existenz verantwortlich? Plötzlich fiel ihm ein, was Titus Milo Platonius von dem Gesindel erzählt hatte, das bei der Tötung Josua ben Josephs dabeigewesen war, und ein eisiger Finger griff nach Sauls zerrissenem Herzen, und einen Augenblick lang trübte Verwirrung seinen Blick. Und mit diesem Pack, dachte er, ging ein Stephanus ben Tobias um!

Wie vom Sonnenglanz berührtes Silber lag Jerusalem im kräftigen, aber blassen Licht des spätwinterlichen Himmels. Die Luft war rein und frisch, ein wenig kühl, aber anregend. Die gewundenen, gelbbraunen Mauern schienen nahezu farblos. Viele sahen dem dahinsausenden Streitwagen nach und erkannten die Gestalt unter dem schäbigen Umhang. Manche Gesichter verdunkelten sich oder wandten kummervoll den Blick ab, andere lächelten nur und zogen die Augenbrauen hoch. Diese pharisäischen Ketzerjäger! Wie der Teufel waren sie jetzt hinter den Anhängern dieses neuen Kults her, den der Nazarener ins Leben gerufen hatte! Morgen würden sie wieder eine andere Ketzerei entdecken und von neuem durch die Stadt brausen und den Abtrünnigen Geißelungen, Kerker und Verbannung androhen. Einige aber witterten Ungewöhnliches, ließen alles stehen und liegen und eilten dem dahinpolternden Vehikel nach. Wenn die Römer es so eilig hatten, waren sie sicher nicht zu einem Festschmaus unterwegs.

Der Streitwagen erreichte die Synagoge. Die Pferde drängten sich durch die schreiende, gestikulierende Menge. Zum Teil empörte, zum Teil verzweifelte Gesichter wandten sich Saul zu. Einige Männer saßen auf den Steinen und hielten sich blutige Köpfe oder Nasen. Von Gebrüll und Verwünschungen begleitet, waren hier und dort Schlägereien im Gang. Die einen schmähten den, der in der Synagoge zu den Gläubigen sprach, andere flehten um Gehör für ihn, denn wer konnte sagen, ob nicht Gott, gesegnet sei Sein Name, Gefallen darin fand, aus seinem Mund zu reden? Der Zenturio mußte fleißig von seiner Peitsche Gebrauch machen, um jene zur Seite zu drängen, die in erregte Auseinandersetzungen verwickelt waren: sie schwangen drohend die Fäuste und stießen laute Flüche aus. Er lachte. Seine Soldaten bildeten einen Kreis rund um den Streitwagen und hielten die wogende Menge mit gezogenen Schwertern von sich ab.

Der Menschen nicht achtend, sprang Saul vom Wagen und ging in die Synagoge. Es war ein großer, fast kreisförmiger Bau aus grob zurechtgehauenen grauen Steinen. Mehrere bärtige Priester standen ratlos und entgeistert am Altar, auf dem ein rauchendes Feuer brannte. Es war heiß im Saal. Die Menschen standen Kopf an Kopf, Schulter an Schulter. Hier war es stiller, denn es sprach nur einer. Er stand vor dem Altar und seine klangvolle, schöne Stimme mit ihrer melodischen griechischen Modulation und ihren musikalischen Kadenzen war deutlich zu vernehmen.

Saul verhielt seinen Schritt und betrachtete den Mann, den er jetzt tödlich haßte, den schönen Jüngling, der tatsächlich wie ein Grieche aussah, obwohl er Jude war. Er trug einen Gebetsmantel und auf dem Kopf die Mütze der Leviten, denn er war ein Angehöriger dieses Stammes. Sein Gewand war aus derbem grauen Leinen und sein Umhang aus brauner Wolle. Die Füße steckten in einfachen Ledersandalen. Doch nichts konnte ihm seine Aura von Autorität, Kraft und Milde nehmen, nichts den Glanz seiner Augen trüben, nichts seine angeborene vornehme Erscheinung und seine aristokratische Selbstsicherheit herabmindern.

Die Fenster waren hoch oben angebracht und schmal und ließen nur trübes, kraftloses Licht in den großen Raum fallen. Der Boden schwamm im Halbdunkel. Der Feuerschein tanzte auf den lauschenden Gesichtern und den verschlossenen Mienen der Priester. Sie hatten keine Handhabe, um den Redner zum Schweigen zu bringen. Das jüdische Gesetz sah vor, daß jedermann in der Synagoge das Wort ergreifen durfte und höflich angehört werden mußte.

Saul meinte, das Herz würde ihm zerspringen vor rasender Wut auf diesen Mann, diesen Ketzer, diesen Gotteslästerer, diesen Verräter an seinem Volke, diesen Elenden, der das Haus Schebua ben Abrahams bedrohte. Des Murrens der Umstehenden nicht achtend, drängte er sich näher heran, um zu hören, was Stephanus redete, und die Hand, die nie zuvor nach einem Schwert gelüstet hatte, umfaßte den Knauf.

„Mag der Tempel zerstört werden", sagte Stephanus, „ja selbst die heilige Stadt, die Wahrheit wird nicht vergehen. Sie wird bestehen bleiben in alle Ewigkeit, bis ans Ende der Welt. So sprach der Messias."

Wie Messer schnitten Saul diese Worte in die Seele, war doch für einen Juden der bloße Gedanke, der Tempel könnte nicht ewig bestehen, die heilige Stadt Jerusalem verschwinden, eine tödliche Gotteslästerung. Wohnte Gott nicht auf Zion und in Seinem Tempel, in Seiner Stadt, und stand nicht geschrieben, daß Er sie nie verlassen würde? Saul war wie betäubt. Er konnte es nicht fassen, daß dieser Kerl so reden durfte und nicht zu Boden geworfen und zertreten wurde. Aber die Menschen hörten ihm zu.

„Denn der Glaube wiegt mehr als Bausteine, ja, und mehr als das Gold, das im Gewölbe des Tempels liegt. Er wiegt mehr als eine Stadt. Was irdisch, was aus Menschenhand gefertigt ist, es wird einmal zu Staub, doch die Wahrheit ist ewig. Die Abmessungen des ersten Tempels wurden Moses bekanntgegeben und in allen Einzelheiten die Art wie er ihn errichten sollte. Und es ist recht, daß die Menschen, die das Haus des Herrn erbauen, nicht nur ihr Bestes tun, sondern auch die Schätze dazu beitragen, die sie in ihrem Leben erworben und angehäuft haben, und das Schönste und Edelste aus ihren eigenen Häusern. Denn wer will dem Herrn verwehren und Ihm vorenthalten, was rechtens Sein ist und was Er den Menschen nur geliehen hat? Alles was ein Mensch besitzt — Reichtum, Blut, Herz, Seele — ist nur ein kleines, ja ein armseliges Opfer, und nur Gottes Gnade und Güte hindern Ihn daran, es zu verschmähen. Er nimmt, was wir Ihm bringen, entgegen, so wie ein Vater freundlich und liebevoll die bunten Steinchen und armseligen Blumen entgegennimmt, die seine Kinder ihm bringen. Nicht das Wertvolle ist wahrhaft wertvoll, sondern nur das, wie wert*los* es auch sein mag, was mit Demut und Glaube gegeben wird, wenn es alles ist, was der Mensch seinem Gott darzubieten vermag. Hat nicht der Messias gesagt, das Scherflein einer Witwe — es war alles, was sie hatte — sei mehr wert als das Gold eines reichen Mannes?"

Es erhob sich Gemurmel und Unruhe unter den Zuhörern. Dieser elende Kerl verurteilt also Opfergaben, dachte Saul, er beleidigt Moses und spricht geringschätzig von dem Gold, das im Gewölbe des Tempels ruht, dem gleichen Gold, das uns in unserer gefährdeten Lage Sicherheit verleiht und unserem Glauben Stütze gibt.

„Um uns dies zu lehren, daß nur die Dinge des Geistes Bestand haben, nicht aber Werk aus Menschenhand, nicht Städte, die wir bauen, nicht Stolz, Wissenschaft und Kunst, nicht Kraft, Macht und Ruhm — darum wurde Er in einem Stall geboren, von einer armen Jungfrau aus dem Hause David, lebte er einfach und zurückgezogen, erlernte das Handwerk eines Zimmermanns und arbeitete als solcher. Ist nicht die Seele des Menschen mehr wert als sein Haus, die Frömmigkeit seiner Gedanken mehr als seidene Gewänder, sein Schicksal in der Ewigkeit mehr als seine Schätze? Diese Welt ist nicht unsere Wohnstätte, nein, nicht die Welt, die wir mit unseren Augen wahrnehmen. Sie ist nicht wirklich und an sich wertlos, trotz Rom und Jerusalem und Damaskus und Alexandrien und Athen, trotz ihrer Hafenstädte und Landstraßen, trotz ihrer Gebäude und Tempel. Ein Beinhaus ist unsere Welt, nichts weiter, ein Friedhof für zahllose Zivilisationen, die aufflammten und erloschen und nichts als Steinhaufen hinterließen — vergessen sind ihre Namen, ihr Erbe und ihr ganzer Stolz. Und so wird es auch in alle Ewigkeit sein. Der Mensch rühmt sich gegen den Wind, und der Wind trägt seine Stimme fort, und es ist, als hätte er nie gesprochen!

Was aber des Geistes ist, ändert sich niemals und geht nie dahin. Es ist beständig, unwandelbar. Ist also nicht der ein Narr, der an Mauerwerk glaubt, welcher hochheiligen Bestimmung es auch zugeführt werden mag, oder an Kräfte als Sterblicher, oder an seine Schätze an Wissen und Bildung — und Geld? Das ist sein Schicksal nicht — wie der Messias uns zu wiederholten Malen versichert hat. Sein Schicksal liegt in der Ewigkeit. Sein Fleisch ist das eines Tieres und nicht mehr. Er lebt sein Leben wie die Tiere das ihre, und wer ist imstande, zwischen ihnen und uns zu unterscheiden? Der Mensch ist weniger als das Tier, denn weder besitzt er seine Treue, seine Schlichtheit und Lauterkeit des Wesens, noch seine Zielstrebigkeit oder gar seinen materiellen Wert.

Nur das Unsterbliche im Menschen ist wirklich, weil es ein Geschenk Gottes ist, gesegnet sei Sein Name. Die sündige Seele wird durch den Erlöser von Tod und Hölle befreit, durch Ihn, der am Kreuze gestorben ist für die Erlassung unserer Sünden, für unsere Absolution, unsere Versöhnung mit Gott, unserem Vater, und unser ewiges Leben jenseits der freudlosen, zerklüfteten Küsten, die wir Heimat nennen."

Stephanus erhob seine Hände, und seine Augen sprühten vor Liebe und Leidenschaft und Inbrunst. „Seinen Frieden bringe ich euch nun", sagte er, „so wie Er ihn uns brachte, Er, der Krieger Israels, der Heilige Israels, der Erlöser unseres Volkes, dessen Ankunft uns verheißen war von Gott, dem Allmächtigen!"

Saul konnte sich nicht länger beherrschen. Riesenhafte Kräfte und gewaltige Wut ballten sich in seinem Leib zusammen, und er schritt durch die Menge, als ob er allein wäre und keiner ihm im Weg stünde. Er trat vor Stephanus hin, der ihn mit einem strahlenden Lächeln des Erkennens anblickte und schon die Hand hob, um ihn zu begrüßen. Saul aber griff nach einem brennenden Scheit, schwenkte es drohend vor den Priestern und schlug damit heftig auf den Altar. Funken flogen. Die Priester wichen zurück. Ein Murmeln erhob sich, und die Menge, die den Eindringling erkannte, reckte sich die Hälse aus.

Saul erhob seine gewaltige Stimme. „Wie könnt ihr es wagen", schrie er den Priestern zu, „dazustehen, ohne diesem Gotteslästerer zu widersprechen, der euch erzählt hat, daß unser Tempel und unsere heilige Stadt zerstört werden würde? Wer würde sie denn zerstören? Dieser Bursche und seine Anhänger, die sogenannten Nazarener, diese Sektierer, diese Ketzer! Nicht genug damit, daß sie Hader und Bitterkeit und Haß zwischen den Brüdern in dieser heiligen Stadt und in unserem Land gesät haben. Nein! Sie haben uns Angst und Schrecken gebracht und den Römer zu strenger Wachsamkeit veranlaßt. Sie haben uns geteilt und verwirrt und uns in die Sünde der Gotteslästerung und des Zweifels verstrickt. Sie haben uns dazu verleitet, alles, was uns heilig ist, zum Gespött zu machen und die Propheten zu höhnen. Sie haben uns in unserer Entschlußkraft geschwächt. Ihre Schuld ist es, wenn wir unsere Kräfte durch Streit und Hader verzetteln. Mit ihren lügnerischen Reden haben sie eine Mauer zwischen Gott und uns aufgerichtet. Sie haben unsere Familien entzweit und Händel zwischen ihnen gestiftet. Keine Stunde vergeht, da sie nicht in Zorn geraten und einander wütend bekämpfen. Mit Satans Hilfe haben sie Wunder vollbracht, um einfältige Gemüter zu verwirren und alles, was heilig ist, in den Schmutz zu ziehen.

Und wer sind diese Leute?" rief Saul und wandte sich von den Priestern ab und den Gläubigen zu, unter denen laute Unruhe entstanden war. „Gemeine und erbärmliche Kreaturen, unwissende und abergläubische Kreaturen, die das Gesetz und die Bibel in Zweifel ziehen!"

Er machte eine Pause, und die Stimme Stephanus' ertönte klar und fest: „Das ist nicht wahr, Saul von Tarschisch! Wissentlich oder nicht, verstrickst du dich in Lüge! Wir zerstören nicht das Gesetz und wollen es auch nicht ändern. Wir streben danach, seine Erfüllung in der Person des Erlösers Israels, Gottes Messias, zu verkünden. Er hat einen neuen Bund mit uns geschlossen —"

Saul schlug ihm heftig auf die Wange, und als Stephanus unwillkürlich einen Schritt zurücktrat, folgte ihm Saul und versetzte ihm einen zweiten Schlag. Sogleich erhob sich wildes Geschrei in der Synagoge, und der Schein des Altarfeuers spiegelte sich in funkelnden, blitzenden Augen.

Saul sah sie an. Von unbeherrschbaren Gefühlen übermannt, von Verzweiflung und Haß gepackt, hob und senkte sich seine Brust. „Wer von euch will Zeugnis ablegen gegen diesen Burschen, diesen Verräter, diesen abtrünnigen Juden, diesen von der Gottlosigkeit und den heidnischen Philosophen der Griechen vergifteten Hellenisten? Wer von euch will mich zum Hause des Hohenpriesters begleiten, wohin das Kleine Synedrion einberufen wurde, und Zeugnis ablegen gegen diesen Mann, unseren Feind, den Feind Gottes, Sein Name sei gepriesen?"

Seine Augen sprühten blaues Feuer, Schaum trat ihm vor den Mund. Er bebte vor Wut. „Israeliten!" rief er. „Wollt ihr, daß der Zorn Gottes abermals auf uns herabkommt, weil wir gotteslästerlichen Lügen Glauben schenken, Abgötterei treiben und das götzendienerische Wesen eines elenden Nazareners gutheißen? Welche Wohltaten können wir von Nazareth erwarten? Wehe euch, ihr Israeliten, Bewohner der heiligen Stadt, daß ihr diesem Ketzer euer Ohr geliehen habt! Sollten die Steine, auf denen ihr jetzt steht, sich auftürmen und euch unter ihrer Last begraben, es wäre nur eine geringe Strafe. Denn hier, an diesem Ort, der Gott und Seiner Anbetung geweiht ist, habt ihr ohne Widerspruch hingenommen, daß dieser Schurke, dieser Dieb eurer Seelen, zu euch spricht. Wehe euch!"

Seinen nun verängstigten Zuhörern wollte es scheinen, als ob er hoch aufragte wie eine Statue, von heiligem Feuer erfüllt, und daß die seltsamen Zeichen eines Propheten an ihm waren, denn im Schein des Altarfeuers stand er wie ein rothaariger Moses, der sich anschickte, um ihrer Sünden willen die Gesetztafeln zu zerbrechen. Sein Gesichtsausdruck war erschreckend, und seine Augen flammten und blitzten, während er seine Blicke über die Menge schweifen ließ.

Da erhob ein Mann seine Stimme: „Wir haben ihn Lästerworte wider Moses und Gott reden gehört! Und wider diesen heiligen Ort und das Gesetz! Denn wir hörten ihn sagen: ‚Josua von Nazareth wird diese Stätte zerstören und die Gebräuche verändern, welche Moses uns vorgeschrieben!"

Der Mann wandte sich an die, die um ihn standen, und rief: „Wer will mit Saul von Tarschisch stehen und Zeugnis ablegen gegen diesen Stephanus ben Tobias, auf daß er bestraft werde für die Verbrechen, die er an uns und an Gott begangen hat?"

Hände schossen in die Höhe und ein großes Rufen ertönte. Saul sah über die Versammlung hin und heftete dann seinen Blick mit gehässigem Lächeln auf Stephanus, der seine Hände unter dem Gebetsmantel gefaltet hatte; stumm bewegten sich seine Lippen.

„Wohlan denn, Israeliten, ihr Getreuen Gottes, ergreift ihn!" rief Saul. „Wir wollen ihn in das Haus Kaiphas', des Hohenpriesters, und vor das Kleine Synedrion bringen, auf daß er gerichtet werde!"

Geführt von Saul ben Hillel, der wie ein Sturmwind daherbrauste, stürzte die Menge auf die Straße und schleuderte die dort Wartenden zur Seite wie die tobende See Treibholz in die Luft wirbelt. Der Zenturio sah sich das an und sagte leise zu seinen Männern: „Das ist nicht mehr unsere Sache. Trotzdem wollen wir ihnen folgen."

Nicht ohne Mitleid blickte er auf den geschundenen und blutenden Stephanus, der, halb getragen, halb geschleift, aus der Synagoge gebracht wurde. Hinter ihm kam der kreischende, fluchende Pöbel. Der Zenturio dachte an den römischen Mob, den selbst der Cäsar, Tiberius, fürchtete, und der jetzt in Wahrheit die Stadt regierte, mit seinem Gebrüll und maßlosen Forderungen die Stimme des Rechts und der Vernunft erstickte, den Fleißigen und Mannhaften das Fleisch von den Knochen riß, um seine niedrigen Triebe zu befriedigen, nach Brot und Spielen rief und nach Häusern und allen möglichen Vergünstigungen, die er nicht verdient hatte. Und diese Leute wagten es, sich Römer zu nennen! Der Zenturio schüttelte den Kopf. Dann gab er seinen Männern ein Zeichen, bestieg mit düsterer Miene den Streitwagen und folgte Saul und Stephanus und der schwitzenden, stinkenden Masse. Er gehorchte den Befehlen, die er von Pontius Pilatus erhalten hatte.

Der Hohepriester und die wenigen Mitglieder des Kleinen Synedrions, die in aller Eile zusammengerufen worden waren, erwarteten die Ankunft Sauls und seines Gefangenen. „Das bedeutet gewiß das Ende Stephanus' ben Tobias", sagte Kaiphas. „Ich kenne diesen Saul von Tarschisch. Er sinnt auf Vergeltung und wird uns zweifellos von den Gotteslästerern befreien."

„Und ich kenne das Haus Tobias", ließ sich ein Richter vernehmen. Er verzog keine Miene und hielt seinen Blick auf den Marmorfußboden der Halle gerichtet. „Wir wollen hoffen, daß es nicht seinerseits auf Vergeltung sinnt."

„Ich habe gehört, daß die Familie ihren Sohn Stephanus bereits heimlich angezeigt hat", sagte ein zweiter Richter. Die anderen atmeten erleichtert auf. „Sie werden keine Hand rühren, um ihm zu helfen oder ihn zu rächen, denn der schamlose Bursche hat sie aufgefordert, sie sollten, um ihre Seelen zu retten, ihren ganzen Besitz den Armen geben!"

Die anderen lachten gezwungen. „Wenn es doch nur schon ein Ende hätte mit dieser Narrensekte!" meinte einer.

Sie hörten die mißtönenden Geräusche einer erregten Menge, die sich dem Palast näherte. „Wieder einmal der Pöbel", sagte der Hohepriester angewidert. „Wie ich dieses Gesindel verabscheue!" Er saß auf seinem goldenen Sessel, brütete und wartete, dachte an Stephanus ben Tobias in den Händen dieser entfesselten Meute und erschauerte.

Der Hauptmann seiner Garde kam mit gezogenem Schwert in die Halle gestürzt. „Herr", rief er, „eine Menschenmenge hat sich vor den Toren zusammengerottet und will von dir empfangen werden! Auch Saul von Tarschisch ist da und verlangt, mit seinem Gefangenen, Stephanus ben Tobias, vorgelassen zu werden! Sie werden von einem römischen Offizier und einigen Legionären begleitet!"

„Laß Saul von Tarschisch und seinen Gefangenen eintreten, und auch jene, die gegen diesen zeugen wollen. Sonst aber keinen, nein, nicht einmal die Römer, denn hier soll ordnungsgemäß verhandelt und kein heidnischer Zirkus aufgeführt werden."

„Im Gegensatz zum Prozeß Josuas ben Joseph", bemerkte ein Richter. Kaiphas warf ihm einen scharfen Blick zu, doch der Richter lächelte höflich. Trotzdem kochte Kaiphas vor Wut, denn er dachte an Rabban Gamaliel und Joseph von Arimathäa und an die abgefallenen Priester des Tempels. Wenig später hörte man wüsten Lärm, Getrampel und Geschrei aus der Säulenhalle. Dann stürzte Saul, einem feurigen Sturmwind gleich, in den Saal, gefolgt von einem Dutzend Männer, die unter lauten Schmähungen wütend auf einen einschlugen, den sie in ihrer Mitte führten. Die Heftigkeit ihrer Bewegungen wirbelte ihre Gewänder auf, und auf dem marmornen Fußboden klatschten ihre nackten Sohlen bestialischen Beifall.

Kaiphas erhob sich und maß Saul, der vor ihm stehengeblieben war, mit zornigen Blicken. „Sind dies Tiere oder Menschen, Saul ben Hillel", fragte er, „daß sie mich wie Schweine umdrängen? Wo bleibt der Respekt, der dem Hohen Rat des Synedrions gebührt?"

„Vergib ihnen, Herr", erwiderte Saul in seinem bedächtigen Latein. „Sie lassen ihrem Zorn die Zügel schießen. Dieser Gotteslästerer wagte es, Hetzreden in der Synagoge zu halten, in der sie friedlich ihre Gebete verrichteten, und beleidigte mit seinen Lästerungen ihre Ohren." Aber er drehte sich um und richtete einige scharfe Worte an die Zeugen, die ihn mit fiebrig glitzernden Augen anstarrten, schwer atmeten und den Gefangenen schließlich Kaiphas vor die Füße warfen.

Stephanus ben Tobias war kaum bei Bewußtsein. Er blutete aus mehreren kleinen Wunden im Gesicht und an den Armen. Blutbespritzt auch ruhte sein lockiges Haupt auf dem Marmorboden, und die Arme und die langen schmalen Hände lagen ausgestreckt vor ihm. Tiefe Stille füllte plötzlich den Raum, und auf ihren Stühlen reckten die Richter die Hälse, um auf diesen Sproß eines edlen Hauses hinabzusehen. Manche kannten ihn, bissen sich auf die Lippen und blickten zur Seite, manche waren nur neugierig. Kaiphas schloß einen Augenblick lang die Augen. Dann öffnete er sie wieder und betrachtete die ungepflegten, zerzausten Zeugen in ihren vielfarbigen Gewändern und sah die Mordlust in ihren dunklen, bärtigen Gesichtern. Denen ist es gleich, dachte er, was dieser Mann getan oder nicht getan, ob er Gott gelästert hat oder nicht, denn was weiß das Vieh von Gotteslästerung? Sie haben nur ein Verlangen: ihn zu töten. Wann wird dieser Schrecken ein Ende haben? Warum ist Israel mit dieser neuen militanten Sekte gestraft worden?

Zu Saul sagte er: „Ist der Gefangene tot oder nur bewußtlos? Wird er in der Lage sein, sich zu verantworten?"

„Laß Wein für ihn bringen, Herr", erwiderte Saul, immer noch lateinisch sprechend. „Er ist nicht tot."

Kaiphas klatschte in die Hände, und als ein Sklave erschien, befahl er ihm, Wein zu holen. Aber er ließ ihn nicht gleich gehen. Er haßte Saul, wie er alle halsstarrigen und ungestümen Menschen haßte, weil sie ihn aufregten und überdies seine Verdauung durcheinanderbrachten. Geschickt und mit allzu menschlicher Behendigkeit hatte er die Schuld an der Aufnahme der Verfolgung der Gotteslästerer und Sektierer irgendwie von sich auf Saul überwälzt und betrachtete sich als einen von der Ungunst der Verhältnisse arg mitgenommenen Mann, dessen Sinnen und Trachten einzig und allein darauf gerichtet war, den Frieden wiederherzustellen. Um sich Erleichterung zu verschaffen und gleichzeitig Saul zu ärgern, vielleicht gar zu beleidigen, sagte er daher zu seinem Diener: „Bringe auch einen Stuhl für diesen Gefangenen und ein wenig Wasser und Tücher für seine Wunden und setze ihm den Wein in einem schönen Becher vor, denn dies ist Stephanus ben Tobias, der einem angesehenen Hause entstammt, und kein Arbeitsmann aus der Straße der Zeltmacher oder ein Bauer aus den Weinbergen."

Einige Richter beobachteten mit verzeihlichem Ergötzen, wie Sauls Gesicht anschwoll und wie er sich auf die Lippen biß, bis ein Blutstropfen hervortrat. Aber er blieb stumm und steif stehen, wie ein Bild seiner selbst, und starrte über den Kopf des Hohenpriesters hinweg auf eines der hohen Fenster, durch das blasses Sonnenlicht hereinfiel. Sein Antlitz war grau, der Mund bläulich verfärbt.

Der Diener half Stephanus auf die Beine und schob ihn auf einen Stuhl vor die Richter und den Hohenpriester. Das Gesicht bleich wie das eines Toten, die Augen geschlossen, die Wangen blutend, fiel Stephanus gegen die Lehne zurück. An seinem Hals, an Armen und Beinen, waren große Beulen zu sehen. Doch weder diese noch seine armselige Kleidung beeinträchtigten seine aristokratische Erscheinung. Als der prächtige alexandrinische Becher mit dem Wein sanft gegen seine Lippen gepreßt wurde, schluckte er langsam, Tropfen auf Tropfen, und allmählich bekam sein edles Gesicht wieder Farbe. Er schlug die Augen auf und sagte: „Kaiphas."

„Ja, ich bin es", erwiderte der Hohepriester. „Ein unguter Tag ist es, Stephanus ben Tobias, wenn der Sproß eines edlen Hauses der Gotteslästerung geziehen, wie ein gemeiner Verbrecher ergriffen und vor den Hohen Rat gebracht wird. Sprich, Stephanus! Was hast du zu deiner Verteidigung vorzubringen, was willst du leugnen?"

Stephanus schien zu überlegen, ohne dabei seine leuchtenden Augen vom Hohenpriester abzukehren. „Auch Er", antwortete er schließlich, „wurde wie ein gemeiner Verbrecher vor Gericht gestellt und verurteilt.

Ich bin überglücklich, daß ich es Ihm nachtun kann." Seine melodische Stimme nahm jeden Augenblick an Kraft zu; dann lächelte er. Er wandte sich zur Seite und sah Saul an, der steif seinen Kopf zu ihm drehte und seinen Blick erwiderte.

„Seit langem wünsche ich mit dir zu diskutieren, Saul von Tarschisch", sagte er, „sind wir doch Männer der gleichen Herkunft. Ich habe zu Gott gebetet, mit dir reden zu können."

„Dann rede jetzt mit mir", entgegnete Saul mit lauter und bitterer Stimme, „denn du hast die erhabenste Pflicht eines Mannes aus angesehenem Hause vergessen: seinem Volke ein Beispiel zu sein. Fürwahr! Betragen hast du dich wie ein gemeiner Verbrecher, wie ein rüpelhafter, billiger Gotteslästerer, der aus reinem Mutwillen Unruhe stiftet, unser Volk in Gefahr bringt und den Zorn Gottes herausfordert."

Bevor Stephanus noch etwas erwidern konnte, erhob Saul gebieterisch die Hand und fuhr fort: „Du bist nichts als ein Hellenist, Stephanus ben Tobias, ein abtrünniger Jude, der den Glauben, der das Volk Israel durch Jahrhunderte vor allem Bösen bewahrt hat, nicht in Ehren halten kann, weil er wenig oder nichts darüber weiß, nichts von seiner Geschichte und nichts von seinen Propheten. Zu niemandes Nutzen hast du falsche Götter angebetet und unheilvolle Philosophien in dich aufgenommen. Es war leicht, dich zu Irrglauben und Gotteslästerung zu verführen. Ich bin bereit", sagte Saul, den ein unergründlicher Schmerz zu überwältigen drohte, „mich mit deinem Geständnis zufriedenzugeben, daß du aus Unwissenheit und nicht aus Überzeugung gesündigt hast, vielleicht gar nur, um deine selbstische Eitelkeit zu befriedigen."

Die Richter sahen sich erstaunt an und die Zeugen standen mit offenem Mund da. Hatte da doch der furchteinflößende, der schreckliche Saul von Tarschisch dem Gefangenen einen Weg gewiesen, so daß er vielleicht nur mit ein paar Peitschenhieben davonkommen würde!

Saul verstand sich selbst nicht. Er verstand die komplexen Gefühle nicht, die ineinander gedreht waren wie Zwirnsfäden und die ihn ohne sein Wollen veranlaßt hatten, Stephanus eine goldene Brücke zu bauen, über die er der gerechten Strafe eines Gotteslästerers entgehen konnte. Vielleicht war es Stephanus' Name oder Familie gewesen, vielleicht das edle Antlitz oder der offene Blick oder vielleicht seine Jugend. Er war jünger als Saul und stand erst an der Schwelle des Mannesalters. Auch erinnerte er ihn an seinen Lieblingsneffen Amos. Trotz seines Zorns hatte Saul das schon in der Synagoge erkannt.

Möglicherweise und dank des großen Einfühlungsvermögens, das er jetzt besaß, spürte Stephanus all das. Aus seinen Augen sprach tiefes Mitgefühl, als ob er, und nicht Saul, Ankläger und Richter und Saul das Opfer wäre.

Kaiphas schaltete schnell: „Gestehe, Stephanus ben Tobias", sagte er,

„daß du dich im Irrtum befunden, daß du aus Unwissenheit und nicht aus Überzeugung gehandelt hast, wie Saul von Tarschisch es, hm — formuliert — hat.“

Aber Stephanus antwortete ihm nicht. Sein Blick war immer noch auf Saul gerichtet, und nun leuchteten seine Augen in tiefer Erregung, und das süßeste Lächeln spielte um seine Lippen. Er erhob sich langsam von seinem Stuhl, blieb daneben stehen und legte die Hand auf die Lehne, um sich zu stützen. Dann erst wandte er sich den Richtern zu und begann mit seiner lockenden, klangvollen Stimme zu sprechen.

„Man hat mich einen abtrünnigen Juden geheißen und mir vorgeworfen, ich wisse wenig von unserer heiligen Geschichte und von den Propheten und habe darum Mißdeutungen und Irrglauben mein Ohr geliehen. Aber das ist nicht so, ihr Herren.“

Er warf einen durchdringenden Blick auf Saul. „Es gibt Schlimmeres als den Verrat an einem Freund oder an einem Verwandten oder an einem Volk: das ist der Verrat an Gott, gepriesen sei Sein Name, und der Verrat an Seiner Wahrheit.“

Dann wandte er sich wieder den Richtern zu. „Hört mich an, ihr Herren, und sagt mir dann offen, ob ich ein Jude bin, der die Geschichte unseres Volkes nicht kennt.“

Er begann nun mit einem langen, überzeugenden Vortrag über die Geschichte seines Volkes und der Propheten. Kein Laut war zu hören, außer seiner zwingenden Stimme; seine beredten und anmutigen Gesten zogen alle in ihren Bann. Kaiphas und die Richter lauschten beeindruckt, und selbst Saul konnte den Blick nicht von dem leuchtenden Antlitz des Redners abwenden.

Kein Ereignis gab es, und mochte es auch noch so unbedeutend sein und noch so weit in den Wolken der Vergangenheit liegen, das Stephanus nicht erwähnte. Es war, als ob er eine packende Geschichte erzählte, die keiner noch je gehört hatte. Er sprach von Abraham und Jakob, von Joseph und Moses, von Aaron und Salomon und David, und er sprach mit größter Genauigkeit und tiefstem Verständnis. Er besaß die Gabe des gebildeten Mannes, Tatsachen in ihrer natürlichen Folge aneinanderzureihen und sie logisch, ohne Zaudern und Schwanken, darzustellen.

Er hielt inne. Es war offenbar, daß er noch nicht geendet hatte, aber er blickte lächelnd auf die Richter, die gedankenverloren dasaßen, und wartete. Auch Saul schien wie betäubt. Seine Stirne war gefurcht und sein Gesicht verzerrt.

Dann ergriff Saul das Wort. „Ein hier anwesender Zeuge behauptet, du hättest wörtlich gesagt: ‚Josua von Nazareth wird diese Stätte zerstören‘ — damit meintest du den Tempel — ‚und die Gebräuche verändern, die Moses uns vorgeschrieben.‘ Wie lautet deine Antwort?“

Stephanus, der sich wieder unmittelbar an ihn wandte, antwortete:

„Salomon baute Ihm einen Tempel. Allein der Allerhöchste wohnt nicht in Tempeln, von Menschenhänden gemacht, wie der Prophet spricht: Der Himmel ist mein Thron, die Erde meiner Füße Schemel! Welches Haus wollet ihr Mir bauen? spricht der Herr; oder welcher Ort könnte für Mich ein beständiger Wohnsitz sein? Hat nicht Meine Hand dieses Alles hervorgebracht?' Daran", sagte Stephanus und senkte die Stimme, „hat uns der Messias erinnert: goldene Tempel, um Gott darin zu verehren, mögen den Menschen, und somit auch Gott, gefällig sein. Beten und erhört werden aber können sie auch auf freiem Felde, bei ihrer Arbeit und in ihren Häusern, in ihren Betten und allein, und nicht nur in Synagogen und Tempeln. So sprach Er, und ich wiederholte Seine Worte und, gleich Ihm, die Worte Salomons, denn wir haben sie vergessen, wie die Menschen allesamt dazu neigen, das Wort Gottes zu vergessen und an ihre eigenen Wünsche zu denken. — Hat nun der Messias Gott gelästert, indem er Salomon zitierte? Bin ich ein Gotteslästerer?"

Das brachte Saul neuerlich in Wut. „Ein Haarspalter bist du", rief er ihm zu, „ein Wortklauber! Wir staunen über deine Kenntnisse der Geschichte unseres Volkes, wie es ja auch deine Absicht war, uns in Erstaunen zu setzen. Ich beglückwünsche dich zu deiner Bildung. Aber dir wird angelastet, du habest gesagt, Josua ben Joseph würde den Tempel zerstören —"

„Das habe ich niemals gesagt, und auch der Messias nicht, gepriesen sei Sein Name. Er prophezeite, daß unser Tempel zerstört, unser Volk zerstreut und Jerusalem in Schutt und Asche gelegt werden würde. Damit hat Er nur wiederholt, was schon andere Propheten vor Ihm weissagten, und Er hat neuerlich prophezeit, daß Jerusalem nach den Tagen des Drangsals wieder aufblühen würde wie eine Rose."

„Er lügt!" schrie einer der Zeugen schrill auf. „Er lügt! Ich habe Männer hier, die das bestätigen werden!" Mit einer heftigen Bewegung wandte er sich seinen Gefährten zu. „Ist es nicht so, Freunde? Wollt ihr nicht bei den Bärten eurer Väter schwören, daß es so ist?" Er stampfte wie ein Wahnsinniger mit dem Fuß, seine Augen funkelten wie die einer Bestie.

Die Männer zögerten den Bruchteil einer Sekunde. Dann aber, mitgerissen von seinem leidenschaftlichen Gefühlsausbruch, vereinten sie ihre Stimmen zu einer donnernden Bestätigung, denn nun schien es ihnen, als ob Stephanus tatsächlich behauptet hätte, sein Herr würde den Tempel zerstören. „Ja, ja, so ist es, so ist es!" brüllten sie.

Stephanus, der immer noch aus vielen kleinen Wunden blutete, stand bei seinem Stuhl, blickte die Männer an und seufzte: nicht aus Ungeduld oder Abscheu, sondern aus Mitleid. Dann aber, als ob er eine gebieterische Stimme vernommen hätte, erhob er den Blick zu einem der Fenster. Ein unbeschreiblich süßes Lächeln erschien auf seinem Antlitz, und er breitete in ehrfürchtiger Scheu die Arme aus.

„O ich sehe den Himmel offen“, rief er mit bebender Stimme, „und den Sohn des Menschen zur Rechten Gottes stehen!“

Er redet irre, dachte Saul, er hat den Teufel im Leib und lästert Gott. Und aller Schmerz fiel von ihm ab.

Er wandte sich an den Hohenpriester und die Richter: „Ihr habt seine faulen Lügen gehört, und nun auch seine unverschämte Gotteslästerung, indem er behauptet, Josua von Nazareth stünde zur Rechten Gottes!“

Aber Kaiphas zögerte noch. Er blickte zu den Richtern hinüber und sah, wie sie überlegten. Wenn sie die Klage gegen Stephanus abwiesen, würden diese elenden Zeugen überall herumerzählen, das Synedrion habe es nicht gewagt, einen reichen Mann aus vornehmem Haus zu maßregeln und zu bestrafen, obgleich es nicht gezaudert hatte, den Römern Josua von Nazareth auszuliefern, auf daß sie ihn kreuzigten. Und warum auch nicht? Josua war ja nur ein armer Zimmermann gewesen! ‚Ein Gesetz für die Mächtigen und eins für die Schwachen!‘ würden sie schreien. Schlimmer noch: sie würden öffentlich erklären, das Synedrion habe einen Gotteslästerer geschont. Die Folgen wären unabsehbar.

Und so sagte einer der Richter: „Laßt uns die Todesstrafe über ihn aussprechen.“

Die Zeugen brüllten vor Freude. Wie entfesselte Tiere stürzten sie sich auf Stephanus, ergriffen ihn und zerrten ihn unter lautem Getöse aus dem Saal.

Kaiphas richtete seine Blicke auf Saul. „Wie nun?“ fragte er. „Gehst du nicht mit ihnen, um dem Verfahren zumindest den Anschein von Recht und Gesetz zu geben?“ Er lächelte vielsagend und arglistig, und die Juwelen glitzerten an seinen Fingern.

Saul verließ grußlos den Saal. Kaiphas aber dachte für sich: ‚Damit, mein hochmütiger Freund mit dem verwegenen roten Haar und dem Angesicht eines Löwen, habe ich sie dir heimgezahlt, die Beleidigungen, die du mir zugefügt hast, seitdem ich dich kenne, deine stolzen Blicke und deine verachtungsvollen Gesten.‘

Von Saul ben Hillel angeführt, vom römischen Zenturio und seinen Männern gleichmütig gefolgt, wälzte sich die Prozession des Todes durch die Straßen Jerusalems. Sie schwoll an, wie ein Strom anschwillt, der auf dem Weg zum Ozean Bächer und Flüsse aufnimmt. Wie eine rote Feuerkugel versank die spätwinterliche Sonne im Westen, und ein nebliger Dunst stieg zum fahlen Himmel empor. Ein staubiger Wind erhob sich und fegte durch die engen Gassen. Bronzefarben leuchteten die Berge, die noch kein Frühlingsgrün bedeckte, wenn auch kleine Inseln dunkler Zypressen hier und dort ihre Wipfel zeigten.

Die Händler schlossen ihre kleinen Läden, um hinter dem Zug herzulaufen und Fragen zu stellen. Manche kamen auf Eseln geritten, und aus den Seitengassen starrten Kamele und ihre Herren verwundert auf die vorbeiziehende Menge. Frauen guckten aus engen Fenstern, und Knirpse rannten herbei, stopften sich schnell eine Süßigkeit in den Mund und betrachteten das Schauspiel aus großen, neugierigen Kinderaugen. „Ein Gotteslästerer wird zur Steinigung geführt!" riefen sie. Es war ein Fest für die Kleinen, denn sie waren noch zu jung, um etwas vom Tod zu wissen, von einem so entsetzlichen Tod noch dazu, und so lachten und scherzten sie, bis sie von einigen Männern davongejagt wurden. Was nun geschehen würde, war kein Anblick für Kinder.

Der Zenturio, ein ‚alter' Römer, mußte an die Gracchen denken, die einem ebensolchen hirnlosen, johlenden, grausamen Gesindel zum Opfer gefallen waren. Die Gracchen mochten Illusionen nachgejagt sein, doch welche Schuld hatten sie auf sich geladen? In ihren Bemühungen, aus diesen erbärmlichen Kreaturen Männer zu machen, hatten sie behauptet, dem Pack stünden ‚Rechte' zu. Und was lastete man diesem Stephanus an? Gotteslästerung. Gewiß, die Götter ließen sich nicht gern beleidigen, aber dieser Stephanus hatte sie doch nicht beleidigt, sondern nur verkündet, einer von ihnen habe menschliche Gestalt angenommen, um die Menschheit dem Licht der Wahrheit entgegenzuführen. Hatte er dafür den Tod verdient? Nun ja, Prometheus hatte den Menschen das Feuer gebracht und war dafür von den rachedurstigen Göttern in alle Ewigkeit bestraft worden. Das waren die Vorrechte der Götter. Aber nicht die der Menschen.

Der Römer konnte Saul, der der wachsenden Menge voranschritt, nicht ausmachen. Dann fiel ihm ein, daß es sich für einen Römer nicht paßte, hinter dem Pöbel herzulaufen. Aber auch nicht, ihm voranzugehen! Doch wahrscheinlich würden die römischen Wachen am Tor Schwierigkeiten machen, es konnte zu Tumulten und Gewalttaten kommen, wenn man das Gesindel, das sich wie wahnsinnig gebärdete, aufhalten wollte. Darum gab der Zenturio seinen Pferden die Peitsche und erzwang sich und seinen Männern einen Weg durch die Menge. Als er nach vorne kam, sah er Stephanus von einem Dutzend Armen gestoßen und gezerrt. Er schien kaum bei Bewußtsein zu sein. Seine Augen waren geschlossen, und er blutete wieder aus vielen Wunden. Sein Antlitz glich dem einer gestürzten Statue, und sein weißes Gewand war vom Saft seines Lebens befleckt. Einen Augenblick lang dachte der Römer daran, ein mitleidvolles Schwert in das Herz des Verurteilten zu stoßen. Dann aber entsann er sich, daß Pilatus ihm aufgetragen hatte, Saul von Tarschisch zu gehorchen, diesem schrecklichen, besessenen Mann, der unglaublich schnell vor ihnen einherschritt. Der Zenturio überholte ihn. Aber Saul sah ihn nicht. Er starrte vor sich hin und schien sich in einem trance-ähnlichen Zustand zu befinden. Das ist kein Mensch mehr, dachte der Zenturio; er ist nichts weiter als verkörperte treibende Kraft.

Die Wachen am Tor traten auf die Straße, schauten verwundert und deuteten mit den Händen. Ihre Helme glitzerten im farblosen Licht. Über ihnen ragten die Feldzeichen Roms, und die großen bronzenen Adler auf den Torsäulen schienen zu leben und zum Sprung auf ihr Opfer ansetzen zu wollen. Als die Soldaten den Zenturio heranpreschen sahen, öffneten sie eilig das Tor und beobachteten ungläubig den Pöbel, der sich nun auf die nackte, safrangelbe Ebene hinauswälzte, die mit Kies und Schotter und Steinbrocken bedeckt war. Es deuchte den Soldaten, als ob halb Jerusalem auf den Beinen wäre. Die Menschen schrien wie Esel, jaulten wie Schakale, heulten wie Hyänen, die Masse ein vielfarbiges Ungetüm mit flatternden Gewändern und trampelnden Füßen. Da war etwas in ihrer Mitte, das sie mit sich fortzerrten, etwas Weißes, Schlaffes, Blutbeflecktes, das kraftlos auf und ab tanzte, etwas, das kaum noch menschliches Aussehen hatte, wäre ihr Auge nicht auf das wirre, bernsteinfarbene Haar gefallen.

Nach den engen Straßen der Stadt war die Einsamkeit hier draußen zu groß und zu öde für die Massen. Die ersten blieben stehen und hinter ihnen stauten und drängten sich die Leiber. Es entstand eine allgemeine Verwirrung, doch Saul wurde ihrer rasch Herr. Den Römern, die neben ihrem Hauptmann Aufstellung genommen hatten, gönnte er keinen Blick. Er hob die Hand, und seine Stimme ertönte laut und klar in der entsetzlichen Stille:

„Jene, die vor dem Hohenpriester und dem kleinen Synedrion Zeugnis abgelegt haben gegen diesen Mann, mögen vortreten, wie das Gesetz es befiehlt — ‚die Hand der Zeugen sei an ihm zuerst, ihn zu töten'. Die nicht Zeugen sind, müssen zurückstehen in Ruhe und Ordnung, oder ich will anordnen, daß sie in die Stadt getrieben und zerstreut werden! Dies ist keine Festlichkeit. Es ist eine feierliche Gelegenheit, ein furchtbares Unrecht an Gott, gepriesen sei Sein Name, wiedergutzumachen."

So übermenschlich war seine Kraft, so außerordentlich die Macht seiner Persönlichkeit, so furchterregend der Ausdruck seiner Augen, daß völlige Stille eintrat. Das laute Atmen der Menschen klang wie das Säuseln des Windes. Sie hefteten ihre wilden, fiebernden Blicke auf die Zeugen, die ihre regungslose Beute vor Saul schleiften und sie zu den Füßen des jungen Pharisäers hinwarfen.

Gebrochen und betäubt lag Stephanus da. Seine weiße Wange ruhte auf dem gelben Schotter, die Beine waren hilflos gespreizt, die Arme ausgebreitet, als erwarte er, ans Kreuz geschlagen zu werden. Er hielt die Augen geschlossen. Seine goldenen Wimpern kosten die Wangen, und seine grauen Lippen waren halb geöffnet, um dem schwachen Atem Durchgang zu gewähren. Der Sproß des Hauses Tobias war bereits dem Tode nahe, seine Schönheit im Staub zertreten, sein Körper regungslos.

Fast keuchend vor innerer Bewegung sah Saul auf ihn hinab, auf diesen

Gotteslästerer, dem Knabenalter kaum entwachsen, dessen Antlitz eben noch gestrahlt, dessen Augen eben noch geleuchtet hatten. In Freundschaft hatte er ihm seine Hand entgegengestreckt und war stolz vor dem Hohenpriester — diesem abscheulichen Kerl! — gestanden, um nicht sich, sondern Jenen zu verteidigen, den er mehr liebte als sein eigenes Leben. Welche Macht besaß dieser Zimmermann, dieser armselige Wanderrabbi, daß Männer wie Stephanus ihm folgten, ihr Leben für ihn gaben und seinen Namen im Triumph erhoben wie Soldaten die Fahnen ihres Landes auf eroberter Erde? Es hatte andere vor ihm gegeben, die geheimnisvolle Kräfte zu besitzen vorgaben und Wunder vollbrachten und Anhänger um sich scharten; sie waren gestorben, und ihre Anhänger hatten sie vergessen und sich in alle Winde zerstreut. Der Nazarener jedoch besaß noch im Tode so viel Macht, daß Menschen aufbrachen, um seinen Namen zu verkünden, und daß hundert Jünger aufstanden, wo nur einer geweilt hatte!

Der Kopf des Verurteilten lag zu seinen Füßen, und Saul spürte ein Brennen in der Kehle und einen Schmerz in seinem Fleisch, als ob ein Schwert ihn durchbohrte. Ich hätte ihn geschont, dachte er, aber er ist wahnsinnig, und nun muß er sterben, denn wenn wir zulassen, daß Gott zum Gespött wird, bedeutet das unser aller Ende.

Der junge Pharisäer hob die Arme, und die Zeugen stürzten sich auf Stephanus und rissen ihm die lange Tunika, den Umhang und den Gebetsmantel vom Leib. Sie ließen ihm nur das Lendentuch. Und es gab welche unter den Dabeistehenden, die das marmorne Ebenmaß seines jungen Körpers und die vollkommene Form der Muskeln unter der weißen, seidenen Haut bewunderten. Und einigen wenigen, die griechische Tempel gesehen und sie sogar betreten hatten, wollte es scheinen, als ob Stephanus einer Statue des Hermes gliche. Diese waren es, die nun anfingen, sich mit einigem Unbehagen zurückzuziehen und sich zu fragen, was sie eigentlich veranlaßt hatte, hierherzukommen. Sie versteckten sich in der Menge, und manche kehrten still in die Stadt zurück. Andere wurden von Entsetzen gepackt, daß sie sich solchem Gesindel angeschlossen hatten, und suchten ihr Heil in der Flucht.

Wie immer, war es auch an jenem Tag heißer hier als in der Stadt, denn der Hauch der Wüste wehte herüber, und das Licht der sinkenden Sonne überzog die Berge mit glitzerndem kupfernen Schein. Die Zeugen nahmen ihre Umhänge ab und richteten ihre Blicke auf Saul. Er trat einige Schritte zurück und gab ihnen ein Zeichen, und sie warfen ihre Gewänder vor ihm auf einen Haufen.

Und dann, während ihre Augen vor Lust und frohlockender Erwartung funkelten, schossen sie wie Skorpione in ihren dunkelfarbigen Tuniken in einem sich weitenden Kreise gebückt suchend umher, griffen nach Steinen und wogen sie in ihren Händen. In der seltsam geballten Stille stießen sie Laute aus, die sonst nur von Männern zu hören waren, die sich auf dem Höhepunkt geschlechtlicher Vereinigung befanden, und in Sauls verkrampftem und verzerrtem Gesicht spiegelten sich Abscheu und Haß. Nachdem jeder zwei Steine aufgenommen hatte, die schwersten und schärfsten, die er finden konnte, kehrten sie zurück und blieben rund um Stephanus stehen.

Wieder hob Saul die Hand. Es gelang ihm nur mit äußerster Mühe, seinen Drang zu bezähmen, sich abzuwenden und davonzueilen, aber da er nun einmal so weit gegangen war, würde er bleiben, auch wenn es ihn selbst das Leben kosten sollte.

Der erste Stein schlug gegen Stephanus' Schultern. Sein Körper zuckte zusammen, doch der gelassene Ausdruck auf seinem Antlitz veränderte sich nicht. Ich wollte, er wäre bewußtlos, dachte Saul, ich wollte, er könnte nichts spüren. Das Geräusch des aufschlagenden Steins gellte allen außer den Zeugen in den Ohren, denn es war Fleisch eines Mannes, auf das er gefallen war. Nun erschien eine riesige Wunde zwischen den Schultern des Gepeinigten, ein ausgezacktes, offenes, rotes Maul, das Blut spie.

Die Zeugen schienen dem Wahnsinn nahe, als sie das Blut sahen. Als vollführten sie einen heiligen Tanz, hüpften sie linkisch, hölzern, wie giftsprühende Insekten, um ihr Opfer herum, schleuderten ihre Steine auf den gebrochenen, geschlagenen Körper im gelben Staub und kreischten wie rasende Weiber. Ein Stein fand sein Ziel auf dem Hinterkopf des Jünglings, und die letzten bernsteinfarbenen Locken verschwanden unter einem scharlachroten Strudel. Das klirrende Aufschlagen der Geschosse wurde unerträglich und hallte im Ödland wider.

Ich darf das Bewußtsein nicht verlieren, ich darf nicht stürzen, dachte Saul ben Hillel, als die drohenden Funken hinter seinen geschlossenen Lidern zu zucken begannen und sein Fleisch erschauerte, sein Mund austrocknete und seine Zunge anschwoll und am Gaumen klebte. Er spürte die Schaumflocken, die über seine Lippen traten und ja, dachte er dann, ja, ich will zu Boden fallen und nie wieder meine Augen öffnen!

Aber etwas zwang ihn, die Augen zu öffnen, und selbst er vergaß das Gebrüll der Mörder und ihr ruchloses Tun, denn zwischen den tanzenden und Steine werfenden Zeugen erblickte er eine stattliche Gestalt, die er vor langer Zeit gesehen hatte, ein feingeschnittenes, blasses Gesicht und große, ernste blaue Augen unter silbern schimmerndem blondem Haar. Der Mann stand in einiger Entfernung vor dem Pack, das der Steinigung zusah. Er war in einen Umhang aus blauer Wolle gehüllt und hatte die Kapuze zurückgeschlagen. Er achtete nicht auf das Mordgeschehen, dem er beiwohnte. Seine ganze Aufmerksamkeit galt Saul, und sein ernster, durchdringender Blick war nur auf Saul gerichtet.

Lag Tadel in diesem Blick oder Haß oder Verdammung? Und woher kam dieser Fremde, der doch offensichtlich kein Jude war? Ein strahlender Ring fing das Licht der sinkenden Sonne ein und leuchtete wie ein Stern an seinem rechten Zeigefinger.

Am ganzen Leibe zitternd, wandte sich Saul wieder der Steinigung zu. Stephanus war nun eine blutige Masse zerfetzten Fleisches. Herr, betete Saul in seinem Herzen, laß ihn sterben und seinem Leiden ein Ende sein.

Die Steiniger rangen nach Atem, denn ihre Anstrengungen waren heftig gewesen, aber immer noch nahmen sie die blutigen Steine auf, die von dem regungslosen Körper zurückprallten, und schleuderten sie von neuem, wenn auch nicht mit der gleichen Kraft; sie waren erschöpft. Kleine rote Rinnsale vermengten sich mit dem Staub und krochen wie verwundete Schlangen glitzernd über die trockene Erde. Er ist tot, dachte Saul, und wieder ergriff ihn der Schmerz und packte ihn ein krampfhaftes Zucken.

Doch in diesem Augenblick bewegte sich der zerfetzte Körper des Stephanus, und zum Erstaunen und Entsetzen vieler stützte sich der Gesteinigte auf seine Hände, diese langen, schmalen Hände, zerschlagen jetzt und blutig, und sein jugendliches Angesicht war nun mit einem Male das Antlitz eines Engels, leuchtend und strahlend in innerer Verzückung und Glückseligkeit. Wie verzaubert erhob er seine verschwollenen Augen zum Himmel; sein Körper spannte sich. Er glich einem, der sich hastig aufrichtet, um dem Ruf eines wohlbekannten und geliebten Führers zu folgen. Blut floß von seiner Stirn, aus Augen und Nase, aber sein Gesicht schimmerte und glänzte wie der aufgehende Mond.

Und mit gewaltiger Stimme rief er aus: „Herr Jesus, nimm meinen Geist auf!“

Er erbebte in frohlockendem Triumph. Er lächelte in vollkommener Liebe und heiliger Scheu, und himmlische Herrlichkeit schien ihn einzuhüllen und zu verklären.

Und während er noch lächelte, fielen Tränen aus seinen blutenden Augen, und er sagte mit beschwörender und zarter Stimme: „Herr, rechne ihnen diese Sünde nicht zu!“

Wieder erbebte er, wie von einer unsichtbaren Kraft geschüttelt. Seine Arme beugten sich. Er fiel auf sein Gesicht, murmelte etwas, erschauerte und verschied. Nun lag er in Frieden da, und keiner konnte ihm mehr ein Leid zufügen.

Der erste Märtyrer war im Namen Josuas von Nazareth gestorben, den die Römer Jesus, die Griechen Jesu nannten. Sein offener, toter Mund schien den Staub der Wüste trinken zu wollen, und seine Handflächen waren wie zu inbrünstigem Gebet nach oben gekehrt.

Saul schlug die Hände vor sein Gesicht. Er empfand eine tödliche Kälte, obwohl der Wind der Wüste immer noch heiß herüberwehte. Seit seiner schweren Krankheit in seiner frühen Jugend hatte er sich nicht so elend gefühlt. Er war ein einziges Gefäß quälenden Schmerzes.

Dann nahm er seine ganze Kraft zusammen. Was geschehen war, war geschehen. Wo aber blieb die Genugtuung, seine Pflicht erfüllt, eine Aufgabe bewältigt zu haben, die bewältigt werden mußte? Wo blieb das beglückende Gefühl, Gott Gehorsam erwiesen zu haben? Stephanus ben Tobias, der betrogene, der irregeleitete, war wie ein freudiger Held, wie ein gottgefälliger Prophet gestorben, und er, Saul ben Hillel, in Seelenangst befangen.

Als er Stephanus wieder ansehen konnte, bemerkte er, daß ein Mitleidiger den Umhang des Toten über seinen zerschlagenen Leib gebreitet hatte. Er empfand ein Gefühl der Dankbarkeit, das so mächtig war, daß er kaum seine Tränen zurückhalten konnte. Verstört, immer noch halb wahnsinnig, nahmen die Zeugen mit dem fast forschen Gehaben von Männern, die eine rechtschaffene Tat vollbracht haben, ihre Gewänder auf. Die Menge aber, deren Wut und Leidenschaft verraucht war, hatte sich weit von ihnen entfernt und strebte dem Stadttor zu.

Dann trat der Fremde, der Saul beobachtet hatte, und dessen Züge ihm vertraut waren, an den regungslosen Körper heran, der ausgestreckt im Staub lag. Langsam kniete er neben Stephanus nieder. Sanft zog er den Umhang von dem blutigen Kopf zurück. Wie ein Vater hob er dann das zerschmetterte Haupt an seine Brust und hielt es fest. Die Züge des Toten waren die eines schlafenden Kindes, und über den Kopf hinweg, der nun an seinem schlagenden Herzen ruhte, heftete der Fremde wiederum seine blauen Augen auf Saul, der nichts in ihnen lesen konnte.

Plötzlich erinnerte er sich. Es war der griechische Arzt Lucanus, der Adoptivsohn des Diodorus Cyranus, des römischen Legaten in Syrien, des reichen und mächtigen Tribuns in Rom. Dies war der berühmte Arzt der Meere, der barmherzige Verteidiger des Menschen gegen Gott!

Den Kopf des Toten an seine Brust gebettet, wandte sich Lucanus mit klarer, leidenschaftsloser Stimme an Saul:

„Ist es gestattet, Saul von Tarsus, daß ich diesen Jüngling zu einer Grabstätte bringe, die seine Familie bestimmen wird, auf daß er unter den Seinen ruhe?"

Saul wurde von solcher Seelenqual ergriffen, daß er vermeinte, sterben zu müssen. Er geriet darob in Zorn, und in seinem Schmerz antwortete er dem Arzt mit häßlichen Worten:

„Wir sind keine heidnischen Römer oder Griechen! Wir üben unsere Rache nicht an Toten!"

Er wandte sich dem Zenturio zu, der sein ernstes Gesicht abgekehrt hatte. Er winkte ihn heran, und der Römer näherte sich ihm mit klirrender Rüstung.

„Begleite mich nicht zu meinem Haus zurück", sagte Saul. „Lege die Leiche des Verurteilten auf deinen Streitwagen —" Er unterbrach sich und warf einen Blick auf den knienden Lucanus. „Und erlaube diesem —

diesem Arzt —, den Toten dahin zu begleiten, wo er ihn hinzubringen wünscht. Nimm deine Leute mit."

Der Zenturio rief seine Soldaten, und Lucanus gab den Körper frei, nachdem er ihn wieder mit dem Umhang bedeckt hatte. Die Soldaten hoben den Leichnam auf den Wagen. Lucanus setzte sich neben den toten Stephanus. Ohne daß der Arzt noch einen Blick auf Saul zurückgeworfen hatte, fuhr der Wagen ab; die Legionäre setzten sich in Marsch. Das Gefährt rumpelte und polterte über Schotter und Kies, eine düstere Prozession des Todes. Saul folgte ihr mit den Blicken, und was er zuletzt sah, war das blonde Haupt des Lucanus, das sich über das zerfetzte Fleisch zu seinen Füßen beugte.

Wie hypnotisiert blieb Saul lange Zeit stehen, bis er merkte, daß die Kälte des Todes ihn umströmte und quälender Schmerz an ihm zehrte. Und er sah, daß die Wüste sich rasch verdunkelte, und daß ein bleicher Mond wie ein Totenkopf vom Osten her aufzog, und daß keiner bei ihm geblieben war, kein einziger, keiner aus der Menge, keiner der Zeugen: er stand allein und verlassen. In der Ferne erblickte er das offene Tor seiner Stadt. Mit gesenktem Haupt wandte er sich ihr zu und setzte sich mit dem Schritt eines alten, gebrochenen Mannes in Bewegung. Das Blut des Stephanus war eine dunkle Lache auf dem Wüstenboden und schimmerte fahl im Mondlicht.

XXXIII

Um jene Zeit entstand eine heftige Verfolgung wider die Gemeinde zu Jerusalem; so daß alle, nur die Apostel ausgenommen, sich in Gegenden von Judäa und Samaria zerstreuten. Den Stephanus aber bestatteten gottesfürchtige Männer zur Erde und stellten um ihn eine große Trauer an. Saulus wütete gegen die Gemeinde, drang in die Häuser, riß Männer und Frauen heraus und lieferte sie in Verhaft. Die Zerstreuten gingen indessen umher und predigten das Wort Gottes.

Apostelgeschichte 8, 1—4

Rabban Gamaliel und Joseph von Arimathäa standen vor dem glatten weißen Grab des Stephanus ben Tobias und betrachteten die taufrischen Blumen, die es schmückten. Das Grab lag auf einem stillen Friedhof in einem Abschnitt, der dem Hause Tobias vorbehalten war. Auch andere waren gekommen, Männer und Frauen mit traurigen Gesichtern in einfachen Gewändern. Einige wenige aber waren vornehm gekleidet. Ein Mann von etwa vierzig Jahren, klein und breit und mit einem großen runden Bauch hatte die Hand an den Grabstein gelegt. Er war dick, aber nicht schwerfällig, und machte den Eindruck zurückhaltender Würde und strenger Selbstbeherrschung. Er trug eine golden und scharlachrot gesäumte, weiße Toga und die roten Schuhe eines Senators. Wenn er atmete, öffnete sich die Toga ein wenig und ließ darunter eine weiße Tunika aus feinster Seide erkennen. Auf seinem Kopf saß die goldbestickte Mütze des Stammes Dan, und an jedem einzelnen seiner Finger — allesamt sorgsam enthaart — steckten prächtige Ringe. Mit Juwelen besetzte Bänder umschlangen seine Arme, und eine goldene Kette mit Rubinen hing an seinem Hals. Zwei Diener standen respektvoll einige Schritte hinter ihm. Er schien niemanden zu bemerken. Sein rundes, rosiges Gesicht, in dem mehr als nur ein Kinn zu zählen war, deutete auf Manneszucht hin, wenngleich alles andere zu der Annahme verleitete, daß er sein Leben der Wollust und dem Wohlleben geweiht hatte. Er trug keinen Bart. Er verbreitete einen Duft nach Verbene und Minze, und seine eckigen Fingernägel waren poliert wie Opale. Er sah aus wie ein Satyr oder doch zumindest wie ein Mann, der das Leben genoß und sich nichts abgehen ließ. Dennoch strahlte er Wohlbefinden und gute Gesundheit aus.

Seine parfümierte Hand strich über den Grabstein, doch sein Gesichtsausdruck änderte sich nicht. Er seufzte nicht einmal. Schließlich wandte er sich ab und erblickte Joseph und den Rabban.

„Seid gegrüßt“, sagte er mit voller, fester Stimme.

„Schalom“, erwiderte Rabban Gamaliel. Tiefes Mitleid sprach aus seiner berühmten Stimme.

Die kalten, haselnußbraunen Augen ruhten prüfend auf ihnen. „Schalom“, sagte Tobias. „Frieden. Wem, Freunde? Meinem Sohn, der in diesem Grab liegt, gemordet von Ruchlosen, von denen Saul von Tarschisch der Ruchloseste ist? Meinem Haus, meiner Frau, meinen Töchtern? Wer wird mir meinen einzigen Sohn wiedergeben?“

In ihrer Bewegung wußten sie ihm keine Antwort. „Ich, sein Vater, heißt es, hätte ihn aus dem Schoß unserer Familie ausgestoßen. Gewiß, wir lachten über seine Torheit. Aber er war ein junger Mann von großer Begeisterungsfähigkeit. Sein Herz war leicht zu erobern, und er neigte zu überstürzten Leidenschaften und temperamentvollen Verbindungen. Wir hofften, er würde von seiner Narrheit zurückfinden, wie er schon oft zurückgefunden hatte. Und so wäre es zweifellos auch gekommen. Welches abscheulichen Verbrechens hat sich mein Sohn schuldig gemacht? ‚Gotteslästerung‘ werdet ihr sagen, und ist Gotteslästerung nicht ein abscheuliches Verbrechen?“ Tobias ben Samuel lächelte, aber es war ein Lächeln von bitterem, ironischem Abscheu. „Sind wir noch so weit zurück in unserem vielgerühmten, fortgeschrittenen Zeitalter der Zivilisation, daß ein junger Mensch wegen Gotteslästerung ermordet werden kann — wenn er sie überhaupt begangen hat? Wenn die, die ihn töteten, ihren Gott so lieben, warum haben sie meinen Sohn nicht *ihm* überlassen — wenn es ihn gibt? Haben sie Angst, daß er vielleicht gar nicht existiert oder daß er zu schwach ist, um sich zu verteidigen — ihr Gott? Oder kämpfen sie gegen ihren eigenen Unglauben an, versuchen sie, ihre eigene Gottesleugnung zu bemänteln?"

Er faltete seine feisten rosigen Hände vor sich und betrachtete die andern mit dem gleichen kalten, verächtlichen Lächeln. „Mein Sohn. Gesteinigt wie ein Mörder, wie eine Dirne, wie ein gemeiner Verbrecher. Welchen Schaden hat er in seinem kurzen Leben angerichtet? Er hat die Frauen geliebt, und Wein und Gesang, Gelage und Feste, Musik und Lachen. Er liebte seine Familie und seine Freunde. Nie sprach er gehässig oder schadenfroh von seinem Nächsten. Nie hat er einem Andern Unrecht getan oder Leid zugefügt. Er mag ein Tor gewesen sein, aber seit dem Tage seiner Geburt war er wie das Sonnenlicht in meinem Haus. ‚Almosengeben' war für ihn kein leeres Wort; es war eine Berufung. Er war kein Schreiberling, und Güte für ihn kein leerer Wahn! Ich sprach oft in Strenge zu ihm, um die Liebe, die ich für ihn empfand, zu verbergen, und weil er mich manchmal mit seinen Scherzen und liebevollen Sticheleien ärgerte. Aber er war uns allen in seinem Vaterhaus eine Freude, seinen Freunden ein wahrer Freund, und seiner Mutter, die sich jetzt ruhelos und schlaflos in ihrem Bett wälzt, die ganze Welt. — Wer wird mir meinen Sohn wiedergeben?"

Josephs Augen füllten sich mit Tränen, und auch auf den Zügen des alten Rabban malte sich tiefe Bewegung. „Tobias ben Samuel", sagte er, „es gibt da eine alte Geschichte: Ein Mann weinte unaufhörlich um seinen Sohn, und seine Freunde fragten ihn voll Mitleid: ‚Warum weinst du? Niemand kann dir deinen Sohn wiedergeben.' Und er antwortete ihnen: ‚Eben darum weine ich.' Wir haben keine frömmelnden Worte, um dich zu trösten, denn es gibt Zeiten im Leben eines Mannes, da Trost ihm nichts mehr bedeutet, und die Tränen wie gefrorener Regen in seinem Herzen liegen. Darum will ich dich auch nicht ermahnen, wie die Tröster Hiobs ihn ermahnten. Ich bin weder so oberflächlich und kleinlich noch so verständnislos." Er zögerte.

„Wer dir deinen Sohn wiedergeben wird? Gott. Du lächelst? Aber ich weiß, daß es so ist. Ich sage nicht: ich glaube, daß es so ist. Ich wiederhole, daß ich es weiß, denn ich selbst habe Tote gesehen, die zum Leben erweckt wurden."

„Ah ja?" machte Tobias ben Samuel mit einem funkelnden, spöttischen Blick. „Dann gib mir doch meinen Sohn wieder, aber nicht in einer märchenhaften, mythischen Zukunft, jenseits seines Grabes, sondern hier, jetzt, in meine Arme."

„Dein Sohn lebt, und er lebt, wie er nie zuvor in dieser schändlichen

Welt gelebt hat", entgegnete der Rabban. „Du wirst das als ein Trugbild, als die Phantasie oder den Kinderglauben eines alten Mannes ansehen. Aber lausche mir. Ich habe heute Nacht von deinem Sohn geträumt. Ich habe ihn in seinem kurzen Leben nur fünfmal gesehen. Ich bin nur dreimal in deinem Hause gewesen, und immer nur dann, wenn deine liebe Frau in großer Not war und mich rufen ließ. Ich bin nie in deiner Kammer gewesen und habe nie deine Kästen und Truhen durchsucht. Auch unterhalte ich keine Spione in deinem Haus." Er machte eine Pause.

Tobias ben Samuel hörte ihm mit erhöhter Aufmerksamkeit zu, obwohl seine dicken, rosigen Lippen immer noch zu einem verächtlichen Lächeln geschürzt waren. „Worauf willst du hinaus, Rabban?"

„Ich sagte es dir schon. Dein Sohn erschien mir im Traum. Sein Antlitz strahlte wie die Sonne, aber Tränen liefen ihm über die Wangen. Er sprach zu mir: ‚Meinem geliebten Vater fehlt der Glaube, aber ich werde ihn erst wiedersehen, wenn er seine Welt verläßt. Es soll ihn nicht dauern, daß er unseren Gott verleugnet hat, gepriesen sei Sein Name. Wenn du ihm aber sagst, du hättest geträumt, daß ich lebe — und herrlicher lebe, als ich es mir je hätte vorstellen können —, wird er dich auslachen, obwohl er um mich trauert. Darum gebe ich dir eine Botschaft für ihn, eine Botschaft, die nur er verstehen kann und an der er erkennen wird, daß ich lebe.'"

Das Gesicht des Tobias wurde hart wie rosiger Marmor und schwoll vor Empörung an. Doch Joseph sah, wie seine Augenlider zuckten. „Und wie", fragte Tobias, „lautet die Botschaft, Rabban Gamaliel, die nur ich verstehen kann?"

Sie standen eingeschlossen in sonnige Stille. Die anderen Trauergäste beobachteten sie aus einiger Entfernung.

„Mir blieb der Sinn der Botschaft verborgen", antwortete Rabban Gamaliel, „wie es ja in Stephanus' Absicht lag. Das schwöre ich dir beim Bart meines Vaters, möge er in Frieden ruhen. Ich selbst kann daher kein Licht auf die Worte deines Sohnes werfen. Und so redete er zu mir: ‚Bestelle meinem Vater, er möge aus der goldenen Truhe, die er unter seinem Bett verwahrt, das herausnehmen, was er mir an meinem Bar-Mizwa zeigte, und sage ihm, er möge sich der lustigen Dinge entsinnen, die er zu mir sagte und über die wir beide lachten. Und bitte ihn, in meinem Namen, er solle, wenn er mich liebt, das, was zuunterst in jener Truhe liegt, an den Platz bringen, wo es hingehört; und in meine Hand legen das hübsche Ding, das er mir an meinem zehnten Geburtstag schenkte, auf dem, aus Smaragden geformt, die Worte ‚Du besitzt den Schmelz meiner Jugend' zu lesen sind. Denn das hübsche Ding gehörte seinem Vater, und dann ihm. Er gab es mir, als ich ein Kind war, und sagte zu mir: ‚Behalte es für deinen Sohn.' Es ist in etwas eingehüllt, das ebenfalls mir gehört.'"

Noch während der Rabban sprach, wich alle Farbe aus den Wangen und Lippen des schwer betroffenen, verbitterten Vaters. Ein Zucken ging durch seinen Körper, sein Mund öffnete sich, und seine kalten, haselnußbraunen Augen weiteten sich, als sähe er Halluzinationen. Aber sein starrer Blick blieb noch sekundenlang, nachdem der alte Mann zu Ende gesprochen hatte, auf dem Rabban haften. Und es schien Joseph, als wollte der unglückliche Vater den Erzähler mit seinem Schweigen beschwören, ihn nicht aus Mitleid zu täuschen.

„Bedeuten dir diese Worte deines lebenden Sohnes etwas, Tobias ben Samuel?" fragte der alte Rabban mit sanfter Stimme. „Oder hatte ich nur einen wirren Traum?"

„Bedeuten sie *dir* etwas?" erwiderte der verbitterte Skeptiker und Zyniker Tobias.

„Nichts. Noch einmal schwöre ich es dir beim Bart meines Vaters. Und stünden wir selbst vor dem Allerheiligsten, ich könnte dir nichts anderes sagen, Tobias ben Samuel."

Tobias senkte seinen Blick zu Boden. Er war totenbleich. „Dies ist dein zweiter Besuch an diesem Grab", fuhr Rabban Gamaliel fort, „und diese Lilien stammen aus deinem Garten. Einer plötzlichen Eingebung folgend, kamst du vor knapp einer Stunde hierher. Dabei dachtest du dir: ‚Er ist nicht da, und Tote zu besuchen, ist sinnlos, denn sie sind taub und blind, und mein Sohn weilt nicht mehr unter den Lebenden.'"

Tobias sah auf. In seinem Gesicht zuckte es. Plötzlich streckte er seine Hand aus, griff nach dem grauen Ärmel des Rabban und zog sich näher an den alten Mann heran. Seine Augen glitzerten.

„Willst du wissen, was mein Sohn mir mitteilen wollte, und was es bedeutet?" fragte er mit heiserer Stimme.

„Nur wenn du es mir mitzuteilen wünschst."

Tobias beugte den Kopf. „Am Grunde jener Truhe liegt, bis zu diesem Augenblick vergessen, der Gebetsmantel, den mein Vater von deinem Vater, Rabban Gamaliel, erhielt, bevor ich geboren wurde. Er hielt ihn in Ehren, obwohl er, wie alle in unserer Familie, ein Skeptiker war. Dazu gehört auch eine goldbestickte blaue Schärpe. Mein Vater hielt viel auf Tradition, obwohl er den Glauben verloren hatte. Darum legte er an den hohen Feiertagen den Mantel über die Schultern und band die Schärpe um seine Hüfte. Als mein Sohn Stephanus Bar-Mizwa wurde, zeigte ich ihm die beiden Dinge und fragte ihn, ob er sie tragen wolle. Er blickte mir ins Gesicht und sah mein stillvergnügtes Lächeln. Und weil er mich liebte, schüttelte er verneinend den Kopf. Wir lachten zusammen und machten uns über den Aberglauben lustig."

Ein schwerer Seufzer entrang sich seiner Brust. „Und eingehüllt darin, weggelegt mit anderen Kindersachen, befindet sich eine Kugel aus gediegenem Gold, ein allerliebstes Spielzeug, das die Inschrift trägt, die du nun kennst. Ich — ich hatte darauf vergessen, aber als ich es weglegte, dachte ich: ‚Sein Sohn wird es besitzen und seine Freude daran haben, wie ich sie hatte, und mein Vater vor mir, und Stephanus selbst.' Es ist viele Jahre her, daß ich die Truhe zum letztenmal öffnete."

„Gesegnet sei der Name des Herrn, des Heiligen Israels", murmelte der Rabban, „denn Er verläßt nicht, die Ihn lieben, und Er trocknet alle Zähren."

„Mein Sohn", sagte Tobias ben Samuel und wandte sich abermals dem Grab zu, während ihm Tränen des Schmerzes und der Erleichterung über die Wangen liefen, „es soll geschehen, wie du es wünschst. Ich werde den Gebetsmantel deines Großvaters um deinen Hals breiten und das Spielzeug in deine Hand legen lassen, denn ich weiß, daß du lebst."

Er drehte sich um und betrachtete den Rabban wie ein Verzweifelter seinen rettenden Engel. „Mein Sohn", sagte er, nachdem er sich gefaßt hatte, „gab sich keinen Wahnideen hin, aber er neigte dazu, jemandem oder einer Sache leidenschaftliche Verehrung entgegenzubringen. Und wenn er willens war, für diesen — diesen Josua von Nazareth zu sterben, dann hat dieser Mann ganz gewiß seine Seele zu sich genommen. Ich weiß nicht, was eure Meinung ist, Rabban Gamaliel und Joseph von Arimathäa, aber ich bitte euch ernstlich, sendet mir einen, der mir etwas über Josua ben Joseph sagen kann. Ich will ihm zuhören, denn ich weiß, daß mein Sohn das wünscht."

„Es wird geschehen", versprach der Rabban.

Tobias ben Samuel war nicht der Mann, der sich von seinen Gefühlen niederdrücken ließ. Er gewann seine Beherrschung zurück, wenn auch noch Tränen an seinen Wimpern hingen.

„Jene Ruchlosen aber, die sich an der Ermordung meines Sohnes mitschuldig gemacht haben, werde ich der Gerechtigkeit überantworten, denn sie alle waren Gäste in meinem Haus. Ich habe meinem guten Freund Vitellius, dem Legaten in Syrien, geschrieben und ihn gebeten, Pontius Pilatus und den Hohenpriester Kaiphas zu bestrafen, denn mit ihren Aufrufen haben sie meinen Sohn zu Tode gebracht. Noch bevor drei Monate um sind, wird Pilatus abberufen sein und Kaiphas seine Macht verloren haben."

Er erhob kurz eine geballte Faust. „Und was Saul ben Hillel angeht, dessen Familie ich hoch schätze, ihn werde ich stürzen, wie ich schon andere gestürzt habe. Das schwöre ich."

„Dein Sohn fordert keine Rache", ließ sich der Rabban mit großer Bestürzung vernehmen. „Dafür war in seinem Herzen kein Platz. Es liegt mir fern, mich für Pilatus oder Kaiphas zu verwenden, denn sie sind böse. Aber ich würde keine Hand heben, um sie zu züchtigen. Was Saul ben Hillel angeht — niemand kann ihn von seinem Weg abbringen, denn Gott selbst hat ihn vorgezeichnet. Ich weiß das seit langem."

Abermals spielte das ironische Lächeln um Tobias' Lippen. „Das sagst du von einem, der jene zerstört, die so glauben, wie mein Sohn glaubte?"

„Er zerstört sich selbst. Aber Gott wird ihn an der Hand nehmen."

Tobias begann zu grübeln. Ein Sturm der Gefühle tobte in seinem Innern. „Du sprichst in Rätseln, lieber Freund", entgegnete er seufzend. „Nun aber will ich heimwärts eilen, um meine Frau mit deinen Worten zu trösten."

Er wandte sich zum Gehen. Er zauderte. Wieder kehrte er sich den zwei alten Mänern zu. Er hob eine Hand und berührte seine Stirne, seine Lippen und dann seine Brust. „Schalom", sagte er, und seine Stimme klang nicht mehr spöttisch. „Höre, o Israel! Der Herr, unser Gott, der Herr ist Einer! Der Herr hat es gegeben, der Herr hat es genommen. Des Herrn Name sei gepriesen!"

Saulus schnaubte Wut und Mord wider die Jünger des Herrn, ging zu dem Oberpriester, und ließ sich von ihm Vollmachtsbriefe nach Damaskus an die Synagoge geben, kraft welcher er Männer und Frauen, die er als Anhänger dieser Lehre fände, gebunden nach Jerusalem führen könnte. Auf dieser Reise, schon nahe bei Damaskus —

„Es sieht schlimm aus mit ihm", flüsterte ein römischer Legionär seinem Kameraden zu, der neben ihm einherritt.

„Verrückt ist er", meinte der Kamerad. „Es heißt, er leide an der göttlichen Krankheit."

„Die Juden sagen, er habe den Teufel im Leibe", entgegnete der erste Reiter und lachte.

„Die Furien sitzen ihm im Nacken, und Medusa hat sein Angesicht zu Stein gewandelt."

„Ich wollte, ich wäre in Rom", sagte der Erste, wischte sich mit dem Handrücken den Schweiß von der Stirne und stieß eine Verwünschung aus. „Was ist das doch für eine Wildnis! Als ob Phaeton mit dem Sonnenwagen seines Vaters der Erde zu nahe gekommen und Mensch und Tier und die ganze Natur versengt hätte. Sieh dir doch diese schwarzen Geier an, die am Himmel kreisen! Sie warten nur darauf, unsere Knochen abzuknabbern."

„Und wenn nicht die Geier, dann die Juden", bemerkte der andere Römer verdrießlich. „Nirgends sind wir so verhaßt wie hier."

„Selbst ihr Gott haßt uns", sagte der erste Soldat, und nun lachten beide, wenn auch ohne rechte Freude, denn der Haß der Götter ist eine furchtbare Sache. Und da sie sehr jung und abergläubisch waren, griffen sie beide verstohlen an die Stelle ihrer Rüstung, unter der sie ihre Amulette trugen.

Sie hatten vor sechs Tagen Jerusalem verlassen und den grünen Jordan überquert. Es war Frühling, und der Fluß führte Hochwasser. Die Ufer barsten förmlich vor Mandelblüten, Gartenrauten, Minze und Thymian, vor wilden Blumen und dem gefiederten Grün junger Bäume. Die frischen Blätter der Eichen schimmerten im warmen Licht, die zarten Finger der Reben klammerten sich an die dampfende Erde, und ringsum leuchteten die fruchtbaren Matten, und das klare Wasser, das von Fels zu Fels sprang. Neues Silber sproß aus den Olivenbäumen, das Vieh weidete, und kleine Lämmchen sprangen munter um ihre Mütter herum. Weiße Häuschen guckten schüchtern hinter Platanen, Palmen und Granatapfelbäumen hervor, empörte Gänse stoben schnatternd vor den Pferden auseinander, Kinder wateten in Teichen, und Frauen molken Ziegen.

Die jungen Soldaten waren heiter und guter Dinge, als sie durch das Damaskus-Tor ritten und den Fluß überquerten. In der Ferne sahen sie die ineinander verzahnten, hohen, braunen Häuser Jerichos. Doch schon am zweiten Tag verschwand das lebenspendende Grün der Landschaft. Kahles, verbranntes Ödland empfing sie unter weißglühendem Himmel, grau und olivfarben lag der Wüstenboden vor ihnen, von Staub, Geröll, Steinen und Felsbrocken bedeckt, und am Horizont loderten die Berge wie Kupfer. Atemlose Stille umgab sie, Dorngestrüpp, Schakale und Geier, und nur selten stießen sie auf Quellen oder kleine Wasserläufe. Seltsame Luftbilder tauchten flimmernd vor ihnen auf — unirdische Städte, Oasen und Seen, zuckende purpurne Schatten, Säulenhallen und Tempel und selbst die Ufer eines namenlosen Ozeans.

Nachts lagerten sie unter riesigen, eiskalt leuchtenden Sternen, und der frostige Wüstenwind stach durch ihre ledernen Rüstungen und selbst durch ihre Decken. Sie schliefen mit ihren Waffen, denn sie fürchteten Räuberbanden, die auf der Suche nach Karawanen die Einöde durchstreiften. Sie unterhielten Lagerfeuer, um die Tiere der Wüste fernzuhalten. Oft sahen sie funkelnde gelbe Augen, die aus dem Dunkel herüberstarrten, und furchterregendes Geheul zerriß die Lautlosigkeit der ungastlichen Öde. Sie saßen beisammen, die jungen Soldaten und ihr Offizier, doch einer hielt sich abseits, das Gesicht im Schatten seiner Kapuze. Eingehüllt in seinen braunen Umhang, saß er da und starrte ins Feuer. Er aß nur selten, trank wenig und schien nie zu schlafen. Die Soldaten flüsterten miteinander, zuckten die Achseln und wunderten sich, wie einer sich tagsüber auf dem Pferd halten konnte, der die Nächte durchwachte und sich niemals zur Ruhe legte. Sie schraken auf, wenn er zu ihnen sprach, denn sie waren des Klanges seiner herrischen Stimme schon fast entwöhnt.

„Ein schrecklicher Mann ist dieser Paulus von Tarsus", murmelte der junge Offizier und warf einen Blick über die Schulter. „Ich begreife die Juden nicht, und am wenigsten begreife ich *diesen* Juden. Was ist unsere Aufgabe? Seine eigenen Leute in Damaskus wegen Gotteslästerung zu verhaften! Ein absurdes Vorhaben!"

„Nun ja", entgegnete einer seiner Männer, „ich habe da merkwürdige Geschichten gehört. Angeblich gerät ihr Gott leicht in Zorn und übt, einem feurigen Sturm gleich, grausame Rache. Er ist wild und ungestüm. Mit einem einzigen Blick seiner Augen trägt er Berge ab; mit einer einzigen Handbewegung macht er Städte dem Erdboden gleich. Er kann, wenn er will, mit seinem Schwert die Erde wie einen Apfel in zwei Teile schneiden. Mit einer solchen Gottheit geht man nicht leichtfertig um."

„Mir hat man erzählt", sagte ein anderer Soldat, „ihr Gott wäre auch gütig und mitfühlend und liebe die Menschen. Aber das ist doch glatter Unsinn! Welcher Gott liebt schon die Menschen? Außer vielleicht junge Mädchen und hübsche Dryaden und Najaden."

„Könnte sein, er ist ein Prophet oder ein Wahrsager", meinte ein Dritter, „und wer klug ist und sein Leben liebt, bindet mit solchen Leuten nicht an."

„Ha!" machte der Offizier und warf seine jungen Schultern zurück. „Ich lebe schon länger als ihr alle in diesem Land der Juden und ich habe ihn gesehen, den sie Josua, und den wir Jesus von Nazareth nennen, den viele als ihren Gott anbeteten, als er starb. Aber er starb nur wie ein Mensch. Es heißt, er wäre von den Toten auferstanden, aber das sind Ammenmärchen. Andererseits habe ich auch gehört, daß viele Juden zaubern können. Seid also friedlich und gehorcht euren Befehlen."

Die Soldaten waren beschwerliche Feldzüge, waren Mühsal und Härte und Ungemach gewohnt, und konnten alles ertragen. Aber es verwunderte sie, daß ein Zivilist, angeblich ein gelehrter Rabbi, noch dazu ein Städter, ohne zu klagen aushielt, was sie aushielten, und am Morgen als erster sein Pferd bestieg. Der eine oder der andere der Legionäre war überzeugt, daß er entweder wahnsinnig oder ein Halbgott war — denn nur so ließ sich seine übermenschliche Kraft erklären. Kein gewöhnlicher Mensch, dachten sie, konnte leben, wie er lebte, und nicht schon vor Tagen an den Strapazen gestorben sein.

Manchmal fanden sie eine Höhle, in der sie schliefen. Dafür dankten sie ihren Göttern.

Und zuweilen hörten sie Saul von Tarschisch unter der öden Einsamkeit des Mondes und der Sterne vor sich hinmurmeln. Dann machten sie Zeichen, um sich vor den Furien, vor Hekate und vor dem bösen Blick zu schützen. Sie kamen gar nicht auf den Gedanken, daß sie einen Mann begleiteten, der die entsetzlichsten Gewissensqualen ausstand und dessen Seele in der dunklen Nacht der Verzweiflung schmachtete. Sie ritten hinter ihm her, sahen die breiten Schultern unter dem ärmlichen Umhang und erhaschten hin und wieder einen Blick auf das bleiche Gesicht mit der scharfen Nase, dem eingefallenen Auge und dem verzerrten Mund. Er war ein Rätsel für sie und oft auch ein Gegenstand der Furcht.

„Ein ganzes Leben lang habe ich Dir gedient, Herr, König des Universums", pflegte er zu beten. „Ich träumte, Du hättest mir Dein Antlitz zugewandt, weil Du weißt, daß ich Deinen Geboten stets gehorcht habe — einen sündigen Tag in meiner Jugend ausgenommen. Ich dachte, Du hättest mich gehört. Glückselig wäre ich, könnte ich von Deiner Hand den Tod erleiden! Mein Herr und Gott — wie bete ich Dich an! Aber jetzt wohnt Leid in meinem Herzen, größeres Leid, als ich je zuvor empfunden habe. Stille herrscht, wo ich glaubte, eine Stimme zu vernehmen. Wie habe ich mich an Dir vergangen? Wenn ich durch einen einzigen Atemzug gegen Dich verstoßen habe — vernichte mich, denn ich kann in solcher Pein nicht leben! Welche Sünde habe ich begangen? Ich weiß es nicht. Ich habe Deine Feinde, die es wagten, Dich zu lästern, in Verhaft genommen und geißeln lassen. Mein Herz ist ein einziges Feuer, aber ich bin unterwegs, um das Unrecht, das Dir geschehen ist, wiedergutzumachen. Blicke auf mich herab, Herr, auf mich, einen Bettler, einen Wurm unter Deinem gesegneten Fuß, einen Sperling, der hilflos im Gefängnis Deiner Finger flattert, einen offenen Mund, vom Schluchzen ausgetrocknet. Wer bin ich, daß Du meiner achten solltest? Und dennoch habe ich Dir mit meinem ganzen Herzen, mit meiner ganzen Seele gedient. Lasse Dich herab, mir nur ein winziges strahlendes Zeichen Deiner Gunst zu schenken, sonst sterbe ich an meiner Sehnsucht nach Dir und Deinem Wort."

Erschöpft, von Schmerz und unerklärlichem Kummer ergriffen, sank er, den Kopf auf den Knien, für kurze Zeit in Schlaf, wenn er am Lagerfeuer saß. Manchmal träumte er von Stephanus ben Tobias und rief der leuchtenden Blässe des toten Antlitzes zu: „Ich hätte dich gerettet, aber du wolltest dich nicht retten lassen! Ich trauere um dich, du schöner und entsagungsvoller Jüngling!" Beim Erwachen fragte er sich: ‚Ist es ein Dämon, der mich betört? Ist er es, der meinen Geist in Finsternis und Schwermut hüllt? Er, der doch zweifellos ein Sünder war vor dem Herrn?' Aber der Druck wich nicht von seiner Seele.

Am neunten Tag wußten sie, daß sie sich der an Legenden reichen Stadt Damaskus näherten, denn mittags, aber auch abends sahen sie Karawanen am fernen Horizont, Karawanen und keine Trugbilder, und der Wüstenwind brachte undeutliche Stimmen und die Schreie launenhafter Kamele zu ihnen herüber. Sie kamen zu einer Oase und bemerkten, daß in der Nacht zuvor Menschen dort gelagert hatten, denn das Wasser war trübe und das Gras zertrampelt. Der heiße Himmel wurde immer heißer. Die jungen Männer hatten Hautausschläge, ihre Köpfe waren naß unter den Helmen, und sie wunderten sich immer mehr über die Zähigkeit und Ausdauer dieses Mannes der Städte, der ihnen schweigsam und unermüdlich voranritt. Der Wüstenboden färbte sich gelb, der Himmel wurde zur lodernden Flamme: schwarz und scharf fielen die Schatten. Die Soldaten konnten es kaum erwarten, die sich nahende Stadt zu erreichen. Sie dachten an Mädchen und Wasser und Wohlgerüche und an besseres Essen als getrocknetes Fleisch und Käse und altbackenes Brot; an etwas Besseres zu trinken als gewöhnlichen Landwein, an saftige Früchte auf ihren aufgesprungenen Lippen und heilende Salben für ihre verbrannte Haut. Sie hatten Mitleid mit ihren Pferden, deren Augen sich röteten und deren Felle schäumten, und wenn sie zu Oasen kamen, sorgten sie zuerst für ihre Tiere, bevor sie an sich selber dachten. Sie merkten nicht, daß Saul von Tarschisch ihre jungenhaften Bemühungen beobachtete. Ich wußte gar nicht, dachte er, daß die Römer Mitgefühl für Mensch oder Tier empfinden! Er schämte sich, denn ihm fiel ein, daß der Messias auch den Heiden Erleuchtung bringen würde. Er konnte nicht begreifen, daß er diese Weissagung früher zurückgewiesen hatte, und fühlte sich gedemütigt. Diese Burschen sind ja noch jung, dachte er, jünger als ich.

Am Morgen des zehnten Tages sprach er zu dem Offizier: „Mir ist viel durch den Kopf gegangen, was meine Mission betrifft, und darum habe ich an nichts anderes denken können. Aber in meinen Satteltaschen habe ich Salben und ein paar Flaschen guten Weines, ausgezeichneten Käse und, eingeschlagen in ein Seidentuch, Datteln. Heute abend sollt ihr alles haben, denn ich brauche nichts."

Der junge Offizier starrte ihn ungläubig an. „Herr", rief er dann aus, „in deiner Güte bist du fürwahr ein göttliches Wesen!" Sein knabenhaftes Gesicht war fast so dunkel wie das eines Nubiers. Nun begab er sich zu seinen Männern und rühmte sich, er habe diesen reichen, diesen unbegreiflichen Juden dazu überredet, seine Schätze mit ihnen zu teilen. Saul hörte diese Worte. Er hatte schon lange, vielleicht seit Jahren, nicht mehr gelächelt. Jetzt aber lächelte er, und es war ein jugendliches, ja sogar gütiges Lächeln. Und seine Seelenqual ließ ein wenig nach.

An diesem zehnten Tag sagte er auch zu dem Offizier: „Laß uns die Nacht durchreiten. So können wir im Morgengrauen in Damaskus sein und dort unsere müden Glieder zur Ruhe betten. Du weißt, Lucius, daß ich der Gast eines Mannes namens Judas sein werde, der in der sogenannten Geraden Straße wohnt. Ihr aber sucht euer Quartier auf und bleibt dort, bis ich euch rufen lasse."

Lucius salutierte und erklärte sich einverstanden, weiterzureiten, auch in die Nacht hinein, denn die Ausdauer seiner jungen Soldaten ließ schon nach, und die Müdigkeit lähmte ihre Glieder. Abermals wunderte er sich, daß Paulus von Tarsus, wie sie ihn nannten, kaum Zeichen von Erschöpfung erkennen ließ, und daß seine stahlblauen Augen weder umwölkt noch gerötet waren.

Das Gefühl, bald das Ziel ihrer anstrengenden Reise erreicht zu haben, gab den Soldaten neue Kraft. Am Abend tafelten sie mit Sauls Wein und Köstlichkeiten, traten dann fein säuberlich das Feuer aus, packten ihre Habe zusammen und bestiegen ihre Pferde.

Die Nacht war außerordentlich kalt. Wie weiße Lohe hing der Mond groß und voll am Himmel und warf schwarze Schatten auf den Wüstenboden. Das Getrappel der Pferde, die Stimmen der Männer, ihr Gelächter, ein Liedfetzen — jedes Geräusch fand ein mehrfaches Echo in der überwältigenden Stille, aber jetzt warfen die jungen Soldaten keine abergläubischen Blicke mehr über die Schulter und griffen nicht mehr nach ihren Amuletten. Sie würden ja in Damaskus schlafen.

Der Mond stieg am Himmel empor, Mitternacht kam und ging vorbei. Wie Glöckchen klingelte das Geschirr der Pferde. Die Legionäre verstummten. Von Müdigkeit übermannt, dösten sie bisweilen auf ihren knarrenden Sätteln. Die Hufe der Rosse sprühten Funken aus den Steinen.

Es kann doch nicht sein, dachte Saul, daß die Stille noch stiller wird! Er ließ seine Blicke umherschweifen. Der Wüstenboden, von den Schatten der Reiter zerfurcht, glich einem Meer weißer Milch, von dem ein seltsam flimmerndes, zuckendes Leuchten ausging. Der Mond schien größer zu werden, als ob er auf die Erde zukäme. Die Sterne bildeten eine einzige funkelnde Decke. Von heiliger Scheu erfüllt, versuchte Saul, sich einen passenden Psalm ins Gedächtnis zurückzurufen, doch vergeblich. Sein Hirn war leer wie eine ausgegossene Schale, und nichts darin zurückgeblieben als ein zitternder, unerträglicher Schauer. Fieberte er? Er griff sich an die Schläfe. Aber der Schweiß des Tages war getrocknet, und die Haut kühl. Wie erschreckt, begann sein Herz wild zu pochen, und er erbebte.

Und nun wurde er von einer Angst gepackt, die so schrecklich war, daß ihn eine tödliche Kälte umfing. Es war eine unverständliche Angst, namenlos, überwältigend, allem Irdischen entrückt. Droht mir ein Anfall? fragte er sich entsetzt, seiner Mission eingedenk. Werde ich vom Pferd fallen, etwa gar sterben in dieser Wüste? Hab Erbarmen mit Deinem Diener, Herr, hab Erbarmen —

Doch sein Mund trocknete nicht aus, seine Zunge klebte nicht am Gaumen. Sein Blick war klar und nicht durch regenbogenfarbenes Flimmern verzerrt. Er fühlte keine stechenden Schmerzen im Kopf, kein krampfhaftes Zucken in seinen Gliedern. Sein Auge war sogar schärfer als sonst, und seine Sinne spannten sich wie Soldaten, die zum Kampf aufgerufen sind. Er sah in die Wüste hinaus und dann zum Himmel und zu den funkelnden Sternen empor, und seine Angst nahm zu, bis er fürchtete, sterben zu müssen. Aber er wußte nicht, wovor er Angst hatte. Er warf einen Blick hinter sich. Die Soldaten waren still. Manche gähnten, manche dösten vor sich hin. Sie hatten keine Angst.

In ihm aber wandelte sich die Furcht zu grauenhaftem Entsetzen. Seine Hand fiel auf den Hals des Pferdes, und zu seinem Schrecken fühlte er das Tier zittern, als ob es die gleiche Angst empfände wie er selbst. Aber es war nichts zu sehen als das milchige Meer der Wüste. Aufgeregt suchte Saul nach einem Gebet, aber sein Gedächtnis war leer wie das eines Säuglings. Er geriet in noch beklemmendere Verwirrung, denn nie zuvor hatte sein Denkvermögen ihn im Stich gelassen. Ich bin müde und erschöpft, dachte er. Nur daran liegt es, und an der Größe dieses Wüstenmondes, an der Öde dieser Stätten und der geisterhaften Stille und an den Leiden, die ich ertragen habe. Es wird vorübergehen.

Er war ein beharrlicher Mann und griff mit gebieterischer Geste nach dem Hals seines Pferdes. Er starrte nach vorne, weil er hoffte, die Stadt zu sehen zu bekommen, weil er sehnsüchtig erwartete, daß sie wie eine silberne Fata Morgana aus der grenzenlosen weißen Einöde aufsteigen würde, und weil er das Glitzern ihrer Tore herbeiwünschte. Doch das Dunkel vor ihm lichtete sich nicht.

„Was war das?" rief der Offizier mit lauter, schneidender Stimme, die die Stille zerriß, und verhielt sein Pferd. „Ich hörte einen Fremden sprechen, die Stimme eines Menschen. Herr", sagte er zu Saul, der noch weiterritt, „hast du nichts gehört? Eine Stimme, einen Befehl, eine Frage? Es war keiner von uns!"

„Nein", erwiderte Saul. Er war nun vor Angst außer sich, wenngleich überzeugt, daß das Grauen, das ihn umfing, in Wirklichkeit und nicht nur in seiner Vorstellung bestand. Jäh zügelte er sein Pferd.

Und dann erhob sich vor seinen Augen ein gleißendes Licht, eine gigantische Wolke strahlenden Glanzes, in der Funken aus weißem Feuer trieben; in ihrer Mitte loderte ein Kern blendenden Goldes, heller noch als die Sonne.

Und er sah Ihn inmitten dieses goldenen Kernes stehen.

So hatte Er in Sauls Erinnerung gelebt: mit Seiner Mutter hinter dem Marktplatz, von Seinen Jüngern umringt auf der Straße, den Gekreuzigten Trost spendend. Er war derselbe und doch verklärt und vergeistigt. Er war der Mächtige, der herrliche Held, von göttlicher Größe und majestätischem Angesicht. Königlich war Sein Bart und Sein Haupt, gebieterisch leuchteten Seine blauen Augen unter der reinen Stirne. Der Gebetsmantel über dem schimmernden Weiß Seines Gewandes schien von regenbogenfarbenen Streifen durchwirkt und mit Juwelen besetzt. Und doch sah Er aus, wie Er Saul in Seinen sterblichen Tagen begegnet war. Oder hatte er nur von Ihm geträumt? Oder hatte er Ihn schon immer gekannt, seit Seiner Geburt, seitdem Er existierte?

Saul hob seine Hände, sein Mund öffnete sich, und er wußte nun endlich, wen er so inbrünstig, so verzweifelt, so voller Hoffnung und Liebe gesucht — und verleugnet hatte. So sehr seine Augen auch von dem Glanz erfüllt waren, der auf ihn fiel, sie blinzelten nicht, wandten sich nicht ab, verbrannten nicht. Eine Ruhe, so tief wie der Ozean, umgab ihn. Sein Herz zitterte und sein Fleisch verzagte. Aber seine Verzückung nahm von

Augenblick zu Augenblick zu; er versuchte zu sprechen, zu flüstern, und schließlich genügte es ihm, Ihn zu schauen.

Dann sprach Er mit jener starken, männlichen Stimme, die Saul schon früher vernommen hatte:

„Saul! Saul von Tarschisch!"

Die Stimme erscholl weithin über die Wüste, und es schien Saul, als müßten die Berge auffahren und lauschen, und die Erde den Atem anhalten. Er sah nur die göttliche Erscheinung vor sich, aber er vermeinte gleichzeitig, die ganze Welt in anbetender Demut vor sich zu sehen, Volk um Volk, Stadt um Stadt, Planet um Planet, Universum um Universum.

Und wieder erscholl die Stimme, der sich nichts Lebendes entgegenzustellen wagte: „Saul! Saul! Saul von Tarschisch!"

Saul wußte nicht, daß er, ohne Schaden zu nehmen, vom Pferd geglitten war und nun dalag, eine schauende Hülle, nichts weiter. Was er sah, war das Leben in all seiner Vielfalt, alles Wissen, allumfassende Gewißheit und Erfüllung, Erklärungen und Offenbarungen aller Geheimnisse. Er vergaß, wo er sich befand und wer er war. Er vergaß die Soldaten, die in Furcht und Schrecken hinter ihm kauerten; er hörte eine Stimme und sah nichts.

Er meinte, an seiner Verzückung vergehen zu müssen. Suchend krochen seine Hände über die rauhen Steine. Wie gebannt starrte er auf die mächtige Gestalt inmitten der goldenen Wolke, die Gestalt, die jeden Menschen an Größe überragte. Ein glänzender Koloß von überwältigendem Glanz stand vor ihm, über alle Maßen schön, aber auch schrecklich, von ätherischer Männlichkeit und gesegnet mit dem Feuer schöpferischer göttlicher Kraft.

Wieder erhob sich die Stimme wie nahender Donner: „Saul, Saul von Tarschisch! Weshalb verfolgst du Mich?"

O übergroße Seligkeit, die Stimme zu vernehmen, die er niemals vergessen hatte, die Stimme, die Engel und Welten, Sonnen und die ganze Menschheit befehligte!

„Herr", flüsterte Saul und schob sich näher an Ihn heran, der der Mittelpunkt seines Lebens war, „wer bist Du, Herr?" Seine Verzückung nahm immer mehr zu. Er sehnte sich danach, diesen göttlichen Fuß zu berühren, seine müde Wange an ihn zu schmiegen, in der Heiligkeit des Wissens auszuruhen. O Freude menschlichen Begehrens!

Verlor die sanfte Stimme, die nun zu ihm sprach, von ihrer Unbeirrbarkeit und Strenge? „Ich bin Jesus, den du verfolgst. Es wird dir schwer werden, wider den Stachel auszuschlagen."

Selbst wenn Er mich vernichten sollte und töten für alle Zeit, froh will ich sein, daß Er zu mir gesprochen hat! dachte Saul. Mag die ganze Welt über mich hinwegrollen und mich zu Staub zermalmen — Hosianna will ich singen voll Entzücken, daß Er Sich meiner erinnert hat! Es ist genug, daß ich Ihn erkannt, daß ich Ihn mit diesen meinen Augen gesehen habe, wie ich es mein Leben lang erträumte.

„Herr“, murmelte er, „was willst Du, daß ich tun soll?“

„Stehe auf“, antwortete der Strahlende, „und gehe in die Stadt. Da wird dir gesagt werden, was du tun sollst, Saul von Tarschisch.“ Und nun lächelte Er, wie ein Vater lächelt, oder ein Bruder, oder der beste Freund, den ein Mensch haben kann, und Saul empfand nie gekannte Seligkeit. Ein Sinnentaumel ohnegleichen umfing ihn, und die Ewigkeit war sein.

Das unglaubliche Licht mit den strahlenden Funken und dem goldenen Herzen blieb bestehen, doch die Gestalt war verschwunden. Saul verlangte danach, sich in dieses Licht zu stürzen, sich in seine heiligen Tiefen zu versenken, darin zu baden, darin für immer Ruhe zu finden. Er fürchtete, zurückzukehren in die Welt der Schmerzen und des Fleisches und düsterer Schatten, zu irdischen Dingen, auf die breiten Straßen der Verdammnis und zu den Begierden des Leibes, zu den Trugbildern der Städte und der Bedeutungslosigkeit der Sprachen, zu kraftlosem Atem und Demütigungen, zu Staub und Stein. Wie sollte er nach dieser Erscheinung, nach dieser Herrlichkeit, die Welt noch ertragen? Besser in der Erinnerung an die göttliche Vision zu sterben als das Leben von neuem aufzunehmen. Was er in seinem Dasein an Sehnsüchten empfunden hatte, sie waren mit der verlangenden Gier seiner Seele, diesem leidenschaftlichen Drängen, dieser verzehrenden und doch begeisterten Liebe, nicht zu vergleichen.

Die verängstigten Soldaten, die eine Stimme, aber keine Worte gehört, und überhaupt nichts gesehen hatten, liefen auf den kraftlos hingestreckten Mann zu. Sie sahen sein Gesicht, seine starren Augen, seine geöffneten Lippen. Sein Antlitz war heller als der Mond. Er schien verklärt, als hätte er ein göttliches Wesen geschaut. Ihre Furcht war so groß, daß sie schaudernd vor ihm zurückwichen, denn es galt als gefährlich, einen zu berühren, der vom Anblick einer Gottheit betroffen worden war. „Ob er wohl Jupiter gesehen hat, oder Apollo oder Merkur?“ flüsterte ein Soldat seinem Offizier zu. „Er trägt den Ausdruck eines Menschen, der sich den Göttern genähert hat.“

Nach einer kleinen Weile gelang es dem Offizier, seine Angst zu überwinden. Als Römer mußte er auf seine Ehre bedacht sein. Er berührte Saul an der Schulter, und Saul erhob sich: nicht schwerfällig, sondern mit der federnden Spannkraft eines Jungen. Immer noch lag ein Glanz in seinen Augen, der nicht von dieser Welt war, und abermals schraken die Soldaten zurück und griffen nach ihren Amuletten. Ein erhabener Ausdruck jauchzenden Frohlockens prägte die Züge des Pharisäers.

Dann, als verkünde er eine wunderbare Botschaft von so großer Bedeutung, daß er sie kaum in Worte fassen konnte, sagte er: „Ich sehe nicht. Und doch sehe ich. Nie wieder soll ich mit diesen Augen schauen, auf daß nicht das Entzücken von mir genommen werde!"

Die Soldaten warfen sich besorgte Blicke zu. Zaghaft fragte ihn der Offizier: „Bist du geblendet, Herr?"

In demütiger Verzückung faltete Saul die Hände.

„Was ficht es mich an, da ich nun den Messias gesehen habe?" Er hielt inne. Es ging ihm wie einem, der zu lange in die Sonne geschaut und jetzt ihre Aureole, ihr zeitloses Spiegelbild, auf seine Netzhaut aufgedrückt sieht, und doch ohne Furcht ist. „Ich sah mein Leben", sagte er, ohne der Soldaten zu achten, „und die immerwährende Wahrheit! Ich habe den Heiligen Israels geschaut, und das ist mir genug. Meine lange Suche ist zu Ende. Endlich habe ich Ihn gefunden! O mein Herr, mein Gott — endlich!"

Er schlug sich mit den Fäusten an die Brust und weinte in seiner unbeschreiblichen Seligkeit.

Er konnte nicht sehen, aber er hörte das unregelmäßige Atmen der Männer, die ihn umstanden, und spürte ihre Furcht, und ein tiefes Mitgefühl nahm von ihm Besitz. „Ich bin blind", sagte er. „Darum bringt mich zum Hause des Judas in der sogenannten Geraden Straße in Damaskus."

Sie setzten ihn auf sein Pferd. Es kostete sie Überwindung, einen zu berühren, der geschaut hatte, was nicht geschaut werden durfte. Sein Körper vibrierte wie eine tönende Harfe. Stumm ritten sie durch die Nacht, der Stadt entgegen.

XXXIV

Nun war zu Damaskus ein Jünger namens Ananias, zu dem sprach der Herr in einer Erscheinung: Ananias! Er sprach: Herr, hier bin ich!

Da sagte der Herr zu ihm: Gehe unverzüglich in die sogenannte Gerade Straße und erkundige dich in Judas' Hause nach einem Saulus von Tarsus; denn eben jetzt betet er,

und hat in einer Erscheinung einen Mann namens Ananias zu sich hereinkommen gesehen, der ihm die Hand auflegt, um ihn wieder sehend zu machen.

Ananias erwiderte Ihm: Herr, es haben mir viele von diesem Manne erzählt, wieviel Böses er Deinen Heiligen zu Jerusalem zugefügt;

und auch hier hat er von den Oberpriestern Vollmacht, alle in Bande zu legen, die Deinen Namen anrufen.

Der Herr sprach zu ihm: Gehe nur hin; eben dieser ist Mir ein auserlesenes Werkzeug, Mich unter Heiden, vor Königen und den Kindern Israels bekannt zu machen.

Denn Ich werde ihm zeigen, wieviel er für Meinen Namen leiden soll.

Ananias ging also hin —

Judas ben Jonah befand sich in einer Zwangslage.

Er war ein reicher und angesehener Bürger der altberühmten Stadt Damaskus, ein Mann Ende Vierzig, gesetzt, umsichtig, würdevoll und höflich, Bankmann und Kaufherr. Er entstammte einer alten Familie, hatte eine Dame von großer Distinktion und Frömmigkeit geheiratet, und seine Söhne waren mit Frauen gleichen Ranges vermählt. Die Ehemänner seiner Töchter hatten ihn nicht enttäuscht. Er konnte sich mit aller Bescheidenheit rühmen, daß es keine bedeutende Stadt in der Welt gab, in der er nicht einen ergebenen Freund besaß. Er hatte unschuldige runde braune Augen, denen nichts entging, die keinen Feind unterschätzten und keinen Bekannten, nicht einmal die Angehörigen seines eigenen Hauses überschätzten. Sein brauner Bart war voll und sorgsam gepflegt und nur wenig parfümiert. Er bewegte sich ruhig und gelassen. Das lag teils an seinem Körperbau, teils an seinem Charakter. Sein großes Haus in der Geraden Straße war behaglich, wenn auch nicht luxuriös, und seine Einrichtung betont unauffällig. Oft sagte er mit seiner sanften, tiefen Stimme, daß Gott, Sein Name sei gepriesen, gut zu ihm gewesen war. Man pries ihn für seine Wohltätigkeit und für die Zehnten, die er an den Tempel zahlte, für seine Frömmigkeit, und weil er zu den hohen Feiertagen stets nach Jerusalem reiste.

Er hatte sein Leben lang Gesetze und Gebote befolgt und fand das auch ganz natürlich. Sein Ratschlag war immer weise, wenn auch nicht gerade originell. Ein Mann, pflegte er zu sagen, den das Schicksal launisch und gefahrvoll dünkt, führt ein ungeordnetes Leben. Erregung, Begeisterung und Verwunderung waren Gefühle, denen er mißtraute.

Er war nicht nur mit Pontius Pilatus und Kaiphas, sondern auch mit Schebua ben Abraham befreundet. Schebua schätzte seine Freundschaft, und Saul ben Hillel war einige Male im Hause seines Großvaters mit ihm zusammengetroffen. Der junge Mann hatte ihn achten gelernt, obgleich er in ihm einen Menschen von konventioneller und förmlicher Geisteshaltung erkannte. So hatte Saul Pilatus davon in Kenntnis gesetzt, daß er für die Dauer seines Aufenthalts in Damaskus im Hause Judas' ben Jonah wohnen würde. Judas, der die Bedeutung von Sauls Mission nicht ganz begriff, hatte eine herzliche, wenn auch ein wenig zurückhaltende Einladung an ihn ergehen lassen.

Jetzt aber verstand er nur zu gut. Und daraus ergab sich sein Dilemma. Denn Judas ben Jonah war — nicht mit plötzlichem innerem Jubel und

Freude und Offenbarung und Entzücken, sondern nach langer, wohlüberlegter Prüfung — zum Anhänger Josuas ben Joseph aus Nazareth geworden. Für seinen prosaischen Verstand war es augenfällig, daß der gekreuzigte Nazarener der Messias war, doch wie er, dieser nüchterne, vorsichtige Mann, der lange Zeit benötigte, um auch nur die geringfügigste Entscheidung zu treffen, diese Überzeugung erlangt hatte — das wußte nicht einmal seine Gemahlin. „Ich glaube", hatte er mit seinem gewohnten Ernst zu ihr gesagt, und das war alles. Er gab zu, daß weniger glückliche Menschen seinen Glauben nicht teilten. Sie taten ihm leid.

Er hatte in letzter Zeit häufig beobachtet, daß Juden aus den Provinzen Palästinas nach Damaskus kamen und erzählten, daß sie Verfolgungen durch den Hohenpriester Kaiphas und Pontius Pilatus ausgesetzt gewesen wären, weil sie den neuen Glauben angenommen hatten. Er unterstützte sie in seiner gewohnten umsichtigen Art, ohne viel Aufhebens davon zu machen. Er tat es heimlich, nicht aus Angst — es fehlte ihm an der nötigen Vorstellungskraft, um sich vor der Zukunft zu ängstigen —, sondern aus reiner Nächstenliebe. Als man ihm Saul ben Hillel als einen der grausamsten Verfolger nannte, glaubte er das nicht so recht und sah dem Besuch des jungen Mannes mit Vergnügen entgegen, denn er liebte Gäste und unterhaltsames Geschwätz. Überdies ehrte und achtete er Schebua ben Abraham, der ihm schon wiederholt zu Diensten gewesen war. „Auch das wird vorübergehen", zitierte er Salomon. Man mußte nur ein wenig Geduld haben.

Zwei Tage bevor Saul in seinem von Mauern umgebenen Haus eintraf, hatte Judas die ganze Wahrheit erfahren und zum ersten Male in seinem wohlgeordneten Leben erfüllte ihn echte Sorge. Dann aber kam ihm der Gedanke, daß Gott, Sein Name sei gepriesen, alles so gefügt hatte, um ihm, Judas ben Jonah, die Möglichkeit zu bieten, den jungen Mann zur Vernunft zu bringen und ihn auf den Weg der Versöhnlichkeit zurückzuführen. Als Mann guten Willens zweifelte er nicht daran, daß der gute Wille in fast allen Menschen schlummerte, man brauchte ihn bloß anzufachen. Das Böse war nichtssagend und gewöhnlich, das Gute mächtig und unweigerlich siegreich. Das war Judas ben Jonahs Überzeugung, die er allerdings auf dem Marktplatz nicht allzu sehr betonte, um seinen Ruf als listiger, umsichtiger Kaufmann nicht zu gefährden.

Die sogenannte Gerade Straße war keineswegs gerade, sondern noch gewundener als die anderen betriebsamen Straßen von Damaskus, besaß jedoch ein gewisses Dekorum, weil ihre Häuser von wohlhabenden Männern bewohnt wurden, die ihren Reichtum nicht zur Schau stellten. Judas hatte einige Räume für Saul herrichten lassen, den er als streitlustigen jungen Mann, mit feurigem Haar, unruhigen Augen und schroffem Wesen in Erinnerung hatte, aber auch als einen, der älteren Leuten nicht die gebührende Achtung entgegenbrachte.

Er hatte die Ankunft seines Gastes mit diplomatisch verschleierter Unruhe und Besorgnis erwartet. Saul aber war schon in den letzten Nachtstunden eingetroffen, obgleich er erst am Morgen erwartet worden war. Er war in stummer, blinder Verwirrung gekommen, von römischen Soldaten begleitet, die sein Pferd in den Hof geführt, ihn selbst seinem Gastgeber übergeben und anschließend ihre Quartiere aufgesucht hatten. Zuvor setzten sie Judas noch in ihrer schroffen, ungezierten, soldatischen Art davon in Kenntnis, daß Saul in der Wüste allem Anschein nach eines Gottes ansichtig geworden war. In jenem Augenblick war er seines Augenlichtes verlustig gegangen, und sein Antlitz hatte geleuchtet wie der Mond. Diese Mitteilungen veranlaßten Judas zum ersten Male in seinem gemächlichen, friedlichen Leben, ausschweifende Mutmaßungen anzustellen. Hatte Saul ben Hillel den Verstand verloren? Er ließ Saul in seine Räume geleiten und gab Auftrag, ihn mit Wasser und duftenden Tüchern und Essenzen zu versehen, um ihm die Möglichkeit zu geben, sich vom Staub der Wüste zu reinigen. Schließlich befahl er, ihm Salben und ein kräftigendes Mahl bereitzustellen. Saul, der sich anscheinend nicht bewußt war, was rings um ihn vorging, ließ willig alles mit sich geschehen, und Judas zog sich zurück, um über die Dinge nachzudenken.

Das Unerwartete, Unbekannte war nicht nach seinem Geschmack. Er saß da, legte die Stirne in Falten, strich sich den Bart, drehte die schönen Ringe an seinen plumpen Fingern und überlegte. Er ließ einige Zeit vergehen und begab sich dann in die Räume, die er seinem Gast zugewiesen hatte. Dort setzte er sich vor den jungen Mann mit den starren blauen Augen und dem sauberen, derben Gewand, das die Diener ihm angelegt hatten. Judas bemerkte, daß er die Speisen kaum berührt hatte. Die Augen, die im warmen Licht der Lampen kaum blinkten, wiesen keinerlei Verletzung auf. Saul schien eingesponnen in eine Vision, in tiefes Nachdenken versunken, und war sich offenbar weder seiner selbst noch seiner Umgebung noch seines Gastgebers bewußt.

Judas war unschlüssig. Es würde bald dämmern, und er war müde und überdies ein Mensch, der es geradezu als Sünde ansah, wenn man nicht zur gewohnten Stunde sein Lager aufsuchte. Andererseits war er nicht nur besorgt, er war neugierig. „Bist du krank, Saul ben Hillel?“ fragte er daher mit sanfter Stimme. „Wie kommt es, daß du nichts siehst?“

„Ich habe alles gesehen, was Leben ist“, erwiderte Saul. Es waren die ersten Worte, die er seit seiner Ankunft geäußert hatte. Plötzlich glitt ein zuckendes Leuchten über sein Gesicht, und ein Strahl höchster Verzückung loderte in seinen Augen. „Aber ich muß warten.“ Er machte eine Pause. Er wandte sich Judas zu und sagte mit ruhiger Stimme: „Verzeih mir, Judas ben Jonah, daß ich dich bis jetzt nicht gegrüßt und dir für deine Gastfreundschaft gedankt habe, doch mir werden himmlische Offenbarungen zuteil, und ich muß über sie nachsinnen.“

Eine Falte erschien zwischen Judas' großen braunen Augen. Abermals drängte sich ihm der Verdacht auf, Saul wäre plötzlich verrückt geworden.

„Ich habe den Messias gesehen!" rief Saul aus. Seine Stimme schmetterte wie eine Trompete, er lächelte frohlockend und preßte seine von der Sonne gebräunten Hände krampfhaft an die Brust, als fürchtete er, sie könnte ihm zerspringen.

Judas' Verwirrung nahm zu. War dies der gleiche Saul ben Hillel, von dem es hieß, er sei der erbittertste Gegner des Nazareners? „Wann?" fragte er mit seiner gewohnten Vorsicht.

„Vor wenigen Stunden", erwiderte Saul, „in der Wüste, noch bevor wir uns den Toren von Damaskus genähert hatten." Er sprach einfach und mit kindlicher Arglosigkeit, und Judas konnte sich nicht erinnern, daß Saul je eine so schlichte Ausdrucksweise eigen gewesen wäre.

„Den Messias?" fragte Judas ungläubig.

„Ich habe Ihn gesehen!" rief Saul aus. Ein Lächeln der Verzückung um seine Lippen, stand er auf und blickte mit seinen blinden Augen um sich. „Du mußt mir glauben, Judas ben Jonah! Ich sah Ihn, Ihn, den ich verfolgt habe! Er hat mir keine Vorhalte gemacht und mich nicht des Todes sterben lassen! Ausgeschickt hat Er mich auf eine Mission, und angefüllt bin ich mit Offenbarungen, die Er mir zuteil werden läßt. Er hat mich erwählt — mich, den Gemeinsten, den Nichtswürdigsten, den Hassenswertesten, der mehr als jeder andere die Feuer der Hölle und völlige Vernichtung verdient. Wie kommt es, daß ich nicht schon beim Gedanken an solche Großmut, solche Gnade, solche Liebe vergehe?"

„Das weiß ich nicht", murmelte Judas in völliger Verwirrung. Er hatte schon von den begeisterten Jüngern und Aposteln Josuas ben Joseph gehört und war auch einem vom ihnen, einem überzeugten und in seiner Überzeugung glücklichen, aber darum nicht ekstatischen Mann begegnet. Saul jedoch war eine flammende Sonne, ein roter Löwe in dieser traulichen Kammer mit dem flackernden Lampenlicht und dem warmen Wind, der die damastenen Vorhänge flattern ließ und den Duft von Blumen und heißem Gestein in den Raum trug. Noch keiner hatte dieses Haus betreten, der Judas ben Jonah fremder gewesen wäre, und Judas fühlte sich von dieser Leidenschaftlichkeit, dieser ungestümen Freude und unmenschlichen Gewißheit zutiefst beunruhigt.

„Wie kommt es dann, daß du nicht siehst?" fragte er darum mit nüchterner Stimme, bemüht, das Gespräch auf eine vernünftige Ebene zu verlegen. „Gott zeigt den Menschen doch nicht Seine Liebe, indem Er sie blendet!"

Saul ging ein paar Schritte auf und ab. Seine seltsame Erregung schien zuzunehmen. „Er hat mich geblendet, auf daß ich, zum ersten Male in meinem Dasein, wirklich sehen lerne!" antwortete er.

Das war Judas unverständlich. Es klang unvernünftig. „Vielleicht war die Wüstensonne zu stark", meinte er in väterlichem Ton. Sein Blick fiel auf das Bett aus geschnitztem Elfenbein und Ebenholz mit seinem wohlriechenden Linnen und seidenen Decken. „Begib dich zur Ruhe, Saul ben Hillel, und wenn dir morgen dein Augenlicht nicht wiedergegeben ist, werde ich meinen Arzt rufen."

Kaum zu bezähmende Ungeduld malte sich auf Sauls ausdrucksvollen Zügen, aber er beherrschte sich und lächelte mit einer Güte, die Judas bewundernswert fand. „Mir wurde verheißen, daß in wenigen Tagen einer kommen und mich taufen wird. Mein Augenlicht wird mir wiedergegeben werden. Dann werde ich den Weg einschlagen, den Er, gepriesen sei Sein Name, mir bestimmt hat."

Ganz offensichtlich glaubte er, vernünftig zu sprechen, und zweifelte nicht daran, daß Judas diese einfachen Worte ohne weitere Erklärungen verstehen würde.

„Wer wird zu dir kommen?" fragte er.

„Ein Mann namens Ananias." Diesmal zeigte sich Ungeduld in Sauls Miene.

Judas kannte Ananias, einen armen, äußerst tugendreichen Gelehrten, der sein Teil dazu beigetragen hatte, daß Judas den Messias als den Sohn Gottes erkannte. Bevor er noch fragen konnte, wer Saul diesen Namen genannt hatte, fügte der junge Pharisäer hinzu: „Ich hörte von ihm, als ich geblendet wurde. Er wird kommen."

Judas erhob sich. „Laß mich dich zu deinem Lager geleiten, lieber Freund", sagte er, „denn du bist erschöpft und bedarfst der Ruhe."

Einen Augenblick lang schien es, als wollte Saul sich weigern, als wollte er entgegenhalten, daß er keinen Schlaf brauche und nichts weiter wünsche als ruhig dazusitzen und über sein ekstatisches, unbegreifliches Erlebnis nachzusinnen. Doch dann erlaubte er Judas, ihn zum Bett zu führen, und legte sich nieder. Der Gastgeber deckte ihn zu und blickte lange auf das sonnenverbrannte Gesicht und das rote Haar auf dem seidenen Kissen. „Schalom", sagte er schließlich, blies die Lampe aus und begab sich, von wirren Gedanken verfolgt, in seine eigenen Gemächer.

Zwar war Judas Bankmann und Handelsherr, doch hatte er große Achtung vor Gelehrsamkeit und Wissen und zog es vor, als weiser und nicht als reicher Mann angesehen zu werden. Darum begrüßte er Ananias, als dieser sein Haus betrat, mit ausgesuchter Höflichkeit, hieß ihn willkommen und bot ihm einen Imbiß an. Er tat, als übersähe er die ärmliche Kleidung, die geflickten Lederstiefel und den mageren Beutel seines Gastes. Ananias hatte einen langen Weg durch die Straßen zu Fuß zurückgelegt, und sein blasses, schmales Gesicht und der graue Bart waren von einer Patina aus hellem Staub und Schweiß bedeckt. Doch trotz seiner stillen Art und seiner Mattigkeit war sein Ausdruck heiter und jugendlich, und seine Augen leuchteten wie die eines Knaben.

„Dein Besuch ehrt mein Haus", sagte Judas ben Jonah und schenkte selbst den Wein ein, den der Diener gebracht hatte. Als Mann, der die Feinheiten des Lebens zu schätzen wußte, freute er sich an dem goldenen Krug mit kunstvoll gezeichneter, bunter Emailarbeit. Ananias aber trank nur wenige Schlucke. Er schien mit seinen Gedanken weit fort, und eine sorgenvolle Falte furchte seine glatte Stirne. Er lehnte die süßen Kuchen dankend ab, obwohl Judas ihn darauf hinwies, daß seine als ausgezeichnete Köchin bekannte Gattin sie mit eigenen Händen zubereitet hatte.

„Ich besorge einen ungewöhnlichen Auftrag" begann Ananias schließlich mit melodischer Stimme. „Du hast einen Gast, einen gewissen Saul von Tarschisch." Er zögerte. „Du und ich, Judas, wir beten beide den Messias an. Wir wissen, daß Er uns Befehle erteilt, die wir nicht zu mißachten wagen. Hat Er nicht Sein heiliges Leben für uns gegeben? Liebt Er uns nicht? Darum stelle mir bitte keine Fragen, die ich nicht beantworten kann. Ich wurde zu deinem Gast gesandt."

„Er erwartet dich", erwiderte Judas. „Ich gebe zu, daß ich die Sache nicht so recht verstehe. Seine Worte erschrecken mich — wenn er sich überhaupt herabläßt, mit mir zu sprechen. Nach seinem Benehmen zu urteilen, ist er nicht recht bei Trost. Eingesponnen in einen Traum, sitzt er seit drei Tagen in meinem Haus und murmelt unaufhörlich Gebete. Er scheint von Gesichten verfolgt, ein zweiter Jakob, oder ein junger Moses, der mit blinden Augen das Land der Verheißung schaut. Obwohl er nichts sehen kann, geht er in seiner Kammer auf und ab, schluchzt, stößt markerschütternde Schreie aus und bricht dann ganz plötzlich in triumphierendes Gelächter aus, als hätte ein Lehrer ihm eine bedeutsame Eröffnung gemacht oder er selber eine glückhafte Entscheidung getroffen. Er ißt nichts und trinkt nur wenig. Ich weiß nicht, ob er überhaupt schläft. Man möchte meinen, er verzehre sich in — in Sehnsucht? Rastlos, wie im Fieber, mit trockenen Lippen, brennenden Augen sitzt er da und starrt wie verklärt vor sich hin. Ich habe mich erbötig gemacht, ihn in den Garten zu führen, wo er Sonne und gute Luft genießen könnte, aber er weigert sich, seine Kammer zu verlassen. Wenn ich ihn dränge, zeigt er eine schreckliche Ungeduld, für die er sich sogleich entschuldigt und meine Verzeihung erbittet. ‚Ich muß allein sein', sagte er zu mir, ‚damit ich lernen und mir einprägen kann, daß das, was ich bisher in Düsterheit und Finsternis, wie durch ein dunkles Glas gesehen habe, von Anbeginn der Zeit Farbe und Licht ausgestrahlt hat. Ich war so blind! Einst sprach ich die Worte Hiobs: ‚O wüßte ich doch, wo Ihn finden!' Dabei stand Er immer zu meiner Rechten, und ich sah Ihn nicht, weil ich Ihn nicht sehen wollte! Jetzt aber sehe ich und kann des Sehens nicht genug bekommen und erwarte Seinen Ruf!'"

Voller Mitgefühl blickte Ananias auf seinen bekümmerten Gastgeber und erwiderte: „Ich verstehe seine Worte, Judas ben Jonah. Ursprünglich war auch ich erschreckt, denn ist dieser Saul von Tarschisch — die Römer nennen ihn Paulus von Tarsus — nicht der furchtbarste Feind unseres Volkes? Es gibt eine alte libysche Redensart: Durch einen Pfeil verletzt, sagte der Adler, als er sich die Befiederung besah: ‚Von unseren eigenen Federn, nicht von fremder Hand, werden wir jetzt getroffen.' So wurde Saul ben Hillels Volk von ihm getroffen, aber es war Unwissenheit, die ihn seine Pfeile abschießen ließ, und nicht Mutwille oder Grausamkeit oder blinde Wut."

„Was auch immer den Pfeil von der Sehne schnellen macht", entgegnete Judas und verzog den Mund zu einem trüben Lächeln, „die Wunde schmerzt immer gleich."

„Das ist wahr", gab Ananias zu und erhob sich. „Aber nun bitte ich dich, mich zu deinem Gast zu führen."

Schweigend begaben sie sich zu Sauls Gemach. Sie fanden ihn auf seinem Bett sitzend. Er hatte die Arme um die Knie geschlungen und schien krampfhaft bemüht, etwas zu hören. Ananias blieb an der Schwelle stehen, um diesen Mann des Schreckens zu betrachten, der gekommen war, die Gläubigen zu züchtigen, und der auf dem Weg nach Damaskus eine Erscheinung gehabt hatte. Es war ein junger Mann mit struppigem, ungekämmtem Haar, rot wie die sinkende Sonne, und einem von Schlaflosigkeit grauen, aber in leidenschaftlicher Erregung zuckenden Gesicht. Die Augen, davon eines krankhaft eingefallen, waren blau und funkelten metallisch. Er bot den Anblick eines jungen Löwen, der an der Kette zerrte, an die er gelegt war, und mit aller Macht nach der Arena strebte. Er beugte sich vor und reckte den Hals nach der Tür, denn er hatte Schritte vernommen. Seine Augen glitzerten so lebhaft, daß es Ananias schwerfiel, an seine Blindheit zu glauben.

„Schalom", begrüßte ihn der alte Mann freundlich. „Möge die Freude Abrahams, Isaaks und Jakobs mit dir sein, mein Sohn, Saul ben Hillel, und möge Gott, Sein Name sei gepriesen, dich allezeit in der Lieblichkeit des Friedens wohnen lassen."

Saul sprang auf und tat zwei Schritte auf Ananias zu. „Ananias!" rief er aus.

„Ich bin es", erwiderte der Alte. „Ich weiß alles, was du mir sagen willst, denn auch ich habe eine Erscheinung gehabt." Jetzt empfand er zum ersten Male Mitleid mit diesem jungen Mann, diesem leidenschaftlichen, so ungestümen und so unbeirrbaren Mann. Ein einziger Augenblick genügte ihm, um vieles zu verstehen. Er seufzte. Mit mildem Lächeln kam Saul ihm weiter entgegen, und nun liefen Tränen über seine dunklen Wangen. Er fiel vor Ananias auf die Knie, faltete die Hände und beugte das Haupt.

Ananias warf Judas einen bittenden Blick zu, und dieser, der mit offenem Munde danebenstand, bezähmte seine Neugier, verließ den Raum und schloß die Tür hinter sich. Ananias legte seine Hände auf Sauls rauhen Kopf und seufzte abermals. Er wußte, ohne zu begreifen, wieso er es wußte, daß Sauls ganzes Leben eine einzige qualvolle, verzweifelte, hoffende und sehnende, nur selten von begeisternder Verzückung erhellte Suche gewesen war. Nun war ihm offenbar geworden, was er gesucht hatte, doch Ananias ahnte, welches Schicksal diesen jungen Menschen erwartete. Saul würde nie zögern und nie schwanken. Er würde Leiden erfahren, wie er sie nie zuvor erfahren hatte, und sie ertragen — nicht demütig, wie ruhigere und gesetztere Menschen sie hinnahmen, sondern mit wilder Freude. Ein weiter Weg lag vor ihm, und nicht immer ein ebener. Er würde sich durch eine wuchernde, brutale, markverzehrende Wildnis durchkämpfen müssen, wie er in seinem kurzen Dasein keine erlebt hatte. Er war ein Kämpfer, einer von Gottes Streitern, der bis zu seinem letzten Atemzuge Schwert und Rüstung nicht ablegen würde.

Ananias hob sein Haupt und betete fast lautlos, daß Saul sein Augenlicht wiedergeschenkt werde, so dies Gottes Wille wäre, und daß Gott ihn auf dem steinigen Pfad, der vor ihm lag, stets erquicke und ihm Beistand leiste. Er beugte sich vor, drückte, Tränen in den Augen, seine Handflächen an Sauls fiebernde Wangen und küßte ihn, wie ein Vater, auf die Stirne. Seine Ungewißheit schwand, und er dachte nicht mehr an die Briefe des Hohenpriesters Kaiphas an die Vorsteher der Synagogen in Damaskus.

Sonnenlicht flutete in den Raum. Tiefer Friede floß wie klares Wasser über den Knienden und den alten Gelehrten, der sich so zärtlich über ihn beugte. Vom marmornen Fußboden zurückgeworfen, brach sich das Licht an den Wänden und tauchte Sauls Haar in goldenes Feuer. Wie eine strahlende Aureole kränzte es sein Haupt, und einen Augenblick lang verspürte Ananias Furcht. Doch das Lüftchen, das durch die geöffneten Fenster drang, war weich wie Seide und duftete nach Springbrunnen und Blumen. Aus dem Schatten eines Baumes erklang holdes Vogelgezwitscher.

Saul hob den Kopf. Mit freudigem Lächeln sah er dem alten Mann ins Gesicht.

„Ich sehe“, sagte er. „Ich bin nicht mehr blind. Ich schaue die Welt in ihrer Herrlichkeit wie nie zuvor! Ich sehe!“

„Ja, mein Sohn“, entgegnete Ananias. „Du siehst — zum ersten Male in deinem Leben. Schalom.“

DRITTER TEIL

DER HEIDENAPOSTEL

Bleibet also standhaft in der Freiheit, mit der Christus uns befreit hat, und lasset euch nicht wieder ein Sklavenjoch aufbürden.

XXXV

Joseph von Arimathäa konnte es kaum glauben, daß der von der Sonne gebräunte Mann, der vor ihm stand, Saul von Tarschisch war. Er betrachtete ihn mit vom Alter getrübten Augen. Nach der Art hochbetagter Greise bewegte sich sein Mund kauend hin und her, und sein weißer Bart zitterte. Es war heiß und still heute in Jerusalem, der Himmel weißglühend, goldene Stäubchen tanzten auf den Zypressen, und nicht einmal die Springbrunnen draußen im Garten vermochten die flimmernde Luft zu kühlen. Joseph aber war in wollene Umschlagtücher gehüllt, seine Füße steckten in gefütterten Stiefeln, und er rieb sich die Hände, als ob ihn fröstelte.

Er war über Sauls Aussehen entsetzt. Noch entsetzter aber war Saul über den Verfall dieses edlen Mannes, den er erst vor fünf Jahren zum letztenmal gesehen hatte. Wie konnte ich aber auch glauben, tadelte sich Saul, hier würde die Zeit stillstehen, während Jahrhunderte in meiner Vorstellung aufstiegen und fielen, Völker auf der Weltbühne auftraten und wieder abgingen, und in den Wüsten Arabiens die Offenbarungen des Himmels feurigen Pfeilen gleich auf mich herabstießen? Joseph war schon alt, als ich ihm das letztemal begegnete, nur merkte ich es nicht. Nun, die Jahre haben ihren Tribut gefordert. Habe ich mich auch so stark verändert? Dreiunddreißig bin ich und kein Jüngling mehr, eheu! Aber ich bin auch noch kein bärtiger Mummelgreis! Er betrachtete seine Hände, die fast so schwarz waren wie die eines Nubiers. Er wußte, daß sich auch sein einst so helles Gesicht verdunkelt hatte, und daß er mit seiner dichten Mähne struppigen roten Haares, dem derben braunen Gewand, seinen schwarzen Füßen und den lohfarbenen Armen und Beinen einem afrikanischen Löwen ähneln mußte. Nur seine blauen Augen waren die gleichen geblieben: sie funkelten mit der Kraft seines Geistes und der Leidenschaftlichkeit, die immer schon sein Wesen bestimmt hatten.

„Und was tatest du im Königreich der Nabatäer?" fragte Joseph.

„Ich ging meinem Gewerbe als Ziegenhaarweber und Zeltmacher nach", antwortete Saul in seiner tiefen, melodischen Stimme, die Joseph so gut kannte. „Ich sprach den Bauern und Landleuten vom Messias. Ich lebte mit ihnen und aß mit ihnen." Er lächelte leise, und seine schönen weißen Zähne blitzten. „Ich habe nie im Überfluß gelebt und war nie ein Lüstling, als Jude aber wurde ich gelehrt, mich häufig zu säubern. Die, deren Leben ich teilte, waren darin nicht eben anspruchsvoll."

„So sagt es mir — meine Nase", erwiderte Joseph schmunzelnd. „Alle Wohlgerüche Persiens würden nicht ausreichen, um den Duft, der an dir haftet, abzuwaschen, obwohl du dich bestimmt in letzter Zeit oft und ausreichend gebadet hast."

„Ich fürchte, ich stinke immer noch wie ein Kamel oder eine Ziege und vielleicht auch nach Dung und Käse und saurer Milch." Er führte seine sehnige Hand an die Nase und schnupperte daran. „Ja, das ist richtig. Es gab Zeiten, da ich mich ebenso selten wusch wie meine armen Gefährten. Es ging nicht anders. Im übrigen ist es nicht immer weise, sich vor den andern hervorzutun."

„Es ist auch gefährlich", bemerkte Joseph dazu und bedachte alles, was Saul ihm bisher erzählt hatte. Er sah, daß der heiße Wind und der dichte Staub der Wüste Sauls Fleisch blank gerieben, jede Spur von Fett abgeschmolzen und seinen Körper zu Sehnen und Muskeln und Leder gegerbt hatten. Und doch war er ihm nie zuvor so jugendlich erschienen, nicht einmal damals, vor so langen Jahren, als sie Jochanan ben Zacharias in der Wildnis besucht hatten. Nie auch war sein Antlitz so friedlich gewesen. Es war nicht der gelassene Frieden der Ergebung in den Willen Gottes, nicht der Friede der Frömmigkeit oder gütiger Nachsicht, und nicht der Friede der Entsagung. Sein entschlossenes Kinn war scharf geschnitten, als ob ein Bildhauer es geformt und dann unterlassen hätte, es zu runden und ihm die Schärfe zu nehmen. Seine Nase war schmal und lang wie ein Messer, und unter seinen hervorstehenden Backenknochen spannten sich die Wangen zu schwärzlichen Vertiefungen. Wenn je ein Mann von Gott zur Reife gebracht, ausgeglüht und gehärtet worden war, dann Saul. Dennoch zeigte er Sinn für Humor — an dem es ihm so viele Jahre gemangelt hatte — und eine kraftvolle, aber keineswegs sentimentale Milde.

„Und ließen sich die Araber von dir überzeugen, mein Sohn?" fragte Joseph.

„Sie waren höflich, wie das alle Wüstenbewohner sind, ließen mich jedoch wissen, daß ein Seher ihnen vor langer Zeit geweissagt hätte, daß sie, die Söhne Ismaels, ihre eigene Offenbarung erleben würden." Sekundenlang glitzerte die alte Unrast in seinen Augen.

Joseph überlegte. „Ich bin alt und vergeßlich", sagte er dann, „und kann mich nicht mehr erinnern, wo ich einmal gehört habe, man könne sich Gott, Sein Name sei gepriesen, als unendliches Rad vorstellen, funkelnd und strahlend, das sich mit überirdischer Kraft durch Blitz und Donner und leuchtendes Feuer dreht. Er ist das Rad, aber auch die Nabe, und alle Speichen, die vom Radkranz zur Nabe führen, sind die frommen Hoffnungen und die Glaubensbekenntnisse der ganzen Schöpfung Gottes, gepriesen sei Sein Name."

Saul legte nachdenklich die Stirn in Falten. „Wir haben einen Neuen

Bund geschlossen", meinte er dann, „wie er Jeremias schon vor Jahrhunderten verheißen wurde. Etwas anderes gibt es nicht."

Joseph schob eine Weile die Backen hin und her und sagte dann: „War es nicht auch Jeremias, der prophezeite, daß alle Menschen den Herrn eines Tages erkennen würden, auch wenn Er tausend verschiedene Namen trägt, und daß Er keinen Unterschied unter Seinen Kindern machen wird? Schon lange Zeit bevor Moses uns die Gebote verkündete, besaßen die Ägypter eine nicht unähnliche Sammlung moralischer und religiöser Gesetze. Das Gleiche gilt für die Perser. Und was die Griechen und Römer betrifft, gründen sich ihre moralischen und religiösen Vorschriften zwar bloß auf die Ethik, doch das Licht des Geistes schimmert durch."

Saul wurde unruhig. Hatte er die schweren heißen Jahre in der Wüste und andere Leiden nur ertragen, um diesem senilen Greis zuzuhören, dessen Seele allen Stahl verloren hatte? Während ihm solche Gedanken durch den Kopf gingen, sah Joseph ihn an und seufzte, denn er erkannte, daß der neue Saul in Wahrheit der alte geblieben war: ein Mann, der ständig im Kampf mit seinem eigenen Stürmen und Drängen lag.

„Wir sind ein sonderbares Volk", sagte er. „Gott hat uns auserwählt und verläßt uns nicht; das macht uns so sonderbar."

Saul fand diese Bemerkung banal und erblickte darin nur ein weiteres Zeichen von Josephs Senilität. Abermals versuchte er, sich auf das Gebot der Nächstenliebe zu besinnen, auf das er in seinen Predigten immer wieder hinwies (obwohl er häufig zugab, daß auch er in hohem Maße ihrer bedurfte).

Mit sanfter Stimme fuhr Joseph fort: „Jedem Volk wird, entsprechend seiner Natur, seiner Auffassungsgabe und seelischen Bereitschaft, Gottes Offenbarung zuteil. Es heißt zwar, alle Menschen seien gleich, aber das stimmt nicht ganz: selbst Bruder unterscheidet sich von Bruder. Wir sind gleichen Fleisches und gleichen Wesens und gehören, wie schon Aristoteles hervorhob, der gleichen Spezies an, doch besitzt jedes Volk seine eigene Arete. Ich bin weit gereist. Ich habe lange mit den weisen Männern Chinas und Indiens und mit ihren Völkern gesprochen. Ihre Denkweise ist nicht unsere Denkweise, ihre Sitten sind nicht unsere Sitten, sie sehen die Schöpfung anders, als wir sie sehen, und sie beten Gott in dem Namen an, den sie Ihm gegeben haben. Wird er ihnen darum die Erlösung vorenthalten? Nein. Du selbst hast mir erzählt, daß einer der Apostel, Simon Petrus aus Galiläa, dich wissen ließ, der Messias habe ihm befohlen, zusammen mit seinen Brüdern in die Welt zu ziehen, und alle Seine Schafe zu nähren. Wie aber, in welcher Form, die Völker der Erde die Botschaft aufnehmen werden, ist ihre Sache und soll uns nicht bekümmern.

Die Form der Offenbarung, die uns durch den Messias zuteil wurde, entspricht unserem Wesen und unserem Begriffsvermögen und wird nur bei den Gläubigen unseres Volkes Verständnis finden und unter den

Nichtjuden Griechenlands und Roms. Vielleicht auch unter den Barbaren Galliens und Britanniens und den Völkern des kalten Nordens. Sie ist den Menschen, die diese Regionen bewohnen, nicht fremd, die Grundlagen sind bereits geschaffen. Die Botschaft aber, die den Völkern unserer Erde gegeben wurde, lautet: ‚Gesegnet ist, wer im Namen des Herrn zu uns kommt!' Wer soll da über Seinen Namen hadern oder über den, der ihn verkündet?"

Fürwahr, er redet irre, dachte Saul. Aber Joseph lächelte. Er mußte daran denken, was man ihm damals erzählt hatte: daß die Juden in Damaskus Sauls Beteuerungen keinen Glauben schenkten und ihm ins Gesicht sagten und unter sich sprachen: „Ist er nicht der Römer Knecht, dieser verbissene, wahnsinnige Jude, der unsere Brüder in Jerusalem geißeln und in Verhaft nehmen ließ, nur weil sie daran glaubten, daß uns der Messias geboren wurde? Ihm sollen wir vertrauen? Niemals! Er ist ein Spitzel der Römer. Er verstellt sich, um uns in eine Falle zu locken. Dann wird er uns in Ketten legen, einkerkern und erschlagen. Fort mit ihm!" So hatten sie gesprochen und auch noch die zynischen Griechen in Damaskus gegen ihn aufgehetzt. Um sein Leben zu retten, mußte Saul um Mitternacht in einem Korb über die Stadtmauern von Damaskus hinabgelassen werden und in die Wüste fliehen. Für einen so stolzen Mann mußte dies ein entsetzlich demütigendes Erlebnis gewesen sein. War es nicht unerträglich, abgewiesen zu werden — noch dazu, wenn man glaubte, den Menschen die Wahrheit zu bringen? Ach, mein Saul, dachte Joseph voll zärtlicher Liebe, und wieder umspielte ein Lächeln seine Lippen. Saul glaubte sich verhöhnt, als er das Lächeln sah.

„Die Welt", sagte der junge Mann in strengem Ton, „lebt in Knechtschaft. Sie wird von Rom unterdrückt. Keiner kann heute noch sagen: ‚Ich bin frei auf meiner Erde, sicher vor Tyrannei und Steuern lebe ich in meinem Haus und brauche die Söldlinge der Regierung nicht zu fürchten, die mich mit neugierigen Fragen und mutwilligen und arglistigen Gesetzen plagen. Ich bin frei im Angesicht Gottes.' Der Messias ist gekommen, uns aus dieser Unterdrückung und Tyrannei zu erretten." Er verstummte voll zorniger Ungeduld, denn der Greis schüttelte langsam den Kopf.

„Mein Sohn", erwiderte Joseph, „die Welt der Menschen war immer schon versklavt und von irgendeinem mächtigen Volk oder auch von einer legalen Regierung unterdrückt. Auf die Dauer war noch kein Mensch ganz frei und gegen Steuern und unverschämtes Benehmen, gehässige Bürokraten, Kriege und Massaker, Ausschreitungen und Gewalttaten gefeit. Jedes Volk, sagen die Griechen, hat die Regierung, die es verdient — und ich habe in meinem langen Leben nichts gesehen, was diesem Richtsatz widerspräche. Wenn die Menschen zu Sklaven geworden sind, ist das die Folge ihrer eigenen Lammfrömmigkeit, ihrer eigenen Habgier und ihres schäbigen Charakters, ihrer Mißgunst und Untertänigkeit. Nimmt eine Maus, heißt es, einen Leckerbissen aus der Pranke eines scheinbar von Freundschaft und Nächstenliebe beseelten Tigers, wird der Tiger sehr bald die Maus zu einem Leckerbissen für sich machen. Waren es nicht die Chinesen, die da lehrten, Regierungen wären mehr zu fürchten als Tiger?

So ist also die Welt der Knechtschaft von heute nicht anders als die Welt der Knechtschaft unter den Ägyptern und unter Alexander von Mazedonien — und wird auch morgen nicht anders aussehen. Die Welt wird immer geknechtet sein. Wenn aber ein Mann, dem man Handschellen angelegt hat, in seiner Seele sagen kann, ‚Ich bin ein freier Geist, und ein von Menschenhand geschmiedetes Eisen kann diesen Geist nicht fesseln', dann ist er kein Sklave. Diese Freiheit des Geistes war es, die der Messias uns brachte, uns und den Völkern, die Ihn hören werden. Als Ihn die verbohrten Pharisäer höhnten und Ihm eine Münze zeigten, auf der des Cäsars Haupt zu sehen war, sagte Er da nicht: ‚Gebet dem Kaiser, was des Kaisers, aber auch Gott, was Gottes ist?' Für Ihn, Sein Name sei gepriesen, sind Regierungen allezeit tyrannisch, blutig und ehrsüchtig. Das ist ihre Natur, denn wenn ein Mensch Macht erlangt, wird er zum Teufel. Zum Sklaven aber wird er nur in seiner Seele. Und aus dieser Sklaverei wird Er uns erretten. Cäsar wird immer Cäsar bleiben. Der Mensch kann sich nur von seinen Knien erheben, erkennen, daß der Cäsar wahnsinnig ist, und ihm all die Macht vorenthalten, nach der ihn lüstet."

Noch vor wenigen Jahren hätte Saul nicht so zugehört, wie es ihn jetzt drängte, zuzuhören. Er überlegte und rieb sich die dunkle, gefurchte Stirn. „Das ist wahr", murmelte er dann. „Gott allein kann uns Freiheit schenken. Dennoch sollten wir sie uns auch gegen blutige, ehrsüchtige und raubgierige Regierungen erkämpfen."

„Das ist unsere Pflicht", entgegnete Joseph. „Sie ist dem Menschen von jeher auferlegt. War es nicht Moses, der ausrief: ‚Verkündet Freiheit dem ganzen Land und seinen Bewohnern?' Er war es. Aber die Menschen vergessen. Brot und Wohlbehagen und Sicherheit, das sind die Preise, die ihnen für ihre Freiheit als Menschen angeboten werden, und die sie, seit Anbeginn der Zeit, immer wieder angenommen haben."

Saul dachte an den wahnsinnigen Cäsar, der jetzt in Rom auf dem Thron saß, und erschauderte. Erzählte man sich nicht unter lautem Gelächter, daß er sein Pferd zum römischen Konsul ernannt hatte? „Schreckliche Ereignisse stehen uns bevor", sagte Saul.

„Sie sind uns immer schon bevorgestanden und werden uns immer bevorstehen", erwiderte Joseph und fiel, von Müdigkeit übermannt, in Schlaf. Saul erhob sich schweigend und verließ ihn. Er begab sich in die Straße der Zeltmacher, wo er von neuem begonnen hatte, sein Handwerk auszuüben, seine großen Träume zu träumen und sich auf seinen Kampf vorzubereiten.

Die Macht und die Herrlichkeit der Offenbarungen, die ihm zuteil geworden waren und immer noch zuteil wurden, verzehrten Saul von Tarschisch, den Griechen und Römer Paulus von Tarsus nannten. Es schien ihm, als wandle er im Licht und betrachte in grenzenloser Verzückung die Schönheit der Welt. So sehr erfüllte ihn die Liebe des Messias, daß es Zeiten gab, da er in seinen Betrachtungen, in seinem Begeisterungstaumel fast in Ohnmacht fiel. Jetzt liebte er auch seine Mitmenschen und bedauerte sie — wenn nicht gerade seine alte leidenschaftliche Unrast ihn beherrschte —, weil sie das Licht nicht so sahen wie er, oder ihm zweifelnd oder skeptisch begegneten oder sich gleichgültig abwandten. Wo doch die Wahrheit so klar, so allgegenwärtig war! Wo doch die Menschen alle die Nähe des Messias in ihren Seelen fühlen mußten! Was konnte dem Einzelnen wichtiger sein, als daß sich sein zeitloses Geschick am Glanz des Messias wärmte, und was war weniger wichtig als die irdischen Dinge, die unwichtigen, banalen Dinge, die erbärmlichen kleinen Schätze und die Sorge um sie? War der Verstand des Durchschnittsmenschen so klein, daß er nicht imstande war, den unglaublichen Unterschied wahrzunehmen? Es war, als ob ein Mann eine winzige Oase beträte und nun glaubte, die Oase wäre die ganze Welt, und die bloßen Gedanken von sich wiese, jenseits dieser freudlosen Stätte könne es gewaltige Städte und mächtige Länder und das rauschende Brausen endlosen Lebens geben. Er jammerte, der kleine Mann, wenn ihm angezeigt wurde, daß er diesen Ort verlassen und ein umfassenderes Leben beginnen müsse. Er klammerte sich an seinen verwilderten Palmenbaum, an sein zertrampeltes Fleckchen grasiger Erde, an die kleine Lache trüben Wassers und wollte nicht — nein, weigerte sich, zu glauben, daß ihm ein glückhafteres Schicksal beschieden war, das es zu erfüllen galt. (Es gab allerdings Augenblicke, da milde Nachsicht Saul zu der Überlegung veranlaßte, daß die Seele des Menschen schwach und verwundbar war, und daß er das Vertraute, wie bedeutungslos es auch sein mochte, allen Zukunftsträumen, die über sein Begriffsvermögen hinausgingen, vorzog. Und darum verdiente er Mitgefühl und nicht Schelte. Er sollte mit zärtlicher Hingabe geführt und liebevoll ermuntert — und nicht gedrängt und getrieben werden.)

Dem stürmischen jungen Mann, der immer noch so schnell aufbrauste, war so mancher Nazarener, der an den Messias glaubte, mehr als ein Dorn im Fleisch: eine schwärende Speerspitze.

Er sah sie täglich gegen Abend in den kühlen Gärten des Tempels und in der Säulenhalle des Salomon, wo sie zusammen mit ihren jüdischen Brüdern in — für Saul — wichtigtuerischer Einfältigkeit und kindlich beschränktem Glauben geruhsam Texte auslegten und Theorien entwickelten. Wie Saul bald entdeckte, war der Messias in ihren Augen nicht Herr der Heerscharen, der Mächtige Zions, die Majestät unendlicher Welten, König der Engel und Menschen, voll von Liebe und Gnade, aber schrecklich in Seinem Zorn, unbeugsam im Recht, von Blitzen gekrönt und mit Donner ausgerüstet. Er war ‚demütig und mild', ohne geschlechtliche Merkmale, ohne Männlichkeit, ohne Kraft und Schrecken, ein einfacher Schäfer in zerlumptem Gewande, bar jeder Größe und Erhabenheit. Hatte Er nicht selbst gesagt, hielten sie Saul entgegen und blickten ihn aus großen, unschuldigen Augen an, der Mensch müsse anspruchslos und geduldig sein? Hatte Er Sich nicht selbst erniedrigt, indem er Seinen Aposteln die Füße wusch? Hatte Er Sich nicht, dem Lamm Gottes gleich, einer schändlichen Hinrichtung unterzogen und Sich um unserer Sünden willen töten lassen? Hatte Er nicht kraft Seines eigenen Lebens gelehrt, der Mensch solle dem Bösen keinen Widerstand leisten, solle sich aus der Welt zurückziehen, von Cäsar und seinen Regierungen keine Notiz nehmen, sich aus dem ganzen Netz von Menschen geschaffener Einrichtungen lösen, ‚solle sich nicht ängstlich sorgen und sagen: was werden wir essen? was werden wir trinken? womit wollen wir uns bekleiden?' In seinen Lehren, behaupteten die Einfältigen, empfahl Er Widerstandslosigkeit und passives Verhalten gegenüber unmäßigen Forderungen. Der Mensch sollte sein Leben ausschließlich damit zubringen, Ihn anzubeten, Liebe zu schenken und seinen Brüdern mit sanftem Lächeln zu begegnen.

Und wurde nicht stündlich Seine Wiederkunft erwartet, konnte sie nicht schon im nächsten Augenblick erfolgen? Hatte Er nicht selbst gesagt, Er würde kommen, bevor noch ‚diese Generation hingeschieden sei'? Wozu also sollte man arbeiten und Reichtümer anhäufen, für die Zukunft sorgen oder um Brot und Milch und Käse und Obst für die Familie? War ihnen nicht aufgetragen worden, zu ‚wachen', wie es die aufmerksamen Jungfrauen Seines Gleichnisses taten, denn ‚wer konnte wissen, wann der Bräutigam kommen würde'?

So wachten sie im Tempel, wann immer es gestattet war, und blickten freudig und hoffnungsvoll zum Himmel, der sich über den Gärten wölbte, wenn sie nicht gerade damit beschäftigt waren, ihren jüdischen Brüdern, die stehenblieben, um sie anzuhören, mahnend zuzureden und das Brot zu verzehren, das ihnen die Fleißigen überließen.

Daß sie mit sanfter Beharrlichkeit das jüdische Gesetz mißachteten, wonach der Mensch arbeiten und sich sein eigenes Brot verdienen sollte, und daß sie in unerschütterlicher Gelassenheit die Wiederkunft des Herrn erwarteten, war in Sauls Augen das Schlimmste nicht. Aber diese Nazarener glaubten auch, die Vernachlässigung körperlicher Bedürfnisse wäre gleichbedeutend mit der Vernachlässigung täglicher peinlicher Körperpflege, wie das jüdische Gesetz sie vorschrieb. Wenn nun jemand Mitleid mit ihnen empfand, wie sie da in schmutzigen Gewändern im Tempelbezirk herumsaßen, und ihnen in großherziger Nächstenliebe Brot und Wein und Fleisch anbot, aßen und tranken sie mit ungewaschenen Händen und ohne das übliche Dankgebet zu sprechen. Die Gaben, die ihnen gereicht wurden, standen ihnen ja von Rechts wegen zu — waren sie denn nicht Anhänger des Nazareners, der die Welt mit ihren Gesetzen, Verordnungen und Bräuchen verachtet hatte? Und außerdem: da der Messias doch jeden Augenblick eintreffen mußte, was sollte der Spender sonst mit dem überzähligen Proviant anfangen? Nächstenliebe übten nur jene, die an den Messias glaubten. Alle andern handelten aus purer Selbstsucht.

Zwar war es einem frommen Juden nicht gestattet, ‚die Ecken seines Bartes zu schneiden', doch gab es kein Gebot, das ihm verwehrt hätte, ihn zu kämmen und sauber und frei von Ungeziefer zu halten. Der Bart war von alters her etwas Heiliges. Die Nazarener aber, die dem Gesetz und den Bräuchen ihrer Väter keine Beachtung schenkten, pflegten weder ihre Bärte noch ihre Körper und stanken wie die Pest. Warf man ihnen ihre Unreinlichkeit vor, antworteten sie: „Ist nicht die Seele mehr als die Kleidung?" Damit wollten sie sagen, der Mensch solle sich nicht waschen.

Saul war ein gebildeter Mann, ein Pharisäer, ein römischer Bürger, weitgereist, ein Kenner der Geschichte und vertraut mit der Dichtkunst und den Philosophien der Welt. Dank der überschwenglichen Gnade Gottes war eine Offenbarung über ihn ausgeschüttet worden. In der Überzeugung, daß die in der heiligen Stadt ansässigen Nazarener reicheres Wissen besitzen würden als die Juden in Damaskus und anderen zerstreut liegenden Orten, und daß sie, die den bedeutsamen, ehrfurchtgebietenden Geschehnissen so nahe gewesen, ihm größeres Verständnis entgegenbringen würden, war er nach seinem Erlebnis vor den Mauern der Stadt — und nach seinem Aufenthalt in der Wüste — nach Jerusalem zurückgekehrt. Menschen, die neben einem Vulkan leben, verstehen etwas von Blitz und Donner und schwankender Erde und feurigem Regen.

Wohl hatten viele Nazarener in Jerusalem neben dem Vulkan gelebt, leider aber die göttliche Stimme, die weithin erklungen war, nicht begriffen. Gewiß, es gab einige wenige, doch war Saul bis nun nur einer spärlichen Anzahl begegnet.

Vergeblich wies Saul die Nazarener, die er im Tempel traf — sie erfüllten ihre religiösen Pflichten mit größerem Eifer als ihre jüdischen Brüder — darauf hin, daß sie sehr wahrscheinlich die Worte Josuas von Nazareth falsch auslegten. Hatte Gott nicht mit großem Ernst von dem Grashüpfer gesprochen, der den Sommer vertrödelte und dann von der fleißigen Ameise, die das ganze Jahr hindurch ihrer Arbeit nachgegangen war, erwartete, daß sie ihn ernähren würde? „Wer nicht arbeitet, soll auch nicht essen!" rief Saul zornig. Listig hielten ihm die Nazarener entgegen, daß sie ‚sich nicht ängstlich um die Zukunft sorgen' sollten. Überdies wurden sie von den Ungläubigen, aber auch von den nachsichtigen Priestern des Tempels verpflegt.

Vor seinem geistigen Auge sah Saul bereits das entsetzliche Bild eines völligen Zusammenbruches der Zivilisation, von Recht und Ordnung und den Geboten Gottes, wenn sich die vorherrschenden Ansichten der Nazarener weiter verbreiten sollten. Der Mensch bestand nicht nur aus einer ewigen Seele. Er war ein privilegierter Bewohner dieser herrlichen, grünen und goldenen und purpurnen Welt, die Gott in Seiner unendlichen Liebe für ihn geschaffen hatte und die er mit den Tieren teilte. Er bedurfte der Nahrung. Die Tiere jagten und suchten fleißig Futter für sich und ihre Nachkommen. Sie bauten Nester und säuberten ihre Höhlen, sie steckten ihre Territorien ab, um Eindringlinge abzuschrecken. Sie umhegten ihre Jungen, liebten sie und erteilten ihnen strenge Lehren, um sie in die Lage zu versetzen, später für sich und ihre Familien sorgen zu können. Sie putzten sich emsig und pflegten sich, um gesund zu bleiben. Sie lebten nach einem Gesetz, das ihrer Natur angepaßt war, und wehe dem, der dieses Gesetz übertrat! Der Tod war ihm sicher. Als Bewohner dieser Welt gab es auch für den Menschen ein solches Gesetz.

Als Saul den Nazarenern diese Analogie vortrug, erntete er mitleidiges Lächeln. War der Mensch nicht mehr als ein Tier?

Saul war wütend. Es war gewiß nicht in Gottes Absicht gelegen, daß die Angst vor der Zukunft ihre Gesundheit zerrütten und sie in Unruhe versetzen sollte, denn wer konnte wissen, was die Zukunft bringen würde? Vielleicht den Tod, vielleicht schwerere Pflichten, vielleicht einen Ruf aus fernen Landen. Doch zweifellos sollte der Mensch sich um die Probleme und Pflichten der Gegenwart sorgen! Die Nazarener antworteten darauf mit ihrem breiten, verlegenen Lächeln, zuckten die Achseln und starrten zum Himmel empor, um das Kommen des Messias nicht zu versäumen.

„Wenn eure jüdischen Brüder euch nicht Brot und Öl und Fleisch und Käse und Wein spendeten, wer würde euch dann ernähren?“ schrie er sie an. „Der Herr“, antworteten sie mit sanftem Flüstern. „Aber nicht, wenn ihr Sein Gebot, zu arbeiten, mißachtet! War Er nicht selber Zimmermann?“ Darauf erwiderten sie: „Das war Er nur, um Seine Demut zur Schau zu stellen.“

Saul bemerkte, daß die Nazarener viele Sklaven, die den reichen Römern und Griechen und Ägyptern und Persern in Jerusalem dienten, zu ihren Ansichten bekehrten. Er stellte mit Entsetzen fest, daß die widersinnigen Lehren dieser Einfältigen von den Sklaven begeistert aufgenommen wurden. Die Nazarener versicherten ihnen, daß sie als Sklaven ihren Herren überlegen waren, sich ihnen jedoch in Demut unterwerfen mußten. Jeden Augenblick konnte der Messias zurückkehren und würde nicht zögern, sie als Könige über ihre früheren Herren zu erheben. Fürwahr,

Er würde sie in Gold kleiden und ihnen Schätze zu Füßen legen und ihnen die Herrschaft über die Welt übertragen. Als er das hörte, zerrte Saul verzweifelt an seinen roten Schläfenhaaren. Kurz und gut, die Nazarener verfochten die Meinung, die Menschen dürften nicht versuchen, ihre Lage zu verbessern, nicht nach Würde und Männlichkeit streben, und müßten Sklaverei und Erniedrigung ohne Widerspruch hinnehmen. „Verkündet Freiheit dem ganzen Land und seinen Bewohnern!“ rief er, wie Moses gerufen hatte.

„Was ist Freiheit?“ entgegneten die Nazarener, zuckten die Achseln und kamen sich sehr weise vor.

Mit ihrer Schlappheit, ihrem Mangel an Fleiß, Mut und Seelenstärke erbitterten sie ihre jüdischen Brüder und brachten Saul zur Verzweiflung. Trotz seiner Wut aber sah er ein, daß er sie nicht in gelehrte Gespräche verwickeln durfte, denn wenn sie auch die alten wie die neuen Gebete herunterzuleiern wußten und sogar hebräische Zeichen auf Schriftrollen mühsam entziffern konnten, waren sie doch nur ‚Amaratzim‘. War es nicht Gottes Wunsch, fähige, intelligente und gelehrte Männer zu seinen Dienern zu zählen?, fragte sich Saul zuweilen grimmig. Und kannte auch die Antwort: In der Tat, ja, denn wer sonst sollte das Volk führen?

Die Nazarener, grübelte Saul, waren auch nur Menschen, die von Natur aus Verantwortlichkeit, Arbeit, Mühe und Plage verabscheuten und die die neue Sekte als Vorwand für Faulheit, Müßiggang und Nachgiebigkeit gegen sich selbst und mangelnden Stolz benützten. Aber nein, korrigierte er sich voller Wut, sie besaßen Stolz! Sie glaubten ja, sich durch ihr Nichtstun die Erde untertan machen zu können! In einer Vision sah er, wie sich die auf so schändliche Weise verzerrten Worte Josuas von Nazareth in der ganzen Welt verbreiteten, und tiefe Verzweiflung kam über ihn. Was sollte er nur tun?

„Gott“, sagte er in einer seiner zahllosen Mahnreden an die sanftmütigen Lächler, „spricht in Rätseln und Sinnbildern. Ihr habt die Worte des Messias ihres Geheimnisses entkleidet und eine Sammlung von Vorschriften daraus gemacht, mit der ihr eure Trägheit und Selbsterniedrigung, euren Abscheu vor der Arbeit und euren Verlaß auf die Wohltätigkeit anderer, die euch verlachen, rechtfertigt. Doch das Gesetz bleibt bestehen: Im Schweiß deines Angesichts sollst du dein Brot essen! Der Messias hat euch daran erinnert, daß Er nicht gekommen ist, um das Gesetz aufzuheben. Er ist gekommen, um es zu erfüllen. Ihr entehrt das Gesetz! Es genügt nicht, daß ihr an Ihn glaubt. Ihr müßt Seinem Beispiel folgen. Er ist nicht müßig im Tempel gesessen. Er arbeitete und mühte sich ab. Ihr habt Simon Petrus und Jakob und Johannes und die anderen Apostel und Jünger gekannt. Sie gehen zwar unter das Volk, um zu predigen, aber sie verdienen sich auch ihren Unterhalt. Haben sie euch einen Freibrief ausgestellt, hier zwischen euren Speiseresten in eurem eigenen Gestank zu sitzen und auf den Messias zu warten? Gewiß nicht! Fort mit euch, ihr Faulpelze, ihr Wortverdreher!"

Sie lächelten fügsam, aber in ihren Augen funkelte Haß. Dazu kam noch, daß die anderen Juden, die nicht an den Messias glaubten, ihm die Mahnworte, die er an sie richtete, übelnahmen. „Bist du nicht der, der unsere Brüder verfolgt hat?" fragten sie ihn. „Hast du sie nicht einkerkern und in Ketten legen lassen? Hast du sie vergessen, die trauernden Mütter und Witwen, die verwaisten Kinder, die weinenden Brüder und Schwestern, denen du unermeßliches Leid zufügtest? Bist du ein Spitzel der Römer? Einst bekämpftest du diese Nazarener mit leidenschaftlichem Eifer. Jetzt predigst du ihnen! Du bist launisch und wankelmütig, um es gelinde auszudrücken. Wir trauen dir nicht, Saul von Tarschisch. Laß uns in Frieden! Wir verschließen unsere Ohren vor dir und wollen dich nicht hören, denn ein Mann, der seine Leidenschaft nicht zu zügeln weiß, ist uns verdächtig, und einer, der wetterwendisch den Mantel nach dem Wind hängt, darf sich nicht wundern, wenn man an seiner Aufrichtigkeit zweifelt."

Wozu nur hatte Sich der Messias ihm offenbart, wenn er nur Mißerfolge einheimste? Bei seinem eigenen Volk versagte er auf schier unbegreifliche Weise. Es war sinnlos, zu sagen: „Ich habe geirrt, ich war blind. Aber Gott schenkte mir Seine Offenbarung, die ich euch in Liebe und Freude enthüllt, denn mein Herz empfindet Mitleid mit euch. Ich will euch das Heil finden lehren. Laßt uns vernünftig miteinander reden, denn Er hat gesagt: ‚Ihr seid das Salz der Erde. Wenn aber das Salz seine Kraft verliert, womit will man salzen? Es taugt zu weiter nichts, als daß es weggeworfen und von den Leuten zertreten werde.' Lauschet mir wohl, denn durch euch, hat Er gesagt, kommt Sein Heil. ‚Das Heil kommt von den Juden her.' So hat Er gesprochen. Will mein Volk Ihn nicht hören?"

Aber die Nazarener fürchteten ihn, denn er ermahnte sie, zu arbeiten, wie ihr Herr gearbeitet hatte — und sie wollten nicht arbeiten. Die Juden haßten ihn, weil er sie früher verfolgt hatte, und trauten ihm nicht.

Mit ihren offenen und nutzlosen Angriffen auf die Römer, die zu Strafmaßnahmen gegen die friedliebende Bevölkerung führten, hatten die extremistischen Zeloten und Essener früher ihre jüdischen Brüder in Unruhe versetzt. Jetzt gerieten die Bürger Jerusalems neuerlich in Bestürzung. Im festen Glauben, es damit dem göttlichen Erlöser gleichzutun, reizten viele Nazarener die Römer, indem sie sich in stummem Protest auf die Straßen legten und diese mit ihren Leibern verstopften. Sie protestierten nicht etwa gegen grausame Gesetze, sondern dagegen, daß die Römer sich nicht mit Feuereifer der neuen jüdischen Sekte anschlossen. „Wandelt sich der Römer zum Nazarener", sagten sie, „wird er mit uns die Früchte des Friedens speisen und den Wein der Freundschaft trinken. Alle Menschen werden Brüder sein, und wenn der Herr wiederkehrt —

und das wird Er bald tun —, wird Er eine Welt vorfinden, die voll ist von Herzensgüte und frohen Liedern."

Wenn Steuereinnehmer sie aufsuchten, gaben jene, die noch ein paar Münzen besaßen, und die, die von ihren nachsichtigen Familien unterstützt wurden, nicht nur das Gebührende, sondern mehr. Dabei zogen sie demütig sanfte Gesichter und vergaßen, daß der Herr diese Zöllner als niedriges Gewürm ansah, das göttliche Gnade in reichem Maß nötig hatte. Wenn die Nazarener von ihren entrüsteten Glaubensgenossen gefragt wurden, warum sie einen so gefährlichen Präzedenzfall setzten, antworteten sie, der Herr hätte ihnen geboten, dem Dieb, der ihre Tasche stahl, auch noch ihren Rock zu geben. Sie waren nicht imstande, die Lehre aus der Parabel zu ziehen. Sie klebten am Wort und übersahen die subtile Substanz. Dies schien Saul unerträglicher als alles andere.

Die Römer verloren die Geduld. Sie schleppten die Männer und Frauen fort, die, ohne Widerstand zu leisten, mit ihren Leibern die Straßen verstopften, und nahmen sie in Verhaft. Viele Gefangene frohlockten über ihr Martyrium, oder was sie dafür hielten, und flehten ihre Wächter an, sie den Tod erleiden zu lassen, so wie ihr Herr vom Leben zum Tode gebracht worden war.

Vergeblich rief Saul ihnen zu: „Wie wünschte doch der Messias, daß ihr für Ihn lebtet und eifriger als je zuvor arbeitet! Ihr aber, ihr feigen Schwächlinge, habt die Stirn, Seinen Geboten zuwiderzuhandeln! ‚Die Ernte ist groß, aber der Arbeiter sind wenige.' Habt ihr diese Seine Worte vergessen?"

Wie Saul die Dinge sah, war der Glaube weit mehr durch höhnisches Gelächter, durch Spott und Faulheit als durch das Schwert der verärgerten Römer bedroht. Possenreißer parodierten die Nazarener vor dem neuen Prokurator, und der neue Legat in Syrien schrieb seinem Kollegen voll Ergötzen über diese sonderbaren Geschöpfe, wies aber darauf hin, daß man ihnen nicht gestatten dürfe, die öffentliche Ordnung und das gesellschaftliche Leben zu stören. Als Saul davon erfuhr, schämte er sich für die, die seines Glaubens waren. Sie hatten vergessen, daß ein Mann, ein Mann mit männlichen Merkmalen, unter ihnen gewandelt war. Sie sahen in Ihm einen weibischen, unterwürfigen Erlöser, träge und untätig wie sie selber.

So sah sich Saul mit zwei gegnerischen Gruppen konfrontiert: mit seinen jüdischen Brüdern, die ihm mißtrauten und ihn daher abwiesen, und mit einigen Nazarenern, Juden auch sie, die in ihm einen ruppigen Grobian erblickten, der die Milde des Herrn in seiner Seele vermissen ließ, sie mit schmerzenden Worten verletzte, ihnen Kleinmütigkeit vorwarf und sie unaufhörlich dazu drängte, sich, während sie auf die Wiederkunft warteten, in Bewegung zu setzen und ihr tägliches Brot zu verdienen.

Saul, der einmal so sicher gewesen war, daß die Erscheinung auf der Straße nach Damaskus allen seinen inneren Stürmen, seinem Zorn, seiner Ungeduld und Verzweiflung ein Ende machen würde, fand sich von einem Gefühl wütender Ohnmacht übermannt und von aller Welt gemieden. In seiner innersten Seele wußte er, daß Gott ihm einen Weg zugewiesen hatte — doch wo lag dieser Weg? Wenn keiner ihm zuhören wollte, war es da nicht besser, er spräche zu den Schakalen, zu den wilden Eseln und zu den Geiern in der Wüste?

Er war außer sich. „Wohin soll ich meine Schritte lenken, Herr?" fragte er mit mehr Leidenschaft als Ehrfurcht und erwartete sich tatsächlich eine Antwort. Seine stolze Seele konnte das Warten nicht ertragen. Seine Selbstidentität, immer schon empfunden, drängte stärker denn je an die Oberfläche. Seine Liebe zur Wirklichkeit hatte zugenommen, und nun, da er die große Wirklichkeit des Messias verstand, konnte er es nicht fassen, daß keiner ihm zuhören wollte und alle ihn mieden. Einsam und verlassen saß er im Tempel und brütete vor sich hin.

XXXVI

Schebua ben Abraham war gestorben, während Saul sich in den Wüsteneien Arabiens aufgehalten hatte. Auch Rabban Gamaliel und die edle Römerin Claudia hatten vor seiner Rückkunft das Zeitliche gesegnet. David ben Schebua war jetzt ein reifer, ältlicher Herr, klug und vernünftig wie immer. Schebuas Söhne Simon und Joseph hatten sich der neuen Sekte angeschlossen, ohne einer robusten Weltlichkeit, die Saul verstand und achtete, zu entsagen. (Ihm allerdings schlossen sie sich nicht an, denn sie kannten sein leidenschaftliches Naturell, und er schien ihnen jetzt noch leidenschaftlicher und dogmatischer als früher. Hatten sie denn nicht ihre eigenen Sorgen, sehnten sie sich im Alter nicht nach Frieden und Muße, Betrachtungen über den Messias anzustellen und ihren religiösen Pflichten nachzukommen? Sie hatten offene Taschen für ihre bedürftigen nazarenischen Brüder. Ihr Glaube war kein jauchzendes Frohlocken; er beruhte auf gesundem Menschenverstand. Unlogik war ihren kraftvollen Seelen fremd. Zu ihrem Neffen Saul fühlten sie sich nicht sonderlich hingezogen und schätzten es auch nicht, wenn er in seinem dürftigen Gewand — das er nicht aus Demut anlegte, sondern einfach nur, weil er jeden Luxus verabscheute — in ihren Häusern erschien.)

Und so blieb Saul eigentlich nur Sapphira, seine Schwester, deren Mann nach längerer Krankheit vor wenigen Wochen gestorben war. „Ein

Trauerhaus sind wir", sagte weinend die liebliche Sapphira, „doch die, die wir liebten, starben im Angesicht des Messias und ruhen jetzt an Seinem Busen." Ihre Kinder waren lieb und nett, wenn auch nicht besonders gescheit, ausgenommen Amos ben Ezekiel, den der Messias von den Toten auferweckt hatte. In seinem Schmerz wandte Saul sich diesem jungen Mann zu, der jetzt neunzehn Jahre alt und noch unverheiratet war.

Amos war vom gleichen unnachgiebigen Geist beseelt. Er war zurückhaltend in seiner Rede, entschlossen in der Tat, rechtschaffen, ehrerbietig und treu: ein Patrizier. Hatte er sich einmal für einen bestimmten Weg entschieden, ließ er sich nicht mehr davon abbringen. Er hörte sich Sauls leidenschaftliche Diatriben gegen seine jüdischen Mitbürger — Nazarener ebenso wie Ungläubige — gelassen und unvoreingenommen an. Mit etwa jenem unbefangenen Ergötzen, wie es seinem Großvater David so gut zu Gesichte gestanden war — und von dem er sich freilich nichts anmerken ließ — verstand er nur zu gut, warum sein Onkel so schwere Abfuhr erlitten hatte, wußte aber auch nicht zu raten, wie Saul sich verhalten sollte. „Gott wird dich erleuchten und dir Seinen Willen offenbaren", versuchte er, den so unsanften Mann zu besänftigen. „Seit dem Tag meiner Geburt", erwiderte Saul, „versuche ich Seinen Willen zu ergründen, und Er hat ihn mir immer noch nicht enthüllt! Soll ich mein Leben an bösartige Hohlköpfe verschwenden, die nicht auf mich hören wollen?"

„Er wird zu dir sprechen", antwortete Amos. Schon wollte Saul in Verwünschungen ausbrechen, als er Amos' Augen wie goldene Münzen leuchten sah und von Verwunderung ergriffen erkannte, daß die Worte seines Neffen wie ein kühlender Strom heilenden Wassers auf sein brennendes Herz gefallen waren. „Ein Jüngling bist du, dem kaum noch der Bart sproßt", sagte er „und ich bin dein Onkel und kenne die Welt und hatte eine Erscheinung. Dennoch sagt mir eine geheimnisvolle Stimme, daß du weise Worte gesprochen hast, während ich mich durch Unduldsamkeit versündigte."

Amos seufzte. Sein Onkel war immer schon ein Mann von überschwenglichen Gefühlen gewesen — ein paradoxer Wesenszug bei einem, der mit beiden Beinen auf dem Boden der Wirklichkeit stand. Lag seine Schuld in seinem Unvermögen, Dummköpfe zu ertragen oder sich zumindest mit ihrer Existenz abzufinden? Nicht alle Menschen waren großer Anstrengungen fähig. Warum konnte Saul das nicht einsehen? Er, Amos, hatte seine eigenen Pläne, zog es aber vor, sie für sich zu behalten.

Auch Sauls Begegnungen mit Simon Petrus waren nicht eben harmonisch verlaufen. Simon Petrus, ein sehniger Fischer, besaß nicht Sauls lebhaften, scharfen Verstand. Er war ebenso störrisch und oft auch ebenso halsstarrig wie Saul, und nicht selten erhoben sich ihre Stimmen zu lautstarken, verletzenden Auseinandersetzungen. Petrus erklärte seine Vision, wonach es in den Augen des Herrn weder ‚gewöhnliche' noch unreine Menschen gäbe, und er jene Heiden, die zu ihm kämen, um zu lernen, sich unterweisen zu lassen und die Taufe anzunehmen, nicht abweisen dürfe. Worauf Saul geringschätzig erwiderte: „Aber das liegt doch auf der Hand! Einst verachtete auch ich den Nichtjuden und mied ihn, weil er ein Ungläubiger und ein Heide war, aber heute weiß ich — nicht dank einer Verheißung, wie du sie erhieltest, sondern kraft meiner Intelligenz — daß Gott der Vater aller Menschen ist. Dazu brauchte ich keine Vision!"

Damit verletzte er Petrus. Hatte Saul den Messias leibhaftig gesehen? War er mit Ihm im Staub der Landstraßen gewandert? Hatte er Seiner Kreuzigung beigewohnt? Hatte ihm der Messias viele Tage lang wundersame Dinge erzählt? (Wahrhaftig, hatte Johannes gesagt, die Welt würde die Bücher nicht fassen, wollte man aufschreiben, was der Messias gesagt und getan hatte.) Saul behauptete, den Messias in der Wüste gesehen zu haben, und Petrus zweifelte keinen Augenblick daran. Vorher aber hatte er die Anhänger des Messias auf eine Weise verfolgt, wie es den Römern nie in den Sinn gekommen wäre. Wer hatte mit dem Messias geschlafen und mit Ihm an einem Tisch gesessen? Simon Petrus. Hatte er, Petrus, nicht dem Messias die Füße gewaschen? Hatte er Ihn nicht nach Seiner Auferstehung auf Seinen Wegen begleitet? Und da schien dieser Saul von Tarschisch, dieser Pharisäer, dieser Mann von griechischer und römischer Bildung und weltlicher Gesinnung, dieser hochmütige Intellektuelle, zu glauben, ein besseres Verständnis des Messias zu besitzen als jene, die mit Ihm zusammen gelebt hatten! Es war schon recht ärgerlich.

Durch Petrus lernte Saul auch die beiden argwöhnischen Brüder Johannes und Jakobus ben Zebedäus kennen. Sie waren etwas jünger, und, wie Petrus, fleißige Leute, mit Arbeit und Plage wohl vertraut, doch vom gleichen hitzigen, temperamentvollen, leidenschaftlichen Wesen Sauls. Sie waren halsstarrig und neigten dazu, ihre Ansichten mit einem Übermaß an Worten und Gesten darzulegen. Sauls Unwille über die lendenlahme Fügsamkeit vieler Nazarener schien Petrus sündhaft. Er riet ihm, sein Augenmerk auf jene zu richten, die so fleißig wie eh und je arbeiteten, aber nicht auf die, die ungewaschen und untätig im Tempelbezirk herumlungerten. Auch versuchte er Saul klarzumachen, daß man die Juden nicht uneingeschränkt tadeln könne, wenn sie seine Lehren zurückwiesen: sie fürchteten ihn und trauten ihm nicht.

„Sind wir nicht alle unvollkommen?" fragte ihn Petrus.

„Sollten wir nicht nach Vollkommenheit streben?" gab Saul zur Antwort.

Petrus seufzte. „Wir können es nur versuchen", erwiderte er mit stillem Lächeln. Saul fand die Bemerkung frivol. Widersprechende Gefühle malten sich auf den dunklen, lebhaften Gesichtern des Johannes und Jakobus, und Saul bemerkte mit Vergnügen, daß sie *ihm* beistimmten und nicht Petrus. Andererseits aber teilten sie Petrus' Meinung, daß ein Heide zuerst den jüdischen Glauben annehmen mußte, bevor er Nazarener werden konnte. Er mußte sich beschneiden lassen und die heiligen Schriften studieren. Wie sonst konnte er den Messias, konnte er die Zeichen Seines Kommens, das seit Anbeginn der Zeit geweissagt worden war, begreifen?

„Als wir in Samaria waren“, erzählte Johannes, „und das Volk unseren Herrn verwarf und nicht auf Ihn hören wollte, beschwor ich Ihn, er möge Feuer auf die Stadt regnen lassen und sie zerstören.“

„Und was tat der Herr?“ fragte Saul.

Petrus' große braune Augen funkelten belustigt. „Der Herr wies Johannes zurecht“, antwortete er in einem Ton, der erraten ließ, daß die Zurechtweisung nicht eben sanft ausgefallen war. Johannes errötete und zog sich seinen Umhang fester um die Schultern. Jakobus hob mit einer lebhaften Bewegung den Kopf. Offenbar waren beide immer noch der Meinung, daß Städte und Völker, die den Herrn verwarfen, Höllenfeuer verdienten. Aus irgendeinem, ihm selbst unbewußten Grund empfand Saul Mißbehagen. Man sollte solche Städte und Völker bemitleiden und versuchen, sie zu erleuchten, aber gewiß nicht in Flammen aufgehen lassen. Das war kaum der richtige Weg, sie zu überzeugen.

Petrus, Johannes und Jakobus stießen bei ihren jüdischen Brüdern nicht auf taube Ohren. Man hörte ihnen aufmerksam zu, und es gelang ihnen, viele neue Anhänger für die Sekte zu gewinnen. Aber auch sie tadelten die schlappen Nazarener, die nichts arbeiten wollten und nur auf die Ankunft des Messias warteten. „Wer kennt die Stunde seiner Rückkehr?“ fragte Petrus. „Er soll uns nicht müßig finden, sondern mit ehrlicher Arbeit beschäftigt und in fromme Gebete vertieft.“ Und viele schämten sich und begannen von neuem zu arbeiten.

Das fand Saul unbegreiflich. Ihn wies man ab, den anderen Aposteln schenkte man achtungsvolle Aufmerksamkeit. Sie bekehrten sogar Römer und Griechen. Er allein vermochte dem Herrn keine Opfer darzubringen, er allein hatte keine Blumen, um sie auf Seinen Altar zu legen.

Mit der Zeit wurde er sich der immer bedrückenderen Tatsache bewußt, daß, von seiner eigenen Familie abgesehen, keiner mit ihm sprach. Alle wichen ihm aus, wandten ihre Blicke ab oder blieben spöttisch lächelnd in einiger Entfernung stehen. Selbst die Priester im Tempel versagten ihm ihre Gesellschaft. Und das änderte sich auch während der hohen Feiertage nicht. Petrus verließ Jerusalem, Johannes und Jakobus zogen in die Ferne, und kein Jude, strenggläubig oder Nazarener, nahm von Sauls Existenz Kenntnis.

XXXVII

Mit großer Freude nahm Saul eine Einladung seines alten Freundes Joseph von Arimathäa an, mit ihm zu Abend zu essen. Der alte Mann gab ihm zu verstehen, daß es ihm vielleicht Vergnügen machen würde, noch einen anderen Gast kennenzulernen. Mit ungewohnter Unterwürfigkeit zog Saul seinen Neffen Amos zu Rate. Der junge Mann empfahl ihm eine goldgesäumte lange Tunika aus dunkelroter Wolle, einen goldenen Gürtel und Ring und einen blauen Umhang und feine Lederstiefel, um sich vor dem herbstlichen Frost zu schützen. „Ist es nicht sündhaft, sich so zu kleiden", meinte Saul, „wenn Hunger das Land überzieht? Der Messias verabscheut das Wohlleben." Trotzdem mußte er zugeben, daß er weit vorteilhafter aussah. Zwar konnte er immer noch keinen Bart tragen, denn seine Haut, obgleich von der Sonne gebräunt, war äußerst zart, doch die langen roten Locken an seinen Schläfen glänzten vor Gesundheit, und sein Haar leuchtete wie eine rote Mähne.

„Alles Gold der Welt könnte die Armut nicht beseitigen noch alle Hungrigen sättigen", entgegnete Amos, der ebenso praktisch dachte wie sein Urgroßvater Schebua ben Abraham. „‚Und Er lächelte Maria Magdalena zu, die echtes kostbares Nardenöl gekauft hatte, um Seine Füße zu salben, und tadelte jene unter Seinen Jüngern, die ihr vorgeworfen hatten, sie würde besser daran getan haben, das Geld unter die Armen zu verteilen.' Alles zu seiner Zeit", meinte der stattliche Jüngling und warf einen belustigten Blick auf seinen Onkel, der sich im großen Spiegel in Amos' Kammer besah. „Es gibt Zeiten, da es von Vorteil ist, reich zu sein, und Zeiten, da es dienlich ist, arm zu sein. Es gibt Zeiten, da es sich empfiehlt, eine gute Figur zu machen, und Zeiten, da es Nutzen bringt, nicht aufzufallen. Heute ist deine Zeit, als Pfau aufzutreten."

Mit seinem dunklen Gesicht, den von der Sonne gebräunten Armen und Beinen sah Saul selbst in dieser vornehmen Kleidung keinem Pfau gleich. Darum hatte Amos auch an einen juwelenbesetzten Ohrring gedacht, wie ihn junge Juden in jenen Tagen gerne trugen, oder an goldene, mit Edelsteinen geschmückte Armbänder oder einen Hauch wohlriechender Essenz, hielt es aber dann für untunlich, solche Dinge auch nur zu erwähnen. Es war schon schwer genug gewesen, den Onkel zu diesen Gewändern zu überreden.

„Hm", machte Saul.

„Du bist ein reicher Mann", sagte Amos. „Wie ich von Mutter hörte, hast du noch nicht einmal die Zinsen deiner Zinsen angegriffen."

„Ich habe Wichtigeres im Kopf", entgegnete Saul, dessen Miene sich plötzlich verdüsterte. Dennoch ließ er sich von Amos überreden, einen Wagen der Familie zu benützen, und trat die Fahrt elegant auf seidenen Kissen an. Der Rosselenker war fast ebenso vornehm angetan wie er selbst. Vor der ‚Pracht' ihres Bruders hatte Sapphira entzückt in die Hände geklatscht und die unschuldige Hoffnung ausgesprochen, daß dieser Anlaß ihn bewegen würde, in den Schoß seiner Familie zurückzukehren. Saul begriff nicht, warum auch er von einer Art Hoffnung und Behagen erfüllt wurde. Schließlich sollte er ja nur mit einem senilen Greis und einem Fremden zu Abend essen.

Joseph begrüßte ihn herzlich im prunkvollen Atrium seines Hauses. Dann trat ein junger Mann mit einem rosigen und heiteren Gesicht, einem schimmernden, schwarz gelockten Bart und welligem, tiefschwarzem Haar, die Mütze des Stammes Levi auf dem Kopf, aus dem Schatten. „Barnabas!" rief Saul entzückt und erstaunt aus. Sie umarmten sich stürmisch, denn dies war Barnabas ben Josua, der ihm in Damaskus das Leben gerettet hatte, indem er ihn in einem Korb über die Stadtmauern hinabließ. Auch hatte er ihm viel vom Messias erzählt — er war einer Seiner Jünger gewesen — und ihm Empfehlungsbriefe für Simon Petrus und die Brüder Johannes und Jakobus ben Zebedäus mitgegeben.

Sauls abgespanntes Gesicht leuchtete verjüngt, und seine Falten glätteten sich, während er Barnabas immer wieder freudig umarmte. „Bist du's wirklich, du Schurke?" rief er aus.

„Gewiß bin ich es", antwortete Barnabas. Sein pausbackiges Gesicht war stark gerötet. Er hatte den schelmischen Mund eines Lausejungen, und in seinen Augen tanzten schwarze Lichter. Nichts vermochte seinen freudigen Sinn auf die Dauer zu verdüstern oder zu betrüben. In Augenblicken des Zweifels hatte Saul bei ihm Trost und Erquickung gesucht — aber auch Stütze, wenn sein Weg ihn durch das Geröll quälender Gedanken führte. Nicht zuletzt hatte er in Barnabas einen Gefährten gefunden, der gut zu essen und feinen Wein zu trinken liebte und so herrliche Witze machte, daß Saul sich wiederholt dabei ertappte, wie er in stürmisches Gelächter ausbrach, das befreiende Gelächter seiner Jugend.

Für Barnabas war der Messias keine schreckliche Erscheinung, wie Saul Ihn zuweilen empfand, sondern ein froher und gütiger Kamerad, der nichts gegen Späße hatte und erlesene Mähler in den Häusern reicher Pharisäer zu schätzen wußte. Wenn Barnabas eine Parabel erzählte, tat er das nicht in der feierlichen Art eines Petrus, Johannes oder Jakobus, sondern augenzwinkernd, und sogleich sah Saul den Messias vor sich, wie Er lächelte und wie Heiterkeit Seine majestätischen Züge strahlend erhellte. „Er hat uns oft zu verstehen gegeben, daß der Himmel voll Lachen und Fröhlichkeit ist", sagte Barnabas. „Es wird gelacht und gescherzt über alles, was gut und fröhlich ist. Nur das Böse ist düster und dunkel und findet kein Lachen. Ich gebe zu, daß so mancher von uns diese Vorstellung nicht eben begeistert aufnahm, aber du weißt ja selber, wie trübsinnig viele von uns Juden sind — leider."

Beim Studium der alten heiligen Schriften hatte Saul zuweilen vermutet, daß Gott sich hin und wieder einen Scherz erlaubte, den Gedanken aber immer als sündig von sich gewiesen. Jetzt aber fand er Gefallen an dem Gedanken eines lachenden Gottes, fand ihn erfrischend wie einen sommerlich duftenden Garten. Dazu kam, daß Barnabas ihn häufig auf die Tatsache hingewiesen hatte, daß sich in vielen Geschöpfen außerordentlicher Humor, lebhafte Phantasie und heitere Erfindungsgabe regten. Das stürmische, schwermütige Herz des jungen Pharisäers war tief beeindruckt gewesen. Später dann, in Jerusalem, gab es nichts mehr, das seinen Humor hätte auslösen können, nicht einmal den bissigen Humor seiner Jugend.

Auch in Damaskus war Barnabas den fügsamen, apathischen, dümmlich grinsenden Nazarenern begegnet, die müßig herumsaßen und zum Himmel emporstarrten, weil sie hofften, der Messias würde im nächsten Augenblick in Pracht und Herrlichkeit auf die Erde zurückkehren. Aber ungleich Saul, hatte er sie nicht mit Schmähungen überhäuft.

So sagte er ihnen einmal: „Es ist richtig, daß der Messias uns geraten hat, unser Herz nicht mit der Sorge um die Zukunft zu beschweren, denn jeder Tag bringt seine Nöte und Schmerzen und Pflichten, und das reicht aus. Schließlich und endlich lebt der Mensch nur dem Augenblick; die Zukunft ist geheimnisvoll und bleibt ihm verschlossen. Auch hat Er uns gelehrt, daß Angst und Sorge sündhaft sind, denn Gott, unser Vater, weiß, was wir brauchen und begehren. Wenn wir fleißig sind und stolz auf unsere Arbeit, und den Verstand und die Hände, die Er uns geschenkt hat, nützen, Ihn niemals vergessen und allzeit nach Seinem Reich streben, werden wir keinen Mangel leiden."

Damit überzeugte er zwar nicht alle jene, die es vorzogen, in Trägheit und Armut zu existieren und auf die Wohltätigkeit anderer angewiesen zu sein, aber er beschämte doch die Verständigeren unter ihnen, die nun eiligst zu ihren Familien zurückkehrten und ihre Arbeit wiederaufnahmen. Saul hatte nichts erreicht, als den Haß der schamlosesten Schmarotzer herauszufordern.

Josephs runzeliges Gesicht leuchtete vor Vergnügen, als er die beiden jungen Freunde in den Speisesaal geleitete, wo Barnabas die fetten Soßen, die leckeren Fleischgerichte, die edlen Weine, das geröstete Hähnchen und den gebratenen Fisch bewunderte. „Ha", rief er, „das ist fürwahr ein Schmaus für Engel! Seht euch nur diese schillernden Trauben an, auf denen noch Tau und zarter Frost liegt, und diese Oliven in würzigem Öl, und diese Zitronen, gelb wie die Sonne, die Pflaumen wie der Mund einer holden Schönen, Kohl und Bohnen in einer schmackhaften Tunke, das Brot weißer als Schnee, gar nicht zu reden vom Käse und vom Kuchen und vielen anderen Dingen. Ein Pâdischâh bist du, Joseph, ein wahrer persischer Pâdischâh!" Er lachte entzückt und fügte hinzu: „Ach, wenn nur der Messias hier bei uns wäre wie einst!

Wie würde Er sich an diesen köstlichen Speisen gütlich tun, wie sie Ihm nicht einmal der reichste Pharisäer, der Ihn in sein Haus einlud, je vorsetzte."

Ein Messias, der die auserlesensten Gerichte verzehrt und die besten Weine getrunken und geschätzt hatte, das war für Saul ein neuer Messias. Aber eine innere Stimme sagte ihm: Du bist lächerlich! Warum sollte Er nicht Gottes Gaben lieben, Seines Vaters Schöpfung? Warum sollte gerade Er nicht ihren Geschmack genießen und bewundern?

Barnabas mochte heiter und guter Dinge sein und sich in angenehmer Erwartung die Hände reiben, aber er war nicht blind. Er sah die neuen Gedanken wie nimmermüde Motten über Sauls abgespanntes Gesicht flattern und ein leises Lächeln um seine Lippen zucken. Ach Saul, Saul, dachte er, voll tiefer Zuneigung, der Messias hat uns in Seinen Zauberbann geschlagen und uns nicht nur Mühe und Plage, Glaube und Verzückung gebracht! War Er nicht selber Freude und Herrlichkeit, Jubel und Frohlocken? Er war Mensch und Gott zugleich, liebte unschuldige Vergnügungen und wies kein strahlendes Gesicht von sich. Er hatte sich über das Unbehagen einiger orthodoxer Pharisäer lustig gemacht, die da glaubten, ein schwermütiger Gesichtsausdruck und ein feierliches und ermüdendes Ritual seien Gott gefällig. Alles was den Menschen gegeben war, sie zu erfreuen und in gute Laune zu versetzen, schien ihnen von Übel. Mit solchen Ansichten hatten sie Ihn ganz gewiß verletzt. Hatte Er zu den alten Propheten nicht von Weinen und Festlichkeiten gesprochen und sie gutgeheißen?

Während er sich setzte und mit zunehmendem Entzücken die dargebotenen Speisen betrachtete, sponn Barnabas seine Gedanken weiter: Wieviel Geduld muß Gott doch mit uns aufbringen, die wir Seine Geschenke verschmähen, oder Ihn, den Unerkennbaren, mit unserem Zwergenverstand deuten, oder das Maß menschlicher Natur an das Unbegreifliche legen!

Joseph freute sich, daß Saul, angespornt von dem lachenden Barnabas, der gewiß einer der fröhlichsten Heiligen Gottes war, die Speisen mit aufrichtigem Genuß verzehrte. Er sprach sich sogar lobend über die Blume des Weines aus. Als das gemächliche, von heiterem, wenn auch belanglosem Geplauder begleitete Mahl — Barnabas' Verdienst — zu Ende ging, sagte dieser zu Saul: „Ich habe eine Botschaft für dich."

Sauls Herz klopfte und seine Brust weitete sich. Er blickte in die schwarzen, leuchtenden Augen seines Freundes, und Barnabas nickte fröhlich. Sogleich begann Saul zu zittern, und seine Augen füllten sich mit Tränen. Er beugte den Kopf über den juwelenbesetzten Becher und trank, um seine Bewegung zu verbergen. Er wußte, daß Barnabas sich nicht drängen lassen und zu ihm sprechen würde, wenn die Zeit reif war. Und er wußte auch, daß es eine bedeutsame Botschaft sein würde.

„Sie mag dir nicht behagen", sagte Barnabas, „aber dir bleibt keine Wahl. Andererseits, wie ich Saul von Tarschisch kenne, mag sie dir gerade darum behagen, weil du keine andere Wahl hast."

Dann fuhr er fort, seine Scherze zu treiben. Joseph lachte, und Saul zwang sich zum Lachen. Sie kehrten ins Atrium zurück, und da machte Joseph ein ernstes Gesicht und sagte zu Saul: „Du mußt mir verzeihen, aber wir erwarten noch einen anderen Gast. Er begehrte dich in meinem Hause zu sehen, und da er ein alter Freund ist und viel Trübsal erfahren hat, konnte ich ihm seinen Wunsch nicht abschlagen."

Er warf ihm einen unschlüssigen Blick zu, als erbitte er seine Vergebung, als der Besucher bereits gemeldet wurde. Saul sah mit Kummer und Bestürzung, daß es Tobias ben Samuel war, und im gleichen Augenblick trübte sich sein Blick. Ihm war, als durchbohrte ihn ein Schwert. Joseph umarmte seinen Freund, der es zerstreut geschehen ließ. Über Josephs Schulter hinweg hefteten sich Tobias' kalte und bittere Augen auf Saul, und Saul sah sein stummes Leid und seinen Haß und konnte keinen Groll gegen ihn empfinden.

Tobias grüßte ihn nicht. Er blieb vor ihm stehen und betrachtete ihn mit Verachtung, als prüfe er jeden Gesichtszug, jedes Haar, jedes Glied, jedes Kleidungsstück und weise alles zurück. Der stolze Saul fühlte sich erröten. Ich gehöre einem weit vornehmeren Haus an als er, dachte Saul, und dennoch mustert er mich wie den geringsten aller Sklaven. Doch als Tobias' prüfende Blicke von ihm abließen, verstärkten sich Sauls Scham und Seelenqual, und er stürzte vor ihm auf die Knie, faltete die Hände und stieß mit gepreßter Stimme hervor: „Verzeih mir! Ich wußte nicht, was ich tat. Meine einzige Entschuldigung ist, ich glaubte, nach dem Willen Gottes zu handeln —"

Tobias unterbrach ihn mit so viel Abscheu und Ekel, daß Saul zusammenzuckte: „Konntest du glauben, daß Gott einen wie dich zu Seinem Werkzeug erwählt hatte?"

„Ja, ich glaubte es. Ich befand mich im Irrtum, aber ich glaubte." In seinem ganzen Leben hatte Saul sich nicht so erniedrigt. Er dauerte Joseph, der Tobias mit einer Geste zum Einlenken bewegen wollte. Doch Tobias winkte ab.

„Du glaubtest also", sagte Tobias zu dem Knienden, der den Kopf über seine gefalteten Hände gebeugt hielt, „du tatest recht, als du meinen Sohn, meinen einzigen Sohn, meinen schönen, geliebten Sohn, meinen sanften und treuen Sohn ermordetest? Du glaubtest, Gott fordere dieses unschuldige Blut? Du glaubtest, Er wäre ein Ungeheuer, wie du eines bist, Saul von Tarschisch?"

Saul hob den Kopf, blieb aber knien. Er sah Tobias ins Gesicht und entgegnete mit gedämpfter Stimme: „Tobias ben Samuel, du kennst die Strafe für Gotteslästerung. Ich hielt Stephanus für einen Abtrünnigen.

Ich glaubte es mit ganzer Seele. Ich handelte unrecht. Ich habe geweint und um Vergebung gebetet. Ich wollte deinen Sohn schonen, und habe versucht, ihn zu schonen. Ich habe viele Jahre in der Wüste verbracht, ein kontemplatives Leben geführt und von Ihm, dem Messias, gelernt, den dein Sohn so liebte und für den er — durch meine Hand — den Tod erlitt. Und jetzt weiß ich, daß Gott mir verziehen hat, denn was ich tat, tat ich nicht in böser Absicht, sondern in der Überzeugung, daß das Gesetz mir meine Handlungsweise vorschrieb. Dies ist meine einzige Verteidigung: daß ich glaubte, ein Werkzeug Gottes zu sein —"

„Und warst deinem sündhaften Glauben so hemmungslos ergeben, daß du auch andere in Ketten legen, einkerkern und zu Tode bringen ließest, Saul von Tarschisch?" Tobias' Stimme klang dumpf und rauh von unsäglicher Verachtung.

„Ich wußte nicht, daß ich einem Irrglauben verfallen war. Ich wollte, ich besäße tausend Leben, um mit ihnen büßen zu können! Gott hat meine Reue in Gnaden angenommen —"

„Und wer hat dich davon in Kenntnis gesetzt, Saul von Tarschisch?" Tobias trat von ihm zurück, als ob er mit Aussatz behaftet wäre.

„Er erschien mir in der Wüste, auf dem Weg nach Damaskus. Hätte Er mir nicht vergeben, hätte Er nicht gewußt, daß, was ich tat, ich in reinem, wenn auch irrigen Glauben und nicht in Willkür und Grausamkeit tat, Er würde sich mir nicht gezeigt haben."

Tobias ließ seinen bitteren Blick lange auf ihm ruhen. „Es ist meine Überzeugung", sagte er dann, „daß du wahnsinnig bist, Saul von Tarschisch. Du hattest keine Erscheinung. Du hast Josua ben Joseph nicht gesehen, außer vielleicht zu Seinen Lebzeiten. Dein Traum war dein eigenes besessenes Gewissen, das dich zur Vernunft rief. Sofern du überhaupt ein Gewissen besitzt, was ich sehr bezweifle."

„Ich sah Ihn!" rief Saul und schlug sich mit den Fäusten an die Brust. Sein Gesicht leuchtete in Schmerz und Ekstase. „Ich sah Ihn! Das kann mir keiner nehmen! Und ich hörte Seine Stimme, die mich anrief, und es war keine Stimme des Zorns!"

„Dann hast du geträumt, denn für deine Verbrechen an meinem Sohn und an den anderen Nazarenern würde Er dich in den Staub des Todes hinabgestoßen haben!" Tobias deutete mit dem Finger in sein Gesicht. „Weißt du, was du getan hast? Ich habe versucht, zu glauben, wie mein Sohn geglaubt hat. Ich habe mit vielen Nazarenern gesprochen. Aber ich kann kein Nazarener werden, solange der Mörder meines Sohnes straflos bleibt. Eines ist gewiß: wäre Josua von Nazareth der Messias, Er würde es nicht zulassen, daß du Seinen Namen schändest und behauptest, Er wäre dir erschienen! Die Tatsache, daß du existierst und noch am Leben bist, ist mir Beweis genug, daß Josua ben Joseph nicht der Messias war!"

Sauls Augen füllten sich mit Tränen, und Tobias nickte befriedigt.

„Viele Hunderte teilen meine Ansicht. Anathema bist du den Juden, die an den Messias glauben, und Anathema jenen, die nicht an Ihn glauben. Ein Ärgernis bist du für unsere Stadt, Saul ben Hillel. Du stürzt alle in Zweifel, ob sie nun am alten Glauben festhalten oder sich zum neuen bekennen. ‚Ist er nicht der gnadenlose Verfolger der Unschuldigen?' fragen sie. ‚Ist er kein Spitzel, der uns ins Verderben reißen wird? Meint er es aber ehrlich, ist er verrückt, denn welcher normale Mensch umarmt heute zärtlich den Bruder, den er gestern verfolgt hat? Und welcher Verrückte findet Zuhörer, außer unter anderen Verrückten?'"

Barnabas hatte alles aus einiger Entfernung mitangehört und empfand nagenden Kummer sowohl über Saul als auch über den verbitterten, verzweifelten Vater, und betete um Trost für beide.

„Ich glaube, daß mein Sohn lebt", fuhr Tobias fort, „denn dafür besitze ich Beweise, die niemand entkräften kann. Er lächelt, wenn ich ihn im Traum vor mir sehe, aber seine Augen sind von Tränen verschleiert. Er spricht nicht. Gewiß denkt er an seine Ermordung und erwartet von mir, daß ich ihn räche."

„Nein, nein!" warf der alte Joseph ein. „Früher glaubtest du, daß er von dir erwartete, du würdest seinen Glauben annehmen! Er ließ dich wissen, daß er in der Gesellschaft des Messias glücklich war!"

Tobias' rosige Lippen schwollen an und erblaßten vor Wut, während er Saul anblickte, seine Antwort aber an Joseph richtete: „Ich weiß nur, daß ich diesen Mann hasse und keinen Frieden haben werde, solange er sich in unserer Stadt aufhält. Und darum habe ich eine große Zahl von Spöttern und Lästerern bezahlt und ihnen aufgetragen, unter das Volk zu gehen und zu munkeln und zu tuscheln und Gerüchte zu erzählen. Er wird keine mehr finden, die sich von ihm bekehren lassen, keine Opfer — hier nicht! Er steht allein. Kein alter Jude wird ihm Aufmerksamkeit schenken, und kein Nazarener, nein, nicht einmal ein mildtätiger Priester! Er besitzt weder Waffen noch Rüstung. Sein Name ist verflucht — und es ist ein edler Name. Weil auch ich einem edlen Hause angehöre, schäme ich mich für ihn. Saul von Tarschisch! Schüttle den Staub Jerusalems von deinen Füßen und verlasse die Stadt deines Volkes, denn du bedeutest uns weniger als ein Schakal, weniger als eine Ratte in der Gosse!"

„Erbarmen, Erbarmen", beschwor ihn der alte Joseph, trat an seinen Freund heran und legte die Hand auf den seidenen Arm des anderen. „Josua wurde gekreuzigt und Er war unschuldig, aber Er richtete Seine letzten Worte an Gott, unser aller Vater, und bat um Schonung für jene, ‚die nicht wissen, was sie tun'. Bist du rachsüchtiger als der Allmächtige? Machst du dich damit nicht der Gotteslästerung schuldig?"

In einer Gebärde ausweglosen Schmerzes und hoffnungsloser Verzweiflung warf Tobias die Arme zur Seite. „Ich bin nicht der Messias!" rief er. „Ich bin nicht Gott! Ich bin nur ein gramgebeugter Vater, dem dieses

Ungeheuer seinen einzigen Sohn geraubt hat, und ich schwöre bei Gott, gepriesen sei Sein Name, er wird mir sein Verbrechen mit dem Kopf bezahlen, wenn er diese Stadt nicht verläßt, die er mit seiner Anwesenheit schändet!"

„Tobias, Tobias!" flehte Joseph. Doch der schwer getroffene Vater konnte nur weinen und bedeckte sein Gesicht mit den Händen.

„Vergib mir", schluchzte Saul. „Im Namen Gottes vergib mir, Tobias ben Samuel!"

Mit erstickter Stimme antwortete Tobias hinter seinen dicken, beringten Händen hervor: „Laß mir meinen Frieden. Laß mich wissen, daß du dich von hier fortbegeben hast, und ich will bemüht sein, dir zu verzeihen, auch wenn ich niemals vergessen werde. Du hast mich im Namen Gottes um Vergebung gebeten, und es steht geschrieben, wer dem, der gefehlt hat, nicht verzeiht, fällt selbst in Verdammnis. Aber du mußt gehen. Ich kann die Stimme des Mannes, der meinen Sohn gemordet hat, nicht länger ertragen."

Er wandte sich ab. Joseph wollte ihn begleiten, aber er schüttelte den Kopf, verließ das Atrium und bestieg seine Sänfte.

Saul fiel auf sein Gesicht und weinte. Er stieß wilde Schreie aus, die von seinem Schmerz und seiner Qual zeugten, und flehte um Vergebung. Joseph und Barnabas standen so entsetzlicher Pein hilflos gegenüber. Sie konnten nur beten. Nach einiger Zeit beruhigte sich Saul und erhob sich schwankend mit gramzerfurchtem Antlitz.

Nun richtete Barnabas das Wort an ihn: „Saul, lieber Freund, ich muß dir jetzt die Botschaft geben, die mir unser Herr im Traum durch einen Seiner Engel verkünden ließ. Du sollst Jerusalem verlassen, in dein Heim nach Tarschisch zurückkehren und dort warten, bis Er dir Seinen Willen kundtut."

Saul fuhr zusammen. Ohne sich zu schämen, wischte er sich mit den Händen die Tränen aus den Augen. „Ich soll nach Tarschisch zurückkehren?"

„Ja. Auch dort leben Nazarener, aber ich weiß nicht, ob sie dich aufnehmen werden oder nicht, denn leider hat sich dein Ruf, wie auch die Nazarener, weithin verbreitet, nicht zuletzt unter den Juden. Du wirst dich in Geduld fassen müssen. Gott hat dich für ein bedeutendes Werk auserwählt."

„Ich fühle, daß er mich verlassen hat", erwiderte Saul im Tonfall seiner frühen Jugend und mit der gleichen Seelenangst.

„Niemals verläßt Er die, die Ihn lieben", beruhigte ihn Barnabas und legte seinen Arm um die Schulter des Freundes. „Er hat deine Reue in Gnaden angenommen. Du hast Sein verklärtes Antlitz geschaut. Aber du mußt Jerusalem verlassen, denn deine Zukunft liegt nicht hier."

Zwei Tage später stahl sich Saul im Morgengrauen aus der Stadt seiner

Väter. Er warf einen Blick zurück auf die Mauern und Giebel und Türme und auf die goldene Kuppel des Tempels, und der Schmerz, der ihn anfiel, war stärker, als er ertragen zu können glaubte. Bargen doch diese Mauern alles, was er liebte und bewunderte. Er wußte nicht, ob er es je wiedersehen würde. Das Schlimmste aber war: er hatte vor Gott versagt.

XXXVIII

„Ich habe dich schon gelehrt, als du noch Kot in deines Vaters Garten fallen ließest", sagte der alte Aristo. „Will der Schüler nun den Lehrer lehren? Ihr Götter! Was wir Lehrer alles ertragen müssen — und noch dazu ohne jegliche Anerkennung! Ganz gewiß werden wir einmal auf den Inseln der Seligen unseren Aufenthalt nehmen! Oder es gibt keine Götter mehr!"

Aristos Gesicht ähnelte dem Antlitz eines alten Pans, Schläue und Scharfsinn belebten die trockenen Furchen, und die Augen blickten so jung wie eh und je. „Für mich bist du immer noch mein kindlicher Schüler, und genauso hartnäckig und halsstarrig, streitlustig und beredsam wie damals. Ich aber, lieber Saul, bin ein alter Mann geworden und besitze einiges Wissen. Ich bin Grieche und verstehe etwas von Philosophie und finde deine richtunggebenden Lehren auch nicht erhebender oder weiser als die Worte des Äschylus, Sophokles, Aristophanes, Kimon, Aristoteles, Demetrius oder des Theophrastus und anderer, die ich noch aufzählen könnte."

„Ich behaupte ja gar nicht, weiser oder edler oder intelligenter als diese Männer zu sein", verteidigte sich Saul. „Mein Streben geht allein dahin, die Wahrheit zu sprechen. Ich wetteifere nicht mit Sokrates! Weder stelle ich Scherzfragen, noch gebe ich Rätsel auf."

In der Hitze des Tages saßen sie unter gestreiften Markisen in Sauls Garten, knabberten Kuchen und tranken kühlen Wein. „Lausche mir", sagte Aristo. „Die Wahrheit hat tausend Gesichter und tausend Stimmen. Sie nimmt vielerlei Gestalt an und spricht aus dem Mund von Poeten wie auch von Weisen. Ich glaube, daß an meinem Schwiegervater, als er noch lebte, ein einigermaßen geheimnisvolles Wunder vollbracht wurde, aber ich weiß nicht, wie und warum es geschah. Man soll ja bekanntlich, was die Götter und ihre Taten betrifft, seine Neugier zügeln, denn es verdrießt sie, wenn man ihnen nachspürt. Meine Frau ist Nazarenerin, und was das angeht, spaße ich nicht mit ihr. Ich erhebe auch keine Einwendungen gegen ihre absonderlichen Andachten, ihre Gebete und religiösen Übungen. Ich wünsche nur, daß euer Gott ihr nicht allzuviel Aufmerksamkeit schenkt, denn auch darin liegt Gefahr! Ich bin es zufrieden, wenn die Götter sich um ihre eigenen Angelegenheiten kümmern, und hoffe, daß sie sich nicht in die meinen mischen. Erscheint dir dies als die Philosophie eines schamlosen und faulen Mannes, dann mag es eben so sein.

Wohl sehe ich ein seltsames Leuchten in deinen Augen und zuweilen auch auf deinen Zügen, dennoch aber scheinst du mir nicht glücklicher zu sein als in deiner Jugend. Du bist verdrießlich, rastlos und von Ungeduld geplagt. Ach ja, du sagtest es mir! Du erwartest den Ruf deines Gottes. Schön. Aber versuche nicht, ihn mir aufzuzwingen. Dafür will ich davon abstehen, von Zeus zu sprechen, der mir stattlicher und robuster erscheint.

Bis ich von deinem Vater erlöst wurde — mögen ihm die Götter jetzt besser gesinnt sein, als sie es zu seinen Lebzeiten waren —, waren die Jahre meiner Kindheit und Jugend nicht von Fröhlichkeit und unbeschwerter Sorglosigkeit erfüllt. Erst seit damals war es mir vergönnt, die Freuden des Lebens zu genießen, wie das nur Griechen können: Frauen und Dichtkunst, edle Statuen und schöne Gebäude, Harmonie und Musik, feine Gewebe, Farben und Malerei — die Herrlichkeit der Welt. Wir Griechen sind ohne Zweifel das weiseste Volk dieser Erde, denn wir lieben den Tag und die Stunde, und das Glück und die Seligkeit, die sie uns geben, ja selbst ihre düstere Trauer, und wir grübeln nicht lange über die Götter, die wir selber erfunden haben. (Du mußt zugeben, lieber Saul, daß sie anziehender sind als dein Gott, ein gequältes Wesen, dem die Pflicht über alles geht.) Wir schätzen leckere Speisen, Wein und Gesang, den Liebreiz der Frauen und angenehme Gesellschaft. Ich weiß nicht, wer unsere Welt erschaffen hat, und es ist mir auch gleich. Aber wer es auch gewesen sein mag, ich entblöße mein Haupt vor Ihm und bewundere Ihn, den Größten unter den Künstlern — und schließlich sind alle Künstler über die Anerkennung erfreut, die ihnen gezollt wird. Wir Griechen genießen das Leben, schwelgen darin und sind seine glühenden Verehrer, auch wenn wir uns zuweilen selber strafen, indem wir über tragische Begebenheiten nachsinnen — wie der Mensch ein Abführmittel einnimmt, wenn er an Verstopfung leidet. Nichts gibt dem Leben so viel Würze wie der Gedanke an den Tod — und darum gibt es so viele griechische Tragiker.

„Ich habe deine Nazarener in Tarsus beobachtet. Sie sind in ihrer Mehrzahl Juden, und das mag zum Teil ihren trübsinnigen Gesichtsausdruck erklären. Ich habe ihnen zugehört — leider! — und ich höre *dir* zu. Ich finde nichts in euren Offenbarungen, wie ihr sie nennt, was mich erfreuen, mein Gefallen an der Welt erfrischen oder mein Herz höher schlagen lassen könnte."

„Du bist ein alter Wüstling", sagte Saul, aber er lächelte.

„Wenn ich das bin — und ich leugne es gar nicht —, habe ich doch keinem Menschen je Leid zugefügt; und wer das behaupten kann, darf sich einer der schönsten Tugenden rühmen. Ich behandle jedermann so gerecht, wie es meiner Natur entspricht, und ich beschwindle keinen — außer am Marktplatz, wo es alle tun. Ich könnte mir keine schönere Grabschrift wünschen als diese: ‚Er genoß die Welt und liebte sie, sah Schönheit, Leid und Häßlichkeit in ihr, und verließ sie mit Bedauern, aber auch erleichtert, denn er war alt und sehnte sich nach Ruhe.‘

Ich frage nicht nach dem Warum und Wieso unseres Daseins oder nach seinem Zweck, denn ich glaube gar nicht, daß es einen Zweck hat. Ach, du runzelst die Stirne, Saul — deine alte Empfindlichkeit! Ich bin es zufrieden, in dieser Welt zu leben, die Banner der Jahreszeiten vorbeiziehen zu sehen, den Farbwechsel der Bäume und Blumen zu beobachten, in den Armen meiner schönen Gemahlin zu ruhen und ihr Haar zu streicheln, zu speisen, Gedichte zu lesen und kunstvolle Vasen zu bewundern. Du wirst mir entgegenhalten, du kennst den Zweck unseres Daseins und hast ihn mir auch schon aufgezeigt. Ich muß gestehen, daß das Thema mich langweilt. Wer wünscht sich denn ein ewiges Leben, außer vielleicht ein gieriger Narr, der seine Habsucht und sein Verlangen nicht befriedigen kann? Wenn der Mensch übersättigt ist, stirbt er, ob er nun alt ist oder jung. Wie lange er lebt, ist unwichtig. Wichtig allein ist, *wie* er lebt, wieviel Schönheit seine Augen sehen, seine Hände berühren und seine Ohren hören können.

Manchmal kommt mir der Glaube der Hindus an eine endlose Wiedergeburt in den Sinn. Ist das nicht ein entsetzlicher Gedanke? So wunderschön die Welt auch ist, *ein* Leben ist mehr als genug für einen Menschen — und dann Stille, Dunkel, Ruhe. Gott Thanatos ist holder als jeder andere, und ich erwarte seinen Ruf mit Gelassenheit. — Und nun sage mir, Saul: ist dein Glaube glückverheißender als der meine?“

Weil er so fanatisch ehrlich war, zögerte Saul mit der Antwort. Dann sagte er: „Aber wir streben doch nach einer noch umfassenderen Glückseligkeit auf einem ewigen Gipfel, nach einer über alles Weltliche hinausgehenden Zufriedenheit durch den beseligenden Anblick des Antlitzes Gottes.“

Aristo seufzte, kratzte sich nachdenklich die Wange und kniff vor der Sonne, die wie ein feuriger Speer auf den Garten herabstieß, die Augen zusammen. „Ich muß gestehen, daß mich auch dieser Gedanke verdrießt. Wer möchte schon eine Ewigkeit lang einen noch so beseligenden Anblick genießen? Wie gesagt: ich habe mit deinen Nazarenern gesprochen und ihre begeisterten Erzählungen über das kommende Paradies gehört. Es lockt mich nicht. Sie bemühen sich, ihre jüdischen Brüder zu überzeugen, die ihnen für gewöhnlich eine Abfuhr erteilen. Das scheint mir weise gehandelt —“

„Jude oder Nazarener, wir glauben an denselben Gott und an dasselbe Paradies, Aristo."

„Wie bedauerlich. Das gefällt mir nicht. Wie mir auch geistige Verzückungen mißfallen, sofern sie nicht durch Schönheit hervorgerufen werden. Mir ist zu Ohren gekommen, daß die neue jüdische Sekte sich ausbreitet wie Feuer in ausgedörrtem Getreide. Das finde ich aus vielerlei Gründen — von denen ich dir einige schon nannte — betrüblich. Ich liebe die Römer nicht, aber ich gebe zu, daß sie der Welt Frieden und Ordnung gebracht haben. Sie sind das Volk des Rechts, zwar phantasielos, doch von unbeirrbarer Zielstrebigkeit. Sie sind auch Wissenschafter und beherzte Leute, wenn auch von beschränkter Urteilsfähigkeit, und schändliche Materialisten. Andererseits haben sie prächtige Städte gebaut (für meinen Geschmack etwas zu wuchtig), Handel und Gewerbe zur Blüte gebracht, viel für die Gesundheitspflege und die Freundschaft unter den Völkern getan, und haben, mehr oder minder den Eichen gleich, feste Wurzeln geschlagen. Kannst du dir vorstellen, welche Unordnung, welche Verwirrung es geben, zu welchen Katastrophen es kommen würde, wenn die Römer sich je entschlössen, deinen Gott anzubeten? Das monumentale Gebäude, das sie errichtet haben, würde in Stücke fallen, und Barbaren würden die Herrschaft über die Welt antreten — die Nazarener halten ja nicht viel von Eroberungen, von Kampf und strenger Rechtspflege. Wenn ich zu irgendeinem Gott beten könnte, ich würde ihn anflehen, die Römer nie von diesem Mißgeschick befallen zu lassen — auch wenn ich sie oft genug verflucht habe."

„Es ist zwecklos", sagte Saul, griff nach einer reifen Feige und begann daran zu saugen. „Wir werden nie zusammenkommen."

„Warum behaltet ihr Juden euren Messias, wie ihr ihn nennt, nicht für euch, und verschont den Rest der Welt damit?"

„Weil uns geboten ist, alle Menschen mit dem Brot der Wahrheit zu nähren", erwiderte Saul. „Um ihrer ewigen Seelen willen."

Mit gespieltem Entsetzen hob Aristo seine geäderten Hände hoch. „Ich schlage dir ein Geschäft vor: Kümmre du dich um deine Seele, und ich will mich dankbar um die meine sorgen!"

„Ich liebe dich", erwiderte Saul in leisem Ton. „Darum will ich dir den Messias bringen. Ich habe dir von Seiner Herrlichkeit erzählt und von der ungeheuren Glückseligkeit, die mich überkam, als Er mir in der Wüste vor den Toren von Damaskus erschien. Ich bin nicht beredsam, obwohl du mir immer wieder versichert hast, ich wäre es, denn sonst würde ich dich überzeugt haben, und du hättest selbst den Weg zu Ihm gesucht."

Aristo war gerührt. Er gab Saul einen leichten Klaps aufs Knie. „Lieber Junge", sagte er, „du bist beredsam genug, und Ianthe ist von deinen Worten hingerissen. Doch so, wie nicht jeder in Rom, ja nicht einmal in

Athen leben möchte, kann es auch nicht der Wunsch aller Menschen sein, in deinen Himmel zu kommen. Behalte ihn für dich, und mögen die Götter dich nicht enttäuschen!"

„Und bewegt dich nicht der Gedanke, daß du deine geliebte Frau im Jenseits wiedersehen wirst, wenn du dem Messias zu Füßen fällst und Ihn anbetest?"

Aristo lachte leise. „Wenn man eine Frau auch noch so sehr liebt, so reicht doch *ein* Leben mit ihr aus, und ich bin ganz sicher, daß auch Ianthe nicht die Ewigkeit mit mir verbringen möchte, obwohl auch sie mich liebt. Eine solche Wiederholung allen Geschehens wäre wahrhaftig die Hölle, gar nicht zu reden von dem endlosen Beisammensein mit allen jenen, die uns nicht so sehr am Herzen liegen. Es scheint in deinem Himmel sehr lärmend zuzugehen, und ich ziehe die Wasser der Lethe vor. Und nun, lieber Junge, wirst du mich entschuldigen. Ich will in mein Haus zurückkehren und schlafen, bis der Tag zu Ende gegangen ist und die kühle Nacht sich herabgesenkt hat. Kein Sterblicher kann mehr verlangen."

Es gab in ganz Tarsus nur zwei Häuser, in denen Saul wohlgelitten war: das des Aristo und das der Söhne und Enkelkinder Reb Isaacs, seit dessen Tod nun schon Jahre vergangen waren. In diesem lebte die schöne und kinderlose junge Witwe Elischeba, die einstmals Saul gern zum Mann genommen hätte, doch von ihm abgewiesen worden war. Die männlichen Verwandten und Nachkommen Reb Isaacs begegneten dem einsamen jungen Mann herzlich und zuvorkommend: teils aus Achtung vor dem dahingeschiedenen alten Patriarchen, teils mit Rücksicht auf die Tatsache, daß Saul reich und ledig war und einer edlen Familie entstammte.

Sie alle waren Nazarener geworden, und Saul fühlte sich wohl in dem Haus, in dem er als Knabe studiert hatte. Keiner der Männer besaß die Intelligenz und die Weisheit des Patriarchen, aber sie waren herzensgute Menschen, und Saul zähmte seine Unduldsamkeit, wenn sie ihn verlegen anglotzten, nachdem er irgendeinen obskuren Hinweis auf irgendeinen obskuren Propheten oder Erläuterer gegeben hatte. Anfangs versuchte er sie zu lehren und brachte ihnen alte Schriftrollen mit. Sie versprachen zwar, diese zu lesen, wußten dann aber auch nicht mehr als zuvor. Ihre Verwirrung nahm nur noch zu.

Warum hatte Gott die Intelligenz der meisten Menschen beschränkt? Plötzlich erinnerte sich Saul, was Rabban Gamaliel ihm einmal gesagt hatte: „Die Welt ist eine Welt der Arbeit und physischer Bedürfnisse. Wenn alle Menschen als Gelehrte, Intellektuelle und Künstler zur Welt kämen, wer würde wohl Holz hacken, Feuer anmachen, Wasser holen, Straßen bauen, Häuser errichten, Waren herstellen und Handel treiben, Mauern putzen, Schiffe steuern, Kloaken säubern, pflügen und säen und ernten? Nicht daß ich einigen dieser feinen Herren nicht zusehen möchte, wenn sie gezwungen wären, solche oder ähnliche Arbeiten zu verrichten", hatte der Rabban schmunzelnd geäußert. „Es könnte sie aus so manchen Träumen reißen — aus gefährlichen Träumen —, sie mit der rauhen Wirklichkeit konfrontieren, Schwielen an ihren parfümierten Händen entstehen zu lassen und ihnen, die es gewohnt sind, sich auf weichen Kissen hin- und herzuwerfen, erquickenden Schlaf auf einem harten Strohlager bringen. Hüte dich vor dem, der arbeitende Menschen verunglimpft! So belesen er auch sein mag, er ist ein Narr. Und man muß sich immer die Frage vorlegen, ob der Mann mit geschickten Händen nicht ebenso intelligent und wertvoll ist wie einer mit geschultem Verstand."

Zwar war auch die hochgeschätzte Leah gestorben und nicht mehr für Küche und Keller verantwortlich, doch verdiente die Tafel in Reb Isaacs Haus immer noch höchstes Lob. Saul war jederzeit willkommen. Die Damen des Hauses — Gattinnen und Töchter und Elischeba — kochten verschwenderisch und mit Hingabe und kredenzten erlesene Weine. Sie bedienten die Männer züchtig, wie man sie es gelehrt hatte, die Gesichter abgewendet und die Köpfe bedeckt, wie es sich für würdige jüdische Damen ziemte. Elischebas leuchtende dunkle Augen jedoch verweilten länger als nötig auf Saul, ihr strahlendes Gesicht wurde noch strahlender, und häufig stahl sich eine Locke ihres schimmernden schwarzen Haares unachtsam und wie von ungefähr unter dem Kopftuch hervor und schmiegte sich sanft an ihre gerundete Wange. Die gleiche Unachtsamkeit machte sich zuweilen in der Straffheit bemerkbar, mit der die Schärpe um ihre schlanke Taille gezogen war, und in der Glätte ihres Gewandes über Busen und Hüften. Die Männer rügten sie nicht, und auch nicht deren Frauen und Töchter, und oft verspürte Saul den Duft von Minze oder Rose oder Jasmin, wenn sie mit den Speisen an ihm vorbeikam oder ihm Löffel oder Messer reichte.

Unerfahren in fraulichen Listen, der häuslichen Verschwörung nicht gewahr, dauerte es einige Zeit, bis Elischebas Existenz Saul zu Bewußtsein kam. In all den Jahren seit Dacyl war seine Abneigung gegen die Frauen nicht geschwunden. Er schrieb das fiebernde Verlangen seines Fleisches Sündhaftigkeit und verbotener Lust zu und unterdrückte es. Jetzt aber, nachdem er ein Jahr in Tarsus verbracht hatte, regte sich das Verlangen mit neuer Kraft und ließ sich auch durch Kasteiung, körperliche Arbeit im Garten, endloses Studieren und Meditieren und ausgedehnte Spaziergänge nicht verbannen. Die Frauen — so hatten schon die alten Propheten gelehrt — waren Fallstrick und Übel, wenn auch ein für die Fortpflanzung notwendiges. Sie waren voller Tücken und von Natur aus unkeusch und sollten daher von den Männern mit aller Strenge überwacht und auf ihre Plätze verwiesen werden. Auch sollte es ihnen verwehrt sein, das Regiment zu führen oder die Stimme zu erheben. Vom Ehebett abgesehen, in dem der Lust in vernünftigem Ausmaß und nur zu gewissen Zeiten gefrönt werden durfte, stellte die Begierde nach den Frauen eine Falle des Satans für die Seelen der unglücklichen Männer dar.

Nichtsdestoweniger drang Elischeba immer tiefer in Sauls Bewußtsein ein, und alle seine Bemühungen, in ihr nur eine Schlinge für seine ahnungslose Seele zu sehen, genügten nicht, sie aus diesem seinem Bewußtsein zu verdrängen. Sonderbar, wie sein Herz in letzter Zeit schneller schlug, sooft sie, die schönen Augen unschuldsvoll gesenkt, den Speisesaal betrat. Wenn sie dann wieder ging, verließen Helle und Heiterkeit mit ihr den Raum. Saul wußte nicht, was er denken sollte. Ein leiser Widerhall dessen, was er für Dacyl empfunden hatte, begann in ihm zu klingen. Er erkannte darin nicht die Liebe, sondern hielt es für niedrige Lust. Elischebas toter Gatte hatte keine Brüder gehabt, und so war sie immer noch Witwe. Saul fand das bedauerlich und fragte sich oft, warum ihre männlichen Verwandten nicht nach einem andern Mann für sie gesucht hatten. Und sonderbar: sooft er sich vornahm, die Verwandten an ihre Pflicht zu erinnern, verspürte er neue Sehnsucht. Außerdem fürchtete er, Anstoß zu erregen.

Als er wieder einmal im Haus Reb Isaacs zu Abend aß, wartete Elischeba nicht mit den anderen Frauen und Mädchen bei Tische auf, und er sah sie auch nicht anmutig, mit gesenktem Haupt, über den Flur gleiten. Es brauchte einige Zeit, bevor er mit geheuchelter Gleichgültigkeit nach ihr fragte. Man teilte ihm mit, daß sie ihre Schwester besuchte, die vor kurzem entbunden hatte. Sie würde eine Weile ausbleiben. Saul bemerkte die lächelnden Blicke nicht, die die Männer untereinander tauschten. Er stellte nur entgeistert fest, daß Elischebas Abwesenheit ihn völlig aus der Fassung brachte.

Wie war es nur möglich, daß er, der sein Leben Gott und Seinem Messias geweiht hatte, von seinem eigenen Fleisch verraten wurde, fragte er sich bekümmert in den folgenden Tagen und Nächten immer wieder. War dies abermals eine Falle, eine Versuchung des Satans, um ihn von seiner göttlichen Bestimmung abzubringen? Weinend und die Hände ringend wanderte Saul über die nächtlichen Straßen. Er war entsetzt, als er feststellte, daß er, ohne sich dessen bewußt zu sein, in den dunklen Stunden vor dem Morgengrauen in der Nachbarschaft des Hauses umherstreifte, in dem Elischeba wohnte.

Es geschah in einer dieser dunklen Stunden, daß er ihr außerhalb der Mauern und des Gartens des Hauses ihres Bruders begegnete.

Er erschrak zuerst, weil er ein Schattenbild vor sich zu sehen glaubte. Dann aber erkannte er die Gestalt einer jungen Frau, die sich langsam fortbewegte, und ging auf sie zu. Im fahlen Schein der Sterne erblickte er Elischebas leuchtendes Antlitz; aus ihren bewegten Zügen sprach unsägliche Liebe für ihn. Wie vom Donner gerührt, blieb er zitternd stehen. Sie streckte ihm ihre Hände entgegen, und es sah ihr langes, unbedecktes Haar, den Schimmer ihres weißen Halses und die schwellende Rundung ihres Busens.

Er wußte nicht, wie es kam, daß er sie in den Armen hielt, doch mit unbeschreiblicher Seligkeit fühlte er die Wärme ihres Körpers und den Druck ihrer jungen Brüste gegen die seine. Dann senkte sich sein Kopf, und ihre Lippen trafen sich in heißer und zärtlicher Leidenschaft. Er erschauerte, als sie ihre Arme um seinen Hals legte, ihre Ärmel zurückfielen und sich der innige Kreis ihres schmachtenden Fleisches um ihn schloß. Das war nun etwas ganz anderes als die ihm vertrauten Verzükkungen des Geistes, und doch auch nicht so sehr verschieden.

Er hielt sie fest, als fürchtete er, sie könnte sich in Nebel auflösen oder verschwinden. Er hörte ihr liebevolles Murmeln an seiner Kehle, das Herz ging ihm auf, und seine Augen zerschmolzen in Tränen des Glücks, aber sein Gewissen wandte sich aufheulend gegen ihn. Er war im Begriff, Gott, dem er sein armseliges Leben geweiht hatte, zu verraten. Er verriet den Messias, der ihm seine ungeheuerlichen Sünden vergeben und Sich herabgelassen hatte, ihn zu erretten und ihm einen Auftrag zu geben — einen Auftrag freilich, dessen Inhalt sich nach einem Jahr in Tarsus immer noch seiner Kenntnis entzog. Und dann durchzuckte ein zweiter Gedanke kreischend sein Hirn: erlaubte der Messias dem Teufel, ihn aufs neue, ihn so köstlich zu versuchen, um ihn auf die Probe zu stellen?

Doch wie süß war das Fleisch eines Weibes, der Duft eines Weibes, die sanfte Zärtlichkeit eines Weibes! Wie konnte etwas so Begehrenswertes, so Erfüllendes, so Schönes und so Liebenswertes sündhaft sein? Dröhnend vermengten sich Leidenschaft und Abscheu vor sich selber in Sauls Kopf.

Nun vernahm er auch die Worte, die Elischeba ihm zuflüsterte. Es war das Liebeslied der Königin von Saba, und nie zuvor hatte es seine Herzfasern so zum Schwingen gebracht:

„Was unter den Bäumen des Waldes der Apfelbaum, ist unter den Jünglingen mein Bester. Ich sehne mich nach seinem Schatten, da weile ich; wie süß seine Frucht meinem Gaumen! O möchte er mich führen ins wonnige Haus; denn sein Panier über mir ist Liebe. O daß ihr mich stärktet mit Kuchen von Trauben; mich labtet mit Äpfeln! Wie bin ich vor Liebe so krank! O läge seine Linke mir unter dem Haupte; umarmte mich doch seine Rechte! Das ist meines Lieblings Stimme!"

Diese wunderbaren Worte ließen Sauls Sinne vor Wonne erschauern, und sein einsames Herz öffnete sich ihr in Entzücken und Liebe und Verlangen. Er drückte Elischeba fester an sich und antwortete mit den Worten Salomonis:

„‚Getroffen hast du mir das Herz, meine bräutliche Schwester! Getroffen das Herz mir nur durch einen einzigen Blick deiner Augen, nur durch ein einziges Kettchen deines Halses. Wie süß ist deine Liebe, du bräutliche Schwester! Viel angenehmer als Wein ist deine Liebe; und besser der Duft deiner Salbe als alle Gewürze! Es träufeln Honigseim, Braut, deine Lippen; unter deiner Zunge sind Honig und Milch; und der Duft deiner Kleider ist wie Libanons Duft!'"

Einen Augenblick — einen entsetzlichen Augenblick lang zuckte ein Gedanke wie aufloderndes Feuer durch sein Hirn: war nicht menschliche Liebe größer als Liebe zu Gott, und war nicht die Berührung einer geliebten Frau umfassender und erquickender als alles andere?

Gott hatte die Liebe unter den Menschen nicht verboten. Sie war sogar gesegnet. Keiner liebte ihn, Saul, als dieses Mädchen, diese Kostbarkeit in seinen Armen, diese duftige Süße an seinem Halse, und er wußte, daß sie ihn freudig und demütig und aufrichtig liebte und daß nicht Wollüstigkeit sie bewegte. Seine Einsamkeit überwältigte ihn. Die Leere seiner Tage war wie eisiges Wasser, das sein Herz umspülte. Er brauchte das Geschenk, das sie ihm darbot, nur anzunehmen, und sein Leben würde von Farbe und Duft, von Lachen und Zufriedenheit und Frohsinn erfüllt sein.

Doch dann sah er den Weg vor sich, den er mit Ehrfurcht und Frohlocken erwählt hatte, und begriff, daß er diesen Weg allein gehen mußte. Er konnte Elischeba und die Verwirrung, die sie ihm bedeutete, nicht mitnehmen. Er mußte sein Gelübde halten. Der Weg war steinig und hart, aber am Ende lag eine Erfüllung, die über alle Vorstellungen und Träume hinausging. Gewiß war die Ehe eine wunderbare Sache, aber manche Männer durften eben nicht heiraten und zu ihnen — daran zweifelte er nicht — gehörte auch er.

Wer sich zur Gänze dem Dienste Gottes hingab, mußte sich alles versagen, selbst menschliche Liebe und menschliches Sehnen. Ein so Gott geweihter Mann konnte einem anderen menschlichen Wesen nicht sein ganzes Herz schenken, würde ihm Kummer bereiten, es in Verwirrung stürzen und ins Verderben reißen. Elischeba durfte nicht verletzt, nicht verwundet werden, sonst würde er selbst in Schmerz und Zerknirschung vergehen, weil er ihr nicht sein ganzes Ich, seinen Geist und sein Leben geben konnte.

So löste er sich denn sanft und mit fast verzweifelter Entschlossenheit aus Elischebas Armen und führte sie an einen Platz nahe der Mauer von ihres Bruders Haus. Sie setzten sich, und sie schmiegte sich an ihn und legte ihren Kopf an seine Brust. Er brachte es nicht über sich, sie abzuweisen. Sie saßen im warmen Gras, der Jasmin duftete betörend, und die rot und blau, weiß und golden leuchtenden Sterne schienen zum Greifen nahe. Irgendwo sang eine Nachtigall eine so ergreifende Melodie, daß die Herzen der zwei jungen Menschen in Trauer, aber auch in leidenschaftlicher Verzückung erbebten.

Saul fühlte Elischebas Busen an seinem Arm. Er hielt ihre Hand und dachte, wie schön und friedlich es doch sein müßte, so zu sterben, nie wieder zu wandern, nie wieder auf die Suche zu gehen, nie wieder zu hungern und nie wieder zu verzweifeln. Er versuchte zu sprechen, doch seine Lippen wollten sich nicht öffnen. So war es also Elischeba, die mit der Klugheit einer liebenden Frau erriet, was in ihm vorging, und zärtlich zu ihm redete:

„Ich liebe dich seit langem, du meines Herzens Herrlichkeit und Entzücken. Ein Kind war ich, und du warst ein Jüngling mit deinen Schriften im Hause Großvaters. Ich sah dich, bevor du mich erblicktest. Ich vernahm deine Stimme, bevor du die meine hörtest. Ich war ein Mädchen, und du mein Traum vom Paradies, das Bild eines Engels, ein junger Moses. Dann gingst du fort und bliebst lange Jahre in der Ferne. Ich heiratete, weil es meine Pflicht war, doch ohne Liebe. Meine Gedanken waren immer bei dir. Du warst es, und nicht mein Gatte, der mit mir unter dem Trauhimmel stand."

Sie holte schluchzend Atem und fuhr mit ihrer sanften, lieblichen Stimme fort:

„Nein, es verging keine Stunde, da ich nicht an dich dachte, mein Geliebter. Doch ich wußte schon als Kind, daß du keiner Frau je zugehören würdest — nur Gott. Mein Großvater erklärte es mir, um mich zu trösten, aber ich wußte es schon. Du kannst mich nicht mitnehmen. Du mußt deinen Weg allein gehen, denn es gibt Einen, der dich mehr liebt als ich, und dessen Ruf du dich nicht versagen darfst.

Eines nur erbitte ich von dir, mein Geliebter. Verweigere mir nach dieser Nacht nicht deine Gegenwart. Verbirg nicht dein Antlitz vor mir. Keiner meiner Blicke wird dich beunruhigen oder verwirren, kein Lächeln wird dich schwankend machen. Ich will dich nur im Hause meines Bruders sehen, dir Wein und Fleischgerichte und Brot und frische Tücher reichen dürfen. Dein Schatten wird mich heller dünken als die Strahlen der Sonne. Deine Stimme und der Klang deiner Schritte werden mir Befriedigung und Trost sein. Ich bin nur ein schwaches Weib. Ich könnte nicht weiterleben, würdest du mich deines Anblicks berauben."

Sie hob seine Hand an ihre Lippen und küßte sie demütig. Dann richtete sie ihre Augen auf ihn, und er sah im fahlen Schein der Sterne, daß sie gütig lächelte und daß Tränen auf ihren Wangen glitzerten.

Alle Frauen, hatte er gedacht, seien schwach und fragwürdig, nichtsnutzig und nicht zuletzt auch gefährlich. Jetzt aber lernte er Entschlossenheit, Mut und Selbstverleugnung kennen, wie sie auch den untadeligsten Mann ausgezeichnet hätten. Elischebas Haltung erfüllte ihn mit Ehrfurcht, er fühlte sich schmerzlich gedemütigt, und seine Liebe zu ihr wandelte sich zu einer Empfindung, die über alle Maßen rein und schön und erhaben war.

Er nahm ihr schmales Gesicht in beide Hände, beugte sich vor und küßte ihre Lippen, die nicht kühler und nicht salziger waren als die seinen. Dann schob er sie sanft von sich, stand auf und verließ sie. Sie blickte ihm nach, bis die Nacht ihn verschluckt hatte. Mit einem kleinen Schrei fiel sie vornüber ins Gras und stöhnte wie ein sterbendes Lämmchen. Sie blieb regungslos liegen, bis das erste fahle Licht des Morgens den Himmel färbte.

XXXIX

Das vierte Jahr in Tarsus ging langsam vorüber, und Saul wartete immer noch. Kein Ton drang an sein Ohr, keine neue Offenbarung wurde ihm zuteil. Er kam sich vor wie ein gestrandetes Schiff: nutzlos, von Mannschaft und Kapitän verlassen, mit zerfetzten Segeln, von der Sonne versengt, lag es da und verrottete.

War alles nur Wahn, alles nur Traum gewesen? Hatte Gott ihn schließlich doch vergessen? War es Sein Wille, daß er hier auf den Tod warten sollte? Der jüdische Gemeindevorsteher ersuchte ihn — voller Mitleid zwar und darum zögernd — nicht mehr in der Synagoge zu sprechen, denn es verdroß die Gläubigen, die nicht vergessen hatten, daß er einst der Verfolger seiner Brüder gewesen war. Die Nazarener wollten nichts von ihm wissen, denn auch sie erinnerten sich. Ich habe keine Freunde, dachte er, außer jenen im Hause Reb Isaacs, der Frau, die ich nicht heimzuführen wage, meinem alten Erzieher Aristo und seiner Gemahlin.

Er saß in seinem Garten. Er arbeitete mit den Dienern. Er kelterte Wein. Er stand in seinem kleinen Laden in Tarsus, wo er das Ziegenhaar kaufte, das er zu Zelten webte. Er hatte nur wenige Kunden. Ein zweiter Kain bin ich, dachte er, mit einem Zeichen auf der Stirn. Hier schlug ihm nicht die wütende Feindseligkeit entgegen, wie sie ihn in Jerusalem umgeben hatte, aber sie war stark genug, um ihn zu einem Paria unter seinem eigenen Volk zu machen. Er schrieb an Titus Milo in Rom und grämte sich, als er vom Tod des alten Aulus und seiner Gemahlin Hannah erfuhr. Aber mit der Zeit verschwamm alles zu einem einzigen Traum, und er wartete nur noch auf das so lange ersehnte Erwachen.

Seine Schwester sandte ihm Nachrichten über die Familie, die immer mehr zusammenschrumpfte. Als ob sie sein Trübsal erahnte, schrieb sie ihm heitere und tröstliche Briefe. Er hätte ihr von der Leere seiner Seele und von der Unfruchtbarkeit seines Geistes sprechen wollen und konnte es nicht. Nur eine wußte, wie es um ihn stand, und das war Elischeba. Darum besuchte er immer häufiger das Haus, in dem sie wohnte, um sich von ihrem Anblick, ihrem sanften Lächeln, dem Klang ihrer Schritte erquicken zu lassen. Und dann blieb ihm auch diese Oase in der Wüste verschlossen, denn ihre Brüder wurden unfreundlich, warfen ihm vorwurfsvolle Blicke zu und legten die Stirn in Falten. Manchmal rief er in die Nacht hinaus: „Gott hat mich vergessen! Sollte nicht auch ich Ihn vergessen, Freude in mein Herz gießen und wie andere Männer leben, Kinder zeugen, unter meinem Feigenbaum sitzen und den Anblick meines Weibes genießen?“ Oft verließ er dann seine Kammer, begab sich zum Haus Elischebas und stand, von Verlangen, Einsamkeit und Liebe gepeinigt, wie ein Dieb vor dem Tor. Elischeba aber hielt sich an den Pakt, den sie mit ihm und Gott geschlossen hatte, und kam nicht zu ihm, obwohl er aus einem sonderbaren Instinkt heraus ahnte, daß sie sich seiner Anwesenheit wohl bewußt war. Dann kehrte er in sein Haus zurück — irgendwie getröstet, als ob ihre Hand im Dunkel die seine berührt und ihr Herz an seinem geschlagen hätte.

Wie er es schon vor Jahren getan hatte, begann er auch jetzt wieder, mit Gott zu rechten und zu hadern. „Ein feuriges Streitroß bin ich, aufgezäumt und gesattelt, und Du rufst mich nicht zur Schlacht! Ein Schwert bin ich, das in der Scheide rostet. Ein Banner bin ich, das der Wind schleißt; die Ehrenzeichen darauf verblassen. Mein Helm ist matt geworden; meine Rüstung hat Löcher. Ich bin nicht mehr jung. Nütze meine Kräfte, o Herr und Erlöser! Nütze meine Jahre, oder ich werde hinwelken wie der ausgedörrte Kern einer Nuß. Wo ist der Altar, an den Du mich rufen wolltest? Warum hast Du mich weggeworfen wie eine Melonenschale, wie Streu, wie leeres Stroh? Hier sind meine Hände, mein Herz, mein Blut, mein Fleisch! Nimm mich, bevor ich zum Greis werde, der von einem vergessenen Traum schwatzt!“

Es gab keine Antwort. Verstört schritt er in den leeren Räumen seines Hauses auf und ab. Häufig, als ob sie eben erst gestorben wären, besuchte er die Grabstätten seiner Eltern. Dort sprach er zu seinem Vater und flehte ihn an, bei seinem schweigsamen Gott Fürsprache für ihn einzulegen. „Du liebtest Ihn, Vater“, murmelte er, vor dem Grabstein stehend, „und gewiß dientest du Ihm. Er wird dich hören, Er, der meinen Rufen jetzt Sein Ohr verschließt. War ich Ihm ein Stein des Anstoßes, daß er jetzt Sein Antlitz vor mir verhüllt? Berühre Sein Gewand, das leuchtende Gewand des Messias, und erinnere Ihn daran, daß ich Seinen Ruf erwarte, den Er mir einst verhieß!“

Bei seinen ziellosen Wanderungen in der Kühle des frühen Abends kam er einmal bei einem kleinen Friedhof vorbei, auf dem Heiden begraben lagen, Heiden niedrigen Standes wie Freigelassene oder Diener. Die Mauer war nicht hoch und gab den Blick auf Gräber und dunkle Zypressen frei. Zu seinem Erstaunen sah er auf mehreren Erdhügeln von Blumen oder Bändern umkränzte Holzkreuze. Er öffnete das Tor und trat ein, behutsam einen Fuß vor den andern setzend, um die Schläfer nicht zu stören.

Der Kiesweg führte um eine Gruppe von Zypressen herum. Er sah noch mehr Gräber mit Kreuzen. Dann aber stutzte er und wäre beinahe zurückgewichen, denn vor einem der Kreuze kniete ein junger Mann mit gefalteten Händen. Sein Haar loderte wie Feuer in der Sonne, und sein Gesicht war das Gesicht des jüngeren Saul.

Mein Sohn, ging es Saul durch den Kopf. Er hätte sich davonmachen wollen, doch der junge Mann war aufmerksam geworden und heftete seine blauen Augen, metallisch funkelnd wie die Sauls, auf ihn. Boreas erhob sich, ohne den Blick von Saul abzuwenden, und die beiden sahen sich schweigend an. Die Sonne glitzerte auf den Zypressen und dem verdorrenden Gras des Sommers. Der Wind plauderte mit den Bäumen, und in der Ferne polterte ein Wagen über die staubige Straße.

„Ich kenne dich", sagte Boreas, und seine Stimme war die Stimme Sauls.

„Ja", erwiderte Saul. Er versuchte zu lächeln. Der alte Schmerz brannte ihm auf dem Herzen. „Ich sah dich als Kind. Du heißt Boreas, nicht wahr, und bist der Sohn des —?"

Boreas antwortete nicht. Aufrecht wie ein junger Löwe stand er da und rührte sich nicht. Ein eigenartiges Lächeln zuckte um seine Lippen. Ein Schmetterling flatterte über seiner Schulter. Forschend betrachtete er Saul, und das sonderbare Lächeln wurde breiter.

„Ich habe dich nie vergessen", erwiderte er schließlich. „Die Jahre gingen dahin, und ich dachte immer mehr an dich. Ich habe dich auch auf dem Marktplatz gesehen, Saul ben Hillel, und ich habe dich gehört, wie du zum Volke redetest und es ermahntest. Ich bin dir in die Synagogen gefolgt, obwohl es nicht erlaubt ist, und habe deine Beredsamkeit bewundert." Das Lächeln wurde spöttisch und ironisch.

Saul konnte nicht sprechen. Er wollte fliehen, doch Boreas' Blick hielt ihn fest.

„Auch ich bin Nazarener", sagte der Jüngling, „so wie dieser gute Mensch, den ich Vater nannte und der hier begraben liegt." Er deutete auf ein Kreuz. „Ich sage ‚gut', denn er muß immer schon gewußt haben, daß ich nicht sein Sohn war. Dennoch liebte er mich und ließ es mir an nichts fehlen. Tat er das wegen des Geldes? Aber er bekam das Geld erst viele Jahre nach meiner Geburt, und ich weiß, daß er mich schon als Säugling auf den Knien schaukelte, daß er mich gehen lehrte, bevor es noch Geld gab." Das ironische Lächeln wurde kälter und härter. „Das Geld meines Großvaters Hillel ben Borusch."

Saul wurde bleich wie der Tod. Sein Mund stand offen, als stocke ihm der Atem. Dennoch konnte er den Blick nicht von dem mißbilligenden und höhnischen Gesicht des jungen Mannes abwenden, das plötzlich einen belustigten Ausdruck annahm.

„Du dachtest, ich würde nicht merken, wie du mir damals, nach unserer ersten Begegnung, nachschlichst", sagte Boreas. „Ich tat, als sähe ich dich nicht, wie du durch die Hecken spähtest und über die Mauern gucktest. War ich dir so teuer, Saul ben Hillel, daß du es nicht wagtest, zu mir, zu deinem Sohn, zu sprechen?"

Sauls Augen verdunkelten sich vor Schmerz — und vor Liebe, die ihm wie eine Tigerkatze an die Kehle sprang.

„Sieh mich an!" fuhr Boreas fort und trat einen Schritt vor. „Willst du leugnen, daß ich dein Sohn bin? Weißt du, wie sie zu mir reden, die, die mich kennen und dich gesehen haben? Sie lachen, wie über einen gutmütigen Scherz. ‚In ganz Tarsus', sagen sie, ‚gibt es außer dir, Boreas, nur einen mit deinen Zügen, deinen Augen und deiner Haarfarbe, und das ist Saul aus dem vornehmen jüdischen Haus Hillel. Vielleicht begegnete ihm deine Mutter, als sie dich noch im Bauch hatte, und er machte einen so starken Eindruck auf sie, daß es auf dich abfärbte!' So reden sie, Saul ben Hillel, so haben sie seit meiner frühesten Kindheit geredet und manchmal sogar in Hörweite dieses guten Menschen, der mich in seine Familie aufgenommen hatte."

Seine Worte trafen Saul wie Peitschenschläge.

„Du magst mich verurteilen", sagte Saul und breitete hilflos die Arme aus, „aber ich liebte deine Mutter. Ich war kaum fünfzehn, als ich dich zeugte, um Jahre jünger, als du heute bist."

„Und sie war nur eine armselige Sklavin, und du ein Jude aus vornehmem Hause!"

Saul schüttelte den Kopf. „Nein, nein!" Er konnte diesem jungen Menschen nicht sagen, daß seine Mutter vor ihm schon andere Männer gehabt hatte und keine unschuldige Jungfrau mehr war, als sie sich ihm gab und er zum ersten Male eine Frau besaß.

Boreas kniff die Augen zusammen, und seine roten Wimpern lagen wie flammende Striche über seinem hellen, sommersprossigen Gesicht.

„Ich habe meine Mutter nie gekannt", sagte Boreas, „aber ich hörte, sie sei sehr schön und anmutig und zärtlich gewesen. Sie war der Liebling ihrer Herrin, die sie freiließ, als sie heiratete, und ihr eine Aussteuer schenkte. Hat man mir Lügen erzählt?"

„Nein. Es waren keine Lügen", antwortete Saul. Er rang nach Fassung. „Ich wiederhole: ich war noch nicht fünfzehn. Ich bin Jude. Deine Mutter war kein jüdisches — Mädchen. Ich hätte sie nicht heiraten können. Mein Vater würde es nie erlaubt haben. Und ich hatte Pflichten gegenüber meinem Volk."

„Ich habe von diesen Pflichten gehört", entgegnete Boreas, „denn dein Ruf ging deiner Rückkehr voran, mein Vater." Saul glaubte die Worte nicht ertragen zu können, die Worte nicht und auch nicht das Lächeln, das sie begleitete.

„Ich bin kein Kind mehr", fuhr Boreas fort. „Ich bin mit Sklavenmädchen gelegen, wie du mit einer lagst. Warum verurteile ich dich also? Ich weiß es nicht. Vielleicht träumte ich, du würdest mich zu dir rufen, aber es war eben nur ein Traum, nicht wahr? Ich bin kein Jude."

Mit einer heftigen Bewegung streckte Saul die Arme aus und ließ seine Hände schwer auf Boreas' kräftige junge Schultern fallen. „Du bist mein Sohn", rief er, „mein Same! Ich habe dich nicht gerufen, weil ich eben das fürchtete, was nun doch geschah! Ich war nur auf deinen Seelenfrieden bedacht!"

Boreas wollte vor ihm zurückweichen. Er griff nach Sauls Händen, um sie von seinen Schultern zu reißen, doch als er sie berührte, ließ er die seinen auf ihnen ruhen. Sie standen da und sahen sich in die Augen und begannen langsam, sich zuzulächeln.

Dann nahm Saul seinen Sohn hungrig in die Arme und sagte: „Ich habe dich nicht vergessen, Boreas, mein Sohn. Das weißt du. In all diesen Jahren habe ich mich nach dir gesehnt. Ich wollte nicht, daß man dir wehtut, daß man dich verlacht. Um deinetwillen habe ich dich nicht gerufen. Nenne mich feige, wenn du willst, aber ich war feige, um dich zu schützen. O wie wünschte ich, mein Vater hätte dich auf den Knien gehalten und deine Wange geküßt!"

„Ich besuche sein Grab und das meiner Großmutter", sagte Boreas, und seine Stimme klang heiser. „Ich bin stolz, daß ich ihres, und deines, Fleisches bin. Jetzt verstehe ich und bitte dich, mir zu vergeben."

Saul zog ihn näher an sich und küßte seine Stirn und dann seine Wangen. „Wie die Sonne bist du zu mir gekommen, um mein Leben zu erleuchten", sagte er mit zitternder Stimme. „Außer dir habe ich keinen, der meinem Samen entsprungen ist. Was ich besitze, soll dein sein. Denn ich bin ein Mann ohne Heimat, ohne Volk und vielleicht sogar jetzt auch ohne Gott."

Als er Boreas auf dem Friedhof zurückließ, schien es ihm, als ob sein Fleisch auseinandergerissen wäre und er einen edlen und wichtigen Teil davon hinter sich gelassen hätte. Aber er fühlte sich auch getröstet. Er hatte mit Boreas besprochen, daß sie sich an abgelegenen Orten treffen würden, wo sie in Ruhe miteinander sprechen und Saul ihn die alten Weisheiten seines Volkes lehren konnte. Ich bin nicht mehr allein! frohlockte Saul. Und begab sich zu seinen Anwälten, um sie im geheimen zu Rate zu ziehen.

XL

„Aber sie werden ihre Späße mit dir treiben und dich höhnen", hielt Boreas ihm entgegen, „und das könnte ich nicht ertragen."

„Noch nie in meinem Leben", erwiderte Saul lächelnd, „habe ich mich aus Angst vor Gerede oder Spott von meinen Entschlüssen abhalten lassen." Er wurde ernst. „Leider handelte ich manchmal ganz falsch. In diesem Fall aber tue ich das Richtige, und du mußt mir gehorchen."

So gingen sie also vor den Magistrat, und Saul nahm Boreas an Kindes Statt auf und gab ihm den Namen Enoch ben Saul. Die Beamten verbargen ihr Erstaunen, blickten geradeaus vor sich hin, gaben sich gleichgültig und setzten ernste Mienen auf. Es erübrigte sich, Mutmaßungen anzustellen; das Aussehen der beiden Männer sprach eine deutliche Sprache. Aber Saul war ein reicher Bürger, er hatte diesen jungen Mann adoptiert, der Sohn würde erben und ebenfalls reich sein — und reiche Leute lieben es nicht, von Beamten belächelt zu werden.

Saul hatte seinen Sohn eifrig im Glauben seiner Väter unterrichtet, er besaß eine ausgezeichnete Auffassungsgabe, und der Vater war stolz auf ihn. „Und jetzt", sagte Boreas schließlich, „muß ich mich beschneiden und in die christliche Gemeinschaft aufnehmen lassen."

„Keineswegs", erwiderte Saul. „Ich habe über dieses Thema lange mit Simon Petrus debattiert. Er beharrt unerschütterlich auf dem Standpunkt, der Mensch müsse, um sich im Angesicht des Messias einen wahren Nazarener nennen zu können, zuerst den alten Glauben annehmen und sich beschneiden lassen. Nun, ich habe Tausende von Offenbarungen gehabt, und ich weiß, daß der Messias, gepriesen sei Sein Name, auch zu Nichtjuden kam. Es genügt, wenn sie über die Propheten, Patriarchen und Moses im Bilde sind und die heiligen Schriften gelesen haben und wissen, daß sich die Prophezeiungen, die den Messias betreffen, erfüllt haben. Ohne das Wissen um die Gebote und um Sinai, um den Bund und den Glauben, den Gott unseren Vätern gab, ist es einem Menschen freilich nicht möglich, Ihn zu begreifen. Aber er braucht nicht Jude zu sein, um in die Gemeinde aufgenommen zu werden. Wenn ich Simon Petrus wieder einmal treffe, wollen wir das ein für alle Male klarstellen!"

Boreas sah die Begeisterung im geröteten Gesicht seines Vaters und zweifelte nicht daran, daß es so kommen würde. Er lächelte ihm liebevoll zu.

Saul war achtunddreißig Jahre alt und Boreas dreiundzwanzig. Es war Sauls Wunsch gewesen, seinen Sohn an die hohe Schule in Alexandrien zu schicken. Aber Boreas weigerte sich. „Mein Herz gehört dem Land", sagte er. „Ich habe die Güter bearbeitet, die mein — die Peleus seinen Kindern hinterlassen hat, und meine Brüder und Schwestern bearbeiten sie mit mir. Und ich möchte auch mein Zuhause nicht verlassen."

„Sie sind nicht deines Blutes!“ rief Saul. Er war eifersüchtig.

„Im Gedenken an diesen braven Mann, ihren Vater, sind sie mehr als das“, erwiderte Boreas, und in seinem Gesicht stand die gleiche Unnachgiebigkeit geschrieben, wie sie auch seinen Vater kennzeichnete. Saul sah es und empfand Rührung, wie er sie bei solchen Gelegenheiten immer verspürte. „Das allein würde genügen, um mich hier zu halten. Noch stärker aber ist meine Liebe zum Land.“

Der Gedanke, daß sein Sohn, sein einziger Sohn, nicht studieren wollte, war Saul geradezu unerträglich. Vater und Sohn sahen sich unverwandt in die Augen, und es war Saul, der schließlich seinen Blick abwandte und lächeln mußte. Einige Tage später kaufte er ein großes Stück Land, das an Boreas' Besitz angrenzte, und schenkte es seinem Sohn, der es schweigend, aber mit Freudentränen und Umarmungen annahm. Das Land umfaßte Olivenpflanzungen und Obstgärten, Vieh und Wiesen und Tannenwälder.

Das vierte Jahr seiner seltsamen Verbannung war nahezu vergangen, und wieder nahte der Frühling. Saul litt und seufzte, flehte zu Gott und konnte seine rasende Ungeduld kaum bändigen. Erst viel später begriff er, daß er in diesen Jahren eine ganze Menge Wissen in sich aufgenommen hatte, das er den Lehren des Messias verdankte. Er erhielt dieses Wissen in der Stille der Nacht, in Träumen und Visionen, in Eingebungen und Erkenntnissen. „Ja natürlich“, rief er dann in stiller Erregung aus, „das ist wahr, ich habe es nur bis jetzt nicht verstanden!“ Dann mochte er stunden- oder tagelang jauchzen und frohlocken, bis ihn die alte Unrast von neuem befiel. In späteren Jahren pflegte er zu sagen: „Der Heilige Geist war mein Lehrer, nicht die Stimme des Menschen — und darüber liegt der Schleier eines großen Geheimnisses.“

Als er eines Mittags mit seinem Sohn in der kühlen Speisehalle beim Essen saß, trat sein Aufseher ein. „Herr“, meldete er, „es sind drei Fremde gekommen, die dich zu sprechen wünschen. Sie warten im Atrium.“

Saul runzelte die Stirne und erhob sich. Auch Boreas stand auf und begleitete ihn in der liebevollen Art eines Sohnes, der um die Sicherheit seines Vaters besorgt ist. Drei Männer erwarteten Saul im Atrium, das dem strahlenden Licht des Gartens zugekehrt war. „Amos! Barnabas!“ rief Saul, als er zwei von ihnen erkannte, lief auf seinen Neffen zu, küßte ihn auf beide Wangen und umarmte dann Barnabas, den fidelen Streiter Gottes mit dem schwarzen Bart und den tanzenden Augen. Er konnte es gar nicht fassen, daß sie es waren, schier übermannte ihn die Freude. Er griff nach ihren Händen und hätte laut aufjubeln wollen, als er sich des Fremden erinnerte, der sie begleitete.

Der Mann kam ihm irgendwie bekannt vor. Er war groß und schlank und trug dunkelblaue Gewänder, und in seinem ebenen, gelassenen Gesicht lächelten große, blaue, furchtlose Augen. Das Haar, einst hellgolden, war jetzt grau und fiel in Locken über seinen edel geformten Schädel. Saul überlegte. Der Mann trug keine Stammesmütze, er war barhaupt und bartlos, und seine blassen Wangen waren von der Sonne ein wenig gerötet. Er war also kein Jude, aber auch kein dunkelhäutiger Römer, robust und seiner zu sicher, kein Soldat und kein Ägypter. Während Saul in seinen Zügen forschte und sich zu erinnern versuchte, gab ihm etwas, er wußte nicht was, einen Stich ins Herz, und er dachte in schmerzlicher Verwirrung: ‚Er ist offensichtlich Grieche.' Das Aussehen des Mannes war jugendlich, doch ließ es keinen Zweifel daran, daß er schon an die fünfzig Jahre zählte.

„Kennst du mich nicht, Saul ben Hillel?" fragte der Fremde, und auch seine Stimme klang vertraut. „Wir sind uns schon zweimal begegnet." Sein Gesicht verdüsterte sich.

Eine Erinnerung durchzuckte Saul, eine Erinnerung an Meer und Segel und den Geruch von Seilen und heißem Teer. Und eine andere an Todeskampf und Blut und schreiende Menschen und die Hitze steinigen Ödlands. Er taumelte unter dem Ansturm der Erinnerungen und wußte im gleichen Augenblick, wer vor ihm stand. Es war der griechische Arzt Lucanus, den er auf dem Schiff nach Tarsus und dann, unter so qualvollen Umständen, beim Märtyrertod des Stephanus getroffen hatte. Es war alles so lange her. Und es war erst gestern gewesen, und unsägliche Pein kam über Saul und hemmte seine Zunge.

„Saul", sagte Barnabas, der ihn ansah und ahnte, wie es um ihn stand, „das ist unser guter Freund Lucanus, der deinen Neffen Amos ben Ezekiel — wie du weißt, ist er jetzt Arzt — viel gelehrt hat."

Auch Amos wußte, was in ihm vorging. „Ich soll als Heiler seinen Platz einnehmen", sagte er, „während er das Gebot erfüllt, das ihm auferlegt ist, und allen jenen, die hören wollen, die Botschaft des Heils verkündet."

„Er ist mein lieber Gefährte", sagte Barnabas und legte seinen Arm um Lucanus' Schulter.

Lucanus aber, sein Ausdruck noch trauriger als zuvor, streckte Saul seine Hand entgegen und sagte: „Ich grüße dich, mein Freund, mein Bruder vor Gott und Seinem Messias."

Saul blickte auf die brüderlich ausgestreckte Hand und dann auf seine eigene, und es schien ihm, als klebte Blut an seinen Fingern. Er rieb sie an seiner Tunika. Erst dann ergriff er die Rechte des Arztes.

„Wir haben beide einen langen Weg hinter uns", sagte Lucanus, als wollte er den Verwirrten trösten.

„Einen langen Weg", murmelte Saul. Und dann umarmte ihn Lucanus wie ein Vater, und Barnabas und Amos — Amos, der Goldenhaarige mit dem Bart eines Knaben — lächelten sich zu.

Im Schatten einer Säule stehend, hatte Boreas die Szene mit Neugier und Spannung beobachtet. Aufmerksam musterte er Amos, seinen Vetter, von dem Saul ihm oft gesprochen hatte. Amos, der seinen Blick auf sich ruhen fühlte, drehte rasch den Kopf zur Seite und starrte ungläubig auf den jungen Mann, in dessen Gesicht er Saul zur Zeit seiner, Amos', Kindheit wiedererkannte. Von Augenblick zu Augenblick wurde er sich der frappierenden Ähnlichkeit mehr bewußt. Amos' helle Wangen begannen sich vor Verlegenheit zu röten. Er sah, daß auch Barnabas Boreas beobachtete, daß seine Augenbrauen hochgezogen waren und sein Mund staunend offenstand.

Plötzlich erinnerte sich Saul seines Sohnes. Er ging auf Amos zu, wies auf Boreas hin und sagte: „Amos, mein Neffe, dies ist mein Sohn Enoch ben Saul — dem Blut nach und durch Adoption — und somit dein Vetter."

„Ich begrüße dich, Amos ben Ezekiel", sagte Boreas, trat in würdevoller Haltung vor und streckte ihm die Hand entgegen. Amos sah schnell vom Vater zum Sohn. Auch er errötete, umarmte aber dann den älteren Jüngling mit der gleichen Würde und erwiderte: „Ich begrüße meinen Vetter Enoch ben Saul. Schalom, Vetter Enoch."

Saul lächelte sein altes strahlendes Lächeln. „Nenne ihn Boreas", sagte er, „denn wie der Wind fährt er über das Land und bearbeitet es fürsorglich." Er legte den Arm um seinen Sohn, und so standen sie Seite an Seite vor den Freunden.

Lucanus konnte seine Belustigung kaum verbergen. Er hatte in all den Jahren viel über Saul gehört, denn die Lästerzungen in Jerusalem und Damaskus waren nicht untätig gewesen. Er hatte nicht alles geglaubt und sich auch mit seiner Meinung zurückgehalten, als Simon Petrus einmal sagte: „Die Juden wie auch die Nazarener nennen ihn ‚den großen Renegaten'. Ich vertraue ihm nicht ganz. Er ist ein heftiger und leidenschaftlicher Mann und will immer recht behalten. Er ist ungestüm und ungeduldig und unmäßig. Zwar strebt er jetzt nach Demut, legt aber in Gegenwart von Menschen niedrigeren Standes eine Arroganz und ein herablassendes Gehabe an den Tag, wie es einem Jünger des Messias übel ansteht."

Mag sein, dachte Lucanus, daß an all diesen Gerüchten über Saul ben Hillel etwas Wahres ist, aber er ist ein furchtloser, mutiger Mann, der sich den Teufel um das Gerede und die kritischen Äußerungen anderer schert. Er steht stolz neben seinem Sohn und bekennt sich zu ihm.

Lucanus mußte an einen seiner Schwestersöhne denken, ein Bauer in der Campagna unweit von Rom, und erkannte in Boreas den gleichen Bauer, denn auch des hellhäutigen Boreas Arme und Beine waren von der Sonne gebräunt und geschwärzt und seine Handteller und Finger hart und schwielig. Sein Gesicht trug jenen friedfertigen, ruhigen, zuversichtlichen Ausdruck, wie er nur dem Landmann eigen ist. Er besaß jenes reine Wissen, das dem Städter für immer verschlossen bleibt.

„Deine Verbannung, die auch deine Lehrzeit war, ist jetzt vorüber", eröffnete Barnabas dem erfreuten Saul. „Du kommst mit mir und Lucanus nach Antiochia, wo wir die Menschen lehren, sie sehen machen und dem Messias zu Füßen legen wollen."

Saul war glücklich. Er bedauerte nur, seinen Sohn zurücklassen zu müssen. Die Tage vergingen, und er empfand einen schweren und überwältigenden Kummer, denn eine innere Stimme sagte ihm, daß er, nachdem er Kilikien verlassen hatte, Boreas nie wiedersehen würde. Er wußte nicht, woher ihm dieses Wissen kam, aber er hatte es schon lange aufgegeben, der Quelle seiner Intuitionen nachzuforschen, und so behielt er Boreas so viel wie möglich neben sich, wenn er mit seinen Freunden und seinem Neffen in seinem Hause saß.

Boreas konnte nicht begreifen, warum Lucanus, dieser vornehme griechische Arzt, und Barnabas, der verehrte Lehrer, Saul mit so ausgesuchter Ehrerbietung begegneten. Der scharfsinnige Boreas erkannte sehr schnell, daß es nicht sein Haus war, das sie beeindruckte, auch nicht sein Name und auch nicht sein Besitz — Lucanus besaß selbst ein ansehnliches Vermögen. Boreas, stets ängstlich besorgt, daß keiner seinem Vater die Achtung versagte, war erfreut und zufrieden, obgleich er nicht wußte, was die Männer zu ihrer ehrerbietigen Haltung bewog. Der Arzt war nicht weniger belesen als Saul, und Barnabas, in seinem Glauben nicht weniger streng und stark, dazu auch noch liebenswürdig und lustig, was man von seinem Vater nicht behaupten konnte. Dennoch saßen sie sozusagen zu Sauls Füßen, der sehr überzeugend und ausdauernd, stundenlang, ohne zu ermüden, zu sprechen verstand. Er sprach mit volltönender, eindrucksvoller Stimme, und keiner wagte es, ihn zu unterbrechen oder mit ihm zu rechten. Es war, als ob sie einem Weisen lauschten.

Kann es denn sein, fragte sich Boreas, daß er mit meiner Mutter lag, einem jungen Sklavenmädchen unbekannter Herkunft, und mich zeugte? Für den jungen Bauern wurde dieser Vater, der nur fünfzehn Jahre älter war als er selbst, zum Patriarchen, zum Propheten, zu einem zweiten Moses. Er wußte von der Erscheinung vor den Toren von Damaskus, denn Saul wurde nicht müde, in seliger Erinnerung daran zu schwelgen. Für Boreas allerdings war dieses nur eines von den vielen Wundern, die Er, der Barmherzige und Allgütige, vollbracht hatte, und Wunder waren ein wesentlicher Teil des starken Glaubens der Nazarener, die übernatürliche Wundertaten als alltägliche Zeichen ansahen, die vielen von ihnen gewährt wurden. Einige waren in den vierzig Tagen nach Seiner Kreuzigung mit Ihm gewandert, und noch viel mehr hatten den Auferstandenen von Angesicht zu Angesicht gesehen. Saul aber war nie mit Ihm gewandelt und hatte, anders als Barnabas, auch in Jerusalem nie zu Ihm gesprochen. Er war nicht an Seiner Seite über die langen, beschwerlichen Straßen gezogen, hatte nie im Staube Palästinas Lehren aus Seinem Mund empfangen. Dennoch spendeten ihm die Besucher Achtung und Ehrerbietung, wie man sie nur sehr weisen Männern erwies. Und ich bin seines Blutes! frohlockte Boreas und war stolz — ohne zu wissen, was ihn so stolz machte.

Eines Abends, die Besucher hatten sich schon zurückgezogen, sagte Saul unvermittelt zu seinem Sohn: „Bevor ich noch mit meinen Freunden abreise, mußt du heiraten, Boreas. Ich habe eine Frau für dich ausgesucht, die Tochter Judah ben Isaacs. Er ist der Sohn meines alten Mentors Reb Isaac, möge er in Frieden ruhen."

„Ich kenne weder das Mädchen noch die Familie!" rief Boreas aus.

„Bah!" machte Saul. „Ist das so wichtig?" Er brach ab, und einen Augenblick lang verdüsterte ein schmerzlicher Ausdruck sein Gesicht. „Ich kenne die Familie. Ich habe bereits bei Judah ben Isaac angefragt, obwohl wir, aus Gründen, über die ich nicht sprechen will, nicht mehr befreundet sind. Das Mädchen heißt Tamara, ist vierzehn Jahre alt, wunderschön und sittsam. Ihr Vater ist leider kein Geisteskind, doch ihre Mutter hat sie Anstand und weibliche Pflichten gelehrt, und das genügt für eine Frau. Frauen sind nun schon einmal schwache Werkzeuge und nicht zur Weisheit geschaffen. Das Mädchen bekommt eine beträchtliche Aussteuer, und Aussteuern sind nicht zu verachten. Genug davon. Es ist alles abgemacht."

Boreas brütete eine kleine Weile. Anders als in den Synagogen, war es den Frauen bei den Zusammenkünften der Nazarener gestattet, unter den Männern zu sitzen. Sie verhielten sich still und zurückhaltend, traten aber doch mit gemessener Würde auf. Die Männer behandelten sie nicht als Tieferstehende, sondern als Schwestern, die in gleicher Weise an der Liebe des Messias teilhatten. Schon manch hübsches Gesicht hatte Boreas' Aufmerksamkeit erweckt. Er lehnte sich dagegen auf, daß sein Vater ein ihm unbekanntes Mädchen für ihn ausgesucht hatte und nun erwartete, daß sein Sohn es gehorsam zur Frau nehmen und es bis zum Tag der Hochzeit nicht einmal zu Gesicht bekommen würde. Boreas tat der mehr oder minder geringschätzige Ton leid, der sich in seines Vaters Stimme stahl, wenn er von Frauen, selbst von nazarenischen Frauen, sprach.

„Ich werde dieses Mädchen nicht zur Frau nehmen, bevor ich sie nicht von Angesicht gesehen habe", sagte Boreas. „Ich könnte nicht mit einer leben, die mich abstößt."

„Frauen", erwiderte Saul, „sind dazu da, ihrem Vater, ihren Brüdern und, vor allem, ihrem Gemahl zu gehorchen. Sie sind von Natur aus dazu bestimmt, zu heiraten und ihrem Gatten Kinder zu schenken. Sind wir denn Römer oder Griechen, daß wir es zulassen sollten, daß sich unsere Frauen keck und schamlos auf Straßen und Seitenwegen, auf dem Marktplatz, in Banken und Handelshäusern zeigen? Nein!"

Boreas, der die Gewohnheit seines Vaters teilte, seinen Gedanken voreilig, ohne zu überlegen, Ausdruck zu verleihen, erwiderte in bitterem Ton: „Du denkst dabei an meine Mutter!"

Saul erbleichte vor Zorn. Dann aber dachte er, ‚es ist wahr, und ich habe meinen Sohn verletzt'. So sagte er also mit sanfterer Stimme: „Ich werde es einrichten, daß du das Gesicht dieses Mädchens — aus einiger Entfernung — sehen kannst. Dann wollen wir beide mit ihrem Vater sprechen, obzwar der zukünftige Ehemann üblicherweise nicht an einem Gespräch zwischen Vätern teilnimmt. Solltest du sie wirklich abstoßend finden, brauchst du sie nicht zu heiraten, obgleich ich es wünschte und als dein Vater sogar darauf bestehen könnte."

Denn Saul dachte jetzt mit gemischten Gefühlen, mit Bedauern und schwermütigem Ergötzen, daran zurück, wie er seines Vaters Geheiß, Elischeba zu heiraten, Trotz geboten hatte.

So wurde es also eingerichtet, und Boreas erspähte aus einiger Entfernung eine Jungfrau mit dem Antlitz einer Lilie, mit Augen wie dunklen Sternen, und einem heiteren, scheuen Lächeln, und sogleich liebte und begehrte er sie. „Ich werde das Mädchen heiraten, wenn es dein Wunsch ist, Vater", sagte er später zu Saul und mühte sich, so zu tun, als ob er sich als gehorsamer Sohn in das Unvermeidliche füge.

So wurde Tamara bas Judah Boreas versprochen und festgelegt, daß die Hochzeit vor Sauls Abreise nach Antiochia stattfinden würde. Boreas konnte von der Ahnung seines Vaters, daß sie sich niemals wiedersehen würden, nichts wissen, und auch nicht, daß Saul seinem Sohn alles Glück wünschte, das eine Frau und eine Familie ihm schenken konnten.

„Du wirst mit deiner Frau in diesem Hause leben, das ich dir vermacht habe", sagte Saul. „Das Haus, und alles, was ich besitze, gehört dir."

Ein Gespräch, das Saul mit Lucanus und Barnabas führte, verwirrte Boreas, denn es war das erste Mal, daß die beiden Freunde Saul mit kühlen Blicken maßen.

Sie saßen im Garten von Sauls Haus. Es war spät am Nachmittag, die Hitze des Tages geschwunden. Der blaue Himmel und einige wenige rosige Wölkchen, die aus Ebenholz geschnitzte, geschwungene Brücke mit ihren Drachengestalten, die weißen und schwarzen Schwäne, die zusammen mit den Enten über das Wasser glitten, alles spiegelte sich in makelloser Zeichnung im blauen, völlig stillen Teich. Starr und unbeweglich, wie gemalt, standen die schwarzen Zypressen. Schon trugen die Palmen schwer an gelben Trauben von Datteln, rote Granatäpfel hingen zwischen ihren grünen Blättern, goldene Feigen zerrten an den Zweigen, und die Zitronen leuchteten gelb unter dem schimmernden Laubwerk hervor. Wie weißes Feuer glitzerten die Springbrunnen in der Sonne und blendeten das Auge, und Wellen von weißen und roten und purpurnen Blüten rieselten über die Mauern. Wie achtlos hingeworfene Rubine funkelte der rote Kies auf den Wegen, die sich durch Gras und Blumenbeete wanden, die trotz des vorgeschrittenen, heißen Sommers ihre bunte Pracht erhalten hatten. Friedlicher Glanz lag schimmernd über dem Garten.

Erfrischungen zur Hand, saßen Saul, sein Sohn, sein Neffe und die Gäste unter der breiten Markise und sprachen über die Verbreitung der Lehre in Griechenland, Rom, Afrika und Kleinasien. „Die Botschaft des Heils", meinte Lucanus, „reist auf den Flügeln des Morgens und auf den Wolken der Nacht." Auch die großen römischen Straßen, die schnelles Vorwärtskommen und die Verbreitung von Gerüchten begünstigten, hatten etwas damit zu tun, wie auch der bedeutende Handelsverkehr zwischen Ost und West, dessen Fäden in Judäa zusammenliefen. „Es war der richtige Zeitpunkt in der Geschichte", meinte Saul mit jener freudigen Erregung in der Stimme, die seinen Zuhörern nun schon vertraut war. Er brannte darauf, sich aufzumachen und gemeinsam mit Barnabas neue Gemeinden einzusetzen, die jungen Gemeinden zu festigen und ihnen Mut zuzusprechen, Streitigkeiten zu schlichten und alle, die hören wollten, an seinen Offenbarungen teilhaben zu lassen. (In der Tat, es gab schon damals Streitigkeiten, denn wie Heuschrecken erhoben sich allerorts neue Erklärer und Ausleger mit unterschiedlichen Meinungen und Beweisführungen. Barnabas gab seiner Sorge Ausdruck, aber Saul nahm die Lage nicht tragisch. „Man muß sie nur auf ihre Fehler hinweisen und ihnen alles richtig erklären", meinte er. Barnabas hoffte sehr, daß es sich so verhalten möge.)

Wie Saul da in seinem Garten saß, überkam es ihn mit schmerzlicher Gewißheit, daß es nun damit bald ein Ende haben würde. Seitdem er den Messias geschaut hatte, waren seine Augen so viel schärfer geworden, daß ihn die Schönheit der Welt immer wieder von neuem begeisterte und er, dem dies einst sündhaft erschienen war, sie nun mit andächtiger Verehrung bewunderte.

„So wie Elias im Feuerwagen gen Himmel fuhr", erzählte Barnabas, „und der Herr vor unseren Augen auferstand, so wurde uns auch Maria entrückt, als sie im Hause des Johannes starb. Wir waren anwesend, als sie verschied. Mit Gewürzen bedeckt, wurde sie in das Leichentuch gehüllt. Betend knieten wir an ihrem Lager, als sich ein starkes Geräusch erhob — stärker als jeder Donner, denn das kleine Haus schwankte — und ein Licht aufstrahlte, das heller war als die Sonne. Stumm und blind fielen wir vornüber, unsere Stimmen verließen uns. Als wir aus unserer Betäubung erwachten, war das Bett leer, nur von einem schimmernden Glanz erfüllt, der vor unseren Augen langsam dahinschwand."

Während alle anderen in andächtigem Gedenken die Köpfe senkten, gab Saul seinem Unglauben Ausdruck. „Was denn!" rief er. „Einem einfachen Weib sollte so göttliche Ehre zuteil geworden sein? Das glaube ich nicht! Ihr wart vom Schmerz überwältigt und erwartetet ein Wunder —"

„Und wohin sollte dann ihr Leichnam verschwunden sein?" fragte Barnabas.

„Wer weiß?" antwortete er achselzuckend. „Die, die ein Wunder herbeisehnten, oder ein bedeutungsvolles Zeichen des Himmels sichtbar werden lassen wollten, trugen sie fort, während ihr ohne Bewußtsein dalagt."

Er erinnerte sich plötzlich, daß er ähnliche Gedanken geäußert hatte, als Titus Milo ihm von der Auferstehung des Messias berichtet hatte. Aber auch das beschwichtigte seinen Zorn nicht. Von Leah und Judith, Rachel und Ruth und Sarah abgesehen, gab es nur wenige, die man als Mütter Israels bezeichnen konnte, und keine von ihnen, so verdient sie auch gewesen sein mochten, war solch göttlicher Gunst teilhaftig geworden. Unzählige Male hatte er am Grab Rachels in Jerusalem gebetet und dabei gedacht, daß sie trotz ihres Adels, trotz ihrer erhabenen Größe faulte wie Millionen Frauen vor ihr. Gewiß, Maria war unter allen Weibern auserwählt worden, den Messias zu gebären, hatte Ihn in ihr Fleisch gehüllt und Ihm von ihrem Blut und ihrer Milch gegeben, war aber doch nur, wie Lucanus ihm berichtet hatte, ‚die Magd Gottes', ein einfaches galiläisches Mädchen vom Stamm David gewesen. Sie war nur ein Weib gewesen, ein anfälliges Werkzeug, ein Fluß, auf dem die Gnade wie ein weißes Schiff dahingeglitten war. Seit wann wird Ehre dem Wasser zuteil, das Segel und Fahrgäste trägt? Der Fluß ist nur ein Mittel zum Zweck.

Dies war der Zeitpunkt, da ein kalter Schatten der Betrübnis über die Gesichter seiner Gäste glitt.

„Du hast eines vergessen", sagte Barnabas. „Selbst Gott erbat ihre Zustimmung — die Einwilligung eines jungen Mädchens, das eben erst ihre Geschlechtsreife erlangt hatte — Seinen Sohn zu gebären! Dieses jungfräuliche Geschöpf war uns von Anbeginn der Zeit angekündigt worden. Sie nährte Ihn an ihrer Brust, sie lehrte Ihn gehen, sie hörte Seine ersten kindlichen Worte. Sie schnitt Ihm Sein Kleidchen, sie wiegte Ihn in ihren Armen, sie plapperte mit Ihm, wie nur Mütter zärtlich mit ihren Kindern zu plappern verstehen. Sie kochte Sein Fleisch und Seinen Fisch und sie buk Sein Brot. Sie molk die Ziegen für Ihn und sammelte Früchte. Sie befriedigte die Bedürfnisse Seines menschlichen Leibes. Dreißig Jahre lang war Er nur ihr Sohn. Welch herrliche Offenbarungen müssen ihr zuteil geworden sein! Und wie muß sie über Seiner Wiege gegrübelt und geweint haben, weil sie wußte, daß Er sie, um der Menschheit die Botschaft des Heils zu bringen, eines Tages verlassen und eines grauenhaften Todes sterben würde. Die Apostel, aber auch Lucanus, haben uns davon berichtet. Auf ihr liebendes Geheiß vollbrachte Er Sein erstes Wunder!

Er war es, der sie der Menschheit zur Mutter gab, als Er sterbend am Kreuz hing. Sie war zugegen, als der Heilige Geist in Feuerzungen über Seine weinenden Apostel und Jünger ausgegossen wurde. Loderte das Feuer nicht auch über der Mutter?

Sie war kein ‚einfaches Weib', Saul. Sie war die Mutter Gottes. Er liebte sie, bevor er andere liebte, die Seines menschlichen Fleisches waren. Als Kind lief Er neben ihr her. Er war, was Seine Ernährung betrifft, völlig von ihr abhängig. Wir Menschen lieben und verehren unsere Mütter. Um wieviel mehr noch muß der Messias Seine Mutter lieben und segnen! Gott ist nichts unmöglich. Wenn es Ihm gefiel, ihren reinen Leib zu Sich emporzuheben, wie Er den Messias zu Sich genommen hatte, wer sollte Seinen Willen bezweifeln? Auch wenn sie nur ein Weib war", schloß Barnabas, aus dessen Zügen alle Heiterkeit geschwunden war.

Saul überlegte. Widerstrebend ließ er Barnabas' Argumente gelten. Die Begebenheit war in geheimnisvolles Dunkel gehüllt. Und doch: Maria war eine Frau gewesen, und Frauen, selbst die Mütter Israels, hatten nun schon einmal bei Patriarchen und Propheten kein hohes Ansehen genossen. Ihrer Veranlagung nach waren sie für Schwächen des Fleisches und des Willens anfällig. Er dachte an seine eigene Mutter, an Dacyl und andere Frauen, die seinen Weg gekreuzt hatten.

Dann erinnerte er sich des Tages, da er als Jüngling Maria in Jerusalem gesehen hatte, als sie, ermattet vor sich hindösend, auf ihren Sohn wartete. Er entsann sich der zärtlichen Verehrung, mit der der Messias ihr begegnet war: Er hatte ihr mit Seiner Hand Nahrung gereicht, Seiner Besorgnis um sie deutlich Ausdruck gegeben, sie mit ‚Emi' (Mutter) angesprochen. Durfte der Mensch es bekritteln, wenn Er Seine Mutter so ehrte und liebte? Hatte sie nicht selbst ausgerufen: „Von nun an werden alle Geschlechter mich selig preisen?"

Saul schüttelte den Kopf.

„Es ist ein Mysterium", murmelte er voll innerer Unruhe. „Ich muß darüber nachdenken."

Die Frauen genossen bei den Nazarenern gleiches Recht und gleiches Ansehen. Die Gläubigen kamen in den Häusern von Frauen und Müttern zusammen, um dem erbitterten Zorn ihrer jüdischen Brüder zu entgehen. Sie ehrten die Frauen, weil eine von ihnen den Messias geboren hatte. Saul rückte unruhig auf seinem Stuhl herum. Er mußte wirklich ‚darüber nachdenken'. In späteren Jahren sollte er den Frauen widerstrebend Geltung zumessen — aber immer nur widerstrebend.

Am Tag, bevor Saul Tarsus verließ, fand die Hochzeit Boreas', oder Enoch ben Sauls, mit Tamara bas Judah statt.

Ein nazarenischer Priester vollzog die Zeremonie, zu der nur Nazarener geladen waren, im Hause des Judah ben Isaac. Saul hatte die Stunde gefürchtet, da er Elischeba, der Tante der Braut, würde entgegentreten müssen, und doch auch die Gelegenheit herbeigesehnt, das geliebte Antlitz zum letztenmal zu Gesicht zu bekommen.

Elischeba jedoch befand sich nicht unter den Familienmitgliedern. Sie befand sich nicht unter den Gästen. Saul wagte nicht, nach ihr zu fragen, und niemand sprach von ihr. Es war, als ob es sie nie gegeben hätte.

Er hieß seinen Sohn, die Braut und die Gäste in seinem Hause willkommen und sah sie mit großer Betrübnis, denn abermals überkam ihn eine dunkle Ahnung, daß es kein Wiedersehen geben würde. Sein Weg lag nun klar vor ihm, der fortan unterwegs sein sollte. Er frohlockte. Als Mann aber, als menschliches Wesen, lastete Kummer auf seiner Seele.

XLI

In der Einsamkeit der Jahre in Tarsus war Saul langsam und unaufhaltsam wie der fallende Regen zu der Überzeugung gelangt, daß seine Mission in der Bekehrung der Heiden liegen würde. Immer wieder hatte er sich gegen diese Überzeugung gewehrt. Es gab andere Glaubensboten, andere Missionare, wenngleich ihre Arbeit unter den Heiden zugegebenermaßen nur spärliche Früchte getragen hatte. Unter den Bekehrten selbst waren es nur wenige. Die Juden, die ihm, Saul ben Hillel, mißtrauten, hörten nicht auf ihn, und die jüdischen Nazarener hegten ähnliche Abneigung gegen ihn. Sie hörten auf Missionare und Evangelisten, aber nicht auf ihn!

Barnabas, der nichts von den nur allmählich oder halb begriffenen Offenbarungen wußte, die Saul in den vier Jahren seiner Verbannung erhalten hatte, sagte zu ihm: „Du sollst die Heiden lehren und bekehren. Das ist deine Mission. Und das ist auch der Grund, warum unsere jüdischen Brüder, geheimnisvollen Eingebungen folgend, nichts mit dir zu tun haben wollen. Gott, gepriesen sei Sein Name, weiß, was nottut."

Und er fügte hinzu: „Mir, einem Juden von bescheidener Lebensführung und beschränktem Wissen, sind die Sitten und Gebräuche und die Denkweise der Heiden nicht so vertraut wie dir, Saul. Es fällt mir daher schwer, mit ihnen in Begriffen zu reden, die ihnen verständlich sind, Metaphern zu gebrauchen, die ihren Verstand nicht überfordern, und eine Sprache zu sprechen, die ihnen vertraut ist. Ich kann zu unseren jüdischen Brüdern sprechen, und sie verstehen mich, besonders die Gottesfürchtigen und die von niedriger Geburt. (Er unterließ es, darauf hinzuweisen, daß Sauls angeborene Ungeduld, seine Bildung und Gelehrsamkeit es ihm fast unmöglich machten, sich mit jenen Geringen, die nur wenig weltliches Wissen besaßen, zu verständigen. Er verlor zu schnell die Ruhe.)

„Du aber bist ein intelligenter Mann, griechischem und römischem Geist verbunden, und noch dazu ein pharisäischer Jude. Die Heiden, die auf mich und meinesgleichen nicht hören, werden dir ihr Ohr leihen. Immer besser verstehe ich, warum und wieso Gott dich erwählt hat, Saul ben Hillel! Wie wunderbar sind doch Seine Wege!"

Saul war nie im syrischen Antiochia gewesen. Es war der Geburtsort des Lucanus, der ihn und Barnabas bei verschiedenen Gelegenheiten begleiten sollte. „Mein Adoptivvater", hatte der Arzt mit einem Lächeln erzählt, das herzliche Zuneigung verriet, „haßte die Stadt und nannte sie ein verpestetes Drecknest, in der es nach Urin und Gosse und faulem Obst, nach Ziegen, Kamelen und Eseln, und nach ungewaschenen Menschen stank. Auch war sie für seine geistige Einstellung als Römer zu unruhig, zu heiß und zu fremd. Er war als Legat dorthin entsandt worden und haßte jede Minute, die er, wie er es bezeichnete, in der Verbannung leben mußte. Er war ein tüchtiger Verwalter, der edle Diodorus Cyranus, ein solider Römer alten Schlages, Patriot und, vor allem, Soldat. Ein Mann des Rechts und der Ehre, betete er die alten Götter an und gehorchte ihnen. Dafür achteten ihn die Bewohner Antiochias, wenn sie ihn auch nicht verstanden. Die Steuereinnehmer verabscheuten ihn. Für ihn bestand eine Sache völlig zu Recht oder völlig zu Unrecht; seine Handlungsweise entsprach dem Gesetz des alten Roms. Er war eine anachronistische Erscheinung in einer Welt leidenschaftlicher Verwirrung, in einem Dickicht einander widerstreitender Zungen. Seine Schlichtheit, die Lauterkeit seines Wesens, waren Menschen, die Kompromisse schlossen und Zugeständnisse machten, unverständlich. Mit seinem Tod ist die Welt ärmer geworden, und sie wird noch ärmer werden in einer Zukunft, die Menschen seiner Art nicht mehr kennt."

„Gewiß wird Gott neue Geschlechter heranziehen, die ihm ähnlich sind", meinte Saul.

Lucanus schüttelte den Kopf. „Wer kann das wissen? Rom liegt im Sterben, und mit ihm auch der römische Geist."

Obwohl Saul sein Leben lang Meinungen anderer und ihre Eindrücke von der Welt, weil zu subjektiv, mit Argwohn betrachtet hatte, mußte er zu seinem Schrecken feststellen, daß Antiochia noch ein wenig schlimmer war, als Lucanus es beschrieben hatte; er konnte dem römischen Legaten Diodorus Cyranus nur zustimmen.

Natürlich waren die Römer hier ebenso allgegenwärtig wie in Jerusalem, und die Schwärme von Beamten machten sich ebenso unangenehm bemerkbar. Alles und jedes wurde von diesen Bürokraten geregelt und überwacht, gelenkt und in kleinlicher Weise überprüft. Ihre peinlich genauen Aufzeichnungen, hatte Lucanus bedauernd hervorgehoben, registrierten jedes Haustier, jede Tunika und jeden Stuhlgang der Einwohner. Es gab ganze Gebäude, in denen sich diese Aufzeichnungen häuften und die Bürokraten wie Ameisen rackerten. Für diese Leute waren Menschen nicht Menschen, sondern Pergamentbogen und Zahlen in Aufzeichnungen. „Große Reiche", sagte Lucanus, „werden schwerfällig und übergewichtig, bis sie eines Tages unter der Wucht ihrer Verordnungen und Vorschriften zusammenbrechen. Sobald eine Nation einmal die Achtung vor dem Individuum verliert und nur noch der Masse huldigt, ist es um sie geschehen." Sein kaltes griechisches Lächeln spielte um seinen Mund. „Das behauptete mein Vater immer, und er hatte recht."

„Wir haben die römischen Beamten auch in Judäa", sagte Saul. „Aber sie sind darauf bedacht, nicht zu weit zu gehen. Wir sind ein sehr temperamentvolles Volk."

„Die Leute von Antiochia ziehen es vor, Feste zu feiern, zu krakeelen und mit Frauen zu liegen", sagte Lucanus. Sein Lächeln wurde ein wenig breiter, als er Saul ansah. „Darum bekämpfen sie die Steuereinnehmer und die anderen Bürokraten nicht offen. Es ist ein Spiel: sie sind bestrebt, die Römer an Schlauheit zu übertreffen, sie übers Ohr zu hauen. Das ist, finde ich, ein klügeres System."

Er war Saul bisher erst zweimal begegnet und hatte ihn bei jeder Gelegenheit von einer anderen Seite kennengelernt. Seit seiner Ankunft in Tarsus hatte Saul ihn des öfteren mit noch anderen Facetten seiner Persönlichkeit verblüfft, von denen einige im Gegensatz zu jenen standen, die er die beiden ersten Male erkannt zu haben glaubte. Das Wesen des Mannes war außerordentlich vielgestaltig, so unerschrocken, tapfer, freimütig und ohne Falsch er auch scheinen mochte. Von löwenhaftem Aussehen und Charakter, war er doch gewitzt und wandelbar, veränderlich und immer der gleiche. Er stand neben dem fröhlichen, schlichten Barnabas wie ein stämmiger Bulle neben einem freundlichen, zarten Kind. Er war Barnabas offensichtlich sehr zugetan, aber wenn die drei Männer plaudernd beisammensaßen und Barnabas eine naive Bemerkung machte, schätzte Saul diese Naivität oft nicht so richtig ein wie Lucanus, der darin nur einen Beweis für Barnabas' gütiges und offenherziges Wesen erblickte. Schnell gereizt, runzelte er die Stirn, womit er Barnabas verletzte. Sah er, daß er seinem Freund weh getan hatte, bereute er es sofort, wechselte aber hastig das Thema, als hielte er Barnabas für zu beschränkt, um sich mit ihm vernünftig über die Sache zu unterhalten — womit er ihn noch mehr kränkte.

Die drei in allem so verschiedenen Männer waren durch Bande aneinandergefesselt, die stärker waren als Fleisch und Blut oder bloße Freundschaft oder menschliche Zuneigung. Die Bande waren unsichtbar, aber mächtiger als Fels und Stahl. Sie waren Zeugnis und Beweis einer Liebe, wie Menschen sie nicht tiefer zu empfinden vermochten, und eines Glaubens, den auch der Tod nicht besiegen konnte. Sie gehörten mit Leib und Seele dem Messias. In einem Brief schrieb Saul in späteren Jahren: „Ich bin durch das Gesetz dem Gesetze entstorben, auf daß ich Gott lebe; mit Christo bin ich gekreuzigt. Ich lebe, doch nicht ich, sondern Christus lebt in mir; was ich noch lebe im Fleische, das lebe ich im Glauben an den Sohn Gottes, der mich geliebt, und Sich Selber für mich hingegeben." Darum waren Lucanus und Barnabas für Saul nicht gesonderte Einzelwesen, sondern in der Liebe und Erlösung Gottes untrennbar mit ihm verbundene Gefährten. Auch sie sahen ihn in diesem Licht. Andere, die ihren Glauben nicht teilten, verdienten ihre Tränen, ihre Gebete und ihr Mitleid, war es doch Gottes Wille, daß sie aus dem Dunkel, in dem sie lebten, errettet werden sollten!

In Antiochia wurden die Nazarener zum erstenmal „Christen" genannt — von griechischen Spaßvögeln, denn „Christus" heißt auf griechisch „der Gesalbte". Es lag nicht immer Achtung in dieser Bezeichnung, und häufig genug Spott, denn die Griechen meinten, die Nazarener nähmen sich selber und ihre Sendung zu ernst. Soweit sie ihnen überhaupt Beachtung schenkten, betrachteten die Griechen die Götter als schöne Symbole. Viele zweifelten an ihrer Existenz, andere fanden sie lächerlich. Da nun den Nazarenern in Antiochia — wie auch anderwärts — nur das ewige Leben jenseits des Grabes am Herzen zu liegen schien, waren sie emsig bemüht, ihre Mitmenschen für das Kreuz zu gewinnen — schon allein ein unheilverkündendes Symbol! Da sie es aber anscheinend nicht verstanden, nach Art gewöhnlicher Leute glücklich zu sein, und da sie weder Vergnügen noch Schönheit suchten, wurden sie von den Griechen ungeduldig und achselzuckend stehengelassen oder als Menschen bemitleidet, denen es an der Fähigkeit mangelte, an etwas Freude zu haben und das Leben zu genießen. Dazu kam noch, daß es fast ausschließlich Juden waren, und die Juden hatten ja schon immer den Ruf, daß sie über die Grenzen der Welt hinausstarrten, um ihren Gott zu betrachten — eine wahrhaft langweilige Beschäftigung!

Die gleiche Haltung, nur mit etwas weniger Toleranz, nahmen auch die pragmatischen Römer gegenüber den Christen ein. Für die Römer besaßen sie eine einzige Tugend: sie bezahlten ihre Steuern in voller Höhe, ein erstaunliches Phänomen, das nicht einmal die Römer selber praktizierten. Von dieser verwunderlichen Tugend abgesehen, waren sie nicht nur den Römern, sondern auch den zahlreichen anderen in Antiochia beheimateten Rassen, einschließlich Persern, Syriern, Ägyptern und Hindus und den tausenden dunkelhäutigen, scharfäugigen Angehörigen von Wüstenrassen, zu passiv, zu freundlich, zu sanft und zu friedlich. Gewiß, es gab nicht sehr viel Nazarener oder Christen in Antiochia, aber auf schier unerklärliche Weise schienen sie überall zugleich zu sein. Sie waren harmlos, aber aufdringlich — genießerisch aufdringlich — und sorgten sich nicht etwa um ihre eigene Person oder um Geschäft und Profit oder Feste und Feiern, sondern um lebensfremde Dinge, die einfach zu wunderlich und exzentrisch waren, als daß ein einfacher Mann dafür hätte Verständnis aufbringen können. Gerade diese Harmlosigkeit, ihr zögerndes, zaghaftes Lächeln verärgerte die Leute. Deshalb wurden sie häufig in aller Öffentlichkeit beleidigt, in ihren armseligen kleinen Läden schamlos übers Ohr gehauen und ganz allgemein weidlich ausgenützt. Der christliche Sklave diente mit übereifriger Unterwürfigkeit und zog sich damit den Abscheu der anderen Sklaven und eine noch ausgeprägtere Geringschätzung seitens seines Herrn zu. Es war bekannt, daß man einen Christen ins Gesicht schlagen konnte: der arme Wurm setzte sich nicht einmal zur Wehr!

Doch die stillen Wasser begannen auf kaum merkliche Weise ihre Spuren auf den Steinen der Geschichte zu hinterlassen.

In diese östliche Stadt also, diese sinnesfrohe, lärmende, rastlose, schmutzige, heißblütige Stadt, kam Saul von Tarsus, um die jungen Gemeinden anzufeuern und zu ermutigen. Er war etwas Neues für die römischen und griechischen Bürger von Antiochia: eine feurige Erscheinung von bezwingender, beherrschter, aber deutlich erkennbarer Leidenschaftlichkeit, ein von Hochmut und Stolz erfüllter, von nervöser Unruhe getriebener Jude, bartlos, mit strahlenden blauen Augen, von dem eine geheimnisvolle Kraft ausging. Kein Mann niedriger Herkunft, sondern eine Persönlichkeit von Bildung und Macht, reich und von weltstädtischer Gewandtheit. Seine rote Mähne, nun schon mit grauen Streifen durchzogen, seine Art wie auch seine Stimme fesselten jedermanns Aufmerksamkeit. Seine schroffen Gesten und seine Selbstsicherheit hatten etwas Soldatisches an sich. Das Gerücht, er verdiene sich sein Brot als Zeltmacher und Weber von Ziegenhaar, wiesen Römer und Griechen als absurd zurück.

Dieser Mann war weder sanftmütig noch weichlich, wich auch vor dem Kecksten keinen Fußbreit zurück, konnte wütend aufbrüllen und schien jederzeit zu gewaltsamem Vorgehen in Wort und Tat bereit. Er war Christ, aber, bei allen Göttern!, nicht von der Art, wie man sie bisher in Antiochia gesehen hatte!

Römer und Griechen waren nicht die einzigen, die so urteilten. Die Christen selbst machten bald die gleiche Entdeckung und waren nicht gerade erbaut davon.

Er kam zu der jungen Gemeinde in Antiochia — dieser nach Urin stinkenden, ebenso dreckigen wie lärmenden, kunterbunten Stadt der Diebe, Halunken und Wegelagerer, der Stadt übermäßigen Reichtums und trostloser Armut — nicht, um nur zu predigen, sondern, wie sich nach kurzer Frist herausstellte, um das Kommando über die Gemeinde zu übernehmen. Es war in Antiochia, daß er das erste Mal zu einer christlichen Gemeinde sagte: „Möget ihr auch zehntausend Erzieher in Christo haben; aber Väter habt ihr nicht viele; denn ich bin in Christo Jesu durch das Evangelium euer Vater geworden. Daher bitte ich euch, bildet euch nach mir! Was wollet ihr? Soll ich mit der Zuchtrute oder mit Liebe und im Geiste der Sanftmut zu euch kommen?“

Er bekam seinen ersten Streit mit der Gemeinde, als er festlegte, daß heidnische Bekehrte nicht Juden zu werden brauchten, um sich zu Christum zu bekennen. Die große Mehrheit der jüdischen Christen gab ihrem Unmut so lautstark Ausdruck, daß auch Heiden, von dem Lärm angelockt, herbeikamen. „Ich wünschte“, sagte Saul zu diesen Heiden, „daß die, die euch in Unruhe versetzen, sich selbst verstümmelten!“ Nicht weniger sarkastisch äußerte er sich gegenüber jenen Christen, die an ihrer Meinung festhielten, ein wahrer Christ müsse demütig und bescheiden wie ein Sklave leben und dürfe keinen Anstoß erregen. Wie er solchen Leuten in späteren Jahren immer wieder zornig entgegnete: „Kluge Leute wie ihr haben ja gerne Geduld mit Toren! Ihr lasset es euch ja gefallen, wenn man euch zu Sklaven macht, wenn man euch aufzehrt, wenn man euch das Eure nimmt, wenn man sich überhebt, wenn man euch ins Gesicht schlägt!“

Unter den Christen Antiochias gab es viele, die Saul noch mehr zur Verzweiflung brachten als manche Nazarener in Jerusalem. Dazu kam noch, daß er mit seiner brüsken Art, sich über ihre unterschiedlichen Meinungen und übertriebenen Skrupel hinwegzusetzen, auch die Presbyter vor den Kopf stieß. So jung die Gemeinde auch war, sah sie sich bereits von einer Unzahl von Erklärern und Auslegern bedrängt, die sich auf göttliche Inspirationen beriefen und behaupteten, daß jeder, der ihre Meinungen mißachte, in der tiefsten Tiefe der Hölle werde brennen müssen. Saul griff sie mit ebenso rücksichtsloser wie vernichtender Vehemenz an.

„In Jerusalem“, beklagte er sich bei Lucanus am Abend vor der Abreise des Griechen nach Philippi, „waren viele der ersten Nazarener gebildete und gelehrte, weitgereiste Männer von intellektuellem Format und kamen aus angesehenen Familien. Hier in Antiochia aber haben wir es ausschließlich mit Einfaltspinseln, Analphabeten und schläfrigen Dickköpfen zu tun.“

Lucanus besaß weit mehr Erfahrung mit ungebildeten, einfachen Leuten als Saul und wußte daher auch besser als Saul, daß solche Menschen, sobald man ihnen auch das unbedeutendste Amt übertrug, sich anmaßender gebärdeten als einer, der von Geburt aus zu Großem berufen war. Auch war Lucanus mitfühlender, andererseits aber weniger schnell bereit, seine Liebe bedenkenlos zu verschenken. „Sprich doch sanfter und ein wenig versöhnlicher, lieber Saul“, riet er ihm, als sie einmal in ihrer ärmlichen Kammer in einer elenden Herberge saßen. „Und langsamer und ohne gelehrte Worte. Der einfache Mann besitzt nur geringen Verstand, er ist leicht verletzt, neigt zu sinnlosen Wutausbrüchen und vermag einer kniffligen Beweisführung nicht zu folgen. Er neigt dazu, sich über den Redner lustig zu machen und es ihm zu verübeln, wenn er ihn nicht versteht. Sprich zu ihnen wie zu törichten Kindern, sprich mit weniger Hast und gebrauche einfache Worte."

Unter den Christen ging das Gerücht um, Saul und Lucanus besäßen beachtliche Reichtümer. Warum lebten sie dann so kümmerlich? Lucanus war Grieche und Nichtjude, und Nichtjuden taten ja oft unverständliche Dinge, Saul aber Jude und sogar Pharisäer. Das verwirrte die Christen. Es war allgemein bekannt, daß die beiden Männer der jungen Gemeinde großzügige Spenden gaben und Zehnten an die Gemeinde in Jerusalem sandten — ein zweifellos beispielhaftes Verhalten. Aber Sauls Mildtätigkeit brachte ihm weder Anerkennung noch Dankbarkeit. Waren denn die Christen nicht eine Gemeinschaft, in der jedermann mit seinem Bruder teilte? Hatten die Armen denn nicht durch die bloße Tatsache ihrer Existenz, verdient oder unverdient, Anrecht auf den Besitz der Reichen? Daran glaubten sie in aller Unschuld, obgleich ihre Einstellung den Lehren einiger Presbyter widersprachen. Wenn Saul ihnen zurief — wie er schon in Jerusalem gerufen hatte —, „Wer nicht arbeitet, soll auch nicht essen!", nahmen sie Anstoß an seiner Mahnung. (Allerdings pflegten die Christen Antiochias weniger herumzusitzen und auf die unmittelbar bevorstehende Rückkunft des Messias zu warten, und neigten eher dazu, sich ihr Brot zu verdienen.)

Weil er ein „Fremder" war, zeigten sie Respekt vor Lucanus mit seiner kühlen, zurückhaltenden Art. Viele der jüdischen Christen hegten immer noch die Überzeugung, daß ein Nichtjude mit Einschränkungen und einiger Vorsicht zu genießen sei, auch wenn er Christ war. „Respektiert sie, aber mißtraut ihnen!" hatten ihnen ihre Väter in bezug auf Nichtjuden geraten, und die Nachkommen hielten sich immer noch daran. Andererseits mochten die wenigen Griechen und Syrier und die anderen „Fremden" unter den Christen eine zweifelnde, wenn auch leise Geringachtung für ihren nichtjüdischen Bruder Lucanus empfinden, der zwar reich war, sich aber nicht zu ihnen, den Armen, herabließ, wenngleich er ihnen seine Börse wie auch sein Können bereitwilligst zur Verfügung stellte. Sie waren sich der Tatsache bewußt, daß christliche Nächstenliebe ihn zu dieser Haltung verpflichtete. Dennoch erschien sie ihnen irgendwie unglaubhaft, weil sie nicht nur christliche, sondern auch menschliche Überlegungen anstellten. Die Armen teilten mit den Armen, doch daß ein Reicher das gleiche tat, verwirrte die biederen und einfältigen Gemüter und verringerte ihren Respekt.

Antiochia war nicht nur eine Stadt der glühenden Sonne und einer nicht enden wollenden Hitze, in der die mit schwarzen Kopfsteinen gepflasterten Straßen mittags wie Feuer brannten, sondern auch eine Stadt der Mauern im orientalischen Stil, die abgeschiedene Gärten und Höfe einschlossen, eine Stadt gewundener Gäßchen, stinkender Gossen unter einem fahl lodernden Himmel, in der, von Gänsen und Tauben begleitet, Hunde und Kamele, Schafe und Ziegen frei herumliefen. Auch war es eine Stadt der Märkte, mehr noch als Jerusalem, und der Pöbel hier noch zuchtloser, lasterhafter und zotiger und über alle Maßen schamlos. Die Stadt schlief nicht. Der Klang von Flöten, Harfen, Zithern und Trommeln, wildem Gelächter, Geschrei, Gekreische und Gebell erfüllten die Nacht, die Schenken standen stets offen, und lärmende Zechbrüder in den Gewändern von Dutzenden von Völkern zogen weinselig durch die Straßen. Römische Wachen patrouillierten niemals allein, sie gingen immer zu zweit, zu dritt oder gar zu viert. Die Antiochener beschimpften und bespukten sie, aber sie meinten es nicht böse, und wenn die Römer nachsichtig lächelten, wurden sie oft, und sehr rasch, von denen, die sie eben erst beleidigt hatten, in die nächste Kneipe eingeladen. Arme über die Schulter gelegt, setzten sich alle zum Wein. Antiochia war auch ein bedeutender Flußhafen, in dem Schiffe aus aller Herren Länder vor Anker gingen.

„Du mußt doch zugeben, daß es eine farbenfrohe, ja eine reizvolle Stadt ist", sagte Barnabas, der die Neigung hatte, für alle und alles mildernde Umstände zu finden, so bedauerlich auch die Person, die Stadt oder der Brauch sein mochten.

„Sie stinkt", antwortete Saul.

„Wie ich höre, stinkt Rom auch nicht weniger", meinte Barnabas.

Die Christen trafen sich in verlassenen Ruinen am Stadtrand, auf Feldern, in Steinbrüchen, in Scheunen und in armseligen kleinen Häusern. Als Saul vorschlug, ein Gotteshaus zu errichten, erhoben einige Presbyter, die sein stürmisches Temperament schon kannten, den Einwand, der Herr habe von einem ‚Tempel, nicht von Menschenhand gebaut' gesprochen. Auch das war für Saul eine Quelle des Ärgers. Diese Leute verwechselten bildliche Ausdrücke mit der Wirklichkeit. Als der Herr gesagt hatte: „Selig, die nach Gerechtigkeit hungern und dürsten; sie sollen gesättigt werden", so war das Wirklichkeit und ein Versprechen für das Jenseits und die Zeit nach Seiner Rückkunft. Wenn Er jedoch in bildlichen Ausdrücken und geheimnisvollen Gleichnissen sprach — so einfach sie sich auch anhörten —, fanden viele Seine Worte verwirrend und mußten sie sich erst von weisen Männern erklären lassen. Nicht immer fielen die Erklärungen zu ihrer Zufriedenheit aus. Mit den Judenchristen hatte Saul weniger Schwierigkeiten, denn die Mysterien und Symbole der heiligen Schriften und die vieldeutigen Worte der Propheten, die der

Erläuterung bedurften, waren ihnen wohl vertraut. Die bekehrten Heiden waren es, die sich hartnäckig an das Wort klammerten und den Sinn oft nicht einmal ahnten.

„Der Herr", erklärte Saul immer wieder, „sprach aramäisch, nicht griechisch oder lateinisch oder syrisch oder persisch oder ägyptisch oder parthisch. Es ist eine sehr komplizierte Sprache von großer geistiger Beweglichkeit mit vielen Symbolen und mannigfachen Deutungen."

So kaufte er also ein altes Wirtshaus für die Christen, riß die Innenwände nieder und machte ein Gotteshaus daraus. Er weihte es zusammen mit den Presbytern und stellte einen Altar auf, für den die Frauen ein Tuch aus derbem weißem Leinen woben und mit viel Liebe bestickten. Bei einem jüdischen Kaufmann, der feine Silberwaren feilbot, kaufte er zwei schöne siebenarmige Leuchter und hängte ein großes vergoldetes Kruzifix hinter den Altar. Anfangs zweifelten die Christen. Dann aber waren sie stolz auf ihr Gotteshaus.

Die Wesensverwandlung von Brot und Wein in den Leib und das Blut Jesu war ihnen schon vor Sauls Ankunft in Antiochia erklärt worden. Aber vielen kam die Sache nicht geheuer vor. „Dieses tut zu meinem Andenken!" hatte der Herr gesagt, meinten einige Presbyter. Dann erhellten sich ihre Züge. Aha! Sie warfen Saul triumphierende Blicke zu. „Das ist auch nur ein Symbol!" Vor Stolz schwoll ihnen die Brust: endlich hatten sie diesen überheblichen Mann erwischt.

Saul schüttelte seine rote Mähne. „Jetzt seht ihr überall dort Symbole, wo ihr welche sehen wollt. Aber das ist Wirklichkeit. Brot und Wein sind tatsächlich von der Substanz Christi. Auf aramäisch — und Ihm war keine andere Sprache geläufig — bedeuten Seine Worte nicht ‚Nachbildung der Wirklichkeit' oder Symbol, sondern die Wiederholung einer Wahrheit."

„Das ist wahr", bestätigten die jüdischen Christen und nickten mit den Köpfen. Damit gaben sie den Anlaß zu einer heftigen Auseinandersetzung mit ihren christlichen Brüdern, die kein Aramäisch verstanden. Fäuste wurden drohend erhoben, aber Saul lächelte nachsichtig; er fand den Disput erheiternd. Es waren alles brave, fromme Leute. Sie würden sich doch nicht wirklich schlagen — oder? Als einer es dann doch tat, verwies Saul den Mann für fünf Tage aus dem Gotteshaus. Die anderen aber schämten sich und baten Saul, ihm zu verzeihen.

Während Saul als Organisator, Ausleger und Hohepriester fungierte, machte Barnabas, immer fidel und munter, fröhlich und guter Dinge, liebenswürdig und versöhnlich, den Lehrer. Oft sorgte er dafür, daß dem gestrengen Saul eine Übertretung nicht zur Kenntnis gelangte, und ersparte so dem Sünder einen empfindlichen Tadel. Manchmal, wenn Saul sich in gedrückter Stimmung befand — was bei ihm nicht ungewöhnlich war —, öffnete er Barnabas sein Herz. Die göttlichen Gesetze, meinte er, seien makellos, aber es obläge keinem Zweifel, daß der Mensch nicht die Fähigkeit besäße, sie zu befolgen. Er selber, sagte er, dem die unaussprechliche Gnade einer Erscheinung zuteil geworden, der die Herrlichkeit des Messias geschaut und seine Offenbarungen von Ihm und nicht aus Menschenmund erhalten hatte, er verstünde seine eigenen Handlungen nicht. „Denn was ich tue, ist mir selbst unbewußt, weil ich nicht tue, was ich will; vielmehr das Böse, das ich hasse, tue ich. Denn nicht das Gute, das ich will, tue ich; sondern ich tue das Böse, das ich nicht will. Denn nach dem inneren Menschen pflichte ich dem göttlichen Gesetze bei. Aber ich bemerke in meinen Gliedern ein anderes Gesetz, das dem Gesetze meines Geistes entgegen ist und mich zum Sklaven des Sündengesetzes macht, das in meinen Gliedern herrscht. Ich unglücklicher Mensch! Wer wird mich von diesem Todeskörper befreien?"

„Wir sind alle Sünder", sagte Barnabas traurig.

„Aber wir sollten es nicht sein!" rief Saul. „Und ich wage es noch, diesen armen Geschöpfen Vorhalte zu machen, ich, der ich sündiger bin als sie! Denn ich ward über alle Maßen gesegnet und schaute mit meinen eigenen Augen."

„Es ist das Ringen unseres Geistes mit unserem Fleisch", gab Barnabas zu bedenken. „Gott, Sein Name sei gepriesen, hat dafür Verständnis. Er schätzt unsere kleinen Erfolge nicht gering. Er segnet sie und empfängt sie mit Liebe, denn Er weiß, wieviel sie uns gekostet haben. Die Taufe hat uns von der Erbsünde befreit. Wir —"

„Wir sündigen fröhlich weiter", sagte Saul, dieser so unfröhliche Mann. Doch die Gewalt seiner Stimme, die erstaunliche Überzeugungskraft seiner Lehre, sein intuitives Verstehen, seine Offenheit und die Tatsache, daß er nicht nur reich, sondern auch gebildet war, zerstreuten schließlich das Mißtrauen der Christen, vereinigten sie zu einer standhaften und erleuchteten Gemeinde, befreiten sie von abergläubischen Vorstellungen, steigerten ihre Liebe zu Gott und den Menschen und erfüllten sie mit Mut und Glaubenseifer. Nie beichteten sie ihm ihre kleinen Sünden — das war dem gütigen Barnabas vorbehalten —, aber sie vertrauten Saul wie keinem anderen, und als er sie aufforderte, unter die Heiden zu gehen und sie für den Messias zu gewinnen, fühlten sie sich geistig aufgerichtet und zu neuer Entschlossenheit ermutigt.

„Seid gerecht und wohlwollend, sanft und liebevoll, sprecht wahr und mit Ehrfurcht, seid leuchtende Säulen in der Finsternis, edelmütig und maßvoll in Worten und Betragen, seid freudig und laßt die anderen an eurer Freude teilhaben, meidet die unverhüllte wie auch die heimliche Sünde, betet und laßt an euren Gesichtern das Wunder erkennen, das unser Herr an euren Seelen vollbracht hat. So werdet ihr die Menschen für euch gewinnen können; von Staunen erfüllt, werden sie zu euch kommen, um Erleuchtung und Erlösung zu finden. Es ist eine böse Welt, in der wir leben. Wer den Weg weisen kann zu Frieden und Gerechtigkeit, zu Erlösung und Liebe und immerwährender Glückseligkeit, ist ein Bote des Heils, ein Diener Gottes. Denn er kommt nicht, um Geld oder Gunst oder ein Amt zu erbitten. Er bittet nur um Glück für die Seelen anderer. Das ist eine herrliche Bitte, wie sie nie zuvor geäußert worden ist; staunend und in ehrfürchtiger Scheu werden die Menschen davon Kenntnis erlangen."

Mit einem bisher nicht gekannten Eifer, bei der Arbeit und in ihrer Freizeit, widmeten sich die Christen der Bekehrung. Selbst Saul mußte ihre Ausdauer und ihre Begeisterung loben. Er sah sie als seine Kinder an und sich als ihren Vater, und er liebte sie von ganzem Herzen — auch wenn sie ihn ärgerten, was nicht selten der Fall war. Seiner eigenen Unvollkommenheit bewußt, konnte er die Fehler der anderen nicht ertragen. Er nahm sie ihnen übel — ihnen und sich selber.

XLII

Saul verließ den düsteren kleinen Laden, wo er die Erzeugnisse seines Webstuhls verkaufte, und begab sich durch die von Lärm und Geschrei erfüllten Straßen der Stadt zum Hause des berühmten ägyptischen Arztes Khefren, eines Freundes und Kollegen des Lucanus. Er war dem Arzt, einem großgewachsenen Mann von durchdringendem Verstand, dessen Gesicht ständig einen belustigten, zynischen Ausdruck trug, schon begegnet. Seine Haut war blaßbraun, die Augen seltsam geschlitzt, und das feine schwarze Haar schien auf seinen schmalen Schädel aufgemalt. Er hatte lange Hände von fremdländischem Aussehen, die Handflächen rot gefärbt und die Nägel lackiert, und machte den Eindruck, nicht nur sehr weise, sondern auch reich und verwöhnt zu sein — was er alles war. Es war nicht möglich, sein Alter zu erraten — er mochte vierzig sein. Doch wenn das Licht anders fiel, schien er alt. Er trug einen kurzen, spitzen, mit duftigem Öl gesalbten Bart.

Saul hatte ihn einmal in Lucanus' Begleitung gesehen, als er, Saul, in dem neuen armseligen Gotteshaus predigte, das die Christen mit soviel Stolz ihr eigen nannten. Er war in der schwitzenden Menge gestanden, der rote Schein der sinkenden Sonne hatte sein dunkles Gesicht erhellt, aber nichts als Neugier in seinen schwarzen Augen erkennen lassen. Er war kostbar, aber unauffällig gekleidet, trug ein tiefrotes und graues Gewand, eine ärmellose Weste aus blauem Brokat und einen kurzen Rock aus goldbestickter weißer Seide. An jedem Finger steckte ein wertvoller

Ring, eine kunstvoll gearbeitete goldene Kette hing an seinem Hals, und ein juwelenbesetzter Ring an seinem rechten Ohr. Obwohl er Ägypter war, saß ein kleiner Turban aus rotem, weißem und blauem Tuch auf seinem Kopf. Zahlreich waren die zaghaften, ängstlichen und wachsamen Blicke, mit denen ihn die armen Christen von Antiochia musterten, die sich hier zusammengefunden hatten, um zu beten und in brüderlicher Liebe an Leib und Blut ihres Herrn teilzuhaben. Als der Klingelbeutel herumgereicht worden war, hatte Khefren mit nachlässiger Geste einen kostbaren Ring und eine Handvoll römischer Goldsesterzen hineingeworfen. Den Umstehenden war angesichts dieser fürstlichen Spende der Atem gestockt. Er war wie ein sorgenvoller Pharao dagestanden, und es schien, als dächte er über Sauls Worte nach. Als die Gläubigen sich betend zum Altar begeben hatten, um den Segen und das Sakrament zu empfangen, war er verschwunden.

Er war noch zweimal gekommen und in Gedanken verloren wieder gegangen.

„Dein Freund, der ägyptische Arzt", hatte Saul Lucanus gefragt, „scheint von meinen und Barnabas' Worten beeindruckt zu sein. Hältst du es für möglich, daß wir ihn gewinnen können?"

„Ich glaube nicht", erwiderte der Grieche mit seinem bläßlichen kalten Lächeln, aus dem Saul niemals klug wurde. „Er hält dich für einen überragenden Redner. Du interessierst ihn. Er ist nicht nur Arzt. Die Religionen der Welt und der menschliche Verstand sind seine Studienobjekte."

Die Art, wie er seine Worte wählte, schien darauf hinzudeuten, daß er nicht willens war, weitere Auskünfte über seinen Freund zu geben, und Saul wollte nicht lästigfallen. Doch hatte er schon des öfteren von Khefrens ärztlicher Kunst gehört und sich deshalb an diesem Abend zum Hause des Ägypters aufgemacht, das von gelben Steinmauern umgeben war. Zwei uniformierte Wachen hüteten das eiserne Tor und kreuzten ihre Speere, als sie den ärmlich gekleideten Fremden vor sich sahen. Die roten Strahlen der Sonne färbten die Mauern und die steinige Straße, und die heiße Luft stank.

„Ich kenne den Arzt, euren illustren Herrn", sagte Saul ungeduldig, „und bitte euch, ihn wissen zu lassen, daß Saul von Tarsus ihn zu Rate zu ziehen wünscht."

Die Wachen verzogen geringschätzig den Mund. Einer aber antwortete: „Zu dieser Stunde empfängt er keine Kranken. Das tut er nur morgens. Überdies empfängt er nur solche, die zahlen können."

Darauf fixierte Saul sie mit seinen schrecklichen blauen Augen und wiederholte, ohne die Miene zu verziehen, sein Ersuchen. Der eine Posten verdrückte sich eilends, während der andere, die Speerspitze warnend auf Sauls Brust gerichtet, etwas verängstigt zurückblieb. Dann kehrte der erste zurück, nickte seinem Kameraden verlegen zu, worauf beide widerwillig das Tor öffneten und Saul in einen schönen kühlen Garten mit Springbrunnen und soeben angezündeten Laternen einließen. In der Ferne ertönte das Spiel einer Harfe. Er schritt den roten Kiesweg zum Portikus hinauf, dessen weiße Säulen im Licht der sinkenden Sonne golden schimmerten. Hier erwartete ihn ein Sklave, der sich vor ihm verbeugte, wobei er nach östlicher Art zuerst seine Stirn, dann seine Lippen und schließlich seine Brust berührte, als ob er in Saul einen geehrten Gast erkenne. Er geleitete ihn in das geräumige Atrium, in dem ein kleiner, exotisch duftender Brunnen das Wasser wie kleine Kristallstücke in die Luft schleuderte. Hier erwartete ihn Khefren, der sich vor ihm verneigte und ihm dann beide Hände entgegenstreckte. Er lächelte und begrüßte Saul in aramäischer Sprache: „Schalom. Willkommen in diesem Haus, Saul von Tarsus."

Er klatschte in die Hände und trug dem herbeieilenden Sklaven auf, Wein und Erfrischungen zu bringen. „Khefren", sagte Saul, „ich komme als Patient, nicht als Gast."

Khefren lächelte. „Aber ich empfange dich als Gast. Bitte nimm Platz."

Saul setzte sich in einen mit Perlmutter und Elfenbein ausgelegten Sessel aus Ebenholz. Er war müde, die Hitze plagte ihn, und der Luxus, der ihn umgab, brachte ihm zum Bewußtsein, welch beschwerliches Leben er führte. Er trank von dem würzigen Wein, der ihm in einem mit blauem, rotem und goldenem Email überzogenen silbernen Becher gereicht wurde, und aß etwas Zuckerwerk. Langsam erholte er sich wieder. Unterdessen plauderte Khefren amüsant über Antiochia und die Neuigkeiten aus Rom, die er lachhaft fand. Seine zynisch-bittere Miene ließ immer deutlicher erkennen, mit welcher Gleichgültigkeit er die Dummheit und die Torheiten der Menschheit beobachtete, und Saul stellte mit Unbehagen fest, daß der Ägypter, statt am Leben teilzunehmen, sich mit der Rolle des müßigen Zuschauers begnügte. Im Vergleich zu Khefrens Kleidung schien ihm seine eigene Gewandung die eines Sklaven oder Landarbeiters zu sein. Er glaubte mit einigem Ärger zu bemerken, daß Khefren ihn mit heimlichem Spott musterte.

„Saul ben Hillel", sagte schließlich der Ägypter, „du sprachst davon, daß du als Leidender zu mir gekommen bist. Ich habe einige von euch Christen sagen hören, daß alle Krankheiten ‚Sünden' wären, und daß nur böse Menschen körperliche Qualen erdulden müßten."

Jähzorn rötete Sauls Gesicht. Er stellte seinen Becher auf den schönen Tisch aus Zitronenholz nieder. „Daß sie doch immer wieder mißverstehen!" rief er. „Weil der Herr, nachdem er ein Wunder vollbracht hatte, zu dem Kranken sagte: ‚Stehe auf und sündige nicht mehr!', glauben sie nun, Er habe damit gemeint, man brauche keine Ärzte mehr, und gute Menschen würden nicht mehr von Krankheiten befallen! Sie begreifen nicht, daß Er ein zweifaches Wunder vollbrachte, von denen das eine nichts mit dem andern zu tun hat: Verzeihung für ihre menschlichen Sünden und Heilung für ihren Körper. Das sind zwei grundverschiedene Dinge. Erst gestern kam ein Mann in unser Gotteshaus, der über und über mit schmerzhaften Beulen bedeckt war, und es gab viele, die ihn aus der Gemeinde ausstoßen wollten. ‚Er ist ein Sünder', sagten sie, ‚und daher verflucht, sonst würden ihn die Beulen nicht plagen!' Zufällig kenne ich ihn: er ist ein sanfter, freundlicher Syrier und besitzt eine Schmiede. Ich schalt meine Gemeinde, aber sie maßen ihn mit finsteren Blicken, und nach dem Gottesdienst machten sich drei Presbyter an mich heran und wollten mit mir streiten." Saul schüttelte den Kopf. „Ich muß gestehen, ich hoffte, daß auch ihnen einmal etwas Ähnliches zustoßen würde — als Strafe für ihren Dünkel."

„Also wehe uns Ärzten", antwortete Khefren mit leisem Lachen, „wenn diese neue jüdische Sekte sich ausbreitet. Man wird uns zu Hausdienern degradieren, sofern man unsere Existenz überhaupt noch duldet."

Saul erschrak. Er runzelte die Stirn und rieb sich nachdenklich das Kinn. „So dumm können doch die Menschen nicht sein", meinte er schließlich.

„Mein lieber Saul", entgegnete Khefren. „Für die Dummheit der Menschen und die Folgen dieser Dummheit gibt es keine Grenzen. Alles verändert sich, ausgenommen die Natur des Menschen. Sie ist der große Fixpunkt. Ganze Völker mögen in Schutt und Asche fallen, aber unter den Ruinen kommt wieder der Mensch hervorgekrochen, mit seinen alten Fehlern, mit seinem alten Charakter beladen — oder gesegnet — und beginnt sogleich wieder aufzubauen, um das Gebaute neuerlich zusammenbrechen zu sehen. Ich finde das recht amüsant."

„Die Natur des Menschen läßt sich ändern", widersprach Saul, den die Entwicklung des Gespräches beunruhigte, „aber nur durch die Macht Jesu Christi und die Gnade Gottes, gepriesen sei Sein Name. In seinem Fleisch wird der Mensch von sich und von seinem Bruder abgetrennt. Das ist der geistige Tod, von dem der Herr gesprochen hat, denn Tod ist Sünde, und Sünde ist Tod. Das lag nicht in Gottes Absicht; der Mensch wollte es so haben, und Gott wollte ihn aus dem Verderben, aus dem Unglück erretten."

„So habe ich dich sagen hören", bemerkte Khefren. „Der Gedanke ist nicht neu. Bevor ihr noch ein Volk wart, wurde diese Theorie bereits von unseren gelehrten Priestern entwickelt. Das gleiche gilt für die Hindus, die Chinesen und viele andere Völker. Hältst du sie für so einmalig? Gott, oder Ptah, wie wir Ihn nennen, liebt — so sagt man — alle Seine Kinder und ist bereit, sie zu erlösen. Unsere kraftlosen Seelen sind es, und unser Starrsinn, die Ihn zurückweisen. Ihr neuen Christen redet von der Goldenen Sittenregel, aber lange bevor euer Messias davon sprach, ermahnten euch eure jüdischen Väter: ‚Tue deinem Nächsten nicht an, was dich schmerzt.' Wir Ägypter formulieren es so: ,Nur so lange ist die Natur gut, als sie nicht einem anderen zufügt, was für sie selbst nicht gut ist.' Und bei den Hindus heißt es: ,Auf vier Arten sollte der Mensch seiner Familie und seinen Freunden dienlich sein — durch Großmut, Höflichkeit, Güte und indem er sie so behandelt, wie er sich selber behandelt.' Daraus geht hervor, daß Ptah, der Allmächtige Vater, Schöpfer des Himmels und der Erde, der Götter und Menschen, alle Seine Geschöpfe liebt und lehrt."

Er lächelte und fuhr fort: „Trifft es also nicht zu, daß euer Messias nicht nur den Christen, sondern allen Menschen gehört, die Ihn im trüben Licht ihrer Religionen wahrnehmen?"

„So ist es", sagte Saul und runzelte nachdenklich die Stirn, „aber unser Trachten geht danach, daß alle Menschen den Messias klar anerkennen und zu Ihm kommen, um Erlösung zu finden und eine Läuterung ihrer Seelen zu erlangen."

„Über welche Beschwerden klagst du?" fragte Khefren.

Irgendwie fühlte Saul sich in seinen Gefühlen verletzt. „Ich verspüre starkes Jucken", antwortete er, „und habe Blutgeschwüre am Rücken. Ich habe sie schon seit einigen Wochen, aber jetzt stören sie mich in meiner Nachtruhe."

Wieder lächelte der Arzt. „Und du hast nicht um Befreiung von diesem Übel gebetet?"

Saul brach in schallendes Gelächter aus, erhob sich und folgte dem Ägypter in seinen Konsultationsraum. Er entblößte seinen breiten Rükken, und Khefren betrachtete die blutenden, entzündeten Wunden und die austretende Flüssigkeit. Er nahm einen großen Topf von einem Bord und bestäubte die entzündeten Stellen mit einem gelben Pulver. Das Jucken, die Hitze und der Schmerz ließen sogleich nach, und Saul stieß einen tiefen Seufzer der Erleichterung aus. Der Arzt schüttete etwas von dem gelben Pulver in einen Beutel und legte ihn neben Saul auf ein Tischchen.

„Das wird dich erleichtern", sagte er. „Aber nicht heilen. Dein Leiden ist ein Leiden der Seele. Sprich: was gibt es in deinem Leben, das dich so reizt und erregt und erbittert, daß die Hitze deiner Gedanken und dein Zorn das Fleisch deines Leibes martern? Und dich um deine Ruhe bringen und in Form von Eiter sichtbar werden?"

Saul war verblüfft. Er wußte, daß jüdische Ärzte schon lange die Ansicht vertraten, daß sich die Wunden und Schmerzen der Seele häufig am lebenden Fleisch zeigten und sogar zum Wahnsinn führten. Er hatte es nur vergessen. Langsam zog er sich wieder an und überlegte dabei. Dann antwortete er in seiner charakteristischen Art, jemanden unerwartet ins Vertrauen zu ziehen: „Meine Gemeinde ärgert mich. Wie oft ich ihnen auch sage: ,Wie nämlich durch Adam Alle sterben, so werden auch durch Christum Alle wieder ins Leben gebracht werden', sie versuchen gar nicht, mich zu verstehen. Der Tod, meinen sie, würde sie verschonen, solange sie sich zum Messias bekennen und ihr Vertrauen auf Seine Verheißungen setzen, und sie würden ewig, ohne das Dazwischenliegen eines normalen Hingangs, in dieser Welt leben. Hat sie denn der Messias nicht vor dem Tode Adams bewahrt? Also werden sie nicht sterben! Ach, solcher Verirrungen gibt es viele unter meinem Volk, und ich grüble und frage mich, ob diese Generation je begreifen wird."

„Warum", fragte Khefren mit einer nachsichtigen Geste seiner langen, feinen Hand, „willst du die normale Dummheit, Blindheit und Starrköpfigkeit des Menschen nicht als Teil seines Wesens akzeptieren? Warum willst du nicht verstehen, daß dich nur wenige begreifen können, und alle anderen wie kleine Kinder an der Hand genommen werden müssen? Hast du vielleicht angenommen, dein Messias hätte allen, die sich zu ihm bekennen, von einem Tag zum andern außerordentlichen Verstand und Intelligenz geschenkt? Hast du nicht selbst erwähnt, daß dein Messias die Frage stellte: ‚Wer aber unter euch vermag mit seinen Sorgen seiner Leibesgröße eine Elle zuzusetzen?' In anderen Worten: der Mensch wird mit gewissen Fähigkeiten geboren, und wenn diese Fähigkeiten klein und gering sind, lassen sie sich auch mit noch so viel ‚Sorge' nicht steigern."

„Wir Juden glauben, daß ein Mensch durch Gelehrsamkeit sehr wohl Weisheit erlangen kann", entgegnete Saul mit neuerlichem Unbehagen.

„Er kann nur im Ausmaß seiner Fähigkeiten begreifen — und die sind bei den meisten Menschen recht mager", sagte Khefren. „In Ägypten haben wir eine gebildete und aristokratische Priesterklasse, denn wir sind älter als ihr es seid und unendlich weiser. Für die einfachen Leute haben wir Amulette, Beschwörungsformen und Zeremonielle. Für die von Geburt aus Begabten gibt es andere Worte und andere Rituale, und für die Weisesten Einführungen in die Mysterien. Uns wurde die Gnade zuteil, zu begreifen, daß zwar in Hinblick auf Seine Gesetze alle Seelen vor Gott gleich sind, jede Seele aber einmalig und in Format, in Weisheit und Erkenntnisvermögen von allen anderen Seelen verschieden ist. Manche Seelen bleiben für alle Zeit Kinder. Andere wachsen, weil sie die Fähigkeit, zu wachsen, besitzen, die Ptah, der Allmächtige Vater, ihnen gegeben hat. Wehe euch Christen, Saul ben Hillel, sollten eure Lehrer je öffentlich erklären, daß alle Menschen bis zu einem gewissen Grade an Seele und Geist gleich sind! Wenn das geschieht, bedeutet das das Ende eures Glaubens und Verwirrung in bisher nicht gekanntem Ausmaß." Er lächelte sein zynisches Lächeln. „Ich glaube, du solltest mehr auf deinen Messias als auf deine eigenen Hoffnungen hören, Saul ben Hillel! Dann wirst du vielleicht auch deine Leiden loswerden. Erwarte nicht mehr von den Menschen, als sie zu geben imstande sind."

Er kehrte mit Saul ins Atrium zurück. „Es muß doch genügen", sagte er, „wenn der Mensch harmlos ist, denn an sich ist Harmlosigkeit kein menschliches Attribut. Ich würde eher meinen, daß der Mensch ein wildes Tier ist. Lehre ihn Frieden, lehre ihn, keinen Schaden zuzufügen. Das allein ist eine großartige Aufgabe!"

„Ich werde dafür beten, daß du die Liebe Christi erkennen mögest", erwiderte Saul.

Der Arzt war überrascht und gleichzeitig belustigt. „Mein lieber Freund!" rief er. „Wir Ägypter wußten von Ihm lange bevor die Israeliten durch ihre Propheten von Ihm erfuhren. Ganz ohne Zweifel haben eure weisen Männer in der Zeit eures ägyptischen Exils das Wissen um Ihn von unseren Priestern und unseren weisen Männern übernommen. Steigt nicht unser Osiris, von einem unholden Mann gemordet, sobald der Frühling naht, aus seinem Grab, um zu seinem Volk zu sprechen? Jehova hat tausend Namen und spricht mit tausend Zungen zu Seinen Kindern. Noch einmal rate ich dir: rede zu deiner Gemeinde von Liebe und Güte und Frieden. Wie immer du Ihn auch nennen magst, Er ist Einer. Jeder Generation, jedem Volk. Er spricht ewig."

Der Ägypter blickte durch das weiße Portal des Atriums in die purpurne Dämmerung. „Er ist Einer", fuhr er fort, „und immer derselbe für jene, die Ihn, unter welchem Namen immer, anbeten."

Das Herz schwoll Saul in der Brust, und er erzitterte. Bevor er noch etwas erwidern konnte, sagte Khefren: „Sprich zu den Unwissenden. Sprich ihnen von Ihm. Denn die Welt ist voll gottloser und erbärmlicher Menschen und wird es immer sein. Begnüge dich mit der geringen Ernte menschlicher Herzen, denn selbst diese Ernte ist Gott gefällig."

Er blickte Saul an, und seine Augen verdunkelten sich. „Ich habe Gesichte", sagte er, „die mir zuweilen gar nicht willkommen sind. So weiß ich, daß es Rassen gibt, die dir heute noch unbekannt sind und die in kommenden Jahren deine Stimme vernehmen werden. Sie haben noch nie Gottes Wort gehört. Sie leben wie Vieh und beten Tiere und Bäume, Felsen und die Elemente an. Ihnen, die noch nicht geboren sind, wirst du deine Offenbarungen bringen. Ich sage dir: die Sonne geht im Westen auf."

Saul war tief bewegt. „Wir sind *ein* Volk", murmelte er.

Der Ägypter schüttelte den Kopf. „O nein. Wir Ägypter sind eine semitische Rasse. Ihr Juden nicht. Ihr seid überall anzutreffen, ihr gehört keiner Rasse an — oder allen. Darin liegt eure Bestimmung und die Ursache eurer Verzweiflung und, vielleicht, euer höchster Triumph unter jenen, die Ihr Heiden nennt. Denn nur einer, der in der ganzen Welt zu Hause ist, kann zu allen Völkern und zu allen Rassen sprechen. Durch *deine* Vermittlung werden die Menschen zu deinem Messias finden."

Entmutigt schüttelte Saul den Kopf. Der Arzt legte ihm tröstend die Hand auf die Schulter. „Verzweifle nicht", sagte er zart. „Was an einem unbekannten Ort in blutiger Erde begann, vor den Augen der Menschheit wirst du es zu strahlender Herrlichkeit emporheben."

Wieder schüttelte Saul den Kopf, biß sich dann auf die Lippen und rief schließlich aus: „Wie diese Narren doch an ihrer vorgefaßten Meinung festhalten, der Herr sei ein Heulpeter, wie sie es alle sind, und wie sie Seine Sanftmut herausstreichen! Für sie ist Er nicht männlich, kraftvoll, gewaltig, überwältigend und schrecklich in Seinem Zorn, eine großartige Erscheinung! Natürlich nicht! Damit würden sie sich ja selbst herabwürdigen! Sie wollen nicht verstehen, daß Seine Sanftmut darin bestand, daß er sich ihretwegen, ohne Widerstand zu leisten, als Lamm Gottes darbot. Sie beharren auf ihrer eigenen Sanftmut, und weil ihnen die geistige Kraft fehlt, erblicken sie darin nicht, was es wirklich ist, nämlich Kleinmut, sondern heilige Größe. Sie machen aus ihrer Schwäche eine Tugend, aus ihren Fehlern ein Opfer und heften ihre zaghaften Blicke auf das, was für sie eine Nachbildung des himmlischen Vaters ist. Sind das Gottes Streiter? Fürwahr, nein. Für sie ist Unterwürfigkeit Milde, Mangel an Stolz Liebe; schüchternes Gelalle erscheint ihnen lobenswert. Sein Wunsch war es, von freien Männern angebetet zu werden, die sich aus freien Stücken zu Ihm bekennen. Diese Männer sind nicht frei!"

„O, du urteilst strenge", sagte Khefren, aber die Spur eines Lachens kräuselte die Falten unter seinen Augen. Dann wurde er wieder ernst. „Ich möchte dich warnen, mein Freund. Im Umgang mit den Römern zeigen die Juden, wo immer sie leben, viel Takt. Sie sind klug. Sie streiten nicht mit den Römern oder sonst jemandem, außer vor Gericht. Sie wenden den Kopf zur Seite, wenn sie an fremden Tempeln vorbeigehen, aber sie spucken nicht auf ihre Stufen und äußern sich auch nicht in aller Öffentlichkeit geringschätzig über jene, die Weihrauch und Opfergaben auf fremde Altäre legen. Sie verlangen nur, daß ihrer Religion die gleiche Achtung erwiesen werde, die sie den anderen Religionen entgegenbringen, und haben mit dieser Haltung wenig Anstoß erregt. Auch das ist klug.

Doch mußte ich hören, daß deine Christen anfangen, über ‚Heidengötter' herzuziehen — und das vor den Tempeln der jeweiligen Gottheiten. Ich habe gehört, daß einige von ihnen in solche Tempel eindringen und vor den Augen der Gläubigen Statuen umwerfen. Sie debattieren mit diesen Gläubigen und erschrecken Frauen und Kinder. Sie rufen den Zorn Gottes auf jene herab, die ‚Götzenbilder' anbeten. Aus ihrer Schwäche, wie du sie nennst, ist Anmaßung geworden — es ist ja eine alte Geschichte, daß Schwächlinge diese Entwicklung durchmachen.

Die Griechen lachen über ihre Götter, aber sie fühlen, daß in der Schönheit und Anmut dieser Götter ihr eigener Ruhm begründet liegt. Die Römer glauben nicht an ihre Götter, sehen aber in ihnen die Vertreter ihres Landes. Der Stolz des Menschen auf seine Vergangenheit und sein Volk ist eine große Sache, und wehe dem, der sich abfällig darüber äußert. Schon betrachten die Römer euch Christen mit Mißfallen — und das Mißfallen eines Römers kann gefährlich werden — und tödliche Folgen haben. Wollt ihr in eurem Fanatismus Folter, Verbannung und Tod auf euch nehmen? Das tut kein normaler Mensch. Darum warne deine Brüder, sie sollen in ihrem Eifer nicht zu weit gehen, sollen nicht Anstoß erregen und sollen auch die Götter der anderen achten. Mit anderen Worten: sie sollen üben, was sie predigen, und Maß halten."

Saul starrte ihn ungläubig an. „Ich habe von solchen Geschehnissen nie erfahren!"

„Dennoch ist es so, wie ich sage. Wie du weißt, sind die Römer, was Religionen betrifft, sehr tolerant. Überdies gibt es unter euch Christen auch Römer und sogar Griechen. Und die sind jetzt noch aggressiver als die jüdischen Christen! Sie verletzen die empfindlichsten und ursprünglichsten Gefühle ihrer Mitbürger."

Sauls Rücken begann von neuem zu jucken und zu brennen. Er bewegte unruhig die Schultern. „Tausend Male und mehr habe ich ihnen eingetrichtert, daß der Glaube ein Geschenk Gottes ist und man niemanden zwingen kann, gegen seinen Willen zu glauben. Ich sagte ihnen, ‚wenn ich die Sprache der Menschen und der Engel redete, hätte aber die Liebe nicht, so wäre ich ein tönendes Erz oder eine klingende Schelle. Und wenn ich weissagen könnte und alle Geheimnisse und alle Kenntnisse wüßte und den stärksten Glauben hätte, so daß ich Berge versetzte; es fehlte mir aber an Liebe, so wäre ich nichts. Ja, wenn ich mein ganzes Vermögen zum Unterhalt der Armen hingäbe, und meinen Leib hinopferte, so daß ich mich verbrennen ließe, es fehlte mir aber an Liebe, so hülfe es mir nichts. Die Liebe ist langmütig, ist milde; die Liebe beneidet nicht; sie ist nicht unbescheiden; sie blähet nicht auf; sie verletzt den Wohlstand nicht; sie ist nicht eigensüchtig; sie läßt sich nicht erbittern; sie denkt nichts Arges. Hienieden einmal bleiben Glaube, Hoffnung, Liebe, diese drei; aber die größte unter diesen ist die Liebe'. So sprach ich. War alles vergebens?"

„Du hast es mit Menschen zu tun. Leider."

„Das vergesse ich immer wieder", sagte Saul.

Von neuem entmutigt und von Verzweiflung befallen, kehrte er in seine einsame kleine Kammer in der armseligen Herberge zurück. Er setzte sich, ließ die Hände zwischen den Knien herabhängen und den Kopf sinken. Hin und wieder ergriff ihn sein alter heißer Zorn gegen die Menschen und schüttelte ihn. Erst gestern abend hatte er einige Mitglieder der Gemeinde ermahnt, nicht damit zu prahlen, daß sie die Gabe des Zungenredens besäßen und vom Feuer der Pentekoste berührt worden wären. Schlimmer noch, sie behaupteten, sich auf Weissagungen zu verstehen. Noch hatten sie Respekt vor ihm, aber in ihren Augen glitzerte Trotz. „Gott, gepriesen werde Sein Name, hat den Menschen viele Gaben zugeteilt", hatte er gesagt, „und keiner ist arm vor Seinem Angesicht. Gesegnet bist du, der du lehren kannst, gesegnet sind diejenigen unter euch, die Hilfe leisten können, und gesegnet sind, die Gott dienen. Doch viele Menschen können nur durch ein stilles Leben in Zurückgezogenheit, Nächstenliebe und mitfühlender Frömmigkeit zeigen, wer ihre Herzen gewandelt hat. Aber ist denn das nicht der größte Segen? Wir sind alle Teile einer Gemeinschaft, und kein Teil ist geringer als die anderen."

Er erkannte mit Bedauern, daß viele danach strebten, etwas Besonderes zu sein, und weil sie sich ihnen im Glauben überlegen fühlten, in ehrfurchtgebietender Größe vor den anderen zu stehen. Ob es wohl diese Leute waren, die nun in Antiochia und wer weiß? in anderen Ländern, in denen sie ihre Zelte aufgeschlagen hatten, um zu predigen, die Römer und Angehörigen anderer Religionsgemeinschaften provozieren? Saul lief ein kalter Schauer über den Rücken. Als Barnabas aus dem Gotteshaus kam, stellte Saul ihm Fragen. Barnabas' heiteres Gesicht verdüsterte sich, aber er antwortete sogleich: „Wir dürfen ihre menschliche Natur nicht vergessen."

„Ihre ‚menschliche Natur'", erwiderte Saul voll Bitterkeit, „kann sie das Leben kosten, oder zumindest die Duldsamkeit ihrer Mitbürger. Was nützt das ihnen, was nützt es der Gemeinde? Ich sage dir, ich habe schlimme Ahnungen."

„Laß uns nicht verzagen", meinte Barnabas. Saul aber begann grimmig zu lächeln, als er sich der Worte erinnerte, die Rabban Gamaliel vor langer Zeit gesprochen hatte: daß Gott befragt werden sollte, bevor der Mensch Ihm seinen Märtyrertod anbot, und daß Gott nicht nach Opferwilligen suchte, wie fromm sie auch sein mochten, wenngleich Er die edle Absicht zu schätzen wußte. Damals hatten ihn die Worte des Rabbans empört. Jetzt verstand er sie.

„Ich habe ein Pulver für meine Wunden", sagte er zu Barnabas, der ihn besorgt beobachtete. „Bestäube mir den Rücken damit." Er lächelte. „Es ist mein Zorn und meine Ungeduld mit unserer Gemeinde, die mir die Wunden Hiobs zugefügt hat. Was sind das doch für Menschen!"

XLIII

„Ich habe einen guten Kampf geführt", sagte sich Saul. „Ich bin ein gutes Rennen gelaufen."

Er war eben von einem kurzen Besuch in Jerusalem zurückgekehrt, wo er Simon Petrus in eine hitzige Auseinandersetzung über die Heidenbekehrung verwickelt hatte. Simon Petrus hatte nicht locker gelassen: „die Heiden“ müßten erst Juden werden, bevor sie in den Schoß der christlichen Gemeinschaft aufgenommen werden konnten. Saul aber hatte sich trotz der Geringschätzung, mit der sie ihn anfänglich behandelten, gegen den erbitterten Widerstand der Apostel durchsetzen können. Er erkannte, daß sie ihm immer noch mißtrauten, die Juden wie auch die Christen. Für sie war er immer noch „der große Renegat“. Aber er flehte zu Gott um Beistand, und mit seiner Beredsamkeit und der bezwingenden Gewalt seiner Stimme war es ihm schließlich gelungen, Simon Petrus und die anderen Apostel zu überzeugen — wenn auch nicht ganz ohne finstere Blicke und verdrossene Mienen.

Er schrieb an einen Freund: „... da sie sahen, daß mir das Evangelium an die Unbeschnittenen anvertraut worden, so wie dem Petrus an die Beschnittenen; denn derselbe, welcher in Petrus wirkte zum Apostelamt unter den Beschnitten, wirkte auch in mir unter den Heiden. Ich widersprach Petrus ins Angesicht, weil er tadelnswert war, denn er aß mit den Heiden zusammen; nach ihrer Ankunft aber zog er sich zurück und sonderte sich ab, aus Furcht vor den Beschnittenen. Ich sprach zu Petrus: ‚Wenn du, als Jude, nach heidnischer und nicht nach jüdischer Sitte lebst, wie zwingst du denn die Heiden, wie Juden zu leben? Wir sind von Geburt Juden und nicht Sünder aus den Heiden.‘“

Für Saul war der Glaube das einzige, das der Mensch brauchte, um zur Anbetung des Messias und der Beachtung Seiner Gebote zugelassen zu werden. Denn der Glaube war ein Geschenk Gottes, und wer glaubte, wurde Seiner Gnade teilhaftig.

In Antiochia war es ihm endlich gelungen, seine Gemeinde davon zu überzeugen, daß sie Fremden gegenüber in Worten und Taten nicht unbeherrscht sein und sich die Menschen, die sie für Christus gewinnen wollten, nicht durch sinnloses und ungehöriges Betragen zu Gegnern machen durften. Glaubenseifer war eine rühmenswerte Eigenschaft, die jedoch, im Übermaß geübt, den Glauben und sie selber in Gefahr bringen konnte. Mit fleißiger Arbeit und freundlichen Worten kam man schneller voran. Als Saul seine ersten Erfolge erzielte — nicht ohne seinen Zorn und seine Abscheu zähnefletschend zur Schau gestellt zu haben —, gehörten der Gemeinde in Antiochia viele Nichtjuden verschiedener Rassen an, und unter ihnen eine gute Zahl gebildeter, kultivierter und wohlhabender Männer. Sie waren aus Neugier gekommen, um sich den ‚jüdischen Propheten‘ anzuhören, oder weil sie nichts Besseres zu tun hatten, und blieben da, um mit ihm zu beten. Denn der Gott der Juden war kein sittenloser, grausamer, lasterhafter, lüsterner Gott, kein launischer und wankelmütiger Gott, der dem einen grundlos seine Gunst erwies und an einem anderen grundlos Rache nahm. Man mußte Ihn fürchten, weil Er der Allmächtige war, und alle Dinge in seiner Hand lagen, nicht aber, weil Er zügellos und heimtückisch und undurchschaubar oder gewalttätig war wie ihre eigenen Götter. Mit Amuletten, Opfergaben und abergläubischen Ritualen konnte man Ihn weder beschwatzen noch versöhnen. Er forderte nur Bußfertigkeit und Glauben an Ihn, und goß über jene, die auf Ihn bauten — und auch über alle anderen — Gnade und Barmherzigkeit, Gerechtigkeit und immerwährende Glückseligkeit in reichem Maße aus. Ein Gott, dem der Mensch vertrauen konnte! Ein Gott, der im Licht und nicht in der Finsternis wandelte! Ein Gott, so rein wie klares Wasser und so geheimnisvoll wie Leben und Tod! Ein Gott, der den Menschen zugetan war! War das nicht erstaunlich — daß ein Gott sich um diese elenden kleinen Geschöpfe sorgte, die heute lebten und morgen, Grashalmen gleich, geknickt am Boden lagen? Der dem Geflüster eines Kindes ebenso aufmerksam lauschte, wie dem Ruf aus den Kehlen von tausend Männern vor Seinem Altar?

Für Menschen, die ihre eigenen Götter fürchteten und ihnen mißtrauten, die in Angst vor ihnen lebten, oder wegen ihrer Rücksichtslosigkeit und Heimtücke und ihrer Grausamkeit untereinander und gegenüber der Menschheit gar nicht mehr an sie glaubten, war dies eine einmalige, wunderbare, betörende, unglaubliche Botschaft, überwältigend und voller Hoffnung.

Unglaublich? Saul machte Ihn glaubhaft. Selbst die Gebildeten und die Weisen ließen sich überzeugen, wenn auch nicht so leicht wie die Leichtgläubigen und die einfachen Leute. Die Gemeinde in Antiochia blühte. Und Saul erkannte in seiner Seele, daß er diese Gemeinde verlassen mußte, denn der Sandboden hatte sich zu Fels gewandelt, Priester waren geweiht worden und widmeten sich mit liebevollem Eifer — und Erfolg — der Missionsarbeit. Fürwahr, in weniger als zwanzig Jahren nach der Kreuzigung war dem Samenkorn eine gewaltige Ernte entsprossen, und das Evangelium hatte sich, in der Form von kleinen Gemeinden, bis nach Rom und Athen, nach Ägypten und vielen anderen Ländern ausgebreitet. Wie ein bescheidenes Pflänzchen rankte es sich beharrlich um die ausgedörrten Seelen der Menschen, und machte ihnen mit seinem Duft ihr hartes Leben und die Leiden, die sie unter der Knechtschaft Roms und seiner Steuereinnehmer erdulden mußten, erträglicher.

Saul war ein Mann, den ein einziger Augenblick vom Verfolger zum glühenden Verteidiger gemacht hatte und der davon in einer Stimme sprach, die wie eine wohlklingende, leidenschaftliche Glocke weithin erschallte. Es war unmöglich, an seinen Worten zu zweifeln, ob sie ihm nun die Vernunft eingab oder der Wahnsinn. Wenn Wahnsinn, dann ein herrlicher Wahnsinn, jedem gesunden Verstand vorzuziehen. Sprach er wahr — nun, dann erweiterte sich der enge irdische Horizont ins Unendliche, wo er mit dem goldenen Schein der Hoffnung und der Ewigkeit verschmolz. „Ist Christus nicht auferstanden, so ist euer Glaube ohne Grund!" rief er seiner Gemeinde zu und breitete die Arme aus, als wollte er ihnen Geschenke darbingen. Und sie wußten, daß Er gestorben und auferstanden war, und der Glaube griff an ihre Herzen mit weißglühenden Fingern, und sie antworteten ihm in jubelnder Verzückung.

Er schien über unerschöpfliche Kräfte zu verfügen, wenn auch keiner ahnte, daß es die Kräfte seines Geistes und nicht seines müden Körpers waren. Kraft strahlte selbst aus seinem kranken Auge, das seinen Zügen zuweilen, wenn er gerade besonders überzeugend sprach, einen unergründlichen Ausdruck verlieh. Nur wenige merkten, daß sein Gesicht hager war, daß sich die weißen Streifen in seinem roten Haar fast zusehends von Monat zu Monat verbreiterten, denn seine herrische Stimme, seine gebieterischen, wenn auch ungeduldigen Gesten und dann, ganz plötzlich, das breite Lächeln, zugleich wissend, spöttisch, belustigt, bitter, heiter — rissen seine Zuhörer hin und verzauberten sie. Sein Lachen war wie das Gebrüll eines Löwen, herzlich, kraftvoll, männlich und frei wie der Wind. Und wenn er tadelte oder verurteilte, erzitterten sie.

Den Griechen, die da sagten, das Leben eines Christen erschiene ihnen trostlos, eine Verleugnung der eigenen Persönlichkeit, widerspräche der menschlichen Natur und ermangle menschlicher Freuden, erwiderte er: „Nicht nur entreißt uns unser Glaube einem geistigen Tod, er gibt uns größere Freude in unserem jetzigen Leben, eine Ekstase besonderer Art, die jenen versagt bleibt, die sich mit weltlichen Genüssen und fleischlichen Befriedigungen begnügen. Für einen Menschen, der Gott liebt, gibt es keine andere Gottheit und kein größeres Entzücken, denn die Welt in ihm und um ihn verwandelt sich in Herrlichkeit und leuchtende Farben und himmlische Musik." Den von sich eingenommenen Römern, die da lästerten, Sauls Gott habe an greifbaren Gaben nicht allzuviel anzubieten, antwortete er: „Er, der Seines eigenen Sohnes nicht geschont hat, sondern Ihn für uns alle hingegeben, wie sollte Er uns mit Ihm nicht Alles schenken? Voller Sieg wird uns über dieses Alles durch Ihn, der uns geliebt hat!" Zu einem römischen Zenturio, der ihn lachend fragte, ob Sauls Gott den Römern wohl den Sieg über die teuflischen Parther schenken würde, wenn sie Ihn anbeteten, sagte Saul: „Er ist auch der Gott der Parther und liebt sie, wie Er alle Seine Kinder liebt." Verwirrt schüttelte der Römer den Kopf. Daß die Götter in Schlachten eingriffen, war allgemein bekannt. Sie unterstützten die eine oder die andere Seite, aber doch nicht beide gleichzeitig. Zweifellos standen sie auf Seite der Römer, die den Barbaren Recht und Ordnung beibrachten und Rom verteidigten, und nicht auf der des Feindes, der alles zerstören wollte. „Gott sieht die Person nicht an", sagte Saul. „Ihm ist es nur um das Herz und die Seele des Menschen zu tun." Der Zenturio kam aus dem Kopfschütteln nicht heraus. Gewiß war der Jude verrückt. „Obwohl du, wie ich hörte, ein reicher Mann bist", sagte er zu Saul, „lebst du in Armut und führst ein klägliches Dasein. Nach einer so leidvollen Existenz wirst du eines elenden Todes sterben."

Der Tod, gab Saul ihm zur Antwort, habe seine Schrecken verloren; er sei im Feuer der Liebe verglüht. „Dieses ist nicht unser Leben, sondern das Leben Christi, von dem wir ein Teil sind."

Doch für die Römer und andere Heiden war das Leben nach dem Tode eine traurige Angelegenheit, ein jeder menschlichen Sinnlichkeit beraubter Schatten. Kein Seher hatte je berichtet, daß die Toten glücklich waren. Sie waren ihnen immer nur hoffnungslos und schwermütig erschienen, selbst jene, die angeblich aus dem Elysium oder von den Inseln der Seligen kamen. Alle sehnten sich danach, in die Welt der Menschen zurückzukehren. Die Christen jedoch betrachteten das Leben nicht mit Wohlgefallen und gespannter Aufmerksamkeit, wie dies normale Menschen taten, sie starrten wie gebannt auf einen undenkbaren Himmel. Viele Heiden hielten sie für verrückt. Menschen, die diese herrliche Welt ablehnten, bedrohten sie. Also waren die Christen gefährlich. Sie haßten ihre Mitmenschen. Man begann, sie mit Argwohn zu beobachten. Getuschel erhob sich, daß sie einen Eselskopf anbeteten und mit unzüchtigen Riten die Götter herausforderten, daß sie im geheimen verbrecherische Zeremonien vollzogen und mittels geheimnisvoller Zaubersprüche einen Angriff auf ihre Mitbürger planten.

Saul hörte von diesen Gerüchten, maß ihnen aber keine Bedeutung bei, bis er einen Brief von Titus Milo Platonius erhielt, der jetzt als General der Prätorianergarde in Rom auf dem Palatin stationiert war und auch dort wohnte.

Zwar war der Brief mit seinem eigenen, eindrucksvollen Siegel versehen und mit seidenen Fäden verschnürt und wurde Saul durch einen persönlichen Boten überbracht, doch ließ Milo Vorsicht walten, wo er den Neffen des verstorbenen Tiberius Cäsar, den regierenden Kaiser Tiberius Claudius Nero Germanicus Cäsar erwähnte. Es war schließlich Claudius gewesen, der die Prätorianer so schätzte, daß er ihre Zahl bedeutend vermehrte und sie, zur Belohnung für ihre Treue, reich beschenkt hatte. (Andererseits aber waren es ja die Prätorianer, die ihn gewählt hatten, da er nicht dem julianischen Stamm angehörte.) „Er ist nicht der Narr, für den ihn die Augustalen halten", schrieb Milo, „und verfügt über eine umfassende Bildung, was man nicht von allen Augustalen behaupten kann. Er hat den Einfluß der Freigelassenen verstärkt, die jetzt den Patriziern überheblich und verächtlich ins Gesicht sehen. Ich glaube, daß der Kaiser am Unbehagen und am stillen Ingrimm der Aristokraten Vergnügen findet. Er ist zum vierten Mal verheiratet, mit Agrippina, seiner eigenen Nichte, was die Augustalen und, zum Teil, auch die konservativen Römer noch mehr verärgert. Man spricht davon, daß sie bemüht ist, ihn dazu zu bewegen, seinen eigenen Sohn Britannicus zugunsten ihres Sohnes aus einer früheren Ehe (mit Gnäus Domitius Ahenobarbus) zurückzustellen. Es ist dies ein stattlicher blonder Jüngling namens L. Domitius Ahenobarbus; man nennt ihn auch kurz Nero. Ob die Kaiserin Erfolg haben wird oder nicht, ist hier in Rom Gegenstand erregter Debatten, denn Britannicus ist ein junger Mann von beachtlichen Qualitäten und Tugenden und eine Führernatur, während Nero, zwar ein bezaubernder, charmanter Mensch mit einer wohlklingenden Stimme und einem Gesicht, um das ihn selbst Apollo beneiden würde, weder Britannicus' Charakter noch seine moralische Kraft besitzt. Nun, ich nehme an, daß Du von diesen Dingen schon gehört hat. Als Prätorianer bewahre ich kaltes Blut, diene dem Kaiser und hüte mich davor, Klatschgeschichten zu verbreiten. Eine andere Haltung wäre mit soldatischer Disziplin nicht zu vereinen.

Du wirst dich erinnern, daß mein toter Kaiser, Tiberius, östlichen Religionen nicht eben freundlich gesinnt war und einen Tempel der Isis zerstörte — den der jetzige Kaiser wieder aufgebaut hat. Dennoch ist hier ein gewisses Mißtrauen gegenüber östlichen Religionen noch recht lebendig. In Rom betrieben die Juden früher die Bekehrung Andersgläubiger mit großem Eifer, ließen aber dann davon ab, um sich nicht Tiberius' Mißgunst zuzuziehen. Das war sehr klug.

Jetzt aber haben wir viele Christen in Rom, meist arme, einfache Leute, die in den ungesunden Vierteln des Transtiber leben und arbeiten. Es sind in der Mehrzahl frühere Juden, obwohl sich ihnen auch viele bekehrte Barbaren, Sklaven, mittellose Freigelassene, ausgehungerte Krämer, Landarbeiter und Arbeiter aus den Werkstätten zugesellt haben. Dort leben sie ruhig unter ihren Lehrern und Evangelisten aus Palästina, sind fleißig, bescheiden und pflichtbewußt und erregten bis vor kurzem keinen Anstoß, wenn auch beträchtliche Heiterkeit, als man sie beschuldigte, einen Eselskopf anzubeten.

Da ich selbst Christ bin, habe ich ihnen große Geldbeträge zukommen lassen, denn die meisten leben in drückender Armut. Die christlichen Juden besitzen nicht die Lebenskraft, die Geistes- und Willensstärke der ‚alten' Juden. Ich schickte ihnen das Geld durch einen zuverlässigen jungen Prätorianer, da es für einen General nicht schicklich erscheinen würde, die Leiden von Menschen zu lindern, die man gemeinhin als ‚Ostgesindel' bezeichnet, wiewohl der jetzige Kaiser in keiner Weise weder für noch gegen sie Partei ergreift.

Vor zwei Wochen aber erregten die Christen großen Unwillen in Rom. Anbeter der Cybele versammelten sich in ihrem Tempel und trugen die Göttin anschließend festlich geschmückt auf einem goldenen Thron durch die Straßen. Von den ‚Alten' und Älteren abgesehen, glauben die Römer nicht an ihre Götter, aber sie fürchten sie. Sie sind abergläubisch und verneigen sich, wenn sie einer Prozession begegnen oder an einem Tempel vorbeigehen. Diese Prozession der Cybele war sehr eindrucksvoll, die Beteiligung groß, und ihre Verehrer spielten auf Zithern, Harfen, Lauten und Flöten und seltsamen östlichen Instrumenten. Auf den Straßen blieben die Menschen stehen, um das prächtige Schauspiel zu genießen, wenn nicht gar, um der Göttin Ehrerbietung zu erweisen.

Der Zug näherte sich der Via Appia, als plötzlich eine Bewegung in der Menge entstand und etwa hundert Männer, flammenden Auges und in gerechtem Zorn entbrannt, hervorstürzten. ‚Wehe', riefen sie, ‚wehe der Hure Rom, wehe ihren schändlichen Verirrungen, ihren verruchten Göttern und Götzenbildern! Verflucht ist sie, und der Zorn Gottes ist ihr gewiß!' Es kam völlig überraschend. Die Prozession hielt unvermittelt an, die Musik verstummte. Selbst Senatoren, die sich in ihren Sänften auf dem Weg zum Senat befanden, hießen ihre Träger halten, um zwischen ihren seidenen Vorhängen hindurch die Vorgänge verfolgen zu können.

Das allein wäre schon empörend genug gewesen, aber nun mischten sich die Christen gewaltsam — denn um solche handelte es sich — unter die Teilnehmer der Prozession, ergriffen die Statue der Göttin, schleuderten sie krachend in den Rinnstein und schrien dabei: ‚Schluß mit der Götzenanbetung! Laßt uns das Königreich Gottes verkünden, solange noch Zeit ist, bevor die Stadt dem Erdboden gleich gemacht wird!' In keuchender Wut zertrampelten sie den goldenen Stuhl und die dekorativen Behänge. Frauen und Kinder schrien, Männer brüllten, und schon war alles wieder vorbei. Die Christen flohen und schienen sich in Luft aufzulösen, denn obwohl man sie mit Prügeln und Steinen verfolgte, konnte man ihrer nicht habhaft werden. Die Verehrer der Cybele stürzten auf die Knie und jammerten, daß ihre Göttin für diese Freveltat blutige Rache nehmen würde und daß sich Rom nun fürwahr in tödlicher Gefahr befände. Tausende hörten ihnen schauernd zu und stießen Verwünschungen gegen die ‚Gotteslästerer' aus.

Ginge es nur um diesen einen Zwischenfall, er würde bald vergessen sein; aber es hat andere gegeben, wenn auch nicht so spektakuläre. Der römische Pöbel ist sehr reizbar und liebt Durcheinander und Aufruhr, denn diese ‚Beherrscher der Welt' führen ein recht eintöniges Leben. Sie schwärmen für Gerüchte und Skandale. Sie durchstreifen jetzt in Gruppen den Transtiber und verprügeln die Christen, wo sie sie treffen — oft vor den Nasen der Wachen, die sich nicht einmischen. Nun ja, scheint man höheren Orts zu denken, es belustigt die Leute und lenkt sie ab, und wenn die Römer ein Opfer haben, an dem sie ihre Wut auslassen können, lehnen sie sich weniger gegen die Steuereinnehmer auf.

Ich habe mich im geheimen mit vielen älteren Christen besprochen — ich ließ sie um Mitternacht in mein Haus auf dem Palatin kommen —

und ihnen meine Beunruhigung und meine Bestürzung zum Ausdruck gebracht — und auch meinen Zorn, denn diese Aufrührer gefährden die Sicherheit aller Christen. Die Presbyter stimmten mir zu. Sie bedauerten den übertriebenen Glaubenseifer ihrer Gemeinden und versprachen mir, die Fanatiker abzukühlen und sie einer strengen Disziplin zu unterwerfen. Ich hoffe, es wird ihnen gelingen.

Da so viele Christen frühere Juden sind, ist auch die jüdische Gemeinde in Rom über diese Demonstration sehr beunruhigt, denn sie fürchten mit Recht, daß die Römer, wenn sie einmal in Wut kommen, wenig Unterschied zwischen ‚alten' Juden und Christen machen könnten. Ich teile ihre Besorgnisse und Ängste, versuchte aber, sie zu beruhigen und gebrauchte sogar die aramäische Sprache. Leider beunruhigte ich sie damit noch mehr: bin ich nicht römischer Prätorianer und bin ich am Ende gar ein Lockspitzel? Als phantasiereiches Volk sehen sie sich, wie in der Vergangenheit, auf allen Seiten von geschworenen Feinden umgeben, und eine Zeitlang wagten sich viele nicht aus ihren Häusern. Selbst die prominentesten jüdischen Bürger wie auch ihre Rabbis zittern vor Angst. Ist das nicht schrecklich, wie ein paar kopflose Fanatiker ihre friedfertigen Brüder ins Unglück stürzen können? Ist das nicht unrecht und kummervoll? Ich fürchte um die Christen wie auch um die Juden.

Ich sehne mich danach, Dich wiederzusehen, teurer Freund. Vielleicht entschließt Du Dich einmal, Rom zu besuchen, um Deine christlichen Brüder zur Ruhe zu rufen und ihnen größere Zurückhaltung aufzuerlegen."

Entsetzen und düstere Ahnungen bemächtigten sich Sauls, nachdem er den Brief zu Ende gelesen hatte. Gerade jene, die den Friedensfürsten anbeteten, verkündigten Ihn mit Gewalt, mit Fanatismus und Aufruhr! Gewiß, es war möglich, daß sie nur eine kleine Minderheit darstellten, aber die Torheit einiger weniger konnte eine Katastrophe für die unschuldige Mehrheit bedeuten. (Saul dachte an die Zeloten und Essener in Judäa, die für ihre jüdischen Brüder Gemetzel und Massaker in den Straßen Jerusalems heraufbeschworen hatten, weil sie ihre Gefühle nicht beherrschen konnten und es sich zum Ziel machten, eine ganze Welt durch Taten von übermäßiger Wildheit und Grausamkeit zu verbessern.) Erstrebten sie bewußt das Martyrium? Dann waren sie von Sinnen. Oder versuchten sie, die Aufmerksamkeit der Welt auf ihren Glauben zu lenken, auf ihr Vorhandensein innerhalb der großen Masse? Dann waren sie wirklich wahnsinnig, denn keine Aufmerksamkeit zu erregen ist immer noch besser, als sie auf blutiges und rasendes Geschehen zu lenken.

Er grübelte lange Zeit und richtete dann einen Brief an die Presbyter und Diakone der Gemeinde in Rom, in dem er sie tadelte, daß sie über mehrere Mitglieder ihrer Gemeinde die Kontrolle verloren hätten. Er schrieb:

„Jeder unterwerfe sich der obrigkeitlichen Gewalt! Denn es gibt keine Obrigkeit, ohne daß sie von Gott da ist, *sondern die, welche da sind, sind von Gott verordnet.* Wer also wider die Obrigkeit sich auflehnt, der lehnt wider Gottes Ordnung sich auf; aber solche Empörer werden sich selbst Verdammnis zuziehen; denn nicht den guten, sondern den bösen Werken ist die Obrigkeit furchtbar. Willst du also ihre Macht nicht zu fürchten haben, so tue, was recht ist, und du wirst ihren Beifall erhalten; denn sie ist Gottes Dienerin, dir zum Besten. Tust du aber Böses, so fürchte dich; denn sie trägt das Schwert nicht umsonst, sondern sie ist Gottes Dienerin, die rächende, zur Strafgerechtigkeit des Übeltäters.

Darum ist es nötig, daß ihr euch unterwerfet, nicht bloß aus Furcht vor Strafe, sondern auch aus Gewissenhaftigkeit. Deswegen entrichtet auch die Abgaben; denn sie sind Stellvertreter Gottes, die darauf halten müssen. Gebet also jedem, was ihr schuldig seid; Steuer, wenn Steuer; Zoll, wenn Zoll; Furcht, wem Furcht; Ehre, wem Ehre gebührt!

Bleibet niemand etwas schuldig, außer Liebe zueinander; denn wer seinen Nächsten liebt, der hat das Gesetz erfüllt. Wer seinen Nächsten liebt, tut ihm nichts Böses; die Liebe ist also des Gesetzes Erfüllung. Anständig, wie es am Tage sich ziemt, lasset uns leben, nicht in Nachtschwärmen und Trinkgelagen, nicht in Unzucht und Hurerei, nicht in Zank und Neid!"

Es war kein Brief, wie ihn der junge Saul, der bitteren Haß gegen die Römer im Herzen genährt und über die Heldentaten der Essener und Zeloten frohlockt hatte, geschrieben hätte. Doch jetzt begriff er, daß das Böse im Menschen nicht durch andere böse Taten, sondern nur durch Geduld, Glaube, Liebe und unermüdliches Streben nach Frieden und Versöhnung besiegt werden kann. Das Schwert war kein Ersatz für Erleuchtung und Gerechtigkeit. Die Mission der Christen war Erlösung, nicht Gewalt; Gott, keine weltlichen Geschäfte; geistige Glückseligkeit, nicht körperliche Kraft; ein Reich der Seele, nicht menschlicher Verordnungen. Der Mensch, der nicht vor allem anderen sich selbst und seine Leidenschaften besiegt hatte — für wie berechtigt er sie auch halten mochte — stellte eine entsetzliche Gefahr für seine eigene und für die Seelen seiner Brüder dar. Damit war nicht gesagt, daß ein guter Mensch wie Milch und Wasser sein sollte. Wie edler Wein sollte er sein, belebend, tröstlich, aufheiternd, Durst löschend und gesellig. Vor allem aber sollte er Freude schenken, und die Liebe, die die Quelle der Freude ist.

Zusammen mit Barnabas verließ er Antiochia, um sich nach Korinth zu begeben, denn er sah, daß die Gemeinde in Antiochia blühte und gedieh und seiner nicht mehr bedurfte.

XLIV

Saul, der in einem heißen Land das Licht der Welt erblickt und immer nur in heißen Ländern gelebt und gearbeitet hatte, war von Griechenland, seiner grünen, goldenen, purpurnen und silbernen Landschaft, von seiner Schönheit und Frische und von seinem Klima überrascht und entzückt. Das strahlende Licht, der leuchtende blaue Himmel, die Anmut und Würde seiner Menschen bezauberten ihn. Es war Aristo gewesen, der freundschaftliche Gefühle für die Griechen in ihm geweckt hatte. Er hatte ihrem Hedonismus, ihrer undurchsichtig heiteren und zynischen Einstellung zum Leben und seinen Einrichtungen, ihrem Humor, ihrer Art und ihrem Stil mißtraut. Jetzt aber erinnerte er sich ihrer Poesie, ihrer Tragiker und ihrer unbeschreiblichen Prosa und versenkte sich in die Größe des geschriebenen und gesprochenen Wortes. Er wie auch die anderen Pharisäer hatten ihren Einfluß auf die Juden in Judäa als Schmach empfunden. Jetzt entdeckte er, daß die Reinheit eines Glaubens durch die geistige Beweglichkeit, die scharfe Beobachtung eines anderen nicht beeinträchtigt, sondern erhöht wird, und daß zwischen den begrifflichen Abstraktionen der Griechen und den mystischen Worten der Propheten in den heiligen Schriften seltsame Parallelen bestanden. Die Religion wurde durch eine neue Erkenntnis nicht herabgesetzt, sofern diese nicht einer nachgewiesenen Wahrheit widersprach. Im Gegenteil: die Erkenntnis befruchtete und belebte sie.

Saul war von Natur ein weltgewandter Mann und mußte zugeben, daß die weltgewandten Griechen, denen er begegnete, Männer seiner Art waren. Barnabas traute den Griechen nicht so recht. „Der Herr", bemerkte Saul dazu in gereiztem Ton, „liebt gebildete Leute ganz gewiß nicht weniger als die Ungebildeten und Unwissenden! Wir dürfen unsere Arbeit nicht auf den Pöbel beschränken — der es bei Gott nötig hat, gezüchtigt und an Disziplin gewöhnt zu werden! — und auf den Bauern auf seiner Scholle. Wenn wir vorankommen und unseren Auftrag erfüllen wollen, dürfen wir uns nicht nur an den Sklaven und an den einfachen Mann wenden, denn der Messias sprach mit der Macht allumfassender Weisheit, mit großer Gelehrsamkeit und feinsinnigen Begriffen und in Symbolen, die dunkler und verworrener waren als die eines Homer, eines Virgil, eines Horaz oder irgendeines großen griechischen Dichters. Wahrlich, wir müssen klug sein wie die Schlangen und arglos wie die Tauben; wir müssen in den Säulenhallen, auf den Akropolen und in den Häusern der Kultur und Geistesbildung, wie auch im Schmutz der Gosse wandeln. Mir ist nicht bekannt, daß der Herr eine Statue umstürzte oder einen heidnischen Tempel schändete oder Andersgläubige verspottete oder anklagte oder mit Geringschätzung behandelte. Ihm müssen wir es gleichtun."

Da die gebildeten Griechen Streitgespräche und Debatten und sokratische Dialoge schätzten, erregte Saul bei diesen Leuten großes Interesse. Sie besuchten ihn in seiner armseligen Herberge in Korinth, wo er am späten Nachmittag oft in der sinkenden Sonne saß und seine Augen und seine Seele die strahlende Schönheit aufnahmen, die ihn umgab. Er stellte fest, daß er die Gespräche mit diesen Männern genoß. Anders als die Menschen in Jerusalem und in Antiochia zeigten sie sich von dem Umstand, daß ein reicher Weiser es vorzog, sich grob zu kleiden, keineswegs überrascht. Mit verstehendem Lächeln gaben sie ihrer Meinung Ausdruck, daß protzige Schaustellung mit Tugend und Gelehrsamkeit nicht vereinbar sei, wenngleich sich Saul des Verdachts nicht erwehren konnte, daß sie ihn für ebenso affektiert und exzentrisch hielten, wie sie das von allen „Weisen" erwarteten. Er trug sozusagen die anerkannte Uniform eines „weisen Mannes", die es erlaubte, ihn von der Rasse der gewöhnlichen Menschen zu unterscheiden. Das verdroß ihn, aber es belustigte ihn auch. Ich werde langsam zum Griechen, sagte er sich. Als er versuchte, Barnabas die Kompliziertheit griechischer Denkweise vor Augen zu führen, stieß er auf Unverständnis. „Wir kleiden uns einfach, weil wir einfache Menschen sind", sagte Barnabas, und Saul ließ es dabei bewenden.

In dunklem Grün leuchtete die Ebene von Korinth, der fruchtbare Brotkorb Griechenlands, der dem Land auch Obst und Gemüse lieferte. Der Tempel auf der mit Zypressen bewachsenen Akropolis war ein kleines Juwel von silbernem Reiz; hell schimmerten seine Säulen tagsüber, bis die sinkende Sonne sie scharlachrot färbte, und seine sich hinan windenden Gärten waren lebende Wandgemälde aus einer unendlichen Anzahl vielfarbiger Blüten. Über der ganzen Landschaft spannte sich ein Himmel von so azurner Bläue, daß er das Auge blendete. Korinth selbst war weiß wie Schnee. Viele der kleinen Häuser trugen Spaliere, an denen sich wilder Wein emporrankte, und Karren und Wagen ratterten durch die sauberen, engen Gassen mit ihren winzigen, geschäftigen Läden. Auf der Überfahrt über den Isthmus hatte Saul den tiefblauen Purpur des Ägäischen und des Ionischen Meeres gesehen, und in der Ferne die grünen Inseln Griechenlands in den goldenen Ringen ihrer Strände, und bei sich gedacht, so etwa müßte auch der Himmel sein. Die würzige trockene Hitze störte ihn nicht. Sie tat nicht nur seinem Körper, sondern auch seinem Geist wohl, und er dachte daran, daß Griechenland ein beliebter Winteraufenthalt für reiche Römer war, die im naßkalten italienischen Klima an Rheumatismus litten. Die Luft zeigte nicht nur eine belebende, sondern auch eine besänftigende, tröstende Wirkung, die Zeitlosigkeit und Götter und Bedeutsamkeiten erahnen ließ, die über menschliches Verstehen weit hinausgingen.

Barnabas, der kein weltgewandter Mann und somit auch kein Kosmopolit war, fühlte sich in der Atmosphäre Griechenlands nicht so wohl wie Saul. Er ließ nicht von seiner Überzeugung, daß alle Menschen gleich waren, und widmete sich daher vorwiegend den Geringeren unter den Bewohnern Korinths: den Sklaven, den weniger erfolgreichen Krämern, den Landarbeitern, Weingärtnern und Weinpressern, den Hirten und den Freigelassenen. Wenn ihm die Menschen Griechenlands von den Menschen des Ostens, dem er selbst entstammte, verschieden zu sein schienen, schalt er sich voreingenommen und engstirnig. Saul hingegen freute sich über den Unterschied zwischen den Menschen Griechenlands und jenen, die ihm bisher begegnet waren, denn er diente ihm als Beweis für die herrliche Vielfalt, die Gott in Seiner Weisheit und in Seiner Liebe für alles Schöne geschaffen hatte. Ein Mann von regem Geist und großem Ideenreichtum, regten ihn gegensätzliche Meinungen an; er liebte Debatten und Streitgespräche.

Er wurde häufig in die schönen Häuser wohlhabender Griechen eingeladen und genoß dort die ausgezeichneten Mahlzeiten, die man ihm vorsetzte — wenn auch nicht die harzigen griechischen Weine. Weltgewandt waren auch die Juden in Korinth, in der Mehrzahl Händler, Kaufherren und Bankleute, die allerdings Sauls Rolle bei der Verfolgung ihrer nazarenischen Brüder nicht vergessen hatten und ihm deshalb weniger freundlich begegneten. Die Rabbis nahmen zur Kenntnis, daß er am Sabbath die Synagoge besuchte, und stellten fest, daß keiner inbrünstiger respondierte als Saul von Tarschisch — der die Mütze des Stammes Benjamin trug —, aber sie blieben mißtrauisch. Sie waren auf ein Streitgespräch mit ihm vorbereitet, sollte er in der Synagoge aufstehen und versuchen, das Wort an die Gemeinde zu richten, denn er war nicht nur Pharisäer, sondern auch ein Angehöriger jener neuen jüdischen Sekte, die von den Griechen Christen genannt wurden. Die Rabbis hatten nichts dagegen, daß die Christen am Gottesdienst teilnahmen — wurde das Volk Israel nicht von mancherlei Sekten geplagt? Wenn die guten Leutchen glaubten, Josua von Nazareth sei der Messias, nun, auch das würde vorübergehen. Doch mit Saul von Tarschisch sah es anders aus. Er sprach in Korinth von seiner Gewißheit, daß Josua der Messias war und daß, wer Ihn verwarf, weder erlöst werden noch an der ganzen Herrlichkeit des Jenseits würde teilhaben können — hatte Gott nicht einen neuen Bund mit Israel geschlossen? Aber Saul erhob sich nicht, um mit den Rabbis zu debattieren. Er blickte nur um sich, und aus seinen Augen sprach Liebe und heißes Verlangen.

Die jüdischen Christen mißtrauten ihm nicht weniger, und so erkannte er abermals, daß er seine Aufgabe bei den Heiden zu erfüllen hatte, wenngleich er persönlich auch weiterhin den Gottesdienst in der Synagoge besuchte. Die Juden überließ er Barnabas, dem ein guter Ruf voranging, der eine versöhnliche Sprache führte und in jeder Beziehung ein wahrer Jude war. Gerade weil er wußte, daß seine bloße Anwesenheit zum

Zankapfel werden konnte, war es Sauls Herzenswunsch, keine Spaltung unter den christlichen Juden heraufzubeschwören.

Aber noch ein anderer Pfahl peinigte sein Fleisch, ein ziemlich großer Pfahl. Denn in Korinth hatte sich ihm Johannes Markus, einer der Apostel, angeschlossen, der um vieles jünger war als er. Er war dem Messias nahegestanden, war Ihm gefolgt, hatte auf freiem Feld mit Ihm geschlafen, mit Ihm gegessen und getrunken und Seiner Auferstehung beigewohnt. Markus war ein hochgewachsener, schlanker Jüngling mit großen, gütigen, braunen Augen, die überraschend schnell kalt und hart werden konnten, wenn er mit Saul sprach. Sein Haar und Bart waren wie braune Seide, seine Hände und Füße weiß und lang. Die Art, wie er seine Meinung erst nach reiflicher Überlegung und mit überzeugender Betonung äußerte, ging Saul von Anfang an auf die Nerven. Saul bemerkte sofort, daß er ihm nicht nur mit Mißtrauen begegnete — offenbar hatte Petrus selbst nach ihrer Versöhnung keine guten Worte für ihn gehabt —, sondern auch Zweifel in seine Missionsarbeit unter den Heiden setzte.

Zwar anerkannte Markus, daß der Herr auch zu den Heiden gekommen war, und erhob keine Einwände gegen ihre Bekehrung in Korinth oder anderen Städten, doch glaubte er felsenfest daran, daß die jüdischen Christen den inneren Kreis Israels, die Auserwählten, die einzigen wahren Heiligen darstellten, an die die messianische Botschaft gerichtet war. Ihnen allein würde die Herrschaft im Reich Gottes zufallen, und nicht den bekehrten Heiden. Darum empfand er Bitterkeit gegen Saul, der den Heiden die Aufnahme in den messianischen und mystischen inneren Kreis ermöglichte. „Der Herr", sagte er zu Saul, „hat uns gepredigt, wir sollten nicht das Heilige den Hunden hingeben und nicht unsere Perlen den Schweinen vorwerfen."

„Das Reich Gottes hat keine Grenzen", erwiderte Saul, der sich anfangs sehr geduldig zeigte, mit kühlem Lächeln. „Die messianische Mission steht allen offen, die vom Finger Gottes gezeichnet sind, ob Jude oder Heide. Weil nämlich die Juden Wunderzeichen verlangen und die Griechen Weltweisheit suchen, wir hingegen den gekreuzigten Christus verkündigen, mag er den Juden ein Anstoß und den Heiden eine Torheit sein; aber göttliche Kraft und göttliche Weisheit ist Christus denen, welche berufen sind, sie seien Juden oder Heiden." Und er fügte hinzu: „Wir sind Mitstreiter Gottes; ihr seid Gottes Acker, Gottes Gebäude." Als Markus nichts darauf erwiderte, sagte Saul mit seiner natürlichen wilden Ungeduld angesichts solcher Hartnäckigkeit: „So wie nämlich der Körper ein Ganzes ist und der Glieder viele hat; alle Glieder des Körpers aber, ungeachtet ihrer Menge, doch nur einen Körper bilden; so verhält es sich auch mit Christo. Denn wir Alle, Juden oder Heiden, Sklaven oder Freie, sind durch einen Geist zu einem Körper getauft, und Alle auf einen Geist getränkt."

Ein Schleier senkte sich über Markus' Augen, als er erwiderte: „Aber du warst ein Pharisäer — und der Herr tadelte die Pharisäer —, darum fürchten wir sie und mißtrauen ihnen immer noch."

Über diesen Trugschluß erbost und in seinem Stolz verletzt, rief Saul: „Wenn ein Anderer mit etwas prahlen will, so kann auch ich prahlen! Sie sind Hebräer? Ich auch; sie sind Israeliten? Ich auch; sie sind Nachkommen Abrahams? Ich auch. Sie sind Diener Christi? viel mehr noch ich; mehr Mühseligkeiten, mehr Mißhandlungen habe ich erlitten; öfter bin ich im Gefängnis, oft in Todesgefahr gewesen; dreimal wurde ich mit Ruten geschlagen; einmal gesteinigt. Wie viele sind meiner Reisen gewesen, und der Gefahren auf Flüssen, Gefahren unter Räubern, Gefahren unter Landsleuten, Gefahren unter Heiden, Gefahren in Städten, Gefahren in Wüsten, Gefahren zur See, Gefahren unter falschen Brüdern! Dann Mühseligkeit und Elend, viele schlaflose Nächte, Hunger und Durst, häufiges Fasten, Kälte und Blöße. Ohne was noch außerdem ist, der tägliche Überlauf, die Sorge für alle Gemeinden."

Markus antwortete nichts und verließ wortlos den Raum. Barnabas war bekümmert. Zwischen Markus' schweigsamem Starrsinn und Sauls hochmütigem Stolz und unerschütterlicher Gewißheit fühlte er sich wie zwischen zwei Mahlsteinen gefangen. Dennoch erkannte er, daß Saul richtig, der junge Markus aber, obwohl er ein Apostel war, engstirnig dachte. Noch größere Sorge jedoch bereitete es Barnabas, daß es innerhalb der Gemeinden zu einer solchen Meinungsverschiedenheit kommen, daß sich ein solcher Aufschrei einander widersprechender Stimmen erheben konnte. Eine gespaltene Gemeinde würde geschwächt, ihre Mission verzögert und verzerrt werden. Raum für Diskussion war immer vorhanden, denn oft klärte ein Meinungsaustausch die Atmosphäre, doch nicht für Aufstand und Revolte. „Die Botschaft", belehrte ihn Markus, „sollte nur in Synagogen, aber nicht auf den Marktplätzen der Heiden und in den Häusern griechischer Götzenanbeter verkündet werden." Barnabas versuchte, ihm das auszureden, doch Markus war ebenso überzeugt wie Saul, das Recht auf seiner Seite zu haben.

„Damit will ich nichts zu tun haben!" erklärte Markus und reiste, ohne sich von Saul zu verabschieden, nach Jerusalem ab, um sich dort bei Petrus über den anmaßenden Pharisäer zu beklagen. (Erst viele Jahre später sah Markus ein, daß Saul im Recht war, und gab in seinem Evangelium zu, daß die Mission ohne Einschränkung auch für die Heiden galt.) Saul, erzählte er Petrus, verdrehe die Botschaft des Messias, verfälsche und zerstöre den heiligen Glauben, überlasse als Kosmopolit die Gemeinden fremden Einflüssen, predige sonderbare Doktrinen und löse mit solchen Praktiken bei den Gläubigen helle Empörung aus.

„Laßt ihn doch zur Schau tragen, was er sein Ansehen nennt", sagten die Presbyter in Jerusalem, während Petrus in unruhigem Schweigen verharrte. „Er hat sich außerhalb des Gesetzes gestellt und sich über Jerusalem hinweggesetzt, er ernennt seine eigenen Presbyter. Er überschreitet die Grenzen des Erlaubten. Dieser Pharisäer, dieser Verfolger der Unschuldigen und Sanftmütigen! Er behauptet, Gott und der Messias hätten ihn berufen: laßt ihn nur so weitermachen! Gott läßt sich nicht verhöhnen. Er wird diesen ruhmredigen, überheblichen Mann zerschmettern."

Markus verbreiterte sich über das Thema. Barnabas war sein Onkel; Saul von Tarschisch habe den Glauben dieses braven Mannes verfälscht und seine Seele in Gefahr gebracht. Er führe den Gemeinden Horden ungebildeter, gleichgültiger, götzendienerischer Heiden zu, bloß um sein Ansehen zu erhöhen und mit der großen Zahl seiner Bekehrungen Eindruck zu schinden. Er unterlasse es, die Seele eines Menschen sorgfältig und unverdrossen zu durchleuchten, um sicherzugehen, daß diesem Menschen die Gnade des Glaubens zuteil geworden war. Ein hastig abgelegtes Glaubensbekenntnis genüge ihm, um diesen Menschen zu taufen! Ein neuer Jerobeam sei er und zweifellos ein Apostat, wenn er sich überhaupt je als Nazarener gefühlt habe, was noch zu untersuchen wäre. „Er wird unser aller Tod sein!" rief Markus mit echtem Gefühl. „Er steht der Rückkunft des Messias im Wege! Er wird uns alle in Finsternis und Verzweiflung stürzen! Weil wir zu nachsichtig sind, wird uns das Reich Gottes verschlossen bleiben. Wehe, wehe, wehe!"

Viele, die Markus' Worte lauschten und bekümmert dazu nickten, dachten an die Zeit zurück, da Saul die Nazarener blutig verfolgt hatte. War es wirklich möglich, daß er nur Christ geworden war, um den Glauben zu zerstören?

„Auch ich", sagte Petrus zögernd und mit leiser Stimme, „zweifelte an ihm — aus vielen Gründen. Aber ich besuchte ihn in Antiochia und fand dort nichts, was zu tadeln gewesen wäre. Die Heiden, die er bekehrt hatte — sie überraschten und beglückten mich mit der Reinheit und der Kraft ihres Glaubens. Ich habe euch schon einmal davon gesprochen. Er überzeugte mich. Ich sah das Licht des Heiligen Geistes auf seinem Antlitz. Ihr müßt mir glauben. Früher dachte ich so wie ihr, aber dann hatte ich eine Erscheinung. Saul erhielt seine Botschaft, und ich die meine. Jedem von uns ist sein Amt übertragen. Es darf zwischen uns keine Zwietracht geben. Sollte Saul jemals irren, der Herr wird ihn zurechtweisen oder verstoßen. Gewiß, er ist stolz und verkehrt ungezwungen mit den Heiden, aber ist es nicht gerade das, was ihm solchen Einfluß bei ihnen verschafft hat?"

Aber einer der Presbyter meinte: „In den Augen des Messias nehmen wir Juden einen bevorzugten Platz ein, weil wir die Gebote empfangen haben und der Bund mit unserem Volke geschlossen wurde. Der Herr war Israelit, gehorchte den Gesetzen unserer Väter und wurde beschnitten. Darum muß, wer sich uns anschließen will, werden, wie Er war."

Mit einem Seufzer stellte Petrus fest, daß der alte Streit noch immer nicht geschlichtet war. Würde die junge Kirche diese Zwistigkeiten überdauern können? „Ich vertraue Saul“, erwiderte er dem Presbyter, „und darum müßt auch ihr ihm vertrauen. Was nicht Gottes ist, wird ausgestoßen werden.“ Hatten sie damals in Jerusalem nicht alle zusammen Saul ins Verhör genommen? Hatten seine Antworten sie nicht überzeugt? Gewiß, er hatte sie alle gereizt mit seiner kaum verhohlenen Anmaßung und seinem Unwillen über ihren Mangel an gehobener Bildung. Aber er hatte die Beschuldigung, er predige einen neuen Glauben, energisch zurückgewiesen. Er brächte nur die Heiden in Israels Schoß, hatte er gesagt. Israel war das auserwählte Volk Gottes, hatte er vor den Presbytern ausdrücklich bekräftigt, aber die messianische Gemeinschaft umfasse alle Völker. Hatte nicht der Herr selbst so gesprochen, und nach Ihm Jesaias und alle Propheten? Wenn nun einer zu glauben und in die messianische Gemeinschaft aufgenommen zu werden begehrte, wer sollte es wagen, ihm zu sagen: „Dir kann nicht Eintritt gewährt werden, denn du bist unrein und nicht beschnitten?“ Das hieße Gott lästern, der alle Menschen liebte und alle im Himmel um Sich versammelt zu sehen wünschte. Durfte sich ein Mensch die Entscheidung darüber anmaßen, wer erlöst werden sollte und wer nicht? Das wäre wahrlich pharisäisch gedacht. Hier lächelte Petrus den erregten Presbytern zu.

„Wäre Saul von Tarschisch ein Mann unseres Schlages“, sagte er, „unauffälliger, gemäßigter, demütiger — wäre er geboren worden, wo wir geboren wurden, hätte er gelebt, wie wir gelebt haben — wäre er kein Pharisäer von großer Gelehrsamkeit und Weltklugheit, kurz, entspräche seine gesellschaftliche Stellung der unseren, redete er unsere Sprache — wir würden uns nicht an ihm stoßen und keinen Streit mit ihm haben. Aber seine Wiege stand nicht in Israel, er ist römischer Bürger und des römischen Rechtes kundig und wurde von einem Griechen erzogen. Darum betrachten wir ihn als einen Emporkömmling, als Fremden, und verübeln es ihm, daß er unsere Brüder lehrt. Es ist eine menschliche Schwäche, daß wir dem Fremden mißtrauen, selbst wenn er guten Willens ist und es aufrichtig meint. Wir geben unseren persönlichen Freunden den Vorzug. Gott aber gibt keinem Menschen den Vorzug über einen anderen.“ Er fügte hinzu, daß schon der Prophet Hosea geweissagt hätte, Gott würde in späteren Tagen die Heiden zu Seinem Volke zählen. „Schau doch gen Himmel und zähle die Sterne, wenn du sie zählen kannst.“ So betrachtet, seien alle Menschen des Messias Nachkommenschaft.

Die Presbyter fügten sich. Sie liebten Saul nicht, aber sie vertrauten Petrus. Hatte der Herr nicht Seine Kirche auf ihm errichtet und konnte die Kirche irren? Nein. Der Plan, Saul aus der messianischen Gemeinschaft auszustoßen, wurde fallengelassen.

Nun nahm Jakobus das Wort und sagte, er halte dafür, man sollte den Heiden, die sich zu Gott bekehrten, keine Schwierigkeiten machen oder sie gar aus der messianischen Gemeinschaft ausschließen, wohl aber müßten sie sich in Hinkunft der befleckenden Opfermahlzeiten, des Ehebruchs und der Unzucht, wie auch der erstickten Tiere und des Blutes enthalten, weil doch einmal Moses' Gesetz von alten Zeiten her in allen Städten seine Verkündiger habe.

Saul entbrannte abermals in Zorn, als er von dieser Versammlung erfuhr, aber er unterwarf sich dem Ratschluß der Ältesten. Die jüdischen Christen nannten die bekehrten Heiden „Brüder", in ihrem Inneren aber auch weiterhin „Heiden". Sie waren nicht wahre Israeliten, wie der Herr Israelit gewesen war. Sie waren nur geduldet. Saul aber sagte zu ihnen: „Wer den Messias anbetet, ist im heiligsten Sinn Israelit; wer Ihn verwirft, ist kein Israelit."

Nachdem nun die Gemeinde in Korinth auf festen Grundlagen stand, drängte es Saul, in die Wüste vorzustoßen, wo der Name des Messias noch nicht verkündet worden war, und christliche Gemeinden zu besuchen, denen es an Kraft ermangelte. In seiner sanften Art schlug Barnabas Saul vor, Markus aufzufordern, sie zu begleiten. Saul sah ihn mit zornig blitzenden Augen an.

„Nein", sagte er. „Er hat mir genug zu schaffen gemacht und Mißklang in die Gemeinden gebracht, in denen alles harmonieren sollte."

„Wenn er es tat", sagte Barnabas, den Tränen nahe, „so aus Glaubenseifer."

„Ich kann keine Eiferer gebrauchen", erwiderte Saul, der große Eiferer. Er verdammte Markus, weil dieser ihm widersprochen hatte. Der Meinungsstreit mit ihm hatte bei Saul zu Anfällen geführt und ihn somit geschwächt. Wer einen Heilsboten schwächte, forderte Gott heraus. Barnabas suchte ihn zu besänftigen, doch vergebens. An Sauls ablehnender Haltung Markus gegenüber war nicht zu rütteln. Sie beruhte auf Überzeugung, aber auch auf der Tatsache der nun eben einmal bestehenden Unvereinbarkeit ihrer Charaktere.

Als Markus eintraf, weigerte sich Saul, der die ihm zugefügten Kränkungen nicht vergessen konnte, ihn zu sehen. Hin- und hergerissen zwischen der Liebe, die er für seinen Neffen, und der, die er für Saul, seinen Freund, empfand, reiste Barnabas schließlich mit Markus nach Zypern ab. Stolz und unnachgiebig wie immer, ewig bestrebt, Liebe zu schenken, während er den Anschein erweckte, als wiese er sie zurück, faßte Saul nun neue Pläne.

Gefühlsmäßig war seine erste Reaktion, daß sein Freund Barnabas ihn um seines Neffen willen im Stich gelassen und ihm, Saul, geringere Bedeutung zugemessen hatte. Da aber Saul trotz seines gereizten Wesens, trotz seiner harten Worte ein vernünftiger Mann war, sagte er sich schließlich: Ich stoße zurück, was ich umarmen möchte. Wo ich lieben möchte, entfache ich Zorn. Ich gehe mit der Wut zu Bette, wenn es mich drängt, meine höchsten Ziele zu erreichen. Ich würde selbst Dummheit ertragen, wäre sie nicht so rechthaberisch. Was bin ich doch für ein käuflicher Mensch!

Barnabas fehlte ihm sehr. Die besorgten braunen Augen, die Berührung der tröstenden Hand, die gütige Stimme der Mäßigung, der Zuneigung und der Nachsicht — sie fehlten ihm sehr. Aber noch konnte er Barnabas nicht bitten, zu ihm zurückzukehren. Noch nicht — obwohl er wußte, daß er eines Tages um seine Rückkehr betteln würde. Als versöhnende Geste erklärte er sich mittlerweilen mit gewissen Bedingungen der Jerusalemer Gemeinde einverstanden, die ihm von Petrus, den er immer höherschätzte, vorgebracht worden waren.

Sein Wunsch war es nun, nach einem Besuch Athens weiter nach Europa vorzudringen. So reiste er denn nach Athen, dem Sitz westlichen Wissens, westlicher Poesie und Philosophie, dem Thron der Schönheit, der Krone der Ethik und spitzfindiger Argumentation.

XLV

Saul war von der silbrigen Erde und den silbernen Hügeln Athens entzückt. Die Landschaft schillerte im Sonnenlicht unter einem tiefblauen, unglaublich leuchtenden Himmel. Er spazierte über die Agora, betrachtete die Läden und beobachtete die Kaufleute. Er blieb vor dem Tempel der Musik stehen, um den übenden Musikern zu lauschen. Er besuchte Akademien und Gerichtshöfe, wo der gelehrte Redestreit der Gesetzkundigen ihn anregte und erheiterte und die sauren Gesichter der richterlichen Beamten ihm ein mitfühlendes Lachen entlockten. Er besuchte die vor langer Zeit von Marcus Tullius Cicero gegründeten Bibliotheken und hielt sich eine Weile auf, um in den Schriftrollen zu stöbern. Er erstieg einen Hügel, um auf das purpurfarbene Wasser des Hafens von Piräus hinabzublicken, in dem viele Schiffe vor Anker lagen. In dieser hellen, lebhaften, heiteren, glitzernden Atmosphäre schienen ihm selbst die Römer zugänglicher und aufgeklärter. Mehr als alles andere faszinierten ihn die Akropolis und das Gold-Elfenbein-Bild der Athena Parthenos. Er wanderte über marmorne Böden, bewunderte Tempel, Springbrunnen und Kolonnaden und blickte auf die weiße Stadt hinab.

Wie edel, dachte er in scheuer Ehrfurcht, sind doch Sinn und Seele des Menschen, wenn sie frei sind von verwerflicher Selbstsucht, von Materialismus und Roheit! Wie ungeheuer, wie schicksalhaft fällt sein Schatten, wenn es ihm gelingt, seine Natur zu überwinden! Hier hat sich die Schönheit in Stein verewigt, ist Schönheit dem menschlichen Geist entsprungen. Oft ist mir der Mensch gemein und schmutzig, tückisch und grausam, widerlich und trügerisch, sündhaft und unkeusch, verräterisch und verworfen erschienen — und so ist er wirklich beschaffen. Aber ich weiß — und wie tief ist dieses Wissen! —, daß er auch göttlich ist in der Göttlichkeit des Allmächtigen, daß die Unsterblichkeit in seinen Gehirnwindungen widerhallt, und daß ihm nichts verweigert werden kann, wenn er sich dem Allerheiligsten unterwirft und in Ihm aufgeht. Nur Gott kann den Menschen von sich selbst befreien, wenn er diese Freiheit begehrt, denn Knechtschaft, und alles, was schlecht und häßlich an ihr ist, verhängt jeder Mensch selbst über sich.

Die Statuen auf der Akropolis beunruhigten ihn nicht, wie sie ihn einst beunruhigt hätten: ihre Anmut entzückte, ihre unnachahmliche Majestät bezauberte ihn. Er glaubte Götter vor sich zu sehen und konnte verstehen, daß Menschen oft anbeteten, was sie mit ihren eigenen Händen geformt hatten, gleichzeitig aber in einem dunklen, geheimnisvollen Winkel ihrer Seele erahnten, daß das Geschaffene seinen Ursprung in der Eingebung durch ein höheres Wesen hatte und somit nicht zur Gänze ihr eigenes Werk war. Der Gott des Lichtes und der Schönheit hatte gelächelt. Sein Lächeln war auf diesen steilen Hügel gefallen, und Phidias war zu Seiner steinernen Zunge geworden, um das anzusprechen, was im Menschen endlos nach Vollkommenheit und Idealem strebt. Sokrates, der sich nur in Worten ausdrücken konnte, reichte an Phidias nicht heran, dem zweifellos Engel zur Seite gestanden waren. Tiefe Ehrfurcht erfüllte Sauls verwundbares Herz. Durch die großartigen weißen Kolonnaden hindurch blickte er zum leuchtend blauen Himmel empor und mußte sich eingestehen, daß er nicht einmal im Tempel zu Jerusalem solche Verehrung, solch heilige Scheu, so überströmende Glückseligkeit empfunden hatte und der Gnade so allumfassenden Verstehens teilhaftig geworden war.

Griechenland würde dahinschwinden, wie dies allen Völkern beschieden war, doch seine Weisheit, sein Ruhm und seine Schönheit fortleben in alle Ewigkeit, solange es eine menschliche Zunge gab, davon zu berichten. Ein Dichter war mehr als ein König; der Weise übertraf den Reichen. Die Unsterblichkeit eines Volkes hing von den Fähigkeiten der Menschen ab, die es gezeugt und hervorgebracht hatte. In seiner Dichtkunst, seiner Weisheit und seiner geistigen Struktur lief Griechenland allen anderen Völkern den Rang ab. Saul hatte gehört, daß es schönere Länder gab, größere und großartigere, aber durch eine geheimnisvolle Fügung war die höchste Form von Schönheit in Wort und Marmor in Griechenland geboren worden.

Doch die christliche Gemeinde Athens, die jüdische wie die heidnische, zeigten leider für Sauls Entzücken und Begeisterung über die Stadt kein Verständnis. Für die Juden war der Anblick der gewaltigen Akropolis ein „Fallstrick des Teufels", um der Menschen Auge und Geist von den ewigen Wahrheiten abzulenken. Saul, der schon im Begriff war, sie mit seiner feurigen Zunge zu geißeln, entsann sich noch rechtzeitig, daß er in seiner Jugend, in Gesprächen mit Aristo, ähnliche Meinungen geäußert hatte. Die Heidenchristen waren einfache Leute,. Freigelassene, Arbeiter und Bauern, die ihr Leben lang immer nur geschuftet hatten. Sie waren Griechen, aber ohne jeden Stolz auf ihr Erbgut, und die Schönheit, die Saul bewunderte, blieb ihren Augen verschlossen. Sie starrten ihn zweifelnd und verständnislos an. Was hatte das mit ihrem jetzigen oder zukünftigen Leben zu tun? Menschenwerk, wie prächtig auch immer — obgleich sie die Pracht gar nicht sahen —, war Staub und Asche und sein Anblick unter der Würde eines Christen, dessen Gedanken ausschließlich auf die Ewigkeit gerichtet sein sollten.

Wie in Korinth, waren die Judenchristen — Kaufherren, Händler, Bankleute — auch hier wohlhabender als ihre heidnischen Brüder. Sie konnten Saul nicht begreifen, der doch ihres Volkes, ihres Fleisches und Blutes war. Es waren gute Menschen und sie hielten es als Christen für ihre Pflicht auf Erden, das Los der Armen zu lindern, die Bedrückten aufzurichten, die Hungrigen und die Obdachlosen zu nähren, Unrecht gutzumachen, Freiheit zu verkünden und Knechtschaft zu brandmarken und — es gab auch Gesetzkundige unter ihnen — vor Gericht um Mitgefühl für den Verbrecher und Erbarmen für den Missetäter zu kämpfen. Ihre Gefühle und Überzeugungen, versicherten sie Saul angelegentlich, waren edel und gut; sie litten mit den Leidenden und duldeten mit den Duldern. Saul schüttelte ärgerlich den Kopf. Freilich sollte der Mensch seinen Nächsten lieben und ihm beistehen — war denn das nicht Gottes Gebot? Aber dieser Beistand und die Liebe des Nächsten erblühten ganz natürlich aus dem Glauben und den Pflichten des Glaubens, so wie eine Rose auf natürliche Weise aus dem Wurzelstock ihres Wesens erblüht. Ohne Glaube und Anbetung und göttliche Wahrheit war aller Dienst an seinem Nächsten nichts als selbstgerechtes Geplapper.

Er zitierte ihnen Jesaias: „Ein schlechter Mensch wird dann nicht mehr ein Edler heißen; und ein Geiziger nicht mehr ein Freigebiger genannt werden. Denn der Tor redet Torheit, und sein Herz sinnt auf Böses, Heuchelei zu üben, und Irrtum wider den Herrn zu verbreiten, den Hunger des Hungrigen zu täuschen, und den Trank dem Durstigen zu nehmen. Des Betrügers Werkzeuge sind böse, er sinnt auf Ränke, um durch Lügen die Armen zugrundezurichten, wenngleich der Arme recht redet. Der Edle aber sinnt auf Edles und besteht durch Edelmut."

Sie waren über seine Worte entsetzt, aber Saul wies sie mit spöttischem Lächeln zurecht: „Das habe nicht ich gesagt. Das war der Prophet Jesaias. Wie nun! Kennt ihr die heilige Bibel nicht mehr?"

Er fuhr fort: „Der Herr hat gesagt, wir mögen zuerst nach dem Reiche Gottes trachten; dann wird uns alles andere, selbst die Nächstenliebe und das Erbarmen mit den Bedrückten als Zugabe werden. Verbringt eure Tage und Nächte mit dieser Suche, und so wie Wasser aus lebendigem Stein fließt, wird das Wasser eurer Liebe aus euren Seelen quellen, um den Durst der Durstigen zu stillen; wie Manna vom Himmel fiel, wird das Manna eurer Mildtätigkeit aus euren Herzen fallen."

Die Presbyter warfen ihm übermäßige Härte vor. Das herrschende Elend lasse ihn kalt, sagten sie, und ganz gewiß sei es die vornehmste Pflicht des Menschen, sich um weltliche Dinge zu bekümmern und alles zu tun, um die Lage seiner Brüder zu verbessern. „Ich will euch den Propheten Ezekiel zitieren", entgegnete Saul, seinen Zorn nur mit Mühe bezähmend, „denn er hat dieses Problem erörtert. ‚Die Priester Israels beleidigen Mein Gesetz und entweihen Meine Heiligtümer; machen zwischen dem, was heilig, und dem, was gemein ist, keinen Unterschied; lehren nicht den Unterschied des Reinen von dem Unreinen. Ausschütten will ich also Meinen Zorn über sie.' Euer Leben, meine Freunde, ist Jesus Christus, der uns sagte, Er sei kein Entzweier der Menschen, und Sein Reich sei nicht von dieser Welt. Laßt das Licht eures Glaubens vor den Menschen leuchten, und fliehen werden die Schatten, auftun wird sich das Verlies, denn es sind ungläubige Menschen, die Hunger und Armut, Not und Elend verursacht und Witwen und Waisen das Dach von den Häusern gerissen haben. Der Gläubige aber, den Obdachlosen ist er Obdach, den Hungrigen eine volle Speisekammer, und den Durstigen ein erfrischender Quell, denn sein Glauben gebietet ihm, alle Qualen zu lindern."

Seine kraftvolle, wohlklingende Stimme, seine packende Bildersprache, seine Zartheit und sein Humor unmittelbar nach einem Zornausbruch, seine Beredsamkeit, die Mystik seines Wesens und seiner Erscheinung — dies alles flößte ihnen, wie schon so vielen Menschen, ehrfürchtige Scheu ein. Doch weil sie im Netz ihrer vorgefaßten Meinungen gefangen waren, mußte Saul sich wieder einmal der lästigen Aufgabe unterziehen, Licht in das Dunkel veralteter Ansichten zu bringen. Es gäbe kein Leben außer in Jesum Christum, wiederholte er immer und immer wieder, und das ganze Leben sei ein Geschenk. Die Erlösung läge nicht in menschlichen Werken, sondern ausschließlich im Glauben, der diese Werke anrege.

Zweifellos einer Eingebung des Heiligen Geistes folgend, sandte ihm Petrus einige Wochen später einen Gefährten aus Jerusalem, einen jungen Mann namens Thimotheus, dessen Mutter eine Jüdin und dessen Vater ein griechischer Lehrer gewesen war. Thimotheus war demnach Jude, wenn auch ein unbeschnittener. Doch brachte er die Juden in eine peinliche Lage, weil er, als Jude wie auch als Christ, regelmäßig die Synagogen besuchte. Seiner Übereinkunft mit der Gemeinde in Jerusalem eingedenk, ließ Saul Thimotheus — seufzend — wissen, daß er sich beschneiden lassen müsse, denn „wohin wir auch reisen, wir werden in die Synagogen gehen, um zu unseren Brüdern zu sprechen, und es ist sündhaft, andere Menschen zu demütigen, Anstoß bei ihnen zu erregen und sie zu provozieren. Ich habe immer gesagt und auch gepredigt, daß ein Nichtjude, um der christlichen Gemeinde beizutreten, weder Jude werden noch sich beschneiden lassen muß. Doch du, mein Thimotheus, mein junger Freund, du bist ein besonderer Fall."

Saul schoß der Gedanke durch den Kopf, ob Petrus, der eine eigene Art von Humor hatte, ihm einen Schabernack spielen wollte. Jedenfalls ging Thimotheus, der einem jungen Hermes glich, mit einer Bereitwilligkeit auf seinen Wunsch ein, die Saul, der dabei an Markus dachte, rührend und tröstlich fand. Saul selbst nahm die Zeremonie nach striktem israelitischem Brauch vor und stand bei Thimotheus Pate. In der Folge sprach er von Thimotheus als „seinem lieben Kind, seinem echten Sohn im Glauben". Er gewann den Jüngling so lieb, wie er seinen eigenen Sohn Boreas liebte, dessen Frau, Tamara bas Judah, ihm mittlerweilen zwei reizende Kinder, einen Sohn und eine Tochter, geboren hatte. Der Sohn wurde auf den Namen Hillel ben Enoch, das Mädchen Dacyl ben Enoch getauft, und als Saul die Nachricht erhielt, weinte er vor Glück und vor Schmerz: vor Glück, daß Boreas sich seines Großvaters erinnert hatte, und vor Schmerz — stolzem Schmerz —, daß Boreas seine junge, so früh verstorbene Mutter ehrte. Die Sehnsucht nach seinen Enkelkindern und seinem Sohn quälte ihn Tag und Nacht, aber er wußte, daß seine Hoffnung vergeblich war. Er sprach von seinem Kummer zu Thimotheus, dessen Anteilnahme echtes Gefühl verriet, und Saul fragte sich, ob sich wohl auch Markus so natürlich und verständnisvoll gezeigt hätte. Wahrscheinlich nicht, entschied er seufzend. In letzter Zeit seufze ich zuviel, dachte Saul, und das ist eine schlechte Gewohnheit; sie läßt auf Hoffnungslosigkeit schließen.

In mancher Hinsicht schien der junge Thimotheus der Verzweiflung nahe. „Die Heiden", klagte er Saul, „sind gottlos, verworfen und zügellos. Es gelüstet sie nach Weiberfleisch und starken Getränken, sie verlachen alles, was heilig ist, und haben überhaupt keinen Glauben. Wie können wir solche Menschen zu Gott und zum Messias bekehren?"

„Mein Kind", erwiderte Saul, „du hast sie nicht sehenden Auges betrachtet. Du irrst in deiner Annahme, die Heiden wären gottlos; sie gehen nur einen falschen Weg. Die ungeheure Ausbreitung der Religionen aus Ägypten und dem Orient nach Westen, bis nach Rom, zeigt deutlich, daß das Herz des Menschen allezeit willens ist, die Wahrheit zu empfangen und anzubeten. Kein Tyrann, kein Wahnsinniger ist imstande, das Verlangen nach Gott und den lebendigen Wassern aus den Herzen der Menschen zu reißen, denn es wird in den Herzen der Menschheit geboren. Entsittlichung, Unglaube, Fleischeslust, Sündhaftigkeit sind alles Symptome der Verzweiflung, die die Seelen der Menschen anfällt — der Verzweiflung darüber, daß sie Gott nicht kennen und daß ein geistiger Hunger sie quält, den auch das Streben nach Vergnügen und Gewinn nicht stillen kann. Sie nehmen die Mühlsteine des Lasters auf sich und vergiften sich mit starken Getränken, um ihren Kummer und ihre Leiden zu lindern, denn sie wissen ja nicht, daß das, was sie trösten und heilen und nähren kann, so nahe zur Hand ist. Es ist unsere Pflicht, ihnen das Brot des Lebens und die lebendigen Wasser zu reichen. Haben sie diese einmal angenommen, werden sie von falschen und niedrigen Ersatzmitteln, bloßen Trugbildern von Korn und Fleisch und Milch, nichts mehr wissen wollen."

Mit überschwenglicher Begeisterung aber sprach Thimotheus vom Schicksal der Kirche „in der Zukunft, sobald alle Meinungsverschiedenheiten überwunden sind und alle Menschen wie Schäflein unter der Obhut des großen Schäfers stehen werden. Schade, daß wir das nicht mehr erleben werden — aber die kommenden Generationen werden es erleben; was die Gemeinden in diesen, in unseren Tagen bedrängt, wird sie dann nicht mehr bedrängen — und für ewige Zeiten wird Friede herrschen."

„Nichts gegen Optimismus und Hoffnung", erwiderte Saul und verzog ein wenig den Mund, „soferne sie auf der Wirklichkeit menschlicher Natur beruhen. Ich persönlich halte den Optimismus für Feigheit, weil nämlich die Optimisten die Fabel der Wirklichkeit, und die Hoffnung dem harten Fels der Tatsache vorziehen — und die Hoffnung lügt, wenn sie sich nicht auf den Herrn gründet. Zur Zeit der römischen Saturnalien ist es üblich, den Kindern Geschenke zu machen. Wenn diese Kinder dann zu Männern werden, müssen sie erfahren, daß Geschenke nicht auf geheimnisvolle Weise vom Himmel fallen, ohne daß man dafür etwas leisten muß. Wer das nicht einsehen will, ist schon kein Optimist mehr; er ist verrückt. Gewiß, der Glaube ist ein Geschenk aus der Hand Gottes, aber der Mensch muß sich dieses Geschenk verdienen und selbst den guten Samen auf seinem Acker säen. Wir, die wir von Jesus Christus berufen sind, müssen diesen Samen heranbringen, aber wir können ihn nur anbieten. Wir dürfen weder Optimisten sein, noch allzuviel erhoffen; wir können nur beten.

„Du sprichst von der Zukunft, da es keine Meinungsverschiedenheiten mehr geben wird, wie sie die Gemeinden leider heute noch plagen. Verkündige das Wort, mein Thimotheus; halte an, es möge gelegen sein oder nicht; weise zurecht, warne, ermahne mit aller Schonung und Lehrweisheit. Denn es wird eine Zeit kommen, wo man die gesunde Lehre unerträglich finden, hingegen nach eigenen Gelüsten sich mit Lehrern überladen wird, welche die Ohren kitzeln. Von der Wahrheit wird man das Ohr hinweg und nach Märchen es hinwenden. Sei du aber bei allem auf deiner Hut, ertrage die Amtsbeschwerden, erfülle die Pflichten eines Evangelisten, leiste deiner Amtspflicht ein volles Genüge, sei bescheiden! Weil die Menschen nur Menschen sind und somit Irrtümern unterliegen und zur Auflehnung neigen, können wir von den Gemeinden nicht erwarten, daß sie von Meinungsverschiedenheiten und Streitigkeiten, die mit lauten, scharfen Stimmen ausgetragen werden, verschont bleiben. Wir können nur standhaft an der Wahrheit festhalten, falsche Lehrweisheiten ablehnen, und jede Verständigung mit Lügnern, Narren und Gewalttätern ausschlagen, wie auch mit jenen, die nur um der Änderung willen etwas ändern wollen. ‚Es gibt nichts Neues unter der Sonne', hat Salomon gesagt, und dieser Satz wird auch in Zukunft nicht seine Gültigkeit verlieren. Wenn kommende Geschlechter einmal ausrufen werden: ‚Das ist neu, wir sind die neue Generation, und was wir sagen, ist neu und wahr!', dann sind sie Narren, die nichts aus der Geschichte gelernt haben, Menschen ohne Verstand und ohne Bildung. Unerfahrene, hysterische Dummköpfe sind es, und wer wird auf sie hören außer Narren, wie sie es selber sind? Trotzdem werden sie Schaden anrichten und die Gläubigen verwirren. Aber wir haben das Wort Gottes, daß sie dann gegen die Kirche nichts ausrichten werden."

Für sich aber dachte er: Die Jungen verlangen das Absolute. Habe ich es nicht selber gefordert? Aber das einzig Absolute ist Gott. Sie verlangen für alle Probleme Lösungen, die ihnen gefällig sind. Nie aber fragen sie, ob die Lösungen Ihm genehm sind, Ihm, der in Wahrheit die einzige Lösung ist. Lösungen, die auf Theorien beruhen und auf dem, was den Jungen ‚gut' erscheint, sind Streu im Wind, das einen blendet und ihm den Atem benimmt, aber niemals Nahrung. Der weise Jüngling kommt später zur Einsicht, doch wer als Alter noch daran glaubt, daß es ohne Gottes Weisheit und Erleuchtung Lösungen für alle menschlichen Probleme geben kann, und daß die Menschen imstande sind, allein alle Lösungen zu finden, der ist wohl betagt, aber ohne Verstand. Er ist wahnsinnig und eine Gefahr für die Menschheit.

Es gab Zeiten, da Saul, der sich in bezug auf seine Mitmenschen keinen Illusionen hingab, allen Mut verlor. Er konnte nur auf den endgültigen Sieg Gottes hoffen, wie er verheißen worden war.

Er hatte mittlerweile tiefe Zuneigung zu den Athenern gefaßt; nicht nur, weil sie ihm mit mehr Achtung begegneten als die Judenchristen und die orthodoxen Juden, sondern auch, weil er sich ihnen als Weltbürger verwandt fühlte. Er entdeckte jedoch, daß das Interesse der gebildeten, intelligenten Athener an Gott einer philosophischen Hypothese gleichkam, die nichts mit den prosaischen Gegebenheiten des menschlichen Lebens zu tun hatte. Gott, hatte Aristoteles gelehrt, war der Erste Bewegende der Schöpfung, die sich jedoch, nachdem sie der göttliche Finger berührt hatte, selbst zerstörte oder erlöste. Es schien der Mehrheit der gebildeten Athener unfaßlich, daß Gott sich herablassen, liebevoll herablassen sollte, aus Menschenleib geboren zu werden, unter den Menschen zu wandeln und sie davor zu bewahren, den Weg der Sünde zu beschreiten — die ihnen bestimmt war. Der Erste Bewegende mußte doch wohl erhabener sein, Er, der Schöpfer von Sternen und Planeten und Galaxien.

„Kein Sperling fällt zur Erde ohne unseres Vaters Willen", sagte Saul, und sie schüttelten lächelnd die Köpfe. „Er beobachtet die Fliege, die nur einen Tag lang lebt, und den Käfer, der sich mit den Gesetzen abfinden muß, die die Natur ihm vorgeschrieben hat." Wieder lächelten die Athener, drehten die Köpfe zur Seite und dachten für sich, daß Saul seinen eigenen Gott herabwürdige, indem er Ihn mit so unwichtigen Dingen beschwere. Und von der bewegenden Kraft einmal in Gang gesetzt, ließen sich die Gesetze der Natur nicht mehr ändern — wehe dem menschlichen Wesen — oder Insekt —, das so töricht war, sich dem unerbittlichen Schicksal in den Weg zu stellen.

Es war an einem der letzten Tage seines Aufenthaltes in Athen, daß Saul in der würzigen Hitze des Mittags, da Säulen und Zypressen scharfe blaue Schatten warfen, vom Marshügel der Akropolis zu den Einwohnern der Stadt sprach. Weiß und glitzernd wie Schnee in der glühenden Sonne, erhoben sich über ihm das Wunderwerk des Parthenon und kleinere Tempel. Nicht weit davon überragte der riesige graue Felsen der Gerechtigkeit den römischen Tempel des Jupiter mit seinen mit bunten Friesen versehenen Giebelfeldern, und die davorstehende mächtige, golden leuchtende Statue des Gottes, dessen Helm aus zuckenden Blitzen zu bestehen schien. Rund wie eine Schale lag das Dionysostheater unter Saul. Schmalen Marmorterrassen gleich, rankten sich die Sitzreihen, viele mit bunten Pölstern bedeckt, bis an den Rand der Schale empor. Die Wände waren mit wunderschönen Flachreliefen verziert, die Sagen und Heldentaten der Götter darstellten. An den Außenseiten der Akropolis schimmerten die breiten weißen Marmortreppen, die zum Gipfel führten. Sie waren voll von Menschen, die mit Blumen und Opfergaben im Arm zu den Tempeln aufstiegen, während die Herabkommenden sich mit jener für die Athener so charakteristischen Mischung von Ernst, Witz und Gelächter miteinander unterhielten. Tief unten, in der Stadt selbst, fiel Sauls Blick auf das rubinrote Dach des riesigen Kaufmarkts, der Agora, die weiß und golden leuchtenden, zusammengedrängten öffentlichen Gebäude und die endlosen Trauben würfelförmiger heller Häuser mit ihren Gärten und von Kletterpflanzen bedeckten Mauern. Farbe und Bewegung, Lebensfreude und Lebenskraft und die maßvolle Fülle westlicher Geisteshaltung drückten der Landschaft ihren Stempel auf. Trotz der Intensität der Farben und Tönungen, trotz des brodelnden Kommens und Gehens, des Lärms, der Musik und des Stimmengewirrs, trotz des fast unerträglichen Überflusses an Licht, trotz des brennenden Blaus des Himmels herrschte eine gewisse Ordnung, eine gewisse Zurückhaltung.

In der Ferne sah Saul die purpurne See, das dunkle Grün waldiger Hügel, das sepiabraune Land, die smaragdenen Hänge jenseits der Stadt und goldglitzernde Ströme. Athen war für ihn ein Blick ins Paradies. Trotz der Hitze wehte eine frische Brise vom Meer herüber, und eine tiefe und glückverheißende Erregung lag in der Luft. Selbst die Karren und Wagen, die sich unten durch die engen Gassen schlängelten, schienen von einer Art freudiger Zielstrebigkeit beseelt. Kein Wunder, dachte Saul, daß mein Großvater diese Stadt liebte, und als ich jung war, verachtete ich ihn deswegen. Nichts schien mir schöner und bedeutender als Jerusalem. Von Zion kam das Gesetz, aber auch das Gesetz war von einer Mannigfaltigkeit und Schönheit, die den Erdball umspannte.

Die Griechen hatten Saul den Spitznamen ‚Der jüdische Sokrates‘ gegeben und fanden ihn überaus passend. Sie liebten Debatten und Streitgespräche nicht weniger als die Juden und schätzten die Akkuratesse einer wohlgesetzten Rede. Er fühlte sich von dem Spitznamen nicht verletzt. Er blickte nun auf die farbenfrohe Menge hinab, die gekommen war, um ihn zu hören, auf die von ihren Sklaven begleiteten Reichen in ihren Sänften, auf die elegant gekleideten Geschäftsleute, Gesetzkundigen und Ärzte, auf Handlanger und Arbeiter und Bauern und alle, die sich in Stadt und Land um ihr tägliches Brot abmühten. Sie standen und saßen auf den hohen, steilen Treppen, die zur Akropolis hinaufführten, suchten im Schatten des Nachbarn Schutz vor der Sonne oder hielten Sonnenschirme in allen Farben des Regenbogens über ihren Köpfen. Sie plapperten natürlich endlos, wie es ihre Art war, doch als Saul mit seiner lauten, ausdrucksvollen Stimme zu sprechen begann, verstummten sie sogleich und hörten ihm aufmerksam zu, denn er war ein berühmter Mann. Außerdem bestand die Möglichkeit, daß die Götter — an die sie nur theoretisch glaubten — sich seines Mundes bedienen könnten. Mit seiner flammenden Mähne aus rotem und zum Teil schon weißem Haar, seinem zerfurchten, leidenschaftlichen, majestätischen Antlitz und dem wilden Blau seiner Augen bot er einen gewiß nicht alltäglichen Anblick. Er war bescheiden in eine lange braune Tunika gekleidet, wie sie die Arbeiter in den Werkstätten trugen, ein Strick diente ihm als Gürtel, und Schnüre hielten seine Sandalen zusammen. Aber er war eine gebieterische, begeisternde, fast göttliche Erscheinung, und seine gewaltige, ja übermenschliche Überzeugungskraft schlug die Zuhörer in Bann. Hier stand kein einfältiger Demagoge, wie man sie nur zu gut kannte, kein käuflicher Politiker auf Stimmenfang, kein selbstsüchtiger Beutelschneider. Aus Liebe zu seinem Gott, hieß es, war dieser Mann hierhergekommen, und von diesem Gott der Hebräer hatten sie schon allerhand gehört — und nicht alles Gehörte gutgeheißen. Er schien ihnen zu sehr ein Gott des Zornes und zu wenig ein Gott der Schönheit zu sein, und die ihn anbeteten, waren trübsinnige Leute, zogen lange Gesichter und machten den Eindruck, als ob sie vom Leben, von Heiterkeit und Lachen nichts wissen wollten. Nun aber stand hier ein Jude, von Freude erfüllt und Freude erweckend, der entzückt auf ihre Stadt hinabsah, ein interessanterer Jude also, noch dazu ein Meister der griechischen Sprache.

„Volk von Athen!" rief er und breitete die Arme aus, als ob er sie mit seiner Stimme und dem Glanz seiner Augen, lebensvoll noch in dieser lebensvollen Luft, an sich ziehen wollte. „Ihr habt mich schon gehört, ihr, die ihr mir auf Marktplätzen, in den Heidenhöfen der Synagogen und auf den Straßen lauschtet, und so wird meine Botschaft euren Ohren nicht neu sein. Viele von euch haben mich mit Ehrfurcht gefragt: ‚Ist dein Jesus der Unbekannte Gott, von dem wir seit Anbeginn der Zeit wissen?' Und ich antworte euch: ‚Fürwahr, Er ist euer Unbekannter Gott und der Unbekannte Gott aller Menschen, die Ihn in Finsternis und Hoffnung und Demut angebetet haben. Jetzt aber spreche ich euch von Ihm, der nicht länger unbekannt, nein, der auferstanden ist, um sich endlich der ganzen Welt in Glanz und Würde, in ehrfurchtheischender Macht und Größe, in Liebe und Zärtlichkeit und Schönheit zu offenbaren. Es gibt keine Religion auf dieser Erde, keine lebende und keine tote, über der nicht das goldene Samenkorn der Verheißung gestrahlt hätte. Alle Menschen haben Ihn erwartet, wenn auch viele nicht wußten, auf wen sie warteten. Sie hofften nur, aber das war genug, denn nun wurde ihre Hoffnung erfüllt.

So sprach ich zu euch, und so predigte ich an vielen Orten dieser Stadt. Viele lachten und fragten: ‚Wer ist denn dieser wandernde Jude, der so komplizierte Dinge auf so simple Weise erklärt? Philosoph ist er keiner, sondern nur ein Mann in ärmlichem Gewand, dem der Staub an den Füßen klebt.' Die meisten aber hörten mir höflich und aufmerksam zu, und ihnen danke ich, auch wenn sie mir keinen Glauben geschenkt haben."

Dann berichtete er ihnen über sein Erlebnis auf der Straße nach Damaskus, und nun herrschte absolute Stille, als ob die Wände des Lärms, die sie umgaben, die Stille in ihrer Mitte noch verstärkten. Manche kannten die Geschichte schon, waren aber gleichwohl bezaubert, als sie sie jetzt ein zweites Mal hörten. Die sie nicht kannten, lauschten hingerissen, denn es schien ihnen, daß Saul nicht nur zum Dichter geworden war — und sie werteten Dichter höher als jede andere Menschengattung —, sondern selbst eine Art göttliches Wesen darstellte. Das Feuer seiner Beredsamkeit, die Kraft und die Majestät seines Ausdrucks bewegten sie in ihren Herzen — in Ehrfurcht vor der Schönheit, wenn nicht in plötzlichem Aufflammen ihres Glaubens. Es war, als ob ein zweiter Homer ihnen neue, bisher unbekannte Gesänge vortrüge. Die Vision des Messias, die Saul ihnen so plastisch vor Augen führte, Seine Herrlichkeit und Seine Macht, rührten sie zu Tränen, aber es waren Tränen des Entzückens über solch wunderbare Vollkommenheit. Jesus war eine neue Manifestation Apollos, des Zeus oder des Hermes: herrlich von Gestalt, leuchtend von Antlitz, strahlender als die Sonne, schrecklicher und unüberwindlicher als ein Ungewittter. Die verschiedensten Empfindungen bestürmten sie: die einen seufzten, die anderen murmelten etwas vor sich hin, einige rangen die Hände, und wieder andere starrten wie verzückt zu Saul hinauf. Sie glaubten ihm jedes Wort. Sie zweifelten keinen Augenblick daran, daß er einen Gott, möglicherweise Zeus selbst, geschaut hatte. Es war eine Vision, die die Luft, die sie atmeten, in goldenen Schimmer zu tauchen schien. Selbst die Aufgeklärtesten und Weltgewandtesten, überzeugt, daß Saul von göttlichem Wahnsinn befallen — oder vielleicht ein Opfer seiner eigenen Phantasie geworden war, konnten ihre Bewegung nicht verbergen.

Sie erwiesen ihm schweigend die Ehre, die sie auch einem Dichter erwiesen hätten, dessen Gesänge sie nie zuvor vernommen hatten, von dessen hinreißender Bildersprache sie jedoch entzückt waren. Es spielte keine Rolle, ob die von Saul geschilderte Vision in Wirklichkeit oder nur in seiner Vorstellung stattgefunden hatte. Was zählte, war die Schönheit, und war nicht ihr Land die Quelle aller Schönheit? Und hatte die Schönheit nicht ihre eigene Logik, ihre eigene Daseinsberechtigung?

Aber es gab unter den Zuhörern einige — und es waren nicht die Geringsten —, denen der Glaube mit feurigen Fingern ans Herz rührte und die des Heiligen Geistes voll wurden. „Es ist unvernünftig", sagten sie sich, „es ist verrückt und unlogisch und mit dem normalen Verstand nicht zu erklären — aber ich glaube. Ich weiß nicht, warum ich glaube, ich weiß nur, daß dieser Mann die reine Wahrheit gesprochen hat. Es steht für mich fest, daß er mit Gott geredet und Ihn gesehen hat, und daß ich sterben muß, wenn ich nicht an seine Worte glaube. Denn meine Seele ist erhellt von der Größe Gottes, und das Bild, das ich jetzt nur dunkel vor mir sehe, kann sich zu einer Herrlichkeit über alle Maßen entfalten, zu einer ekstatischen Verzückung, die alle Vorstellungskraft übersteigt. Man kann sie nur erleben, um sie nie zu vergessen."

Anderen wieder war sein Evangelium der Erlösung zu einfach, zu kindlich, zu unkompliziert, um als göttliche Weisheit zu gelten, zu sehr auf das einfache Volk zugeschnitten, zu unreif und vielleicht auch zu rührselig. Es war poetisch, aber als Wahrheit absurd. Der Mann sollte sein Dichtwerk veröffentlichen, und man würde ihn feiern. Folgten die Dichter nicht einer göttlichen Eingebung, die sie befähigte, den müden Herzen der Menschen Freude zu spenden? Selbst ihre Albernheiten und

Sinnwidrigkeiten hatten Charme. Doch auf das Alltagsleben, auf die Kompromißlosigkeit von Frauen und Kindern, auf Handel und Gewerbe und Geschäfte fanden die Worte dieses Saul von Tarsus keine Anwendung. Die Götter herrschten in einem Reich, die Menschen in einem andern. Man sollte die Grenzen nicht verwischen. Die Folgen konnten verheerend sein, wenn die Götter in das Reich der Menschen eindrangen, oder umgekehrt. Die Männer von Athen dachten vernünftig und hofften, daß die Götter ihre Distanz wahren würden, denn was wußte man denn schon auf dem Olymp von Geldwechslern und Banken, von Politikern und Steuereinnehmern? Oder überhaupt von den Schwierigkeiten des Lebenskampfes auf Erden?

Saul konnte nicht wissen, welche Seele vom Heiligen Geist erfüllt worden und wessen kühles, weltkluges und dem Vernunftdenken zugewandtes Herz unberührt geblieben war und nur die Schönheit der Worte genossen hatte. Hinter ihm stand der junge Thimotheus, der Hermes mit dem engelhaften Gesicht, der für beide Welten Verständnis hatte und über beide betrübt war. Er fühlte einen quälenden Schmerz in sich brennen. Es gibt keine Juden und keine Heiden, hätte er ausrufen mögen, es gibt keine Rassen, weder Athener noch Römer noch Parther noch Perser oder Barbaren, keine Hohen und keine Niedrigen! Wir sind alle Menschen — und was Saul und ich euch gebracht haben, ist eine Wahrheit, die alle angeht! Hört zu und laßt eure Herzen sprechen! Die uns voneinander trennen wollen, sind unsere Feinde! Leute, die Bruder gegen Bruder aufbringen, sind Mörder! Gott ist unser aller Vater, und das ist alles, was ihr wissen müßt!

Saul war überrascht, achtungsvollen und wohlgemeinten Applaus aus den Reihen seiner Zuhörer zu erhalten, nachdem er seine Rede beendet hatte. Es war der gleiche bewundernde Applaus, mit dem sie die Leistung eines guten Schauspielers belohnt haben würden, dessen tragische oder erheiternde Worte ein Gefühl der Schönheit und Größe in ihnen erweckt hatten. Saul nahm dies mit einer Mischung aus Bedauern und schmerzlicher Belustigung zur Kenntnis und tröstete sich mit dem Gedanken, daß der Messias in Seiner Weisheit wohl gewußt haben würde, an wessen Herz Er zu rühren wünschte. Vor den Menschen bin ich ein Löwe, sagte sich Saul, doch vor Ihm nur ein Wurm.

Er überließ es Thimotheus, mit den wenigen zu sprechen, die mehr zu wissen verlangten und die Taufe in Erwägung zogen, und stieg müde die hohen Marmorstufen hinab, denn er war wie immer von seiner Beredsamkeit und seiner leidenschaftlichen Hingabe erschöpft. Viele berührten ihn am Arm, um ihn zu seiner ausgezeichneten Darbietung und zu seinem Dichtwerk zu beglückwünschen. Er erkannte, daß sie ihn nicht verhöhnten, und hielt seine Zunge im Zaum. Dann erblickte er Lucanus, den Arzt, am Rande der Menge, der ihn mit einem unergründlichen Ausdruck auf seinem bleichen Gesicht erwartete. Freude beflügelte Sauls Schritte, er vergaß seine Müdigkeit und eilte die Treppe hinab, um seinen Freund zu umarmen.

XLVI

„Unser vielgeliebter und berühmter Arzt!" rief Saul und ließ nicht ab, den Griechen immer wieder in die Arme zu schließen. „Meine Augen sind entzückt, dich zu sehen! Wann bist du angekommen? Wie geht es dir, teuerster Freund? Du scheinst müde, sogar krank. Wie nun? Hast du dich bei deiner Arbeit unter den Heiden überanstrengt?"

Die Worte sprudelten über seine Lippen, so sehr erfüllten ihn Freude und Entzücken, und so merkte er offenbar nicht, daß Lucanus' blaue Augen kummervoll blickten und seine Wangen eingefallen waren. Lucanus legte seine Hand auf Sauls Schulter und versuchte zu sprechen; er konnte es nicht. Aber Saul schien nichts zu sehen. Er winkte ungeduldig zu Thimotheus hinauf und rief: „Komm gleich herunter! Wir haben meinen guten Freund Lucanus zu Gast!"

Sein müdes, sonnverbranntes, von jener dichten, stolzen Mähne aus rotem und weißem Haar gekröntes Gesicht leuchtete in freudiger Erregung. Während Thimotheus die Treppe herabstieg, drückte Saul immer wieder des Lucanus Arm, als ob er sein jüngerer Bruder wäre. Der Grieche, jetzt Anfang sechzig, hatte sich seine stolze, aufrechte, schlanke Gestalt bewahrt. Schneeweißes Haar fiel in Locken über sein edles Haupt, und trotz der von Kummer gefurchten Stirn leuchteten seine Augen wie die eines Jünglings. Er war fußwund und über und über mit Staub bedeckt. „Ich will dich sogleich in meine armselige Herberge bringen", sagte Saul. „Sie ist zwar bescheiden, aber sauber. Vor allem mußt du baden und ruhen, und dann — ich persönlich mache mir ja nicht viel aus Essen —, dann führe ich dich in eine prächtige Herberge, wo es, so heißt es, hervorragende Speisen und den besten Wein und Branntwein gibt!"

„Saul", begann Lucanus mit leiser Stimme, verstummte aber sogleich, als Thimotheus auf sie zutrat und die Zuhörer mit neugierigen Blicken an ihnen vorbeizuströmen begannen, da sie Lucanus als Griechen erkannten. Manche erinnerten sich dunkel daran, daß er in früheren Jahren von Zeit zu Zeit in Athen gewirkt hatte, und begrüßten ihn höflich. Er erwiderte die Geste, aber er schien ihnen zerstreut und übermäßig ermüdet. Der junge Thimotheus hatte ihn nie zuvor gesehen, obwohl auch er ihn sofort als Griechen erkannte. Er sah Lucanus unbefangen an, während der Arzt ihn mit Augen, die sich nicht täuschen ließen, einer kurzen, aber genauen Prüfung unterzog.

„Unser Lucanus, der Evangelist!“ rief Saul seinem jungen Freund zu, und Lucanus und Thimotheus umarmten sich und sagten fast gleichzeitig: „Der Friede Jesu Christi sei mit dir!“ Sauls Müdigkeit war verflogen, er stand daneben und strahlte sie an. Dann ließ er sich von ihnen in die Mitte nehmen, hakte sich in beide ein und führte sie den langen Weg die Akropolis hinab,vorbei an den vielen Tempeln und Gärten und Springbrunnen und Kolonnaden. Immer wieder stieß er kleine Freudenschreie aus, drückte ihre Arme und lachte wie ein kleiner Junge. Anscheinend lag es an eben dieser Freude, daß der sonst so intuitive Mann nicht sofort erkannte, wie aufgewühlt Lucanus innerlich war. Thimotheus, den die Begegnung mit dem Griechen nicht so aus der Fassung gebracht hatte, wurde stiller und stiller und warf Lucanus beunruhigte Blicke zu.

„Es ist nicht mehr weit bis zu meiner Herberge“, sagte Saul. „Da drüben ist sie schon, hinter dem kleinen Olivenhain, wo das Öl gepreßt wird. Ich warne dich, Lucanus, es ist keine Luxusherberge!“

„Das macht nichts“, antwortete der Grieche, und seine weißen Augenbrauen zogen sich sorgenvoll zusammen.

„Aber erzähle mir doch!“ rief Saul. „Wo bist du gewesen? Was bringst du für Neuigkeiten? Und wie ergeht es den Gemeinden in fernen Landen?“

„Laß uns zuerst den Staub abwaschen und einen Becher Wein leeren“, antwortete Lucanus und versuchte zu lächeln. „Dann wollen wir uns niederlassen, wo es kühl ist, und ich werde dir berichten —“ Er fuhr ein wenig zusammen, und obzwar Thimotheus nicht unmittelbar an seiner Seite ging, merkte er es, und seine Unruhe nahm zu.

Die Herberge war fürwahr bescheiden — und lärmend dazu. Ein kräftiger Gestank erfüllte den Innenhof, in dem sich Esel und Pferde, Ziegen und Federvieh tummelten, Männer schreiend um ihre Tiere bemüht waren, die Hitze verfluchten und auf die Pflastersteine spuckten. Lucanus folgte Saul in das dumpfige Dunkel der Gaststube, wo Saul nach dem Wirt rief und das beste Zimmer für den Arzt forderte. Der Wirt, ein widerlicher Kerl mit einer Lederschürze, blinzelte Lucanus zu, verneigte sich und sagte: „Aber der edle Herr ist schon vor zwei Stunden angekommen und hat bereits eine Kammer, die beste, die ich besitze, das versichere ich dir, Herr. Hat er denn vor dreißig Jahren nicht meine arme Mutter geheilt, ohne auch nur eine Drachme dafür zu verlangen? Ich stehe tief in seiner Schuld.“

„Oh“, sagte Saul und machte ein dummes Gesicht.

„Ich wußte ja nicht“, sagte Lucanus und lächelte ihm freundlich zu, „daß diese auch deine Herberge ist, mein lieber Saul, und du hast mich ja nicht zu Wort kommen lassen.“

„Ich rede immer zuviel", erwiderte Saul. Er faßte den Wirt ins Auge. „Ich bin nicht sehr hungrig", sagte Lucanus. „Statt eine andere Herberge aufzusuchen, möchte ich mich mit einem leichten Imbiß begnügen."

„Hier", protestierte Saul und fixierte den Wirt mit einem strengen Blick, „ist das Essen unglaublich miserabel."

„Herr", wehrte sich der Inhaber der Herberge, „miserabel ist dein Geschmack und nicht meine Tafel, denn du bestellst nur wenig und stets das Billigste. Der edle Herr braucht nur zu befehlen, und ich will ihm und seinen Gästen die feinsten Leckerbissen vorsetzen, dazu Branntwein, Bier, den besten italienischen Wein — nicht den Wein des gemeinen römischen Fußsoldaten, sondern den Wein der Hauptleute — Artischocken in Öl, in goldenem Wein aufgebrühtes Ochsenfleisch, eine Suppe, die den Neid der Götter erweckt, taufrisches Gemüse in einer Soße aus Wein, Zitronensaft, Salz, Honig und Knoblauch, zu köstlicher Bräune gebratenen frischen Seefisch, süße Obsttorte, in meinem Keller gekühlt, Käse, die die Kehle zu schlucken zaudert, um den Gaumen nicht des Genusses zu berauben, und Backwerk, das wie Schneeflocken auf der Zunge schmilzt und Tränen der Glückseligkeit in eure Augen treten läßt."

„So, so", meinte Saul ungläubig, „und von wo sollen diese Schätze kommen?"

Der Wirt zuckte mit den Achseln, zwinkerte und legte einen schmutzigen Zeigefinger an die Nase.

Thimotheus und Lucanus hatten mit leisem Lächeln zugehört. „Ich zahle jeden Betrag für solchen Schmaus", sagte Saul, „doch wenn auch nur ein Gericht die Probe nicht besteht, bekommst du keine Drachme. Und nun fort mit dir, du Schurke!" Und er verabschiedete den Wirt, der sich zum Gehen wandte, mit einem herzhaften Schlag auf die Schulter. „Er lügt natürlich. Er wird seine schurkischen Söhne mit Körben nach dem besten Speisehaus senden und wird uns dieses herbeigeholte Essen zu horrenden Preisen vorsetzen. Nun, es soll mir recht sein. Wir haben nicht jeden Tag Gelegenheit, deine Ankunft zu feiern, Lucanus."

Er eilte fort, um sich zu waschen und seine staubige Tunika durch eine andere zu ersetzen. Thimotheus wollte ihm folgen, doch Lucanus legte die Hand auf seinen Arm.

„Ich habe schreckliche Nachrichten für Saul ben Hillel", sagte Lucanus, „und weiß nicht, wie ich sie ihm beibringen soll, und wann."

Thimotheus nickte verständnisvoll. „Ich habe so etwas vermutet, Lucanus. Meine Mutter, möge sie in Frieden ruhen, hat immer behauptet, mit vollem Bauch könne der Mensch ein Unglück mit größerer Fassung ertragen."

„Als Arzt würde ich es nicht empfehlen, einem Menschen, der den Bauch so voll hat, eine schlimme Nachricht zu überbringen. Er könnte einen Herzanfall erleiden. Es ist besser, ihn trinken zu lassen."

Thimotheus überlegte. „Ich habe Saul nie betrunken gesehen, nein, nicht einmal zu Passah oder zu Neujahr, wenn Trunkenheit als verzeihlich gilt. Er war bei Hochzeiten zu Gast und leerte kaum einen halben Becher Wein. Er ist sehr enthaltsam."

„Ich habe etwas in meinem Beutel, das ich in seinen Branntwein tun will, wenn du ihn einen Augenblick ablenken kannst, und etwas anderes für den Wein, das ihn anregen wird, mehr zu trinken. Ich weiß, wie enthaltsam er ist. Darum wird er auch nicht bis zum Überdruß essen. Die Pulver werden seine Empfindungen ein paar Stunden lang niederhalten, und dann werden wir ihm neue geben."

Thimotheus blaue Augen wurden feucht, er senkte den Kopf und ging davon. Lucanus begab sich in seine eigene Kammer.

Sie trafen sehr bald wieder zusammen, und der Wirt geleitete sie zu einem Tisch in einer entlegenen Ecke des von lärmendem Geschrei erfüllten Speiseraums, in dem es nach Schweiß und Essig, nach Hitze, Staub und Dünger stank. Durch die offenen Fenster fiel helles, strahlendes Sonnenlicht. In der Ecke aber war es weniger heiß und nicht so hell, und die drei Freunde konnten sich einigermaßen ungestört unterhalten. Mit immer noch leuchtendem Antlitz setzte sich Saul zwischen Thimotheus und den Arzt.

„Und nun erzähle mir alles!" forderte er Lucanus auf. Argwöhnisch betrachtete er die drei kleinen, schmierigen, fettigen Becher, die der Wirt mit großartiger Geste vor sie hinstellte. „Der beste syrische Branntwein aus einem Versteck in meinem Keller!" rühmte der Herbergsvater.

„Ausgezeichnet", entgegnete Lucanus und hob den Becher. Sein Blick glitt von Saul zu Thimotheus. „Du, Thimotheus, bist hier der Jüngste, und weil wir heute die Jugend ehren wollen, so bitte ich dich, einen Trinkspruch darzubringen."

„Wir danken Gott, dem Herrn der Welt, für dieses Mahl", begann Thimotheus.

Saul hatte noch nie erlebt, daß der Jüngste einen Trinkspruch darbrachte, und kam zu dem Schluß, daß dies ein griechischer Brauch für gewisse Anlässe sein mußte. Thimotheus, der sich bis jetzt nichts hatte anmerken lassen, wurde knallrot im Gesicht. Er heftete seinen Blick auf Saul, der ihm freundlich zulächelte, und begann zu stottern. „Ich glaube, es werden fünf sein, die wir taufen können. Gesprochen habe ich mit mindestens hundert, aber seien wir auch für die kleinste Ernte dankbar, denn diese Griechen sind fürwahr nicht leicht zu fassen."

Von der Seite bemerkte Thimotheus, wie Lucanus geschickt etwas in Sauls Becher fallen ließ, und setzte mit zaghaftem Lächeln hinzu: „Aber Lucanus ist Grieche, und Grieche war auch mein Vater, möge er in Frieden ruhen."

„Ich bedaure meine dumme Bemerkung von vorhin", sagte Saul. Er blickte mit Abscheu auf seinen Branntwein und begann, den Becher zu Lucanus hin zu schieben. „Wie!“ entrüstete sich der Arzt. „Weigerst du dich vielleicht, diesen Nektar mit mir zu trinken? Wenn ich mich recht entsinne, haben wir schon vor langer Zeit einmal solchen Branntwein an Bord eines Schiffes genossen. Trinke, lieber Freund. Ich bestehe darauf. Die Höflichkeit erfordert es.“

„Ich habe ja gar nichts dagegen“, sagte Saul. „Wenn ich Grimassen ziehe, geschieht es aus Gewohnheit. Es ist eine schlechte Gewohnheit, mit der ich zum Ausdruck bringen will, daß Essen und Trinken für mich keine Bedeutung haben.“ Und er lachte laut und ausgelassen wie ein Lausejunge. Andere Gäste, die in einiger Entfernung saßen und ihn hörten, drehten sich um und starrten ihn an und brachen ebenfalls in Lachen aus, weil sie meinten, Saul sei betrunken. Auch Thimotheus und Lucanus zwangen sich zum Lachen, wenn auch nicht ganz ohne echte Heiterkeit, denn die Art, wie Saul sich über sich selbst lustig machte, war entwaffnend komisch. Er trank den Branntwein, blickte in seinen Becher und meinte: „Das schmeckt aber nicht nach syrischem Branntwein, wie dieser Gauner uns versichert hat. Wahrscheinlich wurde er gesetzwidrig irgendwo in den Bergen Mazedoniens gebrannt und das römische Zollsiegel gefälscht.“

„Im Fälschen sind meine Landsleute überaus geübt“, sagte Lucanus und füllte Sauls Becher von neuem. Saul trank und nickte. „Er schmeckt schon besser.“

„Das hat Branntwein so an sich“, meinte der Arzt. „Ah, hier kommt der Wein. Laßt uns ihn kosten und sehen, ob er so gut ist, wie man uns versprochen hat.“ Mit viel Getue säuberte der Wirt die billigen Gläser und goß den Wein ein, als bereite er ein Trankopfer auf einem Altar.

Der Wein, nicht eben des Bacchus würdig, war erträglich, und das Essen nicht eben lukullisch, aber auch nicht zu verachten. Thimotheus beobachtete, wie Lucanus ein zweites Pulver in Sauls Glas zauberte, als er eine Frage an den Arzt richtete und Saul ihn erstaunt ansah, weil die Frage ungeschickt gestellt war. Wie immer, aß Saul mäßig, trank aber reichlicher, und bald bedeckte eine tiefe Röte sein Gesicht, und seine blauen Augen öffneten sich weiter, als ob die Lider sich entspannt hätten. „Lucanus“, sagte er, „du hast mir noch immer nicht verraten, was dich hierhergebracht hat und wo du überall gewesen bist. Es ist schon über ein Jahr her, daß ich deinen letzten Brief erhielt.“

„Ich habe viele Städte und Länder bereist und überall gefunden, was du selbst immer beklagt hast: Abgefallene, Dissidenten, selbstgefällige Narren, Schismatiker, Propheten aus eigener Machtvollkommenheit, die die Worte des Herrn auslegen, um sie ihren Vorstellungen oder ihrem Stand oder ihren Lastern oder ihren Tugenden anzupassen — oft wußte ich selber nicht, mit wem ich es zu tun hatte. Wie schon Cicero sagte, es ist nichts so absurd, daß es nicht irgendein Philosoph bereits postuliert hätte — und das trifft leider auch auf die Mitglieder der Gemeinden zu. Auch in der letzten Provinzstadt findet sich ein obskurer Bischof, der dir genau erklären kann, was mit dieser oder jener Parabel gemeint ist, und überlegen lächelt, wenn die Rede auf die Gemeinde in Jerusalem oder auf Petrus, den Bischof aller, kommt. Manchmal fragt man sich, ob diese kleinen Leute nicht abends, vor dem Einschlafen, Gott eine Strafpredigt halten und Ihn mit drohend erhobenem Finger auf Mißstände hinweisen, die sofort abzustellen sind."

Lucanus machte ein so trauriges Gesicht, daß Saul lachen mußte. Er bemerkte auch nicht, daß er über jede zweite Bemerkung lachte. Thimotheus beobachtete ihn sorgenvoll und fragte sich, ob die Pulver des Arztes nicht allzu wirksam waren.

„Um Caligula zu variieren", meinte Saul, „ich wünschte, Unruhestifter hätten nur einen Hals."

„Glücklicherweise bin ich Arzt", fuhr Lucanus fort, „und nichts Menschliches kann mich allzusehr überraschen. Wir wissen, daß die Gemeinden überleben und sich auch gegen die Mächte der Hölle behaupten werden — hat nicht der Herr so gesprochen? Aber nicht mit Hilfe des Menschen!

Ich bringe dir einen Brief deines Neffen Amos ben Ezekiel. Er ist fürwahr seines Onkels würdig. Er ist nicht nur redegewandter als ich, sondern auch ein besserer Arzt. Langmut war nie eine meiner hervorstechendsten Eigenschaften, aber Amos ist nicht nur geduldig — er hat auch eine sonnige Veranlagung, die ihm die Herzen aller zufliegen läßt."

Liebe und Stolz malten sich auf Sauls Gesicht. „Er gerät meinem Vater nach", sagte er.

Er sprach voll Zärtlichkeit von seiner Schwester Sapphira, der nur noch ihre Kinder geblieben waren, davon eines ein Evangelist. „Ich werde sie bald besuchen", meinte er, „denn sie ist einsam, und wir sind nicht mehr jung."

Lucanus erzählte von seinen Reisen und Begegnungen und von den Gefahren, die er ausgestanden hatte. Saul hörte ihm mit großer Aufmerksamkeit zu. Die harten Falten seines Gesichtes glätteten sich. Er trank ein zweites Glas Wein und aß Käse und Brot und Früchte. Lucanus beobachtete ihn verstohlen, während er sprach. Sauls Müdigkeit schien verflogen. Eine gewisse Ruhe und Gelassenheit, wie sie seiner Natur fremd waren, hatten von ihm Besitz ergriffen. Hand und Schulter in entspannter Haltung, saß er da und fand es eher erheiternd als empörend, wenn der Grieche über die Starrköpfigkeit und die Auflehnung der einzelnen Gemeinden berichtete, über das verständnisinnige Grinsen der Diakone und über den Unmut der Presbyter, sobald er versuchte, sie zurechtzuweisen.

„Das ist vielleicht alles belanglos und sehr menschlich", fuhr Lucanus fort, während sich seine Miene verfinsterte, „und läßt sich ertragen. Was aber nicht hingenommen werden kann, ist die aufdringliche, wichtigtuende Anmaßung höchster Tugend und Rechtschaffenheit, die einige unserer Brüder an gewissen Orten an den Tag legen, womit sie den Zorn aller jener erregen, die nicht bekehrt sind. Trügen sie diese Anmaßung nicht offen zur Schau, mehr noch: suchten sie nicht mit Eifer Gelegenheiten, sich in aller Öffentlichkeit hören zu lassen, die Sache wäre nicht so gefährlich. Unklug handelt der Schwache, der den Grimm des Starken erweckt. Vernünftiges Verhalten und eine sanfte Zunge sind nicht Zeichen von Feigheit, selbst wenn die Mächtigen sich ihrer befleißigen, und sie stehen den Hilflosen wohl an. Die Wahrheit sollte weder in eine blecherne Trompete stoßen noch sich mit Kratzmalereien auf den Tempelmauern anderer verewigen. Solche Trompeten lösen keine Bewunderung aus, und solches Geschmiere findet keine günstige Aufnahme. Die Juden haben das längst begriffen und gelernt, mit ihren Nachbarn in Frieden zu leben. Unsere Brüder aber erinnern mich daran, daß der Herr uns aufgetragen hat, *allen* Völkern das Evangelium zu verkünden, und sie sind fest entschlossen, diesem Auftrag unverzüglich und ganz allein und mit großem Trara nachzukommen, ohne sich zu überlegen, wessen Gefühle sie dabei verletzen und wen sie in Harnisch bringen."

„Ich weiß", erwiderte Saul in so ungewöhnlich friedlichem Ton, daß Thimotheus ihn erstaunt ansah. „Jeder ein kleiner Moses, der von seinem winzigen Sinai herabschreit. Das kommt davon, wenn jeder den Glauben auf seine Weise interpretiert — ein neuer Turmbau zu Babel. Ich weiß, daß es gefährlich ist, aber die Menschen haben jetzt so viele Religionen, so viele Tempel und Götter, Priester und Fanatiker, daß bei der herrschenden Verwirrung wir Christen vielleicht nicht allzu bedroht sind."

Thimotheus starrte ihn an. Das sah Saul ben Hillel so gar nicht gleich, dem jähzornigen Eiferer, der brüllen konnte wie ein Löwe, wenn er es mit dummen oder halsstarrigen oder überheblichen Menschen zu tun bekam. Aber Saul lächelte milde und lehnte sich in einer Haltung lässigen Behagens in seinen Sessel zurück. Doch seine Augen waren sonderbar glasig, und plötzlich gähnte er mächtig und schüttelte den Kopf, als ob ihn sein Zustand belustige. Gleich darauf warf er Lucanus einen unergründlichen Blick zu.

„Die Hitze macht mir heute zu schaffen; dazu noch der Wein", entschuldigte er sich. „Und so jung bin ich auch nicht mehr."

„Ziehen wir uns doch in unsere Kammern zurück", schlug Lucanus vor, „und ruhen wir bis zur Abendkühle."

„Leider", antwortete Saul, „werde ich im Hause von Freunden erwartet, und es ist schon spät. Komm doch mit, Lucanus, und auch du,

Thimotheus. Es sind Männer von Verstand und Bildung. Sie sind zwar noch nicht Christen, aber ich bete um ihre Bekehrung, denn sie besitzen großen Einfluß in Athen."

Wieder gähnte er, und so breit, daß alle seine großen weißen Zähne zu sehen waren und Tränen ihm in die Augen traten. Abermals schüttelte er den Kopf und lachte.

„Gönne dir eine Stunde der Ruhe", sagte Lucanus. „Komm. Ich bin Arzt. Willst du mir nicht folgen, lieber Freund, und mir den Gefallen tun?"

Er stand auf, und sein Blick war so ernst und gebieterisch, daß Saul sich geschlagen gab. „Also schön. Aber nur eine Stunde." Er erhob sich gleichfalls, schwankte, hielt sich am Tisch fest und richtete sich nur mit Mühe auf. Er war entsetzt. „Ist es möglich, daß ich betrunken bin?" fragte er. Er schämte sich.

„Nein", antwortete Lucanus und nahm ihn am Arm. Die Gäste in der Wirtsstube grinsten und stießen sich an. „Du bist nur übermüdet. Komm. Ich habe dir etwas sehr Ernstes mitzuteilen, lieber Saul, und hier ist nicht der geeignete Ort. Sobald du im Bett bist, werde ich dich von einigen Neuigkeiten in Kenntnis setzen."

Sauls Augenlider hingen kraftlos herab, und er schüttelte unaufhörlich den Kopf. Lucanus ließ ein Häufchen Goldmünzen auf den Tisch fallen; Saul schien es nicht zu bemerken. Dann gab der Arzt dem bleichen, stummen Thimotheus mit dem Kopf ein Zeichen, und der Jüngling nahm Sauls anderen Arm. Gemeinsam führten sie ihn aus dem Raum. Lautes Gelächter folgte ihnen, ohne daß der sonst so empfindsame Saul darauf geachtet hätte.

Sie erklommen die schmutzigen, sandigen Stufen zu den oberen Räumen. Saul waren die Beine schwer, und seine Füße schienen in den Boden sinken zu wollen. „Ich war nie betrunken", sagte er. „Ich habe auch nicht viel getrunken. Bin ich krank geworden? Das kann nicht sein! Ich habe keine Zeit zum Kranksein!"

„Du bist nicht krank", beruhigte ihn Lucanus, „nur sehr müde, und auch das Streitroß muß den Kopf sinken lassen und schlummern und der Kriegstrommeln entraten, bis es geschlafen hat."

„Der Gang verschwimmt vor meinen Augen", murmelte Saul, als ob er nichts gehört hätte. „Ein Nebel schwebt in der Luft. Aber ich fühle keine Schmerzen, keine Schwäche. Ich möchte nur ein wenig schlafen. Ich bin in meinem ganzen Leben noch nie so schläfrig gewesen, und der Gedanke an mein Bett berauscht mich."

Mit einem Seufzer satter Zufriedenheit sank er auf sein Lager, doch Lucanus schob den einzigen Stuhl des armseligen Raumes an das kaum weniger armselige Bett mit seinen verschmutzten Decken und setzte sich neben Saul, der trotz seiner Schläfrigkeit einen Augenbilck lang überrascht aufsah. Thimotheus stand zitternd am Fuß des Bettes und preßte seine Hände fest aneinander. Lucanus gab ihm mit dem Kopf ein Zeichen, und er zog die abgerissenen Wollvorhänge vor das hohe, schmale Fenster; sogleich versank der Raum in stickige Dämmerung.

Nun beugte sich Lucanus über Saul, legte die Hand auf seine gerötete Wange und sagte: „Öffne die Augen, Saul, und sieh in die meinen, denn ich bedarf deiner Aufmerksamkeit."

Lucanus griff nach einer Kerze, die auf dem Tisch stand, und hielt sie Thimotheus hin. „Gehe sogleich und ohne zu säumen", sagte er in einem Ton, der keinen Widerspruch duldete, „entzünde die Kerze am Küchenfeuer und bringe sie mir in aller Eile zurück!"

Saul hörte das, hob den Kopf leicht vom Kissen und starrte Lucanus an. Der Arzt hielt seine Hand fest, als wollte er Saul seine eigene geschwächte Kraft leihen. Im nächsten Augenblick öffnete sich die Tür, und Thimotheus kehrte schwer atmend mit der brennenden Kerze zurück, die wie ein flackerndes rotes Auge den düsteren Raum erhellte.

Langsam bewegte Lucanus die Kerze vor den weitgeöffneten Augen Sauls hin und her, der immer noch halb aufgerichtet dalag. „Du wirst unverwandt in diese Flamme blicken", gebot ihm der Grieche, „und einschlafen, sobald ich mit den Fingern schnalze. Aber du wirst auch im Schlaf alles hören, was ich sage, und auf mein Zeichen hin wieder erwachen. Du wirst ruhig bleiben und dich mit allem abfinden."

Zu seiner Überraschung stieß Saul die Kerze mit dem Handrücken zur Seite, richtete sich vollends auf und sah Lucanus aus Augen an, die nun plötzlich wieder klar waren und wie blaue Flammen glühten. „Mein lieber Freund", sagte er mit sanfter Stimme, „ich bin kein Simpel. Ich habe ägyptische Priesterärzte gesehen, die ihre Patienten mit Hypnose behandelten. Wenn ich mir auch nichts anmerken ließ, so war ich mir doch seit deiner Ankunft bewußt, daß du mit Kummer beladen bist und schreckliche Nachrichten bringst. Ich sah auch, wie du Pulver in meinen Becher schüttetest. Dafür bin ich dir dankbar, denn ich war erschöpft, und ich wußte, daß du es tatest, um mich zu beruhigen. Bin ich ein Kind oder ein Mann? Sollte ich mit Drogen und Hypnose besänftigt werden? Hattest du Angst, ich könnte keine Last, keinen Kummer, keinen Schmerz mehr ertragen? Wenn du mich als Kind betrachtest, verletzt du mich. Wenn du mich als Mann ansiehst, erzähle mir alles — und so schnell wie möglich."

Lucanus stellte die Kerze weg, sein asketisches Gesicht zuckte, und auch Thimotheus begann wieder zu zittern. „Nun gut", sagte der Arzt, „es tut mir leid, daß ich dich schonen wollte, denn du bist fürwahr ein ganzer Mann und kein Schwächling, dessen Gefühle man erst betäuben muß, weil zu fürchten steht, er könnte hysterisch oder gar wahnsinnig werden. Aber ich bin nun einmal Arzt, und es fällt mir zuweilen schwer, die Gewohnheiten meines Berufes abzustreifen. Wir sind oft der Meinung, daß es besser ist, den Leidenden das Schwert des Kummers und der Qual zu ersparen — und vergessen dabei, daß wir die Menschen auf diese Weise verunglimpfen. Wir sind Männer — oder wimmernde Kinder."

Er sprach gefaßt, aber seine großen Augen füllten sich mit Tränen. Er ließ den Kopf sinken und begann mit leiser Stimme zu erzählen.

Einem Ersuchen Petrus' folgend, hatte Lucanus vor zwei Monaten die christliche Gemeinde in Tarsus besucht. Viele Gläubige waren abgefallen, es gab Streitigkeiten, und es fehlte ein Evangelist für die Heiden. „Die christliche Gemeinde in Tarsus", hatte Petrus geschrieben, „hat begonnen, meine Autorität zu bezweifeln, und erregt Anstoß bei den Heiden und jenen, die noch der Bekehrung harren."

Die Christen wurden immer noch freundlich von der jüdischen Gemeinde aufgenommen, denn sie waren ja in ihrer Mehrzahl frühere Juden. Sie beteten gemeinsam in der Synagoge und feierten die hohen Festtage, wie ihre Väter es getan hatten. Wenn die Diakone und Priester von Josua von Nazareth und der Auferstehung sprachen, hörten die orthodoxen Juden höflich zu, und manche ließen schließlich den Messias und Seine Mission gelten, darunter auch einige Rabbis. Die noch Unbekehrten beobachteten mit duldsamer Nachsicht die Weihe der Hostie und jene, die das Sakrament empfingen, und wenn die Christen die Psalme Davids in ihrem ursprünglichen Aramäisch oder gar Hebräisch sangen, stimmten die Juden in tiefer Ehrfurcht mit ein. Für sie waren die Christen immer noch eine abirrende Sekte Israels, die, entsprechend der Wahrheit, die sie verkündete, überleben würde oder auch nicht. Die im Namen des Herrn kamen, verdienten Achtung, auch wenn ihre Botschaft irrig war.

Zwar herrschte keine vollkommene Ruhe zwischen den jungen jüdischen Hitzköpfen, die tief im traditionellen Glauben wurzelten, und der Selbstgerechtigkeit und dem gleichen hitzigen Ungestüm der Judenchristen, doch billigte man den Christen allgemein zu, daß sie aus Liebe handelten und von dem aufrichtigen Wunsch durchdrungen waren, die Seelen der Menschen zu retten. Darum schien es nicht recht, sie zu verachten oder gar zu beleidigen. Andererseits aber vernahm man mit Unbehagen, daß selbst die frömmsten und tugendhaftesten Männer, so sie den verkündeten Messias nicht anbeteten, dazu verurteilt waren, die Ewigkeit in der Hölle zuzubringen, und daß alle ihre gläubigen Vorfahren, einschließlich unschuldiger Kinder, sittenfester Jungfrauen und pflichtbewußter Gemahlinnen, ja selbst der Propheten und König Davids, bereits an diesem qualvollen Ort lichterloh brannten. Daß die Juden über Jahrhunderte hin Gott geliebt und angebetet und verehrt hatten, das alles, sagte man ihnen, sei umsonst gewesen. Sie waren verdammt und würden verdammt bleiben. Sie hätten genausogut den Teufel oder Moloch lieben, anbeten und verehren können. Das schien den Juden frevelhaft und gotteslästerlich. Aber die klügeren unter den christlichen Diakonen wirkten beschwichtigend auf ihren Zorn ein, und so gewährte man den Christen auch weiterhin Zutritt zu den Synagogen.

Anders stand es mit den Heidenchristen. Sie waren Fanatiker, und ihr Glaubenseifer wurde in keiner Weise durch die Tatsache beeinträchtigt, daß sie nichts von der Wurzel wußten, die ihrem Glauben zugrunde lag. In Unkenntnis des hebräischen Kontexts, in dem der Messias gesprochen hatte, betrachteten sie Seine Worte als „Mysterien". Wo Er von Elias, Jesaias und David, von Moses und Salomon geredet hatte, erblickten sie in diesen großen Männern so etwas wie mythische Engel oder ruhmreiche Götter, die vorübergehend zur Erde herabgestiegen waren, um die Seelen der Menschen mit Zuversicht und Freude zu erfüllen — nicht unähnlich den verstoßenen Söhnen ihrer vorher angebeteten Götter und Göttinnen. Viele gingen sogar munter daran, die ihnen liebsten Gottheiten ihrer neuen Religion einzuverleiben, während andere Maria von Nazareth mit Diana in einen Topf warfen — waren sie denn nicht beide heilige Jungfrauen? In ihrer Vorstellung begann Jesus die Gestalt des Apollo anzunehmen und sich die Machtfülle des Zeus zu eigen zu machen. Die Proteste der Juden und Judenchristen waren ihnen unverständlich und verärgerten sie. Wenn man ihre alten Götter und Göttinnen, Dryaden und Najaden, als „Dämonen" bezeichnete, empfanden sie ein Gefühl des Unbehagens, das der Erinnerung an vergangene Zeiten entsprang. Viele waren Anhänger der Isis gewesen und konnten ihre Bestürzung nicht verbergen, als die Christen sich weigerten, sie als die Mutter des Messias anzuerkennen.

Einige der judenchristlichen Diakone und Priester unterzogen sich — mit viel Liebe und Zartgefühl — der mühsamen Aufgabe, die Heidenchristen über den Glauben aufzuklären, dem der Messias entsprungen war. Sie wiesen insbesondere auf Seine Erklärung hin, daß Er nicht gekommen war, um das Gesetz aufzuheben, sondern um es zu erfüllen. Daher mußten die Bekehrten das Gesetz kennen, da sie ja sonst niemals imstande sein würden, die Lehren des Messias zu begreifen. Sie mußten von Moses und den Patriarchen wissen. Aber viele neue Christen zeigten sich geringschätzig. „Das sind alte Geschichten. Wir brauchen nur den Messias." „Aber wenn ihr nicht wißt, wovon Er sprach, wie könnt ihr dann Seine Worte und Seine Sendung verstehen?" Die Diakone und die Presbyter waren nicht sehr erfolgreich, denn die Bekehrten wußten nicht, wovon sie redeten, und fanden das Ganze ein wenig langweilig, weil es ja nichts mit der unmittelbar bevorstehenden Rückkunft des Messias zu tun hatte, nichts mit ihrer eigenen Verklärung und Herrlichkeit und Weltherrschaft, und nichts mit der Verstoßung der Ungläubigen in eine ewige Hölle — einem Schauspiel, das sie von den Bastionen des Himmels aus in heiterer Selbstzufriedenheit betrachten würden. Solche Denkweise ließ Diakone und Priester erschauern.

„Aber das ist dir ja alles nicht neu. Du kennst diese Zustände aus eigener Erfahrung", sagte Lucanus zu Saul, der ihm aufmerksam zuhörte.

„Ach ja. Ich habe mich oft gefragt, ob Petrus nicht weiser war als ich."

„Vielleicht genügt es wirklich, an den Messias als Herrn und Gott und Erlöser zu glauben. Diese armen, unwissenden Menschen sind zumindest aufrichtig, und ich erinnere mich, gehört zu haben, daß es unter den alten Israeliten auch immer viele gegeben hat, die die Propheten nicht ehrten." Er lächelte ironisch, und Saul tat desgleichen.

„Sollen nur die Weisen und die Gebildeten das Reich Gottes erlangen?" fragte Saul. „Du lieber Himmel, nein! Sie würden so viele Kontroversen heraufbeschwören, der Himmel würde zur Hölle werden. Es gibt keine hartnäckigeren und unduldsameren Menschen als sie, die sich Intellektuelle nennen. Ich habe das bei den Sadduzäern und Pharisäern selbst beobachtet."

Trotz seiner scheinbaren Ruhe begann er nun, schwer zu atmen, und seine Augen ruhten mit einem Ausdruck auf Lucanus, der Furcht, aber auch Seelenstärke verriet. Er wartete auf das Fallen des Schwertes. Er saß aufrecht im Bett, die Arme um die Knie geschlungen.

Der christlichen Gemeinde von Tarsus hätte in bezug auf die bestehenden Meinungsstreite — von Abgefallenen und Schismatikern, von Dissidenten und solchen, die die heiligen Schriften nach ihrem Gutdünken auslegten, abgesehen — keine Gefahr gedroht, wären einige Übereifrige nicht davon überzeugt gewesen, daß ihre Lebensaufgabe darin bestand, jeden Glauben, dem sie begegneten — außer ihrem eigenen — zu zerstören. Sie wiesen die Ermahnungen und Argumente der Einsichtigen und Gemäßigten mit Verachtung von sich. Die Bekehrung der Heiden duldete keinen Aufschub, ihre Götzenbilder müßten verbrannt werden, sonst würden sie selbst vor Gott schuldig werden. So taten sie es also ihren Brüdern in Rom nach, griffen religiöse Prozessionen an, drangen in Tempel ein und stürzten Götter und Göttinnen von ihren Podesten. Sie verkündigten von den Straßenecken, daß alle Menschen verdammt wären, die weiterhin die alten Bewohner des Olymps verehrten, verdammt aber auch die und verflucht und zu ewigen Qualen verurteilt, die sich nicht sogleich zum Messias bekannten — sobald Er zurückkehrte, versteht sich, was vermutlich schon morgen der Fall sein würde.

Die Hartnäckigen aber wären unrein, schlecht, Anathema, und somit von allen guten Menschen zu meiden. Schlimmer noch: als „Zeichen" der „Abkehr" der christlichen Gemeinde von ihren Mitbürgern sollte den römischen Gesetzen und Gesetzgebern wie auch jeder lokalen Behörde offen oder versteckt der Gehorsam verweigert werden. „Wir sind die Zeugen!" riefen sie auf den Marktplätzen, auf den Fora und in den

„heidnischen" Tempeln. „Glaubt uns, oder ihr müßt sterben und auf ewige Zeiten in der Hölle rösten! Wer ist Cäsar, daß wir ihm gehorchen sollten? Er vertritt die Entarteten, das Vergangene und das Vergehende, die Gemeinheit und das Unrecht, die Verworfenheit und das Laster, die Unzucht und die Geilheit und alles Böse in der Welt. Wir bringen euch Freiheit von Cäsar, diesem widernatürlichen Ungeheuer, und seinen Gesetzen! Wir gehören zu einer anderen Welt, in der der Messias herrscht — dessen Rückkehr noch zu unseren Lebzeiten ihr gewiß sein könnt!"

Das römische Militär hatte seinem bedeutendsten Feldherrn, Augustus Cäsar, göttlichen Charakter zuerkannt. Um ihn zu ehren, errichteten sie ihm einen Tempel in Tarsus — wie sie das schon in vielen anderen Städten getan hatten — und stellten darin eine riesenhafte, prachtvolle Statue ihres toten Cäsars auf, den viele als bedeutender als selbst Julius ansahen, der auch zur Gottheit erklärt worden war. Man hatte Priester bestellt, ihm zu dienen und Opfergaben in Empfang zu nehmen, und nun bevölkerten pensionierte Hauptleute, Zenturionen und Legionäre den Tempel und beweinten eine dekadente Gegenwart, in der militärisches Können weniger galt als die spitze Zunge eines käuflichen Politikers, als listige Händler, Geschäftsleute und Börsenmakler. Wenn auch viele von ihnen als „alte" Römer die Göttlichkeit des Augustus Cäsar anzweifelten, tat es ihrem Herzen doch wohl, ein Symbol der Integrität, der Waffenbrüderschaft, des Stolzes auf Rom — ihr Rom! — und jener ruhmreichen Tage zu ehren, da Rom wie ein Koloß des Rechts, der Ordnung, des Gesetzes und der Redlichkeit über geringeren Völkern gestanden war.

Eines Abends, als einige rheumatische alte Hauptleute und Zenturionen dem Augustus und ihrem Volk ihre Verehrung bezeugten, drang eine Anzahl Christen laut schreiend in diesen Tempel ein. Sie beschränkten sich nicht darauf, den Anwesenden, die vor dem Altar standen, ein drohendes „Wehe!" zuzurufen, sondern legten Hand an die Statue des toten Cäsars und schleuderten sie zu Boden. Im Sturz mit Donnergetöse den Altar mitreißend, zersplitterte der herrlich gemeißelte, durchscheinende Alabaster krachend auf dem golden und schwarz gemusterten Marmorfußboden. Wie Höllenzungen schossen die nach Weihrauch duftenden Flammen der Altarleuchter zwischen dem Gewirr von Seidenstoffen durch den Raum. Entsetzt eilten die Priester herbei, um die Trümmer in Augenschein zu nehmen. Sie hoben die Hände und riefen den entgeisterten Tempelbesuchern zu: „Diese schändliche Tat schreit nach Rache! Sind wir Römer oder feige Esel und Hunde?"

Mit ihrer nachsichtigen und zynischen Einstellung gegenüber ihren Göttern hatten die Römer bisher, trotz wiederholter Proteste der Einwohner von Tarsus, über die Exzesse der Christen hinweggesehen. Wem lag schon etwas an Isis und Cybele, an Osiris und Horus und wie diese östlichen Gottheiten alle hießen! Doch mit dem Angriff auf den Tempel des Cäsar

Augustus nahmen die Geduld und die Nachsicht der Römer ein jähes und nach Rache dürstendes Ende. Religionen waren Freiwild, denn jeder Priester — wer wußte das nicht? — behauptete, der einzige Verkünder der Wahrheit zu sein. Aber ein Angriff auf Augustus war ein Angriff auf Rom, eine Herausforderung seiner Autorität, seiner Herrschaft und seiner Gesetze, eine Geste maßloser Verachtung alles Römischen. Zenturionen und Generäle, Hauptleute und Soldaten wandten sich geschlossen an den Legaten und forderten Sühne und Rache an dieser „jüdischen Sekte", einschließlich aller Juden von Tarsus. Hatten sie nicht Schande über Rom gebracht? Waren die Römer fromme Lämmchen, daß sie sich vor der Öffentlichkeit entehren und lächerlich machen lassen sollten? Diese Schmach konnte nur mit Blut abgewaschen werden. Die ruhmreiche Geschichte Roms und seiner Söhne war bespien und besudelt worden. Wollte man die Schandbuben nicht unverzüglich ergreifen und bestrafen, dann könne Rom sich ja gleich hinter seine Mauern zurückschleichen, sich den Barbaren unterwerfen und die ganze gesittete Welt im Chaos versinken lassen.

Der Legat, ein dicker, friedliebender Mann, dem alle Arten von Kontroversen zuwider waren, fragte die Soldaten, was sie vorschlagen würden. Diese empfahlen, die jüdisch-christliche Gemeinde zur Zahlung einer Summe zu verhalten, die ausreichen würde, um die geheiligte Statue zu ersetzen. Nach deren Fertigstellung sollte der Gemeinde anbefohlen werden, das Bildwerk anzubeten. Dieser Vorschlag schien dem Legaten durchaus vernünftig. Er ließ die Vorsteher der jüdischen und der christlichen Gemeinde zu sich kommen. „Rom", sagte er zu ihnen, „ist eine mächtige und friedliche Stadt, deren Legionen durch die Welt ziehen, um die Pax Romana und die Gesetze aufrechtzuerhalten. Angehörige eurer Sekten haben eine geheiligte Statue des göttlichen Augustus Cäsar besudelt und zerstört. Ihr müßt für die Wiederherstellung dieser Statue und für die Beseitigung aller anderen im Tempel angerichteten Schäden in Gold bezahlen. Sodann muß euer Volk — Mann, Frau und Kind, die Alten wie auch die Krüppel — die Gottheit einmal in der Woche anbeten und ihr ein angemessenes Opfer bringen."

Beide Gemeinden erklärten sich mit der Wiederherstellung der Statue einverstanden. „Die Täter waren Jugendliche, Wahnsinnige", gaben ein Rabbi und ein Presbyter zu bedenken. „Wir lehnen jede Verantwortung für sie und ihre schändlichen Gewalttaten ab und werden sie bestrafen, sobald wir ihrer habhaft werden. Es ist durchaus möglich, daß diese Agitatoren gar keine echten Gläubigen sind, denn wären sie es, sie hätten das Gebot nicht mißachtet, das uns Rücksicht auf unsere Mitmenschen, ihre Meinungen und ihre Religion auferlegt. Eine andere Möglichkeit ist, daß sie die Menschen hassen und in Verfolgung ihrer verwerflichen Ziele Bruder gegen Bruder aufhetzen."

„Ich habe gehört, daß die Christen Menschenfeinde sind", entgegnete der Legat.

„Wir lieben die Menschen", sagten die christlichen Presbyter und erbleichten. „So hat es uns Gott, gepriesen sei Sein Name, durch das mosaische Gesetz und durch Seinen Messias geboten."

„Wir haben immer in Frieden mit Rom gelebt", betonten die jüdischen Rabbis und wurden noch blässer. „Wie die Christen ihre Rebellen haben, haben auch wir unsere Essener und Zeloten. Das ist richtig, aber wir billigen ihr Vorgehen nicht."

Der Legat wurde ungeduldig. „Ich verstehe nichts von jüdischen Sekten und wünsche auch nichts davon zu verstehen. Als Römer ehre ich eure Religion. Aber ihr müßt auch die meine ehren. Ihr müßt die Statue des göttlichen Augustus Cäsar anbeten, sobald sie mit eurem Geld wieder aufgestellt ist. Das ist mein letztes Wort. Mehr ist darüber nicht zu sagen."

Die jüdischen und die christlichen Gemeindevorsteher versuchten, sich gegenseitig davon zu überzeugen, daß der Legat nach erfolgter Wiederherstellung der Statue darauf vergessen würde, daß er ihre öffentliche Anbetung durch die jüdische und die christliche Gemeinde anbefohlen hatte. Aber ihre Hoffnungen blieben unerfüllt, denn die Militärs ließen den Legaten nicht vergessen. Die Ehre Roms durfte nicht preisgegeben werden, wollte man verhindern, daß andere unterworfene Völker davon erfahren und sich gleichfalls unbotmäßig erweisen sollten. So wurde also ein Tag festgesetzt, an dem die beiden Gemeinden die Statue anzubeten hatten; wer sich weigerte, hatte als Verräter und Empörer strenge Strafen zu gewärtigen.

Die wohlhabenderen Juden und Christen traten, aus Gesundheitsgründen, lange Auslandsreisen an, und jene, die schwachen Glaubens waren, begleiteten sie. Oder sie entschieden, daß eine einmalige Verehrung der Statue, mit geheimen Vorbehalten, um des Friedens, der Sicherheit und der Ruhe willen, ihrer Frömmigkeit keinen Abbruch tun würde. „Schließlich und endlich", redeten sie untereinander, „hat man uns nicht jahrhundertelang gezwungen, Baal und Moloch und andere heidnische Götter anzubeten? Haben wir dann nicht am Versöhnungstag alle Gelübde zurückgenommen, die wir hatten ablegen müssen, ohne daß Gott, gepriesen sei Sein Name, uns gezürnt hätte?"

Doch Männer stärkeren Glaubens, Juden wie Christen, erklärten, daß sie lieber sterben als Götzenbilder anbeten wollten, und sie sorgten dafür, daß ihr Entschluß in ganz Tarsus bekannt wurde. Sie machten aus ihrer leidenschaftlichen Überzeugung kein Hehl. Das brachte nicht nur die Soldaten, sondern auch einen Großteil der Bevölkerung auf, die die Juden nie geliebt hatte, den Christen jedoch, die bekanntlich die Freude und das Leben verabscheuten, Menschen und Götter haßten, ganz besonders feindselig gegenüberstanden. Sie machten keinen großen Unterschied zwischen orthodoxen Juden und Christen. Sie gehörten allesamt dem jüdischen Volk an, und daß die Juden ein streitsüchtiges Volk waren, wußte jedes Kind. Daß es unter den Christen auch Griechen, Syrer, Kiliker, Ägypter und Perser und sogar Römer gab, wußte der Pöbel nicht oder wollte es nicht wissen.

Und so geschah es an einem heißen Sabbatabend, als die größte Synagoge bis auf den letzten Platz mit Juden und Christen gefüllt war, die gemeinsam ihren Gott anbeteten, daß Soldaten und eine große Menge blutdürstiger, geifernder Brandstifter Feuer an das Gebäude legten, nachdem sie die Türen verbarrikadiert hatten, so daß keiner das Gotteshaus verlassen konnte. Da die Fenster nur aus Schlitzen in den dicken Steinmauern bestanden, war auch hier ein Entkommen unmöglich. Während die Kuppel der Synagoge zu glühen begann, erhoben sich im Inneren die leidvollen Gebete und verzweifelten Schreie der mit dem Tode ringenden Eingeschlossenen.

Von der Erinnerung an das gräßliche Geschehen überwältigt, verstummte Lucanus. Er ließ sein Haupt sinken und weinte, und sein und Thimotheus' Schluchzen war das einzige Geräusch in der drückend heißen Kammer. Saul saß steif aufrecht und starrte auf die rissige Gipswand. Sein Gesicht war das Gesicht eines Toten.

„Sprich weiter", forderte er den Arzt auf. „Ich weiß, daß mein Sohn Boreas tot ist, und daß du gekommen bist, um es mir mitzuteilen." Seine Stimme klang ruhig und gelassen.

„So ist es", bestätigte Lucanus, nachdem er sich wieder gefaßt hatte. „Und dasselbe Schicksal erlitten seine junge Frau Tamara bas Judah und ihre Kinder, und alle aus dem Hause Judah ben Isaac und die Gemahlin deines alten Erziehers Aristo und zweihundert andere. Boreas — er versuchte seine kleine Tochter zu retten, er hoffte, daß sich jemand draußen ihrer erbarmen würde, und schob sie durch einen etwas breiteren Schlitz —"

„Und sie ermordeten auch das Kind", führte Saul den Satz zu Ende.

Lucanus konnte nicht weitersprechen. Die Stille des Todes erfüllte den Raum. „Aristo war ein alter Mann", fuhr er schließlich zögernd fort. „Du sollst alles wissen. Als er erfuhr, daß seine Frau in dem Feuer umgekommen war, griff er zum Strick. Was dir in Tarsus lieb war, Saul, es ist alles dahin."

Saul wandte sein mächtiges Löwenhaupt zur Seite und blickte starr und tränenlos auf die Kerze, die auf dem Tisch an seiner Schulter stand und mit rötlicher Flamme flackernd und rauchend herunterbrannte. Er machte den Eindruck eines nachdenklichen oder gleichgültigen Mannes.

„Ich bin Christ, aber auch ein Mensch", sagte Lucanus mit gedämpfter, aber von tödlichem Haß bewegter Stimme. „Unter denen, die ihr

Leben verloren, befand sich auch die einzige Tochter des Legaten selbst. Er hatte nicht gewußt, daß das Mädchen sowie auch ihre Mutter Christinnen und vor kurzem getauft worden waren. Die Frauen von vier Zenturionen und Hauptleuten verbrannten zu Asche. Ihre Männer hatten nicht gewußt, daß ihre Frauen Christinnen waren. Die Brandstifter und ihre Hintermänner wurden verhaftet und werden ihre Verbrechen mit dem Tode bezahlen müssen."

Wie hypnotisiert erhob sich Saul von seinem Lager, griff nach seinem Dolch und begann, sein Gewand langsam und methodisch aufzuschlitzen. Dann setzte er sich in einer Ecke auf den Boden, senkte das Haupt und stimmte das Klagelied für die Toten an: „Der Herr hat es gegeben, und der Herr hat es genommen; des Herrn Name —" Aber er konnte die letzten Worte nicht aussprechen. Er schwankte auf seinen Fersen hin und her und stöhnte wie ein weidwundes Tier, bis sein Stöhnen von den Wänden widerhallte.

„Des Herrn Name sei gepriesen", murmelte Thimotheus mit brechender Stimme, doch Saul sprach ihm nicht nach.

Lucanus erhob sich, ging zu Saul hinüber, blieb vor ihm stehen und begann: „Ich bin die Auferstehung und das Leben —"

Als Saul ihn nicht beachtete, kniete der Arzt vor ihm nieder und schloß ihn in die Arme. Doch mit einer krampfhaften Bewegung, gleich der eines Sterbenden in extremis, stieß Saul den Freund von sich. Dann fiel er vornüber und lag wie tot, und das entsetzliche Stöhnen verstummte.

Mit vereinten Kräften hoben Lucanus und Thimotheus den Bewußtlosen aufs Bett. Der Arzt fühlte seinen schwachen, unregelmäßigen Puls und wischte ihm den kalten Schweiß von der Stirn. Lucanus dachte an den Abend zurück, da er vor der brennenden Synagoge gestanden war, hörte noch die Schreie der Kinder und ihrer Mütter, und sah noch die Mauern in einem letzten und furchtbaren Auflodern scharlachroter Flammen über den unseligen Gefangenen zusammenstürzen. Haß sprang in ihm auf, glühender noch, als er ihn an jenem entsetzlichen Abend empfunden hatte. Er blickte auf Saul hinab und fragte sich, warum dieser Mann, der sein ganzes Leben Gott geweiht hatte, so unermeßliches Leid erfahren mußte.

Zu Thimotheus sagte er: „Wollte, er könnte sterben, bevor er wieder zu so schmerzvoller Gewißheit erwacht. Doch das wird ihm zweifellos nicht vergönnt sein. Er wird seinen Weg bis zu Ende gehen. Er ist ein gewaltigerer Krieger, als ich es bin. Ich muß gestehen, wenn alle, die mir lieb waren, so umgekommen wären, so unschuldig, so hilflos — ich würde mich abwenden und —"

„Sie erwachen zu neuem Leben im Angesicht des Messias, Sein Name sei gepriesen", unterbrach ihn Thimotheus. „Nur wir bleiben zurück, um zu trauern und zu gedenken." — Lucanus blieb stumm.

XLVII

Lucanus verbrachte viele Tage bei Saul in der Herberge. Saul lag stumm und fast regungslos auf seinem Bett. Der Grieche fütterte ihn wie ein Kind, und Saul aß und trank ein wenig, als ob nur sein Körper anwesend und seine Seele weit fort wäre. Der Arzt wusch ihn und wechselte seine Kleidung. Er kaufte den besten Wein, mischte Arzneitränke und geschlagene Gänseeier hinein und flößte ihn dem Kranken mit sanfter Gewalt ein. Thimotheus fühlte sich wie ein kleiner Junge, dessen Vater von einem schweren Schlag getroffen worden war. Es beruhigte ihn, wenn er Botengänge verrichten und Briefe schreiben konnte. Er betrachtete Saul mit kummervollen Blicken und rang die Hände.

Petrus, der von allem wußte, schrieb einen mitfühlenden Brief an den Mann, von dem er einst behauptet hatte, er sei eine Distel in seiner Hand, ein Stein unter seinem Fuß, ein Staubkorn in seinem Auge. Er erinnerte Saul an die Worte des Messias, daß die Menschen zwar sterben, aber im Schatten Seines strahlenden Angesichtes zu neuem Leben erwachen, und daß die, die in Seinem Namen umkommen, sogleich wieder bei Ihm Aufnahme finden. Saul erhielt ein rührendes, inniges Schreiben von Sapphira und viele Briefe von Angehörigen der Jerusalemer Gemeinde, von Presbytern und Diakonen, die einst mit ihm gehadert hatten und jetzt mit ihm litten. Lucanus las ihm alle diese gutgemeinten Briefe vor, aber Saul blieb stumm. Gruppen von Mitgliedern der christlichen Gemeinde von Tarsus kamen, um ihn zu trösten, aber er wollte sie nicht sehen. Sie versprachen, dafür zu beten, daß sein Schmerz gelindert werde, aber er antwortete ihnen nicht.

Der kalte, klare Winter überzog die Stadt, und Lucanus kaufte ein kleines Kohlenbecken für Sauls Kammer. Er schlief jetzt auf einem Strohlager zu Sauls Füßen, um ihn besser hören und betreuen zu können. Saul verhielt sich still und schweigsam, doch sein feines Gefühl ließ den Arzt ahnen, daß Sauls tiefes Leid für Worte und Tränen der Trauer keinen Platz hatte.

„Er war ein edler Apostel", sagten die Christen.

„Er *ist* ein edler Apostel", erwiderte Lucanus, und sie gingen schweigend fort.

„Er ist unser Bruder, und wenn wir auch nicht gelten lassen, was er zu uns gesprochen hat, er ist dennoch unser Bruder, ein Jude unter Juden. Unsere Gebete begleiten ihn. Möge Gott, gepriesen sei Sein Name, ihm neuen Atem einblasen, auf daß er zu neuem Leben erwache", sagten die Juden.

„Ich bete mit euch im Namen Dessen, Der auch als Jude geboren wurde", antwortete der Grieche.

Eines Nachts erwachte Saul aus seiner Lethargie und war sogleich bei vollem Bewußtsein. Sein Blick fiel auf Lucanus, der neben ihm schlief. Er sah das flackernde Licht der Kerze. Wirre Erinnerungen wollten sich seiner bemächtigen, aber er wehrte sie ab. Er schlief wieder ein und begann zu träumen.

Er durchwanderte einen riesigen Garten, mächtige Bäume schwebten in einem goldenen Nebel, und auf den Blumen lag silberner Tau. In der Ferne schimmerten Hügel aus Gold und Elfenbein. Die Luft war warm und weich und wohlriechend, und der Himmel strahlte in klarer Bläue. Er wanderte dahin und wußte, daß er sich an etwas erinnern sollte, was ihm Schmerz zufügen würde, doch für den Augenblick war es genug, in diesem Reich der Seligkeit, köstlicher Abgeschiedenheit und stiller Wonne zu lustwandeln und liebender Gemeinschaft gewiß zu sein, obwohl er keinen Menschen zu Gesicht bekam. Das Gras unter seinen Füßen glitzerte in frischem Grün, Waldschneisen boten kühlenden blauen Schatten, und viele Bäume prangten in vielfärbigem Blütenschmuck. Wie gesegnet, wie friedlich war das alles! Wer hatte vom „Frieden, der über allen Verstand geht", gesprochen? Saul konnte sich nicht erinnern, aber die Worte hallten in seinem Herzen fort. Er schritt unter einem Zweig durch und sah runde rote Früchte daran hängen. Er nahm eine und aß davon; sie schmeckte wie Honig und Wein und erfrischte seine Seele.

Dann erblickte er einen jungen Mann, der ihm entgegenkam. Gewaltige Flügel von Licht hafteten flimmernd an seinen Schultern, und weißes Feuer umhüllte sein Gewand, das wie sanfter Mondenschein um seine sehnigen Glieder wallte. Sein Antlitz war von überirdischer Schönheit, von dunkel schimmernden Locken umrahmt, und in seinen seelenvollen, leuchtenden Augen lag ein Ausdruck, den kein menschliches Wesen begreifen konnte, rätselhaft, zurückhaltend, gütig. Kaum beugten seine Füße, die in silbernen Sandalen steckten, das Gras, und wo er ging, ließ er eine verblassende Helle zurück. Von seinem mit Edelsteinen besetzten Gürtel hing ein seltsames, wie ein Bündel Blitze geformtes Schwert, und Blitze auch zuckten um seine Stirn.

Saul empfand keine Furcht; nur ehrfürchtige Scheu und ein pulsierendes Pochen in seiner Brust. Der junge Mann kam näher. Er war größer als der größte Mensch, und kostbare Reifen umschlossen seine Arme. Er blickte nachdenklich auf Saul herab, und sein Lächeln war von übermenschlicher Güte.

„Saul ben Hillel", sagte der Fremde mit einer Stimme, die zugleich aus der Nähe und aus der Ferne kam, „ich habe eine Botschaft für dich."

Saul kniete vor ihm nieder und faltete die Hände. Er sah zu dem unirdischen Antlitz empor und wartete.

„Die Trauer hat ihre Zeit, und diese Zeit ist zu Ende", sagte der Fremde. „Du hast viel vergessen, aber es ward dir verziehen, so wie alles verziehen wird jenen, die lieben. Nun mußt du dich gürten wie ein

Mann und die Arbeit fortsetzen, die dir bestimmt ist, sollen nicht jene, die dich lieben, sich grämen, daß ihr Hinscheiden deinem Leben und deiner Mission ein Ende gesetzt hat. Unzählige vor dir haben Leid ertragen, und Unzählige werden nach dir Leid ertragen, doch Leid ist eitel, denn nur Einer kann heilen, und zu Ihm bist du nicht gekommen."

„Mein Herz ist nur menschlich", erwiderte Saul. „Ich leide mit einem menschlichen Herzen."

„Auch Er besitzt ein menschliches Herz", sagte der Fremde in strengem Ton. „Es hat gelitten und leidet noch, wie keines Menschen Herz leiden könnte. Die Menschlichkeit Seines Herzens übertrifft die deine, Saul ben Hillel, und sein Leid ist wie ein Berg. Willst du Ihn verlassen und verraten, oder willst du aufstehen und rufen, ‚Es gibt keinen anderen, o du mein Herr und mein Gott'?"

Saul begann zu weinen. „Gott hat auch einen Sohn", fuhr der Fremde fort, „und Er sah, wie dieser Sohn Sich für die unselige Menschheit aufopferte, sah Sein Fleisch verletzt, von Nägeln durchbohrt und zerrissen, sah Seine Erniedrigung, die Scheu und die Angst in diesem so überaus menschlichen Herzen, sah die Gehässigkeit, die Ihn umgab, und sah Ihn sterben."

Saul erhob sein tränennasses Gesicht zum Himmel, breitete die Arme aus und sagte: „Verzeih mir, mein Herr und mein Gott, und stärke mich, auf daß ich ausharren und nicht wieder meine Pflicht vergessen möge. Breite Deine Schwingen unter mein ängstliches Geflatter und nimm mich auf. Denn ich bin kein Gott. Ich bin nur ein Mensch, und Du hast mich geschaffen, als Mensch zu leiden."

Er sah sich um, doch der Fremde war verschwunden. Ein dunkler, dichter Nebel senkte sich herab, und Saul erwachte und sah, daß es früh am Morgen war und Lucanus die Kohlen im Becken schürte.

„Teurer Freund", sagte Saul mit schwacher, aber klarer Stimme, „ich habe einen Engel gesehen, und er hat mich getadelt." Und nun weinte er die ersten wirklichen Tränen, und Lucanus nahm ihn in seine Arme und tröstete ihn schweigend.

Und nun begann die lange Missionsreise. Mit Thimotheus und Lukas an seiner Seite, unterzog sich Saul von neuem einer überwältigenden Aufgabe, die ihm kein Ende zu nehmen schien, ihn häufig in seinen Erwartungen enttäuschte und an den Rand der Verzweiflung brachte. Ganz besonders litt er unter dem Widerstreben, dem Unmut, den Anfeindungen, dem Spott und der Halsstarrigkeit der jungen Gemeinden. Auf einen Brief aus Korinth, der die Aufforderung enthielt, er möge die Stadt nicht wieder besuchen, antwortete er traurig und rücksichtsvoll: „Ich beschloß, nicht mit Betrübung wieder zu euch zu kommen; denn wenn ich euch betrübe, wer kann mich dann erheitern, als die, welche ich betrüben mußte? Eben darum schrieb ich euch so, damit ich nicht bei meiner Ankunft durch diejenigen betrübt würde, die mir Freude machen sollten. Gewiß mit großem Schmerz, mit beklommenem Herzen, unter vielen Tränen schrieb ich euch; nicht um euch wehe zu machen, sondern damit ihr euch von der Liebe überzeugtet, die ich zu euch vorzüglich hege."

Mit der Zeit verdunkelte sich sein krankes Auge, und seine Kräfte, die Kräfte des Herzens, des Geistes und des Willens, nahmen auf besorgniserregende Weise ab. Vergeblich mahnte ihn Lucanus, sich zu schonen und zwischen seinen Reisen Ruhepausen einzulegen. „Wenn ich Ordnung in das dogmatische Chaos bringen soll, muß ich weitermachen", sagte er. „Es kommt die Zeit, da ich sterben muß, und ich möchte nicht, daß mich der Tod schlafend, in schwelgerischer Sorglosigkeit und Nachlässigkeit vorfindet. Meine Aufgabe ist noch nicht vollendet."

Die Leiden und die Jahre hatten das letzte verwegene Rot aus seinem nun weißen Haar getilgt, Kummer und Schmerz, Sprünge und Risse auf seinem Gesicht hinterlassen, und ein leichtes, aber ständiges Zittern flackerte um seinen Mund. Aber er stand kraftvoll und aufrecht auf seinen krummen Beinen, sein Blick hatte nichts von seiner gebieterischen Macht verloren, und immer noch lag in seiner Stimme ein betörender, fesselnder Klang, der die Menschen aufhorchen ließ. Keiner beurteilte ihn mit lauer Gleichgültigkeit. In den Gemeinden wurde er glühend und leidenschaftlich geliebt und ebenso glühend und leidenschaftlich gehaßt. Tadelnd und strafend, mahnend und verurteilend, lobend und erklärend, lehrend und bekehrend, tröstend, lachend oder weinend, spaßend oder höhnend reiste er, scheinbar ohne zu ermüden, von einem Ort zum andern. Je nach den Umständen blickten seine Augen zärtlich und milde, oder sie schossen Zornesblitze. Den einen begegnete er schroff und heftig und ungeduldig, den anderen freundlich und versöhnlich. Wie oft er sich auch über die blinde Dummheit und das sündige Irren der Menschen verwunderte, erkannte Saul doch ihre klägliche Lage, ihren hoffnungslosen Kummer, ihre Verwirrung, ihre angstvollen Qualen und ihre Schwächen, und er staunte immer wieder darüber, daß diese gebrechlichen Geschöpfe so viel Ausdauer und moralische Kraft besaßen und mit einem Eifer nach Wahrheit und innerer Gewißheit strebten, daß es die Herzen der Engel rühren mußte.

„Wenn mir", äußerte er einmal zu Lucanus, „nur ein einziges Wort gestattet wäre, um den Menschen zu beschreiben, ich würde sagen, er ist tapfer. Er ist tapfer, trotzdem und obwohl ihm seine Intelligenz die Feindseligkeit seiner Umgebung und der Welt vor Augen führt, einer Welt, in der es allem Anschein nach weder Hoffnung noch Sicherheit noch Hilfe gibt, wohl aber Trauer, Enttäuschungen und Verluste. Den Tieren kommt das nicht zu Bewußtsein; sie besitzen einen tierischen Mut, um die Bedürfnisse des Tages zu befriedigen. Der Mensch aber kennt den

Begriff der Jahre und weiß, daß ihm die Zukunft weder Herrlichkeit noch Zufriedenheit verspricht, sondern nur immer eine Wiederholung des Gestrigen. Dennoch ist er tapfer genug, alles zu ertragen, und darum gebührt ihm unsere Achtung."

Sein Mitgefühl wuchs, als seine Reisen in die rauhe Landschaft Lystras, nach dem goldenen Ephesus und zu den grauen Bergen und roten Mohnfeldern Philippis führten. Und es geschah in Philippi, daß die Römer ihn ergriffen und ins Gefängnis warfen, wo er auf seinen Prozeß und, möglicherweise, seine Hinrichtung als Verräter warten sollte. Über das Treiben der Christen schon seit einiger Zeit erbost, hatten die Römer auch noch erfahren, daß Saul ein sehr heftiger Mann war, der die Götter beleidigte und ihre Tempel schändete, Sklaven, Freigelassene und den Pöbel aufhetzte und sie zum Aufstand gegen Rom und ihre Herren aufrief.

In Lucanus' und Thimotheus' Abwesenheit wurde Saul vor einen Richter zitiert, der die Voruntersuchung führte. Zu diesem Richter sagte er mit seinem alten Stolz: „Ich bin als Römer geboren und fordere, daß nur Ebenbürtige über mich zu Gericht sitzen. Man hat Lügen und Verleumdungen gegen mich erhoben. Ich bin der Verbrechen, die man mir so gehässig anlastet, nicht schuldig. In Frieden bin ich gekommen. In Frieden wollte ich ziehen."

Der Richter war von Sauls Auftreten, von seiner edlen Sprache und der Berufung auf sein Recht als römischer Bürger tief beeindruckt. Er ließ ihm die Fesseln von Handgelenken und Fußknöcheln abnehmen — die üblicherweise Sklaven und anderen Untergeordneten vorbehalten waren — und ordnete an, daß ihm dreimal am Tage ein Becher Wein, Brot, Käse und Fleisch in seine Zelle zu bringen seien. Der Richter würde ihn sogar freigelassen haben, doch schon seit einigen Jahren verdrossen ihn die Exzesse christlicher Fanatiker mehr, als seine Duldsamkeit als Römer ertragen konnte. Überdies lagen Klagen der Bevölkerung von Philippi gegen sie vor, aber auch Beschwerden der Tempelpriester, die verärgert darauf hinwiesen, daß so viele zu dieser jüdischen Sekte übertraten, daß ihre Tempel halb leer blieben und ihre Einkünfte schrumpften. Das war eine ernste Angelegenheit, denn die Tempel zahlten einen Teil dieser Einkünfte für den Unterhalt der römischen Garnison an die Steuereinnehmer. Auch erregte es Unmut, daß es unter den jüngeren Christen einige gab, die die römischen Götter verhöhnten und sich weigerten, ihnen Ehren zu erweisen.

Saul, hieß es, sei nach Philippi gekommen, um noch mehr Unruhe zu stiften und aufrührerische Reden zu halten. Außerdem habe er noch vor seiner Ankunft Briefe an die christliche Gemeinde gerichtet, in denen er sie aufforderte, sich den römischen Gesetzen und Verordnungen zu widersetzen. Der Richter, der Saul verhörte, kam zu dem Schluß, daß das alles

Lüge war, doch blieb ihm angesichts der feindseligen Stimmung in der Stadt nichts anderes übrig, als Saul in die Haft zurückzuschicken.

„Es ist schon eine Demütigung für einen römischen Bürger, im Gefängnis sitzen zu müssen, nur weil ein paar Freigelassene und sonstiges Pack, das keinerlei Ansprüche an Rom zu stellen hat, Beschuldigungen gegen ihn erheben", sagte der Richter zu seinen Kollegen. „Aber wir wissen ja, wie heißblütig der Pöbel ist und wie schnell man ihn zu Tumulten und Brandstiftungen aufhetzen kann. Also müssen wir das Gesindel beschwichtigen — vielleicht wissen die Götter, warum! Ich weiß es nicht. Ich handle nur nach den Weisungen, die ich von Rom bekommen habe."

„Früher einmal würden wir scharf durchgegriffen haben, wenn der Pöbel auch nur aufgemuckt hätte", meinte seufzend ein Kollege. „Aber heute spricht man ja nur mehr von Versöhnung und Verständnis, lächelt nachsichtig, nimmt Entschuldigungen an und läßt sich Zeit mit dem Schwert. Bald wird Rom am Ende sein. Das Volk, das sich über das Gesetz und über den Geist des Gesetzes hinwegsetzt, versinkt unweigerlich in Barbarei und Chaos."

Saul saß in seiner Zelle und kochte vor Wut. Er fürchtete nicht um seine Person. Ihn quälte die Verzögerung seiner Missionsarbeit und die Sorge um ihren Fortbestand. Lucanus, der auch römischer Bürger war, bekam die Erlaubnis, ihn zu besuchen und ihm Decken und nötige Kleinigkeiten zu bringen. Die Römer waren vom Auftreten des Griechen, von seiner Stimme und seinem Beruf sehr beeindruckt.

„Daß du mich hier finden mußt!" rief Saul und erkundigte sich sogleich nach der christlichen Gemeinde. Lucanus sagte nichts davon, daß es ihr genauso erging wie allen christlichen Gemeinden: sie war uneinig, von Spaltungen bedroht und von dogmatischen Streitigkeiten zerrissen, es gab Prozesse vor römischen Gerichten, und hitzige Jünglinge sprachen vom „Schwert Gottes". Statt dessen erzählte er Saul, daß es eine große und blühende Gemeinde war — und das war sie — und daß die Bekehrung der Heiden gute Fortschritte machte. Er versicherte seinem Freund, daß man die Haltlosigkeit der gegen ihn vorgebrachten Anschuldigungen bald erkennen und ihn freilassen würde — obgleich er selbst keineswegs davon überzeugt war. Er, Lucanus, müsse nun seine Reise als Evangelist allein fortsetzen.

Die zwei Freunde umarmten sich und ermutigten sich gegenseitig. Durch das Gitter seiner Zelle sah Saul den Arzt den feuchten Steingang hinabgehen. Er fiel auf sein Lager und weinte, und die römischen Soldaten, die das sahen, wunderten sich, denn bis jetzt hatte sich Saul ruhig und mutig gezeigt.

Wieder einmal schoß Saul der schmerzliche Gedanke durch den Kopf, daß alle seine Lieben gestorben waren: sein Sohn Boreas, Boreas' Frau und Kinder, und Elischeba bas Judah. Warum müssen die Jungen sterben, dachte er, und ich alter, müder und verzweifelter Mann am Leben bleiben? Die Jungen haben Träume und Hoffnungen, die mir nichts mehr bedeuten, und wunderschöne Illusionen, aus Regenbogen und Mondlicht gesponnen. Sonnenbeschienen sind ihre Augen, sie tragen Fahnen mit wundersamen Zeichen und marschieren zum Schlag von Trommeln, die es niemals gab und die ihnen dennoch herrlich in den Ohren klingen. Sie haben Phantasie — und um wieviel süßer ist doch Phantasie als diese freudlose Wirklichkeit, die den bevorstehenden Verfall ankündigt! Ach, wenn ich an den Tod dieser jungen, geliebten Menschen denke, erscheint mir der Himmel weniger leuchtend und weniger erstrebenswert, denn die Qualen, die einem Kind von Menschen zugefügt werden, müssen ihm das Bild des strahlenden Jenseits für immer trüben.

Ach, dachte er, ich grüble und gräme mich als Mensch, denn ich bin nur ein Mensch, und mein Herz ist eine einzige Wunde. O könnte ich doch heute Nacht sterben!

„Der christliche Rabbi weint", sagte ein Soldat zu seinem Kameraden, „aber aus Kummer und nicht um sich selber."

Saul sah seinen zynischen alten Erzieher Aristo vor sich und begann trotz seiner Niedergeschlagenheit unter Tränen zu lächeln. „Ach, Aristo", murmelte er, „als ich ein Kind war, warntest du mich, mit meinem reizbaren Naturell und anderen Charaktermängeln würde ich noch einmal im Gefängnis landen. Ich lachte dir unbekümmert ins Gesicht, denn in jenen unbeschwerten Jahren lag die Welt wie ein Opal vor mir — angefüllt mit zarten Schatten und warmen Lichtern und atmenden Farben, in der strahlenden Präsenz Gottes. Und nun findest du mich hier, teurer Freund. Gewiß bist du im Himmel wie alle Lehrer, die um das Wohl ihrer Schüler besorgt sind. Blicke also herab von den flammenden Bastionen und spende mir Trost — wenn du guten Willens bist."

Saul befand sich in einer Zelle mit einem kleinen Fenster, aus dem man auf die Stadt hinaussehen konnte, denn er war römischer Bürger und durfte daher nicht in dem dunklen, dumpfen, unterirdischen Verlies untergebracht werden. Er war der einzige Gefangene auf diesem Gang. Am anderen Ende hockten gähnend die Soldaten und begannen nun zu singen und Würfel zu spielen, um sich durch die lange Nacht die Zeit zu vertreiben. In ihre Umhänge gehüllt, mit dem Rücken gegen die riesigen, feuchten Mauersteine gelehnt, dösten einige vor sich hin. Andere aßen ihre einfachen Rationen, tranken gewöhnlichen Wein und sprachen von Mädchen; wieder andere versuchten sich in Faust- oder Ringkämpfen. Saul konnte ihre ausgelassenen jungen Stimmen und ihr heiseres Lachen hören und fühlte Liebe für diese jungen Menschen, die noch nicht wußten, was es hieß, alt und müde, hilflos und verwaist zu sein.

Der eine oder andere kam den Gang herauf, um mit ihm ein wenig zu plaudern, denn sie fanden ihn witzig, sein Lachen war ebenso derb und laut wie ihr eigenes, und er wußte seltsame Geschichten von seiner Gottheit zu erzählen, die in Jerusalem an ein Kreuz geschlagen worden war, weil sie das Volk zum Aufstand gegen die Römer aufgerufen hatte. Fasziniert lauschten sie seinem Bericht über die Erscheinung auf der Straße nach Damaskus. Sie empfanden ehrfurchtsvolle Scheu, aber keinen Glauben. Sie zweifelten nicht an seinen Worten. Es war eine herrliche Geschichte. Der jüdische Gott war nicht weniger bewundernswert und mächtig als ihre eigenen Götter — und verdiente ebenso wenig Vertrauen. Aber es war eine herrliche Geschichte, und sie empfanden Ehrfurcht vor dem Mann, der eine solche Erscheinung gehabt hatte. „Er ist ein Dichter", sagten sie, „ein wahrer Homer."

Sie könnten die Christen nicht begreifen, sagten sie ihm, weil sie nicht Soldaten werden wollten, weil sie sich weder für gutes Essen noch für Frauen interessierten und auch am vergnüglichen Handeln auf dem Marktplatz keinen Spaß hatten. Waren sie denn keine Männer mit den Begierden und Lüsten von Männern? Haßten sie ihre Mitmenschen, weil diese nicht bereit waren, den Freuden der Welt zu entsagen? Die Soldaten hörten Saul geduldig zu, aber sie schüttelten die Köpfe. Sie empfanden keinen Haß gegen die Christen, denn wer konnte mit Bestimmtheit sagen, ob nicht ihr Gott vielleicht der Mächtigste war? Den Soldaten oblag es, die öffentliche Sicherheit zu wahren, aber die Christen waren nicht immer friedlich: sie schmähten offen die Götter, nannten sie „Götzen" und weigerten sich vor Gericht, bei Apollo zu schwören, die Wahrheit zu sagen. Sie schworen nur bei ihrem eigenen Gott, dessen Zugehörigkeit zur göttlichen Hierarchie ja doch noch nicht anerkannt war. Wie konnte man also ihrem Zeugnis und ihren Versprechungen trauen? Saul versuchte immer wieder, ihre Fragen zu beantworten, doch ohne Erfolg, weil er in Zusammenhängen sprach, die ihren Ohren und ihrem Verstand fremd waren. Dennoch waren sie freundlich zu ihm und gaben ihm von ihrem Wein und ihren Früchten. Man sollte schließlich einen weisen Mann, auch wenn er ein Gefangener war, nicht geringschätzen, insbesondere nicht einen römischen Bürger.

„Warum weinst du so sehr, Rabbi?" fragten sie ihn an jenem Abend. Sie lehnten gegen das Zellengitter und betrachteten ihn aus ernsten jungen Gesichtern, denn Saul war ihnen nicht als ein Mann erschienen, dem die Tränen locker saßen.

Im Schein der trüben Laterne sah er sie an. „Ich hatte einen Sohn", erwiderte er leise, während er versuchte, seinen Tränen Einhalt zu gebieten, „und er hatte einen Sohn und eine hübsche Frau und eine kleine Tochter. Mein Sohn und seine ganze Familie sind umgekommen — bei einem Feuer. Darum weine ich."

„Ach so", sagte einer der Soldaten mitleidig. Er reichte Saul seine Lederflasche mit Wein durch die Gitterstäbe. Saul wollte keinen Wein, fürchtete aber, die Gefühle des Burschen zu verletzen. Darum dankte er ihm und trank ein wenig, wobei es ihn Mühe kostete, des essigsauren Geschmacks wegen keine Grimasse zu ziehen. „Es hat keinen Zweck, Tote zu beweinen", meinte der Soldat in jugendlicher Weisheit. „Sie befinden sich in Plutos Reich oder im Elysium oder auf den Inseln der Seligen. Sie kennen uns nicht mehr und machen sich auch nichts mehr aus uns."

„Es ist löblich und verdienstvoll, für die Toten zu beten", erwiderte Saul zum Erstaunen seiner Bewacher, „aber ihre Gebete sind wirkungsvoller als die Gebete der Lebenden, weil sie Gott näherstehen."

Die Soldaten gaben mit höflichem Nicken ihrer Zustimmung Ausdruck, glaubten ihm aber kein Wort. Diese Juden waren wirklich sonderbare Leute. Sie gingen zu ihren Kameraden zurück, und Saul sah ihnen nach. Ich habe keine Kraft mehr, dachte er traurig. Tag und Nacht hören mir diese Burschen zu, aber es gelingt mir nicht, ihre Herzen zu bewegen.

Er saß auf seinem Bett und lauschte den Stimmen und dem lauten Gelächter der Soldaten. In der Tiefe seiner Seele aber trauerte er um seine Toten. Plötzlich fiel ihm auf, daß völlige Stille eingetreten war, die auch von den Schritten der Wachposten nicht unterbrochen wurde. Er horchte angestrengt. Es war ihm, als befände er sich völlig allein im tiefsten Schoß der Erde. Er erhob sich ächzend von seinem Lager, steckte den Kopf, so gut es ging, zwischen den Gitterstäben durch und sah den Gang hinauf.

Es bot sich ihm ein unglaublicher Anblick. Die Soldaten schliefen nicht. Sie waren vielmehr in den Bewegungen, die sie noch eben ausgeführt, in den Haltungen, die sie gerade eingenommen hatten, wie Statuen erstarrt. Einige saßen steif gegen die Wand gelehnt, andere hielten die Würfel in der Hand, standen da mit der Flasche an den Lippen oder den Mund zum Kauen verzogen; wieder andere, als ob sie Medusas ansichtig geworden wären, verharrten unbeweglich in Faust- und Ringkämpfen.

Saul konnte es nicht fassen. Er erkannte, daß die Soldaten bei Bewußtsein waren, denn beim flackernden rötlichen Schein einer Fackel in der Wand und beim matten Licht einer Laterne sah er das Glitzern ihrer weit aufgerissenen, entsetzten Augen, das einzige, was sich an ihnen bewegte. Schweiß lief über ihre Gesichter, während sie mit aller Kraft versuchten, die unsichtbaren Ketten zu sprengen, die sie gefangenhielten.

Dann sahen sie, und mit ihnen Saul, wie die schwarze Eisentür sich langsam öffnete und ein junger Mann in einer langen weißen Tunika auf der Schwelle stand. Er war schön und stattlich wie ein Gott und ebenso erhaben und gelassen.

Er blickte mit liebenswürdiger Zurückhaltung auf die gelähmten Soldaten, stieg behutsam über ihre Beine und ging auf Sauls Zelle zu. Er schritt lautlos über die feuchten Steine, und es war, als ob er über dem

Boden schwebte. Er hielt vor dem Gitter an und blickte ihm mit jener Ruhe ins Gesicht, die erschreckender ist als Gewalt und entsetzlicher als nackte Wut, und allem Menschlichen fremd.

Saul sah die nebelhaft schimmernde Aura, die ihn wie eine flimmernde Wolke aus hellem Gold umhüllte und seine edlen Züge, sein Gewand, seine Arme und Füße erleuchtete. Er lächelte Saul zu, aber nicht mit menschlicher Liebenswürdigkeit und Zärtlichkeit. „Zieh deine Sandalen an, Saul von Tarschisch", sagte er mit einer Stimme, die wie himmlischer Klang durch den Gang hallte, „und nimm deinen Umhang auf, denn ich bin gekommen, dich zu befreien."

Als ob er erstarrt wäre wie seine Wächter, konnte Saul sich einen Augenblick lang nicht bewegen. Eine unbestimmte, eisige Angst überkam ihn, und er fragte sich: „Entläßt er mich in den Tod, mich, dem noch so viel zu tun bleibt?"

„Eile dich", sagte der Besucher mit gebieterischer Entschiedenheit, und in seinen Augen glitzerte es wie von Ungeduld.

Mit zitternden Händen zog Saul die Sandalen an und griff nach seinen Decken, seinem Umhang und einer Schriftrolle. Er konnte den Blick nicht von dem Fremden wenden. Er hätte viele Fragen an ihn stellen mögen, aber er wußte, daß er keine Antworten erwarten durfte.

Der junge Mann legte seine Hände an die Gitterstäbe und rüttelte daran — zart wie ein Kind, ohne jede Anstrengung. Im gleichen Augenblick brüllte die Erde donnernd auf, und der Boden schwankte unter Sauls Füßen, so daß er, sein menschliches Herz von Entsetzen gepackt, taumelte und schwerfällig gegen die Zellenwand stieß. Der Donner rollte durch die Luft, und unten im Gang zischten Fackel und Laterne, als ob ein Sturmwind daherbrauste. Saul eilte ans Gitter und sah die immer noch reglosen Soldaten, das Grauen auf ihren jugendlichen Gesichtern und die gräßliche Verzweiflung in ihren flackernden Augen.

Saul hörte ein Klirren. Die Tür seiner Zelle stand offen. Sie hing zerschmettert in ihren Angeln — und nicht von Menschenhand zerschmettert. Der Fremde war verschwunden. Auf schwankenden Beinen verließ Saul die Zelle und ging langsam den Gang hinunter. „Fürchtet euch nicht", sagte er zu den Soldaten, die ihn mit den Blicken verfolgten. „Ihr werdet bald frei sein." Regungslos wie ihre eigenen Schatten starrten sie ihn an.

Er gelangte in das Dunkel der Stadt, die nur durch den roten Schein flackernder Fackeln und rastloser Laternen erhellt war, die sich unruhig durch die Straßen bewegten. Das Erdbeben hatte wenig Schaden angerichtet, aber an allen Ecken standen erregte Bürger und Soldaten, die sich mit lebhaften Gebärden über das Naturereignis unterhielten. Saul begab sich in seine Herberge und fand Thimotheus in seiner Kammer.

„Saul!" rief der junge Mann, sprang von seinem Bett auf und fiel Saul mit einem Ächzen der Freude und Erleichterung um den Hals. „Sie haben dich freigelassen!"

„Nein", erwiderte Saul, „Gott hat das getan."

Er legte Thimotheus seine Hände auf die Schultern. „Ich trauerte und fühlte mich verloren und vergessen, als Gott mir einen Boten sandte, der mich aus dem Gefängnis befreite."

Doch als Römer und Gesetzkundiger kannte er seine Pflicht. Nach kurzem, erquickendem Schlummer begab er sich am nächsten Morgen zu dem Richter, der ihn in Haft genommen hatte. Doch die Kunde von dem nächtlichen Geschehen war ihm vorausgeeilt. „Ich habe die Soldaten gehört", sagte der Richter zu Saul und blickte ihn nachdenklich an. „Wenn die Götter nicht wünschen, daß du im Gefängnis bleibst und verurteilt und bestraft wirst, welcher Mensch könnte sich ihnen widersetzen? Wenn die Götter meinen, du wärest frei von aller Schuld, wer bin ich, daß ich dich für schuldig erklären sollte?"

Angst und Aberglaube sprachen aus seinen Augen. Die Soldaten, noch im Banne ihres schrecklichen Erlebnisses, hatten ihm berichtet, daß Apollo selbst, oder zumindest Merkur, ein Erdbeben hervorgerufen hatte, um Saul von Tarschisch zu befreien, und daß es ihnen nicht möglich gewesen war, ihn an der Flucht zu hindern. Anscheinend liebten die Götter die Christen. Der Richter verzog den Mund. „Über den Geschmack läßt sich streiten", sagte er und schrieb in seinen Bericht, daß Saul von Tarschisch seine Unschuld einwandfrei bewiesen hatte und daher aus der Haft entlassen worden war.

XLVIII

Die Geschichte von der wunderbaren Befreiung stärkte das Selbstgefühl der christlichen Gemeinde. Die Erscheinung des göttlichen Boten wurde zum Tagesgespräch unter den Gläubigen. Wenn Saul auf solche Weise und durch eine so erhabene Gestalt befreit worden war, konnte die Rückkunft des Messias wahrlich nicht mehr lange auf sich warten lassen.

„Das muß nicht sein", meinte Saul. „Stellt euch einmal vor, die Arbeiter auf dem Feld würden sagen: ‚Wir glauben, daß der Herr heute abend zurückkehren und uns einladen wird, mit ihm zu feiern. Warum also sollten wir arbeiten und uns ermüden? Stellen wir uns doch lieber ans Tor und warten wir auf ihn!' Der Herr würde zurückkehren und entdecken, daß das Korn verfault war, weil man es nicht geschnitten hatte. Wehe jedem, dessen Sense müßig geblieben war! Wir wissen nicht, wann

Er zurückkehren wird. Aber Seine Ernte darf nicht verlorengehen, und Er darf keine Ratten im Korn und kein Ungeziefer im Brot vorfinden."

Es schien vielen, daß Saul zu streng war und daß er gar nicht daran glaubte, daß der Herr in Kürze zurückkehren würde. Das gab viel Unfrieden. Saul aber wies sie zurecht und lehrte sie wie Kinder, und nach einem langen Aufenthalt in Philippi setzte er seine Reisen fort. Er hatte Freude an den zunehmenden Mengen bekehrter Heiden, die er mit viel Geduld und väterlicher Liebe unterrichtete. Er taufte sie, führte sie, erleuchtete sie und nahm sie in die christliche Gemeinde auf. Die Mehrzahl der Christen hieß sie mit fast der gleichen innigen Liebe willkommen, die Saul für sie empfand, aber es gab auch dunkle Blicke, Mißtrauen und Streit und harte Worte. Manchmal nicht ganz zu Unrecht, denn einige neugebackene Christen waren anfangs von dem Gedanken an Seine unmittelbar bevorstehende Rückkunft in Pracht und Herrlichkeit, um über die Lebenden und die Toten, über Lämmer und Wölfe zu Gericht zu sitzen, begeistert, doch als Er nicht erschien und die tägliche Plackerei die gleiche blieb und sich nichts änderte an Steuern und Sorge um Nahrung und Obdach, an unzufriedenen Weibern und ungehorsamen Kindern, an kärglichem Lohn und körperlichen Leiden, da begannen die neuen Christen zu zweifeln. Und auf den Zweifel folgten nur zu oft Abfall und Verachtung und Haß und Hohn und sogar das Verlangen nach Rache an den „Verführern".

Saul bemühte sich vergeblich, diese Menschen aufzuklären. Sie warfen ihm scharfe Blicke zu und lächelten ihn mit zusammengekniffenen Augen an. Er hatte ihnen ewige Wonnen für ihre Seelen und einen Platz im Himmel versprochen — doch die Welt wandelte sich nicht und der Messias säumte — wenn Er überhaupt die Absicht hegte, zurückzukehren, und sofern Saul wahr gesprochen hatte. Er begriff: nicht die Aussicht auf ein Aufgehen in Gott hatte sie angelockt, nicht die Erlösung aus Sünde und Tod, nicht die Gnade des Dienens und der Tugend, sondern weltlicher Überfluß und Trost und Triumph. „Hast du uns nicht mit den Worten Christi gesagt, wir brauchten uns nur zu Seinem Reich bekennen, und alles andere würde uns gegeben werden? Nichts ist uns gegeben worden! Wir haben uns zu Ihm bekannt, aber an unserem Elend und an unserer Hoffnungslosigkeit hat sich nichts geändert."

„Sein Reich ist nicht von dieser Welt", lautete dann Sauls Antwort. Aber sie widersprachen ihm mit Worten des Messias, die er ihnen zitiert hatte, und lehnten seine Erklärungen und Auslegungen ab. Und verließen die Gemeinde. „Hast du etwas anderes erwartet?" fragten ihn manche Judenchristen mit leidmütiger Genugtuung. „Sie können den Messias nicht begreifen, und noch weniger seine Gleichnisse, die auf die heiligen Schriften zurückgehen."

Die Gebildeteren unter den Heidenchristen, insbesondere die Griechen, meinten: „Sie sind dumm und charakterlos — niedrige Sklaven, Freigelassene, Bauern! Ihre alten Religionen haben ihnen irdische Freuden und Erfolge versprochen, sofern die Götter an ihnen Gefallen finden — für Belohnungen des Geistes haben sie kein Verständnis."

Doch Saul grämte sich um die streunenden Schafe, weinte und betete für sie. Einige kehrten auch zurück, weil sie in der Welt überhaupt keine Hoffnung fanden, weder Liebe noch Freundschaft noch Sorge um ihr Wohlergehen. In der christlichen Gemeinde begegnete man ihnen zumindest mit Freundschaft, speiste sie, wenn sie hungrig, gab ihnen Wein, wenn sie durstig waren, und fand ihnen ein Dach, wenn sie keine Unterkunft hatten. „Laßt uns diese Armen nicht fortjagen wie lästiges Vieh", sagte Saul zu den verärgerten Christen. „Hat Er nicht die verlorenen Schafe gesucht und sie heimgebracht? In Seinem Haus ist Platz für den Geringsten, die Erbärmlichsten und die Dümmsten, und Raum unter Seinen Schwingen für die ganze Menschheit. Laßt uns Geduld haben und diese Kleinmütigen erleuchten, und wer weiß? eines Tages werden sie strahlen wie die Sonne!"

Auf seinen Reisen durch Europa und Kleinasien begründete Saul nicht nur neue Gemeinden. Er ermutigte und stärkte auch die schon vorhandenen. Er schrieb unablässig Briefe voll Überzeugungskraft und Poesie, Leidenschaft und Glaube und Liebe, insbesondere an seine guten Freunde in Korinth, den Weber Aquila und seine Frau Priscilla, die ihm einst Obdach gewährt hatten. Seine Briefe wurden geschätzt, in Ehren gehalten und aufbewahrt. Viele sind verlorengegangen, doch ihr Geist ist lebendig geblieben. Auf seinen Reisen erlebte er mehrere Schiffbrüche, er wurde geschlagen, gegeißelt und gesteinigt. Für die frommen Juden war er immer noch „der große Renegat", viele Christen entsannen sich seiner Verfolgungen, Priester anderer Religionen nahmen ihm die Bekehrungen und die sich daraus ergebende Minderung ihrer Einkünfte übel, und die Römer mißtrauten dem Mann mit der weißen Mähne, der sich so gebildet ausdrückte und wie ein Sklave lebte. Solche Leute waren gefährlich, das lehrte die Geschichte. Sie empfanden Abneigung gegen die Dinge dieser Welt und hetzten die Menschen gegen die Welt auf, die doch Schauplatz war für Recht und Ordnung und römischen Wohlstand. Gab es denn eine andere als die Welt der Menschen — und vielleicht der Götter? Überdies sprach er angeblich davon, „die Welt erobern" zu wollen — und das klang nach Hochverrat.

Nichtsdestotrotz nahm eine Unmenge von Römern den neuen Glauben an, darunter auch Soldaten und ihre Führer, einschließlich jener in Philippi, die die wundersame Geschichte von Sauls Befreiung aus dem Kerker überallhin verbreitet hatten. Da viele von ihnen begütert waren, konnte die Gemeinde ihre Wohltätigkeitseinrichtungen ausbauen, den Kranken, Sterbenden und Verlassenen Hilfe leisten, sich ausgesetzter Kinder annehmen, und ausgerissenen Sklaven, alten Leuten und Vorbestraften beistehen. In verschiedenen Städten wurden auch große Damen Christinnen und fanden in dem neuen Glauben Rettung aus Langeweile und Angst und eine belebende Kraft, die über körperliche Schönheit und fleischliche Genüsse weit hinausging. Als Christinnen waren sie mildtätig, und ihre Herzen wurden zum ersten Male in ihrer verhätschelten Existenz durch das Elend ihrer Mitmenschen gerührt, die ihnen früher weniger als Ungeziefer gegolten hatten.

Eines Tages sagte Saul zu Thimotheus, der nun auch nicht mehr jung war: „Die Zeit wird mir knapp. Ich hatte eine Erscheinung. Ich muß nach Jerusalem zurückkehren, denn mir war, als schwebte eine dunkle Wolke über der vielgeliebten Stadt — die ich dann nie wiedersehen werde."

„Du bist erschöpft", meinte Thimotheus. „Aus dir spricht dein müdes Fleisch, nicht deine Seele."

Doch Saul hatte seine Ahnungen. „Ich habe Sehnsucht nach meiner Schwester und ihren Enkelkindern, die ich nie gesehen habe", erwiderte er ausweichend. „Ich höre von meinem Neffen Amos, von seinen Erfolgen und seiner ärztlichen Tätigkeit auf seinen Reisen. Es könnte sein, daß ich ihn in Jerusalem antreffe." Er lächelte. „Ich bin nur ein Mensch und bedarf menschlicher Erquickung — auch wenn niemand daran denkt."

Er unterhielt einen regen Briefwechsel mit Lucanus, und jeder freute sich über die Erfolge des andern. „Der Tag wird kommen", schrieb Lucanus, „da es kein Volk mehr geben wird, das Seinen Namen nicht kennt, und der Sieg, den Er verheißen hat, wird errungen sein. Setze deine Arbeit fort, teurer Freund, auch wenn du über körperliche Schwäche klagst und über Müdigkeit, die sich nicht abschütteln läßt! Es ist nur unsere fleischliche Hülle, und sie läßt sich unterwerfen und bezwingen, denn Er sorgt für unsere Seelen und läßt uns nicht sterben, bevor wir unsere Aufgabe nicht erfüllt haben."

Saul seufzte, nachdem er diesen Brief gelesen hatte. Er befand sich in einem Zustand geistiger Unfruchtbarkeit. Er sah seinen Weg nicht mehr vor sich, und seine Begeisterung war geschwunden. Er kannte die Wahrheit, aber seine Sinne waren stumpf und seine Willenskraft versagte. Manchmal träumte er von seinem Elternhaus in Tarsus, das jetzt an Fremde verkauft worden war. Er roch die Rosen und den Jasmin und sah die schwarze, geschnitzte Brücke über dem stillen Wasser, die Laubengänge und die Grotten. Mit ganzer Seele sehnte er sich nach einer Ruhepause, nach leisen, liebevollen Stimmen und der Berührung durch zärtliche Hände, nach den Strahlen der sinkenden Sonne auf Palmen und Zypressen, Platanen und Granatapfelbäumen, nach sanfter Musik im Atrium und nach dem Lächeln seines toten Sohnes, dessen Kinder er nie gesehen hatte. Manchmal träumte er, er wäre wieder ein kleiner Junge, der über Aristo lachte und sein Schwesterchen neckte. Und manchmal träumte er auch von Dacyl und ihrer Liebe zu ihm, und seine Liebe zu ihr erschien ihm nun nicht mehr unkeusch und schlecht, sondern als die Liebe eines jungen Adam für seine Eva — und der Platz vor dem Wasserfall war der Garten Eden.

Und es gab Zeiten, da er von Seelenangst geplagt wurde, gegen die er sich kaum wehren konnte, obgleich er ihren Ursprung kannte. War sein ganzes Leben nur ein Wahngebilde, ein Traum gewesen? Manchmal stöhnte er wie Hiob: „Es erblindet vor Gram mein Auge; meine Glieder, wie Schatten sind sie alle." Er brachte ganze Tage, ja Wochen in dieser dunklen Verwirrung zu, und alles, was er während dieser Zeit sagte und tat, war, als ob eiserne Fesseln ihn gefangen hielten. Seine Anhänger fielen ihm lästig, und selbst sein treuer Thimotheus schien ihm beschränkt. Seine angeborene Unrast brannte, von Alter und Krankheit angefacht, wie Feuer in seinem Herzen, und seine Haut juckte so stark, daß er sich kratzte, bis er blutete. Alle Welt begehrte seinen Trost, seine Erfahrung und seine Weisheit. Man hielt ihn für mehr als nur einen Menschen. Wer ihm seine Erschöpfung anmerkte, war bekümmert und beunruhigt, aber er fühlte kein Mitleid: war er nicht der Schäfer und sie alle nur die Schafe, und war es nicht die Pflicht des Schäfers, seine Schafe zu erquicken und sich um sie zu sorgen? Wenn er sie vor sich sah, nahm Saul seine ganze Kraft zusammen, um sich aufzuraffen, denn wenn die Schafe zweifelten oder sich verlassen fühlten, konnten sie leicht in die Irre gehen. Sie waren unsicher und gebrechlich in der Wildnis ihres Lebens und konnten straucheln. So sprach er also mit Entschiedenheit zu ihnen, ein Lächeln auf den aschfarbenen Lippen, und sie hörten ihm erleichtert zu.

Eines Nachts erreichte ihn der Ruf, nach Jerusalem zurückzukehren, und als er erwachte, sagte er sich: „Der Anfang vom Ende ist gekommen, und ich werde bald Ruhe finden."

XLIX

In Sauls langer Abwesenheit war es in Jerusalem alles andere als friedlich zugegangen.

Die Christen — oder Nazarener, wie sie in dieser Stadt immer noch von ihren jüdischen Brüdern genannt wurden — und insbesondere die jungen Männer hatten sich mit den Essenern und Zeloten zusammengetan und waren von dem Zeloten Eleazar in eine verzweifelte Lage gebracht worden. Mit der Behauptung, die Zeit sei gekommen, um ihr geliebtes Land zu befreien, hatte er sie in einen wilden und tödlichen

Kampf mit den Römern verwickelt. Ob Eleazar ein guter Christ war oder nicht, hatte Saul den Briefen, die er aus Jerusalem erhielt, nicht entnehmen können. Ganz offenbar aber war er ein gewalttätiger Mann, der die Nazarener dazu mißbrauchte, „unser Volk aus der Knechtschaft zu befreien", wie der Messias versprochen hatte. So wild und blutig war der Aufstand, daß an die dreißigtausend Juden, orthodoxe wie Nazarener, in den Tempelbezirken niedergemetzelt wurden, und der römische Prokurator einen Zustand der absoluten Gewalt über das Land verhängte. Eleazar kam in Gefangenschaft und wurde öffentlich hingerichtet. Bitterster Haß entbrannte im Volk.

Die Familien der ermordeten Juden gaben den Nazarenern die Schuld an dieser Katastrophe und betrachteten nun die „Ketzer" als ihre Todfeinde, die den Anlaß zu diesem Blutbad gegeben und Tod und Verderben für die ganze Judenheit heraufbeschworen hatten. Sie haßten die jüdischen „Renegaten" unversöhnlicher als die nichtjüdischen Nazarener, waren doch die Heidenchristen ihre geringsten und im allgemeinen friedlichsten Mitbürger. Zu den „Ketzern" aber gehörten einige der intelligenteren, der wohlhabendsten und gebildetsten Juden, und darum hätten sie Eleazar und seine Zeloten in Schranken halten und nicht gemeinsame Sache mit ihnen machen sollen. „Revolutionäre! Banditen! Verbrecher!" riefen sie den Christen zu. „Ihr verratet euer eigenes Volk und spielt es dem Henker in die Hände!"

Bald hieß es, alle Gemeinden, die die Apostel und Evangelisten in der ganzen zivilisierten Welt begründet hatten, wären subversiv und hetzten zu Unruhen und Aufständen gegen Rom auf. Einmal war Saul den Römern in Jerusalem mit diesen Worten angezeigt worden: „Er ist eine Pestbeule, ein Schandbube, der unter den Juden des ganzen Reiches — das er verabscheut — zur Rebellion aufruft." Das hatte der Cäsar, der Kaiser in Rom, so ernst genommen, daß er die Juden von Alexandrien warnte, keine Missionare zu empfangen, so sie sich nicht der „Verbreitung einer Seuche, die schon die ganze Welt bedroht", schuldig machen wollten. Für die Römer gab es keinen wesentlichen Unterschied zwischen den Nazarenern und den „gläubigen" Juden, denn die neue Sekte war „nichts als eine jüdische Sekte unter der Führung der unverantwortlichsten und mörderischsten Elemente unter den Zeloten und Essernern".

Das alles war Saul wohl bekannt, und er wußte, daß er bei Juden und und Römern in gleicher Weise als Zelot galt. Wo er auf seinen Reisen durch die Welt in jüdischen Synagogen erschien, wurde er zunächst mit Bestürzung empfangen, später geduldet und schließlich verwünscht. War nicht durch seine Schuld Tod und Verderben und Verbannung über sein Volk hereingebrochen? Man mußte ihm unter allen Umständen ausweichen. Er hatte den Anlaß zum „ersten jüdischen Krieg" gegen die Römer gegeben. Die Juden waren entschlossen, darauf zu sehen, daß er keinen zweiten anzetteln würde. Mit Kummer und Verzweiflung im Herzen vernahmen sie, daß die Synagogen in Rom, die zu den wohlhabendsten gehörten, vom Kaiser „in Hinblick auf die zunehmend revolutionäre Stimmung“ geschlossen worden waren. Als die Nazarener darauf verzichteten, ihre Gottesdienste in den römischen Synagogen abzuhalten, gestattete der Kaiser die Wiedereröffnung. Aber Bitterkeit und Schrecken hielten an, und die endgültige Spaltung zwischen den Nazarenern und ihren jüdischen Brüdern war nun vollzogen. „Die jugendlichen Nazarener“, schrieb Flavius Josephus, „sind liederliche, halbwilde, unduldsame und zügellose Geschöpfe. Ihr Anblick allein genügt, um in den Römern feindselige Gefühle zu erwecken, denn sie sind Barbaren ähnlicher als zivilisierten Menschen. Ihr Gang wirkt ebenso beleidigend wie ihre Sprache. Sie machen sich über jede Autorität lustig und setzen der Regierung Widerstand entgegen. In den Städten liefern sie den Wachen und Soldaten regelrechte Schlachten, bewerfen sie mit Unrat und schreien dabei, die Rückkunft des Messias stünde unmittelbar bevor, und sie bildeten die Vorhut seines Heeres.“

In Judäa wurden die Essener und Zeloten (von denen jetzt schon so viele auch Nazarener waren), zum bevorzugten Gegenstand eines von Furcht genährten Hasses seitens der Juden. Ihre Botschaft fiel auf taube Ohren, und man versagte ihnen alles Mitgefühl, das sie früher als aufrechte Kämpfer gegen Rom erweckt hatten. In anderen Teilen der Welt wurde Saul als möglicher Unruhestifter und Revolutionär — und somit als Bedrohung von Leib und Leben — mit Unmut und Haß von seinen jüdischen Brüdern empfangen. Vergeblich wies er immer wieder darauf hin, daß „Sein Reich nicht von dieser Welt sei“ und daß „Befreiung aus der Knechtschaft“ nichts weiter bedeute als Befreiung der Seele von Sünde und Tod. Sie erblickten darin bloß spitzfindiges Gerede, und die Römer dachten nicht anders.

So kehrte Saul nach Jerusalem zurück, um Juden und Judenchristen zu versöhnen und die Gemeinde zu retten. Auf der Reise packte ihn oft die Verzweiflung. Er fürchtete um den Fortbestand der christlichen Gemeinde in Judäa und bedauerte die Ausschreitungen der christlichen Zeloten und Essener. Noch von Athen aus hatte er ihnen geschrieben: „Zwar verkünden wir das messianische Zeitalter — denn wahrlich, es hat begonnen —, aber wir müssen euch ernstlich darauf hinweisen, daß das Gesetz immer noch in Kraft ist, denn es ist unsterblich und wurde uns von Gott gegeben, Sein Name sei gepriesen. Bedauerlicherweise glaubt ihr Zeloten, das messianische Zeitalter verpflichte euch dazu, alle Beherrschung abzuwerfen und euch als Aufrührer und Brandstifter zu betätigen. Der Herr ist ein Fürst des Friedens und verabscheut Gewalttaten, Mord und Bruderhaß.“

Noch bestürzter war er über einen Bericht aus Jerusalem, wonach die

Heidenchristen den Messias falsch auslegten und in Seinem Namen Unruhen entfachten. Es handelte sich bei diesen Leuten hauptsächlich um frühere Sklaven und Freigelassene der verschiedensten Rassen, um Handwerker und Unzufriedene und solche, denen es um die „Reichtümer" ging, die ihnen der Messias „versprochen" hatte. Sie forderten das römische Militär auf den Straßen Jerusalems mit boshaften Bemerkungen heraus und erregten viel Bitterkeit und Feindseligkeit.

Die Römer fühlten sich — und ihr Reich — in der ganzen Welt bedroht und beobachteten entsetzt, mit welcher unglaublichen Schnelligkeit sich der messianische Glaube in ihren Provinzen verbreitete.

Die Lage in Judäa war um vieles ärger, als Saul es sich in seinen schwersten Träumen vorgestellt hatte. Simon Petrus, der Bischof der christlichen Gemeinde, war nach Rom gefahren, um den dortigen Christen Trost zuzusprechen und seinen jüdischen Brüdern die Angst zu nehmen. Dies erfuhr Saul im Hafen von Joppe, wo er sich einige Tage aufhielt.

Zwar stank Joppe nicht weniger als andere Städte, doch immer noch strichen die Winde des Meeres über die Dächer und belebten und erfrischten. Die Straßen waren stufengleich angelegt, eine über der anderen, von Mauern gesäumt und mit Marmor und mit Sandstein gepflastert. Sie wanden sich steil aufwärts und waren so eng, daß die Balkone sich fast berührten. Die schmalen Fenster waren mit Gittern versehen, und in die Mauern darunter waren armselige kleine Läden eingelassen. In riesigen Schwärmen von glitzerndem Gold zogen die Möwen über den hyazinthenfarbigen Himmel. Und überall, wo nur ein Fleckchen Erde war, erhoben sich die grünen Wolken der Tamarisken und Platanen, die smaragdenen messerscharfen Klingen der Palmen. Auf den Ladentischen häuften sich Zitronen, grüne und gelbe, Kuchen und Fleisch und Stoffe und Gewürze. In der ganzen Stadt hörte man das Glucksen und Plätschern der Brandung, das nur vom Geschrei der Kinder und dem klagenden Brüllen der Tiere übertönt wurde.

Saul fand das Haus des Lohgerbers Simon, wo er sich eine Zeitlang aufhielt, um mit ihm über die schwierige Lage der Jerusalemer Gemeinde zu sprechen, die von inneren und äußeren Feinden bedrängt wurde. Simon war ein verwachsener kleiner Mann mit tanzenden Lichtern in seinen kleinen Äuglein. Er grinste wie ein Satyr und hatte geschickte Hände, mit denen er hübsche Börsen und Taschen, aber auch Sandalen und Stiefel und exquisiten, in Gold und Silber geprägten Lederschmuck anfertigte. Er gehörte nicht zu denen, die das Leben zu ernst nahmen, erklärte er Saul. Was hatte man schon von einem traurigen Gesicht, von Ängsten und bösen Ahnungen und Schrecknissen? Eine schlechte Verdauung — und man wußte ja, daß eine schlechte Verdauung die Seele mit Düsterkeit erfüllte und sie so der lebensspendenden Sonne Gottes entzog, Sein Name sei gepriesen. Wer Angst hatte, zweifelte an Gott. Lag denn nicht alles in Seiner Hand? Saul blickte forschend in das kleine, mißgestaltete Gesicht und fragte sich, ob Simon nicht Spott mit ihm trieb.

„Ich habe zärtlich geliebt und einen schmerzlichen Verlust erlitten", sagte Simon mit seiner schrillen, weibischen Stimme. „Aber ich habe es ausgehalten und überlebt. Was hilft es, sich zu beklagen? Wenn Gott es will, wird die Gemeinde in Jerusalem überleben, und wenn nicht, nicht."

„Gottes ‚Versagen' ist in Wirklichkeit menschliches Versagen", erwiderte Saul mit Bitterkeit. „Es ist leicht, nichts zu tun und alles Gott in die Schuhe zu schieben. Wir sind zur Arbeit aufgerufen, auch wenn Er über den Erfolg entscheidet. Was können wir denn sonst tun?"

Simon ging zur Tür seines nach Leder riechenden kleinen Ladens und hob den Blick zum Himmel und zu den Möwen und über die Küste hinweg zur leuchtenden, blauen See. Hoch und schnell kamen die Wellen ans Ufer und schlugen blitzend wie weißes Feuer gegen den Strand. Sie blendeten das Auge, und Simon blinzelte.

„Was wir sonst tun können? Wir können nur unser Bestes tun, und wenn das nicht genügt, liegt es nicht an uns. Dann ist es eben so bestimmt."

Nach einer kleinen Pause fuhr Simon fort: „Ich habe viele, die mir teuer waren, an die Römer verloren. Aber ich weiß, daß für jeden die Zeit zum Sterben kommt, wie du ja selbst einmal gesagt hast, Saul von Tarschisch. Was macht das Sterben schon aus? Ist das Leben so schön, so begehrenswert, daß wir ihm alle Säfte auspressen müssen, so wie die Frauen den Saft aus Zitronen und Granatäpfeln pressen? Laß uns nicht gierig wie Ziegen nach dem ausgelaugten Fruchtfleisch, nach den bitter schmeckenden Resten verlangen. Der erste süße Saft genügt."

Saul glaubte seinen alten Erzieher Aristo zu hören, denn auch Simons Worte hatten einen zynischen Beiklang von leisem Gelächter. Doch als er in das verhutzelte Gesicht des Gerbers blickte und den tiefen Kummer in seinen Augen sah, erkannte Saul, daß Simon weise sprach und nicht scherzte. Doch Saul fand keinen Trost in seinen Worten und verabschiedete sich bald. In einem kleinen Wagen, den er sich in einer Herberge in Joppe geliehen hatte, trat er die Reise nach der vielgeliebten Stadt an. Unterwegs grübelte er und ging mit sich zu Rate.

Das Haus seiner Schwester, in dem ihr Mann, der Vater ihres Mannes und ihre eigenen Kinder das Licht der Welt erblickt hatten, erschien Saul wie eine rettende Zuflucht. Sapphiras einst leuchtendes Haar war fast so weiß wie sein eigenes. Ihre Enkelkinder umringten sie wie Schößlinge einen alten Baum. Sie umarmte Saul unter Tränen und Lachen, und die reinen, zarten Küsse der Kleinen waren wie Balsam auf die vielen Wunden seiner Seele.

„Wir sind nicht mehr jung", sagte er zu Sapphira, als sie durch den stillen, schönen Garten gingen, an den er sich noch gut erinnerte, und neben der Bank stehenblieb, auf der er als Jüngling gesessen und bitterlich geweint hatte, bevor ihn sein Vater dort fand und tröstete. Im Frühjahr hatte er da gekauert, das Herz schier gebrochen, und nun war es abermals Frühling und Pfingstzeit. Nichts hatte sich verändert, außer er selbst und die Welt. Die Natur und ihre Gesetze waren die gleichen und achteten der Menschen ebenso wenig wie zuvor.

„Wenn wir nicht alt sein wollen, sind wir nicht alt", entgegnete Sapphira, das liebliche Gesicht nun auch schon von Runzeln zerfurcht. „Ich fühle in meinem Herzen, daß ich immer noch ein junges Mädchen bin und voll freudiger Zuversicht. Jeder neue Tag ist mir willkommen, und immer noch ist die Liebe meiner Seele Königin." Sie dachte an die vielen Menschen, die er verloren hatte, und streichelte sanft seine Hand. Wie mühsam und dornig war doch sein Weg, gesäumt von Niedertracht und Gefahr! Wie sehr mußte er sich mißverstanden fühlen! Aber er war Saul, ihr Bruder, von seinen Augen waren Leidenschaft und Standhaftigkeit abzulesen, und sein Geist leuchtete weithin.

Er erzählte ihr von den Briefen, die er von seinem Verwandten Titus Milo Platonius, dem Prätorianergeneral in Rom, erhalten hatte, denn inzwischen war er anderer Meinung geworden: nicht *alle* Frauen waren oberflächliche, sorglose und banale Geschöpfe, die von wichtigen Dingen nichts verstanden. Er sah in Sapphiras ewig jungen, heiteren Augen mütterliche Weisheit und die furchtlose Größe ihrer Seele. Wie sehr sie doch ihrem Vater glich, den er so falsch beurteilt hatte!

„Milo ist sehr unglücklich", sagte er. „Er leidet unter der Willkür seines vorgesetzten Offiziers, des Befehlshabers der Garde, Tigellinus, eines üblen Burschen, der, von Cäsars Weib Poppäa angestiftet, den früheren Befehlshaber Bursus ermordet hat. Ach, sie ist eine böse Sieben, wahrlich die Hure von Babylon, hat sie doch, von Eifersucht und Sorge um ihren Einfluß getrieben, Nero Claudius Cäsar Augustus Germanicus dazu gebracht, seine eigene Mutter zu töten. Tigellinus haßt Milo, und Milo fürchtet den Tod nicht, aber seine Soldaten verehren ihn, und das ist der einzige Grund, warum Tigellinus vor einem weiteren Mord zurückschreckt — bis auf weiteres. Wie bedauerlich, daß es jeden Tag weniger Menschen gibt wie unseren Milo, und noch seltener solche wie seinen Vater Aulus. Können wir ihn nicht dazu überreden, nach Judäa zurückzukehren, wo er das Licht der Welt erblickte, und zwar in der gleichen Nacht, da auch der Messias geboren wurde? Er ist auch schon alt, aber von unbezähmbarem Willen. Wenn er in Rom bleibt, wird er sicherlich bald sterben."

„Ich habe ihm schon in diesem Sinne geschrieben", erwiderte Sapphira, „aber er sagt, seine Pflicht hielte ihn in der Stadt seiner Väter zurück. Schließlich ist er ja ebenso Römer wie Jude." Sie seufzte lächelnd. „Wie er auf meiner Hochzeit tanzte! Und wie er trank!“ Sie dachte an ihre Mädchenjahre, und es schien ihr, als wäre es nicht ihr eigener, sondern der Traum einer anderen, von dem man ihr erzählt hatte. „Warum besuchst du ihn nicht, Saul, und beschwörst ihn, doch wenigstens für eine kurze Zeit zu uns zurückzukehren?“

„Ich? Nach Rom?“ Saul starrte sie ungläubig an. „Nach Rom, dieser Brutstätte des Lasters, der Niedertracht und unzumutbaren Unzucht, nach dieser Stadt des Luxus, des Schreckens und des Mordens, des Verbrechens und der Entartung? Da sei Gott vor!“

„Aber Simon Petrus ist auch dort“, sagte Sapphira. „Wußtest du das nicht? Er hat sich vor einem Monat hinbegeben, denn die christliche Gemeinde in Rom befindet sich in einem Zustand der Verwirrung. Der römische Pöbel hat eine Abneigung gegen die Christen gefaßt. Sie erzählen die gemeinsten Lügen über sie und erheben die unglaublichsten Beschuldigungen. Juden und Christen sind in Rom gleichermaßen verhaßt und zum Gespött der Leute geworden, die es Nero zum Vorwurf machen, daß er den Juden, die Kaiser Claudius ausgewiesen hatte, die Rückkehr gestattet hat. Nero soll trotz seiner Jugend ein dekadenter und äußerst unmoralischer Mann sein, und man fragt sich, was ihn dazu veranlaßt hat, den Juden zu erlauben, ihr Leben in Rom fortzusetzen, und ihnen sogar, in gewissen Grenzen, ihr Vermögen zurückzuerstatten.“

„Vielleicht“, antwortete Saul in düsterem Ton, „möchte er sie zu Sündenböcken machen, wie dies schon andere Herrscher in anderen Ländern getan haben.“ Seine eigenen Worte jagten ihm einen kalten Schauer über den Rücken. „Ich wußte, daß Petrus sich nach Rom begeben hat. Wir haben uns nie besonders geliebt, weil jeder von uns glaubte, sein Weg sei der einzig richtige.“ Saul lächelte. „Aber wir haben uns in Seinem Namen versöhnt — trotz Markus, der mich auch nicht gerade geschätzt hat.“

Sapphira nahm seine gebräunte, schwielige Hand in die ihre. „Mein Bruder“, sagte sie, „es ist nicht schwerer, dich zu hassen als dich zu lieben, denn du bist deiner Sache immer sicher und hältst starr an deiner Meinung fest — und für gewöhnlich zu Recht.“

Dann erzählte Sapphira von Jerusalem und von der Verzweiflung des Volkes, die stündlich zunahm. Felix, der neue Prokurator, verfolgte die Juden mit noch größerem Haß als sein Vorgänger Pontius Pilatus, und hatte sich mit dem Hohenpriester und seinen Kreaturen verabredet, um das Volk zu unterdrücken und zu bestehlen und seinen Widerstand zu brechen. Was sie unter Pilatus ertragen hatten, war nichts im Vergleich zu dem, was sie jetzt erduldeten, denn ihre eigenen Priester waren zu Gegnern geworden, schmiedeten Komplotte gegen sie und stürzten sie in tiefste Verzweiflung. Die Steuereinnehmer jagten ihnen ihr letztes Vermögen ab, um es nach Rom zu schicken oder um den Tempel zu erhalten, den die Priester durch ihre bloße Anwesenheit entweihten. Auch den Ärmsten legten die Priester enorme Zehnten auf, und wehe dem Mann und seiner Familie, wenn das Geld nicht pünktlich bezahlt wurde. Unbekannte Mörder strichen durch den Tempelbezirk und ließen tote und verstümmelte Körper zurück, und niemand wußte, ob sie ihre Rache an den Gläubigen oder ihren Unterdrückern vollzogen. König Agrippa, hieß es, stecke dahinter, er wolle sein Volk zu Sklaven degradieren, um den Römern zu Gefallen zu sein. Andere meinten, die Mörder seien Zeloten oder Essener, die den dem Tempel angetanen Schimpf rächen wollten. Wieder andere behaupteten, es seien Christen oder Nazarener, wie man sie in Jerusalem immer noch nannte, junge Burschen mit der verbrecherischen Absicht, die römische Regierung des Felix und den König Agrippa zu stürzen.

„Ich weiß nur, daß wir alle in Angst und Schrecken leben", sagte Sapphira. „Jude und Nazarener vereinen ihre Stimmen und beten zu Gott um Befreiung von ihren Tyrannen. Die Herzen unseres armen Volkes verzehren sich in Sehnsucht nach Gott. Von dem Geld, das man ihnen abgeknöpft und gestohlen hat, lebt die Priesterschaft in Saus und Braus, nimmt zusammen mit den Römern an den schamlosesten Festen und Orgien teil, erfreut sich an anstößigen Theaterstücken und genießt die blutigen Schauspiele im Zirkus." Und immer wieder kam es zu geheimnisvollen Mordtaten sowohl an jüdischen Priestern als auch an Römern. Man beschuldigte die fanatischen Zeloten dieser Verbrechen, jagte sie und kreuzigte sie — und das Volk versank von neuem in Angst und Schrecken. „Noch nie zuvor", sagte Sapphira, „befand sich unser Volk und unser Land in einer so verzweifelten Lage."

Saul blickte zum heiteren blauen Himmel empor und dann auf die rosigen Mandelblüten, die blühenden Palmen und Granatapfelbäume. Wie schön war doch die Welt, dachte er, und wie grenzenlos schlecht der Mensch, der Haß und Mord, Gemeinheit und Vernichtung aus seinem eigenen Herzen schöpfte, sich an der Qual der Unschuldigen und Bedrückten labte und seine Brüder hinopferte. Für diesen Menschen hatte der Messias Sein schuldloses Leben hingegeben!

„Vielleicht ist es gut, daß ich gekommen bin", sagte Saul. „Ich hatte eine Erscheinung, und es wurde mir befohlen, aber ich bin allein hier in meinem Land und unter meinem Volk, und weder Jude noch Christ wird auf mich hören. Eigentlich weiß ich nicht, was ich hier soll. Nun, es liegt alles in Gottes Hand, denn ich wüßte nicht, wo ich anfangen und was ich sagen müßte."

Er stellte Betrachtungen an über diese Welt von Blut und ergaunerten Gewinnen, von treulosen Priestern und bestialischen Cäsaren, von Prasserei und Krieg, von Tränen und Schrecken und Verzweiflung, von Grausamkeit und sinnloser Wut, Ausbeutung und Luxus, eine Welt, die

die Schwachen in den Abgrund stieß und die Starken verherrlichte. Die Welt, die er als Jüngling gekannt hatte, war gewiß nicht so schlecht gewesen! Ganz gewiß nicht so herzlos und verdorben! Es war, als ob der Messias nie geboren worden wäre und als ob jetzt die Heerscharen der Hölle über die Erde herrschten.

Zweifellos, tröstete er sich, würden wieder Frieden und Liebe bei den Menschen einkehren, sobald diese schlimme Zeit einmal vorbei war. Die Gegenwart würde wie ein böser Traum vorbeigehen und zukünftige Geschlechter sich an der Sonne des Messias wärmen. Darauf hoffte er, dafür arbeitete und betete er. „Und ein Ende will Ich setzen allen Kriegen." Dann würde es weder Feindseligkeit noch Arglist, weder Zorn noch Haß noch Genußsucht mehr geben. Alles würde vorübergehen und die Menschheit die Wonnen einer neuen göttlichen Lenkung genießen.

L

„Der große Renegat straft uns wieder mit seiner Gegenwart", sagten die Juden.

„Der Mann, der uns verfolgt und eingekerkert hat, ist wiedergekommen", sagten die Nazarener.

„Der Unruhestifter ist abermals unter uns", sagten die Priester im Tempel. „Was führt er wohl jetzt wieder im Schilde?"

„Er hat uns verwarnt und uns abgewiesen", sagten die jungen Zeloten und Essener, „obwohl er einst vorgab, uns zu lieben — so hören wir von unseren Vätern. Ist er zurückgekehrt, um uns alle umzubringen?"

Selbst der römische Prokurator Felix, der die Zeit des unfreundlichen Frühlingswetters in Cäsarea am Meer verbrachte, hörte von Saul von Tarschisch, den er Paulus von Tarsus nannte. Die Nachricht von Sauls Ankunft wurde ihm gleichzeitig von alten Soldaten, die sich seiner noch erinnerten, und von einigen servilen Priestern überbracht. „Er hat viel Zwietracht gesät — in Jerusalem und ganz Judäa", berichteten die Soldaten, „und sein Volk haßt und schmäht ihn — ihn, der selbst Jude ist." „Er ist es, der die Nazarener, oder Christen, in Kleinasien und selbst in Europa zum Aufstand gegen die römische Herrschaft aufgerufen hat", entrüsteten sich die Priester. „Wo immer er seinen Fuß hinsetzt, lästert er Gott und predigt Umsturz und Gewalt. Man flüstert sich zu, er habe sich den Essenern und Zeloten angeschlossen, die ja nur Zerstörung im Sinn haben."

„Wenn ihn alle so verabscheuen", meinte Felix lässig, „wie kommt es dann, daß ihn bis heute keiner um die Ecke gebracht hat?" Er fand die Situation belustigend und verbannte Saul aus seinen Gedanken.

Mittlerweilen wanderte Saul durch die Straßen der Stadt, die er seit vielen Jahren nicht mehr besucht hatte. Er verweilte an jenem, von Mauern eingeschlossenen Platz, wo er zum ersten Male dem Messias mit Seiner Mutter begegnet war. Er setzte sich auf die Bank, auf der er damals ausgeruht hatte, und blickte auf die leere Bank gegenüber. Er durchstreifte den Marktplatz, wo jene männliche, donnernde Stimme ihn gerufen hatte: „Saul! Saul von Tarschisch!" Er besuchte den Tempel zu einer Zeit, da sich wenige Gläubige dort aufhielten, und stand auf der Stelle, wo er die Gegenwart des Messias empfunden hatte. Er verließ die Stadt und wanderte über das Ödland, wo die Zeloten, die Jesum Christum als einzige erkannt hatten, gekreuzigt und von Ihm getröstet worden waren. Er begab sich auf den Platz, von dem aus der Messias zu den Schreibern und Pharisäern und zum Volk gesprochen hatte, und er ging den Weg, den Er mit Seinem Kreuz zu der Stätte gegangen war, wo man Ihn auf schändliche Weise ermordet hatte. Er besuchte das Grab, das Joseph von Arimathäa für den Leib des Heilands bereitgestellt hatte und aus dem Er auferstanden war. Er ging auf den Berg, von dem aus der Gottessohn zum Himmel gefahren war, und begab sich in die Höhle, wo Seine junge Mutter Ihn geboren hatte.

Und mit einer Fassungslosigkeit, als ob er eben erst davon gehört hätte, verwunderte er sich darüber, daß Gott wirklich an diesen geheiligten Orten gewesen war und daß Er Sich herabgelassen hatte, als Mensch geboren zu werden — mit allen menschlichen Demütigungen und körperlichen Funktionen, mit den der Menschheit auferlegten Leiden und Schmerzen, Verlangen und Sehnen. Saul berührte die Erde, die die Sandalen Christi berührt hatten, und sagte sich: „Dies ist fürwahr eine heilige Stätte." Durch die Heiligkeit seines Erlösers war auch der Mensch heilig geworden, wenngleich er aus Eigenem nichts dazu getan hatte. Das menschliche Leben war heilig, weil Einer Sich in menschliches Fleisch gehüllt und so den Menschen aus Sünde und Tod errettet hatte. Wenn Saul an diesen Orten weilte, geriet er hin und wieder so in Verzückung, daß er minutenlang wie gelähmt zitternd stehenblieb und die Vorübergehenden verwundert auf sein leuchtendes Gesicht und die wild funkelnden Augen sahen, und mit einfältigem Lächeln diese seltsame Erscheinung, diesen Arbeiter mit seiner langen, erdbraunen Tunika und der majestätischen weißen Mähne betrachteten. Saul aber, von Liebe und dem leidenschaftlichen Verlangen, den Messias wiederzusehen, verzehrt, hatte in seiner Verzückung nur einen Gedanken: Nie und nimmer wird der Mensch vergessen, daß Er in Palästina lebte und wandelte und starb! Auf ewige Zeiten wird ihm dieses Land heilig und unverletzlich sein!

Doch es gab auch Zeiten, da er weder Verzückung empfand noch Hoffnung hegte, da ringsum Verwirrung herrschte und die Menschen, statt sich wie Brüder in Freude und Entzücken zusammenzufinden, sich als Todfeinde gegenüberstanden. Es wollte ihm manchmal scheinen, als ob sich aus Judäa, wie aus einer Schale, Wirrwarr und Gewalt und Mord ergösse. Und eben dies, sagte er sich, war die entsetzlichste Lästerung, denn Judäa war heilig über alles Heilige hinaus, und sein Volk Israel ein Volk von Propheten. Daß es in diesem heiligen Land Streit und Hader, Zwietracht und Haß, Aufruhr und Verrat geben sollte, war eine Beleidigung Gottes, der es seit Anbeginn der Zeit gesegnet und beschützt und ihm Seinen einzigen Sohn geschenkt hatte. „Vergäße ich dich, Jerusalem! so vergesse mich die Rechte. Es klebe meine Zunge an meinem Gaumen, wenn ich dein nicht denke.“ Saul sprach die Worte des Propheten, und ihm wurde weich ums Herz, und Tränen stürzten aus seinen Augen.

Er konnte und konnte es nicht begreifen, daß diese neue christliche Gemeinschaft von dogmatischem Streit, engherzigen Auffassungen, Selbstbeweihräucherung, Zorn und Zurückweisung, Zwietracht und Haß zerrissen wurde, wo doch der Weg so klar und einfach lag. Wir sind eben nur Menschen, dachte er dann auch, ob erlöst oder nicht, und sind leider auch im Allerheiligsten nicht ohne unsere Mängel und Laster und ohne Selbstsucht. Nur zu oft weigern wir uns, unsere Seele und unser Leben Ihm, dem sie gehören, zu unterwerfen, weil wir uns damit der köstlichen Sünden, die uns so teuer sind, entäußern könnten.

Seine Seele blutete um sein geliebtes Volk und sein geliebtes Land, der Heimat von Propheten und Helden, um dieses Land über allen Ländern mit seinen heiligen Bergen, und er dachte daran, daß auch der Messias um dieses Land geweint hatte.

Mir wurde befohlen, hierher zurückzukehren, dachte er, und ich weiß nicht, wozu, denn keiner will auf mich hören, nicht Jude und nicht Christ, und beide verwünschen mich. Ich verweile und warte. Unterdessen spielte er mit Sapphiras Enkelkindern, lustwandelte im Garten, grübelte ungeduldig und grämte sich.

Dann kam ein Freitagabend, da er den dringenden Wunsch verspürte, in den Tempel zu gehen. Mit pochendem Herzen legte er seine bescheidene Kleidung, seine festesten Sandalen, Gebetsmantel und Gebetsriemen an und kräuselte seine Schläfenlocken. Sapphira saß im Atrium mit zwei ihrer Enkelkinder, und als sie ihn erblickte, schien er ihr im Aussehen so feierlich und unirdisch, daß sie sich schweigend erhob und ihm in die Augen sah. Er nahm sie in die Arme und küßte sie auf die Stirn. Die Kehle war ihr wie verschnürt, und sie drückte ihn fest an sich. Aber sie fühlte seinen tiefen, wortlosen Schmerz. Er löste sich von ihr und verließ das Haus mit gesenktem Haupt, denn er wußte, daß er seine Schwester nie wiedersehen würde.

„Saul! Saul!“ rief sie ihm nach und lief zum Portikus vor. Aber er war schon ein gutes Stück die Straße hinuntergegangen und antwortete ihr nicht. Rot färbte die sinkende Sonne die Berge, die Straßen und den Himmel über der Stadt, und es war, als ob eine gewaltige Feuersbrunst alles verschlingen wollte. Trockenen Auges stand Sapphira da, die Hände über dem Mund gefaltet, und sah ihrem Bruder nach, bis er verschwand. Dann lehnte sie sich an eine Säule und betete, bis ihr endlich die Tränen kamen. Ein Schauer erfaßte sie. Die roten Wolken warfen schwarze Schatten zur Erde, und sie mußte an die Prophezeiung denken, daß der Tempel zerstört und Israel verwüstet werden würde. Vor ihrem geistigen Auge verschwamm das Bild mit dem ihres Bruders und der Propheten, schreckliches Ahnen erfüllte ihr Gemüt, und es schien ihr, als ob die Welt in Flammen stünde.

Die christlichen Presbyter und Diakone waren Saul mit Vorsicht begegnet und nur gelegentlich und ganz kurz, nachts und verstohlen, mit ihm zusammengetroffen. Die Juden hatten ihn ängstlich gemieden: als ‚Ketzer‘ und gewalttätigen Zeloten, der frische Unruhe ins Volk tragen würde. Wenn sie alle mitsammen hofften, die Römer würden nichts von seiner Anwesenheit erfahren, und zu tausenden beteten, er möge abreisen und sie in Frieden lassen, erlebten sie eine bittere Enttäuschung. Die römische Garnison und ihre Offiziere wußten sehr wohl von seiner Anwesenheit, und vom Hohenpriester Ananias ben Nebedäus angeworbene Spitzel beobachteten jeden seiner Schritte. Der Hohepriester war fest entschlossen, Saul daran zu hindern, das Land neuerlich in Aufruhr zu versetzen. Er empfand einen ganz besonderen Haß gegen diesen alten Pharisäer, einen persönlichen Haß, denn er wußte, daß Saul seiner Verachtung für die korrupte Priesterschaft in vielen Städten laut Ausdruck verliehen hatte. Ja, das Synedrion wußte von seiner Anwesenheit. Wenn Saul manchmal des Nachts schlurrende Schritte hörte, tagsüber das Auge eines Gegners auf sich ruhen zu fühlen vermeinte und sonderbare Schatten zu sehen glaubte, hatte er das bis jetzt seiner überreizten Phantasie zugeschrieben.

Die Priester wußten, daß Saul, der fromme Jude, früher oder später in den Tempel kommen würde, und daß er dazu neigte, das Wort an die Gläubigen zu richten — das Gesetz erlaubte es. So wachten sie also sorgsam über ihn, und als er sich an jenem Abend auf den Weg zum Tempel machte, wurde Alarm geschlagen und die römische Garnison verständigt und darauf hingewiesen, daß Saul der Herrschaft Roms gefährlich werden konnte. Wie er so gemächlich in der rötlichen Dämmerung dahinschritt, sah er in den von Menschen wimmelnden Straßen auch noch andere Männer mit Umhängen und Kapuzen daherkommen, dachte sich aber nichts Böses dabei. Es waren nur Juden, die sich, wie er, auf den

Weg gemacht hatten, um im Tempel den Sabbatheingang zu begehen. Wäre ihm mitgeteilt worden, der Hohepriester hätte seinen Tod beschlossen, er würde die Mitteilung als blanken Unsinn angesehen haben. Er haßte niemanden außer Lügnern und Heuchlern und Übeltätern, doch selbst für sie betete er jeden Tag mit Tränen in den Augen und der Hoffnung, daß ihre Herzen gewandelt und ihre Seelen gerettet werden würden.

Weder unter den strengsten und frömmsten Juden, noch unter den Nazarenern, noch unter den Zeloten und Essenern hatten die Priester Leute finden können, die bereit gewesen wären, zu einer Gruppe vereint Saul in der Öffentlichkeit oder im Tempel zu brandmarken. Vergeblich war man an sie herangetreten, hatte versucht, sie unter Drohungen gefügig zu machen. „Ist er Gottes", sagten die Juden, „es wäre Unrecht, sich ihm entgegenzustellen. Ist er des Teufels, wird Gott ihn zerschmettern." „Er gehört zu uns", erklärten die christlichen Presbyter. „Zwar tauft er Heiden, die keine Ahnung von der Thora haben, und liegt mit seiner eigenen pharisäischen Sekte in Streit, doch außer einem übertriebenen Glaubenseifer haben wir ihm nichts vorzuwerfen." „Er achtet und ehrt unseren Propheten Jochanan ben Zacharias", sagten die Zeloten und Essener. „Er spricht oft von ihm und hat ihn in seiner Jugend persönlich gekannt. Er liebt sein Volk und sein Land. Zwar verübeln wir ihm, daß er unsere, wie er es bezeichnet, ‚Exzesse' verurteilt und uns ‚Extremisten' nennt, haben aber keinen gewichtigen Anlaß zur Klage gegen ihn. Wir fürchteten seine Rückkehr, weil wir glaubten, er würde das Volk gegen uns aufstacheln, aber er hat nichts dergleichen getan und Frieden gehalten." (Daß auch viele Zeloten seinen Tod wünschten, weil er ihre Feindschaft erweckt hatte, erwähnten sie nicht.)

Die Männer um den Hohenpriester kochten vor Wut, denn gerade diese Leute hatten sich in der Vergangenheit häufig bei ihm über Saul ben Hillel beklagt. Und jetzt wollten sie, man solle ihn in Ruhe lassen und nicht etwa bestrafen, weil er vielleicht irgendein Gesetz verletzt habe. Doch ohne eine öffentliche Kundgebung gegen Saul, die die Römer zum Eingreifen nötigen würde, konnte man ihn weder ergreifen noch gar hinrichten. Kaiphas hatte die Priester vor diesem Mann gewarnt, und der jetzige Hohepriester sich geschworen, ihn zu vernichten — und dieses kleinmütige Volk ewiger Nörgler weigerte sich, seine Pflicht zu tun! „Möge doch ein Donnerkeil auf dieses feige Pack herniederfahren!" fluchte Ananias ben Nebedäus — aber nur im engsten Familienkreis.

Es gab nur eine Lösung: das Marktgesindel anzusprechen, die Leute als ‚Juden aus Asien' auszugeben und sie zu veranlassen, auf offener Straße oder im Tempel gegen Saul loszuziehen, um so seine Verhaftung zu ermöglichen. Es gab Tausende unter dem Pöbel, die man mit Geld und der Aussicht auf aufregendes Geschehen und Gewalttaten dafür gewinnen konnte. So war also der Plan schon von langer Hand vorbereitet, als Saul an diesem Freitagabend zum Tempel ging. Es hatte nur noch seines Erscheinens in der Öffentlichkeit bedurft. Nun war er erschienen und unterwegs zum Tempel.

Schon brannten die Sabbathkerzen in den Fenstern, und aus den Seitengassen strömten die Menschen in feiertäglicher Kleidung und strebten, gleich Saul, dem Tempel zu. Der königliche Sabbath thronte über den Herzen und Heimstätten des auserwählten Volkes, und plötzlich füllte sich Sauls Seele mit verheißungsvoller Freude. Wenn manche von denen, die in der gleichen Richtung gingen, sich zu sehr an ihn herandrängten und ihn anstießen, beachtete er es nicht. Er hatte seine düsteren Ahnungen vergessen.

Golden leuchtete der Tempel gegen den tiefroten Himmel, wie Bronze glitzerten die Berge am Horizont. Er sah die strahlende Kuppel, die zierlichen Türme, die Gärten und die Kolonnaden, alles so innig vertraut und teuer. Sein Herz weitete sich, und er empfand wie einer, der von einer weiten Reise zurückkehrt. Da der Tempel, ja sogar der Frauen- und der Heidenhof, am Sabbath stets überfüllt war, merkte Saul nicht gleich, daß er die Arme nicht heben konnte und wie von einer Flut fortgerissen zu werden schien. Er bemühte sich, seine Schritte zu verlangsamen, und blickte um sich und sah die vermummten Männer, sah funkelnde Augen, die auf ihm hafteten, und fletschende Zähne, wie von Wölfen, zwischen grinsenden Lippen. Seine plötzlich erwachten Instinkte schrien ihm zu, daß diese Menschen ihn töten wollten, und er versuchte Halt zu finden in dieser Masse von Schultern und Köpfen und Ellbogen, Armen und Beinen und Füßen, aber sie drängten sich immer näher heran und trieben ihn weiter, und jetzt hörte er das Geräusch, das jedem Mann das Blut in den Adern gerinnen läßt: das Wolfsgeheul von Haß und Blutdurst. Tückisch, böse und tödlich hallte es von den Säulen wider.

Die Menge war zum Stillstand gekommen und schloß sich in einem eisernen Ring um ihn. Seine weiße Mähne richtete sich empor, und die Kälte des Todes jagte Schauer über seinen Körper. Er sah die Laternen und die flammenden Fackeln an den Mauern und in einiger Entfernung die offenen Bronzetüren und dahinter, dicht zusammengedrängt, blasse Gesichter, die ihn anstarrten. Dann wandte er seine Aufmerksamkeit wieder dem gierenden Haufen zu, der ihn umringte, und maß seine Feinde mit festen und kühnen Blicken.

„Was wollt ihr?“ fragte er, und nun verstummte das wütende Fauchen; nur das Zischen der Fackeln unterbrach die beklemmende Stille.

„Dich!“ schrie ein Mann. „Dich wollen wir haben, du Feind Israels, Renegat, Verräter, Zerstörer, Ketzer, Gotteslästerer, Volksverführer! Dich wollen wir haben!“

Die Menge brüllte und schwang die Fäuste in der warmen Abendluft, und viele bespuckten Saul, der sich nicht rührte und ihnen unerschrocken die Stirn bot.

„Männer Israels", sagte er, als das letzte Echo verklungen war, „mit eurem Geschrei und Gefluche entweiht ihr den Tempel!"

Ein Mann mit einer lauten, klangvollen Stimme war offensichtlich der Anführer, während die anderen nur den Chor abgaben. Saul folgerte daraus, daß dies keine zufällige, sondern eine wohl vorbereitete Demonstration gegen ihn war und aller Voraussicht nach seinen Tod zum Ziel hatte. Seine Lippen waren eiskalt und gefühllos, aber er sah seine Feinde furchtlos an, und in seinen Augen loderte ein blaues Feuer.

„Du bist der Entweiher, der Schänder!" schrie ihm der Mann mit der kraftvollen Stimme entgegen, und wieder brüllten seine Gefolgsleute ihre Zustimmung. Ein scharfer heißer Wind von stinkendem Atem und Schweiß blies Saul ins Gesicht und erfüllte ihn mit Abscheu. Aber er rührte sich nicht.

Der Anführer war größer als seine Gefährten. Er hatte ein hageres, dunkles Gesicht, einen schütteren schwarzen Bart und hitzige schwarze Augen. Sein Ausdruck verriet Lasterhaftigkeit und Verworfenheit und Gier; er trieb nicht nur die anderen, sondern auch sich selbst in immer größere Wut. Seine Kleidung war dunkelrot und blau, und an seinem Gürtel steckte griffbereit ein Dolch.

Er war es, der seinen Mitgesellen jetzt zurief: „Hilfe! Israeliten! Hier ist ein Mensch, der überall und bei Allen Lehren verbreitet, die wider unser Volk, wider das Gesetz und wider diesen Ort sind; und nun hat er gar Heiden in den Tempel geführt, und diese heilige Stätte entweiht."

Die Menge schrie und johlte, und Saul sah sich schnell nach den Tempelwachen, nach Priestern um. Es waren keine da. Wer hatte sie weggerufen, um ihn schutzlos dem Pöbel zu überlassen? Dann begriff er. Die Priester selbst hatten ihn zum Tode verurteilt.

„Fort mit ihm, fort von diesem heiligen Ort!" schrie der Anführer. „Sein Blut darf die Steine des Tempels nicht beschmutzen, sein Haupt nicht auf ihnen ruhen! Fort mit ihm, auf die Straße!"

Ein Dutzend rauhe Hände ergriffen Saul und zerrten ihn aus dem Tempelbezirk auf die Straße, wo eilig herbeigerufene römische Soldaten mit einem Hauptmann warteten. Die Legionäre waren angewiesen worden, den Tempel nicht zu betreten, wohl aber einzugreifen, wenn der Tumult sich nach draußen fortsetzen sollte. Nun sahen die wartenden Soldaten ein Menschenknäuel durch die bronzenen Tore stürzen und Saul mit sich schleifen, der aus Mund und Nase blutete.

Die disziplinierten Römer haßten jede Art von Pöbel, weil er nicht nur Recht und Ordnung, sondern auch die Zivilisation selbst bedrohte. Der Hohepriester hatte dem Hauptmann ohne Umschweife erklärt, daß es zwar bedauerlich wäre, wenn Saul unter den Händen von Fanatikern sein Leben lassen müßte, er aber letztlich nichts Besseres verdiente. Hatte er auf seinen Reisen nicht selbst zu Brandstiftung und Aufruhr aufgerufen? Hatte er vor vielen Jahren nicht sogar Jerusalem an den Rand des Abgrunds getrieben?

Doch der Hauptmann, dem die Disziplin vieler Jahre in den Knochen saß, handelte instinktiv. Der Pöbel schleuderte Saul jetzt von einer Seite zur andern, die Männer traktierten ihn mit Schlägen und traten ihn mit ihren Stiefeln. Ächzen und Stöhnen, Verwünschungen und Flüche füllten die warme Luft des Freitagabends, Köpfe und Arme schwankten hin und her, und Augen wie die wilder Tiere glühten in der Dämmerung. Über alles hinweg aber gellte die heisere, keuchende Stimme des Anführers: „Tötet ihn! Tötet den Gotteslästerer, den Ketzer, den Feind Israels!" Und er versuchte, näher an Saul heranzukommen, um ihn mit seinem Dolch zu durchbohren.

Nun griff der Römer ein. Seine Legionäre formten einen Keil, der sich selbst in die Menge trieb, ohne der wütenden Meute zu achten, die sie bespukte und zu treten versuchte, weil sie fürchteten, man wolle ihnen ihr Opfer entreißen. Doch die Römer waren stärker und gut ausgebildet. Ihre Gesichter schienen furchterregend im Licht der Fackeln, sie schlugen mit der Breitseite ihrer Schwerter auf das Gesindel ein. Sie schleuderten Sauls Möchtegern-Mörder zu Boden, trampelten auf ihnen herum und verwendeten ihre Schilde als Sturmböcke. Ihre glatt polierten Helme mit den Büschen aus Pferdehaar glitzerten im Licht der Fackeln, ihre Schwerter blitzten, und wie eine Phalanx stießen sie zu Saul vor.

Just als der blutende, einer Ohnmacht nahe Saul wieder rücklings in die Arme seiner wartenden, keuchenden Peiniger gestoßen wurde, ergriff ihn der Hauptmann bei der Schulter und stützte ihn. Selbst sein weißes Haar war blutbefleckt, und sein Gesicht glich einer Totenmaske. Der Hauptmann ließ ihn mit zwei Ketten schließen und schob ihn zweien seiner Soldaten in die Arme. Dann stellte er sich der tobenden, feindseligen, um ihr Opfer geprellten Meute entgegen. Die wild funkelnden Augen, der tierische Schaum auf den nassen Lippen, der gelüstige Speichel, der von den verfilzten Bärten tropfte, erfüllten ihn mit Abscheu. Plötzlich trat Stille ein, die bald von einem Summen unterbrochen wurde, als ob sich ein riesiger Bienenschwarm auf der Straße niedergelassen hätte.

Das römische Gesetz bestimmte, daß niemand ohne vorheriges Verhör bestraft oder gar hingerichtet werden durfte, und darum fragte der römische Hauptmann mit kaltem Zorn: „Was hat dieser Mann getan, daß ihr über ihn hergefallen seid?"

Ein höllischer Tumult brach los. „Ein Gotteslästerer ist er, ein Lügner, ein Ketzer, ein Zerstörer Israels!" kreischte der Anführer. Andere erhoben schreiend andere Anschuldigungen, und greifende Hände versuchten Saul zu fassen, der fast bewußtlos in den Armen der Soldaten lag. Der Hauptmann bemühte sich, aus dem rasenden Gebrüll klug zu werden, aber es war, als ob alle Tiere eines Zirkusses gleichzeitig schrien und röhrten und kreischten. Er stand da, ein stämmiger junger Mann, die nackten Beine gespreizt, die Hände in römischer Art in die Hüften gestützt, das breite Gesicht spöttisch und streng und grimmig. Er legte den Kopf schräg und kräuselte verächtlich die Lippen. Dann hob er seine gepanzerte Faust, und wieder sank der Lärm zu jenem tiefen Summen ab.

„Jetzt hört mir einmal gut zu", sagte er. „In meinem Bezirk wird man keinen Menschen niedermetzeln, wer immer auch an seinem Tod Interesse haben möge." Seine rauhe Stimme wurde lauter; jeder lauschende Priester sollte ihn hören können, um anschließend seinen Herren zu berichten. „Ich werde diesen Mann jetzt in die Festung Antonia einliefern, die neben dem Tempel liegt, und ihn dort bis zu einem ordentlichen Gerichtsverfahren festhalten lassen. Was euch betrifft — wenn ihr nochmals einen solchen Krawall schlagt, wird es euch leid tun, falls ihr mit dem Leben davonkommt."

Auf sein Zeichen hin hoben die Soldaten Saul auf und setzten sich zur Festung Antonia in Bewegung. Mittlerweilen hatten sich noch mehr Menschen angesammelt — Menschen anderer Rassen, nicht Juden — und beobachteten den Zug römischer Soldaten und den noch immer erbosten Pöbel, der sich von den Drohungen des Hauptmanns nicht sonderlich beeindruckt zeigte. Doch hielten sich die Wütenden von offenen Feindseligkeiten zurück, wenngleich sie laute Verwünschungen ausstießen. Ein lohfarbener Mond ging nun über den Terrassen der Stadt auf und vergoß sein goldenes Licht über Häuser und Mauern.

„Fort mit ihm!" brüllte das Gesindel. Als die Soldaten die Stufen erreichten, die zur Festung hinaufführten, wandte Saul das blutverschmierte Gesicht dem Hauptmann zu. „Ich bitte dich, mich abzusetzen", sagte er mit schwacher Stimme. „Ich möchte zu den Leuten reden." Er sprach in perfektem Latein, und der Hauptmann starrte ihn an, denn ihm war gesagt worden, der Mann wäre ein unwissender und ungebildeter Bauer, ein Zelot aus den toten Bergen von Galiläa. Auf sein Zeichen stellten die Soldaten Saul auf die Füße. „Wer bist du?" fragte ihn der Hauptmann mit seiner barschen Stimme. „Vielleicht hat man mir falsch über dich berichtet. Darum rede und sprich die Wahrheit."

„Ich bin", erwiderte Saul, und seine Stimme nahm allmählich ihren alten, wunderbaren Klang an, „ein Jude aus Tarsus in Kilikien, und Bürger dieser nicht unberühmten Stadt. Gleichzeitig bin ich auch römischer Bürger. Ich bitte dich, erlaube mir eine Anrede an das Volk."

Der Hauptmann starrte ihn immer noch ungläubig an, und Saul fügte hinzu: „Ich bin wirklich römischer Bürger und römischer Gesetzesgelehrter."

„Gut", sagte der Hauptmann, und zu seinen Soldaten gewendet, „seht zu, daß ihm nichts zustößt."

Saul stand auf den Stufen der Festung. Einen Augenblick lang taumelte er, und ein Soldat faßte ihn am Arm, um ihn zu stützen. Saul nahm seine ganze Kraft zusammen und blickte auf die Menschen hinab, die im roten Licht der Fackeln hin- und herwogten. Er breitete die Arme aus wie ein Vater und machte ihnen Zeichen, näher zu kommen. Dann sprach er zu ihnen hebräisch, mit eindringlicher, volltönender Stimme:

„Männer, Brüder und Väter, hört meine Verantwortung, die ich jetzt an euch richte. Ich bin ein Jude, zu Tarsus in Kilikien geboren, aber in dieser Stadt erzogen zu den Füßen Gamaliels —"

„Gamaliel! Gamaliel!" riefen viele überrascht und sahen sich an, weil sie das nicht gewußt hatten. Sie drängten näher heran.

„— nach den strengsten Grundsätzen des väterlichen Gesetzes unterrichtet. Ich war ein Eiferer für Gott, so wie ihr alle es heute seid."

„Er lügt!" rief der Anführer, der die Vergeltung seiner Auftraggeber fürchtete, wenn ihm sein Opfer, für das er schon bezahlt worden war, entschlüpfen sollte. Aber die Menge verhielt sich plötzlich ganz still, denn wie immer, erzwang Sauls Stimme auch jetzt die Aufmerksamkeit seiner Zuhörer. Seine Worte verwirrten sie, hatte man ihnen doch eingeredet, er sei nicht nur ein Gotteslästerer, sondern auch ein Unruhestifter, ein Freund der Römer und Feind Israels.

Mit klingender, zündender Stimme erzählte Saul jetzt, wie er einst, in Irrglauben befangen, die Nazarener verfolgt hatte, und von seiner Reise nach Damaskus. Die gewaltige Masse Menschen hing gebannt an seinen Lippen: sie sahen nur das blutbefleckte Gesicht und nicht die Soldaten, die Saul umringten. Er erzählte ihnen, wie der Herr ihm befohlen hatte, die Stadt zu verlassen, nachdem er nach Jerusalem zurückgekehrt war.

„Als ich im Tempel betete, geriet ich in eine Verzückung und sah Ihn, der zu mir sagte: ‚Eile und verlasse ungesäumt Jerusalem, denn sie werden dein Zeugnis von Mir nicht annehmen.' Ich sprach: ‚Herr, sie wissen es, daß ich die, die an Dich glaubten, verhaften und in den Synagogen geißeln ließ; und als das Blut Deines Zeugen Stephanus vergossen wurde, stand ich dabei, hatte Wohlgefallen daran, und nahm die Kleider seiner Mörder in Verwahrung.' Er aber sprach zu mir: ‚Gehe, ich will dich weithin unter die Heiden senden —'"

Unruhig brummte und murrte die Menge. Die einen sahen sich verwirrt an, manche staunten, andere lüstete immer noch nach ihrem Opfer. Die Soldaten, die nichts verstanden, maßen die Menschen unten auf der Straße mit finsteren Blick und gerunzelter Stirn.

„Jetzt habt ihr es selbst gehört", schrie der Anführer, „daß er sein Volk verfolgt und es um der Heiden willen verlassen hat. Weg von der Erde mit einem solchen Menschen! Er verdient nicht länger zu leben!"

Seine Genossen erhoben ein lautes Geschrei, bückten sich und warfen Staub auf Saul. In einem neuen Anfall von Zorn und Wut begannen einige, ihre Kleider zu zerreißen.

Angewidert von dieser Schaustellung ungezügelter Leidenschaft, die ihn an die Zuchtlosigkeit des römischen Pöbels erinnerte, gab der Hauptmann Befehl, Saul in das Gefängnis zu bringen, das sich in der Festung befand.

Er setzte sich, spreizte die Beine, kniff die Augen zusammen und betrachtete zweifelnd den immer noch gefesselten Mann, der mit blutigem Gesicht und erschöpft vor ihm stand. „Ich werde wohl die Wahrheit von dir erst erfahren, wenn ich dich geißeln lasse“, sagte er und wartete auf Sauls Antwort.

Saul rang noch nach Luft und versuchte, sich zu fassen. Er wischte sich die blutenden Hände an seiner langen Tunika ab. Er ließ seine Blicke über die feuchten grauen Innenmauern der Festung gleiten, über den feuchten grauen Boden, und über den skeptischen jungen Hauptmann, der ihn so scharf ansah. Die Jugend des Römers, der Schimmer seiner kräftigen nackten Knie, sein breites, treuherziges Gesicht und das borstige schwarze Haar rührten Saul, und er lächelte.

„Darfst du einen römischen Bürger“, fragte er, „und sogar unverurteilt, geißeln?“

Wieder kniff der Hauptmann die Augen zusammen. Offenbar glaubte er, sich damit ein besonders pfiffiges und zynisches Aussehen zu geben. „Was muß ein römischer Bürger tun, um den Pöbel so zu provozieren, daß er Mord brütet?“

„Ich habe nichts getan, was du begreifen könntest. Es ist unglaubhaft, aber wahr. Es ist eine Sache der Dogmatik, die dich nicht interessieren würde.“

„Ihr Juden erhitzt euch über dogmatische Probleme, und die Götter lachen euch aus. So, so, du bist also ein freigeborener Römer“!

Er stand auf, nahm Saul die Handschellen ab und warf sie klirrend auf den Steinboden. „Hättest du früher gesprochen, Paulus von Tarsus, ich würde dich nicht gebunden haben, denn einen Römer zu binden, ist gegen das Gesetz. Die ganze Angelegenheit geht mich nichts an, sie betrifft nur euch Juden. Ich kann dich nicht freilassen, weil ich fürchten muß, deine eigenen Leute könnten dich ermorden. Du wirst heute nacht in der Festung bleiben, mußt aber morgen vor eurem Hohen Rat erscheinen. Du magst das als Römer empörend finden, aber du bist ja auch Jude. Es ist eine heikle Geschichte.“

Er brachte Saul in eine Zelle, die, weil für Gefangene von Rang bestimmt, trocken und recht behaglich war, und ließ ihm Wein und Fleisch, Käse und Früchte, saubere Decken und eine Laterne bringen. „Ich hoffe, du kannst dich in meine Lage versetzen“, sagte er.

„Das kann ich, und ich danke dir", erwiderte Saul, und zum erstenmal glitt ein Lächeln über die Züge des Hauptmanns, der wegen der groben Behandlung eines römischen Bürgers mit einer Disziplinarstrafe hätte rechnen müssen.

LI

Am nächsten Morgen wurde Saul dem Hohen Rat vorgeführt.

Es war ein grauer, gewitterschwüler Morgen, aber es fiel kein Regen. Die Richter saßen schwitzend auf ihren Bänken und betrachteten Saul mit ernsten, verschlossenen und grimmigen Gesichtern. Auch Ananias, der Hohepriester, war anwesend, ein großer schlanker Mann, dessen Gestalt durch einen überraschend dicken Bauch verunstaltet wurde. Aber sein Gesicht und alle seine Glieder waren mager. Er trug den hohen Priesterhut, ein kostbares, mit Juwelen besetztes Gewand und einen priesterlichen Ring an seiner Hand. Sein brauner Bart war parfümiert und sein Ausdruck intelligent und wachsam, aber seltsam schwach und unsicher. Drohend betrachtete er den Mann, den er aus tiefster Seele haßte.

Saul verneigte sich vor dem Synedrion, berührte seine Stirn, seine Lippen und seine Brust, und begann: „Brüder! Mit einem guten Gewissen habe ich bis auf den heutigen Tag vor Gott gewandelt."

Ananias gab den zwei Tempelwachen, die neben Saul standen, ein Zeichen, und einer schlug ihn heftig auf den Mund. Saul taumelte, aber er wandte seinen Blick nicht von dem Hohenpriester ab und sagte: „Dich wird Gott schlagen, du getünchte Wand! Du sitzest hier, um mich zu richten nach dem Gesetz, und befiehlst, mich zu schlagen wider das Gesetz?"

„Schmähest du den Oberpriester Gottes?" rief einer der Richter.

Saul warf ihm einen bitteren Blick zu und antwortete mit lauter Stimme: „Brüder! Ich wußte nicht, daß es der Oberpriester ist. Denn freilich steht es geschrieben: den Vorsteher deines Volkes sollst du nicht schmähen."

Der römische Hauptmann und einige seiner Leute hatten darauf bestanden, mit Saul in die Ratskammer zu kommen. Sie standen in einiger Entfernung an den hohen goldenen Türen, und der Hauptmann lächelte zustimmend, als er Sauls kühne Worte vernahm. Das war fürwahr ein Römer und kein demütiger Jude!

Saul hatte mittlerweilen seine Richter gemustert und festgestellt, daß sich viele Sadduzäer und viele Pharisäer unter ihnen befanden. Er konzentrierte jetzt seine Aufmerksamkeit auf seine pharisäischen Brüder, denn die weltlichen, atheistischen Sadduzäer verabscheute er immer noch.

Mit erhobener Stimme wandte er sich nun allein an die Pharisäer:

„Brüder, ich bin ein Pharisäer und eines Pharisäers Sohn; wegen der Hoffnung auf Auferstehung von den Toten werde ich jetzt zur Verantwortung gezogen!"

Das war ein geschickter Schachzug, denn die Sadduzäer glaubten nicht an ein Leben nach dem Tode, und über diesen Punkt herrschte immer noch große Erbitterung zwischen ihnen und den Pharisäern, die sie haßten. Die Pharisäer blickten sich bestürzt an, und einer flüsterte: „Soll das seine Schuld sein, daß er die Auferstehung der Toten gepredigt hat, wie unsere Väter uns lehrten?"

Mit einem Male erschien Saul den Pharisäern gar nicht mehr so wichtig, und sie wandten sich heftig gegen ihre alten Feinde, die Sadduzäer, die Auferstehung, Engel und Geister leugneten. Sie maßen die Sadduzäer mit wütenden Blicken, die mit kalter Verachtung erwidert wurden. Wozu hatte man diesen Mann vor das Synedrion gebracht? Gewiß, es hieß, er sei Nazarener, aber er war auch ein Pharisäer aus vornehmem Hause und hatte weder sein Volk noch seine Sekte je verleugnet, sondern nur versucht, diese dahergelaufenen Heiden zu bekehren. War das ein so schreckliches Verbrechen? Waren die Pharisäer nicht von jeher bemüht gewesen, die Heiden zu bekehren und sie dem Haus Israel zuzuführen, und nur deshalb davon abgekommen, weil die Römer sie gezwungen hatten, davon abzulassen?

Die Schriftgelehrten unter den Pharisäern gerieten in Wut darüber, daß diese Sadduzäer über Saul, einen Pharisäer, zu Gericht sitzen sollten, daß er auf ihr Betreiben im heiligen Tempel vom Pöbel angegriffen und beinahe ermordet worden war und — welche Schande! — von den heidnischen Römern vor seinem eigenen Volk in Sicherheit gebracht hatte werden müssen! Und ins Gefängnis gesteckt worden war! Alle anderen Beschuldigungen, die man im Lauf der Jahre gegen Saul erhoben hatte, waren im Augenblick vergessen.

So erhoben sich denn die Schriftgelehrten der Pharisäer, die Intellektuellen, die jede Form von Gewalt ablehnten, und schrien zornig: „Wir finden nichts Strafbares an diesem Manne. Wie, wenn ein Geist oder ein Engel zu ihm geredet hat? Sollen wir uns Gott widersetzen?"

Und schon achtete man Sauls nicht mehr. Die Sadduzäer erhoben sich von ihren Plätzen und begannen einen wütenden Redestreit mit den Pharisäern, bei dem es so laut und leidenschaftlich zuging, daß der Hauptmann zum zweiten Male um das Leben dieses römischen Bürgers fürchten mußte, der selbst keine Furcht vor jenen zeigte, die ihn zum Tode hätten verurteilen können. So schritt er mit seinen Leuten auf Saul zu, nahm ihn höflich am Arm und führte ihn aus dem Saal. Keiner sah sie gehen, denn mittlerweilen waren die Streitenden, Richter, Rechtsgelehrte, Intellektuelle und Schreiber, handgemein geworden und der Hauptmann warf nur noch einen einzigen Blick zurück und lachte. Der Hohepriester selbst wurde von scharfen Ellbogen geremp elt, und sein prächtiger Hut war ihm vom Kopf geschlagen worden.

Sobald Saul sich wieder in seiner sicheren, behaglichen Zelle befand, setzte sich der Hauptmann an den Tisch und bestellte für sie beide Wein, Obst und Kuchen. Er amüsierte sich köstlich, er kratzte sich hinter den Ohren und schüttelte den Kopf. „Wie sie aus der Haut fuhren, diese Richter, diese weisen Männer!" meinte er. Saul lachte mit ihm. Seine Nase und eine Wange waren von den Schlägen, die er gestern erhalten hatte, immer noch geschwollen und schmerzten, aber er lachte.

„Keiner ist so dumm wie der Weise — so steht es geschrieben", erwiderte er. Er trank den Wein und aß nachdenklich von den Früchten und vom Backwerk. Er fühlte sich in der Gesellschaft des jungen Römers wohl und begann, ihm von seinen Reisen zu erzählen. Er tat dies auf so fesselnde Weise, daß der Hauptmann ihn nur widerstrebend verließ, um seinen dienstlichen Pflichten zu genügen. Was veranlaßt einen wohlhabenden Mann aus bester Familie, fragte er sich dann im stillen, als er wieder allein war, sein Land zu verlassen und wie ein armer Schlucker auf Reisen zu gehen und fremde Völker zu besuchen, um ihnen eine Botschaft der Erlösung zu überbringen? Der junge Hauptmann war zur Zeit der Kreuzigung noch auf allen Vieren gekrochen und hatte erst nach seiner Ankunft in Jerusalem das erstemal davon gehört. Es war eine ebenso bezaubernde wie furchteinflößende Geschichte, die er fast ebenso wenig glaubte, wie er an die Götter glaubte. Wovon sollte denn der Mensch erlöst werden? Von Sünde und Tod, sagten die Nazarener und dieser Paulus von Tarsus, der ein Schriftgelehrter war und ein Römer. Der Hauptmann verstand das nicht. Offensichtlich starben die Nazarener ebenso häufig wie andere Menschen. Wie war das also mit der Erlösung vom Tode? Und die Sünde ... Für die Juden, die ‚rechtgläubigen' genau so wie die Nazarener, war jedes Vergnügen Sünde — ein absurdes Dogma und eine Beleidigung der Götter, deren Existenz überhaupt nur aus Vergnügen bestand ...

Eine große Ruhe kam über Saul. Trotz der ihm vom Hauptmann verabreichten Salben und Pomaden hatten ihn seine Wunden geschmerzt, und er war in der vergangenen Nacht nicht viel zum Schlafen gekommen. Jetzt aber nahm ihn eine angenehme Erschöpfung gefangen; er legte sich nieder und begann zu träumen.

Wieder erschien ihm der Messias, das geistvolle, strahlende Antlitz, die männlichen, frohlockenden Augen, der heldische Mund und die golden leuchtende Stirn. Und Er sprach zu Saul: „Sei guten Mutes! Wie du in Jerusalem von Mir gezeugt, so sollst du auch in Rom von Mir zeugen."

Der junge Hauptmann, Claudius Lysias, befand sich in arger Verlegenheit. Weder konnte er Saul auf ewige Zeiten in Haft behalten noch ihn der Rache des Hohenpriesters ausliefern. Er führte ein einfaches Leben und war es nicht gewohnt, Zwangsentscheidungen zu treffen. Während er so grübelnd in seiner Kammer in der Festung saß und mit grämlicher Entschlossenheit einen Becher Wein nach dem andern leerte, trat ein Zenturio ein. „Hauptmann", meldete er, „ein Herr wünscht dich dringend zu sprechen. Sein Name ist Amos ben Ezekiel, und er scheint ein Mann von Rang und Familie zu sein und wohlhabend, denn er ist vornehm gekleidet. Er ist des Paulus von Tarsus Neffe und erst gestern abend in Jerusalem angekommen. Außerdem ist er Arzt und römischer Bürger."

„Ha!" machte der Hauptmann in der Hoffnung, sein Besucher könnte ihm vielleicht einen Weg aus seinem Dilemma weisen. „Laß ihn sogleich eintreten."

Amos war großgewachsen und würdevoll und in blaue und rote Seide gekleidet, er trug goldene Sandalen und an seinen Fingern kostbare Ringe. Sein Haar und sein Bart waren ein sanftweißes Blond, denn er war nicht mehr jung und schon mittleren Alters. Seine stolze, selbstsichere Erscheinung verfehlte ihre Wirkung auf den jungen Hauptmann nicht. Er erhob sich, berührte grüßend seine Stirn, bot seinem Besucher einen Stuhl an und ließ Wein kommen.

Amos nahm mit ernstem Lächeln Platz, und der Hauptmann bewunderte seine edlen Züge und sein gemessenes Auftreten. „Ich danke dir, Hauptmann Lysias, daß du mich empfängst", begann der Arzt. „Ich habe vernommen, daß du meinem Onkel Saul ben Hillel mit Liebenswürdigkeit und Zuvorkommenheit begegnet bist und ihm zweimal das Leben gerettet hast. Darf ich dir dies als Zeichen meiner Wertschätzung anbieten?" Er zog einen herrlichen Stein vom Finger und legte ihn auf den Tisch. Der Hauptmann errötete. „Ich habe nur meine Pflicht getan, Herr", erwiderte er. Abermals lächelte Amos.

„Und verdient die Pflicht nicht ihren Lohn? Ich bitte dich, den Ring anzunehmen. Mein Onkel und ich wären sehr beleidigt, wolltest du unsere Dankbarkeit geringschätzen."

Amos sprach perfektes Latein. Der Hauptmann dachte daran, daß der Arzt römischer Bürger war — und man einen Römer nicht beleidigen durfte. Darum erwiderte er: „Ich nehme dankbar an", und im Nu war der Ring in seiner Tasche, und Amos unterdrückte ein belustigtes Lächeln.

„Ich bringe schlimme Nachrichten", sagte Amos, „und muß sie dir eilends berichten. Ich erfuhr heute morgen, daß eine Bande von Männern, mehr als vierzig an der Zahl, sich — du magst raten, auf wessen Geheiß — zusammengetan und vor dem Hohenpriester und den Ältesten einen blutigen Eid geschworen haben und so zu ihnen sprachen: ‚Wir haben uns darauf verflucht und verschworen, nicht eher zu essen oder zu trinken, bis wir Saul ben Hillel getötet haben.' Der Hohepriester hat daraufhin einen Boten angewiesen, noch vor Sonnenuntergang zu dir zu kommen und dich zu ersuchen, du mögest den Gefangenen morgen zeitlich früh vor das Synedrion in den Tempel kommen lassen, auf daß seine Sache noch genauer untersucht werde. Aber mein Onkel wird den Tempel nie erreichen, denn die Vierzig werden ihm auflauern und ihn auf offener Straße ermorden."

„Aber er ist doch Römer!" rief empört der Hauptmann und legte die Hand auf sein Schwert. „Sie würden es nicht wagen, einen Römer zu ermorden, bevor über ihn Recht gesprochen und er verurteilt ist!"

Amos neigte den Kopf und machte eine kleine, beredte Geste. „Dennoch — genau das haben sich diese gedungenen Halsabschneider vorgenommen —, um sich nach volbrachter Tat wie Heuschrecken davonzumachen. Niemand wird es nachher wagen, sie zu identifizieren."

Der Hauptmann warf sich in einen Stuhl, stützte die Ellbogen auf den Tisch, sein Kinn auf die Fäuste, und murmelte Verwünschungen. Er beherrschte die Listen des offenen Krieges, besaß aber keine Erfahrung im Umgang mit schurkischen Zivilisten. Amos räusperte sich. „Wäre es nicht am besten, meinen Onkel schnell und in aller Stille — besser gesagt: sofort — an einen sicheren Ort zu bringen?"

„Ha!" machte Claudius Lysias und schlug mit der flachen Hand auf den Tisch. Er rief nach seinem Zenturio, der sogleich herbeieilte, und ließ sich Feder und Pergament, Wachs für sein Siegel und eine Kerze reichen. Langsam und schwerfällig und mit vielen Schnörkeln begann er zu schreiben. Als er zu Ende war, Sand über die Tinte gestreut und das Pergament ein paarmal hin und her geschwenkt hatte, gab er es Amos.

„Claudius Lysias in Jerusalem wünscht dem vortrefflichen Statthalter Felix Heil!

Diesen Mann, dessen sich die Juden bemächtigt haben, und der beinahe von ihnen ermordet worden wäre, habe ich, sobald ich erfuhr, daß er römischer Bürger sei, mittels meiner Mannschaft gerettet. Um nun die Ursache zu erfahren, die man zur Klage wider ihn habe, ließ ich ihn vor ihren Rat führen. Ich fand, daß die Anklage gewisse Streitfragen ihres Gesetzes betraf; er aber übrigens gar keines Verbrechens, das Tod oder Gefängnis verdiente, schuldig sei. Da mir indes eine Verschwörung angezeigt war, welche sie wider ihn gemacht hatten; so liefere ich ihn dir aus, und ich habe die Ankläger beschieden, daß sie bei dir einkommen sollen. Lebe wohl!"

Es zuckte ein wenig um Amos' Lippen, als er das so jugendlich-militärisch abgefaßte Schreiben überflog, aber er mußte zugeben, daß es die Sachlage richtig, wenn auch nicht sehr elegant, wiedergab. „Hauptmann

Lysias", sagte er, „du bist fürwahr ein edler Römer, und ich werde persönlich Sorge tragen, daß mein und meines Onkels Verwandter, der General der Prätorianergarde in Rom, Titus Milo Platonius, von deiner exemplarischen Handlungsweise erfährt."

Mit offenem Mund glotzte der Hauptmann Amos an. „Titus Milo Platonius? Warum hat man mir das nicht früher gesagt?" Er bekam einen roten Kopf. „Das ist doch nicht zu glauben! Wagt es dieser schändliche Hohepriester, den Tod eines Verwandten dieses großen und ehrenwerten Generals zu beschließen, dessen Name in Rom ebenso bekannt ist wie die Namen seiner Väter! Das ist eine Beleidigung, die mit Blut abgewaschen werden muß!" Er sprang auf. Zum erstenmal in seinem Leben sah Amos einen Mann vor Wut schäumen. Er hob schnell seine Hand, denn er war nicht gekommen, um Blutvergießen heraufzubeschwören.

„Hauptmann Lysias", sagte er, „der General ist ein stolzer Römer und ein Held, aber auch ein sehr besonnener Mann. Du weißt, daß mein Volk leicht erregbar ist und wie es vom Hohenpriester und seinen Dienern gequält wird. Wenn du jetzt gegen diese Leute, insbesondere gegen diesen widerlichen Ananias, etwas unternimmst, bereitest du meinem Onkel Saul ben Hillel großen Kummer, denn letztlich ist es ja auch *sein* Volk. Und darum würde sich, glaube ich, General Platonius, weil er Saul liebt, Mäßigung auferlegen."

„Für eine solche Liebe habe ich kein Verständnis", schrie der Hauptmann und schlug abermals mit der flachen Hand auf den Tisch.

Amos senkte den Kopf, als stimme er ihm zu. „Ich auch nicht", sagte er und hoffte, Gott würde ihm die Lüge verzeihen, „aber so stehen nun einmal die Dinge."

Immer noch wutentbrannt, warf der Hauptmann Amos einen finsteren Blick zu, versiegelte den Brief mit unnötigem Kraftaufwand, rief abermals nach dem Zenturio und übergab ihm das Schreiben. „Halte zum Aufbruch nach Cäsarea", befahl er ihm, „zweihundert Soldaten zu Fuß und siebzig zu Pferde und zweihundert Lanzenträger auf die dritte Nachtstunde in Bereitschaft. Auch halte Lasttiere bereit, damit unser edler Gefangener Saul ben Hillel, den wir Paulus von Tarsus nennen, auf ihnen sicher zum Statthalter Felix gebracht werden könne."

Amos war von der Streitmacht, die zum Schutz seines Onkels aufgeboten wurde, sehr beeindruckt. Er bat um Erlaubnis, Saul sehen zu dürfen, und der Hauptmann führte ihn zur Zelle und öffnete mit großer Geste die Tür. Saul erhob sich von seinem Lager, erkannte Amos aber nicht sogleich, denn er hatte ihn viele Jahre nicht gesehen. Doch dann stieß er einen Freudenschrei aus und warf sich seinem Neffen in die Arme. Sie küßten sich und weinten beide, und selbst der Hauptmann war gerührt. Dieser Paulus von Tarsus war wirklich ein großer Mann und ein wahrer Römer. Lysias spielte mit dem Ring in seiner Tasche. Gleich hinter dem Reitertor in Rom gab es eine kleine Villa, von der er schon lange träumte — von der Villa und von einem ganz bestimmten, sehr hübschen jungen Mädchen.

Der Statthalter oder Prokurator Felix war ein ungeduldiges kleines Männchen mit einem dunklen, lebhaften Gesicht und einem ebenso lebhaften Körper. Wie viele kleine Menschen war er hochmütig und streitlustig. Kniffligkeiten und Details waren ihm zuwider, und darum fuhr er Bittsteller oft an: „Ja, ja, aber um was geht's? Verschone mich doch mit Banalitäten und langatmigen Erklärungen!" Da es nun aber in der jüdischen Natur liegt, die Dinge ein um das andere Mal bis ins einzelne zu erklären, um nur ja keinen wichtigen Punkt und keine Feinheit zu übersehen, verabscheute Felix die Juden nicht weniger als Pontius Pilatus, obwohl seine Frau Jüdin war. Wenn er eine Delegation empfing, zeigte er auf die Wasseruhr, legte eine Zeit fest und wies seine Besucher darauf hin, daß er sie über diese Zeitspanne hinaus nicht mehr anhören würde. Sobald dann die festgelegte Stunde ablief, erhob er sich — mitten in den wichtigsten Gesprächen —, trollte sich zu seinen Mädchen und kam nicht wieder.

Nachdem Saul ihm überstellt worden war, legte er die Stirn in Falten und kratzte sich seinen haarigen Nacken. „Lysias findet an dir nichts auszusetzen", sagte er dann, „aber schon lange bevor du nach Cäsarea gebracht wurdest, haben die Juden Anschuldigungen gegen dich erhoben. Als Statthalter bin ich verpflichtet, sie anzuhören. Darum werde ich dich festhalten, bis sie vor mir erscheinen. Hast du, als Römer, kein römisches Gesetz verletzt, will ich mich um andere Anschuldigungen nicht bekümmern."

Er fand Gefallen an Saul, weil dieser ihn nicht sofort mit langwierigen Erklärungen und Rechtfertigungen verärgert, sondern ihn nur mit einer stummen Verbeugung begrüßt hatte. Er ließ ihn in den Palast des Herodes in Verwahrung bringen, ein in Wirklichkeit kleines, aber hübsches Haus mit einem Garten auf einem Abhang, von dem aus man die leuchtende Ebene des Meeres und die beiden Häfen sehen konnte, von denen einer die Fracht von den schwojenden Schiffen erhielt, der andere zur Ladung diente. Saul hatte nur einen Wächter, einen älteren Unterbeamten, und eine Dienerin, eine weise alte Jüdin aus der Stadt, die ihm seine kärglichen Mahlzeiten bereitete. Hier verbrachte er seine Zeit in Stille und Frieden und frommen Betrachtungen, wartete und kam wieder zu Kräften. Er saß stundenlang auf der niederen Steinmauer, die die Terrasse umschloß, und blickte auf das Meer hinaus. Das geschäftige Treiben in den Häfen rief Erinnerungen an Tarsus wach, und er seufzte. Er schrieb viele Briefe in dem kühlen kleinen Atrium, und Felix war so gefällig, sie zu versenden, nachdem er sie mit einiger Verwunderung geprüft hatte. Sie waren an die Unzahl von christlichen Gemeinden gerichtet, die Saul entweder begründet oder zum Aufblühen gebracht hatte. Die leidenschaftliche, aber doch vernünftige Sprache faszinierte den Statthalter, der für Poesie viel übrig hatte.

Nach einiger Zeit trafen, wie Felix gefürchtet hatte, Abordnungen des Hohenpriesters in Cäsarea ein, um ihm in langer und langweiliger Rede darzutun, in welcher Form Saul die jüdischen Gesetze verletzt hatte. Felix hörte sie eine Weile an, verdrehte schließlich angeödet die Augen und sagte: „Das genügt. Mein Gefangener ist Römer, und eure Beschwerden sind sämtlich ekklesiastischer Natur. Dabei hat euer eigenes Synedrion ihn keines bestimmten Vergehens überführen können. Ihr könnt gehen."

So kam also der Hohepriester selbst, in Begleitung eines Mannes von großer Beredsamkeit, des Wortführers Tertullus. „Sollte es wieder nur um ekklesiastische Differenzen gehen", leitete Felix das Gespräch ein, „will ich gar nichts hören. So ihr gegen meinen Gefangenen Anklage in bezug auf das römische Gesetz zu erheben habt, will ich euch anhören — wenn ihr meine Geduld nicht mit Belanglosigkeiten überfordert."

Tertullus neigte den Kopf. „Auch ich, Herr", erwiderte er, „bin römischer Bürger und Jude zugleich. Ich verehre Rom. Es ist unser Wunsch, in Frieden mit Rom zu leben. Ich werfe Paulus von Tarsus vor, die römischen Gesetze übertreten zu haben."

Felix warf einen Blick auf Ananias. Er verabscheute den Hohenpriester, der nicht nur großgewachsen war, sondern auch das Aussehen eines Patriziers hatte, das ihm, Felix, ermangelte. Überdies achtete Ananias den Statthalter nicht sehr hoch, was im kalten Strahl seiner blauen Augen und dem leicht geschürzten Mund deutlich zum Ausdruck kam. Felix wartete auf die Antwort des Hohenpriesters, dieser jedoch ließ Tertullus den Vortritt.

„Daß wir soviel Ruhe durch dich genießen", sagte Tertullus, „und die besseren Einrichtungen durch deine Fürsorge getroffen sind, das, erhabener Felix, erkennen wir immer und überall mit schuldigstem Dank.

„Um dich aber nicht länger aufzuhalten, so bitte ich, mit der dir eigenen Güte uns kürzlich anzuhören. Wir haben gefunden, daß dieser Mensch, wie eine Pest, im ganzen Reiche unter den Juden Aufruhr verbreitet und ein Anführer der Nazarener-Sekte ist. Er hat sich sogar unterstanden, den Tempel zu entweihen; deshalb nahmen wir ihn gefangen und wollten ihn nach unserem Gesetze strafen, allein Hauptmann Lysias kam dazwischen, entriß ihn unseren Händen mit aller Gewalt und erteilte den Bescheid, daß seine Kläger sich an dich zu wenden haben. Von ihm wirst du nun dies alles, dessen wir ihn beschuldigen, selbst erfahren können, wenn du ihn verhören willst."

Felix gab Saul ein Zeichen, und Saul erwiderte: „Hauptmann Lysias gebrauchte nicht mehr Gewalt als nötig war, mir das Leben zu retten."

Diese Worte freuten Felix, denn es verdroß ihn, wenn jemand römische Soldaten kritisierte. Er dankte Saul mit einem Lächeln und hieß ihn fortfahren. Saul stellte jede aufrührerische Betätigung in Abrede. Weder hätte man ihn, erklärte er, im Tempel mit jemandem in Unterredung oder in Streit gefunden noch habe er jemals das Volk gegen Rom aufgewiegelt oder irgendein jüdisches oder römisches Gesetz mißachtet.

Saul forderte dann Ananias auf, seine Aussage zu widerlegen, aber Felix hob seine kleine Hand und sagte: „Er wird nur wiederholen, was schon andere Abordnungen gegen dich vorgebracht haben, Paulus von Tarsus, und für einen Römer sind alle diese Dinge unerheblich."

Saul verneigte sich und lächelte. Dann wurde sein runzliges Gesicht wieder ernst. „Die Vorwürfe", sagte er, „die diese Herren gegen mich erheben, sind ausschließlich dogmatischer Natur. Meine Doktrinen, die sie als falsch bezeichnen, sind die meiner Sekte, der Pharisäer. Wir glauben nämlich an die Auferstehung, und die Sadduzäer nicht. Ich habe nur meinen Glauben verkündet, den alten Glauben, der uns von Gott, Sein Name sei gepriesen, durch Seine Propheten gegeben wurde. Die Sadduzäer aber, die jetzt in der heiligen Stadt die Macht ausüben, finden diesen Glauben lächerlich und wollen einem frommen und gottgefälligen Volk ihren Säkularismus aufzwingen. Der Mensch allein, behaupten sie, sei von Bedeutung und beherrsche das Universum, Gott aber sei tot. Doch wir werden diesem Edikt des Teufels wehren — mit unserem Leben, wenn es sein muß" — und er sah den Hohenpriester scharf an — „und wenn das Aufruhr ist, dann mag es so sein."

Felix gähnte und sah nach der Wasseruhr. „Wer da behauptet, die Götter seien tot, ist ein lästernder Narr", sagte er und blinzelte. Dann wandte er sich plötzlich an den Hohenpriester: „Gehörst du auch zu diesen Sadduzäern?"

Ananias erblaßte. Er warf Saul einen wütenden Blick zu. „Herr", antwortete er dann dem Statthalter, „die Sache ist nicht so einfach."

„Die Sachen sind nie einfach bei euch Juden", meinte Felix und kratzte sich am Ohr. „Meine eigene Frau, Drusilla, ist nicht imstande, einen Sachverhalt mit wenigen Worten darzulegen. Bei ihr ist es noch schlimmer als bei anderen Frauen. Sie plappern stundenlang, ohne etwas zu sagen, aber meine Frau kann tagelang reden und beendet ihren Vortrag mit genau denselben Worten, mit denen sie begonnen hat. Ich finde, daß alle Frauen und alle Juden geborene Rechtsverdreher sind — und ich kann Rechtsverdreher nicht ausstehen."

Er blickte mit gerunzelter Stirn auf Ananias, der hilfesuchend Tertullus anstarrte, der jedoch sein rednerisches Talent verloren zu haben schien. „Wenn ihr nur Anschuldigungen dogmatischen Charakters gegen diesen Mann zu erheben habt", sagte Felix, „— und er selbst diese in Abrede stellt— kann ich ihn nur auf Grund jener Beschuldigungen festhalten, die das römische Gesetz betreffen. Darüber muß ich noch genauere Kenntnis erhalten. Ihr habt damit nichts mehr zu tun."

Dann wandte er sich an Saul: „Eine Anklage wegen aufrührerischer Agitation gegen Rom ist eine ernste Angelegenheit. Obzwar diese Männer keine Beweise haben und nur hinterhältige Behauptungen aufstellen, denen ich keinen Wert beimesse, und obzwar bis jetzt noch kein Römer eine solche Anklage gegen dich erhoben hat, muß ich dich doch noch eine Zeit festhalten, um mit mir zu Rate zu gehen."

LII

Die Frau des römischen Statthalters hieß Drusilla und gehörte, wie Saul, dem Hause oder Stamme Benjamin an. Sie war etwa gleich groß wie ihr Mann, eine rundliche, geschäftige, kleine Frau in mittleren Jahren, ungewöhnlich klug und tüchtig. Sie hatte keine Kinder. Es bestand eine überraschende Ähnlichkeit zwischen ihr und der verstorbenen Claudia, Sapphiras Schwiegermutter. Nur ihre Augen glichen kleinen schwarzen Glaskugeln, und ihre Blicke verrieten nüchterne Beobachtungsgabe und Scharfsinn. Sie führte ihren Haushalt mit energischer Umsicht. Es störte sie nicht im mindesten, wenn ihr Gatte mit den Sklavenmädchen seinen Spaß hatte, im Gegenteil: dadurch, daß die Mädchen mit ihren so angenehm ermattenden Tändeleien einen guten Teil seiner Zeit beanspruchten, hinderten sie den unruhigen Geist daran, sich in die Führung des Haushalts einzumischen, Bankauszüge zu überprüfen und Rechnungen zu kontrollieren. Drusilla liebte den ungestümen kleinen Römer. Er erwiderte ihre Liebe, hielt sie hoch in Ehren, ließ sich von ihr tyrannisieren und beklagte sich über sie, wann immer ihm jemand zuhören wollte. Wenn Drusilla von diesen Klagen erfuhr, lächelte sie nachsichtig und kochte ihm höchstpersönlich eine seiner Lieblingsspeisen zum Abendessen.

Sie dachte lange über Saul ben Hillel im Hause des Herodes nach. Er gehörte dem gleichen Stamm an wie sie, und sie kannte seine Geschichte. Auch sie war Pharisäerin. Und weil sie wußte, daß die Pharisäer die Speisegesetze sehr streng beachteten, hatte sie ihm die alte Jüdin geschickt, um ihm zu dienen und für ihn zu kochen. Sie hörte aufmerksam zu, wenn Felix halb scherzend von Sauls überirdischen Kräften erzählte. In Ephesus, hieß es, habe er einen Toten ins Leben zurückgerufen und Hunderte von Kranken durch bloßes Handauflegen im Nu geheilt. „Daran ist nichts Sonderbares", sagte sie zu ihrem Mann. „Es hat in unserer Geschichte viele umherziehende Rabbis gegeben, die solche göttliche Kräfte besaßen.“

„Denen es aber nicht gelungen ist, sich überall so verhaßt zu machen wie Paulus von Tarsus“, entgegnete Felix. „Also ist er vielleicht gar nicht ein so heiliger Mann. Warum seid ihr Juden bloß solche Fanatiker, wenn es um euren Gott geht?“

„Diese Frage habe ich dir schon oft beantwortet. Weil Er uns auserwählt hat. Nicht wir haben Ihn auserwählt.“

„Hm. Ihr Juden seid weder tugendhafter noch charakterloser als andere Menschen und gleicht dem Aussehen nach allen möglichen anderen Rassen. Warum hat euer Gott nicht uns Römer auserwählt? Wir haben schon ein Reich für ihn, und es ist zweifellos besser verwaltet, als die Priester es verstanden haben, euch zu regieren.“

Es war lange Drusillas Hoffnung gewesen, daß Felix den jüdischen Glauben annehmen würde. Eines Tages aber hatte er diesbezüglich eine etwas schlüpfrige Bemerkung gemacht, die in der Befürchtung gipfelte, seine Lieblingssklavinnen könnten in diesem Falle Grund zur Klage haben. Drusilla hatte still gelächelt, ohne Anstoß zu nehmen. Aber sie dachte lange über Saul nach. Eines Tages begab sie sich, von zwei älteren Frauen ihres Haushalts begleitet, in des Herodes Villa, wo Saul sie mit ausgesuchter Höflichkeit empfing. „Sei mir gegrüßt, edle Drusilla“, sagte er. „Ich bin zweifach geehrt, denn wie ich vernahm, sind wir des gleichen Stammes, und auch du bist Pharisäerin.“

Drusilla erklärte ihm in aramäischer Sprache, daß sie den Haushalt in Augenschein zu nehmen und nach seinem Wohlbefinden zu sehen wünschte. Sie erkundigte sich nach vielen belanglosen Einzelheiten, beobachtete ihn aber dabei geschickt mit ihren weisen Augen. Dann ersuchte sie ihn, sie in den Garten zu begleiten, wo sie sich überzeugen wollte, daß die Gemüse und Blumen die nötige Pflege genossen. Sie ließ die zwei alten Frauen im Hause zurück. Schwer atmend und schwitzend ging sie neben Saul her und trocknete sich immer wieder mit dem Kopftuch das feuchte, gerötete Gesicht. Saul beeindruckte sie, obwohl er weder großgewachsen noch eine stattliche Erscheinung war: er war alt, sein dichtes Haar weiß, und er trug seiner zarten Haut wegen keinen Bart. Trotz seiner langen Tunika aus derbem braunen Leinen bemerkte sie, daß er krumme Beine hatte, und auch sein krankes Auge entging ihr nicht. Doch wenn er sprach, mußte man ihm Achtung zollen, und Drusilla gestand sich ein, daß sie noch nie in ihrem Leben eine so kräftige und schöne, beredte und überzeugende Stimme gehört hatte.

„Rabbi“, sagte sie, nachdem sie den Garten durchschritten hatten, „ich hoffe, du nimmst es meinem Gemahl nicht übel, daß er dich hier in Haft hält.“

Saul war überrascht. „Edle Dame“, antwortete er und sah Drusilla ins Gesicht, „dein Gemahl hat mich sehr gerecht behandelt. Ich habe Verständnis für seine Lage und danke ihm. Er konnte nichts anderes tun. Als römischer Bürger kann ich an den Kaiser appellieren, sich meines Falles anzunehmen. Statthalter Felix wird meine Appellation weiterleiten." Er lächelte. „Ich finde hier Ruhe und Frieden und habe Zeit für fromme Betrachtungen. Der Aufenhalt in diesem Haus tut auch meiner angegriffenen Gesundheit gut. Darum ist es gewiß Gottes Wille, daß ich hier bin und mich für neue Kämpfe stärken kann."

Drusilla nickte zustimmend. „Das ist vernünftig gedacht", meinte sie und fügte nach kurzem Zögern hinzu: „Du bist Nazarener. Erzähle mir von deinem Glauben. Bist du wirklich überzeugt, daß der Messias bereits in der Gestalt eines Menschen auf Erden gewandelt hat, daß Er um unserer Sünden willen gestorben ist und daß Er jetzt zur rechten Hand Gottes thront?"

Sauls Augen leuchteten auf. Er führte Drusilla zu einer Bank unter einem großen grünen Tamariskenbaum, wo es kühler war, und setzte sich neben sie. Wieder erzählte er die alte Geschichte von seiner Erscheinung. Ihm aber war sie ewig neu, eben erst geschehen; noch war er wie betäubt, von Glück und Wonne und Seligkeit überwältigt. Während sie lauschte, hielt Drusilla ihre Augen fest auf Saul gerichtet, diese harten, abschätzenden Augen, die sich nun mit Tränen füllten — und es war viele Jahre her, daß sie das letzte Mal geweint hatte. Sie war tief bewegt und dachte für sich: ‚In der Tat, dieser Mann spricht wahr.'

Er erzählte ihr von der Zeit, da er die Nazarener verfolgt hatte, und von seinen Missionsreisen und, mit leisem Spott, von den Beschwernissen, die er überstanden, und von den Prügeln und Steinigungen, die er erduldet hatte. ‚Er ist ein furchtloser, ein mutiger und tapferer Mann', dachte sie, ‚und solche Menschen sind selten.'

Er verstummte, und Drusilla blickte hinaus auf das Meer, auf das unglaubliche Scharlachrot der sinkenden Sonne mit ihren grüngoldenen Himmelssegeln, und auf die leuchtende Kugel des Mars, der einsam im stummen Tumult der Farben am Horizont aufzog. „Die Himmel erzählen die Ehre Gottes, und das Werk Seiner Hände verkündet das Himmelsgewölbe", sagte Saul, der ihren Blicken gefolgt war.

„Sein Name sei gepriesen", fügte Drusilla hinzu. Sie hätte weinen mögen und wußte nicht warum; ihr Herz, ihr so nüchternes, ausgetrocknetes Herz weitete sich, als hätte Frühlingstau es benetzt.

„Rabbi", sagte sie mit einer Stimme, die ihr Gemahl nicht wiedererkannt hätte, „ich muß über die seltsamen Dinge, die du mir erzählt hast, nachdenken." Sie hätte gerne gewußt, was sie so erschüttert hatte. Sie erhob sich langsam und schwerfällig und trat, von Saul begleitet, an die niedere Mauer, um noch einmal das herrliche Schauspiel des Himmels und des von der Sonne blutrot gefärbten Meeres zu genießen. Ein Wind erhob sich und brachte den Duft von Harz und Staub und Trauben und fruchtbaren Feldern.

Mit leiser Stimme zitierte Saul den Propheten: „Wegen Zion werde ich nicht schweigen, und wegen Jerusalem nicht ruhen."

Drusilla neigte ihr Haupt und betete, wie sie seit ihren Mädchenjahren nicht mehr gebetet hatte. Dann sah sie zu Saul auf und sagte: „Du mußt mir das nächste Mal mehr erzählen, und vielleicht wird auch mein Gemahl zuhören, denn er ist dir wohlgesinnt, Saul von Tarschisch." Plötzlich glitt ein strahlendes Lächeln über ihr Gesicht, und ihre strengen, derben Züge waren mit einem Male jungfräulich und schön.

„Das ist natürlich Unsinn", meinte Felix mit einem breiten Gähnen. Mit viel Geschicklichkeit, mit Gewürzen und Weinsoßen hatte Drusilla das Abendessen zubereitet, um ihm Freude zu machen und seine Streitlust zu dämpfen. „Aber es ist eine sehr hübsche Geschichte, und voll von Geheimnissen. Ich bin ja nicht wie so viele andere Römer, die die Existenz der Götter leugnen. Aber *noch* ein Gott? Nein, das wäre zuviel."

„Es gibt nur einen einzigen Gott", erwiderte Drusilla und füllte ihm gewandt den Becher nach. (Da er sehr knausrig war und nur die allerbilligsten Weine kaufte, hatte sie selbst einen köstlichen alten Tropfen auf dem Markt erstanden — zu einem Preis, der ihre eigene sparsame Seele empörte.)

„Unsinn", wiederholte Felix, hob den Becher an die Lippen und schmatzte. „Der hiesige Wein bessert sich. Wie sollte es denn zugehen, daß ein Gott nicht nur die Welt, sondern auch noch das ganze Universum beherrscht? Dazu müßte er ja Untergötter und Untergöttinnen haben. Du siehst also, wie lächerlich deine Behauptung ist, es gäbe nur einen einzigen Gott. Er käme ja niemals zur Ruhe."

„Siehe, Er schlummert nicht und schläft nicht, der Hüter Israels!" zitierte Drusilla.

Felix schüttelte schmunzelnd den Kopf. „Ich dachte, ich hätte eine gute Römerin aus dir gemacht", sagte er. Drusilla reichte ihm ein zweites Stück der köstlichen, mit Mohn und Datteln gefüllten Pastete. Nachdenklich und genießerisch kaute Felix daran. „Aber es ist trotzdem zuviel für einen einzigen Gott."

„Er hat Engel und Erzengel", hielt Drusilla ihm entgegen.

Triumphierend klatschte Felix mit der flachen Hand auf den Tisch. „Also! Hilfsgötter und Hilfsgöttinnen!"

„Das ist nicht dasselbe", entgegnete Drusilla. „Paulus von Tarsus, dein Gefangener, hat eine beredte Zunge und weiß erstaunliche Geschichten zu erzählen — wie alle Juden. Laß deine Mädchen einmal einen Nachmittag allein und sprich mit ihm. Du wirst glauben, einen zweiten Jeremias — oder Homer — vor dir zu haben."

Felix stieß ein derbes, zynisches Wort aus. „Ich liebe die Poesie", sagte er dann. „Kaiser Nero liebt sie doch auch, nicht wahr?" Er lachte. „Ich werde mir das Vergnügen machen, mich von deinem Poeten, Paulus von Tarsus, berauschen zu lassen — wenn keine Spitzel dieses widerlichen Ananias in der Nähe sind, der sich ja mit nichts weniger als Paulus' Tod zufriedengeben will. Auch möchte ich nicht Agrippas Zorn auf mich laden."

Doch in jener Nacht wurde die gesunde und robuste Drusilla von schwerer Krankheit befallen und begann zu delirieren. Am Morgen begaben sich die beiden Hausärzte, ein Grieche und ein Ägypter, eilends zum Statthalter. „Herr", rief der Grieche, „wir haben die edle Drusilla die ganze Nacht hindurch umsorgt, aber sie steht an der Schwelle des Todes, und wir können nichts mehr für sie tun!"

An jenem Morgen beratschlagten sich einflußreiche Juden und Römer mit Felix; sie füllten das Atrium bis auf den letzten Platz. Aus Rom waren zwei Briefe mit dem kaiserlichen Siegel eingetroffen, die Schreiber hatten alle Hände voll zu tun, um Rede und Gegenrede aufzuzeichnen, und Felix hielt gerade eine ausfallende Rede, als verängstigte Sklavinnen und die beiden Ärzte in den Raum stürzten. Sie wußten, welche innige Zuneigung er für Drusilla empfand, und hatten darauf verzichtet, sich von einem Boten anmelden zu lassen.

Zu Tode erschrocken, sprang er auf. „Ich wußte nicht, daß es so schlimm um sie steht!" rief er und vergaß sogleich seine Besucher, die sich bedeutsame Blicke zuwarfen.

„Sie bat uns, deine Nachtruhe nicht zu stören", erklärte der Grieche, „und wir gehorchten. Dann verlor sie das Bewußtsein." Das ganze Haus achtete und verehrte Drusilla, und viele liebten sie wegen ihrer Liebenswürdigkeit und ihres gerechten Verhaltens. Die Ärzte begannen zu weinen und die Hände zu ringen. „Nur die Götter können sie noch retten", schluchzte der Ägypter.

Felix stieß laute Verwünschungen in bezug auf die Götter aus, die Juden wie Römer vor Entsetzen erstarren ließen. Dann warf der Statthalter, als wollte er sich seiner Besucher entledigen, den Amtsornat ab, verließ laufend das Atrium und eilte in den Frauenflügel seines prächtigen Hauses, das König Herodes für Pontius Pilatus hatte errichten lassen.

In Drusillas Schlafzimmer herrschte ein schwüles Halbdunkel, denn die Samtvorhänge waren vor die Fenster gezogen worden. Das schwarze Haar wirr über die bunten seidenen Kissen gestreut, lag sie schweißbedeckt, mit dem Tode ringend, auf ihrem Lager. Ihr rundlicher Körper war nur von einem Nachtgewand aus weißem Leinen bekleidet, und ihre fleischigen, weißen Glieder wurden unaufhörlich von Krämpfen geschüttelt. Ihr Atem war von einem dumpfen Rasseln tief in ihrer Kehle begleitet, ihr üppiger Busen rang nach Luft, und ihre Hände krallten sich in höchster Pein in die Bettlaken. Das breite, flache Gesicht war von

Schmerz verzert, die schwarzen Augen rollten oder starrten blind vor sich hin, und ihre geschwollene Zunge drängte sich zwischen den feuchten, grauen Lippen hervor.

Felix fiel neben dem Bett auf die Knie und versuchte, eine ihrer Hände zu fassen, doch sie entzog ihr glühendes Fleisch seinem Griff. „Drusilla!" rief er. „Drusilla, mein geliebtes Weib!" Die Hitze im Raum war unerträglich. Der Duft der Blumen in der Kammer vermengte sich bereits mit dem süßlichen Geruch des Todes, und Felix, der Soldat gewesen war, erkannte dies sogleich. Seine Haare stiegen zu Berge, und sein Herz schien ihm stillzustehen. Er brach in Tränen aus und schlug sich mit geballten Fäusten an die Stirn. Dann maß er die Ärzte mit wütenden Blicken und schrie sie förmlich an: „Ich lasse euch töten, wenn ihr sie nicht rettet!"

„Herr", sagte der Ägypter, „ich bin Arzt und römischer Bürger. Ich bin kein Sklave. Die edle Drusilla liegt im Sterben. Wir haben unser Bestes getan, und wenn das nicht genug war, ist es Ptahs Wille, daß sie stirbt."

„Ihr mit euren verdammten Göttern!" brüllte Felix. „Was gehen mich die Götter an, ob eure oder meine? Es gibt sie gar nicht! An wen soll ich mich denn halten als an euch, ihr nichtsnutzigen Schweine, die ihr meine Frau nicht retten könnt!" Er war außer sich. Er schüttelte unaufhörlich den Kopf und warf sich schließlich ächzend über Drusillas fieberhaft zukkenden Leib.

„Liebste", stammelte er, „trotz deiner scharfen Zunge, deiner Verschwendungssucht und deiner Ermahnungen bedeutest du mir mehr als mein Leben. Du hast mir keine Kinder geschenkt, aber selbst zehn Söhne wären mir nicht deinen kleinen Finger wert. Kennst du mich nicht mehr, deinen Gatten, Felix? Liebst du mich nicht? Willst du mich verlassen? Hab Erbarmen, Geliebte, hab Erbarmen!"

Es schien ihm, als wäre Drusilla nicht nur seine Frau, sondern auch seine Mutter und seine Tochter und, vor allem, sein bester Freund. War er nicht stets ihres Trostes sicher, stand sie ihm nicht mit Klugheit zur Seite, nahm sie ihn nicht voll Mitgefühl zärtlich in ihre Arme?

Drusilla sprach weder auf seine Liebkosungen noch auf seine Worte an. Das dumpfe, pulsierende Rasseln in Hals und Brust verstärkte sich. Trotz seines Unglaubens begann Felix nun, Äskulap und deren Tochter Hygieia, Apoll, Merkur und nicht zuletzt seinen Lieblingsgott Mars anzurufen. Die jammernden Sklavinnen und die Ärzte standen um ihn herum. Der Ägypter legte die Hand an Drusillas Puls. Dann beugte er sich über sie, um ihrem Herzschlag zu lauschen. „Sie stirbt oder sie ist schon tot", flüsterte er seinem griechischen Kollegen zu. Die Hitze im Raum nahm immer weiter zu. Wie schmutziges Wasser lief der Schweiß von Drusillas Körper. Ihre Augen öffneten sich weit und starrten, ohne zu blinken, zur bemalten Decke hinauf.

Kniend, die Fäuste schwingend, stieß Felix die wildesten Verwünschungen und Beschimpfungen aus und drohte allen Umstehenden Marter und Tod an, wenn Drusilla nicht gerettet würde. Die Ärzte zuckten die Achseln, fühlten sich aber doch recht unbehaglich. In ihrer Arroganz und unziemlichen Wut waren diese Römer ja zu allem imstande.

Mit einem Kratzfuß trat nun eine verängstigte Sklavin an Felix heran. „Herr", sagte sie mit zitternder Stimme, „der Rabbi im Haus des Herodes genießt den Ruf, Tote erweckt zu haben, und selbst Sterbenskranke heilen zu können. Ich beschwöre dich, laß ihn sogleich rufen!"

„Dieser verdammte, abergläubische Jude?" rief empört der Ägypter und machte das beleidigte Gesicht eines Mannes, dessen Stolz verletzt ist. Er richtete sich würdevoll auf, so daß sein schütterer schwarzer Bart auf und ab zuckte.

„Dieser Nazarener!" entrüstete sich der Grieche. „Lebt er immer noch?" Seine Züge drückten tiefste Verachtung aus.

Felix aber sah die Sklavin mit weit aufgerissenen, funkelnden Augen an. „Er soll sofort kommen!" schrie er. „Eile dich! Rufe den Haushofmeister!"

Die Sklavin hastete davon. Der griechische Arzt trat mit ausgebreiteten Armen und bittenden Händen an Felix heran. „Kein jüdischer Kurpfuscher kann die edle Drusilla mit Zaubersprüchen retten", sagte er. „Laß nicht zu, daß er ihr Totenbett entwürdigt. Sieh doch! Sie ist dem Tode geweiht; sie tut ihren letzten Atemzug."

Und wirklich stieß Drusilla einen letzten lauten Schrei aus, erbebte am ganzen Leib, als ob ein Fallbeil auf sie niedergeschossen wäre, und blieb regungslos liegen. Sogleich schien ihr Körper zu schrumpfen, als ob seine Bewohnerin ihn verlassen und nur eine leere Schale zurückgelassen hätte.

Felix stieß einen mißtönenden, markerschütternden Schrei aus, ergriff ihre Hand und küßte sie wie rasend, weinte und ächzte und krümmte sich und rief ohne jeden Zusammenhang alle Götter an, die er kannte oder von denen er auch nur gehört hatte. Er stöhnte und fluchte und drohte; es war, als kämpfte er selbst mit dem Tod.

Die Ärzte wagten sich nicht an das Sterbelager heran; sie fürchteten, Felix könnte in seiner wilden Verzweiflung tätlich werden. Sie wollten der Toten die Augen schließen, ihre noch eben verkrampften Glieder in eine ordentliche Lage bringen, und ihr das Laken über den Kopf ziehen. Aber sie hatten Angst vor diesem Wahnsinnigen. Die Sklavinnen knieten nieder, neigten den Kopf und begannen die langen Totenlieder. Die Ärzte tauschten trübe Blicke. Nur die unglückliche Drusilla blieb stumm und ohne Bewegung. Ein stechender Strahl glühender Sonne fiel durch den Spalt zwischen den Vorhängen auf Drusillas stilles, starrendes Gesicht, und von irgendwoher kam das schauerliche Summen marodierender Fliegen, die den Tod witterten. Hemmungslos weinend, ließ Felix den Kopf neben den seiner toten Gemahlin sinken, umarmte sie stürmisch und murmelte ihr süße Liebesworte zu, als wollte er ihren Geist zurückhalten. Immer wieder flehte er sie an, ihn nicht zu verlassen. Wie sollte er ohne sie weiterleben? Seine Stimme klang schmeichelnd wie die eines kleinen Jungen, der seiner Mutter etwas abschwatzen will, sie klang verängstigt und verschreckt, und die Ärzte senkten verlegen ihre Blicke oder sahen zur Seite. Es ziemte sich nicht für einen Mann, eine Tote anzuflehen. In ihren Augen hatte der Römer an Größe verloren — aber an Schrecken gewonnen, weil seine Empfindungen ihn unberechenbar machten. Außerdem schien ihnen seine Trauer übermäßig und übertrieben.

Die Seidenvorhänge wurden zurückgeschlagen, und Saul betrat mit der Sklavin den Raum. Felix stürzte auf ihn zu, packte ihn am Arm, schüttelte ihn und stieß gleichzeitig Verwünschungen und Hilferufe aus. Saul legte ihm die Hand auf die Schulter und sagte mit lauter Stimme: „Beruhige dich, Herr. Ich habe vernommen, daß die edle Drusilla in der Nacht von Krankheit befallen wurde, und bin sogleich gekommen." Er schob Felix zur Seite und trat ans Bett. Die beiden Ärzte beobachteten ihn mit Unmutsfalten auf ihren Stirnen. „Die edle Drusilla ist verschieden", sagte der Ägypter.

„Ich bin kein Arzt", erwiderte Saul und verneigte sich kurz. Er blickte auf die Tote hinab, deren Frauen mittlerweilen ihre Augen geschlossen und ihren Körper bedeckt hatten. Mit trauerndem Herzen schlug Saul das Laken zurück. Er hatte soviel Gutes von dieser Frau seines Stammes und seines Blutes erfahren. Sie hatte ihm Leckerbissen aus ihrer eigenen Küche geschickt, um ihm frischen Mut zu geben und ihn wissen zu lassen, daß er nicht ganz allein war, zahlreiche Gespräche mit ihm geführt und ihm immer großen Respekt gezollt.

Nun war sie ganz plötzlich gestorben. So als lebte sie noch, nahm er ihre erkaltende Hand in die seine, um sie zu trösten. Sie lag schwer in seinen Fingern, und er schickte sich an, das Totengebet zu sprechen. Felix stand hinter ihm und hielt seine Schultern umklammert, doch Saul merkte es nicht.

Mit einemmal aber hörte er in seinem Innersten: „Heiße die Frau aufstehen!" und er erkannte die geliebte Stimme und erbebte am ganzen Körper. „Ja, Herr", erwiderte er laut, so daß alle ihn hören konnten, „ich gehorche."

Blitze zuckten vor seinen Augen, seine Lippen waren kalt und ohne Gefühl, und eine Schwäche überkam ihn, als verlöre er sein Blut an diese Frau. Er drückte ihre Hand fester und sagte: „Im Namen Jesu Christi, der die Macht hat, Tote ins Leben zurückzurufen, erwache, Drusilla, und erhebe dich!"

Die Ärzte machten ungläubige Gesichter und sahen sich an, und der Grieche flüsterte: „Er ist wahnsinnig geworden!" Der Ägypter machte ein Geräusch, das Abscheu und Spott verriet. Doch der Statthalter blickte auf seine Gemahlin, und die Sklavinnen starrten auf die Frau auf dem Bett, deren Hand immer noch in der dieses seltsamen Juden ruhte.

Einige Augenblicke lang herrschte tödliche Stille im Raum. Dann stöhnte Drusilla tief und schmerzlich und regte sich ein wenig. Die Ärzte traten an ihr Lager; der Ägypter hielt sich an seinem Bart fest, der Grieche wurde sehr bleich.

Immer noch seufzend, öffnete Drusilla langsam die Augen, ein rötlicher Hauch färbte ihre breiten grauen Lippen, und ihr Blick wurde hell und klar. Der Römer stürzte auf sie zu und hob sie vor Freude fast aus den Kissen, sie aber sah Saul nur traurig an und achtete nicht auf die Küsse, die Liebkosungen und die zärtlichen Worte ihres Gemahls.

„Verzeih mir", sagte Saul. „Der Weiseste unter den Weisen gebot mir, dich zurückzurufen."

Tränen traten ihr in die Augen. Sie schob ihr wirres schwarzes Haar zur Seite, wandte sich dann ihrem Gatten zu, nahm seinen Kopf in ihre Arme und drückte ihn wie eine Mutter an ihre Brust. Dann heftete sie ihren Blick abermals auf Saul.

„Du mußtest tun, was dir geboten ward", sagte sie, „aber ich wünschte, ich wäre nicht zurückgekehrt."

„Ja", erwiderte Saul, neigte das Haupt und beklagte mit ihr, daß sie der Welt wiedergegeben worden war, „aber du kehrtest zurück, um Zeugnis abzulegen."

Die Ärzte drängten sich vor. Sie konnten nicht glauben, daß diese Frau, die tot gewesen war, lebte, und daß sie, die die ganze Nacht hindurch nur geächzt und gestöhnt hatte, mit fester Stimme sprach. Der Ägypter berührte ihre Stirn, und sie war kühl; der Grieche griff nach ihrem Puls, und er schlug kräftig und gesund. Verwirrt und verlegen traten sie zurück. „Sie war gar nicht wirklich tot", sagte der Ägypter zu Saul.

„Ich bin kein Arzt", wiederholte Saul und lächelte leise. „Aber du behauptetest, sie wäre tot, und ich selbst habe schon zu viele Tote gesehen, als daß ich mich täuschen könnte." Und er dachte an seinen Neffen Amos, der gestorben und wieder ins Leben zurückgerufen worden war, und wie er, Saul, damals die gleichen Worte gebraucht hatte wie jetzt die Ärzte. „Sie wurde ins Leben zurückgerufen, um Zeuge zu sein Ihm, der über Tod und Sünde gebietet und unsere Seelen erlöst."

„Ich weiß, daß ich den Weg gegangen bin, den alle Menschen gehen müssen", sagte Drusilla, „aber es ist mir verboten, über das, was ich sah, und mit wem ich sprach, zu reden." Sie schmiegte ihre nun schon mit gesunder Röte überzogene Wange an den Kopf ihres Gatten und schloß die Augen. Tränen sickerten unter ihren kurzen schwarzen Wimpern hervor.

Von niemandem begleitet, verließ Saul den Raum. Er zitterte nicht mehr und fühlte seine Kräfte wieder erstarken.

Am gleichen Abend, noch bevor Saul Gebetsmantel und Riemen angelegt hatte, empfing er den Besuch von Felix und Drusilla. Der Römer führte seine Frau an der Hand, als fürchte er, sie zu verlieren. Doch als er Saul sah, ließ er die Hand los, fiel Saul um den Hals und umarmte ihn. „Verlange von mir, was du willst, Paulus von Tarsus", rief er, „und es soll dein sein! Du hast mir mein Weib wiedergegeben, und sie ist mir teurer als alle anderen Geschöpfe und alle Schätze dieser Erde!"

„Nicht ich habe das getan", erwiderte Saul. „Nur Gott kann die Toten ins Leben zurückrufen, und Er gebot mir, die edle Drusilla zu erwecken, um für Ihn Zeugnis abzulegen."

„Zwei milchweiße Ochsen will ich Ihm opfern", rief der Römer, „mit goldenen Halsbändern und goldenen Nasenringen! Morgen bei Tagesanbruch will ich zum Tempel des Zeus gehen, um das zu tun, denn dein Gott ist mächtiger als Zeus und größer an Gnade und Barmherzigkeit."

„Er begehrt solche Opfer nicht", antwortete Saul, „sondern nur ein demütiges und reuiges Herz. Er ersehnt nur deine Liebe, Herr."

Drusilla neigte ihr Haupt über ihre gefalteten Hände. „Sprich uns von Ihm, dem Messias Gottes", sagte sie zu Saul, „der um unserer Sünden willen menschliche Gestalt annahm."

Und als er von der Gerechtigkeit, der Enthaltsamkeit und dem künftigen Gerichte sprach, wurde Felix betroffen ...

LIII

Die Monate vergingen und die Jahreszeiten wechselten. Saul war nicht mehr in sein Haus und seinen Garten eingeschlossen. Er durfte in der kleinen Stadt umher und zum Hafen hinabgehen, auf das Meer hinaussehen und die Schiffe beobachten. Drusilla hatte sich von ihm taufen lassen, doch Felix war von anderer Art. Die Ärzte hatten ihn halb überzeugt, daß seine Frau nicht wirklich gestorben, sondern nur bewußtlos gewesen war. Außerdem war er Römer, und obgleich Saul ihm versicherte, daß die Römer bereits in großer Zahl den christlichen Glauben angenommen hatten, konnte sich der Statthalter nicht entschließen, es ihnen gleichzutun. Er fürchtete, damit Rom und seine soldatischen Ahnen zu beleidigen, die die alten Götter verehrt hatten. Dazu kam, daß er immer mehr Berichte über christliche Unruhestifter erhielt, die ihn ärgerten. Es ging ihm gegen den Strich, Verordnungen zu erlassen und Strafen gegen sie zu verhängen, wie Ananias das in zahlreichen Briefen von ihm forderte, weil er Saul nicht betrüben und verletzen wollte. Er kam oft, um

Saul über den Messias sprechen zu hören, doch der Glaube vermochte nicht, seine skeptische Seele zu erobern. Er fand für alles eine logische Erklärung und zögerte auch nicht, Saul mit diesen Erklärungen zu konfrontieren. Er wunderte sich oft, daß sein Gefangener — so er wirklich Wunderkräfte besaß — sich nicht weiße Flügel wachsen ließ und, weg von Cäsarea und seinen Feinden, zum Himmel aufstieg, statt in Haft zu bleiben und auf eine Entscheidung aus Rom zu warten.

Eines Tages stellte er ihm diese Frage in aller Offenheit. „Geböte es der Messias“, antwortete Saul lächelnd, „fürwahr, ich würde mich wie ein Storch in die Lüfte erheben und davonfliegen. Aber Er hat es nicht geboten und ich muß warten, bis Er mir das Geheimnis Seines Willens kundtut. Ich war alt und erschöpft und krank, als man mich nach Cäsarea brachte. Jetzt verbringe ich meine Tage damit, aufs Meer hinauszusehen, zum Hafen hinunterzusteigen und durch die Stadt zu spazieren, und ich schlafe wie ein Säugling, das Essen schmeckt mir, ich habe Ruhe und Frieden und Zeit für fromme Betrachtungen. Meine Seele und mein Körper sind gestärkt, und mir ist, als würde mir eine zweite Jugend geschenkt. Ich lebe wie einer, der darauf wartet, zu den Großen Spielen gerufen zu werden.“

Felix dachte lange über diese Worte nach. Das war fürwahr ein höchst sonderbarer Gott, der die, die Ihn anbeteten, nicht mit Reichtum und Ehren, mit schönen Frauen und Macht überschüttete, wie es die römischen Götter taten, wenn sie einem Sterblichen ihre Gunst schenkten. Statt dessen ließ er ihnen Kummer und Schmach und Erniedrigungen zuteil werden und befreite sie auch nicht von ihren Feinden. Die alten Götter zeigten Verständnis für die Wechselfälle des Lebens und dafür, daß eine Hand die andere wusch, und so war es auch richtig. Sauls Ergüsse über den Seelenfrieden und geistige Wonnen machten Felix nur ungeduldig. Das war nichts für ihn, und er machte daraus auch kein Hehl. „Dein Glaube berührt meinen Geist nicht“, sagte er zu Saul. „Meine Ohren hören, aber mein Verstand bleibt taub.“

„Es könnte sein“, erwiderte Saul, „daß die edle Drusilla, die viele Tugenden besitzt und den Messias liebt, dich wie ein Kind an der Hand nimmt und vor Sein Antlitz führt.“ Felix lachte darüber. „Eure Religion ist mir zu düster“, sagte er, „und euer Himmel klingt auch nicht gerade verlockend. Ich bleibe bei meinen Sklavenmädchen und mache mir keine Sorgen über das Jenseits.“

Monat folgte auf Monat, der Mond nahm ab und wieder zu, und Saul verlor ein wenig die Ruhe, denn es wollte ihn bedünken, als habe er schon zu viele Jahre als Jüngling, als Mann und nun als Greis mit Warten zugebracht. Die Ernte war groß, aber der Arbeiter waren wenige. Die Gemeinden schrieben ihm, und die Briefe waren voll von Begeisterung. Die Zahl jener, die sich zu Jesum Christum bekannten, wuchs und wuchs, und überall fehlten helfende Hände und Stimmen. „Und ich sitze untätig hier!“ pflegte er verdrossen auszurufen. Er strotzte vor Gesundheit und Lebenslust, er fühlte sich kräftig wie schon lange nicht mehr — und es war, als ob man seiner vergessen hätte.

Er besuchte die Synagoge in Cäsarea, ein kleiner, aber wunderschöner Bau, in dem Christen — unter ihnen viele frühere Heiden — zusammen mit ihren jüdischen Brüdern ihre Andacht verrichteten. Als der Rabbi ihn erkannte, kam er zu ihm und ersuchte ihn, in der Synagoge nicht das Wort zu ergreifen. „Wir leben mit den Römern in Frieden“, sagte er, „und du genießt den Ruf eines — verzeih mir! — ungestümen Mannes, der Kontroversen und Streitigkeiten entfacht.“

„Mein Ruf verlästert mich“, entgegnete Saul. „Ich komme in Frieden und Liebe und nicht mit böser Absicht. Dennoch werde ich deinem Ersuchen folgen und nicht sprechen, solange du es mir nicht gestattest.“

Auf der Straße scharten sich die Christen um ihn. Er begegnete ihnen freundlich und liebevoll und heilte viele. Aber er hielt das Versprechen, das er dem alten Rabbi gegeben hatte, der sich um sein Volk sorgte, und sprach nicht in der Synagoge, obgleich das Gesetz es ihm erlaubt hätte. Und er vergaß auch die zwei römischen Soldaten nicht, die sich an seine Fersen hefteten, so oft er die kleine Stadt betrat: Felix sollte nicht hören müssen, daß der Gefangene sein Vertrauen mißbrauchte, indem er in der Synagoge oder auf der Straße Streit vom Zaun brach. Denn in der Synagoge redeten die Christen viel, was wider die Lehre war, aber Saul wartete, bis sie das Gotteshaus verlassen hatten, und führte ihnen erst dann mit leiser Stimme und zwingender Logik ihre Irrtümer vor Augen. Die älteren Juden der Gemeinde stießen sich daran, daß die Heidenchristen in die Synagoge kamen, aber ihre Söhne und Töchter plädierten für eine tolerantere Haltung: vertieften sich die Heiden nicht mit allem Eifer in die Thora, um den Nazarener Josua besser zu begreifen? „Wir leben in ungewöhnlichen Zeiten“, meinte der Rabbi und erinnerte die Juden sorgenvoll daran, daß Rom es ihnen untersagt hatte, die Bekehrung Andersgläubiger zu betreiben. „Die Nazarener aber weigern sich, dieser Verordnung zu gehorchen, und das wird uns noch teuer zu stehen kommen.“

Eines Tages kam Felix sehr nervös ins Atrium von Sauls Haus gestürzt und ließ ihn rufen. Der rührige kleine Mann fläzte sich in einen Sessel, prüfte gereizt die Früchte in einer Schale, nahm eine und knabberte verdrießlich daran. Saul kam aus dem Garten, wo er Datteln gepflückt hatte. „Du bist jetzt schon fast zwei Jahre hier“, fuhr Felix ihn an, „und Rom hat immer noch keine Entscheidung getroffen!“

„Ich bedaure es, edler Felix“, erwiderte Saul und verneigte sich, „daß dir mein Zwangsaufenthalt so lästig fällt.“

Felix stieß ein derbes Wort aus, nahm eine zweite Feige, betrachtete sie argwöhnisch von allen Seiten und warf sie schließlich zornig auf den weißen Marmorboden. „Du drehst mir die Worte im Mund um, Paulus! Soweit es mich und die edle Drusilla betrifft, magst du für alle Zeiten hier bleiben, denn wir finden deine Gesellschaft äußerst reizvoll. Es ist nur dieser Hohepriester, dieser Ananias! Es vergehen keine drei Tage, daß er mir nicht über deine abscheulichen Christen — und über dich — schreibt. Ganz besonders über dich. Da Rom, meinte er, sich offenbar für dich und dein Schicksal nicht interessiert und dich eher hier verschmachten lassen wird, bevor es deinen Fall verhandelt, da die richterlichen Beamten gar nicht verstehen, wessen man dich eigentlich beschuldigt, und unser Agrippa ein gelangweiltes Gesicht macht, wenn er nur deinen Namen hört, warum, meint er, überlasse ich dich nicht *seiner* gnädigen Gerichtsbarkeit? Ich könnte dich natürlich in Freiheit setzen, würde aber damit, nach Meinung des Ananias, einen Tiger aus dem Käfig lassen — wenngleich ich zugeben muß, daß ich dich für einen durchaus friedfertigen Mann halte."

„Wie es dir deine Soldaten vermutlich auch berichtet haben", erwiderte Saul lächelnd. Felix lachte laut und nickte. „So ist es", gab er zu. Er betrachtete aufmerksam das Obst in der Schale. „Nun? Was soll ich mit dir anfangen? Kannst du mir versprechen, daß, wenn ich dich freilasse — um der Zudringlichkeit dieses verdammten Priesters ein für alle Male zu entgehen —, du dem Land sogleich den Rücken kehrst und es für immer von der Freude deiner Anwesenheit befreist?"

„Der Messias ist mir erschienen", erwiderte Saul mit leiser Stimme, „und hat mir geboten, nach Rom zu reisen, um Zeugnis für ihn abzulegen."

„Ausgezeichnet! Du kannst unverzüglich abreisen! Das ist das Beste, was du tun kannst."

„Noch ist der Ruf nicht an mich ergangen", entgegnete Saul. „Er wird mir sagen, wann ich gehen soll."

„Er hat dich wahrscheinlich vergessen, so wie Rom", meinte der zynische Statthalter.

„Noch etwas ist zu bedenken", sagte Saul. „Du vergißt, daß Agrippa dem Ananias verpflichtet ist. Sollte ich — verschwinden —, Ananias würde Agrippa anjammern und Agrippa in Rom lauthals Beschwerde führen. Und der Kaiser ist ihm, soviel ich weiß, sehr gewogen —"

„Wenn das so ist, warum nimmt dich dann nicht Agrippa selbst auf kaiserlichen Befehl und im Namen Roms in Verhaft und übergibt dich Ananias?"

„Weil Agrippa zugleich Jude und Römer ist, die römischen Gesetze in Ehren hält und keinen Römer jemals der liebevollen Behandlung eines Ananias überlassen würde."

Felix sah finster drein. „Ich will dir nicht verhehlen, daß ich um dein Leben fürchte", sagte er. „Meine Leute, die dich beschatten, sind nicht nur meine Spitzel; sie haben auch den Auftrag, dich zu schützen. Wußtest du das nicht?"

„Nein."

„Wäre ich dir weniger zugetan", schrie Felix ihn plötzlich an, wobei sein Gesicht sich zornrot färbte, „und glaubte ich nicht in meinem Herzen, daß du mir meine Frau wiedergegeben hast, ich hätte dich längst in aller Stille vergiften oder erwürgen und deine Leiche in meinem Garten vergraben oder ins Meer werfen lassen, um mich der Peinlichkeit deiner Anwesenheit zu entledigen!"

„Damit hättest du Ananias einen tiefen Schmerz zugefügt", entgegnete Saul und lachte. „Er würde sich mit meiner Ermordung oder meinem Verschwinden nicht zufrieden geben. Er möchte zugegen sein, wenn ich sterbe."

„Du willst also hierbleiben, und ich soll mir auch weiterhin Ananias' Klagelieder anhören?" Er blickte Saul forschend an. „Ich habe eine Idee. Ich werde Ananias vergiften oder erwürgen lassen."

Saul erkannte nicht gleich, daß Felix es ernst meinte. „Abgesehen von den Sadduzäern", gab er ihm zu bedenken, „gibt es nur wenige, die Ananias lieben. Aber die Sadduzäer sind jetzt sehr mächtig in Judäa und haben jederzeit Zutritt zu Agrippa. Ananias ist Sadduzäer und daher ein falscher Schäfer, weil er nicht an das Wort Gottes glaubt, Sein Name sei gepriesen, insofern es sich auf die Auferstehung der Toten und das ewige Leben der Seele bezieht. Deine Worte klingen verlockend, edler Felix, fürwahr, du könntest mich in Versuchung führen. Aber es ist uns nicht erlaubt, zu töten — du magst darüber spotten, da es sich doch um Ananias handelt. Gewiß, das Volk haßt den Hohenpriester. Dennoch würde seine — Ermordung — einen Sturm entfachen, weil er Israel verkörpert, so verachtenswert er auch ist und so sehr er auch den Tod verdient. Die Sadduzäer würden wüten — und es sind keine Dummköpfe. Sie würden zu Agrippa gehen und dir die Tat anlasten."

„Wie schwer du mir doch das Leben machst!" rief Felix aus. „Du hast mich wirklich in ein Dilemma verstrickt."

„Ich habe einen Verwandten in Rom", sagte Saul, „und ich dachte schon daran, mich an ihn zu wenden. Aber ich scheue davor zurück, weil ich befürchte, ihn in eine unangenehme Lage zu bringen, denn die gegen mich erhobenen Beschuldigungen fallen nicht in seine Zuständigkeit."

Felix zeigte sich sogleich interessiert. „Was ist er? Ein Bankier? Ein Börsenmakler? Ist er reich?" Er fuhr sich mit der Zunge über die Lippen und dachte an ein Lösegeld. So etwas ließe sich geschickt bewerkstelligen, wenn alle Beteiligten guten Willens wären. Geld war nicht zu verachten, und er hatte Saul sehr anständig behandelt.

Saul konnte seine Gedanken lesen und lächelte nachsichtig. „Das ist er leider alles nicht, obzwar er einen vornehmen Namen trägt, der in Rom einen guten Klang hat. Hat Hauptmann Lysias dir nicht von ihm gesprochen?"

„Der Hauptmann ist sehr wortkarg und beschränkt sich in seiner Rede auf das Allernötigste." Felix setzte sich aufrecht. „Wer ist denn dieser berühmte Mann?"

„Er ist General der prätorianischen Garde und dient unter Tigellinus —"

Der verhaßte Name jagte Felix einen kalten Schauer über den Rücken, und er vergaß einen Augenblick lang, daß Saul von einem Verwandten in der berühmten prätorianischen Garde gesprochen hatte. „Wie heißt er?" schrie er dann, „sein Name?"

„Titus Milo Platonius."

Felix sprang auf und starrte Saul an. Sein kleines dunkles Gesicht verfärbte sich und schien zusammenzuschrumpfen. „Titus Milo Platonius!" wiederholte er fast flüsternd. „Mit ihm bist du verwandt?"

„Gewiß. Wir sind des gleichen Blutes. Er ist in Judäa geboren, und sein Vater war ein hoher Offizier."

Ohne seine ruhelosen schwarzen Augen von Sauls Gesicht abzuwenden, ließ Felix sich langsam wieder auf den Sessel nieder. Er schien äußerst bestürzt. „Aulus Platonius war der beste Freund meines Vaters", murmelte er dann. Unvermittelt drehte er den Kopf zur Seite, als wollte er sich Sauls Blicken entziehen. Saul fühlte sich seltsam beunruhigt, trat näher an ihn heran, und eine qualvolle Vorahnung erfüllte sein Herz.

„Wenn du schlechte Nachrichten für mich hast", stammelte er, „zaudere nicht, edler Felix."

Der Statthalter antwortete nicht gleich. Er stand wieder auf und trat vor Saul hin. Er war kein liebenswürdiger, kein verbindlicher Mann, aber jetzt legte er seine Hand auf Sauls Schulter und sah ihm tief in die Augen.

„Hast du von Plautius Lateranus, einem designierten römischen Konsul, und von Fänius Rufus, einem Kameraden dieses Giftmischers und Mörders Tigellinus gehört?"

„Nein."

„Gleich deinem Verwandten waren auch sie Angehörige der prätorianischen Garde." Felix verzog den Mund. „Vor etwa vier Monaten wurde eine Verschwörung zur Ermordung Neros aufgedeckt, an der sie alle, sowie eine Anzahl von Tribunen und Zenturionen beteiligt gewesen sein sollen. Sie wurden — hingerichtet."

Saul taumelte, als wäre ihm ein tödlicher Schlag versetzt worden, und mußte sich an der Tischkante festhalten, um nicht hinzufallen. Sein Gesicht alterte ein zweites Mal und verlor alle Frische. „Und mit ihnen auch Milo?"

„So ist es. Ich hätte es dir schon früher gesagt, als ich den Bericht aus

Rom erhielt, aber ich wußte ja nicht, daß Titus Milo Platonius ein Mitglied deiner Familie war."

„Milo war Christ", rief Saul verzweifelt aus, „und wie hassenswert Nero auch sein mag, nie hätte er sich einer Verschwörung angeschlossen, um einen Mord zu begehen!"

Felix schüttelte den Kopf. „Er war ebenso unschuldig wie alle anderen. Mir kam ein Gerücht zu Ohren, wonach Sabina Poppäa, Neros Frau, die Morde aus niederen Beweggründen angestiftet hat. Sie soll sehr schön sein, aber sie ist eine wahre Furie. An ihren Händen klebt auch das Blut des Britannicus, des Claudius' Sohn und Octavias, Claudius' liebreizender Tochter, die mit Nero verheiratet war, den sie außerdem noch zum Muttermörder machte." Teilnahmsvoll drückte er Sauls Schulter. „Milo war nicht mehr jung, wenn ich mich recht entsinne."

„Das stimmt", bestätigte Saul mit schwacher Stimme. „Aber mit dem Tod eines solchen Mannes, wie es der Sohn der Base meines Vaters war, ist die Welt sehr viel ärmer geworden. Unendlich viel ärmer! Und ich wußte es nicht! Ich hatte nicht die geringste Vorahnung, nicht einmal einen Traum!"

„Es könnte sein, daß Gott dich so lange wie möglich schonen wollte."

Aber Saul hörte ihn nicht. „Er war der ehrenhafteste aller Römer", stammelte er unter Tränen, „und ist in Unehre gestorben!"

„Ha!" machte Felix. „Keinem, der von Nero ermordet wurde, wird man nachsagen, er sei in Unehre gestorben! Im Gegenteil: es ist ein Beweis seiner Ehrenhaftigkeit." Wieder schüttelte er den Kopf. „Das alte Rom, das ich kenne, existiert nicht mehr. Die Stadt ist zur Hure geworden."

Er erschrak und sah sich schnell um. Ob ihn jemand gehört hatte? In diesem Augenblick hatte er sogar Angst vor Saul. Aber Saul hatte sich in einen Sessel fallen lassen und die Hände vors Gesicht geschlagen; Felix atmete erleichtert auf. Dennoch schlich er auf leisen Sohlen zur Tür des Atriums und sah in den Säulengang hinaus. Es war niemand da. Dann begab er sich ebenso leise zur anderen Tür, die in das Haupthaus führte, und riß sie auf. Auch hier war keine Menschenseele zu sehen. Er wischte sich mit dem Rücken seines haarigen Arms über das Gesicht und kehrte zu Saul zurück.

„Opfere deinem Gott drei schwarze Ochsen mit silbernen Halsbändern", riet er ihm tröstend. „Er möge den Neffen deines Vaters aus dem Hades entlassen und auf die Inseln der Seligen gelangen lassen."

Saul hob den Kopf. „Ich habe keine Sorge um Milos Seele, denn er war nicht nur Christ, sondern auch der edelste und aufrechteste aller Männer. Es sind viele Jahre her, daß ich ihn das letzte Mal sah. Er schrieb mir oft, doch meine Arbeit machte mich vergeßlich, und ich beantwortete nur wenige seiner Briefe!"

Felix war gerührt, und das war eine für ihn so ungewohnte Empfindung, daß er sie gar nicht wahrnahm. Und weil er Saul frischen Mut einflößen wollte, pflanzte er sich stramm wie ein Soldat vor ihm auf und sagte: „Paulus von Tarsus, wird sind Römer!"

Sie schüttelten sich feierlich die Hände. Dann verabschiedete sich der Statthalter, und Saul blieb allein mit seinem neuen Kummer zurück. Es schien ihm, als wäre die Welt leerer und einsamer für ihn geworden.

Eines Morgens fand Saul eine Zypresse, das Symbol der Trauer, am Eingang zur Säulenhalle eingepflanzt, und war tief bewegt von des Statthalters stillem Tribut an seinen, Sauls Schmerz und die ehrende Geste für einen edlen Toten.

Er ging in die Synagoge, um für Milos Seele zu beten, erhob sich mit den anderen, die um ein geliebtes Wesen trauerten, und hörte den Rabbi, der jene pries, ‚die im Staube ruhen — gesegnet ist die Erinnerung an sie', und vom Frieden ihrer Geister sprach. Manche waren neugierig, als sie Saul mit gramzerfurchtem Antlitz stehen sahen, und fragten sich, um wen *er* wohl trauere. „Die Toten", betonte der Rabbi, „sind nun in den gesegneten Händen Gottes, der voller Gnade ist. Nicht sie, *wir* sind es, die trauernd, verwaist und hilflos zurückbleiben."

Eines Abends kam Felix wieder zu Saul. „Den Göttern sei Dank", frohlockte er, „ich bin abberufen worden und kehre nach Rom zurück. Schon in wenigen Tagen werde ich mit meiner Gemahlin abreisen. Ich wurde beauftragt, dieses Haus — und dich — dem Porcius Festus zu übergeben, der stündlich in Cäsarea erwartet wird."

„Weh mir", entgegnete Saul, „ich verliere wieder einen Freund."

Felix runzelte die Stirne. „Mag sein, daß er Nachrichten aus Rom mitbringt, die dich betreffen. Ich kenne ihn gut. Er ist sehr dumm, aber liebenswürdig und guten Willens, was nicht gerade für seine Intelligenz spricht. Ich lasse ihm einen Brief zurück, der auf dich Bezug nimmt."

Auch Drusilla kam, um sich zu verabschieden. „Rabbi", sagte sie, „wie du mich lehrtest, und vor dir meine Eltern: es ist alles Gottes Wille."

„Der mir zuweilen recht unverständlich ist", erwiderte Saul.

Erst als sie abgereist waren und das Haus des Pontius Pilatus leer stand, wurde ihm bewußt, wie sehr ihm diese Freunde abgingen. Denn er war oft in diesem Haus zu Gast gewesen und hatte Felix' prahlerischem Gerede und seinen krakeelenden Wortgefechten mit Drusilla mit Vergnügen gelauscht.

Eines Morgens beobachtete Saul hastige Geschäftigkeit im Palast und erfuhr, daß Porcius Festus mit Familie, Gefolge und Leibwache eingetroffen war.

Zwei Tage später befahl Festus Saul zu sich; zwei Soldaten begleiteten ihn zum Haus des Pontius Pilatus.

LIV

In seine Amtsrobe gekleidet, saß Porcius Festus im Atrium. Wie Felix war auch er kleingewachsen, dazu aber fürchterlich dick. Der kahle Kopf schimmerte ebenso rosig wie das große, breite Gesicht, und statt eines Kinns besaß er deren mehrere. Seine scharfen blauen Äuglein glitzerten wie geschliffene Steine. Er sah Saul, der vor ihm stand, prüfend an und summte derweilen wie eine Biene vor sich hin. Funkelnde Ringe steckten an seinen fleischigen Fingern. Er war parfümiert, und sein Gewand war aus feinstem weißen Leinen. „Du also bist Paulus von Tarsus", sagte er schließlich, „dem Hause Felix lieb und wert, deinem eigenen Volk aber bis auf den Tod verhaßt."

„Ich habe nichts getan", erwiderte Saul und verneigte sich, „womit ich den Haß des Hohenpriesters Ananias verdient hätte, und bin ganz gewiß der Zuneigung, die der edle Felix mir gegenüber hegt, nicht würdig."

Festus lächelte, und es wollte Saul bedünken, als ob Felix die Intelligenz und möglicherweise sogar den guten Willen dieses Mannes unterschätzt hätte. „Dein blutdürstiger Ananias", sagte der neue Statthalter, „hat mich in einer Botschaft aufgefordert, dich ihm zur Aburteilung nach Jerusalem zu überstellen. Ich aber will den Fall selbst verhandeln und habe ihm daher geboten, mit seinem Gefolge hier zu erscheinen."

Saul seufzte. „Es ist schon recht lästig, Herr, die gleichen alten Beschuldigungen gegen mich anzuhören."

„Dennoch ist deine Anwesenheit hier vonnöten, denn es ist dein Recht als römischer Bürger." Er sprach mit der Stimme eines gutmütigen Ochsen. Saul verneigte sich abermals und ging in sein Haus zurück.

Wenige Tage später traf Ananias mit seinen Sadduzäern in Cäsarea ein und legte dem neuen Statthalter ihre Anliegen vor. Mit seinem anmaßenden und hochnäsigen Gehaben machte er sich bei Festus sofort unbeliebt. Saul wurde gerufen. Ananias drehte den Kopf zur Seite, als sei ihm sein Anblick widerwärtig, und auch sein Gefolge zog sich ein wenig zurück, so daß Saul allein in weitem Kreis vor den Prokurator zu stehen kam. Einen Augenblick lang ruhten die scharfen blauen Äuglein auf Saul; dann richteten sie sich auf den Hohenpriester der nun aufgefordert wurde, seine Beschuldigungen gegen den Angeklagten vorzubringen.

Ananias nahm das Wort, und Saul schloß gelangweilt die Augen, was Festus so amüsierte, daß er sich die Fettwülste seines Kinns rieb, bis sie rot anliefen. „Ich bin nur ein dummer Römer", sagte er, als Ananias zu Ende war, „und nicht sehr intelligent, doch will mir scheinen, daß Paulus von Tarsus gewisse dogmatische Fehler begangen hat, die mich aber nichts angehen. Die Anklage auf aufrührerische Agitation gegen Rom ist weitschweifig und alles andere als klar abgegrenzt." Und an Saul gewendet: „Sprich, Paulus von Tarsus, römischer Bürger! Sage, ob du schuldig bist!“

Da Ananias und seine Sadduzäer keine römischen Bürger waren, erstarrten ihre Gesichter zu Eis. Sie fühlten sich beleidigt und verhöhnt und wußten, daß Festus sie mit voller Absicht verletzt hatte. Sie wandten sich ab, als Saul nun zu sprechen begann:

„Ich stehe vor einem kaiserlichen Gericht; da muß ich gerichtet werden. Gegen die Juden habe ich nichts verbrochen, wie du selbst am besten einsiehst. Habe ich sonst mich vergangen, oder etwas getan, das den Tod verdient, so weigere ich mich nicht zu sterben; sind hingegen ihre Klagen gegen mich unbegründet, so darf mich ihnen niemand preisgeben. Ich appellierte an den Kaiser.“

Festus summte wie eine riesige Hummel, betrachtete seine Ringe, rieb sie am Leinen seines Gewandes, gähnte und kratzte sich am Ohr. Dann erhob er sich, machte eine Gebärde, mit der er die Anwesenden entließ, und sagte: „An den Kaiser hast du appelliert? Zum Kaiser sollst du reisen.“

Ananias und sein Gefolge, die einen ganz anderen Urteilsspruch des neuen Statthalters erwartet hatten, waren empört und wollten protestieren, doch Festus stieg gelassen von seinem Thronsessel herab und verließ das Atrium, ohne sie auch nur eines Blickes zu würdigen. Von den zwei Soldaten begleitet, kehrte Saul in den Palast des Herodes zurück. Als er wieder allein im Garten stand, betete er zu Gott: „Wie lange soll dieses Possenspiel noch fortdauern, Herr, und mit welchem Ziel?“

Eines Abends, im golden roten Schein der sinkenden Sonne, hörte er lautes Stimmengewirr aus dem Haus den Pontius Pilatus und trat an die Mauer seines Gartens, um den Anlaß zu erfahren. Er sah, daß Agrippa mit seinem Gefolge gekommen war, um Festus seine Aufwartung zu machen, und mit ihm seine Gemahlin, die schöne Berenike, begleitet von vielen Freundinnen und Sklavinnen. Die Feiern und Festlichkeiten dauerten mehrere Tage und Nächte an, und die balsamische und bewegte Luft Cäsareas war von Musik und Lachen und Fröhlichkeit erfüllt. Darauf folgten Tage der Erschöpfung und Übersättigung, da wieder Ruhe einkehrte und alles schlief.

Festus und Agrippa waren alte Freunde und Zechbrüder, und nachdem sie sich einigermaßen von ihren Schwelgereien erholt hatten, kamen sie auch auf Saul zu sprechen. „Ich habe wieder einen Kurier nach Rom geschickt“, sagte Festus, „und darum ersucht, diesen Mann, der ja römischer Bürger ist, zur Urteilsfindung vor den Kaiser bringen zu lassen. Mittlerweilen drängt dein Hoherpriester beharrlich darauf, daß ich ihm Paulus von Tarsus in seine gütigen Hände liefere.“

Agrippa verachtete Ananias. Der Hohepriester begegnete ihm mit einer übertrieben respektvollen Arroganz, die einer Beleidigung gleichkam, denn Ananias war Sadduzäer, und Agrippas Familie gehörte dem zersplitterten Stamm Dan an. „Ananias“, erwiderte er, „sollte Hausmeister der Gladiatoren im Zirkus werden — das richtige Amt für einen so blutdürstigen Menschen. Laß doch diesen Saul oder Paulus, wie du ihn nennst, einmal kommen; ich will ihn selbst anhören.“

Festus gähnte. „Ich vergaß dir zu sagen, daß Ananias morgen — abermals! — mit seinem Chor von Anklägern gegen meinen armen Gefangenen hierherkommt. Du wirst ihn also anhören müssen.“

Agrippa war erschüttert. „Aber ich habe diese Leute doch schon in Jerusalem empfangen! Ich sagte ihnen, daß es nicht römische Sitte sei, jemanden zu verurteilen, bevor der Verklagte seine Kläger gegenwärtig und Gelegenheit erhalten habe, sich über die vorgebrachten Anschuldigungen zu verantworten. Ich bitte dich, Festus, laß den Mann unverzüglich zu mir bringen.“

So wurde Saul nun wieder ins Atrium gerufen. Mit Staunen musterte er die Versammelten, denn Agrippa war mit der schönen Berenike und seinem ganzen Hofstaat erschienen. Saul faßte Agrippa ins Auge; er sah einen stattlichen Mann von blühendem und wahrhaft semitischem Aussehen in kostbarer, scharlachrot und golden gefärbter Gewandung. Seine Gemahlin hatte ein liebreizendes Gesicht mit leuchtenden grauen Augen und war nach der letzten ägyptischen Mode gekleidet. Ihr Busen war fast zur Gänze entblößt, und mit edlen Steinen besetzte Bänder umsponnen ihre Locken. Ihre Hofdamen standen neben ihr und fächelten ihr mit Straußenfedern kühle Luft zu. Ihr Antlitz war weiß wie Milch, ihr Mund rot wie frischer Mohn.

Nachdem Ruhe im Atrium eingetreten war, richtete Festus das Wort an Agrippa: „Edler König und ihr, sämtliche Anwesende! Da seht ihr den Mann, um den die ganze Versammlung der Juden zu Jerusalem bei mir eingekommen ist, indem sie mit Geschrei verlangten, er müsse nicht länger am Leben bleiben. Da ich aber fand, daß er nichts verbrochen hatte, was den Tod verdiente, und er selbst an den Kaiser appelliert hat, so habe ich die Absendung beschlossen. Ich weiß dem Herrn nichts Zuverlässiges von ihm zu schreiben; darum habe ich ihn euch, und vorzüglich dir, edler Agrippa, vorführen lassen, damit ich nach der Untersuchung weiß, was ich schreiben soll. Denn es kommt mir ungereimt vor, einen Gefangenen auszuliefern, ohne zu berichten, worüber er angeklagt wird.“

Agrippa sah Saul nachdenklich an. Er war enttäuscht, denn er hatte eine eindrucksvollere, majestätischere Erscheinung, so etwas wie einen Propheten erwartet. Saul aber schien ihm alt und müde, saft- und kraftlos und war überdies angezogen wie einer, der in den Weinbergen arbeitet. Geringschätzig führte er sein parfümiertes Tuch an die Nase, als ob Saul nach Feldern und Scheunen röche.

„Es sei dir vergönnt, dich zu verantworten", sagte er, und seine dichten schwarzen Wimpern fielen gleichmütig auf seine rötlichbraunen Wangen. (Warum belästigte man ihn eigentlich unaufhörlich mit diesem unbedeutenden Juden, von dem Ananias behauptete, er sei ein wahrer Satan und verdiene daher den Tod?)

Saul streckte seine Hand aus und begann sich zu verantworten, und sogleich waren alle von seiner Stimme hingerissen, denn sie füllte den großen Saal und hallte von den schimmernden Marmorwänden wider. Selbst die Hofdamen vergaßen, Berenike zuzufächeln, die sich aufmerksam vorbeugte. Agrippa ließ sein Tuch fallen, und Festus rieb sich die Fettwülste seines Kinns.

„Ich preise mich glücklich, edler Agrippa", sagte Saul, „über alles, dessen die Juden mich beschuldigen, heute mich vor dir verantworten zu dürfen; besonders, da dir die jüdischen Gebräuche und Streitfragen sehr wohl bekannt sind. Ich bitte dich demnach, mich mit Nachsicht anzuhören."

Er sprach von seiner Familie, seiner Geburt und seinem Stamm. Er sprach von seinen und seines Vaters langwährenden Meinungsverschiedenheiten mit den weltlichen Sadduzäern. „Wie? Wird es denn von euch für unglaublich gehalten, daß Gott Tote erwecke?" fragte er und erinnerte Agrippa daran, daß die Pharisäer lehrten, Gott würde eines Tages alle Gräber öffnen.

Agrippa selbst hatte für Sadduzäer nichts übrig, und seine Frau war sehr fromm, auch wenn sie sich wie eine Ägypterin kleidete. Er stützte seinen Arm auf die goldene Lehne des Sessels und verbarg seine anmutig geschwungenen Lippen und seinen Bart zum Teil mit der Hand, während er Saul lauschte. ‚So müssen die Stimmen der Propheten geklungen haben', dachte er, ‚so weithin schallend, so überzeugend und so wahr!'

Saul begleitete seine Rede mit leidenschaftlichen Gebärden, seine Augen sprühten blaues Feuer, und seine schmächtige Gestalt richtete sich zu edler Größe auf. Er sprach von seinem Leben, seiner Suche nach Gott und von der Zeit, da er die Nazarener blutig verfolgt hatte. Dann sprach er von seiner Reise nach Damaskus. Festus hörte auf wie eine Biene zu summen, und im Atrium war kein Laut zu hören, außer dem Rauschen der Bäume im Garten und Sauls achtunggebietender, volltönender Stimme. Und als er weinend von der Erscheinung des Messias berichtete, weinten andere mit ihm, ohne zu wissen, warum, und Berenikes rosige Lippen zuckten, und Tränen perlten in ihren goldenen Wimpern. Nur Festus lächelte belustigt.

Saul erzählte von seiner Missionsreise zu den Heiden. Agrippas schwarze Brauen zogen sich zusammen, und seine Augen hafteten auf Sauls verklärtem Antlitz. „Diese Mission war die Ursache, daß ich verdammt wurde, denn man behauptete, ich hätte Tempel und Synagogen geschändet. Ich aber habe nur gelehrt, was Jesaias zum voraus verkündet hat, daß nämlich der Messias Juden und Heiden das Licht bringen werde." Er machte eine Pause und fuhr dann mit lauterer Stimme fort: „Edler Agrippa, glaubst du den Propheten? Ich weiß, daß du glaubst!"

Agrippa war in Gedanken versunken. Ein dunkles Licht loderte unter seinen Brauen, und ernste Strenge zeichnete sein Antlitz. Sinnend sah er dann auf die Türen des Atriums, dann zur Decke, dann auf die schimmernden Wände und schließlich zu seiner Gemahlin hinüber, die ihm einen langen Blick voll innigen Flehens zuwarf.

„Es fehlt wenig, und du beredest mich, ein Christ zu werden", sagte er zu Saul.

Festus hörte auf zu lächeln, und alle waren still. „Wollte Gott", erwiderte Saul sanft, „daß nicht allein du, sondern alle, die es heute hören, nicht nur beinahe, sondern ganz das würden, was ich bin!"

Agrippa hieß Saul zur Seite treten und unterhielt sich eine kleine Weile mit Festus und einigen Ratgebern. „Dieser Mensch", sagte er dann, „hat nichts getan, das Tod oder Fesseln verdiente. Er könnte freigelassen werden, wenn er nicht an den Kaiser appelliert hätte."

„Hätte er nicht appelliert", entgegnete Festus mit breitem Lächeln, „dann hätte Ananias ihn schon längst ermorden lassen!"

LV

Und so ward nun beschlossen, Saul nach Rom zu senden, damit er sich dort dem Urteil des Kaisers unterwerfe.

In der Nacht vor seiner Abreise wurde er von einer schrecklichen Vision heimgesucht. Ihm war, als stünde er auf den höchsten Zinnen der Erde und blicke auf die Stadt Rom und die ganze Welt hinab. Ein leise rauschender, weithin hallender Klang erfüllte die Luft, und alles war Farbe und zuckende Blitze und Bewegung, Armeen und Karawanen und menschliches Entsetzen, flammendes Sonnenlicht auf endlosen Straßen und hoch aufragenden Bergen und blutroten Meeren, und berstende Mauern und stürzende Säulen. Seine Blicke erfaßten viele fremde Städte, kehrten aber immer wieder nach Rom zurück. Und als er dann die riesige Stadt näher betrachtete, schossen, wie von einem Sturmwind getrieben, lodernde Flammen empor, glutroter Schein übergoß die weißen Pfeiler, die nun weißen Wäldern glichen, Dächer stürzten ein, die Erde schwankte, und aus Millionen Kehlen drang der Schrei: „Wehe dir, Rom!" Und ein noch gewaltigerer Chor antwortete: „Wehe der Menschheit!"

Dann vereinten sich die Stimmen zu einem gellenden Haßgesang: „Fluch und Verdammnis der ganzen Welt! Wehe! Wehe!"

Zitternd und schweißbedeckt erhob sich Saul im Morgengrauen, fiel auf die Knie und betete zu Gott, daß diese entsetzliche Vision nicht Wirklichkeit werde, und daß alle Menschen durch das Lamm Gottes Erlösung finden mögen. Aber ein dunkler quälender Schmerz blieb in seiner Seele und in seinem Herzen zurück. „Es bleibt nicht mehr viel Zeit", sagte er mit lauter Stimme. „Ich muß eilen."

Wenige Stunden später bestieg er ein Schiff nach Rom, das im Hafen von Cäsarea vor Anker lag.

Er lehnte an der Reling und betrachtete die geschäftige, malerische kleine Stadt. Er sah den Palast des Pontius Pilatus, die Villa, in der er vier lange Jahre verbracht hatte, die breiten Straßen und die engen Gäßchen, die Marktplätze, die Theater, die Regierungsgebäude und die Arena, und ringsum die Schiffe mit gehißten Segeln, die glitzernde blaue Wasseroberfläche, die bis an den fernen Horizont reichte. Matrosen und Lastträger liefen schreiend hin und her, und der Geruch von heißem Teer und Harz erfüllte die Luft.

Mit einemmal wußte er, daß er sein geliebtes Land, sein geliebtes Volk, den goldenen Tempel und die heilige Stadt Jerusalem nie wieder sehen würde. Tränen stürzten aus seinen Augen. „Vergäße ich dich, Jerusalem", flüsterte er, „so vergesse mich die Rechte —"

Wie sollte er es ertragen, sie nicht wiederzusehen, die seines Blutes waren, nie wieder die Klänge seines Landes zu hören, und, für immer verbannt, einer unbekannten Zukunft und einem ungewissen Tod entgegenzugehen? Er würde nicht in dieser heiligen Erde begraben werden — das wußte er so sicher, wie er wußte, daß er jetzt abreiste. Welche Grabstätte würde seine Gebeine aufnehmen? Welche Freunde würden ihn betrauern? Er sah zum Himmel empor, der zu strahlend war, als daß er seinen Anblick ertragen konnte, und ließ dann das Kinn auf seine gefalteten Arme sinken. Es schien ihm, als wäre er schon zu ermattet und hätte schon zu lange gelebt. Wie konnte er jetzt als Greis Gott noch von Nutzen sein? Gott verdiente es, daß junge Menschen für Ihn Zeugnis ablegten.

Und während er nun, den Kopf in tiefer Demütigung menschlichen Schmerzes geneigt, die Arme auf die Reling stützte, glaubte er die Stimme seines Vaters Hillel ben Borusch zu vernehmen, wie er sie in seiner Jugend schon gehört hatte, kräftig und zart, liebevoll und inbrünstig:

„Gott! mein Gott bist Du, früh suche ich Dich;
Nach Dir dürstet meine Seele, nach Dir schmachtet mein Fleisch,
Im dürren, lechzenden, wasserlosen Lande.

So wie im Heiligtum ich Dich gesehen habe,
Zu sehen Deine Macht und Deine Herrlichkeit.
Denn Deine Gnade ist besser als das Leben,
Zu Deinem Namen hin erheben meine Hände.
Wie an Fettem und Feistem würde gesättigt meine Seele;
Und mit jubelnden Lippen preisen mein Mund —
Es dürstet meine Seele nach Dir —"

Saul hob den Kopf und warf einen letzten Blick auf sein Land, denn das Schiff bewegte sich, und die Segel waren von Wind und Licht erfüllt. Tränen verschleierten seine Augen, aber seine Lippen lächelten in inniger Liebe, und er streckte seinen Arm aus und sprach:

„Höre, o Israel! Der Herr, unser Gott, der Herr ist Einer!"

Seine Seele war wieder jung und kräftig. Er sah sein Land hinter dem Horizont versinken und wußte, daß der Messias zu Seinem Volk zurückkehren, und daß die Erde Ihn jubelnd, Hosianna rufend, empfangen würde. Denn alle Völker waren Ihm zu eigen.